中华现代学术名著丛书

话本小说概论

下册

胡士莹 著

商務印書館
创于1897 The Commercial Press

图书在版编目(CIP)数据

话本小说概论/胡士莹著.—北京:商务印书馆,2011(2022.4重印)
(中华现代学术名著丛书)
ISBN 978-7-100-08298-3

Ⅰ.①话… Ⅱ.①胡… Ⅲ.①话本小说—小说研究—中国 Ⅳ.①I207.419

中国版本图书馆CIP数据核字(2011)第067174号

本书据中华书局1980年版排印

中华现代学术名著丛书
话本小说概论
(上、下册)
胡士莹 著

商 务 印 书 馆 出 版
(北京王府井大街36号 邮政编码100710)
商 务 印 书 馆 发 行
北 京 通 州 皇 家 印 刷 厂 印 刷
ISBN 978-7-100-08298-3

2011年9月第1版　　开本880×1240 1/32
2022年4月北京第2次印刷　　印张30½ 插页1

定价:175.00元

下册目录

第十一章　明代的说书和话本

第一节　明代社会对说书和话本的影响

元末农民大起义结束了元朝的残酷统治，也削弱了汉族地主的势力；在朱元璋等农民起义军占领的大江南北，曾建立过根据地，虽还保存地主经济，但自耕农的力量壮大了，这曾是朱元璋得以统一全国的基础。这些都使我国农村的生产关系发生了有利于农民的改变。在手工业方面，元代严酷的工奴制被冲垮了，独立的手工业者增加了；同时，也为明代的官办手工业工人争取到了比元代较为自由的身份。这样，手工业的生产关系也发生了有利于劳动者的改变。以上的改变，为明代社会生产力的发展创造了根本的条件。朱元璋夺取农民大起义的果实以后，政权性质完全变为地主阶级专政，但由于农民大起义的深刻影响，也由于当时生产力破坏的情况足以危及他的统治，乃不得不采取一系列的控制豪强兼并、恢复和发展经济的政策，客观上有利于社会生产力的发展。

明代前期，社会生产的发展，使农村和城市的经济都得到一定程度的繁荣。但同时，豪强兼并，首先是皇族统治集团和大官僚的兼并，逐渐地变本加厉，地主阶级的剥削压迫使农业生产受到摧残，官办手工业和官卖、海禁政策也压抑着工商业的发展，明代生产力的发展总的说来是缓慢的。然而,长期以来广大农民和手工业者劳动的积累,使社会生产力达到了一个新的水平,棉花、蚕桑、麻、漆、果、酒、竹、油料、染料、木材、药材等等产品的大量生产和商品化(粮食在一定程度上也成为商品),使农业生产从单一经济逐渐走向多种经营的经济,并参加了全国范围的商品流通。一部分经营地主和富农采取了雇工剥削的方式,契约制和货币关系出现了。在手工业方面,农家副业开始商品化;一部分手工业者从农业分离出来,成为独立的手工业者,进而又分化为手工业者工场主和手工业工人;而官办手工业也逐渐由工役制变为雇佣制;织染、陶瓷、矿冶、造纸、印刷以及各种生产资料与生活资料的生产大为发展。

明张瀚的《松窗梦语》里就有这样一段记载:

> 毅庵祖家道中微,以酤酒为业。成化(1465—1487)末年,值水灾……因罢酤酒业,购机一张,织诸色纻币,备极精工。每一下机,人争鬻之。计获利当五之一。积两旬,复增一机;后增至二十馀。商贾所货者,常满户外,尚不能应。自是家业大饶。后四祖继业,各富至数万金。

正说明明代中叶由于国内市场和外贸的发展,纺织业某些部门的扩大再生产的速度很快。

一方面,手工业确实已经从农业中大量分离出来,大批工商业城镇在这时期产生,就是明证。某些商品原料产地和加工基地已经分开(如丝、棉),而互相依存。各种不同的生产单位之间的社会分工已相当精细，行业的数量达到三百六十行[①]。商品种类繁多，流通广泛，一个全国性的市场正在逐步形成。在江南等地区，独立的手工业者和手工业工场大量出现，新兴的手工业市镇也如雨后春笋。同时，国外贸易，除了明王朝官府控制下直接为封建统治者服务的"朝贡"和"边市"外，私商的外贸也以"走私"和"小市"等方式进行，并促进了国内的商品生产。

另一方面，在一部分手工业工场和作坊中，雇佣关系也大量出现了。"机户出资，机工出力"，有了"计日受值"的手工业工人，也有了从店中"给筹取值"的劳动者。长工在工场作坊内还有半家长制关系的制约，但某些人也已有选择雇主的自由[②]，短工、日工则是临时受雇，完全是货币关系。而在苏州等地，这种生产关系下的手工业工人很多，仅苏州一府织工染工各达数千人，这样就使明代的大小城市及手工业市镇空前繁荣，使市民阶层空前壮大。

但当时封建王朝越来越苛重的税赋徭役，专卖制度、海禁政策以及大量的土地、物料、贵金属的霸占；封建官僚地主对工商业的侵占和剥削以及对广大农民的压榨和束缚；封建的工役制、行会制、家长制以及封建意识对独立工商业者的限制，等等，都使生产力受到摧残。加上大商人、大工矿主、经营地主的剥削也很残酷，广大工农业劳动者，特别是手工业工人、贫雇农、僮奴等经常处于啼饥号寒，"岌岌乎无生路"的境地。

社会的基本矛盾是农民阶级和地主阶级的矛盾，而当时的市民阶层中的广大劳动者不但在经济上成为一支独立的力量，在政

---

① 见《西湖游览志馀》卷二十五《委巷丛谈》。

② 见傅衣凌：《明代江南市民经济试探》，第78—80页。

治上也开始成为一支反对压迫、剥削的社会力量。他们的经济要求常常带有政治改良的性质,如改革赋役,改革工役制,废除海禁,反税使矿监等等。

其中苏州府的织工暴动,以有纪律讲政策的织染工人为主体,还出现了像葛贤那样有坚决斗争精神和组织能力的、有朴素的政策纪律观念的人物,像遍及全国主要工商业地区的反矿监税使的斗争,杀税官,烧官府,斗争勇猛,声势浩大。在许多斗争中,广大市民对待官吏总是以其对市民利益的态度为准绳来决定弃取。如松江市民挽留李知府的斗争,是因为李不但能不受贿赂,"昭雪民冤",而且对"匠役铺户,必计工给值,绝无留滞";如杭州市民反对封建苛役的斗争,也因为教读丁士卿主张免除市民充当夜巡夫役的负担,有利于生业,而援救丁士卿,烧毁仗势免役的豪家巨室,直逼官府①。这许多斗争,虽因当时的市民力量还小,还没有完全形成为独立的政治力量,更没有任何推翻封建政权的要求,没有明确的反封建意识,但斗争的矛头,总是直指封建统治和封建剥削。其中,反对恶霸官僚地主徐阶、董伯念、范应期等人的斗争,都是以反对霸占土地,反对重利盘剥,要求退赔地价等为内容,形成了农民、市民联合斗争的新局面。而"民抄董其昌"的斗争,更是农民、手工业工人、士兵为主体的斗争。这些斗争,沉重地打击了明王朝对于其在江南等重点搜括地区的统治。

当然,在反封建斗争中,主力军总是农民阶级,而明代的下层市民,特别是工矿手工业工人,每当农民起义的时候,常踊跃参加,壮大其队伍,扩大其影响。福建沙县佃农邓茂七起义,处州矿工叶

① 见傅衣凌:《明代江南市民经济试探》,第114—115页。

宗留,尤溪炉主蒋福成也参加了,声势更大。李自成的起义队伍,沿途得到矿工的响应,主将刘宗敏就是锻工出身[①]。

明代城市平民的斗争如此激烈和普遍,在我国历史上是前所未见的。这是市民阶层逐渐壮大、逐渐觉醒的直接结果。斗争本身,又锻炼了市民。

在上述的市民斗争中,城市的中产阶级(工矿主、商人)往往参加,表现出市民阶层中不同等级共同斗争的特点。一部分和工商业有联系的士子(封建知识分子),一部分和封建当权派有矛盾的地主、失势官僚,也往往采取同情、利用的态度。这些人相互之间也有矛盾,但在要求自由地发展工矿业和商业,反对皇族与当权大官僚的专制特权方面,却是一致的。

作为这些社会矛盾的反映,明代在意识形态方面也充满着矛盾斗争。这斗争体现在哲学、政治、伦理、美学等许多方面。在意识形态的斗争中,以王艮、李贽为代表的"左派王学"反映了人民(实质上以工商业者为主)要求民主、要求平等、要求自由的愿望。他们反对封建主义的道,他们怀疑儒教,反对理学,主张"童心"、"真性"。这种思想,在当时具有历史的进步意义。在美学方面则反对复古主义,反对形式主义,推崇民间文学和通俗文学。他们和封建主义进行了长期的激烈的斗争。对明代的学术思想、文艺思想有巨大的影响。

这样的社会,当然对说书和话本有重大的影响。

封建统治阶级对小说、戏曲等民间文学和通俗文学采取压抑、摧残、利用、篡夺的政策,迫使民间文学和通俗文学成为封建主义

① 见傅衣凌:《明代江南市民经济试探》,第92页。

的装饰品、麻醉剂。

明代的统治者，是熟悉和懂得小说等民间文学和通俗文学的作用的。一方面，他们借口“诲淫”、“诲盗”，厉行禁令，企图扼杀一切有“犯上作乱”倾向的文艺。永乐年间的所谓“国初榜文”就说①：

……但有亵渎帝王圣贤之词曲、驾头杂剧、非律所该载者，敢有收藏传诵印卖，一时拿送法司究治。奉圣旨②，但这等词曲出榜后，限他五日都要干净将赴官烧毁了，敢有收藏的，全家杀了。

这虽是针对戏曲颁布的法令，具有进步思想倾向的小说也不例外。请看当时瞿佑的《剪灯新话》，有人请予禁毁③，而李祯为了著《剪灯余话》，甚至不得列于乡贤祠④。文人尚且如此，现实性、斗争性强烈的民间文艺，自更不必说了。顾炎武《日知录》卷十三“重厚”条注说：

钱氏曰：古有儒释道三教，自明以来，又多一教曰小说，小说演义之书，士大夫农工商贾无不习闻之，以至儿童妇女不识字者亦皆闻而如见之，是其教较之儒释道而更广也。释道犹

① 明顾起元：《客座赘语》卷十。

② 中华书局标点本无“圣”字。——校者注

③ 清黄虞稷《千顷堂书目》卷十二子部小说类注：“瞿佑又有《剪灯新话》，正统七年癸酉李时勉请禁毁其书，故与李祯《馀话》皆不录。”

④ 此事明叶盛《水东日记》卷十四、陆容《菽园杂记》卷十、都穆《听雨纪谈》均有记载。

劝人以善，小说专导人以恶，奸邪淫盗之事，儒释道书所不忍斥言者彼必尽相穷形，津津乐道。以杀人为好汉，以渔色为风流，丧心病狂，无所忌惮，子弟之逸居无教者多矣，又有此等书以诱之，曷怪其近于禽兽乎？

从这一段话里，我们不难理解封建卫道者们对于小说是何等的深恶痛绝。

统治阶级对于民间艺人，向来就是贱视的、残酷无情的。清焦循《剧说》卷一说：

《国初事迹》云：洪武时令乐人张良才说评话，良才因做场擅写省委教坊司招子，贴市门柱上。有近侍言之，太祖曰："贱人小辈，不宜宠用。"令小先锋张焕缚投于水。

又明都穆《都公谈纂》卷上说：

陈君佐，扬州人，善滑稽，太祖爱之。尝令说一字笑话，请俟一日，上许之。君佐出寻瞽人善词话者十数人，诈传上命，明日，诸瞽毕集，背负琵琶。君佐引之见上，至金水桥，大喝曰："拜。"诸瞽仓皇下跪，多堕水者，上不觉大笑。

另一方面，他们又提倡宣扬封建思想、因果迷信，甚至色情猥亵的文艺，作为自己的娱乐，也作为对人民精神生活的腐蚀剂。明李开先《张小山小令后序》云：

洪武初年,亲王之国,必以词曲一千七百本赐之。

史言宪庙好听杂剧及散词,搜罗海内词本殆尽。

武宗亦好之,有进者即蒙厚赏,如杨循吉、徐霖、陈符所进,不止数千本。

可见他们对无妨于他们统治的小说戏曲,不但爱好,而且搜罗占有之心甚切,特别是宪宗、武宗,“搜罗海内词本殆尽”,“有进者即蒙厚赏”,而武宗且以重金购阅《金统残唐记》①。神宗处在农民起义尚未勃兴的时期,也好览《水浒传》②,宋高宗喜阅话本都可说明他们有同样的嗜好。统治阶级的这种倡导当然会对民间文学和通俗文学的发展起一定的作用,因而,当说书、话本、戏曲的编撰落入封建文人(他们也是统治阶级的成员)之手,宣传忠孝节义、宿命果报、猥亵淫秽等等的作品便泛滥起来了。明代虽也有民间的话本,但更多的是文人的拟话本,而拟话本作品中所以会有大量的糟粕,这是主要的原因。

越来越壮大的市民群众和更广大的农民群众,却是民间文学和通俗文学的真正爱好者和保卫者。明代文化普及的程度似较宋代为高,加以印刷技术的发展,市民之于民间文学和通俗文学不仅是听众、观众,而且是读者。不论书贾、戏班、艺人、作者,从官府、贵族那里赚钱的机会毕竟有限,收入的主要来源还是在市民和农民中。因而,和宋元一样,明代的民间文学和通俗文学也必然要反

① 《金陵琐事剩录》卷一《金统残唐》:“武宗一日要《金统残唐》小说看,求之不得。一内侍以五十金买之以进览。”

② 明刘銮《五石瓠》卷六《水浒传》:“神宗好览《水浒传》。或曰,此天下‘盗贼’萌起之征也。”

映市民以及农民的思想、感情、习惯和要求。

但是，明代的市民成分更加复杂（包括手工业工人、独立手工业者、小商小贩、船夫苦力游民，工场作坊主、商人，士兵，隶役，下级官吏，城市知识分子等等），思想也很复杂。他们要求经营工商业的自由，要求劳动和人身的自由，对封建专制有所不满。此外在与统治阶级的斗争和职业的经营中，也发展了自己的经济地位。这些，在当时的社会上，都是进步的，有利于生产力发展的。然而，他们（除了手工业工人之外）又普遍地有发财致富的强烈愿望，为此还不惜投机取巧，追求享乐，玩弄妇女。另一方面，他们中间的一部分人又往往和封建统治者有千丝万缕的联系，不能摆脱封建思想的影响。这种意识形态的复杂情况当然影响了说书和话本的面貌。也是明代话本和拟话本作品菁芜并存的重要原因之一。

有一些思想比较进步的士大夫如汤显祖、冯梦龙等人，和皇族、豪强有矛盾，能够比一般市民更清醒地看到社会矛盾，并以文艺作为武器参加了斗争。他们热爱话本、民歌、戏曲等颂扬人民的美好品德的作品，但他们也和一般市民一样，深受封建思想和宗教迷信的影响，这就给他们整个的文学活动带来进步的不彻底性。冯梦龙的《三言》（进而影响到根据《三言》来表演的说书），就既有《杜十娘》、《沈小霞》那样富于反抗性的好作品，也有《三孝廉》、《庄子休》那样宣扬忠孝节义、虚无迷信的坏作品。

同统治阶级的占有、摧残、压制恰恰相反，农民和市民是热爱、保护并创造着小说的。正如叶盛所说的："农工商贩，抄写绘画，家蓄而人有之。"[①]封建统治阶级通过他们的作者用大量封建落后的

① 《水东日记》卷二十一。

作品来占领文化阵地,市民也通过自己的创作、表演,或通过代表他们的进步作者的创造、编纂,产生了不少富有人民性的优秀作品,来体现他们的思想观点和要求。在说书和话本范围内,除了统治阶级的禁令之外,斗争一般是错综复杂的,在作者和艺人身上,也有两种思想的存在和斗争。斗争的结果,则是代表人民意愿的好作品,普遍流传,长久地发挥其教育鼓舞作用。而封建反动的坏作品,虽然数量更多,却相形见绌,有的已被淘汰。

这就是明代复杂的社会矛盾,对说书和话本的基本影响。我们在下文作介绍和评价时,就以这样的社会基础和社会意义为主要的依据。

第二节　明代的说书

明代说书艺术也得到了一些发展,这主要地表现为在对阶级斗争或民族斗争的配合较过去时代更为直接。另外,说书的艺术水平,也有明显的提高。说书活动,在社会上更为普遍了。不过由于资料缺乏,我们仅能从某些不太完整的记载中,略窥一些面貌而已。兹将明代说书的各种情况,除前几章已经提到的不再重复外,分别概述如下:

一、说水浒

水浒故事,南宋即已流行于民间,惟当时都是独立的分散的短篇故事。到了元末明初,形成了长篇小说《水浒传》。大名士文征明辈，也“暇日喜听人说宋江”（见第五章第二节引）；曾刻《水浒传》的剧作家汪道昆，也在家里招集宾朋，剧谈水浒故事（见第六章第六节引）。有明一代的文籍中，谈到听说《水浒》的颇不少，兹录三则于此。

近一名士听人说《水浒》，作歌谓奄有丘明、太史之长。①

少年工谐谑，颇溺滑稽传。后来读《水浒》，文学益奇变。六经非至文，马迁失组练。一雨快西风，听君酣舌战。②

余听其（柳敬亭）说景阳冈武松打虎，白文与本传大异，其描写刻画，微入毫发，然又找截干净，并不唠叨嘞夬，声如巨钟。说至筋节处，叱咤叫喊，汹汹崩屋。武松到店沽酒，店内无人，謈地一吼，店中空缸空甓，皆瓮瓮有声。③

二、统治阶级对平话的利用

明代的统治阶级，认识到说书艺术有相当大的宣传作用，他们没有把说书技艺看成纯粹是娱乐性质或调剂生活的玩艺，总是利用它来作反动宣传的工具。统治阶级利用说书艺术和话本小说来宣扬封建道德，从皇帝的禁令和某些专集的序跋中明显可见。如《大明律》“禁止搬做杂剧律令”条：

---

① 胡应麟：《少室山房笔丛》卷四十一。

② 袁中郎：《解脱集》卷二《听朱生说〈水浒传〉》诗。

③ 张岱：《陶庵梦忆》卷五。

> 凡乐人搬做杂剧戏文，不许妆扮历代帝王后妃、忠臣节烈、先圣先贤象，违者杖一百。官民之家容扮者与同罪。其神仙道扮及义夫节妇、孝子顺孙，劝人为善者，不在禁限。

这个“律令”虽然针对戏曲，必然也适用于说书。此外，统治阶级分子还利用说书来进行个人的政治活动。相传为明嘉靖时武定侯郭勋所撰的《英烈传》，就是为了宣扬其五世祖郭英之功而作的。明郎瑛《七修类稿》卷二十四云：

> 元末僭窃虽多，独陈友谅兵力强大，与我师鄱阳湖之战，相持昼夜，势不两存矣。时郭英、子兴兄弟侍上侧，进火攻之策。友谅势迫，启窗视师。英望见异常，并弓射之①，箭贯其颅及睛而死。至今人知友谅死于流矢。不知郭所发也。……英亦不大居功，故人不知也。独《忠烈传》中明载。

所云《忠烈传》，大概就是《英烈传》，郭英最大的功绩是射杀陈友谅，所谓“一箭胜百万兵甲”，事见《英烈传》第三十九回《陈友谅鄱阳大战》。但沈德符的《野获编》卷五却丑诋郭勋冒功袭爵：

> 初，（郭）勋以附会张永嘉议大礼，因相倚互为援，骤得上宠。谋进爵上公，乃出奇计，自撰开国通俗纪传名《英烈传》者，内称其始祖郭英战功几埒开平、中山。而鄱阳之战，陈友谅中流矢死，当时本不知何人，乃云郭英所射。会内官之职平

① 上海书店排印本“并”作“开”，当据改。——校者注

话者，日唱演于上前，且谓此相传旧本。上因惜英功大赏薄，有意崇进之。

不管郭勋是否冒功邀宠，他利用平话，令内官“日唱演于上前”，蓄意宣扬其祖郭英的功业，以获得高官厚爵，这是显而易见的。如果沈德符的记载可信，那么，明代宫廷中还有以平话为职的内官，这或许就和南宋承应宫廷的“说话人”一样。

此外，还有利用平话来夸耀自己的功绩的。《四库全书总目提要》“杂史”类“平播始末”条云：

明万历间（1573—1620），播州宣慰使杨应龙叛，郭子章巡抚贵州，与李化龙同讨平之。化龙时巡抚四川，进总督四川、湖广、贵州军务。事平，化龙有《平播全书》之作。其后一二武弁，造作平话，以播事平全归化龙一人之功。子章不平，作《平播始末》二卷以辨其诬。

是腐朽的统治阶级又唆使他的武弁们，编造平话来表扬自己，作为争功的工具了。

三、揭露地主恶霸罪行的说书

明代的说书活动中，有一个通过说唱大胆揭露当地恶霸地主罪行的例子。这一件事情，还成为声势浩大的群众反对恶霸斗争——“民抄董其昌”的诱因之一。

董其昌是盘踞在江苏松江府的大地主大官僚。他以书画享盛名,为人却极其贪狠淫毒。他勾结魏忠贤①,鱼肉乡里,仗着自己的财势,操纵柴米市场,残酷地剥削农民和手工业纺织工人(当时松江府是棉纺织业中心),甚至驱使其爪牙陈明等随意"拘责监候平民"。松江、青浦、上海一带人民对他积恨已深。

董其昌六十二岁时,看中了陆兆芳家的使女绿英,其次子祖常就带了二百多人到陆家把绿英抢走,给董作妾。这件事发生后,就有人创作了《黑白传》、《五精八魂记》等小说讽刺董其昌。所谓《黑白传》,是因为陆兆芳脸黑,而董其昌则号思白。《黑白传》第一回的标目是《白公子夜打陆家庄,黑秀才大闹龙门里》(董居住在龙门寺)。此书诙谐点缀,颇堪捧腹,一时哄传②。说书人钱二更到处说唱这件新闻。董其昌听说以后,老羞成怒,恨之入骨,就把钱二及一个听客范昶(字廷芝)擒捉锁打(董认为《黑白传》即范所写),以致范气愤而死。范母带其儿媳、孙媳到董家说理,又遭董氏父子百般凌辱。因此群情愤激。《民抄董宦事实》载:

> 各处飞章投揭,布满街衢,儿童妇女竞传"若要柴米强,先杀董其昌"之谣。至于刊刻大书"兽宦董其昌","枭孽董祖常"等揭纸,沿街塞路,以致徽州、湖广、川陕、山西等处客商,亦共有冤揭粘贴,娼妓、龟子、游船等项,亦各有报纸相传,真正怨声载道,穷天罄地矣。

至三月十五日府县官员"行香"之期,群众成千上万涌到明伦堂及

① 见华亭章有谟:《景船斋杂记》。
② 据曹家驹《说梦》卷二。

董宅周围，骂不绝口。董氏父子亦雇打手一二百人，飞砖泼粪，与群众对打。次日，上海、青浦、金山等地百姓闻风赶来支援，把数百间画栋雕梁的罪恶兽舍，一炬而尽。董其昌全家逃走。于是这场轰轰烈烈的争斗，以百姓取得胜利，地主豪强遭到失败而告终[①]。

在这次斗争中，市民群众的首领之一金留，还“当众夸许，自谓葛成”（葛成即苏州府织工暴动领袖葛贤）。可见群众的觉悟程度和组织程度。说书活动能直接把矛头指向当地恶霸，显然和当时群众的觉悟分不开。

四、农民起义军中的说书

明末，农民革命领袖张献忠尝命说书人讲说《三国》、《水浒》等来教育他部下的将士。刘銮《五石瓠》卷五云：

> 张献忠之狡也，日使人说《水浒》、《三国》诸书，凡埋伏攻袭皆效之。其老本营筦队杨兴吾语孔尚大如此。

这支农民革命队伍，通过说书人的讲说，吸取了《三国》、《水浒》中许多战略战术，获得丰富的军事知识。不仅如此，更重要的是利用说书人在军中生动地给部队进行思想教育，激励士气，使他们在革命运动中作出巨大的贡献。

① 按民抄董宅事件，详载《民抄董宦事实》、《说梦》、《定陵纪略》等书。《民抄董宦事实》一书，有传抄本、昆山赵氏《又满楼丛书》本，神州国光社《中国内乱外祸历史丛书》本。《定陵纪略》为长洲文秉荪符著，有《董氏焚劫始末》一文。本节所叙，多采自冶秋的《民抄董其昌一案述略》一文，载《人民日报》1964 年 6 月 2 日。

清陈康祺《燕下乡脞录》云：

> 明末，李定国初与孙可望并为贼，蜀人金公趾在军中，为说《三国演义》，每斥可望为董卓、曹操，而期定国以诸葛。定国大感曰："孔明不敢望，关、张、伯约，不敢不勉。"自是遂与可望左。及受明桂王封爵，自誓努力报国、洗去贼名，百折不回、殉身缅诲，为有明三百年忠臣之殿，则亦传习郢书之效矣。（清徐鼒《小腆纪年》所载相同）

这段记载虽然是从封建统治阶级的立场出发的，但也可看出，在民族矛盾上升为主要矛盾时，李定国是以民族为重，不计前仇的英雄。在此基础上，说书人也就可以起一定的鼓励作用。后来李定国于永历六年（1651）与桂王合力抗清，被封为南宁王，在西南各地积极展开抗清斗争，南明形势，一度为之好转。及至桂王被汉奸吴三桂杀死于昆明，李定国愤恨呕血而死。临死，告诫他的儿子及部下说："宁死荒徼，不可投降。"诸葛亮的"鞠躬尽瘁"是为刘备统治集团，李定国的"死而后已"却的确是为民族，表现出革命英雄李定国的高贵品质。

五、相国寺说书

相国寺规模宏大，宋元以来，一向为汴梁万姓交易和游乐的中心地。说书亦为其中重要伎艺表演之一，明代讲史的具体纪录甚少，《说岳全传》第十回《大相国寺闲听评话》，虽然讲的是南宋史事，可以说是明人讲史仅见的资料。

却说牛皋跟了那两个人，走进围场里来，举眼看时，却是一个说评话的，摆着一个书场，聚了许多人坐在那里听他说评话。那先生看见三个人进来，慌忙立起身来说道："三位相公请坐。"那两个人也不谦逊，竟朝上坐下。牛皋也就在肩下坐定，听他说评话。却说的《北宋金枪倒马传》的故事，正说道："太宗皇帝驾到五台山进香，被潘仁美引诱，观看透灵牌，照见塞北幽州天庆梁王的萧太后娘娘的梳妆楼，但见楼上放出五色毫光，太宗说：'朕要去看看那梳妆楼，不知可去得否？'潘仁美奏道：'贵为天子，富有四海，何况幽州？可令潘龙赍旨，去叫萧邦暂且搬移出去，待主公去看便了。'当下闪出那开宋金刀老令公杨业，出班奏道：'去不得！陛下乃万乘之尊，岂可轻入虎狼之域？倘有疏虞，干系不小。'太宗道：'朕取太原，辽人心胆已寒，谅不妨事。'潘仁美乘势奏道：'杨业擅阻圣驾，应将他父子监禁，待等回来议罪。'太宗准奏，即将杨家父子拘禁；传旨着潘龙来到萧邦，天庆梁王接旨，就与军师撒里马达计议，撒里马达奏道：'狼主可将机就计，调齐七十二岛人马凑成百万，四面埋伏，待着宋太宗来时，将幽州围困，不怕南朝天子不是狼主的！'梁王大喜，依计而行，款潘龙，搬移出去，恭迎天驾往临。潘龙复旨，太宗同了一众大臣离了五台山，来到幽州。梁氏接驾进城，尚未坐定，一声炮响，伏兵齐起，将幽州城围得水泄不通。幸亏得八百里净山王呼必显藏旨出来，会见天庆梁王，只说回京取玉玺来献，把中原让你，方能骗出重围，来到雄州，召杨令公父子九人，领兵来到幽州解围。此叫作'八虎闯幽州'。"杨家将的故事说到那里，就不说了。那穿白的即身边取出银包，打开来将两锭银子，递与说书的道："道友，我们是过路的，送轻莫怪。"那说书的道："多谢相公们。"二人转身就走，牛皋也跟了出来。那说书的只认是三个同来的，那晓得是听白书的，牛皋心里还想："这厮不知捣他娘甚么鬼？还送他两锭银子！"那穿红的道："大哥方才这两锭银子，在大哥也不为多，只是这里本京人看了，只说大哥是乡下人。"那穿白的道："兄弟，你不曾听见说，我的先祖父子九人，这个七祖宗，百万军中没有敌手。莫说两锭，十锭也值。"穿红的道："原来如此。"牛皋暗想："原来为祖宗之事，倘然说着我的祖宗，拿什么与他？"又见那穿白的道："大哥，这一堆去看看。"穿红的道："小弟当得奉陪。"两个走进人丛里，穿白的叫了一声："列位，我们是远方来的，让一让。"众人听见，闪开一条路，让他两个进去。那牛皋仍旧跟了进来，看是做什么的，原来与对门一样说书的。这道友见他三个进来，也叫声："请坐。"那三个坐定，听他说的是《兴唐传》。正说道："秦王李世民在枷锁山赴五龙会，内有一员大将，天下数他是第七条好汉，姓罗名成；奉军师将令，独自一人，拿洛阳王王世充、楚州南阳王朱仙灿、湘州白御王高谈圣、明州夏明王窦建德、曹州宋义王孟海公……"正说道："罗成独要成功，把住山口……"说到此处，就住了。这穿红的也向身边拿出四锭银子来，叫道："朋友，我们是过路的，不曾多带得，莫要嫌怪。"说书的连称"多谢"。三个人出来，牛皋想道："又是他祖宗了！"

明无名氏的《如梦录》是专叙明代汴梁风俗景物的书，其中也提到相国寺说书：

（正月）自初一日后，赴相国寺萧墙街，听谈古说因果，游乐。（《节令礼仪记》）

相国寺每日寺中有说书、算卦、相面，百艺逞能，亦有卖吃食等项。（《街市纪》）

“谈古”，大概是指讲史，“说因果”，可能是“说经”或“弹唱因缘”之类，惜所记过简，无从得其梗概。

六、盲艺人及其他

盲艺人的弹唱，历史相当久远。有文献可征的，恐怕要以陆放翁诗提到的盲翁说蔡中郎故事为最早。明代承宋元遗风，说书情况自不会有多大变动。但在许多文献中，有关说书资料，却极少见。偶尔涉及的，也只是一些盲艺人的活动，他们都是走街坊的说唱者，没有固定的表演场所和时间。田汝成在《西湖游览志馀》里已载着杭州男女瞽者说唱情况（已见第六章第六节引）。姜南《芙塘诗话》卷二“洗砚新录·演小说”条也说：

世之瞽者或男或女，有学弹琵琶，演古今小说，以觅衣食。北方最多，京师特盛。南京、杭州亦有之。

又田艺蘅《留青日札》记杭州盲女说：

曰瞎先生者，乃双目瞽女，即宋陌头盲女之流。自幼学习小说、词曲,弹琵琶为生。多有美色,精伎艺,善笑谑,可动人者。大家妇女,骄奢之极,无以度日,必招致此辈,养之深院静室,昼夜狎集饮宴,称之曰先生。如杭之陆先生、高先生、周先生之类。

盲女不仅说唱古今小说、平话,也说唱弹词。臧懋循《负苞堂文集》卷三《弹词小纪》云[①]:

若有弹词,多瞽者以小鼓、拍板、说唱于九衢三市,亦有妇人以被弦索,盖变之最下者也。

沈德符《野获编》卷十八“冤狱”条云:

其魁名朱国臣者,初亦宰夫也,蓄二瞽姬,教以弹词,博金钱,夜则侍酒。

弹词是从唐代“词文”,宋代词话、陶真等发展而来的一种新型的说唱形式,最适合于盲艺人的说唱。还有说唱平话,获利很丰的。都穆《都公谭纂》卷下云:

真六者,京师人,瞽目,善说评话。……居半月(河南),为人说评话,获布五十匹。

① 古典文学出版社本“纪”作“序”。——校者注

从以上的记载,可以看到这些盲艺人都是卖艺觅衣食的下层人民,有的受着残酷的剥削,有的受到宰夫的玩弄,也有个别的获利丰厚。他们说唱的多是词话陶真一类的伎艺,都是口口相传的现成题材。没有书会才人替他们写话本。说唱内容可考的有红莲、柳翠、济颠、雷峰塔、双鱼扇坠等故事①。这些故事大部分现在还有散文本可以看到。在宋代,由于瓦子勾栏兴盛,盲艺人往往在农村中演唱("听陶真尽是村人")。明代瓦子勾栏消歇,他们便有机会逐渐流入城市,这时他们并不仅仅以农民为对象,也以市民甚至"大家妇女"做听众了。瞿宗吉《过汴梁》诗:"陌头盲女无愁恨,能拨琵琶说赵家。"也反映了明初汴梁盲女的说唱情况。

除了职业的盲艺人以外,当时还有业余的说书者。如《花当阁从谈》卷五"书乙未事"条说:

> 元美(王世贞)家有厮养名胡忠者,善说平话。元美酒酣,辄命说解客颐。忠每说明皇、宋太祖、我朝武宗,辄自称朕,称寡人,称人曰卿等,以为常,然直戏耳。士骕(世贞子)每携忠酒楼,胡作此等语,座客皆大笑。

又钱谦益《列朝诗集》甲集:

> 王行,字止仲,长洲人。髫时,从其父为阊门南市人。市药籍,记药物,应对如流。迨晚,为主妪演说稗官词话,背诵至数十本。

① 见《西湖游览志馀》卷二十。

失名《三风十愆记》叙明末常熟丐户草头娘：

……更熟二十一史，精弹词。

这里有豪门的家人，有药铺的学徒，有丐户。可见明代社会中受到说书的影响是相当普遍的，可惜更多更具体的说书资料，我们却未能满意地找到。

根据以上的材料和关于柳敬亭（见下节）的材料，我们可以估计明代的说书，已和宋代的小说、讲史等家数有别。明代已有《三国》、《水浒》等成书，晚期并有《三言》等成书。所以明代的说书，大抵是根据文学作品再加发挥的。明代的说书，大抵有两种：只说不唱的称平话，又讲又唱或以唱为主的称陶真、弹词。但宋元的词话到明初还在流行。平话主要是长篇演义，但也说《三言》、《二拍》之类的短篇小说。

此外，应该一提的是明代的鼓词。鼓词的来源，有人以为导源于宋赵德麟的《蝶恋花鼓子词》，实可商榷。《蝶恋花鼓子词》乃文人模仿民间伎艺之作，它是一种小型的说唱伎艺，内容多系男女爱情故事，它和篇幅浩瀚专叙金戈铁马故事的鼓词迥不相侔。鼓词与弹词一样，实渊源于宋代的词话。词话原属于“小说”体系，后来逐渐发展为长篇，并包括了“讲史”的内容，就发展成为鼓词。鼓词在歌唱方面，则更多的受到“唱赚”、“复赚”的影响。据《都城纪胜》“瓦舍众伎”所载：“唱赚”原是用鼓板的，“复赚”有花前月下之情及铁骑之类，腔调甚多，其中“叫声”一种，因市井诸色歌吟卖物之声，采合宫调而成，实开元代卖唱《货郎》的先声。现存的鼓词和元人《货郎旦》所叙的说唱形式相近，也可看出它们之间的承袭关系。

明代民间的鼓词话本有《大明兴隆传》、《乱柴沟》、《孙武子雷炮兴兵救孔圣》等(《大唐秦王词话》不是鼓词)。文人拟作则有贾凫西的《木皮散人鼓词》。这些都给后代历史小说以一定的影响。

第三节　明末清初的说书家柳敬亭

黄宗羲谓“余读《东京梦华录》、《武林旧事》，记当时演史小说者数十人，自此以来，其姓名不可得闻”①。因为在封建士大夫们看来，民间的说书艺人，“本琐琐不足道”，记载下来的就很少了。但与黄氏同时，却出现了一个杰出的说书家柳敬亭。他生当明末的大动荡时代，他并不只是为了卖艺谋生而说书，他的活动，和南明的政治、军事不无关系，而且起了一些作用，这不能不引起当时官僚士大夫们的注意。一时知名之士，都纷纷为他作传，投赠诗词，还记载下一些有关于他的遗闻轶事。柳敬亭，可以说是说书界的一位风云人物。

柳敬亭原名永昌，字葵宇，祖居通州馀西场，至父应登(字文楼)，始迁居泰州北门之便民坊，敬亭复迁南京，遂定居焉②。本姓曹，亡命避祸，休大柳下，因变姓柳。貌颇不扬，吴伟业说他“长身

① 《南雷文定》前集卷十《柳敬亭传》。

② 据管劲丞《柳敬亭通州人考》，载《江海学刊》1963 年第一期。

广颡，面著黑子”①；张岱说他“黧黑，满面疤瘤，悠悠忽忽，土木形骸”②。因此，人家都叫他做“柳麻子”。

柳敬亭大约生于明万历十五年（1587），死于清康熙七年（1668）以后，活到八十多岁。少时“犷悍无赖”，李三才开府泰州，缉拿有案，他不得已亡命到盱眙（今安徽泗州）。余怀的《板桥杂记》说他“避仇流落江湖”，正指此。他的出走非常狼狈，吴伟业《柳敬亭传》曾写到他那时的情况：

> 困甚。挟稗官一册，非所习也。耳剽久，妄以其意抵掌盱眙市，则已倾其市人。

柳敬亭对于说书一道，原非素习，只因“耳剽久”，为了餬口之计，姑且一试，竟能倾动市人，这就使他开始对说书发生兴趣。但这时他的伎艺毕竟还是粗浅的。后来他伎艺日益精进，获享盛名，是在离开盱眙之后，得到了云间儒生莫后光的启发和指导，才有此造诣的。莫后光之为人，李辰山（延昰）《南吴旧话录》卷二十一“莫后光”条说：

> 莫后光三伏时每寓萧寺，说《西游》、《水浒》，听者尝数百人，虽炎蒸烁石，而人人忘倦，绝无挥汗者。后光尝语人云：“今村塾师冷面对儿童，焉能使渠神往，记诵如流水？须用我法，庶几坐消修脯。”

① 《梅村家藏稿》卷二十六《为柳敬亭陈乞引》。
② 张岱《陶庵梦忆》卷五《柳敬亭说书》。

可以知道莫后光是一位游于艺的业馀说书者。他对柳敬亭的教导，吴伟业《柳敬亭传》写得颇为详尽：

莫君之言曰："夫演义虽小技，其以辨性情，考方俗，形容万类，不与儒者异道。故取之欲其肆，中之欲其微，促而赴之欲其迅，舒而绎之欲其安，进而止之欲其留，整而归之欲其洁。非天下至精者，其发孰与于斯矣。"柳生乃退就舍，养气定词，审音辨物，以为揣摩。期月而后请莫君，莫君曰："子之说未也，闻子说者欢咍嗢噱，是得子之易也。"又期月，曰："子之说几矣。闻子说者，危坐变色，毛发尽悚，舌挢然不能下。"又期月，莫君望见，惊起曰："子得之矣。目之所视，手之所倚，足之所跂，言未发而哀乐具乎其前，此说之全矣。"于是听者愀然若有见焉，其竟也，恤然若有亡焉。莫君曰："虽以行天下莫能难也。"

黄宗羲《柳敬亭传》有同样记载：

云间有儒生莫后光见之曰："此子机变，可使以其技鸣。"于是谓之曰："说书虽小技，然必勾性情，习方俗，如优孟摇头而歌，而后可以得志。"敬亭退而凝神定气，简练揣摩，期月而诣莫生。生曰："子之说使人欢咍嗢噱矣。"又期月，生曰："子之说能使人慷慨涕泣矣。"又期月，生喟然曰："子言未发而哀乐具乎其前，使人之性情不能自主，盖进乎技矣。"

周容《杂忆七传柳敬亭》则这样写着：

> 生之言曰："口技虽小道，在坐忘。忘己事，忘己貌，忘座有贵要，忘身在今日，忘己何姓名，于是我即成古，笑啼皆一。所恨楚庄未见叔敖，不能证优孟，然史迁、班固，下逮贯中、实甫，笔墨为证，如已见之。"

综合上面三家记载，莫后光对说书理论，确有深湛的研究。他对柳敬亭所指示的都是说书的基本原理；大概是要从人物的动态上亲切体会，要熟悉各阶层的生活和各地的方言、风俗、习惯，从生活中广泛地吸取各种知识。更重要的是要把书中人物和自己打成一片，不待开口，已经具有动人的情感。就是说要注意到人物形象的塑造，注意到进入角色的精神世界。莫后光这一番话是相当精彩的，较之《醉翁谈录》所记录的，在理论上显然有了很大的发展和提高。柳敬亭听了莫后光的教导，每得到一次启发，他必"凝神定气，简练揣摩"，这样经过几个月的苦心钻研，使他心领神会，豁然贯通。再加上他多年的实践，积累了丰富的经验，就使柳敬亭在说书艺术方面成为出类拔萃的人才。

当清兵大举入关时，士大夫避兵南下，侨寓金陵的不下万家，这时柳敬亭也作客南京，常在秦淮河桃叶渡边的长吟阁说书，凭着他高超的伎艺，"摇头掉舌，谈谐杂出"，听众无不为之倾倒。他的艺术，不但为人民群众所欢迎，而且"名达于缙绅间"，也为士大夫阶级所喜爱。这和他善于观察和体验生活，熟悉各阶层的意识和习惯是分不开的。所以吴伟业《柳敬亭传》里这样说：

所至与其豪长者相结，人人暱就生。其处己也，虽甚卑贱，必折节下之。即通显，傲弄无所诎。与人谈，初不甚谐谑，徐举一往事相酬答，澹辞雅对，一座倾靡。诸公以此重之，亦不尽以其技强也。

余怀《板桥杂记》也说：

柳敬亭……善说书。游于金陵，吴桥范司马、桐城何相国，引为上客。常往来南曲，与张燕筑、沈公宪俱。张、沈以歌曲，敬亭以谭词，酒酣以往，击节悲吟，倾靡四座。盖优孟、东方曼倩之流也。

引人注意的是柳敬亭与左良玉遇合一事。柳敬亭所以入参左良玉戎幕，据吴伟业《柳敬亭传》所载，是由于守皖者杜将军宏域的推毂。他初入左幕，就出现了一个戏剧性的场面。吴传有这样一段记述：

左以为此天下辩士，欲以观其能，帐下用长刀遮客，引就席。坐客咸振慴失次。生拜讫，索酒，诙啁谐笑，旁若无人者。左大惊，自以为得生晚也。

黄宗羲《柳敬亭传》也说：

使参机密，军中亦不敢以说书目敬亭。宁南不知书，所有文檄，幕下儒生设意修词，援古证今，极力为之，宁南皆不悦，而敬亭目剽口熟，从委巷话套中来者，无不与宁南意合。

从这一条事例看来，左良玉确实不只是爱听柳敬亭的说书，而且在政治情绪、思想语言方面也颇与柳敬亭有投合之处，上引例中柳敬亭有“击节悲吟”，下文中柳敬亭又有鼓励左良玉抗敌的说书活动，这都可说明当时柳敬亭有一定的民族气节，通过他精湛的艺术表演出来，能够受到社会上不同阶层的人物的欢迎。柳敬亭从“委巷话套中来者”，可能正是《水浒》、《三国》、《隋唐》中政治态度明朗的、接近群众的语言，和“幕下儒生”的晦涩古奥、优柔怯弱的东西迥然不同，才能得到爱国将领的肯定。柳既得左的信任，甚至出入卧内，顷刻不离。钱曾注钱谦益《左宁南画像歌为柳敬亭作》诗这样写着：

宁南既老而被病，惟块然一榻。柳生敬亭善谈笑，军中呼为“柳麻子”。摇头掉舌，诙谐杂出。每夕张灯高坐，谈说隋唐间遗事。宁南亲信之，出入卧内，未尝顷刻离也。

柳敬亭在左良玉军中说书，并不是只供左良玉治军之暇的娱乐，我们从钱谦益诗“宁南闻之须蝟张，佽飞枥马俱腾骧。誓剜心肝奉天子，拚洒毫毛布战场”等语看来，他是颇能激发左良玉的爱国热情的。后来柳敬亭“还南中”时，黄宗羲说他“尝奉命至金陵。是时，朝中皆畏宁南，闻其使人来，莫不倾动加礼。宰执以下，俱使之南面上坐，称‘柳将军’。敬亭亦无所不安也。”[①]吴伟业说他“从武昌

① 《南雷文定》前集卷十《柳敬亭传》。

归，以客将新道军所来，朝贵皆倾动。顾自安旧节，起居故人无所改。”[①]尽管从前同业中人从道旁私语：“此故吾侪同说书者也，今富贵若此！”[②]柳敬亭却并不以富贵骄人，生活起居，仍然保持他过去艺人的作风，对于“故人”和“卑贱”，仍能“折节下之”，这也是柳敬亭值得称道之处。

左良玉病死九江舟中，柳敬亭“已先期东下”，“憔悴失路”，生活上起了剧烈的变化。吴伟业《柳敬亭传》上说：

> 逮江上之变，生所携及留军中者亡散累千金，再贫困，而意气自如。或问之，曰：“吾在盱眙市上时，夜寒借束藁卧，扉履踵决，行雨雪中，窃不自料以至于此。今虽复落，尚足为生，且有吾技在，宁渠忧贫乎？”乃复来吴中。

黄宗羲《柳敬亭传》也说：

> 无何，国变，宁南死，敬亭丧失其资略尽，贫困如故时，始复上街头理其故业。

自此以后，他东奔西走，到过不少地方。“每被酒尝为人说故宁南时事，则欷歔洒泣。”[③]他这种以当代风云人物和时事新闻为题材的说书，更能引起人们的共鸣，更能深刻地感染听众。所以顾开雍

---

① 《梅村家藏稿》卷五十二《柳敬亭传》。
② 《南雷文定》前集卷十《柳敬亭传》。
③ 《南雷文定》前集卷十《柳敬亭传》。

《柳生歌序》里也提到"柳生还吴中,酒酣时时向人说宁南事,闻者皆涕下。"他不但对左良玉有知己之感,还表达了家国之痛,故能使人感动如此。因此,钱谦益在《左宁南画像歌为柳敬亭作》诗里要鼓励他把有关左良玉的事迹编成话本,以传不朽。钱诗是这样写的:

> 柳生柳生吾语尔:欲报恩门仗牙齿。凭将玉帐三年事,编作《金陀》一家史。此时笑噱比传奇,他日应同汗竹垂。从来百战青燐血,不博三条红烛词。千载沉埋国史传,院本弹词万人羡;盲翁负鼓赵家庄,宁南重为开生面。

当清兵平定江南之后,柳敬亭曾随清漕运总督蔡士英北上。王沄《漫游纪略·燕游三》,曾有记述:

> 壬寅(康熙元年)季春,自淮浦登舟……舟中休暇,则命柳生谈隋唐间稗官家言,其言绝俚。柳生侈于口,危坐掀髯,音节顿挫,或咤叱作战斗声,或喁喁效儿女歌泣态。公尝竦听之,僮仆以下咸助其悲喜。坐客莫不鼓掌称善,率至夜分乃罢。

这里对柳敬亭的说书艺术有着较扼要的描写。他不但能刻画战士的武勇,也善状儿女的柔情,绘声绘色,无不曲尽其妙。无怪他"入都时邀致接踵",名噪一时了。他出京后曾在安徽庐江说书,明遗老阎尔梅有《柳麻子小说行》长歌,颂扬他的说书艺术。这时他已经是八十岁的老艺人了。

柳敬亭原是一个善于为人排难解纷“豪情侠气，卓绝一时”（雪樵居士《秦淮闻见录》）的说书艺人。吴伟业说他“所谈皆豪猾大侠，草泽亡命”，钱谦益也说他尝“奄袂以登王侯卿相之座，往往于刀山血路骨撑肉薄之时，一言导窍，片语解颐”[①]。他的性格，可以想见。黄宗羲《柳敬亭传》对柳的说书艺术作了较深刻的描写：

> 敬亭既在军中久，其豪猾大侠，杀人亡命，流离遇合，破家失国之事，无不身亲见之。且五方土音，乡俗好尚，习见习闻。每发一声，使人闻之，或如刀剑铁骑，飘然浮空；或如风号雨泣，鸟歌兽骇。亡国之恨顿生，檀板之声无色，有非莫生之言可尽者矣。

这里，柳敬亭已不单是把他亲见亲闻的可歌可泣之事，形之于口舌之间，并且连国破家亡的沉痛感情，也尽情地表达出来了。而他在“军中”三年的实际生活体验也大大地丰富了他的艺术。但是他的说书，在思想上有很大的局限，“黄巢杀人八百万”，就是统治阶级对农民起义的诬蔑，柳敬亭也做了这种说法的传声筒。这种局限性，又和他成名以后的社会地位密切有关。他出入缙绅间，远远脱离了劳动人民，他的阶级地位起了很大变化。后来他还为降清的官僚作幕宾，并去北京为官僚们演唱，成为统治阶级的弄臣，这是柳敬亭落后的一面。

柳敬亭说书是多种多样的。“隋唐间稗官家言”是他常常讲述

① 《牧斋有学集补遗》卷下《为柳敬亭募葬地疏》。

的。他尝对左良玉说:“君侯不闻天子赐姓事乎?此吾说书中故实也。”[①]唐代天子赐姓事最多,柳所云赐姓故事,证以他常说的隋唐故事,当是敷衍程咬金第四斧头。余怀侨寓宜睡轩时曾听过柳平生得意之书《秦叔宝见姑娘》。这时柳“年已八十馀矣”[②]。《桃花扇》第十三出《哭主》曾写到柳敬亭在黄鹤楼左良玉席上演述这个故事。周郧峰(容)《春酒堂文集·杂忆七传柳敬亭》说:

> 癸巳值柳敬亭天虞山,听其说数日,见汉壮缪(关羽)、唐李(光弼)郭(子仪),见宋鄂(岳飞)蕲(韩世忠)二王。剑戟刀槊,钲鼓起伏,髑髅模糊,跳踯绕座,四壁阴风旋不已。予发肃然指,几欲下拜,不见敬亭。

则柳亦擅场《三国》、《岳传》。而于《水浒》尤精彩,顾开雍《柳生歌小序》说:

> (柳生)为仆发故小吏宋江轶事一则,纵横撼动,声摇屋瓦,俯仰离合,皆出己意,使听者悲泣喜笑。[③]

张岱描写他的景阳冈打虎(见上节引),更是有声有色,淋漓尽致。朱一是《听柳敬亭词话》诗,也把他精湛圆熟的艺术,尽情烘托:

---

① 《南雷文定》前集卷十《柳敬亭传》。
② 余怀:《板桥杂记》卷下。
③ 徐釚:《本事诗》卷八引。

突兀一声震云霄，明珠万斛错落摇，似断忽续势缥缈，才歌转泣气萧条。檐下猝听风雨入，眼前又睹鬼神立。荡荡波涛瀚海回，林林兵甲昆阳集。座客惊闻色无主，欲为赞叹词莫吐。①

以上所引封建文人的记述，对柳敬亭说书艺术的评价自难免有溢美之辞。然其伎艺之独出冠时，还是可信的。他暮年似很潦倒，曾回到了扬州，传下衣钵②。他的说书题材也很广阔，不仅讲史，也有取材于《三言》、《二拍》和宋人笔记的。他有一部话本名叫《柳下说书》；搜集了他所经常说的话本一百种，是一部十分值得珍视的书，它对说书艺术传统的研究，应该能起很大的作用。可惜这部话本集子，由于几经离乱而丢失了。

我们所以不厌其详地叙述柳敬亭的说书生涯和艺术水平，除了用以表达明代说书艺术发展情况，还想证明：说书艺人还在继续发展着人民的文学事业，也就是发展着新的话本。虽然有了定本的《水浒》、《三国》，但富于实践经验的艺人口中的英雄人物，却更加丰富生动。虽然有了《三言》、《二拍》的改编和创作，柳敬亭却还有《柳下说书》。这决不仅仅是表演上的增饰，一定有更多精彩的文学细节甚至情节。这些艺术创作的成果，当然会哺育后来的说书及其他形式的艺术，并可能产生新的话本。由此可见通过口头文学和艺术表演发展书面文学的办法，是重视艺术实践的办法，

① 《梅里诗缉》卷四。

② 柳敬亭弟子居辅臣，扬州人。康熙二十七年曾在通如一带说书，说的秦琼故事，大概就是师承柳氏昔年在余怀的秦淮“宜睡轩”所说的《秦叔宝见姑娘》故事。

群众路线的办法,值得今天的文学工作者加以注意。

第四节　明代的说唱词话叙录①

所谓"说唱词话",是一种属于"小说"体系的唱本。它在初期,一般都是短篇。陆游诗:"斜阳古柳赵家庄,负鼓盲翁正作场,身后是非谁管得,满村听说蔡中郎。"但在宋代,这种说唱本,没有流传下来,我们仅知有红莲、柳翠和蔡中郎等名目。元初农村中词话的说唱虽很盛行,由于统治阶级的严禁,也逐渐衰歇下去。话本也未见流传。我们仅能从杂剧中,约略看到它的片断引词而已。

1967年,上海嘉定县城东公社在平整土地时,在明代宣姓墓中发现一批明代中叶成化七年到十四年(1471—1478)北京永顺堂刊印的十三种"说唱词话"。这在我国古代小说和唱本发展过程的研究上,实是一个很重要的新发现。这十三种说唱词话的名目,从未见藏家著录过。刊刻形式、字体、插图和风格,都承袭了元代的作风。现在分作讲史、公案、传奇灵怪三类,依次介绍如下。

一、讲史三种

1.《新编全相说唱足本花关索传》,分为四集:

(1)前集《新编全相说唱足本花关索出身传》

① 本篇大部分材料,参考了赵景深《谈明成化刊本说唱词话》一文。载《文物》1972年第十一期。

(2)后集《新编全相说唱足本花关索认父传》

(3)续集《新编足本花关索下西川传》

(4)别集《新编全相说唱足本花关索贬云南传》

这四集,每集十一页,合订一册。前集末有"成化戊戌(十四年)仲春永顺书堂重刊"的长方木记。称"重刊",当有初刊本。上图下文,风格绝类元至治间所刊的《全相平话五种》,颇可能是从元刊本翻刊的。它是除《三国志平话》外,又一部关于三国故事民间传说的文学资料。

这部《花关索传》,大概是关索故事的最完备的本子。它的全部故事的梗概是这样的:

> 刘、关、张在姜子牙庙三结义。为表示坚决打天下,关羽、张飞相互杀对方的全家,羽妻胡金定已怀胎三月,逃到兴刘山,见父母,产下一儿,七岁,在蒲州看灯遗失。在索家读书二年;九岁,在丘潘山从班石洞主花岳出家,花教他武艺,力能拔山引泉,以枯树击盗十馀人。十八岁回索家,从师花岳及索家姓,名为花关索。经太行山,降许拔山、赵拿云等十二强人,过野猪山,宋金刚偕红巾三千降。经鲍家庄,打碎大言牌,欲烧分赃亭,箭中鲍王,其子鲍丰、鲍义均败。鲍三娘持日月双刀迎战亦败,愿嫁。三娘与廉康曾有婚约,康貌丑陋,称鬼头人。廉康派刘登、文达为先锋,向花关索讨三娘,关索杀廉康,刘、文皆降。又经芦塘寨,王桃、王悦二姊妹比武败,亦嫁索。关羽与姚宾结为兄弟,宾盗马夜走,张飞杀姚宾。关索与母胡金定、妻鲍三娘、王桃、王悦同到荆州认父,一家团圆。
>
> 曹操请刘备在落凤坡小宴,孔明命关索埋伏十里外,刘赴

> 宴，吕高舞刀，关索舞剑杀吕高。张琳（铁头）与关索各舞剑，关索扭断张琳头。曹留刘，索伏兵来救。刘备入荆州；姜维请关索救阆州；关索阆州捉王志，巴州捉吕凯，下西川。刘备收得成都府，关羽在荆州战死。张飞被张达所害。刘备梦关张；关索引兵征吴，杀铁旗曾霄，杀将祭父；刘备归天，关索死。

这些情节，都缺乏历史根据。大概采自北宋以前的草野旧闻。其比武招亲故事，平步青《霞外攟屑》卷九《花关索王桃王悦鲍三娘》条有类似的记载：

> 《茶香室三钞》卷三引《前溪逸志》云："武康县有严康屯兵处。康邑人也。奇丑而力，爪牙为刀革，肤为铁，唯喉三寸肉耳。妻鲍三娘，美而勇。时有花关索者，年少美容仪，鲍悦而私之。矢贯康喉而毙。至今村庄杂剧演其事。"《古今图书集成》引《蕲水县志》："王氏女名桃，弟悦，汉末时人。俱笄年未字，有膂力，精诸家武艺，每相谓曰：'天下有英雄男子而材技胜我，则相托终身。'时绝少匹敌者。适河东关公长子索，英伟健捷，桃姊妹俱较不胜，遂俱归之。先是邑中有鲍氏女，材行与桃、悦似，而悍鸷差胜，亦归索。三人皆弃家从关，百战以终。"

按史称关羽二子，长曰平，次曰兴。未有名索者。但《宣和遗事》已有王雄（杨雄）绰号赛关索，《水浒传》亦有病关索杨雄。吴自牧《梦粱录》和周密《武林旧事》也记述宋代的艺人有很多以关索为名号的。则宋元以来民间确有关索故事流传可知。清顾家相

《五馀读书廛随笔》云：

> 按宋江三十六人，有病尉迟孙立，病关索杨雄，既与尉迟并称，则古来有此猛将可知。此固北宋以前草野相传之旧闻。

近人余嘉锡《宋江三十六人考实》亦谓“宋时武夫，以关索为号者……凡十馀人。……盖凡绰号皆取之街谈巷语，此必宋时民间盛传关索之武勇，为武夫健儿所忻慕，故纷纷取以为号。”顾、余两氏从关索一名被用为绰号一点推断关索其人在北宋以前为传说中的世俗共知的猛将，这推断是合理的。盖绰号最能表示每个人的特征。《水浒传》中借用古人名字作绰号的，除杨雄外，尚有小李广花荣和病尉迟孙立二人。汉李广善射，故花荣为名射手；唐尉迟恭擅鞭枪，故孙立“使得好儿路鞭枪”。关索必以擅铁枪名，故以善使枪的杨雄名病关索。按清陈鼎《黔游记》：

> 霸陵桥即关索桥……关索岭为黔山峻险第一，路如之字，盘折而上。山半有关壮缪祠，即龙泉寺，中有跑马泉，甘碧可饮，相传壮缪子索用枪刺出者。……西岭即顺忠王索祠，铁枪一株，重百馀斤，以镇山门。

可见关索在民间传说中，确为使枪的勇将。但今通行本《三国演义》第八十七回写关索出场：“忽有关公第三子关索，入军来见孔明曰：‘自荆州失陷，逃难在鲍家庄养病。’”云云，叙关索却极平庸。今所知最早的嘉靖本《三国演义》，对关索又只字不提。只有在一些万历刊本《三国演义》[1]中,尚可看到不少关索的事迹。如联辉堂刊本按鉴《三国志》第九卷(相当通行本五十三回)有《关索荆州认父》一节,写关索这位传奇人物的出身道:

……张飞带轻骑,前往荆州,见云长曰:"哥哥令吾特来替守荆州,欲兄建功。"云长大喜,设宴叙情。酒至半酣,忽有小校报曰:"门外有一小将军,姓名花关索,身长七尺,面似桃花,他要进见,特来报知。"关公曰:"唤他入来见吾。"小校传令与索,索谓母曰:"母亲与妇,暂且在此片时,儿先入见爹爹。"索入见关公,双膝跪下,垂泪言曰:"儿得大人之遗体,未尝侍奉,不孝之甚,望父恕罪。"关公正容曰:"汝是何人,敢来错认吾耶?"索曰:"儿三四岁时,见父不在家,常问于母,母道父亲自杀本处豪霸,逃难江湖,雁杳鱼沈,不知何所。又值家贫,只依外公胡员外家抚养长成,指教说父昔日桃园结义。今闻在荆州,特来寻见。"关公迟疑不信,索曰:"父不认儿,儿无所倚。"哭晤在地。张飞扶起,谓云长曰:"吾看此子,必不妄认。兄出外日久,家中事恐忘怀了。可仔细思想,逃难之时,嫂嫂有怀孕否?"关公沈吟半晌曰:"吾逃难时,妻小果有怀胎三个月。但此子既是吾儿,宜姓关,如何姓花名关索?吾故不敢遽认。"张飞复问其故。索答曰:"七岁时,元宵玩灯,闹中迷失,索员外拾去,养至九岁,送与班石洞花岳先生,学习武艺,因此兼三

① 如万历乙巳闽建郑少坦联辉堂三垣馆刻本《新镌京本校正通俗演义按鉴三国志》(一名《赤帝馀编》);明万历庚戌闽建杨春元闽斋刊本《重刻京本通俗演义按鉴三国志传》;万历闽书林乔山堂刘龙田刊本《新镌全像大字通俗演义三国志传》,均载有关索故事。见王古鲁《小说琐记》。

姓，取名花关索。”关公听毕曰：“原来如此耶！”掩面而哭，“吾儿若不来，吾怎知汝母子艰辛。”随问曰：“今母何在？”索曰：“就在门外。”关公曰：“快请进相见。”索出门外，请母进府。关公一见胡氏，遂二人掩面大哭。张飞曰：“今日兄嫂父子相会，骨肉团圆，真如古镜重明，缺月再圆也。请收双泪，且作喜庆。”胡氏遂命儿妇三人拜见关公，复拜翼德毕，红日西沈，张飞告退。是夜设宴以叙夫妇之情。谓胡氏曰：“吾家贫，汝又在岳父家住，为孩儿娶一妇，尚不能，因何娶得三个媳（疑脱‘妇’字）？”胡氏曰：“先过鲍家庄，遇鲍三娘；后过卢塘寨，遇王桃、王悦，皆与孩儿斗演武艺，比儿不过，愿成夫妇。”关公曰：“吾有此子，如虎生翼矣。何愁汉室不兴乎？”

这段认父文字，与《花关索传》所写，基本上相符。看来就是依据这个词话本写的，不过演义本把原来的唱词改为散文而已。通行本的改动就更多。第十二卷（相当通行本七十回）《张飞关索取阆中》一节写关索用计败敌的一段，通行本中却已改作雷同。而关索随云长取长沙，枪刺杨龄，则改为云长刀砍。此外，尚有七八处提到关索作战事情，均被通行本删去。大概因为在力求“按鉴”的改作者看来，关索故事只不过草野旧闻，毫无历史根据，因而凡载关索之处，就被逐渐归并删除以符史实，这样，本来是一员冲锋陷阵的勇将，就变成无声无臭的人物了。

2.《新刊全相唐薛仁贵跨海征辽故事》，共三十页，半页插图十三幅，卷末有“成化辛卯（七年）永顺堂刊”字样。

薛仁贵征辽是唐朝对辽东战争的故事。薛仁贵，两《唐书》均有传。仁贵随唐太宗征辽和三箭定天山故事被后世小说家津津乐道。元代平话《薛仁贵征辽事略》，基本上根据这些史实来敷演，《说唐后传》也和《事略》一脉相承。而这本跨海东征的词话，比较晚出，开端数行文字，几乎和《事略》完全相同，看来它可能是根据《事略》来改编的。

3.《新编说唱全相石郎驸马传》，共二十五页，夹页题目双行，中间夹刻“说唱词话传”五字。卷末有“成化七年仲夏永顺堂新刊”一行。

《石郎驸马传》故事，与《五代史平话》中的《晋史》所叙有出入。与《残唐五代》第四十五回《潞王夺位争天下》至第五十回《石敬瑭长安即位》的情节基本上一致。略云：

潞王反于凤翔，势张甚，长驱至洛阳，闵帝出奔被杀，宰相冯道率百官出迎，潞王遂即帝位，号曰废帝。封驸马石敬塘为大军诸卫副使，与桑维翰、刘智远共守三关。敬塘尚永宁公主，废帝之妹也。废帝妻张皇后出身勾栏，公主不为礼，张谗于帝，幽公主于冷宫，因冯道奏得免。公主还宫，心不能甘，差人走报三关，而已则逃离宫中。敬塘接报，遂引兵反，契丹助之，唐兵大败，京城破，帝自焚玄武楼，张后被杀。敬塘遂即帝位。

二、公案七种

4.《新刊全相说唱包待制出身传》，共十三页。

包拯，《宋史》有传。此《包待制出身传》当系根据比较古旧的关于包拯的民间传说编写的。其故事梗概略云：包拯是庐州凤凰桥畔小包村人。中状元后,仁宗命赴定远县任。在定远三年,独断独行,有事不上告,濠州知府怒,奏罢之。后因包公劾转运使贪污,仁宗问谁可任开封府尹,黑王相公奏包公可去。包公要八个保官,这八个保官是:"第一中书为宰相,沿江结寨范将军。保家护国申宰相,立国安邦狄将军。城内李王太子位,两折(浙)前(钱)王后代孙。更有城东紫驸马,南街皇叔六王身。"(此八人与元曲、后来小说均不同。)词话至此止。

按清末《七侠五义》第二回至第四回所叙包龙图事迹,谓包公幼年为二兄包海所忌,多方谋害未成,长兄包山私自抚养长大,延师教读,十馀岁,带领仆人包兴,上京应试,误投金龙寺,几为恶僧所害,幸得侠客展昭搭救出险。行李及盘缠尽失,不得已,从包兴计,权到隐逸村除妖,并联姻。中间还有狐女避雷,经包公救护,狐女三度报恩等故事。情节与《包待制出身传》完全不同。不知何所依据。

5.《新刊全相说唱包龙图陈州粜米记》,共十八页。

本篇故事略云:

陈州三县干旱,"三停饿死二停八",百十公公见仁宗。仁宗以为"十万军粮赈济",监仓侯义异、管粮赵皇亲、封库马孔目、管库杨某舞弊,"三十贯钱粜斗米,蔽稻糠皮占二停。"仁宗命换人,王丞相保包公去。包公初到"定远三月,双勘丁",因坏人不申奏表扬,为此罢官,在东京普照寺修行。青州王相亲自去请包公出山。该寺长老只知"包呆子","唤做癞皮包行者,早朝睡到日头中。"后王相告知寺僧,包公曾任定远知县,并对包公云:"你看我幞头动,便谢恩;不动,你休谢。"包公见仁宗后,仁宗封了几次大官,包公见王相幞头不动,便一直不谢恩;后封五府台官宰相使、十五州提督使、十三座开封造院使、东厅三省枢密使，合为四使，正授开封府尹，违法者先斩后奏，包公方才受命，制定三种枷棒：百姓用松木，富豪宰相用黑漆木，鬼神用桃木，又受“斩砍皇亲剑一根”。“十个朝官来做保，我皇御押在当中。打死皇亲包文拯，众官做主奏明君。”包公预借开封府头踏，遇偏官张妃擅用銮驾去东岳还愿，包公嘱罚黄金千两。后赴陈州，嘱公人十日后来寻。包公改扮秀才，骑驴往黑松林，赵省大郎赖包公偷牛，吊在树边。赵太公认识包公，命放下。后包公到秦康县，遇知县赶獐，包公打死其银蹄狗，被下土牢。押狱张清解其衣，见金牌，乃八拜包公，包公嘱勿泄。又到十五里庄，见太公哭，女被秦知县抢去，包公命赵太公与其女告状。又私访蔡河如渡口，见黄伯二郎管渡。二郎管茶坊，横行不法，高抬渡价茶价。包公又入城，私访米价一斗三十两，乃用一把糠皮迷仓官目，被打入土牢。张龙、赵虎在接官亭不见包，后在牢中寻得。包公拿四皇亲用黑漆枷，定罪；又拿卖茶管渡人，用松木枷；秦知县脊杖八十停官；赵省大郎用私刑吊打，充军。“唱罢古今名烈传”，完毕。

按元无名氏有《陈州粜米》杂剧，其故事为我们所熟知。此说唱本《陈州粜米记》，虽与杂剧同题材，而情节较多，出入较大，显系民间较为原始的资料。

6.《新刊全相说唱足本仁宗认母传》，共十九页。按元无名氏有《抱妆盒》杂剧，叙宋李宸妃事，宋元以来盛传，到明代中叶，又有说唱本刊出，决非偶然，它是有时代背景的。此说唱本《仁宗认母传》虽写宋李宸妃事，与明代纪太后事（见《明史》卷一一三《纪太后传》）相类，作者可能借宋事以影射时事。这一明代宫闱秘事，自成化十一年颁诏天下后轰传于朝内外，而纪太后之死，当时大学士尹直撰哀册有云：“睹汉家尧母之门，增宋室仁宗之恸。”（《明史》

卷十三)是其时自朝廷以下,并不讳饰此事,且公开以宋仁宗相比,所以在吕天成《曲品》论《金丸》云:“元有《抱妆盒》剧,此词出在成化年,曾感动宫闱。”这本《仁宗认母传》应时而出,毫无顾忌者,亦正以此。

7.《新刊说唱包龙图断曹国舅公案传》,共四十三页,插图十二幅。内容略云:宋仁宗时,狄青杨广打南蛮得胜回朝,仁宗派包公赏百万衣粮。袁文正拟赴考,携妻张氏上东京,看街景。遇国舅二皇亲,请袁饮酒,将袁灌醉,绞死,并打死三岁孩儿。推尸入琼花井。霸占张氏。国舅任郑州安抚,挈张氏行。包公赏军回,过桥遇怪风,命王梁、李旺赶风,至曹府风住,知二皇亲之父娣为曹皇后。入府,在井中捞起袁氏父子尸。二皇亲之父兄闻包公已悉此事,即命人到郑州,嘱国舅打死张氏。张氏佯醉,张青救之,谎报张氏投水死。太皇金星化老人,送张氏来东京告状,误告至大国舅处,被打死,还魂;二次告包。见夫、儿尸大哭。国舅母向包求情,包烧其宫诰,并云:“都是这般来放了,世界山河怎太平?”包终于斩了二国舅,只放了大国舅。这和明代传奇《袁文正还魂记》叙同一故事,惟情节有出入。

8.《新编说唱包龙图断歪乌盆传》,共三十页,半页插图六幅。书末有“成化壬辰(八年)岁季秋书林永顺堂刊行”一行。扉页书名分两行,中间夹刻“全相说唱词话”六字。元人有《盆儿鬼》杂剧,此说唱本所叙,当即此故事。后来《龙图公案》的《乌盆子》,传奇《断乌盆》以及小说《七侠五义》、京剧《乌盆计》所写情节,均大同小异,惟作品中人物姓名各不相同耳。

9.《新编说唱包龙图赵皇亲孙文仪案传》,此本出土时已全书粘连,经设法修整,恢复了好几页,得知此故事梗概,实即京剧中之

《铡赵王》。《京剧剧目初探·铡赵王》提要云：

> 织匠司马都，别兄司马受赴西京应工。司马受妻刘都赛入东京观灯，被仁宗之弟赵王所见，强抢入府，逼充为妾；刘佯剪破锦衣，召工织补；司马受寻妻，应募入府，夫妻私会，赵王看破，杀死司马受，并放火烧死其全家。司马受之子金保得邻居救出，遇司马都回京，哭诉家难。司马都怒写状纸，赴开封府控告，又被赵王羽党监官孙文仪拦捉至衙，杖毙后装入箩筐，上掩黄菜叶，拟乘夜投入河中，恰逢包公查夜，见筐起疑，截回府中，救活司马都，察明详情，诈作病死，留遗书请赵王继任，诱赵王至府，赵王正调戏包夫人，包拯从灵帏后突出，立擒赵王，讯明将其铡死。

成化本说唱词话内容大部分与此提要相同，惟叙张院子逃出，将事告知司马相（不作都）非金保。

10.《新编说唱包龙图断白虎精传》，共十四页，半页插图三幅。这个说唱本长达九百多句，全部为七言唱词，没有说白，这也是词话体裁的一种，其来源可以上溯到敦煌的《季布骂阵词文》。略云：沈百万有子元华上京赶考，父母以好色为戒。元华上路经伏虎大王庙，虎精化为美女，自言愿共枕席。元华次日出游，天庆观张观主见其有妖气，给与灵符。虎精已知，吃掉张观主，回山而去。元华诉之包公，赖张天师之助杀死虎精。

此说唱本最后有四句诗："元华赴选上东京，白云山里遇妖精。此精吃了张观主，龙图勾到斩其身。"末有"今唱文书当了毕，将来呈上贵人听。"这二句亦见《开宗义传》，可见是当时词话惯用的套语。

三、传奇灵怪三种

11.《新刊全相说唱开宗义富贵孝义传》，分上下两卷，共二十四页，半页插图六幅。卷上末有“成化丁酉（十三年）永顺书坊印行”字样。这是一种宣传因果报应的劝善书，叙开宗义家里豪富，子孙都很孝顺，皇帝用尽计谋，强迫他献出他家的珍宝，经过许多曲折。最后开宗义成了正果。其唱词有“开公白日升天界，尽是大士会上人……只因行孝得超升。”有一种抄本《忠孝情义开公传》，情节与此说唱本相似。

12.《新刊全相莺哥孝义传》，共十九页，半页插图十幅，扉页上端横刻“永顺堂新刊”，标题两行，中间夹刻“新刻说唱足本词话”。这也是一种劝善书，内容与今传《鹦哥宝卷》略同。大意谓小鹦哥的母亲想吃荔枝，小鹦哥为尽孝到远方去寻觅荔枝，被人捉住放在笼中，小鹦哥想念母亲，终于逃回。

13.《新刻全相说唱张文贵传》，分上下两卷，共三十五页，此故事比较陌生，内容概要如下：西京、溪州、溪水县张百万之子文贵读书，拟赴考，父母不许，文贵以自缢要挟，方许。文贵过太行山，遇盗静山大王赵太保，斩了他的二安童，将文贵绑在剥皮亭上，准备明晨摘取心肝。次晨，酆都王子生日请酒。赵太保去赴宴，留其女青莲公主在家，救了文贵，与之成婚，赠以三件宝，一为碧玉带，可治病，能起死回生；一为逍遥瓶，饮酒常斟常满，源源不绝；又一为温凉盏，饮之则可听到各种音乐。文贵逃到凤凰城，入杨都知黑店，试温凉盏，各种乐声大起，杨都知听到，遂将文贵勒死，推之入井，取了三件宝和万钱，十马蹄金，一龙驹马（上卷）。皇城正阳门出榜,国太重病,能医者平分天下。杨都知(即杨二)医好了国太病,封为八十四州都元帅,月俸七千贯。后龙马在园中叫屈,玉帝知之,宣神兵、风伯、雨师、献电公将文贵尸从井中取出,白马驼尸见包公,包公设法向太后借碧玉带,救文贵还魂,案情大白。包公斩了杨二,赵太保及其女青莲公主均受封,文贵也封了官(下卷)。

莆仙戏有《张文贵》,其故事与唱本《白马驼尸玉带记》近似。而此《张文贵传》,则与《白马驼尸玉带记》更为相似。唱本的主角名刘文英,封面题四句云:“文英赶考遇害,深山得救成亲,白马驼尸告状,包公玉带还魂。”刘文英就是张文贵演变来的。静山大王已改名林山大王,其女仍名青莲,酆都大王则改为风都大王,刘乃西京运水县刘家村人。此《玉带记》情节几乎与《张文贵传》完全相同。传说的源远流长,于此可见。

从上面十三种说唱词话来看,《张文贵传》卷上末有“前本词文唱了毕,听唱后本事缘因。”和《开宗义传》卷末“今唱文书当了毕”的唱句,知“词话”又可称为“词文”和“文书”。它的形式比较多样。主要是七字唱句,有说有唱,有时也有三、三、四的“攒十字”小段。有的有引诗和对联摘句,还有分节、标目。它的开头用了一首诗,接着以“话说”开场,而并不像钱希言所说的“词话每本头上有请客一段”。它们的内容,讲史和公案都是元代平话和包公戏的继续和发展。陈陈相因,看不出对明代中叶的社会生活有什么反映。借古影射的因素是有的,《仁宗认母传》和明代宫闱的某些事件有一定的联系,但没有什么社会意义。倒是其中另外三个“包公案”,叙的是织匠商人、下层士子受迫害的事,其对立面大都是封建皇族或皇亲,这在一定程度上反映了明代广大市民反封建剥削和压迫的愿望,可惜他们把希望寄托在封建官僚和神仙鬼魂身上,大大降低了它们的社会意义，反而在根本问题上对封建统治唱了赞歌。至于三种传奇灵怪的说唱词话，则更是荒诞。明代鬼怪迷信之风很盛，打开《明史》，妖妄之说，触目皆是。而这些词话中封建迷信之毒极深，倒是反映了明代社会环境的愚昧黑暗的一面。总的说来，这十三种说唱词话，在思想内容上封建性的糟粕占压倒优势，但从研究工作来说，这十三种词话的发现，通过它看到中国古代戏曲、说唱文学和小说相继的发展过程，填补了宋元以来词话这一说唱文学的空白，从而使我们认清了元明以来词话的面貌。

此外，还有一些虽已失传，我们还可以知道它们故事情节的说唱词话，如《贩香记》和《苏知县报冤》。《古今小说》卷二十八《李秀卿义结黄贞女》的收尾说："有好事者，将此事编成唱本说唱，其名曰《贩香记》。"可见《贩香记》说唱的是明代弘治年间的一件故事。略云：

> 南京上元县黄公，以贩线香为业，人称他做黄老实。妻已亡故，长女已嫁，止一次女善聪在家，年方十二岁。黄把女儿改扮为男，伪称外甥张胜，带往江北营生。在庐州府居住，谁知不上两年，黄一病身亡。善聪孤女，与间壁贩香客李英字秀卿者结为异姓兄弟，合伙营商。善聪小心谨慎，从未露出破绽。光阴荏苒，不觉在庐州一住九年，善聪择吉将父亲灵柩归葬，秀卿亦相助同行。至南京，秀卿问明张胜（善聪）住址而别。善聪到姐夫家，复作女装。次日，秀卿来访，善聪初不肯见，强之，始出，历述扮男随父营生经过，并谓男女之嫌，今日一见，不复再聚矣。秀卿如痴如醉，屡次央媒说合，善聪立意不肯，谓"今日若与配合，无私有私，把七年贞节，一旦付之东

流。”事闻于守备李公，意甚悯之，乃认秀卿为侄，央媒玉成其事。（参看第十四章第一节第22条）

《警世通言》卷十一《苏知县罗衫再合》的收尾说：“至今闾里中传说苏知县报冤唱本。”可见《苏知县报冤》唱本，是根据明初永乐年间实事敷衍而成的。

长篇的说唱词话，明代也有，如《金统残唐记》、《三国演义》、《水浒传》、《西游记》、《封神演义》等，在散文本通行之前，它们都有夹说夹唱的词话本（参看第六章第六节《话本与词话》），可惜这些本子都失传了。明嘉靖间，杨慎拟作的《历代史略十段锦词话》，每段有《临江仙》、《西江月》等词调，它只是韵文的通俗历史而不是叙述故事。兰陵笑笑生的《金瓶梅词话》，虽叙述故事，也不是以诗词唱句来表达故事情节。只有万历间诸圣邻的《大唐秦王词话》六十四回，才是至今流传的惟一的、完整的长篇说唱词话。这部词话极罕见，今有文学古籍刊行社影印本。叙的是唐太宗李世民统一海内，建立唐帝国的历史故事。

此外，我们还可以从历代笔记中所记载的一些片断，见到由宋杂剧转变为明“话”事例的一斑：

钻遂改

宋宁宗嘉定初，蜀伶演，见宋岳珂《桯史》十三《选人戏语》：

蜀伶多能文，俳语率杂以经史，凡制帅幕府之讌集，多用之。嘉定初，吴畏斋帅成都，从行者多选人，类以京削系念，伶知其然。一日，为古衣冠服数人，游于庭，自称孔门弟子，交质以姓氏。或曰常，或曰于，或曰吾。问其所莅官，则合而应曰：

“皆选人也。”固请析之。居首者率然对曰：“子乃不我知。《论语》所谓‘常从事于斯矣’，即某其人也。官为从事而系以姓，固理之然。”问其次，曰：“亦出《论语》，‘于从政乎何有’，盖即某官氏之称。”又问其次，曰：“某又《论语》十七篇所谓‘吾将仕’者。”遂相与叹诧，以选调为淹抑。有怂恿其旁曰：“子之名不见于七十子，固圣门下第，盍叩十哲而受教焉。”如其言，见颜闵方在堂，群而请益，子骞蹙额曰：“如之何？何必改？”兖公应之曰：“然！回也不改。”众怃然不怡，曰：“无已，质诸夫子。”如之，夫子不答。久而曰：“钻遂改，火急可已矣。”坐客皆愧而笑。闻者至今启颜。优流侮圣言，直可诛绝，特记一时之戏语如此。

钻弥远

宋理宗宝庆间，蜀优演，见宋周密《齐东野语》十三《优语》：

……蜀优尤能涉猎古今，援引经史，以佐口吻，资笑谈。当史丞相弥远用事，选人改官，多出其门。制阃大宴，有优为衣冠者数辈，皆称为孔门弟子，相与言“吾侪皆选人”，遂各言其姓，曰“吾为常从事”，“吾为于从政”，“吾为吾将仕”，“吾为路文学”。别有二人出，曰：“吾宰予也。夫子曰‘于予与改’，可谓侥幸。”其一曰：“吾颜回也。夫子曰‘回也不改’。吾为四科之首而不改，汝何为独改？”曰：“吾钻故改，汝何不钻？”回曰：“吾非不钻，而钻弥坚耳。”曰：“汝之不改宜也。何不钻弥远乎？”其离析文义，可谓侮圣言；而巧发微中，有足称言者焉。

元人传说一则

见元李有《古杭杂记》：

史弥远作相时，士夫多以钻刺得官。伶人俳优者，一人手执一石，用一火钻钻之，久而不入。其一人以物击其首曰：“汝不去钻弥远，却来钻弥坚，可知道钻不入也。”遂被流罪。

孔方兄

见明冯梦龙《古今谭概》微词部第三十：

史丞相弥远用事，选者改官多出其门。一日制阃设宴，优人扮颜回、宰予，予问回曰：“汝改乎？”曰：“回也不改。”回曰：“汝何独改？”予曰：“钻遂改，汝何不钻？”回曰：“非不钻，但钻之弥坚耳。”予曰：“钻差矣！何不钻弥远？”有以贿改庶吉士者，假托故事嘲之曰：“孔子昔日曾为馆选座师，齐宣王馈兼金万镒，因簪笔而就试焉。卷呈，孔子曰：‘王庶几改。’宰我食稻衣锦，私饷旧谷新谷若干。试日，倩游夏代笔，予直昼寝而已。已而送卷，孔子曰：‘于予与改。’颜渊善言德行，乃曰：‘钻之弥坚，不若既竭吾才，吾见其进也。’试毕，阅卷，孔子以‘如愚’置之，曰：‘回也不改。’他日，回请故。曰：‘汝箪瓢陋巷，出寄百里之命足矣！何复望华选乎？’回因痛哭而死。”《笑林》评曰：“孔子非仲尼，乃孔方兄耳。”

按“孔方兄”三字是《笑林》提出，非当时说话传本前面所题，不足为凭，仅得其意而已。

《坚瓠集》四，载《谭概》“假托故事”说，谓事在万历中。但同书十集四，又另载刺杨一清语，见明优语“钻燧改”条，事在正德间。恐万历乃正德之讹。兹录明优语如下。

钻燧改

明武宗正德十年，优人语见清褚人获《坚瓠十集》四：

杨一清为冢宰日，有设为选官求改事为口实者。曰：有选人，既注官，意弗慊，思改，将决于神签。其妻曰："君儒人，当听命于儒之灵者。"选人于是祷于仲尼。既至庙，乃先诣从配诸贤。首至闵子曰："某欲改官，何从而可？"闵子曰："何必改？"问颜子，颜子曰："回也不改。"问宰予，宰予曰："於予改。"问其何自，则曰："钻燧改。"杨号邃庵，其所注除迁擢，皆由贿赂钻刺而得，故云。(《笔记小说大观》本)

任中敏《优语集》说明曰："按此一件事实，有其多面之联系，含义甚广。若就伎艺之变迁言，堪作为一典型之例证。宋嘉定初，先有杂剧，如上文之'钻遂改'条，离析经义，用讥选改，一也。宋宝庆间，又有杂剧如'钻弥远'，乃就前剧改编，而出'钻坚'之义，以刺史弥远，二也。元人传说，宋剧曾有就坚石误钻作关目，以刺弥远者，三也。明人因前两宋剧，改作宫戏，以刺杨一清选政，曰'钻燧改'，四也。明人又因宋剧大意，改为弄孔子之说话故事，以刺当时选政，五也。足见宋剧于同一主题下，有许多不同演法，可于此见例。话本与剧本间，本多互相转化，惟大都由话转戏；而由戏转话者较少，此其一例也。"

第五节　拟话本的繁兴和发展

明代说书的情况，既如上节所述。作为说话人底本而存在的话本，到了这一阶段，也发生了一个变化。那就是由于书写文字的日益发达，话本已明显地脱离了说话表现的范畴而逐渐书本化。

为了适应市场的需要,它不只是通过说话人敷演的影响,这就刺激了文人的兴趣和爱好,创作了大批拟话本。于是话本和说话伎艺,也开始分了家,而拟作也就成为专供阅读的白话短篇小说,纷纷刊印问世。可见人民群众的巨大需要和当时印刷业的发达,是明代中叶以后拟话本所以盛极一时的客观原因。同时一些与市民群众有密切联系的比较进步的封建文人,在文艺方面则对一向“不登大雅之堂”的通俗小说、民歌等给予重视。当时文学观点的这种转变,对于拟话本的繁荣是一个极其重要的因素。

第一个敢于突破封建统治阶级鄙视通俗小说的偏见,对通俗小说的地位和作用给以肯定的是嘉靖年间的思想家李卓吾(贽)①。李卓吾思想的实质,虽然基本上属于封建主义,但他把封建正统文人所轻视的小说,提到了文学的正统地位上来,把《水浒传》和《史记》并列,称之为“发愤之作”②,加以批点,加以颂扬。这种对小说的看法,正是一个受到当时民主思想影响的反对封建正统观念的看法。李氏的思想,是和在封建社会中已成统治思想的儒学对立的。虽然被封建统治阶级视为“异端”,却得到当时思想进步的士大夫的欢迎,影响既深且广。朱国桢《涌幢小品》云:“皆不读《四书》《五经》,而李氏《藏书》、《焚书》人挟一册,以为奇货。”陈明卿《李卓吾别传》亦云:“卓吾书盛行,咳唾间非卓吾不欢,几案间非卓吾不适,朝廷虽焚毁之,而士大夫则相与垂镌,且流传于日本。”流风所扇,后来的三袁(袁宗道、袁宏道、袁中道)、冯梦

① 周晖《金陵琐事》卷一云:“(李卓吾)尝云:‘宇宙内有五大部文章:汉有司马子长《史记》,唐有杜子美集,宋有苏子瞻集,元有施耐庵《水浒传》,明有李献吉集。’”

② 李卓吾《忠义水浒传序》:“《水浒传》者,发愤之所作也。”

龙等人,大力推崇白话通俗小说,甚至自己进行创作,都是直接继承和发展了李卓吾的观点的。

但在李卓吾之前,明代文人模拟话本的作品,可能早就有了。我们从《宝文堂书目》著录的许多叙述古代故事的明人话本,如《羊角哀鬼战荆轲》、《范张鸡黍死生交》、《冯唐直谏汉文帝》、《李广世号飞将军》、《夔关姚卞吊诸葛》、《雪川萧琛贬霸王》诸作,可以看出它们都是具有很浓厚的文人拟作气息。因为民间艺人,每喜以现实生活为题材,而文人创作则大多乞灵于历史故事。所以这一类话本,"离开民众的趣味已远,当不会是书场上的直接的产物"(郑振铎语)。他们的拟作不大引起人们的注意,直到冯梦龙手里,才对这种文学形式进一步重视。冯梦龙虽然是封建地主阶级知识分子,但他对民间文艺有一定的爱好,在学习、加工、整理的过程中,还有意识的、大量的从事拟作,这不仅对话本的艺术性有所提高,而且在当时形成了一种风气,给予后来以深远的影响。

冯梦龙是通俗小说(拟话本小说)和民歌的功臣,他用他的思想性较高、艺术性也较强的《三言》,为拟话本的繁兴打开了局面。他在理论上有发挥,在实践方面更有成绩,他从话本和其他民间文学中吸收营养,提高了话本小说的艺术价值,奠定了拟话本小说的历史地位。

在人民需要的前提下,进步的作家和某种民间文学密切结合,这是一种文学得以繁兴的基本条件。

《三言》陆续出版而且受到市民极大欢迎以后,文人也开始改变了过去蔑视的态度,作为一种新的受欢迎的体裁加以模拟,从事创作(并非为说话人写作);有的则主要从教育作用出发。他们写作和刊印的主要目的,正如陆侃如、冯沅君曾作过的分析:

> 写作或选印的用意有两种。一种是以“小说”为教育的工具,《三言》的命名就是一个证据。世人需要他们去警、去喻、去醒。天然痴叟的《石点头》也是这个意思。他们实在已经初步认识到文艺创作的无比深厚的宣传鼓动作用。另一种是以“小说”供人消遣。《清平山堂话本》六个集子的名称用《雨窗》、《长灯》、《随航》、《欹枕》、《解闲》、《醒梦》字样,显然是拿这些作品来调剂社会上一部分人的生活。不过这两种有时也难截然分开。①

但是,教育的目的,在不同的作者又有截然不同的区别。可一居士在《醒世恒言》的序言中解释《三言》的意义说:

> 明者取其可以导愚也,通者取其可以适俗也,恒者则习之而不厌,传之而可久。三刻殊名,其义一耳。

显然是想站在士大夫阶级的立场上来“导愚”的。但由于冯梦龙生长在当时文学艺术比较发达的苏州,和市民群众有一定的联系,他的世界观中有尊重和同情市民的因素,他也接受了一些民主思想的熏陶,他所爱好的话本,有不少就是市民群众的创作,因而,由他所加工或拟作的《三言》,其用以教育群众的东西,就具有两重性。以数量来看,大部分是封建的,小部分是较有民主因素的作品。但从质量来看,真正能广泛流传发展,脍炙人口的,恰是这些有民主

① 引自《中国文学史简编》第五篇《明清的文学》。

因素的作品。凌濛初的《二拍》，虽然在冯氏的直接影响下产生，但他的主观动机，并非全为“教育”，而是以引人“拍案惊奇”来牟利为主的，其中含有大量的封建思想和低级趣味。而天然痴叟的《石点头》，东鲁古狂生的《醉醒石》，则更等而下之。由于参加创作拟话本的作者，鱼龙混杂，而且大都是并没有多少进步思想的封建文人，后来就使拟话本的繁兴成为糟粕多于精华的状态。这些封建文人抱着游戏、牟利或说教的目的进行改编、创作，作品的思想性、艺术性就远逊于《三言》，虽然也有几篇具有暴露或认识作用、艺术上也较好的作品，但总的说来，却是每下愈况。直到清代的《雨花香》、《娱目醒心编》、《跻春台》等话本集，劝忠说孝的腐语，连篇累牍。它们歪曲现实，任意虚构，利用话本的形式，散播反动的封建思想毒素，拟话本小说到了这一阶段，已完全僵化，再也无法继续了。由此可见，话本小说的衰落，并不是话本这一艺术形式本身有什么缺点，而是由于话本被封建文人所垄断，以他们的反动观点来拟作话本，而这些拟话本，越到后来，内容也越是腐化，全是虚伪的道德说教和庸俗色情的作品，离开人民群众的趣味也越远。变成封建文人茶余酒后谈助之资，这就陷入了一种停滞不前的衰败状态。这是拟话本脱离人民群众，脱离艺人口头创造，掌握在封建文人手中的必然结果。相反，流传在艺人口头的活的话本，一定还是在继续发展的。雷峰塔故事的发展为长篇弹词《义妖传》，便是一例。

但是，在拟话本从发展到衰落的过程中，某些作者，也企图作一些革新的尝试。例如明崇祯间出现的《鼓掌绝尘》，全书四集，每集却用十回书来写一个故事。后出的《鸳鸯针》、《弁而钗》、《宜春香质》、《人中画》等，都直接受到它的影响，将篇幅相对地加长（参看第十二章第四节)。这种形式,实际上已成为短篇小说向中篇小说发展的过渡形式。明末清初中篇小说所以大量产生,就是从这种形式转化而来的[①]。当然,不论那一种文学,只有不断地革新和创造,才能日趋繁荣,否则就会走向死亡。可惜的是,当时大量出现的中篇小说,只着眼于形式上的改革,内容则只是承袭了拟话本的落后面,大都是封建统治阶级少爷小姐谈情说爱,而最后和封建制度融合的故事,这种故事,发展到此时,早已成为俗套,连微弱的反封建、求自由的意义也丧失了。有的甚至淫秽不可卒读,它们不是市民的文学。因此,这些中篇小说在文学史上并没有什么地位,它们不过拟话本小说没落时的一种回光返照而已。

拟话本和话本有所不同:

话本是口头文学的记录,是民间说唱的记录。主要是供艺人为市民演出之用,受市民直接的批评、鉴定,因而有相当大的部分反映了市民阶层的生活和意识,洋溢着浓郁的市民气息。作为文学作品来说,它对封建制度的批判,比较直接而且尖锐。艺术风格是泼辣大胆,朴素清新,它的形象刻划,细节描写,都比较简单,语言比较通俗生动。从人物情节来看,还大抵是传述一人一事的,有的刚刚开始能概括一些社会现象和人物类型。

拟话本则是文人模拟话本形式的书面文学,实际上就是白话短篇小说。正因为是文人创作或改编,如上所述,随着作者的立场观点以及政治态度、艺术修养的不同,拟话本的思想性、艺术性也有很大差别。

---

① 中篇小说如《风流配》、《炎凉岸》、《梧桐影》、《万斛泉》、《世无匹》、《平山冷燕》等,大抵自八回至二十回不等。篇幅与《鼓掌绝尘》等几乎相当。

与话本相比，《三言》一部分的作品及其他专集中的少数或个别作品，继承并发展了话本的好的传统，有的反映了市民的追求自由的意识和斗争的精神，如《杜十娘》、《沈小霞》等；有的则暴露了封建社会的黑暗，如《滕大尹》、《一文钱》等；有的反映了爱情婚姻和工商业活动，如《宋小官》、《施润泽》等，都是从生活中汲取了素材或成品来创作或再创作的，都有和市民意识一致的鲜明的爱憎。这些作品中的优秀者，概括社会现象的深度和广度，反映现实的严肃性，都较话本为高（《沈小霞》、《杜十娘》是突出的例子）。在艺术上，较好的拟话本也继承了话本的民族风格和通俗易懂的优点和从行动来刻画人物的长处。拟话本经过再创作，篇幅大大加长，主题思想比较集中，情节更丰富了；人物的形象，特别是内心世界刻画得更细致了；语言经过提炼也更加生动了。较高的思想性和艺术性相结合，使拟话本在塑造典型人物方面取得了一些成绩。杜十娘、李甲、卖油郎、莫稽等具有一定典型意义的人物形象，在这些拟话本中就已初步形成了。

与话本相比，《三言》中也有一部分作品，其他专集如《二拍》中有更多的作品，却发展了宋元话本的落后面和缺点。小说中的矛盾冲突一般不如话本的直接尖锐。思想上，宣扬封建道德、宿命因果、剥削投机、淫乱奢侈；艺术上，单纯追求离奇曲折，不注意刻画人物，语言夹文夹白、艰涩枯燥。凡此种种，都反映出封建士大夫脱离生活、脱离群众而产生的空虚和思想意识的落后面。

当然，在每一篇具体作品中，往往同时存在着精华和糟粕，这就需要读者和评论者认真具体地加以分析，以便充分地接受拟话本繁荣时期的全部精华，而剔除其大量的糟粕。

第六节　话本集的纂辑

宋元以来，说话人虽常有话本作为底本，但丰富的故事内容和艺术细节，基本上还是凭藉口头流传的。这种流传的过程，就是它丰富、完整、再创造的过程。经过集体的、长期的艺术加工，经过文人的润色或改编，它便逐渐脱离口头文学而成为书写文学，它便不仅是供口头讲述之用的话本，而是主要供阅读之用的小说了。话本由讲述到阅读的转化，为编辑话本总集和专集准备了条件。

话本在宋元民间，都是以单篇的形式流传的。这些单篇话本，起初是传抄的，后来需要的人多了，才可能有刊本发行。这情况持续得很久，明嘉靖年间晁瑮编的《宝文堂书目》里，就著录了不少单篇的话本。《京本通俗小说》和《清平山堂话本》是由几十篇单篇凑集起来的，《熊龙峰刊小说四种》也分明是四个单行册子。钱曾《也是园书目》著录宋人词话十二种，也都是每种一册，各自为书。这些薄帙的册子，易于散失，且不为学士大夫们所注意。在明初，还很少有人去做话本的汇辑工作。直到明代中叶，散布在民间的已刊未刊的单篇话本，才被人注意而广为搜罗，编成集子，从事刊印。在小坊冷摊间，也同时流行着单行的本子。

话本和拟话本的总集、专集和选集，直到明代中叶嘉靖以后才大量出现，是因为在明代嘉靖以后的时期内城市经济更加繁荣，工商业更加活跃，城市人口激增，市民阶层日益扩大，文化亦较普及。他们对自己所喜闻乐见的书籍，有着迫切的要求。明叶盛《水东日记》卷二十一云：

今书坊相传，射利之徒伪为小说杂书，南人喜谈如汉小王（光武）、蔡伯喈（邕）、杨六使（文广），北人喜谈如继母大贤等事甚多。农工商贩，抄写绘画，家畜而人有之，痴骙女妇，尤所酷好。

叶氏所提到的“小说杂书”，虽未必专指话本，但亦可说明话本集子的出现，正是当时广大群众特别是市民阶层对于文化娱乐要求的体现。其次，印刷业的发达，也为刊印话本提供了物质条件。明中叶以后，印书作坊日益增多，营业蒸蒸日上，李诩《戒庵漫笔》卷八云：

余少时（嘉靖时）学举子业，并无刊本①。……今（隆万时）满目坊刻，亦世华之一验也②。

这虽和当时的科举制度有密切关系，但工商业人口的不断增长以及他们对文化需要的日益迫切，也是其重要原因之一。本来，明人刻书，相习成风，甚至有因刻书致富的，如《讱庵偶笔》所载：有人“广刻医书，因而获利。乃搜古今典籍，刻书费及十七万。”也有官员作为贽见礼品的，所刻的书，称为“书帕本”。明陆容《菽园杂记》卷十云：

宣德、正统间，书籍印版尚未广，今所在书版，日增月益，

① 中华书局标点本此处多“富稿”二字。——校者注

② 中华书局标点本此二句作“今满目皆坊刻矣，亦世风华实之一验也”。——校者注

天下右文之象，愈隆于前已。但今士习浮靡，能刻正大古书以惠后学者少，所刻皆无益，令人可厌。上官多以馈送往来，动辄印至百部，有司所费亦繁。偏州下邑寒素之士，有志占毕，而不得一见者多矣。

刻书的目的，不仅为了牟利，并且还作为行贿的手段，其滥可知。然亦正因此之故，除经史等书籍以外，封建文人心目中所谓“无益”之书，为一般市民所喜爱的通俗小说、戏曲、传奇等等，也得到了广泛传刻的机会，并且还出现了专以刊印插图本小说戏曲著名的书坊①。某些官署，也因为人民群众有这种爱好而大量刊行小说戏曲②。《京本通俗小说》，就是在这个时期汇编的话本小说集的，其中所收都是宋元旧本，原来的卷数，至少在二十卷以上，今残存九篇。文字颇流畅，似经过加工，故特标“京本”以资号召。《清平山堂话本》也在此时出现。原名《六十家小说》共六十篇，今止存二十馀篇。篇中误字、夺字到处都是。由于编者尽量保存原文，不加修改，我们今天才得藉以窥见宋元旧本的原始面貌。到了明代晚期，话本专集的刊印，如雨后春笋般地出现，此风一直延续到清初而未衰。在这一阶段中，流传至今的话本集子，尚有六十馀种之多（参看第十三章第二节及第十五章第三节），当时的盛况可以想见。但在编辑话本总集和专集方面成绩最大，影响最深的要算冯梦龙的

① 建安余氏双峰堂、杭州容与堂，皆曾刊印精图小说，金陵唐氏富春堂、陈氏继志斋，则以刊插图剧曲著名。

② 明周弘祖《古今书刻》有都察院刊本《三国志演义》、《水浒传》；刘若愚《酌中志》卷十八《记内板经书纪略》有《三国志通俗演义》、《韵府群玉》，都可说明这些小说是很受人民欢迎的。

《三言》和凌濛初的《二拍》。《三言》、《二拍》的出现，话本和拟话本才到了更有意识的编撰和大量流通阶段。在编辑方法上，也大大地改进了。冯梦龙汇刊《三言》，曾经作过审慎地去芜存菁的遴选工作，还把明代艺人、作家和他自己的作品，也编了进去，在不同程度上作了一番整理加工，把文字风格统一起来。刊印方面，也颇考究，由当时有名的刻书铺天许斋任其事，著名刻工刘素明刻插图，美观大方，大大提高了话本小说的声价，已不同于粗糙的民间文艺小册子了。凌濛初尤而效之，由于宋元旧本被冯梦龙“搜括殆尽”，他不得不别出心裁，在古事今闻的基础上，进行拟话本的创作。因此，他的《二拍》，不是话本的总集而是一部经过惨淡经营的创作集。刊印也力求精美，并有“凡例”五则，说明编辑大意，这对后来话本专集的产生，起着积极的作用。凌氏是湖州著名的私家刻书之一，与闵氏齐名。竞以刊印朱墨套印之书为务。而凌氏所刻的小说戏曲，往往附以插图，精绝一时。当时不但私家刊书，形成风气，并同时出现较大规模的私家印书工场①。但无论官私，刊印这些小说戏曲的动机都是由于牟利。明代话本集子的陆续刊行，也是由书商大力推动的。绿天馆主人（冯梦龙）《古今小说序》里已提到《古今小说》的编刊原因，是“因贾人之请”。即空观主人（凌濛初）《初刻拍案惊奇·序》里说得更明白：

独龙子犹氏所辑《喻世》等书②，颇存雅道，时着良规，一破

① 明毛晋家的印书工厂规模相当大。藏书楼名汲古阁，阁后有楼九间，多藏书板。楼下两廊及前后，俱为刻字匠所居。见《履园丛话》。

② 上海古籍出版社本“书”作“诸言”。——校者注

今时陋习，而宋元旧种，亦被搜括殆尽。肆中人见其行世颇捷，意余当别有秘本图书而衡之。不知一二遗者，比其沟中之断芜①，略不足陈已。因取古今来杂碎事可新听睹佐谈谐者，演而畅之，得若干卷。

凌氏又在《二刻拍案惊奇》的小引中这样说：

偶取古今所闻一二奇局可寄者②，演而成说，聊抒胸中磊块……为书贾所侦，因以梓传请，遂为抄撮成篇③，得四十种……贾人一试之而效，谋再试之。……意不能恝，聊复缀为四十则。

而《初刻拍案惊奇》的封面，还刊有书商安少云（疑即尚友堂主人）的广告，有"本坊购求，不啻拱璧；览者赏鉴，何异藏珠"等语，可见书商是如何地珍视这些"行世颇捷"、大可射利的资本的。可见冯凌二氏所编撰的话本集子，是在书商敦促下完成的。其他许多话本集子的编撰，当然也不例外。

第七节　明代的传奇文和通俗类书

冯梦龙编《三言》，所据的材料有三个方面：一，改写宋元旧话

① 上海古籍出版社本"比"作"皆"。——校者注

② 上海古籍出版社本"偶"后多"戏"字，"寄"作"纪"。——校者注

③ 上海古籍出版社本"篇"作"编"。——校者注

本，如《京本通俗小说》和《清平山堂话本》的某些篇。二，取材于当时文人所写的传奇文，如《杜十娘怒沉百宝箱》，来源于宋幼清的《负情侬传》；《沈小霞相会出师表》，来源于江盈科《明十六种小传》中的《沈小霞妾》，这些都是当时社会上轰传一时的现实新闻。三，更多的则采自唐宋人传奇以及笔记杂纂等书。冯氏自己的拟作，虽也有不少羼入其中，而确实可考者，止《老门生三世报恩》一篇而已。

凌濛初继起编《二拍》，因宋元旧话本散在民间者，被冯梦龙搜罗略尽，馀下来的，在凌氏看来，只不过是"柏梁馀材，武昌剩竹"，好比"沟中断芜，略不足陈"。当然，若有反封建的斗争性较强者，凌氏是不齿的。于是在寻求故事题材方面，不得不另觅途径，来从事自己的创作，或取前人成说，或采当代传说，爬罗剔抉，揣摩其意而加以发挥，这工作，比之冯梦龙的改订加工，远为艰巨。因此，明代的传奇文专集和普遍流行的各种通俗类书，便成为冯梦龙、凌濛初等人创作拟话本小说的宝筏。而这些书的印行，却一直延续到清代初年而犹未已。兹概述如下：

对宋元话本和明代拟话本影响很大的唐代传奇文，发展到了宋代，因有新兴的话本小说盛行而渐呈衰歇之势。某些文人，转变写作方向，一意向民间文艺学习，出现了像《青琐高议》、《绿窗新话》那样的模拟话本形式的传奇文，为传奇文开辟了新的境界。但因为作者不多，内容又远不如民间说话那样的丰富多彩，影响还不大。元代传奇文传世更少，仅有宋梅洞（远）的《娇红记》等数种而已。明初，《剪灯新话》和《剪灯馀话》相继问世，传奇文才又有了复兴的趋势。加上万历年间的《觅灯因话》，后人把这三种书合刊在一起，称之为《三灯丛话》。

《剪灯新话》在我国早已没有足本流传。明人高儒的《百川书志》卷六著录，云："《剪灯新话》四卷，附录一卷，钱塘瞿佑宗吉著，古传记之派也。托事兴辞，共记十一段。但取其文采词华，非求其实也。"但在日本，却有庆长、元和间与《剪灯馀话》合刻的活字本。董康诵芬室据以翻刻。1957年上海古典文学出版社出版的今人周夷校注本，即据董刻排印，有作者自序，共四卷二十篇，附录二篇。其附录中的《寄梅记》一篇，系周夷据《古今图书集成》增补。可称为《剪灯新话》最完善的本子。《剪灯新话》的作者瞿佑字宗吉，浙江钱塘人，工诗。洪武中历官训导，升周府右长史。永乐间以事谪戍保安十年，洪熙乙巳赦还，寻卒，年八十七。著作除《剪灯新话》外，还有《香台集》三卷，也是一部小说集。北京图书馆藏有明抄本。

《剪灯馀话》是仿效《剪灯新话》的作品，共五卷二十二篇。作者李祯字昌祺，庐陵人。永乐癸未（1403）进士，曾任翰林院庶吉士，官至左布政使，曾参预编修《永乐大典》。景泰二年（1451）卒，年七十七。

《觅灯因话》也是模仿《剪灯新话》而作的。作者邵景詹的生平事迹不详。据他书中小引自述，此书著于万历二十年壬辰（1592）。全书仅两卷八篇。

《三灯》在文题意境方面虽多追摹唐人，但在写作技巧上，正如鲁迅所说："文笔殊冗弱不相副"。它们的内容都是属于烟粉、灵怪一类的故事，今天看来，可取之处不多。在体制上，羼入了大量的诗词。既继承了宋刘斧《青琐高议》的传统，又保持了民间话本小说的形式。它们中间的某些作品，情节新奇，词藻绮丽，虽文笔孱弱，而故事性很强，这就为后来拟话本小说的创作提供了丰富的内容,因此,它们给启祯间拟话本小说的影响相当大,冯梦龙和凌濛初都曾在它们的作品中撷取题材。《三灯》的传奇体裁,也是沟通唐宋传奇与清初《聊斋志异》之间的桥梁,在小说发展史上是值得注意的。

《三灯》总共有传奇文五十二篇,为后来拟话本小说所取材的,共有十二篇,列表如下页。

此外,还有所谓《剪灯奇录》、《剪烛清谈》、《湖海奇闻》、《秉烛清谈》(均见《宝文堂书目》)以及胡汝嘉所著小说数种,大概都是属于《三灯》一类的书。胡汝嘉的《韦十一娘传》,就被凌濛初改写成话本,编入《初拍》中(回目是:《程元玉店肆代偿钱,十一娘云岗纵谭侠》)。

另一部题名《效颦集》的传奇集,也是仿效《剪灯新话》的。书凡三卷,二十五篇。明永宣间人赵弼撰。弼字辅之,号雪航,福建南平人,曾任汉阳县儒学教谕。此集有弼宣德戊申自撰后序。《四库全书存目》"小说"类著录,称其书"皆纪报应之事,意寓劝惩,而词则近于小说。"其实,集中大部分是散文,并非小说。只有《钟离叟妪传》、《续东窗事犯传》、《木绵庵记》三篇,有小说意味。这三篇和宋元话本及明末拟话本的题材相同。《钟离叟妪传》即《京本通俗小说》中的《拗相公》;《续东窗事犯传》即《古今小说》中的《游酆都胡母迪吟诗》;《木绵庵记》即《古今小说》中的《木棉庵郑虎臣报冤》。看来,赵弼的才情,似不可能写出情节曲折的传奇文,证以《效颦集》中其他各篇的笔调就可明白。所以,这三篇传奇文当是直接采取宋元话本故事情节增删移易而成。这正好说明,不但传奇文影响了文人对拟话本的创作,宋元话本也影响了文人对传奇文的创作,彼此之间是互为因果的。

传奇文	拟话本小说
三山福地志(《剪灯新话》)	庵内看恶鬼善神,井中谈前因后果(《二刻拍案惊奇》第二十四卷)
金凤钗记(《剪灯新话》)	大姊魂游完宿愿,小妹病起续前缘(《初刻拍案惊奇》第二十三卷)
翠翠传(《剪灯新话》)	李将军错认舅,刘氏女诡从夫(《二刻拍案惊奇》第六卷)
寄梅记(《剪灯新话》)	寄梅花鬼闹西阁(《西湖二集》第十一卷)
田洙遇薛涛联句记(《剪灯馀话》)	同窗友认假作真,女秀才移花接木的入话(《二刻拍案惊奇》第十七卷)
芙蓉屏记(《剪灯馀话》)	顾阿秀喜拾檀那物,崔俊臣巧会芙蓉屏(《初刻拍案惊奇》第二十七卷)
秋千会记(《剪灯馀话》)	宣徽院仕女鞦韆会,清安寺夫妇笑啼缘(《初刻拍案惊奇》第九卷)
贾云华还魂记(《剪灯馀话》)	洒雪堂巧结良缘(《西湖二集》第二十七卷)
桂迁感梦录(《觅灯因话》)	桂员外途穷忏悔(《警世通言》第二十五卷)
姚公子传(《觅灯因话》)	痴公子狠使腺脾钱,贤丈人智赚回头婿(《二刻拍案惊奇》第二十二卷)
唐义士传(《觅灯因话》)	会稽道中义士(《西湖二集》第二十六卷)
卧法师入定录(《觅灯因话》)	乔兑换胡子宣淫,显报施卧师入定(《初刻拍案惊奇》第三十二卷)

《文苑楂橘》二卷，亦为传奇文集。不知何人所编，我国久佚，日本今尚存两种：一是宫内省图书寮藏高丽抄本；二是成篑堂藏高丽活字本，内容从同。所收多唐人传奇，间及明人小说，《负情侬传》及《韦十一娘传》亦被选入卷一中。

《古今说海》一一四二卷，是明代最早的说部总集，嘉靖时汇刻。编辑者为上海人陆楫字思豫。《四库全书提要》云：

> 是编辑录前代至明小说分四部七家，一曰说选，载小录、遍记二家；二曰说渊，载别传家；三曰说略，载杂记家；四曰说纂，载逸事、散录、杂纂三家。所采凡一百三十五种，每种各自为帙而略有删节……

其中《说渊部》载传奇文六十四篇，与话本小说有关的，有《吴保安传》、《杜子春传》、《辽阳海神传》、《鱼服记》、《马自然传》等篇；《说略部》载杂记家三十二卷，如《默记》、《三朝野史》、《三水小牍》、《睽车志》、《朝野佥载》等书中的某些故事，均为话本小说家所采用。

《艳异编》，明息庵居士辑，共四十五卷，北京图书馆藏明刊本。较易见的有1936年上海中央书店排印四十卷本，为玉茗堂批选，分十七部，三百五十二篇。题王弇州（世贞）编，有汤显祖序。是一部较大的传奇文结集。其中为拟话本作家所撷取的故事为数不少。王世贞又有《续艳异编》十九卷，也有汤显祖评，明刊本。别有《广艳异编》三十五卷，日本内阁文库藏。孙楷第《日本东京所见中国小说书目》著录，云明刊本。首吴大震自序，后署“东宇山人吴大震书于印月轩”。按大震字东宇，号长孺，自号市隐生，明万历时休宁人。书分二十五类，所收自唐人传奇以至宋元明人小说，颇多未见之书。《续艳异》与《广艳异》两编，亦均为拟话本作家参考的要籍。

流传较多，对明末清初的拟话本小说影响最大的，当推詹詹外史所编的《情史》。书凡二十四卷，分“情贞”、“情缘”等二十四类，共八百六十一篇。书易见，不备录。

从上述传奇文的结集和拟话本小说的关系，可以更具体地看出，这些话本小说的拟作者，大都是封建文人，他们远离人民群众，远离现实的社会生活，很少能从现实的斗争中汲取素材。他们手头，宋元话本也不多，宋元话本中反封建的斗争性较强者，当时不大可能流传，即有所见，也不会被一心宣传封建伦理和追求低级趣味的拟作者们所采取。所以他们就只能主要地靠这些传奇文集来提供材料。这就必然使明代以至清初的拟话本小说，不可能去反映轰轰烈烈的阶级斗争，相反地越来越走向封建反动和低级庸俗，或者是千篇一律的才子佳人的俗套。这是问题的主要方面。

但是，在传奇文和拟话本小说的关系中，也还有一些积极的因素。如前述《宋元话本的思想性和艺术性》中已谈及的，在封建社会中，凡属于以市民为主人公的题材；肯定男女婚姻自主的题材等等，在不同程度上都有反封建的意义。虽然这些作品往往以和封建制度妥协而告终，但毕竟和宣扬封建思想、“谈忠说孝”的东西有所不同。我们取《三言》、《二拍》、《石点头》、《西湖二集》等小说所演的故事和《情史》对勘，就可以发现大约有六十篇左右题材相同。其中比较有名的故事，如《杜十娘》、《沈小霞》、《玉堂春》、《贾云华》、《珍珠衫》等，都被冯、凌二氏演为小说。

《情史》和《三言》之类所包含的一点儿反封建的因素，受到了维护封建道德的文人猛烈抨击，认为是浮词艳语，“有坏心术”。如萧士玮的《春浮园别集》中说：“近来，‘清记’、‘艳记’、‘快书’、‘情种’等刻，此皆蜣螂抱丸，宝为苏合者也。病据膏肓，良医却走，但恐毒气深入，传染者众，聊一针砭，为病狂者发汗耳。”这也从反面证明了《情史》与《三言》所代表的传奇文与拟话本小说的关系中，固然包含着大量的消极因素，反映着拟话本小说脱离群众，脱离现实的主要倾向，预示着拟话本小说必然没落的前途；但在当时，也还是有一定的积极作用。

同拟话本小说有一定关系的，还有明代中叶以后的通俗类书。当时，市民阶层对读物的需求日益扩大，于是适合一般市民阅读的通俗书便应时产生了。保存到今天的，尚有若干种。如《朱翼》、《国色天香》、《万锦情林》、《燕居笔记》、《绣谷春容》等都是。

《国色天香》十卷，编者吴敬所，日本有明万历刊本。除其他内容外，刊载传奇小说十七篇。《万锦情林》六卷，我国已失传，日本有明万历刊本，可称孤本。编者为余象斗。刊载有传奇小说二十九篇，内话本小说一篇。《燕居笔记》有两种：一为何大抡编，十卷。刊载传奇小说三十一篇，内有五篇可能为话本小说。一为余公仁编，卷数不详，日本有藏本，我国未见。刊载有传奇小说六十篇，内话本小说七篇。又选自《初拍》及《古今小说》者三篇。《绣谷春容》未详。《朱翼》不分卷，新安江旭奇（舜升）编，是一种小型类书，北大藏。

这些书的编者，生平均不详，可能都是书坊主人。版式分上下层，亦元明间通俗书的一种特色。《国色天香》、《万锦情林》、《燕居笔记》的内容包括小说、书翰、诗话、琐记、笑话等等，都是明代民间日用的兔园册子。编纂的目的，注意到“雅俗共赏”，既可给粗通文墨的人阅读，也可供文人墨客消遣。书的编排方法，颇有解放前某些大型杂志的味道。而《朱翼》的内容，尤为新颖，有《三国》、《水浒》等通俗小说，也有西人利玛窦等的新学说，是当时最时髦的读物，这是后世小型期刊的滥觞。《国色天香》等书选刊的传奇小说，唐、宋、元、明人作品都有，除去重复，包括话本十三篇，总共刊出了小说八十九篇，这对当时市民来说，数量不算少了。在这八十九篇小说中，传奇文与话本杂糅在一起，因为在明代人看来，两者是没有什么区分的。其中大部分是明代人作品，内容多属烟粉、灵怪一类。其中《钟情丽集》、《怀春雅集》、《金凤钗记》、《芙蓉屏记》等，皆为当时社会上流行的故事。《钟情丽集》为丘琼山作，《怀春雅集》一名《融春集》，为卢梅湖作，均有单行本行世，其传播的广泛可知。《金凤钗记》事类唐人的《倩女离魂》；《芙蓉屏记》是元代一件“破镜重圆”的故事：皆曾被凌濛初改编为白话小说。在这些通俗类书中，所刊的话本小说虽不多，可能都是从当时没有加工过的单行本原始材料中选出来的。像《红莲女淫玉禅师》、《柳府尹遣红莲破月明和尚记》、《东坡佛印二世相会传》、《柳耆卿玩江楼记》以及《郑元和嫖遇李亚仙记》等篇，都可能是冯、凌据以改写拟话本的底本。

此外，还有像题名为“日记故事”、“书言故事”一类比《国色天香》等更为通俗的书，在明代中叶以后大量涌现，这也反映了当时社会的生活面貌。这些书，既是当时的启蒙读物，又是一般市民的日用便览，也可供商人书信摘录词藻之用，所以在当时传播很广。元人虞韶（以成）编的《日记故事》，刊于嘉靖二十一年（1542），书共十卷，分生知、学知、爱亲、孝思等五十多类，收有短篇故事三百多则，像囊萤、映雪、负薪、挂角及司马光破瓮救儿之类，都被编入。

篇幅大部分在百字以内,多数是编者自写。宋人胡继宗编的《书言故事大全》,今有明刊本,共十二卷,按天文、时令、地理等分类,所收短故事如《守株待兔》等亦不少。这类书,明人编刊的更是名目繁多,保存到今天的,不下二三十种。所载短故事,数量宏富,倘择其精华,"演而畅之",也可成为小说的题材。

第十二章 《三言》、《二拍》及其他拟话本小说

第一节 《三言》编写者冯梦龙及其文学观

冯梦龙，字犹龙，又字子犹，别署龙子犹。室名墨憨斋，因号墨憨斋主人。江苏长洲（今苏州市）人。生于明万历二年（1574），十几岁时，入学为诸生。与兄梦桂、弟梦熊称“吴下三冯”。吴中自明嘉靖以来，就已有才士放诞风流的习气①。梦龙生长在这样的环境里，加之他怀才不遇，蹭蹬场屋，生活上自不免流于放荡。性好饮，有捷才，诸少年负气者偶试之，都为之折服②。他曾参加过复社活动，交游多一时知名之士③，亦有风尘中知己④。梦龙于书无不窥，尤爱好民歌、小说、戏曲，曾辑刊《三言》、《挂枝儿》、《山歌》、《太霞新奏》；改订过长篇小说《东周列国志》、《平妖传》及《墨憨斋定本

---

① 赵翼《廿二史札记》卷三十四《明中叶才士傲诞之习》云：“吴中自祝允明、唐寅辈，才情轻艳，倾动流辈，放诞不羁，每出于名教之外。”

② 事见清褚人获：《坚瓠九集》卷四。

③ 如熊廷弼、钱谦益、文震孟、祁彪佳、袁中道。

④ 梦龙曾与侯慧卿昵，后失该妓，有怨离词，为〔南吕·绣带儿〕散曲。见《太霞新奏》卷七。

传奇》十四种(内二种自作),其他改订本五种①。并作了较细致的评注,这些评注,体现了他对戏曲表演艺术的一些见解。天启中,以诸生任丹徒县训导,读书蒋之翘三径斋,不两月,成《智囊》一书,后续有补辑②。年五十七,才补了一名贡生,充当了学官。崇祯七年(1634),年六十一,以岁贡选授福建寿宁知县。在任政简刑清,有循吏之目,纂成《寿宁县志》二卷。越三年,退职家居,过着有闲阶级的生活,时与朋辈饮酒赋诗,游山玩水,流连光景。

甲申之变,他对李自成领导的农民起义军和清兵,都表示不满(见钱尚濠编《买愁集》一集《恨书》),在"悲愤莫喻"的心情下,他"搏采北来耳目",并根据当时的揭帖、塘报,编写了《甲申纪闻》和《绅志略》二书。这两部书后来汇编在《甲申纪事》中,《绅志略》系记述李自成入北京后明廷士大夫们的动向。今刊入《玄览堂丛书》中。同时又辑成一部《中兴实录》。在《甲申纪事》的序言里,自称"七一老人草莽臣"。福王弘光元年(1645)五月,清兵陷南京,六月,唐王监国闽中,时梦龙正作石梁、天姥之游③,闻变,即在浙中进行抗清宣传,并著《中兴伟略》,有"恭迓唐王监国,固守闽广一隅"等语,题"七十二老臣冯梦龙恭撰"。后来南明军队节节失利,江浙相继不守,唐王隆武二年(1646),以忧愤卒,年七十三。梦龙著述甚富,有《七乐斋稿》、《古今谭概》、《笑府》、《春秋衡库》、《麟经指

① 本李玉原作改订的《一捧雪》、《占花魁》,本史磐原作改订的《双丸记》,这三种已失传。本徐畛原作改订的《杀狗记》、《三报恩》有刊本流传。

② 《智囊》自序云:"忆丙寅岁(1626),余坐蒋氏(之翘)三径斋小楼,近两月,辑成《智囊》二十八卷。"

③ 王挺《挽冯梦龙诗》:"及泛西子湖,先生又行矣。石梁、天姥间,于焉恣游履。"据沈自晋《重定南词全谱凡例续纪》,冯氏作苕溪、武林之游,在乙酉春,游石梁、天姥,当在是年夏。

月》以及传奇《双雄记》、《万事足》等多种,有的已失传。

冯梦龙是明代末期的著名作家,他的文学活动是多方面的。对诗文、小说、戏曲、民间文学等都有一定的成就。但他毕生的大部分精力是用于搜辑、整理并介绍民间文学和通俗文学上面,而且提出了自己的见解。他曾评自己的作品:"子犹诸曲,绝无文采,然有一字过人,曰真。"(《太霞新奏》)他重视文学内容的"真",反对矫揉造作,主张"发于中情,自然而然。"他对于当时流行的时调小曲,颇感兴趣,认为"但有假诗文,无假山歌,则以山歌不与诗文争名,故不屑假。"(《叙山歌》)认为山歌是"性情之响","不可废"的"情真"的凝结。他首先刊行了《童痴一弄·挂枝儿》。在"冯生挂枝儿乐府盛传海内"之后,虽招来了"无赖冯生唱挂枝"之讥,但他并不因此而中止民歌的搜辑工作,不久,就又续刊了《童痴二弄·山歌》,目的是在"借男女之真情,发名教之伪药"(《叙山歌》)。这样,称为"明代一绝"的市井小曲,就赖以保存下来。他还有游戏小品《叶子新斗谱》(疑即《马吊经》),和《挂枝儿》等一样,也遭到了意外的攻讦①。

冯梦龙在戏曲方面,曾编辑过散曲集《太霞新奏》,写过《双雄记》和《万事足》两种传奇。他是属于吴江派的戏曲作家。严守格律,崇尚本色,是这一派的特点,他撰《墨憨斋词谱》(稿已佚,钱南扬有辑佚,载1962年《中华文史论丛》第二辑),正是拥护守律主张的表现。他认为戏曲不单是案头读物,必须与演出相结合②。因

① 钮琇《觚剩续编》卷二:"梦龙文多游戏,《挂枝儿》小曲与《叶子新斗谱》,皆其所撰。浮薄子弟,靡然倾动,至有覆家破产者,其父兄群起讦之。"

② 冯氏《风流梦》小引云:"若士先生千古逸才,所著《四梦》,《牡丹亭》最胜。……识者以为此案头之书,非当场之谱,欲付当场敷演,即欲不稍加窜改而不可得也。"冯氏的戏曲表演理论,散见于他改订的各本传奇的评注中。

此，他特别注意戏曲的表演艺术，他改订了好几种他人曲本[1]，都是从这个角度出发的。现在昆曲中所演的《牡丹亭》，其《春香闹学》、《游园惊梦》等折，就有采用的冯氏改本。由于他喜改曲本，便产生了改订《西楼记》的一段传说[2]。

最突出而影响最大的是小说方面的成绩。冯梦龙曾先后增补过《平妖传》、《新列国志》等长篇小说。与袁无涯、许自昌增删李卓吾手批的百二十回本《忠义水浒传》。并曾怂恿书坊主人刊印《金瓶梅》[3]。他所辑录编订的短篇小说集《喻世明言》、《警世通言》、《醒世恒言》——合称《三言》，最为风行，影响也最大。像《醒世奇言》(即《醒梦骈言》)、《觉世名言》(即《十二楼》)等，从书名的类似上，看得出来是受他的影响而写作的。冯梦龙在小说方面的贡献这样大，和他深切了解到小说和群众的关系有关。他在署名绿天馆主人的《古今小说》序里说："大抵唐人选言，入于文心，宋人通俗，谐于里耳。天下之文心少而里耳多，则小说之资于选言者少，而资于通俗者多。试令说话人当场描写，可喜可愕，可悲可涕，可歌可舞。再欲捉刀，再欲下拜，再欲决脰，再欲捐金。怯者勇，淫者贞，薄者敦，顽钝者汗下；虽日诵《孝经》、《论语》[4]，其感人未必

① 梁廷枏《曲话》卷三云："龙氏有《墨憨斋传奇定本》十种，皆取近时名曲，再加改订而成，颇称善本。"

② 褚人获《坚瓠续集》云："袁蕴玉(于令)《西楼记》初成，就质冯梦龙，冯阅毕，置案头，不置可否。袁惘然而别。冯方绝粮，家人以告，冯曰：'无忧，袁大令今夕馈我矣。'家人以为诞。袁归，踌躇至夜，忽呼灯持百金就冯。至门，门尚开，问其仆，曰：'主人秉烛相待。'袁惊，驱入，冯曰：'吾料子必至也，词曲俱佳，尚少一出，今已增入。'乃《错梦》也。袁不胜折服。"

③ 沈德符《野获编》卷二十五："(《金瓶梅》)吴友冯梦龙见之惊喜，怂书坊以重价购刻。"

④ 人民文学出版社本"日"作"小"。——校者注

如是之捷且深也。噫！不通俗而能之乎？”又在《醒世恒言》序里说：“尚理或病于艰深，修词或伤于藻绘，则不足以触里耳而振恒心。”这说明通俗化的重要性。他强调通俗文学的感人力量，甚至比封建社会奉为圣经的《孝经》、《论语》还要大。这和李卓吾以《水浒》和《史记》并列，同样是大胆的见解。他们同样把一贯受歧视、受排挤的通俗文学，提到应有的地位，这确是超出了他同时代文人作家们的具有一定进步意义的观点。

冯梦龙提出山歌要“真”，戏曲要“当场敷演”，小说要“通俗化”的主张，都是从文学的社会作用和教育意义出发的。笑化主人《今古奇观》序中讲到冯氏所纂的《三言》时说：“曲终奏雅，归于厚俗。”梦龙在《酒家佣》传奇序中说：“世人勿但以故事阅传奇，直把作一具青铜，朝夕照自家面孔可矣。”都可证明他的见解是进步的。梦龙所以有这种进步的文学见解，绝不是偶然的。首先他的落魄不偶，通脱浪荡的生活，使他有机会较广泛地接触到市民阶层，在一定程度上受到市民思想的影响；其次，他又是一个王学左派中“异端之尤”的李卓吾的追随者。冯梦龙所以具有较进步的文学观点，是有它的历史渊源和时代意义的。

但冯梦龙的文学观是以“情真说”为基础的。“情真说”是从李卓吾的“童心说”一脉相承而来。在当时，和徐渭、汤显祖、袁宏道等人的文学思想，基本上是一致的。他们把“真”看成是文学的第一要素。他们反对名教，反对拟古，批判伪道学。在文学创作上，主张“独抒己见，信心而言，寄口于腕”。这种理论观点，无疑是针对封建正统文学而发，在当时，是有进步的历史意义的。但是，“情真说”与“童心说”略同，其文学观的根本错误，就在于他以“情”为文学创作的源泉，以“真”为文学创作所要达到的最高境界。他没有也不可能理解感情是有阶级性的。因而其选材行文，只能以自己的和熟人们的思想感情为唯一标准，合者为“有情”，为“真”；不合者为“无情”，为“伪”。冯梦龙的为人，已如上述，则根据冯氏自己的“情真”编写出来的东西，亦必“文如其人”了。他与某些市民、妓女有过接触，又很同情他们，因而《三言》中这方面的篇章较好。他在《三言》、《挂枝儿》等的编选上，选了不少低级庸俗的甚至色情淫秽和鬼神迷信的作品，这不但是当时市民思想的落后面的反映，更是冯梦龙自己思想意识和文学观点的影响。此外，他更从自己的封建阶级立场观点出发，以某些封建道德为“情真”，编写了一些宣扬封建伦理的小说，则证明了在阶级社会中，每个人无法摆脱阶级烙印。冯梦龙的“情”是同情人民的封建士大夫的情，冯梦龙的“真”，只有他所钟情和加工的作品基本上符合人民群众的愿望时，才在不同程度上反映了社会历史的真实而已。

第二节 冯梦龙对《三言》的整理和加工

《三言》是冯梦龙编写的话本集子，其中大部分原作和材料是宋元旧本或明代话本，传奇文等也有不少是冯氏的拟作。他在编纂过程中，作了不同程度的整理和加工，客观上促进了话本小说艺术的提高。他自己的拟作，也采用了各式各样的题材，或多或少地反映了当时的社会情况和生活面貌。冯梦龙编纂《三言》是煞费经营的。

冯梦龙对于宋元话本的选择，是根据自己的爱憎和艺术要求而严加取舍的。《宝文堂书目》著录的话本，有不少没有被选入。

凌濛初在《初拍》序里也说：冯氏所选剩下来的好比“沟中断芜，略不足陈”。可见冯氏取材的严肃。他的整理工作，从多方面入手：

第一，改订各篇的题目。《三言》的回目编排得很别致，明明是各自独立的前后两篇，却按照章回小说回目的样式，编成两两对偶的回目。像《晏平仲二桃杀三士》对《沈小官一鸟害七命》（《古今小说》），《苏知县罗衫再合》对《范鳅儿双镜重圆》（《警世通言》），《杜子春三入长安》对《李道人独步云门》（《醒世恒言》）等都是。这也是当时小说回目普遍趋于整饬的一个标志。

第二，删去了一些说话人的术语。《清平山堂话本》里保留着一些说话的术语，如“权做个笑要头回”（《刎颈鸳鸯会》），“话本说彻，且（或作‘权’）作散场”（《简帖和尚》、《合同文字记》、《陈巡检梅岭失妻记》）等等，这些术语，是说话人临场时专对听众使用的，只适合于“说话”伎艺表现方式，作为阅读本子的《三言》，就显得累赘而被删去了（但也有删除未尽处，如《十五贯戏言成巧祸》，还保留着“权做个德胜头回”字样）。至于像“话说”、“正是”、“怎见得”等等语词，可作分段分回之用而便于阅读的，则都被保留下来。

第三，增补一些小故事作为“头回”（“入话”）。“入话”和“头回”，是话本的重要组成部分。在《三言》中，有“入话”或“头回”的话本、拟话本，约占全书四分之三。可见冯梦龙对于话本中的“入话”或“头回”是相当重视的，尽可能保留或酌量添补。例如《清平山堂话本》之《柳耆卿诗酒玩江楼记》无“入话”，《古今小说》之《众名姬春风吊柳七》则有孟浩然终身不遇的故事作“头回”；《清平山堂话本》之《五戒禅师私红莲记》无“入话”，《古今小说》之《明悟禅师赶五戒》则缀上一个三生相会的“头回”。这两个“头回”是否旧本原有，而为洪楩刊印时删去，则无从臆测。要之，这两个“头回”，非冯氏自撰，即为冯氏根据旧本增补，二者必居其一。

第四，对某些个别字句的增删移易。例如《古今小说》卷三十五的《简帖僧巧骗皇甫妻》，原本即为《清平山堂话本》中之《简帖和尚》。原本“枉念歌馆经数载，寻思徒记万馀秋”，句子似通非通；冯氏改为“枉念西门分手处，闻人寄信约深秋”；原本“尘随马足何年尽，事系人心早晚休”二句后直接接上一首词，语气不足，冯氏加上“有鹧鸪(天)词一首，单道着佳人”，又“你去嫁官人”句下加上“你终身不致担误，挈带姑姑也有个倚靠”，都是为了补足语气。其他错误和费解处，径行改正的如“含笑”原误作“底笑”，“脸”原误作“敛”，“慌”原误作“荒”，“吸项”不可解，改为“脖项”。其他个别字句的润色，则随在皆是。

用上述方法整理的篇幅，在《三言》中占绝大多数。

第五，根据旧本加以增补的。例如《古今小说》卷三十的《明悟禅师赶五戒》，是据《清平山堂话本》中的《五戒禅师私红莲记》增补的，增补的幅度较大，表现在三个方面：

1. 文字上的增添　除了个别句子，文字略加润色、增删以外，大量补的有两处。其一自“且说佛印在于开元寺中出家”至“特地到东京大相国寺来做主持”，原本只四十字，冯氏增加到一千一百馀字。又其一自“学士见此僧写作二者俱好”句以下，冯氏增补了一千六百多字。

2. 情节上的增添　从正文开头到两禅师投生为止，情节大体与原作相同。但后半篇却大不同。冯氏增添了为原作所没有的佛印遇仁宗，剃度出家及东坡省悟前因等情节。冯氏有时为了故事发展的需要，改动原来情节，例如“诗僧谒见”，由佛印初见东坡改为后来的拜谒。原作后半段只是一个简略的提纲，冯氏却加以翔实的细节描写。另外并增加了一个三生相会的"头回"以及明人瞿宗吉、王元瀚的诗来和正文的两世相逢作映衬。

3. 主题思想的改变　无论原作和改作,都是宣扬佛家的出世思想,显然不可能有太多的积极意义。但原作突出和尚不堪佛门禁欲,破了色戒,客观上多少表现了对宗教藩篱的冲击,冯氏改作则更多地强调宗教迷信。作为佛教正统思想体现者的佛印性格大大加强,而由五戒禅师转生的东坡,后来却"大通佛理,无疾而终"。显然,这是冯梦龙的观点。从整篇看,文学表现力虽有增强,原作中朴素的作风和一些市民意识却被洗刷掉了。

增补得比较少的,如《古今小说》卷四《闲云庵阮三偿冤债》是据《清平山堂话本》中的《戒指儿记》增补的。增补的部分侧重细节描写。原作在阮三将心事告知友人张远后,对张远的活动没有什么描写,冯氏增补了张远到太尉衙前观望一段,就显得较有脉络。但也有增补得不好的,如《警世通言》卷三十三《乔彦杰一妾破家》的结尾,比《错认尸》增出了乔俊阴魂向王青索命的一大段文字,这样,不但增加了迷信果报的封建糟粕,而且把乔俊全家惨死,归罪于王青一人,这就大大削弱了作品暴露封建社会罪恶的现实意义。

第六,虽然采用旧本,改写的幅度却相当大,等于是创作的。例如《古今小说》卷十二《众名姬春风吊柳七》,就是一例。这篇作品是据《清平山堂话本》中的《柳耆卿诗酒玩江楼记》改写的。原作对柳耆卿凭借权势,设计迫害妓女周月仙的恶劣行为,当作风流韵事而加以欣赏。冯梦龙显然嫌它"鄙俚浅薄,齿牙弗馨",他不仅作文字上的修饰,连情节也更动了。他增加了一个与正文相类的故事作为头回,又把原来的女主角周月仙改为谢玉英,并把计赚月仙的事属之富人刘二员外，耆卿则抑强扶弱，出钱替月仙脱了乐籍，使与情人黄秀才成为夫妇。而且增加了“吊柳七”故事，突出了这个风流人物的形象。按《独醒杂志》卷四说：

> 柳耆卿风流俊迈，闻于一时。既死，葬于枣阳县花山。远近之人，每遇清明日，多载酒肴，饮于耆卿墓侧，谓之“吊柳会”。

又《方舆胜览》卷十一载：

> 耆卿……卒于襄阳，死之日，家无馀财，群妓合金葬之于南门外，每春月上冢，谓之吊柳七。

元南戏也有《花花柳柳清明祭柳七记》（见清张大复《寒山堂南曲谱》）。冯梦龙就是依据这些材料来进行补充的。

冯梦龙对这篇话本的改作，反映了他自己的思想感情，不忍心让这样一个“有井水处皆能歌柳词”的文艺家干这种通常是权贵豪绅所干的丑事，同时，也对妓女寄以同情。这篇作品的修改，基本上还是反映了当时市民的爱憎。

以上是冯梦龙修订宋元旧本的一些具体例子。

至于冯梦龙自己的拟作，编入《三言》的也不在少数。目前，只有《老门生三世报恩》一篇，证明是冯氏作品（冯氏《三报恩传奇》序有“余向作《老门生》小说”云云）。其他许多作品，哪些是冯氏写的，我们已无从具体地加以辨别了，但其中有为《宝文堂书目》著录者，无疑是属于明代前期以前的旧本，还有很大一部分不属于旧本,而是改编或重新撰写的,可能有些是出于冯氏的手笔。冯氏对于这些拟作的改编或重写的方法,也是从多方面来进行的。大体说来,可分几个方面:有的是根据民间唱本改写的,如《李秀卿义结黄贞女》系由唱本《贩香记》改编,《苏知县罗衫再合》系由唱本《苏知县报冤》改编。有的根据史书和杂记写的,如《吴保安弃家赎友》,本事出《新唐书·忠义传》;《裴晋公义还原配》,本事出《玉堂闲话》。有的采取唐宋传奇文为题材,如《杜子春三入长安》,系演述唐人的《杜子春传》、《隋炀帝佚游召谴》,系杂采六篇宋人传奇文的内容合成的。这六篇是《隋遗录》上下、《隋炀帝海山记》上下以及《迷楼记》、《开河记》。也有采取民间传说的,如《月明和尚度柳翠》、《闹阴司司马貌断狱》等。《闹阴司》篇更为突出。这篇话本,有它长远的历史传统。故事最早见于《五代史平话·梁史平话》中,叙述极简略,只可看作原始胚胎,到元代,作为《三国志平话》的"头回"时,故事已有了一个雏型,它出现司马仲相断狱的情节,人物有了增添和改动,艺术上有发展,思想上有提高,故事也扩大了。但它的主题仍然还是报冤,到冯梦龙手中,故事的思想内容有很大变化,司马貌与现实社会和命运的对立上升到主要地位,它不再是简单地断狱伸冤了,主题思想深入发展了,表现出封建社会失意士大夫对专制政治和科举制度的不满,它有一定的现实意义。这样写,同冯梦龙个人的遭遇有关系,同冯氏另一篇作品《老门生三世报恩》的观点相合。正因为这样,《闹阴司》就表现了它的消极因素和局限。司马貌的反抗是从封建士大夫个人的恩怨出发,它不可能对整个封建制度和命运加以否定,当得到来世"荣华"的个人酬赐时,也就满足了。这里所反映的封建士大夫的局限,正是故事经过文人改编的不可避免的缺点。

更重要的是《三言》中也有当时轰传一时的政治事件和社会事件，极有可能是冯梦龙根据当时人所写的传记来改编的。如《情史》卷四《沈小霞》篇末提到“楚人江进之（盈科）有《沈小霞妾》”（见江盈科《明十六种小传》卷三），这篇《沈小霞妾》，即为《沈小霞相会出师表》的蓝本；《情史》卷十六“珍珠衫”条，篇末有“九籥生曰”云云，九籥生是宋幼清别号，知《情史》此文为节录宋氏《珍珠衫传》者。而此篇《珍珠衫传》，当为《蒋兴哥重会珍珠衫》的蓝本；又《情史》卷十四《杜十娘》篇末提到“浙人作《负情侬传》”。《负情侬传》实为云间宋懋澄（幼清）所作，亦即为《杜十娘怒沉百宝箱》的蓝本。我们如果对比一下，就可以看出冯梦龙在心理刻画、文字运用等方面的才能。《负情侬传》不易见到，兹据明刊本宋懋澄《九籥集》卷五转录如下：

负情侬传

王仲雍懊恨曲曰：“常恨负情侬，郎今果行许。”作《负情侬传》。

万历间，浙江李生，系某藩臬子，入赀游北雍，与教坊女娘杜十娘情好最殷①。往来经年，李赀告匮，女郎母颇以生频来为厌，然而两人交益欢。女姿态为平康绝代，兼以管弦歌舞妙出一时，长安少年所借以代花月者也。母苦留连，始以言辞挑怒，李恭谨如初，已而声色竞严，女益不堪，誓以身归李生。母自揣女非己出，而故事：教坊落籍，非数百金不可，且熟知李囊无一钱，思有以困之，令愧不办，庶自亡去。乃戟掌话女曰：

① 《九籥集》“娘”作“郎”。——校者注

“汝能怂郎君措三百金畀老身，东西南北惟汝所之。”女郎慨然曰①：“李郎虽落魄旅邸，办三百金不难。顾金不易聚，倘金具而母负约，奈何？”母策李郎穷途，侮之，指烛中花笑曰：“李郎若携金以入，婢子可随郎君而出。烛之生花，谶郎之得女也。”遂相与要言而散。

女至夜半，悲啼，谓李生曰：“郎君游赀，固不足谋妾身，然亦有意于交亲中得缓急乎？”李惊喜曰：“唯！唯！向非无心，第未敢言耳。”明日，故为束装状，遍辞亲知，多方乞贷。亲知咸以生沈湎狭斜，积有日月，忽欲南辕，半疑入妄②；且李生之父，怒生飘零，作书绝其归路；今若贷之，非惟无所征德，且索负无从，皆援引支吾。生因循经月，空手来见。女中夜叹曰：“郎君不能办一钱耶？妾褥中有碎金百五十两，向缘线裹絮中，明日令平头密持去，以次付妈。外此非妾所办，奈何？”生惊喜，珍重持褥而去。因出褥中金，语亲知，亲知悯杜之有心，毅然各敛金付生，仅得百两。生泣谓女：“吾道穷矣。顾安所措五十金乎？”女雀跃曰：“毋忧。明旦妾从邻家姊妹中谋之。”至期，果得五十金，合金而进，妈欲负约，女悲啼向妈曰：“母曩责郎君三百金，金具而母食言。郎持金去，女从此死矣。”母惧人金俱亡，乃曰：“如约。第自顶至踵，寸珥尺素，非汝有也。”女忻然从命。

明日，秃髻、布衣，从生出门，过院中诸姊妹作别。诸姊妹咸感激泣下，曰：“十娘为一时风流领袖，今从郎君蓝缕出院

① 《九籥集》“郎”作“即”。——校者注
② 《九籥集》“入”作“涉”。——校者注

门,岂非姊妹羞乎?”于是人各赠以所携。须臾之间,簪弭衣履,焕然一新矣。诸姊妹复相谓曰:“郎君与姊,千里间关,而行李曾无约束。”复合赠以一箱。箱中之盈虚,生不能知,女亦若为不知也者。日暮,诸姊妹各相与挥泪而别。女郎就生逆旅,四壁萧然,生但两目瞪视案几而已。女脱左膊生绡,掷朱提二十两,曰:“持此为舟车资。”明日,生办舆马,出崇文门,至潞河,附奉使船。抵船,而金已尽。女复露右臂生绡,出三十金,曰:“此可以谋食矣。”生频承不测,快幸遭逢。于时自秋涉冬,嗤来鸿之寡侍①,诎游鱼之乏比,誓白头则皎露为霜,指赤心则丹枫交炙,喜可知也。

行及瓜州,舍使者艅艎,别赁小舟,明日欲渡,是夜,璧月盈江,练飞镜写。生谓女曰:“自出都门,便埋头项;今夕专舟,复何顾忌?且江南水月,何如塞北风烟?顾作此寂寂乎?”女亦以久淹形迹,悲关山之迢递,感江月之交流。乃与生携手月中,趺坐船首,生兴发,执卮,倩女清歌,少酬江月。女宛转微吟,忽焉入调,乌啼猿咽,不足以喻其悲也。有邻舟少年者,积盐维扬,岁暮将归新安,年仅二十左右,青楼中推为轻薄祭酒。酒酣闻曲,神情欲飞,而音响已寂,遂通宵不寝。黎明而风雪阻渡,新安人物色生舟,知中有尤物,乃貂帽复绚,弄形顾影,微有所窥,因叩舷而歌。生推篷四顾,雪色森然。新安人呼生绸缪,即邀生上岸,至酒肆论心。酒酣,微叩公子:“昨夜清歌为谁?”生俱以实对。复问:“公子渡江,即归故乡乎?”生惨然,告以难归之故:“丽人将邀我于吴越山水之间。”杯酒缠绵,无

① 《九籥集》“侍”作“俦”。——校者注

端尽吐情实。新安人愀然谓公子:“旅靡芜而挟桃李,不闻明珠委路,有力交争乎?且江南之人,最工轻薄,情之所钟,不敢爱死,即鄙心时时萌之。况丽人之才,素行不测,焉知不借君以为梯航,而密践他约于前途?则震泽之烟波,钱塘之风浪,鱼腹鲸齿,乃公子之一抔三尺也。抑愚闻之,父与色孰亲?欢与害孰切?愿公子之熟思也!”生始愁眉,曰:“然则奈何?”曰:“愚有至计,甚便于公子,然而顾公子不能行也。”公子曰:“为计奈何?”客曰:“公子诚能割厌余之爱,仆虽不敏,愿上千金为公子寿。得千金,则可以归报尊君;舍丽人则可以道路无恐。幸公子熟思之!”生既飘零有年,携形挈影,虽鸳树之诅,生死靡他;而燕幕之栖,进退维谷。瓶藩狐济,既猜月而疑云;燕啄龙漦,更悲魂而啼梦。乃低首沉思,辞以归而谋诸妇。遂与新安人携手下船,各归客次。

女挑灯俟生小饮,生目动齿涩,终不出辞。相与拥被而寝,至夜半,生悲啼不已。女急起坐,抱持之曰:“妾与郎君处情境,几三年,行数千里,未尝哀痛。今日渡江,正当为百年欢笑,忽作此面向人,妾所不解。抑声有离音,何也?”生言随涕兴,悲因情重,既吐颠末,涕泣如前。女始解抱,谓李生曰:“谁为足下画此策者,乃大英雄也。郎得千金,可觐二亲;妾得从人,无累行李。发乎情,止乎礼义。贤哉,其两得之矣!顾金安在?”生对以:“未审卿意云何?金尚在是人箧内。”女曰:“明日亟过诺之,然千金重事也,须金入足下箧中,妾始至是人舟内。”时夜已过半,即请起,为艳妆,曰:“今日之妆,欢新送旧者也,不可不工。”计妆毕,而天亦就曙矣。

新安人已刺船李生舟前,得女郎信,大喜曰:“请丽卿妆台为信。”女忻然谓李生：“畀之。”即索新安人聘赀过船，衡之无爽。于是女郎起自舟中，据船舷谓新安人曰：“顷所携妆台中，有李郎路引，可速捡还。”新安人急如命，女郎使李生抽某一箱来，皆集凤翠霓，悉投水中，约值数百金。李生与轻薄子及两船人，始竞大咤。又指生抽一箱，悉翠羽明珰，玉箫金管也，值几千金，又投之江。复令生抽出某革囊，尽古玉紫金之玩，世所罕有，其价盖不赀云，亦投之。最后，惎生抽一匣出，则夜明之珠盈把，舟中人一一大骇，喧声惊集市人，女郎又欲投之江，李生不觉大悔，抱女郎恸哭止之，虽新安人亦来劝解。女郎推生于侧，而啐詈新安人曰：“汝闻歌荡情，遂代莺弄舌，不顾神天，剪绠落瓶，使妾将骨殷血碧，自恨弱质，不能抽刀向伧。乃复贪财，强来萦抱。何异狂犬方事趋风，更欲争骨。妾死有灵，当诉之明神，不日夺汝人面。且妾藏形诒影，托诸姊妹，蕴藏奇货，将资李郎归见父母也。今畜我不卒而故暴扬之者，欲人知李郎眶中无瞳耳。妾为李郎，涩眼几枯，翕魂屡散，事幸粗成，不念携手而倏溺笙簧，畏行多露，一朝弃捐，轻于残汁。顾乃婪此残膏，欲收复水，妾更何颜而听其挽鼻！今生已矣！东海沙明，西华黍垒，此恨纠缠宁有尽耶！”于是舟中崖上观者无不流涕，詈李生为负心人。而女郎已持明珠赴江水不起矣。当是时，目击之人，皆欲争殴新安人及李生。李生暨新安人各鼓船分道逃去，不知所之。噫！若女郎，亦何愧子政所称烈女哉！虽深闺之秀，其贞奚以加焉！

宋幼清曰：“余自庚子秋闻其事于友人。岁暮多暇，援笔叙事。”至“妆毕而天已就曙矣”，时夜将分，困惫就寝。梦披发而其音妇者谓余曰：“妾羞令人间知有此事。近幸冥司见怜，令妾稍司风波，间豫人间祸福。若郎君为妾传奇，妾将使君病作。”明日，果然。几十日而间，因弃置箧中。丁未，携家南归，舟中检笥稿，见此事尚存，不忍湮没，急促笔足之。惟恐其复祟，使我更捧腹也，既书之纸尾以纪其异，复寄语女郎：“传已成矣，它日过瓜洲，幸勿作恶风波相虐。倘不见谅，渡江后必当复作。宁肯折笔同盲人乎！”时丁未秋七月二日，去庚子盖八年矣。舟行卫河道中，距沧州约百馀里。不数日而女奴露桃忽堕河死。

冯氏对《负情侬传》、《沈小霞妾》的加工改写是最突出的成就，不但反映了冯氏思想中的民主因素，也代表了冯氏比较优秀的文学才能。这些，我们当在下节中作具体的分析。

第三节 《三言》的思想性与艺术性

《三言》为《喻世明言》（即《古今小说》）、《警世通言》、《醒世恒言》三个话本集的总称。每集四十篇，共一百二十篇。其中宋元旧本约占三分之一，馀三分之二为明代话本和文人的拟作，都经过冯梦龙的整理、加工，还编入了一些冯氏自己的作品。就《三言》大部分作品的基本倾向来看，主要表现了城市市民阶层的思想特点，带有比较浓厚的市民色彩。但也还不能摆脱封建思想的影响。更由于这些作品不但不能像宋元话本那样直接和市民群众结合，反而日益商品化，使《三言》中的明人作品越来越多地反映市民的庸俗面，这就妨碍了对封建社会本质的更深刻的揭露，削弱了作品的思想性。《三言》中反映社会政治重大事件以及具有反封建精神的作品所以寥寥无几，原因就在于当时封建势力还很强大，市民的社会力量还很弱小。

《三言》所收明人话本和拟话本，描写的社会生活相当复杂，题材范围也比较广泛。其中大部分继承了宋元话本传统，基本上可以算作市民文学。其中较为优秀的人物如杜十娘、闻淑女、灌园叟等，都是市民或接近市民的人；而丑恶的人物如严嵩、贾似道、孙富、莫稽、张委等，则几乎全是地主分子或市侩巨富。爱憎分明，良莠分明，这是明代话本和拟话本的进步面。

一、《三言》的题材

1. 以爱情为主题的作品，所占分量最多，也最具特色。一般地说，它们真实、多彩地反映了被侮辱、被损害的妇女与荒淫残暴的封建统治阶级在生活和品格方面的矛盾斗争，歌颂了她们的善良、纯洁和刚强不屈的品质，这些作品，大抵都是明代中叶以后这一特定的历史时期的产物。《杜十娘怒沉百宝箱》和《卖油郎独占花魁》是其中的代表作，是市民思想比较鲜明，艺术表现也比较完美的好作品。

《杜十娘怒沉百宝箱》的故事，相传是明代的实事。作者通过杜十娘刚强不屈的性格和封建制度的冲突，完成了一个卓越的反封建的悲剧，它有着深刻的社会意义。

杜十娘是京城的“教坊名姬”，她的阶级出身和社会地位使她具有反抗的性格。她的七年卖笑生涯，所受的摧残和侮辱增加了她的阅历，使她了解自己命运的惨酷，因而“久有从良之志”。她长期积蓄珠宝,选择从良的对象。当她一旦爱上了李甲,便一心专注,并斩钉截铁地和鸨母展开斗争,终于冲破樊笼,获得了自由。不幸十娘所认为"忠厚志诚"的李甲,却是一个凉薄无情的"蠢才",中途把十娘出卖。当十娘省悟到自己错选了人时,毅然抱匣沉江,和封建分子彻底决裂。我们可以设想,一个沉沦在封建社会黑暗深渊中的妓女,为了摆脱被侮辱被玩弄的处境,费尽心机,结果还是被人抛弃,事情的悲惨、残酷,孰有甚于此者!当她理想幻灭之后,既不愿以珠宝换回李甲的虚伪的爱情,更不愿委身事仇。"宁为玉碎,不肯瓦全",沉江,便成为十娘唯一可走的道路。

杜十娘所面对的,是灭绝人性的封建制度。而十娘所选中的李甲,却是一个大官僚大地主出身的纨绔子弟,这种子弟所表现出来的,必然是对女性的玩弄和政治经济利害的计较。不能设想,李甲会突破封建婚姻制度森严的阶级性而背叛他的阶级,他对十娘,只是一种贪恋美色的狎妓行为,根本谈不上爱情。在十娘屡次的考验下,他的表现软弱、犹豫和被动,这正是剥削阶级的本质。李甲貌似"忠厚志诚",灵魂深处却充满了卑怯和自私。尽管十娘对李甲抱有幻想,李甲却一直视十娘为妓女,为商品。正因为如此,李甲才中了市侩孙富的毒箭而把十娘出卖,连他自己的人格也出卖了。这悲剧从表面看是十娘与李甲的矛盾,而实质上却是十娘的生活愿望与封建制度的矛盾。孙富不过是封建恶势力的尖兵,他的"巧为谗说",只是促进李、杜爱情破裂的外部条件。

杜十娘生活的时代环境使她不可能看到李甲的阶级本质。当她被遗弃时,也只能抱怨对方"惑于浮议",不可能理解自己的身份地位与贵族豪门之间竟然横隔着这么深的鸿沟,而十娘所追求的便是在封建官僚地主家庭中过市民式的自由的生活。她梦想用对封建地主分子恭顺的办法来调和矛盾，也梦想在适当的时候用她所积蓄的奇珍异宝来调和矛盾。她根本不理解封建婚姻制度有其森严的阶级性，妄想像李布政那样大官僚大地主出身的人，有朝一日，会牺牲自己的阶级利益而容许十娘登上封建庙堂，这是注定要失败的。是的，封建地主阶级是贪财的，也是需要孝顺媳妇的，但他们的根本利益，却是功名和官职。封建制度规定了有官才有权，才有大量剥削劳动人民的特权，才有一切。封建的舆论和封建的家法都为获取功名官职效劳。郑元和之娶李娃，王景隆之娶玉堂春，都是因为女方向封建制度投降，帮助男方获取了功名官职，因而取得封建家长的承认，舆论和家法在根本利益面前一齐退却。而杜十娘却没有这样做，这样，杜十娘就成为李家猎取功名的大害。因此，杜十娘之死，雄辩地证明阶级调和是不可能的，要就是杜十娘学李娃，要就是杜十娘与地主子弟李甲决裂。把希望寄托在剥削阶级分子发慈悲的幻想上，其结果，只能带来悲剧的结局。试看，李甲跪倒船头，他看到的主要还是百宝箱而不是杜十娘。而杜十娘在绝望中看清了李甲的真面目，这才起来以死作斗争，向封建地主阶级作最后的反击。这是一个饱含着热情歌颂和深刻暴露的悲剧。

《卖油郎独占花魁》的女主角莘瑶琴，也和杜十娘一样，为了摆脱非人的娼妓生活，迫切需要找到“好从良”的对象。可是莘瑶琴是小商人家庭出身，有下层市民向上爬的思想，在妓院，更因“色艺双绝”，饱受公子王孙的宠玩捧场，在“珍宝般供养”的环境里，她已严重地受到了封建名位思想的腐蚀。她提出的从良条件，首先是“王孙公子，贵客豪门”，而不是“一字不识的村牛”。这样，她将来的命运的掌握者，便将不是李甲便是孙富。

当卖油郎秦重出现在莘瑶琴面前时，她起初是嫌“不是有名称的子弟”，不肯接纳。后来虽然因为秦重的体贴、诚恳，她才觉得“难得这好人，又忠厚，又老实”，但仍然以为“可惜是市井之辈，若是衣冠子弟，情愿委身事之。”这一个性格发展中的曲折是自然的，真实的，说明了剥削阶级思想毒害之深，说明了人们要摆脱坏思想决不是轻而易举的。莘瑶琴把希望寄托在“衣冠子弟”身上，却万不料狠狠打击她的，正是衣冠子弟。于是她清醒过来了，看清了那些“豪华之辈，酒色之徒，但知买笑追欢的乐意，那有真情实意的爱慕”。她终于走上了杜十娘没有走过的道路，向秦重提出“我要嫁你”的要求，表示“布衣蔬食，死而无怨”。莘瑶琴受封建思想的腐蚀，似乎比杜十娘更深，在迈出决定性的一步前，她必然经历着曲折复杂的思想斗争的。她从讨厌秦重到喜欢秦重到感激秦重，她的性格是被逐步地揭示并深化了的。西湖游船上被侮辱的一幕，暴露了“王孙贵客”的本质。说明被压迫者的遭遇，只有被压迫者才能寄予深切的同情。从此，莘瑶琴对秦重的爱情，便在她内心战胜了追逐名位和金钱的思想，她已有足够的精神力量来决定自己应走的道路了。

在小说中，男主角卖油郎秦重，最初是以一个狎客的姿态出现的。作者一开始就提出了他的观点：“风月场中只有会帮衬的最讨便宜，无貌而有貌，无钱而有钱。”秦重的形象，是符合这一观点的。秦重和莘瑶琴，同是天涯沦落人，身份相同，社会地位相同，但一个是小本经营的卖油郎，一个是临安的花魁，两个人本来是风马牛不相及的，他们萍水相逢，秦重为瑶琴美色所倾倒，经过一年多刻苦的努力，积蓄了十六两银子，“要与花魁娘子相处一宵。”当秦重初次和瑶琴接近时，瑶琴就告诉他“此地不是你来往的。”取出二十两银子，酬他一宵之情，推他转身。从这一幕场景看来，瑶琴对于秦重的纯洁真诚的感情，还没有真正的了解。

吴八公子的暴行，是瑶琴和秦重的关系发生变化的关键。在此之前，秦重对瑶琴小心翼翼，殷勤体贴，是一种自卑心理的表现。在此之后，秦重顾虑的是瑶琴的豪华生活和自己本分勤俭的劳动生活不相适应，这一点他一开始就强烈地感到，矛盾一直无法解决。当瑶琴决心"布衣疏食，死而无怨"时，他们才在思想一致的基础上团圆了。这充分说明他们之间的感情，不是什么脱离社会条件的抽象的男女之爱，而是建立在共同的思想基础上的。

在阶级社会里，人们的阶级地位决定了人们的思想感情的阶级性，在男女关系上也不例外。嫖客卖油郎对莘瑶琴的表情是嘘寒送暖，伺候周到；另一嫖客官僚地主子弟吴八公子，当莘瑶琴不能满足他的欲望时，就一顿痛骂，横加凌辱，这里鲜明地划出了剥削阶级和劳动人民之间的阶级界线。这是这篇小说可取之处。但是，冯梦龙等作者出于地主阶级和上层市民的腐朽的思想感情，却把他们的观点强加在卖油郎身上，把卖油郎出身于下层市民的忠厚和纯洁的爱情，写成"善于帮衬"，即某些剥削阶级分子用以骗取女性欢心的虚伪殷勤。小说用着意渲染和作者发议论的手法来点明这一强加的主题思想。"堪笑豪家多子弟，风流不及卖油人。"因而秦重的形象，就被在相当大的程度上歪曲和污损了。使秦重的形象，孱上了小市民的庸俗低级的倾向，就是在当时的社会，这也是不健康的。

但是，从研究社会矛盾和小说发展的观点来看，我们认为上述两篇作品在封建社会中，都有不同程度的进步意义。特别是把这两篇作品所反映的两种不同的人生态度和人物命运加以写照就更为鲜明。杜十娘托终身于地主分子,结果是抱恨终天;莘瑶琴和下层市民秦重结合,享受到市民生活的幸福。这正是对当时市民力量的热烈肯定,对没落封建势力的愤怒鞭挞。成为我国古代短篇小说中以爱情为主题的佳作。

《蒋兴哥重会珍珠衫》是一篇描写商人家庭男女关系的小说,以珍珠衫为线索写蒋兴哥与其妻王三巧悲欢离合的故事。

这篇小说的消极面较大,首先,作者带着欣赏的态度描写不正当的性生活,充分暴露了上层市民卑污庸俗的低级趣味,对人民群众只具有腐蚀作用。其次,他又借此进行因果报应的封建迷信宣传。小说一开头,便提醒"看官,则今日听我说《珍珠衫》这套词话,可见果报不爽,好教少年子弟做个榜样。"这个做榜样的人就是陈商。陈商贪恋美色,勾引别人的妻子,并赚得了珍珠衫一件。到头来自己的妻子也为别人所有。而蒋兴哥在弄清前因后果之后,"把舌头一伸,合掌对天道:'如此说来,天理昭彰,好怕人也。'"这里,作者通过因果报应来进行封建说教的意图非常明显。这些,都是应该彻底批判的。我们所以还要提出这篇小说,则是因为它通过蒋兴哥这一人物,反映了当时市民对待婚姻问题的某些特点,有一定的认识意义。蒋兴哥发现妻子行为不检,他一面是气恼,一面却深自懊悔,当初不该"贪着蝇头微利,撇他少年守寡,弄出这场丑来。"他一面休妻,一面却又"念夫妻之情不忍明言",而且表示"心中好生痛切。"蒋兴哥对失节妻子的态度,并不像封建阶级那样看得严重,那样残酷,有时甚至对王三巧的不幸遭遇表示一定的同情。这种夫妻关系和感情态度,在当时的作品中,常以不同的形式反复出现,这就说明了封建的贞操观念在市民阶层中逐渐失去它的支配作用;另一方面,对受人欺骗引诱的不幸人讲情义、寄同情的品德也表现得较为明显。

此外,还有一些有关爱情的作品,作者从不同方面真实地写出了封建社会妇女的悲惨命运,并寄予深切的同情。对于玩弄女性、忘恩负义的人则严厉地加以谴责,表现了作者鲜明的爱憎,在以男性为中心的封建社会里,族权、夫权达到神圣不可侵犯的程度,这样的同情和谴责是有一定的社会意义的。例如《王娇鸾百年长恨》,作者通过千户之女王娇鸾与司教之子周廷章的悲剧,严厉地谴责周廷章的负心,对王娇鸾的受骗深表同情。但这篇小说所描写的那种用诗简酬和来表达爱情的方式,从《西厢记》以来一直是才子佳人恋爱的常套。它和封建地主阶级追求女色享乐腐化生活有必然联系。周廷章的慕色贪财,充分表现他的剥削阶级本性,而王娇鸾对于自己的婚事,也没有挣脱封建礼教的束缚,一心等待着"父母之命"。当她一旦知道受骗之后,尽管她机智地告发周廷章,却没有生活下去的勇气。她的软弱,她的死,正是她出身的阶级留给她的烙印。

《宋小官团圆破毡笠》中船户之女刘宜春便和王娇鸾不同。她和宋金郎结婚之后虽被父母拆散,却与父母展开斗争,誓不再嫁,最后使父母屈从她的意志。刘宜春对宋金郎生死不渝的爱情是值得肯定的,但作者主要不在赞美这种坚贞的爱情,只是企图借刘宜春的艰苦斗争来进行封建说教:"闺中节烈古今传,船女何曾阅简编?誓死不移金石志,柏舟端不愧前贤。"这是作者意图所在,这就说明冯梦龙等一方面同情市民,另一方面却还是从自己的封建思想出发,把市民对爱情的诚挚看成为"守节"。他们认为下层市民中确有好人,但又硬要把这些人纳入封建的轨道。不仅如此,作者又把宋金郎巧得万金,夫妻重圆,归因于佛法,宣扬迷信,也大大削弱了作品的思想性。

《金玉奴棒打薄情郎》,通过书生莫稽和团头家的婚姻矛盾,反映了封建社会中妇女的悲惨命运。莫稽嫌金玉奴出身微贱,认为金家的婚姻是“终身之玷”,一朝发迹,就丧尽天良把金玉奴推堕江中。这是一场杀人害命的阶级斗争。故事发展到这里,金玉奴和莫稽之间,已经恩断义绝,矛盾冲突再也无法解决了。但是,作者深中封建礼教一女不事二夫的毒,金玉奴被人救起之后,作者却运用偷天换日的手段,改变了金玉奴的社会地位,而使之团圆,对杀人犯只是“棒打一阵”,就算消了气,就算解决了矛盾,“夫妇和好比前加倍”。把一个重大的社会问题,轻易地以喜剧的方式收场。这不但违反现实,而且掩饰了封建社会的罪恶,放弃了阶级斗争。尽管莫稽的丑恶形象写得十分成功,它的主要倾向还是维护封建制度的,应该加以批判。

在《三言》中,还有一些用滑稽可笑的婚姻事件,来揭露封建婚姻制度的罪恶的作品。如《钱秀才错占凤凰俦》,把诈骗犯地主颜俊描写为一个丑恶、粗暴、奸刁、自满的漫画式人物,这不是偶然的。这是无数社会罪恶现象的集中表现。作品中,高赞竭力想保卫自己的女儿,颜俊及其帮凶竭力想拐骗高赞的女儿,斗争是极其尖锐的。像钱青那样读书知礼的秀才,居然助人拐骗,也深刻地暴露了封建礼教的虚伪性。而钱青帮凶的结果却不自觉地在成全自己,也可发一笑。这的确是一个富有特色的讽刺喜剧。《乔太守乱点鸳鸯谱》的意义,也同样可以讽刺喜剧的手法来刻画的。受封建意识支配的刘妈妈的自私企图,只获得与始愿相违的效果,使自己弄得极为狼狈,这是对封建社会中不合理婚姻制度和荒谬习俗尖锐有力的嘲笑。矛盾的解决,有美化封建官僚的方面,作者抬出个乔太守来，使那些青年男女（主要是孙润和慧娘）得到幸福的团圆，然而乔太守的硬作主张，甚至说“人虽兑换，十六两原只一斤”在今天看来，是非常荒谬的。但从故事中矛盾发生、发展到解决的全过程来看，中心思想，还是对封建婚姻制度的嘲讽和对青年男女私相爱悦的同情，在当时来说，还有一定的认识意义。

2. 揭露封建统治阶级的内部斗争和官僚、地主、恶霸的罪行的。这一类作品，有着较大的社会意义。

明初封建经济高度发展的结果，使得中央集权政策加速形成。朱元璋在加强他的专制政权的过程中，与其部下的封建官僚、功臣，产生了不小的矛盾。统治集团的内部斗争，十分激烈，这是产生反映统治阶级内部矛盾的作品的土壤。在没有选入《三言》的一些作品中，有一部分讲史性质的短篇小说，如《张子房慕道记》、《老冯唐直谏汉文帝》、《汉李广世号飞将军》等，就是通过历史题材来揭露当时统治阶级的残暴专横的。《张子房慕道记》写张良因见韩信、彭越、英布三个功臣不得善终，兔死狐悲，托言要修仙慕道，飘然远引。他临走时，在朱红盘内留下八句诗（亦见《全相平话·前汉书续集》，文字小异），最后两句，直截了当地表明去意：“不是微臣归山早，怕死韩信剑下灾。”这是对汉高祖的无情揭露。十分清楚，这揭露不是单纯的历史描述，有一定的社会内容。明太祖依靠功臣得天下，等到坐稳江山以后，深恐功臣跋扈难驭，决计兴大狱，一网打尽。洪武十三年（1380），加丞相胡惟庸以谋逆通敌罪，凌迟处死，“词所连及，坐诛者三万馀人。”[1]洪武二十六年（1393），又借故杀大将军蓝玉，“列侯以下坐党夷灭者，不可胜数……于是元功

① 《明史》卷三〇八《胡惟庸传》。

宿将，相继尽矣”[1]。其他文臣如初起兵时的幕府僚属宋思颜，户部尚书茹太素，左都御史杨靖等，都被诛戮。这就是《张子房慕道》故事产生的历史背景。冯唐、李广等篇，借冯唐、李广的怀才不遇，对当时统治阶级表示不满，都是曲折地反映了统治阶级的内部矛盾。但这些作品的故事情节，虚构成分多于事实，大概作者慑于专制淫威，借历史题材曲折地反映自己时代的社会现实，借以指桑骂槐而已。

《三言》里反映封建统治集团内部矛盾的作品则不然，它们都是明代中叶以后的作品，那时朱明王朝已走上了衰败崩溃的下坡路，朝纲松弛，最高封建统治者根本无力控制权臣宦官，统治阶级内部矛盾日益尖锐，其反动本质也愈来愈显露。因而作品所表现的，大抵摄取当代官场现实生活，作直接露骨的揭示，来参与当时的政治斗争。《沈小霞相会出师表》是一篇代表作，内容写沈鍊父子及其亲友反抗祸国殃民的大官僚严嵩一党的斗争故事，根据《明史·沈鍊传》和江盈科的《沈小霞妾》一文加以渲染而成。小说通过政治性事件，展开了人物的描写。作者写严嵩父子，除正面写他卖官鬻爵，残害忠良等等罪恶之外，更多的是通过他的爪牙的为非作歹来间接揭露。例如杨顺杀良民冒功一段：

> 到任不多时，适遇大同鞑虏俺答引么入寇应州地方，连破四十馀堡，掳去男妇无算。杨顺不敢出兵救援，直待鞑虏去后，方才遣兵调将，为追袭之计，一般筛锣击鼓，扬旗放炮，鬼混一场，那曾看见半个鞑子的影儿！杨顺情知失机，惧罪，密

---

① 《明史》卷一三二《蓝玉传》。

谕将士，拿获避兵的平民，将他剃头斩首，充做鞑虏首级，解往兵部报功，那一时，不知杀死了多少无辜的百姓。

这就突出了严嵩父子的淫威和他的鹰犬的谄媚。对统治阶级的残酷、毒辣，揭露得相当深刻，为被害人民提出了强烈的控诉。另一方面，作者写沈鍊是一个正气磅礴的人物，他敢于数严嵩十大罪状，酒灌严世蕃、靶射草人，并斥责杨顺“杀平民以冒功”的罪恶。沈鍊的这种正义行为，和严嵩父子的罪恶行径，形成了鲜明的对照。这是小说的主要部分。小说中其他人物的描写，也很成功。贾石从共同政治立场出发所表现出来的深厚友谊，舍己为人的精神，很值得赞许。冯主事的老谋深算，敢于收容在逃钦犯，这本身就是一件勇敢义侠的行为。写得更出色的是闻淑女，她不避艰险地跟随丈夫长途跋涉，在千钧一发之际，却能临危不惧，先发制人，巧妙地和如狼似虎的差人周旋，使丈夫逃脱了解差的手掌，确是个不平凡的妇女。像闻淑女这样一个勇敢而机智的艺术形象，在《三言》中是并不多见的。但是，小说中的这些生动的人物精彩的插曲，归根结柢都是为它的主题服务的，小说作家刻意经营的是他心目中的忠臣义士和权奸的斗争。今天来看，这场斗争基本上是统治阶级内部的斗争。但是，沈鍊的一方，客观上还是反映了一些人民群众的愿望。人民是要求抗敌卫国的，严嵩集团却畏敌害民，纵敌残民，而沈鍊则有一定的爱国思想。这篇小说所描写的斗争，和当时人民群众的利益是有关的，它在一定程度上反映了当时人民群众的爱憎。在当时的形势下，作者敢于写出这样的现实主义较强的作品，将封建统治阶级当权派穷凶极恶的面貌暴露出来，是难能可贵的。但是，当时的市民反封建的觉悟程度还很低，这首先表现在把希望寄托于统治阶级人物身上,无限地美化某些封建官吏或士大夫。其次,对于皇帝,则更不敢触动分毫。本篇作者站在封建地主阶级在野派的立场,反映了市民阶层的这种政治上的错误倾向,就过分地赞美沈鍊,不仅如此,还称嘉靖为圣人,把消灭严党的功劳,在相当大的程度上归之于皇帝。仿佛皇帝是仁慈公正的,只是一时受蒙蔽而已。这样,就开脱了封建最高统治者的罪状,从根本上维护了封建统治。这篇作品反映了现实斗争,却见容于封建统治阶级,就说明它未触动封建统治的根本利益。

《木绵庵郑虎臣报冤》,也是揭露统治阶级内部矛盾的作品,作者满腔愤怒的心情溢于言表。对贾似道的卑鄙、阴险和凶残,刻画得淋漓尽致。他不仅奴颜婢膝地向蒙古称臣纳币,还无耻地上表邀功请赏,恃势害死太学生郑隆。后来贾似道失势,在木棉庵中,给郑隆之子郑虎臣将大槌连头带脑打得稀烂,这不仅是报杀父的私仇,也正是人民对祸国殃民的权奸的惩罚。

《滕大尹鬼断家私》,写的是封建官僚地主家庭的内部纷争以及滕大尹装神作鬼攫取金银的故事。从客观效果来看,这是一篇从内部揭露地主阶级罪恶的作品。倪太守已是风烛残年,他还是爱财如命,"收租放债,件件关心",还要霸占十七岁的少女。他最关心的是他的财产和血统,能否为子孙"善继善述"。但他死后,和他一样充满剥削阶级本能的长子善继,却千方百计地排斥梅氏母子,阴谋独吞家产。这中间斗争的残忍,充分暴露了地主阶级贪婪的本性。梅氏母子虽然处在弱者地位,但十四岁的善述也口口声声要讨"家私",和哥哥吵架。这里,不仅"孝弟"的礼教外衣完全撕破,也暴露了封建社会财产私有制的罪恶。至于滕大尹这个官僚,也是个写得很成功的典型。他起初以调解家庭纠纷的姿态出现，只在图名，“若我断不出此事，枉自聪明一世”。后来见财起意，转而图利。鬼神成为手段，忠信更是伪装，瓜分了好大一笔赃物，既收廉明之名，更得暴利之实，这正是对封建社会“好官”的深刻讽刺。但是，作者对封建家庭和封建官僚这种深刻的揭露是不自觉的，篇首一大段封建说教，以及“只为家庭缺孝友，同枝一树判荣枯”的诗，是作者主导思想所在。因此，作者不但对倪太守、滕大尹这批地主官僚的本质没有认识，反而加以美化，仿佛倪太守很仁慈，关心小妾幼子，从而冲淡了对他的自私、卑鄙的暴露。写滕大尹，还加上一段审清冤狱的插曲，来强调他的明断，也掩盖了他的贪婪、机诈的阶级本性。这是作者的封建地主阶级立场和封建思想的反映。

《灌园叟晚逢仙女》，是《三言》中唯一直接揭露地主兼并农民土地的阶级斗争的作品。是值得认真注意和赞扬的。种花翁秋先是个善良鲠直的劳动者，他热爱劳动，爱花成癖，在他的小花园里，种了不少奇花异卉，他日日夜夜辛勤爱护，风雨无阻，因此，花木特别繁茂。秋先又是个孤独的老儿，长期地过着清苦而安静的种花生活。但是，他却受到宦家子弟、恶霸地主张委的迫害。张委倚仗地主官僚的权势，企图强占他的园子，还要他“一发连身归在我家”，像明代许多豪门地主一样霸占劳动人民的人身作为僮奴。这种压迫和掠夺，确实是以特殊的形式概括了当时地主阶级大量兼并农民土地的社会现实。尤其狠毒的是，张委硬诬秋先是农民起义军王则的同党，必欲置秋先于死地。这更暴露了封建政权的地主阶级专政的实质。小说还通过秋先的劳动生活，悲惨遭遇以及他和乡亲们对恶霸张委的不屈斗争，热情地歌颂了劳动人民。这种鲜明的阶级爱憎，是市民文学进步的方面。在冯梦龙等编写者来说，则是出于对被压迫者的同情和对豪门恶霸的反感。矛盾如此尖锐，如何解决呢？在农民还没有大起义，市民还没有参加这种起义的时候，市民文学是不可能找到正确的解决途径的。即使有之，冯梦龙等也决不会选取和加工。所以小说的作者只能从秋先的劳动成果（花）中寻取力量，制造出花神来帮助秋先和全村人民战胜和惩罚了张委，并迫使官府向人民屈服。这比之寄幻想于“清官”，是要好得多了，它毕竟具有劳动人民所创造的神话的健康因素，不同于一般的封建迷信和因果报应。篇中还夹杂着宗教出世思想，将秋先对待恶霸地主的阶级压迫，说成“皆是我平日心胸褊窄，故外侮得至，老神仙汪洋度量，无所不容，安得有此。”这分明是不认识阶级斗争的本质的反映。

《沈小官一鸟害七命》写富商之子沈秀在柳林里掩画眉，箍桶匠张公为了夺取画眉，杀了沈秀，将头丢在空心柳树内。转手将画眉卖给一个客商李吉。案发，李吉坐罪，虽一再声辩无效，结果“李吉委的杀死沈秀，画眉现存，依律处斩”。另一方面，贫民黄老狗为了冒领寻头赏格，不惜叫两个儿子杀了自己，将头去领赏。及案情大白，又杀了三人，吓死了一人，前后共害了七条人命。这件案子中官吏的昏聩糊涂，草菅人命，与《错斩崔宁》中的冤案无异。值得注意的是，一个箍桶匠，为了二三两银子而竟至杀人；被压榨得无以为生的黄老狗，甘愿割头领赏，而两个儿子竟忍心把父亲杀死，这是何等黑暗的社会现象！他们的杀人行为固然应该惩处，但寻根究源，整套的封建剥削和压迫的制度，才是全部罪恶的根源。

揭露封建社会的罪恶更为深刻的是《一文钱小隙造奇冤》，小说分前后两部分：前一部分主要是杨氏缢死始末，它的客观意义主要是对夫权的批判；后一部分是写朱赵两家争讼，主要意义对两个地主土豪丑恶本质的揭露。事情的起因只是为了一文钱，却发展成两姓的大搏斗，断送了十三条性命。作者描绘了比较纷繁的社会现象，对封建社会的种种丑恶和人与人之间的尔诈我虞，描写得相当深刻，暴露得也比较彻底。但作者的主观意图，却在宣扬“事不三思终有悔，人能百忍自无忧”的调和矛盾的思想，这就削弱了作品的社会意义。

《李玉英狱中讼冤》一篇，对封建司法机构的残刑酷法和草菅人命有所揭露，但最后却通过“抑恶扬善”、“平反冤狱”，把矛盾轻轻掩盖起来，不免削弱了它的思想性，影响了它的艺术成就。但从它反映了生活斗争的主流来看，在暴露封建宗法制度和封建私有制度的罪恶方面，却还有其可取之处。

3. 描写知识分子的生活与科举制度的罪恶。《三言》中这种题材的作品相当多。它们的作者，可能都是科场失意的文人，根据自己的经历和体验，暴露了明代科举制度的腐朽本质，反映了明代社会复杂的阶级矛盾，有一定可取之处。冯梦龙将此类作品大量地编入《三言》，跟他的阶级出身和科场遭遇是分不开的。冯氏出身地主家庭，又是个醉心科举的人，曾编著《春秋衡库》、《春秋大全》和《麟经指月》等便利于科举的书①。但他科考并不顺利，五十八岁才得贡生，做官也只做过丹徒训导和福建寿宁县知县，又长期没有得到升迁。这样一个有才能而又关心政治的封建文人，对这些作品中的人物的遭遇，表示同情，或自己创造一些理想人物，借以发泄牢骚不平之气，是可以理解的。

---

① 三书都为科举而作。见范烟桥《冯梦龙的〈春秋衡库〉及其遗文佚诗》，载《江海学刊》1962年9月号。

明太祖朱元璋为了网罗人才，巩固中央集权制度，于洪武二年（1369）下谕令郡县皆立学校①。于是各府州郡皆建儒学，京师则有国子监，入国子监的称为监生，才有资格做官②。洪武三年（1370），又设科目取士。《明史·选举志》：

诏曰：自今年八月始，特设科举务取经明行修，博通古今，名实相称者，朕将亲策于庭，第其高下，而任之以官。

这样，大多数读书人都趋向科考，轻视监生，中举就成为明代读书人做官的必由之路。监生且有不获上第者。《明史·选举志》：

众情所趋向，专在甲科，宦途升沉，定于谒选之日，监生不获上第，即奋自镞砺，不能有成，积重之势然也。

但是，因循日久，这个在明初巩固封建统治起过一定作用的科举制度，随着新兴市民力量的兴起和整个封建制度的崩溃而日益败坏。到弘治十四年（1501），科场徇私舞弊的风气，日盛一日，考生录取与否，多被"预定去取"③，或被"盲试官"乱圈乱点，漫无标准。"不愿文章中天下，只愿文章中试官。"④正反映了封建社会中普通读书

① 《明史·选举志》："太祖谕：'京师虽有大学，而天下学校未兴，宜令郡县皆立学校。'"于是"天下府州县卫所皆建儒学，教官四千二百馀员，弟子无算。"

② 《明史·选举志》："府州县学诸生入国学者乃可得官，不入者不能得也。入国学者通谓之监生。"

③ 《明史·选举志》引弘治十四年谢铎语。

④ 见《警世通言》卷九《李谪仙醉草吓蛮书》及《醒世恒言》卷三十二《黄秀才徼灵玉马坠》。

人的愤慨心情。不特如此，甚至变本加厉，把“进士”、“举人”、“秀才”、“监生”等名衔，当做商品来进行公开买卖；同时也出现了所谓纳粟入监之事，“流品渐淆，而监生益轻”，这样学校和科举就为有粟有钱的官僚地主和富商子弟所垄断，失去了为封建统治培养和选拔人才的作用，大批中小地主及城市中产阶级家庭出身的读书人，都被淘汰而无路可投。况且科举用八股取士，严重地束缚人的思想，摧残人的聪明才智，使人成为“禄蠹”。其危害正如顾炎武所说：“八股之害等于焚书，而败坏人才，有甚于咸阳之郊所坑者。”①其少数幸而成名，大抵以纳贿舞弊得官，这些人都是不学无术，利欲熏心，在原来已很苛重残酷的封建赋税徭役和严刑峻法之上变本加厉，无餍地掠夺人民。而大多数科场失意者，在八股科举的毒害下，无法摆脱对功名的追求，往往白首穷经，老死牖下，忍受了一辈子的贫困屈辱。《三言》里有关读书人应试求官的描写，基本上是反映了这一生活真实的。最直接最具体最有代表性的作品是冯梦龙写的《老门生三世报恩》。

《老门生三世报恩》里的鲜于同，是个热中科举的人，他长期坚持奋斗的目的是争取自己的出人头地，有权有势，并以此来打破科场“爱少贱老”的心理，为老年登科扬眉吐气。他的坚持是顽强的，他置一切讪笑于不顾，“髩发都苍然了，兀自挤在后生家队里，谈文讲艺，娓娓不倦。”他仿佛暮年登第的梁颢②，不耻与童子为伍。原来他有一套自己的看法，他用以反驳劝说的人的那段话，相当泼辣

① 见《日知录》。

② 梁颢，字太素，宋雍熙时进士。相传他八十二岁及第，见陈正敏《遁斋闲览》。

地揭发了科举制度的不合理：

> 俺若情愿小就时，三十岁上就了，肯用力钻刺，少不得做个府佐县正，昧着心田做去，尽可荣身肥家。只是如今科目的世界，假如孔夫子不得荣第，谁说他胸中才学？若是三家村一个小孩子，粗粗里记得几篇烂旧时文，遇了个盲试官，乱圈乱点，睡梦里偷得个进士到手，一般有人拜门生，称老师，谈天说地，谁敢出个题目将带纱帽的再考他一考么？不止于此，做官里头还有多少不平处，进士官就是个铜打铁铸的，撒漫做去，没人敢说他不字；科贡官，兢兢业业，捧了卵子过桥，上司还要寻趁他。比及按院复命，参论的但是进士官，凭你叙得极贪极酷，公道看来，拿问也还过头①，说到结末，生怕断绝了贪酷种子，道："此一臣者，官箴虽玷，但或念初任，或念年青，尚可望其有新，策其末路，姑照浮躁或不及例降调。"不够几年工夫，依旧做起。倘拼得些银子央要道挽回，不过对调个地方，全然没事。科贡的官，一分不是，就当做十分；悔气遇着别人有势有力，没处下手，随你清廉贤宰，少不得借重他替进士顶缸。有这许多不平处，所以不中进士，再做不得官。俺宁可老儒终身，死去到阎王面前高声叫屈，还博个来世出头，岂可屈身小就，终日受人懊恼，吃顺气丸度日。

这段愤愤不平的议论，既批判了爱少贱老的试官，也揭露了考场的黑暗腐朽和官场的矛盾斗争，分明是作者对当时科举取士制度的

① 人民文学本"过"作"透"。——校者注

一种讽刺。按明代科举，特别重用“甲科”出身的进士，而“乙科”出身的举人，绝少升迁调用的机会，秀才更不用说了①。鲜于同所反对的，只是进士官与科贡官的不平等待遇，没有从根本上反对科举制度。他清楚地认识到，科举是猎取高官厚禄的捷径，他之所以锲而不舍，四十年如一日的心向往之，原因就在于此。他自己非常明白，他在八股文上费了一生精力，考了一世科举，非得在做官的道路上挣扎到底不可，别无其他出路。诗人赵嘏有句：“太宗皇帝真长乐，赚得英雄尽白头”，正可为鲜于同一流人物写照。

鲜于同三世报恩的故事，毕竟是偶然成功的一例。在封建社会里，终身不得志，无做官之分的知识分子，比得意做官的不知要多多少倍，到了白发苍苍，想求得一官半职，更是难上加难。鲜于同意外的（是作者编造的）成功，掩盖不了严酷的社会现实。我们如果揭开成功的假面，那就可看到无数垂死挣扎的穷读书人，一个个绝望而死的悲剧。

《赵春儿重旺曹家庄》，是写赵春儿埋银重兴曹家的故事。述监生曹可成不会做家，“专一穿花街，串柳巷”，看上了当地名妓赵春儿，暗地里将父亲所藏元宝偷出来使用，替赵赎身。父亲死后，家产荡尽，无以为生，在坟堂里训蒙度日。春儿与曹婚后，见曹挥霍无度，为日后衣食计，曾私下窖藏千金。自己纺绩自给。十馀年后，曹遇见同监的殷盛选了官，官心炽热，连睡梦里也做起官来。经过了多次考验，春儿见可成回心转意，才指着埋银处说：“我嫁你时，就替你办一顶纱帽埋于地下。”锄出黄白之物不下千金。于是可成带了春儿上京应选，做了三任官，刮得数千金，重兴家业。通

---

① 赵翼：《陔馀丛考》卷十八《有明进士之重》。

过这故事，读者可以看出，一个什么本领也没有的地主阶级分子，他的灵魂深处，充满了对富贵功名的艳羡。小说写曹可成和赵春儿商量捐官时，曾算过一笔账：本多利多，使用多些，就有个好地方，使用得少，把个不好的地方打发你，监生的本钱还弄不出哩！曹可成官还没有做成，大捞大刮的算盘已经打得的笃响。作者对明代科举制度的讽刺是何等的尖刻。

《钝秀才一朝交泰》，写一个科举失意的官宦公子马德称一朝交泰事。马德称出身于官僚地主家庭，他十二岁游庠，“聪明饱学”、“真个文章盖世，名誉过人。”从小立个誓愿：“若要洞房花烛夜，必须金榜挂名时。”他对科举和做官，如此热中，这是他的阶级本性所决定的。可是他连考三科不中，落魄十年，父亲又被诬陷身死，房产田业变卖干净。马德称只好在坟堂内居住，“弄得衣衫蓝缕，口食不周”。旧日争先奉承的，也一个个疏远起来。后来流落北京，无面回乡。京中起他一个绰号，叫做“钝秀才”。且看作者对钝秀才的描写：

> 凡钝秀才街上过去，家家闭户，处处关门。但是早行遇着钝秀才的一日没采：做买卖的折本，寻人的不遇，告官的理输，讨债的不是厮打定是厮骂，就是小学生上学也被先生打几下手心。有此数项，把他做妖物相看。倘然狭路相逢，一个个吐口涎沫，叫句吉利方走。

作者用了夸张的手法，把一个受凌辱的人物写得跃然纸上。马德称千万料不到一个没有考中科举的人受到精神上的鞭打，竟是如此之重！他出身于官僚家庭，深切地了解，摆在他前面的出路只有一条,即走科举做官的道路。于是他就向这条道路拼命奔跑。终于在妻子的帮助下,达到了做官目的,成为统治阶级的一员。这篇小说和《老门生》异曲同工,实际上都是在为封建科举制度唱赞歌(对科举制度的揭露却远不及《老门生》)中间有不满,最后则大喜,“皇恩浩荡,子孙荣华”,可见只要坚持走这条路,就能达到胜利之彼岸。这是冯梦龙在自欺欺人,也是冯梦龙等在向最高统治集团呼吁,请他们选拔冯梦龙这样的“老儒生”、“钝秀才”。

至于科场蹭蹬,一生潦倒,蠖屈不伸的穷书生,那就更多了。《闹阴司司马貌断狱》中的司马貌,《游酆都胡母迪吟诗》中的胡母迪,都是这一类人物。司马貌是一个“资性聪明,纵笔成文”的神童,入京应试,“因出言不逊,冲突了试官,打落下去”,后来“乡里中屡次举他孝廉有道及博学宏词,都为有势力者夺去”。又因“家贫,无人提挈,淹滞至五十岁,空负一腔才学,不得出身”,不免心中怏怏,写成怨词,得罪阎王,派鬼卒鞫问。司马貌便责问阎王道:“我司马貌一生苦志读书,力行孝弟,有甚不合天心处,却教我终身蹭蹬,屈于庸流之下?似此颠倒贤愚,要你阎君何用?”显然,这是作者不平之鸣。胡母迪为人刚直无私,科举考试,一连十科未中,“感愤不平之意,时时发露。”偶读《秦桧东窗传》和《文文山丞相遗稿》,深感天道不辨忠奸,题诗三首泄愤,被阎王拘讯。胡母迪也向冥王责问道:“仆自小苦志读书,并无大过,何一生无科第之分?”通过作者对科举制度的不满,可使我们更深刻认识到科举制度的腐朽本质。

在《游酆都胡母迪吟诗》的篇首,作者安排了一个“东窗事犯”的故事来和正文相呼应,这可能是有深刻的用意的。当明末农民大起义前夕,明王朝与满族统治阶级之间的民族矛盾,已经十分尖锐，满族统治阶级屡兴伐明之师，成为明王朝的一大威胁，他们又用反间计陷害了明末抗满有功的大臣，如熊廷弼、袁崇焕等，这种“风波亭”式的冤狱，是当时民族志士所痛心疾首的。作者可能通过胡母迪之口对南宋投降派首领秦桧进行一番痛骂来斥责当时投降派的罪恶阴谋。尽管故事采自民间传说，蒙着浓厚的迷信色彩，如果联系明末时代背景，我们作这样分析，不是没有根据的。

还有科场失意的读书人往往逃避现实，隐遁山林，自命清高。如《张道陵七试赵升》中的张道陵，《陈希夷四辞朝命》中的陈希夷，他们表面上不肯做官，内心实想做官，心情是十分矛盾的。《金玉奴棒打薄情郎》中的莫稽，当他穷愁落魄时，不得不向丐户低头，一朝宦达，恩将仇报，可谓穷凶极恶。

其他如《卢太学诗酒傲王侯》中的卢柟，他是“田产广多，除了家人，雇工的也有整百”的经营地主。他们中的一部分在野者，常和统治阶级当权派有矛盾，因而在当时容易为市民文学所肯定；主要的方面，则他们本质上同样是封建剥削者，他们大量吞占僮奴和雇工所创造的社会财富，挥霍浪费，穷奢极侈，骄纵腐化。这篇小说写浚县知县汪岑，慕卢才名，欲加结识，亲自登门拜访卢柟，不料卢对他傲慢无礼，汪怀恨，因中伤卢，构成冤狱。作者揭露了封建官僚的极端自私和残酷的丑恶面目。谴责汪岑的挟隙行私，陷害无辜，是有现实意义的，但对穷奢极侈的大地主卢柟，却错误地当作正面人物予以颂扬。对卢柟的狂傲享乐生活，抱着欣赏态度，再三加以描绘。只在结尾“劝人休蹈卢公辙，凡事还须学谨谦”，轻轻地批判一下，这是作者的阶级偏见。也是市民文学对在野的经营地主的剥削本质没有认识的反映。当权的汪岑，固然可恶；在野的卢柟，虽然暂时对人民的为害较轻，基本上也是一丘之貉。卢柟对地方官的侮慢，并不是什么叛逆反抗，而是一种反映着另一派地主争权不得而产生的极端自私和自大的表现。而这种大地主阶级的极端放纵和腐化生活，在今天对读者带来的影响是十分有害的，绝不能予以肯定。

冯梦龙搜罗在《三言》中的有关明代读书人的作品，作者的描写，可以说是穷形尽相的了。通过一系列的写照，以及对科举制度败坏的揭露，我们可以看到晚明社会阶级矛盾的一个方面，就今天来说，也能起到帮助我们认识封建社会的一个方面的作用。①

4. 歌颂市民群众的道德、斥责背信弃义的行为。

从来每个不同的阶级阶层都有自己不同的道德标准。当时，封建统治阶级和市侩豪富的尔诈我虞、损人利己，使整个社会存在着"交道奸如鬼"的恶劣风气。广大的小工商业者饱受官僚、地主、市侩的剥削、侵夺和欺骗，为了保护和发展自己的生产与经营，就需互相帮助。在这种经营基础上产生的道德标准，最重要的就是市民式的信义和友谊。《三言》中有一些作品就赞美了市民之间的友谊和信义的行为，并对背信弃义的行径作了谴责。

最有代表性的是《施润泽滩阙遇友》，这是描写两个小手工业者之间的互助友爱，同时也反映了当时市镇手工业、商业活动的作品，它在《三言》中最能体现明代中叶以后的时代特征，很值得重视。小机户施复偶然在路上拾得六两多银子，他根据自己的生活经验，设身处地，为失银者着想，把银子还给了失主。失主朱恩，也是个以"蚕桑为业"的劳动者，对施复的拾金不昧，自然感激于心。

① 参看刘锦：《从〈三言〉的明代作品所写的知识分子看它的现实主义精神》，《南京大学学报》第三期。

后来不期而遇，朱恩当然也要尽力解决施复的困难。他们都是由于“出外靠朋友”的幸遇而结成牢固的友谊。当然，“友谊”不是一个抽象的东西，它有一定的阶级性，不是任何朋友都是可靠的。施朱的友谊之所以深厚巩固，正是下层市民、手工业劳动者的阶级感情在起作用。《三言》中反映手工业、商业活动的作品并不多。这一篇以手工业劳动者为主角，部分地反映了明代中叶以后商品经济繁荣的情况，特别是手工业市镇如雨后春笋般繁兴的历史情况，不但为作品中的典型人物描绘了一个历史的典型环境，而且为我国的工商业史提供了一个形象化的例证，因而多为有关论著所引用。作品对当时因丝织业发达而繁荣兴起的盛泽镇，有着一段生动的描写：

> 镇上居民稠广，土俗淳朴，俱以蚕桑为业。男女勤谨，络纬机杼之声，通宵彻夜。那市上两岸绸丝牙行约有千百馀家，远近村坊织成绸匹，俱到此上市。四方商贾来收买的，蜂攒蚁集，挨挤不开，路途无伫足之隙；乃出产锦绣之乡，积聚绫罗之地。

我们证以《吴江县志》所载：“绫罗纱绸出盛泽镇，奔走衣被遍天下。富商大贾数千里辇万金而来，摩肩连袂。”①知小说所叙，并非虚构，而是当时的事实。这里已出现了从事中间剥削的牙行和以转运商品牟利的商贾。小说还着重描写了镇上一户人家，只有一张绸机和养几筐蚕的施复，由“妻络夫织”的家庭手工业者，不上十年，竟

① 康熙二十三年《吴江县志》卷十七《物产》。

成为"开起三四十张绸机"的主人。在封建社会里,如果不是当时社会生产力有一定的发展,和其内部彼此吞并的激烈,财富是不易聚集的。施复所榨取的对象,显然是像他的邻居那样在生产中失利破产的一些人。像施复这样由小生产者变成工场主,由家庭两性分工发展为社会劳动分工,在当时还是一种新的现象。这和杭州张氏①、南京李氏②的发家过程是一致的。施复的能够发家,最初是由于自己的劳动和手工业者的互相帮助,其后却必然是由于残酷的剥削,"劳动起家,剥削致富",是这种手工业主产生发展的共同规律。但小说作者站在地主阶级和上层市民的立场,把施复的致富,不是归因于手工业工人"通宵彻夜"的劳动和工场主的"昼夜经运"的剥削活动,却归因于"积善",并因此而获得窖藏,这就掩盖了阶级斗争,违背了历史真实,涂上了迷信因果的色彩,削弱了作品的现实意义。

《吕大郎还金完骨肉》,写布商吕玉偶然在厕所中拾得二百两银子,想到"倘或失主追寻不见,好大一场气闷",后来在南宿州遇着失主,一路陪送他到扬州家里,将银子归还。就在此时,吕玉在失主家里巧遇七年前被拐的儿子。吕玉是一个比较富裕的商人,他对二百两银子似乎不大在意,但在见钱眼开的市侩风气笼罩下,他能拾金不昧,这种品德值得肯定。问题是,作者把此事看作"天意"来进行封建说教,这就损害了吕玉的形象。《刘小官雌雄兄弟》,是颂扬小酒店主人刘德的慷慨好义。刘德的家庭景况并不宽

① 张瀚:《松窗梦语》卷六《异闻纪》,参看本书第十一章第一节引文。

② 何良俊《何翰林集》卷二十三《李松村生圹志铭》云:"君精悍有心计,曰:夫古人不耻贩脂酒削,遂击钟连骑……乃择人任时,收其赢利,不三四年,果大饶裕。"

裕，却能两次救人之急，有始有终。刘德这种侠义行为，原是好事，反映了生活没有保障的小手工业者小商人的互助要求。但最后却把这种义举，归结到封建宗法制度的嗣续问题，归结到三宗坟墓、三姓香火的祭祀问题，从而“赞美刘家一门孝义贞烈”，封建宗法思想十分浓重，应该加以批判。

但《三言》还有一些作品错误地赞美了具有封建道德气息的友谊，最典型的莫如《范巨卿鸡黍死生交》，范因为经商赶不上结义兄弟张劭的鸡黍之约，宁愿自杀，变成阴魂，“日行千里”，赶去赴会。张劭获知义兄“为信义而亡”，也不远千里赶去送葬，以死相报。这故事一向为封建士大夫所极口称道，作者也着力加以美化。其实范张这样的守信践约，在今天看来是非常荒唐的，他们的死，对人民当然毫无好处。范张的阶级地位并不高，可是由于读书应举，深中封建礼教之毒，表现出来的，竟是十足的“书呆子”的行径。是封建统治者用以愚弄人民来巩固其统治的愚忠、愚孝、愚信、愚义的一部分。与之类似的，还有《吴保安弃家赎友》，吴保安与郭仲翔素昧生平，“只因一点意气上相许，后来患难之中，生死相救”，终于使郭仲翔脱离虎口，骨肉团圆。作者歌颂了吴郭两人的友谊，但什么是这种友谊的巩固和发展的根源，我们今天也是不能理解的。这些作品中人物的精神面貌、心理特点，都带有极其浓厚的封建道德气息。

至于斥责背信弃义的作品，可以《桂员外途穷忏悔》、《李妍公穷邸遇侠客》为代表作。前者对桂富五夫妇的忘恩负义、损人利己，作了严厉的批判，后者对恩将仇报的房德夫妇的丑恶灵魂，作了深刻的剖示，都有一定的社会意义。但作者对他们阴险毒辣的本性认识不足，仿佛他们的种种恶行，都是为了听信“妇言”之故，无形中为主人公开脱了罪责，而归咎于他们的“妇”了。

《三言》中有一篇以倭寇侵扰背景描写商人不与恶势力同流合污，终于摆脱牢笼的小说，是《杨八老越国奇逢》，值得注意。明代倭寇骚扰东南沿海，在朱元璋时代，已伏下祸根，到嘉靖时更形猖獗。这是明代政治黑暗所造成的。据记载，倭寇到处抢劫屠杀，并掳掠人口，“男则导行，战则令先驱。”所掳妇女，“昼则缫丝，夜则聚而淫之。”[①]“凶徒、逸囚、罢吏、黠僧及衣冠失职、书生不得志、群不逞者皆为倭奸细，为之向导。”[②]而沿海的“贵官势豪”、“大姓舶主”也与之通声气。《杨八老越国奇逢》里所反映的，正是这种情况。小说写一个陕西商人在福建汀州为倭寇所掳，他“每夜私自对天拜祷”，希望“再转家乡”。十九年以后，又随着倭寇进扰，在绍兴和他的家人团聚。作者强调的是父子“奇逢”，但在备尝艰苦的杨八老身上也体现了在倭寇的蹂躏下，东南沿海人民所遭遇的种种苦难，表现了一些民族意识和市民的正直品德。这篇小说部分地反映了当时倭变真相，有一定的史料价值。篇中托为元代故事，可能在当时有所避忌之故。

《三言》有民主因素和现实意义的作品，数量并不多，其题材范围，与当时农民斗争的现实相比，也显得很狭小，许多轰轰烈烈的阶级斗争，这些斗争中涌现的真正的英雄人物如葛贤等，都绝无表现。这是当时封建势力还相当强大，控制还很严厉的反映。也是作者们的阶级立场和思想的反映。这是《三言》思想性方面的根本缺陷。更多的是封建思想浓厚的作品。如宣扬封建伦理观念、迷

① 采九德：《倭变事略》。

② 《嘉靖东南平倭通录》。

信宿命论思想以及神仙鬼怪、色情秽亵的描写等等。由于这些作品，多半是出于封建文人之手，因而往往自觉或不自觉地宣传了地主阶级的道德观点。

封建统治阶级所宣扬的道德规范，主要就是所谓“三纲”、“五常”、“忠孝节义”。朱熹编的训蒙读物《小学》中引古人王蠋的话：“忠臣不事二君，烈女不更二夫。”以及程颐所谓“饿死事小，失节事大”等等，都是从这些道德规范引申出来的封建教条。在《三言》中，有不少篇幅，或多或少地反映了这种反动的道德观点。如《赵伯升茶肆遇仁宗》，通过赵伯升的意外幸遇，歌颂了皇恩浩荡；《庄子休鼓盆成大道》，通过庄子假死后妻子改嫁的故事，来丑化和惩罚要求改嫁的寡妇，鼓吹封建主义思想。《蔡瑞虹忍辱报仇》，写一个女子受尽歹徒污辱，报仇后自杀的故事，要求妇女牺牲生命来换取为统治阶级欣赏的“节孝牌坊”。《陈多寿生死夫妻》，特别强调少女对患恶疾的未婚夫也要“从一而终”的封建思想。《范巨卿鸡黍死生交》，突出地美化封建地主阶级朋友间的信义，达到荒诞的程度。这些作品，都是以“忠孝节义”为其基本内容来为统治阶级利益服务的。值得注意的是《徐老仆义愤成家》一篇，着力描写一个仆人激于义愤，独力替孤孀主母挣起个天大家事，死后，徐家“合家挂孝”，朝廷为之建坊旌表。宣扬仆人应对主子忠心效力的奴才思想，抨击叛主的行为，收场诗“托孤寄命真无愧，羞杀苍头不义侯”，正是它的主题。作者写这篇小说的动机，是有其历史背景的。当明末农民大起义前夕，奴仆和主人之间曾经掀起过相当激烈的阶级斗争。在地主豪绅残酷的压迫下，各地奴仆纷起反抗，要求挣脱人身束缚。崇祯三年(1630)，麻城的“世仆”假托“有旨赎仆”，群集教场，进行索契斗争[1]，就是一例。但也有统治阶级内部矛盾的豪奴叛主告讦事件[2]。在当时，奴仆背叛主人是大逆不道的，《大明律》也规定："奴婢斗主者斩"[3]。尽管如此，这种奴主之间的矛盾，仍然无法解决。这就使地主阶级感到不安。《徐老仆义愤成家》的作者，正是在这种形势下，想替统治阶级树立一个正面的封建奴才道德标本，来"劝谕那世间为奴仆的，也学这般尽心尽力做家做活……莫学那样背恩反噬"。这类作品，无疑是反动的封建说教。

《三言》中还有不少作品，表现了严重的迷信宿命论思想。《老门生三世报恩》、《钝秀才一朝交泰》，通过鲜于同和钝秀才的由"否"到"泰"，宣扬了"利名何必苦奔忙，迟早须臾在上苍"的宿命论思想。《明悟禅师赶五戒》、《月明和尚度柳翠》、《张道陵七试赵升》等篇，强调轮回报应观念，客观上成为宗教宣传品。还有《闹阴司司马貌断狱》和《游酆都胡母迪吟诗》，虽然也对现实社会中的种种不合理现象，表现出强烈的愤慨和不平；或憎恨权奸，表现了一定程度的民族正义感。但这两篇小说，都用地狱恐怖来宣扬轮回观念，解释人世间的善恶到头终有报，反而认为人们的正义抗争是"愚暗不明"，是"多事"，这种种，就必然会对当时的市民读者，起消磨反封建斗志的作用，是十分有害的。在较好的作品中，这种因果报应思想，也普遍地存在。《沈小霞相会出师表》中也有"天道还

① 康熙《麻城县志》卷三《民物志·风俗》。

② 如明初李善长家奴卢仲谦等告讦"善长与维庸通贿遗，交私语"等罪状。见《明史·李善长传》；天启年间，吴养春的家奴吴荣，因得罪主人，投魏忠贤门下，几乎把主人害死。见《古今图书集成·明伦汇编·奴婢部》。

③ 《大明律》卷二十《刑律·斗殴》。

分贞与淫”，“皇天果报自昭彰”之类的话，甚至安排了沈鍊、冯主事死后做了北京和南京的城隍，这可能是为了不使听众“花钱买哭声”吧，但客观上却宣扬了迷信果报，替封建制度作了粉饰。《灌园叟晚逢仙女》，在主人翁的反抗精神中，夹杂着相当严重的隐遁出世思想，结尾的“拔宅升仙”，迷信色彩十分浓重。这些都是麻痹群众斗争意志的鸦片。《三言》中色情秽亵的描写，也不在少数。《赫大卿遗恨鸳鸯绦》，就是一篇露骨的诲淫之作。《蒋兴哥重会珍珠衫》，表面上劝诫勿淫人妻女，而作者却津津有味地描写陈商通过薛婆勾引王三巧的整个过程，实际也在诲淫。这些都是当时社会上剥削阶级堕落糜烂的生活和市民庸俗落后思想的反映。其他如《葛令公生遣弄珠儿》，对统治阶级把女人当作礼物来赠送加以赞扬；《杨谦之客舫遇侠僧》，对兄弟民族流露着侮慢的口吻，并赞扬杨谦之的贪污行为。所有这些思想糟粕，都是应该严肃地批判和扬弃的。

二、《三言》的艺术特点

《三言》中的明人作品，除少数是话本外，大部分都是拟话本，是模拟话本形式的白话短篇小说，故仍保有话本的传统特点，并不断地发展变化。拟话本是文人的拟作，它具有文人写作特点，其中比较优秀的或有一定社会意义的往往是接近市民的文人所写，它们就兼有市民文学和文人写作的特点。

1. 人物形象的塑造和性格的刻画

宋元话本中，人物已经有了个性化的刻画，这种个性描写又能和人物的社会存在及时代特征相适应，因而形象更鲜明。《碾玉观音》中的秀秀和崔宁,就是典型的例子。明代的白话短篇小说,已由民间艺人的创作逐渐朝着作家文学创作的方向发展,其中优秀的作品,个性描写更为细致;宋元话本之较优秀者,已能通过人物的语言行动、心理描写来刻画人物,有时且能和环境气氛结合。明代拟话本的某些篇章,则尤为细致生动,其最重要的特点,是着重在刻画人物的内心世界。拟话本小说,善于把人物内心活动和生活细节描写结合起来,和人物的表情、对话、行动结合起来,绘声绘色,入微入骨。例如《卖油郎独占花魁》中,作者叙述秦重的身世,从逃难到被卖做小厮到挑担卖油的经过,写得相当详尽。秦重的性格是紧扣着他的身份和遭遇来表达的,对秦重的内心活动,也刻画得十分细致。秦重初次见到莘瑶琴,“听得说是汴京人,触了个乡里之念”,于是一路走,一路痴想,把秦重的同情瑶琴、爱慕瑶琴以及痴心妄想亲近瑶琴的心理发展过程,曲曲传达出来。后来秦重积得银子,作者又这样地描绘:

> 秦重心下想道:“除去了三两本钱,馀下的做一夜花柳之费,还是有馀。”又想道:“这样散碎银子,怎好出手?拿出来也被人看低了!见成倾银店中方便,何不倾成锭儿,还觉冠冕。”当下兑足十两,倾成一个足色大锭,再把一两八钱,倾成水丝一小锭。剩下四两二钱之数,拈一小块,还了火钱,又将几钱银子,置下镶鞋净袜,新折了一顶万字头巾。回到家中,把衣服浆洗得干干净净,买几根安息香,熏了又熏。拣个晴明好日,侵早打扮起来。

这不仅运用了人物的内心独白,并且通过对人物行动的具体描写,把秦重这个朴实的小商人性格刻画得十分逼真。作者对瑶琴性格发展的刻画,也是把她放在思想矛盾和人物冲突中来完成的。瑶琴从嫌秦重“不是有名称的子弟”,到决心和他百年偕老,这一性格的矛盾发展也是很自然很真实的。《杜十娘怒沉百宝箱》的心理刻画尤为精到,李甲狠心出卖杜十娘,与十娘在舟中谈话前后的大段文章,对人物个性描写都很成功,符合人物的身份、性格和此时此地的感情。有些心理活动,着墨不多,并无繁琐的独白,却深入地写出了人物的内心。如杜十娘获知李甲已把自己出卖时,作者只用“放开两手,冷笑一声”八个字,就把十娘内心的失望、苦痛和坚强不妥协的性格表露出来。写李甲变心,却先写他“扑簌簌掉下泪来”、“含泪而言”、“泪如雨下”。但当十娘表示同意嫁给孙富时,却又立时“收泪”、“欣欣似有喜色”。通过这简练的描绘,把这个纨袴子弟肮脏的内心世界完整地揭示在读者面前。有的作品,则能把人物放在激烈的内心矛盾中,同时也是在与外界激烈的冲突中来刻画他的心理。如《白玉娘忍苦成夫》中的男主角程万里和女主角白玉娘,同是做了元蒙军人俘虏而被配为夫妻。程万里“流落异国”时常想“乘间逃归”。白玉娘看透丈夫心事,劝他觅便逃归。当程万里乍一听到白玉娘劝他逃走时,不但不表同意,反而老大惊讶,心中想道:“他是妇人女子,怎么有此丈夫见识,道着我的心事?况且寻常人家,夫妇分别,还要多少留恋不舍。今成亲三日,恩爱方才起头,岂有反劝我还乡之理?只怕还是张万户教他来试我。”于是他就向张万户当面说破。等到张万户一怒之下,要“吊起贱婢打一百皮鞭”时,他又后悔:“原来他是真心,倒是我害他了!”后来玉娘得到夫人缓颊,没有挨打,他心中又想道:“还是做下圈套来试我。若不是,怎么这样大怒要打一百,夫人刚开口讨饶,便一下不打？况夫人在里面，那里晓得这般快就出来护救？且喜昨夜不曾说别的言语还好。”到了晚间，见玉娘没一毫怨恨意思，他又想道：“一发是试我了。”等到玉娘再度劝他逃走，他心中愈疑：“前日恁般嗔责，他岂不怕，又来谈起？一定是张万户又教他来试我念头果然决否。”程万里的内心矛盾曲折复杂，几经反复，就充分表现了环境的危险，敌人的残暴，充分表现了在此环境中当俘虏、当奴隶的程万里的高度的对敌警惕，从而也写出了白玉娘面前的重重困难。这些描写是十分深入和逼真的。

从上述例子，都可以看出，明代的白话短篇小说，在人物内心世界的描写和剖析方面，比之宋元话本有进一步的发展，其成就是比较突出的。

在用行动、对话来刻画人物的个性方面，明代的白话短篇小说的另一个特点就是细节的丰富和具体。有些小说在关键性的情节中常能用大段的篇幅，一系列的动作和对话，精细地塑造出活生生的形象。例如《卖油郎独占花魁》中秦重服侍酒醉的瑶琴那一段描写为例：通过秦重一连串的动作，把秦重那种又惊又喜，战战兢兢的复杂心情，表现得淋漓尽致。试看瑶琴酒醒后和秦重的对话：

美娘（瑶琴）问道：“你是那个？”秦重答道：“小可姓秦。”美娘想起夜来之事，恍恍惚惚，不甚记得真了；便道：“我夜来好醉！”秦重道：“不曾。”美娘道：“这样还好。”又想一想道：“我记得曾吐过的，又记得曾吃过茶来，难道做梦不成？”秦重方才说道：“是曾吐来。小可见小娘子多了杯酒，也防着要吐，把茶壶暖在怀里。小娘子果然吐后讨茶，小可斟上，蒙小娘子不弃，饮了两瓯。”美娘大惊道：“脏巴巴的吐在那里？”秦重道：

> "恐怕小娘子污了被褥,是小可把袖子盛了。"美娘道:"如今在那里?"秦重道:"连衣服裹着,藏过在那里。"美娘道:"可惜坏了你一件衣服。"秦重道:"这是小可的衣服有幸,得沾小娘子的馀沥。"美娘听说,心下想道:"有这般识趣的人!"心里已有四五分欢喜了。

从两人的谈话中,作者把瑶琴恍恍惚惚的神情和秦重小心在意的心理,刻画得十分细腻,使人有"如闻其声,如见其人"之感。而他们所流露出来的思想感情,也完全符合这个处在万恶的旧社会最低层的妓女瑶琴和小商人秦重的身份和个性。

《沈小霞相会出师表》的作者对闻淑女性格的刻画,也很成功。当闻淑女听到两个公差找寻沈小霞不着时,她便"噙着眼泪,一双手扯住两个公人,叫道:'好,好,还我丈夫来!'"及至两个公差挣脱闻氏坐下时,闻氏忙又"倒走在外面,拦住出路,双足顿地,放声大哭,叫起屈来"。等到老店主来劝解,她却滔滔不绝地哭诉:

> 我丈夫是严阁老的仇人,他两个必定受了严府的嘱托来的,或是他要去严府请功。公公,你详情,他千乡万里,带着奴家到此,岂有没半句说话,突然去了?就是他要走时,那同去的李牌头怎肯放他?你要奉承严府,害了我丈夫不打紧,叫奴家孤身妇女,看着何人?公公,这两个杀人的贼徒,烦公公带着,奴家同他去官府里叫冤。

见了官,闻氏却一口咬定二人谋害她的丈夫。这样一个勇敢、泼辣、机智的妇女,和她的身份是一致的。如果是一个庄重而软弱的

"夫人",就不易做到像这位"小妾"那样扯住公人,顿足大哭了。闻淑女的口才、机变和她的敢于斗争的精神,都在那一大段话中活生生地刻画出来。这种用大段篇幅来塑造人物的方法,较之宋元话本粗线条的勾勒,在艺术手法上也是进一步的发展。

2. 题材的扩展和生活素材的丰富

宋元话本的内容,直接采自现实生活者居多,脱胎于前人笔记或唐代传奇者较少。明代的拟话本,大都采用了前人笔记和传奇中的素材,如《太平广记》、《夷坚志》、《情史》等书,作了不同程度的加工。作者以大量生活素材和艺术描写,使作品的主题和细节更为具体丰富。例如《杜十娘怒沉百宝箱》与《负情侬传》情节基本一致,细节则多所增益。其中十娘要李甲借贷赎身一段,原作不过二三百字,小说却敷演为二千馀言,把李甲向亲友告贷的困难过程给以具体的描写,并添出柳遇春这样一个有侠气的人物,为小说生色不少。又如孙富劝诱李甲以及十娘最后对李甲的态度,骂孙富、投江等情节的描写都更加丰富和细致。使主要人物的形象更鲜明突出,更充实完整。这是思想性、艺术性得以进一步提高的关键之一。《负情侬传》是一篇传奇,演为话本,尚易为力。如果只有简略的素材,需要作较大的加工,那就更不容易。例如《陈多寿生死夫妻》,系根据明许浩《复斋日记》(《涵芬楼秘笈》本)卷上《陈寿》事敷演的,原文只有百馀字:

> 陈寿,分宜人。聘某氏,未成婚而寿得癞疾,其父令媒辞绝,女泣不从,竟归寿。以己恶疾不敢近,女事之,三年不懈。寿念恶疾不可瘳,而苟延旦夕以负其妇,不如死。乃私市砒,欲自尽。妇觇之,窃饮其半,冀与俱殒。寿服砒大吐,而癞顿

愈，妇一吐不死。夫妇偕老，生二子，家道日隆，人皆以为妇贞烈之报。安成李翰为予言之如此。

像这样干巴巴的记载，只是一个粗略的故事轮廓，作者却演成九千馀言的小说。小说开头写朱陈两家由棋友成为儿女亲家，由于陈姓子染恶疾，产生了朱陈两家的矛盾，后来陈家提出退亲，又产生了朱家父母与女儿之间的矛盾，未婚夫妻之间的矛盾，情节曲折生动，能从矛盾冲突中推进故事，使人物性格，通过矛盾冲突的发展，逐渐地趋于明朗。作者组织故事的能力是相当强的，小说也较《复斋日记》原文更带艺术性，但小说全力宣扬的是封建贞节，这就反而增加了小说的欺骗麻醉作用。

另一种情况是在题材的处理上作了扩展的。它们不仅丰富了生活素材和艺术细节，还把题材的内容也发展了，扩大了。《沈小霞相会出师表》即是一个突出的例子。江盈科《十六家小说》卷三有一则《沈小霞妾》，原文也很简短：

临湘令沈襄，号小霞，盖忠臣沈錬青霞子也。錬嘉靖间官经历。上书极诋严相国嵩，编氓保安州。于教场中，置垛三，一书李林甫，一书秦桧，一书严嵩姓名。日挽弓射之。时巡抚杨顺，巡按路楷，为严氏鹰犬，构陷錬谋逆，斩西市。錬三子，嵩杀其二狱中，止襄未死，谪戍烟瘴。嵩子世蕃嘱解役曰："必杀襄。襄不死，尔且死。"襄知蕃意，挟一妾与俱。行数日，度解役将杀己也，阴以其意语妾，且向妾曰[1]："尔能制此人乎？

[1] 《江盈科集》"向"作"问"。——校者注

我则逸去，听尔为计。尔若不能，我乃与尔同死矣。”其妾应曰：“吾与君俱死役人手，与蝼蚁等耳。君宜逸，妾自有术制之。”襄盖度妾之必能也，抵一郡治，给役人曰①：“我有年伯住此城中，往省之，必得馈送，当以遗汝。”役人纵襄入城，止押其妾旅邸。襄匿年伯所，其年伯亦力匿襄。越三日不出。役人入城至伯家觅襄，答无有。役人出语妾曰：“尔夫逸去，将奈何！”妾詈役曰：“我夫素无恙，今觅之不得，必汝受严相旨杀之也。”往白官司，官司无以诘，属妾城内尼姑庵。而谕役人四索。役人语妾曰：“大海茫茫，谁能觅针？我亦从此逝矣。汝自为计可也。”于是襄处年伯家②，妾寓尼姑所，凡半年。严氏败，有旨录忠臣后，襄遂不死。补国子生，推择为临湘令。向微此妾，且不免为道旁鬼矣。噫！若沈妾者，亦女中侠也。故为之传。

此传比《陈寿》故事，内容具体丰富得多，但人物形象并不鲜明，故事的线索也嫌模糊。特别是题材原来所包含的社会政治斗争的意义并未充分体现。《沈小霞相会出师表》的作者能从故事中、有关材料中以及生活中，体察各阶层、各政治集团的人物思想和动态，以生动的笔触，从正面、侧面，写出一场反对畏敌残民的豪门权贵的政治斗争。尽管由于作者的阶级局限性，这场斗争没有揭示其本质，但比起《沈小霞妾》来，社会政治意义已大大加强，特别是描写了严嵩集团对待敌人和对待人民的罪恶态度，更使这场斗争的

① 《江盈科集》“给”作“诒”。——校者注
② 《江盈科集》无“伯”字。——校者注

意义提到了抗敌保民还是降敌殃民的高度。例如原文只“役人纵襄入城”一语，小说却使解差李万跟着同去，不但合情合理，而且由此生发出李万、张千在冯府表演一幕滑稽可笑的戏剧。我们还可以用唐传奇《李娃传》来和明拟话本《玉堂春落难逢夫》作对照，来研究拟话本对题材处理的长处。《玉堂春落难逢夫》的写作，显然受到《李娃传》的影响。但是前者却有所突破，有所发展。如《李娃传》中竹林烧香骗走郑生是李娃亲自参加的，而小说中老鸨的“倒房计”却是瞒住玉堂春进行的。玉堂春在发觉中计之后，“泪不停滴”。郑生的中举做官，是由李娃亲自督励的，她期望郑生“连衡多士，争霸群英。”这种封建名利观念，在李娃身上是向封建制度彻底投靠；玉堂春本质上也是向封建制度投降了的，但在程度上则有不同，玉堂春也效法李娃，劝王公子“用意攻书”，但王公子的“发志勤学”，主要还是受到专制家长的压力，否则就难逃一顿毒打。玉堂春和李娃的主要差别，是在于她与封建势力的斗争。李娃对老姥的斗争，只是为了恢复郑生的“本躯”，而玉堂春对老鸨的斗争，却是为了爱情。两者相较，玉堂春的反抗比较坚强，老鸨用“倒房计”撇掉王公子，她却在城隍庙与公子私会，定计使公子二次进院；老鸨说她串通王三拐去金银首饰，她就大骂其“图财杀命”，要去刑部告状，并把老鸨王八的丑恶面目揭露在群众面前，逼得老鸨无计可施，只得写下赎身文书。这种针锋相对的尖锐斗争，显示了玉堂春坚强的性格，这在《李娃传》中是找不到的。后半篇写封建市侩势力的代表者——老鸨，不甘心失去摇钱树——玉堂春，想尽种种办法，把玉堂春卖给山西财主沈洪作妾，使玉堂春含冤受屈，历尽千辛万苦。故事情节曲折变化，波澜迭起，作者已摆脱了《李娃传》的窠臼。这里，可以看出作者是有一定的思想水平和艺术创作才能的。但是,玉堂春冤狱的平反和她在爱情上的最后胜利,必待王公子一举成名,然后得到家长的承认,而玉堂春所争取到的却只是妾的名分,显然,这是作者封建思想的表现,也是当时的社会现实对他的局限。因而,玉堂春这一形象,就因题材的处理改造没有能达到反封建的高度而暗淡下来,终于变为封建统治阶级的顺民。

3. 结构体制

《三言》中的明人作品,继承了宋元话本的历史传统,不但原来作为说话人表演手段的诗词、入话、头回等成为创作的结构形式,就是故事情节也都能在人物性格的冲突中发展,把前因后果,交代清楚。有话即长,无话即短,脉络分明。而且矛盾一定"当场"解决,有头有尾,常常连次要人物的结局也交代个一清二楚。这样的形式,正是我国宋元话本小说所具有的民族形式,为明人所继承,所发扬。尽管明人的白话短篇小说已由说话人的口头转到读者的案头,而保留下来的这些说话人固有的表演特点,使读者仿佛置身书场,亲聆艺人娓娓动听地讲述故事,有着一定的吸引力,这也是拟话本的一个优点。

4. 语言的运用和提炼

明人作品,也深受宋元话本的影响,基本上保持口语化的优点。其中较优秀作品的文学语言,是结合着明朝的北方话和江南通用的口语、宋元的某些口语,以及某些比较浅显的文言,基本上尚能融合一体。其中完全口语化的部分,很接近现代的口语。像《卖油郎独占花魁》、《乔太守乱点鸳鸯谱》等反映市民生活的作品,语言的通俗、生动,丰富多彩,尤其明显。

《三言》中的白话短篇小说之所以能在艺术上取得上述的成就,第一是因为我国文学创作从唐传奇以来在长时期中积累了艺术经验，特别是塑造人物的经验，宋元话本更直接地提供了用群众口语塑造市民形象的经验和范例。第二更重要的，是作者对人物和现实生活的熟悉和爱憎分明的情感。虽然作者们并不是自觉地遵循现实主义的创作方法，在冲突中塑造人物性格，并使之个性化，体现出一定社会力量的本质。但由于他们熟悉生活，忠于现实，接受传统，并有一定的进步思想作为引导和动力，他们确实已经初步创造了某些现实主义的艺术形象。此外，因为作者是文人而又爱好民间文学，同情市民，就能把比较丰富的文学知识用到加工拟作中去，使某些作品具有主题思想比较鲜明，结构谨严，语言的文学性有所增强等优点。

但是，正因为是文人的拟作，而且作者们基本上是封建文人，所以上述这些艺术上的优点，只表现在为数不多的比较优秀的作品中。《三言》中较多的明人作品，写作技巧往往流于一般化，人物形象苍白无力。如《陈希夷四辞朝命》、《晏平仲二桃杀三士》，《梁武帝累修归极乐》等，只是历史人物事迹的复述，毫无写作技巧可言；《范巨卿鸡黍死生交》，作者有意地变换情节，显得不合情理。有的作品，一味追求情节的离奇曲折，缺乏现实生活基础；更多的作品，落后思想损坏了艺术完整。在语言上，也有文言和白话夹杂的缺点，加重了同一篇作品中语言提炼水平不平衡的现象，有时使作品的风格不够谐和。《杜十娘怒沉百宝箱》、《灌园叟晚逢仙女》是比较好的作品，但语言夹杂的缺点也在所不免。本来诗词在话本中与散文有一定程度的分工，但到后来却变成了陈腔滥调。

此外，普遍地增多了封建说教，增添了封建典故，不但思想反动，而且教训人的口吻浓重，不少作品在艺术上就已令人生厌。这些，都是封建文人的整理、加工所造成的缺陷。

第四节　《二拍》及其他拟话本的分析批判

《二拍》的作者凌濛初，字玄房，号初成，别号即空观主人，浙江乌程（今吴兴）人。生于明万历八年（1850），比冯梦龙小六岁。他出身于官僚地主家庭[①]，二十三岁时，与冯梦祯相识[②]，次年，同游吴閶，合评《东坡禅喜集》[③]。三十岁，寓居南京，大概因科场失意，乃入都谒选[④]。久之，归南京，撰写《初刻拍案惊奇》，天启七年（1627）脱稿，翌年刊成。崇祯五年（1632），《二刻拍案惊奇》告成。此后历官上海丞、徐州判。明王朝崩溃前夕，各地农民纷纷起义。有萧王陈小乙者，拥众屯徐境；他的同盟者扫地王则在山东揭竿而起，声势浩大，摇撼着封建王朝的统治基础。凌濛初已六十三岁，何腾蛟兵备淮徐，闻凌名，征入幕，以《剿"寇"十策》献，并诱降陈小乙。何上其功于朝，授楚中监军佥事，不赴，仍留房村。甲申（1644）正月，李自成的农民起义军进迫徐州，有一支队到了房村，凌不肯投降，力疾顽抗，终于呕血而死，年六十五[⑤]。凌濛初的出身、

① 凌濛初祖父约言，官至南京刑部员外郎。父迪知，曾任大名府通判，常州府同知等官。见《凌氏宗谱》卷六。

② 见冯梦祯：《快雪堂集》卷五十九。

③ 《四库全书总目提要》卷一七四："濛初与冯梦祯游吴閶，携是书（《东坡禅喜集》）舟中，各加评语于上方。"

④ 《凌氏宗谱》卷二："卒以数奇，四中副车。"郑采龙《别驾初成公墓志铭》："遂入都就选，时朱文肃公方大拜，招诣同舟，访以经济之术。"

⑤ 凌濛初服官年月，记载多歧，本文悉依叶德均《凌濛初事迹系年》，载1947年《华北日报·俗文学》。

教养和生活，都是属于封建官僚地主阶级的，因此，他的政治立场是反动的，他临死犹说："生不能保障，死当为厉鬼杀贼！"是一个刻骨仇恨农民起义，为封建王朝效忠到底的"孽子孤臣"。

凌濛初的著述，今所知有二十多种，大都散失，仅少数流传于世。他大概直接受到冯梦龙的影响，也致力于民间文学及小说戏曲的研究，他着力最多的就是短篇白话小说的创作。他还写了几本杂剧，以李靖、虬髯、红拂三剧较有名，以李靖为主角的剧本已佚①。别有传奇《乔合衫襟记》(即《玉簪记》改本)，仅有残曲五套，保存在他所编的一部戏曲选本《南音三籁》中②，他对曲律有较深的研究，也颇欣赏当时流行于民间的时调小曲③。吴兴凌氏向以刻书有名于时，所刻小说、戏曲及其他杂书，往往用朱墨套印，并附插图，号称善本④。有些书可能就是凌濛初所校刊的。

《二拍》是《初刻拍案惊奇》与《二刻拍案惊奇》的简称。初二刻各为四十卷四十篇，惟二刻第二十三卷《大姊魂游完宿愿，小姨病起续前缘》与初刻重复，第四十卷为《宋公明闹元宵》杂剧，实际

---

① 按焦循《剧说》卷四云："吾吴张伯起新婚伴房，一月而成《红拂记》，风流自许。浙中凌初成更为北剧，笔墨排奡，颇欲睥睨前人，但一事分为三记，有叠床架屋之病。"又凌氏于《北红拂》图像后题云："余既以三传付剞劂氏，友人马辰翁见而击节，遂为余作图。"所云"三记"、"三传"，即指虬髯、红拂、李靖人各一传而言。

② 《南音三籁》共选南散曲九十七套和小令二十七题；又选南传奇一百三十二出和只曲十七题。"南音"系指南曲；"三籁"就是将所选各曲分别品评为天籁、地籁和人籁三等。原本流传极少，今有上海古籍书店据明末原刊影印本。关于凌濛初的《衫襟记》、赵景深《明清曲谈》有文可参考。

③ 《南音三籁》所附《谭曲杂札》云："今之时行曲，求一语如唱本〔山坡羊〕、〔刮地风〕、〔打枣竿〕、〔吴歌〕等中一妙句，所必无也。"

④ 吴兴凌氏校刊朱墨套印本戏曲今存的有《琵琶》、《绣襦》、《幽闺》、《南柯》等。

共收短篇小说七十八篇。每篇篇目采用章回小说的骈句形式，与《三言》的单句篇目，两篇成偶的情况不同。其中除少数系根据旧本改写或抄袭原文外①，大部分是直接描写明代的某些社会现象的，是凌濛初的创作。《初刻拍案惊奇》序云：

> 近世承平日久，民佚志淫，一二轻薄恶少，初学拈笔，便思污蔑世界，广摭诬造，非荒诞不足信，则亵秽不忍闻，得罪名教，种业来生，莫此为甚！……独龙子犹氏所辑《喻世》等书，颇存雅道，时著良规，一破今时陋习，而宋元旧种，亦被搜刮殆尽。肆中人见其行世颇捷，意余当别有秘本图书而衡之。不知一二遗者，比其沟中之断芜略不足陈已。因取古今来杂碎事可新听睹佐谈谐者，演而畅之，得若干卷，其事之真与饰，名之实与赝，各参半。文不足征，意殊有属。凡耳目前怪怪奇奇，当亦无所不有，总以言之者无罪，闻之者足以为戒，则可谓云尔已矣。

这里，凌濛初的创作旨趣和方法，说得相当具体：一，写作动机，由于冯梦龙编辑《三言》，行世颇捷，凌氏是在“肆中人”的怂恿下继续编撰的，这就决定了它的内容充斥着迎合小市民庸俗低级趣味的描写。二，取材问题，宋元旧本，已被冯梦龙“搜刮殆尽”，剩下的只是“沟中断芜，略不足陈”的东西，他只好“取古今来杂碎事，可新

① 如《初刻拍案惊奇》卷二十作者自云：“这本话文，出在《空缄记》，如今依传编成演义一回。”又卷二十三袭自瞿佑《剪灯新话》卷一《金凤钗记》，卷三十五全袭元郑廷玉《看钱奴买冤家债主》杂剧对白。《二刻拍案惊奇》卷三十七袭自蔡羽的《辽阳海神传》。

听睹，佐谈谐者，演而畅之。”这样就难免抄袭搬用，使作品缺乏现实意义和艺术上的独创性。三，写作目的，凌氏提出“文不足征，意殊有属”，他所属意的是什么呢？不用说是封建说教。因而作品常常是“诰诫连篇，喧宾夺主”（鲁迅语）。

凌濛初的创作是对话本的模拟，话本是说书的底本，因此，凌氏对说书的见解，也值得我们注意：

> 从来说的书不过谈些风月，述些异闻，图个好听。最有益的，论些世情，说些因果，等听了的触着心里，把平日邪路念头化将转来，这个就是说书的一片道学心肠。（《二拍》卷十二）

这里，凌氏对说书的目的，不是说得更清楚了吗？凌氏把文艺作为消闲遣愁，游戏玩世和说教的工具，根本没有打算深入反映现实生活，揭示社会矛盾。使《二拍》的思想性艺术性受到很大的局限。

因此，《二拍》存在着两个严重的缺点：

一是露骨的色情描写。凌濛初在表面上道貌岸然地斥责那些“初学拈笔”的“一二轻薄恶少”，写的都是些“非荒诞不足信，则亵秽不忍闻”的东西，主张“以功令厉禁”（《初拍》凌氏原序）。而实际却把男女相悦，归结为赤条条的欲念，津津有味地描写猥亵作为。这固然与当时极端腐烂的封建社会生活有关，但更重要的是与凌濛初的世界观和美学思想有关。无疑，封建统治阶级以及豪商巨贾的腐朽堕落生活，是这类作品产生的根源。明代自正德以后，封建统治阶级的荒淫无耻，达到了极点。武宗就是一个典型的贪淫好色的皇帝，公开提倡淫风，四出巡游，所至抢掠，以至“市肆萧然,白昼闭户"①。流风所及,朝野竞谈"房术",恬不为耻。方士每以献房中术而骤贵,以进士起家的盛端明及顾可学,也皆藉"秋石方"飞黄腾达②。社会即成习尚,甚至连日常用具"酒杯茗盌,俱绘男女私亵之状"③。当然,作为反映社会生活的意识形态之一——文学作品,也必然要通过作者的头脑加以表现。《金瓶梅》、《玉娇李》以及《三言》、《二拍》中的色情作品,正是这种淫风下的产物。也是作者们对这些腐朽生活抱欣赏态度的结果。《二拍》中的猥亵描写很多,比较突出的如《西山观设箓度亡魂,开封府备棺追活命》、《乔兑换胡子宣淫,显报施卧师入定》、《任君用恣乐深闺,杨太尉戏宫馆客》、《奇风情村妇捐躯,假天语幕僚断狱》都是读起来令人作呕的东西。在这些小说中,对官僚、地主的糜烂堕落有所暴露,特别是对僧、尼、道士借寺庙庵观来藏垢纳污、为非作歹暴露更多。但是作者是站在反动地主阶级的立场,一方面,斥责僧尼道士为淫盗之媒,嘲笑某些极端腐朽的地主分子自取其祸,进行封建说教;另一方面却流露出对腐化行为的欣赏,津津有味地进行色情描写。因而,这些小说,对封建社会的暴露意义是微弱的,而其散布的封建、色情的毒素是严重的,即使在当时的社会上,也只能起腐蚀群众的恶劣影响。到今天则更应该彻底汰除。

另一个严重缺点是浓厚的宗教迷信、因果报应、宿命论思想。

---

① 清毛奇龄《明武宗外纪》载,武宗造"豹房"日夜淫乐,所至掠民妇"以充幸御,至数十车。"至扬州,太监吴经矫上意,"刷处女寡妇,民间汹汹,有女家掠寡男配偶,一夕殆尽。"明陈汝锜《甘露园短书》载武宗亲征宁王朱宸濠,至定州,诏有"着御史方凤精选寡妇四十人,倡妇四十人,以供旦夕之弄。"

② 见明沈德符《万历野获编》卷二十一"秘方见幸"条。

③ 见《万历野获编》卷二十六"瓷器"条。

因而就产生了不少畸形的、虚伪的人物形象和怪诞的故事情节。封建迷信原是我国封建社会普遍存在的一种意识形态。它的产生和发展,有着深刻的社会根源。在阶级社会里,宗教总是要成为反动统治阶级奴役人民的精神枷锁。明代农民不断起义,中叶以后,农民起义和市民斗争日益发展,阶级斗争特别尖锐,明王朝的统治濒于崩溃,封建统治阶级为了维持统治地位,利用宗教来消磨人民革命意志的企图也愈形迫切,大力地多方面地加以宣扬,于是宗教轮回观念和鬼神迷信思想,在整个明代社会里泛滥成灾。主要描写明末社会现象的短篇小说集《二拍》,就通过作者的反动世界观大量地反映了这种反革命潮流,为其推波助澜。而善有善报,恶有恶报以及前生注定的观点,正是凌濛初写作《二拍》的指导思想之一。《庵内看恶鬼善神,井中谈前因后果》是一篇宣扬因果报应思想的典型作品。写元自实因缪千户赖债,受尽欺凌,被迫起而反抗,作者却通过道士轩辕翁,宣扬"一念之恶,凶鬼便至;一念之善,福神便临"的思想,劝他安分守己,不要"惹是生非"。更严重的是安排他到"三山福地",让仙道晓谕前因后果来瓦解他的斗争意志。《迟取券毛烈赖原钱,失还魂牙僧索剩命》,通过昧心欺人的市井恶棍的下场,活灵活现地描绘告阴状和阴司的森严可怕来恐吓人民。《王大使威行部下,李参军冤报生前》,把骄横官吏的妄杀无辜,写成"前世冤家做定,天理自然果报"来替杀人凶手开脱罪责。它不但大肆宣扬"阴报""丝毫不爽"的思想,而且还用三个故事表现各种不同的报法。《酒谋财于郊肆恶,鬼对案杨化借尸》,杨化鬼魂却附在一个女人身上,当官对质,冤仇方才得雪。《李克让竟达空函,刘元普双生贵子》,用因果报应观念来替大地主刘元普强奸养娘的罪恶行为辩护。《感神媒张德容遇虎,凑吉日裴越客乘龙》,则用婚姻命定思想来维护封建的婚姻制度。此外,不少作品都充满着阴森凄厉的鬼气。这类封建迷信因果命定思想,在宋元话本和《三言》中虽也普遍存在,但在其较有民主因素的作品如《碾玉观音》、《错斩崔宁》以及《杜十娘怒沉百宝箱》,《沈小霞相会出师表》里,往往只是编写者附加的成分,并未太大地影响作品主题的积极面。有的甚至并不影响作品的基本故事情节。而凌濛初却把鬼神迷信作为主要内容,甚至作为主题思想,使作品从根本上失去了社会现实意义,完全成为唯心主义的、封建主义的宣传品,作者表面上似乎是苦口婆心地劝人行善,实则想借因果报应来恫吓人,以达到使人恪守封建道德的目的。

《二拍》还有不少篇小说以因果报应、宿命论思想为立论根据,来宣扬封建伦理道德。最有代表性的是《行孝子到底不简尸,殉节妇留待双出柩》,突出地颂扬"孝子节妇",其人物安排,情节编造,都具有鲜明的反动阶级烙印。朝廷旌表"孝烈",无疑是为了巩固封建统治。《明史·烈女传》序说:"乃至僻境下户之女,亦能以贞白自砥,其著于实录及郡邑志者不下万馀人。"正说明了封建礼教的流毒之广。《二拍》中《张福娘一心贞守,朱天锡万里符名》里的张福娘,就是在封建王朝大力宣传这种残酷的礼教下被作者所表扬的。《二拍》中偶有对失节妇女(如刘翠翠、郑蕊珠等)原宥的作品,其基本倾向,还是以封建道德为主导的。

《二拍》作者凌濛初,在政治立场上是反动的。在《二拍》中,他竭力维护封建统治制度,暴露出他的地主阶级本性。在《钱多处白丁横带,运退时刺史当艄》一篇里,对唐代黄巢、王仙芝的反抗斗争作了歪曲描写,更反动的是在《何道士因术成奸,周经历因奸破贼》一篇里,把明代永乐年间农民起义军女领袖唐赛儿的形象肆意歪曲和丑化。唐赛儿原是在白莲教旗帜下发动起来的声势相当浩大的农民起义军领袖之一，作者却把她写成淫荡不堪的妖妇，最后遭到被杀的结局。按唐赛儿起义失败后是逸去而非被捕①，封建统治者大索未获，不惜“尽逮山东、北京尼及天下出家妇女，先后几万人。”②这里，可以体会到唐赛儿起义对统治者的震动是如何地强烈！作者不顾史实，必欲置之死地以为快，可见他对农民起义的刻骨仇恨。不仅如此，作者的本意是要通过这个故事，告诉读者：“悖逆之事，天道所忌”，要人们俯首帖耳，忍受残酷的压迫和剥削，不能有丝毫的反抗意图，否则唐赛儿就是榜样。

《二拍》中还有许多作品，其情况较为复杂。它们反映的明代社会生活，比较广泛，虽然没有明显的阶级斗争的因素，但对了解当时社会来说，有的作品还有一定的认识意义。《二拍》成书，在作者做官之前，因而作者对于当时的大官僚、大地主、大商人的种种罪恶行径，既有艳羡，亦有反感。某些作品，对社会黑暗还有所批判。

有一类作品，描写的是敲诈拐骗。这种社会现象，在当时的黑暗社会中，确是层出不穷，而为市民群众所畏惧和惊传的，当受骗者是富人时，则又为下层市民所乐道。如：《恶船家计赚假尸银，狠仆人误投真命状》、《张溜儿熟布迷魂局，陆蕙娘立决到头缘》、《丹客半黍九还，富翁千金一笑》等都是。

这一类的小说，对明代官僚、地主、富商的贪婪、淫秽、愚蠢以及封建社会的黑暗和险恶，有一些暴露。特别是对当时迷信方士、炼丹药、炼金银的贪心和恶习，作者还略有批判：“如今这些贪人，

① 见《明史·成祖本纪》及卷一五四《柳升传》。

② 见《明史》卷一五八《段民传》。

拥着娇妻美妾，求田问舍，损人肥己，搬斤播两，何等肚肠！寻着一伙酒肉道人，指望炼成了丹，要受用一生，遗之子孙，岂不痴了？”（《初刻》卷十八）这批地主阶级“也要炼银子，也要做神仙，也要女色取乐”，充分表现剥削阶级贪得无厌的本性。这种服食求仙和炼金发财思想，几乎支配了当时上层阶级，是有它的时代背景的。明世宗喜与方士交接，一时黄冠羽服之流充塞都下。道士邵元节、陶仲文辈宠信有加①。太仆卿杨最疏谏，杖死②。大臣夏言“以不冠香叶冠，积他衅至死”③。从此中外震动，争献符瑞，焚修斋醮之事，无敢非议之者。流风所及，缙绅士大夫也纷纷拜倒在方士脚下，到处设坛打醮，炼丹服药，闹得乌烟瘴气。《二拍》中有关炼丹故事，就是在这样的环境里产生的。商业资本的活跃，引起白银财富的集中。明正德以后的大官僚，往往藏银达数百万两④。明代江南富户追求金银和贮藏货币的欲望大大加强，江南富室有积银至数十万两者。《二拍》中关于炼金术故事的描写，也多少反映了当时的剥削阶级分子贪财的心理。但是这些故事，意义并不大，作者并没有触及产生种种情况的社会阶级根源。

作者所写有关爱情的作品，则瑕瑜互见。较好的一篇是《李将军错认舅，刘氏女诡从夫》，叙述刘翠翠和金定的恋爱故事。翠翠爱金定的意志十分坚决，迫使她父母放弃“门当户对”的婚姻成见而使他们终成美眷。翠翠为了自由幸福所作的种种努力和斗争，具有一定的反封建意义；金定远出寻妻的冒险精神，也值得肯定。

---

① 见《明史》卷三〇七《佞幸传》。

② 见《明史》卷二〇九《杨最传》。

③ 见《明外史·陶仲文传》。

④ 见田艺衡：《留青日札》。

在刘将军煊赫的威势面前，无法反抗，双双殉情，欢聚于冥冥之中。他们生离死别的凄惨遭遇，生死不渝的爱情，博得了读者的同情。《通闺闱坚心灯火，闹图圄捷报旗铃》写罗惜惜反对父母包办婚姻而坚决斗争，迫使父母退掉原订婚约，屈从女儿的意志。小说把罗惜惜和张幼谦的痴情写得那么大胆，对封建礼教是个小小的冲击，然而一切矛盾，却因张的及第而全部解决，仍旧落入了封建制度的罗网。《宣徽院仕女秋千会，清安寺夫妇笑啼缘》写少女速哥失里对父母悔盟迫嫁的反抗，终于达到了与未婚夫拜住团聚的目的；《错调情贾母詈女，误告状孙郎得妻》写贾闰娘与孙小官两心相许，迫使母亲迁就女儿，有情人终成眷属。上述四篇小说的艺术水平颇有高下，但作者在婚姻问题上却并不坚持“父母之命，媒妁之言”的封建教条，突破了封建罗网的一角。但在另外一篇《莽儿郎惊散新莺燕，㑇梅香认合玉蟾蜍》里，表现了作者对婚姻问题的矛盾心理。小说写凤来仪与杨素梅由偶然相遇而互相爱慕，他们都是统治阶级出身的子女，凤来仪的“青年美质”和杨素梅的“貌若天人”，是他们产生爱情的重要条件。作者一方面写他们突破封建樊篱，追求爱情，却在紧要关头戛然而止。另一方面，写双方长辈出来包办他们的婚姻，重新打上封建制度下合法的印记，缓和了矛盾冲突。写中下层人物时比较地能写出他们的婚姻自主，写统治阶级人物时则每每要加上“及第”或“包办”，这既是当时的现实情况，也反映了作者认为封建统治阶级的青年一代必须守礼教、登科举，才能维护本阶级的根本利益。还有一些小说，则专以猎奇取胜，“图个好听”，没有什么社会意义。比较稍有意义的是《满少卿饥附饱飏，焦文姬生仇死报》，作者在斥责忘恩负义的满少卿给以王魁式的可耻下场的同时，特地替妇女作不平之鸣：

> 天下事有好些不平的所在，假如男子死了，女人再嫁，便道是失了节，玷了名，污了身子，是个行不得的事，万口訾议；及至男人家丧了妻子，却又凭他续弦再娶，置妾买婢，做出若干的勾当，把死的丢在脑后，不提起了，并没人道他薄幸负心，做一场说话。就是生前房室之中，女人少有外情，便是老大的丑事，人世羞言；及至男人家撇了妻子，贪淫好色，宿娼养妓，无所不为，总有议论不是的，不为十分大害。所以女子愈加可怜；男子愈加放肆。这些也是伏不得女娘们心里的所在。

这样提出男女在婚姻问题上不平等问题，是比较进步的观点。但作者因为站在剥削阶级立场，不可能透视造成这种情况的社会阶级根源，因而接触到具体的社会现象，便往往自相矛盾，在小说中有时同情妇女，而更多的都是宿娼嫖妓和“偷香窃玉”的描写，这说明作者在根本上还是把女性当玩物的，只是反对任意遗弃而已。

再一类是曲折离奇的公案故事，这在《二拍》中占相当大的比重。其中较好的对封建统治的黑暗残酷有相当强烈的暴露。最有代表性的作品是《青楼市探人踪，红花场假鬼闹》。这篇小说，把一个贪酷狠毒的杨巡道的狰狞面目写得十分突出。杨作官惟以贪财纳贿为事，被撤职后，在乡里“设谋运局，为非作歹……私下养着驯盗三十馀人在外庄听用，但是掳掠得来的与他平分”。为了吞没五百两银子贿赂，竟杀害了张廪生主仆五命。这里，作者把封建社会“官即是盗”的现实暴露无遗。《伪汉裔夺妾山中，假将军还姝江上》写的同样是“官即盗”“盗通官”的现实。“解贼一金并一鼓，迎官两鼓一声锣；金鼓看来都一样，官人与贼不争多。”（《二刻》卷二十)这首露骨地骂统治者为贼的诗,居然写进小说中去,就当时来说,是够大胆的。《进香客莽看〈金刚经〉,出狱僧巧完法会分》,写一个贪婪卑鄙的柳太守,滥用职权,诬攀洞庭山寺僧为盗以胁取白香山手书的《金刚经》。《王渔翁舍镜崇三宝,白水僧盗物丧双生》,写提刑浑耀为了抢夺宝镜,竟将和尚法轮打死。柳太守和提刑的巧取豪夺手段,简直比明火执仗的强盗还凶!这里一方面反映了封建官僚的贪婪残酷,另一方面也揭露了封建司法衙门的暗无天日。还有些人则因问官糊涂,几蒙不白之冤,如《许察院感梦擒僧,王氏子因风获盗》中的张善、李彪等都是。作者在此篇篇首,对主观断案的危害也有所揭露:

> 天地间事,只有狱情,最难测度。问刑官凭着自己的意思,认是这等了,坐在上面,只是敲打。自古道:"箠楚之下,何求不得?"任是什么事情,只是招了。见得说道:"重大之狱,三推六问。"大略多守着现成的案,能有几个伸冤理枉的?至于盗贼之事,尤易冤人。一心猜是那个人了,便觉语言行动,件件可疑,越辩越像。除非天理昭彰,显应出来,或可明白。若只靠着鞫问一节,尽有屈杀了,再无谈处的。

至于贪赃枉法,颠倒是非的官吏,《二拍》中就更多了。《迟取券毛烈赖原钱,失还魂牙僧索剩命》写毛烈吞没了陈祈赎田的银子,并托人"送了些孝顺意思与知县",使陈祈"没处叫撞天屈"。《懵教官爱女不受报,穷庠生助师得令终》,写福建巡按李某仅仅半年就给其老师高愚溪弄到赃银两千馀两,他自己的搜刮更不用说了。作者对官吏的暴露面较广,如《硬勘案大儒争闲气,甘受刑侠女著芳名》，写宋代道学家朱熹为了不让唐仲友轻视自己，便假公济私，诬陷唐与妓女严蕊有私，严颇有骨气，严刑之下，坚不肯承，终于揭穿了这个理学家道貌岸然的假面具。正如李卓吾所说：“阳为道学，阴为富贵，被服儒雅，行若狗彘也。”①这虽是一件封建统治阶级内部矛盾的事情，却也反映了明代反道学的社会现实，表现了作者对当时过分讲求程朱理学，以致灭绝人性的士大夫们的尖锐讽刺。《钱多处白丁横带，运退时刺史当艄》写的是富商郭七郎腰金衣紫的一场黄粱梦。元代已有“商贩所获之资，趋赴权臣，营求入仕”②的人，明代官商勾结的情形比元代更进一步。作者通过郭七郎之口写道：“做了官，怕少钱财？而今哪个做官的家里，不是千万百万，连地皮多卷了归家的？”作者编写《二拍》时，曾入都谒选，但还没有捞到一官半职，因而在《二拍》中，作者对当时官僚的贪污横行，封建司法的腐败黑暗以及卖官鬻爵等现象，是心怀嫉恨的，在作品中往往投以辛辣的讽刺。但是这些暴露和讽刺，都是站在地主阶级立场上的，目的在于希望封建最高统治者能够“选用贤能”如凌濛初之辈，也希望某些官吏洗心革面，共同维持摇摇欲坠的封建统治，“挽救”反封建意识日益滋长的世道人心，而并非对人民的苦难有什么同情。因而，这些暴露总是不彻底的、肤浅的，决不会触动封建制度本身。

《二拍》中还有一类作品直接表现了市民的商业活动和有关的思想意识，数量比《三言》中类似的作品更多，这是明代中叶以后商品流通特别兴盛的反映，但在思想上，则更明显地反映了当时的商

① 见《初潭集》卷四。
② 见《元史》卷一六八《陈祐传》。

人追求金钱的贪欲。《转运汉巧遇洞庭红，波斯胡指破鼍龙壳》，是一篇反映海外贸易的作品。我们如果联系明代隆庆、万历以后商人强烈要求开放“海禁”的历史背景来看，对它的理解就会更加深刻。小说写一个破产商人冒险出海经商的故事。主人公文若虚在国内经商失败，他带了在国内只值一两多银子的洞庭红，在海外却赚了八百多两银子，还在荒岛获得珍宝，意外地成了大富商。这故事对当时从事海外冒险者来说是颇具诱惑力的。作者主观上宣扬的是“运去黄金失色，时来顽铁生辉”的迷信思想，但在客观上也揭露了商人唯利是图，投机取巧的本质。作者对文若虚的投机、抬价，大发横财，是赞美而羡慕的，这说明作者受商人的拜金主义的影响也已不浅。明季，我国东南地区商业特别发达，确有不少资本从土地经营中游离出来而从事手工业商业和海外贸易的倾向，这种倾向来自两方面：一是富室不肯买田①；二是小农多弃田经商②。资本主义因素已渐萌芽，人们已经普遍认识到金钱的威力。《叠居奇程客得助，三救厄海神显灵》里写到徽州地区有着这样一种习俗：“凡是商人归家，外而宗族朋友，内而妻妾家属，只看你所得归来的利息多少为重轻。得利多的，尽皆爱敬趋奉；得利少的，尽皆轻薄鄙笑。犹如读书求名的中与不中归来的光景一般。”小说的主人公徽州商人程宰弟兄，就是为了经商失败，“怕归来受人笑话”而流浪到关外去的。他们在辽阳替人管账为生，后来程宰得到海神（女神）垂青，成为夫妇，并指点他经商的一条捷径，程宰果然发了

① 顾炎武《天下郡国利病书》卷十四说：江南一带“至正德末、嘉靖初……商贾既多，土田不重。”又卷三十二说“嘉靖以来……商贾虽馀资，多不置田业。”

② 《世宗实录》卷一六九：“淮阳人户，多弃业逃徙，以兴贩为生。”

大财。海神的“指点”,正是商人实际生活处境的幻想的反映,这种幻想也表现了商人精神世界的特色。此外如《卫朝奉狠心盘贵产,陈秀才巧计赚原房》写开典当的卫朝奉狠心盘占陈秀才价值千金的房产的故事。虽然盘剥的对象是一个地主阶级的富郎,是剥削阶级与剥削阶级之间的斗争,没有多大的社会意义,但也反映了明代商人从事高利贷经营、重利盘剥的情况。《二拍》作者不但对行商坐贾作了具体的描写,还突出地描写了商人社会地位的提高和对经商这一行业的公开赞扬。《二拍》中有人就曾说:“经商亦是善业,不是贱流。”(《二刻》卷二十九)对商人的看法,一反以前鄙夷的眼光。而徽州风俗,甚至“以商贾为第一等生业,科第反在次着”(《二刻》卷三十七)。《乌将军一饭必酬,陈大郎三人重会》的头回,写苏州王生是经商世家,两次出门贩货都遭盗劫,他心灰意懒,无意远出了。可是他的婶母却一再劝他继续经营,并且说:“不可因此两番,堕了家传世业。”把“家传世业”看得这么重,不是偶然的,这都反映了当时市民意识的发展,在封建统治阶级“重本轻末”的传统笼罩之下,社会上却逐渐地兴起了“重商”的风气。上述的这些小说,对我们认识明代后期的社会风气,是有一定帮助的。但是,这些小说,其主题都是赤裸裸的追求金钱,都是企图一本万利,顿发横财,一心想不劳而获或小劳大获的剥削阶级思想。它和《三言》中施复和朱恩这两个手工业劳动者所表现的友爱同情,互相帮助,正好形成鲜明的阶级对比。

从《二拍》的全部作品来看,思想倾向是反动的。作者是站在地主阶级立场上,替封建统治者进行说教。满纸淫词滥调,写作态度极不严肃。又喜掉书袋,发议论,学究气相当浓重。艺术上的成就是不高的。不过《二拍》取材相当广泛,接触到封建社会下层市民生活的不少方面，也注意到城市的阴暗角落，写出了某些人物的丑恶面貌，在一定程度上暴露了封建社会的部分黑暗现象，这是有认识意义的。但是，更重要的是作者站在什么立场用什么观点来暴露这些黑暗现象。显然，作者是站在地主阶级立场，用封建伦理和因果迷信的观点，来歪曲社会矛盾，对读者进行说教欺骗；同时，也是用贪婪、淫秽的剥削阶级意识，来描写某些社会现象，以满足地主阶级和小市民的低级庸俗的胃口。有些作品，即使对地主、商人、官吏有所揭露和责备，也没有反映人民群众和封建统治者之间的阶级斗争，更没有触及封建制度和封建统治本身的罪恶。小说对某些人物和社会现象的暴露，都不是和经济剥削、政治压迫、精神欺骗等联系在一起，而是和猥亵色情，因果报应，封建伦理联系在一起。这样，作者笔下的暴露，即使有一点儿认识意义，但大量散布的却是封建、色情的毒素，对读者起着严重的腐蚀、麻醉作用。《二拍》的绝大部分作品，都不宜再流传，仅可供研究；小部分作品尚可供阅读，也需加以深入的分析和批判。

凌濛初的《二拍》，对拟话本的创作影响很大，从明末到清乾嘉之际，作者纷起，白话短篇小说专集，如雨后春笋般出现，保存到今天的不下四五十种（参看第十一章第七节）。由于这些集子大抵出自封建文人之手，内容不外乎花前月下之情，忠孝节义之事，其中接触到社会矛盾，刻画了人物形象，可说是比较好的作品。兼之一味作形式的模拟，缺乏形象的塑造，每篇起结，又往往揉上大段论议，充满着说教气味。我们从《石点头》、《清夜钟》、《醉醒石》等书名，一望而知寓有劝诫警世之意。正因为多数作者的创作目的是为了进行封建说教，就不可能从现实社会的矛盾斗争中得到创作源泉，结果，多数作品根据封建地主阶级的愿望，任意虚构，歪曲现实,散播反动的思想毒素。因而这些书无论在思想或艺术方面,较之《二拍》更为低劣。加之当时抄袭成风,情节彼此雷同者,往往而是,它已完全成了艺术形象的桎梏。白话短篇小说之所以日趋衰歇,根本原因就在于此。

虽然这些小说集中较好的作品不多,但是,仍旧值得我们认真地挑选一下,他们的艺术成就虽有逊于《三言》、《二拍》中较好的作品,但不少作品反映了《三言》、《二拍》所没有接触到的社会生活,仍有其一定的认识意义。

明末是社会变动异常激烈的时代,农民起义和市民运动此伏彼起;封建王朝濒于崩溃、灭亡,政治黑暗达到极点。清初依靠满汉封建大地主,竭力巩固封建制度,残酷镇压民族反抗和阶级斗争,工商业也在一个时期内遭受摧残。而官僚、地主、恶霸则始终荼毒着广大群众。因而在这些小说专集中,也有若干反映了贪官污吏的丑恶行为以及地方恶势力的横行不法。例如《鼓掌绝尘》月集,写官僚、地主、流浪汉、妓女的种种秽行,上自魏忠贤,下至张秀,都作了较为逼真的描绘。《石点头》卷八《贪婪汉六院卖风流》,写官僚吾爱陶借抽税为名,任情盘剥,草菅人命,后来因贪污削职,声名狼藉,回乡不得,只得隐姓埋名,流寓金陵,为了盘剥,异想天开,开起妓院做龟子。作者对吾爱陶这个官僚的丑恶面貌,刻画得淋漓尽致。在《西湖二集》里,作者周清原对明末吏治的腐败,愤慨尤深。卷二十九《祖统制显灵救驾》,作者通过祖真夫之口,痛骂当时害民的官吏:

> 我见做官的人,不过做了几篇帖括策论,骗了一个黄榜进士。一味只是做害民贼掘地皮,将这些民脂民膏回来,造高堂

大厦，置妖姬美妾①，广置庄园，以为姬妾逸游之地，收畜龙阳、戏子、女乐，何曾有一毫为国为民之心，还要诈害地方邻里，夺人田产，倚势欺人，这样的人，狗也不值②。

引人注意的是卷三十四《胡少保平倭战功》里骚扰七省的盗魁王直的一段话：

如今都是纱帽财主的世界，没有我们的世界，我们受了冤枉，那里去叫屈？况且糊涂贪赃的官府多，清廉爱百姓的官府少。他中了一个进士，受了朝廷多少恩惠，大俸大禄享用了，还只是一味贪赃，不肯做好人，一味害民，不肯行公道。所以梁山泊那一班好汉，专一杀的是贪官污吏！

尽管这些话还没有接触到封建社会的本质，但也表达了人民的心声。写得较好的是卷二十《巧妓佐夫成名》一篇，通过妓女曹妙哥的活动，揭露了官场钻营的秘密：

少年财主子弟全不知民间疾苦，撒漫使钱。还有那贪官污吏做害民贼，刻剥小民的金银；千百万两家私，都从那夹棍、拶子、竹片、枷锁终日敲打上来的……还有那衙门中人，舞文弄法，狐假虎威，吓诈民财，逼人卖儿卖女，活嚼小民。还有那飞天光棍，妆成圈套，坑陷人命，无恶不做。积趱金银……

① 人民文学出版社本“置”作“买”。——校者注
② 人民文学出版社本“狗”作“猪狗”。——校者注

赃官污吏，不一而足，衣冠之中，盗贼颇多，终日在钱眼里过日。若见了一个钱字，便身子软做一堆儿，连一挣也挣不起。就像我们门户人家老妈妈一般行径，千奇百怪起发人的钱财，有了钱便眉花眼笑，没了钱，便骨董了这张嘴。

这样无情的抨击和轻蔑的嘲讽，出之于受人贱视的妓女之口，不可谓不大胆辛辣！作者生当明末，目击内忧外患，有“用世之心”而无“进身之路”，牢骚满腹，都寄托在这部小说集里，作者说他的创作目的，“一则要劝诫世人都做好人”，二则“发抒生平之气，把胸中欲歌、欲笑、欲叫、欲跳之意，尽数写将出来，满腹不平之气，郁郁无聊，借以消遣。”这是封建文人对当权派罪恶行径的不平之鸣，在当时社会有一定的代表性和现实意义。因而，他的作品也有一部分能够反映社会矛盾。此外还有反映地方恶势力横行不法的，如《石点头》卷十《王孺人离合团鱼梦》中的屠户赵成就是一个无恶不作的流氓地痞。卷十二《侯官县烈女歼仇》中的方六一也是一个千方百计夺人妻女的恶霸。他们的奸诈、阴险、毒辣的性格，说明他们是城市封建恶势力的代表。其他还有一些作品在不同程度上反映了社会矛盾，有的则接触到阶级压迫和掠夺。《幻影》第二回《千金苦不易，一死乐伸冤》写地痞讹诈，官吏糊涂，亦颇生动。《醉醒石》第八回《假虎威古玩流殃，奋鹰击书生仗义》写官吏为了皇帝采办古董而扰民的事实；第十三回《穆琼姐错认有情郎，董文甫枉做负恩鬼》写官府催收钱粮的种种弊端。都能比较真实地反映当时的社会生活。第九回《逞小忿毒谋双命，思淫占祸起一时》写恶霸王四兄弟和阮良为了奸淫陈大姐，竟把她的老母和兄弟害死，尤令人发指。又第四回《秉松筠烈女流芳，图丽质痴儿受祸》对商人程翁之女以死抗拒徐大户的逼嫁，接触到了旧社会黑暗的本质。可惜作者对这一题材的认识错误，只局限在女子的“贞烈”上，发了许多迂阔的议论，削弱了作品的社会意义。此外还有描写明季科场黑暗情况的，如《醉醒石》第七回《失燕翼作法于贪，堕箕裘不肖惟后》，对官吏的贪婪和科举的黑暗，作了比较真实的描写。最典型的作品是《鸳鸯针》卷一《打关节生死结冤家，做人情始终全佛法》，写杭州秀才徐鹏子受尽科场之苦。略谓秀才丁全与莫推官有年谊，私通关节，并伙同绰号白日鬼的秀才周德，贿赂场中誊录陈又新，截却徐鹏子的墨卷以属之丁，丁中而徐落第，徐拟告官，丁惧，又陷徐于狱，欲杀之以灭口，后莫推官调任，徐得释，流落山东，得卢翰林之助赴京应试，中进士，授刑部主事，会丁全以他事犯罪送部，徐不念旧恶，善遣之。小说对科场积弊，多所揭发，对莫推官、丁全、周德的无赖行为，描写得淋漓尽致。惟写徐鹏子“以德报怨”，以调和的办法解决矛盾，目的在于缓和封建统治阶级异常尖锐的内部矛盾，来维持其面临土崩瓦解的统治，暴露了这些在野的封建文人的愿望。《清夜钟》第八回《狂言竟至杀身，坚忍终伸大怨》写三兄弟、三妯娌“六条肚肠”，“势几成水火”，是阶级斗争在地主阶级内部的反映，充分说明地主家庭彼此之间的尔诈我虞。《西湖二集》卷十二《吹凤箫女诱东墙》写一对青年男女因吹奏凤箫，互生爱慕之情，能写出纯真深挚的爱情。《连城璧》第一回《谭楚玉戏里传情，刘藐姑曲终死节》写男女艺人之间恋爱的悲喜剧，也很生动。《十二楼》卷一《合影楼》写管屠两家宅第相连，中隔一墙，独有池沼相通，两家各有水阁东西相望，管家因避嫌，池中立石柱石板，砌了一道墙，作为间隔。但两家男女还是借水阁传情，推倒中间的墙壁。作品中的墙垣，显然是封建礼法的一种象征。作者对管家的那种主持风教的态度，也作了一定的嘲诮，但作者的美化“一夫多妻”，是一严重缺点。《照世杯》卷二《百和坊将无作有》、卷四《掘新坑悭鬼成财主》则是尖刻讽刺地主阶级贪财好色的作品。又卷三的《走安南玉马换猩绒》写广西胡安抚为发泄私愤，设计陷害商人杜景山之事，揭露了贪官的恶行与封建衙门的黑暗。《豆棚闲话》第七则《首阳山叔齐变节》则是借历史题材，用翻案文章来讥笑现实中的假清高人物。用冷眼曲笔，把满腹牢骚变为满口诙谐。同样，《大和尚假意超升》一篇，也用惊心骇目的事实来揭露佛教的虚假。更难得的是直接描写劳动人民的生活的作品，如《幻影》第十一回《捐金非有意，得地亦无心》以及第十七回《八两杀二命，一雷诛七凶》，前者写农民支佩德一家的破产经过，反映了当时封建剥削和高利贷压榨的残酷；后者作者以沉痛的心情写贫农阮胜在重税苛征之下，典妻鬻子的惨景。这两篇作品雄辩地证明当时阶级斗争的尖锐性。又第七回《生报华萼恩，死谢徐海义》写的是王翠翘故事①，为越南古典名著《金云翘传》之所本，是一篇影响广泛的小说。

明季文人结社之风极盛，除了像“复社”、“幾社”等少数与政治有关的团体外，大抵是文酒风流，互相标榜，研讨时艺，揣摩风气，推挽汲引，以仕进为目的。陆世仪《复社纪略》云：

---

① 王翠翘故事产生于明嘉靖年间。首见于茅坤的《纪剿除徐海本末》，《明文海》卷四百十四所载戴士琳的《李翠翘传》，实即叙王事。余怀有《王翠翘传》载《虞初新志》卷三。《幻影》第七回所叙情节，则为小说《金云翘传》所本，故事已有了发展；《西湖二集》第三十四回亦略及翠翘事。越南古典名著《金云翘传》为越南诗人阮攸（1765—1820）根据我国小说《金云翘传》并参考了传奇《双翠圆》而写成的一首长诗。人民文学出版社有汉译本。

令甲以科目取人，而制义始重。士既重于其事，咸思厚自濯磨，以求副功令，因共尊师取友，多者数十人，少者数人，谓之文社，即此以文会友，以友辅仁之遗则也。好修之士，以是为学问之地，驰骛之徒，亦以是为功名之门，所从来旧矣。

文社的性质与特征，说得相当明白。在《鸳鸯针》卷三《真文章从来波折，假面目玷尽风骚》里，对于利用文社来招摇撞骗的人，也有所揭露。小说写东昌人卜亨夤缘入里人宋珏、黄锦等所组织的翼社，卜实一无所长，遇诗文会，常托故逃席。后挽宋珏代考，中副榜第一，大肆招摇，刻诗文集，居然名士。后至北京，有傅御史者震其名，邀至家，请其作文，卜大窘，因门已闭，由狗窦逃出。作者对晚明文社末流的讽刺，何等鞭辟入里。这种题材，在短篇小说中仅见，是一篇有史料价值的作品。《鸳鸯针》的作者，大概也没能挤入封建统治阶级的行列，因而愤世嫉俗，他对晚明假名士猎取功名深恶痛绝，对科场积弊，亦攻击不遗馀力，甚至说："横金纡紫者流，不如真强盗。"亦可见作者观察问题多么深刻。

封建士大夫的放诞风流，跅弛不羁，也是明代所特有的士习。赵翼《廿二史札记》卷三十四《明中叶才士傲诞之习》云："康德涵（康海字德涵，号对山）六十生日，召名妓百人为百年会，各书小令付之，使送诸王府，皆厚获。"以一介书生而挟声妓酣饮，制乐造曲，其放诞享乐可见。《壶中天》第八回《康对山琵琶惊客座》，虽以康对山为了救李梦阳挟琵琶去见权阉刘瑾事为主题①，但康对山所表

① 康救李梦阳事，前人笔记都有记载，以马理所写的《对山先生墓志铭》为最详。见赵景深：《明清曲谈 · 读康对山文集》。

现的狂傲放荡生活，却是有代表性的。明代士大夫一般都流于放纵享乐，不仅康海如此，其他有名人物如卢柟、王思任、祝允明、唐寅等莫不如此，无怪顾亭林要深致慨叹："今日士大夫，才任一官，即以教戏唱曲为事，官方民隐，置之不讲。国安得不亡，身安得不败。"[①]《醉醒石》第六回《高才生傲世失原形，义气友念孤分半俸》所写的才士李微，则是另一种类型的文人。作者对那些"侥幸一第，便尔凌轹同侪，暴虐士庶，上藐千古，下轻来世"的人，极为不满，特借唐李微故事[②]给恃才傲物，妄自尊大的人们以应有的惩罚，在当时是有其现实意义的。

前面所谈的是这些小说集里较好的部分，篇幅不多。更多的是封建性的糟粕，占了主要分量。这部分大体可分为两类：一类是宣扬封建伦理道德。这类作品，狂热地宣扬封建的"忠孝节义"，作为反面教材，倒也可以使我们看到封建道德的极端残酷和虚妄。《石点头》卷三的《王本立天涯求父》，写一个从未识父面的儿子，立志天涯寻父，历尽千辛万苦，父子方得团圆。还有卷十一的《江都市孝妇屠身》，写江西人周迪与妻宗二娘经商不利，流落扬州，因兵荒马乱，盘缠罄尽，欲归不得。宗二娘为了使丈夫归养她的婆婆，毅然卖肉屠身。这故事残酷到失掉人性的地步！而作者这样的宣扬孝道，不仅是野蛮的，也是骇人听闻的。清代进步思想家戴震就曾控诉过："人死于法，犹有怜之者，死于理，其谁怜之！"[③]我们不禁要为宗二娘叫屈。在《石点头》中，《郭挺之榜前认子》，虽

① 见《日知录》。
② 唐人有《李徵传》，见《太平广记》卷四二七。
③ 见《孟子字义疏证》。

对科举制的不合理表示了一定的不满，但整篇写下层人民的感恩知报，妇女的驯服卑顺的性格以及封建家庭的所谓伦常关系写得也很突出，说教气味浓厚；《卢梦仙江上寻妻》里，作者直接抨击失节的妇女，说“女子家是个玻璃盏，磕着些儿便碎，又像一匹素白练，染着皂煤便黑……失节之人，分明是已破的玻璃盏，染皂煤的素白练。”这不但深中封建礼教之毒，简直是对妇女的侮辱。又作者在“入话”、“头回”中直接表达自己的反动观点。如“离合悲欢，非是人要如此……乃是各人命中注定，所以推不去，躲不过，随你英雄豪杰，跳不出这个圈子。”这就是说，应该向命运屈服，不必寻求出路。这种宿命思想，在当时是有代表性的。在《醉醒石》第三回的“入话”里，一女子因其父把她许配农家，母又把她许配富家，后来富家迎娶，女以父许在先，不从母命，身带小刀，刺死于迎亲轿中。作者十分赞许这种“贞烈”，还叹息“惜乎忘其姓氏”。其他如《西湖二集》卷五、卷二十六、卷二十九、卷三十一等篇，都在不同程度上宣扬忠孝及鬼神阴报，思想倾向极为恶劣。《十二楼》中的《十卺楼》，不仅渲染宿命论，而且颇多有意逗人发噱的恶趣和秽亵的描写。尤其突出的是清代乾隆时石成金的《雨花香》，整部作品，全着眼在“意主劝惩，侈谈果报”。草亭老人《娱目醒心编》，也同声相应，并且还出现了一些荒谬的情节。例如卷二的《马元美为儿求淑女，唐长姑聘妹配衰翁》里，唐长姑在夫死子亡后，为了宗嗣不断，丧尽人性地把自己十九岁的亲妹妹嫁给七十岁的公公。作者对唐长姑那种丑态百出的行为，不但不加批判，反而赞扬备至。清代康乾之世，文字之狱大兴，朝野噤若寒蝉，惟以提倡正学为务。一般文士的思想，都被封建教条所僵化。自怡轩主人说：“……无不处处引人于忠孝节义之路，既可娱目，即以醒心，而因果报应之理隐寓于惊魂眩魄之内，俾阅者渐入于圣贤之域而不自知，于人心风俗不无有补焉。”确实是这个时代著作界腐朽风气的反映。

另一类是色情的露骨描写。地主阶级的腐朽本质，在一个封建王朝崩溃前夕，最容易集中地暴露。这些小说专集，产生于明清改朝换代之际，出现了大量露骨的猥亵描写，既反映了封建统治阶级腐化已极，也说明拟话本小说纳秽之深。如《幻影》、《十二楼》、《云仙笑》、《珍珠舶》、《锦绣衣》、《别有香》等集子的作者，都或多或少地津津乐道淫秽色情的故事和一夫多妻制。有时甚至变本加厉，把整个集子作为宣淫的工具，如《欢喜冤家》、《一片情》、《弁而钗》、《宜春香质》、《八段锦》等集子，格调都很低劣，淫词媟语，触目皆是。在当时便严重地腐蚀着读者的心灵。这些小说，诚如刘廷玑所说：“悉当斧碎枣梨，遍取已印行世者，尽付祖龙一炬。”①

上述两类作品中间，很多地方，往往以鬼神迷信、因果报应的思想贯串起来，更增加了它们的麻醉毒害作用。我们应该从根本上加以批判和否定。

在大动荡的年代里，没落的封建统治者和封建文人，在他们的作品里，常常表现出对农民起义的仇恨。如《醉醒石》第二回、第五回歌颂“剿贼”的所谓英雄人物，敌视农民起义军。第十二回《狂和尚妄思大宝，愚术士空设逆谋》对狂和尚的“犯上作乱”加以嘲笑，说什么“谋王夺霸，这更不可做，断断做不来，做来只是个谋反大逆，十恶不赦。”劝人“宁可贫穷到饿死，还是个良民。”《豆棚闲话》第十一则《党都司死枭生首》，攻击农民起义，不遗馀力。《西湖佳话》七《岳坟忠迹》篇中，作者把镇压农民起义领袖杨么作为丰功伟

① 见《在园杂志》卷二。

绩来歌颂,这显然是一个历史功罪的反动颠倒。《娱目醒心篇》卷四第一回《活全家愿甘降辱》,对李闯部下的起义将领横加污蔑。所有这些作品,表现了作者政治上的反动,都是应该彻底剔除的封建糟粕。

第十三章　明代话本的著录和叙录

第一节　《宝文堂书目》著录的明人话本名目

《宝文堂书目》"子杂"类所列细目极为芜杂，其中登录不少单行话本，但要辨清楚哪些是宋元旧本，哪些是明人作品，是有困难的。这里，只就话本内容略可考知，文字风格近似明人者，加以叙录。其中一些讲史性质的话本，如《张子房慕道》、《冯唐直谏汉文帝》、《李广世号飞将军》等篇，也可能是明人作品，故一并列入。共得话本二十六种，计存十七、佚六、存佚不明者三。

1.《风月相思》　《清平山堂话本》卷二有《风月相思》，当即此篇。亦见《熊龙峰四种小说》，题作《冯伯玉风月相思小说》，又见《国色天香》卷八上层，题作《相思记》。三篇故事情节大致相同，文字颇有出入。略谓洪武时蜀人冯伯玉，流寓临安，直殿将军赵彧见而异之，馆伯玉于家，令与其女云琼同读。云琼私悦冯，遣婢韶华通意，时以诗文赠答，久之，相思成疾。事为赵妾刘氏所知，白赵，即以云琼归冯。后冯因御倭功为大官，旋病逝，云琼亦以忧思死。

此篇虽以文言演之，实为话本体，写法与《青琐高议》相近，亦文人拟作，非传奇文。

2.《孔淑芳记》 即《熊龙峰小说四种》中的《孔淑芳双鱼扇坠传》。叙明弘治时临安富翁徐大川子景春业商，一日，游西湖，遇一美人，自言孔淑芳，引生至其家同宿，以双鱼扇坠为赠。五更，生邻人张世杰行至新河坝，见生伏于地上，救之至家。后生经商归，忽又遇之于武林门外，邀与欢会，五更抵家，昏迷不省人事。延紫阳宫真人驱除，始愈。

此话本实合烟粉、灵怪、公案为一。绿天馆主人《古今小说》序引《双鱼坠记》，以为鄙俚浅薄，当亦指此。按田汝成《西湖游览志馀》卷二十六载此事云：

> 弘治间，旬宣街有少年子徐景春者，春日游湖山，至断桥，时日迫暮矣，路逢一美人与一小鬟同行。景春悦之，前揖而问曰："娘子何故至此？"答曰："妾顷与亲戚同游玉泉，士子杂遝，遂失群，惘惘索途耳。"景春曰："娘子贵宅何所？"答曰："湖墅宦族孔氏二姐也。"景春遂送之以往，及门，强景春入曰："家无至亲，郎君不弃，暂寄一宿，何如？"景春大喜，遂入宿焉。备极缱绻，以双鱼扇坠为赠。明日，邻人张世杰者，见景春卧冢间，扶之归。其父访之，乃孔氏女淑芳之墓也。告于官，发之，其祟绝焉。

这类烟粉、灵怪故事，在明代民间盛传，故小说特加渲染。其事与许仙游湖借伞颇相类，小说家窠臼，大都如此。《西湖游览志馀》卷二十引平话亦有《双鱼扇坠》，云近世拟作，大概是正德嘉靖年间的作品。篇末有"至今新河坝孔家坟墓见存"，疑与下面另一话本《新河坝妖怪录》同题材。

3.《羊角哀鬼战荆轲》　即《清平山堂话本·攲枕集》上的《羊角哀死战荆轲》,《古今小说》卷七题作《羊角哀舍命全交》,题下注:"一本作羊角哀一死战荆轲。"本事出《列士传》:

> 羊角哀、左伯桃二人为死友,欲仕于楚。道阻,遇雨雪,不得行。饥寒,自度不俱生。伯桃谓角哀曰:"俱死之后,骸骨莫收。内手扪心,知不如子,生恐无益,而弃子之能。我乐在树中。"角哀听之,伯桃入树中而死。楚平王爱角哀之贤,以上卿礼葬伯桃。角哀梦伯桃曰:"厚子之恩而获厚葬,正苦荆将军冢相近,今月十五日,当大战以决胜负。"角哀至期日,陈兵马诣其冢,作三桐人,自杀,下而从之。此殁身不负然诺之信也。(《后汉书》卷二十九《列传》卷十九《申屠刚传》李贤注)

情节极简单。《也是园书目》著录元佚名《羊角哀鬼战荆轲》杂剧一本,或为此话本所依据。明人《金兰谊》传奇亦演此事(《曲海总目提要》卷三十一)。时代似更晚。

4.《范张鸡黍死生交》　即《清平山堂话本·攲枕集》上的《死生交范张鸡黍》,《古今小说》卷十六题作《范巨卿鸡黍死生交》。本事出《后汉书·独行传》(亦见《搜神记》卷十一),略云:

> 汉范式字巨卿与汝南张元伯(劭)同学,结为生死之交。无何,学成归里。巨卿约张二年后某日当来其家拜母,约期将近,张请母馔以候。至期,果到。后张病笃,临终叹曰:"恨不见我死友!"既卒,巨卿忽梦张告以某日死,以某日葬。将葬,柩忽不进,及巨卿至,执绋而引柩,柩乃前。巨卿遂留冢次,为

修坟树而去。

惟话本写范自刎以赴鸡黍之约,送葬者是张而非范,此其不同处,或当时民间传说如此。大约为明初人作。元宫天挺有与此话本同名的杂剧。

5.《张子房慕道》 《清平山堂话本》卷二《张子房慕道记》,当即此篇。宋官本杂剧段数中有“慕道六么”、“三偌慕道六么”两本。《宝文堂书目》著录有《真宗慕道记》,知宋元以来的话本和戏曲中,以慕道为题材的尚不太少见。

本篇叙汉张良因见韩信、彭越,英布等三王遭诛,不能全终,遂萌入山修道之念,高祖苦劝,张良不听,最后拜辞高祖,收心归山。虽仍以慕道为题,但从内容来考察,可能是明代初年以后的作品。体裁是韵散夹杂,其中有好多首诗,是托为书中人物作的,这与《大唐三藏取经诗话》的形式相同,是一个模拟“诗话”体的话本。

《宝文堂书目》别有《张良辞朝佐汉记》一本,疑与本篇为同题材。明刊本《张子房归山诗选》,则为本篇的改编本。

元杂剧有李文蔚的《张子房圯桥进履》,王仲文的《从赤松张房辞朝》,吴弘道的《子房货剑》,明传奇有佚名的《赤松记》,皆同题材。

6.《冯唐直谏汉文帝》 当即《清平山堂话本·欹枕集》下的《老冯唐直谏汉文帝》。冯唐,汉安陵人,文帝时为中郎署长。时匈奴方入寇,帝尝叹不得廉颇、李牧为将,唐因言汉法赏太轻,罚太重,虽得廉颇、李牧不能用。并言云中守魏尚削爵之冤。文帝悦,即令唐持节赦尚。武帝时举贤良,唐时年九十馀,不能复为官,乃以其子遂为郎。事见《史记·张释之冯唐列传》,此话本即据此敷演成文。

本篇头回为《宋太祖游武庙》,皮黄戏亦有《游武庙》(一名《刘基辞朝》),则已改为明太祖事。

7.《李广世号将军》　当即《清平山堂话本·欹枕集》下的《汉李广世号飞将军》。结尾引胡曾《灞陵》诗一首。话本叙李广世代家传箭法,屡败匈奴,匈奴见广,望尘而走,号"飞将军",然广虽屡立战功,却终身未遇。所叙全本《史记·李将军列传》。话本结尾说:"王勃作《滕王阁诗序》一联,'冯唐易老,李广难封。'冯唐如此足智多谋之士,年老不得重用;李广如此雄才豪气之将,终身不得封侯,皆时也,运也,命也!"可见本篇和冯唐篇,当是一个人的作品。

8.《夔关姚卞吊诸葛》　见《清平山堂话本·欹枕集》下,题同。叙姚卞于夔关祭吊诸葛亮,亮鬼魂出现,并预告试题,得中状元事。本事来源待考。

9.《雪川萧琛贬霸王》　见《清平山堂话本·欹枕集》下,题同,疑为明人拟作。叙吴兴郡雪川有西楚霸王庙,号弁山神,有灵应。太守萧猷塑其像于郡厅,厚加祭享。及李仁、孔靖先后守郡,均因亵渎神灵遭祸。后萧琛为太守,撤去帷帐泥像,至夜,神仗剑怒目而来,琛数其罪,神乃惶恐而去。琛亦无恙。本事出宋人《谐史》,亦见《说郛》卷二十三引,略云:

> 吴兴郡有项羽庙,自古相承云羽多居郡厅,前后太守不敢上。《南史》孔靖字季恭,为守,居之无害。萧惠明,泰始初亦守是邦,见一人长丈余,张弓挟矢向惠明,既而不见。因有背疮,旬归而卒。萧琛,字彦瑜,惠朋从子也,后亦为守。著屐登

厅事，闻室中有叱声，琛厉色曰："生不能与汉祖争中原，死据此厅事何也?"因迁之于庙，又禁杀牛，以脯代肉，竟不能害。

按吴兴项羽神事，散见于南北史中，吴兴郡县各志载之尤详，至今尚有霸王门之称。本篇所叙时代、人名微有不同，而事实悉有所本，其来源盖甚古也。

10.《李元吴江救朱蛇》 见《清平山堂话本·欹枕集》下，题同。《古今小说》卷三十四，题作《李公子救蛇获称心》，当为同题材。本事出《青琐高议》后集卷九《朱蛇记》。亦见《吴郡志》卷四十六《异闻》。叙李元因救蛇而获得佳偶事。元沈和有《祁甘雨货郎朱蛇记》杂剧，此话本无祈甘雨事，不知是同一题材否?

11.《齐晏子二桃杀三学士》 即《古今小说》卷二十五的《晏平仲二桃杀三士》。本事出《晏子春秋》卷二内篇谏下"景公养勇士三人无君臣之义"条。叙公孙接、田开疆、古冶子三人事齐景公，皆勇而无礼，晏子为公设计，馈以桃二枚，使各计功而食。三人因争夺不匀，又不肯相下，遂各自杀。近年汉阳出土西汉壁画，绘春秋故事有作二桃杀三士场面的①，汉末武梁祠石刻也有《晏婴二桃杀三士图》。可见这故事很早就在民间流传。

12.《沈鸟儿画眉记》 此话本当即《古今小说》卷二十六的《沈小官一鸟害七命》。郑振铎以为宋人作，实则为明英宗天顺间事。郎瑛《七修类稿》卷四十五"沈鸟儿"条云:

① 见沈从文:《从文物谈谈古人的胡子问题》引，载《光明日报》1961 年 10 月 21 日。

> 天顺间，杭有沈姓者，畜一画眉，善叫，能斗。徽客许以十金购之，不与，人莫不知也。一早，携至西湖，偶尔腹痛，坐卧于堤，不可归。有识人箍桶匠过焉，沈即浼其归以报之。家人至，则沈已无头矣。视之，则箍桶刀杀之，血光显然。遂执桶匠告于官，桶匠不能受刑，就招云："得鸟货人，割头弃之湖也。"然寻头于湖，久之不能得，狱不成，则官与沈俱悬赏以求。一日，有渔人兄弟持头来受赏，水腐莫辨，因以成狱，而桶匠秋决矣。数年后，有人见画眉笼于苏州，惊疑而问其来历。主人曰："此笼货杭人某者。"其人报沈家，沈氏子孙又疑而访探某人。某欺罔不服，讼于官，问其头，置湖畔枯杨腹中，取之果在焉。官以此狱既明，渔人之头何来？因捕之加刑。则曰："吾父死，而弟兄欲得受赏，故割头以献。"三人遂皆弃市。呜呼！一鸟而至人命有五，至今杭以沈鸟儿为祸根云。

故事情节，与话本全合。惟类稿所记实死六人，非七命，此其小异。郎氏生于明成化二十三年，上距天顺不过二十馀年，所记或为当时实事。话本产生年代，大约在成化弘治年间。

13.《合色鞋儿》　当即《醒世恒言》卷十六《陆五汉硬留合色鞋》。叙明弘治时杭州富室子弟张荩因恋潘女寿儿，几成冤狱事。本事出周元暐《泾林续记》（《涵芬楼秘笈》本《泾林续记》无此条，《情史》卷十八引之），情节大致与《醒世恒言》相同。但除张荩故事外，本篇也采用了《智囊补》卷十《临海令》的情节。是把两个故事串合起来的。因此，写得曲折离奇。《海刚峰居官公案》第五回《奸夫杀客为女有他奸》及第二十二回《杨继儒释冤》，均与此事极相类。《治世馀闻》下篇卷一及《九朝野记》亦有类似的记载，惟无合色鞋事。

14.《没缝靴儿记》 赵景深疑即《醒世恒言》中的《勘皮靴单证二郎神》。

15.《李亚仙记》 参看第十三章附录《李亚仙记》。

16.《张于湖误宿女观记》 参看第十三章附录《张于湖宿女贞观》。

17.《杜丽娘记》 参看第十三章附录《杜丽娘慕色还魂》。

18.《红倩难济颠》 明田汝成《西湖游览志馀》卷二十引小说有《济颠》,云:"近世拟作。"不知与此为一本否?红倩事待考。清张大复有《醉菩提》剧,天花藏主人有《济颠大师醉菩提全传》小说。

19.《韩俊遗金》 谭正璧云:"明有文昌人韩俊,字克彰,弘治进士,累官河南副使,廉能为天下第一,或即其人。遗金事待考。"

20.《朱希真春闺有感》 朱希真为建康府朱将仕之女,小字秋娘,年十六,嫁同邑商人徐必用。必用颇解文义,久商不归,希真作闺怨词以寄。《古今情海》卷十九《朱希真之闺怨词》载之。〔鹧鸪天〕云:

> 梅妒晨妆雪妒晴,远山依约与眉青。尊前无复歌金缕,梦觉空馀月满林。鱼与雁,两浮沉,浅颦微笑总关心;相思恰似江南柳,一夜东风一夜深。

又〔满路花〕云:

> 帘烘泪雨干,酒压愁城破。冰壶防饮渴,培残火。朱消粉

退，绝胜新妆裹。不是寒宵短，日上三竿，殢人犹要高卧。如今多病，寂寞章台左。黄昏风弄雪，门深锁。兰房密爱，万种思量过。也须知有我。著甚情悰，你但忘了人呵！

二词又见《古今闺媛逸事》卷五。朱希真的遭遇几和朱淑真完全一样，而她的事迹，尤隐晦难考。可能就是朱淑真的化身。此话本疑即《西湖二集》卷十六《月下老错配本属前缘》。

21.《新河坝妖怪录》　疑即《孔淑芳记》，说已见前。

22.《曹孟德一瓜斩三妾》　本事出《花木考》，冯梦龙《古今谭概》卷十六引云：

曹操宴诸官于水阁。时盛夏，酒半酣，唤侍妾用玉盘进瓜，妾捧盘低头以进。操问瓜熟否？对曰："极熟。"操怒，斩之，坐客莫敢问故。操更呼别妾进瓜，群妾皆惊，内一妾聪敏，遂整容而前。操问如初，对曰："不生。"操怒，复斩之。再呼进瓜，无敢前者，一妾名兰香，操所深昵，众妾皆逊之。香乃擎盘齐眉而进，操问曰："瓜味如何？"曰："甚甜。"操大呼速斩之，坐客皆拜伏请罪。操曰："公安坐，听诉其罪，前二妾吾斩之者，久在承应，岂不知进瓜必须齐眉而捧盘耶？及答吾问，皆开口字，斩其愚也。兰香来未久，极聪慧，高捧其盘是矣，复对以合口字，足知吾心，吾用兵之人，斩之以绝其患。"

23.《楚王云梦遇仁鹿》　疑与《青琐高议》后集卷九《仁鹿记》（楚元王不杀仁鹿）为同题材。叙楚王大猎于云梦之泽，有群鹿万馀陷大谷，一巨鹿突围至王前求赦，王许之，群鹿乃呦呦和鸣而出谷。后楚王与吴战，失利，一夕，吴军闻万马奔驰，以为邻国救至，乃遁去。楚王明日绕吴营，见鹿迹无数。乃知是鹿之报恩。

24.《郭大舍人记》 疑即叙《史记·滑稽列传》中的郭舍人事。《滑稽列传》云：

> 武帝少时，东武侯母常养帝。帝壮时，号之曰"大乳母"……乳母家子孙奴从者横暴长安中，当道掣顿人车马，夺人衣服。闻于中，不忍致之法。有司请徙乳母家室，处之于边，奏可。乳母当入至前面见辞。乳母先见郭舍人，为下泣。舍人曰："即入见辞去，疾步数还顾。"乳母如其言，谢去，疾步数还顾。郭舍人疾言骂之曰："咄！老女子！何不疾行！陛下已壮矣，宁尚须汝乳而活邪？尚何还顾！"于是人主怜焉悲之，乃下诏止无徙乳母，罚谪谮之者。

25.《徐文秀尹州令记》 本事未详所出。按清徐釚《词苑丛谈》卷七有范仲允妻《尹川令》事，疑与此有关。

26.《翡翠轩记》 疑为《清平山堂话本》的佚篇。此话本久已失传，二十年前，阿英偶于旧书铺发现了三十馀叶不完整的残片，从版式来看，大本仿宋字，宽阔单栏，页二十二行，行二十二字，白皮纸印，显为明嘉靖间刻，与《清平山堂话本》颇相类。内容不过是《巫山艳史》一类的文言才情小说，此类小说，往往出于明人之手。故事叙元至正间，浙江临安府钱塘县有一举人诸葛章，奉母命到苏访友，爱上舅舅的女儿汪婵英。婵英"年方二八，聪明俊雅，识字能文，有倾国之姿，西施莫比。"两人一见倾心，七夕复相遇园中，时婵英正以金盆乞巧。两人谈话颇相投合，语意多在言外。女念之不已，作书挑生，使婢楚莲携往，生亦题诗于女扇上以答。于是女遂效文君之私奔。会诸葛章母病，生不得不返杭，悽恻以别。在此期间，女父忽欲以女妻他姓，家庭间遂生风波。后诸葛章中状元，选福建省大参，重至苏寻女，终得团圆。[①]

此外，《宝文堂书目》著录的尚有《真珠匣记》、《彭城降鹤记》、《萧回觅水记》、《卢爱儿传》、《侯宝盗甲记》、《夜雨催花记》、《杨升佳遇娇鸾记》等十馀种，本既不存，无从印证，可能都是嘉隆以前的旧话本。

第二节　现存明人编撰的话本集叙录

一、总集

1.《京本通俗小说》

《京本通俗小说》是我国现存编成时间较早的话本小说集。它是缪荃孙（江东老蟫）在上海无意中发现的一个旧抄本，不详有无刊本。缪氏在1915年把它刊入《烟画东堂小品》中，跋语说：

> 余避难沪上，索居无俚。闻亲串妆奁中有旧抄本书，类乎评话；假而得之，杂庋于《天雨花》、《凤双飞》之中，搜得四册，破烂磨灭，的是影元人写本。

① 见阿英：《记嘉靖本〈翡翠轩〉及〈梅杏争春〉》，收入阿英的《小说闲谈》。

这个旧抄本，通体减笔小写，具有宋元坊刻风格，缪氏认为“的是影元人写本”。郑振铎认为此书当是明代隆万间的产物。孙楷第以为此书是元末明初人编的，因为里边有瞿佑（元末明初人）的词。李嘉瑞则从俗字的演变上证明它不可能是宣德以前的抄本①，总之，说这个集子是明代中叶时所编，较为可信，因此书未为晁瑮《宝文堂书目》所著录，而其中有好多单篇却见于晁目。当时可能还没有被汇合成一个集子。其中所收的话本，大都是宋元人作品。文字流利通畅，可能是经过明人润色的。

此书为钱遵王也是园中物，是一个残本，共四册，其中三册有钱氏藏印，卷首有“《京本通俗小说》第几卷”字样。惜已残缺，全书不知多少卷？多少篇？今存十卷，凡九篇，卷第如下：

第十卷　《碾玉观音》
第十一卷　《菩萨蛮》
第十二卷　《西山一窟鬼》
第十三卷　《志诚张主管》
第十四卷　《拗相公》
第十五卷　《错斩崔宁》
第十六卷　《冯玉梅团圆》
第 ？ 卷　《定州（山）三怪》

① 郑说见《中国文学研究·明清二代平话集》，孙说见《俗讲、说话与白话小说·中国短篇白话小说的发展与艺术上的特点》，李说见《从俗字的演变上证明〈京本通俗小说〉不是影元写本》，载 1935 年 6 月《图书季刊》第二卷第三期。

第　？　卷 } 《金主亮荒淫》
第　？　卷

此十卷后来分别被冯梦龙收进《警世通言》及《醒世恒言》中，但篇名已改，文字也多修饰处。缪氏刊布此书时，因为“《定州三怪》一回破碎太甚。《金主亮荒淫》两卷，过于秽亵，未敢传摹。”都被删掉了。原抄本今不知存佚，通行的有《烟画东堂小品》本、有正书局影印本、商务印书馆排印本、亚东图书馆排印本。今有古典文学出版社排印本。

此书标“京本”字样，实书贾伪托以示版本之可靠，犹之宋说话人以“京师老郎”为号召一样，这是当时福建建安一带书贾的惯技。如郑氏、余氏、杨氏所刊的《三国演义》和《水浒传》都标“京本”，此本疑亦明代闽中坊贾所编。

2.《清平山堂话本》

《清平山堂话本》刊于明嘉靖年间，无图。原本共六十篇（说见后）。现在文学古籍刊行社影印本，古典文学出版社排印本，谭正璧校本，都是二十七篇，系用两个残本合起来的。两个残本是：

甲、日本内阁文库藏残本三册十五篇，有古今小说书籍刊行会影印本。篇目为：

一、《柳耆卿诗酒翫江楼记》
二、《简帖和尚》
三、《西湖三塔记》
四、《合同文字记》
五、《风月瑞仙亭》
（以上合订一册）

六、《兰桥记》

七、《快嘴李翠莲记》

八、《洛阳三怪记》

九、《风月相思》

十、《张子房慕道记》

（以上合订一册）

十一、《阴骘积善》

十二、《陈巡检梅岭失妻记》

十三、《五戒禅师私红莲记》

十四、《刎颈鸳鸯会》

十五、《杨温拦路虎传》

（以上合订一册）

乙、宁波范氏天一阁旧藏残本三册十二篇，是小说收藏家马廉（隅卿）在宁波冷摊无意中发现的。原刊本无书名，从书根上知道集名叫《雨窗集》和《欹枕集》。有马氏平妖堂影印本。篇目为：

十六、《花灯轿莲女成佛记》

十七、《曹伯明错勘赃记》

十八、《错认尸》

十九、《董永遇仙传》

二十、《戒指儿记》（残）

（以上合订一册，书根题《雨窗集》）

二十一、《羊角哀死战荆轲》（残）

二十二、《死生交范张鸡黍》(残)

(以上合订一册,书根题《欹枕集》上)

二十三、《老冯唐直谏汉武帝》(缺首页)

二十四、《汉李广世号飞将军》

二十五、《夔关姚卞吊诸葛》

二十六、《霅川萧琛贬霸王》

二十七、《李元吴江救朱蛇》(残)

(以上合订一册,书根题《欹枕集》下)

此外,还有阿英发现的两种,以残缺太甚,没有印出。篇目为:

二十八、《翡翠轩》

二十九、《梅杏争春》

在这二十九篇中,可以认为宋人作品的十二篇(见第七章第四节),元人作的六篇(见第九章第四节),明人作的十一篇(见第十一章第五七两节)被冯梦龙收进《三言》的也有十篇。这是我国话本小说集最早的刊本。

清平山堂,只是刊书者的堂名,不是书名。明人刻书用"清平山堂"字样的,今所知有嘉靖年间钱塘洪楩的《夷坚志》、《唐诗纪事》和《绘事指蒙》,版式与此相类,因知此书亦为洪氏所刊。按《武林藏书录》卷中"洪氏列氏藏书"条云:"楩字子美,荫詹事府主簿,承先世之遗,缥缃积益,余事校刊,既精且多。"朱睦㮮《万卷堂书目》著录有《洪子美书目》,其藏书之富可知。

此书不著序目及刊刻年月,无书名,版心刊有"清平山堂"四字，马廉在影印时即以为名。按清顾修《汇刻书目初编》载有六家小说（应作六十家），分《雨窗》、《长灯》、《随航》、《欹枕》、《解闲》、《醒梦》等六集，每集十篇，共六十篇。明田汝成《西湖游览志》卷二云："湖心亭……鹄立湖中，三塔鼎峙……《六十家小说》载有西湖三怪，时出迷惑游人，故厌师作三塔以镇之。"（据嘉惠堂本）田氏与洪楩同时，且属友好，必曾见到《六十家小说》。而《西湖三塔记》，正在《清平山堂话本》中，可证《六十家小说》，即为《清平山堂话本》的原名。

《清平山堂话本》的版式有几个特点：一，每篇自为起讫，不相连属；二，版框大小，字体精粗，参差不一；三，不分卷次。这说明当时多系单篇，随刊随印，后来才汇合成一个集子的。

《清平山堂话本》二十九篇中，为《宝文堂书目》所著录的达二十四篇之多。大概晁氏所藏，一部分即为洪氏所刊。晁目中篇名无"记"字者凡五篇，洪刊则悉已有之，当为刊刻时所加，可证晁藏多原本。而洪刊的六集题名，晁目只登《随航》一集（十种），也可证那时还未汇成《六十家小说》的总集。至于此书刊刻年月，以洪刻他书证之，当在嘉靖二十年至三十年间（1541—1551），正当晁瑮及其子东吴先后成进士这一段时期①。

在《清平山堂话本》里，还保存一些"才人"、"书会"字样，简体字和异体字特别多，可证它来源是较古的。而结构的单纯，文字的朴质，显然具有原始形态和原始风格，这确是一部研究话本最可靠的资料。

① 晁瑮字君石，号春陵，嘉靖辛丑（1541）进士。子东吴，字叔权，嘉靖癸丑（1553）进士。

3.《熊龙峰刊小说四种》

此四种今有古典文学出版社排印王古鲁校注本，书首有书影三叶。孙楷第《日本东京所见小说书目》卷二《熊龙峰刊小说四种》题记云："此明坊刊本小说四种，并中型，半叶七行，行十六字。行疏字大，显系同时同地所刻者，《张生彩鸾灯传》题云：'熊龙峰刊行。'他本皆无此题，然因其形式全同，知皆熊龙峰一人所刻。余所见龙峰刊书，尚有余泸东校《重刊元本题评音释西厢记》封面题：'忠正堂熊龙峰锓'，书刻在万历十八年二十年顷，则此亦万历间所刊耳。"据此，知四种小说，原也是单行的，可能是熊刊话本丛书的四个分册。其刊刻年代从书影的字体看，方正中有圆润之致。《双鱼扇坠传》的插图三叶亦精致，似为嘉隆间的写刻本。按嘉靖壬子(三十一年，1552)杨氏清白堂本《武穆王演义》和嘉靖癸丑(三十二年，1553)杨氏清江堂本《唐书志传通俗演义》都有建阳书林熊钟谷(大木)的题名，且版式与此四种极相类，钟谷又号鳌峰，似与龙峰为兄弟辈，知龙峰亦为书坊主人无疑。小说四种为：

(一)《张生彩鸾灯传》　即明晁氏《宝文堂书目》"子杂"类中著录单行本的《彩鸾灯记》。

(二)《苏长公章台柳传》　《宝文堂书目》著录《失记章台柳》一本，当即此篇。如果拿唐许尧佐传奇小说《柳氏传》来对照着看，可以明了此篇把韩翊事前半属之东坡的了。

(三)《冯伯玉风月相思小说》　即《宝文堂书目》"子杂"类中所著录单行本的《风月相思》。本篇亦收入明洪楩的《清平山堂话本集》卷二，题作《风月相思》；《国色天香》卷八上层，题名《相思记》。

(四)《孔淑芳双鱼扇坠记》　即《宝文堂书目》"子杂"类所收

的《孔淑芳记》,也即是《古今小说》序文所指摘过的:“然如《玩江楼》、《双鱼坠记》等类,又皆鄙俚浅薄……”《双鱼坠记》,用文言而间以平话语气,田汝成《西湖游览志馀》二十六亦载此事,男女名姓同,但小说后半系增出。

前二篇为宋人作,后二篇为明人作。《彩鸾灯》即《古今小说》卷二十三《张舜美元宵得丽女》;《冯伯玉风月相思》,即《清平山堂话本》卷二《风月相思》。《国色天香》卷八上层有《相思记》,即此篇。

4.《古今小说》

《古今小说》为明冯梦龙所辑《三言》的第一部,收话本四十种,分作四十卷,后改名《喻世名言》。它的版本主要有三种:

(一)明昌启间天许斋原刊本,精图四十叶。记刊二曰“素明刊”(刘素明)。正文半叶十行,行二十字。日本内阁文库、尊经阁各藏一部。

(二)覆天许斋本。日本前田侯家尊经阁藏。

(三)大连图书馆据雪映斋本抄本,题“七才子书”,仅存十四篇。

天许斋原刻本及复刻本都有残缺,王古鲁在日本摄得两书照片,以之互校,互补残缺,成为一部较为完善的本子,一九四七年由涵芬楼排印。现有文学古籍刊行社重印本及用涵芬楼本重印的许政扬校注本。

此外,又有衍庆堂本《喻世明言》二十四卷二十四篇,封面署重刊增补《古今小说》。题“可一居士评”,“墨浪主人校”,系用《古今小说》残存的版片二十一篇,加《通言》一篇,《恒言》二篇,增补而成。

此书原刊本,未标明编撰人姓氏。扉页题"全像古今小说",目录首行有"古今小说一刻总目"八字,次行题"绿天馆主人评次"。卷首有绿天馆主人序,其中有云:

> 茂苑野史氏家藏古今通俗小说甚富,因贾人之请,抽其可以嘉惠里耳者,凡四十种,畀为一刻。

日人盐谷温氏据左思《蜀都赋》"佩长洲之茂苑"语,以为长洲即茂苑之异称,推定编者为长洲冯梦龙。按明叶敬池刊《醒世恒言》序及《新列国志》封面识语,《今古奇观》笑花主人序,均称墨憨斋纂《喻世》、《警世》、《醒世》,则《三言》为冯梦龙所辑,确无可疑。此书扉页有天许斋识语:

> 小说如《三国志》、《水浒传》称巨观矣。其有一人一事足资谈笑者,犹杂剧之于传奇,不可偏废也。本斋购得古今名人演义一百二十种,先以三分之一为初刻云。

我们从绿天馆主人说的"一刻"和天许斋说的"初刻"看来,当然还有"二刻"、"三刻"继续刊出。后来不用一、二、三刻之名"古今小说"就成为《三言》的总冒。《三言》的全名,应是《古今小说喻世明言》、《古今小说警世通言》、《古今小说醒世恒言》。证以叶敬池本《醒世恒言》封面题有"古今小说",古今小说为《三言》所共有,益可征信。

《古今小说一刻》大约刊于泰昌天启年间,改名为《喻世明言》

大约在天启七年(1627)以前①。现在流传的《古今小说》为四十卷本,而《喻世明言》却只有二十四卷本。原因是《古今小说》刊成不久,天许斋曾经失火②,版片零落不全,后来改名重印,便只有二十四卷本了。马隅卿氏有一个残本,仅存三卷,其中有《范巨卿鸡黍死生交》一卷,为二十四卷本所无,大概也是《古今小说》烬馀的残版。今将《古今小说》四十篇的全目与二十四卷本《喻世明言》的卷次(附注于括弧内)列举如下:

第一卷 《蒋兴哥重会珍珠衫》 (四)
第二卷 《陈御史巧勘金钗钿》 (二)
第三卷 《新桥市韩五卖春情》 (六)
第四卷 《闲云庵阮三偿冤债》 (七)
第五卷 《穷马周遭际卖䭔媪》 (十一)
第六卷 《葛令公生遣弄珠儿》
第七卷 《羊角哀舍命全交》
第八卷 《吴保安弃家赎友》 (二十一)
第九卷 《裴晋公义还原配》 (十三)
第十卷 《滕大尹鬼断家私》 (三)
第十一卷 《赵伯升茶肆遇仁宗》 (十)
第十二卷 《众名姬春风吊柳七》
第十三卷 《张道陵七试赵升》
第十四卷 《陈希夷四辞朝命》 (九)

① 见王古鲁《〈古今小说〉与〈喻世明言〉》,载《新建设》1958年3月号。
② 见同上。

第十五卷　《史弘肇龙虎君臣会》（二十）
第十六卷　《范巨卿鸡黍死生交》
第十七卷　《单符郎全州佳偶》
第十八卷　《杨八老越国奇逢》（二十四）
第十九卷　《杨谦之客舫遇侠僧》（十四）
第二十卷　《陈从善梅岭失浑家》（二十二）
第二十一卷　《临安里钱婆留发迹》
第二十二卷　《木绵庵郑虎臣报冤》
第二十三卷　《张舜美元宵得丽女》
第二十四卷　《杨思温燕山逢故人》
第二十五卷　《晏平仲二桃杀三士》
第二十六卷　《沈小官一鸟害七命》（八）
第二十七卷　《金玉奴棒打薄情郎》
第二十八卷　《李秀卿义结黄贞女》
第二十九卷　《月明和尚度柳翠》
第三十卷　《明悟禅师赶五戒》
第三十一卷　《闹阴司司马貌断狱》（十五）
第三十二卷　《游酆都胡母迪吟诗》（十七）
第三十三卷　《张古老种瓜娶文女》
第三十四卷　《李公子救蛇获称心》（十八）
第三十五卷　《简帖僧巧骗皇甫妻》
第三十六卷　《宋四公大闹禁魂张》（十二）
第三十七卷　《梁武帝累修成佛》
第三十八卷　《任孝子烈性为神》（十六）
第三十九卷　《汪信之一死救全家》（十九）

第四十卷 《沈小霞相会出师表》

二十四卷本《喻世明言》第一卷为《张廷秀逃生救父》(《醒世恒言》卷二十);第五卷为《白玉娘忍苦成夫》(《醒世恒言》卷十九);第二十三卷为《假神仙大闹华光庙》(《醒世恒言》卷二十七)。

5.《警世通言》

《警世通言》为《三言》的第二部,刊行的年份大约在天启四年(1624),今传世的本子有三:

(一)明金陵兼善堂刊本,世称尾州本,不著撰人。首天启甲子(四年)豫章无碍居士序,可一主人评,无碍居士较(校),图四十叶,记刊工曰"素明刊"。正文半叶十行,行二十字。日本蓬左文库、仓石武四郎各藏一部。我国有根据传钞排印的《世界文库》本,又有就《世界文库》本校以三桂堂本的严敦易校注本。

(二)明衍庆堂二刻增补《警世通言》四十卷四十篇。序同兼善堂本,题"可一居士评,墨浪主人较"。书已不全,缺两篇,抄补八篇。中间又掺入《古今小说》四篇,馀三十六卷,同兼善堂本,而卷第却不同。大连图书馆藏。

(三)清三桂堂王振华复明本,四十卷四十篇。孙楷第题记云:"此三桂堂本今所见者图多不全,且缺卷三十七以下四卷,仅三十六卷。唯日本《舶载书目》尚载其全目。卷第悉同兼善堂本。唯此本之卷二十四《卓文君慧眼识相如》,在兼善堂本为《玉堂春落难逢夫》;此本卷二十四之《卓文君》一篇,为兼善堂本卷六《俞仲举题诗遇上皇》篇之入话。"此本较晚出,流传亦较广。北京图书馆藏。

按三桂堂本第六卷头回为卓文君奔司马相如事。第十六卷目作《张主管志诚脱奇祸》,第二十三卷目为《乐小舍拚生觅喜顺》,

正文标题同兼善堂本。第二十四卷目作《卓文君慧眼识相如》，正文作“巨眼奔相如”。第三十六卷作《赵知县火烧皂角林》，第四十卷作《叶法师符石镇妖》。

6.《醒世恒言》

《醒世恒言》为《三言》的第三部，刊行的年份大约在天启七年(1627)。今传存的本子有二：

(一)明叶敬池刊本，不著撰人。有图，图的格式气韵与《喻世明言》相近。封面题“绘像古今小说醒世恒言，金阊叶敬池梓”。卷端有天启丁卯(七年，1627)陇西可一居士序，目次下题“可一主人评，墨浪主人较”。正文半叶十行，行二十字。此为《醒世恒言》的原刊本，极罕见。日本内阁文库藏。

别有叶敬溪刊本，不著撰人，图、序及行款悉同叶敬池本。疑版片易主后剜改如此，非别有一本。书藏大连图书馆。

近时排印的《世界文库》本，顾学颉校注本，皆从叶敬池本出。

(二)衍庆堂翻刻本，有二种：一为四十卷足本，即第二十三卷为《金海陵纵欲亡身》者；一为三十九卷本，即删去《金海陵》，析《张廷秀逃生救父》为上下两卷者。

二、专集

1.《初刻拍案惊奇》

《初刻拍案惊奇》为明凌濛初的短篇小说集。收话本四十篇，分为四十卷。大部分为凌氏的拟作，只少数是取旧本改写的。它的版本，主要有下列二种：

(一)明尚友堂原刊本，半叶十行，行二十字。插图四十贝，共四十卷。封面题“即空观评阅出像小说拍案惊奇,金阊安少云梓行”。卷首有自序,署“即空观主人”。序中文字与通行本有出入(参看新印本《初刻拍案惊奇》原序)。又有为他本所无的“凡例”五则,末题“崇祯戊辰初冬即空观主人识”。按《二刻拍案惊奇》小引中涉及(初刻)的编撰时间,有“丁卯之秋”字样,知此书辑成于天启七年(丁卯,1627)之秋,刊行于崇祯元年(戊辰,1628)初冬,后于《醒世恒言》的刊行一年。此书我国藏家所藏多为三十六卷本,此四十卷足本,极为罕见。原系日本德川幕府的黑衣宰相慈眼大师天海僧正(大师生当明隆万间1573左右)的遗书,今藏日本日光轮五寺慈眼堂法库。我国有复刻本,只三十六卷。

(二)清初消闲居刊本,三十六卷。半叶十一行,行二十四字,又复刻本三十六卷。

此外尚有松鹤斋刻本、文秀堂本等,刻工既劣,且非足本,故不备举。王古鲁据马隅卿旧藏复尚友堂本和消闲居本互校,并从慈眼堂抄补卷三十七至卷四十的四回回目(正文未录),又据《今古奇观》补入第三十八卷的正文。由古典文学出版社印行。书虽不全,然在今日,已可称为《初刻拍案惊奇》最完善的本子了。

2.《二刻拍案惊奇》

《二刻拍案惊奇》为凌濛初所撰的第二部短篇小说集。全书四十卷四十篇,内杂剧一篇,而二十三卷《大姊魂游完宿愿,小姨病起续前缘》,又与《初刻》重复(文字略有改动),故实际只有话本三十八篇。在《初刻》中,有时虽也采用怪诞的题材,究属不多,而本书则几乎充塞了鬼气。大概题材的搜索已枯,不得不借径于鬼神,正如作者在本书小引中所说,不过是“柏梁馀材,武昌剩竹”而已。

《拍案惊奇》初、二刻,在明代流行甚广,后来《二刻》日就湮没，竟至很少有人知道。它的版本，孙目所登，亦只一种。即尚友堂原刊本。图存三十叶，已不全。卷四十《闹元宵》杂剧无图。正文半叶十行，行二十字，版式与《初刻》全同。首崇祯壬申（五年，1632）睡乡居士序，又凌氏自撰小引，题"崇祯壬申冬日即空观主人题于玉光斋中"。知此本之刊，后于《初刻》四年。初刻、二刻日本内阁文库各藏一部，北京图书馆有二刻残本，缺卷十三至三十。王古鲁从日本录得副本，整理后由古典文学出版社印行。第三十四卷存目，本文及下图均已删去。

3.《拍案惊奇二集》（别本）

《拍案惊奇二集》为明末清初坊刻本，题"即空观主人编次"，即空观主人为凌濛初的别号，盖坊贾重其名，借以标榜，未必真为凌氏所编。书凡三十四卷，三十四篇，极罕见。今惟法国巴黎国家图书馆藏有一部。据刘修业《古典小说戏曲丛考·拍案惊奇二集》题记：卷端有崇祯壬申（五年，1632）即空观主人小引，全袭凌氏《二刻》原文，惟剜改"四十种"为"卅四"种。其第一卷至第十卷，不但内容与凌氏《二刻》同，其行款半页十行，行二十字，亦与尚友堂刊本《二刻》相同。第十一卷以后，故事出自梦觉道人，西湖居士合辑的《幻影》（亦名《拍案惊奇三刻》）达十六回之多。其行款半叶九行，行二十字，亦与《幻影》合。可见此书实取两种版片拼凑而成。其馀不明来历的八回（刘修业有故事提要），可能亦为《幻影》的佚篇，因为《幻影》原本有四十回，今存者止二十九回。书附有插图，凡十七叶，每图绘一故事，仅及全书之半，且前三图绘像题词，均与故事无关，显系取他书插图残片翻印，非原来所有。别本《拍案惊奇二集》所收话本不见于《二刻拍案惊奇》、《幻影》的篇目如下：

第十二卷 《李侍讲无心还宝物，王指挥有意救恩人》
第十八卷 《老衲识书生于未遇，忠臣保危主而令终》
第十九卷 《卖富差贫夫妇拆散，寻亲行李父子团圆》
第二十卷 《死殉夫一时义重，生尽节千古名青》
第二十四卷 《无福官判而寻死，有才将巧以成功》
第三十一卷 《积阴功陡迁极品，弃糟糠暴死穷途》
第三十二卷 《骗来物牵连成祸种，遇故主终始是功臣》
第三十四卷 《孝女割肝救祖母，真尼避地绝尘缘》

4.《鼓掌绝尘》

此书为明末人吴某撰，分风、花、雪、月四集，集演一故事。

风集 演巴陵书生梅萼与歌伎韩玉姿婚姻故事。

花集 记汴京娄祝与友俞生、林生将兵征鞑靼事。

雪集 记苏州文荆卿与李若兰婚姻事。

月集 记金陵人张秀报恩遭难事。

每集又分十回，各有回目，很像中篇小说。书为明崇祯辛未（四年，1631）年苏州刊本。精图四十叶，半叶九行，行二十字。各集皆题“古吴金木散人编”，其批评者姓名，则集各不同：风集题“永兴清心居士评”，花集题“钱塘百拙生评”，雪集题“钱塘百益主人校”。卷首序二：一署闭户先生，纪年为崇祯辛未（四年，1631）；一署临海逸叟，序云：“兹吴君纂其篇，开帙则满幅香浮，掩卷而馀香钩引，入手不能释者什九，遂名之曰《鼓掌绝尘》云。”说明了书名的用意。闭户先生序有“逆珰（魏忠贤）传首，叛焕（袁崇焕）划肠”，亦可见作者所处的时代。日本内阁文库、大连图书馆各藏一部。路工《明清平话小说选》选录月集十回。

5.《石点头》

《石点头》的作者署名天然痴叟,号浪仙。龙子犹序中有云:"石点头者,生公在虎丘说法故事也。……浪仙氏撰小说十四种,以此名篇。若曰生公不可作,吾代说法,所不点头会意,翻然皈依清净方便法门者,是石之不如者也。"寓说教讽世之意甚明。按卢前《饮虹簃所刻曲》第四辑有张瘦郎《步雪初声》,末附席浪仙曲三套。冯梦龙序《步雪初声》云:"野青氏年少隽才,所步《花间集》韵,既夺宋人之席,复染指南北调,感咏成帙,浪仙子从而和之,斯道其不孤矣。"知浪仙氏即席浪仙也。此书清同治间丁日昌列入禁书目。

明叶敬池原刊本,十四卷十四篇,圆图十四叶,半叶九行,行二十字。有眉评,题"天然痴叟著"、"墨憨主人评"。首龙子犹序。按叶敬池为明末苏州书坊,曾为冯梦龙刊《醒世恒言》,此书刊成,当在崇祯年间。有上海杂志公司排印本,全。古典文学出版社重印本,第十一、第十四两卷,有目无书。

6.《西湖二集》

此书为《西湖一集》的续书,《一集》未为乾隆时陈树基选入《西湖拾遗》中,可见其佚已久。《二集》作者周清源,名楫,武林人,家贫,不得志。我们从湖海士《西湖二集》序里知道他是一个有"旷世逸才,胸怀慷慨,朗朗如百间屋"的人。又序里说他"抵掌而谈古今也,波涛汹涌,雷震霆发,大似项羽破章邯,又如曹植之谈,而我则自愧邯郸生也。"可见他是喜于舌辩的。再从"士怀才不遇,蹭蹬厄穷,而至愿为优伶,手琵琶以求知于世"等语看来,周清源或竟是一个以说书或演剧为业的文人,也说不定。

现存《西湖二集》的版本有三:

（一）明原刊本，题“武林济川子清源甫纂”，“武林抱膝老人讦谟甫评”。首湖海士序。凡三十四卷三十四篇，附西湖秋色百韵。精图。约刊于崇祯年间。今有上海杂志公司排印本。

（二）崇祯云林聚锦精刻绘像复刊本。

（三）选抄本，改题《西湖文言》，止录九篇。

7.《艳镜》

此书一名《欢喜奇观》、《欢喜冤家》，又名《贪欢报》。刊本有山水邻原刊本，赏心亭刊八卷本等。题“西湖渔隐主人编”。此书乡试有京考房。按乡试主考用京官乃万历以后事，在前惟直隶用京官，各省则由巡按主之。可证此书之成，必在万历以后。戴望舒据序中“庚辰春王遇闰，瑞雪连朝”语，考定明末庚辰年以正月遇闰者为崇祯十三年（1640），知此书成于是年无疑。明末淫风甚炽，凌濛初等人所作，有绝秽者，此书亦不能免。清同治间丁日昌列入禁书目。书凡二十四回，回演一故事。坊刊本止十八回，石印本题《三续今古奇观》，共二十回。

8.《十二笑》

此书不题撰人，所演凡十二事。题“亦卧庐生评”，“天许闲人校”，首墨憨主人序。崇祯间刊本，今残存六笑：

第一笑　（目残缺）

第二笑　《昧心友赚昧心朋》

第三笑　《忧愁婿偏成快活》

第四笑　《快活翁偏惹忧愁》

第五笑　《溺爱子新丧邀串戏》

第六笑　《赌身奴翻局替烧汤》

9.《幻影》

《幻影》一名《型世奇观》，又名《三刻拍案惊奇》，然非凌氏续书。题“梦觉道人编辑”。孙楷第以为即著《鸳鸯合》传奇的梦觉道人。又疑明末以医术著名的闽人周学震[1]。卷端有梦觉道人序，无年号，纪年残存一“未”字，就序中“方今四海多故，非苦旱潦，即罗干戈”等语看来，似为崇祯十六年癸未(1643)，或即在这一年刻的。全书凡十卷，每卷四回，共四十回。今存八卷，第八卷又缺其半，而第四卷第十三回残蚀太甚，有目无书，只有三十目，实际只二十九回，包括二十九篇话本。卷二第六回取自《升庵全集》卷十一《孝烈妇唐贵梅传》(《万有文库》二集122—138)，日本享保十二年(我国清雍正五年，丁未，1727)《舶载书目》著录。此残本今藏北京大学图书馆。书极少见，兹著录目录以供参考：

卷一	第一回	《看得伦理真，写出奸徒幻》
	第二回	《千金苦不易，一死乐伸冤》
	第三回	《情词无可逗，羞杀抱琵琶》
	第四回	《设计去姑易，买舟送妇难》
卷二	第五回	《烈士殉君难，书生得女贞》
	第六回	《冰心还独抱，恶计枉教施》
	第七回	《生报华萼恩，死谢徐海义》
	第八回	《义仆还自守，浪子宁不回》
卷三	第九回	《淫妇情可诛，侠士心当宥》

① 见《中国通俗小说书目》卷三《幻影》题记。

	第十回	《千秋盟友谊，双璧返他乡》
	第十一回	《捐金非有意，得地亦无心》
	第十二回	《坐怀能不乱，秉正自无偏》
卷四	第十三回	《匿计占红颜，发棺苏呆婿》
	第十四回	《郎才莫与匹，女识更无双》
	第十五回	《劫库机虽巧，擒凶智倍神》
	第十六回	《见白镪失义，因雀引明冤》
卷五	第十七回	《八两杀二命，一雷诛七凶》
	第十八回	《奇颠清俗累，相术动朝廷》
	第十九回	《血指害无辜，金冠雪枉法》
	第二十回	《良缘狐作合，伉俪草能谐》
卷六	第二十一回	《夫妻还假合，朋友却真缘》
	第二十二回	《藏珠符可护，贪色檄能诛》
	第二十三回	《猴冠欺御史，皮相显真人》
	第二十四回	《冤家原自结，儿女债须归》
卷七	第二十五回	《缘投波浪里，恩向小窗亲》
	第二十六回	《院里花空忆，湖头计更奸》
	第二十七回	《为传花月道，贯讲差使书》
	第二十八回	《修斋邀紫绶，说法骗红裙》
卷八	第二十九回	《淫贪皆有报，僧俗总难逃》
	第三十回	《窃篆心虽巧，完璧计尤神》

10.《鸳鸯针》　附《一枕奇》二卷，《双剑雪》二卷

《鸳鸯针》为华阳散人编，其真实姓名无考，成书当在明清之际。独醒道人序云："古德拈一语云：'鸳鸯绣出从君看，不把金针度与人。'道人不惜和盘托出,痛下顶门毒棒,此针非彼针,其救度一也。"述作书之旨甚明。此书为写刻本,凡四卷,卷演一故事。每卷有总目两句相对,又另列子目四回,目皆俪语。题"华阳散人编辑","蚓天居士批阅"。卷首有序,后署"独醒道人漫识于蚓天斋"。图存八叶,不精。半叶八行,行二十字。今残存第一卷。大连图书馆藏。

大连馆别有《一枕奇》二卷,实即《鸳鸯针》之一二两卷,《双剑雪》二卷,实即《鸳鸯针》之三四两卷。三书行款版式悉同,实为一书之异名。原书当名《鸳鸯针》,书贾射利,别立两个名目,以炫世求售,孙楷第在《大连图书馆所见小说书目》题记中,已从多方面指出书贾的作伪伎俩,论证确切。《鸳鸯针》虽不全,然合《一枕奇》与《双剑雪》,仍属全璧,所缺失的,只有图八幅而已。

《鸳鸯针》目录

第一卷　《打关节生死结冤家,做人情始终全佛法》

(原存,即《一枕奇》第一卷)

写杭州仁和县秀才徐鹏子,因乡试被丁某诬陷入狱,后得释,流落山东。妻王氏出门寻夫,适徐得卢翰林之助,至京应试,恰遇王氏于路。徐中进士,授刑部主事,适丁某因事犯罪送刑部。徐反以德报怨,善遣之。

第一回　《黄金榜被劫骂主司,白日鬼飞灾生婢子》

第二回　《新贵惹秋风一场没趣,寒儒辞乡馆百事难成》

第三回　《艳婢说春情文章有用,船家生毒计甥舅无知》

第四回　《成进士债主冤家齐证罪,说仇人泥犁刀剑总生花》

第二卷　《轻财色真强盗说法,出死生太义侠传心》

（原缺，即《一枕奇》第二卷）

写天顺时南昌新建一穷秀才时大来以一文钱受窘于小儿，遇一髯客赠金，屡济其困，后与髯客立功，共登华贵。作者尽力表彰髯客，愤世不平之气，一于是篇发之。

第一回 《一文钱活逼英雄，三杯酒随身缧绁》

第二回 《真人不犯邪淫戒，出狱重生故旧灾》

第三回 《挥金穴上官制下官，侠女娘诳父还成父》

第四回 《举罪废双侠报君恩，化贪痴一门成忠孝》

第三卷 《真文章从来波折，假面目占（玷）尽风骚》

（原缺，即《双剑雪》第一卷）

写东昌人卜亨夤缘入里人宋珏、黄锦等所组织的翼社，卜实一无所长，遇诗文会，常托故逃席。后至南京捐监，挽宋珏代考，中副榜第一，大肆招摇，刻诗文集。一时官吏文人，亦误认为名士，后至北京，有傅御史者闻其名，邀至家，请其作文。卜大窘，因门已闭，设法从狗窦逃出。篇中形容晚明文社末流，可谓淋漓尽致。

第一回 《应声气招贤组社，认年家杯酒呈身》

第二回 《横口谈题目忘记四书，满腹奇文章单论六等》

第三回 《刻诗文纳粟走南北，请代笔副榜傲元魁》

第四回 《假到底狗洞出身，撇得开仙真玩世》

第四卷 《欢喜冤家一场空热闹，撰（赚）钱折本三合大姻缘》

（原缺，即《双剑雪》第二卷）

写万历时南京范顺营米业，有江西客吴元理寄米千馀担，范私吞之。后范贸易失利，荡其家，吴贸山木，大得利，仍周济范，后范婿中进士，授知县，吴遭横事，赖范婿开脱，得免于罪。

第一回 《趁米麦三春浸东海，好夫妻一口吸西江》

第二回 《没来历干鱼放生，煞风情野猪还愿》

第三回　《宣淫偿热(孽)债大闹端阳,苦节嫁寒儒稍娱暮景》
第四回　《不逞诈得财又得官,好回头有福还有寿》

11.《笔獬豸》

此书为明刊本,题"独醒人编次",不知与编《鸳鸯针》之独醒道人为一人否？其书每卷演一故事,北京大学图书馆藏一残本,存目录三卷,正文一篇半。每卷一篇,以三字标题,每篇又分为六回,每回又有子目。残存三篇的篇目如下：

《人情薄》　(全)
《鱼肠鸣》　(存半篇)
《釜豆泣》　(有目无书)

12.《壶中天》

此书孙楷第《中国通俗小说书目》未著录。系旧抄本,残存第六、第七、第八三回,三回中只有第六回完整,馀略有缺页,全书不知若干回,亦不详作者姓名。从文章的风格语言来看,和《三言》《二拍》很相近,当为明末人之作。残存回目如下：

第六回　《痴花子死恋无情种》
第七回　《龚西园脉学冠医林》
第八回　《康对山琵琶惊客座》

13.《一片情》

此书为明末刊本,不题撰人。卷首序后署"沛国樗仙题于西湖舟次”。书凡四卷十四回,回演一故事。清同治间丁日昌列入禁书目。中央美术学院藏明刊残本首册,止三回。据目次共九回,似不全。目如下:

第一回　《钻云眼暗藏箱底》
第二回　《邵瞎子近听淫声》
第三回　《憨和尚调情甘系颈》
第四回　《浪婆娘从老强出头》
第五回　《丑奴儿到底得便宜》
第六回　《待诏死恋路旁花》
第七回　《多情子渐得佳境》
第八回　《奇奇生误入蓬莱》
第九回　《小鬼头苦死风流》

14.《九云梦》(残存)

《九云梦》刊本一册,不著撰人,半叶十行,行二十字。清季高丽坊刊本,多俗字错字。前后无序跋例目,卷端首行题“九云梦卷之一”,次行为回目:《莲花峰大开法宇,真上人幻生杨家》,凡十叶,次《华阴县闺女通信,蓝田山道人传琴》亦十叶。

卷二为《杨千里酒楼擢桂,桂蟾月鸳被荐贤》,《倩女冠郑府遇知音,老司徒金榜得快壻》,内容描述唐时南岳和尚性真犯色戒受罚转生淮南道秀州杨处士家事。卷尾有“九云梦卷之初终”七字。“初”字当为“二”字之误。

卷三缺,卷四仅存回目《杨元帅偷闲叩禅扉,公主微服访闺秀》,又正文九行。下均残缺。

按近人潘公昭著《今日的韩国》页二十二，知此书为韩人金春泽所撰，但谓《九云梦》就是以谚文（韩文）创作，恐误。余以此本罕见，假以录副，现藏于杭州大学图书馆。其本事当俟详考。

三、选集

1.《小说传奇合刊》

此书为路工所藏，孙目未著录，不知书名为何？以其为小说、传奇合刊，姑题名如此。约刊于万历末年，是一个残本。书分上下栏，上栏小说，共五篇：一前缺两叶半，题目不知，疑为《李亚仙》，讲郑元和、李亚仙故事；二《女翰林》，讲苏小妹事，即《醒世恒言》卷十一的《苏小妹三难新郎》，但文字有不同；三《王魁》；四《贵贱交情》，讲俞、钟事，即《警世通言》卷一的《俞伯牙摔琴谢知音》，文字亦有不少出入；五《玉堂春》，只存一叶，所叙与《海公案》第二十九回《妒奸成狱》案大致相近。

下栏传奇，收五种：《绣襦》、《焚香》、《水浒》、《南楼》、《玉玦》，每种选若干出不等。中缝：上栏只“小说下”三字，下栏首为“传奇”二大字，次为“绣襦”等两小字，末为“三集下”三字，可见残缺甚多。

2.《海内奇谈》

孙楷第《大连图书馆目》著录。日本抄本。总题《海内奇谈》，所抄凡四种：一《西湖文言》；二《人中画》；三《古今小说》；四《僧尼孽海》。《僧尼孽海》已缺。而所抄其馀三种，皆不全，或系书肆翻刻节本，改换书目以欺世。《西湖文言》共九篇，即《西湖二集》卷四、卷二十四、卷二十、卷十三、卷十六、卷二十八、卷十一、卷八、卷十九。《古今小说》共十四卷，即冯梦龙《古今小说》卷十三、卷十四、卷二十一、卷二十九、卷三十、卷三十一、卷三十五至三十九、卷十六、卷二十五、卷四十。

《人中画》目录
《唐季龙传奇》(即《终有报》)
《唐秀才持己端正，元公子自败家政》
《李天造传奇》(即《狭路逢》)
《李天造有心托友，傅友魁无意还金》
《柳春荫传奇》(即《寒彻骨》)
《尚书慷慨认螟蛉，春荫始终全气骨》

3.《僧尼孽海》

此书专辑有关僧尼故事的小说集。明无名氏辑，抄本。“题南陵风魔解元唐伯虎(寅)选辑”。孙楷第云：“书中叙事有万历年号，而崇祯间古吴金木散人所编《鼓掌绝尘》第三十九回引此书，知书成在万历天启间。云‘唐寅编’者妄也。”日本千叶掬香、长泽规矩也均有藏本。书凡二十五目，三十二则：

一、沙门昙献　(齐武帝胡后事)
二、柳州寺僧　(宋时事)
三、封师　(唐时事)
四、宝全寺僧　(唐时事)
五、浮屠辩几　(唐时事)
六、望海寺僧　(元至正间事)

七、西天僧、西蕃僧　（元顺帝演楪儿法事）
八、僧员茂
九、灵隐寺僧
十、云游僧
十一、僧山潮　（金山寺　永宁寺僧附）
十二、临安寺僧　（以上宋时事）
十三、西泠寺僧　（武后事）
十四、僧怀义　（武后事）
十五、募缘僧　（都门事）
十六、昆林僧　（明宁王叛时事）
十七、鄠县僧　（明宁王叛时事）
十八、永云寺僧　（闽寺僧等附）
十九、奉先寺僧
二十、新市寺僧　（以上建炎时事）
二十一、行脚僧
二十二、鄞县僧、绛州僧
二十三、江安寺僧
二十四、六驴十二僧　（以上万历时事）
二十五、延庆寺僧　（姚庄寺僧、相国寺李煜遇僧、五和尚附）

此书以文言演述，所载皆出家人之不守清规者。其中《募缘僧》一则，情节与《简帖和尚》同。然所谓尼者，乃是僧人乔装的尼姑，并非女性。

4.《今古奇观》

《今古奇观》是从《三言》、《二拍》里选出来的一部话本选集。

编选者署名抱瓮老人，其真实姓名已不可考，大约为明末苏州人，此书选择标准，孙楷第谓有四点：“一曰著果报，二曰明劝惩，三曰情节新奇，四曰故典琐闻，可资谈助。”又谓此书“于宋元灵怪小说，悉屏而不取，即公案之涉灵怪者亦去之（中惟《羊角哀舍命全交》及《灌园叟晚逢仙女》二卷，事涉灵怪），然宋人小说亦有曲尽人情者，今亦未见选录。而述古呆板之作，如《羊角哀》、《俞伯牙》等诸篇，皆羼入其间，未见其为撷英抉华也。故以此选本论之，则宋元旧本，悉被摈弃，与冯氏辑《古今小说》之旨大相违异。惟明人精密之作，则多数收入，在吾等未得见冯凌书之前，犹借此本以窥知明代短篇小说内容及其作风，斯则不无可取。”①孙氏对此书的评语是确切的。其实此书选者还有一个标准，未为孙氏所指出，即专选明人作品，不选宋元，也是这部选集的一个特点，这个特点却和书名有矛盾。至于选辑此书的动机，笑花主人序里已有说明：“冯氏《三言》及凌氏《拍案》两刻共二百种，卷帙浩繁，观览难周。且罗辑取盈，安得事事皆奇？故抱瓮老人选刻四十种，名《今古奇观》。”《三言》、《二拍》，确实是“卷帙浩繁，观览难周”，流传更不易普遍，故刊行不久，便为这个选本所取代。三百多年来，这个选本在社会上广泛流传，影响极为深远，它的版本，翻刻重印的不下数十种，这里概从省略。

《今古奇观》原刊本为明吴郡宝翰楼所刊。书不多见。扉页上有“墨憨斋手定”及“吴郡宝翰楼”字样。框外顶上横题“喻世名言二刻”，大概坊贾托冯氏书名以自重，书首有笑花主人序，不记年月，从“皇明”二字提行看来，当在明季。全书四十卷四十篇，每卷

① 见《三言二拍源流考》，载《北平图书馆馆刊》第五卷第二号。

为图二，共八十图，图圆形，颇精致。正文半叶十行，行二十字。眉间有批语（后来翻刻本悉删去），版式一如《三言》，插图的风格也相近。盖明末苏州刻工作风如此。此书选及《二刻拍案惊奇》，《二刻》刊于崇祯五年，知此书更在其后。此书清同治间丁日昌列入禁书目（抽禁）。今有人民文学出版社排印的顾学颉校注本，文字有删节。

附录：明人话本钩沉

一、《李亚仙记》

载明万历末年《小说传奇》合刊本。《醉翁谈录》说话名目有《李亚仙》，《宝文堂书目》著录，题同。疑即此本所从出。明余公仁编的《燕居笔记》卷七有《郑元和嫖遇李亚仙记》，结尾有"虽是青楼新话，编入幽谷生春"，又有七绝七律各一首，知亦话本体，惟情节较简略，当别是一本。冯梦龙《醒世恒言》卷三入话亦有简略的叙述。

本篇叙郑元和与李亚仙的悲欢离合故事。李亚仙即汧国夫人李娃。宋曾慥《类说》卷二十六引陈翰《异闻集》，其中《汧国夫人传》末注云："旧名《一枝花》。"《太平广记》卷四百八十四引之，题作《李娃传》。又罗烨《醉翁谈录》癸集卷一"李亚仙不负郑元和"条云："李娃，长安娼女也，字亚仙，旧名一枝花。"（亦见明梅禹金《青泥莲花记》卷四）按李亚仙故事产生于唐天宝年间，后五十年，白居易在长安新昌里住宅和朋友们宵谈夜遣，曾讲述过《一枝花》

故事,白居易的弟弟白行简写了一篇《李娃传》。为后来《李亚仙》故事之所本。《醉翁谈录》癸集所载,就是当时说话人用以参考的一个底本,文字简略,不满千字,《绿窗新话》卷下亦有《李娃使郑子登科》皆系从《李娃传》节录成文。本篇亦根据《李娃传》敷衍而成。有人以为是宋元之间的话本,然与其他宋代话本比较,语言风格殊不相类,且郑元和之名系晚出,它不可能是宋代话本。当为明人作品。全文如下:

(前缺)见生疾忙奔入,大叫道:"前日坠鞭郎君至矣。"李氏大喜道:"快叫娘先出去迎接,我就来也。"当时鸨姥闻说有客来访,满脸儿堆着笑出来迎接元和。元和一见,料知是李氏之母,乃向前深深作个揖道:"闻得贵宅有空室愿借人居,不知果否?"鸨(中缺五十二字)见,不敢仰视。揖拜毕,宾主而坐。元和叩问氏族。鸨妈道:"老身李氏,暮年,止有此女,小氏亚仙,名娃,敢问公子何姓?"元和道:"小生姓郑,名平,字元和。严父尝州刺史。"鸨妈闻是贵游公子,益加恭敬,设席款待,器用甚精,欢笑正浓,不觉日暮。鸨妈道:"公子尊寓此去近□?"郑生暗忖道,若说近了,决不肯留宿,说远些,料去不成了,乃对鸨妈道:"敝寓远着哩!在延平门外数里。"鸨妈道:"街鼓已发,公子可速归,不致犯夜禁。"元和道:"奈何!归途甚远,疾走亦必犯禁矣,若借片席之地相容一夕,生死不忘。"亚仙笑道:"公子方将借居陋室,一宿何妨。"郑生闻说,魂不附体,喜得个口不能开,只把眼瞧着老鸨,惟恐他不容。谁知这是娼家笼络子弟的套头,可怜郑生是初出来嫖的,那晓得他们做作,当时鸨妈见女儿相留,他也就唯唯。郑生即吩咐家童,将十两一封白金，请以备通宵之馔。亚仙笑道："今夜且不必，留以待他夕。"固辞，终不许。少间，延至西堂，帷幕帘榻，光彩夺目，妆奁衾枕，件件精佳，张烛进馔，品味丰美，酒至半酣，鸨妈诈以更衣而去，元和方始得与亚仙各叙邂逅相慕之意。郑生笑对亚仙道："小生此来，非真寄寓，特欲偿宿世情缘耳。"说声未绝，鸨妈又至，问其故，女以实对。鸨妈大笑道："男女之际，大欲存焉，情苟相得，虽父母不能制也。"郑生闻言，遂下阶拜谢道："愿以身为厮养。"老鸨连忙离席扶起，当时就唤公子为郑郎，尽欢而散，是夜，元和与女枕席之上，绸缪缱绻，自不必言。

一个是惯经风雨之夭桃，一个是未谙霜露之嫩柳。恩恩爱爱，似水如鱼。

明日，郑生遂命仆从将寓所囊资车马，尽数搬至李家。一应相知亲友，一概断绝，终日与倡优辈狎戏。不够一年资妆罄尽，初时卖马卖鞍，以渐鬻僮货仆，鸨妈之意已怠，亚仙之情愈笃。一日，鸨儿向生道："自古不孝有三，无后为大，郎君与吾女伉俪已久，并无子嗣，此去西北有竹林院，求嗣甚灵，明日可办香烛素供，同吾女去祈求，倘生得一男半女，也不枉吾女终身之托，使我老朽亦有所依矣。"郑生闻言大喜。典衣而往，既至竹林院，祈祷毕，归至里北门，女向生笑道："此间转东小巷中，妾之姨娘居此，今欲便道一往，不知郎可容否？"元和道："说那里话，既是至亲，岂有过门不入之理，自然该去一拜。"说罢，驱驴先行，至一门，青衣即指着道："此家就是。"元和下驴扣门，一人出问是谁，青衣说是李家姑娘来拜。那人即往内通报，只听得里边一妇人带着笑声一路说将出来道："李家大姐，自从招赘姐夫，恩爱情密，姨母至亲，许久不来一看，今日甚风吹得来也?”既出,与生相见,生视之,年可四十有馀。笑问生道:“才说吾甥在外,为何不见?”言未绝,亚仙已至,相见间,妇人笑道:“何疏绝耶?”妇意甚是殷勤,吩咐小鬟铺设床帐道:“郑姐夫与大姐难得到我家来,今日光降,须多住几日。”快备酒殽俟夜畅饮,又令尽回其随从车马。笑携亚仙手道:“多时不曾到我家园中去,今日可同郑姐夫去一观。”三人遂同步到西戟门偏院,中有山亭竹树,花卉台池,景致甚佳。元和问亚仙道:“这里是卿姨娘家私第否?”亚仙笑而不答,却将别话支吾,既坐,将欲饮酒,只见一人牵着一匹马,流汗满身,直入园中,连声不好,快些上马,急急回家。姨娘与亚仙,惊得口不能开,元和起身问道:“因何事张慌?”那人道:“自公子与大姐出门之后,娘忽得暴疾,将渐气绝,可速归。”女即失声大哭,对姨娘道:“甥女方寸已乱,岂能饮食,即当飞马归家,然后令此人再将马来接郑郎,望姨娘千乞同来。”说罢,上马疾驰而去。元和即欲步行随去,却被姨娘一把扯住道:“我姐既死,家中诸事,皆仗姐夫支持,正当少住片时,与老身共议丧事,以济其急,怎么就去?”元和只得复坐,姨娘即令青衣重斟热酒,与生对酌,共议其凶仪斋祭之费,说长道短,渐渐天晚,马竟不来。姨娘顿足叹道:“可怜一个当家的不在,家中虽有几个吃饭的,却全没主张,甥女又且年幼,也在慌迷中,未必周到,故此这时还不见马至。姐夫你可先行,老妾随后即来也。”元和要他同去。姨娘笑道:“男女同途,旁人视之不雅。”郑生只得自往,既至李氏旧居,只见门已封钥甚密,郑生大惊,问其邻人,邻人道:“李氏租赁此房已住年馀,今移居矣。”又问移在何处?答云:“不知。”公子大怒,欲再至姨家一问,奈日已沉西,料去不及，勉强借宿草舍，巴不得东方发白，急奔至姨娘家，叩门大叫，一人慢慢开门而出，公子急问姨娘在内否？那人道："没有什么姨娘。"生云："昨日在此，今朝何往？"那人道："这里是崔尚书别业，昨日有一妇人赁此院，会一远来表亲，至晚即去。"公子气得头眩发狂，手足无措。寻思无奈，只得再往布政里旧寓，店主见他光景狼狈，问其缘故。公子一一告诉，泪随言下，呜咽不胜。店主哀之，即将饭与公子吃，可怜气愤填胸，绝食三日，病甚危笃，店主忧惧，夜半弃之凶肆之中，肆中有认得的见了，惊讶道："这是李娃家郑公子，怎狼狈得恁般模样？"原来这凶肆，是歌郎所居聚集之地，但凡人家丧事，都要雇请他们，丧车舆辇，器用什物，又要歌郎数人，身穿五色衣，执铎扬旛，在灵柩前导，内一人，谓之肆长，又名蒿里丞相。声歌薤露之章，必选音声清响，韵调悲凄者为之，使丧家男女，及路人闻之，无不下泪者为尚。

话休絮烦。且说众人见元和如此光景，也有可怜他的，也有叹息他的，也有笑他的，也有数说他不肖的。有几个慈心的哀怜他，扛他到屋檐下，把些稻草铺在地下，放他在上，又把些破衣棉絮盖暖了，将些稀粥热汤水时常喂他，过往轻薄人与这些孩子们见了，说着笑着道："好也！你看这风流公子大嫖客下场头结局好受用哩！好快活哩！这个所在好不贵着。郑元和费了数千银子才买得那屋檐下安身哩！"这些人时常说他嘲他，若是郑元和有志气的，耳根边听了这般言语，岂不要愧恨而死。怎当他禄命不该终，还有一场大富贵在后边。却全无惭愧之色。将息了月馀，渐渐行走得动，也随了这班人，时常出去执繐挺帷，糊口自活。每听歌声凄楚，自己却鼻涕眼泪如雨而下，归来即暗自模拟学习。怎奈他天生聪慧，不够一月，腔调音声，曲尽其妙，歌郎之中，寻遍长安，无能比并。原来长安有两个凶肆，一个是东肆，一个是西肆。东肆所备凶器，一应车舆什物，件件鲜明华彩，惟哀挽歌词，不及西肆，两肆互争，胜负未定。当时东肆长知生音妙，愿出钱两万，雇请元和在家，令善歌者，教生新声，数月之间，学习已熟，人莫知之。一日两肆长又相争论，东肆长道："我与你相争，终无结局，须是先过地方保正，立了契约，选个日子同到天门街上众人瞩目之所，各陈所长，比较优劣，若不胜者，罚钱五万，以备酒馔如何?"肆长欣然应允，即央地方保正作眼，立了契约，书了花押。当时里胥告于县曹，闻于京尹，到了那日，长安城里城外，老幼男女，无分贵贱，都是侵晨即往天门街等待，观看众歌郎比赛胜会。

话分两头。当初郑元和初到李亚仙家，原有十余个僮仆，因见他挥金如粪，不想家乡，初时也几次苦劝他回去，怎奈元和昵于酒色，反把良言作恶，恼着他公子性发，那顾好歹，拖翻便打，打得他们初一溜一个，十五溜一个。也有逃到别处去的，也有逃回去的，大着胆在郑太守面前扯个谎，诉说公子为因资装太多，在某处遇了强盗，抢劫一空，把我众人杀散，公子不知下落，后来访问，皆言被盗杀死了，小人只得求乞回家报知。此时郑刺史与夫人，虽然痛心如割，也无可奈何。欲待移文缉获，又因金银太多，不好形于纸笔，又不知是真是假，当时只得把那回来报信的家人，打了一顿板子，监候了几时，后来渐渐气叹，才放了出来。原来唐制，凡外放牧伯刺史，岁一至阙下，谓之入计。当时适值郑刺史在京入计，也闻得人说歌郎相争，某月某日，齐在天门街高搭层台，比赛高下，阖城市民，皆去往观。郑刺史与两个同列，闻说是胜会，大家相约换了服色，带了两个伴当，挤在众人之中观看。两边肆长，各将一应器具，令众执事人搬的搬，抬的抬，自朝至午，列举輂舆威仪之具，彼此比较，西肆皆不能胜，看的人，只称赞东肆的好，西肆长觉的没趣，乃令十来个歌郎，各（缺四字）执着幡幢，簇拥一个（缺五字）设榻于南台，众歌郎上得台时，只见长髯人拥蜂而前，奋髯扬眉，扼腕顿颡而登。乃歌白马之词，恃其夙胜，顾盼左右，旁若无人，齐声赞扬，以为独步一时矣。看的人也有赞的，也有议论他的，都说西肆什物器具虽不及东肆，这歌郎其实好。众人说声未绝，这东肆长于北隅台上，设连榻，有乌巾少年，左右五六人，乘翣而至，即元和也。整其衣服，俯仰甚徐，申喉发调，容若不胜，乃歌薤露之章，举声清越，响振林木，曲度未终，闻者无不欷嘘掩泣。内中这些孤儿寡妇，听了那凄楚之音，鼻涕眼泪哭一个不住。众人齐声道：东肆长的歌郎又好，眼见得西肆长输了，西肆长见众人你一句，我一句，自觉惶愧，暗将五万钱放于台下，从众人中一道烟走了，东肆长赢了钱，欢天喜地，同众人竟归凶肆去了。此时郑刺史跟随两个家人，一个是元和乳母之夫，元和从幼是他伏侍过的，声音态度，无有不熟，一见元和登台，就暗想道，这歌郎分明是我家公子模样，及至起调发声，确然竟是。欲要禀知郑刺史，又虑万人瞩目之所，倘然认错，一时不好意思，只得暗中流泪。郑公见他流泪不止，乃问道："尔为甚么哭？"那人含泪告道："这少年歌郎，俨然似老爷公子。"刺史道："胡说！吾儿因财多，为盗所害，那得还在。"说罢，也不觉坠泪起来，觉得没兴，别了两个同列，先回寓所。那家人也随了回来，只是放心不下，瞒了郑公悄地径到凶肆，访问其党，道："今日天门街上，北台那少年歌郎是谁？"当时却有几个闲的，站拢来答道："客官，你问他怎么？他是一个大老官哩！"奶公道："我只问他是那里人，姓甚么？"内中一人笑道："这个歌郎，原不是本京人，原是下路人，他的父亲，也还在南方做官，只因三年前，载了金银仆从，到京应试，不想遇了一个妓女，迷恋在他家，不上一年，把许多财物，挥霍罄尽，末后，那娼妓用了一个金蝉脱壳之计，背了他，不知去向，弄得他走投无路，只得入了歌郎法门。"说未了时，只见一人指道："兀那远远来的不是郑元和？"奶公见□，千真万实了，连忙迎上去。这边郑元和也认得是自家奶公，反躲在众歌郎中。这奶公两眼觑定，那容他避，径赶入人丛里，一把揪住道："大相公，不消躲避，老爷在下处等着呢！"众歌郎初时尚欲争夺他，以后闻得老爷两字，发声喊，都跑散了，凭他直拖至郑公面前，郑公一见，气得口不能言，只辨得一句不肖子三字，即时徒行他至曲江杏园东，剥去其衣，自以马鞭鞭之数百，体无完肤，渐已气绝，弃于野外而去。

却说众歌郎，虽然一时奔散，那元和的教歌师，放心不下，远远地在那里打听，闻说死了，疾忙跑回对东肆长道："郑元和今日之死，都是我们害他的，如今尸首暴露在野外，须是埋了他，也见得一场相处。"东肆长道："说那里话，我们今日若无郑郎，不但输五万钱与西肆，连主顾被他们抢了去，郑郎是我们东肆的恩人，我拼着二三万钱买办衣衾棺椁盛殓了埋葬他才是。"说罢，即将钱一面教人买棺木，一面去收拾尸首。三四个人，走到野外，寻着了尸首，刚待去动，只见元和微微有气，满身尚温。众人笑道:“元来是诈死。”遂将板门抬回凶肆,把芦苇管灌些米饮,明日即活转来,调理了月馀,手脚尚不能动,身上打坏之处,溃烂臭秽,同辈厌恶,夜半,依然扛他丢在街坊,过往人见了哀怜他,也有舍钱的,也有舍食的,终日求讨,倒也不饿。如是百日,方始起立,扶棒勉强行走,沿门求乞,夜则宿于坑厕,昼则周游市中,自秋至冬,鹑衣百结。

一日,大雪中,乞食至安邑东门,沿墙转北,连过六七家门都紧闭,至第八家,见一门独开,元和连声呼叫,饥饿之音,惨不忍闻,里面绝无人应。元和想道,我几次不死,今日料应死也。这般大雪,出来乞讨,家家闭户,并没半瓯汤水下肚。只这一家开着门,指望求讨些,又没人在内,吾命真个休矣。只得又进一层门,依前叫呼,只见一阵香风冉冉从内而出,见一女子身穿绣襦,妖艳非常,一侍女扶掖至前,元和不敢抬头,口里只叫奶奶,可怜我乞儿,求讨些残茶剩饭。那女子忙启朱唇问道:“你莫不是荥阳郑郎么?”元和听得问他,况声音有些熟悉,方才抬头定睛一看,你道那女子是谁?却是:

> 五百年前冤孽,生前七世仇家。资妆仆马为消花,脱壳金蝉计怕。　撇得一身无奈,莲花乞丐生涯,今朝相遇莫嗟讶,公子风流豪霸。

原来这女子就是李亚仙,元和一见,愧愤兼集,口不能言,泪如雨珠,点头默默而已,亚仙忙脱绣襦披于元和身上,向前抱其颈,拥入西厢,放声大哭道:“令子一旦及此,我之罪也。”哭得一个死而复苏,里面老鸨听得哭声,大惊失色,奔至西厢,问道:“为甚这般大哭?”口里虽问,他这两只眼睛早已瞧见元和,明知是他,却不好细问,只因当初用计撇了他,后因亚仙时常思想，啼啼哭哭，几次寻死觅活，不肯接客，鸨妈无可奈何，故此车马寂然，门庭冷落。那时又忽然见亚仙捧着一个臭乞丐。呜呜咽咽的哭得苦楚，如何敢开口问得。只觉得心惊肉战的不安，故此只问亚仙为甚哭，亚仙敛容含泪道："此即郑郎。"老鸨道："何不逐了他出去。"亚仙道："郑郎，良家子也，昔日挚金驾车以入吾门，不够一年，消废荡尽，以计撇之，致其失志，不得齿于人伦。父子，天性也，使其情绝，鞭而弃之，又困踬若此，天下之人尽知为儿也。况郑郎亲戚满朝，一旦当权者，熟察始末，祸将及矣。况欺天负人，鬼神不佑。儿今已二十岁矣，母年已六十馀，计所获不啻千金，愿计二十年衣食之用自赎，当就近别居，晨昏不废温清，母亦无所苦矣。不然，儿与郑郎之命毕此夕矣。"那鸨儿被亚仙一席话，说得顿口无言，心里暗道：这丫头说的话也不差，果是我当初用计也太狠，撇他太毒，况他又一向不接客，逼他也没用，他既肯把千金赎身，也只得随他便了。这是鸨儿自己在肚子里筹蹰，心口相问的话，元不曾说出口。因度亚仙之志已坚，乃叹口气道："罢，丫头总不受人抬举的了，我也只得由你，只是你自己口出的千金，若今夜与我，今夜就容你留这化子，若明日兑与我，且打发他去，明日再来罢。"亚仙见说，即扶元和到房里，却在箱笼里取出银子，兑还老鸨千金之外，尚有馀银千两，教鸨妈于北隅税一别院以居，乃替元和沐浴更衣，先将粥汤通其肠，次以酥乳润其脏，调理十馀日，方以水陆之馔食之。衣巾鞋袜，必买珍异者与元和穿着，将息半年，肌肤渐变。一年，始得状貌如初。

一日，亚仙对元和道："郎君体已康矣，青毡旧业，可能温习否？"元和道："十忘七八矣。"亚仙乃乘车出游，元和乘马而从,至书肆,令元和亲自择取,计费百金,买载以归,令元和专心勤学,以夜作昼,亚仙刺绣伴读,不至三鼓不睡,如此不分寒暑,二年而学业大进。元和对亚仙道:“可策名矣。”亚仙道:“且再精熟一年。”元和只得又勤学一年。亚仙道:“可矣。”于是遂一上登甲科,声振礼闱,虽前辈见其文,无不叹服敬羡,愿友之而不可得。亚仙道:“秀才幸登一第,便自谓致身青云。汝行秽迹鄙,不及他士,当砻淬利器,以求再捷,方可连辔群英耳。”元和由是愈加勤苦,声名大播,其年正值大比,诏征四方隽才,元和乃应直言极谏科,中第一名,除授成都府参军,择日赴任。亚仙道:“妾今日始不负君矣,愿以残年,归事老母。君当结姻大族,以奉蒸尝。中外婚媾,无自黩也,勉思自爱,妾从此辞矣。”元和垂泪道:“你若弃我而去,我即当自尽矣。”亚仙坚意要去,元和那里肯放。亚仙道:“既如此,只得送君涉江,至剑门,可放我回。”元和许之。同至剑门,可见因缘天凑,正值郑刺史自常州诏入升成都府尹,兼剑南采访使。当时刚到剑门,驻跸馆驿。元和那里晓得是父亲,随从人役,只说成都府大爷在馆驿,老爷该去一拜。元和是个初出仕的人,不问张三李四,写了三代脚色,竟去参谒。那郑府尹见他名字有些疑惑,又见他祖父官衔名字,与己相同,即时大惊大喜,连忙下阶扶起,父手相抱大哭。因问其由,元和具述始末,郑公大奇亚仙,即问元和,今亚仙何在?元和道:“送男到此,即日就要回去矣。”郑公道:“不可,此女乃汝之大恩人也,岂可以身贵而弃之。”即日同元和起程,先往成都到任,留亚仙在剑门别馆,择日遣媒妁备大礼,迎接至任所,与元和成亲。亚仙自归郑门之后,事翁姑以孝,待上下以礼,内外敬服称扬。后数年,元和父母相继而殁,持孝甚至,感灵芝白燕之异,元和终丧起服,累官清要之任,十年之间,转升数郡。亚仙封汧国夫人。生四子,皆为美官,其卑者,犹为太原尹。至今传为美谈。后人有诗云:

故人一别负佳期,　　饥火烧肠冻不知。
须念往年行乐处,　　宝鞍三坠曲江池。

李亚仙故事,也成为戏剧作家喜爱的素材,杂剧有元高文秀《郑元和风雪打瓦罐》,石君宝《李亚仙诗酒曲江池》,戏文有《九宫正始》引的《李亚仙》;传奇有明薛近衮《绣襦记》。

二、《张于湖宿女贞观》

本篇载何大抡本《燕居笔记》卷九。《宝文堂书目》著录,题作《张于湖误宿女观记》。当即《万锦情林》卷一的《张于湖记》,余公仁《燕居笔记》卷七的《张于湖宿女贞观记》,《国色天香》卷十的《张于湖传》。本事见《古今女史》,云:

宋女贞观陈妙常尼,年二十馀,姿色出众,诗文俊雅,工音律。张于湖授临江令,宿女贞观,见妙常,以词调之。妙常亦以词拒之。词载《名媛瑷囊》。后与于湖故人潘法成通,潘密告于湖,以计断为夫妇。

女贞观故事,宋元以来民间盛传。元关汉卿有《萱草堂玉簪记》,佚名有《张于湖误宿女贞观》杂剧(《孤本元明杂剧》),明高濂有《玉簪记》传奇。王季烈《孤本元明杂剧提要》云:“女贞观,原标张于湖误宿女贞观,明抄本,不著撰人姓名。记女道士陈妙常有才色,出家于金陵女贞观。张于湖路过金陵,借宿观中,以词挑之,不从。其后与观主之侄潘必正通,有孕。观主知之,将二人捆送建康府发落。适张为建康府尹,即断二人为夫妇。其事为明高濂《玉簪记》传奇所本。此杂剧全本《古今女史》,特彼以法成为潘生之名,此以法成为观主之名,而生名必正为稍异耳。”此话本文字朴质,叙事全同《古今女史》,不同杂剧,且为《宝文堂书目》著录。而《金瓶梅词话》欣欣子序,将本篇列在《钟情丽集》、《怀春雅集》等书之后,又其中诗词和答及判牍的风格,极似明人,当为明弘治嘉靖间的作品。《张于湖宿女贞观》原文如下:

话说宋朝淮西和州泾阳县有一秀士姓张名孝祥,字安谷(国),号于湖。腹中背记五车书,胸内包藏千古史。因恋新婚,不赴科第。其父作诗以戒之曰:

西风飒飒逼槐黄,文士纷纷赴选场;
休恋凤衾鸳被暖,桂花香似麝兰香。

于湖见诗,遂上京应举。幸喜高登,除授江西临江县尹。在任一清如水,四民咸仰。一日馀闲,往临江亭观玩。但见山青水秀,景物鲜明。见正西屏风画着潇湘八景。左壁范蠡归湖,右壁子房归山。优游之乐,猛然触心。遂于壁上题诗云:

洞庭朝送客,景物晚烟笼。
雨过山岚静,潮回港舣通。
北去搜千叠,南来转万篷。
不欲趋朝去,江边学钓翁。

题毕归衙，不在话下。不觉四季光阴如捻指，两轮日月如奔梭，三年任满，升越州通判，未任一年，改升金陵建康府尹。带领伴仆王安，雇船前去。饥餐渴饮，夜住晓行。来到扬子江，过金山寺，见十数人驾快船一只，问云："莫不是建康府尹张爷爷的么？"于湖教王安答道，不是，王安回道："后船来的是。"那接官公人去了。王安回复道："相公不知何意不要公人跟随入城？"于湖道："被他跟着，不得闲行游玩。且同你入城寻亲访友，茶坊酒肆，勾栏寺观，俱以游玩，方可理任。"来到通江桥边，时八月天气，尚在炎热。于湖分付王安上岸，寻个寺观烧些汤水洗浴，解凉则个。王安上岸行无半里，见一座道观，王安只得向前与门公唱喏道："我官人行船辛苦，欲借浴堂与官人洗澡则个。"门公道："请坐，待小人与观主说知。"门公转过鹤轩，与观主说道："有一官人借浴堂洗澡，禀道观主得知。"观主道："天气炎热，施浴何妨，传语请入。"门公报知于湖，于湖即入轩前，与观主相见。于湖将眼觑，见观主头带星冠，身披鹤袍，人物清标，丰姿伶俐。于湖暗暗喝彩道，不知来到女贞观，遇此观主，半老佳人，恁般风韵。调〔西江月〕一阕，单道观主妙处：

半旧鞋儿着稳，重糊纸扇多风，隔年煮酒味偏浓，雨过夭桃色重。　有距公鸡快斗，尾长山雉枭雄。烧残银烛焰头红，半老佳人可共。

吟毕，与观主分宾而坐。观主问曰："尊官何处，高姓贵名，因甚到此？"于湖道："小生洛阳人氏，姓王名通甫，游玩至此，天道炎热，竟到上宫，借求一浴而已。"于湖请问观主："高姓尊寿？"答曰："贫道在俗姓潘，年四十有八，讳名法成。"正说之间，帘栊响处，只见一人俄然而来，头戴七星冠，身披紫霞服，皂丝绦，红朱履。约有二十馀岁，颜色如三十三天天上玉女降凡间，精神似八十一洞洞中仙子下瑶池。生得丰姿伶俐，冠乎天成。于湖一见，荡却三魂，散了七魄。观主令道姑进前稽首。施礼毕，伫立侧边。启唇问道："官宰高姓。"于湖道："小生姓王，名通甫。"那道姑言："小道事冗，不及陪奉。"稽首而去。于湖道："好个佳人，可惜做了道姑。"又问观主："适间来者是上官别院？"观主答道："敝观知客。"正问之间，只见小童请相公沐浴，即至浴堂，浴罢，到东廊下客房梳篦整冠。值门公在侧，就问门公多少年纪。门公道："小人今年六十二岁。"于湖道："你在此几年？"门公道："在此二十馀年。"于湖道："你身上衣服谁管你的？"门公道："告相公得知，小人但得三餐足矣，岂望衣服乎？"于湖道："王安，你去船上取布一匹，赐与门公做衣服穿。"王安即去，取布与门公，门公拜谢。于湖就问门公曰："方才鹤轩相见，那个知客姓甚名谁，那里人氏，今年几何？"门公道："姓陈，名妙常。今年二十三岁，金陵建康府人氏，十三岁在此出家。"于湖曰："他的宿房在那里？"门公道："在东廊第一间房便是。"女僮来请相公晚斋。于湖道："多蒙观主见容洗浴，又赐晚斋，何以克当。小生舟中炎热，欲假客馆暂歇一宵，来日便行，自当拜谢。"观主曰："无伤，如若未行，敝寺宽住数日。"当晚，于湖闲步东廊之下，明月如昼，遂吟诗曰：

浩荡偏宜八月秋，　　蟾光皎洁照诸州。
谁家宝镜新磨出，　　挂在长空忘却收。

乘此明月，缓步闲行，听得琴声响亮，见座黑门楼半开，挨身而入，见十馀个道姑盘环而坐，知客中座抚琴。于湖叹曰："此女正是凤凰入鸡伴，难比一般禽类。"正看之际，忽然琴弦已断。知客曰："莫不是有人盗听吾琴?"于湖慌忙而转，自言曰："何年日月，再逢此女，是吾愿矣，可怜落在空门。"题诗一首，就于粉壁上题云：

星斗当天月正圆，　　忽闻窗下理琴弦。

瑶池降下真仙子，　　看罢教人独惨然。

尾后书"洛阳才子王通甫题"。书毕，回房歇息。次早，门公来请早斋，斋毕，却待收拾起程，只见门公来请道："知客有请。"于湖道："多蒙好意。"即至知客房中，分宾而坐。茶罢，知客言曰："夜来轩中有失相迎。"于湖道："无故搅扰，何出此言矣。"观见壁上有诗一首：

晓日瑶台夜气清，　　天风吹落步云声。

尘根未尽俗缘在，　　千里关山月正明。

于湖问道："此诗何人所作?"知客笑曰："昔汉光武游王母宫见仙妃在彼数女抚琴，故作'天风吹落步云声。'"于湖听得暗道，十分人物，写作俱高，有十二分奇妙。知客道："小道今早上殿回来，见壁间先生佳作，重蒙过奖。"于湖道："小生冲撞贵寓，窃听琴音，回房乱道〔临江仙〕小词一阕以奉，伏乞勿掷。"就袖中取出递与知客，知客接去观看，词云：

误入蓬莱仙洞里，松阴忽睹数婵娟。众中一个最堪怜。瑶琴横膝上，共坐饮霞觞。　云锁洞房归去晚，月华冷气侵高堂。觉来犹自惜馀香。有心归洛浦，无计到巫山。

知客看了暗道，正是引贼入寨。于湖道："知客休哂。"知客曰：

"重蒙所赐佳章,又好笑,又好恼,书云'夫人必自侮,然后人侮之。'小道欲言,尤恐冒凌洪威。"于湖曰:"久闻知客佳妙,小生抛砖引玉。"知客道:"相公勿罪。"落笔遂写〔杨柳枝〕词一阕云:

襄王梦远雨云期,两心痴;于今无计恋琼姬,自着迷。

道心坚似絮沾泥,不狂飞。任取杨枝作柳枝,强挨尸。

写罢,递与于湖观看大笑。知客道:"班门弄斧,望相公勿哂。"于湖亦作〔杨柳枝〕词一阕以奉云:

碧玉冠簪金缕衣,雪如肌,从今休去说西施,怎如伊?

杏眼桃腮不敷粉,最偏宜,好对眉儿好眼儿,觑人痴。

写毕,递与知客,知客不语,亦作前词一阕以答云:

清净堂前不卷帘,景幽然。闲花野草漫连天,莫胡言!　　独坐黄昏谁是伴,一炉烟。闲来窗下理琴弦,小神仙。

写毕,递与于湖看罢,连忙起身。知客言称冲撞,于湖辞别回船中,叫王安取绢一匹送至观中,谢了观主,进城上任理事。于湖自言忒性急了,今日挫过,何时再逢这般聪明女子,悔之不已。却说陈妙常懊恨不已,"是我性子忒急了些,好个官人。"看他诗中语句,从此惹起凡心,常有思念之意。不觉又是十月初一日,本观设斋会集众道姑,道姑齐来与观主稽首。正问答间,门公报道:"观外有一秀才言称和州沥阳县人,姓潘,要见观主。"观主道:"请他进来。"门公出去报知,引到鹤轩相见。观主道:"孩儿几时到此?"那潘必正拜了四拜,退下言道:"列位姑姑,就此相见。"众道姑还礼,俱各请坐。观主与众道姑道:"这秀才是我侄儿姓潘名必正。从家而来,家眷不知安否?”必正道:“俱各平安,有书在此。”观主道:“几时离家?”必正道:“旧岁十二月离家,正月到京应举,二月初九日头场过了,第二场,忽然患病,未曾终场。待欲回家,所有书在此,未曾下得,如今特来拜见姑妈。”观主道:“行李在何处?”必正回道:“只在船中。”观主道:“你与门公去搬上来住数日,另讨船回去。”必正同门公将行李搬至观中,观主教女僮洒扫后房与必正安歇。必正道:“一朝半日便要回家,不须多事。”观主道:“宽住数日,我要与你说话。”到晚歇了。次早,必正去各道姑房里相访讫,闲坐之间,问门公姓甚么,门公道:“小人姓戚名中立。”就在门槛上坐了。必正道:“东廊尽头那一房间住的道姑姓甚名谁?”门公道:“是本院知客陈妙常,一观之中,只是他生得俊丽。吟诗歌赋,抚琴诵经,无有不能者。”必正道:“曾有秀才过客与他赓诗和韵否?”戚公道:“小人这件衣服便是这位官人姓王名通甫,号为洛阳才子,送与小人的。”必正道:“为甚么送与你?”戚公道:“是小人引见陈妙常,因此与布一匹。”必正道:“我将绵绸海青一件与你,你休对人说,我将衣服送你。”门公道:“小人决然不说。”必正调一个相见杨柳词封了,令门公递送知客处通报道:“潘相公特来相访。”妙常微微冷笑道:“在那里?请进。”潘必正向前施礼,邀入客位分宾而坐。茶罢,必正道:“适间小生次门公送来一柬乱道《杨柳枝》词奉上知客。”妙常拆开观看,词云:

傍观道官过茅屋,惊人目。星冠珠履逍遥服,能妆束。　　绝世仪容琼姬态,倾城国。淡妆全无半点俗,荆山玉。

妙常见了大惊,此人言词典雅,字若龙蛇,况见人物稳重,比那王家大不同。妙常道:"多承佳句,请问官人青春有几?"必正道:"二十有五。"妙常道:"那月寿旦?"必正道:"小生八月十三贱生。"妙常道:"官人是大。"潘生道:"知客几时寿旦?"妙常道:"是目下不远。"正说之间,只见小僮来请道:"观主有请。"潘生起身,各自回去,潘生到鹤轩见观主,观主道:"必正这几日身体如何?"潘生道:"托姑娘清福,颇安。"观主道:"你且住一程回去。"潘生道:"只是搅扰姑娘。"茶毕,相别回房中去,自思曰,要回至急,奈被此人勾住,又得姑娘相留,十分欢喜。就在房中抚琴。陈妙常在花园住脚听琴声:"乃《凤求凰》曲也。"暗暗喝彩。自回房中去了。次日,妙常请潘生进到房中吃茶,必正即随女僮到妙常房内依次而坐。茶罢,妙常将琴放在琴几上,解开紫金袋,烧炷好香,打个稽首,请潘生抚琴。潘生道:"学生不谙抚琴。"妙常道:"何必太谦?"潘生道:"必正先抚一曲,然后知客回抚。"抚毕,各自散了。自此往来已经半月,一日,潘生走到妙常房中,女僮道:"官人请坐。"潘生言:"师父在否?"女僮道:"师父去石城下长春院访一起观主未回。官人宽坐,师父便回。"潘生见书橱未锁,起身开看,拿出一部《通鉴》来看,内有一帖,见了大惊,去了三魂荡了七魄。乃是〔西江月〕一首:

松院青灯闪闪,芸窗钟鼓沉沉,黄昏独自展孤衾,懒睡思愁不稳。　一念静中有动,遍身欲火难禁。强将津唾咽凡心。争奈凡心转盛。

潘生道:"此是凡胎俗骨,何苦出家,有此怨意,不若乘机嘲戏。他若不从,却有招词在此。"遂写〔西江月〕一首云:

玉貌何须傅粉,仙花岂类凡花,终朝只去恋黄芽,不顾星前月下。　　冠上星簪北斗，案头经诵南华。未知何日到仙家，暂许彩鸾同跨。

写毕，放在砚匣底下，露些纸角出来，把《通鉴》安顿了，却待转身，妙常回来，与必正相见，叙礼坐定，茶罢，潘生问何往来，妙常道："长春院观主患病，去访，留吃中饭，有失相迎，潘官人未曾中膳么？"潘生道："正欲回房吃饭。"妙常道："宽坐，取琴来请教一曲。"见砚下一简，拿出展开观看。不看万事全休，看了柳眉剔起，杏眼圆睁，叫道："好也好也！潘必正是何道理？此间是清净之道场，祝圣之处。写甚淫词艳曲，调戏良人？先到观主处说明，再到官府处定夺。将我做娼妓等辈看承，虽然不才，也是宦家门第。"潘生双膝跪下道："师兄高抬贵手，一时狂兴，误写此词，望乞恕罪！"妙常道："你是读书之人，难容此理，定要与观主说知，再不许上我门来。"潘生道："陈妙常，你有风不可使尽帆，有应即对，有问即答。"妙常道："我有甚言许你？道曾彩鸾同跨？"潘生道："我说出来不要赖。"妙常道："你说，你说。"潘生道："强将津唾咽凡心，争奈凡心转盛。"妙常回嗔作喜道："从何而来？"满面通红。潘生道："在我袖中。"妙常用手来取，却被潘生拖住道："同你到观主处说明，再送官司定夺。"妙常陪笑道："罢了，落在你手中。"先前硬如生铁，向后软如糖绵，潘生道："且将这两个女僮如何发落？"妙常就差两个女僮送一幅白绫子与长春院观主，这两个女僮差听，二人开了大门，关了中门去了。潘生妙常乃双双携手同入兰房。妙常道："这是五百年潘郎结下此段姻缘，今日交付与君，休使贱妾有白头之叹。"两个起来后，妙常带了冠子道："带冠子好，不带冠子好？"潘生遂作〔鹧鸪天〕一阕云：

卸下星冠作玉容，宛如仙子下巫峰。霎时云雨欢娱罢，无限恩情两意浓。　　轻搂抱，款相从。时间一度一春风。若还得遂平生愿，尽在今宵一梦中。

妙常看罢，道："羞答答的今夜不许再来，我要上殿诵经，不可污了身体。"潘生道："总不如锦帐欢娱，便是非常之乐。"妙常曰："不要闲说。"潘生道："承蒙不阻，犬马不能报也。今晚莫上殿也罢。"妙常道："待我上殿回来无妨，你房正连我房，晚间掇梯从墙上过来，使观主不疑。"必正满面笑容道："死生不忘，欢喜无限。"吟诗一首：

一见仙容不下怀，　　愁眉深锁几曾开。

多蒙窈窕殷勤意，　　朝朝暮暮暗约来。

写毕，只见妙常看罢此诗，心中大怒，回诗一首云：

君还欲我隔千山，　　我欲还君弹指间。

今日与君成配偶，　　莫将容易意阑珊。

潘生见了道："多蒙师兄佳作，我辈如何发遣？"妙常回嗔作喜道："自今为始，以夫妇叙礼，不许师兄相称。"正说之间，女僮回来阻住，潘生作别回房。次早，见姑娘，姑娘道："贤侄身体如何？"必正道："稍安。"辞别回房坐定，自思妙常生得十分人物，写作俱高，正欲掇梯过墙，只见日色未落，不得到晚，口吟诗四句：

红轮何苦不衔山，　　伫立阶前几度看。

但得疏星三四点，　　免教仙子候花间。

只见楼头鼓擂，寺内钟鸣。众道姑上殿各散回房睡了。必正开了房门，正欲掇梯过墙之际，只听得隔墙叫一声，潘必正道："叫者何人？"

花面金刚,玉体魔王,绮罗织就豺狼。法场斗帐,牢狱牙床,柳眉刀,星眼剑,绛唇枪口美香舌,蛇蝎心肠。共他者无不遭殃。纤尘落水,片雪投汤。秦楚强吴越壮也为他亡。早知色是伤人剑,杀尽世人少不妨。

潘生听得叫,连忙下来。却是姑娘。姑娘道:“你那里去?”潘生道:“登厕。”姑娘道:“你弹一曲《凤友鸾交》与我听者。”必正就抚毕,姑娘回房去了。潘生依旧上墙,陈妙常接着下来。两个携手到亭子上,并肩而坐。妙常道:“你上墙来了,因何倒下去抚琴?”潘生道如此如此。妙常道:“早是不曾过来,倘若被他瞧见,如何是了。”潘生看见好一座花园,但见:

淡烟笼院宇,薄雾罩池塘。双双粉蝶宿花丛,对对游蜂穿柳砌。湖山隐隐,依稀见座峰尖,池沼澄清,仿佛一天星斗。飒飒金风穿绣幕,团团明月透珠帘。

妙常道:“等你不来,见湖山石眼,透出月光,遂吟诗一绝。”诗曰:

蟾蜍一线透湖山,　　斜倚栏干偷眼看。
仰观斗柄横三点,　　心忙移步出花间。

潘生听得大笑道:“我不能得日落,口吟四句,韵脚一般相同。”妙常道:“愿闻。”潘生吟云:

红轮何苦不衔山,　　伫立阶前几度看。
但见疏星三四点,　　免教仙子候花间。

妙常听罢,果实好笑,潘郎道:“我与你同心同意,前世分定夫妻。”言罢,二人入洞房,正是欢娱嫌夜短,寂寞恨更长。不觉天晓,送到粉墙边,潘生仍归旧路去了。次日,见姑娘。姑娘道:“吃早饭未?”必正道:“未曾吃,适来遇见一太医看脉道:

'若不用荤腥调理，恐伤性命。'"姑娘听罢，吃了一惊。便叫门公买酒肉鸡鹅果品之类，送必正房中。必正检入，到晚将酒馔来与妙常同饮。正是竹叶穿心过，桃花脸上来，茶为花博士，酒是色媒人。灯光之下，看妙常有倾国倾城之貌。口占〔菩萨蛮〕一阕云：

芸房空锁倾城色，万态千姣谁能及。何幸到鸳帏，春心不自持。　　点染香罗片，遂我平生愿。此处会云英，何须上玉京。

妙常听罢，亦口占〔菩萨蛮〕一阕云：

香衾初展芭蕉绿，垂杨枝上流莺宿。花嫩不禁揉，春风卒未休。　　千金身已破，默默愁眉锁。密语嘱檀郎，人前口谨防。

二人就枕上说海誓山盟，就中诉深情密意。忽闻邻鸡三唱，最怪是晓露穿碧落，偏嫌的红日照纱窗。二人披衣而起。自是之后，夜去明来，约有半年之期。必正一日与妙常闲坐，只见妙常两眼垂泪，眉头不展，好生不乐。必正见罢，将手帕拭净了妙常泪眼，问道："如何这等烦恼？"妙常袖里取出一个帖子，递与必正，潘生展开看了，却是〔临江仙〕词一阕云：

眉似云开初月，纤纤一搦腰肢。与君相识未多时，不知因个甚，裙带短些儿。　　茶饭不餐常似病，终朝如醉如痴。此情犹恐外人疑。专将心腹事，报与粉郎知。

潘生看见道："既有此事，何不早说，有甚难哉？"妙常道："我平月在此欺那手下人，今日做出这丑事，未知如何是好？只得寻个死路，免污他人眼目。"泪下如雨。必正道："但放心怀，待我明日入城赎一帖坠胎药吃了便下。"妙常道："我晓得你做个脱身之计，去了不回，我命只在今夜。”必正道：“此何心哉！”辞别了妙常，入到城中。正行间，遇着头抬喝道而来，必正躲避不及，街旁伫立，官府却是必正的故友张于湖。于湖一见必正，连叫住轿，与必正相见。邀必正同到府中，分宾而坐，茶罢，于湖问必正：“行馆何处？”必正道：“在城外女贞观姑娘处。”于湖道：“令姑是何人？”必正道：“是主持潘法成。”于湖道：“既有此观，其中有一好物在彼。”必正道：“兄长何以知之？”于湖曰：“旧岁在彼借水洗浴，曾作《柳枝词》。”必正曰：“莫不是洛阳才子王通甫作的。”于湖说出，二人大笑。必正亦备言前事。于湖道：“此事有何难哉，你捏作指腹为亲，为因兵火离隔，欲求完聚，告一纸状来，我自有道理。”必正别了于湖，回到观中，与妙常具说前事。晚间到姑娘房中，必正双膝跪下，将妙常之事说与姑娘，姑娘道：“我也有些知觉，你肯娶他么？”必正道：“小侄愿娶。”姑娘道：“叫他来问他。”必正叫妙常到房里见了姑娘，姑娘道：“你做得好事！”妙常低头不语。姑娘道：“去写状子来，明日进城去告。”次日，五更侵早，三人同到建康府中下状，当值放告日期太守升堂，潘必正三人跪下。相公道：“告甚么？”观主道：“告乞还俗事。”相公道：“卷帘抬头。”叫道：“妙常，你曾云清净堂前不卷帘。你今日在我琴堂上卷帘。”吓得妙常魂不附体。相公道：“潘必正、陈妙常二人既是指腹为亲，各供本身之事，供得明白，准你还俗。如无下落，决不依准。”潘必正供词：

乡贯举人潘必正，伏蒙琴堂判府龙图侍郎台下，告为结亲完娶事。伏闻才愧相如，无挑琴之兴，贤同颜子，有秉烛之忧。为因兵火流离，情意俱绝，岂期默然之会，所说前因。各有相留衫襟之表，幸望仁慈，得配终身，偕老夫妻，所供是实。

女贞观知客妙常供曰：

伏闻生居宦族，乃无谢女之才；长在玄门，叨沐孙姑之德。尘根已尽，绝孟光之慕梁鸿；俗缘不再，断云英之约裴航。闲中取静，打坐看经；忙里偷闲，寻师讲道。岂期百年冤债来寻，况是严师力学。今有度牒，系是官文。未敢自专，伏望州府俯察来词，特赐与决。

金陵建康府女贞观道姑潘法成状供：

本观女姑陈妙常，伊父陈谷英存日，将女妙常曾指腹与潘必正为妻，有原割衫襟合同为照。为因兵火离散，各无音耗。幸蒙天赐，偶然相会。所说旧日根苗，辐辏姻缘，俱在青春之际。如乐昌破镜重圆，似文君当炉之愿。所有原关度牒在身，未敢自便还俗，恕蒙准告，望乞台判。

太守看毕，援笔判曰：

道可道，名可名，强名曰道，空即是色，色即是空。清者浊之源，守不住炼药丹炉；动者静之机，熬不过凡情欲火。大都未撞着知音，多管是前生注定。抛弃了布袍草履，再穿上翠袖罗裳，收拾起纸帐梅花，准备着罗帏绣幕。无缘处，青浦黄庭消白日，有分时，洞房花烛照乾坤。

张于湖判毕，即令还俗。潘必正与陈妙常成亲。既毕，于湖举必正贤良方正，授苏州府吴江县尹。官至礼部侍郎。妙常生一男一女，夫妻昼锦荣归，尽天年而终。（据《国色天香》校，并略作删改）

三、《杜丽娘慕色还魂》

本篇载明何大抡《燕居笔记》卷九。余公仁《燕居笔记》卷八题作《杜丽娘牡丹亭还魂记》;晁瑮《宝文堂书目》著录,题作《杜丽娘记》。三者当为同题材,或即一本之异名。

上述两种《燕居笔记》都是万历以后编刊的,其中所收,虽多宋元及明初人的作品,但也未必没有较晚出的东西。因此,单凭《燕居笔记》所载,我们只能猜测这篇《杜丽娘》话本,很可能是根据汤显祖《牡丹亭》的内容来写的。但是在晁瑮的《宝文堂书目》中,却也载着《杜丽娘记》一目,晁瑮是嘉靖二十年(1541)进士,在世年代要比汤显祖早四十多年,那么《宝文堂书目》所著录的《杜丽娘记》,自当在《牡丹亭》之前,而《燕居笔记》所收的两篇《杜丽娘》话本,很可能就是这篇《杜丽娘记》的异名,不能因为标题不同而有所怀疑。再从内容来看,本篇情节与《牡丹亭》的主要情节几全同,人物姓名,亦无出入。两者如此接近,决不是偶然的。按汤显祖《牡丹亭题词》云:"传杜太守事者,仿佛晋武都守李仲文①,广州守冯孝将儿女事②,予稍为更而演之。至于杜守收拷柳生,亦如汉睢阳王收拷谈生也③。"汤氏固已明白交代:《牡丹亭》的写作,除根据当时流传的杜太守事以外,还补充了杜太守本事中所没有的收拷柳生事。本篇无拷柳生事,正和汤氏所说的杜太守事内容相同,其为

① 见《搜神后记》卷四。
② 见《异苑》卷八。
③ 见《搜神记》卷十六。

汤氏所依据的蓝本无疑。况且本篇还有某些句子,被采入《牡丹亭》中(如《惊梦》、《寻梦》等出),因袭之迹,更为明显。本篇产生的年代大约在弘治至嘉靖初年这一段时期。因为篇中提到《娇红记》和《钟情丽集》,前者为元人宋远(梅涧)作,后者为明初人刘东生作。本篇叙事虽简单,文字却颇雅驯,但亦时露稚气。就它的标题和篇中语气来看,都有浓厚的说书味道,因此,说它是较为原始的杜丽娘故事的话本,是可以的。

历来,对于《牡丹亭》本事的来源,异说纷纷,莫衷一是。得此篇,一切疑团,都可以涣然冰释了。《杜丽娘慕色还魂》的原文如下:

闲向书斋览古今, 罕闻杜女再还魂。
聊将昔日风流事, 编作新闻励后人。

话说南宋光宗朝间,有个官升授广东南雄府尹,姓杜名宝字光辉,进士出身,祖贯山西太原府人,年五十岁,夫人甄氏,年四十二岁,生一男一女,其女年一十六岁,小字丽娘,男年一十二岁,名唤兴文,姊弟二人俱生得美貌清秀。杜府尹到任半载,请个教读,于府中书院内教姊弟二人读书学礼。不过半年,这小姐聪明伶俐,无书不览,无史不通,琴棋书画,嘲风咏月,女工针指,靡不精晓。府中人皆称为女秀才。

忽一日,正值季春三月中,景色融和,乍晴乍雨天气,不寒不冷时光,这小姐带一侍婢名唤春香,年十岁,同往本府后花园中游赏,信步行至花园内,但见:

假山真水,翠竹奇花,普环碧沼,傍栽杨柳绿依依,森耸青峰,侧畔桃花红灼灼。双双粉蝶穿花,对对蜻蜓点水。梁间紫燕呢喃，柳上黄莺睍睆。纵目台亭池馆，几多瑞草奇葩。端的有四时不谢之花，果然是八节长春之草。

这小姐观之不足，触景伤情，心中不乐，急回香阁中，独坐无聊，感春暮景，俯首沉吟而叹曰："春色恼人，信有之乎？常见诗词乐府，古之女子，因春感情，遇秋成恨，诚不谬矣。吾今年已二八，未逢折桂之夫，感慕景情，怎得蟾宫之客。昔日郭华偶逢月英，张生得遇崔氏，曾有《钟情丽集》、《娇红记》二书，此佳人才子，前以密约偷期，似皆一成秦晋。嗟呼，吾生于宦族，长在名门，年已及笄，不得早成佳配，诚为虚度青春，光阴如过隙耳。"叹息久之，曰："可惜妾身，颜色如花，岂料命如一叶耶？"遂凭几昼眠，才方合眼，忽见一书生年方弱冠，丰姿俊秀，于园内折杨柳一枝，笑谓小姐曰："姐姐既能通书史，可作诗以赏之乎？"小姐欲答，又惊又喜，不敢轻言，心中自忖，素昧平生，不知姓名，何敢辄入于此。正如此思间，只见那书生向前将小姐搂抱去牡丹亭畔，芍药栏边，共成云雨之欢娱，两情和合，忽值母亲至房中唤醒，一身冷汗，乃是南柯一梦。忙起身参母，礼毕，夫人问曰："我儿何不做些针指，或观玩书史，消遣亦可，因何昼寝于此？"小姐答曰："儿适在花园中闲玩，忽值春暄恼人，故此回房，无可消遣，不觉困倦少息，有失迎接，望母亲恕儿之罪。"夫人曰："孩儿，这后花园中冷静，少去闲行。"小姐曰："领母亲严命。"道罢，夫人与小姐同回至中堂饭罢，这小姐口中虽如此答应，心内思想梦中之事，未尝放怀，行坐不宁，自觉如有所失，饮食少思，泪眼汪汪，至晚不食而睡。次早饭罢，独坐后花园中，闲看梦中所遇书生之处，冷静寂寥，杳无人迹。忽见一株大梅树，梅子磊磊可爱，其树矮如伞盖。小姐走至树下,甚喜而言曰:“我若死后得葬于此幸矣。”道罢回房,与小婢春香曰:“我死,当葬于梅树下,记之记之!”次早,小姐临镜梳妆,自觉容颜清减,命春香取文房四宝至镜台边,自画一小影,红裙绿袄,环珮玎珰,翠翘金凤,宛然如活。以镜对容,相像无一,心甚喜之,命弟将出衙去表背店中表成一幅小小行乐图,将来挂在香房内,日夕观之。一日,偶成诗一绝,自题于图上:

近睹分明似俨然，　远观自在若飞仙。
他年得傍蟾宫客，　不在梅边在柳边。

诗罢,思慕梦中相遇书生,曾折柳一枝,莫非所适之夫姓柳乎?故有此警报耳。

自此丽娘慕色之甚,静坐香房,转添凄惨,心头发热,不疼不痛,春情难遏,朝暮思之,执迷一性,恹恹成病,时年二十一岁矣。父母见女患病,求医罔效,问佛无灵,自春至秋,所嫌者金风送暑,玉露生凉,秋雨潇潇,生寒彻骨,转加沉重。小姐自料不久,令春香请母至床前,含泪痛泣曰:“不孝逆女,不能奉父母养育之恩,今忽夭亡,为天之数也。如我死后,望母亲埋葬于后园梅树之下,平生愿足矣。”嘱罢,哽咽而卒,时八月十五也。母大痛,命具棺椁衣衾收殓毕,乃与杜府尹曰:“女孩儿命终时分付要葬于后园梅树之下,不可逆其所愿。”这杜府尹依夫人言,遂令葬之。其母哀痛,朝夕思之,光阴迅速,不觉三年任满,使官新府尹已到,杜府尹收拾行装,与夫人并衙内杜文兴一同下船回京,听其别选,不在话下。

且说新府尹姓柳名恩,乃四川成都府人,年四十,夫人何氏,年三十六岁。夫妻恩爱,止生一子,年一十八岁,唤作柳梦梅，因母梦见食梅而有孕，故此为名。其子学问渊源，琴棋书画，下笔成文，随父来南雄府，上任之后，词清讼简，这柳衙内因收拾后房，于草茅杂沓之中，获得一幅小画，展开看时，却是一幅美人图，画得十分容貌，宛如姮娥。柳衙内大喜，将去挂在书院之中，早晚看之不已。忽日，偶读上面四句诗，详其备细，“此是人家女子行乐图也，何言不在梅边在柳边，此乃奇哉怪事也。”拈起笔来，亦题一绝以和其韵，诗曰：

貌若嫦娥出自然，　　不是天仙是地仙。
若得降临同一宿，　　海誓山盟在枕边。

诗罢，叹赏久之。却好天晚，这柳衙内因想画上女子，心中不乐，正是不见此情情不动，自思何时得此女会合，恰似望梅止渴，画饼充饥，懒观经史，明烛和衣而卧，翻来覆去，永睡不着，细听谯楼已打三更，自觉房中寒风习习，香气袭人。衙内披衣而起，忽闻门外有人扣门，衙内问之而不答，少顷又扣，如此者三次，衙内开了书院门，灯下看时，见一女子，生得云鬓轻梳蝉翼，柳眉颦蹙春山。其女趋入书院，衙内急掩其门，这女子敛衽向前，深深道个万福。衙内惊喜相半，答礼曰：“妆前谁氏，原来黄夜至此。”那女子启一点朱唇，露两行碎玉答曰：“妾乃府西邻家女也，因慕衙内之丰采，故奔至此，愿与衙内成秦晋之欢，未知肯容纳否？”这衙内笑而言曰：“美人见爱，小生喜出望外，何敢却也？”遂与女子解衣灭烛，归于帐内，效夫妇之礼，尽鱼水之欢。少顷，云收雨散，女子笑谓柳生曰：“妾有一言相恳，望郎勿责。”柳生笑而答曰：（此处疑有脱漏）“妾千金之躯，一旦付于郎矣，勿负奴心，每夜得共枕席，平生之愿足矣。”柳生笑而答曰：“贤卿有心恋于小生，小生岂敢忘于贤卿乎？但不知姐姐姓甚何名?”女答曰:“妾乃府西邻家女也。”言未绝,鸡鸣五更,曙色将分,女子整衣趋出院门,柳生急起送之,不知所往。至次夜,又至,柳生再三询问姓名,女又以前意答应,如此十馀夜,一夜,柳生与女子共枕而问曰:“贤卿不以实告于我,我不与汝和谐,白于父母,取责汝家,汝可实言姓氏,待小生禀于父母,使媒妁聘汝为妻,以成百年夫妇,此不美哉?”女子笑而不言,被柳生再三促迫不过,只得含泪而言曰:“衙内勿惊,妾乃前任杜知府之女杜丽娘也。年十八岁,未曾适人,因慕情色,怀恨而逝,妾在日常所爱者后园梅树,临终遗嘱于母,令葬妾于树下,今已一年,一灵不散,尸首不坏,因与郎有宿世缘姻未绝,郎得妾之小影,故不避嫌疑,以遂枕席之欢,蒙君见怜,君若不弃幻体,可将妾之衷情,告禀二位椿萱,来日可到后园梅树下,发棺视之,妾必还魂与郎共为百年夫妇矣。”这衙内听罢,毛发悚然,失惊而问曰:“果是如此,来日发棺视之。”道罢,已是五更,女子整衣而起,再三叮咛:“可急视之,请勿自误,如若不然,妾事已露,不复再至矣,望郎留心,勿使可惜矣。妾不得复生,必痛恨于九泉之下也。”言讫,化清风而不见。

柳生至次日饭后,入中堂禀于母,母不信有此事,乃请柳府尹说知。府尹曰:“要知明白,但问府中旧吏门子人等,必知详细。”当时柳府尹交唤旧吏人等问之,果有杜知府之女杜丽娘葬于后园梅树之下,今已一年矣。柳知府听罢惊异,急唤人夫同去后园梅树下掘开,果见棺木,揭开盖棺板,众人视之,面颜俨然如活一般。柳知府教人烧汤,移尸于密室之中,即令养娘侍婢脱去衣服,用香汤沐浴洗之,霎时之间,身体微动,凤眼微开,渐渐苏醒。这柳夫人教取新衣服穿了。这女子三魂再至，七魄重生，立身起来，柳相公与柳夫人并衙内看时，但见身材柔软，有如芍药倚栏干，翠黛双垂，宛似桃花含宿雨。好似浴罢的西施，宛如沉醉的杨妃。这衙内看罢，不胜之喜，叫养娘扶女子坐下，良久，取安魂汤定魂散吃下，少顷，便能言语，起身对柳衙内曰："请爹妈二位出来拜见。"柳相公、夫人皆曰："小姐保养，未可劳动。"即唤侍女扶小姐去卧房中睡，少时，夫人分付，安排酒席于后堂庆喜。当晚筵席已完，教侍女请出小姐赴宴，当日杜小姐喜得再生人世，重整衣妆，出拜于堂下。柳相公与杜小姐曰："不想我愚男与小姐有宿世缘分，今得还魂，真乃是天赐也。明日可差人往山西太原去寻问杜府尹家接下报喜。"夫人对相公曰："今小姐天赐还魂，可择日与孩儿成亲。"相公允之。至次日，差人持书报喜，不在话下。

过了旬日，择得十月十五吉旦，正是屏开金孔雀，褥隐绣芙蓉。大排筵宴，杜小姐与柳衙内同归罗帐，并枕同衾，受尽人间之乐。

话分两头，且说杜府尹回至临安府寻公馆安下，至次日，早朝见光宗皇帝，喜动天颜，御笔除授江西省参知政事，带夫人并衙内上任已经两载。忽一日，有一人持书至在相公案下，相公问何处来的？答曰："小人是广东南雄府柳府尹差来。"怀中取书呈上。杜相公展开书看，书上说小姐还魂与柳衙内成亲一事，今特驰书报喜。这杜相公看罢大喜，赏了来人酒饭，"待我修书回复柳亲家。"这杜相公将书入后堂与夫人说南雄府柳府尹送书来说丽娘小姐还魂与柳知府男成亲事，夫人听知大喜，曰："且喜昨夜灯花结蕊，今宵灵鹊声频。"相公曰："我今修书回复，交伊朝晚在临安府相会。"写了回书付与来人，赏银五两，来人叩谢去了，不在话下。

却说柳衙内闻知春榜动，选场开，遂拜别父母妻子，将带仆人盘缠前往临安府会试应举。不则一日，已到临安府客店安下，径入试院，三场已毕，喜中第二甲进士，除授临安府推官。柳生驰书遣仆报知父母妻子，这杜小姐已知丈夫得中，任临安府推官，心中大喜，至年终，这柳府尹任满带夫人并杜小姐回临安府推官衙内投下，这柳推官拜见父母妻子，心中大喜，排筵庆贺，以待杜参政回朝相会。住不两月，恰好杜参政带夫人并子回至临安府馆驿安下，这柳推官迎接杜参政并夫人至府中与妻子杜丽娘相见，喜不尽言，不在话下。这柳梦梅转升临安府尹，这杜丽娘生两子，俱为显宦，夫荣妻贵，享天年而终。

第十四章　明代拟话本故事的来源和影响

明人所作话本和拟话本，流传下来的很多，故事内容可考的也不在少数。本章以《三言》、《二拍》中的明人作品为主，间及其他明人话本集，略作考证，以明渊源所自。谭正璧《三言二拍资料》一书（稿本），征引详赡，内容丰富，本章多所取材。明人作品之见于《清平山堂话本》及《熊龙峰小说四种》者，几全为《宝文堂书目》所著录，上章已述及，本章概从省略。冯梦龙是明代小说和戏曲作家，他的作品，可能有若干编入《三言》中，这里也作了初步的推断。在如何考察冯梦龙的作品这一问题上，孙楷第在《三言二拍源流考》中的一段话极可注意。

> 三书（指《三言》）所演故事，往往见于《情史》。《情史》署"江南詹詹外史评辑"，有冯梦龙序，世亦谓冯氏所作①。其与通俗小说之关系，颇可注意。考《情史》有明言见小说者：如卷十六《珍珠衫》条结云："小说有《珍珠衫记》，姓名俱未的。"（《古今小说》有《蒋兴哥重会珍珠衫》）卷七《乐和》条结云：

---

① 按《情史》龙子犹（冯梦龙别署）序云："又尝欲择取古今情事之美者，各著小传……而落魄奔走，砚田尽芜，乃为詹詹外史氏所先，亦快事也。"可证《情史》非冯梦龙所编。又《情史》卷十三"冯爱生"条有"龙子犹《爱生传》"云云，卷二十二"万生"条有"龙子犹《万生传》"云云，编者引用冯氏作品，亦可作为旁证。

“事见小说”(《通言》有《乐小舍拚生觅偶》)。卷五《史凤》条附录云:“小说有卖油郎”云云(《恒言》有《卖油郎独占花魁》)。卷二《吴江钱生》条附录云:“小说有《错占凤凰俦》,沈伯明为作传奇。”(《恒言》有《钱秀才错占凤凰俦》)同上《昆山民》条附录云:“小说载此事,病者为刘璞”云云(《恒言》有《乔太守乱点鸳鸯谱》)。就其口气论之,似冯氏著书时已有此话本,故特为注出,否则詹詹外史纵属假托,亦可云龙子犹有某某小说(如卷十三《冯爱生》条,龙子犹《爱生传》云云;卷二十二《万生》条,龙子犹《万生传》云云),不必故为如是狡狯也。有不注见小说者:如卷十八《张灏》条颇与《古今小说》之《陈御史巧勘金钗钿》相似。卷四《裴晋公》条(出《太平广记》一六七引《玉堂闲话》),《古今小说》之《裴晋公义还原配》演之。卷二《单飞英》条,《古今小说》之《单符郎全州佳偶》演之。同上《绍兴士人》条,《古今小说》之《金玉奴棒打薄情郎》演之。卷十九《张果老》(果字疑衍)条(出《太平广记》十六引《续玄怪录》),《古今小说》之《张古老种瓜娶文女》演之。卷四《沈小霞妾》条,《古今小说》之《沈小霞相会出师表》演之。又卷一《金三妻》条,《通言》之《宋小官团圆破毡笠》演之。卷二《玉堂春》条,《通言》(兼善堂本)之《玉堂春落难逢夫》演之。卷五《唐寅》条,《通言》之《唐解元出奇玩世》演之。卷十《金明池当炉女》条(出《夷坚志》),《通言》之《金明池吴清逢爱爱》演之。卷四《娄江妓》条,《通言》之《赵春儿重旺曹家庄》演之。卷十四《杜十娘》条,《通言》之《杜十娘怒沉百宝箱》演之。卷十六《周廷章》条,《通言》之《王娇鸾百年长恨》演之。卷十二《勤自励》条(《太平广记》四二八引《广异记》),《恒言》之《大树坡义虎送亲》演之。卷十《陈寿》条,《恒言》之《陈多寿生死夫妻》演之。卷二《刘奇》条,《恒言》之《刘小官雌雄兄弟》演之。卷十《草市吴女》条(出《夷坚志》),《恒言》之《闹樊楼多情周胜仙》演之。卷十八《赫应详》条,《恒言》之《赫大郎遗恨鸳鸯绦》演之。卷二《程万里》条(出《辍耕录》),《恒言》之《白玉娘忍苦成夫》演之。卷十七《金废帝海陵》条,《恒言》之《金海陵纵欲亡身》演之。卷九《黄损》条,《恒言》之《黄秀才徼灵玉马坠》演之。又《智囊补》一书,亦冯氏作。卷十《僧寺求子》条,与《恒言》之《汪大尹火烧宝莲寺》所演全同。同上《临海令》条,与《恒言》之《陆五汉》篇事亦相类。卷四《沈小霞妾》条,与《情史》文同,而《古今小说》演之(见前)。皆不云见小说,疑此等或皆冯氏所演。

孙氏的推断,是合乎情理的。我们在考察冯氏有哪些作品时,除了注意到故事产生的时代背景和语言风格外,大体以孙说为依据。又《石点头》、《西湖二集》、《醉醒石》、《艳镜》等书故事之可考者亦附见于后。

第一节 《三言》故事的来源和影响

一、《喻世明言》二十九篇

1.《蒋兴哥重会珍珠衫》 (喻·第一卷)

叙蒋兴哥与妻三巧儿离合事,情节殊曲折。故事产生的年代,大致在明代中叶。《情史》卷十六有"珍珠衫"条，篇首止云"楚中贾人某"，篇末有"九籥生曰"云云，编者詹詹外史并加注云："小说有《珍珠衫记》，姓名俱未的。"所云"小说"，当系指本篇而言，"姓名未的"，则当时或有所避忌，故隐其名而存其事。九籥生即作《负情侬传》之宋懋澄，字幼清。《负情侬传》为杜十娘故事所从出，知此珍珠衫故事，宋氏当亦有传，今明刻本《九籥集》未载。《情史》所载，篇末既有"九籥生曰"四字(《负情侬传》末有"宋幼清曰"四字)，当为迻录宋氏《珍珠衫传》原文。本篇可能为冯梦龙手笔，盖据宋氏之传演述者。宋氏原传今佚，《情史》所录从略。

明闲闲子有《远帆楼》传奇，柳某及袁于令皆有《珍珠衫》传奇，叶宪祖有《会香衫》杂剧，皆写此事。柳敬亭说书，亦有此一目。

2.《陈御史巧勘金钗钿》（喻·第二卷）

本篇头回叙金孝拾银事，出元杨瑀《山居新话》，《辍耕录》卷十一及《古今谭概》卷十八亦载其事。《山居新话》略云：

> 有卖菜者途中拾得银十五定，母令送还之，子遂携往其处，果有寻银者至，付还。傍观者令分赏，失主靳曰："我失去三十定，尚少其半，如何可赏？"争不已，闻之官，官以所拾之者非所失之钞，喻失者曰："尔所失三十定，当在别处，可自寻之。"因叱出，闻者称善。

正文叙巡按御史陈濂断冤狱事，出《双槐岁钞》卷四《陈御史断狱》，略云：

> 武昌陈御史孟机(智)按闽，有张生者杀人当死，其色有

冤。询之,生曰:"邻居王妪以女许我[①],已纳聘矣。父母殁,我贫无资,彼遂背盟。女执不从,阴遣婢期我某所,归我金币,俾成礼。谋诸同舍杨生,杨生力止我,不果赴。是夕,女与婢皆被杀。妪执我送官,不胜拷掠,故诬服。"即遣人执杨生至,色变股栗,遂伏罪。张生获释。

本事与百回本《龙图公案》卷七《借衣》相近,与《情史》卷十八"张灏"条亦相似。严敦易谓"篇中的官制,如巡按、佥事等,都是明代才有的,故可确定为明人作品。"当出冯梦龙之手。明人《钗钏记》传奇,情节相类,惟人物姓名已改易。

3.《闲云庵阮三偿冤债》(喻·第四卷)

本篇原本名《戒指儿记》,曾被洪楩收入《清平山堂话本·雨窗集》中,此系改写本。叙太尉陈太常之女玉兰爱慕阮华才貌,私会闲云庵事。本事出《夷坚支志》卷三《西湖庵尼》。

本篇故事《西湖二集》卷二十八头回及《金瓶梅词话》第三十四回皆曾引及。《情史》卷三《阮华》亦记此事。王世贞编的《续艳异编》卷四《宝环记》,则系根据《戒指儿记》改写的。本篇虽以北宋政和二年为历史背景,然篇中误以西京为皇都,显非宋人口吻。许政扬断为明人手笔,理由是:一,宋时绝无驸马公开招选的办法,明代才定出了由礼部出榜报选驸马,任人报点的规矩。阮华"点报驸马,因使用不到,退回家来",完全是明代制度。二,宋代宗室禁与商人联姻,明制则不唯"官员军民子弟",都许报名,并不排斥商贾。像阮华这样的商贩子弟,会去应选驸马,对宋代的人说来,是完全

① 中华书局标点本"以女许我"作"许女我"。——校者注

不能想象的①。

4.《穷马周遭际卖馅媪》（喻·第五卷）

叙马周发迹事，见唐人刘𫗧《隋唐佳话》及赵自勤《定命录》等书，亦见于正史。《情史》卷二有“卖馅媪”条。本篇系串合马周事而成，从文字风格看来，疑出冯梦龙手。孙楷第《中国通俗小说书目》卷一谓《醉翁谈录》神仙类的《马谏议》疑即此本。按马周虽官给谏，然此本实非神仙故事，孙说可商。元庾天锡有《常何荐马周》杂剧。今录《卖馅媪》原文如下：

> 唐马周，少孤贫，为博州助教。以嗜酒忤刺史达奚，拂衣至京，停于卖馅媪肆。数日，祈媪觅一馆地。媪乃引致于中郎将常何之家。代何草封事，称旨。太宗询知周所为，即日召见，拜监察御史。媪之初卖馅也，李淳风、袁天罡常遇而异之，皆窃云：“此妇当大贵，何以在此？”及马公既贵，竟取为妻。数年内，马公拜相，媪为夫人。

5.《葛令公生遣弄珠儿》（喻·第六卷）

本篇头回用楚庄王宴群臣绝缨故事，出《韩诗外传》卷七，亦见《说苑》卷六“复恩”。“复恩”条云：

> 楚庄王赐群臣酒，日暮酒酣，灯烛灭，乃有人引美人之衣者。美人援绝其冠缨，告王曰：“今者烛灭，有牵妾衣者，妾援得其冠缨持之，趣火来上，视绝缨者。”王曰：“赐人酒，使醉失

① 见许政扬：《话本征时》，载《南开大学学报》第四卷第一期。

礼，奈何欲显妇人之节而辱士乎？”乃命左右曰：“今日与寡人饮，不绝冠缨者不欢。”群臣百有馀人，皆绝去其冠缨而上火，卒尽欢而罢。居二年，晋与楚战，有一臣常在前，五合五获首却敌，卒得胜之。庄王怪而问曰：“寡人德薄，又未尝异子，子何故出死不疑如是？”对曰：“臣当死，往者醉失礼，王隐忍不暴而诛也。臣终不敢以荫蔽之德，而不显报王也。常愿肝脑涂地，用颈血湔敌久矣，臣乃夜绝缨者也。”遂斥晋军，楚得以强。

正文叙葛周赠妾事，《太平广记》卷一七七引《玉堂闲话》略述其事。

6.《羊角哀舍命全交》（喻·第七卷）

本篇入话叙管鲍相交事，见《史记·管晏列传》；正文叙春秋时羊角哀、左伯桃生死交情事，见《后汉书·申屠刚传》李贤注。参看第十三章第一节“羊角哀鬼战荆轲”条。

7.《吴保安弃家赎友》（喻·第八卷）

叙唐玄宗时吴保安赎友郭仲翔于蛮陬事，出唐牛肃的《吴保安传》，《太平广记》卷一六六引之。本篇情节全同。《新唐书》卷一九一《忠义传》所载较简。明沈璟的《埋剑记》传奇，即演其事。

8.《裴晋公义还原配》（喻·第九卷）

本篇用两个故事作头回，邓通事见《史记·佞幸列传》，略谓文帝使善相者相通，谓“当贫饿死”，帝曰：“能富通者在我，何谓贫乎！”于是赐邓通铜山。及文帝崩，景帝立，因案家资尽没入官，卒寄死人家。还带事见王定保《摭言》，略谓裴晋公质状眇小，相者谓若不至贵，即当饿死。偶游香山佛寺，拾得二玉带，次日复至寺，见一素衣妇人寻带，晋公取带还之，复诣相者，相者曰：“此必有阴德，前途万里,非某所知也。”后果位极人臣。

正文叙裴度义行,本事出《玉堂闲话》,《太平广记》卷一六七及《情史》卷四均引之。疑亦出冯梦龙手。杂剧有《裴度还带》,传奇有《还带记》,均演裴度香山还带事。

9.《滕大尹鬼断家私》（喻·第十卷）

本篇叙明永乐年间滕大尹断倪善继、善述析产案,并从中渔利千金以去。此故事出处不详。或云与《晋书》汝阴隗炤事相类。但篇中有“话说国朝永乐年间”等语,自是明代故事。《皇明诸司奇判公案》下卷“争占”类亦载此事。《龙图公案》中的《扯画轻》,当系根据本篇写成。传奇《长生象》,则又据《龙图公案》写成。

10.《众名姬春风吊柳七》（喻·第十二卷）

本篇头回叙孟浩然终身不遇事,出《唐摭言》卷十一“无官受黜”条。

正文是据《独醒杂志》卷四补叙的:“柳耆卿风流俊迈,闻于一时。既死,葬于枣阳县花山。远近之人,每遇清明日,多载酒肴,饮于耆卿墓侧,谓之‘吊柳会’。”又《芥舟撮记》云:“柳永字耆卿,死后家无馀资,群妓合金葬之,每春月上塚,谓之‘吊柳七’。”戏文有《花花柳柳清明祭柳七》(见《寒山堂南曲谱》),杂剧有邹式金《春风吊柳七》,传奇有明王元寿《领春风》,都与此同题材。

11.《张道陵七试赵升》（喻·第十三卷）

本篇所叙为道家盛传之故事。《神仙传》卷四,《云笈七籤》卷一〇九,《历代仙史》卷一均有记载。《太平广记》卷八亦引之,情节殊诞妄。

严敦易谓本篇开头,用“国朝唐解元”的四句诗引起。唐解元指的是唐寅,所以可确知它是明正德以后的作品。

12.《陈希夷四辞朝命》（喻·第十四卷）

本篇主要是写陈抟两隐名山，四辞朝命的故事。《青琐高议》前集卷八《希夷先生传》(《谢真宗召赴阙表》)，亦为本篇所取材。郑振铎谓“风格绝类明末人之拟话本”。元马致远有《陈抟高卧》杂剧。

13.《范巨卿鸡黍死生交》（喻·第十六卷）

参看第十三章第一节“范张鸡黍死生交”条。

14.《单符郎全州佳偶》（喻·第十七卷）

本篇叙单符郎、刘春娘事，见宋王明清《摭青杂说》。《情史》卷二“单飞英”条转引之。此本疑出冯梦龙手。传奇有明梅鼎祚之《长命缕》、沈璟之《双鱼记》，杂剧有清崔应阶之《烟花债》，皆演此故事。《摭青杂说》略云：

京师孝感坊，有邢知县、单推官，并门居。邢之妻，即单之姊也。单有子，名符郎，邢有女，名春娘，年齿相上下，在襁褓中已议婚。宣和丙午夏，邢挈家赴邓州顺阳县官守①，单亦举家往扬州待推官缺，约官满日归成婚。是冬，戎寇大扰，邢夫妻皆遇害，春娘为贼所虏，落入全州倡家②，名杨玉。……绍兴初，符郎受父荫为全州司户……见杨玉，甚慕之。司理某与司户甚投契，置酒请司户，召杨玉侍，司户因问其家世……玉俱以告……司户心知其为春娘也……而未敢言。后一日，司户置酒答司理，复招杨玉佐樽……因问玉：“……我今丧偶无正

① 原本《说郛》本无“守”字。——校者注

② 原本《说郛》本作“转卖在金川倡家”。——校者注

室，汝肯嫁我乎？"玉曰："……妾所愿也……"司户察[①]其厌恶风尘，出于诚心，乃发书告其父……为脱籍……司理为媒……成婚为礼。

15.《杨八老越国奇逢》（喻·第十八卷）

本篇用吕蒙正、杨仁杲两人故事作为入话。吕蒙正在龙门时，一日，行伊水上，见卖瓜者，意欲得之，无钱可买。其人偶遗一枚于地，公怅然取食之。后作相，买园洛城东南，下临伊水，起亭，以"饐瓜"为名，不忘贫贱之义也。见《河南邵氏闻见录》卷七。杨景宗为章睿太后弟，始丁晋公作相，造宅于保康门外，景宗时以役夫荷土筑地。及晋公事败，籍没入官。晚年，以宅赐景宗，其正寝乃向日荷土所筑之地也，世叹异之。见《东轩笔录》卷二。

正文叙杨复奇遇事，与《古今谭概》卷三十六《一日得二贵子》条有相似处，惟情节大有增益。篇中叙倭患特详，显为明嘉靖以后的作品。《情史》卷二"杨公"条亦演此事。

16.《杨谦之客舫遇侠僧》（喻·第十九卷）

本事出处待考。叙浙江永嘉人杨益授贵州安庄县令。安庄蛮獠错杂，号称难治，杨踌躇不敢往。一游方僧因见杨益只身不能去安庄，权使李奴相伴。使得遇难成祥，一县归顺事。

17.《临安里钱婆留发迹》（喻·第二十一卷）

本篇入话叙贯休不肯改诗事，见《全唐诗话》卷六"僧贯休"条。正文叙钱镠发迹事，系采《湘山野录》、《西湖游览志馀》等书，再加缘饰而成。《金刚凤》传奇，虽亦写钱镠事，与本篇无关。《西湖游

① 原本《说郛》本"察"作"知"。——校者注

览志馀》卷一《帝王都会》略云：

钱镠字具美，杭州临安人。临安里中有大木，镠幼时与群儿戏木下，镠坐大石，指麾群儿为队伍，号令有法，群儿皆惮之。及壮，无赖，不喜事生业，以贩盐为盗。……天复二年，封镠越王，天祐元年，改封吴王，开平元年，梁太祖即位，封吴越王。受命后，改临安为衣锦军。展饬茔陇，旌旗鼓吹，振耀山谷，童时钓弋之所，尽蒙以华屋，贩盐担簧，亦裁锦韬之。叹曰："焉敢忘本！"一邻媪九十馀岁矣，携壶浆角黍迎镠，呼曰："钱婆留，宁馨长进！"镠下车拜之，盖镠生时，光怪满室，其父欲不举，是媪强留之，故名"钱婆留"也。

18.《木绵庵郑虎臣报冤》（喻·第二十二卷）

贾似道木绵庵被杀事，《宋史》本传所叙殊简。《齐东野语》、《山房随笔》、《西湖游览志馀》卷五《佞幸盘荒》均有记述。兹节录《西湖游览志馀》所载以资参考：

似道既败，事闻，台臣交章攻之。顷之，谪高州团练使。先是，似道尝梦术者言："平章不利姓郑人"，故朝士郑姓者多摧抑之。武学生郑虎臣素见憎于似道，廷议遂以虎臣为押送官。似道濒行，置酒饮虎臣，言前梦，且祈哀庇，虎臣微笑而已。途中备加窘辱，及抵清漳，似道泣曰："夜梦不祥，离此恐无生理。"漳守赵分如者，似道门客也，宴虎臣，欲请似道偶坐，虎臣不许，似道亦固让不敢当，口称天使唯谨。分如察虎臣有杀似道意，挑之曰："天使今日押团练至此，想无生理，曷令速

> 殒,无受许多苦恼!”虎臣笑曰:“便是这物事,受得许多苦恼,好死不死!”明日,促之行。离城五里,小憩木绵庵,似道知不可免,乃服脑子,踞虎子欲绝。虎臣曰:“好教只恁地死!”大捶数下而殂。

宋元戏文有《贾似道木绵庵记》,可能为本篇所从出。本篇开头引了张志远的一首诗,张字叔明,明嘉兴人,著有《竹屿吟稿》。足证本篇出自明人手笔。赵弼《效颦集》中的《木绵庵记》,情节与本篇不同,似别有所本。

19.《晏平仲二桃杀三士》　(喻·第二十五卷)

本篇入话叙禹会涂山诛防风氏事。见《国语》卷五《鲁语》,《述异记》卷上亦略及之。正文参看第十三章第一节“齐晏子二桃杀三学士”条。

20.《沈小官一鸟害七命》　(喻·第二十六卷)

参看第十三章第一节“沈鸟儿画眉记”条。

21.《金玉奴棒打薄情郎》　(喻·第二十七卷)

本篇头回叙朱买臣休妻事,是一个民间传说,似从《拾遗记》姜太公休妻事转化而来。《国色天香》卷七的《买臣记》,亦同题材。略云:

> 汉朱买臣,字翁子,家贫,采薪以自给。其妻耻之,求去,嫁杉青吏人。买臣见妻去,忽自叹曰:“古人功业成于激发者恒多,我何自苦也?”遂诣长安上书,时故人严照已贵,荐买臣于武帝,召见,拜为中大夫,后又拜为会稽守。买臣至郡,舟过杉青闸下,闸吏奔趍惶惧。其妻审知买臣也,拜伏舟次求重

圆，买臣长笑拒之。妻遂自投河中而死。买臣葬之于亭湾，名曰羞墓。方孝孺题诗于亭：“芳草池边一故丘，千年埋骨不埋羞。叮咛嘱付人间妇，自古糟糠合到头。”

正文叙南宋临安莫生与丐户金氏离合事，见《西湖游览志馀》卷二十三《委巷丛谈》；《情史》卷二有“绍兴士人”条，事亦相类。本篇棒打情节，疑从《张协状元》戏文演化而来。按《酉阳杂俎》卷一“礼异”条载：北朝婚礼，“婿拜閤日，妇家亲宾妇女毕集，各以杖打婿为戏乐，至有大委顿者。”盖戏婿之俗，由来已久，作者特取以点缀生情。可能出自冯氏手笔。范文若的《鸳鸯棒》传奇，情节亦与本篇合，惟人名不同。

22.《李秀卿义结黄贞女》（喻·第二十八卷）

本篇用三个女子乔扮男装故事作为开头。木兰从军，梁祝共读，世所熟知。黄崇嘏事见《太平广记》卷三六七。正文系由《贩香记》词话改编，叙弘治间黄善聪女扮男装事。本事见《焦氏笔乘》卷三《我朝两木兰》。《双槐岁钞》卷十及《情史》卷二均有记述。《焦氏笔乘》略云：

黄善聪，金陵淮清桥人。年十二，失母，有姊已适人。父贩线香为业，怜善聪孤幼无依，诡为男子装，携之游庐凤间。数年，父亦死，善聪变姓名曰张胜，仍习其业。李英者亦贩香，自金陵来，不知其女也，约为火伴，同寝食者逾年，恒称有疾，不解衣，夜乃溲溺。弘治辛亥正月，与英偕返金陵，年已二十矣。往见其姊，姊言：“我初无弟，安得来此？”善聪笑曰：“弟即善聪也。”泣语其故，乃相持恸哭，为易男子装。明日，英来访，则善聪俄为女子矣。英大骇，问知其故，怏怏如有失，归告其母，母大贤之，即为求婚，善聪不从，事闻于厂卫，乃助其聘礼，判为夫妇。

23.《月明和尚度柳翠》（喻·第二十九卷）

本篇叙南宋绍兴年间柳翠故事，篇末有“至今皋亭山下有个柳翠墓古迹”。可证它是元明之间的作品。《金瓶梅词话》第十五回记灯市景况，有云：“和尚灯，月明与柳翠相连。”可证柳翠故事在明代民间仍在流传。本事见《西湖游览志》卷十三。《西湖游览志馀》卷二十引平话有《柳翠》，云近世拟作。余公仁本《燕居笔记》卷八有《柳府尹遣红莲破月明和尚记》，当即此篇。元李寿卿有《月明和尚度柳翠》杂剧（一名《月明三度临歧柳》）或为此话本所依据。明徐渭的《翠乡梦》亦本元剧，吴士科的《红莲案》，则又本之《翠乡》。

24.《明悟禅师赶五戒》（喻·第三十卷）

本篇一名《佛印长老度东坡》。头回叙三生相会故事。本事出《甘泽谣》，《太平广记》卷三八七引之。故事末有明人瞿宗吉、王元翰诗各一首。三生相会故事，亦见《西湖游览志》卷十一。正文叙东坡佛印两世相逢故事，亦为民间传说。篇末有“至今流传做话本”语，显为明人语气。《清平山堂话本》有《五戒禅师私红莲记》，部分情节为本篇所依据。东坡悟前生事，《侯鲭录》、《扪虱新话》等书均有记述。《扪虱新话》载东坡前身亦具戒和尚。东坡尝言：在杭州时尝游寿星寺，入门，便悟曾到，能言其院后堂殿石处，故诗中有“前生已到”之语。《东坡问答录》载佛印未为僧日，乃儒家流，滑稽应对，当时无出其右者。东坡与佛印友善，小说因缀合其事。陈汝元的《红莲债》传奇，即本此小说中的一段事迹演成。

本篇机杼结构，与《月明和尚度柳翠》近似，它们虽系各自独立发展的二个故事，但也可能是从一个体系中变化出来的两种传说。

25.《闹阴司司马貌断狱》（喻·第三十一卷）

本篇是一个民间传说。叙四川益州人司马貌，因作怨词，焚奏上帝。假寐中被摄至阴府，于半日内一一明决韩信、彭越等之诉。此故事最早见于《五代史平话·梁史平话》，极简略。后发展成为元代《三国志平话》的头回并加以润色而成，当为明人所作。戏曲有嵇永仁的《愤司马梦里骂阎罗》、徐石麒的《大转轮》，均本此。

26.《游酆都胡母迪吟诗》（喻·第三十二卷）

本篇头回叙秦桧东窗密谋杀岳飞事。可能是一个话本的节略。本事最早见于无名氏《湖海新闻夷坚续志》卷二《欺君误国》（亦见《坚瓠甲集》卷四引）。《西湖游览志馀》卷四《佞幸盘荒》亦载之，略云：

> 桧之欲杀岳飞也，于东窗下与妻王氏谋之。王氏曰："擒虎易，纵虎难。"其意遂决。后桧游西湖，舟中得疾，见一人披发厉声曰："汝误国害民，吾已诉天得请矣！"桧归，无何而死。未几，子熺亦死。王氏设醮，方士伏章，见熺荷铁枷，问："太师何在？"熺曰："在酆都。"方士如其言而往，见桧与万俟卨俱荷铁枷，备受诸苦。桧曰："可烦传语夫人，东窗事发矣！"

正文叙胡母迪游地狱事。略谓元时秀才胡母迪偶得《秦桧东窗传》，读未毕，不觉大怒，大骂奸臣不绝。读《文文山丞相遗稿》，心愈不平。取酒痛饮，至于大醉，和衣就寝，忽得阎君召，导游地狱，见奸回者受尽诸苦，忠义者享受天乐。胸中不平之气才得消除。题诗以见志。这个故事,与头回是有密切联系的。篇末有"元祚遂倾,天下仍归于中国",显然是明人口气。赵弼的《效颦集》有《续东窗事犯传》,《国色天香》卷十亦载赵文,稍有增益。《说岳全传》第七十二回《胡梦蝶醉后吟诗游地狱,金兀术三曹对案再兴兵》,则又据《国色天香》演述而成。

27.《李公子救蛇获称心》 (喻·第三十四卷)

本篇以孙叔敖打两头蛇事作为入话。事见《贾谊新书》卷六《春秋》。正文叙李元因救一小朱蛇而荣登科第事。出《青琐高议后集》卷九《朱蛇记》(李百善救蛇登第)。《清平山堂话本·欹枕集》下有《李元吴江救朱蛇》一篇,当为同题材。

28.《梁武帝累修成佛》 (喻·第三十七卷)

本篇叙梁武帝的前身及饿死台城事。前身说,见《朝野佥载》卷二。饿死说,见《六朝事迹编类》卷下《同泰寺》。

29.《沈小霞相会出师表》 (喻·第四十卷)

沈鍊劾严嵩得罪,见《明史》卷二百九《沈鍊传》。本篇所记皆嘉靖间实录,系据江盈科(进之)《明十六种小传》卷三《沈小霞妾》点缀而成。《情史》卷四亦载之。本篇当出冯梦龙手。惟《出师表》事,江传未及,其妾姓及年家何人,中道何地,传亦失载,须参本篇,乃见全貌。《出师表》传奇所叙亦同。《沈小霞妾》一文可资参考,详见第十二章第二节。

二、《警世通言》二十一篇

30.《俞伯牙摔琴谢知音》 (警·第一卷)

本篇入话叙管鲍相交事,与《古今小说》卷七《羊角哀舍命全交》入话相同。正文演伯牙、钟子期事，系杂采《列子》、《荀子》、《吕氏春秋》等书加以缘饰而成。明万历末年《小说传奇合刊本》有《贵贱交情》一篇，可能即为本篇的底本。兹录《吕氏春秋》卷十四《孝行览》第二《本味》一节以资参考：

> 伯牙鼓琴，钟子期听之。方鼓琴，而志在泰山，钟子期曰："善哉乎鼓琴！巍巍乎若泰山！"少选之间，而志在流水，钟子期又曰："善哉乎鼓琴！汤汤乎若流水！"钟子期死，伯牙破琴绝弦，终身不复鼓琴，以为世无足复为鼓琴者。

31.《庄子休鼓盆成大道》（警·第二卷）

本事出《庄子》的《逍遥游》及《至乐》。其中某些诗句则见清张贵胜辑的《遣愁集》卷十一《警悟》。田氏搧坟及楚王孙来吊事，当采自民间传说。戏曲如《四大痴》、《蝴蝶梦》、《花间四友》等，均据此而作。

32.《王安石三难苏学士》（警·第三卷）

篇中所述，都有所本。如《高斋漫录》云："东坡闻荆公《字说》新成，戏曰：'以竹鞭马为笃，以竹鞭犬，有何可笑？'又曰：'鸠字从九从鸟，亦有证据，《诗》曰：鸤鸠在桑，其子七兮。和爷和娘，恰是九个。'"《类说》卷五十七云："欧公嘉祐中见王荆公诗'黄昏风雨瞑园林，残菊飘零满地金'，笑曰：'百花尽落，独菊枝上枯耳。'因戏曰：'秋英不比春花落，为报诗人仔细看。'"此本欧公事，小说改作东坡。又取水诗似借用李德裕故事，出《中朝故事李赞皇逸事》，略云："李德裕有亲知奉使于京口，李曰：'还日，金山下扬子江中零水，与取一壶来。'其人举棹日，醉而忘之，泛舟止石城下，方忆及，乃汲一瓶于江中,归京献之。李公饮后,叹讶非常,曰:'江表水味有异于顷岁矣。此水颇似建业石城下水。'其人谢过,不敢隐也。"

33.《吕大郎还金完骨肉》（警·第五卷）

本篇头回叙金员外事,出《古今谭概》卷十三《吝祸》。略云:

> 金华豪民李甲,克众肥家,有二僧往求施,甲衔之,故为殷勤而私作四饼,置毒其中,以饷二僧,僧方饱饭,怀饼以归。明旦,二小儿彩衣垂发,入寺游观,问之,则甲之二子也。惊曰:"此李公爱子,可以果饵延之。"即取饼以饷。二儿各食其一,怀其一归。入门,大呼腹痛而死。甲莫喻其故,询其仆,搜其身,馀饼在焉。乃知中毒而亡,吞声饮泣而已。

正文叙吕大郎还金完骨肉事,与《挥麈新谭》所记还银得子事相类(《坚瓠广集》卷五引),惟本篇又增出一些情节。《挥麈新谭》云:

> 京师数贫人,贷银十两,为托卖烧鹅之计。道旁有倾银店,共假其锥凿剖之。忽一块爆起不见,约计八钱,觅之不得。众大相咎,至有欲毕命者。明日,又哄于楼下。上有监生讯之,告以故,曰:"我昨夜归,于楼门槛得银一块,当是汝物。"出银还之,果是。众感其意,分半酬之,生固辞。他日,得利颇厚。见一人鬻小儿于道,众以三百钱得之,送监生为仆。同至旅次,小儿一见便呼爹爹,大哭。生亦哭。乃张家湾所失子也。年八岁,登车时为奸人抱去三月馀矣。

34.《俞仲举题诗遇上皇》（警·第六卷）

本篇头回叙司马相如发迹事，即《清平山堂话本》中的《风月瑞仙亭》，亦即三桂堂本《警世通言》中的《卓文君慧眼识相如》。本事出《史记·司马相如传》。

正文叙俞良发迹事，大致模仿俞国宝题词遇上皇的故事。俞国宝事见《武林旧事》卷三《西湖游幸》（参看第九章第四节《汪信之一死救全家》）。本篇虽写宋代事，然结尾有"下次秀才应举，须要乡试得中，然后赴京殿试"，却是明代的科举制度，当属明人作品。徐坦庵《买花钱》杂剧，即演俞国宝事。

35.《李谪仙醉草吓蛮书》（警·第九卷）

李白故事，详见《酒史》卷上及《野客丛谈》卷七。《国色天香》卷三有《快睹争先吓蛮书》，词极鄙俚，当系好事者所为。《松窗杂录》、《青琐高议后集》卷二，都有关于李白事迹的记述。《酒史》略云：

> 李白字太白，山东人。玄宗时为翰林学士。风流蕴藉，为世所称。贺知章长安一见，即解金龟换酒共饮，曰："此天上谪仙人也。"每醉，为文章，未稍差错，人谓之"醉圣"。尝召入金銮殿，玄宗为降辇步迎。其草《答蛮书》辩如悬河。值寒月笔冻，以宫嫔十人为呵牙笔。他日宴白莲池，欲命白造乐府，使至，白已醉长安酒肆，乃以水颒面。入见，醉不能登舟，帝命高力士扶掖上舷。尝命高力士脱靴，力士每以为恨，遂被谮去位。乃浪迹江河。尝醉骑驴过华阴县宰门，宰怒，引至庭内曰："汝何人？敢无礼如此？"白乞供状，状无姓名，但曰："曾用龙巾拭吐，御手调羹，力士脱靴，贵妃捧砚。天子殿前尚容走

马，华阴县里不许骑驴。"宰惊谢，已无及矣。

按唐范传正《唐左拾遗翰林学士李公新墓碑》记李白在天宝初被玄宗召见事，有"论当世务，草《答蛮书》，辩如悬河，笔不停缀"等语，小说家即据以敷演为故事。

36.《苏知县罗衫再合》　（警·第十一卷）

本篇头回叙李宏于秋江亭题酒、色、财、气词，已而酒、色、财、气变作四女子入梦。与《警世奇观》第一帙《秋江梦李宏招四友，妒相争惊醒南柯人》为同一故事。出处未详。

正文系从《苏知县报冤》唱本改编。本事出《原化记》，《太平广记》卷一二一引。《太平广记》卷一二二"陈义郎"及《青琐高议后集》卷四"卜起传"，都有类似的记载。元人《合汗衫》关目亦相近。《茶香室丛钞》引《乾膙子》血污衫子事及《闻奇录》所记天净沙汗衫事，均相类。明人《白罗衫》，与本篇姓名事迹皆符。

37.《金令史美婢酬秀童》　（警·第十五卷）

本篇头回叙张皮雀事，见《猃园》卷二《仙幻字误书草》及《识小录》卷四《张皮雀》。正文本事来源待考。叙昆山人金满为令史，疑家童名秀童者偷去元宝四锭，捕拷问，秀童诬服，后案得白，金满念秀童无端受屈，无以为酬，乃以美婢金杏许配秀童为妻。

38.《钝秀才一朝交泰》　（警·第十七卷）

本篇头回叙王涯事，见《古今谭概》卷十四《汰侈》。略云：

王黼宅与一寺为邻，有一僧，每日在黼宅沟中流出雪色饭颗，漉出洗净晒干，不知几年，积成一囤。靖康城破，黼宅骨肉绝粮，此僧即用所收之饭，复用水淘，蒸熟送入黼宅，老幼赖之无饥。

正文来源待考。叙明天顺间马德称忠厚有才名，同里有黄胜、顾祥者，逢迎惟恐或后。黄胜并以妹六媖许配德称。无何，马父被诬死，马遂穷困，黄、顾亦绝迹。后辗转至北京，无所遇，落魄无聊，京中人称为“钝秀才”。时黄胜已死，无嗣，妹六媖分得家私数千金，收到行装，到京寻访，探知马在真定龙兴寺写经，遂作书一封，白金百两，新衣数套，差家人王安送去，并告以朝政改变，奸阉王振被抄。马乃回京草表为父昭雪，遂与黄小姐成婚。夫妇衣锦还乡。

39.《老门生三世报恩》（警·第十八卷）

冯梦龙序《三报恩》传奇云：“余向作《老门生》小说，政谓少不足矜，而老未可慢，为目前短算者开一眼孔。”知本篇为冯梦龙所作。篇中叙兴安令蒯遇录科考试，自以少年科甲，必得录取后生英俊者为荣。不料三次事与愿违，录取了年过半百的鲜于同。后鲜于在京做官，蒯公因故下狱，鲜于救之。其子以事下狱，鲜于复出之。累官浙江巡按，时蒯公家居，携其孙蒯悟谒鲜于，鲜于延之归，与其孙共学，曰：“此亦可以报吾师三次之恩矣。”本篇故事大致如此。篇中述明季科场积弊，非亲历者不知。冯氏盖深有所慨而作也。《三报恩》为毕魏作，即演鲜于同事。明末人所作《玉瑑缘》传奇亦同题材。

40.《赵太祖千里送京娘》（警·第二十一卷）

本篇叙赵匡胤未发迹时，避仇到太原，他的叔父景清在清油观当观主，遂留居叔父处。响马张广儿、周进掳了一个美女赵京娘，寄顿观中。匡胤知道，和她结为兄妹，送她回蒲州。途中正好遇到那两个响马，把他们击毙。京娘见匡胤英雄正直，愿以终身相托，为匡胤所拒。到了家中，京娘兄嫂疑她和匡胤有私，京娘无以自明,乃自缢而死,以明心迹。篇末有“这段话,题做《赵公子大闹清油观,千里送京娘》”。

此故事,《飞龙传》第十八回《卖华山千秋留迹,送京娘万世英名》,第十九回《匡胤正色拒非词,京娘阴送酬大德》有详细的描写。《缀白裘》及《纳书楹曲谱》均有昆曲送京娘剧本,情节大致与本篇相符,而更见精警。元裕之《续夷坚志》有京娘墓一则,似为戏文《京娘怨燕子传书》所本。本篇并无“燕子传书”事,两故事恐无渊源关系。元彭伯成有《金娘怨》杂剧,《风云会》传奇亦及京娘事。

41.《宋小官团圆破毡笠》（警·第二十二卷）

叙明正德间昆山人宋金郎夫妻离合故事。见明刘仲达《鸿书》卷三十六《五伦部》三“金氏子”条引王同轨《耳谈》。赵吉士《寄园寄所寄》卷十亦引之。《情史》卷一“金三妻”条亦引《耳谈》,情节全同。惟本篇作宋金,《鸿书》、《耳谈》则金其姓而非名,为稍异耳。本篇疑亦冯氏之作。《鸿书》略云:

> 昆山舟师杨姓者,与金姓者善。金死,有子曰三,年十七,杨怜之,招入舟。杨一女,年相若,因以妻三。岁馀,三沾疾尫羸,杨悔恨。一日,江行,泊孤岛下,赚其拾薪,弃之去。三欲归,无路,转入林中,至一所,有八大箧,盖盗所劫财。三更临江滨,适有他舟,三招之来,悉以箧入舟。抵仪真,启视,皆金珠也。即售得如干,服食起居非故矣。一日,行过河下,杨舟适在,三使人雇其舟。先是,杨弃三时,女哭不欲生。父母强之使纳婿,不从。及三登舟,女窃视,惊曰:“客状甚似吾婿。”母詈之,遂不敢言。三顾女,佯谓舟人曰:“何不向船尾取破毡笠戴之?”盖三窭时登舟,有是言也。于是妻觉之,出见,相与抱哭,欢如平

生。杨夫妇罗拜请罪,三亦不之较。寻同归三家。

42.《玉堂春落难逢夫》（警·第二十四卷）

本篇所叙为明代实事。相传男主人公王金龙即王三善,河南永城县人,万历进士,《明史》有传。按玉堂春故事,小说谓系正德间事,三善年代似不相及,或作者故布疑阵,亦未可知。其故事最早记载的是万历刊本《全象海刚峰居官公案传》卷一第二十九回《妒奸成狱》。《情史》卷二亦载其事。本篇颇可能为冯梦龙手笔,是现存最早的关于玉堂春的小说。题下附注云:“与旧刻《王公子奋志记》不同”,可以知道还有更早的一本,题作《王公子奋志记》,惜已散失。现存乾隆刊《真本玉堂春全传弹词》,尚保存了《奋志记》的一些情节。大概在明代,玉堂春传说,存在着两个形式:先有《王公子奋志记》,后有本篇。雍乾间人作的《破镜圆》传奇,亦演玉堂春事。京戏、大鼓、弹词、蹦蹦戏,都有关于玉堂春的脚本。《情史》卷二“玉堂春”条故事与话本大体相同,末附评语云:

> 生非妓,终将落魄天涯。妓非生终将含冤地狱,彼此相成,卒为夫妇。好事者撰为《金钏记》,生为王瑚,妓为陈林春,商为周镗,奸夫莫有良。

43.《桂员外途穷忏悔》（警·第二十五卷）

邵景詹《觅灯因话》卷一有《桂迁梦感录》,当为本篇所从出。明李玄玉《人兽关》传奇,亦演此事。《桂迁梦感录》略云:

> 施济有豪名,父鉴恐其散尽家资,乃密窖金银于土中。济

年逾四十，妻严氏，生子曰还。济挈金三百两往虎丘观音殿进香，忽见一人哭泣，欲投剑池，乃其少时同窗桂迁，因贷李平章三百金，为所逼迫，窘而自尽。济慨然以三百金予之。迁感激流涕，誓有以报。既归，携子诣谢。济悯其穷，畀以桑园一所，入宅未几，迁掘得鉴所藏金数千，顿生异志。会济病殁，迁乘机往会稽，大买田宅为富人，竟与施不相闻问。久之，施家日落，还母子赴绍求助于迁，迁漠然遇之，母子饮恨归。严氏旋病殁，还益贫，市所居屋于牛公子家，方拆卧房装摺，得一帐簿于天花板上，云：某处某处埋银若干，盖其祖亲笔。如言掘之，皆符，惟桑园所藏，化为乌有。于是遍赎田产，复为富人矣。（下梦感事从略）

44.《唐解元一笑姻缘》（警·第二十六卷）

唐伯虎与秋香故事，小说家艳称之。事出《泾林杂记》，《情史》卷五引之，本篇情节全同。又王行甫《耳谈》载陈玄超事，与此绝类。此故事苏州盛传，话本极可能为冯梦龙所作。明孟称舜《柳枝集》有《花前一笑》杂剧，卓珂月作《花舫缘》，弹词则有《三笑姻缘》，皆演此事。

45.《假神仙大闹华光庙》（警·第二十七卷）

《西湖游览志》卷十七云：“华光庙，在普济桥上，本名宝山院，宋嘉泰间建。”本篇开头即据以叙写，知本篇为嘉靖以后的作品。故事以《夷坚支庚》卷七《周氏子》为蓝本，加以敷演而成。

46.《赵春儿重旺曹家庄》（警·第三十一卷）

本篇开头引到李亚仙故事，有“绣襦裹体，剔目劝读”的话，剔目劝读为《绣襦记》中关目。赵景深以为本篇当作于徐霖《绣襦记》以后,甚是。本事疑即《情史》卷四“娄江妓”,《智囊补》卷二十五亦载之。本篇叙科场事,为失意文人吐气。篇中有“知府”、“三司首领官”,均明代官制。疑亦冯氏之作。

47.《杜十娘怒沉百宝箱》 (警·第三十二卷)

杜十娘故事发生在明代万历年间,是当时轰传一时的社会事件。明宋幼清《九籥集》卷五有《负情侬传》(见第十二章第二节),记述甚详。篇末并谓于万历庚子(二十八年)“闻其事于友人”,后八年写成此传。《九籥别集》、《情种》、《文苑楂橘》及明刘心学的《史外丛谈》都有转载。《情史》卷十四“杜十娘”条结云:“浙人作《负情侬传》。”即是此文。幼清,云间人,云浙人,盖记忆之误。本篇情节大致与《负情侬传》相符,当出冯梦龙手。戏曲演此事者,明郭彦深有《百宝箱》传奇,已佚。清乾隆年间,有夏秉衡的《八宝箱》和梅窗主人的《百宝箱》两种。此外,京戏、鼓词、弹词、评剧等都有此故事。

48.《王娇鸾百年长恨》 (警·第三十四卷)

本篇头回叙张乙事,见《夷坚丁志》卷十五“张客奇遇”。《情史》卷十六“念二娘”条引之,末云:“《耳谈》亦有此事,但其妇为穆小琼。”正文叙周廷章伪托父命与王娇鸾缱绻,未几,又贪财慕色,别娶富家女。鸾自缢,廷章亦被官府榜杀事。

按卢梅湖之《寻芳雅集》(一作《怀春雅集》),见《燕居笔记》载《国色天香》卷四,记元末吴廷璋与王娇鸾等婚媾事,虽结局不同,然时代及男女两主角的姓名大体相同,当为一事两传。本篇疑为冯梦龙手笔。

49.《况太守断死孩儿》 (警·第三十五卷)

况太守即况钟,字伯律,江西靖安人。始以吏事吕尚书震,旋迁郎中，擢苏州守。《明史》有传。明戴冠的《濯缨亭笔记》、李乐的《见闻杂记》，都有关于他的事迹的记载。钟九世孙况廷秀编的《太守列传编年》云："折狱明断，民有奇冤，无不昭雪。有熊友兰、友蕙兄弟冤狱，公为雪之，阖郡有包龙图之颂，为作传奇以演其事（按即朱㿥的《双熊梦》），惜一切漶断，不能尽传于世。"断死孩儿案，未见他书记载，其情节采自《海公案》第七十一回《判谋陷寡妇》。

50.《旌阳宫铁树镇妖》（警·第四十卷）

本篇头回出《神仙传》卷一《老子》。正文即明人邓志谟的《新镌晋代许旌阳得道擒蛟铁树记》二卷十五回，一名《许仙铁树记》其故事见于唐段成式《酉阳杂俎》卷二《玉格》，事极简略。按《太平广记》卷十四有《许真君》、《吴真君》，即本篇的许逊、吴猛。卷十五有《兰公》，卷六十二有《湛母》，亦见本篇。知本篇乃串合许多故事渲染衍化而成。别有明万历间刊的《许真君净明宗教录》十五卷，虽属道经，有类小说，亦可相互参证。作者邓志谟，明万历间人，字景南，号竹溪散人，亦号百拙生。他的小说，除《铁树记》外，尚有《飞剑记》、《咒枣记》二种，皆单行，有明刊本。又有《花鸟争奇》三卷，《童婉争奇》三卷，《风月争奇》三卷，《蔬果争奇》三卷，《山水争奇》三卷，《茶酒争奇》二卷，《梅雪争奇》三卷。皆明刊本。

三、《醒世恒言》三十三篇

51.《两县令竞义婚孤女》（醒·第一卷）

本篇头回叙王奉嫁女事，与《耳谈》所记李乔与段女婚姻事相类。《寄园寄所寄》卷十《驱睡寄》引之。

正文叙两县令争恤一石氏孤女，分任婚姻之事。见《东轩笔录》卷十二,《括异志》卷十《钟离发运》亦载之。又见《厚德录》。戏曲有《百寿图》,所演赵璋女月香,即本此,惟人物姓名多有更易。《东轩笔录》云:

有县令钟离君,与县令许君结姻[①]。钟离女将出适,买一婢从嫁。一日,婢执箕帚治地,至堂前,熟视地之窊处,恻然泣下。钟离君适见,怪而问之[②],婢泣曰:"幼时,我父于此穴地为球窝,教我戏剧[③],岁久矣,而窊处未改也。"钟离君惊曰:"父何人?"[④]婢曰:"我父乃两考前县令也,身死家破,我遂落民间而更卖为婢。"钟离君遽呼牙侩问之,复质于老吏,具得其实[⑤]。是时许令子纳采有日,钟离君遽以书抵于令[⑥],而止其子,且曰:"吾买婢得前令之女,吾特怜而悲之,义不可久辱,当辍吾女之奁篚,先求婿以嫁前令之女也。更俟一年,别为吾女营办嫁资,以归君子可乎?"许君答书曰:"蘧伯玉耻独为君子,何自专仁义?愿以前令之女配吾子,然后君别求良奥以嫁君女[⑦]。"于是前令之女,卒归许氏。

52.《三孝廉让产立高名》 (醒·第二卷)

本篇入话用三个故事:一见《续齐谐记》,二见《开天传信记》,

---

① 中华书局本作"与邻县令"。——校者注
② 中华书局本无"而"字。——校者注
③ 中华书局本"教"作"道"。——校者注
④ 中华书局本"父"作"而父"。——校者注
⑤ 中华书局本无"具"字。——校者注
⑥ 中华书局本"于令"作"许令"。——校者注
⑦ 中华书局本"奥"作"婿"。——校者注

三见《世说新语》。正文演东汉许武事，见《后汉书·许荆传》。略云：

> 许荆字少张，会稽阳羡人。祖父武，太守第五伦举为孝廉。武以二弟晏、普未显，欲令成名，乃割财产以为三分，武自取肥田、广宅、奴婢强者。二弟所得，并悉劣少。乡人皆称弟克让，而鄙武贪婪，晏等以此并得选举。武乃会宗亲泣曰："吾为兄不肖，盗声窃位，二弟年长，未豫荣禄，所以求得分财，自取大讥。今理产所增，三倍于前，悉以推二弟，一无所留。"于是郡中翕然，远近称之。

53.《卖油郎独占花魁》　（醒·第三卷）

本篇入话叙郑元和与李亚仙事，见《太平广记》卷四八四《李娃传》（参看第十三章附录《李亚仙记》）。

正文叙卖油郎秦重与妓女莘瑶琴结合始末。《情史》卷五"史凤"条附录略载其事，盖即据小说者。所叙虽系宋时事，然篇中每插入明代特有的《挂枝儿》小曲，当为明人所作。李玄玉有《占花魁》传奇，亦谱此事。

54.《灌园叟晚逢仙女》　（醒·第四卷）

本篇头回叙众花神化十余美女，求崔玄微立朱幡以免风灾事。出《博异志》，亦见《酉阳杂俎续集》卷三《支诺皋》。清人有《卫花符》剧，即演此故事。正文出处待考，述秋先爱花成癖，宦家子张委欲夺其花园，诬为王则同党。得花神解救，得报冤仇，登云仙去事。

55.《大树坡义虎送亲》　（醒·第五卷）

本篇头回叙韦德事，与《都公谭纂》卷下所记常熟乡民事相类。

祝允明有《义虎传》，见《前闻记》，事亦近之。《都公谭纂》略云：

常熟一乡民，因岁歉，携其妻将往溧阳，依大家以居。附舟至宜兴，舟人欲图其妻，绐夫曰："汝何必往溧阳，吾熟此处大家，可相依者。"夫遂与舟人登岸，令妇候舟中。舟子负木梳随行，至松林，以梳击夫仆地，意其死矣。回舟，谓妇曰："而夫已为虎食，而今奈何？"妇人号哭，欲寻其尸。舟子复导行，至一林莽间，突有虎跃出，直趋舟子。妇奔走，宿野寺。明日回舟，与同伴至溧阳某家，言其故，主人不纳。妇复号哭。里正问故，妇具言其事。里正曰："适在县前，见一男子，诉在某处被舟人谋杀，幸而不死，岂汝夫耶？"导妇至邑门，夫妇大哭，复归常熟。

正文叙老虎感恩送亲事，见宋戴君孚《广异记》，《太平广记》卷四二八引，《情史》卷十二亦引之。篇末有"此树孔，乃虎穴也。托其穴以避雨，借虎力以得妻。大德不报，反以杀身，哀哉！"这样几句评语。本篇情节已有改变。赵景深疑为冯梦龙所作。《太平广记》略云：

勤自励者，随军击吐蕃，十年不还。妻林氏，为父母夺志，将改嫁陈氏。其婚夕而自励还，父母具言其妇重嫁始末。自励不胜忿怒。妇宅去家十馀里，是晚，仗剑而行，以诣林氏。行八九里，暴雨，自励权避雨道旁大树孔中，闻有人呻吟，扪之，即妇人也。自励问为谁，妇云："是林氏女，嫁勤自励为妻，自励从军未还，父母逼改嫁，以今夕成亲，我心念旧，持巾于宅后桑林自缢，为虎所取至此。”自励曰：“我即自励也。晓还至舍，父母言君适人，故仗剑而来相访，何期于此相遇。”乃相持而泣。顷之虎至，初大吼叫，然后倒身入孔，自励杀之。后又一虎至，见其偶毙，吼叫愈甚，自尔复倒入，又为自励所杀。乃负妻还家。

56.《钱秀才错占凤凰俦》（醒·第七卷）

叙吴江颜生钱生婚姻替代事。见《情史》卷二“吴江钱生”条，乃明代万历初年事。《情史》附记云：“小说有《错占凤凰俦》。”即指此。沈伯明《望湖亭》传奇亦谱此事。

57.《乔太守乱点鸳鸯谱》（醒·第八卷）

叙杭州刘、裴二姓婚姻错迕，云宋景祐间事，情节殊曲折离奇。《醉翁谈录》丙集卷一“因兄姊得成夫妇”条，为此故事之初型。本篇绝类明嘉靖时昆山民事，见《笑史》。《情史》卷二引之，附记云：“小说载此事，病者为刘璞。”所称小说，当即指本篇。《瑕弋篇》及《濯缨亭笔记》均载之。沈璟《四异记》传奇演其事，男女四人，故曰“四异”。又有人作《碧玉串》传奇，亦名《双玉串》，系仿璟作而稍加变易者。

58.《陈多寿生死夫妻》（醒·第九卷）

本事见《复斋日记》，极简略。《情史》卷十引之。篇中有“国朝曾棨”及“洪熙皇帝”等语。曾棨，明永丰人，永乐时状元。洪熙为明仁宗年号。赵景深疑为冯梦龙所作。明末范文若有传奇《生死夫妻》，清人有传奇《义贞缘》，均演此事。《复斋日记》云：

陈寿，分宜人。聘某氏，未成婚而寿得癞疾。其父令媒辞绝，女泣不从，竟归。寿以己恶疾，不敢近，女事之三年不懈。寿念恶疾不可瘳，而苟延旦夕以负其妇，不如死，乃私市砒，欲自尽。妇觇知之，窃饮其半，冀与俱殒。寿服砒大吐，而癞顿愈，妇一吐不死。夫妇偕老，生二子，家道日隆。

59.《刘小官雌雄兄弟》（醒·第十卷）

本篇头回叙桑冲事，明人笔记如《五杂俎》、《宾退录》、《蓬轩别记》均载之。《庚巳编》卷九《人妖公案》载桑冲原供，亦见《坚瓠馀集》卷四，为此案的原始资料。

正文叙刘奇刘方事，见《玉芝堂谈荟》卷十“女子男饰”条。又《情史》卷二“刘奇”条亦记此事，叙述较详，与本篇情节大致相符。赵景深疑为冯梦龙所作。按高丽刊本夕川老人《花影集》有《刘方三义记》，何大抡本《燕居笔记》卷七及余公仁本《燕居笔记》卷九并载之。当为此故事所从出。明人《三义记》杂剧，范文若《雌雄旦》传奇，清人《彩燕诗》传奇，皆演此事。《玉芝堂谈荟》云：

宣德间，河西务刘翁夫妇，业沽酒，家亦小康。年俱六十馀，无子。值雪甚，有童子随父投宿。及明，父病，数日竟死。此男遂留为儿，名刘方。居二载，复值大风，有少年覆舟遇救，持一竹笼。询之，则山东刘奇，父听选在京，遭疫，父母俱丧，笼中乃火化遗骨也。刘翁恻然，为助资，命奇去。月馀复来云：“故乡河决，已漂尽矣，愿乞片地埋骨，而身为仆役以报。”刘翁许之。奇与方遂为兄弟。久之，刘夫妇俱殁。方复往京，携母柩至，与父合葬。事毕，停沽酒而开布肆，家事日起。有来议姻者，奇欲之，而方执意不可。一日见梁燕营巢，奇题一词于壁云："营巢燕，双双雄，朝暮衔泥辛苦同。若不寻雌继彀卵，巢成毕竟巢还空。"方亦援笔和诗云："营巢燕，双双飞，天设雌雄事久期。雌者得雄愿已足，雄者将雌胡不知？"奇大惊曰："吾弟殆木兰乎？自同卧以来，即酷暑未尝赤体，合之题词可知也。"乃佯为不悟，使方再和。方复书曰："营巢燕，声声叫，莫使青春空岁月！可怜和氏璧无瑕，何事楚君偏不纳？"奇笑曰："吾弟果女子也。"方面发赤。奇固问之，蹙额告曰："妾向寓京师，因母丧，随父还乡，恐途中不便，故为更扮。后由父殁，未得与母同穴，故不敢改形。今幸丧事已毕，即欲自明，思家事尚微，兄独力难成，故复迟迟耳。"奇曰："弟词中有俯就之意，昔为兄弟，今为夫妇，不亦可乎？"方曰："妾筹之熟矣。三宗坟墓俱在于此，亦难恝然。兄若不弃，共奉三姓家香火，妾之愿也。"是夜，两人分席而卧。次日，请镇中年老者为媒，遂成花烛。里中传为异事，因名其地为三义村。

60.《苏小妹三难新郎》　（醒·第十一卷）

演宋苏轼妹与婿秦少游问难事。按少游非东坡妹婿，明《戒庵老人漫笔》卷六已有所辨，清末平步青《霞外攟屑》卷九辨之尤详。本篇实为小说家附会之谈，以悦流俗耳目。传奇《眉山秀》亦演此事。明万历末年《小说传奇合刊》本有《女翰林》一篇，内容与本篇相同，但文字出入较大。其中苏小妹和秦少游婚后第二天猜谜的一段描写，为本篇所无。可能根据的是另一个底本。

61.《佛印师四调琴娘》　（醒·第十二卷）

本篇系杂采有关东坡与佛印事迹加以点缀而成。如东坡嘲佛印语，见《东坡问答录》；"传语翰林苏学士，不曾弹动一条弦"，见

《坚瓠已集》卷一(《坚瓠集》虽为清初人撰,然所采多明以前事);“传语巫山窈窕娘”,见《冷斋夜话》卷六。疑为冯梦龙所作。

62.《赫大卿遗恨鸳鸯绦》(醒·第十五卷)

叙赫应祥误入尼庵事,见《泾林杂记》,《情史》卷十八引之。本篇即照此情节大加渲染,又增出另一尼庵的秘密。可能出冯梦龙手。传奇有《玉蜻蜓》,演申时行事,即采本篇而附会之。《听雨轩笔记》卷四《赘纪》所述,情节亦相类,为吴中《玉蜻蜓》弹词所本。

63.《陆五汉硬留合色鞋》(醒·第十六卷)

本篇头回叫做《强得利贪财失采》,本事来源待考。正文故事出《泾林杂记》。

64.《施润泽滩阙遇友》(醒·第十八卷)

本篇入话解释诗句,有两个故事。一为裴度还带事,见《唐摭言》卷四。一为五代时窦禹钧事,见《厚德录》卷一,均为有关阴德的故事,原文从略。

正文叙两个小手工业者施复与朱恩的友爱互助,同时也反映了明代中叶以后市镇手工业、商业活动的情况。可能为明嘉靖时的实录,未必有所本。其中部分情节,与《古今谭概》卷三十六《张生失金》事相类。

65.《白玉娘忍苦成夫》(醒·第十九卷)

本篇叙程鹏举夫妇离合事,见元陶宗仪《辍耕录》卷四“贤妻致贵”条。《情史》卷二“玉娘”条内容略同。《尧山堂外纪》亦详载其事。本篇可能为冯梦龙所作。明陆采的《分鞋记》,全据《辍耕录》;无名氏的《易鞋记》,情节颇加增饰,名字亦多异同。《辍耕录》略云:

程鹏举，宋季被虏，于兴元版桥张万户家为奴，张以虏到宦家女某氏妻之。既婚三日，窃谓其夫曰："观君才貌，非久在人后者，何不为去计，而甘心于此乎？"夫疑其试己，诉于张，张命箠之。越三日，复以为言，夫愈疑，又诉于张，张命出之。遂鬻于市人家。妻临行，以所穿绣鞋一，易程一履，泣曰："期执此相见矣！"程感悟，奔归宋。时年十七八，以荫补入官。后程为陕西行省参知政事，自与妻别，已三十馀年，义其为人，未尝再娶。至是，遣人携向之鞋履，往兴元访求之。市家云："此妇现居城南某庵中。"往，以曝衣为由，故遗鞋履在地，尼见之，询所从来，曰："吾主翁程参政使寻其偶耳。"尼出鞋履示之，合。亟拜曰："主母也。"尼曰："鞋履复全，吾愿毕矣。归见程相公与夫人，为道致意。"告以参政未尝娶，终不出。旋报程，移文本省，遣使檄兴元路，路官为具礼迎至陕西，重为夫妇焉。

66.《张廷秀逃生救父》　（醒·第二十卷）

本篇故事出处未详。疑出冯梦龙手。传奇有《双杯记》（一名《喜联登》）即演此事，情节小有异同。详见《曲海总目提要》卷四十《双杯记》提要。

67.《吕洞宾飞剑斩黄龙》　（醒·第二十二卷[①]）

本篇叙吕洞宾与黄龙禅师事，出《指月录》。日本内阁文库藏有《吕仙飞剑记》二卷十三回，多采宋元人记载，杂以俗说，其第五回《纯阳飞剑斩黄龙》，所叙与本篇不同，当别有所本。戏曲有《度黄龙》与《万仙录》，皆演吕洞宾事。

---

① 原版作"第二十一卷"，疑误。——校者注

68.《张淑儿巧智脱杨生》（醒·第二十一卷[①]）

本事出处待考。明崇祯年间路惠期（海来道人）的《鸳鸯绦》传奇，即据本篇情节敷演，惟主人公已易为杨直方，又增添一些细节。又明末许恒所著《二奇缘》传奇，亦演此事。

69.《隋炀帝逸游召谴》（醒·第二十四卷）

赵景深谓本篇“是六篇宋人传奇合成的。即《隋遗录》上下，《隋炀帝海山记》上下以及《迷楼记》和《开河记》。大部分运用原来的文言，在组合上颇费了一些匠心。”（见《醒世恒言的来源和影响》）结尾引胡曾《汴水》诗一首，疑为冯梦龙所作。

70.《独孤生归途闹梦》（醒·第二十五卷）

本篇头回叙夫妻二人梦魂相遇，事见《开元天宝遗事》卷上“梦中有孕”条。正文系两篇故事串合而成：一为《河东记》中的《独孤遐叔》，《太平广记》卷二八一引之；一为《纂异记》中的《张生》，《太平广记》卷二八二引之。同时也受唐白行简《三梦记》的影响。余公仁本《燕居笔记》卷八有《独孤遐叔记》，未见，不知与本篇孰为后先。

71.《薛录事鱼服证仙》（醒·第二十六卷）

叙县主簿薛伟魂变为鱼的故事，见唐李复言《续玄怪录》卷二《薛伟》。《太平广记》卷四七一引之。《古今说海》中之《鱼服记》所叙亦同。

72.《李玉英狱中讼冤》（醒·第二十七卷）

明正德年间李玉英讼冤事，前人多有记载。《名媛诗归》卷八录其狱中书。本篇末有云：“至今《列女传》中载有李玉英辨冤奏

① 原版作“第二十二卷”，疑误。——校者注

本。”考明新安汪氏重辑的《列女传》，并无记载，而这个《李玉英辨本》却见于《国色天香》卷六《山房日录》中，文字与本篇所录小有出入。《静志居诗话》卷二十三《闺门李玉英》叙其事云：

正德中，锦衣卫千户顺天李雄征西阵没，遗孤五人。子二，曰承祖，曰亚奴；女三，曰桂英，曰玉英，曰桃英。诸孤皆前妻产①，惟亚奴后妻焦氏生。焦欲图亲儿继袭，雄死，令承祖往战场寻父骸骨，觊其陷于非命，而承祖竟抱骨以归。焦乃鸩死承祖，支解而埋之。又以桂英鬻豪家为婢。玉英颇知典籍，年十六，伶仃穷迫，作《送春》诗及《别燕》诗（皆见本篇小说），焦指诗词，谓有外通等情，俾舅焦榕执送锦衣卫，诬以奸淫不孝，拟凌迟。嘉靖四年夏，差太监审录罪囚，凡有事枉人冤，许行陈奏。于是玉英具本，托其妹桃英赍奏讼冤（辨冤奏本见本篇小说）。本上，有旨命三法司会勘，焦氏依律论斩，玉英着锦衣卫选良才作配焉。

73.《吴衙内邻舟赴约》　（醒・第二十八卷）

本篇头回叙潘遇赴考落第事，出处待考。正文叙吴彦与贺秀娥婚姻事，见《名媛诗归》卷二十八《吴氏女》。《情史》卷三“江情”条亦记此事。本篇疑出冯梦龙手笔。汪廷讷的《彩舟记》所演与此故事近似。

74.《卢太学诗酒傲王侯》　（醒・第二十九卷）

卢柟事，《古今谭概》卷十二所载极简略。《列朝诗集小传》丁

① 人民文学本此句作“诸子皆前妻所产”。——校者注

集上所记较详,为《明史·卢柟传》所本(附《谢榛传》后)。柟负才无所遇,抑郁以死。本篇多取史实力加渲染,或梦龙藉此以抒其抑塞不平之气,亦未可必。

75.《李汧公穷邸遇侠客》 (醒·第三十卷)

叙唐天宝时李勉救一贼囚,后贼囚为官,反欲害李,有侠客知而杀之。本事出《原化记》,《太平广记》卷一九五引。所叙畿尉及贼囚,俱无姓名。本篇以畿尉为李汧公,盖取《国史补》(亦见《唐语林》卷四)所载李汧公事凑合而成,贼囚名房德,自属捏造。房德所劫者为富室王元宝。按元宝乃唐代有名富家,自谓家藏绢帛,尽装南山之树,仍用之不尽。见钱易《南部新书》辛集。作者熟于掌故如此,固当属之梦龙。

76.《黄秀才徼灵玉马坠》 (醒·第三十二卷)

本篇疑为冯梦龙所作。叙唐黄损与裴玉娥事,本事见《北窗志异》。《情史》卷九引之。影响到传奇的,有路术淳的《玉马珮》,刘晋充的《天马媒》。二剧皆据《北窗志异》敷演者,情节互有异同。

77.《一文钱小隙造奇冤》 (醒·第三十四卷)

本篇头回故事出处未详。叙吕洞宾遇钟离子得道事。吕尝持小磁罐入市乞钱,市人投以钱,罐终不能满。一僧人以一车钱试之,车与钱入罐,杳无踪迹,最后吕亦入罐。僧大怒,碎罐,不见一物,仅留一纸幅,云在东平路上再见,如言往,则车与钱俱在。吕言出家人尚且惜钱如此,更有何人不爱钱者?叹息而去。正文故事亦不详所本。

78.《徐老仆义愤成家》 (醒·第三十五卷)

本篇头回记萧颖士仆事,见《朝野佥载》卷六。文云:

开元中，颖士方年十九[1]，擢进士。至二十馀，赅博三教。其赋性躁急浮戾，举无其比。常使一仆杜亮，每一决责，皆由非义。平，复遭其指使如故。或劝亮曰："子佣夫也，何不择其善主而受苦若是乎？"亮曰："愚岂不知，但爱其才学博奥，以此恋恋不能去。"卒至于死。

正文叙明嘉靖时严州徐氏义仆阿寄事。见《鸿书》卷三十八《五伦部》五"阿寄"条引《耳谈》。明田汝成有《阿寄传》。此为当时实事，故《明史》、《浙江通志》、《严州府志》并据之以立传。戏曲有《万倍利》传奇，亦据田氏《阿寄传》敷演者。《阿寄传》略云：

阿寄者，淳安徐氏仆也。徐氏昆弟，别产而居，伯得一马，仲得一牛，季寡妇，得阿寄。阿寄年五十馀矣。寡妇泣曰："马则乘，牛则耕，踉跄老仆，乃费我藜羹。"阿寄叹曰："噫！主谓我力不若牛马耶？"乃画策营生，示可用状。寡妇悉簪珥之属，得银一十二两，畀寄。寄则入山贩漆，期年而三其息。谓寡妇曰："主无忧，富可立致矣！"又二十年而致产数万金。为寡妇嫁三女，婚两郎，赍聘皆千金；又延师教两郎，既皆输粟为太学生，而寡妇则阜然财雄一邑矣。顷之，阿寄病且死，谓寡妇曰："老奴牛马之报尽矣！"出枕中二楮，则家计巨细，悉均分之，曰："以此遗两郎君，可世守也。"言讫而终。徐氏诸孙或疑寄私蓄者，窃启其箧，无寸丝粒粟之储焉，一妪一儿，仅敝缊掩体而已。

---

① 中华书局本"颖士"作"萧颖士"。——校者注

79.《蔡瑞虹忍辱报仇》（醒·第三十六卷）

演明宣德时淮安蔡指挥女忍辱复仇事。本于明祝允明《九朝野记》卷四，惟节目有所增益。《九朝野记》云：

吴邑朱生，宣德中，商湖湘，泊舟官河下。有名妓新王二者，一优偕来，其船密比生舟。凡生言笑动静，娼罔不密察。使优邀之饮，潜告生曰："君但言延我入舟，我欲有言于君耳。"生从之。娼入生舟，戚戚无欢容。中夜，低语生曰："我淮安蔡指挥女也。我父调襄阳卫，挈家以行。舟人王贼，乘父醉，挤之水，并母死焉。以我色，独留犯之，呼为妻。吾父资素丰，贼厚载，欲商于他，复为盗劫，罄焉。遂以馀资买小舟，俾我学歌舞为娼。君能复吾仇，我终身事君耳。"生许诺。翌日，优来，曰："二姐未起乎？"生骂曰："贼不知死所，尚觅二姐乎？"优知事泄，投于水，生持娼归家。

80.《杜子春三入长安》（醒·第三十七卷）

本事出唐李复言《续幽怪录》（影宋本《续幽怪录》无此篇），《太平广记》卷十六引之。胡介祉有《广陵仙》传奇，情节多变动增饰；《扬州梦》传奇，则全本《续幽怪录》。本篇情节，大体与《续幽怪录》相同。

81.《李道人独步云门》（醒·第三十八卷）

本事出《集异记》（今本《集异记》不载），《太平广记》卷三十六引之，题作《李清》。是《烂柯记》同一类型的故事。

82.《汪大尹火焚宝莲寺》（醒·第三十九卷）

本篇头回，叙杭州金山寺僧还俗事，有七律诗一首，清褚人获采入他的《坚瓠丁集》卷三中。正文叙宝莲寺僧不守清规事。见《智囊补》卷十"僧寺求子"条，末有云："万历乙未岁，西吴许孚远巡抚入闽，断某寺绛衣真人，从大殿蒲团下出，事略同。"又《新镌国朝名公神断详刑公案》卷三有《蔡府尹断和尚奸妇》，与此亦绝类。《智囊补》略云：

广西南宁府永淳县宝莲寺，有子孙堂，傍多净室，严扃无隙。相传祈嗣颇验，闽人汪旦初莅县，疑其事，乃饰二妓以往，属云："夜有至者勿拒，但以朱、墨汁密涂其顶。"次日黎明，伏兵众寺外，而亲往一视。众僧仓皇出谒，凡百馀人。令去帽，则红头墨顶者各二。令缚之，而出二妓为证，盖床下悉有暗道可通，所污妇女不知几何矣。即置狱，狱为之盈。住持佛显诳禁子凌志，归取寺中刀斧之属，期三更斩门而出。汪方秉烛构申详稿，忽心动，念百僧一狱卒，有变莫支。乃密召快手，持械入宿。甫集而僧乱起。乃尽缴其械，百僧歼焉。

83.《马当神风送滕王阁》（醒·第四十卷）

本事出《唐摭言》，今行本《摭言》所记极简略，盖为节本。《岁时广记》卷三十五《记滕阁》所叙甚详，尚保存了《摭言》原文。明末郑瑜有《滕王阁》杂剧，演王勃、骆宾王事。所叙滕王阁事大半有据，他事则多附会。《摭言》略云：

唐王勃字子安，太原人。年十三，侍父宦游江左。舟次马当，登岸闲步，遇老叟坐于矶上，与勃长揖曰："子非王勃乎？来日重九，南昌都督命客作《滕王阁序》，子有清才，盍往赋之?”勃曰:“此去南昌七百馀里,今日已九月八日,夫复何言?”叟曰:“子诚能往,吾当助清风一席。”勃欣然再拜,即登舟。翌日昧爽,已抵南昌。会府帅阎公宴僚属于滕王阁。时公欲眩其婿吴子章,令宿构序文。公授简诸客,诸客辞,次至勃,勃辄受,公色不怡,归内阁,密嘱数吏伺勃下笔,当以口报。至“落霞与孤鹜齐飞,秋水共长天一色。”公矍然拊几曰:“此天才也。”顷之文成,公大悦,遍示坐客,叹服。

第二节 《二拍》故事的来源和影响

一、《初刻拍案惊奇》四十篇

84.《转运汉遇巧洞庭红,波斯胡指破鼍龙壳》(初拍·第一卷)

头回叙金老失银事,与明周晖《金陵琐事》卷三“银走”条相类,即此故事所本。正文叙苏州人文若虚于荒岛得龟壳致富事。见《泾林续记》。按《酉阳杂俎续集》卷五《塔寺记》载李某请僧就宅设斋毕,出一物,如朽钉,长数寸。僧携示商胡,商胡惊曰:“上人安得此物?必货此,不违价。”僧试求百千,胡人大笑曰:“未也。”更极意言之,加至五百千。胡人曰:“此值一千万。”遂与之。僧访其名,曰:“此宝骨也。”本篇波斯胡事似脱胎于此。戏曲有《快活三》,亦穿插其事。《泾林续记》略云:

闽广商人惯习航海,有苏和,本微,不能置贵重物,见福橘每百价五分,遂多市之。至泊处,用楪数十,各盛四橘,布舶面上。夷人登舟,竞取而食,每楪酬银钱一文,苏意嫌少,夷复增一文。计所得殆万钱,盖已千金矣。舟归遇风,泊山岛下,随众登陆,至山坳,见草丛中有龟壳如小舟,长丈许,苏心动,倩人舁至舶,众大笑,谓"安用此枯骨为?"及抵岸,主人发单令诸商各疏其货,苏逊谢曰:"货微,不足录也。"主人曰:"店有识宝胡,夜来望船中奇光满天,岂诸君故秘之耶?"众谢无有,遂携胡登舶验阅,得龟壳,惊曰:"此大宝也!"即命人抬至店。设盛筵延苏置上席。酒阑,主请值,苏见其郑重,漫答曰:"一万。"主曰:"市中无戏言,幸以实告。"苏乃曰:"五万足矣!"胡商得定价,喜甚,次日交银,抬龟壳去。众骇异,请于胡,胡笑曰:"尔辈自不识耳。此鼍龙遗蜕,非龟壳也。背有九节,各藏一珠,小者径寸,大者倍焉。光可照乘。每颗酬镒万,所酬未及一珠之半也。"苏持银归,坐拟陶朱,不复航海矣。

85.《姚滴珠避羞惹羞,郑月娥将错就错》(初拍·第二卷)

头回叙一女巫冒充柔福帝姬事,作者自云根据《西湖志馀》。今《西湖游览志馀》卷六《版荡凄凉》确记其事。《四朝闻见录》、《鹤林玉露》等书,亦有记载。《西湖游览志馀》云:

靖康之乱,柔福公主北去。建炎四年,有妄女子诣阙,自称柔福,虏中潜归。诏老宫人视之,其貌良是,问以旧宫事,仿佛能言之,但以足大为疑。女子颦蹙曰:"金人驱逐如牛羊①,

① 上海古籍出版社本"驱"作"聚"。——校者注

跣足行万里，宁复有故态耶?”高宗恻然，诏授福国长公主，下降高世綮。其时汪龙溪草制词曰:“彭城方急，鲁元尝困于面驰;江左既兴，益寿宜充于禁脔。”绍兴十二年，显仁太后回銮言:“柔福死虏中久矣!”始知其诈，付诏狱执之，乃女巫也。尝遇宫婢，言其貌酷类柔福，遂以旧宫之事告之，因而为诈。乃伏诛。前后赐赉四十七万缗，籍入官。

正文叙郑月娥冒充姚滴珠，系万历年间事。他书未见记载。

86.《刘东山夸技顺城门，十八兄踪奇村酒肆》（初拍·第三卷）

入话叙三事:一、蜈蚣克蛇，见《独醒杂志》卷九;二、小物制虎，见《博物志》卷三异兽;三、举子遇恶妇，见《少室山房笔丛》卷三十五。一二非故事，不录，录第三事:

神策将张季弘，以勇气闻于时。一日，赍文牒往州郡，暮投旅店。睹其母子相对悲愁，问之，曰:“家有妇，至恶，恃其勇，凌侮吾母子无不至。”季弘笑谓:“他非吾所办，此易耳，即相为除之。”母子剧喜。俄妇人自外至，状无异常人。季弘取骡鞭置座下，呼语曰:“吾闻汝倚有勇力，不伏姑婿使唤，果有此否?”妇再拜曰:“新妇敢尔?自是大家憎嫌过甚。”因引季弘手至大石上，历数平日事，辄曰:“如此事，岂是新妇不是?”每陈一事，以指于石上掐一画，每掐辄入寸馀。季弘汗落神骇，但称:“道理不错。”其夜不能寐，翌日亟行。

正文出《九籥别集》卷二“刘东山”条，《虞初新志》卷五《秦淮健儿传》，与此事亦相类。《九籥别集》略云：

刘东山，世宗时三辅捉盗人，住河间交河县。发矢未尝空落，自号连珠箭。年三十馀，苦厌此业。岁暮，将驴马若干头到京师转卖，得百金。事完，至顺成门顾骡。归遇一亲近，道入京所以。其人谓东山："近日群盗出没良、鄚间，卿挟重资，奈何独来独往？"东山须眉开动，举右手拇指笑曰："二十年张弓追讨，今番收拾，定不辱寞。"明日，封弓矢装行，未至良乡，有一骑奔驰南下遇东山而按辔，乃二十左右少年也。黄衫毡笠，长弓短刀，举手谓东山曰："造次行途，顾道姓氏。"自言："本良家子，为贾京师三年矣。欲归临淄娶妇。猝幸遇卿，某直至河间分路。"晚，同下旅中，明日，出涿州。少年问："先辈平生捕贼几何？"东山欺其年少，语间益轻盗贼为无能也。少年因借弓把持，张弓如引带，东山始惊愕。东山借少年弓，极力开张，至于赤面，终不能如初八夜月。乃大骇异，问少年："神力何至于此？"曰："某力殊不神，顾卿弓不劲耳。"又明日，过雄县，少年忽策骑前驱不见。行一二铺，遥见向少年在百步外，正弓挟矢，向东山曰："多闻手中无敌，今日请听箭风。"言未已，左右耳根但闻肃肃如小鸟前后飞过；又引箭曰："东山晓事人，腰间骡马钱一借！"于是东山下鞍，解腰间囊，献金乞命。少年乃转马北去，惟见黄尘而已。东山归交河，夫妻卖酒于村郊，手绝弓矢，亦不敢向人言此事。过三年，冬日，有壮士十一人，入肆沽酒。中一未冠人谓同辈曰："第十八向对门住。"是人既出，十人向罏倾酒，呼主人向酌。东山视北面左手人，乃往时马上少年也，益生疑惧。少年呼东山曰："别来无恙？想念颇烦!”东山失声,不觉下膝。少年持其手曰:“莫作!莫作!昔年诸兄弟于顺成门闻卿自誉,令某途间轻薄,今当十倍酬卿。”言毕,出千金案上,劝令收进。十人与对门十八兄过往甚频,复杀牲开酒饱啖而去,终不知十八兄为何如人也。

87.《程元玉店肆代偿钱,十一娘云岗纵谭侠》(初拍·第四卷)

入话叙九个侠女事:红线,出《甘泽谣》;聂隐娘,出《传奇》;香丸,出《女红馀志》卷上《香丸妇人》;崔妾,出《太平广记》卷一九四“崔慎思”;侠妪,出《女红馀志》卷上《侠妪》;贾妻,出《太平广记》卷一九六“贾人妻”;解洵,出《夷坚志补》卷十四《解洵娶妇》;三鬟女子,出《太平广记》卷一九六“潘将军”;车中女子,出《太平广记》卷一九三“车中女子”。

正文叙成化年间韦十一娘事。作者自云根据胡汝嘉的《韦十一娘传》。明顾起元《客坐赘语》称胡“所著小说数种,多奇艳”。日本所藏《删补文苑楂橘》卷一有《韦十一娘》,当即此文,惜未获睹。

88.《感神媒张德容遇虎,凑吉日裴越客乘龙》(初拍·第五卷)

头回叙弘农令女事。出《续幽怪录》卷二《郑虢州騊夫人》,《太平广记》卷一五九“卢生”条引之,亦见《情史》卷二“郑任”条。

正文叙张德容与裴越客事。出《集异记》。《太平广记》卷四二八引之。戏曲演此事者有清顾景星《虎媒记》。

89.《酒下酒赵尼媪迷花,机中机贾秀才报怨》(初拍·第六卷)

头回叙狄氏事,见《说郛》卷十一引廉布《清尊录》。《情史》卷三亦载之。正文叙贾秀才报怨事,出处待考。傅一臣的杂剧《截舌公括》,疑亦演此事。

90.《唐明皇好道集奇人,武惠妃崇禅斗异法》（初拍·第七卷）

入话叙李遐周事,见《明皇杂录》卷下。正文系串合许多故事而成。张果,见《明皇杂录》卷下;罗公远见《太平广记》卷二十二;叶法善见《太平广记》卷二十六(《敦煌变文集》有《叶净能传》)。明皇游月宫,前人记载较多,而以《云笈七籤》卷一百十三所载较详。无名氏《龙凤戏》传奇,即谱夜游月宫事。

91.《乌将军一饭必酬,陈大郎三人重会》（初拍·第八卷）

头回叙王生经商意外得苧麻内藏金事。与《坚瓠己集》卷一《长髯客》一事相近。正文叙陈大郎遇长髯客事,出《情史》卷十八"邵御史"条。《菽园杂记》卷八及《猃园》卷十六《毛面人》均有类似的记载。《猃园》略云:

> 苏州皋桥,有何氏兄弟二人,世以贩漆为业。一日,二人店中闲坐,见一长大汉子,满面悉被长毛,不见其鼻。大郎便趋出,长揖而进,曰:"见丈人状貌非常,特欲一致殷勤,无他意也。"进以鸡黍酒脯,其人饱啖而别。数年,杳无声迹。后大郎二郎各挟资本往岭南贩漆,至海上,为海贼劫至一寨中,寨主令抬头,认是苏州何大、何二,便下阶亲释其缚,大郎潜窥视之,即昔年满面长毛人也。其人问:"兄弟何以至此。"答云:"贩漆。"曰:"漆不须买,荒寨所馀。"开筵设具,留之半月,遗之漆四十桶,满载还家。兄弟各分二十桶。适新郭人来买漆,舁之一桶去。明日五更复来。大郎疑其中有物,覆之,每桶底

有二元宝在。

92.《宣徽院仕女秋千会，清安寺夫妇笑啼缘》（初拍·第九卷）

头回叙刘氏子事。作者自云根据《太平广记》。今《太平广记》卷三八六载此事。《续夷坚志》卷二《天赐夫人》事亦相类。正文叙元拜住事，作者自云："留下一段佳话，名曰《秋千会记》。"此记为明初人李昌祺作，载《剪灯馀话》中。《情史》卷十"速哥失里"条，即节录此记者。戏曲有谢宗锡的《玉楼春》，亦演拜住事，乃组合他处情节为之。

93.《韩秀才乘乱聘娇妻，吴太守怜才主姻簿》（初拍·第十卷）

头回叙春秋时郑国徐吾佀之妹事，见《春秋经传集解》昭元第二十。正文叙韩子文事，来源待考。

94.《恶船家计赚假尸银，狠仆人误投真命状》（初拍·第十一卷）

头回叙王甲李乙仇杀事，与《智囊补》卷二十七"邹老人"条绝相类。正文叙明成化时浙江永嘉王生冤狱，本于《夷坚志补》卷五《湖州薑客》。《智囊补》卷二十七"永嘉舟子"条转引之。戏曲有《赚青衫》，即本小说而改换事迹。

95.《陶家翁大雨留宾，蒋震卿片言得妇》（初拍·第十二卷）

头回叙崇宁间浙西王生事，见《说郛》卷十一引《清尊录》。《情史》卷三亦载之。正文叙蒋霆事，作者自云："此本说话，出在祝枝山《西樵野记》中。"《西樵野记》乃《九朝野记》之误。云"事在成化间"，可能是当时实事的记载。亦见《前闻记》。戏曲有《快活三》，因蒋霆得妇事出于意外，遂缘饰成之。《九朝野记》略云：

蒋霆，馀杭人，素佻浪。与二客同贾江南返，经诸暨村中，行渐暮，迤逦微雨作，三人疾步而前。俄林间有一庄宅，三人大幸，立门下。双扉一阖一半扃，霆遽推门，二人止之，霆曰："何伤乎？此吾妇翁家。"二人又止之。既久，雨甚。门启，主人出，乃庞眉翁也。揖客入，且曰："适闻有云云者谁耶？"霆面发赤。二客不敢对。翁曰："二君请入少周旋，此郎既云尔，乃吾子行，非宾友之礼，预伺于外可也。"少顷进酒食，竟不邀霆。迨夜，雨止，月出胧明，忽闻内附槛小语云："姑勿去。"霆以为客语，漫应之。少选，又小语云："有少物将出，可取之。"霆又唯唯，念必二君耳。须臾，墙上投物出，视之，二襆也，中实以女饰，饮器、黄白钱布。霆急负而趋，少远其门，又久之，闻墙上逾出二人，霆谓客耳，不复近，先行。去数十步，逾者遥尾之，亦不敢近。冥行半夜，不相觌，将黎明，二人乃疾逐之及，霆视之，二女子也。睨霆，亦皆惊，欲退，霆劫持之曰："从吾行，不然，鸣于尔家。"女不敢言，从之。天明，入一馆，密叩之，女曰："我主人翁女也，许嫁某，瞽矣，尝属意于一姻家郎，闻父喧言门前有客妄语，我料为私郎必矣，乃误至此，奈何？然既如此，即应终附君耳。余固不容计矣。"霆欣然，不待二友，径携之返家，绐家人以娶之途。妇入门，甚贤能，生一子。已而思其父母，欲归省，霆因商诸友人，其人愿效委曲。乃至翁所，为商人贸易者，事竟，翁款客，纵谭客邑中事。客言："三年前，余杭有一商而归，道里间以片言得一妇，翁宁知之乎？"翁曰："知其姓耶？"曰："闻之，陶氏也。"翁矍然曰："得非吾女乎？"

客复说其名岁容貌了悉。翁曰:“真吾女矣。”客曰:“欲见之欤?”翁曰:“固也。”翁妻王媪屏后奔出,哭告客:“吾夫妇生只此女,自失之,殆无以为生。客诚能见吾女,倾半产谢客耳。”客曰:“得无难若婿乎?”翁曰:“苟见之,庆幸不遑,又何忤为?”客曰:“然则请丈人偕行矣。”翁与俱去,既相见,相持大恸,载之以归。母女哭绝,分此生无复闻形迹,谁复知有今日哉!婿叩头谢罪,共述往语。翁曰:“天使子为此言,真前定也,何咎之有?”遂大召族里,宴会成礼,厚资遣归之。复礼客为媒,遗贶甚夥云。事在成化间。

96.《赵六老舐犊丧残生,张知县诛枭成铁案》(初拍·第十三卷)

头回叙正德年间松江富民严姓子殴父事,见《智囊补》卷二十七“啮耳讼师”条。民间有徐文长故事《咬耳胜讼》,与此绝类。

正文叙赵六老丧生事,出《智囊补》卷七“张晋”条。文云:

大司农张晋为刑部时,民有与父异居而富者,父夜穿垣,将入取资;子以为盗也,瞰其入,扑杀之,取烛视尸,则父也。吏议:“子杀父不宜纵;而实拒盗,不知为父,又不宜诛。”久不能决。晋奋笔曰:“杀贼可恕,不孝当诛。子有馀财而使父贫为盗,不孝明矣。”竟杀之。

97.《酒谋财于郊肆恶,鬼对案杨化借尸》(初拍·第十四卷)

头回叙两事:一叙一耕夫被邻人打死事;一叙丁戌见财起意谋

杀卢强事。均未详所出。正文本事出沈瓒的《近事丛残》卷一《冤鬼报官》。《济南纪政》中的《杨化记》,亦记此事。

98.《卫朝奉狠心盘贵产,陈秀才巧计赚原房》（初拍·第十五卷）

头回叙贾秀才助友赎产,与《古今谭概》卷二十二《石鞑子》事相类。正文叙陈珩设计赚回房屋事,大概是从《智囊补》卷二十七"文科"一事变化而来。

99.《张溜儿熟布迷魂局,陆蕙娘立决到头缘》（初拍·第十六卷）

头回叙明万历年间杭州居民扈老儿遇骗事,出《智囊补》卷二十七"老妪骗局"。正文叙沈灿若与陆蕙娘婚姻事。来源未详。

按此故事与沈璟《博笑记》巫孝廉事相同,凌濛初的年辈较沈璟为后,本篇当采自《博笑记》。其中骗局一段,则系套用《醒世恒言》卷三十六朱源娶蔡瑞虹情节。

100.《西山观设箓度亡魂,开封府备棺追活命》（初拍·第十七卷）

头回叙任道元事,见《夷坚支戊》卷五"任道元"条。正文出《绿窗新话》卷上《王尹判道士犯奸》。《朝野佥载》卷五及《隋唐佳话》下,均有类似事件。

101.《丹客半黍九还,富翁千金一笑》（初拍·第十八卷）

入话叙唐六如调侃术士事,见《说圃识馀》。亦见《坚瓠癸集》卷三"丹成两剖"条。文云:

> 有术士见唐六如,极言修炼之妙。唐曰:"如此妙术,何不自为之?"答曰:"恨我福浅。见君仙风道骨,故敢请尔。"唐曰:

“我但出仙福，有空房在城北僻处，君试居之，炼成两剖。”术士不悟，出扇求书。唐题曰：“破布巾衫破布裙，逢人便说会烧银。君何不自烧些用，担水河头卖与人。”

正文叙松江富翁信丹术遇骗事。见《古今谭概》卷二十一《丹客》。又明王象晋《剪桐载笔》有《丹客记》一文，所记当为一事。《古今谭概》略云：

客有以丹术行骗局者，一富翁出二千金为母，使炼之。客入铅药，炼十馀日，密约一长髯突至，绐曰：“家罹内艰，盍急往！”突大哭，谓主人曰：“事出无奈何，烦主君同余婢守炉，余不日来耳。”客实窃丹去，而其婢实妓也。嘱其私与主媾，主不悟也，遂堕其计中。与妓绸缪数宵，而客至。启炉视之，佯惊曰：“败矣！汝侵余妾，丹已坏矣！”主无以应，复出厚镪酬客，客作怏怏状去，主犹以得遣为幸。

102.《李公佐巧解梦中言，谢小娥智擒船上盗》（初拍·第十九卷）

谢小娥擒盗事，作者自云：“李公佐为撰《谢小娥传》，流传后世，载入《太平广记》。”今《太平广记》卷四九一载之。《新唐书》卷二〇五《列女传》所载殊简。王夫之的《龙舟会》杂剧演其事，盖借以抒其愤激之情者。

103.《李克让竟达空函，刘元普双生贵子》（初拍·第二十卷）

头回叙萧秀才事，与《西园杂记》卷下王晋溪事相似。正文叙刘元普事，作者自云：“这本话文，出在《空缄记》，如今依传编成演义一回。”今见《太平广记》卷一一七“刘弘敬”条。元人《刘弘嫁婢》一剧,情节与本篇大致相符。《尺素书》(一名《空柬记》)及《通仙枕》(一名《双恩义》),均取材于本篇。

104.《袁尚宝相术动名卿,郑舍人阴功叨世爵》（初拍·第二十一卷）

头回叙秀才林积事,作者自云:“此本话文,叫做《积善阴骘》,乃是京师老郎传留至今。”《清平山堂话本》亦收此篇,当为明以前旧话本,为凌氏借用者。按此事,《夷坚甲志》卷十二载之。正文叙袁柳庄相术,前人记述很多,本篇出陆粲《庚巳编》卷三《还金童子》。

105.《钱多处白丁横带,运退时刺史当艄》（初拍·第二十二卷）

头回叙田令孜事,见《唐书》卷一八四《田令孜传》。正文叙郭七郎纳资为官,破家流落事。出尉迟枢《南楚新闻》。《太平广记》卷四九九引之。

106.《大姊魂游完宿愿,小妹病起续前缘》（初拍·第二十三卷）

头回叙李行脩事,见《太平广记》卷一六〇“李行脩”条。《情史》卷七引之。

正文叙崔生与吴氏姊妹事。本于明瞿佑《剪灯新话》中的《金凤钗记》。情节与元人《碧桃花》剧相仿,惟名姓不同。沈璟的《一种情》传奇,范文若的《金凤钗》杂剧,均谱此事。傅青眉《苏门啸》十二种之一《人鬼夫妻》,亦受本篇影响。

107.《盐官邑老魔魅色,会骸山大士诛邪》（初拍·第二十四卷）

赵景深谓:“情节颇似唐人小说《补江总白猿传》和宋人小说

《陈巡检梅岭失妻记》。”头回及正文本事来源待考。

108.《赵司户千里遗音,苏小娟一诗证果》（初拍·第二十五卷）

头回叙曹文姬事,本于《青琐高议前集》卷二《书仙传》。正文演苏盼奴、苏小娟姊妹事,作者自云出《青泥莲花记》(见卷八)。较早的记载在《西湖游览志馀》卷十六《香奁艳语》中。略云:

> 苏小娟,钱塘名倡,工诗。姊盼奴,与太学生赵不敏甚洽,赵贫,盼周给之,使笃于业,遂捷南宫,授襄阳府司户。旋赵病且死,有馀俸,嘱其弟赵院判均分之,一以膳院判,一送盼奴。且言:“盼奴有妹小娟,可谋致之,佳耦也。”院判至钱塘,则盼奴已死,小娟亦以他事系狱。院判素与杭倅善,托倅从狱中召小娟出,院判付以一缄,拆书,惟一诗,倅命和之,诗成,免其罪,且为脱籍,归院判偕老焉。

109.《夺风情村妇捐躯,假天语幕僚断狱》（初拍·第二十六卷）

头回叙郑生急智杀奸僧事,与《智囊补》卷十六“仓卒治盗”事相类。正文叙林公断狱,本事与《海刚峰先生居官公案传》第二回《僧徒奸妇》一案相同,当为话本所从出。

110.《顾阿秀喜舍檀那物,崔俊臣巧会芙蓉屏》（初拍·第二十七卷）

头回叙王从事临安失妻,后来破镜重圆事。出《夷坚丁志》卷十一《王从事妻》,《情史》卷二引之。

正文叙元至正间崔英与妻王氏遭难离合事。本于《剪灯馀话》

卷四《芙蓉屏记》。《情史》卷二亦引之。戏曲有《芙蓉屏》演此事。

111.《金光洞主谈旧迹,玉虚尊者悟前身》(初拍·第二十八卷)

入话叙一商客到蓬莱山见白乐天前生所驻之院事。出《太平广记》卷四十八"白乐天"条。正文叙冯京前生为玉虚尊者事,来源待考。

112.《通闺闱坚心灯火,闹囹圄捷报旗铃》(初拍·第二十九卷)

头回叙赵琮事,见《太平广记》卷一八二"赵琮"条。正文叙张幼谦与罗惜惜婚姻事,见《情史》卷三"张幼谦"条。明王元寿的《石榴花》传奇(又名《巧联缘》),即演张幼谦、罗惜惜事。王元寿又有《景园记》,亦叙张罗事,或与《石榴花》为一书。

113.《王大使威行部下,李参军冤报生前》(初拍·第三十卷)

头回有两个故事:一叙采桑女,作者自云出唐《逸史》,今见《太平广记》卷一二五"卢叔伦女"。一叙吴云郎,作者自云出《夷坚志》,今见《夷坚支戊》卷四。正文叙唐贞元年间河朔李生事。出《宣室志》卷三,《太平广记》卷一二五引之。

114.《何道士因术成奸,周经历因奸破贼》(初拍·第三十一卷)

头回叙唐乾符年间樵夫侯元事,出《三水小牍》。《太平广记》卷二八七引之。正文叙明永乐中山东起义农民唐赛儿事。《万历野获编》卷二十九及《九朝野记》卷二均载之,《明史纪事本末》所记较详,然故神其事,类小说家言,当非信史。本篇为作者虚构诬蔑之作。清人吕熊撰《女仙外史》一百回,演唐赛儿事,内容多根据史实而加以渲染，可作参考。

115.《乔兑换胡子宣淫，显报施卧师入定》（初拍·第三十二卷）

头回叙宋舒州秀才刘尧举事，见《睽车志》卷一，《夷坚丁志》卷十及《情史》卷三亦载之。正文叙铁生、胡生因果报应事，本于《觅灯因话》卷二《卧法师入定录》。

116.《张员外义抚螟蛉子，包龙图智赚合同文》（初拍·第三十三卷）

头回叙张老遗嘱，见《智囊补》卷九"奉使者"条。与《龙图公案》卷八《味遗嘱》事绝相类。"奉使者"文云：

> 有张老者[①]，妻生一女，无子，赘某甲于家。久之，妾生子，名一飞，育四岁而张老卒。张病时，谓婿曰："妾子不足任吾财，当畀汝夫妇……"于是出券书云："张一非吾子也，家财尽与吾婿，外人不得争夺。"婿乃据有张业不疑。后妾子壮，告官求分，婿以券呈，官遂置不问。他日，奉使者至，妾子复诉，婿仍前赴证，奉使者因更其句读曰："张一非，吾子也，家财尽与。吾婿外人，不得争夺。"曰："尔妇翁明谓'吾婿外人'，尔尚敢有其业耶！诡书'飞'作'非'者，虑彼幼为尔害耳。"于是断给妾子。

正文可能来源于元曲《包龙图智赚合同文字》，较《清平山堂话本》中的《合同文字记》为详。

① 花山文艺出版社本作"有富民张老者"。——校者注

117.《闻人生野战翠浮庵，静观尼昼锦黄沙衖》（初拍·第三十四卷）

头回来源待考。清人褚人获《坚瓠广集》卷三“判斩妖尼”事，与此近似。正文本事待考。

118.《诉穷汉暂掌别人钱，看财奴刁买冤家主》（初拍·第三十五卷）

头回叙张善友事，来源于《搜神记》卷十张车子事，元郑廷玉《崔府君断冤家债主》（即《张善友》），亦演此事。正文叙贾仁暴富事，可能亦与郑廷玉的《看钱奴买冤家债主》同一来源。后来《状元旗》所演贾打墙事，本之小说而稍变其情节。

119.《东廊僧怠招魔，黑衣盗奸生杀》（初拍·第三十六卷）

头回叙唐时洛东张生事，出《逸史》，《太平广记》卷三五七载之。正文叙东廊僧事，出《集异记》，《太平广记》卷三六五引之。《龙图公案》卷三《杀假僧》事，亦与此同类。明末人作《醒世魔》传奇，部分情节，取材于本篇。

120.《屈突仲任酷杀众生，郓州司马冥全内侄》（初拍·第三十七卷）

本事出《纪闻》，见《太平广记》卷一百“屈突仲任”条。

121.《占家财狠婿妒侄，延亲脉孝女藏儿》（初拍·第三十八卷）

头回叙李总管算命得子事，见《辍耕录》卷二十二“算命得子”条。正文本事取材于《搜神记》卷十张车子事。后来元曲改作为《散家财天赐老生儿》。明邹玉卿的《双螭璧》传奇，大段本此，而改换姓名，添饰关目，以“双螭璧”为枢纽，则为小说所无。

122.《乔势天师禳旱魃，秉诚县令召甘霖》（初拍·第三十九卷）

本事见《剧谈录》。亦见《太平广记》卷三九六“狄惟谦”。

123.《华阴道独逢异客,江陵郡三拆仙书》（初拍·第四十卷）

本事出《逸史》。见《太平广记》卷一五七“李君”条。又《太平广记》卷三四八“牛生”条亦相类。情节从略。

二、《二刻拍案惊奇》三十八篇

124.《进香客莽看金刚经,出狱僧巧完法会分》（二拍·第一卷）

入话叙王沂公之父爱惜字纸事,出《吹剑录外集》。正文叙嘉靖年间吴中洞庭山某寺藏白乐天手写《金刚经》事。见《博物汇编神异典》卷一〇六《佛经部纪事》四。略云:

> 苏州洞庭山某寺,有唐白乐天所书《金刚》全卷,为镇寺至宝。是年,寺众饥,主僧不得已,质于山塘王宦米五十石为食。越岁,王宦呼主僧至家,愿施前米作斋僧用,以经还寺。僧归,过湖,对众称扬王宦大德。舟众共求一看。才展开时,风大作,竟揭经前数页,飘空入云而去。僧懊悔不已。三年后,忽有一上官闻此经名,陷主僧以他事,禁狱逼献。经至,以非全卷不惬意,释僧罪,还之。僧过湖,风又大作,昏黑,舣舟入一深村避风。登岸,索火,诣一老渔户家。壁间粘前所失经数幅,毫无伤损。询之,但云:“前三年有火光一道堕田中,惊视之,是字纸,因粘于壁。”僧向经悲泣,顶礼呼“护法韦驮”不休,曰:“非两番神风显异,此经必入权门,不得完璧镇寺矣!”因备述颠末。

125.《小道人一着饶天下，女棋童两局注终身》（二拍·第二卷）

头回叙宋王维翰与谢天香合书“秾芳亭”石，遂得偕老事，见《青泥莲花记》卷七。正文叙两个棋手因下棋成夫妇事。见《夷坚补志》卷十九“蔡州小道人”。

126.《权学士权认远乡姑，白孺人白嫁亲生女》（二拍·第三卷）

入话叙“延津剑合”故事，见《晋书·张华传》。正文叙权文长冒姓娶徐丹桂事。明叶宪祖的《丹桂钿盒》杂剧，明末磊道人、癯先生合编的《撮盒圆》传奇，无名氏的《金钿盒》、《钿盒奇姻》皆演此事。

127.《青楼市探人踪，红花场假鬼闹》（二拍·第四卷）

入话叙宋时三衢守宋彦瞻以书答状元留梦炎事。作者自云出《齐东野语》，今本《齐东野语》无此故事，待考。正文叙谢廉使用计破杨佥事谋杀张贡生案事，本事来源待考。

128.《襄敏公元宵失子，十三郎五岁朝天》（二拍·第五卷）

本篇写两个故事，主要是叙宋神宗时王韶子幼慧事。出岳珂《桯史》卷一《南陔脱帽》。后半兼叙真珠姬事，见《夷坚志补》卷八“真珠族姬”条。亦见《汴京勼异记》卷七，为当时实事。

129.《李将军错认舅，刘氏女诡从夫》（二拍·第六卷）

头回叙王八郎事，出《夷坚丙志》卷十四“王八郎”条。正文叙刘翠翠事，取材于《剪灯新话》卷三之《翠翠传》。《情史》卷十四引之。本篇部分情节，与叶宪祖的杂剧《金翠寒衣记》同。传奇有《领头书》，亦演此事。

130.《吕使君情媾宦家妻，吴太守义配儒门女》（二拍·第七卷）

入话叙宋魏王孙女流落金国事。出《归潜志》卷八。《窃愤录》卷八及《买愁集》卷二均载之。《买愁集》略云：

> 金人徙徽宗回燕京，一日，行至平顺府，止泊驿舍。时以七夕，官中于驿作酒肆，纵人会饮。帝于室中见一胡妇携数女子，或歌或舞，持酒劝客，所得钱物，率归胡妇，稍不及者，妇以杖击之。少顷，胡妇遣一横笛女子入室，帝问："吾与汝为乡人，汝东京谁氏女也？"女顾胡妇稍远，乃曰："我百王宫魏王女孙也，先嫁钦慈太后侄孙，京城陷，为掳至此，卖与豪门作婢，遭主母诟挞，转鬻于此胡妇。俾在此日夕求酒食钱物，若不及，即箠楚随之。"言讫，问帝曰："官人亦是东京人，想亦掳来此也？"帝但泣下，遣之。

正文叙薛倩事，见《夷坚支戊》卷九"董汉州孙女"条。《青泥莲花记》卷八引之。

131.《沈将仕三千买笑钱，王朝议一夜迷魂阵》（二拍·第八卷）

头回叙丁湜访相士事，见《夷坚支丁》卷七"丁湜科名"条。正文叙沈将仕遇骗事，见《夷坚志补》卷八"王朝议"条。杂剧有《买笑局金》，似亦演此事。

132.《莽儿郎惊散新莺燕，龙香女认合玉蟾蜍》（二拍·第九卷）

入话叙王仙客与刘无双事，本于薛调的《无双传》，见《太平广记》卷四八六。正文叙杭州秀才凤来仪与杨素梅事。内容与叶宪祖的《素梅玉蟾》同。杂剧有《蟾蜍佳偶》，疑亦演此事。

133.《赵五虎合计挑家衅，莫大郎立地散神奸》（二拍·第十卷）

头回叙叶荐妻残妒事，见《夷坚志补》卷六“叶司法妻”条。正文叙宋绍兴年间富翁莫姓事，见《齐东野语》卷二十“莫氏别室子”条。略云：

> 吴兴富翁莫氏者暮年，忽有婢作娠。翁惧其妪妒，亟遣嫁之。已而得男，翁时岁给钱米缯絮不绝。其夫以鬻粉羹为业，子稍长，詅羹于市。且十馀岁，莫翁告殂。里巷群不逞遂指为奇货，悉造婢家唁之。婢方哭，则谓之曰：“汝富贵至矣，何以哭为？”且曰：“汝之子，莫氏也。其家田园屋业，汝子皆有分，盍归取之！不听，则讼之可也。”其夫妇皆曰：“奈贫无资何？”曰：“我辈当贷汝。”即为作数百千文约，然实无一钱，止为作衰服，被其子，使往，戒以至灵帏一拜即出，告官。其子既入，哭且拜。一家骇然，欲殴辱之。莫氏长子亟前曰：“不可，是将破吾家！”遂抱持之，引拜其母及嫂、侄等，既毕，告去。曰：“汝吾弟，当在此抚丧，安得去？”即命栉濯，尽去故衣，使与诸兄弟同寝处。已又呼其所生，喻之以月廪岁衣，如翁在日，且戒以非时毋辄至，亦欣然而退。群小方聚委巷茶肆俟之，久不至，既而物色之，乃知已纳，相视大沮，计不得施。他日投牒持券，诉其子负贷钱。郡逮莫妪及其子问之，遂备陈首尾。太守唐少尉象叹服曰：“其子可谓有高识矣！”于是尽以群小具狱，杖脊编置焉。

134.《满少卿饥附饱扬，焦文姬生仇死报》（二拍·第十一卷）

头回叙郑某妻陆氏负约事，见《夷坚甲志》卷二“陆氏负约”条。正文叙满少卿负情事，见《夷坚补志》卷十一“满少卿”条。《情史》卷十六引之。杂剧有《死生冤报》，即演此事。

135.《硬勘案大儒争闲气，甘受刑侠女著芳名》（二拍·卷之十二）

入话叙朱熹断大姓与小民争坟地事，未详所本。略谓朱熹知福建崇安县，有小民状告县中大姓夺占祖茔筑墓，熹亲临踏勘，掘得小民祖先墓石，即断归小民。后熹侦知小民预埋石刻，以致入其彀中，乃对天默祷，是夜大雷雨，小民所葬坟墓竟毁。

正文叙朱熹按唐仲友事。见《朱文公文集》卷十八《按唐仲友第三状》，卷十九《按唐仲友第四状》；又《朱子年谱》卷三上《奏劾前知台州唐仲友不法》。严蕊事见《夷坚支庚》卷十“严蕊”条；《齐东野语》卷二十“台妓严蕊”条所载尤详。

136.《鹿胎庵客人作寺主，剡溪里旧鬼借新尸》（二拍·第十三卷）

头回叙两事：一为阮修事，见《晋书·阮籍传附》。一为刘秀才妻事，未详所本。正文叙刘念嗣鬼魂托友事，本于《夷坚志补》卷十六“嵊县山庵”条。

137.《赵县君乔送黄柑，吴宣教乾偿白镪》（二拍·第十四卷）

头回叙夫妇设计“扎火囤”事。见《夷坚志补》卷八“临安武将”条。正文叙宣教郎吴约遇骗事。见《夷坚志补》卷八“李将仕”

条及“吴约知县”条。

138.《韩侍郎婢作夫人，顾提控掾居郎署》（二拍·第十五卷）

头回叙徽商救投水妇事，见《见闻纪训》卷下。正文叙州吏顾某事，见《鸿书》卷六十三《官职》三“卖饼儿”条引《说听增记》。孙楷第云：出《不可录》（见《三言二拍源流考》）。《说听》卷下略云：

> 太仓州吏顾某，凡迎送官府，主城外卖饼江某家，往来如姻。后饼家被仇嗾盗攀染下狱，顾集众诉其冤，得释。江有女年十七矣，卜日送至顾所曰：“感公活命之恩，贫无以报，愿将弱息为公箕帚妾。”顾留之，月馀，使妻具礼送归。父母询之，女独处一室，顾未尝近也。父又携女而往，顾复却还。后饼家益窘，鬻女于商。又数年，顾考满赴京，拨韩侍郎门下办事。一旦，侍郎他适，顾偶坐前堂槛上，闻夫人出，趋避。夫人见而召之，旋跪庭中，不敢仰视。夫人曰：“起，起，君非太仓顾提控乎？识我否？”顾莫知所以。乃谓曰：“身即卖饼儿也。赖某商以女畜之，嫁充相公少房，寻继正室。秋毫皆君所致也，第恨无由报德，今天幸相逢，当为相公言之。”侍郎归，乃备陈首末。侍郎曰：“仁人也，盍扬之。”竟上其事。遂除礼部主事。

139.《迟取券毛烈赖原钱，失还魂牙僧索剩命》（二拍·第十六卷）

头回叙夏、林两家涉讼及刘八郎作证事，见《夷坚支戊》卷五“刘之八郎”条。正文叙宋绍兴年间庐州富民毛烈谋吞陈姓田产事。见《夷坚申志》卷十九“毛烈阴狱”条。

140.《同窗友认假作真,女秀才移花接木》(二拍·第十七卷)

头回叙田洙、薛涛联句事,本于《剪灯馀话》卷二《田洙薛涛联句记》。《情史》卷二十引之。《列朝诗集小传》闰集亦载薛涛事。正文叙成都女秀才闻俊卿事,来源待考。

141.《甄监生浪吞秘药,春花女误泄风情》(二拍·第十八卷)

头回叙道人服食枸杞人参事。枸杞大者如兽形,《茅亭客话》卷九曾载之。千年人参,根作人形,见《五杂俎》卷十一《物部》。正文叙甄廷诏误用药身死事,出处未详。篇中有许襄毅公(名进字季升)按临曹州,会审重囚,因疑本篇出《许公异政录》。

142.《田舍翁时时经理,牧童儿夜夜尊荣》(二拍·第十九卷)

头回叙宋嘉祐时宣议郎万延之瓦盆冰花事,见《春渚纪闻》卷二"瓦缶冰花"条。正文叙牧童言寄儿遇道人点化事,系从《冲虚至德真经》卷三"周穆王"条所叙的老役夫事脱化而来。

143.《贾廉访赝行府牒,商功父阴摄江巡》(二拍·第二十卷)

头回叙巢大郎骗取姊夫陈定钱财事,来源待考。正文叙贾廉访行骗事,见《夷坚志补》卷二十四"贾廉访"条。

144.《许察院感梦擒僧,王氏子因风获盗》(二拍·第二十一卷)

头回叙宋隆兴时统领官盛彦因戏言遭冤事。见《夷坚志补》卷五"楚将亡金"条。正文叙王爵客中遭害之事,出处未详。此案经许襄毅公审结,疑亦出《许公异政录》。

145.《痴公子狠使噪皮钱，贤丈人巧赚回头婿》（二拍·第二十二卷）

头回叙宋时汴京郭信事，出处未详。正文叙浙江温州姚公子事，本于《觅灯因话》卷一《姚公子传》。传奇有《锦蒲团》（一名《金不换》），即演此事。杂剧《贤翁激婿》，当亦本此。《姚公子传》略云：

> 浙东有姚公子，父拜尚书，妻亦宦族，家累巨万。公子自倚富强，不事生产。酷好射猎，交游匪人。市井无赖，罗致门下者数十百人。日夕游乐，靡有穷极。曰："人生行乐耳！吝啬何为？"数年之间，囊空橐罄，乃听诸少年之言，所至辄立卖券为赏。游猎无度，加以少年之侵渔及日用之豪侈，不数年，产业荡尽。向日少年，皆华衣鲜食，肥马高车，出遇公子，渐不相识。公子饥寒，思鬻其妻，乃翁知之，阴迎其女，养之别室，诈令人为豪族，以厚财为聘。妻去未数月，而聘金又尽，将自卖其身，而苦无主者。妻翁又以厚价诈令庄客收之。与之约曰："输券之后，当唯命是从，不得违忤！"公子允诺，随之而去。至则主人旦令之采薪，暮督之舂谷，劳筋苦力，时刻不堪。数日，遂逃去。与乞儿为伍。妻翁知其在市中也，故令乞儿百般侮之。以是东西流窜，莫能容身，冻馁忧愁，备尝艰苦。翁乃令其女筑环堵之室于大门之傍，器具衾裯，稍稍略备。乃谓公子曰："尔之故妻，今为豪家主母，门庭赫奕，吾为尔言，求为门役，庶无饥寒之虑，岂不愈于旦夕死沟壑乎？"公子涕泗从命，于是引至妻之别室，令其安居，竟不知妻之未嫁，终其身不敢一面，老死于斗室云。

146.《庵内看恶鬼善神，井中谈前因后果》（二拍·第二十四卷）

头回叙丘伯皋事，出处未详。正文叙元自实事，本于《剪灯新话》卷一《三山福地志》。

147.《徐茶酒乘闹劫新人，郑蕊珠鸣冤完旧案》（二拍·第二十五卷）

头回叙某富室新婚捉贼送官事，与《智囊补》卷十“吉安老吏”极相似，当为此故事所从出。略云：

> 吉安州富豪娶妇，有盗乘人冗杂，入妇室潜伏床下，伺夜行窃。不意明烛达旦者三夕，饥甚奔出，执以闻官。盗曰：“吾非盗也，医也。妇人癖疾，令我相随，常为用药耳。”宰诘问再三，盗言妇家事甚详，盖潜伏时所闻枕席语也。宰信之，逮妇供证。富家恳免，不从。谋之老吏，吏白宰曰：“彼妇初归，不论胜负，辱莫大焉。盗潜入突出，必不识妇。若以他妇出对，盗若执之，可见其诬矣。”宰曰：“善。”选一妓，盛服舆至，盗呼曰：“汝邀我治病，乃执我为盗耶？”宰大笑。盗遂伏罪。

正文叙嘉定茶酒（经办婚筵茶酒事务者）徐达事。见《九朝野记》卷四，亦见《前闻记》。惟无郑蕊珠之名，当为小说所装点。略云：

> 嘉定有少年曰徐达，巧黠而无赖。闻一家将嫁女，借持栉具去为女开面，即复谋为婚筵茶酒。嘉会日，达相事未终辙，

不辞而去,约二恶少共窃女。昏时,二少避后墉外,达复入供事。至入更,女独在室,突入急负之,奔至后垣,开门授二少。复闭门入公出前门而去。其家失妇,讶惑。疑达所为,命数家奴入后巷追之。二少见势迫,弃女而逸。达独持之行,无计脱去,适道旁有井,遂挤女其中,众追及达,讯之,不伏。待旦上官始吐实。往检觅,果得尸,然而男子也。达亦自怪,逮二少,对同达。官不能决。榜召尸属,亦无认者。乃独系达,少数拷掠,竟无状。居岁馀,官方引问达,适开封某县解至二囚,一男一女。达见之,大骇,官召问之,始得实。方女入井,眢,不死,大呼求救,而追人得达,喧哗拥回,不闻井中声也。将曙,才有二男子井傍过,即开封人,同贾于松而归。闻声趋视,因以甲下井,肩女,乙以布接出。既出,乙视女,忽念甲资厚,因而戕之,独得美妇,兼其货。遂下之石,甲毙焉,即所疑尸也。女随乙至家,乙妇悍,毒女百端,女不能忍,奔诉于官,于是逮乙与女,解来审验耳。令闻之,大骇异。因请正乙诛,而论达少如法,还妇于先夫焉。

148.《懵教官爱女不受报,穷庠生助师得令终》(二拍·第二十六卷)

本篇头回叙韩赞卿意外得金事,来源待考。正文叙老秀才高愚溪事。故事来源待考。

149.《伪汉裔夺妾山中,假将军还姝江上》(二拍·第二十七卷)

头回叙二事:一为宋张齐贤微时事,见司马光《涑水纪闻》卷七,《青琐高议后集》卷二亦载之。一为邵文元事,待考。《涑水纪闻》略云：

> 张齐贤为布衣时，倜傥有大度，孤贫落魄。常舍道上逆旅，有群盗十馀人，会食于逆旅之间，居人皆惶恐窜匿。齐贤经前揖之曰："贱子贫困，欲就诸大夫求一醉饱，可乎？"盗即延之坐。齐贤曰："盗者，非龌龊儿所能为也，皆世之英雄耳。仆亦慷慨士，诸君又何间焉？"乃就席大嚼，势若虎狼。群盗视之愕眙，皆咨嗟曰："真宰相器也！不然，何能不拘小节如此？"竞以金帛遗之，齐贤皆受不让，重负而还。

正文叙黄冈汪秀才入盗穴赚回爱妾事，与《坚瓠首集》卷三《汪太公归婢》事相类。戏曲《撮盒圆》中写文长同妾回风游君山，被洞庭盗赵海劫去，即取材于此。杂剧《智赚还珠》亦演此事。

150.《程朝奉单遇无头妇，王通判双雪不明冤》（二拍·第二十八卷）

头回叙种瓜老圃事，出处待考。正文叙明成化年间徽州富商程朝奉狱案。见《智囊补》卷十"徽商狱"条。杂剧《没头疑案》亦演此事。

151.《赠芝麻识破假形，撷草药巧谐真偶》（二拍·第二十九卷）

头回叙西湖女子事，见《夷坚支甲》卷六。正文叙明天顺年间商人蒋姓遇狐女事。作者自云："这一回书，乃京师老郎传留，原名为《灵狐三束草》。"按《情史》卷十三"大别狐"条所记即此事，亦言为天顺间事，则所谓京师老郎者，不过沿袭宋人习语，实际是指明初的说话人。《幻影》第二十回有《良缘狐作合，伉俪草能谐》，疑亦演此事。

152.《瘗遗骸王玉英配夫,偿聘金韩秀才赎子》（二拍·第三十卷）

头回叙明隆庆间易万户事,见《情史》卷十“易万户”条。正文叙嘉靖时韩庆云与女鬼王玉英事,见《情史》卷十六“王玉英”条。

153.《行孝子到底不简尸,殉节妇留待双出柩》（二拍·第三十一卷）

头回叙陈福生死后,族人陈喇虎告状简死事,出处未详。正文叙万历年间武义王世名宁死不简父尸事。载《明史》卷二九七《孝义传》。《耳谈》亦记其事。《寄园寄所寄》卷二及《剧说》卷三均引之。《幻影》第二回也叙到此事。夏纶(惺斋)的《杏花村》传奇演之。

154.《张福娘一心贞守,朱天锡万里符名》（二拍·第三十二卷）

头回叙宋宣和年间睢阳刘浆妻遇高髻妇人事。见《夷坚志补》卷十“魏十二嫂”条。正文叙宋时苏州人朱景先子朱逊成都买妾及后来朱妾存孤事。见《夷坚志补》卷十“朱天锡”条。杂剧有《义妾存孤》,即演此事。

155.《杨抽马甘请杖,富家郎浪受惊》（二拍·第三十三卷）

头回叙明永乐时姚广孝事。见《苏谈》“姚少师广孝雅量”条。略云:

> 少师在松下散饭,曳履独步。一县丞喝道来,少师行如故。丞怒,笞而讯之。少师受笞,不自道。丞使人绁置后。随行人有识之者曰:“此少师也。”丞大惊,伏地请罪。少师徐曰:

“且送郡狱。”明日出之。谓太守曰:“秀人官人不识事,一野僧行道,何足怒而遽笞之?吾昨日乃以相戏耳。”更不罪也。

正文叙宋蜀州江源杨望才事。见《夷坚丙志》卷三“杨抽马”条。从略。

156.《任君用恣乐深闺,杨太尉戏宫馆客》(二拍·第三十四卷)

头回叙宋时京师一士人误入蔡太师花园事,出《谈薮》,亦见《西湖游览志馀》卷四。正文叙杨戬家姬事,见《夷坚支乙》卷五“杨戬馆客”,《情史》卷十八引之。

157.《错调情贾母詈女,误告状孙郎得妻》(二拍·第三十五卷)

头回叙两件缢死的事情,出处未详。正文叙孙小官与邻女贾闰娘姻缘事。见《情史》卷十“吴松孙生”条。杂剧有《错调合璧》,疑即演此事。

158.《王渔翁舍镜崇三宝,白水僧盗物丧双生》(二拍·第三十六卷)

头回叙宋时临安市民沈一贪财受报事。见《夷坚志补》卷七“丰乐楼”条。正文叙嘉州渔人王甲事,见《夷坚支戊》卷九“嘉州江中镜”条。

159.《叠居奇程客得助,三救厄海神显灵》(二拍·第三十七卷)

本篇入话提到《周秦行纪》及《后土夫人传》。正文叙商人程宰在辽阳遇海神事。来源于蔡羽的《辽阳海神传》。

160.《两错认莫大姐私奔,再成交杨二郎正本》(二拍·第三十八卷)

头回叙李三冤狱,见《夷坚丁志》卷七“大庾疑讼”条。正文叙徐德妻私奔事，来源待考。

161.《神偷寄兴一枝梅，侠盗惯行三昧戏》（二拍·第三十九卷）

头回用两事：一为孟尝君赖鸡鸣狗盗出关事，见《史记·孟尝君列传》；一为宋临安剧盗“我来也”事，见《说郛》卷二十三《谐史》，《西湖游览志馀》亦载之。

正文叙侠盗懒龙的许多故事。其中偷酒家锡酒壶一事，与《蓬窗类记》卷五《黠盗记》相似。文云：

> 黄铁脚，穿窬之雄也。邻有酒肆，黄往贳，肆主不与。黄戏曰：“必窃若壶。”肆主以他器易饮。是夕，肆主挈壶置卧榻前几上，鐍户甚固，遂安寝。比晓，失壶，视鐍如故。亟从他肆物色，壶果在。问所将，曰：“黄某。”主诣黄问故。黄自言用一小竿窍其中，俾通气，以猪溺囊系竿端，从霤引竿，纳囊于壶，乃嘘气胀囊，举而升之，故得壶也。

察院失印，来源于《九籥集》卷十“海忠肃公”条。又见《古今谭概》卷二十一“海刚峰”条。馀事不详所出。《九籥集》云：

> 有御史怒某县令，县令密使嬖儿侍御史，御史迩之甚，遂窃其符逾墙走。明晨起视篆，篆箧已空。心疑县尹而不敢发，遂称疾不治事。忠肃往候御史，御史素闻忠肃有吏才，密告之以故，忠肃令御史夜半于厨中发火，火光烛天，群属悉来救援，御史持篆箧授县令，令多官各有所护。及火灭，县尹上篆箧，则符宛在中央矣。

第三节 《石点头》等故事的来源和影响

一、《石点头》十三篇

162.《郭挺之榜前认子》 （石·第一卷）

头回叙一人算命得子事，出《辍耕录》卷二十二“算命得子”条。正文叙合肥郭乔意外得子事，来源待考。

163.《卢梦仙江上寻妻》 （石·第二卷）

头回用两事：一为乐昌公主事，见唐孟棨《本事诗》。一为黄昌事，见《后汉书》卷一〇七《黄昌传》。《情史》卷二亦引之。正文叙明成化间江都卢梦仙与李妙惠事，见《情史》卷一“李妙惠”条。金山寺题壁诗，则袭用苏小卿诗，其情节似亦有蹈袭之处。

164.《王本立天涯求父》 （石·第三卷）

头回叙明洪武时钱塘人吴慥远任蜀中，其父作诗一首寄之，盼其归养。吴慥贪恋禄位，全不以老亲为念，致使其父郁郁而亡。故事中有“友人瞿佑闻之，正言诮责”云云，可见是当时实事。正文叙王原寻亲事。亦明代实录。见李卓吾《续藏书》和《明史》卷二九七《王原传》。

165.《莽书生强图鸳侣》 （石·第五卷）

叙明永乐年间举人莫谁何事。见《粤西丛载》卷十七“广西莫举人”条引《谈林》。亦见《情史》卷三“莫举人”条。

166.《乞丐妇重配鸾俦》 （石·第六卷）

头回叙王播事，见《唐摭言》卷七。正文叙周六女事。本于《夷坚支丁》卷九“盐城周氏女”条。《情史》卷二引之。

167.《感恩鬼三古传题旨》（石·第七卷）

叙宋淳熙时书生仰邻瞻事。见《夷坚续志后集》卷二“鬼报冒头”条。又《夷坚支景》卷三“三山陆苍”条，事亦相类。宋赵溍《养疴漫笔》引《鹤林玉露》亦有此故事，见《古今说海》；又《续金瓶梅》也引了类似的故事。《盛明杂剧》中王澹翁的《樱桃园》亦有此故事。

168.《贪婪汉六院卖风情》（石·第八卷）

叙贪污官吏吾爱陶事。来源待考。清杜纲《娱目醒心编》卷十一《诈平民恃官灭法，置美妾藉伎营生》，系受本篇影响的作品。

169.《玉箫女再世玉环缘》（石·第九卷）

《宝文堂书目》著录有《玉箫女两世姻缘》，与本篇当为同题材（参看第八章第三节）。本篇叙韦皋与玉箫女事，系采范摅的《云溪友议》卷中“玉箫化”、“苗夫人”二条串合而成。“玉箫化”条略云：

> 西川韦皋游江夏，止于姜使君之馆，姜子荆宝兄事之。荆宝有小青衣曰玉箫，才十岁，常令祗候。后韦移居头陀寺，宝亦时遣玉箫往侍。玉箫年稍长，因而有情。一日，韦将归觐，以书别荆宝，宝顷刻与玉箫至，命玉箫以往，韦固辞，相约五年或七年来取，因留玉指环一枚。暨八年春，玉箫叹曰：“韦家郎君，一别七年，是不来耳！”遂绝食而殒。姜氏愍其节操，以玉环着于中指而葬焉。后皋来为节度，知女已死，益增凄叹。值生日，东川送一歌姬，亦名玉箫，观之，乃真姜氏之玉箫也，而中指有肉环隐出，不异留别之玉环也。

“苗夫人”条略云：

> 张延赏相公,择婿无当意者。妻苗氏,有才鉴,特选韦皋秀才,曰:"此人之贵,无与比畴。"以女妻之。后韦自金吾持节西川,替妻父请河公。乃改易姓名为韩翱。去府城三十里,有人报相公曰:"替相公者金吾韦皋将军,非韩翱也。"苗夫人曰:"若是韦皋,必韦郎也。"张公犹不信。来早入州,方知不误。张公忧惕,莫敢瞻视,曰:"吾不识人。"西门而出。

金院本有《玉环》,元乔吉有《玉箫女两世姻缘》杂剧,明佚名有《玉环记》传奇,陈与郊有《鹦鹉洲》传奇,皆同题材。

170.《王孺人离合团鱼梦》 (石·第十卷)

头回叙宁王夺卖饼者妇事。出《本事诗》。原文云:

> 宁王曼贵盛,宠妓数十人,皆绝艺上色。宅左有卖饼者妻,纤白明媚,王一见注目,厚遗其夫取之,宠惜逾等。环岁,因问之:"汝复忆饼师否?"默然不对。王召饼师使见之,其妻注视,双泪垂颊,若不胜情。时王座客十馀人,皆当时文士,无不凄异。王命赋诗,王右丞维诗先成:"莫以今时宠,宁忘昔日恩。看花满眼泪,不共楚王言。"

正文叙王从事妻离而复合事。出《夷坚丁志》卷十一"王从事妻"条。参看本章第二节第110条。

171.《江都市孝妇屠身》 (石·第十一卷)

叙宗二娘卖身与屠户事,出《太平广记》卷二七〇"周迪妻"条。《情史》卷十四引之。

172.《侯官县烈女歼仇》（石·第十二卷）

叙申屠娘子杀仇报夫事，见《情史》卷一“申屠氏”条。

173.《唐明皇恩赐纩衣缘》（石·第十三卷）

叙姚夫人事，出孟棨《本事诗》，又见《情史》卷四“唐玄宗”条。文云：

> 开元中，颁赐边军纩衣，制于宫中。有兵士于短袍中得诗曰：“沙场征戍客，寒苦若为眠。战袍经手作，知落阿谁边。蓄意多添线，含情更着绵。今生已过也，重结后生缘。”①兵士以诗白于帅，帅进之。玄宗命以诗遍示六宫曰：“有作者勿隐，吾不罪汝。”有一宫人自言万死。玄宗深悯之，遂以嫁得诗人。乃谓之曰：“我与汝结今生缘。”边人皆感泣。

174.《潘文子契合鸳鸯冢》（石·第十四卷）

叙王仲先潘文子相契事。出《太平广记》卷三八九“潘章”条。《情史》卷二十二引之。

二、《西湖二集》三十四篇

175.《吴越王再世索江山》（西·第一卷）

头回叙瞿宗吉事，见《西湖游览志馀》卷十二，略云：

> 瞿宗吉佑，钱唐人，学博才赡，少不为其父所知。乡人张

① 上海古籍出版社本“重结”作“结取”。——校者注

彦复,自福建检校回家,瞿翁杀鸡具酒待之,宗吉年十四,适自学舍归,彦复指鸡为题,命赋之。诗成,彦复大加称赏,手写桂花一枝,并题其上以赠,瞿翁遂构传桂堂。一日,杨廉夫访之,出所作香奁八咏以示宗吉,宗古悉和之,廉夫叹服曰:"此瞿家千里驹也。"宗吉尝著《剪灯新话》一编,或谓《秋香亭记》乃宗吉事,使其果然,亦元微之会真意也。

正文叙吴越王事,见《钱塘遗事》卷一"梦吴越王取故地"条;《宾退录》卷五亦载之。《钱塘遗事》略云:

徽宗梦钱武肃王乞还两浙,且曰:"我好来朝,何故留我?当遣第三子居之。"觉而与郑后言之。郑后曰:"妾梦亦然。"须臾,韦妃报诞,即高宗也。既三日,徽宗临视,抱膝间甚喜。戏妃曰:"酷似浙脸。"钱王寿八十一,高宗亦八十一。

176.《宋高宗偏安耽逸豫》 (西·第二卷)

叙宋高宗禅位后的逸豫生活。本于《武林旧事》卷七。《西湖游览志馀》卷三"偏安佚豫"条所记甚详,可参考。

177.《巧书生金銮失对》 (西·第三卷)

入话叙许多小故事:李藩事待考。王显事见《朝野佥载》卷四;王勃事见《唐摭言》卷五,他书亦多载之;张镐事见《玉照新志》卷三及元曲《荐福碑》;二近侍事见《独醒杂志》卷二及《宾退录》卷四。吴与弼事见《古今谭概》卷三十六"恶虫啮顶"条。

正文见《齐东野语》卷十三,略云:"永嘉甄龙友,字云卿,少有俊声。一日登对,上戏问曰:'卿安得与龙为友?'甄仓忙,占奏不能及。退殿陛自恨失言，曰：‘何不云尧舜在上，臣安得不与夔龙为友。’闻者惜之。”此事《谈薮》及《西湖游览志馀》卷二并载之。正文中穿插木应之事，亦见《西湖游览志馀》卷二，“木应之，名待问，孝宗问之曰：‘木姓起于何时？’罔知所对。上曰：‘端木，本子贡之姓，其后有木虚元者，岂去复字之苗裔乎？’”

178.《愚郡守玉殿生春》（西·第四卷）

入话叙三事，一为厨子发迹事，见《明良记》：太祖尝至国子监，有厨人进茶，偶称旨，诏赐冠带。有老生员夜独吟云：“十载寒窗下，何如一盏茶。”帝微行，适闻之，应事云：“他才不如你，你命不如他。”一为吴与弼事，见《古今谭概》。一为史某事，待考。

正文叙赵雄事，见《西湖游览志馀》卷二十三。略云：

> 赵雄，字温叔，资州人。尝以荐举，待命逆旅，且半年矣。卫士见其饮啖异人，奏之，孝宗亟召见，奇其状貌，且壮其言，用为左史。时有太守姓息，朝辞，阁门吏曰：“官人可谓诧姓。”守曰：“春秋有息妫，汉有息夫躬，非诧也。”温叔闻其语，及奏事，上曰：“适有息其姓者朝辞，对谓诧也。”温叔对曰：“春秋有息妫，汉有息夫躬，非诧也。”上喜曰：“卿该博如此。”

179.《李凤娘酷妒遭天谴》（西·第五卷）

入话叙两位刘娘子事，见《春渚纪闻》卷一，《西湖游览志馀》卷二亦及之。正文叙李凤娘妒悍事，本于《宋史》卷二四三《后妃传》，亦见《齐东野语》卷十一及《西湖游览志馀》卷二。

180.《姚伯子至孝受显荣》（西·第六卷）

入话叙忤逆事四件：一为曹保儿杀母事，见《睽车志》卷二。

《辍耕录》卷二十八,《西湖游览志馀》卷二十三载杭州汤镇一凶徒事亦相似。一为周震逆父变驴事,来源待考。一为某媳妇事姑不敬事,见《独异志》上,《南部新书》癸集亦载之。一为杜氏三媳变牛、狗、豕事,见《坚瓠馀集》卷一"雷谴逆妇"条。

正文叙姚伯华行孝事,为当时实事,见《浙西村舍丛刊·姚文敏公(夔)遗稿》卷八《担骸传》,略云:

> 浙江桐庐姚伯华,年二十未娶,事亲孝,父母年俱六十馀,值元末大乱,姚奉三亲匿阆原山中。一日,二亲为群盗所掠,被推坠崖死,明日,盗稍退,姚号哭大索,得尸崖下,用绛紬被二裹父母尸,肩挑之。乘夜由间道奔桐江,江无渡船,有渔人棹小舟,姚酬银镯一,载以达南岸,遂担尸至姚家山祖坟之右,采树叶掩之,徐用木锥挖土,深丈馀,葬之,又负土筑垒亮三尺,痛哭呕血而出。及明朝定鼎,姚始娶妇生子云。

181.《觉阇黎一念错投胎》 (西·第七卷)

入话叙老僧化蛇事,见《太平广记》卷九十四。正文叙史弥远事,见《宋稗类钞》卷一《三朝野史》,《西湖游览志馀》卷五。

182.《寿禅师两生符宿愿》 (西·第八卷)

入话叙韦丹、李进勍放生事。来源于《群书类编故事》卷十七孔愉放龟及熊慎放鱼改业事。正文叙永明禅师事,见《清波小志》卷下。

183.《韩晋公人奁两赠》 (西·第九卷)

入话叙二故事。一为晋石崇侍婢绿珠事。石崇被诛,绿珠坠楼而死。见宋乐史《绿珠传》。一为乔知之婢窈娘为武延嗣所夺。

乔痛愤成疾，为诗以达窈娘，窈娘赴井死。见《本事诗》。

正文叙韩滉赠妓给戎昱事，见《云溪友议》①，亦见《本事诗》，文云：

> 韩晋公镇浙西，戎昱为部内刺史。郡有酒妓……昱情属甚厚。乐将以白晋公②，召置籍中。昱不敢留③。为歌词以赠之，且曰："至彼令歌，必首唱是词。"既至，韩开筵命歌④，遂唱戎词。曲既终，韩问曰："戎使君于汝寄情耶？"悚然起立曰："然。"言随泪下⑤。韩召乐将责曰⑥："戎使君名士，留情郡妓，何故不知而召置之，成余之过。"命与妓百缣⑦，即时归之。其词曰："好去春风湖上亭，柳条藤蔓系离情。黄莺久住浑相识，欲别频啼四五声。"

184.《徐君宝节义双圆》（西·第十卷）

入话叙王昭仪出家及四宫人自杀事。《辍耕录》卷三及《西湖游览志馀》卷六均有记载。《志馀》略云：

> 元至元十一年丙子二月，伯颜以宋谢、全两后以下北去。有王昭仪者，名清惠，题词于驿壁。五月二日抵上都，朝见。

---

① 今本《云溪友议》无此条。——校者注

② 上海古籍出版社本"乐将"作"浙西乐将问其能"。——校者注

③ 上海古籍出版社本此处多"饯于湖上"四字。——校者注

④ 上海古籍出版社本作"韩为开筵，自持杯，命歌颂之"。——校者注

⑤ 上海古籍出版社本作"泪下随言"。——校者注

⑥ 上海古籍出版社本此处多"韩令更衣待命，席上为之忧矣"一句。——校者注

⑦ 上海古籍出版社本作"乃十笞之，命妓与百缣。"——校者注

十二日夜，宋宫人陈氏、朱氏与二小姬自缢死。朱氏遗四言诗于袖中云："既不辱国，幸免辱身，世食宋禄，羞为北臣。妾辈之死，守于一贞，忠臣孝子，期以自新。"清惠恳请为女道士，号"冲华"。

正文叙徐君宝妻死节事。《辍耕录》卷三，《西湖游览志馀》卷六，祝允明《野记》及《历代小史》并载之。《志馀》云：

岳州徐君宝妻某氏，被虏来杭，居韩蕲王府，自岳至杭，相从数千里，其主者数欲犯之，而终以巧计脱，盖某氏有令姿，主者弗忍杀之也。一日，主者怒甚，将即强焉，因告曰："俟妾祭谢先夫，然后乃为君妇不迟也，君奚怒为？"主者喜诺，某氏乃焚香再拜默祝，南向饮泣，题〔满庭芳〕词一阕于壁上，书已，投大池中以死。

正文中插叙张顺、张贵救襄阳。见《齐东野语》卷十八。

185.《寄梅花鬼闹西阁》 （西·第十一卷）

入话叙四妒妇事：一为宜城公主事，见《古今情海》卷二十三"情中妒"条；一为刘伯王妻事，见《酉阳杂俎》卷十四；一为郗后变蟒事，见《密斋笔记》卷五；一为杨妃妒梅妃事，见宋人《梅妃传》。正文叙南宋朱端朝妻柳氏奇妒事，本于《寄梅记》，见今人周夷校注《剪灯新话》附录。小说中闹鬼一段，则为《寄梅记》所无。《异闻总录》卷四、《夷坚志》卷十七、《情史》卷六"马琼琼"条，皆有记述。

186.《吹凤箫女诱东墙》 （西·第十二卷）

入话叙二事：一为吕筠卿吹笛事，见《诗话总龟》卷四十五引

《博异志》。略云：

> 洞庭贾客吕卿云以贸贩杂货逐什一之利，善笛，春月，夜泊君山独饮，弄数曲，波上有渔舟冉冉而来，乃一父老皤然。吕起迎，问所以，曰："闻子笛声非凡，我是以来。"乃抽小笛吹三声，忽波涛汹涌，舟楫皆恐，乃不复吹，引满数杯，棹舟而去。

一为徐鏊事，见《庚巳编》卷二，亦见《情史》卷十九"洞箫美人"条。

正文叙潘用中吹箫得美女事。见《艳异编》卷二及《情史》卷三。

187.《张采莲隔年冤报》（西·第十三卷）

入话叙四事：一为龚倎杀人果报事，见《寄园寄所寄》卷十述本舟人子龚倎，溺一富商于水，尽攘其有归。倎后生一子，视父如仇敌。祈鸾者，知为富商，乃尽贻其有于子，远窜。一为赵小乙事，未详所出。一为秦桧门下十客，见《西湖游览志馀》卷四及《双槐岁钞》：桧有十客，曹冠以教孙为门客，王会以妇弟为亲客，郭知建以离婚为逐客，吴益以爱婿为娇客，施全以剸辨为刺客，李季以设醮奉章为羽客，龚金以治产为庄客，丁禩以出入其家为狎客，曹泳以献计为说客，初止有此九客耳。桧既死，葬于建康，有蜀人史叔夜者，怀鸡黍号恸墓前，其家大喜，因厚遣之，遂为吊客。以足十客之数。一为施全刺秦，见《西湖梦寻》卷五：略谓绍兴二十年二月朔，秦桧入朝，乘肩舆过望仙桥，全挟长刃遮道刺之，透革不中。桧斩之于市，观者如堵墙。

正文叙王立因贪财谋杀周氏婢，后案白，立伏辜事。见《西湖游览志馀》卷二十六。

188.《邢君瑞五载幽期》（西·第十四卷）

头回叙鱼篮观音劝化世人事。按鱼篮观音为我国古老的民间传说。此故事本于宋濂《鱼篮观音像赞序》。

正文叙邢君瑞遇水仙事，本于《绿窗新话》卷上《邢凤遇西湖水仙》。《艳异编》卷二、《西湖游览志馀》卷二十六及《情史》卷十九皆载之。参看第八章第一节“灵怪”类“水月仙”条。本篇插叙王轩遇西施，见《异闻总录》卷三。唐王公远轩，因游苎萝山问西施遗迹，留诗石上，回顾见一女子素衣琼佩，期来日会于水滨，翌日轩往，女子已在，留逾月乃归。

189.《文昌司怜才慢注禄籍》（西·第十五卷）

入话叙陶穀梦吏换眼，见《群书类编故事》卷九。略谓陶穀少时，梦数吏奉符换眼。吏附耳曰：“求几千万。”穀不应。又云：“钱五万，安第二眼。”复不答。吏曰：“止安第三眼。”即以弹丸纳眼中。既觉，眼色深碧。后善相道士陈子阳曰：“贵人骨气，奈一双鬼眼，必不至显位。”

正文叙唐诗人罗隐故事。郑畋女隔帘窥罗，见《鉴戒录》卷八“钱塘秀”条，《诗话总龟》卷五引之，云：隐常献卷于郑相公畋，郑女妙于篇什，每读罗诗，未尝不于父前三复以慕其才，相国或一日因隐到宅，遂留，从容命女下帘窥之，女见之，永不复吟隐诗。罗依归钱镠事，见《鹤林玉露》卷十二：罗隐乾符中举进士，十上不第，黄巢乱，归依钱镠，事镠终于著作佐郎。

190.《月下老错配本属前缘》（西·第十六卷）

头回叙月下老人故事，见《续玄怪录》卷四《定婚店》，《太平广记》卷一五九引之。

正文叙宋女词人朱淑真事。《西湖游览志馀》卷十六云：“朱淑真者，钱塘人。幼警慧，善读书，工诗，风流蕴藉。早年，父母无识，嫁市井民家，其夫村恶，蘧蒢戚施，种种可厌；淑真抑郁不得志，作诗多忧愁怨恨之思，时牵情才子，竟无知音，悒悒抱恚而死。”其生平事迹，隐晦难详。王唐佐曾为之作传，已佚。本篇所引各诗，均采自《断肠集》，情节则主要根据魏端礼之《断肠集》序文。

191.《刘伯温荐贤平浙中》（西·第十七卷）

入话录刘伯温等四人咏猫诗四首，作为引喻。正文叙朱亮祖平方国珍、国瑛事，见《明史》卷一三二《朱亮祖传》；杨完者见《新元史》卷二二一。

192.《商文毅决胜擒满四》（西·第十八卷）

入话叙明状元黄观死节事，本于《明史》卷一四三《黄观传》；又叙李旻、王华争状元故事，来源待考。

正文叙商辂事。见《明史》卷一七六《商辂传》，惟无擒满四事。所叙故事多增饰，与《明史》本传多有出入。

193.《侠女散财殉节》（西·第十九卷）

入话叙几件有关婢女的事。郑康成婢见《世说新语》卷上《文学》：“郑玄家奴婢皆读书，尝使一婢不称旨，将挞之，方自陈说，玄怒，使人曳箸泥中。须臾，复有一婢来，问曰：‘胡为乎泥中？’答曰：‘薄言往愬，逢彼之怒。’”谢芳姿见《晋书·乐志》，略谓晋中书令王珉喜捉白团扇，与嫂婢谢芳姿情好甚笃，事觉，婢因作《白团扇歌》。关汉卿咏婢，见《尧山堂外纪》。柳仲贤婢见《北梦琐言》卷四及《懒真子》卷二，略谓唐柳仲郢有一婢失意，将婢于成都鬻之。女侩介之至盖巨源家。一日，通衢有鬻绫罗者从窗下过，召使入内，盖公于束缣内选择边幅，舒卷揲之，第其厚薄，酬酢可否。柳婢失声而仆，似中风恙。令舆还女侩家，翌日而瘳。诘之，曰：“某虽贱人，曾为柳家细婢，死则死矣，安能事卖绢牙郎乎！”田六出是王衍女王进贤之婢，被掠后与进贤同赴水死。见《少室山房笔丛》卷四十三引《真诰》。周大夫婢，见《战国策》卷二十九《燕策》：“臣邻家有远为吏者，其妻私人，其夫且归，其私之者忧之，其妻曰：‘公勿忧也，吾已为药酒以待之矣。’后二日，夫至，妻使妾奉卮酒进之。妾知其药酒也，进之则杀主父，言之则逐主母，乃阳僵弃酒，主父大怒而笞之。”

正文叙朵那女事，见《新元史》卷二四五。《辍耕录》卷十一《女奴义烈》，《西湖游览志馀》卷九均载之。

194.《巧妓佐夫成名》（西·第二十卷）

入话叙许多妓女故事，来源可考者如师师是狐精，见《睽车志》卷一。红莲柳翠，见《西湖游览志》卷十三。曹文姬见《青琐高议前集》卷之二“书仙传”（曹文姬本系书仙）条，略云：

> 曹文姬，本长安倡女也。及笄，姿艳绝伦，尤工翰墨，人号为书仙。豪贵之士，愿输金求与偶者不可胜计，女曰：“此非吾偶也，欲偶者，请托投诗，当自裁择。”有岷江任生，客于长安，投之诗曰：“玉皇殿上掌书仙，一点尘心谪九天。莫怪浓香熏骨腻，霞衣曾惹御炉烟。”女得诗，喜曰：“此真吾夫也，不然，何以知吾行事耶？”遂以为偶。如是五年。谓任曰：“吾将归，子可偕行乎？天上之乐，胜于人间。”俄闻仙乐飘空，见朱衣吏持玉版朱书篆文，且曰：“李长吉新撰《玉楼记》就，天帝召汝写碑，可速驾无缓。”女与生易衣拜命，举步腾空。

邵金宝救戴纶善出狱事，见《情史》卷四。正文叙绍兴年间临安妓女曹妙哥辅佐其夫吴尔知成名,又偕隐避祸事。来源待考。

195.《假邻女诞生贵子》（西·第二十一卷）

入话叙数事:阿紫化狐,见《搜神记》卷十八及《酉阳杂俎》卷十五。顾旃得狐淫册,见《搜神后记》卷九。上两事均不足录。许贞娶狐女见《太平广记》卷四五四引《宣室志》。正文叙罗慧生与狐精交欢事。来源待考。

196.《宿宫嫔情殢新人》（西·第二十二卷）

入话所叙来源可考者,括苍儒士,见《古今图书集成·神异典》卷四十六《杂鬼神部记事》六。独眠孤馆鬼,见《类说》卷三十四引《摭遗》。正文叙书生邹师孟遇花春丽鬼魂事,见何大抡本《燕居笔记》卷五下层《游会稽山记》,又见《续艳异编》卷十三。《情史》卷二十亦载之。

197.《救金鲤海龙王报德》（西·第二十三卷）

头回叙张生煮海故事,本于《冷斋夜话》。元李好古《沙门岛张生煮海》杂剧,即演此事,本篇当是受杂剧的影响。《冷斋夜话》略云:

> 潮州张羽,字伯腾,有才学,功名未遂,闲游海上。寓居石佛寺,清夜抚琴,有东海龙王第三女曰琼莲者,闻琴声来听,因与羽遇,两相爱慕,订羽于中秋夕至海上,招为婿,出鲛绡帕赠之。及期,羽持帕至海岸,大水茫茫,莫知所之。忽遇一道姑,乃秦时毛女也,诘羽安往,羽告以故,且问津于女,女谓龙王性躁难犯,须先有以降伏之,事庶可谐。乃以银锅一、金钱一、铁杓一授羽,令舀海水,投钱于锅煎之,锅中水浅,则海水亦浅,龙王觉,必来告哀也。羽如法行,龙王果窘,觇知羽意,乃浼石

佛寺僧为媒,愿招羽为婿,僧引羽入龙宫,与龙女成婚。

正文叙杨廉夫救龙女获报事,未详所本。

198.《认回禄东岳帝种须》(西·第二十四卷)

头回叙二事。酒店王公,来源待考。贾耽打火神,见《太平广记》卷三七三引《芝田录》。

正文叙周必大事。必大,《宋史》卷三九一有传。小说中事,传文未及。见《西湖游览志馀》卷二十五。略云:

> 绍兴丙子六月,临安火。先是,周必大任剂局门官,适乳媪姚病甚,占之,其繇云:"药不蠲疴,财伤官磨,困于六月,盍祈安和。"未几,姚果卒。必大深以六月为忧,迨晦日,以为无恙矣,同僚举酒相庆。宴毕而火随作,所居在漾沙坑,与运属王氏者连栋,仅以身免。时临安帅韩仲通知火自王氏,而王之妻弟马舜韶方为御史,畏不敢问,执必大及邻比五十馀人皆下狱,奏行三省勘念。必大问狱吏曰:"失火延烧,在律云何?"吏曰:"当徒。"必大曰:"我以一身承之,以贷邻比,罪居何等?"吏曰:"法止除籍为民耳。"必大叹曰:"人果可救,吾何吝一官?且财伤官磨,占繇定矣。"遂自诬服,竟落职,依其妇翁王彦光于广德。顷之,彦光强必大赴宏词科,值秦桧死,高宗更化,汤鹏举知贡举,试法甚严,而必大首捷,驯登台辅,人谓救人阴德所致云。

199.《吴山顶上神仙》(西·第二十五卷)

入话详叙佛法,散见于《高僧传》。《太平广记》亦间有涉及。

正文叙丁野鹤、冷启敬事。丁野鹤事见《浙江通志》卷一九八“丁野鹤”条引《武林纪事》。云：

丁野鹤，元时钱塘人，弃家为全真于吴山之紫阳庵。一日，召其妻王守素入山，付书四句云：“懒散六十三，妙用无人识；顺逆两相忘，书空镇常寂。”坐抱一膝而逝，方外谓之骑鹤化。守素束发簪冠，着道士装，奉夫骸，二十年迹不下山。

冷启敬事，见同书卷一九九“冷谦”条。云：

冷谦字启敬，秀水人。洪武初为协律郎，郊庙乐章，皆其所撰。有友酷贫，谦于壁间画一门，令其友入，恣取金钱以出，而不觉遗其引。他日内库失金，守吏持姓名迹捕之，因并执谦。谦渴求饮，拘者以瓶汲水与之，谦跃入瓶中，拘者惶急，谦曰：“无害，第持瓶至御前。”上呼谦，瓶中辄应，击碎之，片片皆应，后人有见谦蜀中。

200.《会稽道中义士》　（西·第二十六卷）

入话叙徐应镳死节事。见《宋史》卷四五一《忠义传》。略云：

徐应镳字巨翁，德祐二年宋亡，应镳与其子琦崧，女元娘誓共焚。应镳具酒肉于岳飞祠祭毕，以酒肉饷诸仆，诸仆醉卧，应镳乃与其子女入梯云楼，纵火自焚。一小仆未寐，闻火声，走报诸仆，坏壁入，扑灭火，应镳子女均不能死，翌日，得其尸于井中。诸仆为具棺殓殡之。后十年，其同舍生刘汝钧收而葬之方家峪，私谥曰正节先生。熊飞事待考。

正文叙杨琏真伽发宋陵寝，唐珏乘夜潜埋遗骨事。见罗有开《唐义士传》。《辍耕录》卷四、《西湖游览志馀》卷六记述甚详，当为小说所本。亦见程敏政《宋遗民录》卷六《唐玉潜》。万历间卜生臣《冬青记》及清蒋士铨《冬青树》，均演此事。《辍耕录》所载《唐义士传》略云：

唐珏字玉潜，会稽山阴人。家贫，聚徒授经，营滫瀡以养母。至元十五年，总江南浮屠者杨琏真伽，率其党顿萧山，发赵氏诸陵。珏时年三十二岁，闻之痛愤，亟货家具，具酒醪，市羊豕，邀里中少年若干辈，狎坐轰饮，收遗骸共瘗之，乃斵文木为柜，复黄绢为囊，蕝地以藏，为文而告。并出白金酬诸少年，戒勿泄。越七日，总浮屠下令，裒陵骨杂牛马枯胳，筑一白塔压之，名曰“镇南”。杭民悲戚，不知陵骨之犹存也。及总浮屠败死，山阴人始有籍口传珏事者。珏葬骨后，又于宋长朝殿掘冬青树，值所函土堆上，作《冬青树行》二首。

201.《洒雪堂巧结良缘》（西·第二十七卷）

叙魏鹏与贾云华相恋，后云华死，借尸还魂，与魏成婚。本于《剪灯馀话》卷五《贾云华还魂记》。《情史》卷九引之。

梅孝已有《洒雪堂传奇》，亦演此事。《南词叙录》作《贾云华还魂记》。

202.《天台匠误招乐趣》（西·第二十八卷）

入话叙三故事：一为鱼玄机事，见《三水小牍》。一为阮三事，出《夷坚支志》卷三《西湖庵尼》。一为狄氏事，见《清尊录》。正文叙张漆匠意外与一妇人欢会事，见《说郛》卷七《苇航纪谈》，亦见《养痾漫笔》。按本篇最早来源于《晋书》惠帝后贾后故事，《太平广记》卷二九九“韦安道”条前段情节亦相类，辗转因袭，盖小说家惯技。

203.《祖统制显灵救驾》（西·第二十九卷）

头回叙两事：一金龙四大王，来源待考；一吴堪白螺，见《太平广记》卷八十三引《原化记》，《情史》卷十九引之。正文叙祖珹显灵救驾事，来源待考。

204.《马神仙骑龙升天》（西·第三十卷）

头回叙叶法善事，见《太平广记》卷二十六“叶法善”。《敦煌变文集》卷二《叶净能传》亦有部分相同的记述。正文叙马自然的神术，本于《古今说海》无名氏的《马自然传》，亦见龙明之《葆光录》卷一。《太平广记》卷三十三引《续仙传》，内容亦相近。本篇皆神仙故事，原文从略。

205.《忠孝萃一门》（西·第三十一卷）

头回叙王原寻亲故事，王原，《明史》卷二九七有传。《石点头》卷三《王本立天涯求父》亦叙此事。（参看本节第164条）

正文叙王祎、吴云死节及王祎子王绅寻父骸骨事。见《明史》卷二八九《王祎传》。略云：

> 王祎字子充，义乌人，幼敏慧，及长，师事柳贯、黄溍，遂以文章名世。洪武五年正月，议招谕云南，命祎赍诏往，谕梁王奉版图，归职方。会元遣脱脱征饷，胁王以危言，必欲杀祎，遂遇害。子绅，时年十三，鞠于兄绶。长，往云南求父遗骸，不

获，即死所致祭，述《滇南恸哭记》以归。祎死云南之三年，有吴云奉诏招谕梁王，时梁王遣铁知院等使漠北，为大将军所获，送京师，太祖释之，令与云偕行。既入境，铁知院等谋曰："吾辈奉使被执，罪且死。"乃诱云令诈为元使，改制书，共绐梁王，云誓死不从。铁知院等遂杀云。梁王闻其事，收云骨送蜀给孤寺殡之。

206.《熏莸不同器》（西·第三十二卷）

入话叙东方朔、张华等琐事，散见于《神异经》、《洞冥记》、《汉武外传》等书。正文叙褚遂良、许敬宗事。褚、许，新旧唐书均有传。

207.《周城隍辨冤断案》（西·第三十三卷）

头回叙罗长官遭冤事，见《古今谭概》卷五"罗长官"条。正文叙周新断案九件：

第一案，叙王可久泛海受冤事，来源待考。

第二案，叙苍蝇飞集周新马前，因而发现一件冤案事。见《双槐岁钞》卷三"周宪使"条、《西湖梦寻》卷五"城隍庙"条及《情史》卷十"周新异政"条。《明史·周新传》亦载之，文云："初，新入境，群蚋迎马头，迹得死人榛中，身系小木印。新验印，知死者故布商。密命广市布，视印文合者捕鞫之，尽获诸盗。"此与《龙图公案》中《木印》篇的情节亦相近。

第三案，叙二鹊感恩诉冤事，可能来源于《海公案》第五十六回《乌鸦鸣冤》。

第四案，叙霍四娘被杀事。《双槐岁钞》、《西湖梦寻》、《情史》均载之。亦见《明史·周新传》，惟无姓名，文云："一日视事，旋风吹叶坠案前，叶异他树，询左右，独一僧寺有之，寺去城远，新意僧杀人，发树，果见妇人尸，鞫实磔僧。”

第五案，叙石仰塘失银事。《双槐岁钞》、《西湖梦寻》及《智囊补》卷十“吴复”条均载之，亦见《明史·周新传》，云：“一商暮归，恐遇劫，藏金丛祠石下，归以语其妻，旦往求金，不得，诉于新，新召商妻讯之，果商妻有所私，商骤归，所私尚匿妻所，闻商语，夜取之，妻与所私皆论死。”

第六案，叙范典被人诬告事，来源待考。

第七案，叙湖州商人洪二被艄公谋害事，本于祝允明《前闻记》中“片言折狱”条，亦见《智囊补》卷九“杨评事”条。略云：湖州赵三与周生友善，约同往南都贸易。及期黎明，赵先登舟假寐，舟子张潮利其金，潜移舟僻所，沈赵，而复诈为熟睡。周生至，候赵良久，呼潮往促，潮叩赵门，呼三娘子，因问：“三官何久不来？”孙氏惊曰：“彼出门久矣，岂尚未登舟耶？”潮复周，周甚惊异，与孙寻三日无踪。周因具牍呈县。有杨评事者，阅其牍曰：“叩门便叫三娘子，定知房内无夫也。”以此坐潮罪，潮乃服。

第八案，叙二人争雨伞事。见《智囊补》卷九“宣彦昭”条。《西湖游览志馀》卷七亦载之，云：“新在浙，异政甚多。”一日，有诉争雨伞者；甲曰：“我伞也。”乙曰：“我伞也。”所验皆同。新命剖之，各持其半去，阴遣人尾其后。甲云：“我始欲助汝伞价之半，得非汝利耶？”乙云：“伞本我物，宁能低价属汝？”于是甲就缚，正其罪。

第九案，叙二人争牛事，本于《智囊补》卷九“范邰”条云：“范邰为浚仪令，二人挟绢于市互争，令断之，各分其半。去后遣人密察之，有一喜一愠之色，于是擒喜者。”

208.《胡少保平倭战功》（西·第三十四卷）

叙胡宗宪设计剿灭王直、徐海经过。所叙事迹多采自《明史》卷二〇五《胡宗宪传》，及茅坤《记剿除徐海本末》。中间插叙王翠翘故事，则多采自《虞初新志》卷八余怀《翠翘传》。清初青心才人编的《金云翘传》四卷二十回，一名《双奇梦》，亦演王翠翘事；《绿野仙踪》第五十九回于剿倭事亦有叙述。其事迹多有采自本篇者。

三、《醉醒石》二篇

209.《秉松筠烈女流芳，图丽质痴儿受祸》（醉·第四回）

入话叙一女子嫁四夫及两个烈妇，皆当代事。正文叙浙江开化县女子程菊英守未嫁之盟，以死相殉事，取材于明屠隆《由拳集》卷十九《程列女传》，情节大致与传文相符。

210.《高才生傲世失原形，义气友念孤分半俸》（醉·第六回）

入话叙几个恃才傲物的人。正文叙恃才傲世，妄自尊大的李徵变成老虎的故事。取材于唐人《李徵传》。见《太平广记》卷四二七引《宣室志》。

四、《艳镜》七篇

211.《香菜根乔装奸命妇》（艳·第四回）

叙卖珠客邱继修与张英妻莫氏事。取材于《龙图公案》（繁本）卷三“死酒实死色”条。

212.《日宜园九月牡丹开》（艳·第五回）

叙富户蒋青因看牡丹，用计抢占刘玉之妻元娘，后蒋又与其仆之妻有私，为仆所杀，元娘尽挈家资数万归刘玉，夫妻重圆。《曲海总目提要》卷二十六《名花谱》传奇，亦演此事，惟姓名已变更，情节亦多所增饰。

213.《陈之美巧计骗多娇》（艳·第七回）

叙富户陈彩觇摊贩潘璘妻犹氏貌美，设计杀潘而娶之，十八年后，犹氏卒报夫仇。本于《夷坚志补》卷五。庄季裕《鸡肋编》卷下载淮阴节妇及陆容《菽园杂记》卷三叙洪武中京民史某事，均与此相类。

214.《铁念三激怒诛淫妇》（艳·第八回）

叙营兵沈成与同伍伙伴崔福来之妻有染，后悉崔待妇甚厚，而妇乃负心如此，心殊不平，卒杀其所私而自首。此事《病逸漫记》、《九朝野记》卷三及《菽园杂记》卷三皆有类似的记载。

215.《许玄之赚出重囚牢》（艳·第十回）

本事出处未详。别有小说《芍药榻》十二回，人名虽不同，故事情节却相似，当系同出一源。

216.《一宵缘约赴两情人》（艳·第十四回）

叙通明寺僧了然不守清规，妒杀妓女李秀奴事。本于《醉翁谈录》庚集卷二《子瞻判和尚游娼》。《绿窗新话》卷上《苏守判和尚犯奸》、《北窗琐语》、《西湖游览志馀》卷二十五、《情史》卷十八所记并同。

217.《王有道疑心弃妻子》（艳·第十八回）

头回叙两事，不详所出。正文叙王有道疑妻孟月华与柳生有私，休弃后复合事。传奇有《双合欢》及《庐夜雨》，均演此事，惟情节有变动。京剧有《御碑亭》，越剧亦有此剧目，川剧有《换天榜》。

第十五章　清代的说书和拟话本

第一节　清代说书的演变和话本的衰歇

明末波澜壮阔的农民大起义，展开了全国规模的阶级斗争，粉碎了腐朽的明王朝，削弱了汉族地主阶级的统治。清朝的封建统治阶级，在中国汉族大地主阶级的投降勾结下，随即统治了中国。清朝大地主阶级竭力维持反动保守的封建制度，对中国广大农民、市民实行残酷的镇压和严厉的统治。清王朝推行的一系列反动保守的经济政策，严重地抑制和摧残了中国的工商业，阻碍和蹂躏了资本主义生产关系的萌芽。这使得中国社会的发展继元代的统治之后又一次形成倒退。在城市中，封建反动势力上升了，市民的力量受到严重的削弱。

广大农村中的汉族地主的势力也受到打击，清初自耕农有所增加，农业生产力在清代前期还是在发展着。随着农业生产的发展，工商业也重新繁荣起来，迫使清王朝陆续废除了一些限制工商业的禁令，清代乾隆以后，城市集镇，又大为兴盛。

但是，封建的土地兼并，又复变本加厉；赋税地租愈益加重。清代后期帝国主义的侵略，更大大增加了中国人民主要是农民的负担。这些，都使广大农民贫困破产。一部分农民流入城市，成为雇用劳动者及其后备军。在城市中，随着帝国主义的入侵，外国资本逐渐地控制了中国的经济命脉，垄断了中国的金融业和主要的工交事业，而中国的资本主义工商业，也带着封建买办性，开始产生。在农村日趋衰败的基础上，在广大农民、工人受残酷剥削的基础上，城市则进一步地畸形繁荣。在这种畸形繁荣中，中国资本主义的萌芽并未健康地成长为独立的强大的资本主义经济，中国的市民阶层没有演变出新兴的强大的资产阶级。中国逐渐地成为半封建半殖民地社会。清代的城市，牢牢地控制在封建统治之下，封建统治力量在经济、政治、文化各方面都较明代后期为强。后来，若干大城市又增加了帝国主义在经济、政治、文化等各方面的侵略和控制。这样，就使清代的市民力量以至资本主义力量基本上长期处于封建势力、帝国主义势力的附庸的地位。

清代城市经济和城市社会力量的这种情况，一方面为说书业提供了更大的市场，另一方面却使说书业缺少先进的社会阶级基础。我们可以看到，清代的说书业是相当繁荣的，较明代有所发展；但我们同时可以看到，宋、元、明三代说书内容中的进步成分，到清代逐渐减少，而封建的、黄色的成分，却逐渐增多。

说书（说话）的内容中的进步成分是在宋代奠基的，宋、元、明三代以至清初，说书的内容虽然大量的也是封建的黄色的东西，但进步的健康的成分比之清代在不同程度上还占较大的比重。为什么清代说书的基本听众和前代大体相同，人民群众又同样进行着时高时低的斗争，清代的说书却更多地发展了反动落后的方面呢？必须从清代社会的阶级斗争（包括民族斗争）中去分析其原因：

第一，说书的基本听众反封建思想有所减弱。

说书基本上是市民的文艺。市民阶层的主流是下层市民，特别是手工业劳动者。到了半殖民地半封建社会,城市无产阶级开始登上历史舞台。说书的基本听众主要部分是下层市民,但也包括有钱又有闲的上层市民小业主和一部分城市中小地主。在集镇还有一部分富裕农民。其中,上层市民和城市地主又常有他们自己的阶级利益和意识,他们受封建统治和帝国主义势力的影响更大。说书事业所受社会政治、经济的各种影响中,上层市民及其他基本听众的情况,常是一个决定性的因素。

随着清王朝统治的逐渐巩固,一方面对汉族地主实行怀柔利用的政策,对工商业的限禁也逐渐放松。另一方面,经济、政治、思想各方面的控制则更加严厉,在这种情况下,上层的市民的反封建思想就不再像明代后期那样强烈,而生活上却有些人走向了腐化。在农民和地主阶级的斗争中,上层市民和城市地主的政治态度是动摇的或反动的。因而,反帝反封建的斗争对说书事业的影响很微小①。这就决定了说书的反动、色情的成分得以增加。

第二,封建统治阶级对说书的控制和对说书阵地的争夺。

宋代和明代民族矛盾也是尖锐的,但当时的统治阶级却在一定程度上不能不容忍或支持反对异族侵略的斗争,某些反映民族斗争的"书",如岳家军、杨家将的故事,《中兴名将传》等就在人民群众的创造和传布下得以较顺利地发展丰富,宋、元、明的阶级统治也很残酷,但其统治还不如清代严密,在民族矛盾尖锐时,宋、明王朝的统治有时比较软弱,水浒英雄的故事就是在阶级斗争和民族矛盾交织的情况下发展起来的。清代统治者则变本加厉,虽不

① 清末弹词像陈天华的《猛回头》、秋瑾的《精卫石》这一类带有革命倾向性的作品,虽传诵一时,但对说书的影响不大。

能绝对禁止反映历史上民族斗争、阶级斗争的“书”，但对当时的民族斗争、阶级斗争以及反映这些斗争的有进步意义的文艺却残酷镇压、严密控制，对反帝反封建的斗争亦复如是。只有清王朝控制不了的民间文艺才能大量反映进步的革命的斗争（如反映“太平天国”、“义和团”等斗争的故事）。说话在宋代，刚从民间进入“瓦子”，还带有民间文艺的特征，说话人和书会先生尚能在一定程度上吸取民族斗争、阶级斗争的内容；其后，说话、话本逐渐为统治阶级所控制和占有，到清代则完成了这种控制和占有，统治阶级的思想意识对说书的影响更加深刻，说书的性质起了根本的变化，反映农民以及下层市民的心理的内容逐渐减少了，反动腐朽的内容越来越充斥在话本中了。这就更促使说书事业向反动方向逆转。这也正是统治阶级篡夺了话本和拟话本的结果。

以上所述，就是清代的说书，较之宋、元、明代的说话（说书）更加腐化的基本原因，也是清代说书演变的基本特点。

当然，清代的说书，其内容并不完全是反动、黄色的。宋、元、明说书的不少传统内容，还被保留着。特别是某些优秀的白话小说的出版，对清代的说书影响颇为不小。我国古代的白话小说是在说话的基础上形成的，它一旦形成，便又反过来影响说书。到了清初，《水浒》、《三国》、《说岳》、《西游记》等渊源于说话的长篇小说，《三言》等渊源于说话的短篇小说，早已广泛流传；文言短篇小说《聊斋志异》出版后，《红楼梦》也接着问世。这些，都为说书提供了丰富的材料。只是由于上述的阶级力量变化的情况，这些优秀的或较好的小说，在清代的说书业中，并没有占主导的地位。

以下，就几种不同的说书的情况，较为具体地考察一下清代说书的演变：

继承宋元讲史的评话，在清代特别发达，最初中心是在扬州，其后全国不少地方均有以方言敷说的评话，而扬州仍是主要的中心。这是因为扬州自元明以来，一直是工商业繁荣的大城市，为当时两淮及长江运输的枢纽，贸易的中心，聚居着大量的“盐商木客”，以及其他市民，还有不少官僚、地主、文人、帮闲，这些人都是书场的听众。所以扬州说书极盛，书场极多①。“维扬评话”，历史悠久。《扬州画舫录》卷十一记扬州说书的情形说：

> 郡中称绝技者，吴天绪《三国志》，徐广如《东汉》，王德山《水浒记》，高晋公《五美图》，浦天玉《清风闸》，房山年《玉蜻蜓》，曹天衡《善恶图》，顾进章《靖难故事》，邹必显《飞跎传》，谎陈四《扬州话》，皆独步一时。

其中，可能有不少是直接传柳敬亭衣钵的艺人，他们都用扬州方言讲说，但内容、风格各有不同，各擅胜场。

评话在清代，内容范围已扩大，不仅有《三国》、《水浒》一类的历史争战和英雄事迹，而且公案、灵怪、烟粉之类的内容，市井琐事的内容，都已被列入评话的范围。其中，有继承宋元明民间文学和说话而来并丰富发展了的优秀作品《水浒》、《三国》、《西游记》、《说岳》，但更多得多的却是反动、迷信、色情、低级的作品，特别到

---

① 《扬州画舫录》卷九云：“大东门书场，在董子祠坡儿下厕房旁。四面团座，中设书台，门悬书招。上三字横写为评话人姓名，下四字直写曰‘开讲书词’。屋主与评话以单双日相替敛钱，钱至一千者为名工，各门街巷皆有之。”

清代后期,《施公案》、《彭公案》、《三侠五义》、《济公传》、《儿女英雄传》等接踵而至,评话中的糟粕就更多更恶,就是《水浒》也包含着一些奸淫盗杀的内容。

评话在清代,艺术上发展很快,艺人们在当时往往海市蜃楼,平空架造,丰富了很多情节和细节①。但更重要的,是艺人们根据自己对现实生活的体验,在内容上和表演上有很大的创造,甚至创作了整部评话。在这些方面,历来有不少详细的记载。浦天玉的《清风闸》,邹必显的《飞跎传》便是突出的例子。

北方的鼓词和南方的弹词都是产生于明代而在清代兴盛起来的说书品种。以金戈铁马为主要内容,也反映了一些下层市民的生活,但和评话类似,反动低级的作品逐渐增多。南方的弹词虽也来自民间,但它却形成于都市中,内容绝大多数是才子佳人的"风流韵事",如《白蛇传》、《十五贯》等较有积极的只占一小部分。最初盛行于北方广大的农村中,逐渐流入北京、天津、济南等大城市。弹词主要流行于苏州、上海等吴语地区。两者有共同的渊源,都是从词文、词话发展而来,在发展过程中,受到其他伎艺和戏曲的影响,经过悠久的融合阶段,逐渐形成了长篇巨幅的有说有唱的口头文学,弹词和鼓词在艺术上的发展也很大。它们和评话一样,适应着地主、商人等"有闲阶级"的需要,情节结构曼长曲折,细节描写丰富细致,特别是弹词,对心理刻画、细节描绘的准确细密,颇具特长,在表演技巧方面,也有一些带理论性的

① 清凉道人《听雨轩笔记》卷三云:"小说所以敷衍正史,而评话又以敷衍小说。小说间或有与正史相同,而评话则皆海市蜃楼,凭空架造。如《列国》、《东西汉》、《三国》、《隋唐》、《残唐》、《飞龙》、《金枪》、《精忠》、《英烈传》之类是已。"

探索和总结[1]。在质和量两方面,与原来的词文、词话都已大不相同。后来,它们成为清代南北说书的两大流派。由于它们有说有唱,艺术形式上更为多彩,它们的势力,几乎支配了整个清代的说书事业。在南方,苏州弹词(说小书)和扬州评话(说大书)形成了森然的壁垒,势力超过了评话。(但扬州评话适于表现弹词所忌的战争内容,故还能与弹词分庭抗礼。)

晚清时期,随着铁路和商埠的兴建开辟,南方说书的中心,逐步由扬州移到苏州,再移到上海,北方则以天津、北京为中心。此后,说书事业受到半殖民地半封建的"洋场"的影响,内容更趋广泛,也更趋反动低级;形式更趋细致、烦琐,就更加脱离了广大的工农群众的要求。

此外,流行于北方的还有:大鼓、竹板书和子弟书,山东快书,河南坠子,以及后起的山东、苏北的琴书等等,流行于南方的还有:扬州的弦词,浙江的南词、渔鼓,广东的木鱼书,四川的竹琴、相书等等,都具有强烈的地方色彩。其中有些在农村中流行,在城市中没有被统治阶级完全改造的,还保有一些农民的思想感情和风格。

总起来说,清代说书的演变,有以下三个特点:

一、在思想内容方面,它的题材范围扩大了,更多地表现封建统治阶级的活动和市民的低级趣味。有三种重要的内容,影响最为严重:一是所谓"清官"及其保镳,以《三侠五义》、《施公案》、《彭公案》为代表,《儿女英雄传》以女保镳为主角也属这一类;二是

---

① 如王周士的弹词理论,见本章第二节;陆瑞廷的说书五诀,见陈汝衡《说书史话》176 页。

“私订终身后花园，落难公子中状元”的“才子佳人”故事，以《珍珠塔》为代表，《玉蜻蜓》等色情故事也属这一类；三是小市民的低级噱头，以《清风闸》、《飞跎传》、《济公传》为代表，但《清风闸》还比较真实地反映了当时市民的某些生活侧面。其他“帝王将相”、“孝子节妇”、“迷信因果”等内容则一仍其旧。上述三种内容，尤以第一种最为反动，将在下文第十六章作较为深入的分析批判。从上述三种内容，便可以看出清代说书所增加的部分是以封建、黄色的内容为主的了。但是宋代以来人民群众所创造的优秀的积极的艺术形象，如水浒英雄、抗敌将领，以及孙悟空、白娘子等，还在书坛上继续放着光采，以我国人民勇敢勤劳，敢于斗争的精神教育鼓舞着听众中的劳动人民。

二、在艺术技巧方面，它有了长足的发展和创造。这主要表现在艺人对生活的感受比较深入细致，对书中的细节能作极大的丰富；在表演时能深深地进入角色，体现其声音笑貌，性格心理，并善于烘托气氛；优秀的弹词艺人往往能自制新腔，或向其他曲艺，以及戏曲、民歌学习，发展说书的音乐；其中最有成就的艺人，还能对表演作理论上的探索。突出的代表如柳敬亭、浦琳、马如飞、石玉昆等，都有这些方面的优点。但是内容反动的东西，越带艺术性，其毒害也越大。清代的“清官侠义”书、“才子佳人”书之所以能流毒直至解放后，其艺术性也是条件之一。同时，内容的反动、落后和听众的低级趣味也使艺术技巧有了严重的不健康的倾向，许多艺术手法只适合于表演士大夫的闲情逸致和无病呻吟，或市民的庸俗猥琐，以及剥削阶级的穷奢极欲，追名图利；许多描写过于烦琐、重复；由于更多的艺人脱离群众，脱离生活，因而故事落套，描写空洞，语言陈腐的毛病触目皆是。可见，即使在技巧上，也存在着大量的糟粕。

三、在体制形式方面，它有很大的发展。说书到清代，逐渐形成三种基本形式，各有特长。即：纯用散文的长篇说书（各地的评话、山东快书等）；韵散合组的长篇说书（鼓词、弹词、河南坠子等）；基本上纯用韵文的短篇说书（大鼓、单弦以及弹词、坠子的开篇等）。更重要的是全国各地都产生和发展了地方性的说书，种类繁多，互相交流融合，这就为我国说书事业的发展开辟了广大的领域。

清代说书的演变，还产生了一个重要的后果，那就是说书和长短篇小说彼此独立发展，但又相互影响。这有助于说书和长短篇小说的发展，也导致了话本的衰歇。

从宋、元、明到清代，说书是一直有所发展的。但话本的刊印或加工出版，却衰歇了，这是什么原因呢？

第一，话本已经完成了它胚胎白话小说的历史使命。话本在历史上是有双重作用的，一方面，它实用地作为说话人的底本，对发展说书有直接的作用；另一方面，在宋元及明初缺乏白话小说的时候，话本的整理刊行，实际上起了白话小说的作用，受到群众的欢迎。短篇的“小说”话本，启迪了拟话本的创作，为我国的白话短篇小说奠定了基础，而长篇讲史的话本，则成为《水浒》、《三国演义》的蓝图。我国的古典白话小说，在体制上都像说话的底本，正是话本的历史功绩的绝好证明。但到了明清两代，长篇小说和短篇小说越写越多，读者对小说这种文学读物的需要可以由这些创作小说来满足，话本的整理刊印就没有多大必要了。

第二，小说和说书各有所长，又相互为用，话本只起媒介作用。说书时，艺人巨细无遗，不厌求详，其话本则记录必较简约；艺人还佐以表情、姿态，话本则无法尽其形，传其神。所以，说书艺人，是依然有底本的，但他们的底本作为读物，往往不如新创作的小说那么丰富细致。当然，小说没有直接的视觉形象和听觉形象，是其不及说书之处。因此，小说不能代替说书，却代替了话本。再者，明清两代印刷术更发展，读者对阅读小说的要求更多。文人们创作的小说亦复不少，因而就出现这样的情况：或者是小说一出，即为说书人改编成说书节目（是小说等于详细的话本，如《红楼梦》、《聊斋志异》）；或者是说书人一有新书，即为文人改编为小说（是说书直接演化为小说，如《清风闸》、《飞跎传》）；或者是文人记录说书材料改编为小说，又反过来影响说书（如《三侠五义》）。如此，说书和创作小说关系密切，往往"跳过"话本的阶段，有的说书改编为小说时，其说书底本（话本）可能起媒介参考作用，但很明显，既改写成小说，那么，比较粗略的话本就不必大量刊行了。

第三，更重要的原因，是说书的健康发展受到了限制，因而没有能在这门艺术中涌现出新的光辉的作品。柳敬亭的《柳下说书》百篇遗失了，马如飞的《珍珠塔》和开篇，思想内容显然基本上是封建的。经过改编的石玉昆的《三侠五义》具有话本的性质，艺术性尽有可取之处，但思想内容却是反动的。《清风闸》在说书时也只是生活气息浓厚，叙事状人，生动逼真，一经改写，便"无甚佳处"。清代中叶以后，说书活动一直没有像南宋说书孕育水浒英雄和进步市民形象那样孕育过新的英雄形象或先进人物形象，一直没有产生过真正具有民主性的光辉的口头作品，这就使说书不可能吸引当时进步的文人来帮助整理。所以，除个别的节目如《三侠五义》之外，说书的内容在清代绝少被整理为长短篇小说。这种情况，当然是清代封建统治阶级镇压、禁毁进步文艺的直接结果，更是清代封建统治者对思想界、文化艺术界进行麻醉、腐蚀的直接结果。

第二节　清代的拟话本作者和说书艺人

自从话本和说书伎艺发展到明代逐渐分了家以后，话本这一体裁，就被封建文人作为一种新的文体大量地从事模拟，从冯梦龙开始，白话短篇小说出现了一个繁荣时期。以后，文人竞相创作，这风气一直绵延到清代康乾之际。在这一阶段中，拟话本的出现，如雨后春笋一般，流传到今天的也还不少。由于小说当时被看做“不登大雅之堂”的东西，所以大多数作者姓名无考，就是偶尔知道真姓名，能详悉他们生平事迹的也寥寥可数。至于说书艺人，在封建社会里，一向被贱视，没有什么社会地位。但自明末柳敬亭说书名达于缙绅间，吴梅村、黄梨洲相继为之作传，名流多以诗词相投赠以后，说书艺人的身份也大大地提高了，不像过去那样为士大夫们所不齿。可是见于记载的，仍以他们的绰号为多，如杨静亭《都门杂记》提到的同治时北京民间艺人田瘤子、百鸟张、穷不怕、髽髻赵等都是。只有少数有真姓名可考。他们的事迹，也稍稍见载于文人的著作中，有的甚至记述得相当具体。今将清代话本作者和说书艺人的生平事迹择其较著名和可考者分述如下。

一、拟话本作者

1. 李渔

李渔是清初著名的剧作家和戏剧理论家，他对戏剧的创作有独到的看法,明确提出"填词之设,专为登场"的理论。因此,他在作品中大量使用对白和独白,通俗浅显;在情节的处理上,注意舞台效果。这是李渔剧作的长处,为一般专重词章的剧作者所忽视的。李渔的《闲情偶寄》,《词曲》、《演习》二部,可以说是我国第一部由舞台艺术的角度来探讨戏剧理论的专著。李渔又是一位小说作家,现在知道的他的短篇小说集有两种:一种是《无声戏》,一种是《十二楼》,从"无声戏"这一名称,也可明白李渔对小说的看法:戏就是有声小说,小说就是无声戏。李渔对小说戏曲亦颇自诩。杜濬《十二楼》序引他的话说:"吾于诗文非不究心,而得心应手,终不敢以稗官为末技。"又李渔在《与陈学山少宰书》中说:"诗歌词曲以及稗官野史,则实有微长,不效美妇一颦,不拾名流一唾,当世耳目,为我一新。"李渔的小说,确能自出心裁,标新立异。但过分追求故事的曲折离奇,趣味庸俗,一般思想性都不强,不仅缺乏深厚的社会内容,有时甚至出现逗人发噱的恶趣和秽亵的描写(如《十卺楼》)。这些都和他为了统治阶级消遣娱乐而创作的目的分不开。这是李渔小说的严重缺点,应该批判的。李渔的平生事迹,我曾写过一篇《李笠翁小传》,附录于此以资参考。

李笠翁小传

李渔,字笠翁,号随庵,浙江兰溪之下李村人。明万历三十九年(1611)生于如皋,幼聪慧,年二十四,回浙入泮,文名藉甚。是年,与丁药园(澎)订交。旋受知于浙江巡盐御史侯官许宾(于王)。其后屡试不售,值明季丧乱,流离无所依,乃入金华许司马(宸章)幕。笠翁家素饶,园亭罗绮甲邑内。久之，中落，始挟策走吴越间，迨清师入浙东，笠翁薙发家居。事定，移家杭州，与毛先舒、柴绍炳、孙治、沈谦诸名士游。客杭十年，无所合，去而之燕。又移家金陵，筑别业，营书铺，名芥子园，以刊书闻于时，所制笺简亦精绝。笠翁本宦家书史，于戏曲小说独擅胜场。性豪奢，薄游吴市，携女乐一部，自度梨园法曲，红弦翠袖，烛影参差，望者疑为神仙中人。居金陵二十年，一时胜流，如王阮亭、周亮工、尤西堂、吴梅村、徐电发辈，莫不攀往。然流荡江湖，三入都门，适楚、之秦、去晋、入闽，泛江之左右，浙之东西，北抵绝塞，南达岭表。遨游天下几四十年，海内名山大川，十经六七，所至以干求为事。其游缙绅间，常挟小妓三四人，子弟过者，便隔帘度曲，或令捧觞行酒，资以为生。每宴客，必出家姬演新剧，脚本多出笠翁手订，人以俳优目之。当时北里南曲中，无不知有李十郎者。吴梅村赠诗云："家近西陵住薜萝，十郎才调岁蹉跎。江湖笑傲夸齐赘，云雨荒唐忆楚娥。海外九州书志怪，坐中三叠舞回波。前身合是玄真子，一笠沧浪自放歌。"可想见其为人。清康熙乙卯岁（十四年），两子泮游于浙，遂动故乡之思。丙辰，吴山西湖，作归隐计。翌年，自白门移家湖上，坐赏碧波翠岚，甚适其意，因自号"湖上笠翁"，亦署"新亭客樵"。卜筑于云居山东麓，颜其居曰"层园"。时年六十有七。更两三岁而卒，年约七十云。笠翁著作甚富，戏曲有《笠翁十种曲》，小说有《无声戏》、《十二楼》，以及诗文杂著《一家言》、《闲情偶寄》等十馀种。

2. 徐震

徐震，字秋涛，别署烟水散人，浙江嘉兴人。大约生于顺治、康熙年间，到康熙末年还在世①。他的生平事迹不详，据《闺秀佳话》自序："五夜藜窗，十年芸帙，而谓笔尖花足与长安花争丽……岂今二毛种种，犹局促作辕下驹！回念当时，恍在春风一梦中耳！……而予云庑烟瘴，曾无鷦鹩之一枝。以伯鸾之困，犹有举案如光，而予一自外入，室人交遍谪我。"从这里可以看出，徐震是个科场失意的文人。少时自负高才，以为"笔尖花足与长安花争丽"，视功名如拾芥，岂知十年窗下，到老无成，因而受到室人的交谪，只好放浪"烟水"之间，做个"散人"，写小说以自娱。他所写的小说，传世甚多。长篇的有《乐田演义》（即《后七国志》），中篇的有《合浦珠》、《梦月楼》、《鸳鸯媒》、《灯月缘》、《桃花影》等，内容多属才子佳人故事。话本集有《珍珠舶》、《美人书》两种（参看本章第三节）。

别有天花藏主人者，又称素政堂主人，创作和评点才子佳人小说甚多，与徐震同时，亦嘉兴人，而不知其真姓名，我疑为张匀的别署，张字宣衡，号鹊山，秀水诸生。著有传奇《长生乐》、《十美图》及《鹊山堂集》等。或云天花藏主人即徐震，待考。

3. 石天基

石成金，字天基，号惺斋，别署良觉居士，江苏扬州人。生平事迹不详。所著话本小说集有《新刻扬州近事雨花香》四十篇，附《通

---

① 钟裴《闺秀佳话》序云："己亥春，随风而抵秀州（嘉兴）……此地有秋涛徐子者，余莫逆友也。"按《赛花铃》小说有康熙六十一年壬寅（1722）徐震题词，己亥当为康熙五十八年（1719）。

天乐》十二篇（篇目详下节）。书首有雍正四年（1726）袁载锡序，略云："天基石子为人长厚，每喜立言晓示愚蒙，撰刻甚夥，兹观《雨花香》一编，并不谈往昔旧典，是将扬州近事取其切实而明验者汇集四十种，意在开导常俗，所以不为雅驯之语，而为浅俚之言。"《雨花香》这部话本集的特点是专记明末清初扬州地区的新闻故事，富有地方色彩。但说教的气味很浓，思想感情和语言风格都很庸俗卑下，以视冯凌诸家，诚不可同日而语了。石氏还有《传家宝》六集（《霞外攟屑》作四集，见三十二卷），内容十分芜杂。不但迷信鬼神，且多迂腐的头巾气。石氏生年，据《传家宝》初集的《俚言自序》，乾隆四年（1739），石氏八十一岁，由此上推，当生于清顺治十六年（1659），卒年当在1739年以后。

4. 徐述夔

徐述夔，原名赓雅，字耕野，别署笔炼阁主人，江苏东台人，乾隆戊午（三年，1738）举人。平生事迹不详。乾隆四十三年（1778），高宗弘历因其所著《一柱楼诗》中《咏正德杯》诗有"大明天子重相见，且把壶儿搁半边"之句，以为"壶儿"即指胡儿；《鹤立鸡群》诗有"明朝期振翮，一举去清都"之句，又《黑牡丹》诗有"夺朱非正色，胡乃亦称王"之句，以其显有兴明灭清之意。诏与其子徐怀祖并戮尸。其孙食田、食书皆论罪①。此事在清代文字狱中，为有名的"一柱楼诗案"。述夔长于小说，所著话本集有《五色石》八卷，乾隆时列入禁书，《八洞天》八卷。传本均罕见（参看下节）。中篇小说《快士传》十六卷。

① 参考萧一山：《清代通史》卷中。

二、说书艺人

1. 宫廷中的说书人韩圭湖

韩圭湖是清初宫廷中的说书艺人，是江南著名的评话家。李斗《扬州画舫录》卷十一说：

> 评话盛于江南，如柳敬亭、孔云霄、韩圭湖诸人，屡为陈其年、余淡心、杜茶村、朱竹垞所赏鉴。

我们从杜浚（茶村）《听韩生说武宗评话》一诗中[①]，知道他以说《武宗平话》擅场。《武宗平话》乃是明代正德皇帝下江南的故事。现在流传的道光刊本《游江南传》八卷四十五回，为道光时人何梦梅（雪庄）所编，是章回小说而非话本。它可能根据当时说书的口头材料写成的。宋琬（荔裳）有〔鹧鸪天〕“赠说书韩修龄”词[②]：

> 豹尾班中侍从频，滑稽似尔绝无伦。投壶那得天颜笑，只为诙谐郭舍人。枫欲落，雁来宾，芜城明月恰逢君。开元供奉今谁在，抵掌雍门泪满巾。

这里的供奉韩修龄，可能就是韩圭湖的别名，他是以诙谐滑稽著名的。近人邓之诚也说他“善评话，顺治中尝供奉内廷……此又一柳

① 《变雅堂诗集》卷九。
② 《二乡亭词》。

麻子也”[1]。我们所知韩圭湖的事迹仅此而已。

2. 浦琳与《清风闸》

浦琳是乾隆间扬州说书人，以善说《清风闸》著名于世。李斗《扬州画舫录》卷十一《虹桥录》下云：“评话郡中称绝技者，浦天玉《清风闸》。”《清风闸》是一部公案小说，同治间丁日昌列入禁书目。叙述宋时扬州人皮凤三（俗称皮五瘸）的故事。皮凤三本一市井无赖，以欺诈为生。后来获得窖金，平反了他岳父的冤狱。陈汝衡《说书史话》谓“演说这书，专靠灵活运用市井方言和细致深入地描摹小市民生活，书中最精采最热闹的节目，就有皮五瘸办年货、娶亲、入蛮聚赌等，真是听了以后，一定要笑口常开。”可见这部书是以说笑话为主要内容的。浦琳生平事迹，《画舫录》卷九《小秦淮录》有一段记载：

> 浦琳，字天玉，右手短而捩，称挒子。妇有侄以评话为生，每日皆演习于妇家。挒子耳濡已久，以评话不难学，而各说部皆人熟闻。乃以己所历之境，假名皮五，撰为《清风闸》故事，养气定辞，审音辨物，揣摩一时亡命小家妇女口吻气息，闻者欢咍嗢噱，进而毛发尽悚，遂成绝技。挒子兼工笑话口技，多讽刺规戒，有古俳谐之意。（节录）

又金兆燕（棕亭）《挒子传》[2]云：

---

① 《骨董琐记》卷六《韩生评话》。

② 见《国子先生全集》。

琳不读书，一日过市肆，闻坐客说评话，悦之。遂日取小说家因果之书，令人诵而听之；听之一过，辄不忘。于是润饰其词，摹写其状，为人复说。听之者靡不动魄惊心，至有欷歔泣下者。扬城士女争艳羡之。春秋佳日，弦管杂遝中，必招致浦掀子说书，以为豪举。（节录）

从这些记载里，我们知道浦琳所说的《清风闸》，是“以己所历之境，假名皮五”来演述的，从故事轮廓到细节，都是自己的创造，并不依傍他人，有自传成分，他不但善于揣摩人物心理，又工笑话口技，吸引力很强。可惜浦琳所说的《清风闸》故事，没有话本流传下来。现在流传的嘉庆刊本《清风闸》四卷三十二回，是梅溪主人根据他自己所知道的故事写出来的，没有保存说书人的口吻。梅溪主人并不是浦琳，浦琳在当时虽在口头上创造了《清风闸》，但没有写成作品，他的成就，肯定是在“口舌之妙”这一方面①。

3. 叶霜林的《宗留守交印》

叶霜林就是叶英，原名永福，字英多。生于雍正十一年癸丑（1733），卒于嘉庆二年丁巳（1797），享年六十五。他是一位非职业的说书者。他原是扬州秀才，因屡考举人不中，才发愤离家远游，苦心学习说书伎艺的。叶霜林于评话有极深的造诣，并擅长书法。焦循《剧说》卷六记他对作文、绘画、说书和戏剧的看法，以为“道虽不同，而所以摹神绘色，造微入妙者，实出一辙”。李斗《扬州画舫录》说他“好欧阳通书法，摹之逼肖，善评话，言古人忠孝事，慷

① 参看叶德均：《十八世纪的扬州说书人之一——浦琳》，见陈汝衡：《说书史话》第六章。

慨激发，座客懔然”。阮元《淮海英灵集》戊集卷三亦云：

好欧阳通书，得宋拓片纸，每日必临，虽庆吊亦于稠人中摹写不辍。善柳敬亭口技，每一谈古人遗事，座客辄欷歔感泣。然富商贵客慕而求者，必被呵忤。

叶霜林的性格，已写得很清楚。阮元在《广陵诗事》卷四又记下了他一件事：

生平与桃花庵僧石庄交最密，僧善吹洞箫，相约互示以技，箫甫毕，适鹾商数人至，霜林素疾之者也，亟避之。未几，石庄死，自恨前约未践，至僧棺前，竭尽精力，演说其技，感慨淋漓，闻者泣下。

这简直有些像季札挂剑酬答知己的故事。霜林生平事迹，以焦循《叶霜林传》[①]最为翔实，惟于说书伎艺，仅有“每一作，神与气并竭，半月始复”，“凝神说靖康南渡事，声泪交下，座客无人色”寥寥数语。徐珂的《清稗类钞》三十六“音乐”类记叶氏说书伎艺独详：

乾隆时扬州有好奇狷洁之士，曰叶允复(当作永福)，字英多，一字霜林。年十六，补江都学生。尝三踏省闱而不售，居常视世事龌龊，每思一发其迈往不羁之气，而有托以自见。……于是辞家浪游，数年，归而皤然曰：“得之矣！”……然甚秘其技，不

① 《雕菰集》卷二十一。

> 肯泄，故常所与同砚席，通气谊者，欲强试之，亦时应时不应。其为一时说书之魁者，方百计密伺，偶入听，则大惊却走，而名遂籍甚。然人皆知其高简绝俗，不敢求一奏也。其说以《宗留守交印》为最工，大旨原本史籍，稍加比傅，乃皆国家流离之变，忠孝抑郁之志。抚膺悲愤，张目呜咽。一时幕僚将士之听命者，及诸子之侍疾者，疏乞渡河之口授者，呼吸生死，百端坌集。如风雨之杂沓而不可止也；如繁音急管之惨促而不可名也；如鱼龙呼啸，松柏哀吟之震荡凄绝，而无以为情也！

《宗留守交印》，是说宋靖康建炎间东京（开封）留守宗泽的故事。当金人南侵，徽、钦被掳，赵构（高宗）即位后，主和派与主战派的斗争异常猛烈。主战派的李纲执政时，推荐宗泽为东京留守，黄河以北的忠义军，都纷纷投到宗泽麾下，宗泽拥兵百万，金人不敢正视。这时宗泽上疏请逃到扬州的赵构回东京坐镇，自己准备率领大军渡河，收复失地。结果被拒，他忧郁成疾，疽发背死。临终把留守印信交出，嘱咐部下将士努力杀敌，最后大呼三声“渡河”才瞑目①。宗泽死后，由主和派的杜充任留守，局势就弄得不可收拾。这个悲壮故事，具有深厚的爱国主义感情，有相当大的教育意义和感人力量。尤其是在清朝的封建统治和民族专制之下，更有借古励今的作用。霜林说书时，必然把宗泽的悲愤心情和大呼“渡河”时的口吻情态，曲曲表达出来，怪不得“座客懔然”、“欷歔泣下”了。

4. 邹必显与《飞跎传》

邹必显是乾隆时扬州的著名说书艺人。其生平事迹不详。李

① 《宋史纪事本末》卷六十一。

斗《扬州画舫录》卷十一《虹桥录》下记当时评话称绝技者，有邹必显之《飞跎传》；又卷九《小秦淮录》云："邹必显以扬州土语编辑成书，名之曰《扬州话》，又称《飞跎子书》。"乾隆时，扬州人董伟业（耻夫）《扬州竹枝词》中也提到了邹必显：

空心筋斗会腾那，　　吃饭穿衣此辈多，
倒树寻根邹必显，　　当场何苦说飞跎。

按焦循《易余籥录》卷十八云："凡人以虚语欺人者，谓之跳跎子；其巧甚虚甚者，则为飞跎。"是飞跎本扬州土语，现在扬州还有"跳空心跎子"的市语。可见《飞跎传》原是富有滑稽内容的评话。是邹必显的口头创作。今流传的嘉庆刊本《飞跎全传》四卷三十二回，可能是后人按照邹必显当时讲说的内容记录下来的。书首一笑翁序云："趣斋主人，负性英奇，寄情诗酒，往往乘醉放舟，与诸同人袭曼倩之诙谐，学庄周之隐语。一时闻者，无不哑然失笑。此《飞跎全传》之所以作也。"趣斋主人或者就是邹的别名。书中叙一石姓子，背隆起而足跛，人称跳跎子。忽如异人，备诸幻变，以腊君封跎子为跎王，威震中原，名扬四海。所叙确是飞跎之至。但荒唐玄虚，毫无意义，仅博一笑而已。不知当时何以称绝技动人如此。

5. 王周士的弹词理论

王周士，元和人，为苏州有名的弹词家之一。清高宗南巡时，内官听书作消遣。高宗闻之召见，免冠而拜，头秃似僧，俱有血痕，故以七品小京官之冠冠之，而谢恩赐坐。弹唱数节后，竟护驾回銮。公卿士大夫，莫不往还。因他头秃，人呼他为紫鬍鬍，亦呼紫秃子。后因病归乡，居家有"御前弹唱"之灯，马如飞的《柳敬亭开篇》中也提到了他，如“继而天子南巡日，驾幸苏州一座城。就有御前弹唱王周士，赐七品京官伴驾行。瓯北赵公全集内，题诗一首赠王君。”瓯北有《赠说书紫髯翁》诗，并注云“姓黄（应作王），名周士，以说书游公卿间”。王周士的说书经验丰富，曾著有《书品》和《书忌》，可说是他的弹词理论：

快而不乱，慢而不断，放而不宽，收而不短，冷而不颤，热而不汗，高而不喧，低而不闪，明而不暗，哑而不干，急而不喘，新而不窜，闻而不倦，贫而不谄。（《书品》）

乐而不欢，哀而不怨，哭而不惨，苦而不酸，接而不贯，扳而不换，指而不看，望而不远，评而不判，羞而不敢，学而不愿，束而不展，坐而不安，惜而不拼。（《书忌》）

6. 胡文汇的南词

胡文汇字嗣沅，会稽秀才，乾隆嘉庆间人。善唱南词，人多称他做胡小二。范祖述《杭俗遗风》说：“南词，说唱古今书籍，编七字句，坐中开口弹弦子，打横者左以洋琴。”胡文汇的说书艺术很高，他的事迹，山阴吕善报《六红诗话》卷四曾叙及，略云：

会稽胡嗣沅秀才文汇，幼工韵语，稍长，即善唱南词，点窜旧本，都成妙文。名满士大夫间，皆谓可与昔柳敬亭之说书，苏昆生之昆曲鼎立。不善事生产，晚境颇窘，而耽饮好洁之性愈甚。

又叶腾骧《证谛山人杂志》卷四“胡小二”条所载更详：

会稽胡小二,倜傥不羁,好修饰,善诙谐,能文多技。其音清越柔脆。如唱艳词,能使人人骨醉,唱哀词,能使人人堕泪,为越都南词第一。聘请一日,必银洋二元,唱不过一二出,最多三出,断不肯逾限也。饮食不丰洁不食,桌椅不明净不坐,延之者颇难。然时人祝寿、完姻、生子诸喜事,必以胡小二南词为体面,伶人演剧不足数也。以是声价愈重,胡亦专心于是,而无志上进,恐采芹后不能为此技。父母督其应试,胡必潦草塞责,以取进为忧。……及榜发,竟取入,乃放声大哭。父母切责之,小二曰:"秀才举人如何做得?苦字上头矣!"然自此竟不唱曲,唯以教读糊口。特诙谐愈甚,每亲朋雅集,小二一启口,必四座倾倒。

7. 石玉昆与《龙图公案》

石玉昆,字振之,北京著名说书艺人,或云天津人①。清道光时以说书享"盛名者近二十年,而性孤僻,游市肆间,王公招之不至。"②然亦有谓石曾为礼王府"供奉"者③,未知孰是。石博雅善

① 《非厂笔记》。

② 清富察贵庆《知了义斋诗钞》有《咏石玉昆》诗,小序云:"石生玉昆,工柳敬亭之技,有盛名者近二十年,而性孤僻,游市肆间,王公招之不至。"按富察贵庆为满族人,号月山,嘉庆已未翰林,官礼部尚书,约生于乾隆四十年左右,卒于道光十七年以后。《咏石玉昆》诗,作于晚年寓居西山时,那时石玉昆当在中年,否则他的说书技艺不会达到成熟的境地。因此,我们推测石玉昆当生于嘉庆十年(1805)左右,卒年待考。(参考吴英华《有关〈三侠五义〉作者的一首可贵的诗》,载1961年8月29日《天津日报·学术》三十七期。)

③ 见金受申:《老书馆见闻琐记》,载1959年8月至11月《曲艺》。

辩，尤擅西派，谈唱皆雅，声价极高[①]，人称“石先生，以巧腔著”。他的主要活动是在北京书场中。他尝在一个关闭多年的杂耍馆里唱《龙图公案》，听众每逾千人。上场时，桌上除三弦外，置锡底茶壶一，江西瓷茶缸一，鼻烟碟数只。说书时，神情潇洒，手指玲珑，嗓音嘹亮，字句清新。虽是数唱野史，都称雅韵。后来因称石玉昆一派所有的说唱书词为“石派书”或“石韵书”[②]，成为一种别具风格的说唱形式。

石玉昆是一个能编、能演、能弹、能唱的民间艺人。他的《龙图公案》是一个唱本，不是话本。前中央研究院历史语言研究所藏有此种唱本不少，就是所谓“石派书”。这些书在当时是“按段抄卖”，因此，每本都自成段落。当时有人把石玉昆说唱的《龙图公案》记录下来，题作《龙图耳录》，石氏原本是带说带唱的，耳录只存讲说部分，没有唱词，这样就把它改成纯粹的散文话本了。后来又有人改编为长篇章回小说，题名《忠烈侠义传》，亦名《三侠五义》，仍顶用石玉昆的名字，有些抄本，甚至连编写的年月也提前了[③]。其实和石氏原稿相较，虽故事情节基本上保持了石氏原本之旧，而其形式则已大不相同。

《知了斋诗钞》有《咏石玉昆》诗云：“攀条铁事吊斜曛，绝技风流又属君。一笑史从何处说，廿年人得几回闻。么弦切切秋虫语，大笠飘飘野鹤群。为底朱门无履迹，曳裙应怪太纷纷。”通过这首

---

① 见张次溪：《人民首都的天桥》第五章《天桥人物考》。

② 以上采自李家瑞：《从石玉昆的〈龙图公案〉说到〈三侠五义〉》，载《文学季刊》第二期。

③ 吴晓铃藏抄本《忠烈侠义传》序言题“道光二十八年春三月，石玉昆”。疑坊贾作伪牟利者所为。

诗，我们可以了解石玉昆的品格和行为。又《平昆论》也有一诗，记石玉昆说唱情形：“高抬声价本超群，压倒江河无业民。惊动公卿夸绝调，流传市井效歌声。编来宋代《包公案》，成就当年石玉昆。是谁拜赠先生号，直比谈经绛帐人。”

8. 龚午亭与《清风闸》

浦琳创作《清风闸》故事以后，其弟子张秉衡、陈天工，一脉相承，继续演说，皆有声誉。到了太平天国时期，又出现了一位善说《清风闸》的名家龚午亭。午亭于说书艺术有深厚的素养。他于书无所不能，而以《清风闸》为最。他演说《清风闸》并不蹈袭前人，是在浦琳说书的基础上，“别出己意演之”，故能曲尽其妙。扬州有句谚语“要听龚午亭，吃饭莫打停”，可见听众对他的倾倒。午亭弟子有张捷三者，也善说《清风闸》，据说在开讲前必先说笑话三则，作为“入话”。这或许在浦琳时代就已如此。《清风闸》故事本身就有浓厚的笑话气味，以笑话开头，正是承袭宋人“借彼形此”妙处。关于龚午亭生平，朱黄撰有《龚午亭传》，载董玉书《芜城怀旧录补录》中，略云：

龚午亭，名某，以字行，东台人，少居扬州读书，好稗官小说，一见能背诵如流，尝资以谈说，风趣横生，闻者每屏原书而喜聆午亭口述。适太平军陷扬州，午亭无以为生，遂假东台名肆，以评话自给。时下河无警，江北钦差大臣及经理粮饷诸达官，皆驻节泰州东台间。豪绅巨室，多挈家居东台避乱，闻午亭评话，肩骈踵接，几忘身在流徙中。太平军去后，午亭至扬州演故技，名益著。扬州故繁盛，乱后不数年，遂复其旧。湖山声伎，为四方之选，春秋佳日，都人冶游，苟无午亭评话，则坐客为之不欢。午亭于评话无不能者，而《清风闸》尤能曲尽其妙。乾隆间，扬州有富人皮封三，少贫无赖，后起家巨万，性任侠，尝为其妇翁报仇，好事者衍为小说，而托之于宋，名《清风闸》。午亭本是书事，别出己意演之，微文谀词，隐显幽隽，闻者若侧身其中，而喜怒哀乐随之转移焉。居扬州三十年，于《清风闸》岁必数演，而神明变化，不蹈袭一语，故闻者终身倾倒而不厌，虽村妇樵夫亦然。当是时，江都吴先生让之，甘泉陈处士若木以书画名天下，好事者与午亭评话并称，目为扬州三绝。午亭以光绪某年卒，年七十馀矣。自午亭卒后，评话有李国辉、兰玉春，名江淮间，皆自以为不及午亭。而《清风闸》以午亭故，无敢演者。后二十年有张捷三者，滑稽有口辩，号为午亭弟子，声音笑貌，颇似午亭。所至人争趋之，然执一不变，一再演，而人迹遂绝。

9. 马如飞与《珍珠塔》

马如飞，字吉卿，原名时霏，一署沧海钓徒，江苏长洲人。父春帆，嘉道间以弹唱《珍珠塔》享盛名。如飞幼习刑名，充书吏。父死，以家计维艰，父执陈某劝他继承先业。遂受教于表兄桂秋荣，秋荣原为春帆弟子，为当时弹唱《珍珠塔》有名的艺人。如飞从之习艺，凭着他的聪明和努力，久之，尽得秋荣之技。如飞初献艺于乡村中，时往来江阴、无锡、常熟乡间，苏州城内书场尚不能占一席地。及艺稍进，返苏，在阊门外湖田上财源阁弹唱，时桂秋荣奏艺于观前街之万云台。一日，书场主欲试如飞才，征得桂同意，互易书场弹唱，如飞大为听众所赏识。如飞说书，常和一班老听客商量“书路”，斟酌书中情节，因此伎艺猛进。这时他正献伎于清和轩书场，时苏州巡抚丁日昌亦喜听书，赏之，每邀如飞堂会，由是如飞声誉鹊起，一时文士如仁和谭仲修（献）、江阴潘彦辅（德舆）、吴县叶茗生（廷琯）、石梅荪（渠）、长洲陈硕甫（奂），均与之交游。

如飞以弹唱《珍珠塔》独步一时。《珍珠塔》为吴语方言一带最著名的弹词唱本。一名《珠塔缘》，又名《九松亭》。如飞把它作了艺术加工，成为《马调珍珠塔》。所谓《马调珍珠塔》，曾经如飞修改数次。在如飞年轻时，因中气充沛，足以应付，故唱篇特多，以是有"唱杀珍珠塔"之语。迨后又将唱白增删平均。晚年精力既衰，不能多唱，乃增加表白，减少唱句。世传《马调珍珠塔》唱本多有不同，原因即在于此。现在刊行的《珍珠塔》版本甚多，实非如飞增订之本。如飞别有《马如飞开篇》（一名《南词小引初集》）行于世。

第三节　清人编刊的拟话本集叙录

一、总集

《跨天虹》

此书傅惜华旧藏清初刊残本。孙楷第《中国通俗小说书目》未著录。

二、专集

1.《清夜钟》

此书作者为明末人于鳞，别号薇园主人，又号江南不易客。自序云："余偶有撰著，盖借谐谭说法，得以鸣忠孝之铎，唤省奸回，振贤哲之铃，惊回顽薄，名之曰《清夜钟》。"书刊于清顺治初年（约1645年左右），凡十六回，回演一故事，图十六幅，正文半叶九行，行十九字。刻工题名有"黄子和"、"启先"。按《生绡剪》刊工有"徽州黄子和"，则此书当为徽州刊本。现存残本两部，一为郑振铎藏，存一、二、七、八、十三、十四等六回，一为安徽省博物馆藏，存一至八回。路工编的《明清平话小说选》，选载六、七、八三回。

《清夜钟》目录

第一回　（残缺）

第二回　《村犊浪占双娇，洁流意沉二璧》

第三回　《群贤力扶弱主，良宦术制强奴》

第四回　《少卿痴肠惹祸，相国借题害人》

第五回　《小孝廉再登第，大砚生终报恩》

第六回　《侦人片言获伎，圉夫一语得官》

第七回　《挺刃终除鸮悍，皇纶特鉴孝衷》

第八回　《狂言竟至杀身，坚忍终伸大怨》

第九回至十六回　（残缺）

2.《醉醒石》

此书为署名东鲁古狂生编辑的一部拟话本小说集。作者的真实姓名无考。书名《醉醒石》，在文字残缺的序言里这样说："李赞皇（唐李德裕）之平泉庄，有醉醒石焉，醉甚而依其上，其醉态立失。是编也，盖亦醒醉之石也。"以小说为醒醉之石，当然寓有劝世训诫之意。《醉醒石》原刊本绝佳，附有精图。从书中所提年代称"明朝”、“先朝”，又称“国朝”、“本朝”来看，当为清人口气。第二回写官吏腐败，有“明季做官的，朝廷增一分，他便乘势增加一分，朝廷征五分，他便加征十分”，又评语（新印本删）说：“描写忠臣孝子一段威武，一腔悲愤，三百年后犹凛凛有生气。”也可证是清初作品。武进董氏诵芬室有重刊本，附江东老蟫（缪荃孙）跋，文字有与原刊本互歧者，或董氏所据为另一旧抄本。

3.《照世杯》

《照世杯》为酌元亭主人编，其姓名已不可考。首有吴山谐道人序。序中提及紫阳道人与睡乡祭酒。紫阳道人即作《续金瓶梅》的丁耀亢，睡乡祭酒即为李渔《无声戏》等作序评的杜濬。二人皆明末清初人，知作者亦与之同时。明朱国祯《湧幢小品》卷一云：“撒马儿罕在西边，其国有照世杯，光明洞达，照之可知世事。”为此书名之所本。书当成于清顺治至康熙（1644—1722）间。此书我国已佚，日本有明和间刊本，全书凡四卷，每卷为一篇，每篇又另列子目，以偶句为之，如章回小说然，正文较一般话本为长，却并未分段，这是短篇话本向中篇小说发展的一种形式，值得我们注意。1928 年，海宁陈氏据董康由日本携归之本，用活字排印，列为《古佚小说丛刊》之一，我国始重见流行。1955 年，古典文学出版社据陈本重印，略有删节。

4.《无声戏》

此书为清初李渔撰，原有前后二集①，此当为前集（一集），共十二回，回演一故事。书中无刊刻年代，按《贰臣传》卷十二《张缙彦传》云：“官浙江时，编刊《无声戏二集》。”张官浙江左布政使在顺

① 杜濬《无声戏合集·序》：“故予于前后二集皆为评次，兹复合两者而一之。”

治十一年，《无声戏二集》当刊于是年。《一集》当更早，约刊于顺治初年。张以刊《无声戏二集》获谴[①]，《二集》在当时或遭禁毁，故传本甚稀。此《一集》刊本亦殊少见，世人几不知笠翁有此著作。卷首有伪斋主人序，插图仿陈老莲笔意，甚精。其第一回演阙生事，与《笠翁十种曲》中的《奈何天》同题材，目录下有注云："此回有传奇即出"，可证此书刊出时，《十种曲》犹未全部问世，当为笠翁早期作品。今藏日本尊经阁。

《无声戏》目录

第一回　《丑郎君怕娇偏得艳》（原注：此回有传奇即出）

第二回　《美男子避惑反生疑》（原注：此回有传奇嗣出）

第三回　《改八字苦尽甘来》

第四回　《失千金祸因福至》

第五回　《女陈平计生七出》

第六回　《男孟母教合三迁》

第七回　《人宿妓穷鬼诉嫖冤》

第八回　《鬼输钱活人还赌债》

第九回　《变女为儿菩萨巧》

第十回　《移妻换妾鬼神奇》

第十一回　《儿孙弃骸骨奴仆奔丧》

第十二回　《妻妾抱琵琶梅香守节》（原注：此回有传奇嗣出）

① 编刊《无声戏二集》，为御史萧震疏劾张缙彦所列罪状之一。见《贰臣传》卷十二《张缙彦传》。

5.《无声戏合集》

笠翁《无声戏》,本有前后二集,皆杜浚评次,且皆单行。后杜浚又合而一之,名曰《无声戏合集》。传本极罕。马隅卿先生藏有顺治原刊本,已残,目录亦失,仅存小说两篇,图十二叶。题“觉世稗官编次”,“睡乡祭酒批评”,有杜浚序。孙楷第据书前所附十二叶图中情景,推测其故事全与抄本《连城璧全集》十二集相同。大概就是《连城璧》所据以录副之本。为慎重计,仍单独列为一种。

6.《连城璧》

此书有《全集》十二集,《外编》六卷。大连图书馆藏日本抄本,《全集》十二集完整无缺,《外编》残存四卷。杜浚序文与《无声戏二集》同。《全集》每集演一故事,《外编》每卷演一故事。孙楷第谓《连城璧》之名,本非杜浚合刻时所拟定,乃书贾改换名目以炫世求售者。并认为抄本之《连城璧全集》及《外编》,即是《无声戏合集》后身。此种推测,当去事实不远。按日本尊经阁本《无声戏》的十二个故事,悉收入此书,惟回目文字已更改,次序亦颇颠倒。大概尊经阁本当为《无声戏一集》原本,而《合集》则经杜浚整理,已非一、二两集原本之旧,此书则据《合集》传抄,故目次与《一集》不同如此。又按日本《舶载书目》元禄间目有《连城璧》云《全集》十二回,《外编》六卷,此少二卷,当有残缺。值得注意的是,此抄本序与马氏所藏刊本序,有一些重要的变更。刊本中“笠翁李子”,抄本悉改为“吾友”,刊本中“余因取《无声戏二集》暨《风筝误》、《怜香伴》诸传奇读之”,抄本则改为“余因取其所著之书,趺坐冷然亭下,焚香煮茗而读之。”一若有意回避原有书名及笠翁姓名也者,我们如果把张缙彦刊《无声戏二集》获谴事联系起来看,传抄者之所以改换书名,抹去笠翁姓名,似尚有政治原因在,不仅炫世求售而已。

《连城璧全集》目录

（此书故事与《无声戏》同者，于回目下以数字标明《无声戏》回目次序）

第一回　（子集）《谭楚玉戏里传情，刘藐姑曲终死节》

按：演谭楚玉刘藐姑再生团圆事，传奇《比目鱼》亦演此事。

第二回　（丑集）《老星家戏改八字，穷皂隶陡发万金》（三）

按：演成化间皂隶蒋成事。《警世奇观》第十帙及博古斋《燕居笔记》（改题《行好事天公改八字》）均载之。

第三回　（寅集）《乞儿行好事，皇帝做媒人》（七）

按：此篇入话述二事：一为唐伯虎扮乞丐向一显宦求饮；一为江宁府百川桥下乞儿题诗自尽。正文叙正德时山东一丐轻财仗义事。

第四回　（卯集）《清官不受扒灰谤，屈士难伸窃妇冤》（二）

按：叙正德时蒋瑜何氏事。博古斋《燕居笔记》亦载之（改题《错姻缘老鼠为改正》）。

第五回　（辰集）《美妇同遭花烛冤，村郎偏享温柔福》（一）

按：叙阙生娶三美女事，传奇《奈何天》亦演此事。

第六回　（巳集）《遭风遇盗致奇祸，让本还财成巨富》（四）

按：叙弘治时广东南海人杨百万飘洋致富及放高利贷事。

第七回　（午集）《妒妻守有夫之寡，懦夫还不死之魂》

按：叙永乐时费隐公疗妒事，沈蒉渔之《伏虎韬》本此。

第八回　（未集）《妻妾败纲常，梅香完节操》（十二）

按：叙嘉靖万历间马麟如妻妾改嫁，婢碧莲守节抚孤事。传奇《双官诰》本此。

第九回　（申集）《寡妇设计赘新郎，众美齐心夺才子》

按:叙弘治时吕哉生与三妓姻婚事。传奇《凰求凤》亦演此事。

第十回　(酉集)《吃新醋正室蒙冤,续旧欢家堂和事》(十)

按:入话叙浙人纳妾十年不入妻室事。正文叙万历时南京富室韩一卿妾妒妻事。

第十一回　(戌集)《重义夺丧奴仆好,贪财殒命子孙愚》(十一)

按:入话叙二人悭吝不孝事。正文叙单龙溪二子争金互伤而死,仆百顺厚葬龙溪事。传奇《万倍利》本此。

第十二回　(亥集)《贞女守贞来异谤,朋侪相谑致奇冤》

按:叙弘治时秀才马镳因友人姜念慈戏言,疑及妻婢,县令包继元为之剖析事。

《连城璧外编》目录

卷之一　《落祸坑智完节操,借仇口巧播声名》(五)

按:叙崇祯间陕西武功县民妇耿二娘事。

卷之二　《仗佛力求男得女,格天心变女成男》(九)

按:入话载二事:一为一皮匠感梦掘得猪鬃;一为三举子祈梦事。正文叙万历初泰州盐场灶户施达卿事。

卷之三　《婴众怒舍命殉龙阳,抚孤茕全身报知己》(六)

按:叙嘉靖时许葳好男色事。

卷之四　《连鬼骗有故倾家,受人欺无心落局》(八)

按:叙嘉靖时苏州王小山以赌倾家事。

7.《十二楼》

此书顺治刊本题《觉世名言第一种》,正文前之书名下,写着:“一名《十二楼》”,当是原刊本。有“觉世稗官编次”、“睡乡祭酒批评”字样。觉世稗官为李渔别号，睡乡祭酒即杜濬，濬字于皇，湖北黄冈人。卷端有顺治戊戌（十五年）杜濬序，署“钟离濬水”。《觉世名言》之命名，显然是受冯梦龙《三言》的影响。后来重刊的消闲居本改题为《十二楼》，因为十二卷故事中都有一座楼，故名。谭正璧因本书卷六的《萃雅楼》杜评，有“初集之尤瑞郎”一语，而尤瑞郎正见于《无声戏》第六回中，遂以《十二楼》为《无声戏》的续书。又举本书第四回结尾作者自己所说“各洗尊眸，看演这本无声戏”云云为证①。按马隅卿所藏《无声戏合集》板心亦有《无声戏一集》字样，而《无声戏二集》张缙彦曾刊于浙中，杜濬复取以入《合集》，传本极稀。然遂谓《十二楼》即是《无声戏二集》，尚属可疑。杜濬在《十二楼》评中称《无声戏》为初集，不一定就证明《十二楼》为二集。试以《无声戏合集》改名之《连城璧》证之，即可明白。《连城璧》是《无声戏合集》的后身，在现存的《连城璧》十六回回目中，有十二个故事与尊经阁藏本《无声戏》全合，却无一篇为《十二楼》中所有，而《连城璧》第十二回附杜濬评云：“无声戏之妙，妙在回回都是说人，再不肯说神说鬼。”《无声戏》前后二集皆有杜评，此回既为尊经阁本《无声戏》所无，当属《无声戏二集》中的回目，然亦不见于《十二楼》，可证《十二楼》并非《无声戏二集》。笠翁称《十二楼》中的小说为“无声戏”，盖笠翁心目中，戏就是有声小说，小说就是无声戏，只是他对小说的一种概念的称呼，不专指书名。再，《十二楼》的体制与《无声戏》不同。《无声戏》十二回，每回只是一篇，一如《三言》、《二拍》之例；《十二楼》则稍变其体，分为十二卷，卷演一故事，每卷自一回（如《夺锦楼》）至六回（如《拂云楼》）不等，此

① 见谭正璧：《〈无声戏〉与〈十二楼〉》，载《话本与古剧》。

亦两书不能合刊之一证。这种体制,已受当时小说分回的影响,如《鸳鸯针》、《人中画》等都是如此。此书清同治间丁日昌列入禁书目。

8.《云仙笑》

此书为清初刊本,扉页题"云仙笑"三字,旁题"天花主人编次"。正文首行"笑"作"啸"。全书不知若干卷,每卷以三字标题,又有回目。今存五回,回演一故事。书末有"遏恶念不能害人反害已,选子息谁知成已又成人"二句,似为回目,然无三字标题及正文。全书存目如下:

《拙书生　拙书生礼斗登高第》

《又团圆　裴节女完节全夫》

《平子芳　都家郎女装奸妇,耿氏女男扮寻夫》

《胜千金　一碗饭报德胜千金》

《厚德报　张昌伯厚德免奇冤》

9.《珍珠舶》

《珍珠舶》刊本未见,大连图书馆藏日本抄本,半叶八行,行二十字。首自序,署"鸳湖烟水散人自题于虎丘精舍"。烟水散人为徐震,字秋涛,清初浙江嘉兴人,以写佳人才子小说闻于时,此书序言云:"客有远方来者,其舶中所载,凡珊瑚玳瑁木难之珍,璀璨陆离,靡不毕备,故以宝之多者称为上客。至于小说家搜罗闾巷异闻,一切可惊可愕可欣可怖之事,罔不曲描细叙,点缀成帙,俾观者娱目,闻者快心,则与远客贩宝何异?此予《珍珠舶》之所以作也。"书的命名之故,已说得很清楚。凡六卷,每卷三回,卷演一故事,为六个故事的短篇小说专集。

《珍珠舶》目录

卷一:第一回　《真结义赵大郎托妻寄母》

第二回　《假肝胆蒋佛哥禅室偷香》

第三回　《堕烟花杨巧姑现偿夫债》

按:叙华亭赵相与蒋云纠纷事。

卷二:第一回　《穷秀才十年落魄》

第二回　《老闺女一念怜才》

第三回　《贵门生千金报德》

按:叙江都金宣教读太常家,冒昧求婚事。

卷三:第一回　《石门镇鬼附活人船》

第二回　《邬法师牒遣酆都狱》

第三回　《桃花桥巧续鸳鸯偶》

按:叙秀州杨敬山家小厮阿喜事。

卷四:第一回　《谢宾又洞庭遇故》

第二回　《杜仙佩燕翼传诗》

第三回　《严协镇幕中赠美》

按:叙明秀无锡谢宾又与杜仙佩相慕事。

卷五:第一回　《东方白月夜遇花神》

第二回　《贾琼芳燕钗联凤偶》

第三回　《老苍头杀身救主人》

按:叙崇祯时繁昌东方白与贾琼芳婚姻事。

卷六:第一回　《僧室藏尼偶谐云雨梦》

第二回　《佳人施饭大开方便门》

第三回　《昭庆埋踪幸遇烧香客》

按:叙松江娄县古稍庵僧证空与尼私通,又与一赵氏妇偕逃事。

10.《美人书》

此书为齐氏百舍斋旧藏,孙楷第《中国通俗小说书目》未著录。题"鸳湖烟水散人著",书中"国朝"字屡见,并有"国朝历昌间"字样,知作于未鼎革之前,书中玄字多不缺笔,则刊刻当在清初矣。书凡四卷十段,每段演一故事。按后来坊刻本改题《女才子传》,又名《情史续传》,篇目次序略有更易。申报馆排印本与坊刻本全同。

《美人书》目录

郝湘娥　《留春院宠夺专房,层翠栖投缳殉节》

按:演郝湘娥尽节,崔平仲得冥报事。

王　琰　《容美妾樛木兴歌,卖风情狂且被逐》

按:演颖生妻王琰妾碧柳守节事。

小　青　《依新妆临池嚓影,读还魂感梦裁诗》

按:演冯小青事。

杨碧秋　《多露莫需心似石,柏舟永矢操如霜》

按:演杨碧秋守节,被人逼作尼姑,后遇其子登科团圆事。

张畹香　《性甘淡泊贫偏喜,智足全身盗莫污》

按:演张畹香善于持家处世事。

卢云卿　《湖边偶识春风面,楼畔私奔夜月期》

按:演卢云卿学卓文君守寡又嫁事。

张小莲　《倚云楼琼瑶互赠,牡丹花生死同怜》

按:演张小莲与朱生结婚事。

崔　淑　《获奇梦显示终身，缔良缘巧逢秀士》

按：演崔淑与刘子重结婚，因刘有外遇而休崔，又嫁杨汝元事。后杨成进士，官至藩司。

谢　彩　《绣闼春风偕逸偶，竹林夜月共谈玄》

按：演谢彩、丁七郎结婚成仙事。

郑玉姬　《逐春风柳絮轻飞，出淤泥荷花不染》

按：演王百谷撮合妓女郑玉姬与吕隽生结婚事。

11.《五更风》

此书为清初写刻本，题“五一居主人编”，“雷湖梦史校”。原书当为五卷，卷演一故事。每卷以三字标题，卷各分上下，上下各有提纲两句。中国科学研究所藏本残存四卷，目如下：

《鹦鹉媒》　《报主恩婢烈奴义》、《酬师谊子孝臣忠》

《雌雄杯》　《□玉环讹上讹以讹传讹》、《拾诗扇错中错将错就错》

《圣丐编》　《还百金贫丐成家》、《捐十万富商保命》

《剑引编》　（缺目）

12.《弁而钗》

清初笔耕山房刊本，有图。题“醉西湖心月主人著”，“奈何天呵呵道人评”。刘廷玑《在园杂志》卷二云：“近日之小说《宜春香质》、《弁而钗》，悉当斧碎枣梨，遍取已印行世者，尽付祖龙一炬。”刘廷玑为清初人，知此等小说，都是承袭明季淫佚之风的作品。书凡四集二十回，集演一故事。

《弁而钗》目录

一集　情贞记

第一回　《趣翰林改妆寻女，俏书生刮目英雄》

第二回　《赵子交际输赠头，涂生得陇又望蜀》

第三回　《酒中诉出风月怀，病里了却相思债》

第四回　《好先生观文会意，蠢奴才同室操戈》

第五回　《风摩天秘迹奇踪，赵王孙玉堂金马》

二集　情侠记

第一回　《张舍人能文能武，王武子再战再胜》

第二回　《美丈夫龙争虎斗，难姐妹殢雨尤云》

第三回　《钟子智排迷魂阵，张生误入阿鼻城》

第四回　《救相山两好分情，献京师一朝际遇》

第五回　《为朋情提军破贼，辞圣主弃职归山》

三集　情烈记

第一回　《贼丈人退亲害亲，俏女婿编戏入戏》

第二回　《云天章物色英雄，文雅全情输知己》

第三回　《狂夫空废百金，烈士甘酬一剑》

第四回　《情鬼卖尸助友，佳士金榜题名》

第五回　《风流客洞房花烛，志诚种南海成神》

四集　情奇记

第一回　《陷北京前世因，落南院冤孽债》

第二回　《长歌当哭，细语传情》

第三回　《任义侠济困扶危，感恩情男扮女妆》

第四回　《李摘凡语参菩提，匡肇新状元及第》

第五回　《功成拂袖避世，证果羽化登仙》

13.《宜春香质》

清初刊本，有图。题“醉西湖心月主人著”，“且笑广芙蓉癖者评”，“般若天不山人参”。《在园杂志》卷二引。凡四集二十回，集演一故事。清同治间丁日昌禁书目有此书。

14.《八段锦》

醉月楼刊本。题“醒世居士编集”，“樵叟参订”。书分八段，每段演一故事。清同治间丁日昌禁书目有此书。

《八段锦》目录

第一段　《惩贪色　好才郎贪色破钞，犯色戒鬼磨悔心》

第二段　《戒惧内　大好汉惊心惧内，小娇娘纵情丧身》

第三段　《赌妻子　为吝财烧妹遭殃，因爱赌媒妻幸富》

第四段　《对不如　何瞎子听淫捉汉，火里焰远奔完情》

第五段　《儆容娶　浪婆娘送老强出头，知勇退复旧得团圆》

第六段　《悔嗜酒　马周嗜酒受挫跌，王公疏财识英雄》

第七段　《戒浪嘴　小光棍浪嘴伤命，老尼姑仗义报仇》

第八段　《蓄寡妇　多情子渐得美境，咬人虎散却家人》

15.《风流悟》

写刻本。题“坐花散人编辑”。凡八回，回演一故事。北京图书馆藏。

16.《都是幻》

清初刊本。署名“潇湘迷津渡者”，不知为何人。首潇湘耽奇子序。书凡二集，集各六回。一为《写真幻》，以画魂为主人公；一为《梅魂幻》,系写十二梅魂。两者都幻,故以名书。

《都是幻》目录

写真幻

第一回 《活饿莩楼中藏美贞》

第二回 《死香魂曲里诉幽恨》

第三回 《狠夫妇各自起愚情》

第四回 《浪少年冒名行贵室》

第五回 《人替死自身享安乐》

第六回 《贫有志天子酬素心》

梅魂幻

第一回 《鬼弹琴妖龙造水劫》

第二回 《神烧卷痴子哭梅花》

第三回 《弹四鸾奇逢驸马乐》

第四回 《婚八主欢畅曲龙宫》

第五回 《寻残梦寻著女诸葛》

第六回 《抄旧诗抄中东施女》

17.《锦绣衣》

清初刊本。题"潇湘迷津渡者编次","西陵醉花驿使、吴山热肠樵叟细评"。首册卷首题"纸上春台第三戏新小说锦绣衣第一戏"。据标题"三戏"字样,全书当为三篇。日本元禄间《舶载书目》,《纸上春台》一书之下列有《换锦(嫁)衣》、《移绣谱》、《锦香亭》等六目,疑《锦绣衣》的命名,系从上述三种中各取一字合成者。日本无穷会藏清刊本有《换嫁衣》、《移绣谱》二种,每种各六回,则

《锦香亭》当亦六回。按《都是幻》编者亦题"潇湘迷津渡者",亦以六回为一集,其为一人之作无疑。此书,清同治间丁日昌禁书目有之。吾国藏家藏有残本,仅存《换嫁衣》、《移绣谱》各四回,目如下:

《换嫁衣》目录

第一回　《美夫妻割爱就功名,淫妇女轻身偷汉子》

第二回　《杏村店张拳殴秀才,花柳房败奸遭刑法》

第三回　《拒美色得美又多金,造假书弄假成真节》

第四回　《偷卖嫂错卖亲妻去,死守寡反守活夫妻》

《移绣谱》目录

第一回　《招商店贫子怀多金,衡阳县乞儿辱财主》(三义庐)

第二回　《女诸葛书画播声名,佳公子丰姿惊粉黛》(闹情楼)

第三回　《寓三古女鬼巧传题,葬暴棺终身享福寿》(三古寺)

第四回　《宋伯秀误入桃源道,朱大姐惊□窈窕娘》(□□□)

18.《别有香》

此书孙楷第《中国通俗小说书目》未著录,为清坊刊本。卷首题"新镌绣像评演小说别有香","桃源醉花主人编"。全书不知若干回,今残存三册九回,回演一故事,亦拟话本体。残存回目如下:

第四回　《□秃子□□□□》

第五回　《展花□群英择偶》

第六回　《藏春饵释子遭魔》

第十回　《堕花街月惜贪花》

第十一回　《狐恠雌黄牝户》
第十二回　《龙妖颠倒娉婷》
第十三回　《白玉娘雪天狎年少》
第十四回　《黄小娥秋夜战书生》
第十五回　《大螺夕巧偿欢乐债》

19.《天凑巧》

清初刊本，已残。题“新镌绣像小说天凑巧”，“罗浮散客鉴定”，不知作者何人，亦不知全书有若干卷。傅惜华藏本只存三卷，卷演一故事。目如下：

第一回　《佘尔陈　假侠夫千金空托，真义士一缄收功》
第二回　《陈都宪　错里猎巍科，误中跻显秩》
第三回　《曲云仙　力戡大盗，三屈狂且》（正文作“义折狂且”）

20.《人中画》

清初啸花轩写刻本，封面左上角题“留人眼”三字。董康《书舶庸谈》谓日本藏有《留人眼》小说，可能即是此书。此书不题作者姓名，凡五篇，篇演一故事。每篇以三字标题，复缀以回目，目皆俪语，与《鸳鸯针》体例相类，或当时风气使然。此外尚有刊本二种，一为清乾隆乙丑（十年）植桂楼刊三卷本，原刊本未见，大连图书馆藏有照抄本，题“乾隆乙丑新镌”，“风月主人书”。一为乾隆庚子（四十五年）泉州尚志堂刊四卷本，日本内阁文库藏，题“乾隆庚子新镌”，又有改名为《世途镜》者，皆坊贾妄自增损之本。路工编的《明清平话小说选》据啸花轩本选载四篇（《狭路逢》三卷未选）。

《人中画》目录

风流配

第一卷 《司马玄感义气赠功名,吕翰林报恩私窃柯斧》

第二卷 《长安街花担上遇良缘,红苑村诗扇中得佳偶》

第三卷 《华峰莲为怜才巧催妆,尹荇烟误于归题合卺》

第四卷 《太师公善戏谑难乘龙,探花郎苦推求欢跨凤》

自作孽

第五卷 《汪天隐贵负恩终须不吉,董遵行穷好义到底成名》

第六卷 《小器子妄希荣既得而复失,大度人不记仇善始而全终》

狭路逢

第七卷 《楚项王显神通覆舟一水,李天造重朋情慨托千金》

第八卷 《傅友魁攫金失义,李春荣见色存仁》

第九卷 《千金赠婿终归主,两次相逢始信神》

终有报

第十卷 《唐季龙虎丘看菊,庄敬庵半塘留宾》

第十一卷 《花小姐空觅偶,元公子自淫妻》

第十二卷 《张媒婆巧赚绣鸳鸯,王野云代谢娇鸾凤》

第十三卷 《被窝中识破假货,公堂上审出真情》

寒彻骨

第十四卷 《柳公子衔冤逃性命,商尚书慷慨认螟蛉》

第十五卷 《商春荫百磨存气骨,孟学士一眼识英雄》

第十六卷 《流落子高登科报深仇,慧心女假丧明守佳偶》

21.《醒梦骈言》

此书刊本有两种：一是稼史轩刊本，封面题“新刊醒世奇言”，“守朴翁编次”。正文首叶题“蒲崖主人偶辑”。前有闲情老人序。一是旧刊本，题“菊畦主人偶辑”，序同稼史轩本。刊刻时代，皆在清初。据序，知作者又号菊畦子。此书题名系受《三言》影响，其体例颇别致，乃选《聊斋志异》十二篇，译成短篇白话小说。《百舍斋小说书录》评此书云：“《聊斋》之文，固极精神，而此白话，亦颇不弱。”大概行文有所依傍，故描写亦自然生色。

《醒梦骈言》目录

第一回 《假必正红丝风系空门，伪妙常白首永随学士》

按：演陈云栖事。见《聊斋志异》卷十一。

第二回 《遭世乱咫尺抛鸾侣，成家庆天涯聚雁行》

按：演张诚事。见《聊斋志异》卷二。

第三回 《呆秀才志诚求偶，俏佳人感激许身》

按：演阿宝事。见《聊斋志异》卷二。

第四回 《妒妇巧偿苦厄，淑姬大享荣华》

按：演大男事。见《聊斋志异》卷十一。

第五回 《逞凶焰欺凌柔懦，酿和气感化顽残》

按：演曾友于事。见《聊斋志异》卷十一。

第六回 《违父命孽由自作，代姊嫁福自天来》

按：演姊妹易嫁事。见《聊斋志异》卷四。

第七回 《遇贤媳虺蛇难犯，遭悍妇狼狈堪怜》

按：演珊瑚事。见《聊斋志异》卷十。

第八回 《施鬼蜮随地生波，仗神灵转灾为福》

按:演仇大娘事。见《聊斋志异》卷十。

第九回　《倩明媒但求一美,央冥判竟得双姝》

按:演连城事。见《聊斋志异》卷三。

第十回　《从左道一时失足,纳忠言立刻回头》

按:演小二事。见《聊斋志异》卷三。

第十一回　《联新句山盟海誓,咏旧词璧合珠还》

按:演庚娘事。见《聊斋志异》卷三。

第十二回　《埋白石神人施小技,得黄金豪士振家声》

按:演宫梦弼事。见《聊斋志异》卷三。

22.《柳下说书》

清康熙刊大巾箱本,八册,孙目未著录。为明末清初说书家柳敬亭说书的底本。书刊于清代,故列于此。原藏武昌刘禺生家,后归黄季刚(侃),黄殁,书遂失落。

刘禺生《世载堂杂忆》云:"所述《柳下说书》,书凡百篇,共八册。……文章典雅,掌故纵横,属事遣词,有突出唐宋人说部处。""篇中字句,多方密之、冒辟疆、钱牧斋、吴梅村、吴次尾集中常用之口吻。如《重会珍珠衫》篇有'只恐兴哥没见期'语,似牧叟《河亭杂咏》口吻。如《黄巢支解皇叔人赐一脔》篇,有'叔父如王有几人'语,似骏公《雒阳行》口吻。因知此书必经当代文人过目,润色涂改而成。藏书家皆叹为奇书孤本,其孤奇可信也。季刚藏书,今全出售,愿见此本者,善宝斯册,公诸当世。"

《世载堂杂忆》又引汪辟疆二十三年三月二十五日日记略云:"午后季刚约晚饭,出床下铁箧,皆申叔稿,以竹纸订小本,如《吕览鸿烈斠注补》,《古历》一卷。再出《柳下说书》数册,为清初柳麻子所据以登场者，云是武昌刘禺生所庋，此确为艺林珍秘之册。略为展阅，皆各自为篇。凡史实说部人物，并厕其中。词极雅驯，其惊心动魄语，亦谐亦庄。余因忆及冒巢民诗云：'游侠髯麻柳敬亭，诙谐笑骂不曾停。重逢快说隋家事，又费河亭一日听。'每喜诵之，以为真能画出柳麻子也。即题《柳下说书》四绝句云：'劫火难消一赫蹄，异书入手意凄迷。河亭灯火笙歌夜，此是先朝照水犀。''剪裁不出娄东老，便是虞山病阁梨，成就髯麻千载事，斜阳古柳石城西。''白衣残客哭江潭，画象提携在枕函（见钱谦益《初学集》）。解道报恩酬府主，一生知己左宁南。''拂几吹唇字字安，却从悲壮见辛酸，此中具有兴亡泪，莫作寻常院本看。'"

《柳下说书》百篇，今知者仅得十目。

一、《杜孟米三老争襄阳》

二、《元白二人争湖》

三、《宋江气出梁山泊》

四、《程咬金第四斧头最恶》

五、《隋炀帝来往扬州》

六、《蒋兴哥重会珍珠衫》

七、《金银梅两小姐斗法宝》

八、《黄巢杀人八百万》

九、《黄巢支解皇叔人赐一脔》

十、《赵家留下一块肉》

23.《豆棚闲话》

此书刊本甚多，最早的为康熙写刻本，题"圣水艾衲居士编"，

“鸳湖紫髯狂客评”。序署“天空啸鹤漫题”。稍后的有乾隆四十六年书业堂刊本，题“圣水艾衲居士原本”，“吴门百懒道人重订”，或云为范希哲作，希哲别号四愿居士，著有传奇多种。王国维《曲录》卷三谓《万家春》、《万古情》、《豆棚闲话》三本名《三幻集》。写作时代，当在清初，可能出于明代遗民之手。其写作动机，则在开头一段话里叙明：“吾乡先辈诗人徐菊潭，有《豆棚吟》一册，其所咏古风律绝诸篇，俱宇宙古今奇情快事，久矣脍炙人口。惜乎人遐世远，湮没无传，至今高人韵士，每到秋风豆熟之际，诵其一二联句，令人神往。余不嗜作诗，乃检遗事可堪解颐者，偶列数则，以补豆棚之意。”书的体裁很特别，全书皆以在豆棚之下的谈话为线索，将十二个故事贯串下去。而作者愤懑不平之气，时时流露于字里行间。如首阳山写叔齐隐居后忍不住肚皮饿，就下山了。又写到路上行人，有骑骡马的，有乘小轿的，有挑行李的，意气扬扬，都是要往西京朝见新天子去。真所谓“满口诙谐，满胸愤激。把世上假高尚与狗彘行为、委曲波澜，层层写出。”当明清鼎革之际，有人讥变节者的诗有“一队夷齐下首阳”之句，亦是此意。此书大概是艾衲居士的创作，然第五则《小乞儿真心孝义》一节与徐复祚《花当阁丛谈》卷四中《孝丐》及《西青散记》卷三中的《扬州丐》均极相似，是书中故事，亦偶有因袭，不尽为创作了。此书在写作方法上，确有它的特点。唐英的《转天心》传奇，就是采取书中的《空青石蔚子开盲》来敷衍的。但其中封建性的糟粕也述不少、如《党都司》就是。

24.《西湖佳话》

此书全名为《西湖佳话古今遗迹》，是以杭州西湖为背景的短篇小说集。题“古吴墨浪子搜辑”。据墨浪子自序：“但有其迹而不知其迹之所以来，犹不足为西子写生。因考之史诗志集，征诸老师宿儒，取其迹之最著，事之最佳者而记之。”可见《西湖佳话》的作者，不肯蹈袭前人，全书大都是根据民间传说来写的。告诫说教的意味较少，笔调基本上干净、朴素，时时流露出对祖国美丽湖山的热爱。如葛岭、白堤、孤山、灵隐、断桥等篇，写来无不尽态极妍。使这部小说具有明显的特色。它的版本有如下几种：

（一）康熙癸丑金陵王衙精刊本。有西湖全图及西湖佳景十幅，用五色套板印，极精，颇具天启崇祯间十竹斋画谱风格。

（二）乾隆辛未（十六年）会敬堂藏杭州文翰楼发兑本。有乾隆庚午东谷老人序。

（三）金阊绿荫堂袖珍本。

（四）古典文学出版社排印本，系据光绪壬辰上海文选局石印本，又从《西湖拾遗》中选印十六幅人物像。惜所据非原刊，又多删略，是其缺点。

25.《贪欣误》

坊刊本，不知撰人。题“罗浮散客鉴定”。凡六回，回演一故事。

《贪欣误》目录

王宜寿　《生儿受尽分离苦，得梦寻亲会合奇》

明青选　《说施银户限，幻去玉连环》

刘烈女　《显英魂天霆告警，标节操江水扬清》

彭素芳　《择郎反错配，获藏信前缘》

云来姐　《巧破梅花阵》

李生、徐子　《狂妄终除籍，贪金定损身》

26.《警悟钟》

此书题“云阳(一作溧水)嗤嗤道人编著”,“广陵琢月山人校阅”。全书分四卷,十六回。每卷演一故事,每故事又分四回。嗤嗤道人为《五凤吟》、《催晓梦》的作者。此书提及海烈妇事,海氏死在康熙六年,写成当更在其后,有草间堂刊本,万卷楼刊本。

《警悟钟》目录

第一卷总纲　《骨肉欺心宜无始》

第一回　《伴光头秃奴受累》

第二回　《遇媒根虔婆吃亏》

第三回　《陪嫁童妄想佳丽》

第四回　《代笔子到手成名》

第二卷总纲　《陌路施恩反有终》

第五回　《负侠气拔刀还敕》

第六回　《发婆心驱鬼劝妻》

第七回　《为拿贼反因脱贼》

第八回　《因有情倒认无情》

第三卷总纲　《杭逆子泥刀遗臭》

第九回　《一碗饭千磨百折》

第十回　《两声雷九死一生》

第十一回　《活太岁惊心破胆》

第十二回　《泥周仓怒气填胸》

第四卷总纲　《海烈妇米椁流芳》

第十三回　《贤德妇失岁得糠》

第十四回　《奸谋鬼赔钱折贴》
第十五回　《哄上船从今一着》
第十六回　《明归神亘古千秋》

27.《载花船》

此书题"西泠狂者笔","素星道人评"。首有朗人序。当为清初人所作,作者似为杭州人。全书四卷,卷演一故事,每卷又分四事。日本仓石武四郎藏残本,存三卷十二回,马隅卿先生得一别本,八回,演二故事,次序与日本藏本不同。同治间丁日昌列入禁书目。八回本目如下:

《载花船》目录

第一回　《女天子宫禁谈龟,尹若兰装监选贤》
第二回　《妙太监审奸匹配,美才子中选情浓》
第三回　《贪龙阳喜盟佳偶,计酬恩吴县劫犯》
第四回　《因荐举图娇假旨,恶贯盈诛奸重圆》
第五回　《妙指点娶妾生子,谋营运三姓联盟》
第六回　《铁心人重义拒色,听淫声纵妻蓄谋》
第七回　《巧偿赔正士正法,避兵火淫遭淫磨》
第八回　《老苍头智逐骚怪,赎双娃质证明情》

28.《二刻醒世恒言》

此书题"心远主人编次",作者生平无考。首有雍正丙午(四年,1726)溟螺茆斋主人序。序谓"予箧中有《醒世恒言二集》。汪洋二十四则,颇费搜获。……予不敢秘,是以梓之"等语,可见此书乃是芾斋主人所作，心远、芾斋实为一人，此书有雍正间原刊本，图六叶，凡上下二函，共二十四回，回演一故事。

《二刻醒世恒言》目录

上　函	下　函
第一回　《琉璃国力士兴王》	第一回　《假同心桃园冒结义》
第二回　《高宗朝大选群英》	第二回　《错赤绳月老误姻缘》
第三回　《九烈君广施柳汁》	第三回　《猛将军片言酬万户》
第四回　《世德堂连枝并秀》	第四回　《穷教读一念赠多金》
第五回　《栖霞岭铁桧成精》	第五回　《黑心街小戏钱神》
第六回　《桃源洞矫廉服罪》	第六回　《龙员外善积遇仙》
第七回　《三世仇人面参禅》	第七回　《真廉访明镜雪奇冤》
第八回　《张一素恶根果报》	第八回　《李判花糊涂召非祸》
第九回　《睡陈抟醒化乖厓》	第九回　《新丰市名扬豹略》
第十回　《五不足观书证道》	第十回　《昆仑圃弦续鸾胶》
第十一回　《死南丰生感陈天已》	第十一回　《申屠氏报仇死节》
第十二回　《庆平桥色身作孽》	第十二回　《雪照园绿衣报恩》

29.《雨花香》

此书全名为《新刻扬州近事雨花香》。清石成金撰。石字天基，扬州人。书首有雍正丙午(四年，1726年)袁载锡序。凡四十卷四十篇。附《通天乐》十二篇，共五十二篇。每篇长短不一，前有短评，无头回或入话。所叙都是明末清初的扬州故事，大率意主劝惩，侈谈果报，与《娱目醒心编》的宗旨相同。有雍正四年原刊本，罕见。上海图书馆藏。

《雨花香》目录

1.《今觉楼》一卷(陈益庵)
2.《铁菱角》一卷(汪于门)
3.《双鸾配》一卷(陈子芳)
4.《四命冤》一卷(张隽生)
5.《倒肥鼋》一卷(甘正还)
6.《洲老虎》一卷(周正寅)
7.《自害自》一卷(许宣等计二事)
8.《人抬人》一卷(熊开楚)
9.《官业债》一卷(姚广孝)
10.《锦堂春》一卷(江纳等)
11.《牛丞相》一卷(罗洪先)
12.《狗状元》一卷(韦明玉)
13.《说蜣螂》一卷(陈友德)
14.《飞蝴蝶》一卷(卖药道士)
15.《村中俏》一卷(汪卖线)
16.《关外缘》一卷(彭秀文)
17.《假都天》一卷(陆大陆二)
18.《真菩萨》一卷(闵世璋等计四事)
19.《老作孽》一卷(沈登云)
附:《求嗣真诠》一卷
20.《少知非》一卷(郑君召)
21.《刻剥穷》一卷(张侉子)
22.《宽厚富》一卷(陈之鼎)
23.《斩刑厅》一卷(武缵绪计二事)
24.《埋积贼》一卷(马军厅)
25.《掷金杯》一卷(智朗师)
26.《还玉佩》一卷(唐甫臣)
27.《乩仙偈》一卷(觉道人)
附:《往生奇逝》一卷
28.《亦佛歌》一卷(许长年)
29.《枉贪赃》一卷(现剥皮)
30.《空为恶》一卷(土灰蛇)
31.《三锭窟》一卷(丁孝子)
32.《一文碑》一卷(傅府尊)
33.《晦气船》一卷(妒色人)
34.《魂灵带》一卷(图财人)
35.《得会银》一卷(朱朋友)
36.《失春酒》一卷(蝎鳌子)
37.《旌烈妻》一卷(程　氏)
38.《剐淫妇》一卷(黄　氏)
39.《定死期》一卷(葛者者)
40.《出死期》一卷(钱广生)

附:《通天乐》目录

1.《长欢悦》一卷(快乐心法)

2.《莫焦愁》一卷(莫愁诗)

3.《沈大汉》一卷(武略私议)

4.《麻小江》一卷(拟禁打降示)

5.《追鬼命》一卷(娶妾纳婢论)

6.《讨债儿》一卷(还债说)

7.《除魇魅》一卷(恤贫现德)

8.《打县官》一卷(恤农现德)

9.《下为上》一卷(禁锢婢私议)

10.《尊变卑》一卷(骄傲论)

11.《投胎哭》一卷(因果图说)

附:《六道因果图说》一卷

12.《念佛功》一卷(念佛三昧)

别有《醒世小说》石印本一册,选石著小说十四篇。内《再生福》一篇,为刻本所无,疑系某篇的改名。

30.《五色石》　附《遍地金》四卷,《补天石》四卷

《禁书总目》徐述夔悖妄书籍目内有《五色石传奇》,知此《五色石》为徐氏所撰。述夔原名赓雅,别署笔鍊阁主人,江苏东台人,乾隆戊午举人。著《一柱楼诗》,中有违碍语,遭禁毁,并戮其尸,为清代文字狱中有名的"一柱楼诗案"。《五色石》原刊本约刊于乾隆初年,题"笔鍊阁编述"。首作者自序,后署"笔鍊阁主人题于白云深处",有插图,半叶九行,行二十字。凡八卷,每卷演一故事。今藏大连图书馆,日本明治十八年又有邻堂铅印服部诚一评点本。

大连馆又有《遍地金》四卷，实即《五色石》之前四卷；北大图书馆藏《补天石》四卷，实即《五色石》之后四卷。书贾割裂本书，改题名目，其用意与《鸳鸯针》正同。

《五色石》目录

第一卷　《二桥春　假相如巧骗老王孙，活云华终配真才士》

第二卷　《双雕庆　仇夫人能回狮子吼，成公子重庆凤毛新》

第三卷　《朱履佛　去和尚偷开月下门，来御史自鞫井中案》

第四卷　《白钩仙　投崖女捐生却得生，脱梏囚赠死是起死》

第五卷　《续箕裘　吉家姑捣鬼感亲兄，庆藩子失王得生父》

第六卷　《选琴瑟　三会审辨出李和桃，两纳聘方成秦与晋》

第七卷　《虎豹变　撰哀文神医善用药，设大誓败子猛回头》

第八卷　《凤鸾飞　女和郎各扮一青衣，奴与婢并受两丹诏》

31.《八洞天》

此书亦徐述夔撰，乾隆写刊本，封面题“五色石主人编”。自序后署“五色石主人题于笔鍊阁”，书凡八卷。卷演一故事，体例与《五色石》同，日本内阁文库藏。

《八洞天》目录

第一卷　《补南陔　收父骨千里遇生父，裹儿尸七年逢活儿》

第二卷　《反芦花　幻结合前妻是后妻，巧相逢继母是亲母》

第三卷　《培连理　断冥狱推添耳书生，代贺章登换眼秀士》

第四卷　《续在原　男分娩恶骗收生妇，鬼产儿幼继本家宗》

第五卷　《正交情　假掘藏变成真掘藏，攘银人代作偿银人》

第六卷　《明家训　匿新丧逆子生逆儿，惩失配贤舅择贤婿》
第七卷　《劝匪躬　忠格天幻出男人乳，义感神梦赐内官须》
第八卷　《醒败类　两决疑假死再返真，三灭相真金亦是假》

32.《娱目醒心编》

此书题“玉山草亭老人编”，“茸城（一作云间）自怡轩主人评”。草亭老人即著《南北史演义》之杜纲，纲字草亭，江苏昆山人；自怡轩主人为许宝善，字穆堂，云间人。首自怡轩主人序。书凡十六卷，每卷二回或三回不等，卷演一故事。乾隆五十七年原刊本，后来翻刻者甚多。古典文学出版社有排印本。

此书为较晚出的文人拟话本集，内容大抵是宣扬“忠孝节义”等封建道德和“因果报应”的迷信思想，这也是时代使然。但书中题材，并非完全取自现实，也有袭取他书的。例如卷二《马元美为儿求淑女，唐长姑聘妹配衰翁》，与《明斋小识》卷三青浦徐氏为翁娶姑事相同。卷五叙李福达狱，可证《明史》。卷八叙安亭张烈女事可证《归震川集》。卷十一《诈平民恃官灭法，置美妾藉妓营生》，袭自《石点头》卷八《贪婪汉六院卖风流》。卷十四《遇赏音穷途吐气，酬知己狱底抒忠》，袭自《古今小说》卷八《吴保安弃家赎友》，而入话之袭用旧文者更多，有时极冗长，几与正文等量齐观，这是本书的一个特点。

33.《跻春台》

此书为最后一种拟话本集。孙目未著录，题“凯江省三子编辑”。首光绪己亥（二十五年，1899）铜山林有仁序。略谓“中邑刘君省三，隐君子也，杜门不出，独著劝善惩恶一书，名曰《跻春台》，列案四十，明其端委，出以俗言，兼有韵语可歌，集成四册”。书为

1914 年成文堂刊,谭正璧藏。

《跻春台》目录

元集

《双金钏》《仙人掌》
《十年鸡》《失新郎》
《东瓜女》《节寿坊》
《过人疯》《卖泥丸》
《义虎祠》《哑女配》

亨集

《捉南风》《万花村》
《巧姻缘》《栖凤山》
《白玉扇》《川北栈》
《六指头》《平分银》
《审豺狼》《吃得亏》

利集

《阴阳帽》《南乡井》
《心中人》《双报冤》
《审烟枪》《解父冤》
《比目鱼》《南山井》
《假先生》《巧报应》

贞集

《螺旋诗》《审禾苗》
《活无常》《孝还魂》
《双血衣》《蜂伸冤》

《错姻缘》《僧包头》

《血染衣》《香莲配》

三、选集

1.《觉世雅言》

此书为明无名氏辑。首序文一篇，全袭《警世通言》，惟原序署"天启甲子（四年，1624）豫章无碍居士"，此则削去，易以《古今小说》序之作者绿天馆主人。书凡八卷，收话本八篇，其中七篇见于《三言》，一篇见于《今古奇观》。从版式看，似即将《三言》原有的残片来印刷，仅将卷数剜改而已。印行年代，当在清初。大概其时当明季兵燹之馀，《三言》版片，零落殆尽，坊贾乃择其稍为完整者，随手凑成，再加《今古奇观》一篇，别题书名以牟利。今姑入选集类以备一格。

《觉世雅言》目录

卷一 《张淑儿巧智脱杨生》（《恒言》卷二十一）

卷二 《陈御史巧勘金钗钿》（《古今小说》卷二）

卷三 《夸妙术丹客提金》（《今古奇观》卷三十九）

卷四 《杨八老越国奇逢》（《古今小说》卷十八）

卷五 《白玉娘忍苦成夫》（《恒言》卷十九）

卷六 《旌阳宫铁树镇妖》（《通言》卷四十）

卷七 《吕洞宾飞剑斩黄龙》（《恒言》卷二十二）

卷八 《黄秀才徼灵玉马坠》（《恒言》卷三十二）

2.《警世奇观》

此书共十八帙，日本长泽规矩也藏有残本，仅存第一、二、三、四、六、九、十、十一、十二帙。封面中央题书名，右上题“博古斋评点小说”。目录下题“古闽龙钟道人汇辑，豫金呵呵道人校阅”。序后署“龙钟道人漫题”，下有二章，一为“岑翁”，一为“龙钟道人”。每篇后，间有评语，署叶岑翁，可证序者评者、实为一人。按坊刻小本博古斋编订的《燕居笔记》题“闽潭龙钟道人辑，豫金呵笑道人校阅”，与此书的编者当为一人。《燕居笔记》所收的小说，亦多转录自此书。此书第十四帙选及《西湖佳话》，《西湖佳话》刊于清康熙癸丑（十二年，1673 年），则此书的编刊，当更在其后。

《警世奇观》目录

第一帙　《秋江梦李宏招四友，妒相争惊醒南柯人》

按：《通言》卷十一《苏知县罗衫再合》篇入话演此事。

第二帙　《好娼妇代作姚一妹，奸光棍拐良诱巨商》

按：即《初拍》卷二《姚滴珠避羞惹羞》。

第三帙　《转运汉巧遇洞庭红，波斯胡指破鼍龙壳》

按：即《初拍》卷一，目亦同。

第四帙　《美孝廉许武计让产，贤昆玉晏普立高名》

按：即《恒言》卷二《三孝廉让产立高名》。

第五帙　《真才子李白吓蛮书，采石江骑鲸朝天帝》

按：即《通言》卷九《李谪仙醉草吓蛮书》。

第六帙　《才高才荆公难子瞻，采山药刘玺陷双狐》

按：即《通言》卷三《王安石三难苏学士》。

第七帙　《苏小妹三难秦少游，佛印师遥寄巧词篇》

按:即《恒言》卷十一《苏小妹三难新郎》。

第八帙 《两世逢佛印度东坡,相国寺二智成正果》

按:当即《古今小说》卷三十《明悟禅师赶五戒》。

第九帙 《隐华山陈希夷辞命,张超谷脱骨白云封》

按:即《古今小说》卷十四《陈希夷四辞朝命》。

第十帙 《累世冤滞结于冥府,闹阴司司马貌断狱》

按:即《古今小说》卷十五《闹阴司司马貌断狱》。

第十一帙 《释玄辨黄龙师显智,误飞剑得成大罗仙》

按:即《恒言》卷二十二《吕洞宾飞剑斩黄龙》。

第十二帙 《行好事蒋成奇发迹,美刑厅提挈假同年》

按:即《无声戏》卷二《老星家戏改八字,穷皂隶陡发万金》。

第十三帙 《前生定金公空贮物,现世受王老得奇财》

按:即《初拍》卷一《转运汉巧遇洞庭红》篇的入话。

第十四帙 《真秀才退居林泉下,三生石圆泽会李源》

第十五帙 《蝴蝶梦南山扇新坟,假门生田氏羞自缢》

第十六帙 《叹尘中庄子休叹世,慧道童启师尊问答》

第十七帙 《踏翠微庄子访梁栋,空郊外途中叹骷髅》

第十八帙 《发善愿庄子度骷髅,梁邑宰功成自飞升》

3.《今古传奇》

此书全名为《新刻今古奇传》(序文作《古今奇传》),康熙十四年乙卯坊刊本。清无名氏辑,首梦闲子序。选《三言》、《石点头》、《欢喜冤家》等书。书凡十四卷,残存一至三卷。书不多见。吴晓铃藏。

《今古传奇》目录

卷一　《李妙惠被逼守节,卢梦仙江上寻妻》(《石点头》卷二)

卷二　《江都市孝妇屠身,屈原祠泥马显圣》(《石点头》卷十一)

卷三　《董秀才受计遭害,申屠娘忍辱报仇》(《石点头》卷十二)

卷四　《苏知县贼船被害,审姚大罗衫再合》(《警世通言》卷十一)

卷五　《唐解元玩世出奇,华学士剖疑全名》(《警世通言》卷十六)

卷六　《李克让竟达空函,刘元普双生贵子》(《初拍》卷二十)

卷七　《酒中酒尼姑迷花,机中机秀才报仇》(《初拍》卷六)

卷八　《莘瑶琴身坠柳巷,卖油郎独占花魁》(《醒世恒言》卷三)

卷九　《陈郎计骗三巧儿,兴哥重会珍珠衫》(《喻世名言》卷一)

卷十　《刘秉义弄巧成拙,乔太守将假判真》(《醒世恒言》卷八)

卷十一　《李二白舍命行奸,花二娘转志全名》(《欢喜冤家①》卷一)

卷十二　《王有道疑心弃妻,柳生春积德中举》(《欢喜冤家》卷十八)

卷十三　《蔡指挥赴任被害,蔡小姐忍辱报仇》(《醒世恒言》卷三十六)

卷十四　《两小姐各从其便,二进士俱不落空》(出处待考)

4.《飞英声》

可语堂刊本,不知撰人。题"钓鳌逸客选定",当是一个选本。

① 原书作《欢喜奇观》,疑误。——校者注

按《巧联珠》小说亦可语堂刊，序题癸卯，当为康熙二年，知此亦清初刊本。原书卷数不详，今残存《闹青楼》一回，系选自《锦绣衣》中的《移绣谱》第二回，惟《闹情楼》作《闹青楼》为稍异耳。存目如下：

《闹青楼》目录

《女诸葛书画播声名，佳公子丰姿惊粉黛》

5.《再团圆》

此书为写刊本，凡五卷，清无名氏辑。封面右上题"步月主人书，尚志堂藏板"，左题篇目。栏外横题"五种奇传"，即：《珍珠衫》、《芙蓉屏》、《破毡笠》、《竹篱棒》、《紫衣人》，乃乾隆时选本，所选皆再团圆事，故以名书。

6.《幻缘奇遇》

此书大连图书馆藏有日本抄本，刊本未见流传，不知何人所编，亦不知全书回数。仅存第二、第七两回：

第二回　《青春女错过二八佳期，少年郎一枕已还冤债》

第七回　《伪公子乔妆盗家财，淫寡妇失陷鸳鸯计》

按第二回即《清平山堂话本》中的《戒指儿记》，亦即《古今小说》卷四的《闲云庵阮三偿宿债》；第七回即《欢喜冤家》第二十《杨玉京假恤寡怜孤》。实为一个选本。

7.《四巧说》

清刊本。题"吴中梅庵道人编辑"，无序。凡四卷四种，前二种选自《八洞天》，后二种未详所出。傅惜华、日本长泽规矩也均有藏本。目如下：

一、《补南陔》　　三、《赛他山》
二、《反芦花》　　四、《忠义报》

8.《纸上春台》

日本元禄间《舶载书目》有此书。题“新小说纸上春台第三献目录”。第三献，即第三集之意。总目凡六篇：

一、《换锦衣》　　四、《错鸳鸯》
二、《倒鸾凤》　　五、《十二峰》
三、《移绣谱》　　六、《锦香亭》

9.《西湖拾遗》

此书为钱塘梅溪陈树基辑，乾隆辛亥（五十六年，1791）刊本。凡四十八卷，首三卷为图，末卷为“止于至善”，实为四十四卷，卷演一故事。是一个关于西湖的话本选集，故事取自周清源的《西湖二集》者二十七篇。其中将《西湖二集》卷一析为两篇，实际为二十八篇。取自《西湖佳话》者十五篇，取自《醒世恒言》者一篇。但对原文都作了不同程度的改动。光绪间上海申报馆有重排本。

10.《西湖遗事》

此书孙目未著录，清咸丰六年（1856）刊本。凡十六卷，像十六幅，题“东冶青坡居士搜辑”。书前有青坡居士自序云：“搜辑旧事未经传诵者录之。”实则有十五篇的故事采自《西湖二集》，惟第二卷《文世高反魄续成两度姻缘》一篇采自《西湖佳话》卷十一《断桥情迹》。又杜撰回目以惑读者。然编选者于《西湖二集》,未尝寓目,其所选乃从陈树基的《西湖拾遗》转录者。陈氏于选录时往往任意删改《西湖二集》的原文,此书文字多因袭《拾遗》,其来源自甚明显,此书今传本缺十三、十四两卷,书流传不多。

11.《二奇合传》

此书为芝香馆居士编,有咸丰刊本及光绪刊本两种。首芝香馆居士序,谓"二奇者,《拍案惊奇》、《今古奇观》也。合而辑之,故曰二奇也。"书凡十六卷,四十回。选自《拍案惊奇》者十四篇,选自《今古奇观》者二十四篇。其中第三十四回《曾孝廉解开兄弟劫》,第三十六回《毛尚书小妹换大姊》,出《二奇》外,疑选自《醒梦骈言》第五、第六,而《醒梦骈言》,则又本于《聊斋志异》。

12.《今古奇闻》

光绪刊本,共二十二卷,每卷一篇。题"东壁山房主人编次","退思轩主人校订"。东壁山房主人为王寅别号,寅字冶梅,生平不详。据光绪十三年自序,此书是编者由日本带回来翻刊的,然所选都采自《醒世恒言》、《西湖佳话》、《娱目醒心编》等书。惟其中第十四卷《刘霜姝得良遇奇缘》采自《纪录汇编〈过墟志〉》,《对山书屋墨馀录》卷五《孀姝殊遇》亦载此故事,盖即节抄《过墟志》者。第二十二卷《林蕊香行权计全节》采自王韬的《遁窟谰言》,都是用文言来写的。

13.《续今古奇观》

此书为光绪甲午排印本(图石印),六卷三十回。清无名氏辑。除第二十七回选自《娱目醒心编》卷九外,全收《今古奇观》选馀的《初刻拍案惊奇》二十九篇。

14.《移绣谱》

1954年张慧剑买到的清人话本，共四回，演四个故事，回目如下：

第一回 《招商店贫子怀多金，衡阳县乞儿辱财主》（三义庐）
第二回 《女诸葛书画播声名，佳公子丰姿惊粉黛》（闹樊楼）
第三回 《寓三古女鬼巧传题，葬暴棺终身享福寿》（三古寺）
第四回 《宋伯秀误入桃源道，朱大姐惊□窈窕娘》（□□□）

其第四卷可能就是《桃源道》。

15.《俗话倾谈》

纪棠辑选，同治九年刊本，一函四册，分上下两卷，上卷收《横纹柴》、《七亩肥田》二篇，下卷收《邱琼山》、《种福儿郎》、《闪山风》、《九魔托世》、《饥荒诗》、《瓜棚遇鬼》、《鬼怕孝心人》、《张阎王》、《修整烂命》九篇。卷首自序强调讲故事要"讲得有趣，方能入人耳，动人心，而留人馀步矣"。可证它确实是话本。只是使用的言语为广东方言是它的特色。也可证明当时话本流传的地区很广，只是现在没有把各地的作品大量保存下来而已。这部话本集所取各篇主旨大多是劝善惩恶，也羼杂了不少封建迷信、因果报应的糟粕。

此外尚有不少《今古奇观》的续书，都是坊贾改头换面的伪本，今不录。又孙目著录的《生绡剪》非话本，《俗话爽心》是笔记体。《玉瓶梅》有五篇为笔记小说，文字恶劣。今概从省略。

第十六章　明清说公案

明清的公案小说承袭和发展了宋代公案小说的落后面，而离弃了宋代公案的进步积极的方面。宋代“小说”的子目：“烟粉、灵怪、传奇、说公案”中，独“说公案”有重大的变异，它向市民文学的对立面转移的情况最为明显。其中最突出而影响最坏的是清代的所谓公案侠义小说。话本小说发展到清代，短篇话本逐渐衰歇，而长篇话本却在公案侠义小说这一门上畸形发展，成为长篇话本发展过程中最后一个浪头，也是影响最坏的一个逆浪。明代的公案小说有宣扬清官的作品，清代的公案侠义小说又加上了一种封建统治阶级的鹰犬——“侠义”。明清的公案小说粉饰封建统治，麻痹人民斗志，宣扬忠君思想和奴才思想，鼓吹变节投降；而又以其“除暴安良”的假象和立功受赏、富贵尊荣的幻想吸引和腐蚀着广大市民。这些侠义小说，在社会上流传颇久，直到解放后的前一段时期，还曾有人给予肯定，还曾出版和上演某些公案故事，在群众中流传很广，产生了一定影响。因而，对于公案小说的由来和演变，特别是对于清官、侠义以及公案侠义小说所以产生的社会阶级根源及其实质，就有必要以专章论述和批判。

第一节 公案小说的演变

"说公案"在宋代是属于"小说"门庭之内的一种伎艺。宋灌园耐得翁《都城纪胜》"瓦舍众伎"条所载南宋临安(杭州)"说话"四家中的"小说家"其子目有烟粉,灵怪、传奇、公案的分别,并且特别指出:这些子目的性质,"皆是搏刀赶棒及发迹变泰之事"(《梦粱录》同)。据此,可以想见"说公案"在宋代主要是写市民生活和阶级斗争的。宋罗烨的《醉翁谈录》分"小说"为八类,其中也有"公案"一类。在"公案"类下它的子目有《石头孙立》、《姜女寻夫》、《三现身》等十馀个。可见"说公案"在宋代的瓦子勾栏里,和烟粉、灵怪、传奇的故事一样,为广大市民听众所欢迎,是市民的文学艺术,《错斩崔宁》就是宋代公案话本小说的代表。

《醉翁谈录》所载的公案故事,在形式方面和《错斩崔宁》不同,它们分为两类:一是《私情公案》(甲集卷二),一是《花判公案》(庚集卷二),两者看来是有区别的。《私情公案》,只有《张氏夜奔吕星哥》一例,体裁为传奇文,内容包括二个被告的供状和官府的判词。称为"私情公案",大概是根据案件的性质而定。《花判公案》,则有十五个小案件,其记录形式,先是简述案件发生的事由,接着就是官府的判词,而以判词为主。这些判词,带有诙谐性质,往往用诗、词或骈语来写的。按宋洪迈《容斋随笔》卷十"唐书判"条云:"世俗喜道琐细遗事,参以滑稽,目为花判。"是花判唐代已有。由于公案的判词语带滑稽,所以称为"花判公案"。

公案小说的内容,大抵是当时社会日常所发生的民刑事件。

主要是擿奸发覆，洗冤雪枉的故事。它不但和“搏刀赶棒、发迹变泰”有联系，就是和传奇也有一定的联系。如《醉翁谈录》卷二庚集《静女私通彦臣》，虽属“烟粉合欢”，实亦公案，即《绿窗新话·杨生私通孙玉娘》。《判楚娘悔嫁村夫》即《绿窗新话·楚娘矜姿色悔嫁》。明洪楩编的《清平山堂话本》，其中《简帖和尚》一篇，题目后标明话本的性质是“公案传奇”，可为明证。《宿香亭张浩遇莺莺》的篇末有“判词”，无疑是一篇“公案”小说，但和它同题材的《醉翁谈录》说话名目《牡丹记》却列入“传奇”类，可见“公案”往往带有“传奇”的性质，所以合称为“公案传奇”。这一类故事，大多数是从口头或文告、判牍中来的现实题材，经过说话人的加倍渲染，就成为轰传一时的新闻。

公案小说，不知起于何时。记述狱讼事件的书，却早就有了。如五代时和凝的《疑狱集》及其子㠓的续作，宋郑克的《折狱龟鉴》和桂万荣的《棠阴比事》等都是。北宋时，蜀人为王素镌刊的《王公异政》[1]，当为后世“公案”书之祖，惜已不可得见。今传世的《名公书判清明集》，为宋人编刊“公案”书之仅存者，值得注意。此书日本有宋刻残本，只存“户婚门”之一部分，1930年前，商务印书馆曾借以影印。今存的明翻刊本为隆庆三年盛时选校刊，极罕见。全书共十四卷，白口，双栏，半叶九行，行二十四字，卷首有张四维序，卷末有盛时选跋。卷一卷二，官吏门；卷三，赋役门，人事门；卷四至卷九，户婚门；卷十，人伦门；卷十一，人品门；卷十二至十四，惩恶门。其分门别类的编纂方法，实为后世龙图、海、施诸公案之滥觞。但是真正来自民间，作为一种伎艺，赋予公案以文学性质，并

① 见平步青：《霞外攟屑》卷九。

利用它来表达市民反对苛政、贪官、盗窃、奸杀的愿望的，大概是从南宋的“说公案”开始的（《东京梦华录》虽有“小说”一门，却未提到“说公案”）。

在当时的封建社会中，阶级矛盾十分尖锐，统治阶级的掠夺更加贪得无厌，农民和市民所遭受的剥削和压迫远远地超过了封建法律所规定的范围，他们常常无法维持其再生产，而到了破产、流离、死亡的地步。豪强地主，贪官污吏，到处横行。同时，在封建统治阶级的丑行罪状的影响之下，整个国家机构的腐败，抢、骗、奸、杀，种种罪恶，也在一定程度上加重了人民的苦难。农民暴动和起义，一直此伏彼起，冲击着封建统治。但市民群众仇恨的矛头，不可能对着封建统治，他们更不能认识封建制度的本质，因而他们所强烈反对的，只是作为个人的贪官污吏、豪强恶霸、盗贼罪犯。他们一方面进行反抗，另一方面，又寄幻想于封建官吏和封建司法机关，希望有“清官”出现，“执法公平”，给他们平反贪官污吏所加的冤狱和敲诈。因此往往为极少数所谓“清官”如包拯之流所迷惑笼络，这样，就使他们对封建统治阶级的幻想更加增强。宋代的公案故事，就是在这样的社会基础之上产生的。这一类公案故事，善恶交织，悲喜纷乘，波澜重叠，曲折离奇。说话人当然要充分利用这些资料来吸引听众。它的话本，如《错斩崔宁》、《合同文字记》、《三现身包龙图断冤》、《简帖和尚》、《宋四公大闹禁魂张》、《勘皮靴单证二郎神》等，大要多以擿奸发覆为主。它们着重描写的是人民含冤负屈的情况，寄以很大的同情，这些话本不仅反映社会狱讼的情况，也从侧面反映了尖锐的阶级斗争和民族矛盾。从中更可以剖视到残酷的阶级压迫和社会黑暗的现实。话本对官吏断狱的描写，着墨不多，其笔锋主要指向昏庸腐败的封建官吏和黑暗痛苦的社会生活。因而，宋元公案的较好的作品，虽然也依靠"清官"断狱，一般地缺乏与统治者斗争的精神；但它们还是在不同程度上体现了人民希望减轻剥削与掠夺的愿望。其对封建社会的某些现实的暴露在今天也还有一定的认识意义。当然，由于当时市民群众对封建"清官"抱有幻想，宋元的公案中已出现了"包待制"这样的清官形象。

此外宋代也有一些公案小说，对引起诉讼的社会矛盾，采取客观主义的冷漠的态度，作为话柄或社会新闻来叙述，缺少进步意义。至于诲淫诲盗的自然主义描写和宿命迷信的内容，则是这些公案小说的共同缺点。这些都是公案小说的落后面。

元代的公案小说承袭了宋代公案小说的这些优点和缺点。而且，由于元代的民族压迫（其中包含着阶级压迫）特别残酷，一部分汉族地主阶级知识分子和上层市民也在一定程度上反对最高统治集团，而广大的农民和市民对之尤为仇恨。这样，虽然在反动统治的高压之下，市民的文艺中竟出现了某些否定和反抗最高统治集团的倾向（尽管还是很微弱的）。市民文艺借古讽今地利用了包公的形象，表现了广大群众对当时的反动统治和豪门掠夺的不满，《鲁斋郎》、《陈州粜米》等剧中的包公，刚正不阿，不畏权势，甚至敢于同皇亲国戚作斗争，对皇帝作巧妙的周旋。这方面的话本，已发现的如上述第十一章第四节《明代的说唱词话叙录》中所提到的《包龙图断曹国舅公案传》、《包龙图赵皇亲孙文仪案传》等内容大致相同。这些词话，都是元代包公戏发展的继续，也可能是元代旧作，到明代才刊行的。包公形象的这个新因素，反映了当时阶级矛盾和民族矛盾的尖锐化，反映着人民群众对统治阶级的仇恨心和减轻压迫的愿望，其进步意义和现实性比宋代公案稍有增强。这是封建社会写公案、写“清官”所达到的最高的境界。但是,不敢自己斗争而依靠“清官”,不敢反对皇帝相反地维护皇帝,没有触及封建制度相反地推崇封建法律,仍然是这种公案本质上的落后的一面。这些公案,仍然为封建统治阶级所允许,甚至提倡;其大力加强和渲染了的包公形象,反而突出地为封建统治阶级提供了一个可以用来麻醉人民的工具,因而就为后来的封建卫士们集中地加以利用了。

发展到明代,情况更为复杂。以海瑞为代表的那些清官循吏,在当时的历史阶段,表现出他们的两重性。一方面,次要的方面,他们支持退田,限制豪强兼并,对工商业和市民群众采取赋税较轻的政策和某些保护的措施,有利于工商业的发展,这在历史上是有一定的进步作用的。这和宦官豪门、矿监税使的横行掠夺相对比,尤为明显。历史上市民群众对海瑞等人的肯定和维护,在有利于新的生产关系上包含着一定的积极意义。但是,另一方面,主要的方面,这些清官循吏,他们根本上是极端反对农民起义,极力拥护封建正统的。他们的所作所为,根本上都是为了维护和巩固封建统治。

明代的公案,就相当明显地反映了这种意识形态中阶级斗争的现实。在明代的话本和拟话本中,公案小说仍然占着相当的数量。但是,真正触及阶级矛盾的,只有《灌园叟晚逢仙女》以及上述从宋代元代遗留下来的某些话本。这些话本,仍然有反封建的因素。值得注意的是有不少话本(包括包拯的故事)直接反映了当朝权贵、地主恶霸和市民、农民的阶级矛盾。大部分有关的话本和拟话本,则往往局限于审理通常的家庭纠纷和婚姻事件,题材范围缩小了,对封建统治的暴露极为微弱,对封建官僚则往往大加美化。

《陈御史巧勘金钗钿》、《滕大尹鬼断家私》、《况太守断死孩儿》、《乔太守乱点鸳鸯谱》等，都很明显。更加严重的是出现了一大批记载清官断狱的公案小说专集，代表作是《包孝肃公百家公案演义》和《海刚峰先生居官公案》。

这两部公案小说的风格相同，内容不外乎妒杀、奸盗、夺产等等人命案件，不管它是虚构还是实有，都是社会丑恶现象的罗列，当时政治黑暗的反映，直接有关政治性事件则极少。叙事比之宋元的公案话本和戏剧，显得琐碎，对贪官污吏、土豪劣绅，暴露极少。且往往杂以神妖鬼怪，宗教迷信色彩十分浓厚，情节则务取曲折离奇。按明代公案小说的结构形式大致同，一般是先述事由，后载告状、诉状和判词，形式和公牍文案相似，这种公案小说的特别体裁渊源出于宋代的"公案"书。前面提到的《名公书判清明集》和《醉翁谈录》的"私情公案"和"判花公案"就采用这种体裁。这种体裁，只是直接采自文告、判牍，或前人相传的狱讼案件，作了简单的记录，未经说书人渲染，材料比较原始，文字简陋，人物形象不鲜明。当时此类故事，只是供说书人参考的素材。《包公案》、《海公案》正是采取了这种形式，其内容则大多数作品是离开了阶级斗争的现实。

明代狱讼事件层出不穷，甚至还刊印了不少有关狱讼的书，专供胥吏和好讼者研究法律之用①，也为公案小说提供了素材。狱讼

① 如韩君恩的《法家体要》二卷（嘉靖刊本），王士翘辑的《慎刑录》四卷（嘉靖间刊本，有士翘序），张九德的《折狱要编》十卷（天启刊本），张肯堂的《辔辞》十二卷（崇祯刊本，有成靖之及司维标序）都是。别有艺林熊氏种德堂刊的《刑台法律》十八卷（有徐鉴序），除分类注释律文外，另附告示、判词，等等，似为当时书吏所用的专书。

中涉及豪强压迫和官吏贪暴的也很多，就是在封建统治阶级自己修撰的《明史》中也有供认，例如：

> 官延平推官，沙县豪诬良民为盗而淫其室，秉捕治豪，豪诬秉，坐下狱。副使侯挑直之，论豪如法。由是知名。（卷一百七十七《李秉传》）
>
> 新微服行部，忤县令，令欲拷治之，闻廉使且至，系之狱。新从狱中询诸囚，得令贪污状，告狱吏曰："我按察使也。"令惊谢罪，劾罢之。（卷一百六十一《周新传》）

诸如此类的记载，不下数十件。有的固然是剥削阶级的家庭纠纷，有的甚至怪诞不经，但如上述的例子，也就说明即使在为了巩固封建统治而进行的清官断狱中，也还是可以看到阶级斗争的客观现实的。但是，上述的《包公案》、《海公案》以及其他属于公案类的话本和拟话本中，阶级斗争的现实被回避了，对封建统治阶级的暴露批判被抹去了，剩下的便是大量的琐碎断狱、折狱，完全成为麻痹人民斗志，散布清官幻想的东西。这种种现象，正说明封建统治阶级已经有意地利用公案小说和清官形象来为巩固、美化其统治服务，市民对海瑞等所谓清官的本质缺乏认识的情况，正好为封建卫士们所利用，引导到脱离反封建斗争、膜拜封建统治方面去了。

到了嘉道年间，正是清王朝由盛到衰，走向下坡路的时期。封建剥削加重，土地大量集中，统治阶级的生活日益腐化，人民群众的反抗亦愈烈，当时白莲教、天理教等秘密组织，纷纷起义。在这种形势下，以清官为主体的公案小说出现了新的、更严重的封建反动性。从《施公案》的编印开始，接受了明代《包公案》、《海公案》

的衣钵，歌颂清官如何为皇帝效忠，如何扫除各种对立势力，并且联络效忠皇帝的土豪恶霸，争取绿林人物变节投降，来巩固封建统治。这样，就在公案小说内加进了一批所谓"侠义"人物。例如《施公案》中所谓"侠义"的黄天霸，是农民中的叛徒，叛变后竟无耻地连姓名也改为施忠了。一部《施公案》，就是施、黄两人搭当造成的罪恶史。到此，侠义小说便和公案小说合流，改变了二者的性质，出现了一些公案侠义小说，并为后来的作者创作侠义小说开了先路。当时及后来受到《施公案》的影响的，有《于公案》、《善恶图》、《警富新书》、《清风闸》、《永庆升平》、《儿女英雄传》、《圣朝鼎盛万年青》、《李公案》、《刘公案》、《九命奇冤》等，都是章回体的公案小说。大量的施公戏，也在《施公案》说书和话本的基础上陆续排演。据道光四年（1824）庆升平班戏目①里已经有《连环套》、《霸王庄》、《盗金牌》等十五出戏②。同时或稍后，市上也大量出现有关公案故事的唱本，如《五女七贞》、《海公大红袍》、《海公小红袍》、《海公奇案》等，这些都直接间接地影响了后来的侠义公案小说。

《三侠五义》的成书大约在同治十年以前，是继《施公案》出世后较早的一部侠义公案小说，它是在道光时著名说书人石玉昆说唱《龙图公案》的基础上，根据《龙图耳录》改编而成。出版于光绪五年（1879），在此书出版之前，包公戏早已在社会上流行。庆升平

① 见周明泰：《道咸以来梨园系年小录》引。

② 这十五出戏是：《连环套》、《霸王庄》、《盗金牌》、《淮安府》、《落马湖》、《恶虎村》、《拿谢虎》、《殷家堡》、《双盗镖》、《虮蜡庙》、《左青龙》、《清烈图》、《江都县》、《河间府》、《洗浮山》。其中《双盗镖》、《左青龙》、《清烈图》、《江都县》等四出，未见传本，其馀十一出，全文保存在《戏考》里。

班戏目里就有九出戏，演的都是《三侠五义》的重要关目①。此书出版以后，更风靡一时。此后陆续出版的有《忠烈小五义传》、《续小五义》，都是《三侠五义》的续书。《续施公案》则于光绪十九年刊行，是依据当时民间流行的施公戏和评书《五女七贞》改编的，差不多同时出版的还有《彭公案》和《永庆升平前后传》等等，《彭公案》在当时也有戏剧演出。庆升平班戏目里就有六出戏②是有关彭公故事的。这些公案小说的背景虽然不是晚清时代，但它们都在晚清时代出现，其刊行目的，显然是统治阶级按照自身统治的需要，有意识地用来为“现实”服务的。

晚清时代的侠义公案小说之所以大量产生，有其复杂的社会原因。一方面，市民和农民对土豪恶霸、盗贼罪犯、贪官污吏的愤恨十分强烈，而对封建制度却缺乏本质的认识，因而《施公案》等书的清官理案，“除暴安良”的假象，也很容易迷惑市民。另一方面，主要的一面，清代中叶以后，农民起义更加发展，封建统治者“剿抚兼施”，实行了镇压和瓦解的两套政策，暂时地打败了起义者，并诱使其中一些不良分子投降变节，这些变节者帮助统治者镇压了他们原来的伙伴，因而得到了一官半职，小富小贵。同时，由恶霸、流氓组成的地方势力在帮助统治者镇压起义之后，也获得了封官受赏的特殊“恩典”。封建统治者有意识地宣传这些封建爪牙的富贵尊荣，于是跟着清官为皇帝效力以博得封妻荫子，便成为这些小说

① 这九出戏是：《琼林宴》、《三侠五义》、《遇后》、《打龙袍》、《花蝴蝶》、《乌盆记》、《铡包勉》、《陈琳抱盒》、《拷寇成玉（承御）》。其中《琼林宴》、《乌盆记》、《陈琳抱盒》、《拷寇承御》，可能来自元人杂剧和明人传奇，未必直接出于《三侠五义》。

② 这六出戏是：《画春园》、《武文华》、《豆（窦）尔墩》、《九龙杯》、《普球山》、《左青龙》。

中比清官更为突出的内容，黄天霸之类反动打手的形象也比施世纶、彭朋更为人所熟知。这种情况，也反映了清代中期以后的许多市民，在清王朝的严厉统治和怀柔腐蚀之下，其反封建的斗争性逊于明代后期。在以清王朝为首的封建统治阶级方面，这种公案侠义小说更集中地反映了他们的反动阶级愿望，他们在阶级斗争和民族矛盾中虽然还暂时是胜利者，但也已感到岌岌可危，急需为反动阵营招兵买马，而他们利用舆论的伎俩也更熟练了。因而，他们不但像明代的公案小说那样，用清官来麻痹人民，使其放弃斗争，被动地等待解救；他们更用"侠义"来腐蚀人民，妄图使其变节投降，主动地为皇帝当打手。充分反映了清代中期以后，清王朝在人民的武装斗争面前的恐惧和仇恨。封建统治阶级对于"侠义"、"清官"所起的蛊惑作用是大喜过望的。于是就竭力扶持奖励，利用它们来扩大宣传，宣传忠君思想、奴才思想和变节投降的行为，把它们尽力地美化。所以这些小说虽以"公案"为名，实际上却成了效忠清朝的宣传工具。像作为皇帝的忠仆施世纶之流以及充当统治阶级鹰犬的黄天霸之流，清代统治者就是利用他们的形象来向绿林好汉示威和"招安"。当太平天国起义被镇压下去不久，清政权摇摇欲堕的时代，这些小说的大量出现，不是偶然的，而是封建统治阶级有意识地利用它来作为消磨人民革命意志为封建王朝招降纳叛的一种重要工具。一百年来，《施公案》、《彭公案》等侠义小说在社会上影响很大，流毒很深。说明这些书的产生的时代背景，使人们了解它们产生的原因，是必要的。鲁迅对此有一段扼要的评论：

时去明亡已久远，说书之地又为北京，其先又屡平内乱，游民辄以从军得功名，归耀其乡里，亦甚动野人歆羡，故凡侠义小说中之英雄，在民间每极粗豪，大有绿林结习，而终必为一大僚隶卒，供使令奔走以为宠荣，此盖非心悦诚服，乐为臣仆之时不办也。①

这不仅说明这些侠义公案小说产生的时代背景，同时也一针见血地道出了“侠客义士”们的阶级实质。

总之，这些侠义公案小说，反映清代封建社会罪恶黑暗的真相是极少的，并且往往是脸谱化、公式化的，它们已经完全不是宋、元、明市民所欣赏肯定的具有一定积极意义的市民文学，而是被封建统治阶级所攫取，成为麻醉人民，诱骗群众去为封建统治卖命的封建文学了。

第二节　明代的公案小说

明代公案小说盛行，除了前面提到的收在《三言》中的一些单篇话本以外，今所知流传下来的共有七部集子，大抵采自里巷传闻以及《折狱龟鉴》、《棠阴比事》等书的短篇故事。各书体裁相同，情节多系虚构，就是以当代人物故事为中心的《海公案》，也没有一件事是真实的。这可能由于明代文网严密，小说的编者恐触禁忌，多所隐讳所致。但更重要的是回避了阶级剥削压迫等本质矛盾。更多的是颂扬“义夫”、“节妇”，而神灵托梦，鬼魂告状以及诲淫诲

① 见《中国小说史略》第二十七篇。

盗的描写,相当突出,上述种种特别是对“清官”的吹捧,在当时人民群众中就已起着极大的毒害作用,今天,我们必须特别注意,严加批判,以廓清其影响。

一、《包公案》

《包公案》的中心人物是北宋仁宗(赵祯)时代的包拯。历史上的包拯是安徽合肥人。《宋史》卷三一六《包拯传》有这样的记载:

> 拯立朝刚毅,贵戚宦官为之敛手,闻者皆惮之。人以“包拯笑比黄河清”。童稚妇女亦知其名,呼曰包待制。京师为之语曰:“关节不到,有阎罗包老。”旧制:凡讼诉不得径造庭下。拯开正门使得至前陈曲直,吏不敢欺。

《癸辛杂识别集》里,也有这样一段记载:

> 旧开封府有府尹题名,起建隆元年居润,继而晋王、荆王而下皆在焉。独包孝肃公姓名为人所指,指痕甚深。

他曾任龙图阁直学士,因此人们都称他做包龙图。包龙图断案,《宋史》里只记下“割牛舌”一件事:

> 知天长县,有盗割人牛舌者,主来诉。拯曰:“第归,杀而鬻之。”寻复有来告私杀牛者。拯曰:“何为割牛舌而又告之?”盗惊服。(《折狱龟鉴》卷七,百回本《龙图公案》卷五均载此事,又

《类说》卷四十五引《圣宋掇遗》谓系张咏事。)

在民间传说和市民文学中,情况就比较复杂。包拯的形象成为市民和封建统治者争相利用的工具。当市民对最高统治集团仇恨特别强烈的时候,如元代,曾利用它来寄托自己反对豪门贵族的愿望。但由于这种利用并不反对整个封建制度和封建统治,所以能为封建统治阶级所容许,并且加以“反利用”。在南宋,我们看到的有《合同文字记》和《三现身包龙图断冤》话本两种,但其中描写的都只是普通“衙门”审理案件的经过,这个理想的清官包公形象,还没有突出;叙事也平淡无奇。到了元代,在民族矛盾和阶级矛盾十分尖锐的情况下,人民受尽了赃官酷吏、权豪势要的凌辱欺压,包公的事迹和传说才慢慢流传开去,有关包公的公案剧才大量出现。剧作家们所塑造出来的包公形象,不只是平反冤狱,除暴安良的清官,还被当时人民作为对享受特权的蒙古占领者斗争的武器。因而包公的地位凌驾一切,并染上了一些神话的色彩。在《陈州粜米》剧中,张憋古口中的包公是“包龙图那个铁面没人情”。《盆儿鬼》剧中,张憋古口中的包公是“人人说你白日断阳间,到得晚时又把阴司理”。而《阑灰记》里的包公则是:“敕赐势剑金牌,体察滥官污吏,与百姓伸冤理枉,容老夫先断后奏。……”又同剧《滚绣球》曲这样描写“两边厢摆列着势剑铜铡,中间里端坐个像简乌纱”。这一“铁面没人情”的包公形象,他所保护的,主要是市民,他所反对的,主要是皇亲国戚。从这里可以看出:当时的包公形象,基本上是代表人民的利益的。可以说是元代人民处于蒙古占领者残酷压迫下创造出来的。市民对他还加以神化,以寄托更大的希望。他不只处理人间的一些冤狱奇案,连冥间的案件如《玎玎珰珰盆儿鬼》之类，他也来判案了。于是包拯便成为一个挟着“势剑铜铡”，专门“除暴安良”的人神合一的人物了。发展到明代中叶，政治更加黑暗腐败，对人民的剥削压迫日益加剧，农民起义此起彼伏，严重地威胁着明王朝的统治地位。统治者迫切需要清官来澄清吏治，笼络民心，以缓和阶级矛盾，凡是有关疑难的审判案件，就都推到包公身上，于是就有人把流传在民间的包公故事，搜集起来，掺杂着一些史书杂记的材料，编成一部包罗着百件讼案的话本总集——《包孝肃公百家公案演义》。这是中国第一部短篇公案小说集，为清代的《龙图耳录》、《七侠五义》等公案侠义小说开了先河。

明代的《包公案》小说，今所知有下列几种刊本：

1.《新镌全像包孝肃公百家公案演义》六卷百回。板心上题《全像包公演义》。据孙楷第《中国通俗小说书目》卷三题记，略谓此《包公案》祖本，书极少见。为明无名氏撰。自序署“饶安完熙生”。明万历二十五年(1597)万卷楼写本。朝鲜解放前，日本“朝鲜总督府”藏此书残本，存七十馀回。

2.《新刻京本通俗演义增象包龙图判百家公案全传》。题“钱塘散人安遇时编集，明书林景生杨文高刊行”。存一至五卷(见屯溪旧书店书目)。书极少见，孙目未著录。按昌启间刊的《明镜公案》第三卷盗贼类“陈风宪判谋布客”条，有“闲阅《包龙图公案》，曾有蝇蚋迎马之事。”所云《包龙图公案》，疑即指此，不是指陶烺元序的通行本《龙图公案》。此书当为万历后期的刊本。

3.《龙图刚峰公案合编》。嘉庆十四年刊本。首有嘉庆十四年己巳金陵云崖主人序，说明合编之由。盖取明本重编者。书分上下层，上层为《刚峰公案》，半叶十一行，行十字。开头有《皇明都御史忠介公海刚峰传》。下层为龙图公案，半叶十二行，行十六字。

此书虽为清代刊本，亦不多见，孙目未著录。复旦大学藏本。①

4.《龙图公案》十卷，不题撰人，序署“江左陶烺元乃斌父题于虎丘之悟石轩”。屯溪旧书店书目有明末刻本一种，半叶九行，行十九字，残存一至六卷。当为此书最早的刊本。孙目未著录。

今通行本《龙图公案》有繁简二本（据孙目）：

甲、繁本，百则。一名《百断奇观包公全传》。有清初刻本、四美堂刊本、乾隆刊本、嘉庆刊本等多种。

乙、简本，六十二则。系就繁本删节。所删都为每卷的后几则，显为书贾射利，节省纸张与刻工之故。有乾隆书业堂刊本、道光藜照楼刊本等。

今录《龙图公案》的繁本则目如下（旁圈的为简本目）

卷一	○阿弥陀佛讲和	○观音菩萨托梦
	○嚼舌吐血	○咬舌扣喉
	○锁匙	○包袱
	葛叶飘来	招帖收去
	夹底船	接迹渡
卷二	○黄菜叶	○石狮子
	○偷鞋	○烘衣
	○龟入废井	○鸟唤孤客
	○临江亭	○白塔巷
	○血衫叫街	○青靛记谷

① 1980年版本节末衍出“4.《龙图刚峰公案合编》……”一条，内容与本条略同，唯言及“但所刊篇目，皆略有删节。”本版从略。——校者注

卷三	○裁缝选官	○厨子做酒
	○杀假僧	○卖真靴
	○忠节隐匿	○巧拙颠倒
	试假反试真	死酒实死色
	毡套客	阴沟贼
卷四	○三宝殿	○二阴筶
	○乳臭不雕	○妓饰无异
	辽东军	岳州屠
	久鳏	绝嗣
	耳畔有声	手牵二子
卷五	○牕外黑猿	○港口渔翁
	○红衣妇	○乌盆子
	○牙簪插地	○绣履埋泥
	虫蛀叶	哑子棒
	割牛(正文标题作割牛舌)	骗马
卷六	○金鲤	○玉猫(正文标题作玉面猫)
	○移椅倚桐同玩月	○龙骑龙背试梅花
	夺伞破伞	瞒刀还刀
	红牙球	废花园
	恶师误徒	兽公私媳
卷七	○狮儿巷	○桑林镇
	○斗粟三升米	○聿姓走东边
	○地窨(或作窖)	○龙窟
	善恶罔报	寿夭不均

	三娘子	贼总甲
卷八	○江岸黑龙	○牌下土地
	○木印	○石牌
	○屈杀英才	○侵冒大功
	○扯画轴	○审遗嘱（一作味遗嘱）
	箕篝带入	房门谁开
卷九	○免戴帽	○鹿随獐
	○遗帕	○借衣
	○壁隙窥光	○桷上得穴
	黑痣	青粪
	和尚皱眉	西瓜开花
卷十	○铜钱插壁	○蜘蛛食卷
	○尸数椽	○鬼推磨
	○栽赃	○扮戏
	瓦器灯盏	床被什物
	玉枢经	三官经

《龙图公案》较晚出，它的每一则故事，可能仍沿万卷楼本之旧，没有变动。而其篇目，以两篇为一组，都是对偶。显然是受到了冯梦龙《三言》篇目两句为对的影响，经过编者重新整理，已经不是原来的面目了。《龙图公案》不仅题目相对，就是这些相对的题目，内容和性质也很相近，无形中作了分类。例如，奸案放在一起，盗案放在一起等等①。《龙图公案》中有的故事写得比较曲折生动。但从

① 赵景深：《包公传说》，见《小说闲话》。

全书看，题材冗杂，语言呆滞，诚如鲁迅先生所说的“文意甚拙，盖仅识文字者所为”，可能出自说书人之手。

《龙图公案》里的故事来源是多方面的。有采自民间传说的，例如卷六《玉面猫》记五鼠闹东京的神话，这个神话当时很流行，所以包含着丰富的民间传说的《三保太监下西洋记》也采取它。卷七《桑林镇》记包公断太后事，可见在明代民间传说中，已把李宸妃一案归到包公名下了。有采自笔记或史书的，如卷二《石狮子》见《太平广记》卷四六八“长水县”；卷三“卖真靴”，事见《明史》卷一六一《周新传》：“一日视事，旋风吹叶堕案前，叶异他树，询左右独一僧寺有之。寺去城远，新意僧杀人，发树果见妇人尸，鞠实殛僧。”《折狱奇闻》亦载此事，此故事当时盛传，故冯梦龙的《智囊补》及周清原的《西湖二集》卷三十三均采及。卷七《斗粟三升米》见《搜神秘览》（《说郛》本），又《聿姓走东边》故事，极似《玉堂闲话》中的审无头案。《龙图公案》与小说、戏曲的关系，尤为密切。例如卷二的《偷鞋》和《烘衣》，可能受到《清平山堂话本》中《简帖和尚》的影响。卷六《红牙球》，与《醒世恒言》卷十四《闹樊楼多情周胜仙》的情节相似；卷九《借衣》，故事与《古今小说》卷二《陈御史巧勘金钗钿》相同，只是人物姓名不同而已。卷八《扯画轴》，不但与《古今小说》卷十《滕大尹鬼断家私》情节全同，连人物姓名也袭用，所不同者只是断案的官吏而已。按此本事大概是从前汉何武事[①]，与《晋书》汝阴隗炤事捏合而成，话本叙事特别细腻曲折。《海刚峰先生居官公案》第五十九回“判给家财分庶子”及《皇明诸司廉明奇判公案传》卷下“争占”类所载均属此事。显然，《滕大尹鬼断家

① 《折狱龟鉴》卷八。

私》系根据《扯画轴》改写的[1]。此外，卷三《杀假僧》一案，故事见《太平广记》卷三六五引《集异记·官山僧》，司马光《涑水纪闻》亦有一段记述。凌濛初《初刻拍案惊奇》卷三十六《东廊僧怠招魔，黑衣盗奸生杀》，就是依据这些记载穿插点染而成。卷五《乌盆子》即元剧《盆儿鬼》故事，但人物姓名已改变。卷七《桑林镇》系受了元剧《抱妆盒》的影响。卷七《狮儿巷》案，则受《生金阁》前半的影响。卷二《白塔巷》案，在宋代已有类似的记载[2]；元代已属之姚忠肃公，但时人已"比公为宋包孝肃公拯"[3]。而元无名氏《包待制勘双丁》杂剧，索性就算作包公的判案了。此故事即后来京剧的《双钉记》，一名《吊金龟》、《行路哭灵》。

二、《海公案》

海瑞为明代著名的清官，他早年就两次上《治黎策》和《平黎疏》，并毛遂自荐，要求参加对海南岛黎族人民剿抚兼施的行动，他对封建统治的基层政权——县政权的建设特别重视，一心要搞好这封建王朝的基础，当了一任淳安知县，就编了一部《淳安政事》的书，专门总结县令"治民"的经验，目的是为了使封建统治得以"长治久安"。为此，他对豪强恶霸，贪官污吏很反感，甚至对昏庸贪暴的皇帝也很不满，做出了一些使他的个人影响越来越大的稀奇事。

① 《龙图公案》虽晚出，但书中故事，当为承袭万历刊的两种《包公案》而来。《海刚峰居官公案》及《皇明诸司廉明奇判公案传》均载此事，二书系万历年间编刊，时代较《三言》为早，故《扯画轴》当为《滕大尹鬼断家私》的蓝本。

② 《折狱龟鉴》卷五。

③ 《辍耕录》卷五《勘钉》。

在淳安时，就有两件事情惹人注意：

> 胡总督宗宪子过淳安，怒驿吏，倒悬之。公以曩日胡公按部，令所过毋供帐。今其行装盛，必非胡公子。发橐金数千，纳之库。驰告宗宪，宗宪不以罪公。（王国宪《海忠介公年谱》）
>
> （鄢）懋卿总督天下盐运，招权纳赂，叱咤风生。其妻偕行，装五彩舆，令十二女子舁之。令长以下膝行匍匐上食惟谨。……比至淳安，供张甚薄。瑞抗言县小民贫，不足容车马。懋卿怒甚，然知其强直不可夺，为敛威去。（黄秉石《海忠介公传》）

一个知县官，却敢于触犯总督和御史，这在封建社会里是极少有的。后来海瑞作了京官，上《治安疏》批评嘉靖帝一事，更是轰动朝野。据宋幼清《九籥集》卷十所记嘉靖帝得疏后情况：“忠介公之批逆鳞也，世庙震怒，绕殿行竟夕，拔面上肉刺都尽。”而《明史·海瑞传》亦谓“帝得疏大怒，抵之地……少顷，复取读之，日再三，为感动太息，留中者数月。尝曰：‘此人可方比干，第朕非纣耳。’”同时海瑞则“市一棺，诀妻子，待罪于朝，僮仆亦奔散无留者。”当时有“海瑞棺材，抬去抬来”之谚[①]。何良俊曾说：“海刚峰不怕死，不要钱，真是铮铮一汉子！”[②]

海瑞在当应天巡抚的几个月内，还曾参加逼令大官僚地主徐阶退田的行动。徐阶当过首辅，是明朝所谓的“名相”之一，是海瑞

① 李调元：《雨村剧话》卷下。

② 何良俊：《四友斋丛说》。

很快擢升的提拔者之一。但徐阶一家霸占民田数以十万亩计,民愤极大,在农民退田的斗争中,海瑞曾竭力劝说徐阶退田一半。对于其他的豪强恶霸,海瑞就更加“铁面无私”了①。吏部进士顾允成等三人疏中言:“瑞抚南畿时,所至如烈日秋霜,搏击豪强,则权势敛迹;禁绝侵渔,则民困立苏。兴水利,议条鞭,一切善政,至今黄童白叟,皆雅道之。”大地主阶级当然不能容忍,这就是当时的海瑞被罢去应天巡抚官职的主要原因。当时江南的农民和市民,因为海瑞的确不怕权势,支持退田要求,折止豪强兼并,又能解除部分特别苛重的捐税和掠夺,并且兴修水利,奖励生产,对他极口称誉。因为他能够兴修水利,奖励生产,也对他称誉、歌颂。这是受统治阶级宣传的影响,为海瑞的“清官”假象所迷惑,对海瑞的阶级本质缺乏认识之故。海瑞毕竟是封建统治阶级的官吏,他忠于朝廷,忠于王法,是本阶级整体和长远利益的最忠实的维护者,这是他的阶级本质所决定的。

根据历史记载,海瑞对于审理人命案件,确有公正廉明之称。在知县和巡抚任上,都亲自审案,处理了许多积案,平反了几件冤狱。上官因为他有明察秋毫的口碑,连邻县的疑难案件也调他会审。这些案件的判决书,后来都收在文集里。《海刚峰先生居官公案》的编者,以海瑞折狱案件为主,把许多故事集中在海瑞身上,使他成为专能审明疑案的代表。

《新刻全象海刚峰先生居官公案传》(一题《海忠介公居官公案传》)。四卷,七十一回。明万历丙午(1606)万卷楼刊本,有图,半

① 《明史·海瑞传》:“贫民田入于富室者,率夺还之。徐阶罢相里居,按问其家无少贷。”

叶十二行，行二十三字。书首有万历丙午李春芳序，题“晋人羲斋李春芳编次，金陵万卷楼虚舟生镌”。李春芳字石麓，江苏兴化人。隆庆间曾任首相，此云晋人，显系编者不敢实指，故布疑阵，所谓“余亦建言得罪者”（李序中语），其欲借李名以增重此书声价可见，非别有一人也。万卷楼为周氏书楼，即刻《包孝肃公百家公案演义》者。此书是在海瑞死后二十年亦即《包公案》问世九年之后出版的，是最早的海公案故事。明刊本流传极罕，后来清锦堂有复刊本，亦不易得。孙目均著录。又有郁文堂刊本，北京图书馆藏，孙目未载。

此书卷首还刊有一篇《海忠介公全传》。所记海瑞家世生平多与史实不符。如以海母谢氏为杨氏，海妾丘氏为夫人，说海瑞曾任浙江台州府学教谕等等，黄秉石《海忠介公传》说：“余儿时，见乡人好言海都堂，则所见异词，所闻异词，所传闻异词。”大概编者就是把海瑞故事从这些“异词”中收集拢来，因而有种种纷歧。

《海刚峰先生居官公案》是一部说公案性质的话本总集。黄秉石《海忠介公传》说：“时（指海瑞生前）都下人编公事为小说，咏唱通衢，取餬口钱。”又说：“孺子妇人，亦能语其一二事相嗟异。”人民对海瑞故事这样传诵，是这部公案小说产生、流传的一个重要原因。这部书共七十一回，每回演述一个故事，而以审案人海瑞贯串各篇，内容都是腐朽的封建社会没落时期所常见的种种丑恶现象。并且还夹杂一些怪诞的案子，如《玉蟾救主》、《乌鸦鸣冤》之类，这和当时的神权思想是有联系的。书首序文中提到海瑞“决狱惟明，口碑载道。人莫不喜谭之，时有好事者，以耳目所睹记，即其历官所案，为之传其颠末”。似乎海公案故事都是“耳目所睹记”的实录。但按之实际，我们把这部公案小说所载，和《海瑞集》（中华版）所收录的海瑞在淳安知县任上所审的许多案卷相对照，竟没有一个案件相同，显见出于小说家的杜撰，其所以如此，这是因为当时统治阶级内部的斗争十分尖锐，与政治有关的许多讼案，当然要多所回避。所以此书如果作为研究海瑞居官政绩的史料来看，是无可征信的；如果作为一部小说来看，它却有一定的参考价值。程弘曾经指出："它对后出的《海公大红袍》、《海公小红袍》二书并无影响，但是和宋元话本及明代拟话本却有密切的关系。可说是一部承先启后的短篇小说集。"①确实如此，有不少海公折狱案件是和话本、拟话本有承袭和影响的。在这部公案集子中，故事来自宋人话本的有两篇。一为第三十九回《捉园通伸兰姬之冤》，是根据《清平山堂话本》中的《简帖和尚》改编的，尽管人物姓名不同，情节却极相似。一为第四十二回《判明合同文约》，则脱胎于《清平山堂话本》中的《合同文字记》，又影响到《初刻拍案惊奇》卷三十三《张员外义抚螟蛉子，包龙图智赚合同文》。来自明初人作品的有第五回《奸夫杀客为女有他奸》和第二十二回《杨继儒释冤》两篇，这两篇情节与《醒世恒言》卷十六《陆五汉硬留合色鞋》极相类，可能与《宝文堂书目》著录的《合色鞋儿》有渊源关系。也有因袭《包公案》而为后来的拟话本提供素材的。如第五十四回《判友劫财误董贤置狱》与《包公案》中的《借衣》相似，它们都是《古今小说》卷二《陈御史巧勘金钗钿》的蓝本。第五十九回《判给家财分庶子》与《包公案》中的《扯画轴》相似，也同为《古今小说》卷十《滕大尹鬼断家私》的蓝本。其他如第二回《僧徒奸妇》，就是《初刻拍案惊奇》卷二十六《夺风情村妇捐躯，假天语幕僚断狱》故事的来源。第

① 程弘：《读海刚峰先生居官公案》，载《文学遗产》第460期。

七十一回《判谋陷寡妇》,即《警世通言》卷三十五《况太守断死孩儿》,不过原来审案人为海瑞,在《警世通言》中已易为况钟了。《海公案》还纪录下一些当代新闻,最著名的为第二十九回《妒奸成狱》一案,就是玉堂春故事。这故事发生在明万历年间,轰传一时。现存最早的话本是《警世通言》卷二十四《玉堂春落难逢夫》,这一篇标题下附注:"与旧刻《王公子奋志记》不同",可以知道还有更早的一本,题作《王公子奋志记》。《王公子奋志记》已失传,据阿英考证[①]乾隆本《玉堂春弹词》中还保存着《奋志记》故事的一个轮廓,情节大致和《海公案》接近,而与《落难逢夫》有出入。《小说传奇合刊》残本中有《玉堂春》一篇,只存一页,所记也与《海公案》相似。可见玉堂春故事在民间的传说是向两条线索发展的。兹录《妒奸成狱》公案全文如下:

> 南京聚宝门外,有一王舜卿,父为显宦,致政归。生留都下,与妓玉堂春日久情深,不忍相舍。乃所携之银渐消,还只恋妓。后囊罄,然妓待如故。但鸨日憎,生不得已出院。流落都下,寓一城隍庙中廊下。有卖果者见之曰:"公子乃在此耶?玉堂春为公子誓不接客,命我访公子所在,今幸毋他往。"乃走报玉堂春。妓诳其母,往庙酬香,见生抱泣曰:"君名家公子,一旦至此,妾罪何言!然胡不归?"生曰:"路遥费多,欲归不得!"妓与之金曰:"以此置衣服,再至我家,当徐区画"。生盛服饰仆从复往,鸨大喜,相待有加,设宴。夜阑,生席卷所有而归。鸨知之,挞妓几死,因剪发跣足斥为庖婢。未几有一浙江

① 阿英:《小说二谈·玉堂春故事的演变》。

客，兰溪人，姓彭名应科，闻妓名求见，知前事，愈贤之，以百金为赎身。逾年，发长，颜色如旧，拟归为妾。初，商妇皮氏，以夫出，邻有监生，浼妪与通，及夫娶，皮氏妒之，夜饮，置□□□，妓疑未饮，夫代饮之，遂死。监生欲娶皮，乃唆皮告官，云妓毒杀夫。妓曰："酒为皮置。"皮曰："夫始给妓为正室，不甘为次，故杀夫，冀改嫁。"妓遂成狱。生归，父怒斥之，遂矢志读书，登甲后，擢御史，案山西。时公已转江浙运使，生以之告公，可为生根究此？公诺之。□至浙询之，乃知妓成狱已久。一日按院录囚犯，解妓往审，值公轿至，妓即扳公轿曰："老爷神谳，小妇冤于囹圄，乞爷爷救之！"公沉思曰："舜卿曾托究此妓下落，今日可救之，以脱其罪，日后可好与舜卿相见。"乃即带归衙审，令隶去逮刘妪、胡监生等至，不伏。乃潜匿一卒于庭下柜中。监生、皮氏与妪俱受刑于柜中(外)。公伪退，吏胥散，妪老年不堪刑，私谓皮曰："尔杀人累我，我止得监生银五两，布二匹，安能为此挨刑？"二人曰："老妪娘，再奈烦一刻不招，我罪得脱，当重报老娘。"柜中卒闻此言，大叫曰："三人已尽招矣！"公出，卒回(面)证，俱伏。公令人伪为妓兄，领回籍，后与舜卿为侧室，妓冤得白，公作文书申详察院，顾大巡见之，大为明谳抑称之。

〔告谋死亲夫〕告状妇皮氏，告为号究夫命事。孽妾周氏，不甘为小，苦要夫嫁伊身。夫坚不从，孽妾置药毒死。少年冤毙，闻者伤心。夫系无辜遭毒，情惨蔽天。恩爱相残，五伦灭绝。叩天法究，感恩上告。

〔诉〕诉状人周氏，诉为冤诬陷害事。初身嫁彭应科为妾，谨守闺训。皮氏每怀妒嫉，置药欲杀妾命。妾夫误饮遭伤，殊仇反捏架言,欲嫁毒杀。不思酒由尔置,死夫一命不足,又欲害身以死,情实可怜。哀诉天台作主,劈冤上诉。

〔海公判〕审得皮氏以夫久外不归,乃与胡才成奸。应科娶周氏而归,伊见执妒,置药毒之者实矣。岂周疑不饮,科乃饮之,而中毒也,何尤反陷周之不甘为妾,杀科将以再事他人?恶毒之心,胡甚之耶?然伊虽恶毒不尽,亦无此能陈告,必胡才之奸计也。皮氏大辟抵命,胡才合应拟戍矣。

从以上的情况可见,《海公案》实际上是《包公案》和许多旧话本老故事的翻版,其各篇的内容,绝大部分反映了封建社会的罪恶和黑暗,以及神怪迷信。

三、其他

明代还有一些公案小说,系分类编次的。体裁与《包公案》、《海公案》相仿佛,取材亦大同小异。不过书中每一个故事都有不同的审案人,并不以一个人物为中心。这一类作品,据孙楷第《中国通俗小说书目》著录,有下列五种:

1.《全象类编皇明诸司公案传》六卷,明万历间三台馆刊本。封面题《全象续廉明公案传》,似尚有正集。明余象斗撰。题"山人仰止余象斗编述","书林文台余氏梓行"。书分六类:一人命,二奸情,三盗贼,四诈伪,五争占,六雪冤。日本帝国图书馆藏。

2.《皇明诸司廉明奇判公案传》上下二卷。明建安书林郑氏萃英堂刊本。不题撰人。书分十六类:即人命,奸情,盗贼,争占,骗害,威逼,拐带,坟山,婚姻,债负,户役,斗殴,继立,脱罪,执照,旌表。日本内阁文库藏。

3.《新刻名公神断明镜公案》七卷。题"葛天民吴沛泉汇编,三槐堂王昆源梓行"。书式与万历时余氏萃庆堂刊《铁树记》相同,惟此书载邹元标事,刊刻当稍后。其分类略同《廉明公案》,故事亦有不少重复。日本内阁文库藏一残本,存四卷。

4.《新镌国朝名公神断详情公案》,日本长泽规矩也云:曾见千叶掬香有此书,全书六卷。封面题"存仁堂陈怀轩刻"。书题"陈眉公编"。日本内阁文库藏复明本,存第二卷至第四卷三卷。

5.《新镌国朝名公神断详刑公案》,八卷。明无名氏撰。题"南京归正宁静子辑","吴中匡直淡薄子订"。书末木记"南闽潭邑秋林刘氏太华刊行"。全书十六类,四十则。孙楷第谓"所记诸条,亦多与《龙图公案》同"。此书今藏旅大市图书馆。卷一,首残缺二叶,卷二末残缺半叶乃至一叶半。日本日光晃山慈眼堂亦藏一部。今有油印本行世。

综上所述,可见明代的公案小说,一方面反映了当代社会上的种种问题,体现了复杂的阶级斗争,同时也通过包拯、海瑞、况钟等清官形象来美化封建统治、封建法律,颂扬封建道德、封建伦理,是统治阶级妄图调和、消弭当时尖锐的阶级斗争的一种工具。

第三节　清代的公案(侠义)小说

清代的公案小说,如第一节所述,是宋、元、明公案小说进步面的反动逆浪。由于当时统治阶级的大力提倡,曾风靡一时,因而续作、拟作充塞市场,这里只就其影响较大者略作介绍。

一、《施公案》

《施公案》最早的嘉庆刊本名《施公案传》，孙目未著录。道光刊本题《施公案奇闻》，一名《百断奇观》。不详撰人姓名。共九十七回，续集三十六卷一百回，孙目皆著录。正集有聚锦堂、文德堂刊本，序后题“嘉庆戊午（三年，1795）新镌”字样，知《施公案》正集成书较早。然文意粗浅，回目亦不整饬。如第八回，《审讯真情用刑具，替前夫伸冤雪恨》，第九回《捉拿僧尼盗，土地祠判鬼》等，每回的字数自三百多字（如第十三回）至三千馀字（如第一回）不等。编撰方法，犹沿明代公案小说之旧，不过描写“稍加曲折，一案或亘数回；且断狱之外，又有遇险，已为侠义小说先导。”①后来正集重印时，又加进了光绪十九年文光主人的序，略谓：“《施公案》一书，久已海内风行，南北书肆，各有翻刻，仅以江都令始，以仓场终……前后采辑凡千馀篇，编成百回。”续集刊于光绪十九年（1893），约后于正集百年，亦有文光主人序云：“本铺有意将前部再为加工，校补刊刻，与《后施公案》合为一书……凡名臣传方略实录无不采取，惨淡经营，费尽心血，历三年之久，始成此书。”观此知《施公案》前、后集，实出坊贾之手，故庸陋如此。鲁迅所谓“历经众手，共成恶书”者，即指此。此外，尚有二续三续乃至十续者，亦坊贾杂凑之书；其出世都在《三侠五义》之后，叙及诸侠行义故事，深受《三侠五义》的影响。今惟正、续二集通行。

《施公案》写清康熙年间施世纶（小说作施仕伦）从江都知县做

① 《中国小说史略》第二十七篇，下同。

到漕运总督时访案断狱故事。施世纶实有其人。《清史稿》卷二八三,《清史列传》卷十一,《国朝耆献类征》卷一六三,《国朝先正事略》卷十一有传。他是福建晋江人,其父施琅,是一个无耻的投降变节分子。他原为郑成功部将,降清后以攻打台湾省功,封靖海侯。施世纶在康熙二十四年(1685)以荫生出任江苏泰州知州,历任扬州、江宁知府,湖南布政使,顺天府尹,户部侍郎,漕运总督等官。《清史稿》说他:"聪强果决,摧抑豪猾,禁戢胥吏,所至有惠政。"为当时有名的"清官"。其弟施世骠也做过福建水师提督,以镇压朱一贵"叛乱"有"功",可见其父子兄弟都是屠杀人民的刽子手。但封建地主阶级却因为他的死硬和狡狯对封建统治大有利而竭力宣扬他。陈康祺《燕下乡脞录》卷四说:

> 少时,即闻乡里父老言,施世纶为清官。入都后,则闻院曲盲词有演唱其政绩者,盖由小说中刻有《施公案》一书,比公为宋之包孝肃,明之海忠介,故俗口流传,至今不泯也。……公平生得力在"不侮鳏寡,不畏强御"二语,盖二百年茅檐妇孺之口,不尽无凭也。

陈康祺为道咸间人,可见《施公案传》(正集)道光年间即已风行,它对以后的公案小说有很大影响。续集以下,武侠豪霸的人物纷纷出现,则是承袭了《三侠五义》的馀风。

别有《施公洞庭传》二百四十八回,属另一系统的作品,从略。

二、《彭公案》

《彭公案》二十三卷一百回，作者署名“贪梦道人”。较早的是光绪十九年上海书局石印本，正集之外，又有一续再续之书，共三百四十一回。其后又有续至二十集者，经多人撰述，故凌乱杂凑，不可卒读。

《彭公案》叙清康熙时旗人彭朋由三河县做到河南巡抚，回京又到大同宣化办案的故事。书中主要人物彭朋，实即历史上的彭鹏。《彭公案》说彭朋于康熙三十九年中进士，特授三河县知县，与《清史稿》卷六十四《彭鹏传》所载彭鹏“顺治十七年举乡试，康熙二十三年授三河县”，大致相符。《彭公案》说武文华搬弄人情，把彭公参了。《彭鹏传》亦载“被顺天府尹劾，降十三级，俱从宽留任”。然后半部《彭公案》实叙朋春征西下（即西鲁，又称罗刹）事，也往往与《清史稿·朋春传》及《广阳杂记》卷二所载相符。朋春为满洲正红旗人，《清史稿·圣祖本纪》作彭春，《广阳杂记》作朋椿。《彭公案》作者不但合彭鹏、朋春两人的姓为一人，连两人的事迹也捏合在一起了。

《彭公案》虽出世在光绪年间，但书中故事，在雍乾间早有流传。纪昀《阅微草堂笔记》卷八《如是我闻》二云：“又闻窦二东之党，每夜入人家[①]，伺妇女就寝，胁以力，禁勿语[②]，并衾褥卷之，挟

① 上海古籍出版社本“夜”上多“能”字。——校者注

② 上海古籍出版社本“力”作“刃”。——校者注

以越屋数十里[1]，晓钟将动，仍卷之送还。”又蒋瑞藻《小说考证》“盗御马”条引阙名笔记云：“窦二敦，献县无赖子也。以健斗横行于市，椎埋恶少，奉以为魁，窦欣然自得。凡江湖卖艺之流，必先投刺，始得售其技。”可见窦尔墩是实有其人。《彭公案》即根据当时传说而写的。又《儿女英雄传》第十五回：“台上唱的是飞镖黄三太打窦尔墩，正唱到黄三太打败了窦尔墩，大家贺喜，他家里来报说：‘生了黄天霸’”。可见黄三太比武故事在同治年间民间已有戏剧演出，《彭公案》第二十二、二十三回，即系采取当时民间流传的故事写的。但《续施公案》中所叙人物，如黄天霸、窦尔墩、谢虎等，其初期事迹，都见于《彭公案》中，是《续施公案》较《彭公案》为晚出，亦可得一佐证。

三、《龙图耳录》与《三侠五义》

《龙图耳录》一百二十回，孙楷第《中国通俗小说书目》著录，传抄本，无序跋，不知谁人所录。“耳录”云者，乃听老艺人石玉昆说唱《龙图公案》时纪录下来的本子，故名。孙氏题记云：“玉昆，字振之，天津人，咸同间鬻伎京师，以唱单弦重一时。后生羡慕，形诸歌咏，因有‘编来宋代《包公案》，成就当时石玉昆’之句。玉昆说唱《龙图公案》，今犹有传抄足本，唱词甚多。此耳录全书尽是白文，无唱词，盖记录时略之。”石玉昆为清嘉道间说书艺人，孙氏以为咸同间人实误。石玉昆以说唱《龙图公案》得名。他的《龙图公案》是继承前人的材料，并吸取民间传说，为了适应听众的需要而不断

① 上海古籍出版社本“里”作“重”。——校者注

编造出来的。与坊间流行的杂记体《龙图公案》不同。石氏著有《通天河》(西游)、《青石山狐仙传》,《风波亭》(精忠)、《救生盘盒打御》、《小包村》、《招亲》、《包公上任》、《乌盆记》、《相国寺》、《七里村》、《九头案》、《巧换藏春酒》、《三试项福》、《苗家集》、《铡庞坤》、《天齐庙断后》、《南清宫庆寿》、《三审郭槐》、《李后还宫》、《包公遇害》、《召见南侠》等二十一种①。每种都自成段落。其第四种以下的十八种,每种衔接,演整本《包公案》故事,就是所谓"石派书",石派书在形式上有石玉昆自己创造的一种唱腔。我们从他的《风波亭》四十卷的体裁来看,这种唱腔,以唱词为主,间插说白,带说带唱,犹存宋元词话遗风,风格于木皮鼓词为近。今故宫图书馆藏升平署图书,有题作石韵书述的《三侠五义》唱本,可能就是石玉昆说唱的底本,这个底本,疑即从十八种《包公案》故事改写而成。《龙图耳录》,就是在石玉昆说唱材料的基础上,改编为章回小说的。故事情节,大致仍存石氏原本之旧,艺术上则有显著的提高。《龙图耳录》的开头有"《龙图公案》一书,原有成稿,说部中演了三十余回,野史内续了六十多本。"末尾有"不知下文如何,俟有续者,再听分解。"可能石玉昆当时说的本来就只有十八种的《包公案》故事,耳录当然照样记录,不能有所增益。

《三侠五义》是根据《龙图耳录》重行编订的,然于故事情节,增饰不多。看来编订的也不止一人。大约在清同治十年(1871)以前,问竹主人第一次加以修订。他在序言中曾说明修订的意图:

是书本名《龙图公案》,又曰《包公案》,说部中演了三十馀

① 据百本张钞本《子弟书目录》。

回，从此书内又续成六十多本。虽是传奇志异，难免怪力乱神。兹将此书翻旧出新，添长补短。删去邪说之事，改出正大之文，极赞忠烈之臣，侠义之士……故取传名曰“忠烈侠义”四字，集成一百二十回。

石氏原本，确有一些“怪力乱神”的描写，如平襄阳王时妖怪出现，黑猿捉去智化，后被上天真人变一仙童下凡，捉住黑猿，救回智化。白玉堂死于蜘蛛精织成的铜网阵等情节，类似《平妖传》。现行本《三侠五义》，虽把这些情节删削了，但仍保留着不少荒诞的情节，如乌盆伸冤和范仲禹死而复活阳差阴错的故事，等等。特别强调“忠烈侠义”，这就是《三侠五义》又名《忠烈侠义传》的由来。到了光绪元年，入迷道人又把问竹主人修改的稿子，作了第二次的加工。入迷道人《三侠五义》序云：

辛未（同治十年）春，由友人问竹主人处得是书而卒读之。……草录一部而珍藏之。乙亥（光绪元年，1875）司榷淮安，公馀时从新校阅，另录成编，订为四函，年馀始获告成。

书的改成年份，从“年馀始获告成”一语来看，当为光绪二年丙子（1876），是入迷道人在“司榷淮安”时修订的。《三侠五义》是经过问竹主人和入迷道人先后修订的书。这在退思主人序里说得很明白：

戊寅（光绪四年，1878）冬，于友人入迷道人处得是书之写本，知为友人问竹主人互相参合删定，汇而成卷，携归卒读，爱不释手，爰商两友，就付聚珍板以供同好云尔。

退思主人，当为书坊主人，问竹主人姓名无考，入迷道人则为文琳的别署①。《三侠五义》出版于光绪五年（1879），系北京聚珍堂活字印本。到光绪十五年（1889），俞樾（曲园）初见此书，认为第一回狸猫换太子“殊涉不经”，乃参考《宋史》和王铚《默记》等书别撰第一回，又以书中南侠、北侠、丁氏双侠已有四人，加上小侠艾虎，黑妖狐智化，小诸葛沈仲元，共为七人，又把它改名为《七侠五义》，重加刊印，这就是后来在民间最通行的本子。这个本子在技巧上远胜施、彭两公案，内容的反动性却更突出。例如“五鼠闹东京”，包拯奏明玉帝，向西方雷音寺借得玉面猫收服了这五只鼠怪。后来这五鼠却成为五个堂堂的“义士”，玉猫也一变而为“御猫”南侠展昭了。包公的形象也越改越坏，他率领这些爪牙去镇压人民起义，口口声声报答皇上，不负朝廷所托。他还创制龙、虎、狗三把铡刀和杏花雨、红绣鞋等刑具。这些，正是清代反动统治者用严刑峻法来镇压人民反抗的反映。在《七侠五义》广泛流传之后不久，又有续书《小五义》出现。而《七侠五义》有续至二十集者，《小五义》亦续至四集，都是坊贾无聊的续作。

清代的公案侠义小说，大都出自封建文人之手，作者更明显地以小说为武器来评判社会问题，表达他们的政治观点，通过艺术形

① 汪浚根据入迷道人序中“司榷淮安”一语，检得光绪《淮安府志》卷一二《职官表四》管理钞关栏：“文琳，光绪元年任。”民国《续山阳县志》卷五《职官》淮安钞关栏：“文琳，内务府郎史，光绪元年任。”徵麟编《续纂淮关统志》载：“文琳，号贡三，二品顶戴，内务府广储司郎中兼参领佐领。光绪元年二月初六日到任，留一年。”汪氏所考甚确。文载《文艺复兴·中国文学研究号》下册《吴承恩与西游记》附录。

象的褒贬，反映他们阶级的好恶爱憎，这正是那个时代阶级斗争形势所造成的。因此，他们不遗馀力地美化封建官吏，宣扬封建道德，歌颂清王朝镇压农民起义的“威力”，以维护封建统治，在历史上就起了很坏的政治作用。在我们社会主义时代，更不应该容许它们再来毒害人民的思想，而应该作为封建性糟粕，坚决地剔除。小说话本的专业人员固然可以把它作为资料来研究，也要以马克思主义的观点严加批判。这一点，也同样适用于明清两代的某些纯粹宣扬封建道德和低级趣味的小说。我们应该努力创作社会主义的新小说，有重点地整理优秀的古典话本小说来满足工农兵群众对于文学艺术的需要。

第十七章　关于讲史

“讲史”为宋代说话四家之一，它和“小说”一家，分庭抗礼，都是很受当时市民欢迎的伎艺。“讲史”说长篇历史，“小说”说短篇时事，各擅胜场。在南宋民族矛盾、阶级矛盾尖锐的条件下，以现实生活为主要内容，颇能反映一些民族矛盾、阶级矛盾。“小说”更受市民欢迎，故“讲史”最畏小说人。但“讲史”和“小说”在内容上并无绝对的界限，“小说”话本中，当时可能已有某些篇属于“讲史”的性质；而“讲史”适应着人民对当代斗争和现实生活的更大的关怀，不但把金鼓士马的“铁骑儿”（如杨家将、岳家军的故事）吸收加工，并把门类相当繁多的“小说”（包括水浒英雄故事）也加以吸收和发展。这样，“讲史”和“小说”合流的现象便发生了。元王朝严酷的民族压迫剥夺了人民以自己的观点唱说时事的自由，人民就借历史上反侵略反暴政的英雄，特别是宋代抗辽抗金和农民起义的英雄来激励自己的斗争意志，“讲史”就在宋代已有的基础上大大发展，具有一定民族意识或民主精神的宋代历史英雄故事成为“讲史”的新节目，加强了“讲史”的思想性，开拓了“讲史”的领域。沿着这“合流”的道路继续发展，就出现了明代长篇章回小说。长篇章回小说的优秀作品，吸收了“小说”话本和“讲史”话本的精华和杂剧的精华，在思想性、艺术性两方面都发生了质的变化，题材多种多样，形成了一个黄金时代。由此可见，从“讲史”话本的发展，不但可以看到“小说”和“讲史”消长汇合的踪迹，更可以看到长篇章回小说产生和发展的社会历史原因。因撰本章，附诸卷末，用备研究小说史的同志们参考。

第一节　讲史的起源和发展

“讲史”是宋代说话四家之一，它和“小说”一家，在宋代的瓦子勾栏里，最为人民群众所欢迎。

“讲史”始于何时，还未能确考。据近人研究，大致有两种说法：一是认为“讲史”渊源于唐代民间讲说的历史故事。理由是讲唱历史故事作为一种文化娱乐，在唐代已非常流行。因而认为唐代讲唱历史故事的“民间伎艺”是宋代讲史的“历史渊源”。认为敦煌变文中有一部分是讲历史故事，如《伍子胥》、《王陵变》、《李陵》、《王昭君》、《韩擒虎话本》以及讲唐代故事的《张义潮》、《张淮深》等，这些历史题材和当代题材的变文，实际上就可以看作唐代的讲史①。一是认为“讲史”渊源于晚唐的“咏史诗”，著名的如胡曾、周昙等人的作品。这些“咏史诗”，都用七绝体，有的被当时人逐篇加注加评，援引村书俗说，杂以俚语，以说明史事为主，作为训蒙课本之用的（如胡曾的“咏史诗”）；有的于每首诗题之下皆注大意，诗后又引史文而以己意加以论断，谓之讲语。主要是用来向宫廷进讲，作为“月殿花台”消闲之用，因而被认为与南宋供话幕士无

① 程毅中：《略谈宋元讲史的渊源》，载《文学遗产》第211期。

殊(如周昙《经进咏史诗》)①。

从上述两种说法看来,第一种说法是正确的。虽然它提到"转变和说话只是形式稍有不同,性质是一样的"。对此我们稍有异议,第二种说法并不对头。晚唐的"咏史诗",有诗评、有讲语,通俗易懂,在形式上确和讲史评话相近,并且作为儿童读物,在当时社会颇为风行,但它们毕竟是文人的玩意儿,和"讲史"这样一种民间伎艺有性质上的不同。至于用它们来向宫廷进讲的人,则是官僚士大夫,也和民间艺人之有特出伎能而被搜罗进宫"供话"者不同。按照艺术发展的一般规律,倒颇可能是"咏史诗"吸取了民间说唱历史故事的长处(包括俗讲形式的长处)。当然,"咏史诗"流行以后,其诗评和讲语,可能被民间讲史艺人作为参考资料;后来的"小说"话本、平话和章回小说多采取"咏史诗"作为插词,也说明说话人善于吸收现成的诗句来丰富自己的艺术。这些并不能说明"讲史"渊源于"咏史诗","讲史"自有其民间的渊源。下文要叙述的不少内容,都可以说明讲唱历史故事的传统,由来已久,决不是从文人的"咏史诗"开始。至于第一种说法,认为宋代的讲史渊源于唐代讲唱历史故事的民间伎艺,当然是对的。但有一点需要说明:不能因此误认"讲史"渊源于俗讲变文。我们在本书第一章第三节对唐代寺院中的"说话"已作过分析:俗讲之所以择取一些非宗教性的民间故事来说唱,是为了替俗讲本身争取听众。这些在民间流行的历史故事和唐代前期的故事,本身并非俗讲变文;从敦煌所发见的作品来看,只是说明它们中的一部分曾被俗讲所利用,因而得以和大量宗教性变文一同在石室保存下来而已。和尚俗讲变文

① 张政烺:《讲史与咏史诗》,载《历史语言研究所集刊》第十本。

的转变是宗教性的，作为民间伎艺的说话一般是非宗教性的，两者有本质的不同。俗讲不得不择取一部分民间非宗教性的故事来讲唱，正表明在唐代早有说唱历史故事的伎艺活动，而且很受群众欢迎，足以威胁到俗讲的地位。下文将引述唐代三国故事风行的情况，就中可见无论是讲故事、说唱或戏剧以及傀儡戏，都有三国故事在表演。戏剧和傀儡尚且在敷演历史故事，更为简便易行的说唱当然更不待言。所以，可以断言，“讲史”性质的伎艺活动，在唐代早已有了，“讲史”的渊源，必然是唐代或更早的民间说唱历史故事的伎艺活动，而不是附属于和尚的俗讲变文之内的，只是由于民间说唱底本并无石室给以保存，故而目前尚未有更多话本发现而已。

敦煌所保存的这些民间的历史故事，大抵都只是一人一事，和后来的“讲史”以断代编年形式铺述整个朝代史事颇不一样。这是否足以证明“讲史”并非渊源于唐代民间艺人的讲说历史故事呢？不是。第一，敦煌所保存的这些历史故事，既然是俗讲所择取的，而俗讲的目的在于大量讲唱宗教性的变文，那么，就不可能择取篇幅更大，接近于全史的材料，它所择取的只能是一人一事的故事的片断，来调剂它枯燥无味、违反人民意愿的宗教宣传。所以敦煌没有接近于整个朝代史的说唱材料，并不等于唐代民间没有这种材料。第二，整个朝代的故事是由许多有关的故事连缀融合而成的。讲说历史故事，由简单零碎到复杂完整，是说唱伎艺本身发展的必然规律。敦煌所保存的这些历史故事，多数是汉朝的重要史事，讲的虽是一人一事，却能突出某一阶段的历史面貌，颇有宋元“讲史”中一个章节的模样。这些故事积累多了，再参考史书加以整理，便能成为后来的“讲史”。在唐代，有关汉朝的历史故事是相当多的，而且大都是汉史的一部分。《季布骂阵词文》末尾有两句话："且说《汉书》修制了，莫道词人唱不真。"正说明季布故事是属于唐代讲说《汉书》的一部分。其他如李陵、王陵、昭君等故事，当时一定也很流行。至于三国故事，在唐代似乎更加接近于完整，傀儡戏扮演的故事属于三国的就不少。李商隐《骄儿诗》"或谑张飞胡，或笑邓艾吃"，从张飞到邓艾，时间上已差不多是全部三国的历史了。由此可见，唐代民间文艺的说唱或扮演历史故事，已具有一定的规模，创造了许多故事，为宋代及以后的整部"讲史"的形成准备了相当充分的条件。"讲史"的渊源于唐代的民间说唱，殆无疑义。第三，我们考察一种文艺的形成和发展，不能仅局限于它的形式体制，主要的应研究它的内容，它的政治倾向，它是由什么人创作表演，为什么人所利用的。"讲史"以历史故事为内容，它是市民的文艺，它的积极的政治倾向是反暴政和反侵略（在唐代的历史故事中有反对异族入侵的故事，当代故事则有张义潮、张淮深），是由民间艺人（包括书会先生等）创作和表演，主要为广大市民群众所利用的。在形式上，它可以吸收各种文艺的特点，甚至宗教文艺和外国文艺的特点，加以发展。从这个观点出发，我们更可以肯定"讲史"渊源于唐代或更早时代的民间说唱历史故事的伎艺活动，它不是由和尚俗讲那里继承而来，更不是由"咏史诗"而来。

宋代"讲史"盛行，它和"小说"可以分庭抗礼。"讲史"和"小说"有显著的区别。"小说"篇幅短；唱白兼施；题材大都取于当代，善于编制新闻，顷刻间捏合，和现实生活结合比较紧密；而且讲的大都是一人一事，是烟粉传奇发迹变泰之类，因而人物性格描写比较细致，主题比较突出，抒情性较强。"讲史"篇幅长；以说白为主；顾名思义，大都取材于历史，必须根据复杂的历史事件，做"真假相半”的长篇叙写，并进行艺术加工，串连生发；讲的是“《通鉴》汉唐书史文传兴废争战之事”，是军国大事，是朝代兴亡，烟粉灵怪发迹变泰之类只有和朝代兴亡有密切关系时才被着力讲说，因而以精练简明的叙述见长，而少细致抒情的描写。可是，在“小说”中也有讲史性质的话本（如《清平山堂话本》中几篇），“讲史”中也大量吸收了小说性质的故事（如《杨家将演义》），两者的关系相当密切。

在宋代，另有“铁骑儿”，这是一种介乎“讲史”和“小说”之间的说话伎艺。说的是“士马金鼓之事”，但毕竟和讲说“前代书史文传兴废争战之事”有别，因而可以设想，它是说当代战争的。《杨家将》、《狄青》、《中兴名将传》以及宋代农民起义斗争的故事大概都属于这一类。它和“小说”近似的是：说当代故事，以个人命运为中心。它和“讲史”近似的是：说“士马金鼓之事”，以战争题材为主。“铁骑儿”也有它自己的特殊内容，可能多数是讲当代的民族战争，人物可能是民族英雄和具有强烈民族意识的农民领袖。这和“讲史”的题材以历史的政治斗争为主（军事斗争是作为政治斗争的延续来写的）不同，和“小说”以一般的社会生活为题材更不同。“讲史”在宋代有比较积极的政治倾向，主要是反对暴政，反对军阀混战，希望全国统一与和平，其消极面则在于把希望寄托于“仁慈”的君王。实质上，宋代“讲史”的主要人物，大都是互相杀伐的封建统治阶级分子。宋代“讲史”也有反对出卖民族利益的内容，但并不是主要的。“铁骑儿”在南宋民族矛盾特别尖锐的时期出现，它的主要人物大都是当代抗击民族压迫的将领，是当时人民心目中的民族英雄。“铁骑儿”主要的政治倾向是反对屈辱求和。这和“小说”以普通市民为主角，主要倾向是反映市民要求自由的愿望也很不相同。所以“铁骑儿”在“四家数”中独立一项，因为它是宋代

(特别是南宋)人民民族意识高涨的产物。“铁骑儿”在宋代不是“史”,不是“兴废”之事,不是以“朝代”为主体而是以“英雄”为主体的。它和“讲史”显有不同。所以,“讲史”的话本发展到明代,一般称为“演义”(如《三国演义》),而英雄传奇性质的“铁骑儿”一般称为“传”(如《说岳全传》)。但元代以后,宋代“铁骑儿”的内容,就成为“史”了,是有宋一代兴废的有机部分了,因此渐渐与“讲史”合流,成为“讲史”的一部分了。

从上述情况看来,“讲史”的特点是:

1. 取材历史,作不同程度的虚构;

2. 讲说前代兴废之事,着重于政治军事斗争;

3. 线条粗略,风格雄浑,长于铺叙议论;

4. 基本上采用正史的书面语言,但讲说者也增饰一些当代口语,成为半文半白的文体。

5. 篇幅漫长,节目繁多,采取分回形式;

6. 讲史的基本政治倾向,在宋代是反对暴政、反对封建统治阶级混战害民,希望全国统一与和平,在一定程度上反映了当时人民改良政治的愿望。与“铁骑儿”合流以后,则大量增加了反抗民族压迫的内容。

7. 在艺术上以“记问渊源甚广,讲得字真不俗”为胜。

在北宋“讲史”的伎艺已经趋于成熟。《东京梦华录》载当时著名的讲史艺人有孙宽、孙十五、曾无党、高恕、李孝详,又有“说三分”专家霍四究,“说五代史”专家尹常卖。目前已知的北宋讲史科目有《汉书》、《五代史》、《三国志》。

承袭唐代讲说历史故事的遗风,宋代讲说《汉书》的情况,颇有记载可考。如梅尧臣《吕缙叔云永嘉僧希用隐居能谈史汉书讲说邀余寄之》诗云：

柰苑谈经者，　　兰台著作称。
吾儒不兼习，　　尔学在多能。
每爱前峰好，　　闲穿弊屐登。
定能修史笔，　　添传入高僧。①

洪迈《夷坚支志》丁集卷三“班固入梦”条：

……四人同出嘉会门外茶肆中坐，见幅纸用绯帖尾云：“今晚讲说《汉书》。”

又刘克庄《田舍即事》诗：

儿女相携看市优，　　纵谈楚汉割鸿沟。
山河不暇为渠惜，　　听到虞姬直是愁。②

从上引材料看来，和尚也会讲说《汉书》，茶肆中晚上开讲的也是《汉书》，甚至“市优”在农村中表演的也还是汉初刘项相争和霸王别姬一类的故事。当时人民群众对汉代的历史故事普遍感到兴趣，可以想见。可惜这些有关汉代故事的话本没有流传下来，五代是一个长期分裂割据的混乱时代，又是离宋开国以前不久，当时人

① 见《宛陵先生文集》卷五十三。
② 见《后村先生大全集》卷十《田舍即事》十首之九。

民颠沛流离和封建统治者因暴虐腐化而覆灭的事迹，也是宋代人民所爱听的。《东京梦华录》载北宋有讲说《五代史》的专家尹常卖，南宋初，北方的金国西京大同府，有一个专讲《五代史》的说话人刘敏[①]。诗人陆游幼年也听过说《五代史》。现存的《五代史平话》，可能就是这些说话艺人遗留下来的底本。不单是“讲史”，就是“小说”话本，也有说五代故事的，如《史弘肇龙虎风云会》中的史弘肇，《临安里钱婆留发迹》中的钱镠，都是五代史中的风云人物。可见在宋代的勾栏瓦肆中，讲说《五代史》似乎已成为专门的一科。

在宋代，比《汉书》、《五代史》更为人民所欢迎的还有一部《三国志》。三国故事，早在隋唐之际已出现在傀儡戏《水饰》中，其节目有《曹瞒浴谯水击水蛟》、《刘备乘马渡檀溪》[②]，而《大业拾遗记》也说：“隋炀帝使黄衮造水饰……所记木人有扮演故事者，如《刘备过檀溪》、《周处斩蛟》等，总七十二势。”唐中宗景龙时大觉的《四分律行事钞批》卷二十六记载着当时盛传民间的“死诸葛走生仲达”故事。差不多同时，刘知几（661—721）的《史通》（710 年作）卷五《采撰》中也有“至如曾参杀人，不疑盗嫂，翟义不死，诸葛犹存，此皆得之于行路，传之于众口”一段话，所谓“诸葛犹存”的传说，也就是脍炙人口的“死诸葛走生仲达”。这里，略可窥见唐初三国故事的流传与艺术表现的情况[③]。后来，李商隐《骄儿诗》有“或谑张飞胡，或笑邓艾吃”，这样小孩摹仿三国戏剧动作的歌咏，可以

① 见第二章第一节引。

② 见《太平广记》卷二二六“水饰图经”。

③ 唐代三国故事，参考一粟：《谈唐代的三国故事》，《文学遗产》增刊第十辑。

设想，唐代的说话或戏剧中必有三国故事的表演，小儿才加以摹仿学习。唐末罗隐咏史诗，有《题润州妙善寺前石羊》云：

紫髯桑盖此沈吟，　　狠石空存事莫寻。
汉鼎未分聊把手，　　楚醪虽满肯同心。
英雄已往时难问，　　苔藓何知日渐深。
还有市廛沽酒客，　　雀喧鸠聚话蹄涔。

罗隐用“桑盖”代表刘备，用“狠石”事叙述刘备过江会孙权，都不见于正史（此诗嘉靖本《三国志通俗演义·刘玄德取孙夫人》引），显然是采自当时民间传说的。以上种种都可说明在唐代三国故事数量甚多，加在一起，可能已接近于能够略述全史的规模了。到了宋代，高承《事物纪原》卷九《影戏》云：

仁宗时，市人有能谈三国事者，或采其说加缘饰作影人，始为魏蜀吴三分战争之象。

那时，市人（民间艺人）已在讲说三国故事了。这条例证，还告诉我们，“影戏”演三国故事采自市人谈说，可见唐代的三国傀儡戏，也可能采自当时的谈说。同样，张耒《明道杂志》所记，在当时的皮影戏中，也已有表演三国故事“斩关羽”的。证以《都城纪胜》所记影戏话本“与讲史书者颇同”的话，知市人所谈的三国事，必然是讲史无疑。苏轼《志林》卷一云：

王彭尝云：涂巷小儿薄劣，其家所厌苦，辄与钱令听古话[①]。至说三国事，闻刘玄德败，颦蹙有出涕者，闻曹操败，即喜唱快。

《容斋三笔》卷二“平天冠”条载：

范纯礼知开封府，中旨鞫淳泽村民谋逆事，审其故，乃尝入戏场观优，归途见匠者作桶，取而戴于首曰：“与刘先主如何？”

《明道杂志》云：

京师有富家子……甚好看弄影戏，每弄至斩关羽，辄为之泣下，嘱弄者且缓之。

从这些记载，可见北宋民间各种伎艺，已普遍演说三国故事了。到了崇宁、大观（1102—1110）以后，东京的瓦肆伎艺中还产生了“说三分”的专家霍四究。《水浒传》第一百十回记燕青和李逵在东京桑家瓦听说平话《三国志》，听到关云长刮骨疗毒这一节，李逵大声喝采。可见当时所讲的三国故事非常动听，它的倾向性和感染力都很强。

南宋的“讲史”更加兴盛，艺人更多，题材更广。杭州著名的艺人，据《梦粱录》、《西湖老人繁胜录》、《武林旧事》所载，就有乔万

① 中华书局标点本作“辄与钱，会聚坐听说古话。”——校者注

卷、许贡士、张解元、戴书生、周进士、张小娘子、宋小娘子、王六大夫等二三十人。《西湖老人繁胜录》所记一个最大的北瓦子，有十三座勾栏，其中“常是两座勾栏专说书史”。而《醉翁谈录》所载的说话内容应属于讲史的，有《黄巢》、《刘项争雄》、《孙庞斗智》、《晋宋齐梁》、《三国志》等，《梦粱录》亦有“讲说通鉴汉唐”的话，这说明，不但有北宋的《汉书》、《五代史》、《说三分》，还有《列国志》、《七国春秋》和《说唐》等题材了。

元代严禁说唱词话，以讲说时事新闻为主的“小说”一家，似乎已经衰落而逐渐归入“讲史”中去了。说书人为了不抵触功令，都纷纷去讲说历史故事。影响所及，当时的道学先生吴澄给皇帝讲《通鉴》时也用语录体①。还有一位监察御史郑镇孙摭采了《资治通鉴》的内容写了一部白话体的《直说通略》②。前面说过，“铁骑儿”的内容，也成为“讲史”的一部分。因此，元代讲史的范围，看来比宋代更为扩大，营业也更为发达，我们从元英宗至治年间所刊的平话内容看来，就有《武王伐纣书》、《乐毅图齐》、《秦并六国》、《前汉书》、《三国志》等五种，而实际决不止此数。杂剧《风月紫云庭》提到的，也有《三国志》、《五代史》、《列国志》等历史故事。元末还有《赵太祖飞龙记》③。明初编的《永乐大典》所载元代遗留下来的“平话”有二十六种之多，近时发现的《薛仁贵征辽事略》亦从《永乐大典》出（在二十六种之外），为元人作品，足证元代讲史特别兴盛。元人王沂《虎牢关》诗：“君不见《三分书》里说虎牢，曾使战骨

① 见《吴文正公集》卷四十四。
② 见成化刻本唐王芝址《直说通略序》。
③ 见《朴通事谚解》“西游记”条注。

如山高”，“回首《三分书》里事，区区缚虎笑刘郎”①，和今嘉靖本《三国志通俗演义》中《玉泉山关公显圣》节引用三分传说，“关公在生之时，敬重士大夫，抚恤下人，有互相殴骂者，告于公前，公以酒和之。”这些情节，都是今传本《三国志平话》所没有的。可见《三国志平话》，在当时书场里讲说的，恐怕就不止一种。《五代史》的讲说，在元代社会也极风行。现存的《新编五代史平话》一书，虽是宋人编的，却是在元代刊刻的。当时讲史说书人对《五代史》的演说情况，元人杂剧中也屡次提到。《乐府新声》中佚名〔满庭芳〕云：

《五代史》般聒聒炒炒，《八阳经》般絮絮叨叨，动不动寻人闹。

《风月紫云庭》〔混江龙〕：

（旦唱）我勾栏里把得四五回铁骑，到家来却有六七场刀兵。我唱的是《三国志》先饶十大曲，俺娘便《五代史》续添《八阳经》。

剧中叙述一个唱诸宫调的女子，爱上了一个舍人，她的娘便很不高兴，当她从勾栏里卖艺归来时，她的娘无故生非和她吵闹不休。所以这唱诸宫调的女子把她娘吵闹的情况，比做《五代史》、《八阳经》。又《对玉梳》第一折：

① 《伊滨集》卷五、卷七。

因甚的闹炒炒做不得个存活。每日间《八阳经》便少呵也有三千卷,《五代史》至轻呵也有二百合。又不是风魔。

又《罗李郎》第三折:

人都道你是教师,人都道你是浪子。上长街百十样风流事,到家中一千场《五代史》。

从上引材料,可以看出讲史说书人演说的《五代史》平话中描写的激烈战争场面是很多的,所以有《五代史》“二百合”、“一千场”的比喻。元代人民群众对《五代史》相当熟悉,所以把这种以讲说打仗为主的说书伎艺来比喻吵闹和热闹,并且把《五代史》一词引申为吵闹之义了。此外,还有一部现已失传的《金统残唐记》,也可能是元代讲史话本之一。由于这部小说的内容主要是讲唐末农民起义领袖黄巢故事,为统治者所嫉视,在明代中叶,就已很少流传。《金陵琐事剩录》卷一载:

武宗一日要《金统残唐》小说看,求之不得。一内侍以五十金买之以进览。

又《桐薪》卷三也说:

武宗南幸。夜忽传旨取《金统残唐记》善本。中官重价购之肆中,一部售五十金。

今传本《残唐五代史演传》写李存孝和王铁枪的英勇，可能还保存《金统残唐记》的部分内容。

在元代演史艺人中，有不少是女性。《辍耕录》卷二十七“胡仲彬聚众”条云：

> 胡仲彬，乃杭州勾栏中演说野史者，其妹亦能之。

惜记载简略，其名不著。有一位朱桂英（事迹见第九章第二节），她的先世是钱塘的衣冠旧族，到了元末，不幸流浪江湖，以卖艺为生。她也擅场讲说《三国志》和《五代史》，还有艮岳及东窗事犯等前代故事。又胡祇遹有〔木兰花慢〕“赠歌妓”云：

> 话兴亡千古，试听取是和非。爱海风江雨，娇莺雏燕，相和相催。泠泠一声徐起，坠梁尘不放采云飞。按止玉纤牙拍，细倾万斛珠玑。又如辩士遇秦仪，六国等儿戏。看捭阖纵横，东强西弱，一转危机。千人洗心倾耳，向花梢不觉日阴移。日日新声妙语，人间何事颦眉？①

从词的语气看来，这位歌妓讲说的或许是《秦并六国》故事。这首词，不但说明艺人是女性，说明艺人伎艺之高，还说明当时的著名文人，对“讲史”也很推重。此外，王恽有〔浣溪纱〕两首，也好像是听了平话之后写的：

---

① 《紫山大全集》卷七。

雨点鸣槐裂竹声，并随牙板一时停。词源都作建瓴倾。白羽挥开诸葛阵，苍涛翻动宪王陵。低空知有彩云横。

隋末唐初与汉亡，干戈此际最抢攘，一时人物尽鹰扬。褒鄂有灵毛发动，曹刘无敌简书光。争教含泣到分香？①

他又有〔鹧鸪引（天）〕词赠驭说高秀英：

短短罗衫淡淡妆，拂开红袖便当场。掩翻歌扇珠成串，吹落谈霏玉有香。由汉魏，到隋唐，谁教若辈管兴亡。百年都是逢场戏，拍板门锤未易当。②

词为赞扬女艺人高秀英而作。驭说的意义不可晓，但从“掩翻歌扇珠成串”，“拍板门锤未易当”等句看来，明是有说有唱。而这位女艺人所说，大约是汉魏、隋唐故事，显然也是讲史的一流。这都可以说明，元代的“讲史”艺术，是很为发达的。元代的“讲史”（平话）之所以特别发达，主要原因是它以说历史故事为掩护，汇合了“小说”和“铁骑儿”之所长，适应了人民群众反对元王朝民族压迫和封建暴政的愿望。“讲史”作为市民的文学，在那样尖锐激烈的民族斗争和阶级斗争的年代里，没有离开政治，“为历史而历史”，相反，它以借古喻今、以古励今的特点，冲破了元王朝的森严禁令，鼓舞着中国人民的斗争意志。

---

① 《秋涧先生大全文集》卷七十七。

② 《秋涧先生大全文集》卷七十六。

“铁骑儿”和“讲史”合流之后，演变到了元末明初，出现了两部长篇历史小说。一是由“讲史”直接发展而来的《三国演义》；一是跟“铁骑儿”及“朴刀杆棒”一脉相承的《水浒传》。

《三国演义》是历史章回小说中出类拔萃的开山作品。内容大致依据史实，以战争为主要题材，深刻地揭露了封建统治阶级的内部矛盾和对人民的残暴屠杀与掠夺，曲折地反映了当时人民恢复祖国统一的愿望，并集中了中国古代政治军事斗争的高度智慧，富有现实意义和艺术魅力。明代中叶以后，模仿《三国演义》的有《东周列国志》、《两汉通俗演义》、《隋唐演义》等不下数十种。它们都只“采撷史料，联缀成篇”，不管这些史料是否可信，全部照抄。名为忠实于史，实则歪曲历史。这些演义，经受不起时间和群众的考验，大量被历史淘汰了，但是，这种样式的长篇小说，其奄奄一息的生命，却一直延续到解放前蔡东藩新编的《列朝通俗演义》问世①。

《水浒传》是一部农民起义史诗，它生动而形象地描绘了农民革命的火热斗争，几百年来，一直在广大人民中间起着巨大的作用，直接受它影响的有《杨家将》、《说唐》、《说岳》等英雄传奇小说。这些小说基本上摆脱了历史的束缚，依靠民间传说、说话艺人的创造来加工创作。这些作品，虽然也是在阶级矛盾、民族矛盾十分尖锐时期的产物，思想性和艺术性较《水浒传》却等而下之。它们也反映了一些阶级矛盾和民族矛盾，也写了一些民族斗争中的抗敌将领，但它们在政治上总是敌视农民起义，歌颂封建王朝，歌颂效忠于封建王朝的“英雄”。在艺术上则反映矛盾常流于肤浅虚

① 《列朝通俗演义》约写于1916年至1926年间。包括前汉、后汉、两晋、南北朝史、唐史、五代史、宋史、元史、明史、清史、民国等十一种演义。全书共1040回。

饰，写人物则流于脸谱化。因而它们在人民群众中的影响也逊于《水浒传》。

如上所述，我们可以看到，我国古代长篇小说的根源是深深地发自民间的，有战斗性和群众性的优良传统，其优秀作品是人民群众进行阶级斗争和民族斗争的一种武器，在千百年中磨砺得异常锋利。

第二节　讲史话本的体制

讲史话本通称“平话”，一作“评话”①。它的体制，主要有以下三个特点。

一、篇幅曼长，分卷分目

平话跟“小说”话本不同。小说只“讲一朝一代故事，顷刻间捏合，与起令随令相似，各占一事也”（《梦粱录》），它基本上是一人一事的生活小故事；内容比较简单，篇幅也较短小，通常只有三五千字。现存字数最多的《清平山堂话本·错认尸》，不过八千七百二十字，且是罕见。但是，讲史是“讲说《通鉴》、汉唐历代书史文传，兴废争战之事”（《梦粱录》），一整个历史年代的故事，内容十分丰富而复杂，就必须要有较大的篇幅。今见的平话，一般均长达四五万言，最长的《五代史平话》达十馀万言。

---

① 《秦并六国平话》下卷卷末题“新刊全相评话秦并六国卷下终”。

正因为篇幅曼长，为了阅读和讲述的便利，就有分卷分目的必要。今见平话都是分卷（集）的。《新编五代史平话》的梁史、唐史、晋史、汉史和周史平话，都分别划为上、下两卷；《全相平话五种》的《武王伐纣》、《乐毅图齐》、《秦并六国》、《续前汉书》和《三国志》平话分别划为上、中、下三卷，《新刊大宋宣和遗事》也分为元、亨、利、贞四集。

平话的分卷，并不一定是由于内容的需要，而主要是为了篇幅分量的均等。例如《乐毅图齐》中卷末尾，写齐将袁达跟石丙相斗：

> 当时，二人弃马步斗，约斗八十馀合。一人败走，走者是谁人？却被袁达斧迎破石丙捶，石丙败归燕阵。——《乐毅图齐》中卷终。

下卷开头，立即紧接着：

> 石丙回寨，见乐毅，具说前事。毅曰："你敢再出战么？"石丙曰："暂气歇！"言未毕，外有袁达高叫："离乱不睹明朝，太平只在今日。交败将石丙出战！"毅见石丙不胜袁达，使一小计……

中卷末尾，下卷开头之间，紧相连接。并且在卷中最后，一面有一个阴文的题目"袁达战石丙"，而下卷第一叶上栏又有"袁达战石丙"的插图。可见其分卷，主要是使各卷的分量大致相等。

平话通常依故事内容，分立节目。《新编五代史平话》各史的卷首有目录。例如《汉史平话》目录有：刘知远本沙陀部属、刘知远七岁丧父、母苏氏告状改嫁、苏氏带刘知远嫁慕容三郎、刘知远文身……。《全相平话五种》上图下文，图上有题目，有的话文中有阴文的小题目，例如《乐毅图齐》卷上：

上图标题	下文中阴文小题目
孟子见齐宣王	孟子至齐
燕王传位与丞相子之为王	燕王传位与丞相、齐兵伐燕
齐人伐燕	齐兵伐燕得胜
燕王立昭王	邹忌劫孙子寨、孙子回朝燕国立昭王
邹坚弑齐宣王	邹坚弑齐王、邹坚立齐湣王
齐王贬二公子	孙子诈死
四国合兵困齐	四国困齐
苏代请孙子救齐	苏代请孙子救齐
孙子书请四国回兵	苏代见孙子，四国回兵
孙子遇乐毅	乐毅下山，燕国筑黄金台招贤
燕王筑黄金台招贤	邹衍剧辛至燕、乐毅投燕
齐王拜乐毅伐齐	燕王拜乐毅为帅伐齐
乐毅兴兵伐齐	燕国伐齐
燕齐大战	燕齐大战

这些题目，都表示出故事情节的内容。这是后来章回小说回目的滥觞。

二、"开场诗"和"散场诗"

在整部讲史话本的开端，通常有一二首七绝或七律诗发引，称之为"开场诗"。

开场诗有的概括全部历史，如《武王伐纣平话》：

三皇五帝夏商周，　　秦汉三分吴魏刘，
晋宋齐梁南北史，　　隋唐五代宋金收。

有的专门交代该讲史平话的内容，如《乐毅图齐》：

诗曰：七雄战斗乱春秋，　　兵草相持不肯休，
专务霸强为上国，　　从兹安肯更尊周。
又诗曰：战国诸侯号七雄，　　干戈终日互相攻，
燕邦乐毅齐孙膑，　　谋略纵横七国中。

有的是以评论发端：

诗曰：暂时罢鼓膝间琴，　　闲把遗编阅古今。
常叹贤君务勤俭，　　深悲庸主事荒淫。
致平端自亲贤哲，　　稔乱无非近佞臣。
说破兴亡多少事，　　高山流水有知音。
——《新刊大宋宣和遗事》元集

也有先记事件发生的年月，然后引诗词的，如《前汉书平话》续集的开头："时大汉五年十一月某日，项王自刎而死，年三十一岁，赠项王诗曰……"引七律一首，再引曹道冲一绝句。此例比较少见，可能因为这部续集紧接正集而下的缘故。

在讲史话本的篇末，都有一首七绝或七律的"散场诗"（仅《前汉书平话》例外），用以总结全文内容，如《三国志平话》：

汉君懦弱曹吴霸，　昭烈英雄蜀帝都，
司马仲达平三国，　刘渊兴汉巩皇图。

或作评论以为借鉴教训，如《晋史平话》：

衣到敝时生虮虱，　肉从腐后长虫蛆。
向非叛将为驱役，　安得强胡敢觊觎？
桀犬吠尧甘负主，　失身事虏作戎奴。
君看彦泽赵延寿，　国破家亡族亦诛。

这些“开场诗”和“散场诗”，亦为后来长篇历史小说所袭用。

三、断代编年的叙事方法

讲史话本的基本故事情节依正史，以某一个封建王朝（如《梁史平话》、《秦并六国平话》等），或某些帝王将相的活动（如《宣和遗事》说徽钦二帝事，《乐毅图齐》等）为中心，其所叙的本事是断代的。

叙事方法是编年的，并且标出故事发生的年号，例如《汉史平话》卷上，就是以“闵帝应顺元年正月”、“清泰三年八月、十一月”、“天福元年”、“天福四年”、“天福六年”、“天福八年九月”、“开运元年二月”、“开运三年八月”、“天福十二年”按时代串联故事情节，这是讲史话本特点之一。

此外在讲史本事前，“开场诗”之后，往往演说一段前代的历史，以与讲史本事紧相衔接。这种“缀合”部分，并不能称作入话

（或头回）。“小说”话本的入话（或头回）“或取（与本事）相类，或取不同，而多为时事”，“取不同者由反入正，取相类者较有浅深，忽而相牵，转入本事，故叙述方始，而文意已明。”①所以鲁迅说：“此种引首（即入话或头回），与讲史之先叙天地开辟者略异。”讲史平话的“缀合”部分，或如《梁史平话》“粤自鸿荒既判，风气始开”云云，或如《三国志平话》叙司马仲相断阴司公事等，从时间或情节上，交代了本事发生的前因或条件。

“讲史”以讲说为主，其语言是半文半白的。叙事间穿插诗词、书传、表章、信柬，目的在引起兴趣，增加读者的历史知识和文学知识。

第三节　元代刊印的讲史话本

宋代话本之传世者，大都属于“小说”一类，“讲史”和“说经”等则比较少见。元代说书内容的重点，已逐渐从现实的题材转到历史故事方面，因此，“讲史”一科比较发达。当时编刊的讲史话本，据《永乐大典》目录卷四十六所载，就有二十六种之多，惜均已失传。其他刊本保存到今天的，还有好几种，兹分述如次：

一、宋人旧编元人增益者

1.《新编五代史平话》

《新编五代史平话》，元明以来公私藏家书目未见著录。清光

① 引自鲁迅：《中国小说史略》第十二篇。

绪辛丑(1901),曹元忠游杭州,得之常熟人张敦伯家(或云自内阁大库散出),是一种巾箱本,曹氏以为宋刊,实宋人旧编而为元人所刊印。书标"新编"字样,盖刊印时书贾用以号召耳。全书凡十卷:《梁史平话》二卷;《唐史平话》二卷;《晋史平话》二卷;《汉史平话》二卷;《周史平话》二卷。惜今传本梁史、汉史皆缺下卷,梁史并回目失之。1911 年董康借以景印,题《景宋残本五代平话》。今有排印本。

《五代史平话》为宋人旧编,证据是:其中有不少颂扬赵宋王朝之处,如《唐史平话》卷下"祝天早生圣人"一节里,叙述明宗"于宫中每夜焚香,告天密祷曰:'臣本胡人,不能做中国主,致今甲兵未息,生灵愁苦。愿得上天早生圣人,为中国万民之主。'"《周史平话》卷上开场诗中有"谁知天意归真主,夹马营中王气新"之句。书中对赵匡胤陈桥兵变夺取后周政权之事,从标题看来,似亦有回护之意,惜此段话文已佚,无从知其究竟。又《周史平话》卷下最后的几个目录有:"军次陈桥驿";"军士推戴赵太祖";"赵太祖受恭帝禅";"赵太祖改国号为宋"。显然,作者对宋代开国之君是带着颂扬的口气的。

再从话本的艺术风格来看,亦雅近宋人。其中写了许多发迹变泰的故事。如《周史平话》和《汉史平话》两卷中叙述郭威、刘知远两人微时的无赖行径和发迹经过情形;《梁史平话》写朱温微时及黄巢出身;《晋史平话》写石敬瑭和他的哥哥射雕一段,作者往往加以烘染,写得相当生动,民间故事的色彩极其浓厚。语言亦极干净流利,纯用口语写成,当是宋代说话人的口头实录,所以它的风格那样的朴素、清新。

《五代史平话》虽为宋人所编写,但有几点证明它是元人增益刊印的。首先是书以“平话”标题，“平话”一词，实始自元人；其次是版式，宽边粗黑口（据董氏影刊本），字体刀法极类元椠；再次是书中往往直称赵匡胤、赵玄朗（匡胤之父）的名字。曹元忠跋谓此书“刊自坊肆，每于宋讳不能尽避”。以此断为宋刻，这不一定正确，其实，书中仍有避讳之处，这刚好说明未避讳的部分是经过后人窜改的。书中又夹杂着一些元朝人的语气，如《周史平话》卷上“郭威称帝改国号曰周”一段里说：

> 汉之国祚遂为周太祖郭威取了也。复有人咏道：
>
> 忆昔澶州推戴时，　　欺人寡妇与痴儿。
>
> 周朝才得九年后，　　寡妇孤儿又被欺。

这些话显然是宋人不敢讲的。可以肯定，本书是经过元人修订才刊印出来的。

《东京梦华录》记北宋崇宁、大观（1102—1110）以来京瓦伎艺有《五代史》专家尹常卖，可见《五代史》的讲说，由来已久。此本可能就是尹常卖在京师讲说时的口头创作，经过南宋和元代的书会先生陆续增补才编写成功的。它的取材，大抵都是根据正史；而且那种“编年”叙述的体裁，也显然是模仿正史。不过加进了不少有趣的民间传说，内容比较丰富生动，这种特点，也证明它是一个“说话”的底本。它概述梁、唐、晋、汉、周五代盛衰变化的历史，在一定程度上反映出军阀混战、封建暴政的罪恶和人民在不义战争的长期混乱中所受的屠杀和掠夺。但作者受了封建正统思想影响，对农民起义作了某些歪曲的描写。题材多取自正史，略事增饰了一些细节，写出了不少“两阵对圆”的场面。从体制看来，是较为原始的。五代各自独立，不相联系。但在梁史开卷，略述历代兴废，统摄全局，用夹叙夹议的方法，既有历史事实的叙述，又有批评历史事实的议论，有平（评论）有话（历史故事），所谓“细阅青编论是非”（《晋史平话》开场诗）者是也。正文中除插入了一些诗句外，也羼入了一些骈丽的词篇，如“无限朱衣当砌畔，几多卫士立阶前”云云（《汉史平话》卷上），这是当时“词话”体在讲史中的运用。这种形式，实开创了长篇历史小说的规模，为后来的通俗演义和英雄传奇小说打开了门径，这是值得我们注意的。

2.《新刊大宋宣和遗事》

《大宋宣和遗事》，《百川书志》、《宝文堂书目》均著录。《也是园书目》列入“宋人词话”类。今存有三种本子：

（一）《士礼居丛书》二卷本。有 1914 年上海扫叶山房影印本。

（二）金陵王氏洛川校正重刊本，分元、亨、利、贞四集。商务印书馆排印本，1954 年古典文学出版社排印本。

（三）璜川吴氏旧藏明季刊本，二卷。半叶九行，行二十字。卷首有图，题“旌德郭卓然刻”。中国科学院图书馆藏。

黄荛圃跋《士礼居丛书》本云：“当出宋刊。”后来有些学者则断为元刊。从书的内容看来，当为宋人旧编元人刊印之本。

《宣和遗事》的内容相当丰富，历史、政治和社会生活熔于一炉。但并非创作，只是杂抄野史笔记和旧话本而成，故事都有不同的来源，正如鲁迅所说，“节录成书，未加融会”。只是资料的辑录，因此，它的文字并不统一，有典雅的文言，也有流畅的白话，体例既不一致，结构也不完整。它的形式虽类似话本体裁，却并非真正的话本，话本原是说话人说书的概略，《宣和遗事》中的某些故事，却是节抄话本的，可以说是概略中的概略。它的性质实为“小说”与

“讲史”杂糅的书。鲁迅《中国小说史略》，对《宣和遗事》的体例有扼要的说明：“近讲史而非口谈，似小说而无捏合……虽亦有词有说，而非全出于说话人，乃由作者掇拾故书，而精采遂逊。”①这论断是正确的。《宣和遗事》分元、亨、利、贞四集，内容大致可分十节：（一）叙历代帝王的荒淫；（二）叙王安石变法；（三）叙蔡京当权；（四）叙梁山泊诸英雄聚义；（五）叙宋徽宗与妓女李师师故事；（六）叙林灵素道士的进用；（七）叙京师的繁华；（八）叙汴京的失陷；（九）叙徽钦二帝被掳；（十）叙宋高宗建都临安。《宣和遗事》虽非说话人的底本，然属于元、亨两集的前七节，大部分是用白话写的，话本的色彩相当浓厚，卷首略述历代帝王因好色而亡国的故事，来批判徽宗失政。极像一个“引子”，《五代史平话》也有这种格式，可能是当时讲史说话人开场白的常套。其中叙王安石变法一节，是节录《续宋编年资治通鉴》，有些地方与《京本通俗小说》中的《拗相公》话本相近，可能就是《拗相公》摘抄下来的。梁山泺聚义本末，虽极简略，却也规模粗具。在此之前发现的水浒故事，都是分散的、独立的单篇。这里已把梁山故事的骨干轮廓、中心结构，作了较有系统的描写，可以说是目前已发现的把水浒故事贯串成整体的最早资料。宋江实有其人，见诸正史。大概在南宋，梁山聚义的故事已经盛传民间，并由说话人普遍讲说了。李师师的名字不见正史，前人笔记如《贵耳集》、《浩然斋杂谈》、《汴都平康记》、《墨庄漫录》、《瓮天脞语》等书都有记载，写得最好最详细的当推宋无名氏的《李师师外传》。传中把李师师写成一个有民族气节的妓女，当汴京沦陷以后，汉奸张邦昌要将她送给金人时，她竟

① 见《中国小说史略》第十三篇《宋元之拟话本》。

以金簪刺喉自杀。她的死，成为对当时达官贵人谄事外敌的一个强烈的讽刺。《宣和遗事》则说她流落湖湘间，嫁作商人妇，并无突出之处。看作者意图，似乎主要在通过这节故事，批判徽宗的好色冶游，不理朝政。这一节的行文方式，和梁山泺聚义一样，全是话本规模，极有可能是从当时流行的话本里节取来的。第八节以下属利、贞两集，写的是金兵南下和徽钦被俘情况。为当时重大事件。徽钦事多节取《南烬纪闻》、《窃愤录》，《窃愤续录》（郎瑛《七修类稿》卷四十六反谓《窃愤录》抄《宣和遗事》，不可信），其中泥马渡康王一段则采自《南渡录》。书中特别真实地反映金兵攻陷汴京后人民被蹂躏的惨状，揭露了民族矛盾的尖锐性。利、贞两集可能为当时编撰《宣和遗事》的主要内容，在徽、钦二帝北去途中，他们所回忆的不是如何报仇雪耻，不是如何救民水火，重整河山，却是“琼林玉殿，朝喧弦管，暮列笙琶”的荒淫生活。这就给统治者以无情的鞭打。同时又极写二帝蒙尘之辱，而在贞集开头，却插入赵妃不忘雪耻救宋，面斥金主为“北方小胡奴”，因而殉难的一段小故事，作为对照，目的在激发人民的民族感情。但这部分只是抄撮野史，绝无话本气息，或许正是作者特意编写成书，给说话人提供说唱的新资料以激励民心士气的。这部分故事对当时及后世的说话人影响很大。本书第九章第二节引元代讲史女艺人朱桂英“说道君艮岳及秦太师事”，第六章第六节引明瞿宗吉《过汴梁诗》：“陌头盲女无穷恨，能拨琵琶说赵家。”都可为佐证。相比之下，《宣和遗事》的元、亨两集更显得具有话本特色，更显得可能是有原来的话本作为蓝本的。其中“梁山泺聚义”故事，话本色彩最浓。可能是《宣和遗事》的作者掇拾南宋流行的许多水浒故事单篇话本，加以贯串而成；也可能在这之前，就已有一个以宋江为主干的话本，而《宣和遗事》的作者只是抄摘而已。我们说《宣和遗事》前两集基本上是话本体，很可能是掇拾编集原有话本而成的，有如下的根据：

第一，南宋的《醉翁谈录》里，有《石头孙立》、《青面兽》、《花和尚》、《武行者》等说话的篇目，而《宣和遗事》简单地叙述了杨志、孙立等人的故事，并提到了豹子头林冲、花和尚鲁智深、行者武松等人的名字。《宣和遗事》中的"梁山泺聚义"可能是部分地采纳了这些单篇说话的。宋江、晁盖故事，则很可能原来也有说话底本。

第二，《宣和遗事》前两集中，有不少宋代方言市语，如元集提到阎婆惜，"婆惜"二字为宋代民间习语，言为祖母所怜惜①。张岭绰号叫"火舡工"，宋代称船夫为"柁工"或"火儿"②。董平绰号叫"一撞直"，撞直是形容军卒上阵时勇往直前之意③。又张横绰号"一丈青"，龚圣与《燕青赞》云："平康巷陌，岂知汝名？太行春色，有一丈青。"一丈青当为宋代俗语，指年少貌美之男子或妇人。又称李师师为"上厅行首"，"行首"乃宋时上等妓女的称呼④。这些

① 《夷坚志支景》卷十云："括苍何湛叔存赴省试，揭榜之夕，率同辈听响卜，闻河畔妇人叫呼曰：'婆惜！你得，你得！'湛喜曰：'可贺我矣！吾小名正为婆惜。'"（以中华书局本校，此段多有删略。——校者注）

② 江休复《嘉祐杂志》云："江南一节使，召相者，命内子立群婢中，令辨之。相者云：'夫人头上自有黄气。'群婢皆窃视之。然后告云某是。柁工火儿杂立，令辨何者是柁人，云：'面上有水波纹是。'亦用前术。"

③ 《三水小牍》卷下有称周岌为周撞子者，"撞子"与"一撞直"之义同，为唐宋俚俗方言。

④ 朱彧《萍洲可谈》卷一："倡妇州郡隶狱官以伴女囚，近世择姿容习歌舞侍宴，好谓之弟子，其魁谓之行首。"又见《西湖老人繁胜录》及《梦粱录》卷二"诸库迎煮"条。

方言市语和书中其他部分，特别是后两集典雅的文言，显然不同，可以证明它是根据南宋话本编写的。书中另有流露宋人口吻者，如："金人听得张瑴叛归我朝，遣阇母国王部领军马二千人攻之。""辽将夔离不犯燕山，我师伐之。"这些方言市语和作者口气，则可证明编写的时代确为南宋。

第三，南宋讲说当代时事的称为"说新话"，而《宣和遗事》所记，正是"新话"一类，标题亦有冠以"新话"二字者，这也透露了《宣和遗事》汲取了当时原有话本的消息。

第四，再从文字和艺术描写的风格来看，梁山泊聚义和李师师两段，纯用提炼的口语，与《京本通俗小说》相近。特别是写徽宗狎妓的丑行，却能刻画主要人物的性格，写出当时都市生活面貌，叙述宋江和李师师时，在某些情节发展中，为了创造气氛，往往插入一些诗句。这些特点，为其他部分所罕见。足见《宣和遗事》的编者，在编时只是抄撮成文，摘抄话本时，话本的面貌仍被保留在书中。

所以我们认为《宣和遗事》前两集的故事情节，基本上是采用话本体。并且大都是掇拾编集原有话本而成的。钱曾《也是园书目》把它和《灯花婆婆》等十五种列入"词话"类，是有根据的。因此，《宣和遗事》可断为宋人旧编。

《宣和遗事》刊于元代，复有增益，其证有四：

(1)书中称高俅为平章，"平章"的官衔，唐代已有，但称某人为某平章，宋朝除贾似道外殊少见。书中于孙荣见高俅时说道："平章担惊，不干小人每事。"似是元人口气。

(2)元集叙述太宗问陈抟道："朕立国以来，将来运祚如何？"陈抟奏道："宋朝以仁得天下，以义结人心，不患不久长；但卜都之地一汴、二杭、三闽、四广。”明是亲见宋亡的人所说的话。

（3）刘子翚《汴京纪事诗》中的“秋雨梧桐皇子宅，春风杨柳相公桥”二句，被指为谤讪[①]。书中亦见采入[②]，无所避忌。又终卷引刘克庄诗，刘宋末人，当为元人增益。

（4）书中直称宋皇帝为“某宗”，直称赵匡胤、赵洪恩之名，直称高宗为皇子构，不避庙讳。又痛骂徽宗为“无道君王”、“荒淫无度”、“把那祖宗的混沌世界坏了”，甚至把徽宗比做陈后主、孟昶一类亡国昏君。记二帝幽辱事往往过甚，当非宋人所敢出此。

《宣和遗事》，大概是出自宋亡以后遗民之手，故胡应麟《少室山房笔丛》卷四十一说它是“胜国时闾阎俗说”，它是一部体现了民族气节的书。字里行间，充满着强烈的民族爱憎，作者对鲠直的丰稷、陈师锡，伏阙上书的陈东，抗疏请绝和议的胡寅，领导农民起义的方腊，力图恢复中原的宗泽等，寄以无限的同情。作者痛恨宋代君王的荒淫无耻，攻击那些权奸豪贵的投降媚敌和道士怪人的当权参政。他摘取了吕中[③]《皇朝大事纪讲义》中的一段话作结论云：“世之儒者，谓高宗失恢复中原之机会者有二焉：建炎之祸，失其机者，潜善、伯彦偷安于目前误之也；绍兴之后，失其机者，秦桧为虏用间误之也。失此二机，而中原之境土未复，君父之大仇未报，国家之大耻不能雪。此忠臣义士之所以扼腕，恨不食贼臣之肉

① 见周密《齐东野语》卷十六“诗道否极”条。方回《瀛奎律髓》卷四十二，罗大经《鹤林玉露》卷十所载略同。

② 见元集，上句作“夜月池台王傅宅”。

③ 吕中，字时可，淳祐七年进士，迁国子监丞，兼崇政殿说书，进讲经史。著有《皇朝大事记》，有传抄本。亨集末所附的《宣和讲篇》，即《大事记》中的一篇。书中省元即指吕氏。

而寝其皮也欤!”作者编纂本书的主旨,已昭然若揭。作者能把批判的矛头直指封建最高统治者本朝的皇帝,在封建社会已是难能可贵;对方腊等人寄以同情,则更具积极意义。但作者未能从根本上揭示赵构的不愿恢复中原、直捣黄龙,是由于封建统治者极端自私,只图维持其权位之故,相反地为赵构开脱,这就表明作者受阶级、历史条件的局限还是很大的,作者世界观中封建的君臣父子的纲常观念还是根深柢固的。

二、元人编刊者

1.《全相平话武王伐纣书》上中下三卷

书别题《吕望兴周》。上卷叙述妲已入宫太子殷交(郊)反纣事。中卷叙姬昌被囚羑里,黄飞虎反纣,比干剖心及姜尚发迹等事。下卷记武王伐纣作战经过,斩纣王和妲己事。按武王伐纣,《尚书》中的《牧誓》、《武成》及《逸周书》都有记载。武王在颁发声讨纣王的布告里所宣布的纣王罪状是:“焚炙忠良,刳剔孕妇”,“斮朝涉之胫,剖贤人之心”,“惟妇言是用”等等。这些正是平话上半部所具有的内容。郑振铎谓:“《牧誓》虽只是一篇誓师辞,未言斗争的经过,然其气焰已是咄咄逼人。《武成》则更张皇其事,极力形容周、殷二族间战争的激烈,甚且有‘血流飘杵’等过于夸张的形容语。”①宋元说话人往往搜集神奇怪诞之说以耸动听闻。武王伐纣的史实,以年代久远,各书所记,不免带有不少神话的成分,遂成为他们绝好的讲说资料之一。明人写的《封神演义》就是以《武王伐

① 引自郑振铎:《插图本中国文学史》第四十八章第二节。

纣书》为蓝本的。《武王伐纣书》全书有图四十二幅，图上有题句凡四十二目，可以窥见全书内容的大概：

1. 汤王祝网
2. 纣王梦玉女授玉带
3. 九尾狐换妲己神魂
4. 纣王纳妲己
5. 宝剑惊妲己
6. 文王遇雷震子
7. 八伯诸侯修台阁
8. 西伯谏纣王
9. 西伯宝剑惊妲己
10. 摘星楼推杀姜皇后
11. 酒池虿盆
12. 炮烙铜柱
13. 太子金盏打妲己
14. 胡嵩劫法场救太子
15. 殷交梦神赐破纣斧
16. 刳剔孕妇
17. 纣王斫胫
18. 皁鹛爪妲己
19. 文王囚羑里城
20. 赐西伯子肉酱
21. 西伯吐子肉成兔子
22. 雷震破鼓三将
23. 纣王赐黄飞虎妻肉
24. 太公捉黄飞虎
25. 飞廉费孟追太公
26. 比干射九尾狐狸
27. 剖比干之心
28. 剪箕子发
29. 太公弃妻
30. 文王梦飞熊
31. 文王求太公
32. 太公下山
33. 武王拜太公为将
34. 南宫列杀费达
35. 离娄师旷战高祁二将
36. 伯夷叔齐谏武王
37. 太公烧荆索谷破乌文画
38. 太公水淹五将
39. 太公破纣兵
40. 八伯诸侯会孟津
41. 烹费仲
42. 武王斩纣王妲己

赵景深曾取《封神演义》与本书异同之处列表比较，发现《封神演义》从开头到三十四，除叙述哪吒出世的第十二、三、四回外，几乎完全根据本书来扩大改编的。从第三十一回起，才脱离本书，专写神怪部分，然仍插入本书中的烹费仲和伯夷、叔齐谏武王的两小节。直到第八十七回后，又采用了本书中的敲骨破孕妇、千里眼与顺风耳、火烧郃文画等情节。就题材而言，两书可以说是大同小异，人物方面，则《封神演义》增添不少[①]。至于本书所叙故事，虽悠缪荒诞，然亦多依傍正史，非尽无根据者。有时却写得活泼生动，富有民间传说之俶诡趣味，周贻白曾就本书图像题目，一一考核[②]，其中故事少数无征，大部分皆有所据。大抵真伪掺杂，虚实并行，这正是当时说书人的惯技。

从话本的思想内容看来，全书表现了拥护明君贤臣的观点。对荒淫暴虐的纣王，数他十大罪状，加以声讨，肯定武王伐纣的正义性，这种反暴君思想，对元代的统治阶级，可能有讽刺意义。最后，说话人还对反对武王伐纣的伯夷、叔齐，作了尖锐的批判，认为他们饿死在首阳山是自取其咎，这和封建士大夫的吹捧恰恰相反，代表了人民的看法。

2.《全相平话乐毅图齐七国春秋后集》上中下三卷

此书题曰"后集"，其必有"前集"无疑。"前集"的内容，孙楷第认为"书谓孙子父孙操，将袁达，与后来明本《孙庞斗智》正同，且书即承孙庞事言之，则《七国前集》，必为《孙庞斗智》也。"[③]其实本书开头就有一段"入话"，关照着前事："夫《后七国春秋》者，说着魏国遣庞涓为帅，将兵伐韩、赵二国。韩、赵二国不能当敌，即遣使请救于齐。齐遣孙子、田忌为帅，领兵救韩、赵二国。遂合韩、赵兵战魏，败其将庞涓于马陵山下。有胡曾《咏史诗》为证。诗曰：'坠

---

① 参看赵景深：《中国小说论集 · 封神演义与武王伐纣平话》。

② 参看周贻白：《武王伐纣平话的历史根据》一文，载华联版《小说月报》第十三期。

③ 引自孙楷第：《日本东京所见小说书目》卷一。

叶萧萧九月天,驱羸独过马陵前。路旁古木虫书处,记得将军破敌年。'其夜,孙子用计,捉了庞涓,就魏国合六国君主,斩了庞涓,报了刖足之仇。"此下即接入正文,就这"入话"看来,正与孙氏所测相同。《醉翁谈录·小说开辟》也提到"论机谋有孙庞斗智"。因此,我们推测这部已经佚失的"前集"的题名,可能是《全相平话孙庞斗志七国春秋前集》。

此书演乐毅伐齐事。乐毅伐齐,复齐者实为田单而非孙膑,但此书所记仍以孙膑为主,田单仅于火牛破燕时连类及之,且谓遵孙膑之命,全与史实不符。所叙乐毅、孙膑的斗法,双方师傅下山助战,还有鬼谷先生大破迷魂阵等情节,诡诞不可究诘,神怪色彩较《武王伐纣书》尤为浓厚。此种原始性的人鬼斗法,大抵产生于战国以来的阴阳方术之士,其根源相当悠久。本书有图四十二幅,图上题句凡四十二目。书中嵌入黑底白字的句子,长短不等,与图上的题句有合有不合,凡六十句,大概就是六十回的意思。文中常有"齐王性命如何?""看胜负如何?""救者是谁?"等语气,显然是分回的痕迹。从这里,我们看到了最初期的小说回目形式。

至于那部失传了的《七国春秋前集》,是不是毫无踪迹了呢?不是的。现在流传的《前七国志孙庞演义》,里面就有《七国春秋前集》的影子。《孙庞演义》有明崇祯刊本,题《新镌全象孙庞斗志演义》。孙楷第谓:"此书虽明刊本,其作风实与今存元刊诸平话为近,与《春秋后集》亦沆瀣一气,疑即出于元人《七国春秋前集》。即以一书视之,亦不至大谬。"①如果把两书对比,还可以找到不少例子,证明两书的情节大致相近,而且互相关联。元无名氏《马陵

① 引自孙楷第:《日本东京所见小说书目》卷三。

道射庞涓》杂剧中的许多情节,均与演义无大差异,而演义第十一回《袁达一番遭陷井》和第十二回《九曜山野龙纳款》,元无名氏《燕孙膑用智捉袁达》杂剧即演此事。亦足旁证演义之出于古本。因此,这部《孙庞斗志演义》,也许就是元至治刊本《七国春秋前集》的翻版。

相类似的书,还有佚名的《走马春秋》十六回,孙楷第谓:"演乐毅伐齐事,甚荒诞,与元人平话小异。"实则出入较大,系后来坊贾所为。同治间有《锋剑春秋》六十回,虽亦演孙膑事,与本书不甚相同。清人徐震编《后七国志乐田演义》,看书名,仿佛就是本书,而内容多根据史实,盖采《东周列国志》第九十五回《说四国乐毅灭齐,驱火牛田单破燕》,敷衍而成,与本书之富于神怪色彩者,大异其趣。

3.《全相秦并六国平话》上中下三卷

书别题《秦始皇传》。郑振铎云:"这是一部'人'的书而不是鬼怪的书,只是一部写人与人之间的争斗,却不是写仙与仙之间的玄妙的布阵斗法的。这是一部纯粹的历史小说,不掺入一点神怪的分子在内的。"①的确,如果把它和现存的《后七国志》中秦并六国部分相较,就可看出本书作者颇忠实于历史,故作风也遂朴实无华,人物描写也不大生动。本书开场有叙述历代兴亡的一个"入话",从唐、虞、三代说起,次及春秋、战国,然后说到秦,又略述秦国兴亡大概,方入正传。这和《五代史平话》中《梁史平话》的开场极相似,可见此书原来是一部独立的讲史话本,其与体裁风格不同的《武王伐纣书》等并列,当自建安虞氏刊印这套平话丛书始。本书

① 引自《插图本中国文学史》第四十八章第四节。

有图五十一幅(内有两页半幅),图上题字五十一目。内容叙的是:秦始皇因兵力强盛,遂有剪灭六国之心,派使臣至六国,要六国皆纳土于秦,六国惧,联合攻秦,互有胜负,然卒于某次获大胜,定合纵之约,各班师而回。继叙始皇命王翦伐韩,韩向齐赵求援,不应,遂为秦所灭。秦又伐赵,屡为赵李牧所挫,会牧被谗死,秦遂灭赵。又命王贲败魏,灭之。旋以李信为将,伐楚,败还,命王翦率兵六十万往,楚遂为所灭。又命王贲伐燕,燕王自杀,燕亡。最后齐亦为秦所并。中间穿插荆轲刺秦王,高渐离击筑,焚书坑儒,入海求仙,博浪沙等重要情节,全本《战国策》、《史记》等书,有时且尽引原文,不加增饰(如荆轲刺秦王,全引《史记·刺客列传》),文字则用半文半白体,不够通俗。但它的比较现实地灵活运用历史故事来写小说的作风,实开后来罗贯中、余邵鱼,熊大木等“讲史”作家的作风。作者熟于史事,然谓秦灭齐楚时孟尝君、春申君尚在,则不免于失考。作者在结尾写道:“则知秦尚诈力,三世而亡。三代仁义,享国长久。后之有天下者尚鉴于兹。”这和开场诗“秦吞六代不能鉴,且使来今复鉴秦”,用意正同。最后以诗一首吊古作结。这种开场叙述历代兴亡,结尾评论的形式,正是宋代讲史说话人的流风馀韵。这部平话,可以说是直接继承《五代史平话》的衣钵的。

4.《全相平话前汉书续集》上中下三卷

书别题《吕后斩韩信》,此曰《续集》,当必有《正集》。孙楷第云:“书名《前汉书续集》,而实以斩韩信事为主。唯中卷兼记高祖杀彭越英布,吕后害赵王如意及戚夫人等事。下卷记吕后专政,诸吕得势,樊亢刘泽诛诸吕,至文帝即位,周亚夫军细柳而止。”[1]郑振

① 引自《日本东京所见小说书目》卷一。

铎推测那部已经佚失的《正集》，“其叙事当止于：项羽被围于九里山前，四面楚歌，虞姬自杀；羽奋勇突围而出。走至乌江，终于自刎而亡。所以这部《续集》单刀直入的便从时大汉五年十一月八日，项王自刎而死，年三十一岁叙起。”[①]这样看来，《正集》必然是叙项羽生前故事，它的名称，可能为《楚汉春秋前汉书正集》。

本书叙的是汉高祖统一天下后与吕氏屠戮功臣的事。作者显然同情韩信而否定刘邦，对封建统治者的丑恶面貌加以揭露。材料皆从史实扩大，绝少虚构夸饰之处，开头推崇项羽，说他具有八德，功多过寡，因他推翻暴秦统治之故。其写作态度，与《秦并六国》相同，或出一人之手，然未详。本书有图三十七幅，图上题字三十七目。文字质朴粗野，与其他四种平话相似，独结构相当紧凑，一路写来动人心弦，是一部较有系统的讲史话本。

南宋时就有讲说《汉书》（见《夷坚志》）及刘项争雄（见《醉翁谈录》）故事。宋党进闻平话说韩信，即行斥逐[②]。可见韩信故事宋代也很流行。这部《前汉书续集》可能就是从宋代讲史说话人口头传留而由元人整编刊行的。书中每节前常有“话分两头”、“却说”等字样，第三节末有云：“不因行此圣旨，致使君臣失义：信有十大功劳，变作斩鬼。”这正是当时说话人常有的口吻。

此书与元人杂剧关系很密切，元人写有关吕氏斩韩信等事的剧本有好几种。如：

锺嗣成：《诈游云梦》

① 引自《插图本中国文学史》第四十八章第五节。

② 详见第二章第二节。

李寿卿:《吕太后定计斩韩信》
郑廷玉:《汉高祖哭韩信》
石君宝:《吕太后醢彭越》
马致远:《吕太后人彘戚夫人》
于伯渊:《吕太后饿刘友》
郑光祖:《周亚夫细柳营》

而本书也有“汉王游云梦擒韩信”(图五),“吕太后斩韩信”(图九),“杀彭越扈辙触阶死”(图十七),“吕太后擒戚夫人”(图二十四),“吕后鸩死刘友”(图二十八),“汉文帝看细柳营”(图三十七)等情节,这些情节,大概为元剧所取材。可惜上列这些剧本,皆已失传,我们无从印证。话本中吕氏鸩死刘友故事,保存了一大段,略可窥见《饿刘友》一剧本事的梗概。而卷中开首所叙蒯通妆风赚随何,见高祖后,数信“十罪”“五反”以讥高祖,亦与元人杂剧《随何赚风魔蒯通》同。此书的内容,也被后来的《全汉志传》及《两汉开国中兴志传》所采用。

5.《新全相三国志平话》上中下三卷

本书为一本绝少神怪色彩的讲史话。全书的正文中运用历史故事和传说,大都采取比较现实的态度,不借神仙鬼怪。但其整个故事结构,仍带着因果迷信的观点。叙刘邦、吕雉屈斩了韩信、彭越、英布三人,他们投生为刘备、曹操、孙权三人,三分汉之天下,以为报仇。这一段因果公案,作者在书的开端即加点明:“不是三人分天下,来报高祖斩首冤。”但它和《吕后斩韩信》一书,并无联系。在《吕后斩韩信》中,刘邦死于疮,吕雉为韩信阴箭所杀,已得到了应有的报应。本书韩、彭、英三将报冤复仇的故事,当是一个很早在民间流行的果报传说,也许在北宋讲说"三分"时就已经有了。《五代史平话》中《梁史平话》卷上亦曾提到,但易英布为陈豨,虽所写不尽相同,却有同出一源的可能,或竟是宋人新编的《三国志》讲史书的引端也难说①。本书有图七十幅,图上题句凡六十九目(其中"桃园结义"有二幅)。

本书开头有一个"头回",这是和其他四种平话不同之处。这个"头回",相当于后来章回小说的"楔子"。叙的是司马仲相阴间断狱的故事。略谓东汉光武时有秀才司马仲相游御园,因毁谤天公,天公命他在阴间为君,断刘邦、吕雉屈斩韩信、彭越、英布一案,命他们投生为刘备、曹操、孙权三人,三分汉家天下以报宿仇。天公以仲相断狱公平,送他投生为司马懿削平三国,一统天下,以酬其劳。整个三国故事,由这桩公案带起,设想颇为奇特。大概当时的说话人,深知民间对于历史上的著名人物,含冤而死,心怀不平,于是借三国分汉的故事造为因果报应之说,以慰藉大众,取快一时。后来冯梦龙的《古今小说》有《闹阴司司马貌断狱》一篇,就是这个故事的放大。

本书所表现的思想,拥刘贬曹的倾向非常鲜明。这大抵有三个原因:一是封建社会中人民反对暴政但又幻想"好皇帝"。刘备假仁假义,容易欺骗群众。二是宋朝和元朝民族矛盾尖锐,人民希望重建以汉族为主体的统一国家。刘备僻处南部,又是"汉"王朝,容易成为人民影射的对象。三则是封建统治阶级的正统观念。曹操是异姓篡权者,刘备则是所谓"汉裔"。因而三国平话很受群众的欢迎。本书的故事情节看来系从民间说话人口中直接记录,没

① 参看《中国文学研究》第二卷《三国志演义的演化》第三节。

有经过文人加工润色的作品，所叙事迹，本于史传的少，根据民间传说的多，荒唐可笑的是：刘备太行山落草，汉帝斩十常侍之首，命人携往招安；张飞喝断长坂桥；庞统变狗及诸葛亮是庄农出身等等。有类于后来的《柴堆三国》①。十足表现出原始的民间作品的本色。

书中人名地名，亦触处皆谬。如以糜夫人为梅夫人，糜竺为梅竹，司马懿为司马益，阿斗为阿计；新野为辛冶，街亭为皆庭，华容道为滑荣路等等。正如姜殿扬所说的："作者师承白话，未见史传正文，每以同音习见之字通用之。省俗形近，传录讹讹，又复杂出其间，坊贾据以入梓，难可校订，盖出自江湖小说人师徒相传之脚本。开卷则市井能谙，入耳则妇竖咸晓，乃后世通俗小说之嚆矢，当日士夫所不屑寓目者也。"②

以上评话五种，不知原来的名称为何？《全相平话五种》，乃今人所加，非原名。五书各分上中下三卷，卷与卷之间，衔接十分紧凑，接卷前后都没有诗，也没有"话说"、"却说"字样，从情节上看，也不一定是一个大段落。疑此种分卷，并非原有，为书贾刊刻时为了篇幅均等而硬拆开来的。从书题看，似乎是一套断代的平话丛刊，原来当不止此五种，至少还应该有《七国春秋前集》、《前汉书正集》和《后汉书》等。《武王伐纣平话》开场诗云："三皇五帝夏商

① 赵景深《中国小说论集·小说琐话》云："《柴堆三国》者，乃乡人农隙之时，三五成群，身倚柴堆所谈之《三国》也。如……周仓不服关公，自谓己之武艺胜于关公，关公乃指地上之蚁，令周仓拳击之，蚁仍未死。关公用指一点，蚁即糜烂。又令周仓持稻柴数根，掷往对岸，讵周仓用力一掷，不过数武，即行落下。关公持柴一束，直掷至对岸，方落于地。周仓方始心服，遂肯投降关公，此《柴堆三国》中之语也。"

② 引自影印本《三国志平话·跋》。

周，秦汉三国吴魏刘，晋宋齐梁南北史，隋唐五代宋金收。”可以想见，这一套讲史话本的规模是相当大的。或许在《武王伐纣书》之前有《开辟演义》、《夏商志传》，在《三国志》之后有《隋唐志传》、《五代平话》、《南北宋志传》一类的书也说不定。

此五种平话刊本为日本东京内阁文库所藏，我国藏家未见有著录者。原刊本为蝴蝶装，每种扉页横额题“建安虞氏新刊”。半叶十二行，行二十字（其中《乐毅图齐》为半叶十九行，行十九字）。五种平话均分上下两栏，上图下文，图约占三分之一，文约占三分之二。每图有题句，长短不等，极类每段文字的回目。《秦并六国》第一图记刊工曰“黄叔安刊”，馀四种并有“樵川（古樵）吴俊甫刊”字样。版式图样五书一致。这种格式，为建阳刊本所独有，自宋迄明，几乎一直保持着这种风格新颖的特色。至于刊刻年代只有《三国志平话》题“至治新刊”，至治为元英宗年号，前后凡三年（1321—1323）。此五种未必皆为至治间所刊。建安即今福建建阳，嘉靖《建阳县志》云：“书籍出麻沙、崇化两坊，昔号图书之府。”麻沙、崇化皆属建阳，可见建阳向为宋元明刻书的中心地之一。建安虞氏，有务本堂者，为刻书世家，终元之世，历百馀年。其主人可考的有虞平斋，此五种平话，大概就是务本堂刊印的。

此五种平话虽有它不同的来源，但它们一直长期传留在说书人的口头，或者作为说书人讲说的底本。建安虞氏向民间搜集时，目的是为了经商，他们加进了大量的插图，急于发行，以供给广大群众阅读，却没有来得及加以整理润色，因此文字粗糙，别字破句，连篇累牍，五作如出一辙。《武王伐纣书》卷中开头有“冷淡处持过”一语，与《醉翁谈录·小说开辟》所记说话人讲说技巧有“冷淡处提掇得有家数”正相合，可见这些书还保留着说话人讲说时的某些痕迹，它们乃是纯粹的民间作品。

此五种平话，有商务印书馆影印本，1956 年文学古籍刊行社重印本，1954 年古典文学出版社排印本。海宁陈氏《古佚小说丛刊》，仅收《三国志平话》一种。

6.《吴越春秋连象平话》

孙楷第《中国通俗小说书目》卷一“宋元部”据日本毛利家藏书目著录，云未见。此书我国未有传本。从书的题名看来，疑亦是建安虞氏所刻的一种。

本书命名，一望而知其所叙是春秋末期吴越两国争霸的故事。它所依据的蓝本，必为现存的《吴越春秋》。按《四库总目提要》说《吴越春秋》是“近小说家言，自是汉晋间稗官杂记之体”。其中所记，有不少动人的故事，如吴王夫差使人立庭而呼，越王勾践卧薪尝胆，献西施、郑旦，皆为史家所艳称。写伍子胥为了报一家私仇，不惜率吴兵攻破祖国的事情也很突出。书中还夹杂了种种民间传说以及占验之术、神怪之谈，这些都是说话人讲说的绝好资料，作为话本，当然要多方面地吸收进去。可惜原书未见，我们无从臆测它的内容。

但是，可以肯定，伍子胥故事是这本平话的主要内容之一。唐代的《伍子胥变文》已增加了许多神奇的情节，可能为平话提供了素材。元代中期以前的作家如郑廷玉的《采石渡渔父辞剑》、李寿卿的《说专诸伍员吹箫》、高文秀的《伍子胥弃子走樊城》也可能给平话以一定的影响。明余邵鱼的《列国志传》就有伍子胥临潼斗宝等故事，梁辰鱼的《浣纱记》也演吴越事。

7.《薛仁贵征辽事略》

此书最早著录于明《文渊阁书目》卷六“杂史”类，注：“一部一册阙。"《永乐大典》卷五二四四"辽"字韵收载。赵万里据英国牛津大学图书馆藏大典本摄影迻录校注。有古典文学出版社1957年排印本。

话本以薛仁贵为中心,叙述他的征辽事迹,故事情节与两唐书《薛仁贵传》大致相合。开头有诗云:"三皇五帝夏商周,秦汉三分吴魏刘,晋宋齐梁南北史,隋唐五代宋金收。"此诗亦见于《武王伐纣平话》的开头,显然是元人口气。赵万里在此书《后记》中说:"此书文辞古朴简率之处,和至治新刊平话五种相似,当是宋元间说话人手笔。"此书永乐以前未见记载,其为元人之作,当属可信。

话本中所用典故,亦多为宋元话本和戏曲中所习见者。如叙述尉迟敬德请求从唐太宗征高丽,唐太宗说他老了,而敬德并不伏老,并臂举殿下约千馀斤的石狮子,转殿行走如飞。元人有《敬德不伏老》杂剧,其内容或去此不远。又话本中描述薛仁贵引兵至安地岭在一宫观中遇一妇人,有如"芙蓉城下,子高适会琼姬;洛水堤边,郑子初逢龙女"。宋代大曲及宋元南戏中都表演过这两个故事①。赵万里认为:"此书随手拈来,便成故实,可知此书写作时代,当在王子高故事流传正盛时。"又谓:"此书又称'秦怀玉领兵出阵,便似挂孝关平也。'案关平与父羽同时被杀,明见于史。但在至治新刊《三国志平话》卷下《刘备禅位》、《诸葛七擒孟获》、《诸葛造木牛流马》三节中,均有关平出场。可知说话人心目中关羽被杀时,关平并未同死,与此书称'挂孝关平'若合符节。据此推断,此书写

① 芙蓉城本事见施元之注《苏文忠公诗集》卷十四《芙蓉城诗》下引胡微之《王子高芙蓉城传略》。《绿窗新话》有《王子高遇芙蓉仙》,即据胡微之文改写。亦见赵彦卫《云麓漫钞》卷十。《武林旧事》卷十"宋官本杂剧段数"有《王子高六么》及《郑生遇龙女薄媚》,宋元戏文有《王子高》。

作时代当与《三国志平话》写作时代相距不远。”赵万里的推断甚是。

第四节　由讲史到章回小说

由讲史发展到章回小说，有一个必然的、但是复杂的过程。一方面是讲史等说话艺术本身的发展交流，这是艺术发展的历史原因，在长篇章回小说来说是一种继承关系；另一方面是产生章回小说的时代的客观需要，这是社会原因，在长篇章回小说来说是作为上层建筑之一——文学与社会基础，以及与政治的关系。

讲史等说话艺术发展成为章回小说，经历了几个阶段：

1. 宋代讲史话本：指宋代编集的供说话人用的说话底本，它不是作为书面文学来创作的，而是口头文学的简要底本。虽有段落标题，却不甚分明。文字只是提纲式的，以说白为主是它的基本特征。题材范围限于“前代书史文传兴废争战之事”，以写朝代兴亡及有关帝王将相的穷通否泰为主。

2. 元代平话：继承了宋代讲史话本，在形式上有了改进，分段及标题较明确，而且有了连环式的插图，可以供人欣赏阅览。题材范围已扩大到英雄传奇（如《薛仁贵征辽》），亦即“铁骑儿”的内容，扩大到把“小说”的某些内容（主要是“朴刀杆棒”之类）羼入平话。这些题材是有区别而又有联系的。讲史性的题材，主要根据历史线索来敷陈事实，描写人物；铁骑儿和朴刀杆棒性的题材，却是主要以人物为中心来描写人物及人物之间的冲突所造成的事件。铁骑儿和小说的朴刀杆棒又有区别，铁骑儿是“长枪”，写英雄人物在战争中的行为；朴刀杆棒却是“短靠”，写英雄人物的个别武装活动。典型的讲史性题材是《三国》；典型的铁骑儿题材是《杨家将》；而《水浒》则长枪、短靠兼而有之，是铁骑儿、朴刀杆棒的融合，并以讲史的规模和形式出现。每一种长篇平话中，又往往同时含有这三种以上的成分，只是各有为主的成分罢了。在元代的平话中，讲史、铁骑儿和小说的某些成分已有合流，小说的一部分（《水浒》题材）已在向长篇发展了。

3. 元末明初的长篇章回小说：这时期回目已开始形成，篇幅也大大加长，长篇章回小说正式诞生。由于艺术的长期积累，三国故事和水浒故事已创造得十分丰富。在民间群众创作（平话）的基础上，经过罗贯中创作的《三国演义》，讲史艺术大发展。水浒故事，大部分原是单行的宋元短篇小说，经过前人的贯串整理，特别是施耐庵的“集撰”，把大量的水浒小说和北宋农民起义的历史背景相结合，作了极大的集中、概括、丰富、提高，形成了既保留小说特点又具讲史规模的长篇章回小说。这是说话艺术交流发展成为完美的历史小说的第一个成果，是小说、铁骑儿和讲史合流的第一个成果。它们都是成熟的作品，奠定了后世长篇章回小说的基础，并为后世的长篇章回小说提供了历史演义和英雄传奇的两种范例。

4. 明代中叶的长篇章回小说：这时期长篇章回小说的发展，随着现实生活的日益复杂，艺术创作的日益繁多而更趋多样化。不但讲史、铁骑儿的许多作品发展为比较丰富的文学读物，而且我国历史上各种文学作品的不同因素、形式，都开始被长篇章回小说所吸收。因而在历史演义和英雄传奇等形式外，又有神怪小说、公案小说和世情小说等。《金瓶梅》的出现，开创了基本上是文学创作的长篇章回小说的先河，长篇章回小说已基本上脱离讲唱伎艺而独立存在了。

5. 清代的长篇章回小说：这时期的长篇章回小说，题材范围更加广泛。《儒林外史》和《红楼梦》的出现，标志着长篇章回小说已到了完全独立的文学创作的阶段，虽然形式上还采用宋元讲史话本的传统体制，但小说本身却已完全脱离讲唱，脱离讲唱文学的素材而独立了。

如上所述，可以看出：一、讲史，二、讲史与小说、铁骑儿合流，三、长篇章回小说脱离讲唱伎艺成为独立的文学作品，是讲史等艺术发展到长篇章回小说的三个阶段。这种发展是必然的，是艺术成熟的结果。在这发展过程中，题材范围愈益广泛，其中的优秀作品则反映社会矛盾愈益深刻，艺术技巧愈益提高，到《红楼梦》达到了艺术的高峰。

另一方面，从社会原因来看，长篇章回小说的产生，也是必然的。

其一，社会基础的急剧变化，阶级斗争和民族矛盾的尖锐化，是丰富这些作品的思想、素材，并促使它们出现的主要客观原因。元末农民的极度贫困和大起义，是历史的一个重大转折点。在这转折点上，人民对反映农民起义和抗辽的水浒英雄，对抵抗侵略的将领以及对当时被认为代表"仁义"的刘备同代表"暴虐"的曹操的斗争等等，当然有极大的兴趣，人民自己创作和流传更多的更生动的故事。这就促使艺人们、书会先生们在这方面多多表演和创作，逐渐明确了主题，丰富了素材。客观形势也影响了施、罗这样的作者，他们便应运而生，用他们比较进步的思想和高度的艺术才能，集中了人民的精神财富，创造了伟大的作品。同样，明清两代封建社会的腐化，封建经济的崩溃，封建思想的破产，也正是形成

《金瓶梅》、《红楼梦》、《儒林外史》等作品的重要客观原因；带有明显反抗性和讽刺性的小说《西游记》的形成也和这社会基础有密切关系。

其二，城市经济的发展、市民阶层的壮大，以及印刷条件的改善，也是重要的原因。市民阶层对文学艺术的要求，随着城市经济的发展及市民阶层的壮大而日益提高。他们一方面要求有爱国主义的、同情农民的、反映市民生活和愿望的文艺，另一方面，也要求艺术性强的文艺，并在这方面给市民的各种低级趣味开了孔道。这就是长篇小说以多种姿态出现的一个原因，长篇章回小说既有进步的，也有思想性较差甚至反动的，既有艺术性很高的，也有平庸、低级的。这固然和作者们的立场、观点、艺术水平直接有关，但和广大的城市听众（读者）的情况也有很大关系。

至于各种重要的讲史话本与小说材料如何发展成为各种重要的章回小说，就需要分别地考察了。下面就谈谈几部长篇章回小说的历史传统和继承的关系。

一、《宣和遗事》与《水浒传》

水浒故事，早在南宋，就已"见于街谈巷语"，宋末元初龚开作《宋江三十六人赞》，开始纪录了三十六人的姓名和绰号，惜无事迹可见。《宣和遗事》所记"梁山泺聚义本末"，是现存最早的水浒故事记录。人物亦为三十六人，姓名与龚赞稍异。其所叙事迹，与《水浒》某些情节的规模非常相近，其相近的几段如下表所示：

宣和遗事	水浒全传
杨志卖刀	第十二回
智取生辰纲	第十四回至十六回
晁盖投奔梁山	第十八回至二十回
宋江杀惜	第二十回至二十二回
宋江受玄女天书	第四十二回
呼延绰(灼)攻梁山兵败投降	第五十五回至五十八回
宋江闹东岳华山	第五十九回
宋江受招安平方腊	《水浒》后半部情节

大概《宣和遗事》的编者(也可能在先另已有人),把当时流传在民间的水浒传说和话本第一次搜集起来,作了较有系统的概述,虽仅仅数千字,水浒故事的轮廓,已有大体的勾勒,它已立下了后来《水浒传》的规模。经过整个元代,特别是农民大起义的时期,许多艺人和作者反复地表演和加工,同人民群众一起进一步丰富发展了水浒故事。《水浒传》的作者,则是第二次的搜集整理,搜集的范围更为广泛(包括元剧中的水浒故事),人物从三十六人扩大到一百单八人,百年的积累,更增添了许多重要情节,大大地丰富了《水浒》的内容。如果把两书对比一下,就可看出《宣和遗事》中的水浒故事,只是粗糙的书面记录,并没有活生生的人物性格描写,只是草创。《水浒》的作者则在丰富的新材料的基础上作了极大的艺术创作。例如《宣和遗事》里的"生辰纲故事",内容极为简单,押送生辰纲的不是杨志,是县尉马安国,劫取生辰纲的也不在黄泥岗,是在路旁。人物极少刻画,语言也很粗糙,拿它来和《水浒》那一段十分精彩的文字相比,就明显地看到《水浒》的发展、整理、加工的过程。也可说明《宣和遗事》对《水浒》的关系,只是不完整的故事

梗概和完美的长篇巨著的关系而已。

但是,《宣和遗事》中,梁山泺聚义故事的历史贡献还相当重要。它为《水浒》立下了基本的故事轮廓,体现了统治阶级和梁山英雄的基本矛盾冲突。《宣和遗事》与《水浒传》,不仅叙事有不少相同之处,更重要的是作者们的立场基本相同。《宣和遗事》载陈东伏阙上书的一段话:

> 李彦狠括民田,威震三路,夺民资财,重敛租课,克剥太甚,盗贼四起。曩时清溪之寇(指方腊),实由朱勔父子侵害东南之民,怨结数路,方腊一呼,四境响应,屠割州县,杀戮吏民,天下骚然,弥年不已,皆朱勔父子所致。

这里明白指出,封建统治阶级的残酷剥削,是农民起义的根本原因。所以,《宣和遗事》的编者对于农民起义,表示了一定程度的同情与拥护。它在宋江得天书一段,这样写着:

> 宋江看了人名,末后有一行字写道:"天书付天罡院三十六员猛将,使呼保义宋江为帅,广行忠义,殄灭奸邪。"

所谓奉天命来"广行忠义,殄灭奸邪",就是《水浒传》里杏黄旗上的"替天行道"的口号。具体地说,也就是"劫富济贫"、"救困扶危"。《宣和遗事》中重要的一段是北宋末年农民起义故事。而《水浒传》的产生,也和元末农民大起义有一定的血肉关系,因而两书在政治倾向上也是基本一致的。

在《水浒》的发展过程中,可能还经过了"词话"的阶段。经过了各种不同版本的演变，才成为现在的样子。它不仅受《宣和遗事》的影响，还受到宋元“小说”话本的影响。不仅书中保存了不少说话人的语气，也有不少因袭话本的痕迹。如第十六回吴七郡王纳凉故事，当是根据宋人旧话本增入的（参看第八章第三节《吴郡王夏纳凉亭》）。第一百十四回描写西湖景物，与《西湖三塔记》略同。林冲和洪教头比棒，燕青打擂，极像《杨温拦路虎传》中杨温和李贵使棒的场景。王婆说风情也和《西山一窟鬼》王婆说媒、《海陵王荒淫》贵哥说风情相近。阇黎和巧云欢会，大体上模拟《五戒禅师私红莲记》，甚至某些词句和插词，也直接套用了①。

《水浒传》不仅在立场观点上与《宣和遗事》有继承关系。《水浒传》的作者施耐庵还从自己比较进步的立场观点出发，在汲取宋元话本的材料时，作了比较严格的选择。宋罗烨《醉翁谈录》早已著录了《武行者》、《石头孙立》、《青面兽》、《花和尚》、《李从吉》、《拦路虎》、《徐京落草》等有关水浒故事的说话名目。施耐庵对这些材料，并未照单全收。如李从吉、徐京、杨温等人的事迹，《水浒传》只是一笔表过（参看《水浒》第七十八、七十九两回）。尽管他们“旧日都是绿林丛中出身”的人物，由于他们后来都为一己之私替统治阶级卖力，他们的故事尽管动听，施耐庵终于把他们扬弃了，有的甚至把情节改变了。至于《花和尚》、《武行者》、《青面兽》等英雄人物，他们都受封建统治阶级的迫害，都是反抗压迫同情人民的，他们的故事，无疑被《水浒》作者施耐庵所吸取，并作了艺术夸张。施耐庵不仅吸收了宋元说话人长期积累的题材到自己的创作中间去，而且把这些英雄人物的形象，作为表达人民多种多样的

① 如第四十五回和第二十四回中的诗词有套用或抄袭《红莲记》的。

斗争生活而创造的。从这里可以看到《水浒》在继承宋元话本方面，其立场观点是比较明确的，它是植根在深厚的人民文艺的沃土之上的。

二、《三国志平话》与《三国志通俗演义》

三国故事在瓦子勾栏中讲说的确凿材料，今所知以北宋专家霍四究"说三分"为最早，惜其话本未见流传。现存的三国志话本，是元代至治间建安虞氏所刊的《新全相三国志平话》。明蒋大器在嘉靖本《三国志通俗演义》序里所说的"言辞鄙谬，又失之于野"，可能指的就是虞氏刊本。虞氏标曰"新刊"，可见这个本子是元代书贾为了牟利，取说话人的底本加进插图刊印的。它是罗贯中创作《三国志通俗演义》的蓝本之一。《三国演义》的章回形式，也是逐渐发展的。平话有标题而不分回，最早的《三国志通俗演义》嘉靖本，已分二百四十则，每则用七言单句标题，这是继承话本的形式，也是章回小说"回目"的早期形式。到崇祯间吴观明刊《三国志》，才以二则为一回，共分一百二十回。惟正文回数下仍以一句为题，其下题则夹于正文之内，这样，仍然和旧本的分则相同。到清初的毛宗岗，才把回目整理为偶句；长篇章回小说的形式，从此固定下来。《新列国志》可观道人序云："自罗贯中《三国志》一书，以国史演为通俗演义百馀回，为世所尚。嗣是效颦日众，因而有《夏书》、《商书》、《列国志》、《两汉》、《残唐》、《南北宋》诸刻，其浩瀚与正史分签并架，然悉出于诸村学究杜撰。"可见《三国演义》的出现，是我国历史小说繁荣的起点，它对历史小说的发达，起了极大的推动作用。它的篇幅，较之《三国志平话》增加近十倍，内容更加充实、丰富。兹将两书中相同的较重要的情节，对比如下表：

三国志平话(目依插图)		三国志通俗演义(嘉靖本)	
桃园结义	(卷上)	祭天地桃园结义	(卷一)
张飞鞭督邮	(卷上)	安喜张飞鞭督邮	(卷一)
三战吕布	(卷上)	虎牢关三战吕布	(卷一)
王允献董卓貂蝉	(卷上)	司徒王允说貂蝉	(卷二)
曹操勘吉平	(卷中)	曹孟德三勘吉平	(卷五)
关公刺颜良	(卷中)	云长策马刺颜良	(卷五)
云长千里独行	(卷中)	关云长千里独行	(卷六)
关公斩蔡阳	(卷中)	云长擂鼓斩蔡阳	(卷六)
古城聚义	(卷中)	刘玄德古城聚义	(卷六)
先主跳檀溪	(卷中)	玄德跳马过檀溪	(卷七)
三顾孔明	(卷中)	刘玄德三顾茅庐	(卷八)
赵云抱太子	(卷中)	长坂坡赵云救主	(卷九)
张飞据桥退卒	(卷中)	张翼德据水断桥	(卷九)
赤壁鏖兵	(卷中)	周公瑾赤壁鏖兵	(卷十)
落城庞统中箭	(卷下)	落凤坡箭射庞统	(卷十三)
关公单刀会	(卷下)	关云长单刀赴会	(卷十四)
孔明七纵七擒	(卷下)	诸葛亮七擒孟获	(卷十八)
孔明斩马谡		孔明挥泪斩马谡	(卷二十)
秋风五丈原		孔明秋风五丈原	(卷廿一)

表中可以看出《三国志平话》中的重要情节，在《三国志通俗演义》里都已包括进去。它们的内容虽相同，但细节描写，《三国演义》比平话要丰富得多。例如关云长刮骨疗毒的故事，在平话里没有标题，写的也只寥寥二三百字，在演义里却写得有声有色：

关公刮骨疗毒(拟题《三国志平话》卷下)

关公天阴觉臂痛,对众官说:"前者吴贼韩甫射吾一箭,其箭有毒。"交请华陀。华陀者,曹贼手中人,见曹不仁,来荆州见关公,请至,说其臂金疮有毒。华陀曰:"立一柱,上钉一环,穿其臂,可愈此痛。"关公大笑曰:"吾为大丈夫,岂怕此事!"令左右捧一金盘,关公袒其一臂,使华陀刮骨疗病,去尽毒物。关公面不改容,敷贴疮毕,有诗为证:

三分天下定干戈,　　关将英雄壮志多;
刮骨疗疮除疾病,　　钢刀脔肉免沉疴。
辞容不改邀蜀客,　　颜貌依然饮醁波,
也是神仙藏妙法,　　千古名医说华陀。

说寿亭侯刮骨疗病,四个月,疮方可。

关云长刮骨疗毒(嘉靖本《三国志通俗演义》卷十五)

此时关公本是臂疼,恐慢军心,无可消遣,正与马良弈棋。平引陀入帐,拜见父亲,礼毕,赐坐,茶罢。陀请臂视之。公袒下衣袍,伸臂令陀看视。陀曰:"此乃弩箭所伤,其中有乌头药毒,直透入骨,若不早治,此臂则无用矣。"公曰:"用何物治之?"陀曰:"只恐君侯惧耳。"公笑曰:"吾视死如归,有何惧哉?"陀曰:"当于静处立一标柱,上钉大环,请君侯将臂穿于环中,以绳系之,然后以被蒙其首,吾用尖利之器,割开皮肉,直至于骨,刮去药毒,用药敷之,以线缝其口,自然无事。但恐君侯惧耳!"公笑曰:"如此容易,何用柱环。"令设酒席相待。

公饮数杯酒毕,一面与马良弈棋,伸臂令陀割之。陀取尖刀在手，令一小校，捧一大盆于臂下接血。陀曰："某便下手，君侯勿惊。"公曰："汝割，吾岂比世间之俗子耶？任汝医治。"陀下刀割开皮肉，直至于骨。骨上已青，陀用刀刮之有声，帐上帐下，见者皆掩面失色。

公饮酒食肉，谈笑弈棋，须臾血流盈盘，陀刮尽其毒，敷上药，以线缝之。

公大笑而与多官曰："此臂屈伸如故，并无痛矣。"陀曰："某为医一生，未曾见此，君侯真乃天神也。"

其他如"三顾茅庐"一段，在平话里只是寥寥几百字，文字极为粗糙，罗贯中却扩大了五倍之多，成为一篇结构奇幻，意境高超的绝妙文章。又如"一身都是胆"的赵子龙，《平话》里亦只一二百字，并未刻画出赵云的鲜明形象，在罗贯中笔下，却把"一身都是胆"的赵子龙，细腻地刻画出来，写得活龙活现。《平话》的文字原有许多脱落和删节，例如卷中有一段："无数日，曹相请玄德筵会，名曰'论英会'。唬得皇叔坠其筋（筯）骨。会散。"这里并无情节描写。而罗贯中却把"论英会"的内容写成"青梅煮酒论英雄"（卷五）整整一回的书，具体刻画出曹操和刘备的内心活动，看似平淡，实则是一幕有着刀光剑影的紧张场景。这些例子说明罗贯中在前代话本和艺人表演的基础上，对这部长篇小说的艺术创作，作出了重大的贡献。

至于《平话》中的情节，为《三国志通俗演义》所无者，也有不少，如：

1. 孙学究得天书，张（觉）角拜孙为师，得授名方，医治天下疾患，因号召徒众起义。

2. 破黄巾，写张飞猛勇情况。

3. 刘备赴安(闻)喜县尉任，定州太守元峤责其参州违限，为张飞所杀。朝廷命督邮查问，张飞又鞭之百棒，分其尸六段，悬首北门。刘关张往太行山落草。后国舅董成奏请杀十常侍，以首级往太行山招安刘备，授刘备为德州平原县县丞。

4. 玄德平原德政及民。

5. 袁术子袁襄引兵取徐州，刘备命张飞为“接伴使”，酒罢，襄骂玄德，飞捽杀之。

6. 张飞见曹操请兵破吕布。

7. 诸葛亮使东吴，时有曹使说孙权，亮恐权为其所惑，乃仗剑杀之。

8. 玄德黄鹤楼私遁。

9. 庞统初不为刘备所重，为历阳县令，乃说南四郡反。

10. 黄忠斩张任，乃庞统托梦，且阴助之。

11. 曹操劝汉献帝让位与其子曹丕。

12. 刘渊建立后汉，灭晋，大赦天下。

这些故事离史实太远，有些又是荒诞无稽的。罗贯中却把它一一删除，特别是把“头回”司马仲相断狱的荒诞不经的成分剔除，尤具卓见。这说明罗贯中的创作，虽以平话为蓝本，却并不为平话所囿，他是经过了严格的取去的。对其中精彩部分，也作了艺术加工，使之充实发展；对其中糟粕部分，却又把它扬弃。凡是可以增补的材料，也尽量地增补进去。如“孙策大战太史慈”(卷三)，“孔明遣计救刘琦”(卷八)等不少正史材料和大量诗词书表，都是《平话》所没有的。《三国志平话》是民间三国故事传说的结集，保存了元代以前民间三国故事的基本面貌。作品以描写蜀汉为中心，始于桃园结义,终于晋王统一。从话本的质朴粗犷看来,确是文化程度不高的艺人们集体创作的记录。《三国志平话》无论在情节上,或对人物的评价上,都已为后来的《三国志通俗演义》画出了基本轮廓,确立了基本的政治倾向。我们可以看到,不仅在故事情节方面,就是在政治观点方面,两者也是基本一致的。《平话》以蜀汉为主,拥刘反曹的倾向非常鲜明;《演义》也同样有拥刘贬曹倾向,作者罗贯中生长在元末汉族人民深受民族压迫和阶级压迫的年代,人民切望恢复以汉族为主体的祖国,因而作者以蜀汉为正统,歌颂蜀汉统治者的“仁义”,歌颂蜀汉方面的英雄人物,这不仅是《平话》的继承,也是作者所处的政治环境和阶级地位所决定的,有它的时代意义。罗贯中正是从他的这种立场观点出发,继承了《平话》的遗产,加上其他的艺术材料和历史资料,运用他自己丰富的生活经验和高度的艺术才能,完成了这样一部宏伟的长篇小说。

三、《武王伐纣书》与《封神演义》

《武王伐纣平话》为元代讲史话本之一。它采集了不少关于武主伐纣的民间传说,编成一部大纲式的话本。它对明人许仲琳(或云陆西星)创作《封神演义》有很大影响。它是《封神演义》的祖本。两书情节虽有详略之不同,但平话中的故事,绝大部分为《封神演义》所吸收。赵景深曾就两书作一比较,列为下表①:

① 见赵景深:《中国小说论集》。

武王伐纣书	封神演义
上卷 1. 汤王祝网 2. 纣王梦玉女授玉带	1. 纣王女娲宫进香
3. 九尾狐换妲己神魂 4. 纣王纳妲己	3. 姬昌解围进妲己 4. 恩州驿狐狸死妲己
5. 宝剑惊妲己	5. 云中子进剑除妖
6. 文王遇雷震子	10. 姬伯燕山收雷震
7. 八伯诸侯修台阁	25. 苏妲己请妖赴宴(一)
8. 西伯谏纣王	11. 羑里城囚西伯侯(二)
9. 西伯宝剑惊妲己	
10. 摘星楼推杀姜皇后	7. 费仲计废姜皇后
11. 酒池虿盆	17. 苏妲己置造虿盆
12. 炮烙铜柱	6. 纣王无道造炮烙
13. 太子金盏打妲己 14. 胡嵩劫法场救太子 15. 殷郊梦神赐破纣斧	8. 方弼方相反朝歌 9. 商容九间殿死节
中卷 16. 刳剔孕妇 17. 纣王斫胫	89. 纣王敲骨剖孕妇(一)
18. 皂雕爪妲己	28. 西伯兵伐崇侯虎
19. 文王囚羑里城	11. 羑里城囚西伯侯(二)
20. 赐西伯子肉酱	19. 伯邑考进贡赎罪
21. 西伯吐子肉成兔子	22. 西伯侯文王吐子
22. 雷震破鼓三将	
23. 纣王赐黄飞虎妻肉	
24. 太公捉黄飞虎	
25. 飞廉费孟追太公	

续表

武王伐纣书	封神演义
26. 比干射九尾狐狸	25. 苏妲己请妖赴宴(二)
27. 剖比干之心	26. 妲己设计害比干
28. 剪箕子发	89. 纣王敲骨剖孕妇(二)
29. 太公弃妻	18. 子牙谏主隐磻溪
30. 文王梦飞熊	23. 文王夜梦飞熊兆
下卷 31. 文王求太公 32. 太公下山	24. 渭水文王聘子牙
33. 武王拜太公为将	29. 斩侯虎文王托孤
34. 南宫列杀费达	
35. 离娄师旷战高祁二将	90. 子牙捉神荼郁垒
36. 伯夷叔齐谏武王	68. 首阳山夷齐阻兵
37. 太公烧荆索谷破乌文画	91. 蟠龙岭烧乌文化
38. 太公水淹五将	
39. 太公破纣兵	
40. 八伯诸侯会孟津	88. 武王白鱼跃龙舟
41. 烹费仲	39. 姜子牙冰冻岐山
42. 武王斩纣王妲己	96. 子牙发柬擒妲己 97. 摘星楼纣王自焚

仅仅从回目上看,两书的关系已灼然可见。日本内阁文库所藏明刊本《封神演义》,其封面别题“武王伐纣外史”①。那么,连书名也袭用平话旧称了。

必须指出,《封神演义》虽渊源于《武王伐纣书》,但它的叙述方

① 见孙楷第:《日本东京所见小说书目》,第89页。

法,却并非直接承袭平话。孙楷第《日本东京所见小说书目》"封神演义"条云:"余邵鱼编《列国传》,远在万历丙午(三十四年,1606)之前,开端所记武王伐纣事,亦与今所见元刊本平话略同。则与此《封神演义》所据,殆为同一底本。"可证在《武王伐纣书》之后与《封神演义》之前,尚有过渡的一部同类小说。这部小说就是《列国志》的西周部分。按余邵鱼《列国志传》,全名为《新刊京本春秋五霸七雄全像列国志传评本》(依上海图书馆藏本)。卷一共十九则,叙姜太公灭纣兴周事,然无封神之说,其所敷陈之事,虽与《武王伐纣书》大同小异,而神怪色彩却抹去不少,其叙事多出以简练之笔,不逞想象,不涉夸张,比较接近史实。《封神演义》"着重叙述之点,专在斩将封神。故铺张战事,侈谈神怪,设以阐截二教之争,并杂入佛乘名号,借以实其所谓封神榜上之神道名目"①。因此神怪色彩比较浓重。《封神演义》的作者,是以《武王伐纣书》为底本,并参考了《列国志》西周部分写成的②。三书的叙述方法虽不同,实有着前后演化的痕迹。兹摘录同一故事各一段如下:

宝剑惊妲己(《武王伐纣书》卷上)

……王曰:有一宝,令一官人取过来,度与妲己,妲己不见,万事全休,既见此剑,大叫一声,奔走如风,约行一二十步,心上怕怖。天子见妲己奔走,问曰:"因何走了?"妲己见剑似

① 这几句引自周贻白《武王伐纣平话与列国志传》一文。

② 按《列国志》中西周部分,疑亦源于《武王伐纣书》而稍加补充者。郑振铎《巴黎国家图书馆中之中国小说与戏曲》一文,载有《绣像春秋列国新增西周演义》一书,凡十六卷,自武王伐纣起,至秦政统一天下止,所叙实为周代全史,疑即《列国志传》,盖坊贾改名以牟利耳。

一条大蛇走赶，妲己思之："虽然似蛇赶我，恐王疑我是妖精，待不言，却如何说。"眉头一放，计上心来。言："臣妾不是怕此剑，大王教此剑别宫中挂着。子童与大王诉之。"王曰："依卿之言。"令人送了此剑。却说纣王问曰："因何走了，见甚来？"妲己奏曰："告大王，臣妾不是怕此剑，今有子童姐姐到来，叫子童要赴仙会去，此去子童待赶姐姐去。却思大王宠爱之恩，子童却来辞我王。"王问曰："谁是卿之姐姐？"妲己曰："月中姮娥，是我姐姐。见大王有弃臣之心，是以来唤子童，欲赴仙会。如大王不用子童，乞愿随臣姐姐去。子童是上界仙女，为忆凡心，罪罚子童来下界。"道罢，泣下数行，有百媚千娇。纣王见之，不忍弃曰："朕不责卿之罪……"更不问妲己奔走之事，更那里管剑之宝，将送在太庙内挂了……

云中子进斩妖剑(《列国志传》卷一)

纣王即将木剑悬于后宫，妲己其实深谷老狐，因吸天地之精，啖日月之华，遂能通变万状，托物成人。及闻纣王带个剑入宫，即昏卧于榻。纣王闻妲己卧病，即入省视，妲己迎告王曰："小妾生长深闺，一睹剑戟，心惊目骇，恐惧成疾。今闻大王带剑入宫，小妾辄惊成病，万乞除之。"王笑曰："此游方道士，献木剑与寡人驱邪，何必惊惧？"妲己曰："大王玉堂金屋，有何祟魅？此方外邪术，蛊惑圣聪，扇摇天下，乞王速焚之。勿陷其迷……"纣王曰："善！"即令出木剑焚于宫外。

云中子进剑除妖(《封神演义》第五回)

(云中子)将剑奉与纣王。纣王接剑曰："此物镇于何处？"

> 云中子曰："挂在分宫楼，三日内是有应验。"纣王随命传奉官："将此剑挂在分宫楼前。"传奉官领命而去。……却说纣王驾至寿仙宫前。不见妲己来接驾，纣王心甚不安。只见侍御官接驾。纣王问曰："苏美人为何不接朕?"侍驾官启："陛下，苏娘娘偶染暴疾，人事昏沉，卧榻不起。"纣王听罢，忙下龙辇，急进寝宫，揭起金龙幔帐，见妲己面似金枝，唇如白纸，昏昏惨惨，气息微茫，恹恹若绝。纣王便叫："美人，早晨送朕出宫，美貌如花，为何一时有恙，便是这等垂危，叫朕如何是好?"……只见妲己微睁杏眼，强启朱唇，作呻吟之状，喘吁吁叫一声："陛下！妾身早晨送驾临轩，午时远迎陛下，不知行至分宫楼前候驾，猛抬头见一宝剑高悬，不觉惊出一身冷汗，竟得此危症。想贱妾命薄缘悭，不能常侍陛下于左右，永效于飞之乐耳。乞陛下自爱，无以贱妾为念。"道罢，泪流满面。纣王惊得半晌无言，亦含泪对妲己曰："朕一时不明，几为方士所误……"传旨急命左右，将那方士所进木剑，用火作速焚毁，毋得迟误，几惊坏美人。纣王再三温慰，一夜无寝。

从文字上对勘，《封神演义》比较接近于《列国志传》，而与《武王伐纣书》的距离较远。这样看来，《封神演义》虽以《武王伐纣书》为祖本，似乎不尽从它那里直接加工改编而来①，在它演变发展过程中，《武王伐纣书》是一个环节，《列国志》中的西周部分又是一个环节，最后由《封神演义》的作者就有关的若干材料，集中整理，加

① 但也有直接承袭平话者，如女娲宫进香、黄飞虎反商、姜尚卖卜、比干射狐等故事，均为《列国志》西周部分所未及。

进了许多幻想成分创作出来的。

《武王伐纣书》是民间关于武王伐纣传说的一个结集，它属于“讲史”一类，叙事虽极简略，却具有一个基本轮廓。《封神演义》则已变为神话小说，它的篇幅比平话放大了十多倍，内容大为丰富，描写较为生动，人物形象也较为鲜明，但作品的思想性显然减弱了。例如殷郊这个人物，平话中是助周伐商，不惜大义灭亲的（《列国志传》同），《封神演义》把他写成忠臣孝子；平话中写文王临死时嘱咐武王：“只不得忘了无道之君，与百邑考报仇。”文王是有反抗性的。《封神演义》就不是这样，他要武王“不得造次妄为”（第二十九回）。甚至特别强调“成汤气数已尽，周室天命当兴”的宿命观点。特别强调神权、皇权思想。这是《封神演义》很大的缺点。但是，《封神演义》在写到另一些情节时，却也表现了反封建伦理思想（如哪吒剔骨还肉和黄飞虎反商归周）。而在表达反暴政斗争这个主题的时候，也和《武王伐纣书》一样，清楚地显示了它的鲜明的倾向。因此，两书的基本观点还是一致的。

从上面这些例子，可以窥见宋元讲史话本发展到明清长篇章回小说的具体情况。我们从《醉翁谈录》“小说开辟”篇的记载里，可以看到当时“讲史”以及“小说”、“铁骑儿”的题材和体裁是丰富多样的，它们中间的许多艺术材料，后来都汇流到“平话”和长篇章回小说中去；我们也可以明白明清两代许多历史演义小说和英雄传奇小说，大都是以文辞简略的宋元话本为祖本的。除前举三例外，如《五代史平话》之于《残唐五代史演传》，《薛仁贵征辽事略》之于《说唐后传》，《乐毅图齐》之于《后七国乐田演义》，《秦并六国》之于《锋剑春秋》，《续前汉书》之于《西汉通俗演义》，无论在内容或形式上都有不同程度的影响，它们之间，也有或多或少的演化痕迹。其他如《东西晋演义》、《南北史演义》、《万花楼》、《杨家将演义》、《说岳全传》等小说，它们的祖本虽已亡佚，但在《醉翁谈录》中，几乎都有一些线索可寻，它们有着源远流长的历史传统，这是值得我们进一步研究和注意的。

第十八章　总论

——话本小说的发展规律和展望

话本小说和拟话本小说的发展过程，贯串了从唐到清一千数百年时间。它是我国封建社会的一种文艺。在详细地叙述了话本的发生、发展和衰歇的过程之后，在详细地考察了话本和各方面的关系之后，再来给话本小说的发展，作一个简单的总结。

话本小说的发展是由下列特点决定的：第一，它主要是市民的文学；第二，它是市民的口头文学；第三，它是这种文学的底本、加工本或摹拟本。

这些条件决定了话本小说的发展有以下的基本特点：

第一，话本小说反映了市民的特性，反映了市民的两重性。而这种两重性的矛盾，就是话本小说发展的内在原因。

从唐、宋以至明、清，新兴的市民阶层是较封建阶级为进步的社会力量，但由于我国封建社会的长期停滞（相对的）和封建统治阶级的阻碍，市民阶层的发展比较缓慢，力量比较弱小，市民阶层本身又不是一个阶级，它的上、中、下各层的分子固然有共同的要求，而差别极大。其中包括着剥削者、独立劳动者和被剥削者。而封建统治阶级的思想——封建思想，又是当时社会的统治思想，对市民中的各类人物必然有不同程度的影响。这些，就决定了市民阶层的两重性：既有反封建的民主自由思想的萌芽，又对封建阶级有不同程度的依赖和幻想；既有反抗性，又有妥协性；既有改变黑暗社会的愿望，又有对财富功名的歆羡和追求。

在唐、宋城市经济繁荣的基础上，市民阶层逐渐壮大，就有了自己的文艺要求。市民吸取了流传民间（特别是农村）的口头文学，逐渐形成了反映自己的生活和愿望的一种文艺——唐人小说和宋代的说话。因而说话的底本——话本，就表现出一个新的特点，出现了以市民生活为题材，以市民为主要的正面形象，反映市民的要求的作品。这些作品，有其反封建的、同情普通人民的一面，也在一定程度上代表农民的利益，而受到市民和农民的欢迎。由于资料不足，我们现在只能大致上肯定，南宋到明代，是话本小说中市民反封建思想反映得较为鲜明的时期。崔宁和璩秀秀的故事，卖油郎和莘瑶琴的故事，白蛇故事，杜十娘和李甲的故事，灌园叟的故事以及沈小霞妾故事等，都是比较突出的例子。“讲史”中反民族压迫、反暴政的主题和人物，也是市民群众政治倾向的反映。因此它能够获得广大的中下层市民和农民的喜爱，得到进步文人的重视和支持，在艺术上也取得一定成绩，它是有生命力的。这主要地表现在它所塑造的形象，家喻户晓，普遍流传。这就使说话和话本风靡一时，迅速地发展起来。

但市民群众落后的一面也同时在起作用。这就是说话和话本中存在大量糟粕的直接原因。说话艺人、书会先生、进步文人以及广大市民群众在他们的阶级、历史条件的局限下，不可能有彻底反封建的政治觉悟，即使是他们的具有一定反封建意义的作品也从未触动过封建政权和封建制度的根本。他们不可避免地接受了封建思想的影响，使他们也选择了大量追求功名利禄、神怪色情的内容，在不少作品中，甚至宣扬“忠孝节义”的封建道德。

封建统治阶级对待说话及话本，用的是镇压和腐蚀两套手法。

对市民文学的反封建的一面，实行禁毁[1]，对市民文学的倾向封建的一面，则奖励扶持[2]。更重要的，则是通过封建文人大量创作这样的话本或拟话本来占领阵地。这种情况在清代尤其突出。可是在广大人民群众中根深柢固地生长的，成为说话和话本的主流的，始终还是那些民族意识、反封建意识比较强烈的作品，在质量上、影响上、生命力上都占压倒的优势。

清代中叶开始，阶级矛盾和民族矛盾日趋尖锐，特别是鸦片战争爆发以后，社会激荡，举国沸腾，民主主义思潮风起云涌，革命运动一次比一次深刻。当时，城市说书业也颇发达。照理说，话本小说应该有新的发展，达到新的思想高度；但事实恰相反，这原因是复杂的，一方面，封建统治阶级，后来加上买办阶级，对当时的市民和说书业起了很大的压制作用。另一方面，更重要的，是市民阶层已逐渐地不再是新兴的社会力量，最进步的新兴的无产阶级，以及市民中的被剥削的劳动群众，那时在帝国主义、封建主义、资本主义三重压迫和剥削下，实际上得不到听书看戏的权利。新兴的资产阶级和小资产阶级知识分子虽然逐渐地成为革命的力量，但他们的革命活动并未深入到广大的复杂的市民群众之中，因而，仍然以市民为主要对象的说书，就未能得到新的推动。

从以上的叙述，就可见到：作为市民文学的话本小说，是以市民群众的反封建思想为生命线的，而它本身，又和市民一样，包含着对封建思想又接受又反对的矛盾。当话本小说有力地反映市民

① 元代禁唱词话，参看第九章第一节引。

② 明初演剧，凡有关神仙道扮义夫、节妇、孝子、顺孙，劝人为善及欢乐太平者不禁。见顾起元《客座赘语》卷十。小说缺乏此项资料。

的反封建思想时，它就健康地发展，当话本小说本身受封建阶级的压制腐蚀，更多地反映封建性的糟粕时，它就会停滞和衰歇。

第二，话本小说是市民（和农民）群众的集体创作，它比其他艺术形式都更密切地依靠群众的帮助。话本小说与市民（农民）群众的关系是话本小说发展的一个重要因素。

说话伎艺在封建社会中比任何其他文艺更能广泛地联系群众，这是因为它有通俗、简易的特点，能日夜演出、流动演出，它不但是专业艺人的业务，业余的说话人在街头巷尾，田间水上都能传述。这又因为它能吸引群众，男女老幼咸宜。比其他文艺更利于在表演者（主要创作者）和听众之间形成交流，取得听众的直接反应和加工意见。它的许多故事，本来就流传于群众之中，本来就是群众在生活基础上的创作。因而群众最有发言权。通过深入地为群众服务，通过在群众中的千百次反复实践，就又在群众的帮助下继续丰富和提高。这一特点在短篇话本更加突出，因为它的内容以反映当代社会生活为主。说话伎艺和话本小说的每一个情节、细节，都要由群众反复掂过斤两，在群众中不断实践，不断考验，不断提高。

群众是说话和话本通向生活源泉的万千条渠道，说话人的实践则使说话和话本不断通过这些渠道，吸取源泉。

话本小说广泛密切地联系群众，不但丰富了它的艺术细节、群众语言和表演技巧，更主要的是增强了它的市民（和农民）群众的立场观点、思想感情。同一个题材，话本小说往往处理得比唐传奇更有民主性，就是因为在说话与话本的面前站着一位严肃认真的“裁判员”——群众。

所以话本小说为谁服务，是它生命攸关的大问题。元代统治者一再禁止戏曲、词话在闾巷间演唱，就是一种隔绝艺人和群众联系的手段。但这种手段的效果不大。严重的是统治阶级在禁止反封建文艺的同时对艺人进行了长期的怀柔和腐蚀,给予其佼佼者以优厚的待遇①,甚至给予官职②,使他们逐渐靠拢官僚、地主、大商人,脱离基本群众,成为“供奉”,捧为清客,化为奴才。明末清初有名的艺人柳敬亭也有为统治阶级笼络利用的情况,而王周士、马如飞等对统治阶级更是忠顺。其佼佼者如此,流风所及,动人歆羡,夺人志气。到了清朝末年,许多有本事的说书艺人逐臭于十里洋场,追求名利享乐,生活糜烂,这也是晚清社会矛盾虽然激化,而说书界却不见革新的一个次要的原因。

虽然如此,由于广大市民仍然和封建统治阶级和封建制度的尖锐矛盾,人民还是要求艺人们表演他们热爱的英雄人物,使我国优秀的说话节目和由话本发展而来的长篇小说如《水浒》、《三国》、《西游记》、《岳传》、《杨家将》以及许多有反封建思想的短篇话本仍然坚守着阵地,并成为说书活动中的主流。

第三,话本小说可以说是知识分子和艺人、群众相结合的集体创作,这是话本小说发展的又一个重要因素。

宋元时代的书会先生是我国文学史上值得注意的人物。他们是一批有一定组织的专职编撰剧本和话本的人,他们虽然是知识分子,但由于在政治上、仕途上失意,他们的立场观点、思想感情和艺人,和市民阶层有共通之点——对封建统治阶级的不满。由于社会地位低下,他们与艺人的关系比较密切,比较平等,有的人甚

① 陈汝衡《说书史话》引陈瑞麟《说书当差考》,略云:说书业在清代已颇重视,每逢衙中有正事,邀社员(指苏州光裕社)前往献艺,名曰当差。每值当差,各衙门例邀一档评话,一档弹词。每一档书有七百文收入。

② 如宋王六大夫召为内廷供话,清王周士赐七品官。

至也兼作艺人,使他们有可能把市民群众的生活和理想,把艺人的创造,写进话本。没有这些接近群众的知识分子参加,大量话本的产生是不可能的。

这种合作,是有共同的思想基础的。具体说来,市民文艺的反封建思想和新鲜活泼的艺术成就吸引了具有一定的反封建意识的、爱好民间文艺的知识分子,而这些知识分子的加工,又增加了话本小说的艺术性,使它更受市民和农民群众的欢迎。这种共同的思想基础,就是衡量一个知识分子和民间艺人联系是否紧密的主要标准。

从这个标准出发,施耐庵、罗贯中(据传说他们也有可能是书会中人)就应该被认为是知识分子联系民间艺人,再创作市民文学的代表人物。冯梦龙也是思想比较开明,并热爱民间文学的文人,他对短篇话本的整理加工和拟作作出了贡献。冯梦龙和说话艺人的合作,是稍具进步思想的封建文人为主导的间接合作;是封建文人重新编写,艺人选择采用的合作。故大量的拟话本中,反封建思想鲜明的作品较少。尤其值得重视的是:我国文学最优秀的艺术典型,流传最广,对人民鼓舞教育作用最大的英雄人物典型,如武松、李逵、诸葛亮、赵子龙、张飞、孙悟空、穆桂英等,都是主要由说话艺术提供的,都是基本上由这种创作方式塑造的。

但是,封建社会的知识分子多数出身于地主阶级,即使是少数比较进步的知识分子,也总是带有浓厚的封建意识,他们也会使话本小说中的封建性的糟粕有所扩大,及至明末清初,话本小说风行一时,话本小说日益商品化,写话本有利可图,不少封建文人就或者为了牟利,或者为了宣扬封建道德和低级趣味,纷纷拟写话本,有的更自己豢养了一些艺人,自编说唱或戏曲,在士大夫间到处献演①。这些封建文人、说书艺人和说书艺术的关系，就不再是书会先生和说话人的关系，而是地主老爷和优伶的关系了，是士大夫玩弄民间文学的关系了。这就是封建统治阶级对民间文学的篡夺。艺人们、听众们对封建文人的拟话本一般地是排斥的，因为封建文人的拟作，虽也写出了一些较好的篇章，艺术性也有了某些发展和提高，但在这些拟作中，大部分作品是为封建说教，满纸忠孝节义，而且故事多取材于前人笔记，根本脱离生活，脱离群众，有些在艺术上也枯窘陈腐，不堪敷演。而满脑子封建思想的文人大量创作拟话本的结果，便窒息了话本小说的生命。

综上所述，我们可以看到：话本小说中反封建意识对于封建主义影响的斗争，是话本小说发展的主要动力；人民群众的爱好以及进步文人和艺人的合作是增强话本小说的反封建意识，提高话本小说的艺术质量，促使话本小说健康发展的必要条件；同时封建统治阶级竭力利用专制特权和封建思想来削弱话本小说的进步面，发展话本小说的落后面，话本小说就是在这样的矛盾斗争中曲折地发展的。

话本小说发生发展的时代——封建社会早已过去了。话本小说已经成为文学遗产了。我们还要以马列主义的观点来批判继承这部分遗产的民主性的精华，还要做整理、加工的工作。但是重要的，还是要大力发展我们社会主义的新“话本”——新的群众性的口头文学。为了发展社会主义的新“话本”，我们有必要从这一份文学遗产中汲取有益的东西。

① 清李笠翁拟作的话本《无声戏》和《十二楼》，即为改编剧本作准备，例如《无声戏》第一、第二、第十二等回，原注有“此回有传奇即出”或“嗣出”字样，梁廷柟《曲话》称笠翁家居时常令歌童搬演为乐。徐釚《本事诗》也有尤侗、吴梅村、余怀等写的《笠翁招饮，出家姬演新剧》一类的诗文。

后记

士莹于中国古典文学各体多所涉猎，而尤爱好话本，搜集材料，不惜重金购置，赴市必至书肆或冷摊求之，曾无几希惮烦之意，故所得累至二百馀种。闻友好藏有珍贵罕见之本，辄借而录副，友好谂其如此，亦不吝一瓻之借，故抄录所获亦几盈箱箧。

新中国成立以后，士莹膺杭州大学此课讲席者几二十年，得以爬梳剔抉其资料，写有讲稿，当上课时，诸生竦耳以听，振笔以录，潭潭焉若有味乎其间也。洎大学成立语言文学研究室，士莹始锐意撰《话本小说概论》稿，以授研究生，当与诸同学聚一堂时，运用马列主义、毛泽东思想，相切磋辩论，务求期于邃密而后已。于是发凡起例，分题编纂，历时十有三稔，析为十八章六十四节，都八十万言。虽纰缪尚多，不足当大雅之目，然当世学者于此学之专门著述，多所创获，士莹亦既熟而撷取之矣。他山之助，永矢勿谖。老友赵景深先生为此书写序，并对拙稿提了不少修改意见，备极辛劳。诸友好亦时通音问，匡助导掖，受益匪浅，并致谢忱！话本为封建社会产物，杂出于各阶层文人或说唱者之手，其中瑕瑜互见，非分析批判，严加去取，不足以收摧陷廓清之功。士莹认识水平至低，讵能免于舛谬，尚望方家不吝赐教为感！

1977年1月15日胡士莹于杭州大学之道古桥侧

胡士莹先生学术年表*

1901 年(清光绪二十七年)

生于浙江平湖县。

1920 年

考取南京高等师范(后改名东南大学)文史地部特别生,毕业后回原籍任中学国文教员。

1930 年

至扬州中学任教,其间精选上古至 20 世纪 30 年代的范文,合力编成《中学国文教科书》。

同年,自选 1921 年至 1929 年间所填词 84 首,结集题名《霜红词》在扬州出版。

1931 年

开始大量搜集小说、戏曲以及其他通俗文学资料。

1938 年

至上海,开始与郑振铎、赵景深、谭正璧等人共同研讨小说、戏曲和通俗文学。

1940 年

应暨南大学文学院院长郑振铎的邀请,到暨大中文系任教。

---

* 本年表由宁稼雨撰写。

1941 年

在复旦大学兼课。

10 月,参与之江大学文学系主任夏承焘等在上海发起的“龚定庵逝世百年祭”活动。

1942 年

因暨南大学内迁,在圣约翰大学兼课。

1943 年

在光华大学讲词学。

1945 年

兼任上海临时大学教授。

1946 年

应聘为杭州之江大学文学院教授。

1949 年

是年起先后任浙江师范学院、杭州大学教授。

1950 年

是年起拟编《古典文学研究参考资料小说专辑》。

1956 年

8 月 5 日,《谈〈错斩崔宁〉》刊于《光明日报》。

12 月 11 日,《谈〈京本通俗小说〉》刊于《杭州日报》;16 日《白蛇故事的发展》刊于《浙江日报》。

是年,《古代白话短篇小说选》由中国青年出版社出版。

1957 年

1 月 27 日,《〈杜十娘怒沉百宝箱〉分析》刊于《浙江日报》。

2 月 22 日,《杜十娘故事的演变》刊于《浙江日报》。

是年,《弹词宝卷书目》由中华书局上海编辑所出版。

1958 年

1 月 5—7 日,《伟大的剧作家关汉卿》刊于《杭州日报》。

1959 年

《读〈吟风阁杂剧〉札记》刊于《杭州大学学报》1959 年第 3 期。

1961 年

兼任中国科学院浙江分院语言文学研究室(后改名“杭州大学语言文学研究室”)研究员。

1962 年

完成《话本小说概论》初稿。

《南宋“说话”四家数》刊于《杭州大学学报》1962 年第 2 期。

《古代白话短篇小说选》修订本由中国青年出版社出版。

1963 年

1 月 23 日,《“说话”艺术溯源》刊于《文汇报》。

3 月 24 日,《唐代民间、宫廷、寺院中的“说话”》刊于《光明日报》。

《〈吟风阁杂剧〉校注》由中华书局出版。

1964 年

《话本的体制》刊于《语文进修》1964 年第 1 期。

《曹雪芹是怎样写〈红楼梦〉的》刊于《语文进修》1964 年第 3 期。

《紫钗记》校注本由人民文学出版社出版。

《紫箫记》校注本由人民文学出版社出版。

1965 年

完成《话本小说概论》第二稿。此后,在征求有关专家意见基础上,完成《话本小说概论》第三稿。

1974 年

完成《话本小说概论》第四稿。

1979 年

《古代白话短篇小说选》重印本由中国青年出版社出版。

3 月 8 日,与世长辞。

附记:胡士莹先生去世后,相继问世的遗著有:《话本小说概论》(中华书局 1980 年版);《会校本〈聊斋志异〉校补记》(《文献》1980 年第 4 期);《宛春杂著》(浙江人民出版社 1981 年版);《宋代的"公案传奇"与元代的"公案剧"》(《河北大学学报》1982 年第 4 期);《弹词女作家侯芝小传》(《文献》1983 年第 1 期);《宛春杂著》增订本(浙江文艺出版社 1984 年版);《弹词宝卷书目》增订本(上海古籍出版社 1984 年版)等。

胡士莹先生的学术生涯与《话本小说概论》

宁稼雨

校订完胡士莹先生的《话本小说概论》，我的脑海中胡先生的人格形象和学术品格也就如同照片在显影液中起反应一样逐渐清晰起来。

胡士莹先生的生活时代和学术背景

生于1901年的胡先生可谓与世纪同生。他经历了晚清王朝、北洋军阀政府、民国政府（还包括日本侵占时期）、中华人民共和国四届政府，亲眼见证了中国由封建王朝向现代文明社会的转变。这个时期正值中国社会转型，各种内忧外患齐聚，国人饱受各种伤痛。这样的生存背景，注定了深受传统士大夫"天下兴亡，匹夫有责"观念影响的胡士莹和大多数文人一样，尽管没有投笔从戎，战死疆场，但心中却放不下那满目疮痍的祖国。抗战爆发后，正是胡士莹先生在上海任教时期。他以一个普通文人的身份，参加以吟诵爱国抗战为主调的文人诗社"午社"，1941年还应邀参加了夏承焘先生在上海发起的"龚定庵逝世百年祭"活动，畅诉爱国衷情。次年他在写给夏承焘先生的词中写道："……甚日江山恢复，故国鹃声切,悲笳正咽。无穷心事,剩有诗肠杜陵热。”表达出与杜甫一样的爱国热情,并且还把独生子送到新四军,鼓励其奋勇杀敌,光复祖国。这样的经历和背景既是他人格的写照,也是他后来从事文学研究,解读文学作品和文学现象比较关注社会现实的社会基础。

自明清以来,江浙一直就是中国文化的繁荣地区,可谓人杰地灵,名家辈出,硕果累累。胡士莹先生毕生生活工作在这个环境里,受到浓厚的中国传统文化的熏陶和影响,具备深厚的传统文化素养。据说他十岁之前就能把《四书》倒背如流,并且工于诗词,十五岁所写诗词已经享誉乡里前辈。后来无论是在家乡中学教书,还是在上海大学任职,他都经常和同僚朋友往来唱和,吟诗诵词,多有佳作。1930 年,他将填词佳作结集为《霜红词》在扬州出版,得到众多名家的盛赞。吴梅称他以“婉和韶令之韵”的独特风格,抒写自己的“华年哀乐”,卓然成家。浦江清在长诗《寄题胡宛春霜红簃填词图》中,称赞说:“蕙风云殁薑村耄,天下音声付年少。浙中并起有三人:宛春、徐(声越)、陆(微昭)皆驰妙”,而《霜红词》“风雅不随甲马废,通介竟与俗人殊。”词学家陈运彰后来也说:“胡君宛春尝裒其三十岁以前之作为《霜红词》,盖确乎能自树立者矣!”

不仅如此,胡先生还写得一手好字。他曾遍临汉唐名家碑帖,又能自成一家,风格自立。胡先生的书法曾在北京、上海、杭州等地展出,其小楷字帖《鲁迅诗选》(内分甲体、乙体)也曾由上海书画出版社为他出版,甚得书法界的好评。香港《书谱》曾载文称:“胡老工书法,生平临《兰亭序》数百通……其临冯承素兰亭,尤为神似,所见无出其右。”他的好友,复旦大学徐震堮教授在《〈宛春杂著〉序》中特别指出:“他晚年在杭州大学任教,主要讲话本小说这一门课，大家只知道他是这一方面的专家，除了少数几个老朋友外，很少人知道他在诗词书法方面的造诣，在当代名流中，是屈指可数的。”

另一方面，自近代，尤其是“五四”运动以来，西方学术思想和方法不断传入中国。而上海一直就是接受外来文化和学术思想的前沿和窗口。被称为“海派”的上海文化和学术明显具有开放吸收的特质。处在这样一种学术环境和背景中，胡士莹先生既有深厚的传统文化根基和国学功底，又能接受新思想和新方法，彰显了20世纪中国学人特有的学术品格。

《话本小说概论》的学术价值

丹纳认为地理环境是影响和造就一个文学团体乃至一个文学时代的重要因素。我认为这个论断也适用于学术研究。江浙一带不仅是自明清以来白话通俗小说的集中繁荣地，而且也是近代以来小说、戏曲研究名家辈出的地区。王国维、鲁迅、赵景深、叶德均、王古鲁、马廉、谭正璧、浦江清、任二北……都是江浙人。这些人都程度不同地受到故乡文化氛围的影响，把体现故乡文化特色的小说、戏曲作为自己毕生从事的工作和事业。而胡士莹先生也是这个群体中的重要一员，他在话本小说研究领域作出的成就，继鲁迅之后把该领域的研究推向一个学术制高点，不仅惠及后人，而且至今也无能出其右者。

与传统的几种高雅文学样式（诗、词、散文等）相比，古代小说、戏曲不但其文体的形成繁荣大大滞后，而且相应的学术研究也无法和诗文研究相比。现代意义上的古代小说戏曲研究大约是从鲁迅和王国维开始算起。《中国小说史略》和《宋元戏曲考》结束了中国古代小说戏曲研究以非系统的散点关注为特征的早期研究，进入到以系统性和逻辑性为主要特征的现代研究视角阶段。他们不仅为古代小说戏曲研究规划了系统蓝图，而且还提供了具体的操作范式。正如一个知名品牌有了品牌的设计理念和产品规格后，就可以进入批量生产的阶段了。而胡士莹先生的《话本小说概论》就是这些产品中的优质品。

《话本小说概论》的学术价值主要体现在以下几个方面：

首先，继鲁迅《中国小说史略》之后，第一次为中国古代小说重要组成部分的话本小说勾画了完整而详尽的图景。

从20世纪开始，中国小说开始受到学者们的瞩目，出现一批筚路蓝缕的拓荒之作。他们从不同角度构建营造了中国古代小说研究的基本框架。但既然是拓荒，耕作必然不够细致，给后人留下了深耕细作的馀地。就话本小说而言，在胡士莹先生之前或同时，学界已经形成了一定的学术积累。鲁迅《中国小说史略》总共28篇，其中第十二篇“宋之话本”、第十三篇“宋元之拟话本”、第二十一篇“明之拟宋市人小说及后来选本”三篇均为话本内容，为话本小说勾勒了基本的轮廓框架。孙楷第有关话本小说的目录学成果、话本小说产生演变源流和作品存佚考证，也是相关重要成果。谭正璧《三言两拍资料》则将《三言》《二拍》几乎全部作品的本事源流做了全面的挖掘和梳理，是话本小说本事材料的重大突破。此外，赵景深、叶德均有关话本的体制和起源等方面的研究均有重要建树。这些话本小说研究的重要成绩为胡士莹先生提供了充分的准备，但就一个小说文类的总体而言，仍然处于零散的状态。

《话本小说概论》尽管出版于1980年，但从他做准备工作算起，实有半个世纪的历史。初稿最早于1962年完成，中间四易其稿。这种严谨科学的学术态度和治学精神为该书的学术质量提供了坚实保障。该书共18章，57万字，从话本小说的起源到发展演变的轨迹脉络，从话本的体制到题材分类，从作品的思想分析到艺术特征分析，堪称是话本小说研究的大全之书了。本书出版后，香港《大公报》刊出评论，称此书"关于话本小说应搜集的材料，基本辑录齐全；对于话本小说应作的评骘，也比较中肯；并为研究话本小说者提供非常全面的参考资料……本书题名《概论》，实际上它又是话本的簿录和提要，是一部很完整的专科工具书，可与鲁迅先生《中国小说史略》同为传世之作"。又说这部书"在中国小说史上应属'别史'，以它自成一系统，在小说史里是能独树一帜的"。《文学遗产》发表书评还指出："胡士莹先生……积累了大量的资料，在总结几十年来学术成果的基础上提出了一些自己的独到见解，写成一部60万字的巨著。这种系统地、周密地研究一个专题的学风，很值得提倡。……《话本小说概论》的出版，除了它本身的学术价值之外，也体现了著者在一个专题上深入钻研、锲而不舍的科学精神，这种精神是很值得我们学习的。"赵景深先生称此书为"内容丰富的、总结性的著作"，按我个人理解，就是指该书能在充分吸收前人成果的基础上，集其大成，自成体系。这应该是该书的重大学术贡献，同时也是对小说类型史写作的开创性尝试。

其次，新旧治学方法的有益尝试。

从经历和学术背景上看，胡士莹先生可谓以旧学根底为主，同时也受到20世纪以来新学的影响。这成为他个人学术风格的主要特色，并且在《话本小说概论》一书中得到有益和充分的尝试。

《话本小说概论》一书的成功，主要得力于胡士莹先生过硬的旧学功底。他认为做学问要从基础工作做起，“必须首先研究目录学、版本学和校勘学。”从话本小说材料的搜集占有，到各种相关材料的辨伪、钩沉、辑佚等，该书可谓达到了“竭泽而渔”的程度。其中有很多当时学界普遍没有看到和掌握的珍贵材料，由该书首次向世人披露。如根据明刊本宋懋澄《九籥集》提供的《负情侬传》信息，根据明代万历本《小说传奇》提供的《李亚仙记》材料，根据明何大抡的《燕居笔记》提供的《杜丽娘慕色还魂》原文等，都是当时非常罕见的材料。其他如前人所未见未闻的拟话本集如《跨天虹》、《美人书》、《别有香》、《跻春台》、《壶中天》等若干种，著录各种话本、拟话本集达六七十种之多，并辑逸《王魁》、《钱塘梦》、《裴秀娘夜游西湖记》、《张于湖宿女贞观》等宋元明话本、拟话本若干种，为国内外研究中国小说史的专家学者提供了很大的方便。20世纪80年代以后问世的各种与话本小说有关的目录学工具书，水平质量参差不齐；而是否参考使用了《话本小说概论》，以及参考使用程度如何，直接影响和制约了他们的工作成效和质量。这足以说明该书在搜集整理话本小说文献方面的学术价值。

江浙地区的生长环境，尤其是“五四”运动之后的新学教育和在上海工作的经历，使胡士莹先生形成乐于接受新观念、新思想的学术理念。这一理念与新中国成立后意识形态环境的交织汇合，也就成为胡先生致力于探寻话本小说发展过程中各种理论和规律问题的勇气和动力所在。作为一位受过传统治学训练和熏陶的旧知识分子，他和新中国成立后大部分文学史的撰写者背景相同，在几乎没有范本可以仿照的情况下，既要符合当时大的社会环境的要求,又要认真体现出文学史的真实面貌,这是难度很大的工作。赵景深先生序言中提到该书"是精心结撰的、论断比较恰当的",主要就是指该书能"将话本小说的起源、演变、社会背景、团体组织、表现方法诸问题,都试图用历史唯物主义分析问题。关于说话人的政治立场、思想倾向以及对于当时的影响,还有话本的分析方面也试图根据辩证唯物主义,一分为二地看问题"。

这样的提法在今天看来似乎很有些"左"的味道,网上也出现过质疑《话本小说概论》这方面问题的帖子。对此我以为倒是应该用历史的观点来客观认识它。理由有二:

其一,任何人都很难跳出自己的社会生存环境来思考和面对问题,社会科学研究尤其如此。从赵景深先生序言中可以看出,该书在20世纪60年代初就已完成初稿,后来几易其稿,主要精力是放在思想和艺术评价等理论方面的探索和追寻。从那个时代过来的人都会有感同身受的体会,尽管有个别人想以政治上的所谓"进步"来进行政治投机,但就多数学者而言,那种探索和追寻不是政治上的赶时髦,更不是投机,而是出于对真理的追求和对学术的负责。这一点,尤其值得"文化大革命"后出生的朋友们给予设身处地的理解。我个人以为胡士莹先生就是这样的学者。

其二,唯物辩证法和历史唯物主义对于话本小说研究未尝不是一种行之有效的学术研究方法。把唯物辩证法作为放之四海而皆准的绝对正确方法是片面的,但反过来,凡是染指辩证法和历史唯物主义便不予理睬,也未必在理。话本小说是市民文学,它不仅反映市民阶层的生活,也传达市民阶层的观念和好恶。从辩证法和历史唯物主义的角度解读分析话本小说不失为一条重要和可行的研究渠道。从该书内容看,有很多地方运用唯物论和辩证法来分析社会生活与话本小说起源发展和反映内容的关系,收到了很好的效果。正如赵景深先生序言中所述:"著者认真分析了各个历史时期的社会基础和阶级斗争,对于上层建筑之一——文艺的影响,对于说话和话本的影响,分析了人民群众在说话艺术发展中的决定性作用。也试用马克思主义的基本观点来分析历史现象,从而作出比较正确的论断。对唐代坊制的论述,也为宋代市民文艺的所以繁荣提出了新的论据。对明代后期风起云涌的市民斗争同说书及话本小说的关系,更有所发挥。"如果过滤掉那个特殊时代的特殊用语,我们不难体味到作者在著述过程中为探索社会生活与话本小说发展的内在关联而付出的良苦用心、艰苦努力及所收到的良好效果。

其三,从胡士莹先生本人的学术立场来看,虽然他愿意接受新事物、新思想,但并非出于赶时髦,也不能证明他就是一个"极左"思潮的痴迷者。早在1958年,针对社会上那种"作者的阶级出身即等于作品的阶级性"的简单化倾向,胡先生发表过《关于阶级观点的问题》一文,明确反对这种错误观点。他的这些意见在当时曾经被扣上"否定作品的阶级性"的"资产阶级文艺观点"的帽子而遭到批判。"文化大革命"初期,全国批判吴晗《海瑞罢官》的热潮甚嚣尘上,但胡士莹先生却敢于提出不同意见。这些都表明,他既不是一个以学术作为政治投机手段的人,也不是一个顽固坚持"左倾"思想的人。即便他的著作中有些过时的观点,也应该理解为他本人对真理的认识(即便是有局限的认识),而不能扣上"极左"的帽子。

《话本小说概论》的历史局限和话本小说研究的前景

不能否认，由于历史和作者本人的局限，《话本小说概论》还存在一些不足之处。了解和认识这些不足，进而提出话本小说研究的前景，对于学术事业的发展是需要的，对作者和读者也是负责的。

首先，尽管用唯物论和辩证法来研究文学现象是可行和必须的，但仍然还是有个度的把握问题。超过一定限度就容易走偏，影响对文学现象公正客观的评价。作者在使用历史唯物主义作为价值坐标来评价话本小说发展历史的文学现象时，有时过于强调作者的政治立场和政治态度，甚至以此作为评价小说作者文学成就高下的准绳。这就难免失之偏颇，难以服人了。这集中表现在作者书中对凌濛初及其《二拍》的评价上。据赵景深先生序言，在作者最后一次修改稿中，“已把过去对凌濛初的评价偏高的地方做了修改”，理由是要“更进一步地从阶级观点来看问题的”，因为“凌曾经抗拒过农民起义军”，所以“冯梦龙的《三言》他用三节篇幅来论述，《二拍》只用一节，而且还和《石点头》等合在一起”。这样的处理显然不够允当。从日后学者们的研究成果来看，在反映明代社会新思潮和资本主义经济萌芽的形象描写方面，《二拍》有很多独特的价值和贡献，是可以和《三言》并为拟话本小说“双璧”的。这一点是今天的读者需要注意，并且在话本小说的社会学研究方面再下功夫的地方。

其次，文学研究，尤其是作为叙事文学特殊样式的话本小说，光有唯物论和辩证法的研究是不够的，还需要与话本小说文体相适合的多方位的研究角度。比如从思想史的角度看，话本小说的内容与宋明理学、晚明心学乃至清代朴学的关联；从叙事学的角度看，话本小说有着非常鲜明独特的叙事学表现特征，科学总结研究话本小说的叙事学规律和特征对这一领域的研究极为重要。由于历史的原因，我们无法苛求胡士莹先生做到这些。但今天的话本小说研究无疑需要在前人研究的基础上一砖一瓦地填补所有学术的空白。同时，我们更应该对《话本小说概论》为话本小说的深入研究所做出的奠基和先期工作，表示由衷的敬意！

第三，关于话本小说研究相关材料的搜集，包括胡士莹先生在内的前辈学者完全依靠人工抄卡片和人脑记忆的方式。这种在艰苦工作条件下坚忍不拔的工作态度是值得今天的学者们认真学习的。尽管今天在古代文献电子化的方面已经取得了巨大的飞跃，人们检索和搜集材料的手段和渠道与前辈学者相比也已经有了巨大进步。这些科学先进的现代化手段，我们一方面要充分熟悉和使用，但另一方面，也不能过分依赖电子文献。电脑是人做出来的，它无论怎么先进，也要滞后于人脑，也无法取代人脑的主观能动性。因此，像胡士莹先生这样老一辈学者那种严肃认真，一丝不苟，锲而不舍，持之以恒的治学态度和获取第一手材料的方法途径，今天的青年学者不但不应该摒弃，相反应该认真学习和借鉴。只有这样才有可能在前辈开创的学术领域继续探索，继往开来。

校后记

本书依据中华书局1980年版《话本小说概论》校订。校订者通读了全书,为尊重原书原貌,除明显笔误外,对作者原文一般不做更动。

本书征引古代文献极多,为向原书作者和读者负责,本次校订的工作重心是核对所有引文。原书大部分引文没有交代所用版本,这给核对工作带来很大困难。我们原则上使用各书的通用版本,有歧异者再用其他版本核对,择优而从。引文经核对后没有问题者一般不再出校;引文核对如有歧异,一般在引文有问题处出校;极少数文献无法找到,只好从略。

本次校订的引文核对由张雪同学负责初校工作,谨表示谢意!校订者在初校工作的基础上,又逐条核对了原文,尤其是对初校发现有歧异的文字内容进行了比勘和定夺。

胡士莹先生的孙女胡月女士为本书的校订提供诸多帮助和支持,特此致谢!

宁稼雨

2011年2月

中华现代学术名著丛书

话本小说概论

上册

胡士莹 著

商務印書館
创于1897
The Commercial Press

胡士莹

(1901—1979)

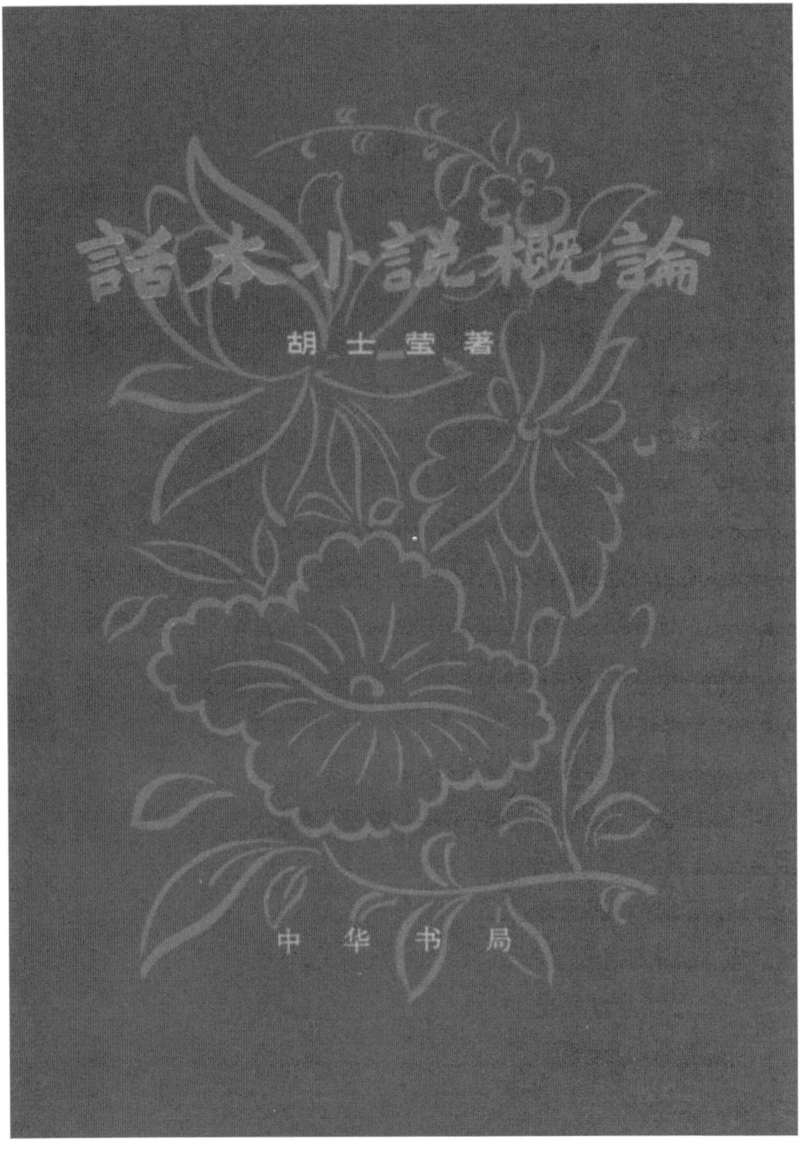

中华书局1980年版《话本小说概论》封面

出版说明

百年前，张之洞尝劝学曰:“世运之明晦，人才之盛衰，其表在政，其里在学。”是时，国势颓危，列强环伺，传统频遭质疑，西学新知亟亟而入。一时间，中西学并立，文史哲分家，经济、政治、社会等新学科勃兴，令国人乱花迷眼。然而，淆乱之中，自有元气淋漓之象。中华现代学术之转型正是完成于这一混沌时期，于切磋琢磨、交锋碰撞中不断前行，涌现了一大批学术名家与经典之作。而学术与思想之新变，亦带动了社会各领域的全面转型，为中华复兴奠定了坚实基础。

时至今日，中华现代学术已走过百余年，其间百家林立、论辩蜂起，沉浮消长瞬息万变，情势之复杂自不待言。温故而知新，述往事而思来者。“中华现代学术名著丛书”之编纂，其意正在于此，冀辨章学术，考镜源流，收纳各学科学派名家名作，以展现中华传统文化之新变，探求中华现代学术之根基。

“中华现代学术名著丛书”收录上自晚清下至20世纪80年代末中国大陆及港澳台地区、海外华人学者的原创学术名著(包括外文著作)，以人文社会科学为主体兼及其他，涵盖文学、历史、哲学、政治、经济、法律和社会学等众多学科。

出版“中华现代学术名著丛书”，为本馆一大夙愿。自 1897 年始创起，本馆以“昌明教育，开启民智”为己任，有幸首刊了中华现代学术史上诸多开山之著、扛鼎之作；于中华现代学术之建立与变迁而言，既为参与者，也是见证者。作为对前人出版成绩与文化理念的承续，本馆倾力谋划，经学界通人擘画，并得国家出版基金支持，终以此丛书呈现于读者面前。唯望无论多少年，皆能傲立于书架，并希冀其能与“汉译世界学术名著丛书”共相辉映。如此宏愿，难免汲深绠短之忧，诚盼专家学者和广大读者共襄助之。

商务印书馆编辑部

2010 年 12 月

凡　　例

一、“中华现代学术名著丛书”收录晚清以迄20世纪80年代末，为中华学人所著，成就斐然、泽被学林之学术著作。入选著作以名著为主，酌量选录名篇合集。

二、入选著作内容、编次一仍其旧，唯各书卷首冠以作者照片、手迹等。卷末附作者学术年表和题解文章，诚邀专家学者撰写而成，意在介绍作者学术成就，著作成书背景、学术价值及版本流变等情况。

三、入选著作率以原刊或作者修订、校阅本为底本，参校他本，正其讹误。前人引书，时有省略更改，倘不失原意，则不以原书文字改动引文；如确需校改，则出脚注说明版本依据，以“编者注”或“校者注”形式说明。

四、作者自有其文字风格，各时代均有其语言习惯，故不按现行用法、写法及表现手法改动原文；原书专名（人名、地名、术语）及译名与今不统一者，亦不作改动。如确系作者笔误、排印舛误、数据计算与外文拼写错误等，则予径改。

五、原书为直（横）排繁体者，除个别特殊情况，均改作横排简体。其中原书无标点或仅有简单断句者，一律改为新式标点，专名号从略。

六、除特殊情况外，原书篇后注移作脚注，双行夹注改为单行夹注。文献著录则从其原貌，稍加统一。

七、原书因年代久远而字迹模糊或纸页残缺者，据所缺字数用“□”表示；字数难以确定者，则用“（下缺）”表示。

上册目录

序

胡士莹同志的这部《话本小说概论》是精心结撰的、论断比较恰当的、内容丰富的、总结性的著作。

说这部书是精心结撰的著作，是由于著者将这书至少修改了四次，认真地将这书修改得愈来愈出色。

第一次修改是 1962 年，他自己不满意。

过了三年，在 1965 年，他又写了二稿，并且油印出来送给朋友们征求意见，我也得到一部。我看已经很好了，但他还是虚怀若谷地认为他写的还有不少不妥当的地方。特别是有关思想性和艺术性，尤其慎重，都注明是“初稿”。这二稿油印本，我一直珍重地宝藏着，时常翻阅。我也常同著者通讯，讨论这部书，特别是短篇话本小说的来源和影响，我同他谈得最多。1973 年上半年，我注释鲁迅的《中国小说史略》，胡士莹同志的这部书给了我许多的方便。鲁迅著作第十二、十三、十四、二十一等篇的注释，我都参考了胡士莹同志的这部书。可见这部书对研究小说的确很有参考价值。

1973 年夏天，胡士莹同志到上海来，将他的第三稿带来给我看。我翻了一遍，看见他在油印本上贴了不少大大小小的纸条，上面写满了行书的细字，使我更加佩服他严肃的工作态度和对于读者极端负责的精神。他这书将话本小说的起源、演变、社会背景、团体组织、表现方法诸问题，都试图用历史唯物主义分析问题。关于说话人的政治立场、思想倾向以及对于当时的影响,还有话本的分析方面也试图根据辩证唯物主义,一分为二地看问题。

1973年9月到12月他又作了第四次的修改。修改稿已把过去对凌濛初的评价偏高的地方作了修改。冯梦龙的《三言》他用三节篇幅来论述,《二拍》只用一节,而且还和《石点头》等合在一起。可见他对于《三言》和《二拍》并不等量齐观,而是更进一步地从阶级观点来看问题的。凌濛初曾经抗拒过农民起义军,《二拍》的思想性和艺术性都远不及《三言》,著者就是这样有分寸地分别处理。1974年1月著者调整目录,共十八章。新写《明代的说唱词话叙录》及《明代的传奇文和通俗类书》二文补入。第十四章是《明代拟话本故事的来源和影响》,更是花了不少的时间。这可以看出他改稿的认真不苟。可以说,他不放松每一个问题,不厌其烦地反复探讨,直到研究得很透彻,才肯罢手。我读这书不只一遍,每次都为他独到的意见而衷心赞叹。

说这部书是论断比较恰当的,是由于著者试图用辩证唯物主义和历史唯物主义的观点、方法来分析各种有关的问题。著者认真分析了各个历史时期的社会基础和阶级斗争,对于上层建筑之一——文艺的影响,对于说话和话本的影响,分析了人民群众在说话艺术发展中的决定性作用。也试用马克思主义的基本观点来分析历史现象,从而作出比较正确的论断。例如关于南宋说话的民主性主流,能紧密地结合着对当时市民力量以及阶级斗争、民族矛盾的分析作出论断。对唐代坊市制的论述,也为宋代市民文艺的所以繁荣提出了新的论据。对明代后期风起云涌的市民斗争同说书及话本小说的关系,更有所发挥。

当然,作者是老年知识分子,可能也有些地方还须斟酌,例如资本主义萌芽的时代等问题,历来是聚讼纷纭的,这在今天百家争鸣的大好形势下,还希望读者多加指正。

说这部书是内容丰富的著作,是由于著者为了编写这部书,走遍了长江、黄河南北,访问过不少的图书馆和私人藏书家。甚至国外的中文藏书,他也要千方百计地把材料弄到手。

从资料来说,著者论述过去的话本小说和拟话本小说就是极为宏富、用力极勤的。短篇话本共著录到七十种以上。

在辑佚方面也很有成绩。例如第十二章的附录《负情侬传》,不易见到,我久觅不得,著者却为我们从罕见的明刊本宋懋澄的《九籥集》卷五把《负情侬传》抄在这里了。又如,第十三章附录的"明人话本钩沉"三篇,其中的《李亚仙记》是从路工珍藏的明代万历末年《小说传奇》合刊本抄下来的;还有《张于湖宿女贞观》和《杜丽娘慕色还魂》都是从明何大抡的《燕居笔记》里取来。这《燕居笔记》在国内也是罕见的传奇文集子。又,宋元话本《裴秀娘夜游西湖记》出自明万历余象斗编的《万锦情林》,是从日本帝国大学研究所藏本拍照得来的。

至于本书的内容,可以给研究小说的人启发的地方就更多了。第一章"'说话'的起源和演变"从远古时代,通过汉魏六朝,一直说到唐代。他在第二节里谈到《三国志》裴注引《吴质别传》,吴质"召优使'说肥瘦'",可见"说肥瘦"是优人伎艺的一个项目。这使我联想到我偶然看到《古逸丛书》中的《琱玉集》残本(唐天宝年间旧抄卷子本影印)。这书卷十四录有肥人故事七篇和瘦人故事五篇,也许这些材料就像后来的《醉翁谈录》一样,也是说书人的底本或参考资料吧。

特别值得指出的，是本书对于说话及话本小说的发展过程，作了详细论述。其中对宋代瓦子勾栏以及书会、雄辩社等等的叙述和分析尤为具体。这些论述，上联远古，下迄明清，说话的渊源及发展，话本小说的产生及演变，脉络颇为清楚。本书实际上包容了我国古代短篇小说史和我国古代说书史的主要篇章，即使当作短篇小说史或说书史来看，亦无不可。

其他各章，也随处可以看出著者的独到之处。例如他谈到宋代已佚的话本《石头孙立》，“以花石纲的大石头起绰号，正说明斗争的尖锐性”。这些话发前人所未发，不仅让我们有新鲜之感，并且显示了阶级斗争，说明宋徽宗创立花石纲，大肆搜括，引起了民间的愤激。我揣想，后来较早的宋代口头流传的水浒故事，可能是同情方腊的，没有梁山英雄们投降和打方腊的情节。又如，著者叙《醉翁谈录》之前，谈到北宋刘斧的《翰苑名谈》和李献民的《云斋广录》同话本的密切关系，也是以前谈话本的著作中少见的。再如，称《刎颈鸳鸯会》为词话，判明其与赵令畤《商调蝶恋花》鼓子词并非一体，亦是创见。这样的片断，在本书中几乎俯拾即是。我只是随手指出几个例子罢了。

说这部书是总结性的著作，是由于著者旁搜博采，凡是一切有关话本研究的重要著作，著者都有选择地予以采用，随时写出著者自己的意见。有关这方面的书刊，如鲁迅的《中国小说史略》、孙楷第的《论中国白话小说》、《中国通俗小说书目》、《日本东京所见中国小说书目》，陈汝衡的《说书史话》，谭正璧的《话本与古剧》、《三言二拍资料》（稿本）等，以及解放前京版、沪版、港版的《俗文学》

周刊,以及解放后论述话本的著作和文章,几乎凡有参考价值的,无不称引,并且加以论断。

例如,我自己的《银字集》,头两篇是《南宋说话人四家》和《重估话本的时代》,关于前者,我虽做了一个总结,列过一张表,但这张表不完全,并且结论也不完全正确,胡士莹同志就改了我那张表,并且采用了已故王古鲁的说法,点出《都城纪胜》有四个"谓"字,加上胡士莹同志自己发现的四个"事"字,并用内容决定形式的马克思主义的观点,结合当时民族矛盾上升为社会主要矛盾的现实,把"说铁骑儿"从小说中分出来独立一类。另外三类,多数人一致同意的是"小说"、"讲史"和"说经、说参请"。我同意王古鲁和著者的看法,认为这个问题,现在才是真正完全解决了。他提出"说铁骑儿"是写"农民暴动和起义以及发展为抗金义兵一类英雄传奇的故事",并把宋元明清各时期的话本都作了分析,又根据《醉翁谈录》、《宝文堂书目》、《也是园书目》逐条加以研究,为话本产生的时代作出初步较可信的论断。

又如,谈《三言》、《二拍》来源的演变最早的是孙楷第在《北平图书馆馆刊》上发表的《三言二拍源流考》(后来这篇文章收入作者自己的《沧州集》)。我就继续工作下去,在《小说闲话》、《小说戏曲新考》、《银字集》和《小说论丛》里对《三言》、《二拍》五部书几乎各篇都写了来源和演变。接着已故的叶德均又替我补了一些篇,在刊物上发表。谭正璧又写成《三言二拍资料》约千页。现在胡士莹同志是集其大成,加上他自己搜寻到的资料,又大大地跨进一步,论述得更加完备,对《三言》、《二拍》的来源和演变,做了总结性的工作。

又如,对于"说话"与"话本"的名称,胡士莹同志也参酌历来研究者的说法,作了整理,给“话本”这个词以比较确定的意义,区别了“话本”与“话本小说”的不同概念,并分析了“话本”及其各种分类名称“词话”、“诗话”等的关系,明确其各自的涵义,这也是研究话本小说必然要涉及的问题。

总之,话本小说是中国小说史上一个重要的环节。这部《话本小说概论》可以说是研究话本的百科全书。这部书的出版会为研究小说提供很大的便利。胡士莹同志要我写序,我未能很好地介绍这部大著,只好凭着自己看过这书以后的印象,写了几点感想,权当作序。

赵景深

1977 年 10 月 1 日

第一章 “说话”的起源和演变

第一节 “说话”艺术溯源

话本小说是“说话”艺术的文学底本。话本小说的概论，就需要从“说话”谈起。

“说话”是唐宋人的习语，是宋代民间艺人讲说故事的特殊名称，相当于后世的“说书”。“说话”这一伎艺，虽盛行于宋，却有源远流长的传统。

文艺发源于劳动，说话也是一样。早在远古时代，劳动群众就根据他们的斗争和生活创作了大量地反映了人民理想的故事。盘古、女娲、伏羲、神农、黄帝、蚩尤、后羿、大禹的种种神话和传说，虽然经过后来的加工，神权、皇权的色彩逐渐浓厚，但仍鲜明地反映了古代劳动人民征服大自然的斗争和社会斗争，表达了他们的愿望。在阶级社会中，反映阶级斗争、生产斗争和科学实验的各种故事越来越多，越说越细致生动，从共工、刑天的神话，武王伐纣的传说，鲁班、李冰的故事，一直到太平天国、义和团的民间文学，人民群众口口相传的说故事活动，是无限广阔、无限丰富的。随着社会分工渐臻细密，半专业、专业的说故事的人就在这基础上涌现出来。随着文字的产生,故事就被记录下来。这就是后世的"说话"的源头。

但是这种说故事的活动,只是"说话"的远源,并且是"说话"和一切带故事性文学的共同起源。"说话"是一种伎艺,它是以娱乐为目的的。职业化小说故事的活动,它还有自己更切近的起源。

接近于"说话"这种伎艺的记载,在古籍中首先出现的是有关瞽者的事。如《周礼·春官宗伯下》:

> 瞽矇掌播鼗、柷、敔、埙、箫管、弦歌,讽诵诗,世奠系,鼓琴瑟。

周初的瞽矇,职掌乐器,这和唱诗是有密切的关系的。刘向的《列女传》是摭采周秦散佚旧闻的,其中记述周室三母(大姜、大任、大姒)之一的大任在怀孕文王期间谨守胎教的事,并一般地述及古代妇女妊娠期中的生活。

> 古者妇人妊子,寝不侧,坐不边,立不跸,不食邪味,割不正不食,席不正不坐……夜则令瞽诵诗,道正事。

这种"正事",可能是有关妇德的简短故事。而这种"妇人",在周代前后,当是奴隶主阶级或贵族领主阶级的妇女,才能"割不正不食",并"令"瞽者为她服务。因而这种"瞽"当是在奴隶主或贵族领主家中服役的人,或者是地位较高,在王宫中服务的"乐工"(一种官职),未必专职说故事,我们还不能根据这一记载就肯定周代已有职业化的说故事者。但是,这种"瞽"既然失去了劳动力,说故事就很可能是他们重要伎能之一。他们在说故事之前,还“诵诗”。“诵诗,道正事”,目的是一个,进行妇德的说教(带有一定的娱乐性)。这就颇有后世“转变、说话”韵散结合的苗头。因而,这条记载,还是值得我们注意和探索的。秦汉之际,有关的记载比较多些,首先是“俳优侏儒”的事。《礼记·乐记》:

> 及优侏儒,犹杂子女。

《史记·李斯列传》:

> 侏儒倡优之好,不列于前。

《孔子家语·相鲁》:

> 齐奏宫中之乐,俳优侏儒戏于前。

俳优侏儒,可能是说话艺术发展史上的重要阶段。这时,显然已有了以娱乐为目的的、职业化的说故事的人。俳优侏儒的“说话”(当时没有“说话”一词,为叙述方便计,姑借用之),从现有的记载来看,有四个值得注意的特点:一、它是职业化的;二、它是来自民间的;三、它还不是独立的分工,而是俳优侏儒的业务的一项;四、它的服务对象不像唐宋“说话”那样主要是市民,而是帝王、贵族等统治者。由于前两个特点,它和唐宋的“说话”有一定的继承关系,它是唐宋“说话”的先河。由于后两个特点,它和唐宋“说话”又有区别。俳优侏儒说故事的阶段是“说话”这种伎艺的萌芽阶段。

当时，还有两种兼事说故事活动的人，一是稗官，是皇帝专门设立来搜集民间“街谈巷语”、“里巷风俗”的官员，他们主要向皇帝“称说”这些东西①，他们所“称说”的材料中，当然有许多体现当时风俗习惯的或知识性、议论性的东西，但也一定有不少简短的故事。稗官被称为“小说家”，他们的记录被后世称为“稗官小说”，很可能与内容的故事性有关，因为在当时，“说”字本来就含有故事的意思②，“小说”者，可能就是指含有故事的“残丛小语”。二是方士，他们的活动，主要是“巫医厌祝”之事，用以敬神、决疑、治病。他们为了显示自己能通乎神明，未卜先知，就必须说一些他们所知的历史、地理、博物的知识，说一些神仙故事，或把民间故事夸大虚饰，以取信于人。两汉巫风极盛，方士也相当活跃。他们所讲说的故事性的、知识性的内容被记录下来，就是《山海经》、《穆天子传》一类的书。

但是，无论稗官或方士，他们讲说故事，虽是其职业的一部分，却并非娱乐性的。稗官是在“汇报”；方士是在“宣传”，都不是伎艺。所以他们的“小说”虽也来自民间，并反过来影响到说话伎艺，他们的活动却并非说话伎艺的先驱。真正和后世的“说话”一脉相承的，还是俳优侏儒。

下面，就从若干问题来研究俳优侏儒的概况：

俳优侏儒是怎样产生的？说话艺术是怎样职业化的？

---

① 《汉书·艺文志》如淳注：“主者欲知里巷风俗，故立稗官使称说之。”

② 《韩非子·说林》、刘向《说苑》，都是故事的结集。战国时游说的内容必用喻，所谓“有说则可”，当时的“说”字就包含着故事性的“正论宏旨”，其内容浅俗琐屑者，就被称为“小说”。

俳优侏儒的业务有哪些？说话艺术在俳优侏儒的活动中位置如何？

俳优侏儒的“说话”活动和民间的关系如何？对说话艺术的发展影响如何？

有关这些问题的材料很少，我们目前只能根据已有的材料作出一些分析推断。

在上古时代，讲说故事和神话，往往是在劳动之余进行的，并非专业性的活动。随着生产力的提高和社会生产的发展，人民讲述的技巧也逐渐丰富。人与自然界的斗争，部落联盟之间的斗争，也为故事创作提供了丰沛的生活源泉。讲唱者逐步由换取听众的一些酬报，初步地职业化。讲唱者当中的某些失去劳动力的人（如瞽）往往成为在人民中间进行说故事的能手，都被迫成为剥削者取乐的工具。而那些被迫到帝王宫廷中去供笑乐的人，当然是其中具有更高才能的人。《礼记·王制》说：

喑、聋、跛、躃、断者、侏儒、百工，各以其器食之。

就是各种失去劳动力或劳动力不强的人如何被剥削者根据他们各个人的特点进行剥削的说明。

俳优侏儒就是这样产生的。说话艺术的职业化过程也大抵是这样的。这种职业化，是剥削阶级掠夺占有的结果。明白了这一点，“说话”的伎艺到唐宋时代特别是宋代，能够成为市民们的娱乐，就使我们更觉得可贵了。

这些古代的艺术家们，在人民中间的时候，是能够受到平等的待遇或受同情的，一旦被剥削阶级占有，便沦为玩物，被视为贱役了。《淮南子·缪称篇》：

侏儒瞽师，人之困慰者也，人主以备乐。

《韩非子·难三》：

俳优侏儒，因人主之所与燕也[1]。

《列女传》：

夏桀既弃礼义[2]，求倡优、侏儒、狎徒，为奇伟之观。

与"礼义"对立，和"狎徒"并举，可见他们在统治阶级心目中的地位。他们的代表人物，便是历史上有名的优孟、优旃和郭舍人等[3]。而一些"口才便给"的文士，也被统治阶级罗致，选入宫廷，作为"高级"的娱乐品——"弄臣"，实际上也是"俳优侏儒"式的人物。齐国的淳于髡[4]就是最早的一个。汉代的东方朔、枚皋[5]，都很著名。

说话艺术是不是这些俳优侏儒和文士的业务呢？且看他们是怎样一类的艺人吧？他们中有很多人大概能歌、舞、乐、优，但说笑却是重要的一门。俳，是俳谐滑稽。《汉书·霍光传》："击鼓、歌

① 《诸子集成》本"因"作"固"，当据改。——校者注

② 《龙溪精舍丛书》本王圆照《古列女传补注》无"夏"字。——校者注

③ 均见《史记·滑稽列传》。

④ 同上。

⑤ 见《汉书》本传。

唱，作俳优”[①]，颜师古注谓“俳优，谐戏也”。《史记·滑稽列传》：“优孟，故楚之乐人也。长八尺，多辩，常以谈笑讽谏。”《汉书·严助传》：“（东方）朔、（枚）皋不能持论，上（武帝）颇俳优畜之。”又《枚皋传》称皋“谐笑类俳倡”[②]。足见“俳优”是语言滑稽，专以戏谑供人取乐的。“侏儒”则为身材矮小的人，有类后来的小丑。《史记·滑稽列传》：“优旃者，秦倡侏儒也；善为言笑……”《史记·滑稽列传》中对优孟、优旃这样有名的俳优侏儒的记载，倒还是着重在他们的诙谐讽谏。像优孟为孙叔敖衣冠，抵掌而谈，卒将孙叔敖之子穷困之状，达于楚王。优旃临槛疾呼，陛楯郎得以更番休息，都是绝好的例子。他们是“乐人”、“侏儒”，却显然有卓越的见地，丰富的想象力，善于以生动的语言编造形象鲜明的笑话来规劝统治者。淳于髡富有故事性的对答更是生动具体。由此也可想见，他们平时讲故事讲笑话有多么熟练。至于东方朔、枚皋，都是以博闻善辩著称。《汉书·东方朔传赞》：

> 朔口谐倡辩，不能持论，善为庸人诵说，故令后世多传闻者……其滑稽之雄乎？朔之诙谐逢占射覆，其事浮浅，行于众庶，童儿牧竖，莫不眩耀。而后世好事者，因取奇言怪语，附著之朔，故详录焉。

又《枚皋传》：

① 中华书局标点本本句作“击鼓、歌吹，作俳倡”。——校者注
② 中华书局标点本“谐”作“诙”。——校者注

皋不通经术，诙笑类俳倡，为赋颂，好嫚戏，以故得媟黩贵幸。

可见东方朔在民间已有着“童儿牧竖，莫不眩耀”的声望，以至成为奇怪故事附着的对象。而后来的《神异经》、《海内十洲记》等小说，所以托名东方朔者，亦以此故。

从以上的材料看来，说故事、说笑话，确是这些人的重要的业务，甚至是比歌、舞、乐等更受统治者赏识，更有思想意义的业务。

宫廷中的俳优侏儒，是奴隶主、封建领主、各地官吏从民间搜罗强占来的。刘向《说苑》称秦始皇时“倡优累千”、“妇女倡优数巨万人”①，这显然是从六国掠夺来的。“累千”、“巨万”之数中，当然很多是艺人，这也从侧面反映了“俳优侏儒”来自民间、集中于宫廷的情况，反映了当时民间“业余”伎艺之盛。

这些艺人、文士和民间的联系如何，材料也极少。从东方朔的“其事浮浅，行于众庶，童儿牧竖，莫不眩耀……”来看，联系是既广且密。东方朔之类的人，来自民间，他们的故事笑话，又在民间广泛流传。

当时民间的“街谈巷语”，各种民间故事应该是很多的，汉代的帝王才会专设稗官来采集。民间的艺术能手也很多，秦始皇才可能累千巨万地集中。汉代说故事虽无直接资料，然灵帝时待制鸿门下的许多诸生，却“喜陈方俗闾里小事”。这些“方俗闾里小事”，似乎是社会新闻一类的东西，它必然是采用民间口头语言来

① 见刘向《说苑》卷十四、卷二十。

演述的，所以蔡邕攻击诸生所写的辞赋说：“下则连偶俗语，有类俳优。”①至于民间乐府中涉及故事的就更多②。像罗敷采桑，昭君出塞，更为后来小说常用的题材。亦可从侧面窥知汉代说故事是相当普遍的，可见，俳优侏儒的说话活动是在民间文艺的基础上发展的，得到民间文艺在人才、艺术源泉等方面的滋养。

民间故事是有其战斗的传统的。我们可以从现存的远古时代的故事中看到人民改造自然、反抗压迫的斗争意志和乐观主义精神。但是这些故事当时怎样在人民群众中口口相传，民间的说故事能手又怎样说唱，我们却得不到任何记载（那是因为封建统治者卑视民间的艺术活动）。我们所能看到的一些神话故事，是文人的记录，和浩瀚的民间故事的海洋相较，不免挂一漏万。而且民间故事中最富有阶级反抗性的宝藏，就最不容易传下来。

因而，我们对汉以前的说话艺术，在内容的进步性方面很难作出分析推断。但对于俳优侏儒之类从事说话艺术的人，根据《史记·滑稽列传》的记载，倒还可以看到他们的正直、高尚的品格，他们的讽刺是大胆的，有一定的战斗性，虽然采取的是玩笑的形式，却自有其社会意义和政治意义，反映了人民的利益和愿望。这大概和他们出身微寒，来自民间有很大关系。

就是那些“弄臣”，也接触到了现实生活或政治上的某些重大问题，所以对于统治阶级，也常流露出不满情绪③。

① 见《后汉书·蔡邕传》。

② 如横吹曲的《刘生》、《洛阳公子行》，相和曲的《王昭君》、《秋胡行》，清商曲的《莫愁》、《子夜》、《杨叛儿》等。

③ 如东方朔《答客难》：“尊之则为将，卑之则为虏，抗之则在青云之上，抑之则在深泉之下，用之则为虎，不用则为鼠。”

民间的说话艺术和俳优侏儒的说话艺术在思想内容方面的关系，还有待于我们作深入细致的分析研究。

但俳优侏儒等辈对我国说话艺术在形式发展方面的作用，则是比较突出的。

“说话”是俳优侏儒业务之一，它经常和歌舞、音乐和雏型的戏剧一起，在统治者面前表演。而这些“说话”的内容，在当时还是以笑话和滑稽的问答为主。这就给“说话”提供了和其他门类的伎艺互补短长的机会。我国的说书，有说、有噱、有唱（或诵）、有音乐、有戏剧性的表演，和秦汉六朝时期俳优侏儒“百戏杂陈”、多彩的艺术活动是有一定关系的。特别是诙谐嘲弄（噱），成为我国说话艺术中的重要构成因素，更和俳优侏儒的谈笑分不开。近年出土的汉灵帝（东汉后期）时的一个“击鼓俑”①，满面笑容，张口，扬枹柎鼓，神态活现。有的专家判断是在说书，因为它颇有说、噱、唱、音乐、表演齐备的情状。当然，也可能并非在说书或演唱，只是在击鼓（伴奏或独奏）。但就是击鼓，从俑的神态来看，从这位古代雕塑家专心要塑造这种神态的意图来揣测，也可想见当时的俳优侏儒在艺术活动中，是很善于表情的，是有相当水平的艺术修养的。

秦汉时代说话艺术的丰富和活跃，还派生了一种新的文学现象，那就是韵散结合的文体，就是赋。赋是在民间语言艺术发达的基础上产生的，它证明了民间说话艺术在当时已经有了带说带唱

① 四川成都天回镇汉墓中出土的击鼓俑，同时出土的尚有金错刀，上铸灵帝“光和七年”（公元 184 年）字样。见刘志远《成都天回山厓墓清理记》，《考古学报》1958 年第一期。

的形式；而赋这种韵散结合的文体的大发展，反过来也影响了说话艺术和后世的小说。

说话艺术在叙事抒情的时候，为了更加细致多彩，更好地刻画形象，表露感情，来吸引和感染听众，自然而然地和歌唱（或朗诵）结合起来，发展成带说带唱的形式。这种形式，比纯粹散说或通篇歌诵要自由灵活，更适合于细致描写和抒情，更受听众的欢迎，就成为我国说话艺术（或称说唱艺术）的最重要的形式。

这种讲说和唱诵结合的艺术形式，在秦汉时代可能就叫做赋，是民间的文艺，也就是今天称为民间赋的作品。而在汉代盛极一时的文人赋，主要就是采取了民间赋的形式和技巧，也吸收了前代各种文体的特点，融合而成的一种新的文学样式，所以它最接近于民间带说带唱的艺术形式。我们现在能看得到的最早的接近于赋的记载，是宫廷俳优或文士的口头问答的记录。战国时一位以滑稽著称的齐国稷下谈士淳于髡的谈片——对威王问①，就具有赋的意味。这种对话式的体裁和后来宋玉对楚王问②，是同一个渊源。汉魏以降，以迄隋唐，赋的创作是很繁荣的。一方面，民间赋继续发展，反映着人民的生活和理想。汉魏时期的民间赋，尚不见有文字记载，但六朝以后，就有《韩朋赋》、《燕子赋》等相当成熟的赋流传下来。其他像《晏子赋》、《孔子项托相问书》、《茶酒论》一类问答体的作品③，也完全是民间讲述故事的形式，材料的来源也是现实生活，另一方面，一些文人采取了民间赋的形式，先是在口头，后

① 见《史记·滑稽列传》。

② 见《文选》。

③ 均见《敦煌变文集》。

则写成文字,也创作了不少有名的赋。曹植的《鹞雀赋》就是用问答的形式来表现的,他的"诵俳优小说数千言",可能就是用赋体来诵的。但他们创作的目的,都是供统治阶级当作"小说"来读的,因而就多歌功颂德,少数则亦有讽谏之意。李嘉言在《关于汉赋》一文里说①:"文人把统治阶级的生活游戏变为文字游戏,把它们穷奢极欲的生活搬进了文章,这在统治阶级读来,无异对于他们的奢侈豪华的生活换个形式的再享受。"这些话是不错的。但作者在"铺采摛文"的同时,常常假设客主互相唯喏,使它带有故事的性质,或杂以俳谐问答,设辞假托,如枚乘的《七发》、曹植的《七启》,这正是民间俳优文体的特色。发展到了隋唐,出现了俳赋。如天宝初年刘朝霞所献的《驾幸温泉赋》②,唐末徐夤的《樊哙入鸿门赋》、周繇的《梦舞钟馗赋》、王棨的《玄宗幸西凉府观灯赋》等③,不但故事性增强,并且夹杂了不少民间口语和神话故事。《初学记》引刘谧的《廓廊赋》,载其开端四句说:"坐上诸君子,各各明君耳。听我作文章,说此河南事。"则更显然,赋是可以向听众讲说的了。

民间赋的内容和形式的某些特点,为后世的说话艺术所继承。文人赋虽然失去了歌唱的特色,增加了格律、对仗等精雕细琢的东西,但在文体上、语言上、描写的技巧上,对说话艺术产生了影响。我们从文学发展来看,赋是由口头文学向书面文学转变的重要途径之一。它在中国文学史上的地位相当重要,因为它善于用华丽的字句,铿锵的声调,细腻地、客观地描写各式各样的大小事件,而

① 载《文学遗产》第三〇九期。

② 《全唐文》凡例云:"《古今事通》所载刘朝霞《驾幸温泉赋》等篇……或涉俳优,今删。"

③ 均见《全唐文》。

又富于想象(指较优秀的作品而言),最能起着刻画的作用,所谓“写物图貌,蔚似雕画”。所以,它不但丰富了说话艺术,对其它种类的文学作品的影响也很显著。唐代传奇小说的委曲婉丽的作风,是从赋里汲取养料的。宋代话本小说和元明以来的章回小说中,遇到描写人物的服装、体态、行动或环境时,也往往采用赋体来丰富它的语言和风格。即使像清代弹词那样长篇叙事诗,同样用赋体来一力铺张,层层进展的。

从这些情况来看,赋是在民间语言艺术(包括说话艺术)的基础上,由口头文学发展而成的书面文学,它反过来对于唐宋的“说话”有一定的影响。

从以上的叙述和分析,我们可以看到,来自民间的说故事艺人的活动,是后来的“说话”的起源。在漫长的周秦汉魏时代,俳优侏儒在说故事方面的活动,是广泛的民间“说话”活动的代表,是“说话”发展史上一个重要的环节。在这一时期内,说话艺术职业化了,但在艺术的分工上还未独立。“说话”完全成为独立的职业化伎艺,而且面向人民群众,那是城市经济繁荣、市民聚居较多以后的事了。

第二节 魏晋六朝的“俳优小说”和“说肥瘦”

魏晋六朝时代,说话艺术的主流——民间的“说话”——有些什么发展和提高,因缺乏资料,我们现在还无法确切地叙述和判断。但是从当时统治阶级普遍爱好“说话”的情况来看,可以想见,随着整个社会经济文化的发展,民间说话艺术也有相当大的发展,因为艺术是群众创造的，其形式和基本技巧必来自民间，他们所表演的伎艺，往往连内容也是民间的东西，只是因为被剥削阶级所占有，被作了窜改歪曲而已。试看当时统治阶级"说话"的一些例子：《三国志·魏志》卷二一《王粲传》裴松之注引《魏略》说：

> 太祖（曹操）遣（邯郸）淳诣（曹）植，植初得淳甚喜，延入坐，不先与谈。时天暑热，植因呼常从取水自澡讫，傅粉，遂科头拍袒、胡舞五椎锻、跳丸、击剑、诵俳优小说数千言讫，谓淳曰："邯郸生何如耶？"于是乃更著衣帻，整仪容，与淳评说混元造化之端，品物区别之意。然后论羲皇以来贤圣、名臣、烈士优劣之差，次颂古今文章赋诔及当官政事，宜所先后，又论用武行兵倚伏之势。

这是一个最突出的例子，讲小说和胡舞五椎锻、跳丸、击剑等成为并行的伎艺，足见当时的"俳优小说"已属于"百戏"范围之内。而曹植所诵的"俳优小说"竟达数千言，邯郸淳也写过一本《笑林》，显然都是从民间艺人那里学来和采取来的。《文心雕龙》有"魏文因俳说以著笑书"的话，而《世说新语》也有《排调》一门，专记幽默的辞令或带讽刺意味的俳谐资料，足见当时诙谐调谑，已经风靡一时，而这正是中国"说话"艺术的重要构成因素。下面还有不少例子可作说明。

《魏书》卷九十一《蒋少游传》：

> 高祖时，青州刺史侯文和亦以巧闻，为要舟，水中立射；滑稽多智，辞说无端。尤善浅俗委巷之语，至可玩笑！（《北史》卷

九十《蒋传》同）

《北史》卷四十三《李崇传》（附《李谐传》子李若）：

若性滑稽，善讽诵。数奉旨诗咏，并说外间世事可笑乐者。凡所话谈，每多会旨。……帝每狎弄之。

《南史》卷六十五《始兴王传》：

夜常不卧，执烛达晓，呼召宾客，说人间细事，戏谑无所不为。

《隋书》卷五十八《陆爽传》附侯白：

（白）好学有捷才，性滑稽，尤辩俊，举秀才，为儒林郎，好俳优杂说，人多爱狎之。所在之处，观者如市。（《北史》卷八十三《李文博传》略同）

《太平广记》卷二四八引隋侯白《启颜录》：

白在散官，隶属杨素，爱其能剧谈，每上番日，即令谈戏弄，或从旦至晚始得归。后出省门，即逢素子玄感，乃云：“侯秀才可以（与）玄感说一个好话。”白被留连不获已，乃云：“有一大虫欲向野中觅肉……”

从这些记载,可以看到“说话”一类的活动及其艺术内容已较秦汉时代有两个新的特点:

第一,参加者的范围扩大了。不仅有原来的民间艺人俳优(见下),还有许多侍臣、宾客也常“谈戏弄”、“剧谈”、“说话”,来供统治者笑乐,或者自娱,而这些侍臣、宾客中,有不少人很明显是出身于统治阶级,侯白、李若等都是世家子弟。不仅如此,甚至青州刺史侯文和,以至最高统治者曹丕、曹植,也爱好这一套,亲自写作和表演,并不以为降低身份,连“观者如市”也不以为意。固然,放诞风流,是魏晋六朝统治阶级知识分子的风尚,他们时常表现出流光飘忽和人生短促的思想和情感,及时行乐是当时的普遍现象。王羲之的“我卒当以乐死”的话,正是官僚地主阶级追求生活的尽情享受的代表。这时期,“俳优小说”为人们所爱好,原因之一就在于此。但当时又极重门阀,讲究礼法身份。而为数颇多的统治者居然说“人间细事”、“外间世事”,并好“俳优杂说”,为“浅俗委巷”之语,这只能说明当时“俳优小说”之类的文艺活动,已经相当普遍,具有很大的吸引力,为自己争得了社会的承认。这是魏晋六朝时代“说话”艺术有了发展的有力的旁证。

第二,“说话”的取材已较为广泛,内容丰富了,技巧也提高了。不仅是滑稽戏谑的题材,还常有“人间细事”,有寓言式的“话”(大虫觅肉)。曹植能诵俳优小说数千言,侯白能谈戏弄从早到晚,都说明“说话”的内容已不再是以简短的故事、笑话为主,已出现较长的故事了。要生动地传达丰富的内容,当然要有较高的技巧,李若“凡所话谈,每多会旨”,侯白“所在之处,观者如市”。足见他们“舌辩”的擅长,具有相当大的吸引力。

关于民间的专业说话人的活动,现存材料极少,我们对魏晋六朝“说话”艺术的全貌，无法判明。但根据《三国志·魏志》卷二十一注引《吴质别传》：

> 质黄初五年朝京师，诏上将军及特进以下皆会质所，大官给供具。酒酣，质欲尽欢，时上将军曹真性肥，中领将军朱铄性瘦，质召优使说肥瘦。真负贵，耻见戏。

从这一条“说肥瘦”的材料看来，专业艺人“说话”的本领是相当高的。“说肥瘦”也许不是故事性的，它只是临时“捏合”的诙谐性的内容，类似后世的相声，很可能是即席出题，即编即说或部分地即编即说的。而这位艺人，却能随机应变，应付裕如，即席编成了一套说法，要打动人，自然要有形象，有巧妙的对比、暗喻，甚至简练的情节。当时的俳优“说话”能达到这样的水平，也可说明他们业务的熟练了。

第三节　唐代民间、宫廷、寺院中的说话

由于隋末农民大起义的冲击荡涤，唐代前期农村封建统治有所削弱，农业生产力就得到较大的发展，广大农民不断地创造大量的社会财富，在这基础上，工商业空前地繁荣起来，由于封建统治阶级的奢侈享乐，又增加了贵重消费品的生产和贸易，城市也就日趋繁盛。唐代中期，土地兼并更甚，封建剥削掠夺更残酷，广大农民贫困破产，但城市却因统治阶级的穷奢极欲而更趋畸形繁荣。因而，唐代城市经济的发达又超过了前代。《旧唐书·崔融传》说：

天下诸津，舟航所聚，旁通巴汉，前指闽越，七泽十薮，三江五湖，控引河洛，兼包淮海，弘舸巨舰，千轴万艘，交贸往返①，昧旦永日。

又《苏环传》说：

扬州地当要冲②，多富商大贾，珠翠珍怪之产。

《通鉴》卷二五九说：

扬州富甲天下，时人称扬一益二。

当时从事各种工商业活动的人及其依附者麕集城市，广大破产农民也大量流入城市，成为市民中最贫困的人群。京城长安是政治中心，也是最大的商业中心，人口约达三十馀万户，他如洛阳、扬州、开封、成都、广州都是很繁荣的商业城市。城市住户中，一小部分是帝王、贵族、官僚地主和富商，他们是统治者，主要的剥削者。大部分则是直接间接为统治阶级服务的人——手工业工人、小商贩、店员、中小工商业者、小吏、差役、兵士以及其他各种城市贫民和游民（包括妓女、乞丐）。这些人，在唐代开始形成成分很庞杂的市民阶层。

① 中华书局标点本"返"作"还"。——校者注
② 中华书局标点本"要冲"作"冲要"。——校者注

市民阶层有自己的相对独立的经济,他们不像农民那样分散,也不像农民那样贫困,他们开始能够用自己的钱来共同养活一些艺人,以满足自己的文娱生活要求。他们需要反映自己的政治经济要求和道德观念的文艺。就在这个社会基础上,“说话”艺术开始以广大市民为听众。这对“说话”艺术的发展是个决定性的因素。

所以说是“开始”,是因为这种现象,就像市民群众本身一样,仅仅是初具规模,力量薄弱,特别是在政治思想上还远未成熟。唐代的市民,仍然受封建统治阶级的剥削、压迫和鄙视,唐代城市的坊市制、宵禁制限制了市民的活动,尤其是夜间的商业和文娱活动。市民本身,看来也还没有足够经济力量来养活较多的艺人。因而,唐代的“说话”虽然开始反映市民的某些要求,整个看来,市民群众还没有占领“说话”的阵地,也没有在“说话”艺术中成为主人公。在唐代,“说话”表演的场所大都在寺院里,而且不是经常性的,真正市民艺人“说话”的情况很少有记载,即或有之,也只是民间艺人被召在官僚豪绅家参加“百戏”表演。

虽然如此,唐代的“说话”,毕竟已经比以前迈进一步,开始风靡全社会了。下面略述在民间、寺院和宫廷“说话”的情况,或可从而了解当时“说话”艺术的面貌及其向“市民文学”发展的趋势。

一、民间的说话

有两条重要的材料:

第一,元稹《酬白学士代书一百韵》诗:“翰墨题名尽,光阴听话移。”元氏自注云:“乐天每与予游从,无不书名屋壁。又尝于新昌宅说‘一枝花话’，自寅至巳，犹未毕词也。”

这条材料所述，较大可能只是士大夫身份的白居易在说故事，但也可以从而想见民间说话的某些情况。

按《醉翁谈录》，“一枝花”是长安名妓李娃的别名①。“一枝花话”，就是郑元和和李娃故事。新昌宅在长安新昌里，是白居易为校书郎时的住宅②。元稹此诗系追忆旧游之作。元氏又有《李娃行》，可能是听“一枝花话”后所写。一枝花故事是白行简从他的伯祖那里听来的。贞元中，白行简又“话”给李公佐听，同时写了一篇《李娃传》③。而白行简的哥哥白居易在新昌里又讲给元稹听，元稹听了也写了一首《李娃行》④（在新昌宅上说故事者究竟是谁，目前研究者是有争论的。有的说是民间艺人，有的认为是白居易本人。从前后语气、文法看来，是白居易本人的可能性较大）。大约四五年后，元稹又写了这首诗追忆此事。

李娃故事确实是曲折动听的，从白行简的伯祖的时代，到新昌宅说“一枝花话”，几十年来，这故事决不会只停留在士大夫阶级少数人的口头，相反，因为它涉及市民（妓女、乞丐、店主、歌郎等），就必然广泛流传于广大市民之口，为市民所艳称，为市民所增饰，从

① 《醉翁谈录》癸集卷一“李亚仙不负郑元和”条：“李娃，长安娼女也，字亚仙，旧名一枝花。”

② 据戴望舒考证，贞元二十年至元和五年春，为白居易第一次居新昌里的时期。见《读李娃传》，收入《小说戏曲论集》，作家出版社 1958 年版。

③ 白行简《李娃传》末云：“予伯祖尝牧晋州，转户部，为水陆运使。三任皆与生为代，故谙详其事。贞元中，予与陇西公佐话妇人操烈之品格，因遂述汧国之事（这里只述“事”，不称“话”）。公佐拊掌竦听，命予为传。”

④ 全诗已佚，仅存四句。宋许顗《彦周诗话》云：“元微之《李娃行》云，髻鬟峨峨高一尺，门前立地看春风。”又任渊《后山诗注》卷二《徐氏闲轩》诗注云：“元微之《李娃行》，平常不是堆珠玉，难得门前暂徘徊。”

口头文学来看,就是会有很大的丰富和发展。元稹诗“自注”中的“一枝花话”,很耐人寻味。疑“一枝花话”,已是一个成型的“说话”的名目。按“话”字,动词可作说故事解,名词则作故事解,但“话”字和一定的人名连起来,却只见于已定型的“说话”(如《嶦山远公话》),故“一枝花话”,可能应作《一枝花话》。果然这样,或许民间当时已有《一枝花话》,白居易家族“谙详其事”,白居易又是文学家,说来当然更加细致。或许是白居易利用民间说话形式说李娃故事(就像曹植“诵俳优小说数千言”那样),因其生动细致有“说话”之风,故自称《一枝花话》。从这些情况,就可想见:唐代的说话,是民间和文人相互影响的。而且当时某些“说话”的水平已相当高,才能“自寅至巳,犹未毕词”,这个能说四五个小时的《一枝花话》所代表的唐代“说话”艺术,就更值得注意了。

唐代民间说《一枝花话》的情况,已无文献可考。宋代《一枝花话》的概略,还记载在《醉翁谈录》里①。明代还保存两个话本:一是万历末年《小说传奇》合刊本的《李亚仙记》,另一是《燕居笔记》卷七的《郑元和嫖遇李亚仙记》。后者的结尾有“虽是青楼新话,编入幽谷生春”的话,又有七绝、七律各一首,纯属“说话”语气。可能其中还保存着若干早期《一枝花话》的片断。

第二,段成式《酉阳杂俎续集》四《贬误》云:“予太和末因弟生日观杂戏,有市人小说,呼扁鹊作褊鹊字,上声。予令任道升字正之。市人言:‘二十年前尝于上都斋会设此,有一秀才甚赏某呼扁字与褊同声,云世人皆误。’”(按:清梁玉绳《汉书人表考》卷五谓扁鹊之扁“似当音篇,乃鶣省文,取鹊飞鶣鷅之义。”)这条材料提示

① 《醉翁谈录》癸集卷一有“李亚仙不负郑元和”。

几点:(1)“市人”不是指一般市民,而是指街坊艺人(包括各种伎艺),高承《事物纪原》所谓“仁宗时市人有能谈三国事者”的“市人”,“市”即此。(2)说话是在庆祝及斋会时用之。李义山《杂纂》(《说郛》本)“冷淡”条:“斋筵听说话。”及《玉堂闲话》(《太平广记》卷二五七引)载唐营丘豪民值生辰,召僧道启斋筵,伶伦百戏毕备。均可证。(3)“说话”包括在“杂戏”(百戏)之内,作为杂戏中较小的单位演出。唐代长安东西两市的杂戏,也必然包括“说话”这一伎艺,“说话”为杂戏中的一种,直到宋代仍然是这样①。

此外,如《唐会要》卷四载:“元和十年(815)……韦绶罢侍读。绶好谐戏,兼通人(民)间小说。”民间小说,当亦“说话”之类。又孙棨《北里志序》:“其中诸妓多能谈吐,颇有知书言话者。”言话就是说话,当时妓女于歌唱之外兼及说话,反映了唐代民间“说话”的普遍流行。至于李商隐《骄儿诗》“或谑张飞胡,或笑邓艾吃。”有人以为晚唐已有说三国故事,恐未确②。

唐代民间说话的记载不多,恐和俗讲的特别兴盛有关。但从另一方面来看,俗讲的不少内容,如张义潮、张淮深的故事,伍子胥故事,秋胡故事,昭君故事,季布故事,等等,内容和佛教完全无关,实质上属于民间说话,这很可能是俗讲和尚从民间艺人那里搬去的(此点在下文“寺院里的俗讲”中再述)。上述的种种故事,可能也是当时民间说话的内容,只是民间说话的底本不像俗讲变文那样有敦煌石窟保存,因而早已散佚了。

① 参看《东京梦华录》卷八“六月六日崔府君生日二十四日神保观神生日”条,又周密《武林旧事》卷三“社会”条。

② 李诗从下文“学参军”、“唤苍鹘”等语看来,显属戏剧。清沈涛《交翠轩笔记》谓“当日俳优已有以益德为戏弄者”,是也。

二、宫廷中的说话

郭湜《高力士外传》记载：

> 上元元年(760)七月，太上皇(玄宗)移仗西内安置。每日上皇与高公(力士)亲看埽除庭院，芟薙草木。或讲经论议(议不作义)，转变说话，虽不近文律，终冀悦圣情。

唐玄宗是一个精通音律，广蓄俳优杂伎①，善于享乐的皇帝。他的这种举动，到了晚年更有所发展。“讲经论议，转变说话”的是谁，此处没交代清楚。自“亲看”以下，“埽除”、“芟薙”，当然是宫女、太监干的，则“讲经、说话”，也可能是高力士安排组织的，也可能是高力士亲自参加的。讲说的内容，有两大科，一科是“讲经论议”，这大概是模仿讲经文、三教论衡之类的表演，内容大抵以哲理为主，杂以故事为喻。另一科是“转变说话”，这里的转变，大概是唱变文，说话，当然就是民间伎艺“说话”了。“说话”者或是民间有名的艺人被征召到宫廷供奉的，或竟是高力士等人向艺人学来的“客串”。

这一条记载很重要，它不但说明当时变文(俗讲)和说话已很兴盛，以至宫廷中也在表演，而且说三教论衡这样本来很庄严的哲学宗教活动，也早已开始伎艺化了。三教论衡和俗讲及说话都有关系，我们且看它的发展情况。

---

① 崔令钦《教坊记序》：“翌日诏曰，太常礼司，不宜典俳优杂伎，乃置教坊，分为左右而隶焉。左骁卫将军范安及为之使。”

三教论衡，北魏已有。《通鉴》卷一三三：

宋明帝泰始七年(471)，谓魏献文帝好黄老浮屠，“每引朝士、沙门，共谈玄理”。

北周渐渐流行。《北周书》卷五《武帝纪》：

天和三年，“集百僚及沙门道士等，亲讲礼记”。四年，“集百僚、道士、沙门等，讨论释老义”。

《北史》卷三十一《韦夐传》：

武帝又以佛、道、儒三教不同，诏夐辨其优劣。

唐初承袭六朝遗风，时有讲论。高宗时常召李玄植与道士、沙门，在“御前”讲说经义①。玄宗在开元十六年，也曾举行过一次辩论。《新唐书》卷一三九《李泌传》说：

悉诏能言佛、老、孔子者，相答难于禁中。有员俶者，九岁，升座，词辨如注射，坐人皆屈。

大概在此之前，宫廷中的三教论辩，态度是严肃的。但在不断论辩之中，儒、释、道矛盾冲突不免有种种喜、怒、哀、乐之状，有嘲弄讽

① 见《旧唐书》一八九上《贾公彦传》。

刺之言，涌现了大量的生动的戏剧性形象，就为民间伎艺人，甚至论辩者自己提供了作枝词游说、夸张表演的素材。这样，三教论衡逐渐成为伎艺的内容，如后来的《弄孔子》①，《孔子项托相问书》②之类。所以玄宗有“求之精义，不许游词，用服其心，以惩习俗”的批语③。等到玄宗做了太上皇，心境自属不同，高力士的客串，必然以民间“说话”的方式出之，目的并非在辩论三教优劣（一个人亦无从论辩），只是“悦圣情”而已。

三教论衡的辩论形式，渐渐趋向伎艺化，大约就在玄宗时开始的。元和以后盛行的俗讲也导源于此。在宫廷中，后来便成为皇帝诞日表演节目之一④。如德宗诞日，在麟德殿举行三教讲论。《旧唐书》卷一三五《韦渠牟传》说：

> 讲论儒、道、释三教。渠牟枝词游说，捷口水注，上谓之讲耨有素，听之意动。

这简直是在听“说话”了。晚唐时优人李可及甚至扮演三教论衡的戏剧⑤，作滑稽的演出。北宋时，优伶有利用三教作为箴规讽谏

① 《旧唐书》一七下《文宗纪》：“太和六年二月己丑，寒食节，上宴群臣于麟德殿。是日，杂戏人弄孔子。帝曰：‘孔子，古今之师，安得侮渎！’亟命驱出。”

② 见《敦煌变文集》卷三。

③ 玄宗：《答张九龄贺论三教批》，见《全唐文》卷三十七。

④ 除下文德宗一例外，文宗诞日，诏白居易于与麟德殿会安国寺沙门义休，太清宫道士杨弘元，论三教异同。白氏作《三教论衡》，载《全唐文》卷六十七。

⑤ 唐高择《群居解颐》：“咸通中，优人李可及者，滑稽谐戏，独出辈流。虽不能托讽匡正，然智巧敏捷，亦不可多得。尝因延庆节，缁黄讲论毕，次及倡优为戏。可及乃儒服险巾，褒衣博带，摄斋以升崇座，自称三教论衡。……”（唐高彦休《唐阙史》下亦载此事）

的[1]。宋官本杂剧有关三教的剧目也很多[2]。这时,三教论衡的性质也起了变化。南宋临安有说话人王三教[3],或许因他擅长说“三教”而得名。

三教论衡的形象化、伎艺化,派生了一种重要的讲唱文学活动,那便是俗讲。俗讲的文字记录是变文。俗讲本身是一种说话伎艺,它对说话的影响又相当大,这就是我们重视三教论衡的伎艺化的原因。

三、寺院里的俗讲

唐代寺院中的俗讲,是宗教斗争的产物。唐代的最高统治者们,在释、道二教中,有的更多地信奉和利用道教,有的则反之。佛教徒为了巩固与扩大其思想阵地和特权利益,无孔不入地进行宗教斗争。三教论衡是在最高统治者面前的公开论战,而僧讲和俗讲的对象则是普通的佛教徒和广大人民群众,俗讲则更有敛财的目的。故胡三省说:“释氏讲说,类谈空有,而俗讲者又不能演空有之义,徒以悦俗邀布施而已。”[4]僧讲和俗讲都称讲经,但内容迥不相同。据日本沙门圆珍所撰《佛说观普贤菩萨行法经记》(《大正

① 宋洪迈《夷坚支乙》卷四“优伶箴戏”条云:“崇宁初,尝设三辈为儒道释,各称诵其教。儒曰,吾之所学仁义礼智信,曰五常;次至道士曰,吾之所学,金木水火土,曰五行;末至僧,僧抵掌曰:二子腐生常谈,不足听,吾之所学,生老病死苦,曰五化。……敢问苦,其人瞑目不应,阳若恻悚然,促之再三,方蹙额曰:只是百姓一般受无量苦。徽宗为恻然长思,弗以为罪。”

② 参看《武林旧事》卷十。

③ 见《武林旧事》卷六“诸色伎艺人”条“小说”类。

④ 引自胡三省《通鉴注》。

藏》卷五十六）所记，有两种：

> 言讲者，唐土两讲：一、俗讲。即年三月就缘修之，只会男女，劝之输物，充造寺资，故言俗讲（僧不集也云云）。二、僧讲。安居月传法讲是（不集俗人类，若集之，僧被官责）上来两寺皆申所司（京经奏，外中州也。一日[月]为期）。蒙判行之，若不然者，寺被官责（云云）。①

所谓僧讲，以讲解经文为主，对象为出家人；俗讲一般以讲故事为主（不限于佛经故事），对象为一般世俗男女。俗讲的目的是宣传宗教，麻醉人民，并聚敛财物。且据圆珍所言，无论“俗讲”、“僧讲”，须得官府批准，方可开讲。足见“俗讲”、“僧讲”都是为统治阶级服务的工具。僧讲是直接导源于六朝的唱导，它的话本叫“讲经文”（拟名），纯系宣扬教义（“类谈空有”）。俗讲则是三教论衡中释家一支的派生物，表面虽仍是讲经，实际已摆脱了教义的束缚，讲述非宗教的内容（“不演空有之义”），对僧讲来说，是有正变之不同。它的话本叫“变文”。变文在内容和形式上，都和民间说话艺术互相影响。

有关俗讲的最早记载是段成式的《酉阳杂俎续集》五《寺塔记》述及长安平康坊菩提寺有云：

> 佛殿内槽东壁维摩变，舍利弗角而转膝（疑作睐）。元和

① 如《降魔变文》序云：“伏维我大唐汉圣主开元天宝圣文神武应道皇帝陛下。”可见此文为开天间作品。

末，俗讲僧文溆(应作溆)装之，笔迹尽矣。

俗讲既然是三教论衡中释家一支的派生物，它的兴起，当不会早于开元以前。现存“变文”年代可考的，最早在开元、天宝之际①，我们推测俗讲的诞生也在此时，而盛于元和以后。俗讲开讲，一般都是奉敕命举行的。如日本僧圆仁《入唐求法巡礼行记》中所载：

……早朝归城，幸在丹凤楼，改年号，改开成六年为会昌元年。乃敕于左、右街七寺开俗讲。

九月一日敕两街诸寺开俗讲。

五月奉敕开俗讲，两街各五座。

开讲的目的，无非是利用宗教来麻醉人民。所以主讲法师，也由统治者选派，被派的多为内供奉三教讲论大德和赐紫(僧人衣紫自唐武则天赐僧法朗紫袈裟始，见《僧史略》)大德。如《入唐求法巡礼行记》中所载：

此赀圣寺，令云花寺赐紫大德海岸法师讲《华严经》；保寿寺令左街僧录三教讲论赐紫引驾大德体虚法师讲《法华经》；菩提寺令招福寺内供奉三教讲论大德齐高法师讲《涅槃经》；……会昌寺令由内供奉三教讲论赐紫引驾起居大德文溆法师讲《法华经》，城中俗讲，此法师为第一。

① 《通鉴·唐纪·敬宗纪》：“宝历二年六月己卯，上幸兴福寺观沙门文溆俗讲。”

而《敦煌变文集·故圆鉴大师二十四孝押座文》左边一行亦题:“左街僧录圆鉴大师赐紫云辩述。”据白居易的《三教论衡》所载,释为赐紫引驾沙门,与此正合。俗讲法师,由三教讲论大德充任,有时皇帝且亲临听讲①,可见彼此关系的密切。不仅释教如此,圆仁还提到了道教的俗讲,也是奉敕令开讲,并由内供奉道士矩令费主讲,他显然也是三教讲论的道流②。当然,俗讲的内容和三教论衡大不相同,源体不能悉同于本体,譬如长江之源,必不等于长江。俗讲在唐以前从未见诸记载,僧讲始于魏,尼讲始于晋③,独俗讲无可考见。俗讲在唐代,又出现得那么晚,而且到了南宋,三教论衡虽仍踵行,已渐趋式微④,俗讲亦成为不可晓之事⑤,它的历史又那么短,显然它是导源于三教论衡的一种讲经形式。

俗讲在寺院中开讲,面对广大群众,主要是市民群众。俗讲一方面麻醉欺骗群众,另一方面却也不能不受群众的影响。当时长安的大寺院,不少已有变场、戏场。钱易《南部新书》戊云:

> 长安戏场多集于慈恩,小者在青龙,其次在荐福、永寿。

---

① 《入唐求法巡礼行记》:“又敕开讲道教,左街令勑新从剑南道召太清宫内供奉矩令费于玄真观讲南华等经。”

② 见《事物纪原》卷七。

③ 洪迈《容斋三笔》卷十四题白居易《三教论衡》文后云:“观其问答旨意,初非幽深微妙不可测,知唐帝岁以此为诞日上仪,殊为可省。国朝命僧升座祝圣,盖本于此。”

④ 《碧鸡漫志》卷五云:“至所谓俗讲则不可晓,意此僧(指文溆僧)以俗谈侮圣言,诱聚群小,至使人主临观,为一笑之乐。”

⑤ 见《通鉴》唐敬宗“观沙门文溆俗讲”注。

形成戏场、变场的原因，一是寺院为了招徕香客，聚敛财物，对此采取鼓励态度，自己首先“设乐招会”，开“俗讲”；二是市民群众需要文娱生活。寺院既开戏场、变场，当然百戏杂陈。首先是俗讲占有有利阵地，很是兴盛。韩愈《华山女》诗中描写道：

街东街西讲佛经，撞钟吹螺闹宫庭；广张罪恶恣诱胁，听众狎恰排浮萍。

但是，就在同一首诗内，反佛的韩愈得意地描写了华山女的歌唱把和尚所诱胁的听众全部吸引过去的大胜利。他续写道：

华山女儿家奉道，欲驱异教归仙灵……遂来升座演真诀，观门不许人开扃。不知谁人暗相报，訇然振动如雷霆。扫除众寺人迹绝，骅骝塞路连辎軿。观中人满座观外，后至无地无由听。

这描写说明了俗讲有时也并非奉敕开讲，它的听众有时会被其他“说话”人夺走；同时也更说明了市民群众根据自己的好恶决定取舍。这对俗讲是严重的挑战。俗讲为了适应市民群众的需要，在内容上、形式上都作了改良。

内容上，首先是和中国传统的儒家思想妥协，宣扬“忠、孝、节、义”（这本是和佛教“空有”思想不可调和的），力图填平中国老百姓和佛教唯心论之间的鸿沟。特别是宣扬“孝”道，更是笼络老百姓的以退为进的手法。《舜子至孝变文》、《目连变文》等都是这类东西。目连救母故事是调和儒、释的最好题材，得到历代封建统治者和佛教头子的提倡，流毒全国千几百年。为了吸引群众，适应市民阶层的爱国主义思想和关心国运的心理，不少历史故事和“时事新闻”也被搬入俗讲，特别是民族矛盾的事件，更为群众关怀。我们把在敦煌石室中发现的“变文”、“话本”、“词文”绝大多数作为俗讲曾用来讲唱的本子，从名称来看，亦可看到不少是民间艺人的底本。如张义潮、张淮深领导人民自动起兵收复河西失地，在当时一定是为广大市民群众所羡称的英雄人物。又如“昭君和番”故事，也是既有人物命运又有政治意义的传奇故事。这些都成了俗讲的内容。很难设想，“四大皆空”的和尚会比民间艺人更关心祖国的兴亡，更有激情去歌颂恢复国土的义士。因而可以认为，许多非宗教性的俗讲内容，最初是民间艺人说唱的题材，和尚为了竞争，也学着讲唱起来。至于昭君故事，更是早已有之的，和尚不过套用而已。所以主要是市民和市民的“说话”影响了俗讲，使一部分俗讲有了适应市民意识的内容。甚至还有像《后土夫人变》那样据说是讽刺武后的变文①，像《大水辩》（或作《大水变》）那样带有诽谤性的变文②。

形式上，承袭了佛教艺术的某些特点，也吸收我国民间艺术的某些长处，使俗讲的艺术形式渐趋活泼。如韵散结合，加强音乐性和歌唱，就既有佛教唱导、呗赞的传统，又有我国讲唱文学的特色，

---

① 《后土夫人变》，见《后山诗话》：“唐人记后土事，以议武后尔。”又《茅亭客话》卷四“李聋僧”条：“行坐念后土夫人变。”故事见《太平广记》卷二九九“韦安道”条，叙韦安道遇后土夫人经过，乃是一个神奇的恋爱故事。

② 王定保《唐摭言》卷十：“皇甫松著《醉乡日月》三卷，自叙之矣。或曰：松，丞相奇章公表甥，然公不荐。因襄阳大水，遂为《大水辩》，极言诽谤，有‘夜入真珠室，朝游玳瑁宫’之句。公有爱姬名真珠。”

其中叙事用骈俪，则完全是中国的特色。如为了适应文盲听众，俗讲时铺挂画卷，就既是佛教艺术的特点，又有我国汉代“图、传、赞”的影响。因为当时的民间说话的底本已失传，我们无法判明当时的“说话”和“俗讲”到底互相影响到什么程度。但和尚本非艺人，为了做佛事吸引听众，却使其故事内容和歌喉都很动听，以至“听者填咽寺舍”①，则必然和吸取民间说话艺人的技巧直接有关。

通过上述在内容上和形式上的改良，俗讲在相当大的程度上由宗教宣传演化成为一种“说话”艺术了。俗讲在唐代中晚期统治阶级崇佛的时期十分兴隆，一方面是靠封建统治者的扶持（奉敕开讲，有宏大寺院作基地）；另一方面是和尚自己竭力改良的结果，以至形成了在当时来说可能是内容最多样、形式最完备的“说话”艺术。因而，俗讲变文又反过来影响了后世的“说话”和小说。

俗讲虽然盛极一时，却有根本的弱点。首先，宗教故事令人厌烦，非宗教故事却是来自民间，非和尚所熟知。俗讲愈多非宗教故事，宗教意义就愈冲淡，必然为正统佛教头子所贱视，却又赛不过熟悉民间生活的艺人。其次，和尚毕竟不宜像艺人那样尽情表演。其所以要挂画卷（或者结合壁画），可能也是想补充表演之不足。对说话艺术来说，画卷曾起过醒目的作用，但又是落后的形式，因为它远不如艺人绘声绘色的表演。因而在用形体表演来塑造形象方面，和尚总敌不过艺人。这样，一旦统治者不那么崇佛了，俗讲也就很容易为市民所淘汰。到了职业性的女艺人也以俗讲变文来

① 赵璘《因话录》卷四角部：“有文淑（溆）僧者，公为聚众谈说，假托经论。所言无非淫秽鄙亵之事。不逞之徒，转相鼓扇扶树，愚夫冶妇，乐闻其说，听者填咽寺舍，瞻礼崇奉，呼为和尚，教坊效其声调以为歌曲。”

讲唱的时候①，固然意味着俗讲变文的流传，也意味着俗讲即将被取代了。剩下的，只是俗讲曾用过的某些故事和俗讲所定型的艺术形式，继续影响着后世的“说话”和小说而已。

综合上述三方面的情况看来，唐代“说话”，源流上是继承了前代民间“说话”和俳优们的遗范，形式上有了改进，故事性大大加强了，比起魏晋六朝的“说话”来，有进一步的发展，达到了成熟的阶段。

第四节 唐代传奇、通俗文学与话本的关系

唐代文学，丰富多彩，诗歌、散文无论已，就是基本上为文人创作的传奇小说，和伴随城市的发达而发展的通俗文学（包括市民文学），也很兴盛。这些文学作品，都给宋代话本以或多或少的影响。特别是市人小说，它和宋代的市民文学必然是一脉相承的。本节专就唐代的传奇小说和通俗文学两个方面，简单地说明它们和宋代话本的承袭关系。

一、传奇

传奇是在唐代经济繁荣、封建剥削压迫日益苛重的基础上，社会矛盾尖锐复杂的产物。它以恋爱、剑侠为两种最主要的题材，兼及其他生活面。它所反映的社会矛盾，实质上是市民阶层同贵族

① 唐末吉师老有《看蜀女转昭君变》诗，见《才调集》卷八，是唐末已有妇女从事讲唱变文之证。

豪门之间的矛盾。它歌颂士子平民的争取婚姻自主,宣扬剑侠的知遇报恩。局限性虽然很大,但其中一些较好的作品,还是有一定的民主精神,反映了人民要求改变处境的愿望。特别是它在艺术方面取得了一定的成就。因而对后世的文学发展影响极为深远,作为以市民娱乐为主要对象的宋代"说话"和话本,也接受了传奇小说市民意识的一面而大大地发展起来。

传奇的成就在我国小说的发展史上是划时代的,影响也是多方面的。

第一,在思想内容上,传奇在我国的文学作品中是第一批着重反映当代的社会矛盾的作品。而且,它有比较接近于人民群众愿望的立场和态度。这种积极反映社会矛盾的精神,使传奇比志怪和《世说新语》一类的作品,前进了一大步。对话本等文学作品影响很大。它的以恋爱和侠义为主的比较广阔的题材范围,给后世文学发展准备了条件。有些题材和人物,还直接为后世文学所采用。诸如谢小娥、李亚仙、吴保安等就在话本中再现。传奇作者大量描写妓女婢妾,并给以同情和赞美,在宋代话本中则更涌现了大批的以下层市民为主角的作品。

第二,在艺术形式上,传奇是我国文学中第一批称得上是小说的作品,是有意识地创作小说。它以人物为中心,集中写一二个主人公;它有完整的故事性,并以这种有头有尾的完整性为我国短篇小说树立了民族形式;它有很大的虚构性,已跳出了写真人真事的限制,是创作性的小说;它的描写很形象具体,它的情节很细致生动;它的语汇丰富,词藻优美。这些特征,在很大程度上为话本小说所继承。

第三,在艺术方法上,传奇既反映了社会的重要矛盾,又能在矛盾冲突中，通过真实的细节写出人物的性格，它是有鲜明的现实主义因素的。同时，传奇又能写出一些当时的理想人物，或至少是光辉的性格，通过他们来解决矛盾，鼓舞激励读者，它也有积极的浪漫主义的因素，这种艺术方法上的辩证统一，对话本小说有明显的影响，霍小玉、李娃和璩秀秀、杜十娘等人物的刻画，令人读起来有一脉相承之感。

第四，某些传奇故事、诗赞、议论兼备的文体，对话本也有一定影响。宋赵彦卫《云麓漫钞》卷八说：“盖此等文备众体，可以见史才、诗笔、议论。”话本的结构也正是如此。以诗插在文中，《吴越春秋》已经有了（如《阖闾内传第四》），《搜神记》也往往有之（如《紫玉》、《天上玉女》），唐初张鷟的《游仙窟》①杂用方言、隐语和韵散结合的形式，就是民间说唱的固有形式。某些传奇采用了它，又反过来帮助后世的说话和话本肯定这种形式。

当然，传奇与宋以后的优秀话本相比，还是有逊色的。首先是传奇由于作者的阶级局限，很少反映阶级斗争，农民疾苦，没有以劳动人民为主人公，话本和拟话本，则较多以普通市民为主人公，而《灌园叟》篇，还在一定程度上反映了反对恶霸地主掠夺土地的阶级斗争。其次，话本因为直接来自说唱伎艺，它的通俗化、群众化是比较突出的，话本的语言，多系口语，格外生动活泼。话本的题材范围，也更广泛深刻，而话本的体裁，比传奇也更加多样化。

---

①　《游仙窟》一卷，唐张鷟著。鷟字文成，武后时人，调露初（公元679年）登进士第。下笔敏速，言颇诙谐。新罗、日本、东夷诸国，尤重其文。《游仙窟》为其弱冠时艳遇记实之作，文体全仿民间说唱文学的形式。

二、通俗文学

唐代的通俗文学,很发达。可列入通俗文学的品种有话本、词文、变文、讲经文、俗赋等。可惜现在保存下来的底本不多,可能因为经过唐末五代的长期战乱,板荡无遗;加之封建士大夫贱视通俗文学,很少搜集保存。现存较多的只有敦煌石窟中保存的讲经文、变文以及其他底本(可能在当时都是俗讲所采用的底本)。当时的通俗文学,大都只是口传心授,而这些口头文学,有的可能被文人记录下来,辑入《太平广记》,成为说话艺人学习的内容①。

就现存的通俗文学底本来看,在形式、体裁和说唱方式上对话本的影响较大。变文的韵散合组,有唱有讲;讲经文的有押座文、解座文:都和话本很相似,可见其承袭的关系。而所有的通俗文学,其叙述方法,几乎都是起首结尾,来龙去脉,交代清楚,力求反映矛盾的全过程。而且大抵语言通俗,解释周详。这些群众化的优点,话本也都继承并发展了。至于在题材、内容方面,对话本有较重要的影响的,主要是变文中的非宗教性的部分。今将唐代通俗文学的主要部分,略述如下:

1. 话本

唐代的"说话"名目,以记载阙略,今已无从考知。而市人小说有讲"扁鹊"故事的,可能就是"说话"的一种,可惜没有话本流传。在敦煌石室发现的文献中,可以算作"话本"的,主要有《嶇山远公话》、《韩擒虎画本》、《师师慢语话》(斯字 4327,拟题)等三种,前

① 《醉翁谈录·小说开辟》提到说话人须"幼习《太平广记》,长攻历代史书。"

两种首尾完整，显示出话本的初期风貌。后一种已残缺，从其内容和“话”之一字看，当为小说家言。这三种话本，尽管情节还比较简单，语言还不够通俗，但无疑是宋人话本的先驱。

《嚧山远公话》今有两个写本：一为《敦煌变文集》所载的斯字2073号，一为《大正藏新修大藏经》卷八十五所载的《惠远外传》①。它是当时佛教徒藉惠远生平事迹来宣传教义的话本，可能是当时“说经”话本之一。它的体制，有诗有文，开头一段用排偶句子概述佛教的庄严盛大，接着便是：“说这惠远，家住雁门，兄弟二人，更无外族。”这种开头的写法为宋代话本所采用。在描写景物或人物时，往往用骈俪的语句，如：

> 嵯峨万岫，叠嶂千层，岩岜高峰，崎岖峻岭。猿啼幽谷，虎啸深溪。枯松(垂)万岁之藤萝，桃花弄千春之色。……(远公)身长七尺，发如涂漆，唇若点朱。

在描写景物或某一事件结束时，往往插入一首律诗或绝句来加强故事的气氛。如叙述惠远出庵而望，忽见一寺造成，叹念非常……远公次成偈曰：

> 修竹萧萧四序春， 交横流水净无尘。
> 缘情薜荔枝枝绿， 铺地莓苔点点新。

---

① 此卷注明原大英博物馆藏敦煌本52401，缺开头一段，中间文字也有残缺。卷尾一行，与斯2073号有异文，书写年月及书写人姓名亦不尽同。斯2073号作“开宝五年张良继书记”，《惠远外传》“五”作“伍”，“张良继”作“张长记”。

疏野免交城市闹，　　清虚不共俗为邻。
山神此地修精舍，　　要请僧人转法轮。

此后偈语屡见，这种偈语，实际就是诗。宋人话本诗文相间的形式，即本于此。

《韩擒虎画本》是叙述隋文帝杨坚建立帝国和韩擒虎立功的事迹。首段有"说其中有一僧名号法华和尚"，结语有"画本既终，并无抄略"等句，通篇首尾完整地叙述一个故事，也分明是一个历史事实和民间传说相结合的话本。

其他如《唐太宗入冥记》、《秋胡小说》、《叶净能传》①等，虽然其中大部分是宗教的宣传品，但它们采用的都是当时民间短篇小说的形式，对宋话本有直接的影响。

2. 词文

"词文"的来源似乎很古，荀卿的《成相辞》，汉代采自赵代秦楚之讴的乐府，可能就是词文的远祖。《玉台新咏·古诗八首》的第六首云："四座且莫喧，且听歌一言，请说铜炉器，崔嵬像南山……"显然也是面向群众的叙事诗。《宋书·乐志》云："六变诸曲，皆因事制歌。"可见南朝变歌都有故事内容。现存的《上声歌》八首和《欢闻变歌》六首，隐约可以看出一些不够连贯的故事情节。而"上声歌"之一云："初歌子夜曲，改调促鸣筝。四座暂寂静，听我歌上声。"可见这些变歌，在当时都是当众演唱的故事诗。这些都给了词文以一定的影响。晚唐咸通年间诗人曹唐曾以七律五章分咏刘

① 原卷作《叶净能诗》，全卷并无诗句，"诗"当为"传"，因这两字草书形近而误。但也有以"诗"为"话"字之误的。

阮天台遇仙故事,诗题颇像小说回目[①],可能当时民间就有这种联章的歌唱方式,诗人特地加以模拟的。敦煌曲子中颇多联章歌辞,其中如《三冬雪》、《千门化》两套[②],乃僧侣们冬春两季募化衣装时所唱,辞长者十五首,短者七首,前有“入言”、“平吟”,后有“侧吟”,起结分明,为变文以外体制最备的讲唱辞。这种僧侣们所用的讲唱辞,也必然是从民间汲取来的。这种联章歌辞,句法一般为三三七七七,最适宜于叙事,为后来词文的产生准备了条件。《大汉三年季布骂阵词文》、《下女夫词》、《苏武李陵执别词》等作品,可能就是在这种民间联章歌辞的影响下发展起来的。词文在民间流行后,它的名称,便正式成立了。词文的体制,基本上是诗歌体,特征是全篇通押一韵到底,中间不转韵,篇幅宏伟,语言通俗。《季布骂阵词文》,通过形象来刻画人物,以大量对话来展示人物的活动,并且有不少细节描写,这对话本小说的人物塑造,有较大的启示。

“词文”也简称“词”,如“下女夫词”、《苏武李陵执别词》,还有董永唱词及《季布》一卷,也是属于这一类。在《苏武李陵执别词》中,已有大量散文加了上去,这是宋代“词话”的先河。我们从发展来看,词文和词话实为一种东西(参看第六章第六节)。《季布骂阵词文》末句称“莫道词人唱不真”,其文体称为“词文”,表演词文的艺人称为“词人”,而明代的《大唐秦王词话》第三十六回有“诗句歌来前辈事,词文谈出古人情”,也称词话为词文,称说书人为词人

① 五章的诗题是:《刘晨阮肇游天台》、《刘阮洞中遇仙子》、《仙子送刘阮出洞》、《仙子洞中有怀刘阮》、《刘阮再到天台不复见仙子》。见《全唐诗》卷六百四十。

② 这两套联章歌辞,收载在任二北《敦煌曲校录》重编稿本中。

（第三十三回），都可说明词文和词话两者之间的关系。

3. 变文

“变文”是唐代“俗讲”的底本。所谓“变文”是变易深奥的经文为通俗文的意思。这种通俗文是经文的变体，所以叫做变文。（变文之变，亦如正变之变，与正史稗史同其意义）。变文的体制，是从民间汲取来的。据现存材料，约可分为三种：第一种是用一段散文和一段韵文的形式相间写成的，像《大目乾连冥间救母变文》（有图一卷并序），是比较多见的一种。第二种是全部用韵文写成的，像《舜子至孝变文》，比较少见。第三种是全部用散文写的，像《刘家太子变》①。在这三种中，韵散相间，诗文结合，逐段铺叙，说说唱唱，是变文最基本的特点。也是我们民族的传统文学形式之一。它的歌唱，偶尔还有送声留存，如《维摩经押座文》在每断四句末尾注“佛子”作为送声。这是南朝变歌遗留下来的痕迹。《古今乐录》云：“凡歌曲终皆有送声。《子夜》以‘持子’送曲，《凤将雏》以‘泽雉’送曲。”这种送声，在话本中，已演变为每段后的诗句或散场诗了。它的叙述，主要是用骈俪文，这是上承魏晋南北朝的俳赋而来。其中韵文部分，往往通押一韵到底，而且是复述或概括前面散文的语意，而不是成为促进故事发展的一部分。这类骈俪文和韵文，不但为后来部分话本所吸收（如《钱塘梦》、《碾玉观音》、《西山一窟鬼》等），并且发展成为话本中专门作描状用的插词。变文也有以故事中人物的对话代替唱词的，如《破魔变》中魔王与其三女的对话，《清平山堂话本》中的《快嘴李翠莲记》，可能就是受到它的影响的一个例证。

① 见周绍良：《谈唐代民间文学》，载《新建设》1963年1月号。

变文还有另一个特点,就是它和图画相配合。《汉将王陵变》中有"从此一铺[①],便是变初"的话,而王昭君故事卷子(伯字2552)中也有"上卷立铺毕,此入下卷"。吉师老《看蜀女转〈昭君变〉》诗有"画卷开时塞外运"句,这都可证明变文是有图相配的。不仅如此,《降魔变文》(伯字4524)一面画着劳度差斗圣的故事,一面写着与图相应的一段变文唱词。《大目犍连变文》(斯字2614)的标题是"大目乾连冥间救母变文并图一卷",这也是变文附图的确证。这种附图的变文,当时有称作"画本"的,如韩擒虎故事卷末写着"画本既终,并无抄略"。《汉将王陵变》卷末却题"汉八年楚灭汉兴王陵变一铺"。

无疑,变文是附有图画的。可是在表演时,仍以文为主,图为辅。变文的作用并不是图画的说明文,因为变文中的图画,往往在故事情节关键处加以提示,图,显然是为了加强故事气氛而展开的。这种情况,在变文中随处可见。如《李陵变文》(拟题):

> 其时李陵忽遇北风大吼,吹草南倒……单于人从后放火……前头火着,后底火灭。看李陵共单于火中战处:
>
> 陵军歘歘向前催,　　虏骑纷纷逐后来。
>
> 阵云海内初交合,　　朔气燕南望不开。

这种散文和韵文之间插入一句提示听众观看图画的话,是值得注意的。它不但出现在讲唱交替的地方,也出现在故事情节吃紧的

---

① 唐代俗称佛像一幅为一铺。《全唐文》任华《西方变画赞序》云:"故尚书左丞赠太子太常卿侯大祥,敬画《妙法莲花变》一铺。"

地方,表演者掌握了矛盾的焦点,指出某“处”画面让听众看;同时,开始将画上的情景唱给观众听,加深了观众的印象。这对话本中散文叙事之后,插入一些骈语和诗词来描绘景物,是有直接影响的,而后世小说插图的来源和意义,也可以从这里得到一些启示。

至于变文的题材、内容,对宋代“说话”及话本的影响,更值得注意。变文中非宗教的部分,如张义潮、张淮深的故事,在精神上和南宋“说话”的《复华篇》、《中兴名将传》颇为一致;王陵、伍子胥、王昭君等故事①,和宋代的“铁骑儿”、“讲史”,也似有继承关系。根本的一点,是它们都符合市民群众关心治乱兴亡的爱国主义精神。这种影响,比之传奇在恋爱、剑侠方面的影响,更为重要。

4. 讲经文

“讲经文”(拟名)是唐代“僧讲”的底本,搜集在《敦煌变文集》中的许多资料,大部分是属于这一类。其内容以讲佛经为限,听众僧俗都有②。它是由法师和都讲两人讲演的。宋代“说话”中的“说经”一家,所谓“演说佛书”者,就是它的苗裔。“小说”一家,也汲取讲经文里押座文③的经验,在正文之前吟诵几首诗词加以解释

① 以上这些失去标题的故事卷子,据周绍良考定,是属于变文一类。见《谈唐代民间文学》。

② 日本沙门圆珍谓僧讲不集俗人(见第一章第三节引),未必可信。如《元氏长庆集》卷十一《答姨兄胡灵之见寄五十韵》就题到元稹九岁时“终(《四部备要》本“终”作“尽”。——校者注)日听僧讲”。又《太子成道经》中有云:“五百高明齐得记,还与亲友示衣珠。受学无学亦同愁,上中下品皆蒙记。”分明是讲经人对在俗听众的致辞,叫他们不仅好生记着经中的妙谛,归去以后还要向亲友宣传讲解。又下页第二条注所引的解座文,也分明是向在俗妇女讲唱的。

③ 唐代的“讲经文”,开头常有“押座文”。如《维摩诘经讲经文》(拟题)有《维摩经押座文》,《太子成道经》有《八相押座文》。所谓押座,乃“静摄座下听众”之意。

或讲一些小故事，叫做“入话”或“头回”；又汲取讲经文里解座文①的经验，在正文之后，吟诵一首诗，这首诗我们称它做“散场诗”。至于讲经文在题材、故事、人物方面，除直接与“说经”话本有关外，对“小说”话本的影响，却无确凿材料可凭。

5. 俗赋

远在汉魏时代，就有民间艺人利用“赋”这种文体来演述故事。《汉书·艺文志》中有杂赋一类，包括成相杂辞和隐书，可能就是一种接近民间文学的俳谐文体。《古文苑》中所载的《大言》、《小言》等赋，也可能属于此类。现在保存下来的唐五代民间文学中的俗赋，大概就是继承了汉魏以来俗赋的传统而有所发展的。它的体裁，约可分为三类：

第一，用汉赋体的韵文来写的，有《燕子赋》、《韩朋赋》等。都是叙事代言的杂赋，尤其是《燕子赋》的内容和形式与三国时曹植的《鹞雀赋》极为相似。它采用问答形式和流动韵律，通过燕子、雀儿、鶬鶊、凤凰、鸲鸽、鸿鹤等的对话，组织成一个完整的寓言故事。作者把它们人格化，同样是鸟类，但它们的性格、形容却各不相同。如燕子的勤恳忠厚，雀儿的奸诈狡猾，鶬鶊的正直不阿，作者通过它们的语言行动，把它们的形象塑造得十分鲜明生动。像“鶬鶊奉命，不敢久停”一段，不仅写出了它们的面貌神情，还写出了它们的内心活动。与其说它是赋，无宁说它是短篇小说来得合适些。这

① “解座文”今无单行本，“讲经文”结尾也常用之。如《太子成道经》末云：“适来和尚说其真，修行弟子莫因巡。各自念佛归舍去，来迟莫遣阿婆嗔。”《三身押座文》末云：“今朝法师说其真，坐下听众莫因循。念佛急于归舍去，迟归家中阿婆嗔。”又伯字3128卷子（《敦煌变文集》作《不知名变文》）末云：“合掌阶前领取偈，明日闻钟早听来。”皆作散场口气，分明是解座之意。

对话本的形象塑造,有一定的启发作用。

第二,诗歌体。如另一篇《燕子赋》,它是用五言诗组合而成。篇首有云:

此歌身自合,天下更无过,雀儿和燕子,合作“开元歌”。

可见它是用歌唱方式来表演的,不但语言简洁,而且明白如话,这种口头化的歌词,也为宋话本的文学语言准备了条件。

第三,散文体。如《晏子赋》。它全用散文写成,为了便于说唱,有些地方还押了韵,显示出说唱文学的特色。这对话本中某一部分的表现方法,也有一定的影响。

此外,在敦煌写卷中虽未标明体裁,实际属于赋体的,尚有《孔子项托相问书》、《齖魺书》、《茶酒论》等篇。《孔子项托相问书》的结构形式是用韵散夹杂的问答体裁,它是从《七发》、《七启》衍变而来。《齖魺书》全篇用韵,末以一绝诗作结①,也是一种赋体。《茶酒论》设为主客问答,又都用韵,实际也是一篇俗赋。这些俗赋的艺术技巧,也被某些话本所吸收。

① 《齖魺书》至新妇诗曰:“本性齖魺处处知,阿婆何用事事悲,若觅下官行妇礼,更须换却百重皮。”全篇已告结束。自“自从塞北起烟尘”以下,当是另一篇讲唱文学,俗手误接于此。

第二章　宋代的说话

第一节　两宋都市的繁荣和说话业的盛况

北宋王朝结束了五代十国的长期混战，建立了中央集权的封建王朝。唐末的农民大起义，以及此后的长期战争，严重地削弱了农村的封建地主统治，但同时也严重地损害了农村经济。宋统一中国后，和历代封建王朝"开国"时期一样，采取对农民阶级逐步侵占的策略，在北方荒芜地区"招徕流亡，奖励农垦"，并实行从免税、轻税到重税的逐步加强掠夺的政策，对广大已垦农田则暂时减去一些苛捐杂税，使农民能维持再生产，以利逐渐加强剥削和巩固统治。全国的统一和某些超额剥削的暂时减除，特别是农民通过起义和战争占有了土地，使农业生产得到恢复和发展。随之，手工业和商业也迅速发展，城市日益繁荣，城市人口增加。

封建统治阶级对人民剥削的加重，总是远比生产的发展快得多，结果总是反过来压抑了生产的发展。宋代苛捐杂税和土地兼并的恶性发展都很快速，使广大农民和农村手工业者贫困破产。但这并不妨碍都市的繁荣。剥削使财富更多地集中在都市，集中于剥削者手里，使都市的消费性进一步增强；而大量的破产农民和手工业者流入都市，也为各种消费性的工、商业提供了廉价的劳动力。这样，都市的畸形繁荣就更加惊人了。

城市，就在剥削阶级对农民和手工业者残酷剥削和统治基础上，作为生产力发展的后果，作为广大农民和手工业者贫困破产的后果，而日益扩大起来，繁荣起来，北宋的京城汴梁（开封），在唐五代时已很兴盛，到北宋末年，人口急剧增加，户数多达二十六万，城区渐次扩展。真宗时于新城外特置八厢。李焘《续通鉴长编》卷七十说：

> 置京新城外八厢：上以都门之外，居民颇多，旧例惟赤县尉主其事，至是特置厢吏，命京府统之。

汴京是“八荒争凑，万国咸通”的大都市，它的繁华情况，孟元老在《东京梦华录序》里有具体的描绘：

> 仆从先人宦游南北，崇宁癸未到京师，卜居于州西金梁桥西夹道之南。渐次长立，正当辇毂之下，太平日久，人物繁阜，垂髫之童，但习歌舞，斑白之老，不识干戈，时节相次，各有观赏……新声巧笑于柳陌花衢，按管调弦于茶坊酒肆。

南宋王朝在偏安的局面下，社会经济，特别是商品经济得到了进一步的发展。城市更为扩大，京城临安（杭州）在北宋初为“参差十万人家”①。南渡后，北宋王朝的大批封建王公和官僚，北方中原地区的大批地主豪绅、商人以及某些市民、农民，逃避女真统治阶级的

① 柳永〔望海潮〕词中语。

屠杀抢掠，涌入江南的大小城市，临安集中的人数更多，据记载多达“近百万馀家”[①]。临安日趋繁华情况，《梦粱录》里这样写着：

> 大抵杭城是行都之处，万物所聚，诸行百市，自和宁门杈子外至观桥下，无一家不买卖者，行分最多……前所罕有者悉皆有之。……每日街市，不知货几何也。（卷十三）
>
> 杭城之外，城南西东北各数十里，人烟生聚，民物阜蕃。市井坊陌，铺席骈盛，数日经行不尽。各可比外路一州郡，足见杭城繁盛矣。（卷十九）

不但大街上全是市肆，即坊巷的“大小铺席”，也触目皆是。正如陆游所说“故都及四方市民商贾辐辏”（《老学庵笔记》卷八），使杭州等大都市更加扩大、繁华，因此当时钱塘有“乐园”之称，而西湖则有“销金锅儿”之谚：

> 及建炎、绍兴之际，为六飞所驻之地。当时论者固已疑其不可以张形势而事恢复也。秦桧又从而备百司庶府，以讲礼乐于其中。其风俗固已华靡，士大夫又从而治园囿台榭以乐其生于干戈之馀。上下晏安，而钱塘为乐园矣。（《龙川文集》卷一）
>
> 贵珰要地，大贾豪民，买笑千金，呼卢百万，以至痴儿骙子，密约幽期，靡不在焉。日糜金钱，靡有纪极。故杭谚有“销金锅儿”之号，此语不为过也。（《武林旧事》卷三）

① 见《梦粱录》卷十九“塌房”条。

这种由“偏安”造成的特殊的繁荣,是中国历史上空前的现象。

城市的进一步繁荣使市民阶层空前壮大,形成了一股社会力量,也就使文学艺术(主要是市民的文学和伎艺)得到很大的发展。市民的主要成分是手工业工人、店员、小商贩、独立手工业者。但是,较富裕的商人和手工业主,人数虽不多,在经济上和社会活动方面却有较大势力。此外,在宋代,因为有禁军制度,军人集中在京城及大城市,南宋临安军人也在市民阶层中占了相当大的地位。这些庞杂的市民群众,和封建统治阶级既有联系(直接间接为封建统治阶级服务)又有矛盾(直接间接受封建统治阶级的剥削和压迫),并依据各自经济地位的高低不同,对封建统治阶级的依附或反对程度也大不相同。他们既不满意封建统治阶级的横暴贪酷,但又在不同程度上对封建的荣华富贵有所歆羡。他们逐渐地形成了自己的意识,一种既有反封建因素又受封建思想影响的市民意识。他们在封建统治稳定、城市繁荣的时期,大部分尚能维持生计,上层分子则颇富裕。这种种,使他们需要符合他们口味的文化娱乐生活。通俗的、内容丰富生动的说话讲唱,正适合他们的要求。他们的财力可以扶植这些伎艺;他们的意识也在内容和形式上不断影响这些伎艺,使它们日益提高。“说话”这种伎艺就在这样的基础上兴盛起来了。《东京梦华录》卷五“京瓦伎艺”条里说:

崇观以来,在京伎艺:张廷叟、孟子书主张。……孙宽、孙十五、曾无党、高恕、李孝详,讲史。李慥、杨中立、张十一、徐明、赵世亨、贾九,小说。孔三传、耍秀才,诸宫调。毛洋、霍伯丑,商谜。吴八儿,合生。张山人,说诨话。……霍四究,说三分。尹常卖,五代史。……其馀不可胜数。不以风雨寒暑,诸棚看人,日日如是。

徐梦莘《三朝北盟会编》卷七十七(靖康中帙五十二)说:汴京城中有杂剧、说话、弄影戏、小说、嘌唱、弄傀儡、打筋斗、弹筝、琵琶等艺人一百五十馀家。《武林旧事》卷六“诸色伎艺人”条载南宋临安市上知名的说话人有孙奇、朱修等百馀人之多。(见本章第三节附表)《西湖老人繁胜录》“瓦市”条:

南瓦、中瓦、大瓦、北瓦、浦桥瓦。惟北瓦大,有勾栏一十三座。常是二座勾栏专说史书:乔万卷、许贡士、张解元。……说经:长啸和尚、彭道安、陆妙慧、陆妙静。小说:蔡和、李公佐,女流史惠英。小张四郎一世只在北瓦占一座勾栏说话,不曾去别瓦作场,人叫做小张四郎勾栏。合生、双秀才。……背商谜:胡六郎。……说诨话:蛮张四郎。……

说话的技术比较高的,往往集中在大城市的游艺场——“瓦子”中,汴梁、临安著名的说话人如此之多,当时说话业的兴盛情况,可以想见。民间说话艺术的繁荣情况,还可以从当时的最高封建头子的文化占有情况中得到旁证。当时的“朝廷”特设专局采访各种伎艺,说话人中最有名的往往被皇帝找去供奉内廷,作为御用的艺人。宋高宗做了太上皇,常在德寿宫以话本消遣,并召说话人说唱。《武林旧事》卷六“诸色伎艺人”条载小说说话人姓名下注德寿宫者二人,注御前者五人。《梦粱录》卷二十载王六大夫系御前供话。此外还有下面这些记载:

淳熙八年正月元日……上侍太上，于椤木堂香阁内说话，宣押棋待诏，并小说人孙奇等十四人，下棋两局，各赐银、绢。

当思陵上太皇号，孝宗奉太皇寿，一时御前应制多女流也。若棋待召（诏）为沈姑姑；演史为张氏、宋氏、陈氏，说经为陆妙慧、妙静；小说为史惠英；队戏为李瑞娘；影戏为王润卿；皆中一时慧黠之选也。两京游幸聚景、正（玉）津内园，各以艺呈，天颜喜动，则赏赉无算。（元杨维桢《东维子文集》卷六《送朱女士桂英演史序》）

小说起仁宗时，盖时太平盛久，国家闲暇，日欲进一奇怪之事以娱之（明郎瑛《七修类稿》卷二十二）

南宋供奉局，有说话人如今说书之流。其文必通俗，其作者莫可考。泥马倦勤，以太上享天下之养，仁寿清暇，喜阅话本，命内珰日进一帙，当意，则以金钱厚酬。（《古今小说序》）

至有宋孝皇以天下养太上，命侍从访民间奇事，日进一回，谓之说话人。（《今古奇观序》）

甚至北方的少数民族，也闻风歆羡，向南宋索取艺人，《三朝北盟会编》卷七十七靖康中帙五十二“金人来索诸色人”条：

正月，金人来索御前祇候，方脉医人，教坊乐人……杂剧、说话、弄影戏、小说……等艺人一百五十馀家。

原来在金朝，女真贵族对“说话”也有癖好，完颜亮的弟弟完颜充，就曾听说话人刘敏讲说过《五代史》。《三朝北盟会编》卷二四三苗耀《神麓记》中说：

有说使人刘敏讲演书籍，至五代梁末帝，以诛友珪句，充拍案厉声曰："有如是乎！"

东都乐官孟子书，崇观以来在京主张瓦肆伎艺，亦为金人借故索去[①]。又《金史》卷一〇四《完颜寓传》载："贾耐儿者，本歧路小说人，俚语诙谐以取衣食。"又卷一二九《佞幸传》载"张仲轲，幼名牛儿，市井无赖，说传奇小说，杂以俳优诙谐语为业。"在《金虏海陵王荒淫》话本中，描写张仲轲为秘书郎，出入宫禁，丑态百出。这两个金朝的说话人，可能也是被索取去的。这些例子，可以充分说明当时民间说话业的兴旺和说话艺术的高明，不但引起最高统治者的兴趣，召入宫廷，以供御用，就是少数民族也受到影响，甚至进行了文化掠夺。

由此可见，两宋城市的繁荣，工商业的兴盛，市民阶层的壮大，为"说话"等艺术提供了发展基础。当时说话听众范围之广泛，说话人数量之多，技巧之高，分工之细，均是空前的。社会经济的发展，民族矛盾和阶级矛盾的日趋尖锐化，广大市民的斗争生活日趋复杂。广大市民的爱好是"说话"发展的基本原因，而统治阶级的喜爱和提倡也起了推波助澜的作用，使两宋（特别是南宋）说话业的兴隆达到了高潮。

进一步研究两宋说话的盛况，必然会联系到坊市制的崩溃。坊市制的崩溃是封建统治力量削弱和市民群众力量壮大的必然结果。坊市制的崩溃，反过来又成为说话得以繁盛的一个直接原因。

① 孟子书为主管京瓦伎艺人的乐官，见《东京梦华录》卷五"京瓦伎艺"条。其入金事迹，见丁特起《靖康纪闻》及王明清《挥麈后录》卷四。

在唐代都市中，大抵“坊”、“市”分区。“坊”有围墙[1]，开东西南北四门，或东西二门[2]。除特定的人外，不得临街筑门[3]。“市”是商肆买卖的地区。市场的设置必根据官府的法令。官府对于坊市，还要加以严格的管理。视“市”的等级而委任大小不同的市令、市丞等官吏。坊门启闭和开市罢市，以击鼓为号，都有一定的时限[4]，并且不许夜间营业[5]。黄昏后坊门锁闭，禁人夜行[6]。社会生产力更为发展，工商业规模迅速扩大，工商业活动和市民的其他活动也更加频繁。旧的坊市制，已和新的经济形势的发展不相适应，从而促使它迅速崩溃。从北宋中叶以后，再也听不到街鼓之声[7]了。坊市制的取消，反过来又大大地促进了工商业及其他各业。市场形式已大为改观，汴京到处有小卖行贩和各种各样的手艺工人[8]，交

① 《唐会要》卷八十六《街巷》：“京城内庄宅使界诸街坊，墙有破坏，宜令取两税钱，和雇工匠修筑。”是坊有围墙之证。

② 《长安志》卷一：“长安皇城南三十六坊，每坊各有东西二门；其他七十馀坊，各有东西南北四门。”

③ 《唐会要》卷八十六：“伏准令式，及至德长庆年中前后敕文，非三品以上，及坊内三绝，不合辄向街开门。”

④ 《唐会要》卷八十六《市》：景龙元年十一月敕：“诸非州县之所，不得置市。其市当以午时击鼓二百下，而众大会，日入前三刻，击钲三百下，散。”

⑤ 《唐会要》卷八十六《市》：开成五年十二月敕：“京夜市，宜令禁断。”

⑥ 《唐律疏议》卷二十六《杂律上 · 犯夜》：“诸犯夜者笞二十，有故者不坐。”注：“闭门鼓后，开门鼓前，有行者皆为犯夜；故，谓公事急速及吉凶疾病之类。”

⑦ 宋敏求《春明退朝录》卷上：“京师街衢，置鼓于小楼之上，以警昏晓。……按唐马周始建议置鼕鼕鼓，惟两京有之。……二纪以来，不闻街鼓之声，金吾之职废矣。”

⑧ 《东京梦华录》卷三“诸色杂卖”条“……锢路钉铰箍桶、修整动使、掌鞋、刷腰带、修幞头帽子、补洗魫角冠子……有使漆打钗环……换扇子柄……”又卷四“修整杂货”及“斋僧请道”条：“倘欲修整屋宇、泥补墙壁……即早晨桥市街巷口皆有木竹匠人，谓之杂货工匠，以至杂作人夫……罗立会聚，候人请唤，谓之罗斋。竹木作料亦有铺席，砖瓦泥匠，随手即就。”

易已不限于市区[1]；商店临街，鳞次栉比[2]；交易时间亦无限制，并且有了繁盛的夜市[3]，坊和市的界限也被突破。商人的活动自由化了，各行各业便像雨后春笋般地出现。为市民群众服务的娱乐场所——瓦子，也跟着这些条件而蓬勃地兴盛起来了。这对"说话"等伎艺的发展有重大的影响。

第二节　宋代说话演出的概况

一、演出的地方

宋代的说话伎艺，和演剧一样，在表演时叫做"作场"，亦称"敷衍"（均见本节引文）。它广泛地获得听众的喜爱，从城市到农村处处都有说话的演出，有的有固定的场所，有的为流动演出，所以演出的地方颇多，最主要的是瓦子勾栏。这同唐代说话演出的主要场所很不相同。唐代的民间说话、讲唱主要在寺庙，唐代的市民群众大抵是在参加宗教性集会时进行娱乐的。宋代的瓦子勾栏，则

---

① 《东京梦华录》卷三"天晓诸人入市"条："更有御街州桥，至南内前趁朝卖药及饮食者，吟叫百端。"

② 《东京梦华录》卷二"东角楼街巷"条："高头街北去，从纱行至东华门街、晨晖门、宝箓宫，直至旧酸枣门，最是铺席要闹。……南通一巷，谓之界身，并是金银彩帛交易之所，屋宇雄壮，门面广阔，望之森然，每一交易，动即千万，骇人闻见。"

③ 《东京梦华录》卷三"马行街北诸医铺"条："夜市北州桥，又盛百倍，车马阗拥，不可驻足。"又"马行街铺席"条："夜市直至三更尽，五更又复开张。如要闹去处，通晓不绝。……冬月虽大风雪阴雨，亦有夜市。"《梦粱录》卷十三亦有"铺席"、"夜市"等条，详叙南宋临安夜市盛况。

已完全以娱乐为目的，经常地进行了，场所也固定了。宋代的瓦子勾栏，以及茶肆酒楼，规模往往相当宏大，是坊市制崩溃以后才出现的。这些情况，反映了封建统治势力有所削弱，而市民势力则比唐代又有所增强。社会基础的这种变化，对说话的发展无疑有重大的影响。经常的演出，细密的分工，使说话从百戏中游离出来，取得了独立的地位，可以单独地进行表演，甚至本身还分为若干"家数"。

下面具体地叙述各种表演的地方：

1. 瓦子勾栏

瓦子为宋代的市语，亦称"瓦市"、"瓦肆"、"瓦舍"，是一种游艺性场所的总称，并且还包括替这些游艺场所的顾客服务的各行各业在内。《都城纪胜》说："瓦者，野合易散之意也。"《梦粱录》说："瓦舍者，谓其来时瓦合，去时瓦解之义，易聚易散也。"它的意义，已说得很明白。瓦子的范围，大小不等，其中有表演各种伎艺的勾栏和棚。勾栏原是栏干的意思，用栏干围成一座演艺场所，后来就习称勾栏，也称勾肆。勾栏内有棚（如"莲花棚"、"牡丹棚"），称为"邀棚"（或称"游棚"），一切伎艺多在棚内表演。此外，又有卖药、占卜、各种杂货业和饮食店等。

北宋时期，首都汴京的瓦子勾栏很繁盛。瓦子数目相当多。据《东京梦华录》记载，汴京有新门瓦子、桑家瓦子、朱家桥瓦子（卷二）、州西瓦子、保康门瓦子、州北瓦子（卷三）等。瓦子的规模也相当大。同书卷二"东角楼街巷"条记桑家瓦子的情况道：

> 街南桑家瓦子，近北则中瓦，次里瓦。其中大小勾栏五十馀座。内中瓦子、莲花棚、牡丹棚、里瓦子、夜叉棚、象棚最大，

可容数千人。自丁先现、王团子、张七圣辈，后来可有人于此作场。瓦中多有货药、卖卦、喝故衣、探博、饮食、剃剪、纸画、令曲之类。终日居此，不觉抵暮。

至于勾栏中各种戏剧和说唱伎艺演出的盛况，同书“京瓦伎艺”载有小唱、嘌唱、杖头傀儡、悬丝傀儡、药发傀儡、讲史、小说、杂剧、影戏、诸宫调、商谜、合生、说诨话、说三分、五代史等。《水浒全传》第二十九回：“正是蒋门神初来孟州新娶的妾，原是西瓦子里唱说诸宫调的顶老。”第五十一回写到雷横在勾栏里听白秀英说唱《豫章城双渐赶苏卿》。第一百十回也叙述燕青和李逵在桑家瓦子勾栏里听说《三国志平话》。这些记载，都说明说话伎艺是在瓦子勾栏中表演的。这些瓦子，能使某些市民“终日居此，不觉抵暮”，并且“不以风雨寒暑，诸棚看人，日日如是”，其规模之大，游艺之盛，可以想见。我们知道：《水浒全传》吸取了不少宋元作家有关水浒故事的片断，这段记载也可能是宋代瓦子勾栏实际情况的反映。

南宋“偏安”杭州，行都临安成为政治、经济、文化中心，而驻军也很多，有些瓦子的创立，主要是供军士娱乐。《梦粱录》卷十九“瓦舍”条说：

杭城绍兴间驻跸于此，殿岩杨和王因军士多西北人，是以城内外创立瓦舍，招集妓乐，以为军卒暇日娱戏之地。

在城市经济畸形繁荣及统治阶级提倡之下，瓦子当然更为发达。《南宋市肆记》说：“有瓦子勾栏，自南瓦至龙山瓦，凡二十三瓦，又谓之邀棚。”《咸淳临安志》卷十九载瓦子十七所。《武林旧事》载临安北瓦内勾栏十三座最盛。《都城纪胜》"瓦市"条也说：

……惟北瓦最大，有勾栏一十三座。常是两座勾栏，专说史书，乔万卷，许贡士，张解元。

《西湖老人繁胜录》也说：

小说：蔡和、李公佐……小张四郎一世只在北瓦占一座勾栏说话，不曾去别瓦作场，人叫做小张四郎勾栏。

赵升的《朝野类要》卷一有"瓦市百戏人"，《大唐三藏取经诗话》卷尾有"中瓦子张家印"。以上种种，足见南宋瓦子的情况和北方相同，在瓦子数目、艺人数目和场所的固定性方面，似胜于北宋。

宋金时代，不但大都市有瓦子，就是较次的城市也有。如《开庆四明志》卷七：

自四明桥南取行衙前，至君奢桥并旧瓦子内。自花行至饭行五通巷新瓦子。

《乌青镇志》卷四：

北瓦子巷在安利桥南行一百步，入西通太平桥，《乌青记》，妓馆戏剧上紧之处。久没。

《河朔访古记》卷上：

真定路之南门曰阳和，其门颇完固，上建楼橹，有为真定帑藏之巨盈库也……左右挟二瓦市，优肆娼门，酒炉茶灶，豪商大贾，并集于此。

而梁山泊好汉雷横在勾栏里听白秀英说唱诸般品调，地点是在郓城小县。可见即使是小市镇，也有小规模的勾栏。如《水浒全传》第三十三回：

那青风镇上也有几座小勾栏，并茶坊酒肆，自不必说。当日宋江与这梯己人，在小勾栏里闲看了一回。

宋代瓦子的普遍存在，可以想见。瓦子的出现，说明当时民间艺人已经有了固定的演唱地点，从而为他们艺术水平的提高创造了更有利的条件。

但瓦子里的勾栏和棚，规模虽大，它们的建筑却不是牢固的，它还不是砖砌瓦盖，而是用木架搭起来的。明陶宗仪《辍耕录》卷二十四“勾栏压”条所记一事可作佐证：

至元壬寅夏，松江府前勾栏邻居顾百一者……有女官奴习讴唱，每闻勾栏鼓鸣则入。是日入未几，棚屋拉然有声，众惊散，既而无恙，复集焉。不移时，棚阽压。顾走入抱其女，不谓女已出矣，遂毙于颠木之下，死者凡四十二人。

这种用棚阽压盖的邀棚，显然是临时性的演出场所。

2. 茶肆酒楼

茶肆酒楼的兴盛,也是宋代都市的特点。这增加了说话等伎艺的活动场所。茶肆在唐代已有①,两宋更形发达。据《梦粱录》卷十六“茶肆”条载就有俞七郎茶坊、蒋检阅茶肆等八九家。其中引人注目的有中瓦内王妈妈家茶肆,名一窟鬼茶坊,《鬼董》卷四亦载其事。且也提起王老娘茶肆。而《一窟鬼》正是当时说话人常说的话题,可以推想王妈妈家茶肆是以有说话人说《一窟鬼》而著名的。又有保佑坊北朱骷髅茶坊,命名亦很奇怪。这些茶肆,大概因有烟粉、灵怪、传奇一类的“小说”在那里作场而得名。记南宋杭州情况的《武林旧事》卷六“歌馆”条亦载有清乐茶坊、八仙茶坊等六家,这些茶肆,无疑是最著名的。当时临安茶肆之多,亦可想见说书业的兴盛。洪迈《夷坚志支丁》卷三“班固入梦”条说,吕德卿曾和他的朋友王季夷等四人,出嘉会门茶肆中坐,看见幅纸用绯贴尾云:“今晚讲说《汉书》。”《西湖老人繁胜录》说:“馀外尚有独勾栏瓦市,稍远,于茶(此处疑脱“肆”字)中作夜场。”可见那时的茶肆中常有讲史或小说在作场,而且在茶肆中作场的可能多在晚间。这更是厉行宵禁的唐代所无法办到的了。

酒楼在北宋汴京是很多的。当时,“东京正店七十二户,不能遍数”。白矾楼(即丰乐楼)更是富丽无匹②。南宋临安酒楼林立,《武林旧事》卷六载酒楼二三十家,除官库外,“皆市楼之表表者”。

---

① 《旧唐书》卷一一九《王涯传》:“涯与同列归中书会食,未下筯,吏报有兵自阁门出,逢人即杀。涯等苍惶步出,至永昌里茶肆,为禁兵所擒。”

② 《东京梦华录》卷二“酒楼”:“白矾楼后改为丰乐楼。宣和间,更修三层相高,五楼相向,各有飞桥栏槛,明暗相通,珠帘绣额,灯烛晃耀。”

装饰、习尚都仿效东京成规，相当奢侈。这些酒楼，有的在瓦子之中①，有的则在瓦子之外。在酒楼说唱的大都以妓女或赶趁人的小唱为主。同书卷六云：

已上并官库……每库设官妓数十人……饮客登楼，则以名牌点唤侑樽，谓之"点花牌"。

已上皆市楼之表表者。每楼各分小阁十馀……每处各有私名妓数十辈，皆时妆袨服，巧花争妍②。又有小鬟，不呼自至，歌吟强聒，以求支分，谓之"擦坐"。又有吹箫、弹阮、息气、锣板、歌唱、散耍等人，谓之"赶趁"。

《水浒传》第三回鲁智深在酒楼遇到"绰酒座儿唱的"金老父女，就是这种"赶趁人"。可见当时说唱艺人在酒楼是巡回卖唱的。

3. 露天空地与街道

宋代艺人在街道上演唱，也很普遍。最早的一条是记宋初党进事。见宋《事实类苑》：

党进过市，见缚栏为戏者，驻马问："汝所为何言？"优者曰："说韩信。"进大怒曰："汝对我说韩信，见韩信即当说我。此两面三头之人。"即令杖之。

党进所见到的，就是市井勾栏中的说话人。《东京梦华录》"元宵"

① 《咸淳临安志》卷十九"瓦子"条载南瓦有熙春楼，中瓦有三元楼。

② 中华书局标点本"花"作"笑"。——校者注

条说：

> 游人已集御街两廊下。奇术异能，歌舞百戏，鳞鳞相切，乐声嘈杂十馀里。……棝柮儿，杂剧。……尹常卖，五代史。

《都城纪胜》“市井”条说：

> ……此外如执政府墙下空地，诸色路歧人，在此作场，尤为骈阗。又皇城司马道亦然。候潮门外殿司教场，夏月亦有绝伎作场。其他街市，如此空隙地段，多有作场之人。

《西湖老人繁胜录》：

> 十三军大教场、教弈军教场、后军教场、南仓内、前杈子里、贡院前、佑圣观前宽阔所在，扑赏并路歧人在内作场。

并且还提到其中廓介酒、李一郎所讲的又称为“野呵小说”。所谓野呵，就是在村镇市集时表演的伎艺，又称为“打野呵”，如《南宋市肆记》：

> 瓦子勾栏，城内隶修内司，城外隶殿前司，或有路歧不入勾栏，只在耍闹宽阔处做场者，谓之“打野呵”。（《武林旧事》卷六谓打野呵乃“艺之次者”。）

而《梦粱录》卷二十“百戏伎艺”条亦有“就街坊桥巷，呈百戏伎艺”

的话。《东坡志林》:"途巷小儿薄劣,为家所厌苦,辄与数钱,令聚听说古话。"①《说岳全传》第十回:"见两个老儿,掇条板凳,在篱笆门口,坐着讲古话。"可见"说话"是街头巷尾,到处可以表演的。所谓"路歧"是当时"冲州撞府"的艺人。到了城市,他们便称为"市人"。赵升《朝野类要》说:

……今虽有教坊之名,然遇大宴等,每差衙前乐权充之,不足,则又和雇市人,近年衙前乐,已无教坊旧人。多是市井路歧之辈。

又高承《事物纪原》亦提到市人谈三国事。明刘元卿《贤奕编》卷二说:

沈屯子偕友入市,听打谈者说杨文广围困柳州城中,内乏粮饷,外阻援兵,蹙然踊叹不已。(亦见《应谐录》及《古今谭概》卷四)

又《金瓶梅词话》第十五回记元宵灯市有:

又有那站高坡打谈的词曲杨恭,到看这揭响钹游脚僧演说三藏。

入市听打谈,站高坡打谈,游脚僧说三藏,都是在街市演唱的。又

① 中华书局标点本作"其家所厌苦,辄与钱,令聚坐听说古话"。——校者注

《醒世恒言》卷三十八《李道人独步云门》叙一位瞽者在庙前说唱:

> 那李清……忽听得隐隐的渔鼓筒响,走去看时,却是东岳庙前一个瞎老儿,在那里唱道情。……念了四句诗,次第敷衍正传,乃是《庄子叹骷髅》一段话文。

《精忠传》第二折也提到李海泉在苏州玄妙观前说得好《岳传》,并被人请到李王庙前开设书场。可见艺人在街市演唱,在旧社会里是极其普遍的事。并且还是瓦肆艺人的广大后备军。这些艺人同下层市民及农民接近,而且有的还来自农村,受封建统治阶级影响较少,所以内容可能更直率,形式可能更泼辣,是瓦肆艺人吸收新鲜养分的一个来源。李海泉说《岳传》就是一个例证。

4. 寺庙

《东京梦华录》卷八"六月六日崔府君生日,二十四日神保观神生日"条说:

> 自早呈拽百戏,如:上竿、趯弄、跳索、相扑、鼓板、小唱、斗鸡、说诨话、杂扮、商谜、合生……

《武林旧事》卷三"社会"条说:

> 二月八日为桐川张生生辰①,霍山行宫朝拜极盛,百戏竞集。如绯绿社(杂剧)、齐云社(蹴毬)、遏云社(唱赚)、同文社

① 各本皆作"张王生辰",当据改。——校者注

（要词）、角觝社（相扑）、清音社（清乐）、雄辩社（小说）、锦标社（射拿）、绘革社（影戏）。

这些都是赶庙会的演出。当时寺庙多有成为瓦市者。宋王林《燕翼诒谋录》：

东京相国寺，乃瓦寺也，僧房散处而中庭两庑可容万人。

寺庙中自然也有说话。《说岳全传》第十回叙牛皋等人在相国寺听评话：

却说牛皋跟了那两个人，走进围场里来，举目看时，却是一个说评话的，摆着一个书场，聚了许多人，坐在那里听他说评话。……却说的北宋金枪倒马传的故事。……此叫做八虎闯幽州，杨家将的故事。

那牛皋仍旧跟了进来，看又是作什么的，原来与对门一样说书的。……听他说的是《兴唐传》。……正说到罗成独要成功，把住山口，说到此处，就住了。

《金瓶梅词话》第三十九回则有西门庆在玉皇庙听评话的事：

西门庆……被左右就请到松鹤轩阁儿里……原来吴道官叫了个说书的说西汉评话《鸿门会》。

这些都是在寺庙中作场的证明。

5. 私人府第

说话人到私家住宅中去表演，不知始于何时。唐段成式提到的“市人小说”，就是说话伎艺在私人府第筵会上演出的例证。到宋代仍然如此。如《梦粱录》“百戏伎艺”条说：“官府公筵，府第筵会，点唤供筵，俱有大犒。”此虽指“百戏”而言，当时的“说话”，有时仍包括在“百戏”之中。《醒世恒言》卷十三《勘皮靴单证二郎神》里说：“过了两月，却是韩夫人设酒还席。叫下一名说评话的先生，说了几回书。”这种应堂会的情形，元明以来是极其普遍的，如《赵氏孤儿记》第十出叙张维在筵席上说评话讽谏事。《金瓶梅词话》中也常有艺人在席前弹唱（如第三十八回、四十一回）。《红楼梦》第五十四回王熙凤生日也有女先儿说书：

> 便有婆子带了两个门下常走的女先儿进来，放了两张杌子在那一边，贾母命他们坐了，将弦子琵琶递过去。贾母便问李薛二人：“听什么书？”①他二人都回说：“不拘什么都好。”贾母便问：“近来可又添些什么新书？”两个女先儿回说：“倒有一段新书，是残唐五代的故事。”贾母问是何名，女先儿回说：“这叫做‘凤求鸾’。”（这里是指唱弹词的女艺人）

6. 宫廷

《梦粱录》“小说讲经史”条说：“讲史书者，又有王六大夫，原系御前供话。”又“百戏伎艺”条说：“遇朝家大朝会，圣节，宣押殿庭承应”。虽指百戏伎艺而言，说话人当亦如此。《武林旧事》卷七

① 人民文学出版社本此句作“贾母便问李薛听何书”。——校者注

载:“淳熙八年正月元日……上侍太上于椤木堂香阁内说话,宣押棋待诏并小说人孙奇等十四人下棋两局,各赐银绢。”又卷六“诸色伎艺人”条载:“小说:朱修(德寿宫),孙奇(德寿宫),任辩御前……”德寿宫为宋高宗禅位后所住的地方,当时在“御前应制”的说话人不少(见前引《东维子文集》)。而聚景玉津内园中,说话的人尤多,又都是“慧黠之选”。这些说话人,大概都是有选择地列入承应,有些人本来是在瓦子勾栏为市民演出,后来则被豢养在供奉局里,专供御用了。(详见本章第一节)

7. 乡村

有一种“艺之次者”的说话人,称为“打野呵”,他们为觅衣食计,不独在城市中流动演出,在农村也常有他们的足迹。陆游《小舟游近村舍舟步归》诗云:

斜阳古柳赵家庄,　负鼓盲翁正作场。
死后是非谁管得?　满村听说蔡中郎。

又刘后村《田舍即事》诗云:

儿女相携看市优,　纵谈楚汉割鸿沟。
山河不暇为渠惜,　听到虞姬直是愁。

前者是在讲说蔡伯喈赵五娘故事,后者是在讲说刘项争雄的历史故事。都是说话人在农村作场的实例。尤其是“市优”,更可看出是城市的讲史艺人下乡的。《水浒全传》第一百零三、四两回有一段描写说唱诸般品调的情形:

庄客道:"李大官人不知,这里西去一里有馀,乃是定山堡内段家庄。向本州接得个粉头①,搭戏台说唱诸般品调。那粉头是西京来新打踅的行院,色艺双绝,赚得人山人海价看。大官人何不到那里睃一睃?"……说话当下王庆闯到定山堡,那里有五六百人家,那戏台却在堡东麦地上。那时粉头还未上台,台下四面,有三四十只桌子,都有人围挤着在那里掷骰赌钱。……

这虽不是说书,可借以想见城市较有名的艺人到乡村作场的情况。元无名氏《风雨象生货郎旦》杂剧第四折张三姑唱〔一枝花〕曲云:"虽则是打牌儿出野村,不比那吊名儿临构肆。"这是在农村中"赶儿处热闹儿"的词话艺人。从上述情况看来,宋元时代的说话艺人,颇多在乡村作场,受到广大农民的欢迎。

二、招子

宋元时代各种伎艺人作场之前的准备情形,往往视表演的繁简而有所不同,戏剧演出前的准备工作有二:一为挂招子,如《错立身》四段白:"今早挂了招子。"《蓝采和》一折白:"昨日贴出花招儿去。"杜善夫《庄家不识构栏》:"正打街头过,见吊个花碌碌纸榜。"一为收拾勾栏,如:《蓝采和》一折白:"昨日贴出花招儿去,两个兄弟先收拾去了……"说话人作场较戏剧为简单,似无事先布置讲台的必要。故仅有贴招子一事。如《水浒全传》第五十一回:

① 上海古籍出版社本作"段氏兄弟向在本州接得个粉头"。——校者注

（雷横）便和那李小二径到勾栏里来看，只见门首挂着许多“金字帐额”。……便说道：“今日秀英招牌上明写着这场话本，是一段风流蕴藉的格范，唤做《豫章城双渐赶苏卿》。”

这和上面提到的张三姑唱“虽则是打牌儿出野村，不比那吊名儿临构肆”正同。吊名儿，就是招牌上的意思。又《夷坚志支丁》卷三：

吕德卿偕其友……出嘉会门外茶肆中坐，见幅纸用绯帖其尾云：“今晚讲说汉书”。

不但固定的书场用“招子”，就是非职业性的流动艺人，有时也用“招子”。《张协状元》里三贫女赴京寻夫，被拒后沿路卖唱回家，在卖唱一场里有“旦提招子上”可证。所谓“招子”、“招牌”、“纸榜”、“帐额”，当同是一物，即现在的广告、海报，目的在预告所讲的题目和时间，借以招徕听众。表演时，随场面的大小，“招子”也就不同。茶肆中排场小，所以仅以“幅纸用绯帖尾”，勾栏中排场大，而且讲究，所以用“金字帐额”。绯，金，都是引人注目的采色。“招子”上并且写着讲唱的题目，在上引的材料中，也可明显地看出来。最突出的是某些茶坊，为了招揽生意，竟拿当时时髦的说话题目来命名。如一窟鬼茶坊（《西山一窟鬼》）、朱骷髅茶坊（《庄子叹骷髅》见《醒世恒言》卷三十八，也许是宋代流传下来的故事①）。在

① 明末刊本《庄子叹骷髅南北词曲》二卷，毗陵舜逸山人杜蕙编，卷首有陈桥兵变，宋太祖登基云云，似所据之本出自宋人手笔。

戏剧演出时,“招子”上还写着演员名字,如《错立身》里,完颜寿马因恋着女艺人王金榜,离乡背井,到处寻访金榜,后因看见演戏的“招子”,才找到。近年山西赵城广胜寺明应王殿的元剧壁画,台口上方挂着一个帐额,上面写着“大行散乐忠都秀在此作场”,可见“招子”上是有演员名字的。说话方面虽缺乏此项材料,但从白秀英说唱诸宫调的情形看来,我们同样可以设想,“招子”上是写着说话人名字的。

三、开场和收钱

宋元时代各种伎艺表演开场时,往往用锣声来招集听众。《水浒全传》第五十一回写白秀英上台演唱时:“锣声响处,那白秀英早上戏台,参拜四方,拈起锣棒,如撒豆般点动。”又第一百十四回写李逵和燕青两人在上元节到东京看灯:

> 两人手厮挽着,正投桑家瓦来,来到瓦子前,听的勾栏内锣响,李逵正要入去。燕青只得和他挨在人丛里,听的上面说评话,正说《三国志》。

有时也用鼓,如新出土的汉灵帝时击鼓俑,其左臂环抱一鼓,手中握一鼓槌,欲击(见第一章第一节注)。然未必为开场时用,可能作场时用以伴诵或伴唱,增强节奏感,如今之大鼓书。但在开场时,锣鼓并用也是可能的。当时戏剧的开场就是如此。如《庄家不识构栏》:“不住的擂鼓筛锣。”《蓝采和》四折〔庆东园〕:“持着些枪、刀、剑、戟、锣板和鼓笛。”我们从《都城纪胜》也可得到一个旁证。

《都城纪胜》“商谜”条说：“商谜，旧用鼓板，吹〔贺圣朝〕。”这种鼓乐，相当于过去京戏中的开场锣鼓。我们可以揣摩，这种聚人的方法，是从很早以前就已经有了。最初，说话人的表演没有固定场地，往往择街市宽阔处作场，而锣鼓是最适合于空旷的广场上聚众之用的。后来说话地点，从广场转移到室内，说话的时间也逐渐固定，就不需要用锣鼓来号召听众，因此就逐渐淘汰，而以“入话”或“得胜头回”代之了。

开了场之后，他们的表演也有一定的规矩，如白秀英说唱“一上来拍了一下界方，念了四句七言诗”，这和《货郎旦》中张三姑做排场敲醒睡后，又念“烈火西烧魏帝时”一诗相同。这里，我们可以了解，话本开头总有一首七言诗，原来当时说话的开场格调是这样的。

说话人以卖艺为生，当时如何收钱，材料极少。在元代演剧时观众必先付钱，方得入场。如《庄家不识构栏》：“要了二百钱放过咱，入得门上个木坡。”说话在勾栏里的收钱方法却不同，他们是利用冷场机会，按喝打住，用盘子来向听众收取的。《水浒全传》第五十一回说：

> 白秀英唱到务头，这白玉乔按喝道：“虽无买马博金艺，要动聪明鉴事人。看官喝采是过去了，我儿，且回一回，下来便是衬交鼓儿的院本。”白秀英拿起盘子指着道：“财门上起，利地上住，吉地上过，旺地上行。手到面前，休教空过。”白玉乔道：“我儿且走一遭，看官都待赏你。”白秀英托着盘子，走到雷横面前。

这和"路歧人"的收钱情况完全一样。《醒世恒言·李道人独步云门》里瞽者说《庄子叹骷髅》，说到了半本，就停住不说，待掠钱足了，方才又说，认为是说平话的常规，也是一个例证。

从上述的演出概况来看，宋代说话的演出范围很广泛，人数众多，一部分经常在瓦子勾栏和茶肆等固定地点演出，绝大多数说话人已不是为封建统治者所豢养，而是在广大市民中以说话谋生，并已从"百戏"中独立出来，可以单独活动了。这就使说话这一伎艺能够扎根在人民群众之中，并增强了竞争性，因而更加发展和繁荣起来，成为一个独立的行业。作为从说唱底本发展而来的话本小说，也开始吐叶开花了。

第三节　宋代的说话人和话本作者

宋代的说话人，他们不但善于讲说，而且有的还能编写话本，有时临场讲说还能"随机应变"，口头创造出动人的故事。《都城纪胜》记南宋"说话"四家，于讲史书之后则云："最畏小说人，盖小说者，能以一朝一代故事，顷刻间提破。"（《梦粱录》作"捏合"）

宋代的说话人和话本作者，有的是卖艺人，有的是不第的举子，南宋临安的说话人如许贡士、张解元、刘进士、戴书生等，或许他们都是读书人，因科场失利或对这种伎艺有爱好，参加到说话人的队伍中来的。也许由于他们伎艺的精熟，能够编撰话本，因而获得这些称号。贡生、进士、解元等，本系当时社会上对一般士子的敬称，他们不一定都出身科举。宋范公偁《过庭录》载北宋时有士子丁石加入教坊的故事。可见文人加入当时的"书会"，替说话人编撰剧本或话本，甚至亲身演唱，都是不足为奇的。唐陆羽参加到戏剧团体后，曾写过“参军戏”的脚本三种①，也是一证。

封建统治阶级对于瓦肆伎艺，虽在百无聊赖的时候，也用以赏玩调笑，但总的说来，毕竟是轻视的，特别是对于得到下层市民喜爱的说话人和“说话”，更不可能予以褒扬的记载。因而宋代说话人的事迹和真实姓名，绝大多数都已湮没不彰。作品留传下来的也很少。《武林旧事》、《梦粱录》等书中所载的说话人的名字，大半是他们的绰号。如尹常卖，可能因为他曾做过街市叫卖什物的行贩，后改业说话人，仍袭其旧称。也可能是个“业余”的“演员”，类似后世的“票友”。还可能因擅长在演出时效法常卖的动作或语言而得名。这正和粥张三、酒李一郎、故衣毛三、枣儿徐荣、爊肝朱等人的得名相同。至于王任辩、张黑踢、湖水周，或许是形容他们说话的技巧而得的诨名。从这些名称看，他们的身份都是下层市民，则可以断言。

说话人有称书生、学士的，也有称呼官阶的。或者因为他们做过“御前供应”，受过统治者的“恩赐”。《宋史·职官志》卷一六一载“诸色人援引缴求入流太冗。应工匠伎艺之属，无法入官者，虽有劳绩，并无此类支给。”由此推之，当时确有些说话人像王六大夫一样曾在御前供话，做过供奉，因而得了官。这在大量的说话人中是极少有的现象，但也说明封建统治者在鄙视瓦肆伎艺的同时，对于其中伎巧特佳，内容能迎合封建统治者需要的“说话”，也给以笼

① 任二北《唐戏弄》第726页谓“盛唐陆羽曾写参军戏三本”。材料引自《全唐文》四三三《陆文学自传》、《新唐书》一二一《陆羽传》、段安节《乐府杂录》“俳优”条。

络。这实质上是封建统治阶级向市民阶层争夺“说话”伎艺的手段。

说话人中，当然有不少富于文学才能的创作家，他们自己编写了不少话本，惜多不传。现将说话人事迹略可考见者，列举如下。并将两宋说话人姓名表附后。

一、张山人

《东京梦华录》卷五“京瓦伎艺”条载：“张山人说诨话。”按张山人名寿，山东兖州人，少时自乡里入汴京，在瓦舍说诨话为生，善作十七字诗，著名于熙宁、崇宁（1068—1106）间。其事迹，前人笔记中多有记载。如王灼《碧鸡漫志》卷二云：“长短句中作滑稽无赖语，起于至和；嘉祐之前，犹未盛也。熙、丰、元祐间，兖州张山人以诙谐独步京师，时出一两解。”洪迈《夷坚乙志》卷十八《张山人诗》云：“张山人，自山东入京师，以十七字作诗，著名于元祐、绍圣间，至今人能道之。其词虽俚，然多颖脱，含讥讽，所至皆畏其口，争以酒食钱帛遗之。年益老，颇厌倦，乃还乡里，未至而死于道。道旁人亦旧识，怜其无子，为买苇席，束而葬诸原，揭木书其上。久之，一轻薄子弟至店侧，闻有语及此者，奋然曰：‘此是山人坟，过者尽惆怅，两片芦席包：敕葬。’人以为口业报云。”王辟之《渑水燕谈录》卷十云：“往岁有丞相薨于任者，有无名子嘲之，时出厚赏购捕造谤。或疑张山人寿为之，捕送府。府尹诘之，寿云：‘某乃于都下三十馀年，但生而为十七字诗鬻钱以餬口，安敢嘲大臣？纵使某为，安能如此著题？’府尹大笑遣去。”（胡仔《苕溪渔隐丛话》卷二十八引《王直方诗话》所载略同）

二、王与之

宋张仲文《白獭髓》载："绍兴间行都有三市井人，好谈今古，谓戚彦、樊屠、尹昌也。戚彦乃皇城司快行，樊屠乃市肉，尹昌乃佣书，有无名人赋诗曰：'戚快樊屠尹彦时，三人共坐说兵机。欲问此书出何典，昔时曾看王与之。'注：'与之乃说书史人。'"

三、内侍纲

绍兴年间，有一个内侍名叫纲，擅长说话，宋高宗很欣赏他。他不但能说话，还能自编话本。有一次，他想找些新鲜的材料来编写话本，就命投靠他的赵祥给他讲述镇江农民起义的故事。赵祥把起义领袖邵青及其手下部将的奸忠强弱情形，并邵青起义及战斗的详细经过告诉他了，原来邵青在镇江起义，拥有船只数千艘，宋朝廷派兵屡次攻打，前后耗去钱粮十三万贯石，都没有达到目的。后来又派王德往讨，王德军中计陷泥中，死者颇多，王德也被隔于泥港，进退两难。邵青却不乘人之危，叫他赶快回去。王德乘机劝邵青受招安，邵青答应了。后来邵青见招降榜上写着"乞降"等语，大怒，其手下统制官单德忠力劝青降，青乃率部受招安①。这位内侍纲，把邵青起义始末和每个将领的本领、事迹，编造得极为详尽，讲给宋高宗听。这种"说话"，其指导思想必然是反动的，但

① 邵青受招安事，见宋李心传《建炎以来系年要录》卷四十七、四十八。及宋徐梦莘《三朝北盟会编》卷一四九（炎兴下帙四十九）。

也许能保留一些当时说话的技巧和形式方面的资料。

四、李绸

绍兴年间在宫廷说话的伎艺人,还有一位叫李绸的,他原是大将刘光世的承受,担任军中奏报文学的职务。刘因他贫穷,赠送他五十金。后入宫廷任睿思殿袛候。他能讴词,善小说,授秉义郎。后因贪污事被张浚告发,除名,送到浔州编管,死于贬所①。

五、张本

宋李心传《建炎以来系年要录》卷六十一载:“百姓张本,杖脊送千里外州军编管,坐念诗讥讽及谈说本朝国事为戏也。”张本当是一位善于吟讽刺诗、词及讲说时事的说话人,这是有记载的市民艺人的真正代表。他所谈说的,当即像《醉翁谈录》所说的“新话说张、韩、刘、岳”之类的话本;宋代文网严密,当秦桧秉政之际,力主议和,为了排斥异己,大兴文字之狱。清赵翼《廿二史札记》卷二十六“秦桧文字之祸”条已记得很详细,内有“桧又疏禁野史,许人首告,并禁民间结集经社。”张本谈说的“本朝国事”,必然是宋代人民抗金事迹,属铁骑儿一类,这类故事在广大群众中间最能振奋人心,起着宣传鼓动作用。当时统治阶级害怕人民起来抗敌,张本所讲说的故事内容,正触犯了统治阶级的忌讳,因而受到了钳制,竟以口舌罹祸。

---

① 见《建炎以来系年要录》卷一〇六“绍兴六年”条。

六、史惠英、陆妙静等

绍兴三十二年(1162)高宗传位给孝宗后,十分闲暇。他本是一个好听说话的皇帝,罗致的说话人很多,计讲说史书的女流有张氏、宋氏、陈氏;说经的有陆妙静、陆妙慧,讲小说的有史惠英等。她们常于聚景玉津园表演①。

七、王六大夫

南宋时,有一个叫王六大夫的说话人,"诸史俱通",学问渊博,有较高的艺术水平。他还能编写话本。原先在宫廷中讲说,因为会编会说,极得理宗赞许。为宫中祗候,享有俸禄。关于王六大夫的事,《梦粱录》卷二十"小说讲经史"条有一段记载:

> 又有王六大夫,元系御前供话,为幕士请给,讲诸史俱通,于咸淳年间,敷演《复华篇》及《中兴名将传》,听者纷纷,盖讲得字真不俗,记问渊源甚广耳。

这里提到的《复华篇》是《福华编》之误。周密《志雅堂杂钞》卷下"书史"条云:

> ……廖群玉诸书,则始于景开《福华编》,备载江上之功,

① 见元杨维桢《东维子文集》卷六《送朱女士桂英野史序》。

> 虽夸张过实，然文字古雅颇奇，可喜，江子远、李祥文诸公皆有跋。

按理宗宝祐四年(1256)十二月，蒙古人攻鄂州，贾似道私向蒙古乞和，请称臣纳币。由于南宋爱国军民的坚决抗击，蒙古贵族内部矛盾的激化，鄂州之围才解。事后，贾上表诡称诸路大捷。理宗下诏论功行赏。贾于景定元年(1260)七月，命他的门客廖莹中、翁应龙辈撰《福华编》称颂"鄂功"①。同时也可能命王六大夫之流根据廖书敷演，向民间作宣传。果然这样，此种宣传目的固然是为贾似道骗取"舆论"，但所说既是抗金，客观上也会起一些鼓舞抗敌意志的作用。由此可见王六大夫是一位能编写话本擅说"铁骑儿"的艺人。《福华编》之外，他还在勾栏中敷演《中兴名将传》，《中兴名将传》大约就是《醉翁谈录》中的"新话说张(浚)韩(世忠)刘(锜)岳(飞)"。王六大夫所讲的都是当时政治上和军事上的重大事件，深为人民群众所关怀，加之他"讲得字真不俗，记问渊源甚广。"所以"听者纷纷"。

八、王防御

南宋还有一位讲史艺人王防御，号委顺子，也是御前供奉。明李日华《紫桃轩又缀》卷一有一段记载：

> 宋王防御者，号委顺子。方万里挽之曰："温饱逍遥八十馀，

① 见《宋史》卷四七四及《西湖游览志馀》卷五。

稗官原是汉虞初。世间怪事皆能说，天下鸿儒有不如。耸动九重三寸舌，贯穿千古五车书。《哀江南赋》笺成后，从此韦编饱蠹鱼。”盖防御以说书供奉得官，兼有横赐，既老，筑委顺堂以居，士大夫乐与之往还。世传“委堂图”，盖宋人笔也；而或附之赵荣禄为鲜于太常写，吾不知其解。（《砚北杂志》卷下所载较略）

他的学问是“贯穿五车书”，说书的本领能“耸动九重”，当然和王六大夫一样，也是一位有杰出艺术修养的说话人。

九、丘机山

《梦粱录》卷二十“小说讲经史”条载有“讲史书者丘机山”，《武林旧事》卷六“诸色伎艺人”条有“演史丘几山”，皆无事迹。按《辍耕录》卷二十八“丘机山”条：

丘机山，松江人。宋季元初以滑稽闻于时，商谜无出其右。遨游湖海间，尝至福州，讥其秀才不识字。众怒，无以难之。一日构思一对，欲令其辞屈心服。对云：“五行金木水火土。”丘随口答云：“四位公侯伯子男。”其博学敏捷类如此。

十、秋山

《清平山堂话本·刎颈鸳鸯会》末尾有“在座看官要备细，请看叙大略，漫听秋山一本《刎颈鸳鸯会》”云云。可见秋山系《刎颈鸳鸯会》话本的说唱者。

附:两宋说话人姓名表

(一)《东京梦华录》所载北宋汴京瓦子勾栏中说话人

科　　别	说　话　人　姓　名
讲　　史	孙宽　孙十五　曾无党　高恕　李孝详
小　　说	李慥　杨中立　张十一　徐明　赵世亨　贾九
说诨话	张山人
说三分	霍四究
五代史	尹常卖
合　　计	十四人

(二)《西湖老人繁胜录》、《梦粱录》、《武林旧事》及其他笔记所载南宋临安瓦子勾栏及宫廷中说话人(表中有○者重见)

科　　别	说　话　人　姓　名
小　　说	蔡和　李公佐　史惠英　小张四郎　廓介酒李一郎(《武林旧事》作“酒李一郎”)(以上见《西湖老人繁胜录》)谭淡子　翁二郎　雍燕　王保义　陈良辅　(《武林旧事》作“辅”)陈郎妇　枣儿徐二郎　(以上见《梦粱录》)○蔡和　○李公佐　○张小四郎(陈刻作小张)　朱脩(德寿宫)　孙奇(德寿宫)　任辩(御前)　施珪(御前)　叶茂(御前)　方瑞(御前,陈刘作方瑞)　刘和(御前)　王辩(铁衣亲兵)　盛显　王琦　○陈良甫　王班直(洪)　翟四郎(升)　粥张二　许济　张黑剔(陈刻作踢)　俞住庵　色头陈彬　秦州张显(陈刻作泰州)○酒李一郎(亦见“打硬”目)　乔宜(陈刻作乔宣)　王四郎(明)　王十郎(国林)　王六郎(师古)　胡十五郎(彬)故衣毛三　仓张三　枣儿徐荣　徐保义　汪保义张拍(陈刻作柏)　张训　沈佺　沈喎　湖水周　爊肝朱椤傺张茂　王三教　徐茂(象牙孩儿)　王主管　翁彦嵇元　陈可庵　林茂　夏达　明东　王寿　白思义○史惠英(以上见《武林旧事》)

续表

科　　别	说　话　人　姓　名
说铁骑儿	王六大夫(见《梦粱录》)
谈 诨 话	蛮张四郎(《西湖老人繁胜录》、《武林旧事》)
说　　经	长啸和尚　彭道安(《武林旧事》作彭道)　陆妙慧　陆妙静(以上见《西湖老人繁胜录》)　宝庵(《武林旧事》作保庵)　管庵　善然和尚(《梦粱录》)　○长啸和尚　○彭道(名法和)　○陆妙慧　余信庵　周太辩(和尚)(陈刻作春辩)　○陆妙静　达理(和尚)　啸庵　隐秀　混俗　许安然　有缘(和尚)　借庵　○保庵　戴悦庵　息庵　戴忻庵(以上见《武林旧事》)
诨　　经	○戴忻庵(《梦粱录》)
讲 史 书	乔万卷　许贡士　张解元(以上见《西湖老人繁胜录》)　戴书生　周进士　张小娘子　宋小娘子　丘机山　徐宣教(以上见《梦粱录》)　○乔万卷　○许贡士　○张解元　周八官人　檀溪子　陈进士　陈一飞　陈三官人　林宣教　徐宣教　李郎中　武书生　刘进士　巩八官人　徐继先　穆书生　○戴书生　王贡士　陆进士　○丘几山(陈刻作机山)　○张小娘子　○宋小娘子　陈小娘子(以上见《武林旧事》)　李黑子(见《偏安艺流》)
其　　他	内侍纲(见《三朝北盟会编》)　李绸(见《建炎以来系年要录》)　王与之(见《白獭髓》)　王防御(见《紫桃轩又缀》)　秋山(见《刎颈鸳鸯会》)
合　　计	一百二十九人,除去重见者十九人,共得一百十人。

按表中《武林旧事》名单系据《知不足斋丛书》本。《永乐大典》卷七六○二所引《武林旧事》人名全同,仅次序稍异。《偏安艺流》(一名《艺流供奉志》)演史类多出李黑子一人,少去徐宣教、李郎中、武书生、王贡士四人,次序亦不同。

第四节 编写话本的团体——书会

一、书会

从南宋到元代，说话和戏剧等伎艺相当发达，因此，当时就有专门替说话人、戏剧演员编写话本和脚本的文人，这些文人有自己的行会组织——书会。书会起源于何时，虽不可考，但必在各种伎艺发达以后，则可以断言。书会中人，一般称为书会先生，又称“才人”。其成员大部分是科举失意但有一定才学和社会知识的文士，也有一部分是低级官吏、医生、术士、商人，以及较有才学和演唱经验的艺人①，可见书会成员的成分是相当复杂的。甚至还有身份较高的“名公”参加编写。当时较大的城市都有书会的组织。其名称有以所在地为名的，如：

永嘉书会（成化刊本《新编刘知远还乡白兔记》）（永嘉即温州）

九山书会（《张协状元》）（九山乃永嘉城内地名）

古杭书会（《小孙屠》）

武林书会（《录鬼簿》“萧德祥”条）

玉京书会（贾仲名《书录鬼簿后》）（玉京系指大都，或云指杭州，《宦门子弟错立身》作“御京”）

---

① 《录鬼簿》所载如李时中为中书省掾，除工部主事，马致远官江浙行省务官，都是名公。王伯成、沈和甫是低级官吏，施君承以贾为业，萧德祥以医为业，赵文宝以卜术为业，红字李二和花李郎是教坊子弟，他们都是才人。

也有用其他名称的，如：

元贞书会（《录鬼簿》“李时中”条）

敬先书会（《荆钗记》）①

其编辑范围，比较广阔。贾仲明《书录鬼簿后》说：

丑斋继先钟君所编《录鬼簿》，载其前辈玉京书会、燕赵才人，四方名公士大夫编撰当代时行传奇、乐章、隐语。

而《录鬼簿》“李时中”条却说：

元贞书会李时中、马致远、花李郎、红字公四高贤合捻《黄粱梦》。

周密《齐东野语》卷二十“隐语”条说：

古之所谓廋词，即今隐语，而俗所谓谜。……若今书所谓谜者，尤无谓也。

可见书会所编撰的有戏文、杂剧、唱本、话本（例见后）、猜谜等项，

① 张大复《寒山堂九宫十三摄南曲谱·荆钗》下注云：“吴门学究敬先书会柯丹丘著。”此书会当系纪念史九敬先而成立的，故名。又《董秀英花月东墙记》注云：“九山书会捷讥史九敬先著。”

不限于话本。由于各种伎艺的发达,艺人们为了业务上互相竞争,为了自己的经济利益,迫切需求新的话本和脚本,就不得不向书会里去寻求好本子来演唱。例如《蓝采和》杂剧第一折和第二折中有这样两段唱词:

……这的是才人书会划新编。

但去处夺利争名……依着这书会社恩官求些好本领。

又朱权《太和正音谱》云:"娼夫不入群英四人,共十一本",又引赵子昂的话云:

良家子弟所扮杂剧,谓之行家生活;倡优所扮者,谓之戾家把戏。……杂剧出于鸿儒硕士、骚人墨客所作,皆良人也,若非我辈所作,倡优岂能扮乎?

所谓群英、鸿儒硕士、骚人墨客,盖即书会中的"名公、才人",而编撰话本和脚本,也就是书会首要任务。

其次,书会还有可能兼营刻书和发兑业务。因为书会似乎和书林的性质颇相近。百二十回本《水浒全传》"引首"所说,是一个证据:

试看书林隐处,几多俊逸儒流。……评议前王并后帝,分真伪占据中州。

宋叶适《水心文集》卷八《送朱相士》诗,有"南荡书林长砌萝"

之句，说明这位相士和书林的密切关系；而《录鬼簿》载赵文宝以卜术为业，可见相士们也常与书会有关。宋代以来，书坊多称书林[①]，明代的书林主人如熊大木[②]、余邵鱼[③]辈，都是编撰通俗小说的能手，书林中既有“俊逸儒流”，可见它决不只是一种机构，倒更像一种编撰的组织，它跟书会的组织很相似，人员也复相同，这才能评议帝王分真伪。这种类似，使我们自然而然地有了书会和书林在当时可能互兼的推测。《都城纪胜》“三教外地”条说：

都城内外自有文武两学、宗学、京学、县学之外，其馀乡校、家塾、舍馆、书会，每一里巷须一二所。弦诵之声，往往相闻。遇大比之岁，间有登第补中舍选者。

在文武两学、乡校、家塾的所在地点设立书会，如同临安陈氏书籍铺之设在睦亲坊[④]，显然是为了业务上的便利。因此书会可能不仅是为艺术服务，也为学塾服务，或许还编纂一些《蒙求》、《列女

① 叶德辉《书林清话》卷二“宋建安余氏刻书”条谓乾隆四十年谕访询宋建安余氏后裔，据奏复余廷勷等呈出族谱，载其先世自北宋建阳县之书林，即以刊书为业。按书林原是地名，即书坊镇，在建阳县西崇化里，与麻沙镇并为刊书业之中心。后因以书林为书铺的代称。

② 熊大木字锺谷，又字鳌峰，福建建阳人，嘉靖时书林。按万历本《全汉志传》题“鳌峰后人熊锺谷编次”，嘉靖本《唐书志传》题“鳌峰熊锺谷编集”，可知他称“鳌峰后人”和自号鳌峰，都是因为他是宋末元初鳌峰书院熊禾之后的缘故。熊氏编撰小说有《全汉志传》、《唐书志传》、《大宋中兴英烈传》、《南北宋两传演义》等。

③ 余邵鱼字畏斋，书林余象斗之族叔，嘉隆时福建建阳人，撰有《列国志传》。

④ 临安著名陈氏书籍铺在睦亲坊，俗呼宗学巷。见《书林清话》卷二《南宋临安陈氏刻书之一》。

传》、《群书类编故事》、《书言故事大全》①之类的通俗读物，以供社会上的需要。

我们更从《张协状元》开头的"这番书会，要夺魁名"看来，似乎书会中的某些成员，有演剧经验，可以登台客串。"说话"这一伎艺，当亦不会例外。严敦易以为书会于编写工作之外，尚兼有"教"的任务②。这种推测是有道理的，《武林旧事》卷六"诸色伎艺人"条有"书会"一项，其中成员如下：

> 李霜涯——作赚绝伦（元杨瑀《山居新话》说他是理宗时人；《录鬼簿》卷下胡正臣下注有"李霜涯赚令无不周知"。《花草粹编》有李霜涯《晴偏好》一词）。
>
> 李大官人——谭词。
>
> 叶庚。
>
> 周竹牕。
>
> 平江周二郎——猢狲（疑为弄猢狲的说唱脚本的作者）。
>
> 贾廿二郎。

这里，有擅长作赚词的，有擅长谭词的，有擅长猢狲的，各方面的人才，多被罗致在书会中。《武林旧事》把"书会"与"小说"、"演史"、"影戏"、"唱赚"等并列，通名之曰"诸色伎艺人"，书会的性质是相当明显的了。

① 《蒙求》二卷，后晋李瀚撰。《列女传》为宋王回取古本重编。《群书类编故事》为元王罃撰。《书言故事大全》为元胡继宗撰。皆便于童蒙学习的书。

② 见《水浒传的演变》，第131页。

二、书会先生

书会中的成员称为书会先生。《清平山堂话本》中的《简帖和尚》最后一段说：

一个书会先生看见，就法场上做了一只曲儿，唤做《南乡子》。

又百二十回本《水浒传》里有两处地方这样写着：

后来书会们备知了这件事，拿起笔来，又做了这只〔临江仙〕词。（《水浒传》第四十六回）

看官听说，这回话，都是散沙一般，先人书会留传，一个个都要说到，只是难做一时说；慢慢敷演关目，下来便见。看官只牢记关目头行，便知衷曲奥妙。（《水浒传》第一百十四回）

明贾仲明《玉梳记》第一折〔天下乐〕曲（元明杂剧本）：

俺娘……见了那名公文夫士书会先生每来呵，嫌的是张秀才李秀才。见那公子舍人上门呵，爱的是王舍人李舍人①。他那些乔殷勤伴动问。

明朱有燉《桃源景》杂剧第一折白：

① 《元曲选》本“李舍人”作“刘舍人”。——校者注

这城中书会老先生每见孩儿唱的好，生的又风流可喜，与了他个乐名，唤做桃源景。

又同上作者的《香囊怨》第一折白：

这《玉盒记》正可我心，又是新近老书会先生做的，十分好关目。

从这些记载看来，从宋元以至明初，都有这种书会的存在。书会确是编撰话本和剧本的团体。书会先生就是话本或剧本的编撰者，他们特别擅场词曲，百回本《水浒传》第九十四回里，于引了苏东坡诗之后，有云："亦有书会吟诗和韵，不能尽记"，下面再道了二首"词语"。可见说话人说话时所用的诗词，大抵是书会先生提供的。他们富有才情，文学的修养功夫相当深，因而得到勾栏瓦肆艺人们的尊敬。

三、才人

书会中的成员称为"书会先生"，有时也称为"才人"。才人是对名公而言；名公是指"居要路"，"高才重名"的"公卿显宦"。而才人则是指"门第卑微，职位不振"，接近市民阶层的文人。《杨温拦路虎传》话本里说：

才人有诗说得好："求人须求大丈夫，济人须济急时无。渴时一点如甘露，醉后添杯不若无。"

又《白娘子永镇雷峰塔》话本书说：

> 俺今日且说一个俊俏后生，只因游玩西湖，遇着两个妇人，直惹得几处州城，闹动了花街柳巷，有分教：才人把笔，编成一本风流话本。

又一百二十回本《水浒传》第一百十四回叙述张顺在涌金门外水池中身死后，“才人有诗说道”云云。据此，可见才人是书会中编写话本的成员。才人不但编写话本，也编写剧本和其他伎艺脚本。这方面的例证较多，如金末时人李治《敬斋古今黈》卷八说：“近者伶官刘子才，蓄《才人隐语》数十卷。”“隐语”盖即《东京梦华录》所记的“商谜”，其作者亦有才人之称。《永乐大典》戏文《宦门子弟错立身》题“古杭才人新编”。成化本南戏《白兔记》前、后场对白，有“好本传奇！这本传奇亏了谁？”“亏了永嘉书会才人在此灯窗之下，磨得墨浓蘸得笔饱，成此一本上等孝义故事，果是千度看来千度好，一番搬演一番新。”《蓝采和》杂剧末唱〔油葫芦〕：“甚杂剧请恩官望着心爱的选……这的是才人书会划新编”。《太和正音谱》：“天下才人非一，以一人之管见不能备知，望后之知音者增焉。”《录鬼簿》中除“才人”而外，也提到“名公”，而且往往和“才人”并称，如“前辈已死名公才人有所编传奇行于世者。”（卷上）“方今已亡名公才人，余相知者为之作传，以〔清波曲〕吊之。”（卷下）我们从《录鬼簿》提到的元贞书会中李时中、马致远的身份和贾仲明“玉京书会，燕赵才人，四方名公……”（见第四节引）的话看来，可以知道“名公”有时也参加“书会”的编撰工作，《水浒传》第四回有“昔有一名贤，走笔作一篇口号”云云，“名贤”当即“名公”。他们在公余成休退时，写些话本、剧本来“寄兴适情”也是可能有的事情。

第五节　说话人的行会组织——雄辩社

一、雄辩社

宋代的一般工商业者和各种伎艺人员，都有为供应官府差役和保护同业利益的行会组织。南宋的城市经济非常繁荣，行都临安发展成百馀万人口的消费城市，适应市民阶层的各种娱乐伎艺；自然随之兴起，到处都是瓦子勾栏。临安城中的戏剧和各种说唱伎艺都有行会的组织，如杂剧有绯绿社，影戏有绘革社，唱赚有遏云社，耍词有同文社，清乐有清音社，说话则有雄辩社①。雄辩社与书会不同，书会是文人们编撰剧本和合话本的组织，有些是业余的或半职业性的艺术团体，也有些是职业性的组织（成为伎艺人之一）；雄辩社则是说话人自己磨砺唇舌训练技术的组织，纯粹是一种职业性的团体。前者主要在编不在演，后者则在演不在编。性质上是有区别的。但两者之间又有密切关系。

雄辩社的出现，必然在“说话”成为专门性的职业以后，说话人方才得以各逞才能，独立创造，把说话当成一项专门的艺术来加以琢磨，改进提高。它也必然有规章制度和活动范围。可惜这方面的材料缺乏，无从详考。说话艺人加入雄辩社，似有一定的条件，现在虽无直接资料，我们却可找到一个旁证。《梦粱录》卷十九“社会”条说：

① 见《武林旧事》卷三“社会”条。

武士有射弓踏弩社，皆能攀弓射弩，武艺精熟，射放娴习，方可入此社耳。

虽说的是另一种社，但在《梦粱录》和《武林旧事》中却和雄辩社等同属“社会”之列。可见凡是入社的社员，非伎艺精熟不可。说话人是各有师承，各有门庭的。《梦粱录》云：

说话者谓之舌辩，虽有四家教，各有门庭。

《醉翁谈录》卷一《小说开辟》说：

举断模按，师表规模。

师徒之间，又有话本的传授，如《古今小说》第十五卷《史弘肇龙虎君臣会》：

这话本是京师老郎流传。

《百花亭》杂剧第三折正末白：

须记的京城古本，老郎传流。

《蓝采和》杂剧说：

俺将这古本相传，路歧体面，习行院。

这都是宋元以来艺人们师徒传授的常规，入社的严格限制，与此不无关系。至于雄辩社社员的活动，主要当然是勾栏瓦子；此外，还常常集体参加迎神祭赛及诞祝之事。第二节宋代说话演出概况寺庙部分所引《武林旧事》卷三“社会”条的记载就是一个例子。《梦粱录》卷十九“社会”条说：

每逢神圣诞日，诸行市户，俱有社会，迎献不一。

大概雄辩社的参加迎献，仿佛近世的“会书”，社员与社员之间，也有竞赛性质，目的在各各呈献伎艺，争取群众的好评，为勾栏瓦子的演出，招徕听众；同时也可利用习俗，趁这热闹场面，做一笔生意。这和商贾们的陈列“奇珍异宝”，以资号召，初无二致。至于社员做营业上的交易时，地点并不在社所，往往在茶肆中。《都城纪胜》“茶坊”条说：

人情茶坊，本非以茶汤为正，但将此为由，多下茶钱也。又有一等专是娼妓弟兄打聚处；又有一等专是诸行借工卖伎人会聚行老处，谓之市头。（《梦粱录》卷十六“茶肆”条同）

“行老”是行会的首领，代表本行向外承接生意。当时各行各业都有“行老”，说话业也不例外。这里可以窥见宋代艺人们日常生活的一斑。

二、老郎

在宋元的话本和剧本中,常有提及“老郎”的,它和“书会先生”、“才人”的称呼有区别。“书会先生”和“才人”是属于“书会”中业余的或半职业性的或职业性的成员;“老郎”则是属于“雄辩社”等组织的职业艺人。但也不是一般艺人的称呼,是名位高、年辈长并有精湛伎艺和学问者的专称。“京师老郎”,则是南宋临安说话人对汴京前辈艺人的称呼。例如前面所引宋话本《史弘肇龙虎君臣会》中的“京师老郎”就是。其他如《醒世恒言》第十三卷《勘皮靴单证二郎神》结尾:

原系京师老郎传流,至今编入野史。

《古今小说》第二卷《陈御史巧勘金钗钿》开头:

闻得老郎们相传的说话。

《醒世恒言》第十七卷《张孝基陈留认舅》开头:

尝闻得老郎们传说。

《初刻拍案惊奇》卷二十一《袁尚宝相术动名卿,郑舍人阴功叨世爵》的入话结尾说:

此本话文,叫做《积善阴骘》,乃是京师老郎传留至今。

《二刻伯案惊奇》卷二十九《赠芝麻识破假形,撷草药巧谐真伪》的开头说:

这一回书,乃京师老郎传留,原名为《灵狐三束草》。

可见"老郎"、"京师老郎"这些名称,直到明代还在沿用。故事流传的悠久,可以想见。所谓"相传",当然是"口口相传",也含有师徒一脉相传之意,"流传"、"传说"、"传留",也都是此意,而并非写成本子留交下来,这也正好说明老郎和书会先生不同。由于老郎的资历深,见闻广,保留在老郎口头的故事十分丰富。强调故事为老郎所传留,是表示故事的悠久性和可靠性。老郎不但传留故事,其中有些人有一定的文学修养,能做诗词。例如明万历天都外臣序本《忠义水浒传》第七十回有一首七言古风,颂扬没羽箭张清的英勇,就是老郎所作。所以,老郎在艺人中的声望是相当高的。

至于"老郎"一词的来源,已无从深考。按旧时梨园演剧,后场必供奉老郎神。《寄蜗残赘》卷十三云:

吴中老郎庙,梨园子弟祀之,相传为唐明皇,或云后唐庄宗。《山海经》:颛顼之子名老郎,居骢山,其声如钟磬,为音乐所自始,殆其人欤。

这些,都是附会之谈,不足深信。大概在宋代,郎字是市井平民的一种俗称。王应奎《柳南随笔》卷五云:

江阴汤廷尉《公馀目录》云：明初闾里称呼有二等，一曰秀，一曰郎。秀则故家右族，颖出之人，郎则微裔末流，群小之辈，称秀则曰某几秀，称郎则曰某几郎，人自分定，不相逾越。

王氏所记，虽为明初的民间习俗，这种习俗，可能还是宋代所遗。据《武林旧事》卷六所载，诸色伎艺人中，以"郎"字为名的不下二三十人，可见称郎在宋代艺人中间有着它的普遍性。在封建社会里，艺人们的身份地位很低，他们自然是属于市井平民，因而他们也往往以郎自称。至于"老"字，则为同业中人对前辈表示尊敬之意。因此，我们可以明白，所谓"老郎"，是"雄辩社"等组织的成员中表示关系的名词，而不是代表阶层的名词。

第三章　宋代说话的政治倾向和艺术特色

第一节　说话人的基本立场和思想倾向

说话艺人都是中下层社会的人,他们大多数是市民群众中比较贫苦的人,他们是被压迫者,他们和统治阶级有矛盾。他们的服务对象也主要是市民,因而他们的立场、思想以及说话的内容,必然和广大市民大体一致,可以说,说话人的基本立场是市民的立场,说话人的思想倾向反映着市民的意识。这是主要的方面。

说话人和农村也有密切联系。农村中也有说话艺人("斜阳古柳赵家庄……")。农村中的说话人可能进城,城市中的说话人也可能下乡。再加市民群众中,也有相当大的一部分是从农村流入城市的,必然有着农民的意识,所以,说话人也不能不反映农民的观点。

说话艺人的服务对象中,有一部分是封建统治阶级(地主、富商、官僚、军阀、帝王)。说话人中技巧高超者,也常受到统治阶级的赏识、恩赐,因而能获得较为优裕的生活,甚至得到官位。这当然会受一部分说话艺人的歆羡。再加说话艺人的主要服务对象——市民群众,也有相当大的一部分和封建统治阶级有密切联系,颇受封建统治阶级的影响。所以,说话艺人又有和封建统治阶级靠拢的一面,他们也直接间接地受到封建统治阶级的深刻影响。

一个社会的统治思想总是这个社会的统治阶级的思想，因而，广大的说话艺人在政治态度和思想意识方面，往往深受封建制度和封建思想的制约，表现出很大的历史的和阶级的局限性。

说话人和书会先生的联系很密切，如上文所述，书会成员成分复杂，他们大都和统治阶级有矛盾，对市民、农民有同情，但和统治阶级又有千丝万缕的联系。他们的立场和思想也通过其业务活动影响说话人（说话人也影响他们）。

由此可见，我们分析说话人的基本立场和思想倾向时，既要重视他们和市民的关系，把这关系放在主要的地位；也要注意到他们社会联系的复杂性，不忽视社会各方面对他们的影响。

我们在下面几个主要方面，可以看到说话人的基本立场和思想倾向是和市民以及广大农民群众大体一致的：

第一，在国内阶级矛盾方面，说话人同情农民和其他被压迫人民，热烈地歌颂农民起义的英雄业绩，痛恨贪官污吏。水浒故事，在南宋已经盛传，这是因为当时民族矛盾与阶级矛盾非常尖锐，人民对封建统治阶级十分憎恨，因而向往这些反抗封建暴政的人民英雄。他们的起义活动，曾经震动京师，人数又仅仅是三十六人。在人民看来，他们的故事是富有传奇性的。这些英雄们的事迹，正是人们借以表达自己的政治要求、抒发自己的思想感情、反映自己的斗争经验的好题材。说话人为了反映和满足人民的意愿，把这些流传在人民口头上的故事，集中加工，着意渲染，在市民面前说唱。在千百次的说唱过程中，不断经受人民的考验，不断得到人民的指正和补充，从而使思想性和艺术性不断提高。而书会先生（才人），也把这些新鲜动人的故事编写起来，作为说话人说唱的话本。现在所能看到的关于水浒故事的话本，最早的是保存在《宣和遗事》中，文字虽极简略，规模却已具备，为后来各种《水浒传》的模型。《醉翁谈录》也有《石头孙立》、《青面兽》、《花和尚》、《武行者》等话本名目。可见水浒故事，在南宋就已出现了许多精彩片断，许多英雄人物，已经活跃在人民群众的口头上，并且被“说话人”搜集起来普遍地在讲台上与大众见面了。从这些人物的行为看来，说话人对他们的侠义行为是极其赞扬的。由此也可以推测出《水浒传》中的英雄好汉们的形象，在宋代说话人口中已经基本创造成功。

说话人还大胆地揭露出赵宋王朝上层统治集团的丑恶行为。宋徽宗是个昏庸的皇帝，过着荒淫无耻的生活，当时民间“皇帝与妓女”的传说，就是指徽宗与李师师的故事①，徽宗为了个人的享乐，大兴土木，创立“花石纲”②，朱勔等以搜罗奇花异石为名，大肆搜刮，话本中也有反映。《醉翁谈录》中的《石头孙立》，大约就是敷演反抗花石纲事的。而《水浒传》里卢俊义的绰号叫“玉麒麟”，“玉麒麟”是一块大石头的名称③。水浒英雄以花石纲的大石头起绰号，也可说明反花石纲斗争遍及全国，深入人心。说明斗争的尖锐性。“花石纲”故事一直到元代还在演说。元末人杨维祯有一次在濯渡的船上听了朱桂英讲说宋徽宗的“艮岳”和秦桧的故事后，他赞叹说：“桂英讲的这些故事可以敦励薄俗，财（则）吾徙（徒）号儒丈夫者为不如已”④。更有不少优伶，不畏权势，采用讽刺手法以

① 见《宣和遗事》亨集、《贵耳集》卷下、宋无名氏《李师师外传》。

② 宋徽宗好珍玩，垂意花石，蔡京讽朱冲及冲子勔，密取浙中珍异以进，岁岁增加，政和中极盛，舳舻相衔于淮、汴，号“花石纲”。见《宋史·朱勔传》。

③ 宋王偁《东都事略》卷一〇六《朱勔传》及宋张淏《艮岳记》引蜀僧祖秀《华阳宫记》记寿山艮岳的石头说：“独踞洲中者，曰玉麒麟。”

④ 见《东维子文集》卷六《送朱女士桂英野史序》。

批评时政①。而像“铸大钱”②之类的故事，更是优秀艺人直接向最高统治者用特殊方式进行斗争的动人事迹。

说话人对公案小说的反暴政反贪污的态度，也是他们同情人民的鲜明例证。

但是说话人在当时也还有很大局限性，这种局限性是市民群众受封建思想束缚的结果，他们在国内阶级矛盾上固然同情农民，但有时却又被封建正统思想所左右，而称起义农民为“盗贼”（例如对《水浒》、《说岳传》等书中对方腊、杨么的态度），他们憎恨统治阶级，却不可能从阶级和阶级斗争的观点来认识，所以他们的批判矛头只是对着贪官污吏。他们根本不会去触动封建制度的一根毫毛。相反，他们梦想有“好官”“好皇帝”，包龙图的艺术形象，就是这种同情人民，反对贪暴却又寄希望于封建统治阶级的幻想的产物。市民阶层的这种阶级局限性和软弱性，就被封建统治阶级利用来作为麻醉人民的药酒。

第二，在民族矛盾方面，说话人的态度更为鲜明，他们崇拜反抗民族压迫的英雄，严斥主张妥协退让的奸臣。“三十六髻”③的故事，就是一个很好的说明。当时赵宋王朝的上层统治集团，专牟

① 见《夷坚志支乙》卷四“优伶箴戏”条。

② 曾敏行《独醒杂志》：“崇宁三年，铸大钱，蔡元长建议，俾为折十，民间不便。优人因内宴，为卖浆者，或报一大钱，饮一杯，而索偿其馀。卖浆者对以方出市，未有钱，可更饮浆。乃连饮至于五六，其人鼓腹曰：‘使相公改作折百钱奈何！’上为之动，法由是改。”

③ 周密《齐东野语》：“宣和中，童贯用兵燕蓟，败而窜。一日内宴，教坊进伎，为三四婢，首饰皆不同。其一当额为髻，曰蔡太师家人也；其二髻偏坠，曰郑太宰家人也；又一人满头为髻如小儿，曰童大王家人也。问其故，蔡氏者曰：‘太师觐清光，此名朝天髻。’郑氏者曰：‘吾太宰奉祠就第，此懒梳髻。’至童氏者曰：‘大王方用兵，此三十六髻也（三十六计走为上策）。’”

私利，昏聩无能，而主张妥协退让的奸臣又多方活动，他们根本不顾国家民族的安危，对内不惜用种种残酷手段，镇压人民的爱国行动，对外不惜采取屈辱求和的政策，因而有所谓“澶渊之盟”①。人民痛感民族的危亡，对于宋初打退契丹统治者的侵犯，保卫祖国北方安全的民族英雄“杨家将”是极其向往和崇敬的。杨业祖孙三代献身为国的精神，客观上是符合当时广大人民的愿望与要求的。因此，“金刀无敌杨令公”②以及杨六郎、杨七郎等英勇杀敌故事，从北宋以来，一直流传在民间，为人们所津津乐道。宋末谢维新的《合璧事类》后集卷六十三，已载有“杨家将”故事，系采自俚俗传闻。《醉翁谈录》亦有《杨令公》、《五郎为僧》等话本名目。可见“杨家将”故事，南宋说话人已在普遍说唱了。金院本有《打王枢密爨》一本③，元代出现了不少有关杨家将的杂剧④。《续文献通考》载：“使枪之家十七，一曰杨家将三十六路花枪。”杨家将故事经过宋金元各地的伎艺人讲说演唱，到了明清两代，已发展成为不少长篇通俗演义小说⑤。南宋时代的说话人，对迫在眼前的民族压迫，

① 北宋自两次征辽失败后，大臣多主对辽“选使通好，弭战息民”。后辽兵南侵，真宗从寇准计，渡河亲征，辽兵后退。时杨延朗等军逼近辽境。最后因主和者众，仍与辽订立和约，即所谓“澶渊之盟”。

② 《欧阳修文集》称杨业父子为“杨无敌”。《宋史·杨业传》也说他骁勇善战，辽人望见旌旗辄引去。

③ 此院本已佚，当系叙宋初杨家将故事。王枢密名钦若，官枢密，私通辽，常与杨家作对。赵景深谓《打王枢密爨》就是“说王钦若薨”。

④ 现存的有《谢金吾诈拆清风府》、《昊天塔孟良盗骨》、《八大王开诏救忠臣》、《焦光赞活拿萧天佑》、《杨六郎调兵破天阵》等。

⑤ 明代的有《全像按鉴演义南北宋志传》、《新刊玉茗堂批点绣像南北宋传》、《杨家府通俗演义》等，清代的有《北宋金枪传》、《天门阵演义十二寡妇征西》、《侠义烈妇征西传》等。

当然更有切肤之痛,因而这些英雄故事,就更多地编为“新话”,广泛传说。这已不是讲史,而是“新话说张(浚)、韩(世忠)、刘(锜)、岳(飞)”了。《醉翁谈录》的这一句叙述,的确很有价值,它不但告诉我们当时说话的一个重要内容,也告诉我们当时适应着人民的政治思想情绪,书会还编了许多新话。《梦粱录》所载王六大夫说《中兴名将传》,其内容亦必然是“张韩刘岳”的故事。这些故事无疑具有可歌可泣的阶级斗争的内容,特别是岳飞的抗战事迹,在深受苦难的南宋人民中间,具有广泛的吸引力。现存明嘉靖年间福建书贾熊大木所编的《大宋中兴通俗演义》,贯穿着深厚的爱国思想和民族感情,书中的故事情节,可能就是从宋元说话人口口相传记录下来加以整理加工而成的。

其他如南宋临安讲史人借着拥护刘备所代表的汉家政权来发泄民族感情。像这样的情形,后来也不少见。明末的农民起义的英雄李定国早年在张献忠军中,有四川说书人金公趾讲《三国演义》,每斥孙可望是董卓、曹操,并希望李定国能做诸葛孔明。定国大受感动,后来他与朱由榔合作,力抗清兵,发扬了高度的民族气概①。这里,说话人所起的作用很明显地表现出来了。

但是,说话艺人的民族意识,也不免受当时社会的局限,他们把抗敌的希望主要寄托在帝王将相,甚至把宋江受“招安”和“征辽”联系起来,肯定了宋江受骗投降封建王朝的行为,这种肯定是错误的。

第三,在妇女、婚姻和家庭方面,说话人同情在父权、夫权等封建伦理桎梏下受迫害、做斗争的人,赞美市民式的带有自由平等因

① 见《小腆纪年》及《燕下乡脞录》卷十。

素的爱情。赞美在劳动和爱情的基础上结合的婚姻和家庭，他们歌颂勇敢的妇女。

《醉翁谈录》卷一“小说引子”中，有一首诗：“春浓花艳佳人胆，月黑风寒壮士心，讲论只凭三寸舌，秤评天下浅和深。”既可证明当时的说话，几乎有一半的内容涉及爱情问题；又可证明，说话人的思想倾向是在赞美佳人的“胆”，也就是突破封建樊笼的勇气。同书“小说开辟”有说：“说重门不掩底相思，谈闺阁难藏底密恨。”也是说话人思想倾向的很好说明。

当然，由于宋代理学盛行，“忠孝节义”的影响很深很广，宋代说话人在妇女、婚姻、家庭问题上的反封建倾向还没有明代的作家和艺人那么鲜明。但整个说来，在宋代，赞美真挚爱情和勤恳劳动的“说话”，已开始较多地出现，其中一部分还是以市民为主角的。

从上述三个方面，都可说明，我国古代的说话艺人，从来就和人民群众有紧密的联系，他们对政治、对人民生活都很关切，并表现出强烈的反封建反压迫的情绪和爱国主义的热情。最可珍视的政治态度和艺术成就，乃是他们在“说话”中创造了相当大的一批农民起义英雄和市民群众的正面形象。这在我国小说发展历史上是第一次。从此，农民英雄和市民群众登上了“说话”的讲台，闯进了小说的堂奥。这是我国的农民阶级和市民群众更加壮大、更加觉醒的反映，这也是我们的人民文艺更趋成熟的标志。

但是，说话艺人也受到封建统治阶级深刻的思想影响，他们的思想中除了上述的局限性外，还有不少封建糟粕，如宣扬忠孝节义的封建伦理，追求富贵荣华、享乐腐化的人生观，因果报应、天道轮回的封建迷信。但总的看来,他们反封建的、同情人民的一面是有生命力的;他们和广大市民一样,是在和统治阶级的斗争中前进着,他们的主导方面是进步的。

统治阶级对于艺人们的态度,是艺人们的立场和思想是否进步的反证。当某些艺人驯服地为统治者服务时,统治者是可以像对史慧英、陆妙静那样"赏赉无算"的,王六大夫肯说《福华篇》,也就说明统治阶级为什么可以给他以"御前供话"、"幕士请给"等官职。相反,统治阶级对大多数艺人是贱视、厌恶和压抑的。对于拂逆他们的人,更是残酷。如优施的"首足异门而出"①,杂戏人的被驱出宫廷②,文溆僧的"前后杖背,流在边地数矣"③,张本的"杖脊编管"④,张良才的被"缚投于水"⑤。诸如此类的事,不胜枚举。

正是因为艺人们和市民、农民们同受统治阶级的压迫,他们就更能同人民群众一道前进。他们在其广泛的艺术活动中,歌颂民族英雄、起义农民和反封建的妇女,揭露封建统治者的罪恶和丑行,为我国的文学艺术写下了光辉的一页。

---

①　《穀梁传·定公十年》:"齐人使优施舞于鲁君之幕下,孔子曰:'笑君者罪当死。'使司马行法焉,首足异门而出。"

②　《旧唐书》一七下《文宗纪》:"太和六年二月己丑,寒食节,上宴群臣于麟德殿。是日,杂戏人弄孔子。帝曰:'孔子,古今之师,安得侮渎!'亟命驱出。"

③　赵璘《因话录》卷四:"有文淑(溆)僧者,公为聚众谈说,假托经论。所言无非淫秽鄙亵之事。……前后杖背,流在边地数矣。"

④　详见第二节。

⑤　明顾起元《客座赘语》卷六"平话"条引刘辰《国初事迹》:"太祖令乐人张良才说平话,良才因作场,擅写省委教坊司招子贴市门柱上,有近侍言之太祖曰:'贱人小辈,不宜宠用'。令小先锋张焕缚投于水。"

第二节 说话的艺术

宋代的说话人,有些具有相当广泛的历史知识和一定水平的文学修养。《醉翁谈录》"小说开辟"说:

> 夫小说者,虽为末学,尤务多闻。非庸常浅识之流,有博览该通之理。幼习《太平广记》,长攻历代史书。烟粉奇传,素蕴胸次之间;风月须知,只在唇吻之上。《夷坚志》无有不览,《琇莹集》所载皆通,动哨中哨,莫非《东山笑林》;引倬底倬,须还《绿窗新话》。论才词有欧、苏、黄、陈佳句;说古诗是李、杜、韩、柳篇章。

从这段记载里,我们便知道作为一个优秀的说话伎艺人,必须从前人的著作中汲取丰富的讲说题材,这样才能做到"说收拾寻常有百万套,谈话头动辄是数千回",还必须从现实生活中经常发现和攫取题材,才能把"世间多少无穷事,历历从头说细微"。那么就不会时常炒陈饭,老是讲那些一再演说过的内容,而使听众常有新鲜的话题可听了。讲史说话人是颇有学识,记问渊源甚广的;而且又讲得字真不俗。因此,讲史伎艺人多半是些知识分子。所以有戴书生、周进士、乔万卷等称号。明都穆《南濠诗话》亦载:"却于瓦市消遣专说史书乔万卷,张解元。"按《宋史》卷四三九《朱昂传》说:

> 朱遵度好读书,人号之为朱万卷,目昂为小万卷。

可见万卷是当时对博学者的通称。说话人中有乔万卷,正显示出他的博学。从这段记载里,我们还可知道说话人必须受过优秀文学作品的熏陶或影响,才能把故事讲得很生动,能感染人。在演说中适当地插入些古人的诗词骈语,才能使表现的形式丰富多姿,吸引起听众的兴趣。当然,他们还须有广泛丰富的自然常识、社会常识,能“辨草木山川之物类,分州军县镇之程途”。只有这样,才能以具体、生动、细致的艺术形象来“褒贬是非”和“秤评天下浅和深”,发挥“为师”、“为戒”的作用。

一、讲说的艺术特色

1. 情节生动,语言通俗

说话人很忠实于自己的艺术。他们谨守的原则是“话须通俗方传远,语必关风始动人”。因为瓦市勾栏里的听众大都是市民,如果在演说中没有生动的情节,或者语言不够通俗,那就不能收到好的效果。

2. 声调铿锵,节奏多变

说话人讲说时的声调的高低,节奏的疾徐,要随着故事情节的变化而经常变换,讲到情节最紧张的阶段时,舌辩滔滔,所谓“如丸走坂,如水健瓴”(《青楼集》)才能引人入胜,抓着听众的心。《水浒全传》第一百十回中,描写李逵和燕青在上元节那天到东京城中桑家瓦子的勾栏里听说话人讲演《三国志》中《关云长刮骨疗毒》一节,李逵听得喝彩,大叫起来,弄得众人失惊,都看李逵。于此可见宋元时代说话艺人讲说的高度艺术了。

3. 态度鲜明,感情饱满

说话人要"靠敷演令看官清目",在讲说的过程中,必须有饱满的情感,而且要通过自己的感情来感染听众。《醉翁谈录》"小说开辟"说:

说国贼怀奸从佞,遣愚夫等辈生嗔;
说忠臣负屈啣冤,铁心肠也须下泪;
讲鬼怪令羽士心寒胆战;
论闺怨遣佳人绿惨红愁;
说人头厮挺,令羽士快心;
言两阵对圆,使雄夫壮志;
谈吕相青云得路,遣才人着意群书;
演霜林白日升天,教隐士如初学道;
噇发迹话,使寒士发愤;
讲负心底,令奸汉包羞。

可见当时说话人表演的艺术魅力已经达到了动人心魄、移人性情的地步。打动听众,当然主要依靠故事中的人物和情节,但说话人为了加强感染力,也常利用其自身的声音笑貌,直接表示态度,发挥议论(《醉翁谈录·封陟不从仙姝命》,醉翁就有直接评论)。若讲到善良的人们遭遇不幸时,说话人便表现出爱护、同情的心情,如《错斩崔宁》里叙述刘贵驮了十五贯钱带醉回家,将被偷儿杀死他时,说话人这样插嘴道:

若是说话的同年生,并肩长,拦腰抱住,把臂拖回,也不见得受这般灾晦，却教刘官人死得不如：《五代史》李存孝，《汉书》中彭越。

这便可看出说话人往往把群众所爱慕的或痛恨的人物，光明的或丑恶的行为，通过自己的感情和口头的艺术创造，很生动地表现出来，激起听众的爱和憎。说话人在讲说时，往往对故事提出了直接的批评。如《错斩崔宁》里有一段：

这段冤枉，仔细可以推详出来。谁想问官糊涂，只图了事，不想棰楚之下，何求不得！冥冥之中，积了阴骘，远在儿孙近在身，他两个冤魂也须放你不过。所以做官的切不可率意断狱，任情用刑；也要求个公平明允。道不得个死者不可复生，断者不可复续，可胜叹哉！

而在未开始讲正文之前，也往往先下一个结论。如《错斩崔宁》篇开首：

今日再说一个官人，也只为酒后一时戏言，断送了堂堂七尺之躯；连累二三个人，枉屈害了性命。却是为着甚的？

这种方法，根据当时听众水平和卖艺要求来说，显然是需要的。

二、穿插敷衍

说话人是善于铺叙故事情节的。说话既然是面对大众的，自然他必须具有口才。《梦粱录》说,“说话者谓之舌辩”,舌辩就是口才好。小说家有“随意据事演说”的方便,最能发挥说话人的天才。像《西山一窟鬼》话本,写成书面,只寥寥六千字,可是一到说话人口里,便“变成十数回跷蹊作怪的小说”。南宋初郑樵《通志·乐略》中说:

> ……又如稗官之流,其理只在唇舌间,而其事亦有记载。虞舜之父,杞梁之妻,于经传所言者不过数十言耳,彼则演成千万言。
>
> 东方朔三山之求,诸葛亮九曲之势,于史籍无其事,彼则肆为出入。

可见说话人在勾栏瓦市中讲述时,根据其丰富的生活体验和社会历史知识,发挥其想象虚构的能力,随时添枝添叶,“肆为出入”,以迎合听众的趣味,本来是说话人的长技。《梦粱录》所说的“谈论古今,如水之流”,就是形容他们的口才的。这种口头创作的丰富性,从宋代的瓦市勾栏,一直传到现在的书场,七百多年来还保持着这种优良的传统。

艺人在讲说时不能光靠死板的脚本,有时要针对故事的内容,适当地插入些议论,才能谈笑风生,但是要做到“不偌搭,不絮烦”。就是说不能噜哧,要说得扼要爽利。

此外还要做到“敷衍处,有规模,有收拾。冷淡处,提掇得有家数。热闹处,敷衍得越久长”。所谓敷衍,就是在原有的基础上,增添一些细节,把内容丰富起来。但要增添大量细节,首先要使故事的基本结构严整,有间架,有骨干。换句话说,就是对整个故事,有适当的安排布局。有了适当的安排布局，还要抓着筋节。对纷繁复杂的关节，要收拾得妙。如《水浒全传》第四十九回说：

> 说话的，却是甚么计策？下来便见。看官牢记这段话头。原来和宋公明初打祝家庄时，一同事发。却难这边说一句，那边说一回，因此权记下这两打祝家庄的话头，却先说那一回来投入伙的人，乘机会的话，下来接着关目。

讲到冷淡处，觉得枯燥无味，就三言两语轻轻带过。但也要把来龙去脉，交代清楚。讲到热闹处，还要有铺叙、穿插，把动听的部分尽量盘旋。有时故作惊人之笔，有时却摇曳多姿。抓住故事发展中矛盾最尖锐的时刻，突出重点，大加渲染，精细地描绘人物、情景的外貌，更细致地刻画人物的内心，用以深入地表现正反面人物，充分反映人民的爱憎，这是说话艺人独到的本领。这种本领，来源于丰富的生活和知识，来源于艺人丰富的想象力和严密的组织力，更来源于广大听众的指正和补充。这是艺人们师弟相传千百年的积累，也是市民群众集体的创作。"说话"描写的生动、细致和深刻，在我国文学发展中是空前的。《清稗类钞》说：

> 昔人谓善评话者于《水浒》之武松打店，一脚阁短垣，至月馀始放下，语虽近谑，然弹词家能如是，亦岂易耶？

现在扬州的评话艺人王少堂，他讲的"武十回"，能说到六十天，如讲"武松杀嫂"这回书，说到武松"嗖"地一下掣出一把明晃晃的刀来，一手揪着潘金莲的头发，正欲砍下去时，他便"剪口"不说了。

以后讲了几天,武松的那把刀还未砍下去。其中穿插细节之多,可以想见①。

三、使砌

说话人还要"曰(白)得词,念得诗,说得话,使得砌"②。"使砌"又称"打砌"、"点砌",是宋元时代"说话"、"做院本"的一般的习惯语。"砌"就是插科打诨开玩笑一类的滑稽话。是我国民间伎艺中由来已久的一种传统特色。宋刘昌诗《芦浦笔记》卷三"打"字条载:"街市戏谑有打砌、打调之类。"又张炎《山中白云词·蝶恋花》"题末色褚仲良写真"云:"诨砌随机开笑口,筵前戏谏从来有。"《张协状元》戏文也有"若会插科使砌,何吝搽灰抹土,歌笑满堂中"的话。是当时的戏剧中也有使用砌话的。这种砌话,是一种短小精悍的独特形式,具有辛辣的讽刺性,也可以是喜剧性。宋、金、元人使用的砌话,董解元《西厢记》卷三(古本)《木兰花》曲中有具体的例子:

> 那法师,忙贺喜,道:"那每殷勤的请你,待对面嘀议。"张生曰:"今朝正是个成婚日,那家乡应管准备那就亲筵席。"又问道:"吾师那家里做甚底?买了几十瓶法酒?做了几十份茶食?"法师笑道:"休打砌!我道舂了几升陈米,煮下半瓮黄虀。"

---

① 见《扬州说书》,《说说唱唱》1953年第八期。
② 见《醉翁谈录·小说开辟》。

又《朝野新声太平乐府》卷九高安道〔哨遍〕套《皮匠说谎》二煞云：

好一场恶一场，哭不得笑不得，软厮禁硬厮并却不济。调脱空对众攀今古，念条款依然说是非。难回避："骷髅卦"几番自说，"猫狗砌"数遍亲题。〔一煞〕又不是凤麒麟钩绊着缝，又不是鹿衔花窟嵌着刺，又不是倒钩针背衬上加些加绩，又不是三垂云银线分花样，又不是一抹圈金沿宝里。每日闲淘气，子索行监坐守，谁敢东走西移。

说话人用的砌话，话本中也保存着，如《宋四公大闹禁魂张》：

如今再说一个富家，安分守己，并不惹是生非；只为一点悭吝未除，便弄出非常大事，变做一段有笑声的小说。这富家姓甚名谁？听我道来：这富家姓张名富，家住东京开封府，积祖开质库有名，唤做张员外。这员外有件毛病，要去那（下以使砌）：

虱子背上抽筋，　　鹭鸶腿上割股，
古佛脸上剥金，　　黑豆皮上刮漆，
痰唾留着点灯，　　捋松将来炒菜。

这个员外平日发下四条大愿：

一愿衣裳不破，　　二愿吃食不消，
三愿拾得物事，　　四愿夜梦鬼交。

是个一文不使的真苦人。他还地上拾得一文钱，把来磨做镜儿，捍做磬儿，掐做锯儿，叫声"我儿"，做个嘴儿，放入箧儿。

(使砌至此)人见他一文不使,起他一个异名,唤做"禁魂"张员外。

又《金明池吴清逢爱爱》:

那女儿所事熟滑。唱一个娇滴滴的曲儿,舞一个妖媚媚的破儿,掐一个紧飕飕的筝儿,道一个甜甜嫩嫩的千岁儿。

可见话本、唱本、戏剧中都在使用砌话。曹楝亭本《录鬼簿》"施惠名"下载:

诗酒之暇,惟以填词和曲为事,有《古今砌话》亦成一集,其好事也如此。

今日本所藏写本《笑苑千金》四卷,题宋张致和撰。其第四卷题"新编古今砌话笑钞千金卷之四",是宋元时人集的砌话,至今尚有传本。这些"砌话"是古今说话人的智慧的结晶,而后来的说话人也正是从这些"砌话"中汲取资料来逗人发笑和进行讽刺的。

可是宋元人之所谓"砌",不仅仅是简单的"打诨"而已,除了滑稽之外,它还有自己的表演。严敦易说:"砌字每与科字连举,如《插科使砌》(《张协状元戏文》),《点砌排科》(《阳春白雪》散套),可能尚蕴有动作的涵义在内"①。这说法是精当的。宋元人缺乏具体例子,今举清人一例。李斗《扬州画舫录》卷十一:

① 严敦易:《水浒传的演变》,第91页注。

吴天绪效张翼德据水断桥，先作欲叱咤之状，众倾耳听之，则唯张口努目，以手作势，不出一声，而满室中如雷霆喧于耳矣。谓其人曰，桓侯之声，讵吾辈所能效。状其意，使声不出于吾口，而出于各人之心，斯可肖也。

这种神乎其技的“使砌”艺术，在宋代说话人似乎早已体会到了。

四、歌唱

说话人不但要有口才，有的还要有歌喉。因为“小说”一家和“讲史”不同，“讲史”完全是散说体，“小说”在初期是韵散综合在一起的。像《刎颈鸳鸯会》那样的话本是可以唱的。“奉劳歌伴，再和前声”的例证也说明某些话本在讲唱时还有音乐伴奏。因为在表演时，如能“吐谈万卷曲和诗”，有说有唱，确能引起听众的兴趣。说话人所用的乐器，据现有资料，不外乎琵琶、弦子之类。至于银字笙、银字觱篥之说，不过是一种推测，并没有什么证据。但是还应该指出，我们从现存的宋元“小说”话本来研究，其中歌唱成分是异常稀少的，有些话本，甚至没有歌唱的痕迹。话本中的诗和词，是用表白和念诵的方式表演的。这种情形，在宋元南戏和杂剧中也不少。如《张协状元》戏文开头末白〔水调歌头〕，生白〔望江南〕；《望江亭》杂剧第二折杨衙内制〔西江月〕词讫，谭记儿白：“相公表白一遍咱。”杨念诗云云。《荐福碑》第二折张镐制诗讫，白，“诗写就了，我表白一遍咱。”更有力的证据是《清平山堂话本》中的《花灯轿莲女成佛记》，篇首一诗之后有“却才白过这八句诗”一

语,可见话本中的诗是用念白的。话本由说唱兼施发展到只说不唱,原因是什么呢?可能有以下四点:

第一,城市经济繁荣,社会分工越来越细,说话业的分工也细了,可以有讲有唱,也可以以讲为主,以诵代唱。

第二,说话人大受欢迎,供不应求,以讲诵为主就可能不用"歌伴"、"乐器",所需艺人更少,从经济收支来看也更合算,而且即使歌喉不好,也能表演,便扩大了说话人的队伍和活动范围。

第三,说话伎艺逐渐进步到从矛盾发展中表现人物性格,叙述不断推进的比较复杂的情节,而且像"小说"一家,又需要对时事"顷刻间捏合",这就要求在讲说时使用自由而复杂的语言,而由一二个人经常交番地使用韵文歌唱,有时反而限制了迅速反映现实,限制了口语的运用,中断故事发展,而且不易听懂。因此,"小说"一家发展到后期,也就大致以散说为主了。

第四,说唱样式的伎艺,有一部分逐渐向戏曲发展,也是一个原因。

第三节 说话与戏剧

据《酉阳杂俎》、《武林旧事》等书记载唐、宋时代的说话伎艺与戏剧,都属于百戏之内。宋代的说话伎艺与戏剧居于同等的地位。无名氏《应用碎金·技乐篇》把说话列在傀儡、影戏、杂剧、杂班之上,这并不是偶然的。又如《东京梦华录》"京瓦伎艺"记载瓦肆中各种伎艺和戏剧演出的情形,说话伎艺在瓦肆中也是与戏剧分庭抗礼的。说话和戏剧的艺术,在当时确有共通之点和相互影响的关系，兹分述如次。

一、戏剧本事与说话题材相互袭用

当时的说话人依据文献记载和民间传说，创造了许多爱情、豪侠、神怪及英雄的故事，由于这些故事真实地反映了当时人民的生活斗争和思想感情，或歌颂人民自己的英雄侠女，或鞭挞了人民痛恨的贪官恶霸，因此为人民喜闻乐见。当时的戏剧的本事，也多是这样来的，它们又相互吸取这些题材。宋人话本和官本杂剧、金院本、宋元南戏等，彼此袭用的题材，据可考者，约三十多种。南宋时的傀儡戏剧本甚至仿效话本的烟粉、灵怪、铁骑、公案、史书等来分类，这也可以看出戏剧向说话伎艺吸取的地方。

《陈巡检梅岭失妻》简称《梅岭记》或《陈巡检传奇》，在《南九宫谱》和《九宫大成南北词宫谱》里存有残文二十七曲，情节与《清平山堂话本》里的《陈巡检梅岭失妻记》完全相同。赵景深曾把这些残曲用话本原文加以连贯，情节相同之处更为明显。全文见赵著《宋元戏文本事》，兹节录一段于此，以见一斑（引号内均话本原文）：

"东京汴梁城内虎异营中，一秀才姓陈名辛，字从善，年二十岁，故父是殿前太尉。这官人不幸父母早亡，只单身独自。自小好学，学得文武双全。……新娶得一个浑家，乃……张待诏之女，小字如春，年方二八，生得如花似玉。夫妻二人，如鱼似水。"但看如春所说，便知分晓：

〔大胜乐〕生长幽闺正年少，深庭院镇长欢笑。儿夫多喜风流，管教百岁偕老。

〔灯月交辉〕昨宵梦觉，听门外珍珠洒，渐觉无声堕万家。对良辰争似我，晚来时推起窗纱，欢笑处说些情话。休归也，那雪儿洋洋正下。

“陈辛一日与妻言说：‘今黄榜招贤，我欲赴选；求得一官半职，改换门闾，多少是好！’”

此处戏文与话本略有不同，据下面陈辛所唱，严亲未死，是他或他们要他去赶考，而非出于自愿：

〔三月海棠〕好契姻，少年夫妇真厮称，你娇容那更。我正青春、精神，果是一双并两好，半掐儿真个没节病。只为蒙严命，办行程，肯教鸳侣两离分！

“不数日去赴选场，偕众伺候挂榜。旬日之间，金榜题名，已登三甲进士。上赐琼林宴，宴罢谢恩，御笔除授广东南雄沙角镇巡检司，巡检回家，说与妻如春道：‘今我蒙圣恩，除做南雄巡检之职，就要走马上任。我闻广东，一路千层峻岭，万叠高山，路途难行，盗贼烟瘴及(极)多。如今便要收拾前去：如(为)之奈何！’如春曰：‘奴一身嫁与官人，只得同受甘苦。如今去做官，便是路途险难，只得前去，何必忧心！’”夫妻俩如何为难，且听他们唱来：

陈　〔梅子黄时雨〕家住东京，积世富豪裔。承朝命武班之职。正青春琴瑟和美，论奢华世间无比。

〔十五郎〕南雄巡检新除，承朝命敢争远？未免得餐风宿水。虑只虑年少妻，路途内多少奔驰。拼万水千山前去。

但得清廉勤谨累官职，终须著锦衣归。

〔六么梧叶〕瓜期信通，为着功名，奔走西东。

张　见说出路觉心慵，不由已，去匆匆。

陈　到得南雄，看取残花再红。

〔金莲子〕仰承朝命，便指日絜累，往临他境。鸳侣肯离分？

张　奴只虑峻山高岭。

陈　我只为利绾名牵，奈萍踪不定。

合　我和你双双去，直待到得南雄，将我这旧欢重整。

二、剧本与话本在艺术上相互影响

剧本向话本吸取的地方，最明显的是傀儡戏和影戏的剧本。它们不但分类和说话近似，而且其底本有时也称“话本”，主要的表演是语言艺术方面和说话有相似之处。《都城纪胜》“瓦舍众伎”条说：

凡傀儡敷衍烟粉、灵怪故事、铁骑、公案之类。其话本或如杂剧，或如崖词。大抵多虚少实。

《梦粱录》卷二十也说：

凡傀儡敷衍：烟粉、灵怪、铁骑、公案、史书——历代君臣将相——故事。话本或讲史，或作杂剧，或如崖词……大抵弄此多虚少实。

以上是傀儡戏方面，至于影戏的剧本，《都城纪胜》也有说明：

凡影戏，乃京师人初以素纸雕镞，后用彩色装皮为之。其话本与讲史书者颇同。大抵真假参半。

叶德均谓“说傀儡戏的话本，有如说话人讲说的讲史书（题材）”，这样说还不够明显，胡忌谓“其所以‘话本……或作杂剧者’，是以演傀儡戏出于滑稽的形式，应用诙谐的说白”①，解释得比较确切。本来宋代戏剧的舞台表演形式是以滑稽诙谐为主，它是偏重于对白，以说白中“打诨”来表现中心思想的。如此，演员们必须像说话人舌辩滔滔地逞一时之口快，才能博得观众的喝彩。这种登场谐谑的情形，与说话人的“枝词游说，捷口水注”的语言艺术极似。《都城纪胜》说傀儡戏、影戏的剧本或如话本者，疑即指此。

戏剧中的对白、说白与话本中的对话，其语言的简练、明朗，当有相似之处。惜宋杂剧和傀儡戏、影戏的剧本全佚，无从印证。惟叶德均谓《张协状元》戏文中有《赖房钱麻郎》，可能即是宋杂剧的《赖房钱啄木儿》（见官本杂剧段数）②。此说如果确实，我们便可和话本小说来一个对照。兹将该段中的对白和宋人话本中的对话，各摘录一段于后：

① 见《宋金杂剧考》，第62页。
② 同上书，第275页。

《张协状元》戏文

……(生)谢荷诸公,乍然抵此,未及请礼。(丑)惶恐,惶恐!自家赁这店,便宜处有四——(生)请数看,(丑)第一,官司奈何自家不得。(生)如何?(丑)一万年只做穷秀才。(末)它杀不如自杀。(丑)第二,蚊虫咬,虱咬,都奈何自家不得。(末)(末上原衍生字)如何?(丑)禄子一身都是顽皮。(末)又道香肌如玉。(丑)第三,肚饥奈何自家不得。(生)如何?(末)想必出路打敖惯了!(丑)不是。小子忍饿得法,才肚饥时紧缚了腰一番,腰紧便嗳一嗳。嗳!(末)又道酒肉皮袋。(丑)第四,店主人奈何自家不得。(末)如何?(丑)秀才家怕甚店主人!(净作杏〔店〕婆出)好也,好也!店主人奈何你不得,须有店主婆。少我房钱不还。(擒丑)我奈何你不得!(打丑有介)(丑)饶我,店主婆,大娘子!(末)有许多称呼。(净)少我三十个房钱。(丑)只有二十九个。(净丑争)(争原误作净)(末)少你几钱?(净)三十个。(丑)二十九个。(末)尊兄住得几时?(丑)(原无今补)小子方住一月。(末)那一月是大是小?(丑)是大。(末)却是三十个。(净)你讨房钱还我。(丑)你来劫我。(末)嫂嫂住休。不看我面,也看这官人面——须是他引至。(生)娘子宁耐。(净)赖我房钱。(丑)他劫我钱。(净唱)……

《碾玉观音》话本

……秀秀道:“你记得当时在月台上赏月,把我许你,你兀自拜谢。你记得也不记得?”崔宁叉着手,只应得“喏”。秀秀道:“当日众人都替你喝彩,好对夫妻!你怎地倒忘了?”崔宁又则应得“喏”。秀秀道:“比似只管等待,何不今夜我和你先做夫妻?不知你意下何如?”崔宁道:“岂敢!”秀秀道:“你如何不敢①,我叫将起来,教坏了你。你却如何将我到家中?我明日府里去说。”崔宁道:“告小娘子:要和崔宁做夫妻不妨,只一件,这里住不得了,要好趁这个遗漏,人乱时,今夜就走开去,方才使得。”秀秀道:“我既和你做夫妻,凭你行。”……

《张协状元》戏文赖房钱的对白与《碾玉观音》里秀秀和崔宁的对话使用的文字和表现的风格,简直没有什么两样。尤其从秀秀向崔宁的说话中,把她那种大胆、爽快的性格刻画得极其形象。倘然这些对话出现在舞台上,应有多么好的效果。话本中能有这样好的对话,那么,当时戏剧中的对白、道白,必然要吸取、模仿。当然,说话也同样可能吸取戏剧的长处。

《张协状元》赖房钱一段“末”和“丑”的对白与说话人的“枝词游说、捷口水注”极似。像这类情形,在戏文中也有确切的证明,《错立身》戏文:

(生唱)〔金蕉叶〕子这撇末区老赚,我学那刘要和行踪步迹;敢一个小梢儿喉咽韵美,我说散嗽咳呵,如瓶贮水。

说散嗽咳,即是散说、道念,为院本特征之一。“如瓶注水”、“如水

① 人民文学出版社本作“你知道不敢”。——校者注

建瓴”，都是形容说话人的舌辩艺术，而戏剧演员也有这种艺术，也必然是和说话相互影响的结果。二者之密切关系由此可见，我国戏剧在宋代，已经规模粗具，而说话却已达到了成熟的阶段。所以我们说，戏剧与说话互相影响是必然的，而根据发展情况来看，戏剧向说话吸取的东西，可能还较多，这种推论，或许离事实不远。

再从话本和戏剧使用“砌言”一点来看，《张协状元》赖房钱一段丑、末两个脚色的对话，就是在“使砌”。当时的说话人也惯于使用“砌言”。从上面指出的看来，都说明说话与戏剧在使用语言方面的共通之点和二者之间的密切关系。

三、戏剧中说话伎艺表演形式的运用

说话伎艺表演形式运用于戏剧中，明见于金院本。如《诸杂院爨》、《冲撞引首》等类中有：

讲来年好　　讲乐章序　　神农大说药
讲圣州序　　讲道德经　　讲百花爨
讲百禽爨　　讲百果爨　　讲蒙求爨
讲心字爨

《冲撞引首》有：

说狄青　　打淡的　　说古人　　论句儿
难古典　　已己巳　　说罚钱　　歇后语

《拴搐艳段》有：

说古棒　　大对景

上列的院本名目往往用“讲”“说”的字样来标题，可见它是全用口头舌辩来表演的。在戏剧中插入说话表演的场面，元明以来的剧本中更多。例如《赵氏孤儿》第十出的《张维讽谏》，《精忠谱》第一出《书闹》，《桃花扇》第一出《听稗》，第三出《哭主》等都是。现在京剧《陆文龙》中的《断臂说书》，也是观众最感到兴趣的东西。

四、说话表演对戏剧表演的影响

宋代说话的表演艺术，丰富多彩，引人入胜。讲说正文的开头，往往先把主要人物的姓名、籍贯、经历以及家庭情况等向听众作一番简要的介绍。例如：

有个秀才是福州威武军人，姓吴名洪。（《西山一窟鬼》）

去那城中箭桥左侧，有个官人姓刘名贵，字君荐，祖上原是有根基的人。（《错斩崔宁》）

元剧中角色上场，也往往作自我介绍：

老身蔡婆婆是也，楚州人氏，嫡亲三口儿家属。不幸夫主亡逝已过，止有一个孩儿，年长八岁，俺娘儿两个过其日月。（《窦娥冤》）

老夫姓赵，名国器，祖贯东平府人氏。因做商贾，到此扬州东门里牌楼巷居住。(《东堂老》)

元剧末尾都有“题目正名”。我揣想，它的作用可能是在全剧终了时用两句诗言总结剧中的主要情节，加深观众的印象。如王实甫《西厢记》：

题目　小琴童传捷报。　崔莺莺寄汗衫。
正名　郑伯常乾舍命。　张君瑞庆团圞。

这种形式，也是从话本汲取来的。如《碾玉观音》结尾：

咸安王捺不下烈火性。　郭排军禁不住闲磕牙。
璩秀娘舍不得生眷属。　崔待诏撇不脱鬼冤家。

元剧每当人物下场时，说白中间或用“正是”云云来结束一个脚色的道白。如《梧桐雨》楔子，安禄山白：

我这一去，到的渔阳，练兵秣马，别作个道理。正是：
画虎不成君莫笑，　安排牙爪好惊人。

话本中也尽多这种叙写方法。如《陈巡检梅岭失妻记》：

只说陈辛去寻妻，未知寻得见寻不见。正是：
风定始知蝉在树，　灯残方见月临窗。

又如说话人在讲说完毕时，往往用两句诗或一两首诗作散场，有时还用“话本说彻，权作散场”这种宣布终场的套语。如《柳耆卿诗酒玩江楼》的结尾：

到今风月江湖上，　　万古渔樵作话文。

下面还有两首绝句（诗略）。又《张生彩鸾灯传》的结尾：

正所谓：

间别三年死复生，　　润州城下念多情。
今宵燃烛频频照，　　笑眼相看分外明。
话本说彻，　　权作散场。

这些形式也被元剧所吸收。例如较多地保存着杂剧原始面貌的《元刊杂剧三十种》中有不少剧本，结尾就是有着“散场”或“出场”字样。如《薛仁贵衣锦还乡》剧尾刊着“散场”二字，后面是“题目正名”，《公孙汗衫记》剧尾刊着“出场”二字，后面是“题目正名”。也有刊着“杂剧卷终也”字样的，如秦简夫的《陶母剪发待宾》、无名氏《郑月莲秋夜云窗梦》等都是。

冯沅君谓：“原始的剧本，在题目正名前，也许都有宣布剧终的语句，后来人因为这是例行公事，官样文章，遂将它删去。”这看法很对。话本在被人重刊时就是这样。例如《清平山堂话本》中的《简帖和尚》、《陈巡检梅岭失妻记》的结尾都有“话本说彻，权作散场”二语，冯梦龙选入《古今小说》时，就把它删掉了。

此外，杂剧在作景物和人物的描写时，常用一些骈俪文字，这种方式，也受到话本的影响。如《醉思乡王粲登楼》中许达描写东道楼道：

> 我这楼四时可登，八节宜赏。春赏莺燕韶光，夏玩红莲翠盖，秋忆露滴黄花，冬观寒梅傲雪。……①

试看《西湖三塔记》话本描写西湖好处：

> 江左昔时雄胜，钱塘自古荣华。不惟往日风光，且看西湖景物：有一千顷碧澄澄波漾琉璃，有三十里青娜娜峰峦翡翠。春风郊野，浅桃深杏如妆；夏日湖中，绿盖红蕖似画；秋光老后，篱边嫩菊堆金；腊雪消时，岭畔疏梅破玉。……

蹈袭的痕迹特别明显的是董解元《西厢记》写崔莺莺与《宣和遗事》写李师师：

> 手捻粉香春睡足，倚门立地怨东风。髻绾双鬟，钗簪金凤。眉弯远山不翠，眼横秋水无光。体若凝酥，腰如弱柳。指犹春笋纤长，脚似金莲稳小。（莺莺）
>
> 天子觑时，见翠帘高卷，绣幕低垂，帘儿下见个佳人，鬓鬌乌云，钗簪金凤；眼横秋水之波，眉拂春山之黛；腰如弱柳，体似凝脂；十指露春笋纤长，一榨衬金莲稳小。（师师）

---

① 《元曲选》等各本无此段文字。——校者注

这种庸俗无聊的描状词句，在“小说”和“讲史”话本中屡见，仿佛有着规定的句式似的，它不但影响于元剧，也影响于明清章回小说。

还有一种情况，每当戏剧演毕时，剧中人有时以剧外人的身份来宣告剧终，提出剧名，使观众得到一个较清晰的印象散去。这种奇特的体制，恐怕也是从话本那里学来的。如《鲁大夫秋胡戏妻》剧终时秋胡云：

> 天下喜事，无过子母完备，夫妻谐和，便当杀羊造酒做个庆喜筵席。……至今人过巨野寻他故老，犹能说鲁秋胡调戏其妻。

这和《乐小舍拚生觅偶》的结语“至今临安说婚姻配合故事，还传‘喜乐和顺’四字”，《福禄寿三星度世》的结语“见在江州浔阳江上，古迹犹存”之类的口气极相似。这种演说形式在戏剧的完成过程中曾起过帮助观众接受和理解的重要作用。

第四章　说话的家数

第一节　北宋说话的科目

北宋汴京瓦肆中的说话科目，据孟元老《东京梦华录》“京瓦伎艺”条载有：

讲史　　说三分　　五代史　　小说　　说诨话

北宋“讲史”，相当发达。《东京梦华录》“京瓦伎艺”已载有孙宽、孙十五、曾无党、高恕、李孝详等著名的讲史艺人。“说三分”和“五代史”，也是属于讲史的一科。“说三分”在北宋已普遍流行，艺人霍四究就是以“说三分”著名。“说三分”是说魏、蜀、吴三国斗争的故事，诸葛亮、曹操、周瑜等这些历史上著名的人物，在当时对听众特别有吸引力。

高承《事物纪原》卷九：

仁宗时，市人有谈三国事者。或采其说加缘饰，作影人，始为魏、吴、蜀三分战争之象。

以说“五代史”著名的艺人尹常卖，则常在汴京大内前参加表演①。北宋承五代大乱之后，人民对前代的政治军事斗争中的动听故事，记忆犹新，特别感到兴趣。因此“五代史”得以独张一军，与“说三分”分庭抗礼。到南宋，仍有专说“五代史”的艺人，如金国刘敏就是。陆游幼时也曾听到过，《老学庵笔记》卷六说：

> 俗说唐五代间事，每及功臣，多云“赐无谓（畏）”②，其言鄙浅，予儿时闻之，每以为笑。

所谓“俗说唐五代”，无疑是说“五代史”，它是民间的“俗说”，无怪陆游要讥其“鄙浅”了。

在北宋，“小说”一家的业务相当发达，当时有名专家载入《东京梦华录》的，就有李慥、杨中立、张十一、徐明、赵世亨、贾九等六人。南宋经常说唱着京师老郎传留的故事，而且引以为荣。

“说诨话”一科，则兴于熙、丰、元祐间，以诙谐独步京师的张山人是当时说诨话的专家。

在北宋说话的科目中，独无“说经”一门，大概说经在北宋尚未进入瓦子，至南宋始成为一家数。“说经”是俗讲的苗裔，有较远的传统。敦煌本《辞道场文》③里有“讲经直作耶娘相，说话还同父母因”可证。自唐武宗会昌五年毁天下佛寺，俗讲受到严重打击。俗

① 见《东京梦华录》卷六“元宵”条。

② 《坚瓠秘集》卷六：“唐时每恩及功臣，多云赐无畏。”《幽闲鼓吹》载裴休在相位，一日奏对，宣宗曰：“今赐卿无畏，有何贮画言乎？”韩偓《金銮密记》云：“面处分自此赐无畏。”又云：“已曾赐无畏，卿宜凡事尽其言。其言浅鄙，不知所起。”

③ 见许国霖编：《敦煌杂录》。

讲原来就是奉敕开讲的，没有统治者的支持，实难以为继。北宋后期瓦市兴起，道教势力方盛，佛教受到抑制，和尚在群众中“说经”，即使作为伎艺，恐亦未必能盛行。南宋道教势力渐衰，崇尚理学，而我国南方，佛教的势力相对的较为强大，这样，在瓦市伎艺更加繁荣的条件下，“说经”、“说参请”之类，才得在瓦子勾栏里立足生根，独树一帜。“说经”进入瓦子，便作为一种伎艺出现，而非奉命宣传，是新起的科目，性质已和俗讲不同。但它在民间，基础毕竟是薄弱的，是无法和广泛流传、植根颇深的民间说书相比拟的。

第二节　南宋说话四家数

宋代说话行业是城市商品买卖之一，说话业的繁荣发展和它的分工之细，是由宋代商业经济的繁荣发展和分工之细所决定的。北宋城市经济已极繁荣，南渡后，商业资本更加发达，商业竞争亦愈演愈烈。各行各业的分工也就愈细。依《咸淳临安志》及《武林旧事》所记临安最著名商行有药市、珠子市、肉市、鱼行、花市、米市、菜市、布行等等，而为市民娱乐的伎艺也更为多样化，据《武林旧事》所载各种伎艺人就有五百四十人，伎艺五十五种。其中有些伎艺分工很细，如“傀儡”，有杖头傀儡专家张小仆射，水傀儡专家刘小仆射，肉傀儡专家张逢喜、张逢贵。（《西湖老人繁胜录》载杖头傀儡专家陈中喜，悬丝傀儡专家炉金线。）说话人为了适应听众日益提高的文化娱乐水平和战胜同行的竞争，迫使他们不断把自己的技术专门化，以不断提高质量，说话的家数，便在这样的社会条件下产生了。

说话人分四家，首见于耐得翁的《都城纪胜》“瓦舍众伎”条：

弄悬丝傀儡、杖头傀儡、水傀儡、肉傀儡。凡傀儡敷演烟粉灵怪故事，铁骑公案之类。其话本或如杂剧，或如崖词，大抵多虚少实，如“巨灵神”、“朱姬大仙”之类是也。影戏。凡影戏乃京师人初以素纸雕簇，后用彩色装皮为之。其话本与讲史书者颇同。大抵真假相半，公忠者雕以正貌，奸邪者与之丑貌，盖亦寓褒贬于市俗之眼戏也。说话有四家。一者小说，谓之银字儿，如烟粉、灵怪、传奇。说公案皆是搏刀赶棒及发迹变泰之事。说铁骑儿谓士马金鼓之事。说经谓演说佛书。说参请谓宾主参禅悟道等事。讲史书讲说前代书史文传兴废争战之事。最畏小说人，盖小说者能以一朝一代故事，顷刻间提破。合生与起令随令相似，各占一事。商谜旧用鼓板吹〔贺圣朝〕，聚人猜诗谜、字谜、戾谜、社谜，本是隐语。

《梦粱录》承袭其说。卷二十“小说讲经史”条云：

说话者，谓之舌辩。虽有四家数，各有门庭。且小说名银字儿，如烟粉、灵怪、传奇、公案、朴刀杆棒发发踪参（发踪变泰）之事。有谭淡子、翁三郎、雍燕、王保义、陈良甫、陈郎妇枣儿、余二郎等①，谈论古今，如水之流。谈经者，谓演说佛书；说参请者，谓宾主参禅悟道等事；有宝庵、管庵、喜然和尚等。又有说诨经者戴忻庵。讲史书者，谓讲说通鉴、汉唐历代书史文

① 浙江人民出版社本“余”作“徐”。——校者注

传，兴废争战之事，有戴书生、周进士、张小娘子、宋小娘子、丘机山、徐宣教。又有王六大夫、元系御前供话，为幕士请给，讲诸史俱通，于咸淳年间，敷演《复华篇》及《中兴名将传》，听者纷纷，盖讲得字真不俗，记问渊源甚广耳。但最畏小说人，盖小说者，能讲一朝一代故事，顷刻间捏合，与起令随令相似，各占一事也。商谜者，先用鼓儿贺之，然后聚人猜诗谜、字谜、戾谜、社谜，本是隐语。

按最早提到家数分法的是清代的翟灏。他在《通俗编》卷三十一"俳优"条引耐得翁的另一著作《古杭梦游录》说：

说话有四家：一银字儿，谓烟粉灵怪之事；一铁骑儿，谓士马金鼓之事；一说经，谓演说佛书；一说史，谓说前代兴废。

《古杭梦游录》的原文是这样的：

说话有四家，一者小说，谓之银字儿，如烟粉、灵怪、传奇、说公案，皆是搏拳提刀杆棒及发迹变态（泰）之事；说铁骑儿，谓士马金鼓之事；说经，谓演说佛书，说参请，谓参禅悟道；讲史书，谓说前代兴废争战之事。

光绪三十二年张心泰《宦海浮沉录》中的分法是：一、小说；二、说公案、说铁骑儿；三、说经、说参请；四、讲史书。翟、张两氏的分法，基本上相同。他们都是根据耐得翁的意见来分的。近代学者们对说话四家的分法，意见纷歧，正如李啸仓所说："由于各书文词含混，可左可右,断句很难有固定的标准,遂使四家问题,人执一词。”但他们根据的,大都不出《都城纪胜》和《梦粱录》二书。现在我们来看看专家们的意见,分歧到什么程度。

(一)王国维《宋元戏曲史》第三章《宋之小说杂戏》分为:1. 小说;2. 说经;3. 说参请;4. 说史书。胡怀琛《中国小说概论》同。

(二)鲁迅《中国小说史略》第十二篇《宋之话本》分为:1. 小说——银字儿、说公案、说铁骑儿;2. 谈经(说经、说参);3. 讲史书(说史);4. 合生。鲁迅又据《武林旧事》分为:1. 演史;2. 说经诨经;3. 小说;4. 说诨话。

(三)孙楷第《宋朝说话人的家数问题》分为:1. 小说,即银字儿——烟粉、灵怪、传奇、说公案、说铁骑儿;2. 说经——说参请、说诨经,弹唱因缘;3. 讲史书(专门有说三分,说五代史);4. 合生、商谜(说诨话?)。

(四)谭正璧《中国文学进化史》、《文学概论讲话》分为:1. 小说;2. 谈经;3. 讲史书;4. 商谜。他在《中国小说发达史》中提出了另一种分法,谓四家名字中都有一个“说”字:1. 小说;2. 说铁骑儿;3. 说经;4. 说参请。

(五)赵景深《中国小说论集》、《南宋说话人四家》分为:1. 小说;2. 说经(说参请);3. 讲史;4. 说诨话。

(六)陈汝衡的《说书小史》、李啸仓的《宋元伎艺杂考》和日人青木正儿的《中国文学概说》对四家的分法一致。陈、李二氏所列之表全同:1. 银字儿——烟粉、灵怪、传奇。2. 说公案——朴刀杆棒,发迹变泰之事;说铁骑儿——士马金鼓之事。3. 说经——演说佛书;说参请——参禅悟道等事;说诨经。4. 讲史书——讲说前代书史文传、兴废战争之事。(附注:1、2 两项总称“小说”。)

（七）严敦易《水浒传的演变》第三节分法与鲁迅同，但细目有异：

1. 小说（又称银字儿），如：①烟粉②灵怪③传奇④说公案（皆是朴刀杆棒及发迹变泰之事）⑤说铁骑儿（谓士马金鼓之事）。
2. 说经，①演说佛书②说参请（谓宾主参禅悟道等事）。
3. 讲史书（讲说前代书史文传兴废争战之事，最畏小说人，盖小说者以一朝一代故事顷刻间提破）。
4. 合生（与起令随令相似，各占一事）。

（八）王古鲁《南宋说话人四家的分法》（《二刻拍案惊奇》附录一）更从《都城纪胜》所记文字的读法来研究。王氏的读法如下：

> 说话有四家。一者小说：谓之银字儿，如烟粉、灵怪、传奇、说公案，皆是朴刀杆棒及发迹变泰之事；说铁骑儿，谓士马金鼓之事。说经谓演说佛书，说参请谓宾主参禅悟道等事。讲史书，讲说前代书史文传兴废争战之事，最畏小说人，盖小说者，能以一朝一代故事，顷刻间提破。

王氏并谓按照上式圈点，很可以明白看出"如……事"，"谓……事"，"谓……谓……等事"，以及"讲说……事"四句，即为说明四家性质的文字。同时可以明白"小说"之中，实包含"银字儿"、"铁骑儿"两家。因此王氏认为说话四家，应作下式之划分：

1. 银字儿｛烟粉、灵怪、传奇、说公案｝皆是朴刀杆棒及发迹变泰之事
2. 说铁骑儿——士马金鼓之事

（以上两项）总称小说

3. {说　经——演说佛书
说参请——宾主参禅悟道等事

4. 讲史书——讲说前代书史文传兴废争战之事

兹再列一简表于下，以资比较。（此表系就赵景深所列表略事增减而成，原表载《中国小说论集》）

<table>
<tr><th>家数
论者</th><th>烟粉</th><th>灵怪</th><th>传奇</th><th>公案</th><th>铁骑</th><th>说经</th><th>说参请</th><th>讲史</th><th>合生</th><th>商谜</th><th>说诨话</th></tr>
<tr><td>王国维
胡怀琛</td><td colspan="5">1</td><td>2</td><td>3</td><td>4</td><td></td><td></td><td></td></tr>
<tr><td>鲁迅甲
严敦易</td><td colspan="5">1</td><td colspan="2">2</td><td>3</td><td>4</td><td></td><td></td></tr>
<tr><td>孙楷第</td><td colspan="5">1</td><td colspan="2">2</td><td>3</td><td colspan="2">4</td><td></td></tr>
<tr><td>鲁迅乙</td><td colspan="5">3</td><td>2</td><td></td><td>1</td><td></td><td></td><td>4</td></tr>
<tr><td>赵景深</td><td colspan="5">1</td><td colspan="2">2</td><td>3</td><td></td><td></td><td>4</td></tr>
<tr><td>谭正璧甲</td><td colspan="5">1</td><td colspan="2">2</td><td>3</td><td></td><td>4</td><td></td></tr>
<tr><td>谭正璧乙</td><td colspan="4">1</td><td>2</td><td>3</td><td>4</td><td></td><td></td><td></td><td></td></tr>
<tr><td>翟灏
张心泰
陈汝衡
李啸仓
青木正儿</td><td colspan="3">1</td><td colspan="2">2</td><td colspan="2">3</td><td>4</td><td colspan="2"></td><td></td></tr>
<tr><td>王古鲁</td><td colspan="4">1</td><td>2</td><td colspan="2">3</td><td>4</td><td colspan="2"></td><td></td></tr>
</table>

总观以上诸说，四家之内意见一致的是小说、讲史和说经三家，其馀的如说参请、说诨经、说公案、说铁骑儿、说诨话等都有问题。究竟那些算做一家，那些算做另一家，恐怕在当时就没有一定的说法，或同时有几种说法。但耐得翁提出四家之说，必然有他的现实根据。我过去曾把合生商谜归入四家①，现在综合诸家成说，

① 《古代白话短篇小说选·序》。

重新研究，我的主张改变了。我们知道《都城纪胜》是首先提出家数问题的书，《梦粱录》全袭其说。因此，我们有理由把《都城纪胜》作为探究家数问题的主要根据。我们仔细研究《都城纪胜》的文字后，主张把傀儡、影戏、合生、商谜划出四家之外。理由，正如赵景深所说的不取“说话有四家”一语以前的傀儡和影戏，也不取“最畏小说人”这总结以后的合生商谜①。同时更主张把说参请归并于说经之内，不必单立名目。赵景深、李啸仓也主张合并，这样，《都城纪胜》所载的说话科目，就只剩下小说、说经、讲史三种了。赵景深主张以说诨话补缺，说诨话主要是滑稽讽刺，确有它的历史优良传统，但从别书上搬过来凑数，恐怕耐得翁是不会同意的。李啸仓、陈汝衡把小说二分以凑成四家，也有些牵强。小说包括门类之多，正以见分工之细，不能硬析为二。《都城纪胜》明说“小说谓之银字儿”，《梦粱录》也说“且小说名银字儿”，显然，小说和银字儿是同一概念的两个不同名称，而铁骑儿并不是小说的别名，怎么可以喝银字儿一起称为小说呢？严敦易所分的子目也有小错误，“演说佛书”，分明是解释“说经”的内容，他却当作“说经”下的一个子目了。最合理的是王古鲁对《都城纪胜》这段文字的读法，他的确已把纷乱的头绪理清楚。我基本上同意他的四家的分法，但也不同意他把银字儿和铁骑儿合起来称为小说。我以为四家的分法应该是这样的：

1. 小说（即银字儿）——烟粉、灵怪、传奇、说公案，皆是朴刀杆棒及发迹变泰之事。

2. 说铁骑儿——士马金鼓之事。

---

① 《中国文学论集·南宋说话人四家》。

3. 说经——演说佛书；

说参请——宾主参禅悟道等事；

说诨经。

4. 讲史书——讲说前代书史文传兴废争战之事。

细看耐得翁的一段话，貌似混乱，其实却有其严整之处，四家数的分界，亦显然在焉。问题就在一个“事”字上。试看：“一者小说……之事；说铁骑儿……之事；说经……，说参请……等事；讲史书……之事，最畏小说人……”由此可见，耐得翁的分法，是从最根本的因素——内容，亦即反映生活的范围出发的。他着重在某一家数说什么“事”。而且，因为说经、说参请形式不同，内容却大同小异，所以他合而为一，后面用的是“等事”，也用得很合逻辑。

耐得翁从内容来看问题的方法是正确的。这里最值得注意的是“说铁骑儿”，它正是因为内容的独特而风行一时，也因为内容和统治阶级有矛盾而终于存身不住。“说铁骑儿”，它是《都城纪胜》所独有的项目（《都城纪胜》、《梦粱录》傀儡、复赚都有铁骑儿），它不属于“小说”范畴之内，《醉翁谈录》小说分类就没有“铁骑儿”。它也不同于“讲史”。讲史所讲的是“前代”的“史”（《通鉴》汉唐），而铁骑儿所说的却是“本朝”的“事”。它的内容正如严敦易所说的“自北宋灭亡以来，民间艺人们所津津乐道，与夫广大听众所热切欢迎的，包括了农民暴动和起义以及发展为抗金义兵的一些英雄传奇的故事”（如《中兴名将传》之类），这是有着特别重要的意义的。研究者们对于“家数”问题所以聚讼纷纷，关键在于他们忽视了“说铁骑儿”这一家数的现实性和独立性。“铁骑儿”这一说话家数的出现，历时并不太长，后来就被统治阶级所钳制而取消了。晚出的《武林旧事》就没有四家的说法，《醉翁谈录》和《应用碎金》所提到的也就只有三家——小说、演史、讲经，而不是四家了。至于“铁骑儿”这一家数的出现，严敦易在《水浒传的演变》一书里（69—70页）有着精辟的论断，参看本章第三节，此处从略。

兹将《东京梦华录》等书中所载有关宋代说话诸目，另列一表如下：

北宋	《东京梦华录》	小说（2）		讲史（1） 说三分 说五代史	说诨话（3）
南宋	《都城纪胜》	小说（1） 烟粉、灵怪、 传奇、公案	说经（3） 说参请	讲史书（4）	说铁骑儿（2）
	《西湖老人繁胜录》	小说（3）	说经（2）	史书（1）	说诨话（4）
	《梦粱录》	小说（1） 烟粉、灵怪、 传奇、公案	谈经（2） 说参请 说诨经	讲史书（3）	
	《武林旧事》	小说（1）	说经诨经（2）	演史（3）	讲诨话（4）
	《醉翁谈录》	小说 灵怪、烟粉、 传奇、公案、 朴刀、杆棒、 神仙、妖术	讲经	史书	新话
	《应用碎金》	小说（1）	说经（2）	演史（3）	

注：《醉翁谈录》“小说开辟”未提到“说经”一家，但《小说引子》下有“演史讲经”语，兹补入。《应用碎金》系百爵斋写印内阁大库洪武刊本，无名氏撰，不题年代，疑为元人作品。数目字表示原书排列的先后次序。《醉翁谈录》无次序。

第三节　银字儿与铁骑儿

《都城纪胜》“瓦舍众伎”条关于说话四家的解释里，“银字儿”与“铁骑儿”并列。“银字儿”下有烟粉、灵怪、传奇、公案四个子目；“铁骑儿”则是独立的一个家数，没有子目。

小说又称“银字儿”的原因，近人孙楷第、李啸仓已有考证。关于“银字儿”与说话的关系，大致有两种说法。

（一）银字在唐代是一种“应律之器”（见《新唐书》卷二十二《礼乐志》），这种乐器是以“银字制笙，以银作字，饰其音节”①。它的制作情形，徐养原《管色考》说是：“一云镂字于管，钿之以银，谓之银字管。”换言之，就是于笙之按孔处，钿之以银。又《通雅》乐器中所记，宋代有银字觱篥。蒋捷《一剪梅》词说：“银字笙调。”可见宋代有银字笙，银字觱篥。也可以简称这种乐器叫做银字管。据此，所谓“银字儿”，就是说话人讲说烟粉、灵怪、传奇和公案这类小说时，用这种管色来歌唱话本中的歌词，所以“小说”叫做“银字儿”。

（二）银字管奏的声音，系用平调②。它的声音多低徊悱恻。白居易《秋夜听高调凉州诗》云：

楼上金风声渐紧，　　月中银字韵初调。
促张弦柱高吹管，　　一曲〔凉州〕入寂寥。

① 见《历代诗馀》引《古今词话·词品》。
② 见《乐府杂录·觱篥》。

又《南园试小乐诗》云：

高调管色吹银字，　慢拽歌词唱"渭城"。

吴融《和韩致光侍郎无题》诗：

管纤银字咽，　梭密锦书匀。

徐铉《梦游》诗：

檀的慢调银字管，　云鬟低缀折枝花。

张昱《无题》诗：

不听小管吹银字，　只数回文织锦诗。

李啸仓以为从这些诗看来，都说明银字管是哀艳之声，所吹的都是那些令人伤感的调子，也可看出银字的声调是纡缓的。是银字已经脱离了乐律上的专称，一变而为"哀艳腔调"的代名词了。银字到宋朝已经孳乳引申为哀艳之义的专名词，而说话人讲的烟粉、灵怪、传奇、公案之类的小说，大抵都是很哀艳动人的。所以特异的称它为"银字儿"①。

① 以上采用李啸仓《宋元伎艺杂考・释银字儿》的意见。

目前不少学者,都主张第一说。叶德均谓:"宋代说话的小说又名'银字儿',是因讲唱时用银字笙、银字觱篥乐器配合歌唱而得名。"①孙楷第也说:"说话第一类之小说,既以'银字儿'命名,必与音乐有关,大概说唱时以银字管和之。"②我们不否认说话是有歌唱部分,但它是否用银字笙、银字觱篥来伴奏,尚难找到根据。"小说"之所以称为"银字儿",第二说似较为合理。我们试看银字儿所包括的烟粉、灵怪、传奇、公案四个子目的性质:

烟粉——讲烟花粉黛,人鬼幽期③的故事。如《京本通俗小说》中的《碾玉观音》,《古今小说》中的《杨思温燕山逢故人》,《警世通言》中的《钱舍人题诗燕子楼》、《金明池吴清逢爱爱》等。

灵怪——讲神仙妖术的故事。如《清平山堂话本》中的《陈巡检梅岭失妻记》、《古今小说》中的《张古老种瓜娶文女》、《警世通言》中的《崔衙内白鹞招妖》、《醒世恒言》中的《郑节使立功神臂弓》等。

传奇——讲人世间悲欢离合的奇闻轶事。如《清平山堂话本》中的《风月瑞仙亭》、《熊龙峰四种小说》中的《张生彩鸾灯传》、《警世通言》中的《宿香亭张浩遇莺莺》等。

公案——讲摘奸发复和朴刀杆棒发迹变泰的故事。如《警世通言》中的《三现身包龙图断冤》和《万秀娘仇报山亭儿》、《清平山堂话本》中的《杨温拦路虎传》等。

---

① 见《宋元明讲唱文学·讲唱文学的一般情形》。

② 见《俗讲、说话与白话小说·宋朝说话人的家数问题》。

③ 叶德均谓:"《醉翁谈录》话本名目,烟粉类十六种,其中本事确然可考的只有五种:《燕子楼》、《杨舜俞》、《钱塘佳梦》、《锦庄春游》、《柳参军》,所谓烟粉,虽是指美女,但据这五种内容,却都是遇女鬼事,因此,我疑心《醉翁谈录》的烟粉应专指人鬼的幽期事,和传奇类叙人世男女爱恋事成为对比,所以《灰骨匣》也应属于女鬼故事。"其说颇有见地,从之。

它们的故事，多数是哀艳动人的。所以把“银字儿”作为哀艳的代词，是可以说得通的。

《都城纪胜》载“说话”四家之一的“铁骑儿”，是一个新的名目，同书又说当时的傀儡戏亦敷衍“铁骑公案之类”复赚，“又且变花前月下之情及铁骑之类”，可见“铁骑”这一伎艺，在当时是有一定的市场的。而《梦粱录》所载说话四家中却削去此目，可见“铁骑儿”在南宋“说话”的家数中，保持得并不长久便取消了。《醉翁谈录》也没有这个项目，仅于诗中有“涉案枪刀并铁骑”一语。这个问题，值得研究。按“铁骑”一词，始见于《后汉书·公孙瓒传》：“且厉五千铁骑于北隰之中，起火为应。”《魏书》卷九十五《慕容超传》说：

> 天赐五年，司马德宗将刘裕伐超，超将公孙五楼劝超拒之于大岘，超曰：“但令度岘，我以铁骑践之，此成擒也。”

唐人诗中每多用以称边塞精锐的兵马。杨炯《从军行》诗：

> 牙璋辞凤阙，铁骑绕龙城。

沈佺期《梅花落》诗：

> 铁骑几时回，金闺怨早梅。

李白《发白马》诗：

> 铁骑若雪山，饮流涸滹沱。

严敦易联系当时实际情况,对于"说铁骑儿"的涵义,作了精辟而具体的解释,今具引其文如下:

自北宋灭亡以来,民间艺人们所津津乐道,与夫广大听众所热切欢迎的,包括了农民暴动和起义以及发展为抗金义兵的一些英雄传奇故事,一些以近时的真人真事作对象的叙说描摹,当即系在这个"说铁骑儿"的项目下,归纳、隶属与传播着。(这里面当也包括进了抗金以前的农民起义,和南渡后的内部斗争等事件在内。)铁骑,似为异民族侵入者的军队的象征。女真人原是拥有大量骑兵的骠悍的部伍,更有称作"拐子马"的特种马军,践踏蹂躏中原土地的便是他们,所以,"说铁骑儿"便用来代替了与金兵有关的传说故事的总名称,而叙说国内阶级矛盾冲突的农民起义传说故事,因为起义队伍的大多数参加了民族斗争,便又借着这个名称的掩蔽而传播着。所云"谓士马金鼓之事",正是充分暗示着所有这些故事,是以兵荒马乱,杀伐战争,火与铁,血肉搏斗的场面作为背景的,并也说明了这背景的现实时代,不然,"讲历代年载废兴","说征战","言两阵对圆",这些内容,也就是士马金鼓的范围,须为一般说话中恒有的穿插环节,便用不着特别提开,并以一个象征的名词铁骑儿来代表,成为一类别了。我们再须提出一下,当时的"盗寇"的活动,是应行在这士马金鼓的概括之内的,"盗寇"不论是受了"招安",或仍行啸聚,与抗金的战争多是分不开的。自然,稍后在南宋的后方地区的农民起义队伍,如同杨么、范汝为等,和抗金的关系较少,或竟没有(但钟相先却曾参加了抗金活动），这却是实际上使得“说铁骑儿”受到统治阶级钳束和禁约的原因之一。统治阶级害怕内部的阶级斗争，原是更甚于民族斗争的。无疑的抗金的掩蔽，是“说铁骑儿”更广泛得到欢迎与同情的重要基础。①

可见“说铁骑儿”是有它实际的内容的。它和“讲史”不同，与“小说”（银字儿）对称，专门讲说宋代的战争，具有现实性。从南宋及后世存在的有关宋代战争的作品来看，当时“铁骑儿”的具体内容，很可能是《狄青》、《杨家将》、《中兴名将传》（张、韩、刘、岳）以及参加抗辽抗金的各种义兵，直至农民起义的队伍。如果这论断不误，那么，“铁骑儿”显然是以民族战争中的英雄为主体而不是以一朝一代的兴废为主体的。正因为如此，在民族矛盾尖锐的南宋，这种说话当然会受到广大人民的欢迎，因而能自成一家数。也因为如此，在屈辱求和的政治逆流经常涌起的南宋，“铁骑儿”不可能经常兴盛，有时候还可能受到压制。

抗金英雄事迹受到统治阶级钳制的情形，我们还可以从某些宋人话本中窥见一二，如《杨温拦路虎传》中，叙述到杨温的抗金事迹时，却极其简略，而且不敢作正面的描述：

……自此，杨温和那妻子归京，上边□立一件大大功劳，直做到安远军节度使，检校少保。可谓是：

能将智勇安边境，　　自此扬名满世间。

① 引自《水浒传的演变》，第69—70页。

对于杨温上边战败金人的事迹,只是一笔表过。又《郑节使立功神臂弓》里,叙述郑信报到抗金名将种师道部下,补他为帐前管军指挥,后来收番(金人)屡立战功,十馀年做到西川节度使之职,而对于郑信抗金的事迹,也仅寥寥数语。由此可见"说铁骑儿"这一家数,是受到统治阶级的钳制的。南宋之初,当秦桧大权在握时,大兴文字之狱,凡涉及抗金的或对他有所讥刺的文字,皆遭受到排斥、打击。至于当时文人的被迫害,那更不用说了。司马伋为了避祸,甚至否认《涑水纪闻》是他的曾祖司马光所著。李先也把家里的司马光藏书万卷焚掉①。

当然,当统治阶级用得着抗金英雄的招牌时,他们也可以容许"铁骑儿"这样的内容。曾在御前供话的王六大夫,就经常讲说《福华篇》与《中兴名将传》,听者纷纷。

但到了元代,宋代"铁骑儿"的讲说的事迹,已成为历史,它的思想内容又极其与当时的统治者发生尖锐矛盾。"铁骑儿"便不能不和"讲史"合流,成为"讲史"的一部分。这可能是"铁骑儿"这一名称和艺术品种不复存在的原因。

第四节　说参请及其他

一、说参请

《都城纪胜》"瓦舍众伎"条有"说参请"一项,《梦粱录》因之,

① 见赵翼:《二十二史札记》卷二十六"秦桧文字之祸"条。

而于“参请”的意义，两书皆谓是“宾主参禅悟道等事”，未作具体说明。《西湖老人繁胜录》及《武林旧事》则根本未提到此项伎艺。按“说参请”成为瓦舍中的一种伎艺，大概是从释家禅堂说法问难发展而来，有它的历史渊源的。《禅林宝训》①卷三云：

万安曰：“古人上堂，先提大法纲要，审问大众；学者出来请益，遂形问答。今人杜撰四句落韵诗，唤做‘钓话’。一人突出众前，高吟古诗一联，唤作‘骂阵’，俗恶俗恶！可悲可痛！”②

这里把古今禅堂问难的不同情况说得很清楚。所谓“钓话”、“骂阵”，全是民间口语，可见禅堂上的说法，在北宋时，已受到某些民间伎艺的影响，无形中在改变它的面貌，故万安有“俗恶”之叹。南渡以后，“说参请”进入了瓦舍，当然更加伎艺化了。至于参请之义，究竟如何？张政烺曾加以解释：

按“参请”，禅林之语，即参堂请话之谓。说参请者乃讲此类故事以娱听众之耳。参禅之道，有类游戏，机锋四出，应变无穷，有舌辩犀利之词，有愚骇可笑之事，与宋代杂剧中之打诨颇相似。说话人故借用为题目，加以渲染，以作糊口之道。若其伎艺流行于瓦舍既久，益舍本而逐末，投流俗之所好，自

① 此书为宋孝宗淳熙间东吴沙门净善集。净善自序谓所记系“淳熙间游云居，得之老僧祖安”。以时代推之，所云殆北宋情况。

② 录自《大正藏》第四十八册，第1033页。

不免杂入市井无赖之语。[1]

这是“说参请”一词最明确的解释，准是而论，“说参请”已发展变化为问答体的“说诨经”了，后来的《武林旧事》仅著录“诨经”一目而删“参请”是有道理的。张政烺并提出《问答录》[2]一书，以为是南宋瓦舍说话人中“说参请”者的话本。理由是：

此书托东坡居士、佛印禅师为宾主，以参禅悟道之体，述诙谐谑浪之言，其事皆荒谬无稽；其辞多鄙俚猥亵，虽以“语录问答”为名，纯属小说舌辩一流，故知是说参请者之话本也。说参请者以说话为主，触景生情，可增可减，其话本仅提供记忆，不必背诵原文，故可字句枯窘如此。

按《问答录》日本有旧抄本，题《东坡居士佛印禅师语录问答》一卷[3]，所记东坡、佛印问答，都是彼此嘲戏之辞，与参禅悟道等事不类。大概瓦舍说话人为了迎合听众的趣味，特借“参请”的形式来进行戏弄，故作为说话人话本的《问答录》多嘲谑之辞。例如《纳佛印令》：

东坡与佛印同饮，佛印曰：“敢出一令，望纳之：不悭不富，不富不悭，转悭转富，转富转悭，悭则富，富则悭。”东坡见有讥讽，即答曰：“不毒不秃，不秃不毒，转毒转秃，转秃转毒，毒则

① 引自《问答录与说参请》，载《历史语言研究所集刊》第十七本。以下引张先生的话同。

② 《问答录》一卷，《宝颜堂秘笈》本，题“宋东坡苏轼撰”。

③ 见孙楷第：《日本东京所见小说书目》。

秃，秃则毒。”

又《为佛印真赞题答》：

东坡一日会为佛印禅师题真赞云：“佛相佛相，把来倒挂，只好擂酱。”别一日，佛印禅师却与东坡居士题云：“苏胡苏胡，比上不足，比下有馀。”盖子瞻多髯也。

如果要找比较有禅理的例子，则有“佛印松诗”条：

东坡过天竺谒佛印，款语间，因言窗前两松，昨为风折其一，怅怅成一联，竟未得续其后，举以示坡云：“龙枝已逐风雷变，减却虚窗半日凉。”坡续云：“天爱禅心圆似镜，故添明月伴清光。”佛印喜其敏捷，叹服不已。

此外梅禹金《青泥莲花记》卷一下《琴操》，也似乎是“说参请”的话本：

苏子瞻守杭日，有妓琴操颇通佛书，解言辞，子瞻喜之。一日，游西湖，戏语琴操曰：“我作长老，汝试参禅。”琴操敬诺。子瞻问曰：“何谓湖中景？”对曰：“落霞与孤鹜齐飞，秋水共长天一色。”“何谓景中人？”对曰：“裙拖六幅潇湘水，鬓锁巫山一段云。”“何谓人中意？”对曰：“随他杨学士，鳖杀鲍参军。”操问：“如此究竟如何？”子瞻曰：“门前冷落车马稀，老大嫁作商人妇。”操于言下大悟，遂削发为尼。

像这样简短的文字，内容既单调又没有唱词，只是一宾一主的问答。要在瓦舍中作长时间的表演是难以想象的。“说参请”原是“说经”的一支，内容多嘲谑而少禅机，它的表演，在当时可能采取两种方式：一是作为“说经”的引子（相当于“小说”话本中的“笑要头回”），在开始说经之前，先来一个“参请”，让听众笑乐一番；一是作为说话的插曲，在“说话”时临时捏合一些简单的“参请”故事，以引起听众的兴趣。这虽没有直接材料，也可以找到一些间接的例证。如元吴昌龄《东坡梦》杂剧，第一折和第四折就是写东坡、佛印参堂请话的事情。《醒世恒言》卷十二《佛印师四调琴娘》亦采用《问答录》中有关佛印的材料。这虽是后来的事，可以推想，“说参请”在南宋瓦舍中表演情形，或即类此。

但关于“说参请”，还有一些迹象值得加以注意：较早的《都城纪胜》里，只有“说参请”的记载而无“诨经”，这是否说明那时的“说参请”，还规规矩矩地说些“参禅悟道”之事，没有到“诨”的地步。稍晚的《梦粱录》于“说参请”之外，增出了“诨经”一项，两者并列，亦可想见“说参请”或“说经”的一支已经逐渐变“诨”，但正规的“说参请”仍保留着。最晚的《武林旧事》，已只有“诨经”而无“说参请”了。这是否意味着“说参请”已逐渐为“诨经”所取代。“说参请”与“说诨经”之间的递变过程，是否如此，很可研究。

二、新话

“新话”是说有关本朝（宋）的事。其实，“新话”并非一种专门的伎艺名词，它相当于今天称为“现代书”，“现代说唱”，以区别于旧话讲史。其内容主要就是“铁骑儿”，但也包括并非“铁骑儿”的宋代故事在内。《醉翁谈录》说“新话说张、韩、刘、岳。”《梦粱录》载王六大夫敷演《复华编》及《中兴名将传》，也属于新话。《复华编》乃《福华编》之误，系南宋权相贾似道的门客廖莹中（群玉）所作，用以鼓吹贾似道解鄂州之围的“功勋”的。《中兴名将传》，当即张、韩、刘、岳故事[①]，又《醉翁谈录》的《杨令公》和《收西夏说狄青大略》，杨业和狄青都是北宋名将，也可以归入说新话一类。士礼居黄氏丛书本《宣和遗事》封面题“宋本重刊”，后集卷尾标题作《新话宣和遗事》。可见《宣和遗事》中的故事，南宋时已在瓦肆勾栏中讲说，而且也归入“新话”之列了。

三、诨经

《梦粱录》“小说讲经史”条于谈经、说参请之后，写道：“又有说诨经者戴忻庵”，《武林旧事》“诸色伎艺人”条有“说经诨经”一目（陈刻本无“诨经”二字），目下亦列有戴忻庵。诨经的性质如何，诸书均无记载。严敦易谓“说经也许不能打诨，倘使确有此名目，诨经顶多也不过是在说经中稍为杂入一些滑稽说笑而已”[②]。从唐代的三教论衡和俗讲来看，和尚在辩论时就不免“枝词游说”，表现出种种喜怒哀乐可笑之状，而在向普通群众讲经时，即已逐渐伎艺化，讲说许多佛教或非佛教的故事。说经，作为瓦子中的一种伎艺，必然是以讲佛教故事为主的，未必一点也没有打诨。至于诨

① 《云麓漫钞》卷七云：“建炎中兴，张、韩、刘、岳为将。”
② 《水浒传的演变》第60页。

经，滑稽说笑的成分一定是不小的，这从说参请也可看出。此外，把“诨”字的涵义只限于“滑稽说笑”，似乎狭窄了些，不严肃甚至有些低级趣味的内容也属“诨”之范围。我疑心《五戒禅师私红莲记》、《明悟禅师赶五戒》、《花灯轿莲女成佛记》等篇，可能也属“说诨经”的话本。说诨经与说参请的区别，恐主要在于前者原非对话问答式，后者则是。发展到后来，内容混通，也就成为一种了。

四、诨话

“诨话”，是滑稽讽刺，两宋都有。《东京梦华录》“京瓦伎艺”有张山人说诨话，《西湖老人繁胜录》有谈诨话蛮张四郎，《武林旧事》载说诨话伎艺人，亦仅蛮张四郎一人，可见说诨话在当时并不怎样发达。宋王灼《碧鸡漫志》卷二云：

> 长短句中作滑稽无赖语，起于至和嘉祐之前，犹未盛也。熙丰（按：当作熙宁）元祐（1068—1092）间，兖州张山人以诙谐独步京师，时出一两解。

据此，是《东京梦华录》所载的张山人即兖州张山人无疑。由此我们更可知道北宋时的“滑稽无赖语”的诨话中，还夹杂有长短句。元陶宗仪《辍耕录》云：“宋有戏曲、唱诨、词说。”是诨话亦有唱词的，陶氏去宋未远，其说当有所据。《清平山堂话本》中的《快嘴李翠莲记》，其篇首一诗云：“出口成章不可轻，开言作对动人情；虽无子路才能智，单取人前一笑声。”全篇又以快板的形式来表演。这是民间俗曲（长短句）与说话结合的一例。我疑心它就是当时的

“说诨话”话本。又《醉翁谈录》卷二丁集《嘲戏绮语》,和“说诨话”也多少有些关系。

五、说药

《武林旧事》卷六“诸色伎艺人”条载有“说药”一目,有杨郎中、徐郎中、乔七官人等艺人。俗称医生为郎中,宋代已有。如刘斧的《青琐高议后集》卷一有“杜任郎中”一目,下系以“杜郎中世之良医”七字。《东京梦华录》卷三有“柏郎中家医小儿”的记载,《夷坚志支甲》卷二“杜郎中驴”条云:“杜泾郎中,河间府荣河(和)县上源村人也,世为医。”又《夷坚三志已》卷三“刘师道医”条云:“刘郎中细审,此病不可医也。”“说药”大概是说一些药性或医疗的故事,为自已的卖药作宣传。故说话人都是“郎中”。唐段成式《酉阳杂俎》所记市人小说有扁鹊故事,可能与此有关。此外,戏剧和说唱艺术中也常有大量运用药名来作譬喻、隐语等文字游戏的。南戏《幽闺记》第二十五出有一段“药名”(《寻亲记》中也采用)。金院本《诸杂大小院爨》中有《神农不说药》一本。按:用药名作为隐语的玩意儿,很早就有。如《三国志·姜维传注》引孙盛《杂记》云:“初姜维诣亮,与母相失;复得母书,令求当归。维曰:良田百顷,不在一亩;但有远志,不在当归也。”陶谷《清异录》卷上载唐天成中进士侯宁极所撰《药谱》一卷,谓“尽出新意,改立别名”,知唐末士大夫好这种玩意儿的大有人在。唐、宋、元人还有用药名作诗填词作曲的①。唐宋时代的说唱文学中也往往用药名来做打趣的

① 见《唐音癸籤》、《皇朝文鉴》等书。

文字。如《敦煌变文》中《伍子胥变文》:

其妻遂作药名诗问曰:"妾是仵茄之妇细辛,早仕于梁,就礼未及当归,使妾闲居独活。菁莨薑芥,泽泻无怜,仰叹槟榔,何时远志。近闻楚王无道,遂发材狐(柴胡)之心,诛妾家破芒消,屈身苜蓫。葳蕤怯弱,石胆难当,夫怕逃人,茱萸得脱。潜形菌草,匿影藜芦,状似被趁野干,遂使狂夫莨菪。妾忆泪沾赤石,结恨青箱。夜寝难可决明,日念舌干卷柏。闻君乞声厚朴,不觉踯躅君前,谓言夫聟麦门,遂使苁蓉缓步。看君龙齿,似妾狼牙,桔梗若为,愿陈枳壳。"子胥答曰:"余亦不是仵茄之子,亦不是避难逃人,听说途之行李。余乃生于巴蜀,长在藿乡,父是蜈公,生居贝母,遂使金牙采宝,支(之)子远行。刘寄奴是余贱朋,徐长卿为之贵友。共渡蘘河,被寒水伤身,三伴芒消,唯余独活。每日悬肠断续(续断),情思飘飘,独步恒山,石膏难渡。披岩巴戟,数值狼胡,乃意款冬,忽逢钟乳。留心半夏,不见郁金,余乃返步当归,芎藭至此。我之羊齿,非是狼牙,桔梗之情,愿知其意。"

后世的剧本和小说中,常有把一些药物的性质、用途,作了浅易的说明,或者以各种药名缀衍故事并作人名的①,可能就是宋代"说药"这一伎艺的发展。

① 剧本如《玛瑙簪记》以药名演故事,《本草记》把寒、热、平、温四种性质的三百六十三味药介绍给观众;《药绘图》将一些药物的性质、用途作了浅易的说明。小说有《草木春秋》凡三十二回。《药性巧合记》戏文以各种药名作为剧中人名,尤属别具风格。

六、野呵小说

《西湖老人繁胜录》叙到教场和其他宽阔所在，路岐人在内作场，有“廓介酒李一郎，野呵小说”。按《武林旧事》卷六“诸色伎艺人”小说项下有酒李一郎，又“打硬”项下亦有酒李一郎，名下并注“说话”二字，此“说话”大概就是指“野呵小说”，和一般的“说话”不同。而酒李一郎当然就是廓介酒李一郎无疑。所谓“野呵”，大概就是“打野呵”。《武林旧事》卷六“瓦子勾栏”条云：

> 或有路岐，不入勾栏，只在要闹宽阔之处作场者谓之“打野呵”，此又艺之次者。

《稿简赘笔》（《说郛》本）亦云：

> ……是如今之艺人于市肆做场谓之“打野泊”，皆谓不著所，今谓“打野呵”。

从上述例子看来，“打野呵”是指冲州撞府的“路岐人”，也就是流动的走江湖艺人。这些人中的“艺之次者”，不入勾栏，只在街市宽阔处作场。然而在封建社会里，即使有才艺的“路岐人”，也仍然只能到处流浪，很难得到提升的机会。《宦门子弟错立身》写到一个东平府的艺人到河南府去作场的情形：“老身赵茜梅，如今年纪老大，只靠一女王金榜作场为活。本是东平府人氏，如今将孩儿到河南府作场多日，今早挂了招子，不免叫出孩儿来商量明日杂剧。”

看来像王金榜这样有才艺的路歧艺人，还只能“打野呵”，到处作场。再从其他材料来看，“打野呵”似乎还有别的涵义。《东京梦华录》卷十“十二月”条有这样的记载：

> 自入此月，即有贫者三教人为一火，装妇人神鬼，敲锣击鼓，巡门乞钱，俗呼为“打夜胡”。亦驱祟之道也。

又《云麓漫钞》云：

> 岁将除，乡人相率为傩，俚语谓“打野胡”①。

又《通雅释原》云：

> 唐敬宗自捕狐狸，谓之“打夜狐”，今民称跳鬼为“打夜狐”，讹为“野狐”。

“野呵”、“夜胡”、“野胡”、“夜狐”、“野狐”，都是一声之转。最早见于《南史·曹景宗传》：“为人嗜酒好乐，腊月于宅中使人邪呼逐除”（《梁书·曹景宗传》作野虖）。古有驱傩之俗，“打野呵”可能就是一种以驱傩除邪为内容的伎艺。唐末王建诗云：

> 金吾除夜进傩名，画裤朱衣四队行；院院烧灯如白日，沈香火底坐吹笙。

① 中华书局标点本“谓”后有“之”字。——校者注

可以看出，那时的驱傩已有音乐舞蹈成分，这种神怪色彩比较浓厚的迷信活动已经渐变为文娱活动了。宋代民间驱傩风气更盛。逢年过节，农民或贫苦市民，常用这种除凶灾、讨吉利的迷信活动兼文娱活动来谋生，“打野胡”便逐渐伎艺化，或“巡门乞钱”或在空阔处作场。沿习既久，这种活动或伎艺就转而成为“不入勾栏，只在要闹宽阔处做场者”的通名，不论是否装神跳鬼，均称为“打野呵”了。至于“廓介酒李一郎”所表演的“野呵小说”，显然不是音乐舞蹈，而是小说。因为是在勾栏瓦肆以外教场等宽阔所在表演的小说，故称“野呵小说”。至于其内容有无装神驱鬼等事，就无从知悉了。

第五节　合生与商谜

近人研究宋代“说话”伎艺的，往往将“合生”（亦作“合笙”）列为说话四家数之一，并溯源于唐代，这是值得商榷的。《新唐书》卷一一九《武平一传》云：

> 后宴两仪殿，帝（中宗）命后兄光禄少卿婴监酒，婴滑稽敏给，诏学士嘲之。婴能抗数人。酒酣，胡人袜子何懿等唱合生，歌言浅秽。因倨肆欲夺司农少卿宋廷瑜赐鱼。平一上书谏曰……伏见胡乐施于声律，本备四夷之数。比来日益流宕，异曲新声，哀思淫溺。始自王公，稍及闾巷，妖伎胡人，街童市子，或言妃主情貌，或列王公名质，咏歌蹈舞，号曰合生。

又《唐音癸籤·合生歌》下注云：

> 中宗宴内殿，胡人袜子何懿等唱此歌，或言妃主情貌，或列王公名质，词至秽媟，武平一谏宜禁止，不纳。

从这些记载看来，唐代的合生，是“胡乐施于声律”的一种“猥戏”，表演的也是胡人。任二北在《唐戏弄》里对唐代合生的主要特征，有具体的说明：

> 合生之声，为胡乐之“异曲新声”，已大足移人，合生之容，又为胡女之妖冶媟狎，益令观者色授魂予，合生之故事，复为当时之名妃艳噪，贵胄风流。……要皆由胡人编之、演之，尚非当时国风与国伎中之所固有也。①

显然，这是有声、有容、有故事的一种“歌言浅秽”的杂戏，它出自西胡，与“说话”实无关系。宋高承《事物纪原》九，引《新唐书·武平一传》叙合生云：

> 即合生之原，起于唐中宗时也，今人亦谓之“唱题目”。

是唐合生发展到宋代，又有“唱题目”之称。这恐怕是高承想沟通唐宋合生而引起的误会。我以为宋人所谓“唱题目”，正是指当时瓦子勾栏中表演的“合生”，而不是指唐代歌舞形式的合生。清焦

① 见《唐戏弄》第二章第五节“合生”条。

循《剧说》卷一引王棠《知新录》指《武一平传》所叙的合生云："合生，即院本杂剧也。"实际合生于唐为杂剧，于宋方为题目院本[①]。焦循的话，说对了一半。唐合生是歌与舞并重的伎艺，其中还夹杂一些说话成分，它可能是"歌舞戏"的前身。后来，浸假而为歌舞戏，"合生"之名，遂隐而不彰。

宋代的"合生"，似乎渊源于古代的"杂嘲"。如"刘黑闼"、"安陵佐史"[②]及"杨叟"[③]等故事，都含有杂嘲性质。张齐贤《洛阳搢绅旧闻记》卷一"少师佯狂"条云：

> 有谈歌妇人杨苎萝，善合生杂嘲，辩慧有才思，当时罕与比者。少师杨凝式以侄女呼之，盖念其聪俊也。时僧云辨，能俗讲，有文章，敏于应对。若祝祀之辞，随其名位之高下对之，立成千字，皆如宿构。少师尤重之。云辨于长寿寺五月讲，少师诣讲院，与云辨对坐，歌者在侧。忽有大蜘蛛于檐前垂丝而下，正对少师于僧前。（此句疑有脱误）云辨笑谓歌者曰："试嘲此蜘蛛，嘲得者，奉绢两匹。"歌者更不待思虑，应声嘲之，意全不离蜘蛛。而嘲成之辞，正讽云辨。少师闻之绝倒。久之，大叫曰："和尚！取绢五匹来！"云辨且笑，遂以绢五匹奉之。歌者嘲蜘蛛云："吃得肚罂撑，寻丝绕寺行，空中设罗网，只待杀众生。"盖云辨体肥而肚大故也。

---

① 引自《唐戏弄》第232页。

② 均见侯白：《启颜录》。

③ 见张读：《宣室志》。

这段记载，是五代时的一种“杂嘲”，这里以“合生”与“杂嘲”并举，两种虽不必尽同，其性质要亦相近。“合生”的真正面貌，洪迈《夷坚志支乙》卷六“合生诗词”条已详细地告诉我们：

江浙间，路歧伶女，有慧黠知文墨，能于席上指物题咏，应命辄成者，谓之合生。其滑稽含玩讽者谓之乔合生。盖京都遗风也。

不仅“合生”和“乔合生”的定义，说得非常明白。他还举出两个例子，一是咏诗，一是唱曲子：

张安国守临川；王宣子解庐陵郡守印归，次抚。安国置酒郡斋，招郡士陈汉卿参会。适散乐一妓言学作诗。汉卿语之曰：“太守呼为五马，今日两州使君对席，遂成十马，汝意作八句！”妓凝立良久，即高吟曰：“同是天边侍从臣，江头相遇转情亲，莹如临汝无瑕玉，暖作庐陵无脚春，五马今朝成十马，两人前日压千人，便看飞诏催归去，共坐中书布化钧。”安国为之叹赏竟日，赏以万钱。

予守会稽。有歌诸宫调女子洪惠英正唱词次，忽停鼓白曰：“惠英有述怀小曲，愿容举似！”乃歌曰：“梅花似雪，刚被雪来相挫折，雪里梅花，无限精神总属他。梅花无语，只有东君来作主。传语东君，且与梅花作主人。”歌毕，再拜云：“梅者惠英自喻，非敢僭拟名花，姑以借意。雪者指无赖恶少者。”官奴因言其人在府，一月而遭恶子困扰者至四五，故情见其词。在流辈中诚不易得。

从这两个例子看来，合生的定义格外明显。洪迈所谓“指物题咏，应命辄成”，和五代时的嘲蜘蛛事没有什么两样。洪迈所指的“合生”，虽然是士大夫阶层的玩意儿，然与《都城纪胜》、《梦粱录》所说的“合生与起令随令相似”的话，并不矛盾。因此，我认为合生是一种以歌唱诗词为主的口头伎艺，内容很少故事性，实与以故事为主的“说话”殊途。“说话”中词话，形式固然以唱为主，但内容则以故事为主。划分家数，须以内容为主要标准，形式是次要的。严敦易主张列合生为说话四家数之一，并提出了一些自己的看法：他认为合生是应该和唐代的唱及音乐上的关系传统递承下来；认为合生有音乐成分有唱的，并举《刎颈鸳鸯会》等例子，说明这种夹入了唱的形式，应属于说话门庭之内[①]。其说颇有新解，惜其持论，与宋人洪迈的合生定义扞格难通，尚待作进一步的研究。因此，这里未采用他的意见。

合生在宋代又称“唱题目”，也是有它的来历的。唐代有一种“题目”之伎，也影响了宋代的合生。李肇《国史补》下云：

> 初：诙谐自贺知章，轻薄自祖咏，颗语自贺兰广、郑涉。其后[②]：咏字有萧昕，寓言有李纾，隐语有张著，机警有李舟、张彧，歇后有姚岘、孙叔羽，讹语影带有李直方、独孤申叔，题目人有曹著。

① 严敦易的意见，参看《水浒传的演变》，第63—66页。又严敦易对“各占一事”的解释恐不尽然，如果“令”指那些小令，那么起令是〔醋葫芦〕，随令也是〔醋葫芦〕，“各占一事”应是每支〔醋葫芦〕各占一事，而现在十支〔醋葫芦〕只占蒋淑贞一事。

② 上海古籍出版社本作“近代”。——校者注

又段成式《酉阳杂俎续集》卷四：

> 世说曹著轻才①，长于题目人，常目一达官为“热鏊上猢狲”，其实旧语也。《朝野佥载》云：魏光乘好题目人，姚元之长大行急，谓之“赶蛇鹳鹊”。侍御史王旭短而黑丑，谓之“烟熏水蛇”。杨仲嗣躁率，谓之“热鏊上猢狲”。

又张鹭《朝野佥载》卷四云：

> 唐兵部尚书姚元崇，长大行急，魏光乘目为“赶蛇鹳鹊”。黄门侍郎卢怀慎好视地，目为“观鼠猫儿”。殿中监姜皎肥而黑，目为“饱椹母猪”。紫微舍人倪若水黑而无须，目分“醉部落精”。舍人齐处冲好眇目视，目为“暗烛底觅虱老母”。舍人吕延嗣长大少发，目为“日本国使人”又有舍人郑勉为“醉高丽”。目拾遗蔡孚“小州医博士，诈谙药性”。又有殿中侍御史短而丑黑，目为“烟熏地木”。目御史张孝嵩为“小村方相”，目舍人杨伸嗣为“热鏊上猢狲”。目补阙袁辉为“王门下弹琴博士”，目员外郎魏恬为“祈雨婆罗门”，目李全交为“品官给使”，目黄门侍郎李广为“饱水虾蟇”，由是坐此品题朝士，自左拾遗贬新州新兴县尉。

唐代的“题目人”是以人事为题目，宋代的“合生”，则是指物题咏。其旨趣亦颇相近。与“起令随令相似，各占一事”的说法亦相符。

① 中华书局标点本作“轻薄才”。——校者注

唐宋合生异同表（从任二北《唐戏弄》转录，略有更动）

<table>
<tr><td colspan="2" rowspan="2">类
项</td><td rowspan="2">唐　合　生</td><td colspan="2">宋　合　生</td></tr>
<tr><td>合　生</td><td>乔　合　生</td></tr>
<tr><td colspan="2">性　质</td><td>歌舞戏</td><td>说　唱</td><td>杂　嘲</td></tr>
<tr><td colspan="2">来　源</td><td>外来胡伎</td><td>唐　代</td><td>吟　笑</td></tr>
<tr><td rowspan="6">伎
艺</td><td>内容</td><td>时人情史</td><td>事　物</td><td>题　目</td></tr>
<tr><td>歌</td><td>声近淫溺，
辞近浅秽</td><td>间或夹唱</td><td>有无不明</td></tr>
<tr><td>舞</td><td>有</td><td colspan="2">待　　考</td></tr>
<tr><td>科</td><td>态近媟狎</td><td>待　考</td><td>应　有</td></tr>
<tr><td>白</td><td>言述情貌</td><td>以谈说为主</td><td>完全谈说玩讽</td></tr>
<tr><td>咏</td><td>无</td><td>用近体诗题咏</td><td>无</td></tr>
<tr><td rowspan="2">表
演</td><td>人员</td><td>二人，如一生一旦</td><td>二　人</td><td>二人，如副净、副末</td></tr>
<tr><td>地点</td><td>街市、宫廷</td><td colspan="2">瓦　　舍</td></tr>
<tr><td rowspan="3">比
较</td><td>相反</td><td>与仪式之歌舞相反</td><td>风雅为戏，
与浅秽相反</td><td></td></tr>
<tr><td>近似</td><td></td><td>与行令商谜相近</td><td></td></tr>
<tr><td>发展</td><td>发展为后世之生旦戏</td><td>发展为乔合生</td><td>发展为戏剧——
题目院本</td></tr>
<tr><td colspan="2">备　注</td><td>改演时事为演故事，乃成后世之生旦戏</td><td>合生由不玩讽者，到兼玩讽者，再到专门玩讽者，乃成乔合生</td><td>乔合生改叙述为代言，乃成题目院本</td></tr>
</table>

这可能就是“合生”一名“唱题目”的原因。后来合生发展为“题目院本”①，它仍然带有滑稽玩讽意味。可见宋代的“合生”是“指物

① 见《辍耕录》卷二十五。

题咏”以歌唱诗词为主的“滑稽玩讽”式的伎艺。因此，我同意李啸仓辨“合生”非说话四家之一所提出的六点理由①，主张“合生”不是说话四家数之一。

“商谜”，是一种猜谜游戏。它的来源很古，如《韩非子·喻老》：“右司马御座而与王谶语。”《国语·晋语五》：“有秦客庾辞于朝。”到汉代，变而为“射覆”，东方朔为此中能手，渐开后世谐谑之端。唐代谜语，种类已极繁多(见本节引《国史补》)。五代时其风不衰。《新五代史·李业传》：“帝方与业及聂文进、后赞、郭允明等狎昵，多为媟语相诮戏。”到宋代，猜谜的风气很盛。《问答录》载东坡与佛印商谜，是文人之间的游戏；《东京梦华录》卷五“京瓦伎艺”载有“毛详、霍伯丑商谜”。是“商谜”已有职业性的艺人在瓦子勾栏中表演了。《委巷丛谈》说：“杭人元夕，多以谜为猜灯，任人商略”，“商”字的意义就是任人商略的意思。商谜，原为少数人的游戏，它作为瓦肆中的表演伎艺，从少数人的游戏，演变成为群众性的娱乐，这是“谜”的发展必然的结果，在宋代，“商谜”不但在瓦肆中流行，且作为元宵佳节的点缀品。《东京梦华录》卷六“元宵”条：

> 正月十五日元宵，大内前，自岁前冬至后，开封府绞缚山棚，立木正对宣德楼。游人已集，御街两廊下，奇术异能，歌舞百戏……其馀卖药、卖卜、沙书、地谜，奇巧百端，日新耳目。

《武林旧事》卷二“灯品”条：

① 参看《宋元伎艺杂考·合生考》第三章。

又有以绢灯剪写诗词，时寓讥笑，及画人物，藏头隐语，及旧京诨语，戏弄行人。

它的内容，《都城纪胜》“瓦舍众伎”条记得最详细：

商谜旧用鼓板吹〔贺圣朝〕，聚人猜诗谜、字谜、戾谜、社谜，本是隐语。有道谜：来客念隐语说谜，又名打谜。正猜：来客索猜。下套：商者以物类相似者讥之，人名对智。贴套：贴智思索。走智：改物类以困猜者。横下：许旁人猜。问因：商者喝问句头。调爽：假作难猜，以定其智。

用鼓板吹〔贺圣朝〕，可见“商谜”表演时有音乐伴奏。《辍耕录》所收金院本名有“猜谜”一项与其他各曲并列，是一个旁证。商谜还有许多术语，“每个术语下面都有小注，我们可以从中看出当时表演的情形。参加表演的人有‘商者’、‘来客’两种，商者是主持人，来客是猜者。两方面可以反复斗智，有说有唱，有问有答”①。照它的内容看来，和说话的性质毫无共同之处。它倒是和“合生”的性质相近，《东京梦华录》、《都城纪胜》等书记载“合生”和“商谜”都前后毗连，是有道理的。“合生”以诗为主，“商谜”也和诗有密切关系。《都城纪胜》“社会”条云：

隐语则有南北垕斋，西斋，皆依江右谜法，习诗之流，萃而

① 引自居乃鹏：《商谜考》，载《国文月刊》第七十八期。

为斋。

可见谜的爱好者,都是“习诗之流”。李治《敬斋古今黈》卷八说:

近者伶官刘子才蓄才人隐语数十卷,谜固小枝(伎)俩,然其讽咏比兴固与诗人同义,而在士大夫事中亦笑谈助也。

这简直将谜与诗同等看待了。而《才人隐语》数十卷,就是商谜的话本,可惜没有保留下来。但我们仍可从旁的书籍中搜集一些有关“谜”的资料。例如《东坡问答录》载佛印与东坡商谜:

佛印持二百五十钱,示东坡云:“与你商此一个谜。”东坡思之,少顷,谓佛印曰:“一钱有四字,二百五十个钱,乃一千个字,莫非千字文谜乎?”佛印笑而不答。

宋吴处厚《青箱杂记》载有陈亚的亚字谜:

若教有口便哑,且要无心为恶。中间没有肚肠,外面强生棱角。

诸如此类的谜,还是不少,这些是文人的谜,比较雅驯,在瓦肆中表演的,当然更为通俗。《梦粱录》记商谜艺人姓名云:“如有归和尚及马定斋,记问博洽,厥名久传矣。”可见这种伎艺,习诗之外,还须注重“记问”。《西湖老人繁胜录》称之为“背商谜”,正好作“记问博洽”的注脚。《辍耕录》卷二十八云:

丘机山，松江人，宋季之初，以滑稽闻于时，商谜无出其右。（《梦粱录》和《武林旧事》载丘机山为讲史艺人。）

居乃鹏《商谜考》说：

只要参看《都城纪胜》中那些术语，就可以想象到其中的滑稽的风趣，例如"下套"一语下注云："商者以物相似者讥之。""调爽"一语下注云："假作难猜以定其智。"主持者讥笑猜者，而猜者故作难猜，其中都有适当的笑料。

可见"商谜"这种伎艺，还要以滑稽见长，这和合生极相似，他们都是杂耍，都是属于"滑稽玩讽"式的伎艺。因此"商谜"也不是说话四家数之一。

第五章　话本

第一节　话本的写定与刊印

话本是说话人敷演故事的底本，它是作为说话人自己揣摩复习备忘之用的，也作为师徒间传习或子孙世代相守从事说话这一行业之用的。在宋代，说话这种民间伎艺相当盛行，同时也产生了相当多的话本。

话本的产生大致有下述两种情况：

第一，许多历史故事、民间传说和当代新闻，最初是在人民口头流传着，这些故事，原是朴素的、简单的，人物形象不鲜明，性格不突出，接近于真人真事。一到了说话人那里，由于他们的政治倾向和思想感情与市民基本一致，他们就能在市民的爱憎褒贬的基础上进行加工；再由于他们的职业是有竞争性的，有有着自己的师承家数，他们凭着自己的阅历才智，揣摩着听众的心理，各运匠心，随时生发，把故事重新组织，穿插一些动听的情节，人物性格有更多的描绘刻画。同一个故事，在口口相传时，在艺人们各逞其才时，往往有若干程度的不同。历时既久，流传既广，互相取长补短，润色增补越来越多，内容越来越丰富，形式也越来越完善，便有人把它的内容和当时讲说情形，作不同程度的加工和描模，写成书面文字；有时说话人自己记录，专供师徒授受之用。这样就产生了话本。

第二，随着城市经济的繁荣，市民群众在不断扩大着，工商各业不但人数增多，分工更细，而且和国内外交流也更频繁；同时勾栏瓦肆也不断增多。说话人原来口头娴习的成套的老故事，已不能适应广大市民的要求，于是出现了文学市场，一些文士们组织了书会，专门替说话人编撰话本（也有说话人自编的）。他们多方搜罗历史故事、民间传说和当代新闻，自出机杼编造一些故事，仿照说话的口气、方法，写成一个概略，提供给说话人，说话人凭着自己的生花妙舌，添枝添叶，在书场上献技。而其后还可能由书会先生根据说话人的发挥创造再行加工增补。这样，书场上不断有新鲜的故事可听，使说话行业能够始终维持繁荣。

上面两种情况，是相辅相成的。

由此可见，话本本身原是说话，它是按照"说话"的艺术形式记录下来的。它在最初并不是写给人看而是说给人听的。它开始被写下来的目的，不是为了文学，而是为了职业，为了实用。所以，初期的话本，并不是书面的著述，而只是说话人所说故事的书面记录或底本。但是，不论是先说话、后写本，或者先写本、后说话，主要还是要靠说话人在讲说时进行口头创作。最精彩生动丰富的"话"——说话文学，还是传留在老郎口头的活的话本。在记录时，不可能是故事的全部，往往是较为主要的精彩部分，内容简要，有的只是一个故事的轮廓而已。这种底本，既然不是直接给人家看的，那我们也就不能拿它来判断一个说话人伎艺的优劣，因为说话人说得好不好，主要是决定于"底本之外，再加说话人艺术的总和"。

最初的话本，只是一种写本，仅仅掌握在说话人手里，当作秘本应用，并不是公开传播以供众览的。在这种情况下，艺人中间，似乎也有专司抄写话本任务的人[①]，这时，它还不能离开口头文学而独立地存在。但是，日子久了，经验多了，说话伎艺发展了，说话文学的内容随之日臻丰富；同时，市民的文化水平也有了提高，对文化生活的需要也扩大了，他们不单是听，还要求经常接触，深刻玩味了，于是，话本有了辗转传抄的较多的写本，较多的增删润色，逐渐地被公开出来。随着印刷术的进步与发展，经过集体地长时期地对那些底本进行艺术的加工，加上书坊老板的搜求牟利，于是这些写本的说话，突破了艺人们保密的限制，被大量地刊印问世。这就是话本由口头讲说到初步的文字记录（开始有话本），再到整理刊印，由不公开的秘本到公开贩卖，供人阅读的演进过程。正式的白话文学，也就随之成长起来。

"话本"，最初是以单篇的形式流行的。像《醉翁谈录》中的某些篇，和晁瑮的《宝文堂书目》、钱曾的《也是园书目》所著录的，显然都是独立的单篇。大约在明代中叶，才有了若干单篇的结集——《京本通俗小说》。这是一个写本[②]，惜已残缺不全，不知原编有多少种。明代嘉靖年间，刊印话本之风大盛，清平山堂主人洪楩[③]曾大量刊

① 《武林旧事》卷四载演唱鼓子词伎艺人的名单，有"宋棠，掌仪下书写文字"。《宦门子弟错立身》戏文，延寿马自诩能抄掌记。词云："我能添插更疾，一管笔如飞，真字能抄掌记，更压着御京书会。"掌记乃优人练习唱曲所用的小册子。小说一家，可能有同样情况。

② 《京本通俗小说》系缪荃孙在上海亲串妆奁中所发现的一个旧抄本，残存九卷。1915年刊入他的《烟画东堂小品》中，删去二卷，存七卷。孙楷第以为此书是元末明初人编的，因为里边有元末明初人瞿佑的词。按瞿佑词系指《冯玉梅团圆》中"帘卷水西楼"一首，亦见《西湖游览志馀》卷二十五。

③ 洪楩，字子美，明嘉靖时钱塘人。以祖荫，仕至詹事府主簿，藏书甚富，"清平山堂"是他的书斋名。

印宋元话本，名叫《六十家小说》[1]。现在见到的《清平山堂话本》残存二十九种[2]，就是在《六十家小说》范围内的。它是我国话本结集的最早刊本。此后，冯梦龙的《三言》，凌濛初的《二拍》，先后刊印。继之而起的还有《石点头》、《醉醒石》等等，出现了话本小说（包括拟话本小说）的鼎盛时期。

说话的内容被记录、编写为话本，使说话伎艺和话本在一定意义上分了家。记录、编写、写定那些话本的人大都是文人，他们的立场、思想、感情、修养、语言，和说话人既有联系共通，又有区别。这些文人彼此之间，在政治态度、思想品格和艺术修养方面，也大有区别。于是，经过他们写定的话本，内容上、语言上都有了变化。

这种变化，反过来又影响了说话。这就是说，大量的话本的刊行、写定，某些传说的故事就基本上被固定下来，其中经过加工写定而在民主性和艺术性方面确有所提高的，则往往为人民所承认。具有相对的典范性、普遍性和永久性。

这样，说话这一门艺术，说话的内容，就由传说的阶段发展到了传说和文学写作并存的阶段，出现了以说话为基础的白话文学作品——话本和拟话本小说。后来，说话伎艺渐告衰落，话本小说却继续发展，到了明末拟话本的时期，小说就超过说话而成为主要形式了。这也是一切文学由口头传留演进到文学作品的必然规律。

① 《六十家小说》，见顾修《汇刻书目初编》，惟误“六十家”为“六家”。田汝成《西湖游览志》卷二有“……《六十家小说》载有《西湖三怪》，时出迷惑游人，故压师作三塔以镇之”云云，田氏所说的《西湖三怪》，即为《清平山堂话本》中《西湖三塔记》的故事。

② 《清平山堂话本》包括《雨窗》、《欹枕》两集，共二十七种，后来又发现《梅杏争春》、《翡翠轩》两种，共二十九种。

第二节 “小说”话本的体制

封建社会发展到宋代,城市经济更加发达,市民群众逐渐壮大,市民群众迫切要求有反映他们的思想感情、生活斗争的文艺,这就决定了“说话”必然要蓬勃的发展。加之“说话”本身自唐以来有了很多的艺术积累,“说话”发展到了宋代,就必然要日臻成熟而趋于定型。在宋代,“说话”已成为独立的伎艺,并且已分了家数,都有其相对固定的题材范围。有了相对固定的演出场所和时间,听众也逐渐养成了爱好和习惯。于是“说话”的体制(构成形式)便也同时固定下来,以便更好地为说话伎艺服务,更好地适应听众的习惯和需要。

这里,主要就“小说”的体制,加以研究。

“小说”是短篇的“说话”,一次、两次或几次就能说完。“小说”话本篇幅也是短小的,往往只有三五千字,六七千字,极少达万字的。“小说”话本自有一套比较完备的体制、格式。它的基本体裁,可分为六个部分:一题目,二篇首,三入话,四头回,五正话,六结尾。兹分别说明如下。

一、题目

“说话”的题目,是根据正话的故事来确定的,它是表面故事的主要标记。它在最初可能是短的(以人名、诨名、物名、地名等为题),《醉翁谈录·小说开辟》所列举的皆是。但说话人表演时,为了使内容更加醒目，更易吸引听众，便常把题目衍化为七言八言的句子，写成话本时也照样记录下来。如《醉翁谈录》所举的说话名目有《李亚仙》，同书癸集卷一称为《李亚仙不负郑元和》；所举的《王魁负心》，辛集卷二称为《王魁负心桂英死报》。而《醉翁谈录》的佚文（见《永乐大典》，参看第十章附录）《苏小卿》，《水浒传》五十一回白秀英说唱的招牌上写着《豫章城双渐赶苏卿》。宋代的拟话本《青琐高议》（见本章第三节）每一篇的短名之下都附有一个七言长名。鲁迅谓："疑汴京说话标题、体裁或亦如是。"[①]由此可以推想："小说"题目到了宋代，便逐渐由短名向长名演化。在说话人的招牌上，可能短名长名同列，如《青琐高议》所模拟者；亦可能只用长名，如白秀英的招牌和《醉翁谈录》各集中所记录者。

二、篇首

"小说"话本，通常都以一首诗（或词）或一诗一词为开头（只有《清平山堂话本》中的《夔关姚卞吊诸葛》篇首无诗词，是一个例外）。这些诗词，有时也称"言语"[②]，有自撰的，有引用古人的。大抵都是念白而不是唱词。诗词的作用可以是点明主题，概括全篇大意；也可以是造成意境，烘托特定的情绪；也可以是抒发感叹，从正面或反面陪衬故事内容。例如《错斩崔宁》的篇首是一首诗：

---

① 见《中国小说史略》第十三篇《宋元之拟话本》。

② 如："这篇言语，是结交行，言结交最难。"（《古今小说·范巨卿鸡黍死生交》）"这八句言语，乃徐神翁所作。"（《清平山堂话本·李元吴江救朱蛇》）

聪明伶俐自天生，　懵懂痴呆未必真。
嫉妒每因眉睫浅，　戈矛时起笑谈深。
九曲黄河心较险，　十重铁甲面堪憎。
时因酒色忘家国，　几见诗书误好人。

《简帖和尚》的篇首是〔鹧鸪天〕词：

白苧千袍入嫩凉，春蚕食叶响长廊。禹门已准桃花浪，月殿先收桂子香。　鹏北海，凤朝阳，又携书剑路茫茫。明年此日青云去，却笑人间举子忙。

《志诚张主管》的篇首是一诗一词：

谁言今古事难穷？　大抵荣枯总是空；
算得生前随分过，　争如云外指溟鸿。
暗添雪色眉根白，　旋落花光脸上红。
惆怅凄凉两回首，　暮林萧索起悲风。

——七律

平生性格，随分好些春色，沉醉恋花陌。虽然年老心未老，满头花压巾帽侧。鬓如霜，须似雪，自嗟恻！　几个相知劝我染，几个相知劝我摘；染摘有何益！当初怕作短命鬼，如今已过中年客。且留些，妆晚景，尽教白。

——〔醉亭楼〕词

在说话人表演时，则称为"开科"或"开呵"，例如《警世通言·福禄寿三星度世》："只见一个先生，把着一个药瓢在手，开科道。"下面是一首七绝诗，诗后自我介绍："贫道乃是皖公山修行人……"又如《水浒传》第五十一回在白秀英上场之前，一老儿上来开呵道："老汉是东京人氏白玉乔的便是。"这和明徐渭《南词叙录》所记："宋人凡勾栏未出，一老者先出，夸说大意以求赏，谓之'开呵'。"是完全相符的。但还须注意，这种篇首的诗词相当于后来弹词的"开篇"，它不但用于篇首，也用于每回（或每个段落）之首。如《碾玉观音》的上下两回都有一首开场诗，《陈巡检梅岭失妻记》的每个段落处也各有一诗。它除用于篇首外，也是为分清"回"或"段落"而设，它并不是入话。它是一般小说篇首所共有的。它和正话的内容有密切联系，不能脱离正话而独立存在。如果"正话"前有"入话"时，这些诗词，就作为入话的构成部分。例子很多，如：《警世通言》中的《俞伯牙摔琴谢知音》及《庄子休鼓盆成大道》等都是。也有个别的话本，在篇首诗词之前，再加一段"开话"，如《拗相公饮恨半山堂》的开头就是这样（据《警世通言》本）。按《水浒传》第五十一回插翅虎打白秀英一节，写白秀英上场说唱，拍下一声界方，念了四句七言诗……说了开话又唱，唱了又说。这在杂剧，院本里同样有"开"辞，"开"者脚色初上场开端之语。《元刊杂剧》用"开"字最多。息机子《元人杂剧选》的《陈抟高卧》有"冲末赵大上开"，下文为"志量恢宏纳百川"七绝一首。万历本《金瓶梅词话》第三十一回扮演《笑乐院本》，首段有"外扮节级上开"，末尾有"正是"字样，并附四句诗，都和话本的格式相同，显然是受话本影响所致。

三、入话

在篇首的诗(或词)或连用几首诗词之后,加以解释,然后引入正话的,叫做入话。“入话”一辞,不见于宋代文献,它是明代人的用语,首见于《清平山堂话本》中。话本为什么要有入话呢?这是因为说话人都是卖艺谋求衣食的,聚集听众当然越多越好。他们不论在街头或在瓦肆中讲说,都得拖延一些时间,以便招徕更多的听众,还要稳定住已到的听众。到了适当的时刻才“言归正传”。并且,仅仅有了简短的诗词,的确还不能把正话的意义点清楚,在章法上也不易引入正话,就需要入话来承上启下,铺叙说明了。如此看来,入话是整个锁链上不可缺少的一环,它起着肃静观众、启发听众和聚集听众的作用。篇幅可长可短,有较大的灵活性。同时,这种入话,也是语言艺术上的一种巧妙的运用。说话人不是空泛地议论解释。他们凭着相当丰富的历史、社会知识和文学修养,往往引经据典,谈天说地,因而能引人入胜。例如《碾玉观音》中的许多诗词,每首的意思是独立的,但说话人却匠心地把它连缀起来。这个话本,原应从咸安郡王游春说起,但说话人却先从春字开头,他先念了一首孟春景致的词,念完后讲道:“原来不如黄夫人做的季春词好。”如此依次把描写三春景致的词都念完了,便把意思推宕开,使别生波澜。接着又引了当时名人的诗来说明春是怎样归去的。有的诗说春是风雨断送的;有的说春是被柳絮飘去的;有的又说是蝴蝶将去的;有的又说是黄莺、杜鹃啼得春归的;有的又说是燕子衔去的。最后又引王岩叟一首诗总结道,春的归去,不干风事,不干雨事,柳絮事,也不干蝴蝶、黄莺、杜鹃、燕子的事,是九十春光已过,春归去了的。说话人说了这一大篇才提到咸安郡王游春的事,转入正话。说话人引了这许多诗词来描绘三春景色,蝴蝶、杜鹃、黄莺、燕子在春光里的活动,情态可掬。这可能不仅是为了替小说制造出优美环境的气氛,还直接联系到正话中郡王游春归来的情节,联系到秀秀美丽的青春,增加它的艺术效果。尽管这些诗词是文人们的作品,情调不太健康,但说话人运用现成的材料,为他的正话服务,在当时是有客观的需要的。即写成书面,也有它在文学上的价值。所以入话已固定地为小说话本的一个重要的组成部分了。

入话是话本的重要组成部分,它和话本有紧密的联系,不能独立地存在。它凭借和正话有着某一点联系,因而导入本事,起到穿针引线的作用。所以宋元话本,一般都有入话(无入话的则代以头回),《京本通俗小说》的七篇中,无入话的只有《菩萨蛮》一篇,《清平山堂话本》二十九篇中,原来都有入话,大概编集者(或刊印者)主观上认为入话只适合"说话"伎艺表现方式而不太适合于阅读,或者认为繁冗累赘,为节省工料起见,只在篇首标"入话"二字,把入话原文,都刊落了,这是极其可惜的。熊龙峰刊的小说四种,亦有同样情况。冯梦龙的《三言》中,无入话的也占少数。《西湖二集》中的入话有多至三个或四个的。可见入话在小说话本中的重要性。

四、头回

在不少话本小说的篇首,有时在诗词和入话之后,还插入一段叙述和正话相类的或相反的故事。这段故事,它自身就成为一回书，可以单独存在，位置又在正话的前头，所以叫做“头回”。亦称“得胜头回”、“笑耍头回”。如：

说话的，你因甚的，“头回”说这《八难龙笛词》。（《古今小说·史弘肇龙虎君臣会》）

且先引下一个故事来，权做个“得胜头回”。（《京本通俗小说·错斩崔宁》，《醒世恒言》作“德胜头回”。）

故把衔环之事，做个“得胜头回”。（《醒世恒言·小水湾天狐诒书》）

在下先掠一个希罕些的，说来做个“得胜头回”。（《初刻拍案惊奇·诉穷汉暂掌别人钱，看财奴刁买冤家主》）

小子而今先说一个不愿成双的古怪事，做个“得胜头回”。（《二刻拍案惊奇·李将军错认舅，刘氏女诡从夫》）

且说张生煮海一事，做个头回。（《西湖二集·救金鲤海龙王报德》）

权做个“笑耍头回”。（《清平山堂话本·刎颈鸳鸯会》）

“头回”是宋人习语，在明人笔记中也有这个名称，有时则称“德（得）胜利市头回”。如：

小说起仁宗时，盖时太平盛久，国家闲暇，日欲进一奇怪之事以娱之，故小说“得胜头回”之后，即云话说赵宋某年。（郎瑛《七修类稿》卷二十二）

词话每本头上有“请客”一段，权做过（个）“德（得）胜利市头回”。此正是宋朝人借彼形此，无中生有妙处。……即

《水浒传》一部逐回有之，全学《史记》体。文待诏诸公，暇日喜听人说宋江，先讲"摊头"半日，功父犹及与闻。（钱希言《戏瑕》卷一）

头回，即冒头的一回。是伎艺人的专门术语。《东京梦华录》卷五"京瓦伎艺"条云："杖头傀儡任小三①，每日五更头回小杂剧，差晚则看不及矣。"可证。"笑要"，是未入正文，先资笑乐之意。《二刻拍案惊奇》卷二十五有"先说此一段做个笑本"，亦是此意。"得胜"，鲁迅以为"听话者多军民，故冠以吉语曰'得胜'"②。根据《梦粱录》卷十九杨和王创立瓦舍以为军卒暇日娱戏之地的记载（见第二章第一节引），在南宋人民抗金意识普遍高涨的情势下，说话人用"得胜利市"一类的口彩鼓舞听众，是完全可以理解的。至于称为"权做个得胜头回"，倒并不是意味着用一个小故事"权"充〔得胜令〕之类的音乐③，因为如果作此解释，"权做个笑要头回"的一句就无法说通了。说话人用这个"权"字，其实无非是在听众面前表示谦虚，倒可以想见这些权充头回的小故事是说话人新编或自选的，带有创作性质，所以用"权"字以示谦抑。

"头回"和"入话"，在明人的概念中，可能是一种东西。但从现存的话本材料来看，它们却可以区分开来。"入话"是解释性的，和

① 邓之诚注本"杖"作"枝"，案云"杖"为"枝"之伪字。——校者注

② 见《中国小说史略》第十二篇。

③ 王古鲁《话本的性质和体裁》一文里对"得胜头回"的解释是：因为说话人开场时用鼓板吹〔得胜令〕，所以叫做"得胜头回"。这种鼓乐，犹之京戏中的开场锣鼓，适合于空旷场所聚众之用，在室内则不需此，就用讲解类于定场白的诗词或叙述故事的手法来代替，才明白交代出"权做个得胜头回"，见《二刻拍案惊奇》附录三。这意见可作参考。

篇首的诗词有关系，或涉议论，或叙背景以引入正话；“头回”则基本上是故事性的（惟一的例外是《史弘肇》的头回），正面或反面映衬正话，以甲事引出乙事，作为对照。它虽然在情节上和正话没有必然的逻辑联系，但它对正话却有启发和映带作用。例如《众名姬春风吊柳七》的“头回”，用孟浩然因吟诗触犯了统治者而终身被弃，引出柳永因填词而沉抑下僚，甚至罢了官职，致使他纵情酒色，“颠倒成了风流佳话”。作者把两个怀才不遇的人物放在一起，加深了读者的印象，这是“头回”的一种特殊的手法。入话和头回的存在，都是为了突出正话的主题思想，也都是为了照顾听众，而其性质却完全不同。在正话之前，“入话”和“头回”可以交替为用，但也有两者并用的[①]。在明人编的话本集中，两者有时却混而不分。例如把《古今小说·史弘肇龙虎君臣会》的入话《八难龙笛词》称做头回；《醒世恒言·徐老仆义愤成家》的头回称做入话，这是极少数的例外。

“头回”，大概相当于《醉翁谈录》所谈的“引子”。《醉翁谈录》卷一有“小说引子”一篇，原注“演史、讲经并可通用”。所谓“通用”，就是说小说性的演史讲经话本也像“小说”一样，都可用个引子来开头，并不是说甲篇的引子可以张冠李戴地用到乙篇上去。“头回”（或入话）是话本固定的部分，内容和正话有关系，不能自由地配合使用，（《平妖传》首有《灯花婆婆》，相传古本《水浒》亦有之，这可能因《平妖》与《水浒》性质相同之故。）我们今天所看到的宋元话本，头回（或入话）很少有重复的（《羊角哀》和《俞伯牙》两篇入话相同，是一个例外），这就说明每个话本都有它自己的头回

① 如《错斩崔宁》、《冯玉梅团圆》等。

(或入话),头回已是话本的必要组成部分了。

引子,明人叫做“引首”、“请客”、“摊头”。百二十回本《水浒传》有一个“引首”。明天许斋本《三遂平妖传》在目录后正文前也有一个“引首”,原题“天许斋批点三遂平妖传引首”,是《灯花婆婆》故事(参看第八章第三节),这故事又名《龙树王斩妖》,“斩妖”与“平妖”性质相类。可以引入正文,所以把这个故事放在开头。金院本中也列有《冲撞引首》一类。“引首”在元人戏剧中也有,《新刊大字魁本全相参增奇妙注释西厢记》有《崔张引首》。“引首”是引起开场之意。但从上举《水浒》、《平妖》、《西厢》等的“引首”看来,它并不同于话本篇首的诗词,它却与“头回”的性质相近。今人多把篇首诗词看做引子(或入话),实在是错误的。天都外臣《水浒传序》云:“故老传闻:洪武初,越人罗氏,诙诡多智,为此书,共一百回,各以妖异之语,引于其首,以为之艳。”“艳”即引首之音,与宋元杂剧、院本中的“艳段”相当。内容有故事的叙述,不是简单的诗词可比。而大曲有“艳”有“趋”,对古剧和话本在形式上的影响也值得注意。“请客”是“先做寻常熟事一段”之意。“摊头”就是“头回”,据《戏瑕》所记,文徵明听说书人说宋江时,还听到过这种水浒摊头。

“头回”是一段小故事,比较简略,它可以独立发展为艺术完整的话本正话。不像“入话”必须依赖“正话”而存在。如《三国志平话》的头回,发展为《古今小说》中的《闹阴司司马貌断狱》,《警世通言》卷十一的头回,发展为《警世奇观》的《秋江梦李宏招四女》[①],《初刻拍案惊奇》卷一的头回,发展为《警世奇观》的《前生定

① 此篇与下篇,均见孙楷第《日本东京所见小说书目》“警世奇观”条。

金公空贮物》，又卷二十七的头回，发展为《石点头》的《王孺人离合团鱼梦》。甚至头回之富故事性者，可以用来"讲摊头半日"。

五、正话

主要故事，叫做"正话"、"正传"，即正题、正文的意思。如《古今小说》卷一《蒋兴哥重会珍珠衫》在叙述正文一大段之后将结束时写道："这才是《蒋兴哥重会珍珠衫》的正话。"又《初刻拍案惊奇》卷十五，头回结束时说："这却还不是正话，如今且说一段故事。"又《醒世恒言》卷三十五，头回结束时说："适来小子道这段小故事，原是入话（应作头回），还未曾说到正传。"正话是话本的主要部分，它以比较复杂的情节来塑造人物，表达一定的思想内容。

从体制方面来看，正话有两个特点：

第一，正话的文字，明显地分为散文和韵文两种，而各有其独特的作用。

散文是当时的口语，作讲述之用，主要是叙述故事，从情节的发展中来塑造人物。它的特点是有表有白，真切生动，最容易现实地传达出人物声音笑貌和描绘其动作，刻划其心理。它的另一特点是它有浓厚的说话人口气。如"话说"、"却说"、"单说"、"话休絮烦"等等。这是因为用了这些词语，可使听众对故事的层次、条理更清楚，它起着语句中的标点作用。同时并可使听众的情绪跟着说话人语气的松弛而松弛，紧张而紧张。这就显示了"话文"的特色，它不同于一般的散文。

韵文包括诗、词、骈文、偶句等，作为念诵或歌唱之用。在正话中，居于疏通衬托的地位，是整个话本的构成部分。诗词韵语的安排，一般是以“正是”、“但见”、“怎见得”、“端的是”和“有诗为证”或者是“常言道”、“俗语说”、“古人云”等等话头引入的。所有这样的安排，是为了顺畅地由说白（散文）转入吟诵（韵文），这正是“说话”的特点。韵文主要是静止地描绘品评环境、服饰、容貌等细节，或描写品评一个重要行动的详情，起烘云托月的作用，以补散文叙述的不足，加强艺术形象的感染力，并在表演时起多样化的调剂作用。这些诗词韵语的插入，虽然有的不免于庸俗、浮薄，但从效果来说，说书者在适当的间歇中间给予紧张或平板的叙述以抒情或夸张的成分，也是有必要的。说书者对于“欧、苏、黄、陈佳句，李、杜、韩、柳篇章”之所以必须熟悉，正是为了应付这种业务上的需要。

第二，是表演时的分回。说话有一种特别长处，就是在紧要关头，忽然打住。像《碾玉观音》分上下两回，上回之末，说到崔宁和秀秀逃到潭州同住，遇着一个汉子“从后大踏步尾着崔宁来”，说话人说到此处，便不再往下说，作收束语道：

> 正是：
> 谁家稚子鸣榔板，惊起鸳鸯两处分。

就在这种紧要关头，说话人念了两句收场诗，忽然停了下来。像《碾玉观音》那样较短的故事，较简单的情节，在讲说时也有分回，这种做法可以替自己的业务保证住经常的听众，因而某些话本也渐渐露出分回的痕迹来。像《西山一窟鬼》可以分做十多回，《错认尸》从每段的起诗和结诗来看，也可分做十回。《陈巡检梅岭失妻记》每逢用“正是”之处，就是一个段落之处（偶而也有“未知后事如何”的句子)。每个段落开头总是有四句诗,每个段落结尾也总是有诗两句,其分回方法与《碾玉观音》正同。《大宋宣和遗事》元集末,宋江杀了阎婆惜、吴伟,壁上题了四句诗,作者写道:“若知其意,便看亨集。”《张生彩鸾灯传》是一篇宋人话本,却已有着“未知久后成得夫妇也不?且听下回分解”的话,《李秀卿义结黄贞女》也有“难道亲事就不成了?且看下回分解”的话。《薛录事鱼服证仙》,亦有“看官们牢记下这个话头,待下回表白”云云。这正是后来章回小说分回方法之所从出。

绝大多数小说话本,基本上是不分回的,但在某些话本中,为什么要透露出分回的痕迹呢?据我推想,因为在宋代讲说之时,虽然因故事较长,说话人又大加丰富充实,因而不能一次讲完,必须分回。但究竟在哪几处分回,起初总是不能固定的,往往因人因事而异。所以作为底本的话本小说,也就难以勉强分回。但有些故事,其段落性(也就是情节的跌宕起伏)比较明显,随着故事的逐渐丰富完整,艺人们也逐渐摸到了这些故事的规律,知道在哪些地方分回最能抓紧听众,这样,分回就渐渐固定下来。于是在某些话本中,就也出现了分回的痕迹。至于后来的拟话本,作者们已从说话人那里学到了分回(段)的技巧,当然可以随心所欲地分回(段)了。《醒世恒言》卷三十八《李道人独步云门》里,关于瞽者向听众要钱的情况,是一个很好的例子:

> 只见那瞽者说一回,唱一回,正叹到骷髅皮生肉长,复命还阳,在地下直跳将起来。那些人也有笑的,也有嗟叹的,却好是个半本,瞽者就住了鼓简,待掠钱足了,方才又说。——此乃是说平话的常规。谁知众人听话时一团高兴,到出钱时,

面面相觑，都不肯出手。又有身边没钱的，假意说几句冷话，佯佯的走开了。

此外，还因为要使听众对于故事的内容了解得更清楚一点，因而在每个小段落上（分回时）加进了一些韵语，以便“说话”时有个中心点，不至于支蔓。后来发展下去，某些长篇小说，开始在分回处加上标题，这种标题，最初是单句，以后进展为对仗不工整、字句参差的两句，最后才有对句工整的回目出现①。回目发展至此，它不只有助于读者的检阅和记忆，而且也兼有引人入胜的魔力了。这一发展和话本的标题有短而长发展到七言八语的偶句是有密切关系的。这是小说发展史上值得注意的一个小小的环节。

前面提到“头回”可以发展为话本正话。这里的正话，也可以转回“头回”。如《清平山堂话本》里的《风月瑞仙亭》，被用作《警世通言·俞中举题诗遇上皇》的头回，《阴骘积善》被用作《初刻拍案惊奇》第二十一卷的头回。又《戒指儿记》，被用作《西湖二集·天台匠误招乐趣》的头回。《燕居笔记》中的《绿珠坠楼记》，被用作《古今小说·宋四公大闹禁魂张》的头回。金孝还银，原是老郎

① 回目由单句变为双句的，如嘉靖本《三国志通俗演义》（近人皆误为弘治本）：“刘玄德斩寇立功”，毛宗岗本改为“宴桃园豪杰三结义，斩黄巾英雄立首功”；对仗不工整的，如郭本《水浒传》：“燕青智扑擎天柱，李逵寿张乔坐衙”；字句参差的如嘉靖本《金瓶梅词话》：“潘金莲永夜盼西门庆，烧夫灵和尚听淫声”，崇祯本改为“盼情郎佳人占鬼卦，烧夫灵和尚听淫声”。大抵明代章回小说的回目，多用写实手法，将主要情节作了概括的提示；到了曹雪芹的《红楼梦》，除写实手法外，又创造性地运用抒情手法，如“情切切良宵花解语，意绵绵静日玉生香”，“苦绛珠魂归离恨天，病神瑛泪洒相思地”，这种虚实相生、耐人寻味的回目，是我国小说回目的一个重要发展。

们相传的独立故事,被用作《古今小说·陈御史巧勘金钗钿》的头回。可见话本中的正话与头回的相互转用,是有它的灵活性的。

六、篇尾

话本一般都有一个煞尾,它与本事的结局不同。本事结局是情节发展的必然结果,是本事不可分割的有机组成部分。话本的煞尾却是附加的,往往缀以诗词或题目,具有相对的独立性。它是连接在情节结局以后,直接由说话人(或作者)自己出场,总结全篇大旨,或对听众加以劝戒。主要是对人物形象及现实斗争作出评定,含有明确的目的性。结尾的形式,有只用诗词的,也有先用说白作评论,再加诗词的。前者例如《错斩崔宁》的结尾:

善恶无分总丧躯,　只因戏语酿灾危。
劝君出语须诚实,　口舌从来是祸基。

后者例如《志诚张主管》的结尾:

只因小夫人生前甚有张胜的心,死后犹然相从。亏杀张胜立心至诚,到底不曾有染,所以不受祸,超然无累,如今财色迷人者纷纷皆是,如张胜者,万中无一,有诗赞云:

谁不贪财不爱淫?　始终难染正心人。
少年得似张主管,　鬼祸人非两不侵。

这是说话人(或作者)的观点、立场、态度的直接表现,因而也更带有主观性。结尾通例用四句或八句诗句（有时也有用两句的）作结；有时也用词或整齐的对句作结。这种散场诗，在明代的拟话本中，有时称为口号（见《二拍》）。除总结性的诗词外，也有在诗词前以几句话交代出题目，并托为后人评论，合为一个篇尾的。如：

话名只唤做《山亭儿》，亦名《十条龙陶铁僧孝义尹宗事迹》。后人评得好：

万员外刻深招祸，　陶铁僧穷极行凶，
生报仇秀娘坚忍，　死为神孝义尹宗。

（《警世通言·万秀娘仇报山亭儿》）

有交代故事来源的，如：

原系京师老郎流传，至今编入野史。（《醒世恒言·勘皮靴单证二郎神》）

虽为《翰府名谈》，编作今时佳话。（《清平山堂话本·陈巡检梅岭失妻记》）

此本说话，出在祝枝山《西樵野记》中。（《初刻拍案惊奇·陶家翁大雨留宾，蒋震卿片言得妇》）

这本话文，出在《空缄记》，如今依传编成演义一回。（《初刻拍案惊奇·李克让竟达空函，刘元普双生贵子》）

也有说明故事是由唱本改编的，如：

有好事者，将此事编成唱本说唱，其名曰《贩香记》。（《古

今小说·李秀卿义结黄贞女》)

至今闾里中传说《苏知县报冤》唱本。(《警世通言·苏知县罗衫再合》)

也有个别例子,在念完篇尾诗后,又有宣布散场的话的。如:

话本说彻[①],权作散场。(《清平山堂话本·陈巡检梅岭失妻记》)

看官不信,只看《南华真经》有此一段因果。话本说彻,权作收场。(《二刻拍案惊奇·田舍翁时时经理,牧童儿夜夜尊荣》)

这种种结尾的交代格式,有的是话本小说所独具,有的则为后来小说所袭用。

上面这种话本形式的发生、存在,都必定是受特殊历史条件所规定,也是艺人们针对听众水平和习惯等客观情况而采用的手段。这种体制经过当时群众的考验,经过艺人们反复地运用,证明在当时是最妥善。它不但使说话艺术在体制上有了比较完整的定型,并且还反过来影响到我国古代人民的艺术欣赏的习惯(如“有头有尾,交代清楚”;“有话则长,无话则短”。)后来的拟话本和长篇章回小说,往往沿袭这种体制,决不是偶然的。这说明在明清时代,这种体制还为我国人民所喜闻乐见。这就使这种体制成为我国文学的民族形式的一部分,就是在今天,也还值得我们重视。

---

① 《乐府诗集·近代曲辞》,其〔水调歌〕末尾一曲谓之“彻”,“说彻”语当本此。“彻”,完毕之意。

第三节　宋代文人的拟话本和说话的参考书

大凡一种富有生命力的民间文学，在社会上广泛流行之后，总是引起一部分统治阶级文人的爱好而加以模仿。魏曹植诵“俳优小说”，唐张鷟创作《游仙窟》，都是文人模仿民间文学的例证。宋代民间说话人的话本，被辗转传抄及刊印出来以后，社会上广泛流传，非但为劳动人民所喜爱，而且影响及于统治阶级，甚至被采入宫廷，这就引起了封建文人们的注意，于是有模拟话本的小说出现。但封建文人受着反动的立场、观点的制约，只有个别较进步者能有限地吸收民间文学的民主精神和民族意识，创作内容较好的作品，大多数文人的拟作，多从模拟形式着眼，实际上是用封建的内容来篡夺民间文学。即使是形式上的模拟，封建文人也受传统的保守性的限制，步履缓慢。从文言到白话，从部分的模拟到首尾完整的模拟，是经历宋元明三个朝代才形成的。本节专就宋代文人的拟话本和有关说话人的参考书，略作简要的叙述。

鲁迅《中国小说史略》有《宋元之拟话本》一目，并举数书加以论述，虽其所举各书未必尽属模拟，然谓当时若干著作，已蒙话本之影响，则确有见地。北宋时刘斧秀才采摘古今说部辑成《青琐高议》、《青琐摭遗》，是最典型的拟话本作品。《青琐高议》一书今存，《摭遗》，鲁迅疑即《青琐高议》之别集，这一推断是可信的。《青琐高议》及《摭遗》，是一部包涵杂事、志怪和传奇小说的总集。晁公武《郡斋读书志》及《宋史·艺文志》并著录。此书在南宋时已颇流行，绍兴初年的《绀珠集》已收入该书若干条，并注为刘斧撰，其后曾慥的《类说》也收入四十八则。今有上海古典文学出版社据董氏(康)诵芬室校刊排印本,计前后集各十卷,别集七卷,已略有残缺。刘斧的事迹不详,根据《青琐高议》中文字来考察,知他为北宋末年时人(1040—1500 年),他的足迹曾到过太原、汴京、杭州各地。

《青琐高议》的标题形式,全仿效话本,在正题之下,别用七字句作副标题,全似后来话本小说的形式。如:

《流红记　　红叶题诗寄韩氏》
《许真君　　斩蛟龙白日上升》
《越娘记　　梦托杨舜俞改葬》
《张　浩　　花下与李氏结婚》

清俞樾《九九消夏录》卷十二说:“宋刘斧所著《青琐高议》每条各有七言标目,如《张乖崖明断分财》《回处士磨镜题诗》之类,颇与平话体相似。”蔡絛《铁围山丛谈》称它为《青琐小说》。鲁迅以为:“甚类元人剧本结尾之题目正名,因疑汴京说话标题,体裁或亦如是,习俗浸润,乃及文章。”证以《水浒传》白秀英说唱招牌上标着“豫章城双渐赶苏卿”字样,当时说话标题,确是如此。刘斧这样标题,完全是受当时说话的影响。赵景深以为上题是传奇体,下题是章回体,大约此书可说是从传奇体到章回小说的桥梁①。也是确论。但这仅是从它的标题形式上说,更重要的是这部书的内容,还保持着唐代某些传奇,史才、诗笔、议论三者结合的样式。从风格和语言上看,它反映了传奇文学发展的另一阶段,所以王渔洋认为

① 见《中国小说论集·青琐高议的重要》,第 104 页。

是《剪灯新话》的前茅，是有文学史的见地的。值得注意的是这部书虽然是模拟话本的形式，但写成时期较早，其中所载故事，往往被后世采取为说话或小说的题材。如：《醉翁谈录》著录的宋人说话名目《杨舜俞》，就是采取本书别集卷三《梦托杨舜俞改葬》来讲说的。《醉翁谈录》著录的《牡丹记》，《绿窗新话》的《张浩私通李莺莺》，《警世通言》的《宿香亭张浩遇莺莺》以及《宝文堂书目》著录的《宿香亭记》等，也都是吸取本书别集卷四的《花下与李氏结婚》来讲说或改编的。《古今小说·陈希夷四辞朝命》，就是本书卷八的《谢真宗召赴阙表》。《警世通言》的《旌阳宫铁树镇妖》和单印本小说《许仙铁树记》则采自本书卷一的《斩蛟龙白日上升》。其中被戏曲所采取的材料也不少，可见这部书对后世文学的影响。

《宋史·艺文志》小说类又载刘斧的另一著作《翰府名谈》二十五卷。此书早已失传，只在曾慥《类说》卷五十二中保存了十五则资料。但从宋人话本记载中，可以看出这部书是话本故事的宝库。《陈巡检梅岭失妻记》末尾有“虽为《翰府名谈》，编作今时佳话”。又《五戒禅师私红莲记》末尾有“虽为《翰府名谈》，编入《太平广记》”[①]。这些故事，都是从《翰府名谈》里采取来的。不但故事的采取，就是这部书里所载的一些诗句如“待予心肯日，是汝命通时”（唐太宗诗），“近水楼台先得月，向阳花木易逢春”（薛鳞诗），也被小说的编撰者采作插词之用了。

北宋时人李献民的《云斋广录》，也是一本话本的参考书。晁公

---

① 按《太平广记》的成书，约早于刘斧的时代六十年左右，当然刘斧《翰府名谈》里的故事，不会收进《太平广记》里去的。这里当系说话人不明两书时代先后所致。也许“翰府名谈”不作书名用，只是翰府中有名的可资谈说的故事，正像《警世通言》里《钱舍人题诗燕子楼》末尾所说的“虽为翰苑名贤事，编入稗官小史中”一样。

武《郡斋读书志》及陈振孙《直斋书录解题》并著录，均称十卷，分九门。今存九卷，分六门。书中所载皆一时艳异杂事。其自序略云：

然尝观《唐史·艺文志》，至有《甘泽谣》、《松窗录》、《云溪友议》、《戎幕闲谈》之类，叙述遗事，亦见采于当时，仆虽不揆，庶可跂而及也。

可以窥见作者著书的用意。献民字彦文，北宋政和时延津人，其书亦采取话本分类的形式来分类。如其中的《丽情新话》、《丽情新说》、《奇异新说》、《神仙新说》等，颇近于话本中的烟粉、灵怪、传奇。又此书所载《无鬼论》、《盈盈传》、《钱塘异梦》等篇，也被南宋说话人编成话本。

像这一类性质的作品，起初原为文人猎奇摹拟话本某种形式的作品，到了南宋，这类作品更多，而且成为说话人重要的参考书。如皇都风月主人的《绿窗新话》及罗烨的《醉翁谈录》等书，都是专门摘录前代或当代传奇的故事梗概，分门别类，以供说话人参考之用的。

《绿窗新话》分上下二卷，作者皇都风月主人的事迹已不可考。就其署名看来，他或许是南宋临安人。他出生的年代早于罗烨，所以《醉翁谈录》把《绿窗新话》与《夷坚志》、《琇莹集》、《东山笑林》并列。这几部书都是当时说话人必须研读的参考著作。《绿窗新话》与《青琐高议》的性质相同，它也是抄撮古代小说如唐宋以来的传奇、笔记以及正史、杂史、诗集、词话而成。原书一般情节比较简略，全靠说话人加以敷衍。标题也完全模仿话本。如：

《刘阮遇天台仙女》

《裴航遇蓝桥云英》
《柳毅娶洞庭龙女》
《杜牧之睹张好好》

全书有一百五十四篇，大都注明出处。它对于后世的小说、戏曲影响很大，许多小说、戏曲的故事都从中取材。据谭正璧考证[①]，《绿窗新话》所载的故事为《醉翁谈录》卷首《舌耕叙引》所列说话名目所取材的，共十一目，列表如次：

绿　窗　新　话	醉　翁　谈　录
张建封家妓吟诗	燕子楼
金彦游春遇会娘	锦庄春游
崔娘至死为柳妻	柳参军
张公子遇崔莺莺	莺莺传
张浩私通李莺莺	牡丹记
沙叱利夺韩翃妻	章台柳
文君窥相如抚琴	卓文君
李娃使郑子登科	李亚仙
崔护觅水逢女子	崔护觅水
薛嵩重红线拨阮	红线盗印
郭华买脂慕粉郎	粉合儿

① 见《话本与古剧》卷上《绿窗新话与醉翁谈录》。

为后来小说所取材的共十三篇，列表如次：

刘阮遇天台仙女	刘阮仙记（《宝文堂书目》）
裴航遇蓝桥云英	蓝桥记（《宝文堂书目》） 蓝桥记（《清平山堂话本》）
邢凤遇西湖水仙	邢君瑞五载幽期（《西湖二集》卷十四） 邢凤此君堂遇仙传（《宝文堂书目》）
崔护觅水逢女子	《警世通言》卷三十头回
玉箫再生为韦妾	玉箫女再世玉环缘（《石点头》卷九） 玉箫女两世姻缘（《宝文堂书目》）
沙叱利夺韩翃妻	失记章台柳（？）（《宝文堂书目》）
张建封家姬吟诗	钱舍人题诗燕子楼（《警世通言》卷十）
苏东坡携妓参禅	佛印师四调琴娘（《醒世恒言》卷十二）
文君窥长卿抚琴	风月瑞仙亭（《宝文堂书目》） 风月瑞仙亭（《清平山堂话本》） 文君慧眼识相如（三桂堂本《警世通言》卷二十四） 《警世通言》卷六头回
张浩私通李莺莺	宿香亭记（《宝文堂书目》） 宿香亭张浩遇莺莺（《警世通言》卷二十九）
王尹判道士犯奸	西山观设箓度亡魂 开封府备棺追活命（《初刻拍案惊奇》卷十七）
苏守判和尚犯奸	一宵缘约赴两情人（《欢喜冤家》卷十四）
李娃使郑子登科	李亚仙（《宝文堂书目》） 郑元和嫖遇李亚仙记（《燕居笔记》卷七）

至于《琇莹集》、《东山笑林》均不见于元明以来的藏家目录，大概早已失传了。

又《文渊阁书目》卷十著录有《新词小说》、《绿窗谈薮》(亦见明叶盛《菉竹堂书目》),惜今皆不传,疑也是这类拟话本的作品。

南宋之末,罗烨著的《醉翁谈录》是一部很重要的"说话"参考书,这部书与当时的说话伎艺人有更密切的关系。书共二十集,集分二卷。罗烨,庐陵(今江西吉安)人,事迹无考。别有宋金盈之的《新编醉翁谈录》(有《适园丛书》本),仅其中的卷八《平康巷陌记》,与罗本丁集卷一《花衢记录》相同,文字略有更易。馀均异。宋末又有佚名的《醉翁滑稽风月谈》(见《四库全书总目提要》小说类),疑此类作品,乃当时文人的游戏笔墨。《醉翁谈录》中土久佚,仅明李诩《戒庵老人漫笔》中曾引过它的《小说引子》。此书在日本发现,说是由朝鲜传入,日人曾于 1941 年影印,称"观澜阁藏孤本宋椠"。但书中杂有元事,当是元代刊本。

《醉翁谈录·舌耕叙引》中的"小说引子"与"小说开辟"二篇,最为重要。"小说引子"下注"演说、讲经并可通用"。可见引子是各种话本都可采用的一种独立存在的故事或诗词等。"小说开辟"是叙述说话人应具备的知识和技术,指导说话伎艺运用的法则;接着又叙小说说话分灵怪、烟粉、传奇、公案、朴刀、杆棒、神仙、妖术等八类。并著录当时的说话名目一百馀种。此外又收载传奇小说多篇,这些小说的品类又分:

私情公案	烟粉欢合	宝窗妙语
花衢实录	花衢记录	遇仙奇会
闺房贤淑	神仙佳会	夤缘奇遇
重圆故事		

等门。这些小说,疑是备作说话人讲说的蓝本。其中某些篇又为后世小说所取材。如:《李亚仙不负郑元和》,文中注明李娃“旧名一枝花”。唐代诗人白居易曾在新昌里寓邸讲过一枝花的故事①,白居易的弟弟白行简写过一篇《李娃传》。《醉翁谈录》这篇小说大概是说话人直接从《李娃传》采取来的说话题材,现存的《李亚仙记》话本,则为比较晚出的作品(参看第十三章附录)。他如《因兄姊得成夫妇》,就是《醒世恒言》中《乔太守乱点鸳鸯谱》故事的蓝本。张资鸳鸯灯故事,仅见于明熊龙峰刊本《张生彩鸾灯记》的头回,及《岁时广记》引《蕙亩拾英集》,皆不甚详,而《醉翁谈录》中《红绡密约张生负李氏娘》一文,独详载其事。又辛集卷二“负约类”的《王魁负约桂英死报》,很像一篇话本,可能就是当时说话人讲说王魁故事的蓝本。现存的《王魁》话本(参看第十章附录),内容也与之相近。而辛集卷一“神仙佳会”类的《裴航遇云英于蓝桥》,与《清平山堂话本》中的《蓝桥记》文字几全同,《蓝桥记》仅仅加入了话本形式所不可缺少的开场诗和散场句而已。《醉翁谈录》无疑是一本说话人重要的参考书。可惜的是这书流传下来的似乎还不是全本。《永乐大典》卷二四〇五载《苏小卿》一文,引自《醉翁谈录》的“烟花奇遇”类,而今本《醉翁谈录》却并无此类。

《醉翁谈录·小说开辟》中提到说话人应该“博览该通”,“幼习《太平广记》”,“《夷坚志》无有不览”,可见《太平广记》和《夷坚志》二书,是当时说话人最重要的参考书。《太平广记》是一部小说

① 元稹《酬翰林白学士代书一百韵》有两句诗:“翰墨题名尽,光阴听话移。”自注云:“乐天尝与予游从,无不书名屋壁。又尝于新昌宅说‘一枝花话’,自寅至巳,犹未毕词也。”

总集，北宋李昉等所编，共五百卷，按性质分为九十二大类，首神仙，末杂录；中间又分出一百五十馀细目。采录自汉至宋初的野史小说多达五百馀种，它对于宋元话本、杂剧，提供了丰富的题材，对于后世文学的发展，影响很大。《夷坚志》是南宋洪迈撰。原有四百二十卷，今存二百零六卷。内容多为神怪故事和异闻杂录，也记载了一些当时的市民生活。宋话本如《杨思温燕山逢故人》、《闹樊楼多情周胜仙》、《金明池吴清逢爱爱》等鬼怪故事，都是从这部书里采取来的。

第六章　话本的名称

本章的目的，在于进一步明确“话本”的名称和涵义，澄清某些混同与混淆，以利于了解“话本”和有关诸名称的关系，并说明话本发展中的几种常见的形式（如“小说”、“评话”、“词话”等）。

第一节　话本是说话艺术的底本

话本，在严格的、科学的意义上说来，应该是、并且仅仅是说话艺术的底本。话本是说话艺术发展到一定阶段的产物。最初，由于社会文化水平以及书写印刷等条件的限制，加以说话艺术本身不够发达，说话艺人是没有底本的，说话内容的传授只靠口口相传。其后，说话的品目多了，篇幅大了，没有“本”，就难以记忆，而艺人（包括才人、书会先生）的文化水平逐渐提高，写、印的条件也逐渐改善，在这种客观需要和可能的情况下，唐代开始，就有了各种话本（从敦煌变文中亦可略见，其名虽并非“话本”二字，其实确为说话或其他伎艺之底本），到宋代，话本便盛行一时。而后，话本逐渐被整理刊印为读物，并被不断加工甚而拟作，成为保有说话艺术特色的书面文学，亦即长、短篇的白话小说；这些经过反复加工的长、短篇白话小说，反过来又成为说话艺人的新的底本，但已不是原来意义上的话本了。简言之：有“话”无“本”——→有“话”有“本”——→“本”演化为读物并成为说话的新本，这就是话本产生、发展的变化的概况，因此，可以认为：

第一，话本是说话艺术的底本，说话本身不就是话本，就像戏剧不就是剧本一样。“说话”和“话本”，是两个密切联系但又不同的概念。

第二，话本原来只是说话人的底本，并非供一般人阅读的，“话本”一词，在唐宋时代，是伎艺方面的名词，而非文学方面的名词。

第三，因而，经过加工整理，刻印出来，主要供阅读的本子，不应简单称为话本。由话本加工而成的，可称话本小说，模仿话本而创作的，可称拟话本小说。

但是，自唐宋以来，由于说话盛行，“话本”之名也为社会所习用，有些与“话本”相近的概念便与之混同、通用，有些属于话本的具体形式的名称（如平话、词话）也很多见，所以历来名称比较混乱，需要加以分析，给以比较明确的解释。

第二节　话·说话·话本

“话”、“说话”、“话本”这三个名词在记载中和话本中通用混同为最多。事实上，这三个词，确有一个可以相通的意义，就是“已成为伎艺的故事”或“伎艺性的故事”（非一般的故事）。在这个特定的意义上，是可以通用的。所以，有简称话本为“话”的，如：

《廬山远公话》（《敦煌变文集》）

《好儿赵正话》(《录鬼簿》卷七“陆显之”条)

话名叫做《洛阳三怪记》(《清平山堂话本》)

这段话,题做《赵公子大闹清油观,千里送京娘》(《警世通言·赵太祖千里送京娘》)

也有称话本为“说话”的,如:

变成一本风流说话(《古今小说·新桥市韩五卖春情》)

后来做出花锦般一段说话(《醒世恒言·陈多寿生死夫妻》)

但是我们若进行仔细的分析,还是可以找出它们的特点,准确地加以区别的。

“话”,在古代有一种意义就是故事,至少在隋代就已经通用了,直到宋元明代都保持此意。《太平广记》卷二四八引隋侯白《启颜录》:“侯白在散官……才出省门,即逢素(杨素)子玄感,乃云:‘侯秀才可以(与)玄感说一个好话。’”唐代元稹诗中“翰墨题名尽,光阴听话移”亦是确例。又宋赵德麟的《商调蝶恋花鼓子词》序也说:“夫传奇者,唐元微之所述也……至今士大夫极谈幽玄,访奇述异,无不举此以为美话。”十分明显,这些“话”字都作故事解,而且是一般的故事,并非伎艺性的故事。宋人又往往称“话”为“小话”,岳珂《桯史》卷七“朝士留刺”条:“(王)仲荀在隅席,辄前白曰:‘今日公相未出堂,众官久俟。某有一小话,愿资醒困。’”它只是文人之间对此的称呼,而不是伎艺的名称。

但有些“话”字的用法,却是指伎艺性的故事,即供说话之“话”:

话中只说应州路。(《刘知远诸宫调》)

分鞋今日再成双，留与千秋作话说。(《醒世恒言·白玉娘忍苦成夫》篇末)

这便是《陈秀才巧计赚原房》的话。(《初刻拍案惊奇》卷十五篇末)

谁知众人听话时一团高兴，到出钱时面面相觑都不肯出手。(《醒世恒言·李道人独步云门》)

也很明显，这些“话”，和士大夫们“偶记一话”、“昔有一话”的“话”不同，这里已不是一般的故事，而是伎艺性的故事了。

“话”字还有一个用法，也是指“故事”而言。前面所引《嵁山远公话》、《好儿赵正话》便是。他如董解元《西厢记》卷一说：

此本话说唐时这个书生姓张名珙。

又同书卷一叙张珙向普救寺借厢云：

“暂时权住两三月，欲把从前诗书温阅。”若不与，后而今没这本话说。

又〔风吹荷叶〕套云：

话儿不提朴刀杆棒，长枪大马。……唱一本儿倚翠偷期话。

这是“话”当作“故事”的一个有力证据。小说开头往往有“话说”二字,如明郎瑛《七修类稿》所云“话说赵宋某年”,都是指故事,可以说明,当时已有了故事书——即“话本”了。

由此可见,在话本小说概论的范围内,“话”字可以有二种涵义:故事;伎艺性的故事。

“说话”一词,唐以前没有发现。在唐代,仅《高力士传》中“转变说话”和李义山《杂纂》的“斋筵听说话”以及敦煌本《辞道场文》的“说话还同父母因”[①]三例。大概那时应用还不很普遍。“说话”二字连文,和“说一个好话”的“说……话”不同。连文后,“说话”就是一个专用名词,主要指用口头语言敷衍故事专重讲说的伎艺,也就是后来的说书。在隋代以前,这种伎艺也许另有名称。但到了唐宋,就称为“说话”。起初,大概“说”是叙述的意思,“话”是故事,前者是动词,后者是名词。“转变说话”,“转”也是动词,“变”是名词,用法相同。到宋代,这种用法仍然继续。如:

> 小张四郎一世只在北瓦占一座勾栏说话。(《西湖老人繁世录》“瓦市”条)
>
> 于椤木堂香阁内说话。(《武林旧事》卷七)

这种用法,意义是“说伎艺性的故事”。后来则又用为这种伎艺的专名,如:

> 说话者谓之舌辩。(《梦粱录》卷二十“小说讲经史”条)

① 见许国霖编:《敦煌杂录》,原卷为北京图书馆藏柰字46号。

说话有四家。(《都城纪胜》“瓦舍众伎”条)

正月,金人来索御前祇候……杂剧、说话、弄影戏、小说……等艺人一百五十馀家。(《三朝北盟会编》卷七十七)

这种用法,是专指伎艺名,是一个名词,并无动词因素在内。但“说话”这个词继续习用,涵义就更广泛,到后来,在许多场合是指伎艺性的故事了,如:

闻得老郎们相传的说话。(《古今小说·陈御史巧勘金钗钿》)

有时,“说话”的用法甚至并无伎艺性,只是代表故事的意思,如:

这首词,多说着盛时宫禁说话。(《二刻拍案惊奇·襄敏公元宵失子,十三郎五岁朝天》)

每向人说杨抽马灵验,这是他亲经目见的说话。(《二刻拍案惊奇·杨抽马甘受杖,富家郎浪受惊》)

这大概是因为“说话”二字,习用较广,因而不免有讹用转用的缘故。

根据上述情况,则“说话”的涵义有四:一、讲伎艺性的故事;二、讲故事的伎艺;三、伎艺性的故事;四、故事(此系讹用)。

“话本”:话本一词,有时是较为肯定地指说话的底本,如:

仁寿清暇,喜阅话本。(《古今小说·序》)

才人把笔，编成一本风流话本。（《警世通言·白娘子永镇雷峰塔》）

这话本是京师老郎流传。（《古今小说·史弘肇龙虎君臣会》）

这最后一条，以杂剧《百花亭》第三折中"须记的京城古本，老郎传流"，以及《蓝采和》中说："俺将这古本相传"作为佐证，颇可肯定流传的不只是口口相传的故事，而是有文字记录的说话的底本——话本，因而此处的"话本"二字不能兼作"故事"解。

也有用"话本"时可以兼作伎艺性的故事解的，如：

话本说彻，权作散场。（《清平山堂话本·合同文字记》）

这段话本，则唤做《新罗白鹞》、《定山三怪》。（《警世通言·崔衙内白鹞招妖》）

但作"话本"的原意即说话的底本解，同样可以，并且更切当些。明代文人的拟话本，因为模拟说话人口气，他们笔下的"话本"二字，其涵义亦类似：

今日说一段话本，正与王奉相反，唤做《两县令竞义婚孤女》。（《醒世恒言》卷一）

从来说鬼神难欺，无如此一段话本，最为真实骇听。（《初刻拍案惊奇·酒谋财于郊肆恶，鬼对案杨化借尸》）

这个话本好听，看官容小子慢慢敷演。（《初刻拍案惊奇·顾阿秀喜舍檀那物，崔俊臣巧会芙蓉屏》）

都可兼有“说话底本”和“伎艺性故事”两种涵义。而总的说来，凡是用“话本”一词之处，大抵离不开“说话底本”的原意，这足可以证明“话本”一词，基本上是伎艺性的专门名词，主要是指说话底本的。

除了“话”、“说话”两词有时可与“话本”通用以外，还有用“话文”称话本的，如：

> 后人将史书所载废帝海陵之事，敷衍出一段话文，以为将来之戒。（《醒世恒言·金海陵纵欲亡身》）
>
> 若有别的稀奇故事，异样话文，再讲回出来。（《警世通言·徐老仆义愤成家》）
>
> 你道这段话文，出在那个朝代，何处地方？（《醒世恒言·灌园叟晚逢仙女》）
>
> 此本话文，叫做《积善阴德》①，乃是京师老郎传留至今。（《初刻拍案惊奇》卷二十一头回）

“话文”，看来是“话本”的别称。

此外，还有两种混淆的情况，顺便说明一下：

一是把“话本”与“话柄”混淆。例如《白娘子永镇雷峰塔》里许宣回到李募事家看见白娘子、青青吃了一惊，想道：

> 不在姐夫姐姐面前说这话本，只得任他埋怨了一场。

① 上海古籍出版社本作《积善阴骘》。——校者注

又熊龙峰刻四种小说之一《孔淑芳双鱼扇坠记》里孔淑芳的供词:

> 聊效崔氏而逢张珙,谐百年鱼水之欢娱;岂被王魁而负桂英,作万载风流之话本。

这里的"话本"很明显与"话柄"相当,不可能作别的解释。相反,也有用"话柄"二字来代替"话本",或代替"伎艺性的故事"的,如:

> 留下一段轰轰烈烈的话柄。(《古今小说·沈小霞相会出师表》)
>
> 至今吴中把此事传作风流话柄。(《警世通言·唐解元一笑姻缘》)
>
> 今日说一个恃本事说大话的,受了好些惊恐,惹出一场话柄来。(《初刻拍案惊奇》卷三)

这种现象,看来是因为"话本"一词习用甚广,并和"话柄"音似,故而相互混淆混用,应该说并非"话本"一词的原意。

二是把说话以外其他伎艺的脚本亦称为话本。如《都城纪胜》"瓦舍伎艺"记傀儡云:"其话本或如杂剧,或如崖词",记影戏云:"其话本与讲史书者颇同。"是傀儡和影戏的脚本亦称为话本;《水浒传》第五十一回白秀英说唱诸般品调云:"今日秀英招牌上明写着这场话本。"董解元《西厢记·醉落魄缠令》引辞云:"唱一本儿倚翠偷期话。"是宋金时代说唱底本,也称为话本。这种现象,无非说明宋金时代“话本”一语十分流行，影响广泛，以致脚本、唱本有时也称为话本了。这也不是“话本”一词的原意。

从上述种种情况，可以看出：

“话本”一词，在宋金时代很流行，以致为其他伎艺所套用，并和“话柄”混同。说话的底本，主要叫做话本，但在“说话”时或拟说话人的口气写作时，有时也名之曰“话”、“说话”、“话文”，正式写定的话本，有时也简称为“话”。

至于“说话”中以及拟话本中常见的“说一桩意外姻缘的故事”，“还有一段……故事”，“民间把作新闻传说”，“这段奇闻留世间”等等，凡“故事”、“新闻”、“异闻”、“笑谈”，都是故事的意思，并不是以这些词来代替“话本”一词的。“话本”一词，总是主要指说话的底本。

第三节　话本与小说

话本又常被称为“小说”。值得注意的是，宋元话本，被汇合成集或刊行时，往往题为“小说”，如《警世通言·崔待诏生死冤家》题下原注：“宋人小说题作《碾玉观音》”，又《一窟鬼懒道人除怪》题下原注：“宋人小说旧名《西山一窟鬼》。”《清平山堂话本》的书名，系近人所加，并非原有。其篇末题“新编小说”的有《快嘴李翠莲记》等六种，题“小说”的有《张子房慕道记》等三种，这些篇末题记则为原料所有的。此外如《醉翁谈录》亦以“小说引子”、“小说开辟”为题，《京本通俗小说》、《六十家小说》（即《清平山堂话本》原名）等，都是以小说为名，绝没有以“话本”作为故事集的名称的。

为什么呢？主要的原因是："话本"是说话艺术底本的总称，而"小说"、"平话"、"词话"等则是"话本"的分类名称（当然，"小说"等同时又是说话伎艺的家数名称或分类名称）。在"小说"这家数中，本来就常有以"小说"称其话本的例子，如：

只为一点悭吝未除，便弄出非常大事，变做一段有笑声的小说。（《古今小说·宋四公大闹禁魂张》）

这一家小说，又题做《况太守断死孩儿》。（《警世通言》卷三十五）

编成小说垂闺训，一洗桑间濮上音。（《古今小说·李秀卿义结黄贞女》）

这里，"小说"正是小说家的话本，即所谓"短书"者是。我们细看以上所述刊行或汇集的话本，无不是短篇话本，无不是烟粉、灵怪、传奇、说公案等等的小说家言。故而题为"小说"是确切的。当然，在此意义上，题为话本，也无不可。正如称"小说人"为"说话人"一样，也无不可。

但称为"小说"，可能还有另一层意义。如前所述，"话本"原是伎艺性的名称，"话本"原来并不供阅读（给赵构"日进一帙"，当然是加工过并且恭写过的本子，又作别论），一般地说，当作文学读物是不够格的。这是因为话本总是比较粗略，错讹字也较多。由于客观需要（从给封建统治者"日进一帙"一直到书坊刊印牟利），经过"才人"加工润色，话本才由纯粹的说话底本变成可供阅读欣赏的长、短篇白话小说。汇刻时题名"小说"二字，与小说人所表演的"小说"已是不同，伎艺名称已变为文学名称了。当时最先被加工成读物的，大抵是短篇话本（“日进一帙”），是烟粉、灵怪、传奇等等的“小说”话本，可能正是后来大部分故事性文学读物都被习称为小说的一个原因。这种由话本加工而成为文学读物——小说，我们就应称为话本小说。由说话四家数之一的“小说”加工而成的小说是短篇话本小说或短篇白话小说。至于长篇话本小说，像《水浒》，情况比较复杂些。《水浒》是“小说”和“讲史”合流的产物，由几十种有关水浒英雄的朴刀、杆棒、公案的“小说”和“讲史”（《宣和遗事》）相结合而成的。《水浒》的艺术方法，更近于“小说”，而不似“讲史”，因为它和“小说”一样，更多地以人物命运为中心来叙述；而不是像“讲史”那样，以史实为主线。“讲史”的话本，则似乎都被称为“平话”，这些“平话”，后来又称“演义”，最后才有长篇说部或长篇小说之名。这，在下一节中再述。

这一命题，有关我国白话小说的产生和发展，有关“小说”这一文学名词的萌芽和形成。目前，我们的探讨还很不深入，材料也不充足，只能作为一种粗浅的看法提出来，供进一步研究时参考。

除“小说”的称谓之外，也有称这种话本为“野史”和“稗官小史”的，如：

> 原系京师老郎流传，至今编入野史。（《醒世恒言·勘皮靴单证二郎神》）
>
> 虽为翰苑名贤事，编入稗官小史中。（《警世通言·钱舍人题诗燕子楼》）

“野史”，原是指私人所编的史料故事，以别于官家的记载。这里称话本为“野史”，可能是书会先生提高其话本的价值的一种说法，以示其说话内容具有一定的史实性和文学性，其实“野史”二字用于“小说”话本是不确切的，用于“讲史”倒较妥帖。“稗官小史”倒确可指“小说”。

第四节　话本与平话

“平话”，一作“评话”。平话的名称，不见于宋代文献，从现有资料来看，“平话”大概是元人称讲史的一种习语。如大约是元人话本《勘皮靴单证二郎神》里就提到评话：

> 过了两月，却是韩夫人设酒还席，叫下一名说评话的先生，说了几回书。

元刊《全相秦并六国平话》下卷卷末题：

> 新刊全相平话秦并六国卷下终。

又《水浒全传》第一百十回：

> （燕青、李逵）两个手厮挽着，正投桑家瓦来。来到瓦子前，听的勾栏内锣响，李逵定要入去，燕青只得和他挨在人丛里，听的上面说平话，正说《三国志》。

又明蒋大器（肖愚子）在《三国志通俗演义序》里说：

前代尝以野史作为评话，今瞽者演说，其间言辞鄙谬，又失之于野，士君子多厌之。

宋人旧编元人增益的，以及元人编刊的几部历史小说，也都标着平话二字，它们的标题是：

《新编五代史平话》
《新镌平话宣和遗事》（吴郡修绠山房刊本卷四尾题）
《全相武王伐纣平话》
《全相评话乐毅图燕七国春秋后集》
《全相秦并六国平话》
《全相续前汉书平话》
《新全相三国志平话》
《吴越春秋连象平话》（《中国通俗小说书目》卷一著录）

这些都是元代流行“平话”一词的有力证据，专供“御览”的《永乐大典》，其目录卷四十六收有平话二十六卷（见《连筠簃丛书》）。《永乐大典》是明初编纂的，它所收集的无疑都是元代的平话，足见元代平话流行之盛，可惜这些没有标题的平话话本，现在都已失传，连题目也不存了。《四库全书总目提要》卷五十四“杂史类”存目三《平播始末》提到武弁也能作平话，并附注云：

按《永乐大典》有平话一门，所收至夥，皆优人以前代轶事，敷演成文而口说之①。

这是对平话一词的很好说明。明末吕贞九有《芦城平话》四卷，今不传。书中叙熊廷弼、汪文言、傅櫆、吴孔嘉、吴养春事甚详。清俞正燮曾见之，以为“字字可据，过《宣和遗事》远矣”②。熊廷弼等都是明代政治舞台上的重要人物，所叙当然是历史故事。明清两代的说书，仍袭用了平话名称。世德堂本无名氏《赵氏孤儿》第十出《张维讽谏》：

（贴）乐声絮繁。（净）夫人也说得是，张维会说平话。叫来说平话，说得好赏他。（丑）张维不说盘古共三皇，不说夏禹共陶唐，不说稼穑间关事，只说妲己荒淫说纣王。

明末董说《西游补》第七回云：

项羽又对行者道：“美人，我今晚多吃了几杯酒，五脏内结成了一个魂礧世界，等我一当讲评话相伴，二当出气”……项羽道：“既是美人不睡，等我再讲评话。”

又清初李玉《清忠谱》第二折《书闹》：

自家姑苏城外有名的周老男（儿）周文元便是。少年无

① 中华书局整理本无“敷演成文”四字。——校者注

② 见《癸巳存稿》卷十四《书芦城平话后》。

赖，独霸一方，城中玄妙观前有一个李海泉说得好《岳传》，被我请他在此间李王庙前，开设书场……昨日说过金兀朮破鄜延洲（州）了，他说今日要说童贯起兵，甚是热闹。此时日已过午，不免催促他来，撑起布篷，聚人开说则个。正是：要知千古兴亡事，须听当场评话来。

李斗《扬州画舫录》卷十一"虹桥"条云：

评话盛于江南，如柳敬亭、孔云霄、韩圭湖诸人，屡为陈其年、余澹心[①]、杜茶村、朱竹垞所赏鉴。

清初扬州的说书业非常兴隆。柳敬亭、韩圭湖等又是当时著名的说书艺人。至今扬州的说书犹称"维扬评话"。我们从上引的材料来看，可以明白，评话是专指讲说历史故事的。明蒋大器所谓"前代尝以野史作为评话"，"前代"，显然是指元代。元杨维桢《东维子文集》卷上《送朱女史桂英演史序》云："演史于三国、五季，因延致舟中，为予说道君艮岳及秦太师事。"当时演史的内容，正是继承了宋代说三分、五代史的传统，而《全相平话》五种，又都是历史故事，更有力地说明平话主要是以历史故事为题材的。"平"即"评"之简写，有评论、评议之意，张政烺云："所谓评者果何所指？如细读之，知以诗为评也。此三种平话（按：指《五代史平话》、《全相平话》、《宣和遗事》）中之诗皆在开端结尾及文字紧要处，凡有两种用法：一作论断之根据，二状事物之形容。此两者皆品评之意，故

① 江苏广陵古籍刻印社本"澹"作"淡"。——校者注

可以平字赅之。”①可见“评话”就是讲说历史故事而加以评论。评论的方法，有先评而后话的，也有先话而后评的，由说话人看内容的需要，灵活运用，不拘一格。这是“评话”的特点。

在话本小说结集中，也有称其话本为“评话”的，如：

> 这段评话，虽说酒、色、财、气一般一过……（《警世通言·苏知县罗衫再合》）
>
> 听在下说这段评话。（《警世通言·钝秀才一朝交泰》）

其实这些例子中的说话本身，性质却是“小说”。为什么竟称为“评话”，也值得探讨。这两篇小说，肯定并非宋代话本，所以不能据此认为宋代已称某些说话为“平话”了。

从以上的情况，我们可以大略推定三点：

（一）元代的“平话”，即宋代的“讲史”，是“讲史”的发展。

（二）“讲史”在宋代当然也有话本，但这种篇幅较大的历史故事话本，它们大量被整理加工刊印，成为文学性的读物，主要是在元代。“小说”是宋代的说话伎艺之一，也是宋代的短篇话本的名称。而“评话”则是“讲史”这一伎艺到了元代的名称，也是元代长篇话本的名称。这些话本，一旦被加工刊印，就都既是说话底本又是文学读物了。

（三）“平话”主要是以长篇历史故事为内容的，但由于“平话”一词在元代广泛应用，逐渐地也用到其他内容的话本上，如前所述《苏知县罗衫再合》的头回和《钝秀才一朝交泰》这样的短篇故事，

① 引自《讲史与咏史诗》，载《历史语言研究所集刊》第十本。

并且不是历史者,也偶被称为“评话”。发展到清代,评话已不是“讲史”的专称,如《茶香室丛钞》卷十七:“《平妖传》、《禅真逸史》、《金瓶梅》皆平话也。”今人对于平话的范围,更加扩大化,连所有宋元以来的短篇话本小说,也习惯地称为平话了①。这种名称方面的不同用法,在文学史的研究中是常见的事。经过不断地深入探讨,将来总会有更加一致而确切的名称逐渐地被肯定下来。

“平话”这种话本,因为它内容复杂,篇幅宏大,而且史实性和艺术性的矛盾很难处理,所以开始整理、加工并刊印成书必然相当粗疏,文字也较幼稚,目录繁多,而情节却很简略,某些片断比较具体,某些过程极为简单,而真正的重大斗争,却往往一笔带过。这种种情况,观《全相平话五种》可见。但是,社会的客观要求,却决定了“平话”必然要有重大的发展。这主要地因为长篇历史故事以及像“铁骑儿”那样现实的军事政治斗争故事,往往直接连接地反映了重大的阶级斗争和民族斗争,而为广大市民以及农民群众所热爱。从反面来说,封建统治阶级也从他们本阶级的利益出发要利用这种文艺。在这种客观需要的基础上,经过说话艺人和书会先生的反复实践和加工,“平话”就逐渐发展成为“演义”。演义的内容完整,主要人物集中,情节复杂,回目整齐,层次清楚,文学水平也程度不同地有所提高。较好的演义则往往在一定程度上反映了当时的重大社会矛盾和重大斗争史实,并塑造了一些历史人物的艺术形象。因而演义已经主要地成为文学作品,成为长篇小说。连封建统治阶级的成员也承认其文学性和史实性。如高儒《百川

① 如郑振铎的《明清二代的平话集》,路工的《明清平话小说选》。其中所引的书名,实际都是“小说”集而非“平话”集。

书志》卷上所说的“非俗非虚，易观易入，非史氏苍古之文，去瞽传诙谐之气”。演义成为文学作品后，又反过来影响于说书。直到现在，江浙一带称散说的评话为“说大书”，说的就是像《三国演义》、《封神演义》一类的演义。

由此可见，我国古代长篇小说（评话、演义）的产生，和短篇小说一样，也是主要地发源于民间的。这些长篇小说的主要题材是历史，其艺术创作的基础却并非是正史，而是民间的传说故事，是经过人民品评，创造过的历史。这些传说故事，饱含着当代人民的爱憎、要求和理想，为广大人民所传诵。说书艺人以此为基础，给以整理、补充、发展，经过千百回的艺术实践，形成比较完整统一的话本。书会先生和其他作者再把话本加工润饰，便成为可供阅读的章回小说。而小说的流行，又反过来影响说话的艺术（有的章回小说使原有的话本更完整、更细致、更具文采，有的章回小说却受话本影响而格外丰富多彩），使说话艺术更加丰富多彩。说话艺人在献艺时又进一步修正充实了这些章回小说的内容，完美了它们的形式。这样，最后定稿的章回小说（如《水浒》、《三国》、《西游》等）就能有较高的水平，其后出现的完全由文人创作的长篇小说如《红楼梦》、《儒林外史》，也莫不受前者的影响。

从讲史到平话，形成了一种固定的说话形式，这就是完全用散说的长篇说话。它的文字中虽常插有诗词，但并不歌唱，只是念诵，绝不用乐器吹弹，而只用醒木一块，舌辩滔滔地“以前代轶事敷衍成文而口说之”。这种形式，一直沿袭发展到今天。苏州评话，扬州评话等等，正是“讲史”和“平话”的直接继承和发展。

第五节　话本与诗话

叶德均在《宋元明讲唱文学》一书中，将宋元明的讲唱文学，就其性质体制，归纳为两大系：一乐曲系；一诗赞系。这种分法是可取的。诗话，无疑是属于诗赞系。兹说明如下：

“诗话”这一形式和名称，可能在宋以前就有了，如《大唐三藏取经诗话》上中下三卷。周绍良谓《敦煌变文集》里列为第一篇的伍子胥故事，从其体裁与特征来看，就是一篇早期的“诗话”①。宋人话本中题“诗话”的，现存者只有《大唐三藏取经诗话》（又名《大唐三藏取经记》）一种。“诗话”之名，亦仅此一见。王国维在这部仅存的残本《诗话》跋语中说：

> 其称诗话，非唐宋士大夫所谓诗话，以其中有诗有话，故得此名；其有词者则谓之词话。

顾名思义，王氏这种说法并无错误。我们从《取经诗话》的实例来看，如《经过女人国处》第十：

> 僧行前去，沐浴殷勤。店舍稀疏，荒郊止宿，虽有虎狼虫兽，见人全不伤残。
>
> 次入一国，都无一人，只见荒屋漏落，园篱破碎。前行渐

① 见周绍良：《谈唐代民间文学》，载《新建设》1963 年第一期。

有数人耕田，布种五谷。法师曰："此中似有州县，又少人民，且得见三五农夫之面。"耕夫一见，个个眉开。法师乃成诗曰：

荒州荒县无人住，僧行朝朝宿野盘。
今日农夫逢见面，师僧方得少开颜。

猴行者诗曰：

休言荒园无人住，荒县荒州谁肯耕。
人力种田师不识，此君住处是西城。
早来此地权耕作，夜宿天宫歇洞庭。
举步登途休眷恋，免烦东土望回程。

举步如飞，前遇一溪，洪水茫茫。法师烦恼。猴行者曰："但请前行，自有方便。"行者大叫"天王"一声，溪水断流，洪浪干绝。师行过了，合掌擎拳。此是宿缘，天宫助力。

它确实是诗和话夹杂组织而成的，插入的诗，与话文有密切的联系，而且每节之末都用诗句作结，所以叫做"诗话"。所用的诗又是通俗的诗赞，叶德均以为"它和词话中诗赞体是同类，应属于词话范围，并非和词话对立的另一种"。按杨慎《历代史略十段锦词话》卷下第十段《说文史》词云：

一段词，一段话，联珠间玉；一篇诗，一篇鉴，带武间文。

证明叶德均的话是不错的。"诗话"在形式以及内容两方面都基本上属于"小说"范畴。它在表演形式方面，和"小说"有一点重要的不同。陈汝衡《说书史话》（第76页）已经指出这一点：

> 不过我们要注意的，乃是书中（指《取经诗话》）穿插的诗句和宋人小说话本里诗句不同，因为后者（小说话本）是以说话立场吟唱出来，而前者（《取经诗话》）是由书中人物自己信口吟唱、成为促进故事发展的一部分。

《取经诗话》中有不少“乃留诗曰”、“遂成诗曰”云云，都是艺人唱的部分，说得明白一点，就是以诗代话，所以叫做“诗话”。

《取经诗话》所用的文体是属于“小说”范畴的“诗话”体，有人说它是一个“说经”话本是不对的。“说经”的性质是“演说佛书”，这在《都城纪胜》和《梦粱录》两书里记载得很清楚，取经不等于说经，“诗话”，无论从《取经诗话》或伍子胥故事，以及下文的《张子房慕道记》等来看，其内容都是以人物命运遭遇为中心，叙述故事，而且近乎灵怪、神仙、发迹、变泰之类，显然是“小说”一类，不过篇幅有大小，所以在内容上是和“说经”毫无共同之处的。但它在形式上多少受到唐代“讲经文”和“变文”的一些影响，却也无可否认。例如它的分节标题：

> 行程遇猴行者处第二
> 过长坑大蛇岭处第六
> 入鬼子母国处第九

而讲经文《太子成道经》（伯 2299）的标题是：

> 第二下降阎浮柘胎相
> 第三王宫诞质相

第四纳妃相

第五逾城出家相[①]

这种标题,完全是为了使听众易于了解所讲说的中心内容而设,承袭之迹显然。从标题看,还值得注意的是一个“处”字。分节固然受唐代讲经文的影响,使讲说更有条理,但从这个“处”字来看,还有变文的遗迹。因为唐、五代的变文,是有图有文的,讲唱者根据佛寺的壁画或自备的挂图演唱,听众边看边听。图上的说明常常有一个“时”字[②],而变文中的标题常有一个“处”字[③]。图上的“时”用以说明图像中的准确时间,变文中的“处”,用以说明图像中的准确位置,两相对照,使听众分外清楚。“诗话”标题亦有“处”,显然是这种遗迹,或者“诗话”、“说经”等说话在讲唱之时,仍有挂图,亦未可知[④]。

此外,还有一篇无诗话之名而有诗话之实的话本,值得注意。那就是《清平山堂话本》中的《张子房慕道记》。这是一篇明人模拟“诗话”体的话本。它自首至尾叙述张良慕道的坚决志愿,其中屡经高祖、老夫人和文武百官的苦苦劝阻,尤其是高祖屡次提出许多理由来劝止张良,但张良终于弃官入山修道。其故事情节,多用诗与说白相间来进展的。其中用诗多达二十馀首,而且都作为张

① 见《敦煌变文集·八相成道经》校注。

② 如莫高窟第九十八窟西壁《祇园记图》的标题:“外道被风吹急遮面时”,敦煌写卷斯字第4257号的标题:“风吹幄帐绳断,外道却欲系时”。

③ 如《李陵变文》有“看李陵共单于火中战处”,《张义潮变文》有“汉将雄豪百当千处”。

④ 参考程毅中:《关于变文的几点探索》,《文学遗产》增刊十辑。

良自己所作，以诗代话，这是很少见的。

《张子房慕道记》话本也像《取经诗话》一样，仅仅是供给说话人讲说之用的提纲。其中的散说文字，似有删削之处。如：

> 高祖曰："不要卿管职事，早晚随伴寡人，意下如何？"
> 张良曰："臣有诗存证：……"

"张良曰"下，似应有散说文字，文意方才连贯，否则听众必然感到模糊，又如：

> 高祖苦劝，张良不允。"且回相府，明日再来商议。"

"张良不允"句下，也似有缺文。又话文之末，散说文字极少，似亦有删节痕迹。总之，从整篇看来，几乎处处以诗代话，高祖和张良的问答，往往用"有诗为证"、"吟诗一首"以促进故事的发展。它和《取经诗话》的形式可以说是一般无二。

在《清平山堂话本》中，还有一篇《快嘴李翠莲记》，也和《张子房慕道记》的格式相似，其中有三十多篇像顺口溜儿的快板，都是作为李翠莲一个人对答的唱词，这也可算作"诗话"的一种别体。

至于清代刊印的《东坡诗话》①，内容叙东坡和佛印、刘贡父、陈季常、秦少游、苏小妹、朝云等逸事，系集许多小故事而成，并杂以酒令、诗谜、拆字格及回文等等，虽亦有诗有话，已和宋人诗话之只

① 《东坡诗话》二卷，有图，无目录。扉页题"佛印问答精镌绣像东坡诗话"，清京都二酉堂刊本。原为郑西谛所藏，今归北京图书馆。

叙一事者不同,实非话本体。

如上所述,我们认为"诗话"基本上是"小说"的一种,"诗话"的底本,也正是"小说"话本的一种旁枝,是总的"话本"体系中的一个细目。

第六节 话本与词话

元代以后,又有称话本为"词话"的。如《古今小说·蒋兴哥重会珍珠衫》中就说:"看官,则今日听我说《珍珠衫》这套词话。"

《元史》卷一百五《刑法志》第五十三刑法(四)禁令云:

> 诸民间子弟,不务生业,辄于城市坊镇演唱词话,教习杂戏,聚众淫谑,并禁治之。

元完颜纳丹编纂的《通制条格》卷二十七《杂令》也载有这个禁令:

> 至元十一年十一月中书省大司农呈:河南河北道巡行劝农官申:顺天路束鹿县镇头店聚约伯人,搬唱词话。社长田秀等约刃断罪外,本司看详:除系籍正式乐人外,其馀农民、市户、良家子弟,若有不务本业,习学散乐,搬唱词话。并行禁约。都省准呈。

此云"演唱词话"、"搬唱词话",足见在元初词话的说唱形式,已发展到向戏曲走近一步。并且流行达于坊镇,也可见它的来源是比较久远的。它的体制，当渊源于唐代的词文和变文。唐代的词文，据目前所见材料来看，以通体唱词为正格；变文则是说唱兼施的伎艺文学，唐李贺《许公子郑姬歌》①云：

长翻蜀纸卷明君，转角含商破碧云。

又王建《观蛮妓》诗②：

欲说昭君敛翠蛾，清声委曲怨于歌。
谁家年少春风里，抛与金钱唱好多。

又吉师老《看蜀女转昭君变》诗③：

妖姬未着石榴裙，自道家连锦水渍。
檀口解知千载事，清词堪叹九秋文。
翠眉垂处楚边月，画卷开时塞外云。
说尽绮罗当日恨，昭君传意向文君。

“欲说”、“说尽”明言其讲说，“转角含商”、“清声委曲”，明言其歌唱。后来的词话表演也是有说有唱，正与此同。

词话的命名，大抵与词文有较密切的关系。词文，有纯粹用七

---

① 《李长吉歌诗》卷四。
② 《全唐诗》卷三〇一。
③ 《全唐诗》卷七七四。

言唱词,通篇一韵到底的。如敦煌写卷中的《大汉三年季布骂阵词文》和失题的董永唱词是。有加进一些散说,全篇转韵的,如《季布一卷》是。也有用五言唱词,大量加上说白的,如《苏武李陵执别词》是。大抵词文以唱词为主,词话则以散说为主,这可能正是古代说唱艺术由简单趋于复杂的一个例证。我们从民间艺人的具体情况来看,也可以做这样的推论。因为古代的演唱艺人,本多为瞽者,他们都是以唱为主,不需要表演。及至社会生活和人物心理日趋复杂,纯唱词不足以表演生活,不足以满足听众,就有加散说的必要。"唱",可以不"做"(表演),而"说"一多,必须表演,故韵散合组的说唱,表演艺术是复杂了、进步了的。这样,词文一类单纯的演唱还是自成一线发展下来(逐渐也增加了表演),韵散合组的词话等形式也产生和发展了。词文和词话,从形式看,它们似乎有所不同,但实质上是一种东西。词文和词话,都是后世弹词的直接祖祢,弹词的体制,至今尚保留着通篇唱词及有说有唱两种,可以从中参透一些消息。

词话的性质又是怎样的呢？孙楷第《词话考》云:

> 元明人所谓"词话",其"词"字以文章家及说唱人所云"词"者考之,可有三种解释:一词调之词……二偈赞①之词……三骈丽之词。

准是而论,词话的"词",除了诗词的词以外,还应作"文词"或"唱词"解释,涵义相当广泛。孙氏并举实例加以诠释,十分确当。宋

① "偈赞",叶德均改作"诗赞",见《宋元明讲唱文学》。

元以来的民间讲唱文学,它们并不是各自孤立地发展,而是交互地吸收。它们有以诗赞为主的,有以乐曲为主的,也有以诗赞和乐曲兼而用之的,更有说和唱兼重或偏重的。它们有着错综复杂的关系。所以我们在论述时,应该注意它们的主要特征。

词话之名,虽不见于宋代文献中,其实在宋代早就有了。首先我们从上引元代的"禁令"来看,词话在元代初年已经盛行于民间,在小市镇搬唱词话,聚集听众竟达百人之多,而且演唱者之中,还有不少"业余爱好者"。统治阶级看到这种情况,认为"不唯引惹斗讼,又恐别生事端"①,才颁布禁令,加以禁止。任何伎艺决不是突然产生的,从产生到盛行,其间必然有它较长的历史。词话在元初既已盛行,它必然在宋代流行了一个较长的时期。其次,宋代的文学,原以词为主流,词的形式,来自民间,故民间说唱艺术,吸取词的形式,在宋代是当然的事。再次,我们从元明人笔记中,也可得到证明。如元陶宗仪《辍耕录》卷二十五说:"宋有戏曲、唱诨、词说。"词说,即指词话而言。钱希言也曾说宋人词话每本头上有"得胜利市头回"(原文见第五章第二节引)。可见词话这一体制,在宋代确实是存在的。它的范围比较广泛,可能包括不少民间说唱文学在内。据现有资料研究,宋代各种词话体的说唱文学,大体上可归纳为两种类型:一种是按照乐曲填成唱词,中间杂以说白,这是属于乐曲系的;另一种是用七言诗体作唱词,中间杂以说白,这是属于诗赞系的。它们和说话都有关系。

兹分别阐述如次:

---

① 二语见《元典章》卷五十七《刑部》十九《杂禁》。

一、乐曲系的词话

有二例：

1.《刎颈鸳鸯会》 这是《清平山堂话本》中的一篇，是宋人编写的话本。它在叙述故事当中，夹入了〔商调醋葫芦〕小令十首，第一支的前面有“奉劳歌伴，先听格律，后听芜词”以下各支有“奉劳歌伴，再和前声”，末尾又有〔南乡子〕一阕，也有“奉劳”字样。它说的部分用散文，唱的部分用词调。它有说有唱，却是以说为主。这篇作品，一般都认为是鼓子词，从形式上看，它和北宋赵德麟的《商调蝶恋花鼓子词》相似，但按之实际却并不相同。赵作是道地的“鼓子词”格局。赵氏是贵族地主阶级的文人，他的写作目的是供“好事君子极饮肆欢之际”来歌唱以资娱乐的；表演地点是在官僚士大夫的邸第里。它不是为市民服务的，内容是为士大夫们所熟悉的莺莺故事，结构比较单纯，不但赵作如此，即欧阳修十二月鼓词，调寄〔渔家傲〕①，黄裳《月词》六首，《劝酒致语》四首，调寄〔蝶恋花〕②，亦莫不如此。它们都是宴会时供学士大夫们娱乐的小型联章曲子。它和话本的体制还有距离。《刎颈鸳鸯会》则和这些鼓子词不同，内容方面写的是商人的恋爱故事，这故事可能是当时现实题材，正和宋代某些话本（如《错斩崔宁》）以下层市民为主人公一致。形式方面，说话人借用了民间鼓子词的样式，巧妙地运用自己的艺术手法，使它变成新型的以说为主的说唱文学，这是说

① 见《历代诗话》卷四十二。
② 见《演山集》卷三十一。

话人从他种伎艺吸收改造出来的成果。大凡某一种艺术，当它在新兴发展的时候，常要吸收其他艺术的长处，形成自己独特样式。宋代说话盛行，客观上就要求说唱艺术本身多种多样，百花齐放，互相竞赛。词话吸收了鼓子词等形式，形成一种独立的说唱兼备的体裁，是符合当时客观需要的。虽然如此，它本身还是说话一类的艺术而不是鼓子词。这在散文部分表现得十分明显。它的结构方式是：篇首以一诗一词开场，接着是“权做个笑要头回”，然后引入正文，篇末以两句诗作结。说白中又有“说话的”、“且说”、“再说”、“在座看官”等等语气，这些说话人说唱时的细小关节，完全是当时说话人所独有的艺术手法，它是为了适应勾栏瓦子的听众而采用的。虽有歌唱部分，仍以散说部分为主。它的格范是属于说话门庭之内的，是最典型的“词话体”的作品，这是宋代已有词话的有力证据。并且据此可见，这一类的“词话”，从其内容来看，应属于“小说”一家。

2. 诸宫调　诸宫调为叙述体的说唱文学，是有说有唱的伎艺，也可以归入词话一类。王灼《碧鸡漫志》卷二云：

> 熙宁元丰间……泽州有孔三传者，首创诸宫调古传，士大夫皆能诵之。

它的内容，据《都城纪胜》所载：

> 诸宫调本京师孔三传编撰，传奇、灵怪、入曲说唱①。

① 商业出版社本“入”作“八”。——校者注

传奇、灵怪,正是“小说”的题材,这和《武林旧事》所载“诸宫调”一项下注“传奇”二字相符。金董解元《西厢记诸宫调》是“唱一本儿倚翠偷期话”的传奇故事,也是一证。但也有以朴刀杆棒,发迹变泰的故事为主题的,如《刘知远传》①。它是唯一的今天所能见到的宋代诸宫调作品②。全书分十二节,每节有一个标题,如:

知远走慕家庄沙佗村入舍第一

知远别三娘太原投军第二

……

这和《大唐三藏取经诗话》的标题方式正同,是初期讲史话本的形式。但在内容方面,朴刀、杆棒、发迹、变泰,仍属“小说”家(与整部的平话五代史不同)。《董西厢》虽不分节次,但它常用“务头”来调节气氛。“务头”不单指文词的精警,更主要的是指唱腔和故事情节发展到最精彩之处,它也有吸引听众的作用③。再就曲调而论,《刘知远传》和《董西厢》同样以词调为主,它们都是吸收当时

---

① 《刘知远传》是一部诸宫调。篇末有“曾想此本新编传”句,与《碧鸡漫志》所称“古传”相符。

② 《刘知远传》为金元之际的刊本,它的创作时期,大约在南宋初年,其证有三:一是其中用〔歇指调〕四次,〔歇指调〕见张炎《词源》及《芝庵唱论》,为宋六宫十三调之一,金元以来皆不用之;二是《董西厢》用〔赚〕,《刘知远传》虽用〔缠令〕、〔缠达〕,却不用〔赚〕。〔赚〕是后期〔赚词〕才有的。可见它早于《董西厢》,离绍兴年间张五牛创〔赚词〕时期不远;三,内中有教坊废置不用的〔商角调〕。

③ 例如《董西厢》卷一,莺莺正把张生新诗答和,张生毫无顾忌,正欲大踏步走至莺莺跟前,不防被别人看见,高声喝道:“怎敢戏弄人家宅眷!……真所谓佳期难得,好事多磨。来的是谁,来的是谁?”

流行的主要乐曲来歌唱的。它们有词有话，是属于说话范畴之内的。元初王伯成的《天宝遗事》诸宫调，约后于《董西厢》百年，所用的牌子，全盘杂剧化，和词话的性质已有不同。从《董西厢》到《天宝遗事》，正是诸宫调由词话体逐渐向戏剧转化的时期。

乐曲系的词话到元代性质起了变化，它往往为元剧所吸收，而成为整个剧本的组成部分。证据是元无名氏《风雨像生货郎旦》杂剧。剧中第四折先用〔梁州第七〕曲记说话人作场自述云：

> 我本是穷乡寡妇……又不会按宫商品竹弹丝，无过是赶几处沸腾腾热闹场儿，摇几下桑琅琅蛇皮鼓儿，唱几句韵悠悠信口腔儿，一诗一词都是些人间新近希奇事，纽捏来无诠次，倒也会动的人心谐的耳，都一般喜笑孜孜。

接着叙脚本来源：

> （副旦云）哥哥你放心。张㦗古那老的为俺这一家儿这一桩事，编成二十四回说唱。

又记作场说唱云：

> （副旦做排场敲醒睡科）（诗云）烈火西烧魏帝时，周郎战斗苦相持；交兵不用挥长剑，一扫英雄百万师。
>
> 这话单题着诸葛亮长江举火烧曹军八十三万，片甲不回。我如今的说唱是单题着河南府一桩奇事。（唱）
>
> 〔转调货郎儿〕也不唱韩元帅偷营劫寨，也不唱汉司马陈

言献策，也不唱巫娥云雨楚阳台，也不唱梁山伯，也不唱祝英台。（小末云）你可唱什么那？（副旦唱）只唱那娶小妇的长安李秀才。

以下便用〔货郎儿〕八支〔煞尾〕一支及说白连说带唱地叙述李彦和因娶娼妓张玉娥而家败人亡的故事。开场时有定场诗，“敲醒睡”，做场时打着摇鼓。称“这话”，称“话说”，其话本且分为二十四回，它和《刎颈鸳鸯会》的形式极为接近。是元代乐曲系词话的一个实例。

上述例子说明宋金元以来，乐曲系的说唱文学，确实都是“词话体”，都是属于说话门庭的。它和宋元小说话本有着密切的关系，可以说也是“小说”话本的一个旁枝。这种词话体裁，直接或间接促进了戏曲的成长。胡应麟《少室山房笔丛》卷四十一说：“元人杂剧之类戏文者，又金人词说之变也。”这话颇有道理。从此以后，诸宫调本身，却反降为戏曲的从属地位，逐渐地衰落下去。到了元末，除了少数伎艺人还能歌唱诸宫调外①，已“罕有人能解之者”②。到了明代，除贵族官僚邸第偶尔有搬演者外③，连诸宫调的名称都不知道了。这里，有两个值得注意的问题。一个是，说唱艺术由单人或两人演唱到多人演唱，由不化妆到化妆，由说唱者到剧中人，

① 《青楼集》载说唱诸宫调的女艺人有赵真真、杨玉娥、秦玉莲、秦小莲四人。《录鬼簿》卷下载胡正臣能唱《董西厢》至于终篇。

② 《辍耕录》卷二十七：“金章宗时，董解元所编《西厢记》，世代未远，尚罕有人能解之者，况今杂剧中曲调之冗乎。”

③ 焦循《剧说》卷二引明张元长《笔谈》云：“董解元《西厢记》曾见之卢兵部许，一人援弦，数十人合座，分诸色目而递歌之，谓之磨唱。卢氏盛歌舞，然一见后无继者。”

包含着这种说唱由曲艺向戏剧发展的过渡状态。我国古代戏曲自有它的传统,但宋元之间的这种过渡,也是元曲正式形成的重要因素。另一个是,从这里,我们找到了元以后“小说”说话艺术相对衰落(比之于宋的盛行)的一个原因。那就是“小说”说话的“市场”一部分已被由“讲史”发展兴盛而成并更为流行的“平话”所夺,一部分为逐渐形成的北曲杂剧所夺。专以现实社会为题材的说话,由于时代和环境的转变,比之专以说唱历史故事见长的平话和新兴的戏曲,不免黯然失色。

不过就是在戏曲盛行的情况下,乐曲系的词话,从元到明也并没有完全绝迹。明张岱《西湖梦寻》卷四《定香桥小记》中便有“(杨与民)用北调说《金屏(瓶)梅》一剧”事。在现存的《金瓶梅词话》里,还保存着部分的宋元乐曲系词话的遗迹,这正足以证明《金瓶梅词话》是在宋元以来民间乐曲系词话影响下写作的。冯沅君说:

> 读《金瓶梅词话》时,最能使我们感到奇特而注意的是书中人常常以韵语,尤其是曲,来代替普通的言语。如:“且说老虔婆见西门庆打的不成模样,不慌不忙拄拐而出,说了几句闲话。西门庆心中越怒起来,指着骂道:有〔满庭芳〕为证:‘虔婆你不良。迎新送旧,靠色为娼,巧言词将咱诳,说短论长。我在你家使够有黄金千两,怎禁卖狗悬羊!我骂你句真伎俩,媚人狐党,衠一味假心肠!’虔婆亦答道:‘官人听知,你若不来,我接下别的。一家儿指望他为活计,吃饭穿衣,全凭他供柴籴米。没来由暴叫如雷。你怪俺全无意,不思量自己,不是你凭媒娶的妻,’西门庆听了,心中越怒,险些不曾把李老妈妈打起

来。……”这些以韵语代语言的例子都应与《蒋淑真刎颈鸳鸯会》中的十篇〔商调醋葫芦〕有同样的功用或来源,虽然书中并无“奉劳歌伴,先听格律,后听芜词”,和“奉劳歌伴,再和前声”等辞句。换句话说,这些代言语的韵语都是用以供“说话”时歌唱的,至少也是这种体例的遗迹。不然的话,一个人在骂架的时候居然会骂出一支曲子出来,不是太不近情理吗?①

冯沅君还举出了同样的例子,达十馀处之多。可见《金瓶梅》之所以称为“词话”是有它的历史承袭关系的,不是凭空杜撰出来的。

二、诗赞系的词话

这一类的词话本和唐五代的“词文”有着直接的渊源,它一直流行于民间。到宋代,民间曲艺繁兴,必然有所发展,而扩大了它的领域。我们推测,在宋代民间流行的“陶真”、“弹唱姻缘”等,它们的说唱方式,都可能是属于诗赞系词话型的。

《西湖老人繁胜录》论临安瓦市伎艺说:

唱涯词只引子弟,听陶真尽是村人。

涯词亦作崖词,体制已不清楚,但它和淘真(亦称“陶真”)并举,形式必相近,不过有雅俗之分而已。听淘真的既然多是村人,它必流

① 见《古剧说汇》第五篇《金瓶梅词话中的文学史料》第二节《小说蜕变的遗迹》。

行于农村，通俗易懂。明田汝成《西湖游览志馀》卷二十说：

> 杭州男女瞽者，多学琵琶，唱古今小说、平话，以觅衣食，谓之陶真。大抵说宋时事，盖汴京遗俗也。瞿宗吉（佑）过汴梁诗云："歌舞楼台事可夸，昔年曾此擅繁华。尚馀艮岳排苍昊，那得神霄隔紫霞，废苑草荒堪收马①，长沟柳老不藏鸦。陌头盲女无愁恨，能拨琵琶说赵家。"其俗殆与杭无异。若红莲、柳翠、济颠、雷峰塔、双鱼扇坠等记，皆杭州异事，或近世所拟作者也。

明代杭州的陶真是"汴京遗俗"，可见它历史的悠久。陶真究竟是怎样的一种形式呢？郎瑛《七修类稿》卷二十二说：

> 闾阎陶真之本之起，亦曰："太祖太宗真宗帝，四祖仁宗有道君。"②国初瞿存斋（佑）过汴之诗有"陌头盲女无愁恨，能拨琵琶说赵家"，皆指宋也。

又周揖《西湖二集》卷十七《刘伯温荐贤平浙中》的入话：

> 那陶真的本子上道："太平之时嫌官小，乱离之时怕出征。"

从这两条记载，可以看出陶真的本子很可能是有很多七字句韵文

① 上海古籍出版社本"收"作"牧"。——校者注
② 上海书店本"四祖"作"四帝"。——校者注

的唱本,又是叙事体的。这和唐代的“词文”在体裁、句式上都极相似,它们可能是一脉相承的。明代还有已经失传的唱本如《贩香记》(《古今小说·李秀卿义结黄贞女》)和《苏知县报冤》(《警世通言·苏知县罗衫再合》),恐怕也是属于这一类。但宋代陶真的唱本未见流传,像红莲、柳翠等陶真的本子,都已有小说话本,却非陶真的原来面目,但是,我们可以想象,陶真的原来面目是有说有唱的,应属于词话体。“弹唱姻缘”,也可能属于词话体。浦江清在他《论小说》①一文里对于陶真和弹唱姻缘得名的来历,作了说明:

> “说话”中间,“小说”的话本一名“词话”,因为原先夹杂有诗词弹唱的部分,不过夹得很少,往往只用在开篇里。至于弹词是以韵文弹唱为主的故事本子,散文的部分少。弹词在宋代有称为“弹唱因缘”的,还有一个“陶真”的名称,不知起于何时,也不知如何解释。据我的猜想,“陶”字有娱乐的意思,“真”即是仙。宋人记载弹唱姻缘的人有“张道”、“李道”等名,我疑心它的起源是在道观里,道士们说唱神仙故事和金童玉女因缘之类,与寺庙里的和尚说唱变文两面对垒。

浦江清此说极是。宋代弹唱因缘一目见《武林旧事》,它的脚本虽未见流传,但《敦煌零拾》中载有《有相夫人生天因缘变》,《敦煌变文集》中载有《四兽因缘》,可能与弹唱因缘有关系。《四兽因缘》这个话本讲的是迦毗罗鸟、兔、猕猴、象等四兽结为兄弟,行恩布义,遂使迦尸国民康物阜的故事。它的体制是用韵散合组的。这

① 见《浦江清文录》。

个话本出于僧统和尚之手。到宋代，道教流行较盛，道士们吸取佛教讲唱变文（包括因缘故事）的形式来进行宣传，是可能的。据此，可知浦江清弹唱因缘出于道观里的说法颇有道理。从它的体制看，有说有唱，宋代的“弹唱因缘”或许就是承袭了这种体裁，而内容则已有了变化，不一定都是神仙故事了。

上述属于诗赞系的小型说唱伎艺，以及属于乐曲系的诸宫调等，和宋代的说话，是什么样的关系呢？说它们属于说话的门庭之内，那么它们该归入哪一家数呢？如果从形式来看，它们有说有唱，有的唱的成分还较说为多，很难判断应列入哪一家数。但如果从内容来看，则无论是吸取鼓子词的《刎颈鸳鸯会》或者诸宫调（《刘知远传》）、陶真（《红莲》、《柳翠》），其性质都与传奇相近，应该属于“小说”一类。有讲有唱，只是形式，此种形式，可以用来说传奇，也可以用来说历代兴废之事。所以到元明，词话便也有“讲史”一类的内容了。

词话属于“小说”一类，在形式上也有一定根据，“小说”一家，原来也有说有唱。“小说人”在讲说时，吸收民间的各种说唱形式来充实丰富他们的伎艺，是非常可能的。所以有不少“小说”的话本，被称为词话；也有不少词话，收入“小说”话本集之内。钱谦益《列朝诗集》甲集卷十六《王行之传》云：“行为人市药，籍记药物应对如流。迨晚，为主妪演说稗官词话，背诵至数十本”，可见小说唱本，也可称为词话。只是后来“小说人”逐渐倾向于说现实题材，“顷刻提破”，更多地运用散说的技巧，唱的部分便渐渐减少。而词话的说唱兼重的形式，就一方面保存在瞽者、盲女的陶真之中（他们不可能像“小说人”那样作有表演的散说），一方面发展在诸宫调和长篇词话中了。

小说和词话的同一关系，在宋代尚有不少例子。像属于诗赞系词话的《西湖三塔记》、《定山三怪》、《种瓜张老》、《快嘴李翠莲记》等都是。今以《西湖三塔记》为例。篇首引东坡一诗后说，此诗乃苏子瞻所作，单题西湖好处。言不尽意，又作一词，词名《眼儿媚》：

登楼凝望，酒阑与客论征途。饶君看尽，名山胜景，难比西湖。春晴夏雨秋霜后，冬雪一派湖光，四边山色，天下应无。

说不尽西湖好处，吟有一词云：

江左昔时雄胜，钱塘自古荣华，不惟往日风光，且看西湖景物：有一千顷碧澄澄波漾琉璃，有三十里青娜娜峰峦翡翠；春风郊野，浅桃深杏如妆；夏日湖中，绿盖红蕖似画；秋光老后，篱边嫩菊堆金；腊雪消时，岭畔疏梅破玉。花坞相连酒市，旗亭萦绕渔村。……

说话人根据这篇词话，举出天下四个名胜的山来说道，这些都比不上西湖。又接连举出两诗描绘西湖的美丽地方是“晨、昏、晴、雨、月总相宜”：

清晨豁目，澄潋滟，一派湖光；薄暮凭栏，渺渺暝曚，数重山色。遇雪时，两岸楼台铺玉屑；逢月夜，满天星斗漾珠玑。双峰相峙分南北，三竺依稀隐翠微。满寺僧从天竺去，卖花人向柳阴来。

下来又用许多美丽的词语，夸耀西湖的出产和名花异卉；又举出一首小词单说西湖好处：

都城圣迹，西湖绝景。水出深源，波盈远岸。沉沉素浪，一方千载丰登，叠叠青山，四季万民取乐。况有长堤十里，花映画桥，柳拂朱栏；南北二峰，云锁楼台，烟笼楚寺。桃溪杏坞，异草奇花；古洞幽岩，白石清泉。思东坡佳句，留千古之清名；效杜甫芳心，酬三春之媚景。王孙公子，越女吴姬，跨银鞍宝马，乘骨装花轿。丽日烘珠翠，和风荡绮罗。

最后又用一段骈俪短文，描写西湖的春色，紧接说出一位青年只因清明来西湖游玩，惹出一场事来。

这篇话本开头一大段的描绘里，有诗、有词、有骈文，说话人称前者曰词，后者曰小词。其中又夹杂一些诗词和散说，正是有词有话。钱曾《也是园书目》把《西湖三塔记》、《种瓜张老》列入“宋人词话”类，是有根据的。至于《快嘴李翠莲记》更明显地是一篇唱本，类似今之快板，它是用故事中人物对话代替唱词，形式比较特殊。它被说话人采用，加进了一些联络语，变成说话形式的话本，情况正和《刎颈鸳鸯会》一样，它也已变成了适应说话艺术的独特形式了。

此外，值得注意的是这种诗赞词话，元代虽很少流传下来，却被大量地保存在元杂剧里。这说明元代民间说唱词话风气之盛，它不但被当时及后世的说书人采用，也为杂剧作家所吸收①。例如

① 据叶德均统计，《元曲选》一百种，有词话的有九十二种之多。见《宋元明讲唱文学》。

元人杨显之《临江驿潇湘秋夜雨》第四折张天觉云：

当初失却渡淮船，父子飘流限各天。消息经年终杳杳，肝肠无日不悬悬。已知衰老应难会，犹喜神明暗自怜。渔父偶收为义女，崔生乍见结良缘。从来好事多磨折，偏遇奸谋惹罪愆。苦誓一心回蜀郡，远寻千里到秦川。剑沈龙浦还重合，镜破鸾台复再圆。秉烛今宵更相照，相逢或恐梦魂前。

又郑德辉的《王粲登楼》杂剧第四折，也有一段词话：

（蔡相云）天下喜事，无过子母夫妇团圆，就今日卧翻羊窨下酒，做个大人庆喜筵席者！（词云）我两姓结婚姻原在生前，难道我今日敢违背初言。因此上屡移书接来到此，本待将加官职指引朝天。只为你生性十分骄傲，并不肯谦谦的敬老尊贤。我特将三杯酒千般折挫，无非要涵养得气质为先。暗地里共书呈白金骏马，封皮上明写着子建相传。岂知道到荆州依然不遇，遂淹留不得返荏苒三年。想登楼这一点思乡客泪，多应是长飘洒似雨涟涟。万言策又是我转闻今上，才得授大元帅入掌兵权。早先期高平去迎将老母，预盖下大宅院供具俱全。待你回来选其吉日，与小女结花烛夫妇团圆，此皆由我老先殷勤留意①，非学士能出力为你周旋。到如今才一一从头说破，大家的开口笑庆赏华筵。

① 《元曲选》本“老先”作“老夫”。——校者注

又如关汉卿《赵盼儿风月救风尘》杂剧第三折〔滚绣球〕〔么篇〕插入了两句词作为曲文：

那唱词话的有两句留文："咱也曾武陵溪畔曾相识，今日佯推不认人。"

这种词话句式，有的作四三句，有的作三四三句，很明显，它就是明清弹词、鼓词的前身，它们本来是同一类型的说唱文学。

到了明代，沿用元代词话名称的，除《徐文长佚稿》（见下文引）外，又见都穆《都公谈纂》卷上：

陈君佐，扬州士人，善滑稽；太祖甚爱之。……君佐出寻瞽人善词话者十数辈……

又袁于令《双莺传》杂剧第四折〔羽调排歌〕云：

（小旦）一面差人去请柳麻子说书，混帐到天明罢了。……（小旦）说词话，间戏嘲，管教胡乱到今宵。

如果以实例来考察，明代诗赞系的词话，大致可分为三种类型：第一类是近年发现的成化刊本《花关索传》等十三种（参看第十一章第四节）。它们都是属于明代初期的说唱文学，篇幅还是短小型的，题材还是一人一事，属传奇、灵怪、公案一类；它的形式主要是七字唱句，有说有唱，有时也有"攒十字"的小段，可以看出，这些词话大体上还保存宋元词话的原始面目。第二类是杨慎（升庵）的

《历代史略十段锦词话》，这是文人所作的讲史话本，它只是供案头阅读而不是供艺人说唱的，不过在名称形式上保留词话的传统而已。但杨慎是一位关心民间文学的人，他这种模仿民间文学的大胆尝试，对明代词话的发展，起着推动作用。第三类是属于明代后期称为“重订”本的《大唐秦王词话》（一名《唐秦王本传》、又名《秦王演义》），值得注意的是这本词话篇幅上已由短篇发展到长篇；题材已由一人一事的故事进展到讲史的范围。这就为以后大型弹词、鼓词的出现准备了条件。《大唐秦王词话》署“澹圃主人编次”，刊书的年代大约在万历天启年间。澹圃主人是万历间人诸圣邻的别署，他是一位“游情讲艺”[①]的说书艺人。这部《大唐秦王词话》，是夹叙夹唱的说唱本，文字活泼生动，大概是诸圣邻在原有的说唱本的基础上，作了有系统的剪裁和提高工作，故题曰“重订”。全书共六十四回，每回之前，必有诗词或骈文和赋开端；每回之末，必有一首诗作结。最别致的是在开头的诗词和正文之间有两句插词（也有四句的），插词的作用是承上启下。例如：

且停四景风花句，再整梁王魏主词。（第七回）
绝妙好诗歌暂歇，兴唐词话却重论。（第十九回）
歌诗能遣兴，词话最消愁。（第二十二回）
八句诗单赞敬德，一篇词独表秦王。（第二十三回）
试听一代兴唐主，尽属词人话里传。（第三十三回）
诗句歌来前辈事，词文谈出古人情。（第三十六回）
诗章论罢兴亡事，词话还谈创业君。（第四十四回）

① 见《唐秦王本传·序》。

玩月新诗偏有趣，兴唐词话更消闲。（第四十六回）

从这些插词的语气看来，开头的诗词等为歌唱的部分，这些诗词，不必尽和正文联系，只是随手拈来的“游情泛韵”，正文才是真正的词话，以散文、诗、骈文三者组成的。散文的分量最多，诗次之，以七言为主，间有十言的，用来叙事，在散文与散文间起疏通作用，是作为念白用的。骈文最少，作描状用。这种体裁，显然是元代诗赞词话的扩大化。词话的“词”，确如孙楷第所说包括诗、词、骈文在内的。这种情形，使我们连带想起了明代已经失传的两部词话小说。一是《金统残唐记词话》，钱希言《桐薪》卷三云：

《金统残唐记》载其（黄巢）事甚详，而中间极夸李存孝之勇，复其冤。为此书者，全为存孝而作也。后来词话，悉俑于此。

但可惜这部根据《金统残唐记》改编的词话本，现已失传，显然它是一种长篇历史小说，我们推测，它和《大唐秦王词话》的体裁必相近。一是《水浒传词话》，徐渭《徐文长佚稿》卷四《吕布宅诗序》云：

始村瞎子习极俚小说，本《三国志》，与今《水浒传》一辙，为弹唱词话耳。

徐渭告诉我们《水浒传》在明代万历以前，民间流传着一种“词话体”，是可以且弹且唱的。钱希言对这种弹唱词话，记载得更清楚

(见第五章第二节引)。他所见的宋人词话,每本头上都有“请客一段,权做个得胜利市头回”。《水浒传》也逐回有之。我们可以推想,元代以前的水浒故事,如《醉翁谈录》所载的《石头孙立》、《青面兽》、《武行者》、《花和尚》等,可能就是当时单行的短篇词话本,经过施耐庵的“集撰”,仍保留着词话原貌。这种《水浒传词话》,徐文长曾经看到过。到了明代嘉靖年间郭勋删改为散文本,闽中坊贾刊刻时又把韵语删去①,词话本就不大通行了。但今传本一百二十回《水浒全传》还保存了一些词话本的痕迹。例如第四十六回叙述裴如海被石秀杀死后,有着下面一段文字:

> 蓟州城里,有些好事的子弟们,亦知此事,在街上讲动了。因此做成一只曲儿来②,道是:
>
> 叵耐秃囚无状,做事只恁狂荡,暗约娇娥,要为夫妇,永同鸳帐。怎禁恶贯满盈,玷辱诸多和尚。血泊内横尸里巷,今日赤条条甚么模样。立雪齐腰,投岩喂虎,全不想祖师经上。目莲救母生天,这贼秃为娘身丧。

《水浒》中有很多地方还可看出话本的痕迹,例如第二十六回写武松杀西门庆和潘金莲前请众邻作证:“说话的,为何先坐的不

① 钱希言《戏瑕》卷一说:“今坊间刻本,是郭武定删后书矣。郭固跗注(按:‘跗注’是戎服,若袴而属于跗,与袴连。)大僚,其于词家风马,故奇文悉被划剃,真施氏之罪人也。……”胡应麟云:“二十年前所见《水浒》传本,尚极足寻味,今为闽中坊贾刊落,遂几不堪覆瓿。”

② 上海古籍出版社本此段作:“蓟州城里有些好事的子弟们,做成一调儿”。——校者注

走了？原来都有士兵前后把着门……”第三十一回写武松杀死张都监一家：“休道是两个丫环，便是说话的见了，也惊得口里半舌不展。”这都是说话人为了主动解除听众的疑难故作的设问，或为了增加紧张空气、吸引听众而作的设喻。胡应麟于万历间至徽州歙县访汪道昆，适遇道昆弟仲嘉，剧谈水浒故事，奚童弹筝佐之，听客为倾。胡氏为之赋诗赞美，有“象版牙筹说宋江”之句[①]。可见当时剧谈的还是根据《水浒》词话本，所以有音乐伴奏。又《少室山房笔丛》卷四十一说：

> 此书所载四六语甚厌观。盖主为俗人说，不得不尔。余二十年前，所见水浒传本，尚极足寻味，十数载来，为闽中坊贾刊落，止录事实，中间游词馀韵，神情寄寓处，一概删之，遂几不堪覆瓿。

胡氏不但听到说唱《水浒》词话，而且和徐渭一样，还看到《水浒》词话的本子。胡氏所看到的本子，可能就是他的朋友天都外臣（汪道昆）作序的《水浒全传》。天都外臣序里说：

> 故老传闻，洪武初越人罗氏，诙诡多智，为此书共一百回，各以妖异之语引于其首，以为之艳，嘉靖时，郭武定勋重刊其书，削去致语，独存本传，予犹及见《灯花婆婆》数种，极其蒜酪。（周亮工《因树屋书影》所载略同）

---

① 见《少室山房类稿》卷七十五。

汪氏说的“各以妖异之语引于其首”的《水浒》，当是元明之际流行的水浒词话。郭勋削去的致语，就是古本《水浒》中每回之前的“妖异之语”以及诗、词、骈俪的文字（即宋元说话人说的词篇、言语、吟词等韵文，也就是元明流行的水浒词话原文）。汪氏又说“予犹及见《灯花婆婆》数种，极其蒜酪”云云，按明刊四十卷本《初刻拍案惊奇》凡例（通行本删）有云：“小说中诗词等类，谓之蒜酪。”《灯花婆婆》蒜酪气味既然很浓，插入的诗词必不在少数。《灯花婆婆》本是宋人词话①，汪氏举以与《水浒》并论，可见当时的《水浒》曾以《灯花婆婆》等小型词话作为“请客”的段子，而汪氏所看到的《水浒》当是词话体无疑。郭刻《水浒》，既不可见（郑振铎所得《忠义水浒传》残帙一卷，以为是郭刻，待考），今仅从比较接近于郭刻的天都外臣序本看来，可以探索出郭勋删削《水浒》所遗留的一些词话痕迹，同时也使我们了解古本《水浒》的原来面貌。兹摘录数条如次：

第三十一回《张都监血溅鸳鸯楼，武行者夜走蜈蚣岭》开头有词曰：

神明照察，难除奸狡之心；国法昭彰，莫绝凶顽之辈。损人益己，终非悠远之图；害众成家，岂是久长之计！福缘善庆，皆因德行而生；祸起伤财，盖为不仁而至。知廉识耻，不遭罗网之灾；举善荐贤，必有荣华之地。行慈行孝，乃后代之昌荣；怀妒怀奸，是终身之祸患。广施恩惠，人生何处不相逢；多结冤仇，路逢狭处难回避。

① 见《也是园书目》。

第四十五回《杨雄醉骂潘巧云,石秀智杀裴如海》开头有偈曰:

朝看楞迦经,暮念华严咒。种瓜还得瓜,种豆还得豆。经咒本慈悲,冤结如何救。照见本心来,方便多竟究。心地若无私,何用求天佑。地狱与天堂,作者还自受。——话说这篇言语,古今留下。

第六十一回《吴用智赚玉麒麟,张顺夜闹金沙渡》开头有《满庭芳》:

通天彻底,能文能武,广交四海豪英。胸藏锦绣,义气更高明。潇洒纶巾野服,笑谈将白羽麾兵。聚义起人人瞻仰,四海久驰名。韵度同诸葛,运筹帷幄,殚竭忠诚。有才能冠世,玉柱高擎。遂使玉麟归伏,命风雷驱使天丁。梁山泊军师吴用,天上智多星——话说这篇词,单道着吴用好处。

第七十八回《十节度议取梁山泊,宋公明一败高太尉》开头有赋曰:

寨名水浒,泊号梁山。周回港汊数千条,四方周围八百里。东连海岛,西接咸阳。南通大冶金乡,北跨青齐兖郡。有七十二段港汊,藏千百只战舰艨艟。建三十六座雁台,屯百十万军粮马草。声闻宇宙,五千骁骑战争夫。名达天庭,三十六员英勇将。……后有诗为证:去时三十六,回来十八双,纵横千万里，谈笑却还乡。

第一百十四回《宁海军宋江吊孝，涌金门张顺归神》将近结束时有一段西湖景致的描写，明显地可以看出全仿《西湖三塔记》：

看官听说：那时西湖不比南渡以后，安排得十分的富贵。……苏东坡有诗道：

湖光潋滟晴偏好，山色空濛雨亦奇。
若把西湖比西子，淡妆浓抹也相宜。

又诗曰：

山外青山楼外楼，西湖歌舞几时休，
暖风熏得游人醉，只把杭州作汴州。

这西湖景致，自东坡称赞之后，亦有书会吟诗和韵，不能尽记。又有一篇言语，单道西湖好景，曲名〔水调歌头〕（词略）。

这篇词章，说不尽西湖佳景，以致后人吟咏颇多。再有一篇词语，亦道着西湖好处。词名〔临江仙〕（词略）。

这西湖故宋时，果是景致无比，说不尽。

又如一百十五回本《水浒传》第二十二回叙武松打虎一段有“景阳岗头风正狂”一篇诗赞（亦见《金瓶梅词话》第一回）。万历间天都外臣序刻本《忠义水浒传》第七十回有老郎做的颂扬张清的“祖代英雄播英武”一段诗赞，都是删除未尽的旧有唱词。更明显的是大涤余人序的百回本《水浒传》第四十八回有一段描写祝家庄气象的诗赞：

独龙山前独龙冈，独龙冈上祝家庄。
绕冈一带长流水，周遭环匝皆垂杨。
墙内森森罗剑戟，门前密密排刀枪。
飘扬旗帜惊鸟雀，纷纷矛盾生光芒。
强弩硬弓当要路，灰瓶炮石护垣墙。
敌对尽皆雄壮士，当锋都是少年郎。
祝龙出阵真难敌，祝虎交锋莫可当。
更有祝彪多武艺，咤叱喑呜比霸王。
朝奉祝公谋略广，金银罗绮有千箱。
樽酒常时延好客，山林镇日会豪强。
久共三村盟誓约，扫清强寇保村坊。
白旗一对门前立，上面明书字两行。
填平水泊擒晁盖，踏破梁山捉宋江。

这首诗赞和散文密切相连，非寻常插用的词可比，更足证明它是夹说夹唱叙事的，它确是词话遗文的残留。又郑振铎发现嘉靖刊（？）残本五回，每回前面有一首诗赞，如第五十一回云（百十五回本亦有之，字句小异）：

龙虎山中走煞罡，英雄豪杰起多方。
魁煞飞入山东界，挺挺黄金架海梁。
幼读诗书明礼义，长为吏道走轩昂。
名闻四海称时雨，哕哕朝阳集凤凰。
运蹇时乖遭迭配，如龙失水困泥冈。

曾将玄女天书受，漫向梁山水浒藏。
报冤率众临曾氏，扶恨兴兵破祝庄。
谈笑西陲屯介胄，等闲东府列刀枪。
两赢童贯排天阵，三败高俅在水乡。
施功柴寨辽兵退，报国清溪方腊亡。
行道合天呼保义，高名留得万年扬。

《水浒传》中的诗词韵语，所以还部分地保留下来，原因正如李贽在他评点的《水浒》发凡中所说的："第有得此以形容人态，顿挫文情者，又未可尽除。"上所举未被删削的词话原文，有诗、有词、有赋、有骈文，这些文字，宋元时代的说话人称它为词篇、词章、词语，可见它就是词话的别称。这种体裁，早在南宋时候，已为说话人普遍采用（如上举的《西湖三塔记》等），而尤为听众所欢迎。这种体裁，从它的形式而论是韵散夹杂；在表演方面有讲、有吟、有诵、有唱，形式是多样化的；就它的内容而论，是借彼形此，或无中生有。说话时引用一些前人诗词，而在每首的内容上都是极不相干的，说话人却巧妙地把它有机地联系起来，阐述出许多理由，好像把它缝补成一件百衲衣。这许多诗词，从内容上看，却是菁芜并存，有的固然为英雄生色，有的却大事宣扬封建思想；从形式上看，也是如此，有的是必要的具体描写，增加形象性；有的却是繁琐描写，文字游戏。人民群众固有其喜爱之处，封建士大夫像明代文徵明诸人也颇嗜痂。但从文学形式的发展看来，以上种种，都可证明《水浒》在散文本通行之前，是有夹说夹唱的词话本的。它的形式，正好与《大唐秦王词话》的形式大体一致。古本《水浒》已不可得见，《大唐秦王词话》虽以史事为题材，但它的形式，却是道道地地的诗赞系的词话体。

词话到了明代中叶以后，已由短篇向长篇发展。除上举例子外，孙楷第以为《三国演义》原本，可能是词话体①。证以元代《三国志平话》末段尚残留着〔中吕女冠子〕曲牌和徐渭说的《三国》与《水浒词话》一辙的话，孙说似可信。明李诩《戒庵漫笔》载《西游记》有唱本②，早期的《封神演义》似也有词话本③。它们或许都是经历过词话阶段而发展成为长篇小说的。

综上所述，我们可以得出结论；词话渊源于唐代民间的变文、词文，它纯粹是民间的东西，宋代的民间说唱文学，以唱词吟词与说白结合者为主，大概都是属于词话体系，可归纳为两种类型：一种是乐曲系的词话，一种是诗赞系的词话。

乐曲系的词话，短篇的，像《刎颈鸳鸯会》之类，是当时说话人吸收流行民间的鼓子词加以改造而成，它已不是鼓子词而是作为"小说"话本的一种了。长篇的，像诸宫调之类，逐渐向戏剧转化。元初"禁令"中提到词话，不称说唱而称"演唱"、"搬唱"，它已发展到后期向戏剧过渡阶段。元剧中保存了大量的词话唱词，也是词话早已存在的有力证据。到明代，出现了像《金瓶梅词话》那样的长篇小说，这是受诗赞系词话交互影响的结果。

诗赞系的词话，在初期阶段，一般都是短篇，以唱为主，说话人

---

① 孙楷第据嘉靖本《三国志通俗演义》的结构，推断《三国志传》原本或者是词话体。见《三国志平话与三国志通俗演义》，载《文史杂志》1941 年一卷二期。又见《沧州集》。

② 《戒庵漫笔》云："道家所唱有道情，僧家所唱有抛颂词说，如《西游记》、《蓝关记》，实匹体耳。"

③ 明刊本《封神演义・序》云："俗有姜子牙斩将封神之说，从未有缮本，不过传闻于说词者之口，可谓之信史哉？"见孙楷第《日本东京所见小说书目》，第 90 页。

多方吸收了民间的曲艺,逐渐发展成有说有唱。到明代,词话逐渐变质换形,在形式上由短篇向长篇发展,题材由一人一事的故事扩大到历史故事。出现了像《金统残唐记词话》、《水浒传词话》、《大唐秦王词话》那样的作品。同时也出现了含有乐曲成分的弹词、鼓词、宝卷一类的说唱文学①,这也是受乐曲系词话交互影响的结果。

从文学发展来看,无论乐曲系或诗赞系的词话,都为早期小说话本所吸收,因而,"小说"话本也称为词话。像《刎颈鸳鸯会》、《西湖三塔记》、《快嘴李翠莲记》等,文字风格朴素质直,都是比较原始的作品。后来说话艺人为了适应日趋复杂的社会生活,发挥了说话的技巧,以散说为主,使故事情节,集中完整,不被韵文所割裂,篇中唱词只居从属地位,从此,词话在话本中逐渐失去了它的原来面貌。

某些话本之所以又称"词话",是确有依据的。理由已如上述。有人以为是误用,是不对的。钱希言《狯园》卷十二"二郎庙"条云:

> 宋朝有《紫罗盖头》词话,指此神也。

又《桐薪》卷一"灯花婆婆"条云:

> 宋人《灯花婆婆》词话甚奇。

① 弹词、鼓词,常注明脚色,如"旦唱""生唱"等,初期宝卷常用〔耍孩儿〕、〔山坡羊〕、〔画眉序〕等曲牌开头,它们多少受到一点乐曲的影响。

又卷二“公赤”条云：

考宋朝词话有《灯花婆婆》，第一回载：“本朝皇宋出三绝。”

“词话”二字，必系沿袭宋元以来的旧称，决非明人妄加。像《古今小说》里的《蒋兴哥重会珍珠衫》一篇，虽只用了〔西江月〕词二首，因为有词有话，所以也称为词话。清初钱曾《也是园书目》卷十著录“宋人词话”十二种，王国维谓“词话之名，非遵王（钱曾）所能杜撰”①，这话是不错的。

① 见王国维：《大唐三藏取经诗话跋》。

第七章　现存的宋人话本

第一节　序例

宋人话本运用口语的描写功能代替了用文言写成的志怪小说与传奇小说的地位，给后来的白话小说开辟了一条新的道路。这笔珍贵的文学遗产，是当时说话人和书会先生努力合作的结晶品。但是，这种民间文学，过去的正统文学家们是不重视的。因此，在流传与保存方面，都受了很大的影响，散佚的着实不少。到了明代，洪楩、冯梦龙以及某些爱好民间文学的专家们在书坊老板的合作之下，才加以收集、整理、汇刊。这些几乎湮没不彰的作品，才大量地被保留下来。

洪楩、冯梦龙诸人对祖国这种民间文学的保存和传布的功劳，是值得称赞的。但是他们在做这种工作中，也存在着不少的缺点：首先是对原来的作品，往往有心无心地作了改动，以致或多或少地改变了它的本来面目。其次，他们在编刊这些话本时，又往往把宋元明三代的作品，杂厕其间，混而不分。而且他们的目的在于娱乐当时人，不是为了保存文献，所以也有涂抹时代，点窜典章制度，以适合同时代人的爱好的，这样，就使宋人的著作，真赝莫辨。给我们对宋人话本的研究工作，带来了不少困难。

近年以来，有些学者，在探讨话本写作时代的问题上，曾发生过一些分歧。我们必须科学地、准确地弄清作品的时代背景和时代特点，才能够正确地分析作品的内容。宋元明三个朝代的时间颇长，各个朝代的社会经济、历史条件和文化思想情况，都有很大的区别，这就影响和决定着作品的内容。因此，在研究宋人话本的过程中，对宋人话本的存真辨伪工作，是非常必要的。

现存的宋人话本，除极少数是留传下来的单行本外，大多数皆散见于明人汇辑的《京本通俗小说》、《清平山堂话本》、《古今小说》、《警世通言》、《醒世恒言》等书中。兹按照各书编刊的先后时代为序，依次排列，逐一探讨。但由于这些话本，大半经过后人窜改，很难掌握它写作时代的特征，其中错误一定难免，愿就所知，以就正于方家。我们推勘的方法是：

1. 依据话本的体裁、语言风格；
2. 话本中叙述的社会风俗习惯；
3. 话本中反映的社会思想意识；
4. 以同一内容的话本互相比勘；
5. 考察地理、官职及典章制度；
6. 从官史、杂史、笔记及诗文集等互相参证；
7. 依据宋戏文、杂剧、金院本，证明话本中的故事，在当时的表演情形和话本所反映的时代背景来探讨其成篇时代；
8. 参考现代人研究所积累的见解。

以上方法，在推勘时宜于互相参照，综合考察，凡有若干条符合宋代情况的，就可以基本上肯定为宋人话本。符合越多，当然就越可肯定。凡一文之互见者，择其较早的一种来判断，然后推及后出者。判定元人或明人的话本时，也同样采用这种方法，以后不再说明。此外,尚有用文言写作而类似传奇的话本,如《警世通言》中的《钱舍人题诗燕子楼》、《宿香亭张浩遇莺莺》等,以及用其他说唱文体,如《清平山堂话本》中的《刎颈鸳鸯会》,则除了按上述方法考察外,还应该注意到一个事实,就是"说话人"及书会先生,常取材于其他艺术形式,加以改造成为话本。所以我们不必因为它们使用文言近似传奇文,或多用韵文近似鼓子词而产生怀疑。判断它们是否话本,还是主要从它们内容是否属于市民文学,形式是否主要地具有"说话人"特点来看问题。至于话本的时代问题,这里提出初步意见,更确切的论断,还有待于专家学者的共同探讨。

第二节　词文——《梁公九谏》

"词文"是唐代民间的一种通俗叙事诗,基本上以唱词为主。词文又省称"词",如《下女夫词》、《苏武李陵执别词》。它和用俗调编写的变文(如《舜子至孝变文》)的形式也很相近,所以五代的《后土夫人变》,到宋代就易名为《后土夫人词》①。

《梁公九谏》卷首有一篇佚名的序文,略云:"世有《梁公九谏词》者,即赵岐所谓外书也。传述既久,旧本多谬,与本传互有异同,观者不能无惑。今三复参考,订其讹而补其缺。"据此,知今传本《梁公九谏》是经过这位作序的人改订过。原来的民间小说狄梁公故事,他认为与"本传互有异同",所以他才"订其讹而补其缺"。这样一来,它就失去了旧有的面貌了。

① 引自陈汝衡:《说书史话》,第62页。

从序文看来，它原名《梁公九谏词》，这是唐五代白话小说的旧称，是敦煌发现的《季布骂阵词文》之类的东西。我们推测，原来《梁公九谏词》的文字风格，可能与《季布骂阵词文》相近。大概为唐五代或北宋初期的作品，今姑列入北宋，惜原文不传，我们无从印证。

今传本《梁公九谏》一卷，是北宋人作品。叙武后废太子为庐陵王，而欲传位于侄武三思，经狄仁杰极谏者九，武后始感悟，召还复立为太子。鲁迅谓："卷首有范仲淹《唐相梁公碑文》，乃贬守鄱阳时作，则书出当在明道二年以后矣。"这一判断是正确的。但它已被改成散文，与原来的《梁公九谏词》为词文者，面目迥别。

《梁公九谏》，宋元以来向无刊本，公私藏家目录亦未见著录。最早的有明钞本。清初钱曾《读书敏求记》及《述古堂书目》中，始见著录。嘉道间，黄丕烈始刊入他的《士礼居丛书》中。

第三节　诗话——《大唐三藏取经诗话》

《大唐三藏取经诗话》一名《大唐三藏法师取经记》，凡上中下三卷，不题撰者姓名。它的版本有二：（一）《新雕大唐三藏法师取经记》三卷。宋椠大字本。第一卷缺首，第二卷全缺。旧藏日本高山寺，今归德富苏峰成篑堂文库。罗振玉曾据以影印，入《吉石庵丛书》。1955 年文学古籍刊行社据罗氏两种影印本合印。

（二）《大唐三藏取经诗话》上中下三卷。宋椠巾箱本。旧藏日本高山寺，今归太仓喜七郎。上卷缺第一则，中卷缺第八则。1916 年，罗振玉影印本。1925 年商务印书馆排印本。1954 年中国古典文学出版社据罗氏影印巾箱本校以大字本排印。1955年文学古籍刊行社据罗氏两种影印本合印。两本均残缺不全,名称虽异,实是一书。取以互勘,虽不能增补缺页,而于辨认不清处及讹字脱字却可得到一些补正。王国维《大唐三藏取经诗话跋》云:

卷末有"中瓦子张家印"款一行,中瓦子为宋临安府街名,倡优剧场之所在也。吴自牧《梦粱录》卷十九云:"杭州之瓦舍,内外合计有十七处,如清泠桥熙春楼下谓之南瓦子,市南坊北三元楼前谓之中瓦子。"又卷十五:"铺席门保佑坊前张官人经史子文籍铺,其次即为中瓦子前诸铺。"此云:"中瓦子张家印",盖即《梦粱录》之张官人经史子文籍铺。南宋临安书肆,若太庙前尹家,太学前陆家,鞔鼓桥陈家,所刊书籍,世多知之,中瓦子张家,惟此一见而已。

此书刻工字体质朴中有圆活之致,证以王氏跋语,当为南宋晚期的刊本,但王氏在他的《两浙古刊本考》中,则又认为是元代刊本。按:唐僧取经故事,在五代后晋天福七年(942)所凿杭州将台山的摩崖龛像中,已经有唐僧和孙悟空、沙悟净、猪悟能等,还有白马一匹在后跟随取经故事的浮雕①。北宋时,还留存周世宗(954)以前的玄奘取经的壁画②。《清平山堂话本》中的《陈巡检梅岭失妻记》是宋代作品,已有"齐天大圣,神通广大,变化多端"的描写,后来孙悟空之所以称为齐天大圣,与此不无关系。刘后村亦有"取经烦猴

① 见《文物参考资料》1956年第一期。

② 《欧阳修集·于役志》。

行者,吟诗输鹤阿师”的诗句[①]。可见取经故事在南宋以前民间已极流行。此话本共有十七个章节:“(题原缺)第一;行程遇猴行者处第二;入大梵天王宫第三;入香山寺第四;过狮子林及树人国第五;过长坑大蛇岭处第六;入九龙池处第七;(题原缺)第八;入鬼子母国处第九;经过女人国处第十;入王母池之处第十一;入沉香国处第十二;入波罗国处第十三;入优钵罗国处第十四;入竺国渡海之处第十五;转至香林寺受心经本第十六;到陕西王长者妻杀儿处第十七。”每节标明题目次序,实为小说最早的分回形式。各节内容长短不齐,长者千馀字,短者不满百字,当是说话人预备讲说的一个提纲,也是取经故事最早的书面记录。书以“诗话”命名,则以每节之后必以诗作结之故。惟其诗句,皆出自书中人物之口,则和“小说”话本微有不同。

此话本不是吴承恩《西游记》的蓝本。它的叙述方法迥然不同,取经人数,不是四人而是七人,故事情节,也很少与《西游记》有密切关联之处。尽管里头有“来助和尚取经”的猴行者,他自称“花果山紫云洞八万四千铜头铁额猕猴王”,神通广大,善能降妖,又有一个化身金桥的深沙神,并且钻白虎精肚子,偷桃和吃人参果(乳枣)等情节,由于唐僧取经故事广泛流传民间,群众口口相传,艺人日日演唱,故事内容的偶然雷同或近似,是不足为奇的。从宋到元,西游情节不断在发展着,元代的《唐三藏西游记》比起宋《大唐三藏取经诗话》就有很大的变化,它和吴承恩的《西游记》很接近(参看第九章第四节《唐三藏西游记》),因而可以肯定地说,吴承恩写作《西游记》的直接蓝本极有可能是那本《唐三藏西游记》,同

① 《后村大全集》卷四三《释老六言》十首之四。

时也受到金院本和元杂剧中有关取经故事的影响，此话本与吴承恩的《西游记》，并没有什么明显的直接关系。

第四节　小说——《碾玉观音》、《菩萨蛮》等

见于《京本通俗小说》者七种：

1.《碾玉观音》（第十卷）

《宝文堂书目》著录，题作《玉观音》。《警世通言》卷八作《崔待诏生死冤家》，题下注："宋人小说，题作《碾玉观音》。"

话本上卷开头引了许多当时名家的诗词来作"入话"，显示出宋人话本的特色。入话后有"绍兴年间，行在有个关西延州延安府人，本身是三镇节度使咸安郡王"。下卷开头有"这只〔鹧鸪天〕词是关西秦州雄武军刘两府所作"。江东老蟫（缪荃孙）跋云："三镇节度延安郡王指韩蕲王（韩世忠）；秦州雄武军刘两府是刘锜；杨和王是杨沂中；官衔均不错。"更证以篇中称临安为行在，显然是南宋人口气。宋代的贵族、官僚、武将往往占有工匠为自己牟利。赵抃曾指出陕西的禁军中多有"匠民、乐工、组绣、书画、机巧百端名目。"①本篇中咸安郡王府中豢养着工匠、绣娘，正反映了宋代社会的现实情况。本篇无疑是宋人话本。

本篇叙述咸安郡王恃势强夺民间妇女——璩家裱褙铺的女儿秀秀，后来因秀秀爱上了郡王府中的一个碾玉匠崔宁，迫他一同逃往外府开店生活。郡王府下郭排军偶因出差撞见，归告郡王，郡王

① 《赵清献公文集》卷十三《论陕西官身占留禁军有妨教阅》。

遂把秀秀捉回活埋在后花园里。但秀秀的鬼魂仍跟着崔宁做夫妻，终于报了郭排军报告的仇，而崔宁亦同时死去。这个故事，是民间说话人根据当时有关韩世忠的轶事敷衍而成的。俞樾《茶香室续钞》“吕小小”条引宋胡舜申《己酉避难录》云：

> 杭妓吕小小以有罪系狱，其家欲脱之，投世忠。世忠偶赴待制饮，因劝酒启曰：“某有小事告待制，若从所请，当饮巨觥。”待制请言之，即以此妓为恳，待制为破械，世忠欣跃，连饮数觥，会散，携妓归。

又赵翼《廿二史札记》卷二三引宋王明清《挥麈三录》云：

> 王渊有妓周氏为赵叔敬所得。陈通之乱，叔敬招降之。渊遣张俊、韩世忠讨通，并斩叔敬，以妓归渊，渊以赐俊，俊不敢受，乃予世忠。

观此，知韩世忠是一个好色的武夫，话本中写他强夺民间妇女，并不是没有根据的。孙楷第以为本篇与元无名氏《异闻总录》所记宋代郭银匠事，系一事衍化①，其实情节很不相同。这类故事，在封建社会中并不少见，未必二者必同出于一件事实。

2.《菩萨蛮》(第十一卷)

《警世通言》卷七作《陈可常端阳仙化》。叙述宋绍兴年间，温州秀才陈可常在杭州灵隐出家当和尚，被诬陷与吴七郡王府中侍

① 孙楷第：《小说旁证》，载《图书季刊》九卷一号。

女新荷私通，致招杖楚事。故事出处待考。

本篇有"绍兴十一年间(1141)，高宗皇帝母舅吴七郡王"云云，显然为南宋人口气。按：《宋史》卷四六七外戚《吴益传》谓益本高宗吴后之弟，封太宁郡王。吴益又为秦桧孙婿，气势甚盛。此吴七郡王当为吴益无疑，吴益实为孝宗的母舅，此称高宗的母舅，盖误。

关于吴益之为人，周密《齐东野语》卷十所记甚详：

> 庄简吴秦王益以元舅之尊，德寿(高宗)特亲爱之，入宫每用家人礼。宪圣(吴皇后)常持盈满之戒，每告之曰："凡有宴召，非得吾旨，不可擅入。"一日，王竹冠练衣，芒鞋筇杖，独携一童，纵行三竺灵隐山中，濯冷泉磐石之上，游人望之，俨如神仙，遂为逻者闻奏。次日德寿以小诗召之曰："趁此一轩风月好，橘香酒熟待君来。"令小珰持赐。王遂亟往。光尧(指高宗)迎见笑谓曰："夜来冷泉之游乐乎？"王恍然顿首谢。光尧曰："朕宫中亦有此景，卿欲见之否？"盖叠石疏泉，像飞来香林之胜，架堂其上曰"冷泉"。中揭一画，乃图庄简野服濯足于石上，且御制一赞云："富贵不骄，戚畹称贤，扫除膏粱，放旷林泉。沧浪濯足，风度萧然，国之元舅，人中神仙。"于是尽醉而罢，因以赐之。

观周密所记与《菩萨蛮》篇吴七郡王，身份气度完全相合。且周氏恰记其常至灵隐一带闲游，本篇说他和可常和尚之一段交涉，非不可能之事，或者就是当时流传的逸闻。说话人所以致误，亦自有故。宋代诸帝常用内禅之制。当吴益为郡王时，虽是孝宗临朝，而高宗尚在，且郡王与德寿宫接近，民间既以国舅称之，遂有误传为高宗母舅之可能。即此可知本篇的背景在隆兴乾道间。而吴益之排行第七，《宋史》及宋人笔记中皆无考，此惟当时人知之。而话本开头，提到温州府，按温州置府在咸淳元年①，知本篇之作，已在宋代末年了。

3.《西山一窟鬼》(第十二卷)

《警世通言》卷十四作《一窟鬼癞道人除怪》，题下注："宋人小说，旧名《西山一窟鬼》。"

本篇叙述宋绍兴年间，落第秀才吴洪，由婆为媒，娶李乐娘为妻，和侍女锦儿。后来发现他们都是鬼，幸遇癞道人施法除了鬼怪的故事。鲁迅谓："《西山一窟鬼》述吴秀才一为鬼诱，至所遇无一非鬼，盖本之《鬼董》(四)之樊生，而描写委曲琐细，则虽明清演义亦无以过之。"(孙楷第《小说旁证》亦谓本之《鬼董》)所记故事，除人物稍有不同外，情节确有相似之处，当是宋代民间流行的故事。《鬼董》卷四"樊生"条略云：

> 樊生与其徒李，游湖上某寺阁，得女子履，中有片纸云："妾择对者也。有姻议者，可访王老娘问之。"樊少年心荡。他时过升阳宫，遇两妪入茶肆，亦住焉。两妪谓瀹茶仆曰："王老娘在乎？"曰："在。"仆呼一妪出，两妪迎语之曰："陶小娘子，遣我问亲事如何？"王曰："未得当人意者。且彼自以鞋约，得鞋者谐之。"樊大喜，伺两妪去，独呼王妪，言："鞋乃我得之，陶令安在？"妪咤曰："天合也。彼生二十有二年矣，张郡王之嬖也。郡王死，出求偶，无当意者，君少年而家富，契彼所欲，然

① 《宋史·地理志》："咸淳元年升永嘉为温州府。"

必令一见乃可。”约明日会酒肆中。樊生如期往,则粲然一丽人,饮至暮,女遂与樊乱。樊父严,不敢携女归,居女于别屋,守舍佣见其人衣纸衣,惊呼失声,中夜樊归,佣道所见,不信。走报樊父,父往验之,则荡然空屋。鬼乃入其家,拜舅姑,真若新妇。樊父忧之。月馀,樊与李游嘉会门外,登慈云岭,雨暴至,避入小人家,主人母白服出迎曰:“顾六妻也,夫死未盈月。”以榻处二客曰:“升阳宫前酒,唯饮王老娘,今急乃投我。”李谓樊曰:“彼何自知之,得非亦鬼乎?”惧不能寐。中夜,二生窥见皂衣卒自灵床上曳老叟去,回语妪:“善视二客,勿使去!”樊、李益恐,相携自后户逸,疾走里馀,闻宿舂声,人家灯光自隙出,投之,扣主人姓名,曰雍三,鬻糕者,方捣粉耳。为言所遇之怪,雍笑而不答。喘未定,四夫舆陶小娘子,并王老娘、顾六等坌集。樊、李奋臂肆击,力不胜而仆。俄而某统制趋衙,从卒百馀人呵殿至,群鬼皆散去。统制闻草中呻吟,命下视之,见樊、李已昏不知人。数卒挟扶,就汤肆噀治,送之归。异时访鬼所起,则陶小娘子信张氏之嬖,以外淫为主所杀;王老娘居新门外,亦以奸被戕;顾六翁媪、雍三,皆岭边新瘗者也。

本篇开头引了一篇〔念奴娇〕词,说是沈文述所作。此词见宋黄升《花庵词选》,作者沈唐,字公述,此云文述,实误。说话人说这首词“皆是集古人词章之句”,并且逐句找出它的来源。按:沈唐系北宋仁宗时人,而这里说的古人,有的反在仁宗以后,有的竟是南宋时人,可见说话人是随意捏合的。

篇中称临安为行在,说西湖山道,杭州坊里,亲切如睹,自是南宋说话人口气。而铺席、一窟鬼等词,又都是当时民间熟语。《都城纪胜》有"铺席"一门,《梦粱录》记杭州茶肆有王妈妈茶坊名"一窟鬼茶坊",从这些方面看,本篇无疑是宋人话本。

4.《志诚张主管》(第十三卷)

《宝文堂书目》有《小金钱记》,《也是园书目》也有《小金钱》,入"宋人词话"类,疑即此篇。《警世通言》卷十六作《小夫人金钱赠年少》(一作《张主管志诚脱奇祸》)。元人南戏有《志诚总管鬼情集》,见张大复《寒山堂曲谱》。

本篇叙述宋时开封府商人张士廉,娶王招宣府遗弃的一个小夫人为妻,小夫人嫌张年老,心爱店中主管张胜,张胜却始终以礼自持的故事。故事来源待考,可能是当时民间的传说。

本篇开头用宋人揽镜有感的诗词两首作开场。提到开封地方,有"如今东京汴州开封府"云云。篇中又有"话说东京汴州开封府界身子里,一个开线铺的员外张士廉"。据《东京梦华录》卷二"东角楼街巷"条:"南通一巷,谓之'界身',并是金银彩帛交易之所。"界身是北宋汴京一条最繁华的街道。篇中描写东京元宵节端门放灯的情况,与宋陈元靓《岁时广记》卷十及《宣和遗事》亨集所记相符,说话人或曾亲睹汴京繁华之盛,所以对汴京的风物,说得真切如此。

5.《拗相公》(第十四卷)

《警世通言》卷四作《拗相公饮恨半山堂》。金院本《题目院本》内有《王安石》一本,不知是否搬演这个故事。《宣和遗事》中讲王安石变法事,与此有部分相同。明赵弼《效颦集》卷中的《钟离叟妪传》,即据此篇话本写成。

本篇开头说:"如今说先朝一个宰相,他在下位之时,也着实有名有誉的。"又说:"那位宰相是谁?在哪一个朝代?这朝代不近不远,是北宋神宗皇帝年间,一个首相,姓王名安石,临川人也。”末尾又说:“后人于我宋元气,都为熙宁变法所坏,所以有靖康之祸。”分明是南宋人口气。篇中又称庆元府,浦江清谓:“庆元府本为明州奉化郡,为绍熙五年宋宁宗即位后所改,在安石作宰相时尚无庆元府之称,而元始祖既平两浙,又改庆元府为庆元路。此篇作者于鄞县上安‘庆元府’三字,于无意中流露出绍熙以后元以前人之口语。”这也证明它是宋人话本。

本篇叙述王安石罢相后,在赴江宁途中,亲听人诉说新法之不便,又被乡间父老当面痛骂,以致到了江宁愤恨而卒的事。它可能是根据当时反对新政者的传说敷衍而成的。《宣和遗事》元集关于王安石行新法被人反对的记载,其观点与本篇略似,关于拗相公的故事,除了前引的《枫窗小牍》题壁诗(见第四章第五节)之外,岳珂《桯史》卷九云:

> 熙宁七年四月,王荆公罢相,镇金陵。是秋,江左大蝗。有无名题诗赏心亭曰:“青苗免役两妨农,天下嗷嗷怨相公,惟有蝗虫感恩德,又随钧旆过江东。”荆公一日饯客至亭上,览之不悦,命左右物色,竟莫知其为何人也。

可见话本里描写王安石罢相,从东京到金陵的沿途中,到处都遇着有人题诗讽刺他的事,当是根据这些反对新政的传说生发开来的。

但本篇话本的故事显非真实,而为套用,这早已为封建文人所看破。清王士祯《香祖笔记》卷十云:“《警世通言》有《拗相公》一篇,述王安石罢相归金陵,极快人意。乃因卢多逊谪岭南事,而稍附益之耳。”卢事见王辟之《渑水燕谈录》卷十:

卢多逊南迁朱崖，逾岭憩一山店，店妪举止和淑，颇能谈京华事，卢访之，妪不知为卢也。曰："家故汴都，累代士族，一子任州县，卢相公违法治一事，子不能奉，诬窜南方。到方周岁，尽室沦丧，独残老妪流落在此，意有所待。卢相欺上罔下，倚势害物，天道昭昭，行当南窜，未亡间庶见于此，以快宿憾尔。"因号呼泣下。卢不待食，促驾而去。

两相比较，王士祯的说法确是有根据的。又王安石梦见儿子王雱在阴间受罪事，则更是反新政的顽固派的恶意造谣编写的。浦江清考证甚详，可参看①。

6.《错斩崔宁》(第十五卷)

《宝文堂书目》、《也是园书目》，姚燮《今乐考证》卷十三《宋人说书本目》并见著录。《也是园书目》列入"宋人词话"类。《醒世恒言》卷三十三作《十五贯戏言成巧祸》，题下注："宋人作《错斩崔宁》。"

本篇叙述宋高宗时，刘贵为盗所杀，其妾陈二姐因与少年崔宁路上同行，涉嫌被控，两人都处死刑事。这个故事在宋代民间极为流行。俞樾《春在堂随笔》记叙了这故事的梗概。

本篇头回有"我朝元丰年间，有一个少年举子"。《醒世恒言》改为"却说故宋朝中有一个少年举子"，这便看出明人窜改的痕迹。篇中有"却说高宗时建都临安，繁华富贵，不减那汴京故国"，这无疑是南宋人的口吻。杭州为当时丝织业的中心，住在褚家堂的村

① 见《浦江清文录》194 页《谈〈京本通俗小说〉》中的《拗相公》篇。

人崔宁到城中卖丝,也反映了南宋部分的社会面貌。在描写刘贵驮了十五贯钱带醉回家,将要被盗杀害的一段时,插入了这几句话:“若是说话的同年生,并肩长,拦腰抱住,把臂拖回,也不见得受这般灾晦,却教刘官人死得不如《五代史》李存孝,《汉书》中彭越。”这是宋代说话人的习用语,也可证明它是宋人话本。

此故事清朱素臣据以著《十五贯传奇》,一名《双熊梦》,兼叙明熊友兰、友蕙二人事,情节已有改变。鸳湖逸史的《十五贯弹词》则据《双熊梦》故事。

7.《冯玉梅团圆》(第十六卷)

原名《双镜重圆》。《宝文堂书目》作《冯玉梅记》,《述古堂书目》作《冯玉梅团圆记》,《也是园书目》列入“宋人词话”类。《警世通言》卷十二作《范鳅儿双镜重圆》。

本篇叙述宋高宗时少女冯玉梅因乱为范汝为部下所掳,与范侄希周绰号鳅儿者结为夫妻,范败,夫妻分散,几经波折,复得团圆。本篇头回“交互姻缘”的故事,出洪迈《夷坚志补》卷十一“徐信”条,冯梦龙《情史》卷二亦载此事。又《夷坚丁志》卷十一“王从事妻”条,事亦相类。正文叙冯玉梅与范鳅儿夫妇重圆事,出宋无名氏《摭青杂说》“范汝为”条,《说郛》卷三七引。《情史》卷一“范希周”条也采此故事,《远山堂明曲品》著录有穆成章《双镜记》传奇。今节录《摭青杂说》所载以资参考:

建炎庚戌岁,建州范汝为,因饥荒啸聚至十馀万。有吕忠翊者,之官,道过建州,为贼所劫,吕女十七八岁,亦为所掠。汝为有族子范希周,本士人,陷贼中,年二十五六,犹未娶,见吕女,遂娶之。时,朝廷命韩郡王统大军讨捕。先是,吕与韩有旧，乃辟吕为提辖官，同到建州。十馀日城破，希周不知所之，吕氏见兵势正盛，度不能免，就一荒屋中自缢。吕巡视适见之，使人解下，乃其女也。事定，吕随韩归临安，将令女改适，女不肯。后吕为封州将领，一日，有广州使臣贺承信以公牒来谒，吕延于厅上。既去，女谓吕曰："适来者何人也？"吕曰："广州使臣。"女曰："言语步趋，宛类建州范氏子。"吕笑曰："汝范家子死于乱兵，骨已朽矣，彼自姓贺，与范家子无半毫相惹。汝道世间只有范家子耶？"女不敢复言。后半载，贺又以职事到封州，复至吕厅事。女屡窥之，知其为希周也，乃恳其父问其乡贯出身。贺羞愧，白吕曰："某建州人也，实姓范。宗人范汝为叛，大军来讨，城破，某遂降，改姓贺，辗转受此广州指使。"吕又问："令孺人何姓？"贺泣曰："在贼中时，掳得一官员女为妻，及城破，夫妻逃散，约苟全性命，彼此勿娶嫁。今只母子二人，一个炊妾而已。"吕感其恩义，引入堂中见其女。住数日，事毕，结束奁具，令女随希周归广州。

话文开头引用吴中舟师之歌一首后，便紧接说道："此歌出自我宋建炎年间"云云，确系南宋人口气。篇中写冯玉梅和范汝为的族侄希周的离奇结合，和起义失败后的破镜重圆，其中事迹虽不免小说家的增饰，但大体与史实相符。例如记韩蕲王平建州范汝为乱事，见《宋史·韩世忠传》，惟韩传记此事不详年月，话本则云"绍兴二年春正月，韩公将建州城攻破"。按：宋熊克《中兴小纪》卷十二亦谓破城在绍兴二年春正月，范汝为自缢死。话本所言年月皆确。惟谓"范汝为情急放火自焚而死"，则与《小纪》异，而与《宋史》合。浦江清云："大概韩公平建乱之功业，煊赫在人耳目，临安说话人说此一段鸳鸯宝镜之传奇故事，距离绍兴年间当还不远。”就篇中反映的时代背景来看，浦说甚确。

话本述范汝为起义的原因道：

> 话中单说建州饥荒，斗米千钱，民不聊生。却为国家正值用兵之际，粮饷要紧，官府只顾催征上供，顾不得民穷财尽。常言“巧媳妇煮不得没米粥”，百姓既没有钱粮交纳，又被官府鞭笞逼勒，禁受不过，三三两两，逃入山间，相聚为盗。“蛇无头而不行”，就有个“草头天子”出来。此人姓范，名汝为，仗义执言，救民水火，群盗从之如流，啸聚至十馀万。无非是风高放火，月黑杀人，无粮同饿，得肉均分。

这里描写农民起义的原因，极为直率。“仗义执言，救民水火”，尤为正史所不敢言。《建炎以来系年要录》卷四十二，记“右谏议大夫黎确言，福建盗起本于科敛诛剥，民不堪命”云云，和话本中所反映的情况正相符合。这是南宋仅存的“铁骑儿”性质的话本。是研究范汝为起义的宝贵资料。

话本开头〔南乡子〕词后引一首吴歌云：

> 月子弯弯照几州①，　　几家欢乐几家愁。
> 几家夫妇同罗帐，　　几家飘散在他州。

说话人并且说“此歌出自我宋建炎年间，述民间离乱之苦”，这

① 原版“月子”作“月儿”，从文学古籍刊行社本改。——校者注

话亦有根据。赵彦卫《云麓漫钞》卷九云：

> 彭祭酒，学校驰声，善破经义，每有难题，人多请破之，无不曲当。后在两省，同寮尝戏之，请破“月子弯弯照几州，几家欢乐几家愁”。彭停思久之，云：“运于上者无远近之殊，形于下者有悲欢之异。”人益叹伏。此两句，乃吴中舟师之歌，每于更阑月夜，操舟荡桨，抑遏其词而歌之，声甚凄怨。

又杨万里《诚斋诗集》卷二十八《竹枝歌序》云：

> 晚发丹阳馆，下五更至丹阳县，舟人及牵夫终夕有声，盖讴吟啸谑，以相其劳者，其辞亦略可辨，有云：“张歌歌，李歌歌，大家着力齐一拖。”又云：“一休休，二休休，月子弯弯照几州。”其声凄婉，一唱众和。

按赵彦卫和杨万里，皆南宋初人，这首传诵至今已经八百多年的著名吴歌，出在南宋建炎年间，是无庸置疑的了。

但话本开头的这首〔南乡子〕词（“帘卷水西楼”）见《西湖游览志馀》卷二十五，为元末明初人瞿宗吉（1341—1427）所作，显然是后人窜入的。原来的开场诗，当是这首“月子弯弯”的吴歌。

见于《清平山堂话本》者十一种：

8.《西湖三塔记》

《宝文堂书目》、《也是园书目》、《今乐考证》皆著录。《也是园书目》列入“宋人词话”类，无“记”字。

本篇叙述宋淳熙(1174—1189)年间,临安府少年奚宣赞,清明节游西湖,为白衣娘子(白蛇)、卯奴(乌鸡)、婆子(獭)三怪所迷惑,最后被奚真人将三怪镇压在三个石塔里。这故事是宋代杭州地方的民间传说。按明田汝成《西湖游览志》(嘉惠堂本)卷二云:"湖心亭,自宋元历国初,旧为湖心寺,鹄立湖中,三塔鼎峙。相传湖中有三潭,深不可测,所谓三潭印月者是也。《六十家小说》载有西湖三怪,时出迷惑游人,故压师作三塔以镇之。"所云《六十家小说》中的西湖三怪事,当指本篇。它是从唐代故事《定山三怪》和北宋故事《福禄寿三星度世》衍化而来的。《洛阳三怪记》的故事也与此相近。它不是白蛇故事的雏型,白蛇故事产生于绍兴年间(1131—1162),比三塔故事约早三十多年。白蛇故事内容相当复杂,而《三塔记》则极为幼稚,显然是两个系统的传说。当然,三塔故事在内容上也难免受到白蛇故事传说的一些影响。郑振铎谓:"也许这一类以三怪为中心人物的烟粉灵怪小说,是很受当时一般幼稚的听者们所欢迎,故说话人也彼此竞相仿着写罢。总之,这四篇(按即指《西湖三塔记》、《定山三怪》、《洛阳三怪记》、《福禄寿三星度世》)当是从同一个来源出来的。"这些话是有见地的。

《西湖志》卷三:"三塔为苏东坡官杭州时所造。"篇中有"都城圣迹,西湖绝景"云云。称杭州为"都城",显为南宋人对临安的称呼。后人又有:"是时宋孝宗淳熙年间,临安府涌金门,有一人是岳相公麾下统制官姓奚,人皆称为奚统制。"从对岳飞的称谓看来,自是南宋人口气。而文字风格,古拙简朴,当为宋人话本。

元郏经有《西湖三塔记》杂剧,见《录鬼簿》,当系同题材。

9.《合同文字记》

《宝文堂书目》、《述古堂书目》著录,题目全同。《宝文堂书目》另有《合同记》。疑为同一名称的两个故事。

本篇叙述宋代庆历年间，汴梁农民刘添祥的妻子王氏，不认亲侄儿刘安住，后经包拯判断，始得一家团圆的故事。包公故事，宋代民间流传很多，此当为最早的包公断案之一。

话本开头有"话说宋仁宗朝庆历年间，去这东京汴梁城，离城三十里有个村，唤做老儿村"云云，"去这东京"字样，表示出宋人的口气。篇尾又有"话本说彻，权作散场"宋代说话人常套语。文字风格，又极朴陋幼稚，情节的安排也很简略粗疏，可断为早期的宋人话本。

又篇中提到路州高平县。按《元史·地理志》卷五十八"潞州，唐初为潞州。宋改隆德军。金复为潞州。元初为隆德府。"这里又可推知这个话本，可能是金人统治之下的作品，但《宋史·地理志》八六"高平本属泽州"。此作路州，不知何故？

元佚名有《包待制智赚合同文字》杂剧，故事情节与话本不同，而与《初刻拍案惊奇》卷三十三《张员外义抚螟蛉子，包龙图智赚合同文》的内容却相似，可见这个故事在民间流行时是在不断发展着，或许就是《宝文堂书目》著录的另一种《合同记》的故事，也不一定。

10.《风月瑞仙亭》

《宝文堂书目》、《述古堂书目》著录。宋官本杂剧有《相如文君》一本。杂剧有关汉卿、屈子敬、佚名的《相如题柱》，范居中《鹔鹴裘》，孙仲章《卓文君白头吟》，汤式《风月瑞仙亭》；戏文有佚名《司马相如题桥记》，见《南词叙录》；传奇有孙柚《琴心记》，袁于令《鹔鹴裘记》，皆有《古本戏曲丛刊》本。

本篇敷衍卓文君私奔司马相如的故事。《绿窗新话》卷下有

《文君窥长卿抚琴》,内容全袭《史记》,与本篇不同。本篇自是小说家格局。《醉翁谈录》传奇类有《卓文君》名目,或即此本。篇中插入不少诗和骈俪短文,全是宋人话本的特色。风格亦颇近宋人。

兼善堂本《警世通言》卷六,削去插入的诗文,作为《俞仲举题诗遇上皇》的"头回"。今以两本互勘,冯梦龙删改的痕迹,灼然可见。三桂堂本《警世通言》则用以代兼善堂本第二十四卷《玉堂春落难遇夫》,题作《卓文君慧眼识相如》,亦非宋人之旧,惟此本多少还保存了宋人话本的原始面貌。

11.《蓝桥记》

本篇《宝文堂书目》著录,题同。《绿窗新话》卷上有《裴航遇蓝桥云英》,《万锦情林》卷二有《裴航遇仙》,余公仁本《燕居笔记》卷七有《裴航遇云英记》,当即此篇。

本篇叙裴航下第,买舟归襄汉,同舟樊夫人有诗相赠。后裴路过蓝桥驿,遇一女子名云英,因忆樊赠诗有"玄霜捣尽见云英"之句,异之。航求得玉杵臼,捣药百日,遂与云英结婚。同饵丹药,超为上仙。故事出唐裴铏《传奇》,《太平广记》卷五十引。本篇文字较简。与《醉翁谈录》辛集卷一"神仙嘉会类"《裴航遇云英于蓝桥》几全同,仅加上了开场诗与下场白。可见这个话本是当时说话人利用原有的传奇文来说唱的,当系南宋晚期的作品。

宋官本杂剧有《裴航相遇乐》,元庾天锡有《裴航遇云英》杂剧,明龙膺有《蓝桥记》传奇,杨之炯有《玉杵记》传奇,清黄兆森有《裴航遇仙》传奇,皆演此事。

12.《洛阳三怪记》

《宝文堂书目》著录,无"记"字。

本篇开头紧扣题目的游春赏花一段的描写,虽不是入话,却颇似宋人《碾玉观音》入话的写法。篇中又有"今时临安府官巷口花市，唤做寿安坊，便是这个故事。""今时临安府"云云，举现今的事，把杭州称做临安府，分明是南宋人的语调。

本篇叙述河南府开金银铺的潘松，清明郊游遇见赤斑蛇精、白猫儿精、白鸡精三妖怪，险送性命，幸得蒋真人作法剿除的故事。大抵以三怪为中心人物的灵怪故事，当时民间盛传，因地而异，这是受西湖三怪影响而产生的洛阳地方性故事。文字结构，全仿《西湖三塔记》，而描写手法，较多曲折变化，似稍为晚出的作品。但叙述相当质朴，仍然具有宋人风格。

13.《陈巡检梅岭失妻记》

《宝文堂书目》著录，无"记"字。《古今小说》卷二十作《陈从善梅岭失浑家》。《永乐大典》卷一三九八一载有《陈巡检妻遇白猿精》戏文，《南词叙录》作《陈巡检梅岭失妻》。

本篇叙述陈巡检从善携着妻子张如春赴广东上任，途中如春被齐天大圣——白猿精摄去，后来得紫阳真人将白猿收伏，夫妻重圆的故事。按汉焦延寿《易林》有"南山大玃，盗我媚妾"语，似故事渊源很古。张华《博物志》第三《异兽》，干宝《搜神记》卷十二，《太平广记》卷四四四《欧阳纥》，均有类似的记载。本篇当出《稽神录》"老猿窃妇人"条，并根据唐无名氏《补江总白猿传》而加以变化。篇中齐天大圣的形象，当为明初杨景贤《西游记》杂剧所取材。吴承恩的《西游记》小说，写到孙悟空故事，也多少受这篇话本的影响。

本篇开头云："话说大宋徽宗宣和三年上春间，皇榜招贤大开选场，在这东京汴梁城内虎异营中，一秀才姓陈名辛，字从善，年二十岁，故父是殿前太尉。"所称"大宋"、"东京"等语，全属宋人口吻。煞尾又有"虽为翰府名谈,编入今时佳话。话本说彻,权作散场"等语,这都是宋人话本中所习见的。篇中又有"不问云游全真道人,都要斋他"云云,道家全真派始于金人王重阳,所以本篇大概是南宋末年的作品。

14.《五戒禅师私红莲记》

《宝文堂书目》著录,题目末无"记"字。别有《红莲记》一本,疑重出。《古今小说》卷三十之《明悟禅师赶五戒》,即从此本改写。《绣谷春容》和集有《东坡佛印二世相会》,余公仁本《燕居笔记》卷九有《东坡佛印二世相会传》,何大抡本《燕居笔记》卷九有《红莲女淫玉禅师》,《警世奇观》第八帙《两世逢佛印度东坡,相国寺二智成正果》,都从此本出。

本篇叙述五戒禅师因"一时差了念头"破了色戒,经明悟禅师点化,得成正果事。篇中宾主参禅悟道的题意甚显,疑系宋人讲经中的"说参请"话本。《警世通言》卷三十五《况太守断死孩儿》开头有"宋时玉通禅师"云云,知此故事产生于宋代。然《侍儿小名录拾遗》引《古今诗话》,则又谓是五代时事。

本篇开头有"话说大宋英宗治平年间,去这浙江路宁海军钱塘门外"。这显然是南宋临安瓦子勾栏中演说当地故事的口吻。末尾有"虽为翰府名谈,编入《太平广记》"的话,这是说话人不明时代先后,随意引用书名所致。此话本既然叙宋英宗治平年间的事,后于《太平广记》的编成几八九十年,怎么会编入《太平广记》呢?所谓"翰府名谈",乃翰苑中有名的故事的意思。不会是刘斧的《翰府名谈》,即使作书名用,刘斧的生长年代,略早于故事产生的年代,也不会把这故事采入他的书中去的。

文中又有:"哲宗登基,取(苏东坡)学士回朝,除做临安太守。"

按《宋史·苏轼传》云:“哲宗元祐三年请外拜龙图阁学士知杭州。”而话本称杭州为临安,显然是南宋人的口气。《古今小说》中的《明悟禅师赶五戒》,即根据本篇改写,只在前面加了个头回《三生相会》,并引明初人瞿宗吉诗,这证明它是冯梦龙改编时增入的,将两个话本比勘,此篇的文字风格还保存着宋代的原始面貌,改本却去原作远甚。

明田汝成《西湖游览志馀》卷二十《陶真》题目中有《红莲》;金院本有《月明德曲》,元佚名有《度柳翠》杂剧,明人有《红莲债》传奇,明徐渭《四声猿》中有《玉禅师翠乡梦》,都写此事。《金瓶梅词话》第七十三回亦有载尼僧薛姑子讲说五戒禅师与红莲故事。可见这故事到明代还在民间广泛流传。

15.《刎颈鸳鸯会》

《清平山堂话本》题下原注:一名《三送命》,一名《冤报冤》。《宝文堂书目》著录。《警世通言》卷三十八作《蒋淑真刎颈鸳鸯会》。

本篇叙述蒋淑贞前后与四个男子通奸,最后因奸被丈夫杀死的故事。头回则采唐人《步飞烟传》。

本篇中的〔商调醋葫芦〕鼓子词,流利通俗,完全是民间的风格,大凡一种新形式的文艺的起来,必创自民间,然后为文人所模拟。本篇中的〔醋葫芦〕鼓子词,它的产生时代可能比赵令畤的〔蝶恋花〕鼓子词还要早些。赵作每段说白之末,有“奉劳歌伴,先听格调,后听芜词”等语,本篇每于韵文之前,也有“奉劳歌伴,再和前声”的句子。赵作当为模拟之作。本篇又有“权做个笑要头回”字样,与其他话本中的“权做个得胜回头”,都是宋代说话人惯用的术语。因此我们可以推断,〔醋葫芦〕鼓子词的产生,当在北宋,而话本的写定，则在南渡以后。

此外，还有一点可作旁证。篇中有"在座看官要备细，请看叙大略"云云，"大略"一词亦为宋代说话人的术语。〔商调蝶恋花〕鼓子词有"倡优女子皆能调说其大略"语，《醉翁谈录》也有"收西夏说狄青大略"，都可证明这个话本出于宋人之手。

但是本篇开头有"浙江杭州府武林门外"云云，南宋人无称临安为杭州府之理，明人窜改的痕迹也很显然。

16.《杨温拦路虎传》

《醉翁谈录》杆棒类有《拦路虎》名目。《宝文堂书目》著录。

本篇叙拦路虎杨温的妻子被"强盗"劫去，几经波折，终于救回夫妻团圆的故事。

话本开头云："话说杨令公之孙，重立之子名温，排行第三，唤做杨三官人。"杨令公就是杨业。《醉翁谈录》朴刀杆棒类有《杨令公》名目。连同这个话本看来，杨家将故事，在宋代说话人口中，早已流传很广了。

本篇末尾有："杨温和那妻子归京，上边□立一件大大的功劳，直做到安远军节度使检校少保。"从文中所说的地名"安远军"和杨温的官职"节度使检校少保"看来，都说明它是宋人话本。傅惜华谓："在话本中间有两段关于描写使棒的情景，刻划逼真，有很多武艺方面的语汇，也无疑是出于宋人的手笔。"①

文中又提到"才人"，才人是"书会"中的成员，金末李治《敬斋古今黈》卷八说："近者伶官刘子才蓄《才人隐语》数十卷。"是南宋时已有才人之称。这个话本，大约是南宋书会中人编写的。

① 见《宋元话本集》导言第四篇。

17.《花灯轿莲女成佛记》(《雨窗集》)

本篇叙湖南潭州地方,有开花铺张元善者,同妻王氏二人信佛,每日见一无眼婆婆在街上化缘,张妻邀入家中供养,请其口授莲花经。久之,无眼婆婆坐化于张家,转世为张氏女,取名莲女。后经能仁寺惠光长老点化,一门均成正果。因为莲女是坐化在新人花轿里,故又名《花灯轿儿》。清代的小说《隔帘花影》第二十七回引了这个故事,说是和尚的"宣卷",可见这篇话本的性质是属于"说经"的一门。

本篇为宋人话本,其证有三:

一、莲女的父亲张元善是一个做花的手工艺人,文中称他为张待诏,一如称碾玉工匠崔宁为崔待诏。待诏是宋代对手工艺人的尊称。

二、篇中有不少宋人习用语,如"则个"、"跷蹊"、"蒿恼"、"打一看"、"计结"等,从语言风格来看,也有宋人气息。

三、篇中描写迎娶时司公念拦门诗赋,也是宋人习俗,与《梦粱录》卷二十"嫁娶"条相合。

18.《董永遇仙传》(《雨窗集》)

本篇叙孝子董永典身葬父,孝心感动天帝,天帝命织女星下嫁,助其织锦偿债,留下一子名仲舒。仲舒经严君平指点,七月七日在太白山与生母一面。母出金银瓶各一,分付以金瓶赠君平,银瓶给其子。仲舒回家,以金瓶赠君平,君平开瓶,瓶内突然出火,将"上元觉(甲)子并知过去未来之书"尽数烧了,而且冲瞎了双目。仲舒后成仙为鹤神。

后汉董永故事,很早在民间流传。刘向《孝子图传赞》中就有董永故事。汉末永嘉(151)年间的武梁祠石刻画像里,也有用作题材的。稍后，晋干宝的《搜神记》，敦煌写本勾道兴《搜神记》均有记载，敦煌写本又有《董永》一卷。本篇前半篇与敦煌写本《搜神记》情节近似，惟无辘车推父之事，主人则为傅长者，天女已明言为织女了。其叙董永孝行，织女下凡与永为妻，助永织绢偿债等等，还保存原始本色的民间传说。语言风格，十分简朴，当为宋元间作品。

南戏有《董永遇仙记》，明传奇有《织锦记》，一名《天仙记》，见《曲海总目提要》卷二十五，为"梨园顾觉宇撰"。内容与话本大致相同。明胡应麟《少室山房笔丛》卷四十一《庄岳委谈》下云："今传奇有所谓董永者，词极鄙陋。"是当时所作，不止一本也。清传奇有《卖身记》，评讲有《大孝记》，均演董永事。

疑为《清平山堂话本》之佚篇者一种：

19.《梅杏争春》

《宝文堂书目》著录。日本内阁文库有藏本，见董康《书舶庸谈》。有残存本。阿英《小说闲谈》说，这个话本只残存五纸，另一纸已不能连续成文。就其页数观之，都是第三、第四、第五共三页中的残片（《记嘉靖本翡翠轩及梅杏争春》）。就此残文看来，其内容写梅娇与杏俏春日游园，畅谈梅杏，引经据典，各说其好。事为郡王得知，嫌其喧闹，加以责罚，二人大恐。旋由郡王命彼等各作诗赋自赎。按清褚人获《坚瓠补集》卷二"梅娇杏俏"条，载有二人之词（亦见《林下词选》），兹录如下：

> 《闲居笔记》吴大（疑为"七"字之讹）郡王二爱姬名梅娇杏俏，丰姿并俊，尤善诗词；梅作词夸己嘲杏："一种阳和，玉英

初绽，雪天分外精神。冰肌玉骨，别是一家春。楼上笛声三弄，百花都未知音。明窗畔，临风对月，曾结岁寒盟。笑杏花何太晚，迟疑不发，等待春深。只宜远望，举目似烧林。丽质芳姿虽好。一时取媚东君。争如我，青青结子，金鼎内调羹。”杏亦作词答梅云：“景傍清明，日和风暖，数枝浓淡胭脂。春来早起，惟我独芳菲。昨夜几经雨过，似佳人细腻香肌。堪赏处，玉楼人醉，斜插满头归。笑梅花何太早，萧疏骨肉，叶密花稀，不逢媚景，开后甚孤凄。赋性冰心玉质，甘受雪霜欺。争如我，年年得意，占尽曲江池。”

此文《宋艳》及《古今闺媛轶事》均有转引。话本缺杏俏所作的词，正可据以补订。

话本残文，颇似宋人风格，如云：

……杏俏念罢，梅娇道：“姐姐差了。这杏花不及梅花。”二人一来一去，一声高一声，争了半晌，□□□□，叫堂候官去唤那两个贱人来，堂候官领了钧旨，□□□□花深处。这两个姐妹兀自争不了。堂候官道：“钧旨……”

“……春光明媚，景色可人，日长困倦，无处消遣。来此园中，闲玩一遭。不知贵人到此，有失回避。”郡王道：“春意可人，谁不游玩，这件不责你们。只见你两个在那里高声大语，指手画脚，争是争非，快说将来。如说得是，饶你；若说得不是，各人二十竹篦。”

这些对语，与《京本通俗小说》中的《菩萨蛮》和《碾玉观音》中人物对话的语气、称谓都相似。宋时杖人用竹篦(见《碾玉观音》),这里也提到竹篦,也是一证。而话本中的吴七郡王又是宋代说话人尝取作讲说材料的人物,因此,这个话本可能为宋人之作。但就话本的名目来看,实开明邓志谟的许多《争奇》小说①的先河。似又可归入明代,今姑列于此以俟考。

元末贾仲明有《上林苑梅杏争春》杂剧。据《录鬼簿续编》"贾仲明"条下云:"《梅杏争春》金銮殿夫妻成配,上林苑梅杏争春。"不知是否与话本同一题材。

见于明刊本《熊龙峰刊小说四种》者二种:

20.《苏长公章台柳传》

《醉翁谈录》"传奇"类著录有《章台柳》,《宝文堂书目》作《失记章台柳》。

孙楷第《日本东京所见小说书目》卷二《苏长公章台柳传》提要云:

> 大宋真宗朝临安太守苏轼,与灵隐寺僧佛印赏牡丹于四望亭。召妓章台柳,属作词,云:"做得好,纳了花冠褙子,便与你从良嫁人去。敢是我就娶了你。"章台柳即承命作〔沁园春〕一词,东坡嘉之,与长老各有赠诗。柳别后,即去帘闭门,专候太守来娶。而东坡本醉中乘兴之语,寻即忘却。如此一年,柳乃嫁与一丹青大夫李从善为妻。又一日,东坡与妹夫少游饮

① 明郑志谟有《梅雪争奇》、《风月争奇》等小说七种,见《北平图书馆善本书目》卷三"小说"类。

> 酒，顿忆前言，即遣人赍一简帖访之。上题云："章台柳，章台柳，昔日青青今在否？纵使柔条似旧垂，多应折在他人手。"使者回报，已嫁与画工李某。东坡立召从善至，命写杨柳图。又题前诗于上，属人暗以示柳，不得令从善知。柳看之，题一绝句于上，回呈东坡，诗云："昔日章台舞细腰，行人任便折枝条；而今已落丹青手，一任东风不动摇。"东坡读罢太息不已，遂请佛印、辩才、南轩并少游共观之。四人各有题咏，东坡亦题一诗。诗罢，众人大笑，尽欢而散。

这个故事是从唐许尧佐《柳氏传》敷衍而成，不过把主人公韩翃易为苏轼，而后半的情节，则颇似于邺的《扬州梦记》。《绿窗新话》卷上有《沙叱利夺韩翃妻》，情节与此不同。院本杂剧所演，亦皆韩翃事。

篇中有"大宋真宗朝有临安府太守"云云。称杭州为临安，显为南宋人口气。又有"花冠褙子"语，按《西湖老人繁胜录》云："选像生有颜色者三四十人，戴冠子花朵，着艳色衫子；稍年高者，都着红背了，时髻。"可见花冠褙子系宋代行首的服饰，更足证明它是宋人话本。

金院本有《杨柳枝》，戏文有《章台柳》，元杂剧有石君宝和乔古的《金钱记》，钟嗣成的《章台柳》，均写韩翃与柳氏故事。

21.《张生彩鸾灯传》

《宝文堂书目》著录，题《彩鸾灯记》。《古今小说》卷二十三作《张舜美灯宵得丽女》。其头回即《醉翁谈录》的《鸳鸯灯》。记徽宗的一汴京张生元宵看灯，见一车悬鸳鸯灯，中有女子风貌甚冶，因与通殷勤。女子实一尼，乃偕逃至苏州平江，创第而居。《鸳鸯灯》本事见陈元靓《岁时广记》卷十二引《蕙亩拾英集》，与此稍异，略云："天圣二年元夕，有贵家出游，停车慈孝寺侧。顷而有一美妇人降车登殿，抽怀袖间，取红绡帕裹一香囊，持于香上，默祝久之，出门登车，掷之于地。时有张生者，美丈夫贵公子也，因游，偶得之，持归玩，见红帕上有细字书三章（诗略），文章后细书云：'有情者得此物，如不相忘，愿与妾面，请来年上元夜，于相篮后门相待，车前有鸳鸯灯者是也。'……翌岁元宵，生如所约，认鸳鸯灯，果得之，因获遇乾明寺。妇人乃贵人李公偏室，故皆不详载其名也。"又宋元戏文有《张资鸳鸯灯》①，《醉翁谈录》壬集载有《红绡密约张生负李氏娘》一文，中间保存着不少口语，当为这个头回直接依据的底本。

正话叙越州人张舜美与刘素香的恋爱故事。略云越州人张舜美于上元观灯，见一丫鬟，肩挑一盏彩鸾灯前行，后乃一美女。试调之，女遗一方胜，上题〔如梦令〕词，并附书，约生以次日在十官巷家中相会。生如约往，两情既洽，遂谋潜逃至镇江同居，出门后，于闹市相失。生觅女不得，在新马头见一绣鞋，确是女所着者。里巷相传十官巷刘家小娘子溺水死矣。然实女恐家人踪迹，故遗其履，以绝家人之念。既抵镇江，不见生，悲惋之极，投水欲自尽，为一尼所救。后生上京应试，偶游大悲庵遇之，遂团圆。篇首有七绝一首云："致和上国逢佳姝，思厚燕山逢故人，五夜华灯应自好，绮罗丛里竟怀春。"诗中说的"思厚燕山遇故人"亦见《警世通言》卷三十《金明池吴清逢爱爱》篇首。即《醉翁谈录》"烟粉"类的《灰骨匣》和《古今小说》卷二十的《杨思温燕山遇故人》。也是宋人话本。

① 见《永乐大典》卷一三九八五，《南词叙录》作《张孜鸳鸯灯》。

诗中把它作为本篇引首,这两篇话本可能是同一个时期的作品,本篇篇末有"话本说彻,权作散场"云云,可见它是南宋瓦子勾栏中说话用的本子。

见于《古今小说》者四种:

22.《赵伯升茶肆遇仁宗》(第十一卷)

《宝文堂书目》著录作《赵旭遇仁宗传》,当即此本。

本篇叙秀才赵旭赴东京应试,因试卷错了一个字,就落了第,后来在茶肆中遇见仁宗微行,应对称旨,就得了西川制置使官职。谭正璧谓:"本事出唐尉迟偓《中朝故事》,为赵某遇唐宣宗微服出行而得官,话本乃以属之赵旭与宋仁宗。"①《北梦琐言》卷八记卢沆遇宣宗私行事,亦此类。杂剧有高文秀《好酒赵元遇上皇》,与此相近。明人《衣珠记》(即《珠衲记》)所演即此故事,情节有了较大的发展。

篇中有"大宋仁宗皇帝朝间,有一个秀士,姓赵名旭,字伯升,乃西川成都府人氏"云云,显然是南宋人口气。其中"看街"、"发迹"等词语,都是宋人习语,"西川成都府"也是宋人的称呼②。又篇中叙述汴京的街坊及社会风俗,茶坊中的陈设以及樊楼的热闹情形,与《志诚张主管》、《闹樊楼多情周胜仙》等话本所述情形相近。

篇中提到蓝袍槐简,又叙到赵旭新任"制置"时,身着紫袍金带,象简乌靴,戴上舒角幞头。这些都是宋代官服的制度。徐士年谓"赵伯升在茶肆里做的一首〔踏莎行〕词,与《清平山堂话本·简

① 见《话本与古剧》,第49页。

② 钱大昕:《廿二史考异·宋史地理志》。

帖和尚》的头回中的一首词略同，当是当时说话人常常引用的一首词，由此可见这一篇和《简帖和尚》的时代应该相差不远。”①又篇中“发迹”字样屡见，可见本篇是属于“发迹变泰”的话本。

23.《史弘肇龙虎君臣会》(第十五卷)

《宝文堂书目》著录，题作《史弘肇传》。金院本诸杂砌有《史弘肇》一本，《南词叙录》亦有《史弘肇故乡宴》戏文一本。《远山堂明剧品》著录有明叶宪祖《巧配阎越娘》一本。

话本叙述郭威及史弘肇君臣二人，微时认识被放出来的宫女柴夫人和妓女阎行首结为夫妇及史弘肇发迹事，是属于“发迹变泰”一类的话本。冯沅君谓“宋金以降的平话、诸宫调、传奇等，凡写到刘知远时常不免拉他(史弘肇)出来做个配脚；同时新旧《五代史》都称他的妻阎氏是酒家倡，那么他的浪漫行径也足够使他成为俗文学中的重要人物。”②

话本中称史弘肇为四镇令公。按《五代史·史弘肇传》说，弘肇后拜中书令。唐宋时称中书令为令公。令公也是宋代的称呼。而“发迹变泰”、“四司六局”、“祗应”、“供过”、“甚次第”等词语，也都是宋代语言。又篇末有“这话本是京师老郎流传”的话，可见他是从北宋传流下来的口头故事。

在这个话本的头回里，有许多南宋时人的口气，如云：“临安府多有东坡古迹诗句。后来南渡过江，文章之士极多。惟有洪内翰才名，可继东坡之作。洪内翰曾编了《夷坚》三十二卷，有一代之史才。”洪内翰即洪迈，他卒于嘉泰二年(1202)，可见此话本是嘉泰以

① 见《古典文学论集·宋元短篇白话小说的思想和艺术》。

② 见《史弘肇》，《文史杂志》第六卷第一期。

后的作品。

24.《杨思温燕山逢故人》(第二十四卷)

《宝文堂书目》著录,题作《燕山逢故人郑意娘传》。同书又有《燕山逢故人》一本,元沈和有《郑玉娥燕山逢故人》杂剧,想为同一题材。

本篇叙杨思温因靖康之难,流落北方,元宵在燕山看灯,因而追忆汴京往日的繁华。当晚又看见义兄韩思厚的妻子郑意娘,她是被金人掳掠去不屈而死的鬼魂。杨思温后来回到南方,把此事告知韩思厚,二人又同到燕山将郑意娘的骨灰运回南方。在金陵韩思厚负心另娶,被郑意娘的鬼魂捉去。本事出《夷坚丁志》卷九《太原意娘》,《鬼董》卷一亦载之,于思厚再娶,所记较详。按《醉翁谈录》烟粉类有《灰骨匣》名目,当即此故事。

这篇话本,充满着怀念祖国的悲凉情绪。它当是陷落在金人统治之下的北方说话人的口头创作。最初话名叫做《灰骨匣》,后来才改成此题。徐梦莘《三朝北盟会编》卷七十七载靖康二年(1127)正月,金人令开封府,勒牙人婆媒人追寻……杂剧、说话、弄影戏、小说等伎艺人一百五十馀家。令开封府押赴军前。同书又屡载金人继续捕走开封府倡优诸色人等,不可计较。话本的作者大概是久居汴京的,篇中叙写北宋宣和年间汴京元宵风物,十分熟悉,和《东京梦华录》卷六"元宵"条的记载大致相似。所以这篇话本,可能就是当时被掳去的说话人编写的。由于作者身在北方,亲眼见到金人蹂躏汉人的残酷行为,和作者自己遭受到身羁异地的苦痛,它通过描写燕山的元宵景象和汴京当年的盛况来抒发怀念故国的感情,亦殊悲切动人。

篇中提到"每年燕山市井,如东京制造,到己酉岁方成次第。当年那燕山装那鳌山,也赏元宵。"这里说的己酉岁,即宋建炎三年,金太宗天会七年(1129),这又证明讲说者是靖康元年(1126)被金人从汴京掳去的,所以他对燕山的市井建设时的经过情形,说得那么确切。这又为前文下一注脚。但篇中又有"按《夷坚志》载"云云,洪迈曾经出使过金国,卒于嘉泰二年(1202),那么,这个话本的写定,比故事的讲说要迟得多,大概是在南宋后期了。

25.《张古老种瓜娶文女》(第三十三卷)

《宝文堂书目》、《也是园书目》皆著录,题作《种瓜张老》。《也是园书目》列入"宋人词话"类。疑即《醉翁谈录》的《种叟神记》。别有《太平钱》传奇,见《曲海总目提要》卷十八,亦同题材,惟以张老为张果老为稍异耳。

本篇叙述仙人张古老在真州六合县种瓜,后来娶了梁相谏议大夫韦恕的女儿,骑鹤升仙的故事。金代诸杂大小院本的《菜园孤》,即演此事。本事出唐李复言《续玄怪录·张老》,亦见《太平广记》卷十六引。《情史》卷十九有《张果老》,亦即此故事。入话中提到的洪厓先生,见《云谷杂记》补编卷二十二。《续玄怪录》文长不录,今节录《类说》卷十一《韦女嫁张老》以资参考:

> 张老者,六合县园叟。邻有韦恕,招媒媪为女求良婿。张老曰:"幸为求之!"媪骂之,叟曰:"但一言之,不从则已。"媪入言,韦曰:"今日得五百缗则可。"叟曰:"诺。"不移时而钱至,韦大惊,不得已,许焉。其女无怍色。叟曰:"今既相厌,去亦何难?王屋山下有小庄,明旦且归。他日相思,可令大兄来天坛山南相访。"后数年,恕令其子至天坛山访之,遇昆仑奴,曰:"大郎子何久不来?"引至甲第中,花荣烟媚,鸾鹤徘徊。及门,闻珠佩声,青衣引一人戴远游冠,绛绡衣,引韦前拜,乃张

老也。言曰："贤妹略梳头，即奉见。"引入堂内，沉香为梁，玳瑁帖门，碧玉窗，真珠箔，妹略序寒温而已。张老曰："兄不可久居。"奉金二十镒，并一故席帽，曰："兄若无钱，可于扬州卖药王老家取一千万，持此为信。"韦归，持帽往王老家，果得钱。

话本中有许多词语，如"着个甚道理"、"一就"、"折莫"、"激恼"、"起动"等，都是宋人习用语。话本开头引了许多宋人的诗词，形式极似《碾玉观音》，宋人话本往往如此。

见于《警世通言》者十一种，附录一种：

26.《钱舍人题诗燕子楼》(第十卷)

宋皇都风月主人编的《绿窗新话》卷下有《张建封家姬吟诗》一篇，叙关盼盼事殊简略，《白氏长庆集》及《丽情集》所叙较详。但皆无鬼魂出现事。本篇叙徐州张建封尚书死后，其爱姬盼盼居燕子楼中，守节十馀年。白居易作诗讥其不以死殉，盼盼乃和居易诗，绝粒而死。按《燕子楼》诗三首，原系张仲素所作以咏盼盼者，而白乐天和之。本篇则以仲素诗归之盼盼自作，复借钱希白题诗为盼盼鸣不平，引出希白梦中遇盼盼鬼魂一段故事，其重点盖在希白而不在盼盼也。话本叙钱希白事，当为宋代说话人所增饰。按希白名易，《宋史》有传，其名亦见于《梦粱录》卷十七"历代人物"。《醉翁谈录》烟粉类有《燕子楼》一目，疑即此故事。

元侯克中有《关盼盼春风燕子楼》杂剧(《录鬼簿》)，宋元戏文有《燕子楼》(《九宫正始》引)。

27.《三现身包龙图断冤》(第十三卷)

本篇叙开封府押司孙文救了一个冻倒在大雪里的人，这人反和他的妻私通，将孙文谋毙，用计娶了他的妻。后来孙文的鬼魂三次出现，卒为包公所破案。《醉翁谈录》公案类有《三现身》名目，当即此故事。《武林旧事》卷十《宋官本杂剧段数》中有《三献身》；金院本也有《三献身》，疑与此同题材。

话本开头有"话说大宋元祐年间，一个太常大卿，姓陈名亚，因打章子厚不中，除做江东留守安抚使，兼知建康府。"这里提到的地名和官职，都是宋人口气。篇中又有宋代说话人的通套语，如云："若还是说话的同年生，并肩长，拦腰抱住，把臂拖回，孙押司只吃着酒消遣一夜，千不合万不合上床去睡，却教孙押司只就当年当月当日当夜，死得不如《五代史》李存孝；《汉书》里彭越。"这几句话，亦见《错斩崔宁》话本中。就他的文字风格看来，确与《错斩崔宁》话本相近。徐士年谓："在这篇作品里，包拯已被神化，显然离包拯的年代不会太远。"根据上面这些情况，可断为南宋人作品。

但是，篇中说卖卦先生李杰"去兖州府奉符县前开个卜肆"，宋有兖州奉符县，兖州改府是明代的事。这个"府"字显然的是明人窜入的。

28.《崔衙内白鹞招妖》（第十九卷）

本篇叙唐玄宗时崔丞相的儿子崔亚，携新罗白鹞，到定山游猎，在山中遇见了大虫、红兔、骷髅三怪作祟的故事。当是宋代定州地方的民间传说。标题下原注："古本作《定州三怪》，又云《新罗白鹞》。"可见它是较古的本子。这个话本原收入《京本通俗小说》中，题作《定州三怪》。缪荃孙影印时，嫌它"破碎太甚，未敢传摹"，没有把它印出来。入话出《青琐高议》前集卷六《骊山记》，文长不录。

话本开头描写崔衙内野外游猎一节，引了许多宋人的诗词，与

《西山一窟鬼》的作风全似。它当属于“灵怪传奇”之类。

本篇也有：“若是说话的当时同年生，并肩长，劝住崔衙内只好休去，千不合，万不合，带这只新罗白鹞出来，惹出一场怪事。”收场时又有：“这段话本，则唤做《新罗白鹞》、《定山三怪》。”从这些语气看来，它应是宋人话本。

29.《计押番金鳗产祸》（第二十卷）

本篇叙宋时计安有一女儿庆奴，两次嫁人离异，后来给一个主簿做妾，却又和人私通，发觉后杀人逃走，计安夫妇也被庆奴的丈夫周三所杀。后来周三和庆奴都被捉住，判了死刑。作者把计安这一家的祸事都归咎于计安曾经杀了一条金鳗，故标题下原注：“旧名《金鳗记》。”《宝文堂书目》著录，题同。冯梦龙编刊《警世通言》时，改成今题。

话本开端说：“大宋徽宗朝有个官人，姓计名安，在北司官厅下做个押番。”又说：“时遇靖康丙午年间，士马离乱。因此计安家夫妻女儿三口，收拾随身细软包裹，流落州府。后来打听得车驾杭州驻跸，官员都随驾来临安。计安便迤逦取路奔行在来。”篇中称临安为行在，又云“车驾杭州驻跸”云云，分明是南宋人口吻。

从话本里叙述当时民间伎艺人献技的情形看来，也证实它是宋人之作。如说庆奴拿着锣儿在镇江酒店内赶趁一段，与《南宋市肆记》“冯金宝手拿厮锣，酒楼赶趁”相符；又和《武林旧事》卷六所记当时酒楼上，常有吹箫、弹阮、息气、锣板、歌唱散耍等人，谓之赶趁的情形同。这就无意中透露出了当时的社会面貌。

30.《乐小舍拼生觅偶》（第二十三卷）

本篇题目下注：“一名《喜乐和顺记》。”三桂堂本《警世通言》题作《乐小舍拼生觅喜顺》，《情史》卷七有《乐和》一篇，亦记此事，结云:“事见小说。”小说,当即指本篇。

本篇叙青年乐和热恋幼时同学喜顺娘,一天,喜顺娘看潮落水,为乐和所见,舍命赴水拯救,终于两个人都被救起,成了婚姻的故事。

本篇有“是时南北通和,其年有金国使臣高景山来中国修聘”云云。按宋金和议,共有两次,一在绍兴九年,一在绍兴十一年。至绍兴三十一年,战争再起。这里说的“南北通和”,当是指绍兴十一年至绍兴三十一年者一段时间。可见故事产生是在南宋初年。篇中写观潮盛况和弄潮情景,多与《梦粱录》和《武林旧事》所记吻合。又有:“(乐和)找寻喜顺娘不着,结末来到一个去处,唤做‘天开图画’,又叫做‘团围头’,因那里团团围转,四面都看见潮头,故名。后人讹传,谓之‘团鱼头’。”“天开图画”为宋代皇帝每年观潮之所,“高台下瞰,如在指掌。”①证以《武林旧事》卷七所记孝宗诣德寿宫请两殿往浙江亭观潮,而本篇亦有在浙江亭搭彩铺毡、大排筵宴的叙写,知“天开图画”即为浙江亭驿馆最胜之处。篇中又有“至今临安说婚姻配合故事还传‘喜乐和顺’四字。”从“后人讹传”、“至今”等语揣摩,此话本可能是南宋后期的作品,而文字风格,亦颇近宋人。

31.《白娘子永镇雷峰塔》(第二十八卷)

《西湖游览志馀》卷二十有《雷峰塔》,疑即此本。《西湖佳话》卷十五的《雷峰怪迹》,小说《雷峰塔传奇》,传奇《雷峰塔》以及弹词《义妖传》等,都以本篇为蓝本而各有所增益。

本篇叙南宋绍兴年间,许仙与白娘子的爱情故事。为民间现

① 《武林旧事》卷三“观潮”条。

存的白蛇故事最早的作品。按杭州《净慈寺志》载宋时该寺附近山阴出现过巨蟒,并有过会变女子的害人妖精。《西湖游览志》卷三亦谓:“俗传湖中有白蛇、青鱼两怪,镇压塔下。”这些都可能与白蛇故事有关。宋洪迈《夷坚支戊》卷二叙淳熙年间孙知县妻为大白蛇事,可能是受白蛇故事影响的传说。本篇所叙,犹未脱妖气,当为较原始的话本。从这个话本所涉及的典实、名物和社会各方面的描写来看,宋话本的色彩相当浓厚,再从职官制度上看,许宣姊夫李仁所任职的“南乡阎子库”见于《西湖老人繁胜录》,属于内司,所以李仁又兼为太尉管钱粮。白娘子自称为“白三班白殿值”之妹,“三班”、“殿值”为宋代统治者的近卫武职,见《宋史·职官志》九。此外如“将仕”、“缉捕使臣”等职名,在《宋史》上也都有据。在临安坊巷道路的描写上,更见严格而细致,如许宣在清明日出城祭祖,从官巷口入寿安坊、花市街,过井亭桥、往清河街后钱塘门,取《梦粱录》中“大河桥道”、“禁城九厢坊巷”等条相对照,其途径确然不紊。又白娘子自言住在箭(荐)桥双茶坊巷,门对秀王府墙,据《梦粱录》所载“秀安僖王府在后洋街”看来,地理的位置也是正确的。他如李仁所住的过军桥,许宣借伞的三桥街,白娘子二次与许宣相会的沈公井巷,以及许宣访寻捕蛇人的白马庙,几乎无一不是宋时的名称,在《梦粱录》、《都城纪胜》等书中都可以找到根据。其中还有一处描写,充分表现了宋时社会生活的色彩,即借伞一段。借者慎重地向许宣介绍道:“这伞是清湖八字桥老实舒家做的,八十四骨紫竹柄的好伞,不曾有一些破,将去休坏了!”店家因特售一物而成名的风气,在宋时确很普遍,这在《梦粱录》卷十三“铺席”条有不少例证。在语言风格方面,也颇近宋人。因此,这篇话本基本上可以肯定为宋人作品。但篇中出现“苏州府”的名词,苏州称“府”，始于明代，宋时为平江府。又写到银子的使用，似与明代中叶“弛用银之禁，朝野率皆用银”①的情况相符，显然都是明代的说话人把当时的地名或习俗加进去了②。

32.《宿香亭张浩遇莺莺》(第二十九卷)

本篇叙西洛才子张浩于花园遇邻女李莺莺，各以饰物定情，复私会于宿香亭。张浩后由叔父作主，结亲孙氏，莺莺具状河南府申诉，判令张浩与莺莺成婚的故事。《青琐高议》别集卷四有《张浩花下与李氏结婚》，《绿窗新话》卷上有《张浩私通李莺莺》，《醉翁谈录》说话名目有《牡丹记》，可见这个故事宋代盛传。《宝文堂书目》亦著录，题作《宿香亭记》。本篇疑即据《绿窗新话》，略参《青琐高议》改写。其中莺莺、惠寂等名，与《绿窗新话》同，而廖山甫之名，复与《青琐高议》同。所以诗词，亦仅字句小有差异。虽用文言来写，近于传奇文，但篇末有“话名宿香亭张浩遇莺莺”，可见说话人已把它当做话本用，故整篇结构，仍合乎说话规范。大概是南宋后期的作品。

杂剧有元睢景臣《莺莺牡丹记》一本，见《录鬼簿》；戏文有无名氏《张浩》，见《九宫正始》。

33.《金明池吴清逢爱爱》附:《崔护觅水》

本事出《夷坚甲志》卷四《吴小员外》，又见《情史》卷十，题作《金明池当炉女》，金院本《上皇院本》有《金明池》一本。明范文若有《金明池》传奇。

---

① 《明史》卷八十一《食货》五《钱钞》。

② 本篇例证，大部分采自石珍、张慧剑的《〈警世通言〉里的白蛇故事出于宋话本的可能性》一文。见上海《新民晚报》1953年8月11、12、13日。

本篇叙述吴清在清明节到金明池游玩，遇着一个姑娘爱爱。后来又遇着一个酒家的女儿也叫爱爱。酒家爱爱很爱吴清，竟至相思而死，鬼魂和吴清做了一百二十天的夫妇。后来因她的力量，使吴清与金明池上遇着的爱爱成亲。

《宋文鉴》卷二载杨侃《皇畿赋》，描写金明池的风物十分生动。如"……其西则有池凿金明，波寒水殿。鹢首万艘而压浪，虹桥一道而通辇……銮舆临赏以终日，士庶纵观而逾月。"游人之盛可见。这篇话本的故事，就在此处揭幕，事情的发生及地点，与宋时的风俗都有密切关联。又话本的开头引了一首七绝诗云："朱文灯下逢刘倩，师厚燕山逢故人。隔断死生终不泯，人间最切是深情。"诗中用的两个典故，都是当时流行的人鬼恋爱故事，和本篇故事的性质相近，它们的产生，时间应相去不远。

这一篇的文字风格，叙写口气，都完全是宋人气息。

本篇的头回，系敷衍崔护乞浆故事。事见唐孟棨《本事诗》。

《绿窗新话》卷上有《崔护觅水逢女子》，此女子在元曲中系姓谢名菊英[①]。《醉翁谈录》传奇类有《崔护觅水》名目，当即此故事。宋官本杂剧有《崔护六么》、《崔护逍遥乐》。诸宫调有《崔护谒浆》（见《西厢记诸宫调》引）。元白朴与尚仲贤都有《十六曲崔护谒浆》杂剧，佚名有《崔护觅水》戏文（《宦门子弟错立身》引），明孟称舜有《桃花人面》，金怀玉有《桃花记》，佚名有《题名记》与《登楼记》传奇，清舒位有《人面桃花》，曹锡黼有《桃花吟》，都演此事。

34.《皂角林大王假形》（第三十六卷）

三桂堂本题作《赵知县火烧皂角林》。本事出处待考。头回出

① 见《百花亭》与《留鞋记》。

《神仙传》卷五《栾巴》。略云：

> 栾巴者，蜀郡成都人。少而好道。太守请为功曹，曰："闻尔有道，宁可试见一奇乎？"巴曰："诺。"即平坐，却入壁中，冉冉如云气之状，须臾，失巴所在。后为豫章太守，庐山庙鬼诈为天官，害民，巴以符治之，妖邪一时消灭。后征为尚书郎，自言见成都市上火，漱酒救之，朝廷发驿书驰问，果如所言。一日，忽大风雨，天地晦冥，失巴所在。

正文叙广州新会县赵再理，将皂角林大王庙烧掉，以绝后患，大王却幻化假赵再理占赵所居，真者告官无以自明，被断配到奉符县，后经九子母娘娘营救，赶走假赵再理，真者得以母妻团圆。故事出处未详。谭正璧谓元明戏曲中常有此种类似演述。如杂剧《锁白猿》记杭州沈璧出门月馀，有白猿自称烟霞大圣，化为璧之容貌，占其妻子财产，历三年之久，事乃得白。《西游记》的真假孙悟空，可能也受到这种故事的影响。宋时道教盛行，此种故事，盖为道教作宣传耳。

本篇头回之末有："说话的说这栾太守断妖则甚？今日一个官人，只因上任，平白地惹出一件蹊跷作怪底事来，险些坏了性命。却说大宋宣和年间，有个官人姓赵名再理，东京人氏，授得广州新会县知县。"这分明是宋代说话人的语气。

篇中称赵再理为"判县郎中"。因为宋代朝官出任地方性职务称为"判"。又称役吏为"客将"，也是宋代的习俗。

35.《万秀娘仇报山亭儿》（第三十七卷）

《宝文堂书目》、《述古堂书目》、《也是园书目》、《今乐考证》并著录，作《山亭儿》，《也是园书目》列入“宋人词话”类。

本篇末有“话名只唤作《山亭儿》，亦名《十条龙陶铁僧孝义尹宗事迹》”。《述古堂书目》注云：“一名《朴刀事迹》，一名《十条龙》。”《醉翁谈录》朴刀类有《十条龙》和《陶铁僧》两个名目，当即此故事。叙万秀娘被一个强盗“十条龙”苗忠所迫害，义士尹宗将要把她救出虎口，不幸尹宗却牺牲了性命。最后，由于贩卖“山亭儿”玩具，才破获此案。话本结尾有：“就襄阳府城外五里头为这尹宗起立一座庙宇。直到如今，襄阳府城外五里头孝义庙，便是这尹宗底。至今古迹尚存。”可知这故事可能来自山东襄阳地方流行的民间故事。

话本开头有：“话说山东襄阳府，唐时唤做山南东道。这襄阳府城中，有一个员外，姓万，人叫做万员外。”孙楷第谓：“宋襄阳府，本襄阳州，唐属山南东道，节度使治之。宋属京西南路，仍为山南东道，节度使治所。此云山东襄阳府，殆当时有此称。”按“山东襄阳府”，是沿旧的习惯称呼。此种简称，在宋人著作中屡见。如陆游《入蜀记》卷五：“（荆州）唐为江陵府荆南节度，今因之。然牧守署衔，但云‘知荆南军府’。……但沿用而已。”又篇中称苏州为“平江府”，成都为“西川成都府”，都是宋代的称呼。话本篇首一诗，亦见《醉翁谈录·小说引子》。

36.《福禄寿三星度世》（第三十九卷）

篇中有：“这大宋第三帝主，乃是真宗皇帝。……这个官人，在一座州，谓之江州，军号定江军。”这里的地名，全是宋人的称呼。

故事叙述刘本道同顾一郎到南瓦子问卜，只见一个先生，把着一个药瓢在手，“开科”道：“五里亭亭一小峰”云云。“开科”就是宋代江湖各色卖艺人的开场白。就篇中写到的社会风习，可证明是宋人话本。

话本里充满道家的气息,宋代最尊道教,这个话本,也反映了一些当时的宗教情况。

见于《醒世恒言》者二种:

37.《闹樊楼多情周胜仙》(第十四卷)

本事出《夷坚志庚集》卷一《鄂州南市女》,《情史》卷十引之,亦与宋廉布《清尊录》所书大桶张家女相类。但话本的情节丰富得多。《龙图公案》卷六《红牙球》的情节,则又从本篇变化而来。

话本云:"如今且说那大宋徽宗朝年东京金明池边,有座酒楼,唤做樊楼。"吴曾《能改斋漫录》说:"白矾楼在东京东华门外景明坊,有酒楼,人谓之樊楼。"又刘屏山《汴京杂诗》中也有"忆得少年多乐事,夜深灯火上樊楼"之句。樊楼是汴京城中的胜地,这里叙述汴京仕女在清明节游金明池的盛况,与《事物纪原》、《东京梦华录》等书所记载的情形相符。篇中又云:"婆子说:'儿子朱真不在。'当时搜捉朱真不见,却在桑家瓦里看耍。"《梦华录》说:"桑家瓦在东京皇城东南角,东角楼街南。"篇中叙述北宋汴京的街坊、风俗生活,皆一一如目睹,绝不是后人所能写得这样真切的。

话本又说:"原来开封府有一个常卖董贵,当日绾着一个篮儿,出城门外去。只见一个婆子在门前叫常卖,把着一件物事递与董贵。""常卖"一词,是宋人习用方言,指街市叫卖零星什物的人①。

根据上述种种,这篇话本可以断为宋人手笔。

---

① 《铁围山丛谈》卷一、《云麓漫钞》卷七、《中吴纪闻》卷六,均有关于常卖的记载。

38.《郑节使立功神臂弓》(第三十一卷)

《宝文堂书目》乐府类著录,题作《红白蜘蛛记》,当系剧本名目。《九宫正始》引作《郑信》。《南九宫词谱》卷四引作《郑将军红白蜘蛛记》。明杨暹也有《红白蜘蛛》杂剧一本,见《录鬼簿续编》,情节悉本此篇。又《井中天》传奇写李遂事,亦借郑信神臂弓事为之。

篇中敷衍郑信遇见一红一白两个蜘蛛精,一个叫做云霞仙子,和郑信结成夫妇。郑信拿着云霞仙子送给他的神臂弓去投军,后来建立功业,做到节度使。《醉翁谈录》灵怪类有《红白蜘蛛》名目,当即此故事。

话本开头说:"话说东京汴梁城开封府,有个万万贯的财主员外,姓张,排行第一,双名俊卿。这个员外,冬眠红锦帐,夏卧碧纱厨;两行珠翠引,一对美人扶。……门首一壁开个金银铺,一壁开所质库。"这段对汴京城中"铺席"的描写,与《志诚张主管》里对"界身"、"铺席"的叙述情形极相似,当出宋人之手。

《曲洧旧闻》卷九云:"神臂弓,盖熙宁初百姓李宏造,中贵张若水以献。其实弩也,以檿为身,檀为弰,铁为枪镫,铜为机,麻索系札丝为弦。上命于玉津园试之,射二百四十步有畸,入榆半簳。有司锯榆张呈上曰:'此利器也。'诏依样制造,至今用之。"又《齐东野语》卷二十"张仲甫"条说:"张氏守蜀时,专开神臂弓保驾。"①篇中叙述郑信以神臂弓建功立业,可见神臂弓是宋代战争中一种有力的武器。

① 中华书局本条目作"张仲孚",内容作"吴氏守蜀时,专用神臂功保险"。——校者注

篇中又有："如今这几位小员外，学前辈做作，约十个朋友做社，却是二月半，便来团社。""团社"，指朝山敬神的团体。在《梦粱录》、《武林旧事》等书中也有记载。

篇中叙述郑信自称："郑州泰宁人。见今在张员外宅中做主管。"这里提到的地名和"主管"的称谓，也是宋人话本中常见的。

《梦粱录》说：小说讲发迹变泰之事。本篇中"发迹变泰"字样屡见，是属于"发迹变泰"之类的话本。

见于《小说传奇》合刊本者一种：

39.《王魁》：参看第十章附录《王魁》。

见于《新刊大字魁本全相参增奇妙注释西厢记》及《题评西厢记》附录者一种：

40.《钱塘梦》：参看第十章附录《钱塘梦》。

第八章　宋元以来官私著述中所载的宋人话本名目

现在尚流传的宋人话本,已详见前章。兹再将宋、元、明各代私家著作里和公私图书目录中所载的宋人话本名目,辑入本章,并说明它的存佚情形,并仿前人书录解题例,除登录书名外,对各篇的本事出处,以及话本题材被当时民间各种伎艺和戏剧互相采用的情形,略加考订,以见宋代各种伎艺和戏剧相互之间的关系。

第一节　《醉翁谈录》著录的宋人说话名目

《醉翁谈录》是一本记载宋代说话伎艺和说话资料的专书。书首《舌耕叙引》下的"小说引子"和"小说开辟"两篇,对于小说一家讲说的技术和资料的分类,记述尤为详备。它的内容,全是有关说话的叙述,而不是话本的记录,与书目的性质不同。如云:"只凭三寸舌,褒贬是非,略咽万馀言,讲论今古;说收拾寻常有百万套,谈话头动辄是数千回。"显然,这些话都是为说话而发。因此,篇中所载的一百十七种故事名目,可以认为都是口头的"话",却未必是书面的"本"(其中大多数失传,以此),但是现今不少学者如孙楷第、赵景深、谭正璧皆以为全是话本名目,这是值得商榷的。当然,在这些名目当中,也不能把话本排除出去。这里有几种情况:一、在这些名目当中，其中一部分可能同时有话本存在；二、有些故事，还是先经书会编撰，然后说话人据以讲说的；三、其中一部分只保存在一代代艺人们口头传授中间，一直没有记录下来；四、有些故事在流传一个相当长的时期以后，才有话本被人（或说话人自己）开始记录下来。因此，我们研究故事的产生和话本的写定，不能一概而论，应从实际情况来进行考察。

下列说话名目，一般不注存佚，其有话本可考或疑似话本者，则注明之。

一、灵怪

1.《杨元子》：《宝文堂书目》著录有《墓道杨元素逢妖传》一本，从标题看，属于灵怪性质，疑与此为同一故事。按宋杨绘字元素，绵竹人，《宋史》有传。有《杨元素本事曲集》已佚，赵万里有辑本。杨与苏轼友善，时相唱和，《东坡乐府》屡及之。"墓道逢妖"事，当出于民间传说。

2.《汀州记》：疑即《夷坚乙志》卷七《汀州山魈》，两文的标题相近，而《夷坚志》所叙的内容属"灵怪"性质。惟其叙述故事情节和人物性格，不甚突出，疑说话人敷衍时必多所增益。

3.《崔智韬》：本事出唐人薛用弱《集异记》（亦见《太平广记》卷四三三）。这个故事，宋金两地的杂剧、院本和各种伎艺都在演唱，《武林旧事》卷十宋官本杂剧有《崔智韬艾虎儿》及《雌虎》（注云：《崔智韬》）两本，金院本打略拴搐有《虎皮袍》一本。诸宫调又有《崔韬逢雌虎》，都表演这个故事。元关汉卿《金线池》杂剧正旦唱："郑六遇妖狐，崔韬逢雌虎，那大曲内尽是寒儒。想知今晓古人家女,都待与秀才每为夫妇。"是大曲也在表演。《录鬼簿续篇》又载有佚名的《人头峰崔生盗虎皮》杂剧,可见这个故事在民间流行的广泛。又《太平广记》卷四二七引《原化记·天宝选人》一则,本事略同,当为一事两传。

4.《李达道》:本事出宋李献民《云斋广录》卷五《丽情新话》的《西蜀异遇》。略云:

宣德郎李褒,字圣与。于绍圣间,调眉州丹棱令,下车日,布宣诏令,访民利病,邑人大称之。其公舍之后有花圃,圃之中筑一亭,名曰"九思"。其子达道,以为宴息之地。达道一日独坐于其间,忽于花影柳阴之中,见一女子,年十四五许,真蓬莱岛之仙子也。女自言姓宋名媛,叙行第六。幼失怙恃,继亡兄嫂,今未尝适人。并约生近晚复来相会。此夜女果来,生备嘉肴旨酒相与叙话;冬尽所怀,相与欢洽。从此晨隐而来,暮隐而往,宿于生之第者,几一月矣。后生梦一人通柬,自称李二秀才候谒。生与之见。客曰:"君尝与会之女子,非人类也。还欲察其状否?"生曰:"唯。"客乃敕左右使擒来。少顷,则媛为一力士虾至矣。玉惨花愁,兰柔柳困,羞容寂寞,粉泪阑干。客乃叱之,则媛化为一大狐,狼狈而去。生将梦中所见告其父,父曰:"见梦于汝者,自谓李二秀才,又称尊父见待,得非吾所事灌口二郎神君者乎?"褒遽诣其祠,并命工葺之。一日,生于小径旁得花笺一幅,生览之,乃媛所作之词也。生爱其才而思其色,复与之合。后生就邑中僧寺中肄业,媛每夜辄至,其同辈悉知之,争来相见,而媛亦不之避。皆得与语。媛性慧敏,能迎合众意,以故媛常得与生会聚于彼。一夕媛忽悲曰:

"妾与君相遇，事非偶然，今冥数已尽，当与子别。"生问后会之期，媛赋一诗示之。次晨，生起晨省，复归于室，则媛不复见矣。

按邵博《河南邵氏闻见后录》卷三十所记，竟谓实有其事："程致中为予言，近岁云斋小书出丹棱李达道遇女妖事，不妄。致中亲见泥金鸳鸯出入云气中，黄色衣奇丽夺目，非人间之物，盖妖所服留以遗达者[①]。又歌曲多仙语，尚小书失载云。"

5.《红蜘蛛》：详第七章第四节《郑节使立功神臂弓》。

6.《铁瓮儿》：此故事似即《太平广记》卷三一八引《稽神录》的《彭虎子》。文云：

彭虎子，少壮有膂力，常谓无鬼神。母死，俗巫戒之曰："某日殃煞当还，重有所杀，宜出避之。"合家细弱，悉出逃隐，虎子独留不去。夜中，有人排门入，至东西屋，觅人不得，次入屋，向庐室中，虎子遑遽无计，床头先有一瓮，便入其中，以板盖头，觉母先在板上，有人问板下无人耶？母云无，相率而去。

7.《水月仙》：此话本《宝文堂书目》著录，题作《邢凤此君堂遇仙传》，《西湖二集》卷十四题《邢君瑞五载幽期》，盖即《艳异编》卷二水神部的《邢凤》。本事出《绿窗新话》卷上《邢凤遇西湖水仙》。略云：

---

① 中华书局本"达"作"达道"。——校者注

邢凤，字君瑞，寓居西湖此君堂，一日独坐，见一美女穿竹阴而来，邢起欲避，女呼止之，吟诗一首以献，邢亦以诗挑之。女乃约五年后会于凤凰山下。及期，具舟泛湖，忽闻荷花中鸣榔而歌，遥见一美人并舟相叙曰："妾乃西湖中水月仙也。"邢喜跃过舟，荡入湖心，人舟并没。

按唐沈亚之《异梦录》亦载邢凤事，他书多转相剿袭，实为另一故事，与《水月仙》无关。《绿窗新话》所载，当与此《水月仙》故事有直接渊源。故事发生在西湖，自为临安说话人所乐道。《西湖游览志馀》卷二十六载其事。戴望舒疑《水月仙》为敷衍《夷坚丙志》卷十四之《水月大师符》[1]，非是。

8.《大槐王》：本事出唐裴铏《江叟》，《太平广记》卷四一六引之。

赵景深疑即敷衍唐人李公佐《南柯太守传》[2]。《太平广记》卷四七五引此文，题作《淳于棼》下注"出《异闻集》"。明汤显祖有《南柯记》传奇即根据这故事敷衍而成。

9.《妮子记》：宋曾慥《类说》卷四十六引《青琐高议》有《妮子记》（今本《青琐高议》无此篇）。当即此故事。"妮"当作"泥"。原文云：

卫士钱千，沿河岸行，见一泥儿卧水上，彩色鲜明。千取归遗其妻，妻曰："君以我无子遗我也？"乃造彩衣，昼致怀抱，

① 见《俗文学》第六期。

② 见《中国小说论集·重估话本的时代》。

夜卧寝所。一夕，泥子遗溺茵席，千乃弃于沟中。中夜，泥子自门而入，悲啼求母乳，升床入衾。千惧，求康生占焉。康布卦云："事系三人之命。"愈恐，求术。康曰："子归以利刃击之，当绝其怪。"千淬剑伺怪至，击之，铿然有声，执烛视之，怪无有也。其妻毙于血中，明日，卫士縶于有司，千以康生教之，吏追康生为证，康惧自缢。千竟不能自明，伏法东市。

按此叙泥子作怪，正属灵怪之类，且二书标题相符，当为同一故事无疑。

10.《铁车记》：本事不详。

11.《葫芦儿》：《宝文堂书目》著录有《葫芦鬼》一本，疑即此故事。

魏尧西疑本事即后来《平妖传》第二十九回《杜七圣狠行续头法》中杜七圣用葫芦儿施衍幻术断小儿头的故事。《平妖传》是这样写的：

……杜七圣慌了，看着那看的人道："众位看官在上，道路虽是各别，养家总是一般。只因家火相逼，适间言语不到之处，望看官们恕罪则个。这番教我接了头，下来吃杯酒。四海之内，皆相识也。"杜七圣认罪道："是我不是了，这番接上了。"只顾口中念咒，揭起卧单看时，又接不上。杜七圣焦躁道："你教我孩儿接不上头，我又求告你，再三认自己的不是，要你恕饶。你却直恁的无理。"便去后面笼儿内，取出一个纸包儿来，就打开搬出一个葫芦子，去那地上，把土来掘松了，把那葫芦子埋在地下。口中念念有词，喷上一口水，喝声"疾！"可霎作怪，只见地下生出一条藤儿来，就渐渐的长大，便生枝叶，然后道："你先不成道理，收了我孩儿的魂魄，叫我接不上头。你也休想在世上活了。"看着葫芦儿，拦腰一刀，剁下半个葫芦儿来。却说那和尚在楼上拿起面来，却待要吃。只见那和尚的头从腔子上骨碌碌滚将下来。一楼上吃面的人，都吃一惊。胆小的丢了面跑下楼去了，大胆的立住了脚看。只见那和尚慌的放下碗，起身去那楼板上摸一摸，摸着了头，双手捉住两只耳朵。搬那头安在腔子上。安得端正，又把手去摸一摸，和尚道："我只顾吃面，忘记还了他的儿子魂魄。"伸手去揭起碟来。这里却好揭得起碟子，那里杜七圣的儿子早跳起来。看的人发声喊。杜七圣道："我从行这家法术，今日撞着师父了。"①

按《西湖老人繁胜录》有"行七圣法，切人头下，卖符，少间依元接上"，《武林旧事》卷六"诸色伎艺人"条亦载有七圣法的专家杜七圣。是宋代确有所谓"七圣"的法术，并且也确有杜七圣其人。《平妖传》所叙的故事出唐尉迟偓《中朝故事》，属妖术而非灵怪，疑非一事。故事或别有所本。谭正璧疑《葫芦儿》或即唐人皇甫氏《原化记》中的《葫芦生》，亦未必是。赵景深谓《葫芦儿》，当从《宝文堂书目》作《葫芦鬼》。故事似即《京本通俗小说》中之《西山一窟鬼》，亦即《警世通言》卷十四之《一窟鬼癞道人除怪》，因最后道人取出葫芦，那些鬼个个抱头鼠窜，捉入葫芦中。且《宝文堂书目》著录了《葫芦鬼》，却没有著录《西山一窟鬼》，明是一本。其故事来

① 上海古籍出版社本此处多"然后开花，便见花谢，结成一个小葫芦儿"一句。——校者注

源，参看第七章第四节《西山一窟鬼》叙录。

12.《人虎传》：本事出唐李景亮《人虎传》（亦见张读《宣室志》），《太平广记》卷四二七引作《李徵》。明东鲁古狂生《醉醒石》第六回《高才生傲世失原形，义气友念孤分半俸》，即根据此故事缘饰而成。

13.《太平钱》：《永乐大典》卷一三九八九，有《朱文鬼赠太平钱》戏文。《书生负心》散套亦云："昔有朱文，太平钱鬼为缔姻。""鬼赠"、"鬼为缔姻"，确属灵怪故事，故事当产生于宋代，而为戏文所采用。惜内容已失传，钱南扬《宋元戏文辑佚》仅辑存残曲三支，无从窥其崖略。《警世通言》卷三十《金明池吴清逢爱爱》的引诗有"朱文灯下逢刘倩"句，知故事的女主角名刘倩。福建戏《朱文太平钱》已无"鬼"的情节，显已改编。但其内容可能还保存一些原始情节。略云：

> 北宋西京朱文，年方弱冠，父母双亡，一日，到东京投亲不遇，宿于王行首店中，行首养女一粒金见朱为人诚实，心窃慕之，乘夜以乞火为名，到朱房中，知朱家贫未娶，女即以绣箧并二十四文太平钱赠朱为表记。王行首夫妇新开茶馆，请朱试茶，朱以五十文相送作彩，不意取钱时将绣箧遗失，被王婆拾得，雅不直其女之所为，乃设计悬女像于神龛中，诈言女死，鬼魂迷人。朱文果中计离去。后一粒金乘机逃出，赶上朱文，说明原委，成其夫妇。

14.《芭蕉扇》：本事不详。可能为明吴承恩《西游记》中孙行者三调芭蕉扇故事的蓝本。

15.《八怪国》：本事不详。

16.《无鬼论》：金院本诸杂大小院爨有《无鬼论》一本。本事出宋李献民《云斋广录》卷七《奇异新说》、《无鬼论》，略云：

进士黄肃，久寓都下，厌其尘冗，遂谋居京之西八角店，以聚学为业。一日，谓其弟子曰："孔子不语怪、力、乱、神。吾为正人端士，诚不敢外圣人之教，亦未尝谈此。吾将著《无鬼论》以解天下之惑。"时抵清明，生徒皆散，生乘间，乃濡毫运思，方欲下笔，忽有一村仆自户而入，云，奉主人之命来迓。生具冠带随仆以往。至一大庄，葱葱郁郁，真幽胜之地也。生入，见其主人紫袍金带，风貌甚伟，邀生就坐，谓生曰："某有二子，甚顽劣，欲遣就学，敢屈致从者于敝舍，训诲二子，不知尊意如何？"生应之。辞出，及抵其舍，则恍然梦觉。生曰："吾方著《无鬼论》而遽有梦，何其怪也。"翌日，生起，其仆又至，谓生曰："大夫请先生就馆。"生复随仆而去，主人设席宴生，并命青衣行酒。大夫复谓生曰："吾有一女，素所钟爱，如不弃门阀卑微，愿奉箕帚。"并令二青衣扶女出，生瞥见之，神荡魂逸，几不自持。遂凭媒纳聘，结缡之夕，一如世俗之礼。生以新婚之际，情意颇密。朝夕游宴，未尝暂舍。居月馀，大夫忽谓生曰："某近承弥命，功忝汀南宪使，不敢稽留，吾女骄騃，难以留此，须当挈行，子可复归。容吾到任，来岁清明遣兵卒令迓子。"生诺之，其妻谓生曰："妾居常女工之暇，尤喜读书，至于歌诗，粗能仿佛，今日见离，因成小诗一章，用以见意。"生览后不胜哽咽。因各就寝。拂旦，大夫令送生之家，生乃与妻诀。复至家，又悟其梦也。因以所梦之事，并其妻所赠之诗，以示友人，而皆莫晓其诗之意。及来岁清明,生忽暴亡。

二、烟粉

17.《推车鬼》:本事出《法苑珠林》。《太平广记》卷三一九引作《周临贺》。

18.《灰骨匣》:《宝文堂书目》著录有《燕山逢故人郑意娘传》、《燕山逢故人》两种,与此当为同一故事。亦即《古今小说》卷二十四《杨思温燕山逢故人》。

故事叙杨思温在燕山看元宵,遇友人韩思厚妻郑意娘鬼魂事。意娘是靖康时被撒八太尉掠以北去,誓不受辱,自刎而死。撒八妻韩夫人悯其贞节,与火化,收骨盛匣。后韩思厚奉使到燕山,携意娘骨匣回南安葬。韩在金陵别娶女道士刘金坛,意娘鬼魂为祟,韩依法师计,取意娘骨匣,弃于长江。韩刘二人后来在镇江途中被意娘鬼魂拽入江中而死。话本中记郑意娘显魂不止一次,而灰骨匣又是主要关键。《醉翁谈录》以《灰骨匣》标题,或即以此。叶梦得《岩下放言》卷下和洪迈《夷坚乙志》卷七《西内骨灰狱》所叙均与此无关。此故事实出《夷坚丁志》卷九《太原意娘》,但意娘姓王不姓郑,稍有不同。

19.《呼猿洞》:按《咸淳临安志》卷二十三载城西武林山有呼猿洞。陆羽云:宋僧智一善啸,有哀松之韵,尝养猿于山间,临涧长啸,众猿毕集,谓之猿父。李啸仓谓此目既属烟粉,意者必为男女相会,或猿幻为人而与人结婚事①。《太平广记》卷四四五"孙恪"

① 见《宋元之烟粉平话》,《华北日报·俗文学》1948年第三十二期。

条注云出裴铏《传奇》，疑即此。此故事并未涉及呼猿洞，大概以僧人养猿事相同，连类以为名耳。

20.《闹宝篆》：本事不详。

21.《燕子楼》：燕子楼故事有二。一为关盼盼的燕子楼，本事见白居易《白氏长庆集》卷五十《燕子楼诗序》。宋皇都风月主人编《绿窗新话》卷下有《张建封家姬吟诗》注明出《丽情集》。《警世通言》卷十作《钱舍人题诗燕子楼》，则着重在宋人增饰的钱希白题诗见盼盼鬼魂事，疑即此本（参看第七章第四节）。一为《夷坚丙志》卷十五《燕子楼》。两者同为女鬼，又同属宋人传说，未知《醉翁谈录》的燕子楼故事，究属何者。就一般的情况看，说话人往往取熟事为题材，此燕子楼当属关盼盼事。《夷坚志》所记，知者甚鲜，录其文以资参考：

> 潭州府舍后燕子楼，去宅堂颇远，家人不能至。守帅某卿，好游其上。卿晚得良家女为妾，名之曰酥酥儿，嬖宠殊甚。一日亦登楼，问其所以来，答曰："愿见主翁，心不惮远。"卿益喜，留连经时，使之去。薄晚卿还，酥迎于堂，卿顾曰："适归无他否？"妾愕然曰："今日在房中，足迹未尝出外，安有是耶？"卿怒曰："汝来燕子楼视我，我与汝语，良久乃去，何讳之有？"酥面发赤曰："素不识楼上路，何由敢独行，公特戏我。"傍人尽证其不然，卿惘惘不乐，入燕寝径卧，疑向者所见，定鬼物也。少时酥入室，拊其背，掖之使起坐曰："我真至公所，恐他人知之，故匿不言，亦因以恼公尔，何以惐惐为？"卿意方自解，又与嬉笑。忽曰："今以实告公，我非酥酥也，请细视我。"视之，则一大青黑面，极可憎怖，卿拊床大叫，外人疾趋至，无所睹，即抱病遂卒。

22.《贺小师》：本事不详。

23.《杨舜俞》：本事出《丽情集》、《青琐高议别集》卷三有钱希白内翰作的《越娘记》，子目作《梦托杨舜俞改葬》，当即此故事。《绿窗新话》有《越娘因诗句动心》，内容甚简略。《青琐高议》所记略云：

> 杨舜俞，字才叔，西洛人也。性嗜酒，一日，中道于野店，欲行，居人曰："前去乃凤楼坡也，其间多怪，不如宿此。"舜俞方醉不听，鞭马而去。时日已西沉，四顾昏黑；阴风忽作，不辨道路。舜俞酒初醒，意甚悔恨，亦不知所在焉，但信马而已。
>
> 忽远道有火光，舜俞望火而去，行十数里，方至一家，惟茅屋一间，四壁阒无邻里。叩户久，方有一妇人出。曰："某独居此，又屋室隘小，无待客之所。"舜俞力浼休憩，乃邀入室，了无他物，惟土榻而已。视妇人衣裾褴缕，灯青而不光，妇人又面壁坐不语。舜俞招妇人共火，推托久，方就坐。熟视，乃出世色也。舜俞惊喜，问曰："子何故居此？"妇人云："妾本越州人，于氏，家初丰足，良人作使越地，妾见面私慕之，从伊归中国。妾非今世人，乃后唐少主时人也。良人为偏将，死于兵；时天下丧乱，妾为武人夺而有之。妾乃髡发以泥涂面，自坏其形，欲窜回故乡，昼伏夜行，至此，又为群盗胁入林中执爨、补衣。数日，妾不忍群盗见欺，乃自缢于古木。群盗乃哀而埋之于此。"舜俞爱其敏慧，以诗挑之。妇人曰："款曲俟他日，今日愿不及乱；君他日复回，如法安葬，羁魂永当依附。"相对终夕，不可以非语犯。将晓，送舜俞出门，行数步，回顾人与屋俱不见。

乃复下马，结草聚土，记其地而去。游蔡复回，乃掘其地，得骨一具，舜俞以衣裹之，致于箧中，于都西买高地葬焉。后三日，舜俞宿于邸中，一更后，有人款扉而入，起视，乃越娘也。是夕宿舜俞处，相得甚欢，自是每夕至矣。

一夕，越娘曰："我本阴物，固有管辖。事苟发露，永堕幽狱，君反累之也，向之德不为德矣！"自此，杳不再来。舜俞日夕望之，既久，一日至越娘墓下大恸曰："但得一见，即亡恨矣。"又火冥财，酹酒拜祝。是夕，宿于墓侧，欲遇之，终不可得。

舜俞反复至念，一夕，梦中见越娘云："子几陷我，蒙君曲换，重有故情，幽冥之间，宁不感恋，千万珍重！"舜俞亦昌言于人，人多知之。

宋官本杂剧有《越娘道人欢》，宋元间戏文有《凤凰坡越娘背灯》已佚，元尚仲贤也有同名的杂剧。已佚，仅《太和正音谱》卷下有《太清歌》残曲一支。

24.《青脚狼》：本事不详。

25.《错还魂》：本事不详。

26.《侧金盏》：本事不详。按宋陆游《老学庵笔记》卷七云："元丰七年秋宴，神庙举御觞示丞相王岐公以下，忽暴得风疾，手弱觞侧，馀酒沾污御袍。是时京师方盛歌《侧金盏》，皇城司中官以为不祥，有歌者辄收系之，由是遂绝。"观此，知《侧金盏》为当时流行一时的有故事内容的歌曲，遭禁而失传者。

27.《刁六十》：本事不详。

28.《斗车兵》：本事不详。

29.《钱塘佳梦》:详第十章附录《钱塘梦》。

30.《锦庄春游》:本事出《剡玉小说》,《绿窗新话》卷上有《金彦游春遇会娘》,即此故事。冯梦龙《情史》卷十“李会娘”条亦载之。略云:

> 金彦与何俞出城西游春,见一座院华丽,乃王太尉锦庄。贳酒,坐阁子上,彦取二弦轧之,俞取箫管合奏。忽见亭上有一女子出曰:“妾亦好此乐。”令仆子取蜜煎劝酒。俞问姓氏,答曰:“姓李,名会娘。”二人次日复往,其女又出,二人请同坐饮酒,笑语谐谑。女属意于彦,情绪正浓,忽报太翁至,女惊忙而去,自此两情无缘会合。次年,清明又到,彦思锦庄之事,仍寻旧约,信步出城,行入小路,忽听粉墙间有人呼声,熟视,乃会娘也。引彦入花阴间,少叙衷情,云雨才罢,会娘请随彦归去,彦遂借一空宅居之,朝夕同欢。月馀,俞往访锦庄,忽遇老妪哭云:“会娘因二客同饮,得疾而死久矣。”彦归,诘会娘。答曰:“妾实非人也,为郎君当时一顾之厚,遂有今日,郎君不以生死为间,妾之愿也。”

按《夷坚甲志》卷四《吴小员外》,情节与此亦颇相类,足资参证。

31.《柳参军》:本事出唐人李朝威《柳参军传》,亦见《灵鬼志》及《乾𦠆子》(《太平广记》卷三四二引),《绿窗新话》卷上题作《崔娘至死为柳妻》。略云:

> 华州柳参军,上巳日于曲江见一车子,饰以金碧,从一青衣殊俊雅,已而翠帘徐搴,见掺手如玉,女容色绝代,斜睨柳生

良久，生鞭马从之，见车入永崇里。柳生访知姓崔氏，女亦有母。青衣字轻红，柳生多方赂遗，竟不之受。他日，崔氏女病，其舅执金吾王，因候其妹，且告之曰："请为子纳焉。"崔氏不乐，但其母不敢违兄之命，诺之。女曰："愿嫁得曲江所见柳生足矣。"其母念女深，乃命轻红达意柳生，与婚焉。及旬月，金吾到永崇，知其事，大怒。密令捕访柳生，经年无获。亡何，王氏殂，柳生挈妻与轻红自金城里赴丧。金吾之子既见，遂告其父，父擒柳生讼于官。公断王家先下财礼，合归于王。崔氏不乐事外兄，使轻红访柳生所居，同诣柳生。王生知此事，复兴讼夺之。柳生长流江陵，二年，崔氏与轻红相继殒。柳生江陵闲居，春二月，繁花满庭，追念崔氏，凝想形影，且不知存亡。忽闻叩门声甚急，俄见轻红抱妆奁而进，乃曰："小娘子且至。"闻似车马之声，比崔氏入门，更无他见。柳生与崔氏叙契阔，悲欢之甚。问其由，则曰："某已与王生诀，自此可以同穴矣！人生意专，必果夙愿。"二年间，尽平生欢。亡何，王生旧使苍头过柳生门，忽见轻红，因具言于王生，生命驾千里而来。既至柳生门，于隙窥之，正见柳生袒腹于临轩榻上，崔女新妆，轻红捧镜于侧，崔氏匀铅黄未竟。王生门外大叫，轻红镜坠地，有声如磬，王生遂入，柳生惊，待以宾礼。俄又失崔氏所在。柳生为王生具言其事，二人相看不喻，大异之。相与造长安，发崔氏葬处验之，即江陵所施铅黄如新，衣服肌肉，且无损败。轻红亦然。

32.《牛渚亭》：本事不详。

三、传奇

33.《莺莺传》：本事出唐人元稹《会真记》（亦名《莺莺传》），西厢事世人无不知者，故不具录。录《绿窗新话》卷上《张公子遇崔莺莺》短文：

> 张君瑞寓蒲之普救寺，崔氏亦止兹寺，光艳动人，张惑之。崔婢红娘曰："何不求取焉？"[①]张曰："若待纳采问名，索我于枯鱼之肆矣。"婢曰："君试为情诗以乱之。"张遂缀春词以授婢达之。崔答其题篇曰："明月三五夜。"词曰："待月西厢下，迎风户半开，拂墙花影动，疑是玉人来。"二月既望，张逾墙攀树，达于西厢，户果半开。张谓得之矣。至则严请无及乱，张自失而退。数夕，忽红娘敛衾携枕，引崔氏至。斜月晶莹，疑若仙降。自是欢好几一月，崔小字莺。

34.《爱爱词》：谭正璧以为即《警世通言》卷三十的《金明池吴清逢爱爱》[②]，恐未确。吴清逢爱爱，系人鬼相恋的故事，应入"烟粉"类。此属"传奇"，当别有所本。按《绿窗新话》卷下引苏子美文有《杨爱爱不嫁后夫》，略云：

---

① 上海古典文学刊行社本"取"作"娶"。——校者注

② 见《话本与古剧》卷上《〈醉翁谈录〉所录宋人话本名目考》。以下引谭说同，不再注明。

爱爱，姓杨氏，本钱塘娼家女。年十五，善歌舞。七月七日游西湖，遇金陵少年张逞，相携潜遁，家于京师。逞故雄于财，兼晓音律，岁时嬉游，无不相偕。后逞为父捕去，不及与爱爱别，留深巷中。爱爱素服蔬膳，日呱呱而泣。有力者百计图之，终不可得。卒以念逞感疾而死。

明梅禹金《青泥莲花记》卷五引此文，后尚有徐仲车所作《爱爱歌》，《爱爱词》或即指此。

35.《张康题壁》：本事不详。

36.《钱榆骂海》：本事不详。

37.《鸳鸯灯》：详第七章第四节《张生彩鸾灯传》。

38.《夜游湖》：详第十章附录《裴秀娘夜游西湖记》。

39.《紫香囊》：《宝文堂书目》乐府类著录有《香囊记》一本，不知是同题材否？谭正璧疑即叙宋张九成事，为明邵灿的《香囊记》传奇所取材者。其故事梗概云：宋南渡之际，毗陵张九成、九思兄弟，父死后母崔氏抚育之。九成娶新妇邵贞娘，春日为母庆寿，母劝其兄弟赴试。九成与母妻分别，偕弟上京。后兄中状元，弟中探花。但九成策论触怒丞相，被派入岳飞幕下，从事讨伐契丹。弟归故乡，告知其事。一日有乞丐来，示"紫香囊"欲以之易食，母见之，乃其亲手缝给九成之物也。怪问来由，云拾自战场。弟往朔北探兄消息。时九成使契丹被囚。既而契丹南下陷汴京，宋都南迁，邵贞娘婆媳途中相失。母宿某驿中，适九思亦来宿于此，遂得团聚。贞娘为周姥姥所救，暂留周家。时有赵运使之子，以"紫香囊"为聘礼，强欲娶贞娘。贞娘见囊大惊，诉于新任观察使，观察使即九成也。盖经历十二年，始得友人助自契丹归，以功得授今职。九成见

"紫香囊",惊而问故,知诉状者即其妻也,母子夫妻喜得团圆。按九成在宋官至刑部侍郎,《宋史》有传,未尝使契丹,亦无与妻散而复合之事,或当时民间传说如此。

又钱南扬《宋元南戏辑佚》有《杨实锦香囊》戏文佚曲九支。《宦门子弟错立身·排歌》云:"杨实遇韩琼儿。"知《锦香囊》的男主角为杨实,女主角为韩琼儿。从佚曲看,大概韩琼儿不幸堕烟花,和杨实相爱,被迫拆散;后来琼儿私奔至杨实处;终于经官断合,成为夫妇。锦香囊,是当时琼儿赠杨实的信物。此《锦香囊》故事与《紫香囊》故事,不知是一是二?

又《夷坚丙志》卷十一"锦香囊"条记汪姓馆客袭滂秋夜与一妇人同寝事,临别,妇人解所佩锦香囊相赠,既出户,仰视天汉,指一大星曰:"此我也。"旋有物如白练自星中下垂至地,妇人即登之,冉冉上腾而灭。

40.《徐都尉》:按赵葵《行营杂录》云:"皇女为公主,其夫必拜驸马都尉,故谓之驸马。"此徐都尉,当即指破镜重圆故事。本事出唐人孟棨《本事诗》:

> 陈太子舍人徐德言之妻,徐主叔宝之妹,封乐昌公主,才色冠绝。时陈政方乱,德言知其不相保,谓其妻曰:"以君之才容,国亡必入权豪之家,斯永绝矣。倘情缘未断,犹冀相见,宜有以信之。"乃破一镜,人执其半,约曰:"他日必以正月望日卖于都市,我当在,即以是日访之。"及陈亡,其妻果入越公杨素之家,宠嬖殊厚。德言流离辛苦,仅能至京,遂以正月望日访于都市。有苍头卖半镜者,大高其价,人皆笑之。德言直引至其居,设食,具言其故,出半镜以合之,仍题诗曰:"镜与人俱

在，镜归人不归。无复嫦娥影，空留明月辉。”陈氏得诗，涕泣不食。素知之，怆然改容，即召德言，还其妻，仍厚遣之。闻者无不感叹。仍与德言，陈氏偕饮，令陈氏为诗。曰：“今日何迁次，新官对旧官，笑啼俱不敢，方验作人难。”遂与德言归江南，竟以终老。

按《醉翁谈录》癸集卷一亦载之，题作《乐昌公主破镜重圆》。此故事，宋代大曲、戏文，元代杂剧，均有演唱者。宋朱翌《猗觉寮杂志》卷下云：“大曲《新水》歌乐昌公主破镜复合事。”元周德清《中原音韵》云：“沈约之韵，乃闽浙之音而制中原之韵者。南宋都杭，吴兴为切邻，故其戏文如《乐昌分镜》等类，唱念呼吸，皆如约韵。”《永乐大典》卷一三九六九有《乐昌公主破镜重圆》戏文一本。元沈和有《徐驸马乐昌分镜》杂剧。

41.《惠娘魄偶》：系敷衍贾似道的侍妾李慧娘死后救裴生的故事。明周朝俊又演为《红梅记》传奇。其本事云：钱塘裴禹游西湖，平章贾似道妾李慧娘见之，称其美。贾怒，杀慧娘。又卢总兵之女有昭容者，甚美，贾欲得之为妾，母欲拒之而无策。裴生教策阻止之。贾知之，捉裴生，拘禁邸内杀慧娘之妆楼，慧娘鬼魂与裴生相契半载，而昭容之母，惧贾再来相迫，乃移居杭州。贾迁怒裴生，急欲杀之。慧娘鬼魂知之，救出裴生。贾疑诸妾所纵，多方诘责，慧娘鬼魂出现，辩明之。按《红梅记》传奇系根据宋元以来的民间传说敷衍而成。元周一清《钱塘遗事》云：“贾相居西湖，尝倚楼望湖，诸姬皆从，适二人道装羽扇，乘小舟游湖登岸。一姬曰：‘美哉少年！’似道曰：‘尔愿事之，当令纳聘。’姬笑而无言。逾时令持一盒，唤诸姬至前曰：‘适为某姬纳聘。’启视之，则姬之头也。诸姬战慄。"今传《红梅记》剧本，与《钱塘遗事》所载的情节相合。《醉翁谈录·惠娘魄偶》的情节虽已不得而知，我们从《红梅记》所叙，也略可窥见其故事轮廓。

42.《王魁负心》：详第十章附录《王魁》。

43.《桃叶渡》：谭正璧疑即叙述王献之取桃叶事。惟此故事情节简单，未足以传其奇。说话人或叙他事，而以桃叶渡为中心地点，亦属可能。

44.《牡丹记》：详第七章第四节《宿香亭张浩遇莺莺》。

45.《花萼楼》：本事不详。

46.《章台柳》：详第七章第四节《苏长公章台柳传》。

47.《卓文君》：详第七章第四节《风月瑞仙亭》。

48.《李亚仙》：详第十三章附录《李亚仙记》。

49.《崔护觅水》：详第七章第四节《金明池吴清逢爱爱》。

50.《唐辅采莲》：本事不详。宋官本杂剧有《唐辅采莲》一本。

四、公案

51.《石头孙立》：谭正璧谓："疑即《水浒》故事中的孙立。但在《大宋宣和遗事》、《忠义水浒传》以及其他各书中，孙立的绰号是'病尉迟'，而都不叫'石头'。"据《宣和遗事》的记载，孙立是为反对"花石纲"而起义的，那么，他于"病尉迟"之外，有着另一个绰号——"石头"，是可能的。但此故事的内容，已无从考知。

52.《姜女寻夫》：孟姜女故事是从春秋时杞梁妻故事演变而来。经历了一段很长的时间，到了唐朝，杞梁妻哭夫，已经同秦始皇筑长城联在一起了。在敦煌《孟姜女变文》和小曲〔捣练子〕里，孟姜女的名字第一次出现。此后在民间流传越来越广。郑樵《通志·乐略》云:“稗官之流,其理只在唇舌间,而其事亦有记载。虞舜之父,杞梁之妻,于经传所言者不过数十言耳,彼则演成千万言。”可见孟姜女故事,在南宋初已经在瓦子勾栏中说唱。此故事或许是京师(汴京)老郎传留下来的。故事散见于《左传》、《孟子》、《说苑》等书,而以敦煌写本《琱玉集》引《同贤集》为最完整。文云:

杞良,秦始皇时北筑长城,避苦逃走,因入孟超后园树上。超女仲姿,浴于池中,仰见杞良而唤之,问曰:“君是何人,因何在此?”对曰:“吾姓杞名良,是燕人也。但以从役而筑长城,不堪辛苦,遂逃于此。”仲姿曰:“请为君妻。”良曰:“娘子生于长者,处在深宫,容貌艳丽,焉为役人之妻?”仲姿曰:“女人之体,不得再见丈夫,君勿辞也。”遂以状陈父而父许之。夫妇礼毕,良往作所,主典怒其逃走,乃打煞之,并筑城内。超不知死,遣仆欲往代之,闻良已死,并筑城中,仲姿既知,悲哽而往,向城啼哭,其城当面一时崩倒,死人白骨交横,莫知孰是。仲姿乃刺指血以滴白骨,云若是杞良骨者,血可流入,即沥血,果至良骸,血径流入,使将归葬之也。(出《同贤集》)。

按《宝文堂书目》子杂类有《孟姜女集》,有人以为即此故事,实非。钱曾《读书敏求记》卷二“传记”类亦有《孟姜女集》二卷,钱氏解题有“自元及明季,诗文盈帙……予故录而存焉。”云云,则所谓《孟姜女集》者,不过是裒集有关孟姜女诗文之专集,其非话本明甚。

《永乐大典》卷一三九六六有《孟姜女送寒衣》戏文,金院本有《孟姜女》,《宝文堂书目》有《孟姜女死哭长城》、《孟姜女贞烈戏文》。杂剧有元郑廷玉《孟姜女千里送寒衣》,都与此同题材。

53.《忧小十》

54.《驴垛儿》

55.《大烧灯》

56.《商氏儿》

以上四篇本事不详。

57.《三现身》:详第七章第四节《三现身包龙图断冤》。

58.《火杴笼》:本事不详。

59.《八角井》:《八角井》故事为宋元以来旧说,《平妖传》采之,加以渲染。《曲海总目提要》卷二十八《井中天》剧,又通本演《平妖传》,其情节亦涉及八角井,略云:

> 胡永儿雇卜吉车至郑州,入一空宅,卜吉候索车钱,久不见出,入趣之,则永儿径投入八角井内,见者谓吉逼杀此女,擒送州署,州官令吉入井寻之,吉下井,行至一山洞中,遇圣姑姑,与以金鼎令献之官。官判吉配密州,令解役于中途害之,张鸾以妖术纵吉去。官后为吉所杀。

故事到明代已发展为公案兼妖术,已非原来之旧。其原型当为单纯公案故事。在《平妖传》中,尚可窥见一些梗概。

按明初瞿佑《剪灯新话》卷一《三山福地记》叙元至正间元自实因索债未遂,气愤投八角井,欲向阴间告状事。虽为元代故实,或亦采自旧说。凌濛初曾演其事为话本,见《二刻拍案惊奇》卷二十四《庵内看恶鬼善神，井中谈前因后果》。不知与此目有关系否？

60.《药巴子》

61.《独行虎》

62.《铁秤槌》

63.《河沙院》

64.《戴嗣宗》

以上五种本事不详。

65.《大朝国寺》：魏尧西谓“朝”字当为“相”字形近之误。疑即叙简帖和尚事，因这件公案正是在相国寺中揭穿的。按《清平山堂话本·简帖和尚》题下原注“亦名《胡姑姑》，又名《错下书》”，这个故事的别名，已在题下注明，似不会再有其他名称。魏说可商。谭正璧疑此故事与元张国宾《相国寺公孙合汗衫》杂剧同一题材。赵景深则疑系《水浒》第六回以后林冲的故事。鲁智深在大相国寺看菜园，因与林冲相识，适丫头来报，林冲夫人在岳庙旁被高俅之子调戏，后有误入白虎堂事，发配沧州，这件公案，皆由大相国寺相识鲁达而起。当时说话，既能有花和尚、武行者、青面兽、石头孙立，可能也会有林冲的故事。

66.《圣手二郎》：谭正璧疑即《宝文堂书目》的《勘靴儿》，亦即《醒世恒言》卷十三的《勘皮靴单证二郎神》。此篇因勘皮靴而破案，确是公案性质的话本。参看第九章第四节《勘皮靴单证二郎神》叙录。

五、朴刀

67.《大虎头》：本事不详。

68.《李从吉》:参看后85名目《徐京落草》。

69.《杨令公》:此当是讲说北宋名将杨业故事。令公为当时北方有声望将领的尊称,犹之回纥称郭子仪为郭令公,金人称岳飞为岳爷爷也。元剧称杨业为"金刀教手无敌大总管"(《谢金吾》剧),《蓝采和》剧提起剧名有《老令公刀对刀》,而此《杨令公》正列入"朴刀"类,其为讲说杨业故事,确凿无疑。按杨业在宋代,以骁勇善战著称,号"杨无敌",其事迹多在边塞,民间传说亦多影响,往往与史传牴牾,要其父子兄弟诸部曲智略勇绩,不尽无因。杨业与契丹苦战,中伏牺牲一事,最为激动人心,此目可能即以此为中心题材。今传本《杨家将》第十八回言"李陵碑杨业死节",京剧亦有《李陵碑》一目,羌无故实,元剧《昊天塔》已有"碰李陵碑而亡"等语,可见传说甚早,或即从宋代老郎口头递嬗而来,亦未可知。

70.《十条龙》:《宝文堂书目》著录,题作《山亭儿》。详见第七章第四节《万秀娘仇报山亭儿》。

71.《青面兽》:此当是讲说当时民间流传的杨志卖刀的故事。为后来《水浒传》中杨志故事所从出。杨志绰号青面兽。今所见最早的杨志故事在《宣和遗事》中,文殊简略。录其卖刀故事一段如下:

> 那杨志为等孙立不来,又值雪天,旅途贫困,缺少果足,未免将一口宝刀出市货卖,终日价没人商量。行至日晡,遇一个恶少后生,要买宝刀,两个交口厮争,那后生被杨志挥刀一斫,只见头随刀落。杨志上了枷,取了招状,送狱推勘,结案申奏文字回来,太守判道:"杨志事体虽大,情实可悯,将杨志诰札出身,尽行烧毁,配卫州军城。"断罢,差两人防送,往卫州交

管。正行次，撞着一汉，高叫杨制使，杨志抬头一觑，却认得是孙立指使。孙立惊怪："哥怎生恁地犯罪?"杨志把那卖刀杀人的事，一一说与孙立，道罢，各人自去。那孙立心中思忖，杨志因等候我了，犯着这罪，当初结义之时，誓有厄难相救，只得星夜奔归京城，报与李进义等，知道杨志犯罪因由。这李进义，同孙立商议，兄弟十一人，往黄河岸上，等待杨志过来，将防送军人杀了，同往太行山落草为寇去也。

72.《李铁铃》:本事不详。

73.《陶铁僧》:即《十条龙》。详见第七章第四节《万秀娘仇报山亭儿》。

74.《赖五郎》

75.《圣人虎》

76.《王沙马海》

77.《燕四马八》

以上四篇本事不详。

六、杆棒

78.《花和尚》:鲁智深绰号花和尚。此当是讲说当时民间流传的鲁智深故事，为后来《水浒》中鲁智深故事所从出。

79.《武行者》:此当是讲说当时民间流传的武松故事，为后来《水浒》中武松故事所从出。《宣和遗事》亨集所载天书内已有"行者武松"的称号。

金院本有《打虎艳》，元杂剧有高文秀的《双献头武松大报仇》，红字李二的《折担儿武松打虎》和《窄袖儿武松》(《录鬼簿》),明传奇有沈璟的《义侠记》,都是演武松故事。

80.《飞龙记》:明小说《飞龙传》,叙宋太祖开国事,可能与此同一题材,而此较简略。《四库全书总目提要》史部八"杂史"类存目一著录有《飞龙记》一卷云:"旧本题赵普撰,书作于建隆元年,记太祖受禅事。"金院本有《陈桥兵变》一本,或即从此出。元末还有一部平话名《赵太祖飞龙记》①,大概就是从宋代说话人口头传留下来的讲史书。其基本情节,现在还保存在《金枪全传》和《飞龙全传》里。

林纾《畏庐琐记》云:"余家居时,门临池上,毗舍即为郡公之庙,戏台高出池上,凉阴四合。有陈华者,日讲演义,雅有声色。余亦时就听之。乡有老人,年八十二矣。忽谓余曰:'赵匡胤能使棒耶?'余前数日,适观《铁围山丛谈》,即应之曰:'宋徽宗讲汉武帝期门故事,出时,宦者必携从二物:一为玉拳,一为铁棒。铁棒者乃艺祖仄微时,以至受命后,所持杆棒也。'据此以观,则使棒事,或有之。"按此《飞龙记》正列入杆棒类,可见赵匡胤故事,在民间艺人口中流传的久远。

81.《梅大郎》:本事不详。

82.《斗刀楼》:《宝文堂书目》著录,题作《斗刀楼记》。本事出处待考。

83.《拦路虎》:详第七章第四节《杨温拦路虎传》。(按《杨温拦路虎传》称杨温为杨令公之孙,与《水浒》不同。)

84.《高拔钉》:本事不详。

---

① 见《朴通事谚解》引《西游记》注。

85.《徐京落章》:“章”字当为“草”字之误。《水浒全传》第七十八回叙述高太尉调去取梁山的十节度使中,有徐京、杨温、李从吉三人,并说这十节度使“旧日都是绿林丛中出身,后来受了招安,直做到许大官职”。可见徐京等原先也是《水浒传》中的人物,后来变节投降的。至于他们落草的情形,今传本《水浒》却没有提到。

86.《五郎为僧》:此当是《杨家将》中的杨五郎故事。杨五郎其人,虽不见载于史籍,民间却颇多传说。《宋史》卷二九六《查道传》云:“查道游五台,将落发为僧。”可见宋代曾有士大夫在五台山出家做和尚的事情。同书卷二五八《冯行己传》云:“皇祐中,五台山寺调厢兵义勇缮葺,为徐和籴谷三万。”是宋代五台山的和尚相当多,而且这些和尚又有武艺。这就有条件给杨五郎为僧故事扩大了影响。

五郎为僧故事,宋金之际已搬上舞台,金院本有《打王枢密爨》一本,元无名氏《谢金吾诈拆清风府》杂剧第三折王枢密说:“想他哥哥杨五郎,削发为僧,这等怕死,也是有功劳的。”又朱凯《昊天塔孟良盗骨》杂剧第四折长老说:“贫僧乃五台山兴国寺长老是也。我这寺里有五百众上堂僧。内有一个和尚姓杨(指杨五郎),此人十八般武艺,无有不拈,无有不会,每日在后山打大虫耍子。”这个剧本里叙述杨业撞死于李陵碑后,托梦给第六子延昭(杨六郎)。六郎激他的结义兄弟孟良去盗取父亲的骸骨。盗得后番将便来追赶,六郎背了骨殖逃到五台山,恰遇着他的哥哥五郎在五台山兴国寺做和尚,他们就一同把番将杀退。这个剧情与这故事所列杆棒性质正合。可见戏剧是依据宋代说话人口头故事编写的。

关于《杨家将》的故事,元明以来的记载极夥,王圻《续文献通考》说:“使枪之家十七,一曰杨家将三十六路花枪。”《小知录》:

"枪法之传，始于杨氏，谓之梨花枪，天下盛尚之。"又《筹海图编》卷十一"僧兵"条载："五台之枪，本之杨氏，世所谓杨家枪是也。"由此可见《杨家将》故事在民间流传的广泛。《杨家将演义》，较早的有明万历三十四年刊本，内容与今坊本大同小异，其主要故事，当从宋元说话人口头因袭而来。

87.《王温上边》：按《水浒全传》第七十八回以徐京、杨温、李从吉为一伙，说他们都是绿林出身。《醉翁谈录》"朴刀"类有《李从吉》，"杆棒"类有《拦路虎》、《徐京落章》，他们的故事与《花和尚》、《武行者》一样，都是当时说话的绝好题材。此王温疑即杨温之误，杨、王音近（《龚开三十六人画赞》赛关索杨雄，《宣和遗事》作赛关索王雄，亦音近而误）。杨温上边战败金人的事迹，当时脍炙人口，故于《拦路虎》外，又有此本，不嫌重复。犹之《十条龙》外，复有《陶铁僧》也。

88.《狄昭认父》：本事不详。

七、神仙

89.《种叟神记》：《宝文堂书目》、《也是园书目》著录有《种瓜张老》，《也是园书目》列入"宋人词话"类，此《种叟神记》当即叙张老故事。亦即《古今小说》卷三十三《张古老种瓜娶文女》。本事出《太平广记》卷十六引《续玄怪录》"张老"条。参看第七章第四节《张古老种瓜娶文女》叙录。

90.《月井文》：本事不详。

91.《金光洞》：谭正璧云："疑即《拍案惊奇》卷二十八《金光洞主谈旧迹，玉虚尊者悟前身》。叙西方有金光、玉虚二洞，各有尊者住守。后玉虚忽动下凡济世之念，投生冯姓为儿，即宋代有名连中三元的冯京。官至丞相后，得疾在后园容膝庵中静坐，梦中忽返玉虚洞，且遇金光洞主晓以前世之事，京乃大悟。及醒，遂皈依禅悦以终。”或即此故事。宋元戏文有《冯京三元记》（《南词叙录》），明沈寿先有《三元记》传奇（《六十种曲》本）。

92.《竹叶舟》：《宝文堂书目》著录，题作《陈季卿悟道竹叶舟传》。本事出唐人薛昭蕴《幻影传》。亦见《纂异记》，《太平广记》卷七十四引。与此故事同题材的有元范康《陈季卿悟道竹叶舟》杂剧。

93.《黄粮梦》：《宝文堂书目》著录，题作《黄粱梦》。

本事出《列仙传》及唐人沈既济《枕中记》。《太平广记》卷八十二引《异闻记》。元谷子敬《邯郸道卢生枕中记》杂剧和明汤显祖《邯郸梦》传奇，都与此同题材，又马致远、李时中等合作的《开坛阐教黄粱梦》杂剧，苏汉英的《吕真人黄粱梦境记》传奇，佚名的《吕洞宾黄粱梦》戏文，都以卢生为吕洞宾，而易吕翁为云房。不知亦有所本否？

94.《粉合儿》：本事出《幽明录》，《太平广记》卷二七四引，题作《买粉儿》。按《辍耕录》卷二十五金院本名目有《憨郭郎》，疑即演此故事。《绿窗新话》卷上有《郭华买脂慕粉郎》，情节与《幽明录》有出入，增添留鞋一事，实为元人杂剧《王月英元夜留鞋记》所本。《幽明录》男女皆无姓名，郭华、王月英皆后人增入。郗经有《胭脂女子鬼推门》，亦演此事。又《南词叙录》有《王月英月下留鞋》，《宦门子弟错立身》排歌曲文中叙戏文名目，有“郭华因为买胭脂”语，当即指此。明童养中有《胭脂记》传奇，《缀白裘》有梆子腔《买胭脂》，皆同题材。

95.《马谏议》：叶德均《读稗杂录》以为“同《古今说海》佚名

《马自然传》，又见《西湖二集》卷三十《马神仙骑龙升天》”。按《太平广记》卷三十三“神仙”类亦有《马自然》，无官谏议事，是否即此故事，尚待考。孙楷第以为即马周故事，马周虽官给谏，但从《古今小说》卷五《穷马周遭际卖䭔媪》小说的性质看，属发迹变态而非神仙，孙说亦可商。

96.《许岩》：谭正璧以为即唐许栖岩事，当可信。栖岩事出裴铏《传奇》，亦见《太平广记》卷四十七。

97.《四仙斗圣》：本事不详。

98.《谢溏落梅》：本事不详，谭正璧谓“梅”字疑“海”字之讹。

八、妖术

99.《西山聂隐娘》：本事出唐袁郊《甘泽谣》，《太平广记》卷一九四引作裴铏《传奇》，文全同。清尤侗《黑白卫》传奇，即采取此故事敷衍而成。

100.《村邻亲》：本事不详。

101.《严师道》：叶德均《读稗杂录》疑此与白朴《阎师道赶江》杂剧同叙一事，“阎”似为“严”之误。谭正璧疑即《江淮异人录》的聂师道。见明顾元庆编《广四十家小说》，略云：

> 聂师道，歙人，少好道。唐末于涛为歙州刺史，其兄方外道士，居于郡南山中。师道往事之。后给事中裴枢为歙州。宣州田頵、池州陶雅举兵围之累月。歙人议以城降，而城中杀外军已多，无敢将命出者，师道乃自请行。枢曰：“君乃道士，岂可行兵革中，请易服以往。”师道不可，乃缒之出城。二将初

亦甚怪;及与语,乃大喜曰:“真道人也。”誓约已定,复遣还城中。旋欲延期,更令师道出谕之。人谓其二三,咸为危之。师道亦无难色。及复见二将,皆曰:“无不可,唯给事命。”时城中获全,师道之力也。吴太祖闻其名,召至广陵,建紫极宫居之。一夜有群盗入其所,师道取金帛与之,谓之曰:“尔当从某处出,可以无患。”盗如其言,竟不败。后吴期遣师道至龙虎山设醮,途遇群盗劫之,将加害,其中一人谓师道曰:“某即昔年扬州紫极宫中为盗者。”竟释之,后卒于广陵。

102.《千圣姑》:《平妖传》里有《圣姑宫纸虎守金山》、《圣姑永儿私传法》等回,不知所叙的情节与此故事有关否?谭正璧谓:“《太和正音谱》有佚名的《圣姑姑》杂剧;《也是园书目》有《女姑姑说法升堂记》,不知是否同题材。”

按元王恽《秋涧文集》卷二十八有《题孝感圣姑庙壁》诗,其第二首云:“仙去清溪事渺茫,女功留在故园桑,春风苹满汀洲绿,吹作凌波步袜香。”王诗是否即咏此故事,待考。

103.《皮箧袋》:本事出宋王铚《补侍儿小名录》引《灯下闲谈》,文云:

韦洵美先辈,开平岁及第,受邺都从事辟焉,乃挈所宠素娥行,罗绍威闻其姝丽,才达临河,令女使赍二百匹及生饩而露意焉。洵美无所容足,遂令妆束更衣,修缄献之。素娥,姓崔氏,亦大梁家子①,善谑谐笔札,和泪作诗曰:“妾闭闲房君路

① 中华书局本“家”字上多一“良”字。——校者注

歧，妾心君恨两依依，神魂倘遇巫娥伴，犹逐朝云暮雨归。”洵美乃不受辟，夜渡河，宿一寺，长吁而寝曰：“何处人能报不平。”寺有行者排闼而揖曰：“先辈蓄何不平事？”洵美具语之。欻然出门而去，至三更，忽掷一皮橐入门，乃贮素娥而至。侵晓问寺僧，言在寺打钟，勤苦三十馀年，已不知所之。洵美即遁迹他所。

104.《骊山老母》：本事出《集仙传》，《太平广记》卷六十三亦收载。

105.《贝州王则》：王则起义事，宋李焘《续资治通鉴长编》、王称《东都市略》、王辟之《渑水燕谈录》、王铚《默记》皆有记载。惟李攸的《宋朝事实》卷十六“岳制”条，记载较详，兹节录如次。

庆历七年十二月，河北安抚使知北京贾昌朝奏，十一月二十八日贝州宣毅军大将王则，据城叛。则本涿州人，以饥馑流亡，至贝州。始去涿时母与之别，刺福字于其背以为记。恩冀之俗，多尚妖术。(按贝州以平王则，改为恩州，此云恩冀，已从后改之名。)后因习妖法，谋为乱，遂言背有福字，自然隐起，以惑众。众颇信事之。而州吏张峦、卜告为之主谋。会冬至，知州张得一与官属，俱谒圣祖于天庆观，则率其徒劫库兵，得一报骁捷营，贼焚营门，执得一囚之。兵马监押内殿承制田斌，以从卒巷斗，不胜而出。城门闭，提点刑狱田京，任黄裳持印，弃其家属缒城出。保南城。贼从通判董元亨取军资库钥不得，杀之。遂纵狱囚，囚有憾司理王奖者，遂杀奖。既而节度判官李浩、清河令齐开、主簿王湙皆被害。则潜号东平王，以张峦为宰相，卜吉为枢密使。建国曰安阳，榜所居曰中京，居室厩库，皆立号，改元曰得圣。以十二月为正月，置破赵得胜等军。百姓年十二以上，并刺为军，所用旗帜号令，率以佛为称，城上置四总管，各主一方，又立其徒为知州。

又云：

王则挟妖法为乱，既败，州郡大索妖党，被系者不可胜数。

又《宋史》卷二九二《明镐传》载：

王则者，本涿州人，岁饥，流至恩州，庆历七年，僭号东平郡王。改元得圣。六十六日而平。

王则起义曾以宗教为号召，本实有其事。从他所扬言的“释迦佛衰谢，弥勒当持世”①的口号来看，他是利用弥勒教为号召的。弥勒教在当时是代表被压迫阶级利益的宗教，为统治阶级所嫉视。北宋大中祥符二年(1009)下诏禁习“禁祝之方，击刺之术”；天禧三年(1019)禁“白衣师邪法”可能与弥勒教有关②。此故事列“妖术”类，当系讲说王则利用弥勒教起义的情形。明人《平妖传》小说即滥觞于此。

106.《红线盗印》：本事出唐人袁郊《甘泽谣》。《太平广记》卷

---

① 《宋史》卷二九二《明镐传》。

② 《宋会要·刑法》二之九、二之一四。

一九五引。明梁辰鱼有《红线》、《红绡》二杂剧，后人又合为《双红记》传奇[①]。

107.《丑女报恩》：孙楷第疑演《贤愚经金刚品丑女》事。按《百缘经》有《波斯匿王丑女缘》，《杂宝藏经》有《丑女赖提缘》。今敦煌卷子有《丑女缘起》，以佛法改变丑女面貌，而此丑女报恩故事，列"妖术"类，不知是同一题材否？

九、其他

108.《黄巢》：黄巢是唐冤句（今山东菏泽）人，私盐贩出身。唐僖宗乾符二年（875）响应王仙芝起义，与仙芝合兵转战于今山东、河南、湖北、安徽诸地。乾符五年（878）仙芝战死，巢即领其众。广明元年（880）破潼关，入占长安，称皇帝，国号大齐，改元金统，旋退出长安，中和四年（884）六月，败退至泰山东南之狼虎谷，自杀。黄巢自起义至失败，前后凡十年。这个《黄巢》话本，当是宋代民间艺人说唱他十年起义期间可歌可泣的事迹。可惜由于统治阶级的禁止而失传了。

《宝文堂书目》著录有《唐平黄巢》，金院本《拴搐艳段》有《破巢艳》一本。《诸杂砌》有《黄巢》一本，《诸杂院爨》又有《断朱温》一本，可见宋、金两地的说话、戏剧，都在表演黄巢的故事。

《新编五代史平话》的《梁史平话》里开头叙述黄巢的出身，他同朱温起义的经过及后来失败的情形，甚为详细。其中还采取了许多有关黄巢的民间传说。这可能就是以"说黄巢拨乱天下"的故

① 见《顾曲杂言》。

事做底子的。明钱希言《桐薪》卷三云:“《金统残唐记》载其事甚详……武宗南幸,夜忽传旨取《金统残唐记》善本,中官重价,购之肆中,一部售五十金。”是有关黄巢的小说专著,在明代中叶已极稀见了。

109.《赵正》:“说赵正激恼京师”,是汴宋旧话。《录鬼簿》上有元陆显之《好儿赵正话》一本,《宝文堂书目》著录作《赵正侯兴》,《古今小说》卷三十六作《宋四公大闹禁魂张》,皆与此同题材。馀详第九章第三节。

110.《刘项争雄》:此当是讲说刘邦和项羽相争的故事。《夷坚志支丁》卷三载南宋临安茶肆中已有讲说《汉书》的事,元至治刊的全相平话五种,其中有《前汉书平话续集》三卷,疑前集就是叙述刘项相争的故事,惜已失传。

111.《孙庞斗志》:此故事当即《七国春秋平话》前集的前身,现仅从《七国春秋平话》后集第一叶看出此故事的馀波。平话说:

> 夫《后七国春秋》者,说着魏国遣庞涓为帅,将兵伐韩、赵二国。韩、赵二国不能当敌,即遣使请求于齐,齐遣孙子、田忌为帅,领兵救韩、赵二国,遂合韩、赵兵战魏。败其将庞涓于马陵山下。有胡曾咏史诗为证。诗曰:
>
> 坠叶萧萧九月天,　　驱嬴独过马陵前,
> 路傍古木虫书处,　　记得将军破敌年。
>
> 其夜孙子用计,捉了庞涓,就魏国合了六国君王,斩了庞涓,报了刖足之仇。

这段话文最后提到的孙子“斩了庞涓,报了刖足之仇”云云,当是

《孙庞斗智》的馀波。此故事发展到明代，就出现了《孙庞斗志演义》。

112.《张、韩、刘、岳》：此即讲说张浚、韩世忠、刘锜、岳飞等人的抗金事迹。疑即《中兴名将传》中的一部分。关于张浚故事，明初人作的《忠传》里还保存一个梗概：

> 张浚表字德远，汉州绵竹县人。宋徽宗皇帝朝进士，高宗皇帝时，做御营使，守扬州。建炎三年，金人攻扬州，高宗去临安府避地，有管军的官苗傅、刘正彦，在临安作乱，逼着高宗让位于太子。张浚在平江节制军马，知道他作乱，大哭，便唤守平江的官汤东野，提刑官赵哲，起兵伐贼。张浚又知道武宁军承旨使张俊的材能忠义，被苗傅、刘正彦去了他兵权，着他做秦凤路总管，经过平江，便对他说起兵攻贼的意思，又着人将书约守建康的官吕颐浩，镇江的刘光世，都来伐贼。就着张俊领军守平江，自领军到临安。遇韩世忠水军到常熟，张浚与世忠哭道："我两个同心当着伐贼的勾当，休要误了国家。"张浚大赏赐了众军，就问众军道："我伐贼的事，理上顺也不顺？"众人齐应道："顺。"张浚道："你们若有不肯上前拿贼的，我都依军法处治你。"众人都感愤，不敢违了。先教世忠去占了嘉兴，准备战斗的兵器，吕颐浩同刘光世后地接应。张浚遍行文书，教守府州的军马同时都来。张浚军到临平镇，和贼战，大破了贼众。苗傅、刘正彦走去巨州了，张浚着韩世忠追赶上，拿住了献于朝廷。贼党都杀尽了，高宗复位，解自己系的玉带赏赐张浚，除知枢密院，又陕西四川安抚使。那时金国总兵官兀术，打破陕西，要入四川，张浚用将官吴玠等，把了口子，保全

得四川。张浚还朝被人谗言，贬在福州。金人来侵江淮，高宗在用张浚知枢密院，点军江上，将士见张浚来，勇气添了百倍，败了金国的兵，除张浚做丞相，兼都督。伪齐国刘猊等，又来侵淮东，张浚总兵建康，分头遣将官韩世忠等，杀败了刘猊的军，有奸臣秦桧主张讲和，贬张浚永州。张浚在贬所二十馀年，一心只在朝廷。后来金主亮引兵侵宋，高宗再召张浚。军人见了张浚，都把手加在额上，又败了金人兵。孝宗皇帝即位，除张浚都督封魏国公，谥做忠献。

关于韩世忠、刘锜故事，民间很少流传，其中惟岳飞故事，脍炙人口，但南宋时讲说岳飞抗金故事的话本已佚。今流传者大抵是元明人的作品。杂剧有孔文仲《秦太师东窗事犯》，佚名的《宋大将岳飞精忠》。戏文有《秦太师东窗事犯》，传奇有《岳飞破虏东窗记》。杭州金人杰有《东窗事犯》小说[①]，明代有《游酆都胡毋迪吟诗》小说。但这些小说、戏曲的内容，都不是侧重描写岳飞的抗金事迹。到了明嘉靖时，熊大木才编了《大宋演义中兴英烈传·附会纂宋岳鄂王精忠录后集》，一名《大宋中兴通俗演义》。张政烺谓此书是演说岳飞故事的苗裔。此书系用半文半白的文字写的，它与《三国演义》的笔调极相似。

明万历年间，于华玉有《重订按鉴通俗演义精忠传》，又称《尽忠报国》。于氏作此书的目的是纠正熊大木的“荒诞不经”。于氏在《凡例》中说：“（熊书）俗裁支语，无当大体，间于正史多戾。至末卷摭入疯僧冥报，鄙俚齐东，尤为君子所不道。”因此，他便“正厥

① 见《七修类稿》。

体制,芟其繁芜,一与正史相符,爰易传名曰《尽忠报国》。”对于旧传的“句复而长,字俚而赘”处,则“痛为剪剔,务期简雅。”[①]于氏这样的大删削,便把熊氏根据民间传说写的岳飞故事的精华,勾掉了不少。大大地损害了熊书中所留传的民间色彩的情调。

明万历间邹元标有《精忠全传》,系舍弃于本的迂腐,修订熊本而成的。《精忠传》可说是内容较为完善的本子。

清初钱彩又加修订,成《精忠演义说本岳王全传》,简称《说岳全传》。以上这些版本的演变,可以看出岳飞故事,从南宋的说话人敷衍起,直到了清代在民间的流行情况。

《说岳全传》,多有与史相印证处,盖抗金事迹,当日民间普遍流传,说话人加以渲染,代代相承勿失。如史言“飞生时有大禽若鹄,飞鸣室上,因以为名”,小说中有大鹏下界的传说。他如“学射于周同”、“飞单骑持丈八铁枪”、“水战杨么”、“一日奉十二金牌”,小说中皆大事敷衍,即岳母刺“精忠报国”四字于飞背,亦与史合。小说中描写“岳家军”的声威,史亦曰:“飞张岳字旗与精忠旗,金兵一战而溃。”“莫须有”之狱,为秦桧、万俟卨、张浚等人的阴谋,而小说家添入长舌妇,所谓《东窗事犯》,稗乘亦多有记载,并非无据,可见《岳传》是一部较可征信的小说。

113.《晋、宋、齐、梁》:此当即讲说《通鉴》,汉唐的历史故事。正如《梦粱录》所说的:“讲史书者,谓讲说《通鉴》、汉、唐历代书史文传,兴废战争之事。”

114.《三国志》:北宋英宗(1064—1067)时,就有讲说《三国

① 参看郑振铎:《中国文学论集·岳传的演化》。

志》的[1]。崇宁、大观间,汴京瓦市里有《说三分》的专家霍四究。《新编五代梁史平话》卷上说:

> 刘季杀了项羽,立着国号曰汉。只因疑忌功臣,如韩王信、彭越、陈豨之徒,皆不免族灭诛夷。这三个功臣,抱屈衔冤,诉于天帝,天帝可怜,见三功臣无辜被戮,令他每三个托生做三个豪杰出来:韩信去曹家托生,做着个曹操;彭越去孙家托生,做着个孙权;陈豨去那宗室家托生,做着个刘备。这三个分了他的天下。曹操篡夺献帝的,立国号曰"魏";刘先主图兴复汉室,立国号曰"蜀";孙权自兴兵荆州,立国号曰"吴"。三国各有史,道是《三国志》是也。

这段文字,可能就是宋代说话人讲说《三国志》的引端。《三国志》话本到了元代至治时才由建安虞氏的书铺刊印出来。

宋、金两地的戏剧,傀儡戏也有搬演三国故事的。金院本《诸大小院本》有《赤壁鏖兵》,《拴搐艳段》有《襄阳会》(元高文秀有《刘玄德独赴襄阳会》杂剧)、《大刘备》、《骂吕布》。宋无名氏《百宝珍》"影戏"条载,当时表演的戏目有《唐书》、《三国志》等。高承《事物纪原》卷九"影戏"条说:"仁宗时,市人有能谈三国事者,或采其说加缘饰,作影人,始为魏、蜀、吴三分战争之象。"宋代话本与当时戏剧互相影响的情况,可以概见。

元代杂剧有关三国故事的戏,大约有五十种左右,明代也不少。小说则有元末明初罗贯中撰的《三国志通俗演义》,多取材于

---

① 见《东坡志林》卷一。

陈寿、习凿齿之书，兼及宋元以来民间传说。它反映了魏、蜀、吴三国之间错综复杂的矛盾斗争，可以说是一部最成功的历史小说。它的版本很多，最早的是明嘉靖刊本《三国志通俗演义》二十四卷二百四十则。今通行的是清毛宗岗评本一百二十回，有金圣叹序。

115.《收西夏》：此当即演说狄青平定西夏赵元昊的故事。《宋史》卷二九〇《狄青传》说：

> 狄青字汉臣，汾州西河人也。善骑射。初隶御马直。选为散宜①。宝元初，赵天昊反，诏择卫士从边，以青为三班差使殿侍延州指使。时偏将屡为贼败，士卒多畏怯，青行常为先锋。凡四年，前后大小二十五战，中流矢者八，破金汤贼，略宥州，屠毦咩岁香毛奴，尚罗庆，七家口等族。燔积聚数万，收其帐二千三百，生口五千七百，又城桥子谷，筑招安、丰林、新寨、大郎等堡，皆扼贼要塞。……临敌披发，带铜面具，出入贼中，皆披靡莫敢当。

关于狄青逸事，《画墁录》、《东都事略》、《谈苑》、《梦溪笔谈》、《邵氏闻见录》、《邻几杂志》等书均有记载，可见狄青逸事在民间传说之盛。狄青收西夏故事，宜为当时说话人所津津乐道。

金院本《冲撞引首》有《说狄青》一本，元吴昌龄有《狄青扑马》杂剧。《孤本元明杂剧》有佚名的《狄青复夺衣袄车》。宋王铚《默记》载："狄青为枢密使②，避水搬家于相国寺殿，一日衩衣衣浅黄

① 中华书局标点本"宜"作"直"。——校者注

② 中华书局标点本"狄青为"作"青位"。——校者注

袄子，坐殿上指挥士卒，盛传都下。及其家遗火，魏公（韩琦）谓救火人曰：‘尔见狄枢密出来救火时，著黄袄子否？’”《狄青复夺衣袄车》，可能即根据宋代这个民间传说编写的。狄青故事后发展为演义小说的《万花楼杨包狄演义》十四卷六十八回。继之而起的，有《五虎平西前传》十四卷，一百十二回，嘉庆刊本题作《新镘异说五虎平西珍珠旗演义狄青前传》；又《五虎平南后传》六卷四十二回，宝华顺刊本作《新镌后续绣像五虎平南狄青演传》。所谓平西，盖即指讨赵元昊事。平南则为讨侬智高事。此二役为狄青生平最显赫的战绩。而元夜破昆仑关一役尤为史家所艳称。

116.《吕相青云得路》：此当时敷衍吕蒙正发迹变泰故事。宋叶梦得《避暑录话》云：

> 吕文穆公（蒙正）父龟图与其母不相能，并文穆逐之龙门山利涉院①。僧识知其为贵人，延致山间②，为凿山岩为龛居之。文穆居其间九年。既登第，携其母以见龟图，虽许纳之，终不与相见，乃同堂异室而居。

戏文有《吕蒙正风雪破窑记》，元关汉卿也有此剧。马致远有《吕蒙正风雪斋后钟》杂剧，都可能取材于此。金院本《抛绣球》，亦可能演此故事。

117.《霜林白日升天》：孙楷第《中国通俗小说书目》卷一云：“霜”字疑“双”字之误。明赵清常内本杂剧有《释迦佛双林坐化》。

---

① 中华书局标点本“之”字下多“羁旅于外，衣食殆不给”一句。——校者注
② 中华书局标点本“山间”作“寺中”。——校者注

第二节　宋人著述中记载的话本名目

1.《邵青起义》:宋徐梦莘《三朝北盟会编》炎兴下帙四十九云:

> 绍兴元年十二月,邵青受招安,为枢密院水军总制。先是,杜充守建康时,有秉义郎赵祥者,监水门,金人渡江,邵青聚众,而祥为青所得。青受招安,祥始得脱身归,乃依于内侍纲。纲善小说,上喜听之。纲思得新事编小说,乃令祥具说青自聚众已后踪迹,并其徒党忠诈及强弱之将,本末甚详。编缀次序,侍上则说之。故上知青可用,而喜单德忠之忠义。

此话本当亦朴刀、杆棒之类,可惜没有流传下来。

2.《复华篇》:《梦粱录》卷二十云:"王六大夫原系御前供话,于咸淳年间敷衍《复华篇》。"宋周密《癸辛杂志》后集"贾廖刊书"条云:"廖群玉诸书则始开景《福华编》,备载江上之功。"张政烺谓:"开庆景定间,贾似道乞和于蒙古,请称臣纳币,遂解鄂州之围。及虏去,似道匿名和议,上表诡言诸路大捷,江汉肃清,是谓江上之功。欺罔速祸,卒亡宋国。故董师谦《钱塘怀古》云:'历历庚申事,分明在眼前。讲和如有弊,飞渡定无船。北使三千里,真州十四年,酿成亡国恨,一部《乱华编》。'"又谓"廖莹中《福华编》盖即对《乱华编》而作,谓贾似道御虏之功造福于中华也。王六大夫所讲当即廖书,乃为贾似道作民间宣传,《梦粱录》作《复华篇》者,字之讹也。”①

3.《中兴名将传》:《梦粱录》云:“王六大夫于咸淳年间,讲《中兴名将传》,听者纷纷。”《醉翁谈录·小说开辟》有“说新话《张、韩、刘、岳》”,疑即《中兴名将传》。按《四库全书总目提要·史部》存目三著录有《南渡十将传》十卷云:“宋章颖撰。十将者,刘锜、岳飞、李显忠、魏胜、韩世忠、张浚、虞允文、张子益、张宗颜、吴玠是也。刘、岳、李、魏四传,开禧二年表上,后六传未上。”此书有元刊本②。《中兴名将传》疑与《南渡十将传》相类,明初人作的《忠传》中有《虞彬甫(允文)》一篇,可能是从《中兴名将传》因袭而来的,现存的《大宋中兴通俗演义》,也可能是《中兴名将传》衍化而成的。

4.《四和香》:宋周密《志雅堂杂钞》卷一云:“癸巳(元至元三十年)借君玉买到杂书中,有北本小说,“灵怪”类有《四和香》、《豪侠张义传》。”此《四和香》当为宋人话本。本事出宋李献民《云斋广录》卷六《丽情新说》下。略云:

> 河朔孙敏,字彦明,父官于淮阳,敏住大学为外舍生。崇宁乙酉上元前一日省谒贵戚,其族之长,乃敏姑丈也。既至,叙话甚久,时见妙龄秀色交杂于堂,敏不敢视。归途经阊阖门,游启圣寺,遇一丽人与一侍妾同行,与敏目成,姬呼茶以饮敏,约以来日至崇夏寺老李师处相会。生如约往,遂与丽人合。问以居处姓氏,但笑而不答。次晨始别,约:“如欲相见,

① 见《讲史与咏史诗》,载《历史语言研究所集刊》第十本。

② 见江标:《黄荛圃年谱》。

可于皇建院前卖时果张生处先达一信。”后数日，敏果觅得张生。遂令通耗。翌日复会于老李师处，如此月内会合不下数四。一日，敏于太学中，忽一老仆持一小盒子遗生，用碧纱缄封，上书“香和”二字。敏不解，启封，乃四和香也。敏询仆丽人居处姓名，而仆乃老李师所遣，他非所知。六月间，敏忽抱疾，同舍趣令归，敏佯诺而不成行，同舍乃寓书敏父强之归。频行，敏预约丽人至水柜街一祖宅叙别，及期，丽人乘一轿至，意绪愁惨，顾谓生曰：“君此行固不可抑留，如不相忘，能于中秋日复至京辇，则可得相见，如或过期，则不得与郎再会矣。”敏至淮阳疾渐愈，将及中秋，乃辞亲欲赴太学，父母以未平复强留之，乃不得遂其志，但郁郁而已。至重阳始成行，抵都下，首至皇建院访张生，而院为火焚，张生则不知其所。复访崇夏寺老李师，李师亦他徙，乃问其在院者，则云老李师本非寺中尼，税此院居半年馀，今去已二旬矣。敏于小阁壁间得一诗，乃丽人所留题示故人者，敏览毕，惊骇无地，后亦无他。

5.《豪侠张义传》：见前条。本事不详。

6.《洛阳古今记事》：周密《志雅堂杂钞》说是北本小说。内容不详。

第三节　《宝文堂书目》著录的宋元话本名目

《宝文堂书目》为明晁瑮的藏书目录。瑮字君石，号春陵，开州人，嘉靖辛丑进士，官至国子监司业。其子东吴，字叔权，嘉靖癸丑进士，父子皆喜藏书。此目子杂类著录宋元话本名目甚夥，但其中还可能羼杂一些戏曲和唱本，很难辨别出那些是宋元话本。原书未见，以下所列，只能是经过考订，信为宋元话本者，得五十二种。计存三十，佚二十二。存佚及内容不可考者不录。

1.《灯花婆婆》：《也是园书目》著录，题同，列入《宋人词话》类。一名《刘谏议传》，又名《龙树王斩妖》。

本事出唐人段成式《酉阳杂俎》前集卷十五《诺皋记》下。《太平广记》卷三六三引，题作《刘积中》。按百二十回《水浒传》发凡第六条云："古本有罗氏致语，相传有灯花婆婆等事，既不可复见。"天都外臣《忠义水浒传序》云："为此书共一百回，各以妖异之语引于其首，以为之艳。……余犹及见灯花婆婆数种，极其蒜酪。"然今存各种不同版本的《水浒传》引首，并无灯花婆婆。却保存在明人冯梦龙改编的《平妖传》中。兹转录如下：

生化生化本无涯，　　但是含情总一家。
不信精灵能变幻，　　旋风吹起活灯花。

话说大唐开元年间，震泽地方有个刘直卿官人，曾做谏议大夫，因上文字劾宰相李林甫不果，弃职家居。夫人曾劝丈夫莫要多口，到此未免抢白几句，那官人是个正直男子，如何肯伏气，为此言语往来上，夫人心中不乐，害成一病。请医调治，三好两歉，不能痊可。忽一日夜间，夫人稍觉舒适，便吃了点粥汤。养娘收粥碗时，见那银灯昏暗起来，便道："夫人，且喜好个大灯花。"夫人道："我有甚喜事？且与我剔去则个，落得眼前明亮，心上也觉爽快。"那养娘向前将两指拈起灯杖一剔，剔下个红焰蛾的烛花蕊儿，落在桌上。忽然灯背后起阵冷风，吹得灯花左旋右转，如一粒火球相似，养娘笑道："夫人，好耍子，灯花儿活了。"话犹未了，只见那灯花三四旋，旋得像碗儿大一个火珠，滚下地来，咶的一响，如爆竹之声。那灯花爆开，散作火星满地，一眨眼火不见了，只见三尺来长一个老婆婆，向着夫人叫万福，又说："老媳妇闻知夫人贵恙，这里有服仙药，赠与夫人吃。"那夫人初时也惊怕，听他说出这样话来，认做神仙变现，反生欢喜。正是："药医不死病，佛度有缘人。"当时夫人吃了那药，虽然病得痊可，后来这婆子竟缠住了夫人，要做个亲戚往来，常常坐着一乘四人轿，前呼后拥，来家聒噪，遣又遣他不去，慢又慢他不得。若有人一句话儿拗了他，他把手一招，其人便扑然倒地，不知什么法儿，血沥沥一付心肝，早被他擎在手中，直待众人苦苦哀求，他才把心肝望空一掷，那心肝就自自然然的向那死人的口中溜了下去，死人便苏醒过来。因此一事怕人，刘谏议一家烦恼，便私下遣人寻其住处，却见钻入莺脰湖水底下去了。你想，莺脰湖是什么样水？那水底下怎立得家？必然是个妖怪。屡请法官书符念咒，都禁他不得，反吃了亏。直待南林庵老僧请出一位揭帝尊神，布了天罗地网，遣神将擒来，现其本形，乃三尺长一个多年作怪的猕猴。那揭帝名为龙树王菩萨。刘谏议平日供养这尊神道，极其虔诚，所以今日特来救护，斩妖绝患。诗曰：

人生切莫畜猕猴，　　野性奔驰不可收，
莫说灯花成怪异，　　寻常可耐是淫偷。

此话本很短，开头结尾都有诗，就故事情节看，却是完整的。明李日华《味水轩日记》云："从沈景倩借得《灯花婆婆》小说阅之，乃莺

瓶湖中一老猕猴精也。宋咸淳中，搅震泽刘谏议家，遇龙树菩萨降灭。”李氏所见的《灯花婆婆》，正和上述话本的结尾相符。但和李日华同时的钱希言所见的《灯花婆婆》却又有不同。他的《桐薪》卷一“灯花婆婆”[①]条云：“宋人《灯花婆婆》词话，甚奇。然本于段文昌（应作段成式）《诺皋记》两段说中来。前段刘绩中妻病，有三尺白首妇人自灯影中出，而后段则取龙兴寺智园事阑入成文[②]，非漫然架空而造者。”或当时好事者嫌此话本过于简短，因取了不相关的智园事附益之，以增强它的故事性，亦未可必。

2.《种瓜张老》：即《张古老种瓜娶文女》。

3.《错斩崔宁》

4.《山亭儿》：即《万秀娘仇报山亭儿》。

5.《西湖三塔记》

6.《冯玉梅记》：即《冯玉梅团圆》。

7.《小金钱记》：一名《志诚张主管》。

8.《玉观音》：即《碾玉观音》。

9.《风月瑞仙亭》

10.《合同文字记》

11.《蓝桥记》

12.《杨温拦路虎传》

13.《刎颈鸳鸯会》

14.《五戒禅师私红莲》：即《五戒禅师私红莲记》。

15.《陈巡检梅岭失妻》：即《陈巡检梅岭失妻记》。

---

① 见《松枢九山》。

② 见《酉阳杂俎》前集卷十五《诺皋记》下，卷十四《诺皋记》上。

16.《洛阳三怪》:即《洛阳三怪记》。

17.《快嘴李翠莲》

18.《失记章台柳》:即《苏长公章台柳传》。

19.《彩鸾灯记》:即《张生彩鸾灯传》。

20.《燕山逢故人郑意娘传》:即《杨思温燕山逢故人》。

21.《赵旭遇仁宗传》:即《赵伯升茶肆遇仁宗》。

22.《史弘肇传》:即《史弘肇龙虎君臣会》。

23.《金鳗记》:即《计押番金鳗产祸》。

24.《宿香亭记》:即《宿香亭张浩遇莺莺》。

25.《红白蜘蛛记》:一名《郑节使立功神臂弓》。

以上二十五种今有传本,详见第七章第四节。

26.《玉箫女两世姻缘》:本事出唐人范摅《云溪友议》卷中"玉箫化"条。宋曾慥《类说》卷四十一记之,殊略,题作《玉箫紫环》[①]:

> 韦皋游江夏,与姜荆室(宝)青衣玉箫有情,临别约七年再会,因留玉指环,逾八年不至,玉箫绝食而殒。后镇蜀,(时有)相山人(者)有少公之术,乃见玉箫曰:"后三年再为侍妾。"后东川虚(卢)八坐送一歌姬,真玉箫也,而中指有玉隐出,不异玉环。

明天然痴叟《石点头》第九卷《玉箫女再世玉环缘》,就是根据此话本改写而成。此故事宋金元以来的剧作家写过不少剧本,金院本《诸杂砌》有《玉环》一本。元乔吉有《玉箫女两世姻缘》杂剧。明

① 各本"紫"皆作"指",当据改。——校者注

佚名有《玉环记》传奇，陈与郊有《鹦鹉洲》传奇。

27.《邢凤此君堂遇仙传》：详第八章第一节《水月仙》。

28.《李亚仙记》：详第十三章第二节《李亚仙记》。

29.《郭翰遇仙》：余公仁本《燕居笔记》卷九有《郭翰遇织女星传》，当即此本。本事出唐人张荐《灵怪集》，《太平广记》卷六十八及《情史》卷十九并引之。《醉翁谈录》已集卷二亦载此故事，题作《郭翰感织女为妻》。略云：

> 郭翰为人潇洒，一夜明月当空，卧庭中，闻微风中送来香气，翰起见空中一少女冉冉而下，明艳绝代，随带侍女二人，自称织女，云天帝命游人间择侣，于是翰与共寝。迨晓，升空而去。自后夜夜往来，情深意笃。织女并云牛郎与之河汉相隔，不足为虑。七夕，忽不来，数夜后，又来。翰问故，女曰："一年一度，期运当尔。"又云："天上一夕，人间五日。"后一日，女惨然告别，并留七宝枕一枚，云明年某日当书信相问，次年果有女将书附至。翰以香笺答书，意甚殷切。自是翰不复娶。

30.《三梦僧记》：谭正璧疑即余公仁本《燕居笔记》卷八的《独孤遐叔记》，或即《醒世恒言》卷二十五《独孤生归途闹梦》，并谓与《纂异记》所载之《张生》，白行简《三梦记》所记刘幽求事相似。谭氏举出的故事，虽为人所艳称，但均无梦僧之事，又仅一梦而非三梦，与此标题不符。按《古今小说》卷三《新桥市韩五卖春情》，叙吴山病中三次梦见水月寺和尚前来纠缠，与此名目正合，当为一事而异名。

31.《梅杏争春》：详第七章第四节《梅杏争春》，别有《梅杏争先》一种，疑即《梅杏争春》。

32.《风吹轿儿》：《也是园书目》著录，列入“宋人词话”类。此当为公案故事，出处未详。据《海刚峰居官公案传》第九十回公案有风吹轿事，叙海公因途中被东风吹落轿顶，而将图财害命的东峰，拘来审问，终于为被东峰谋杀之池中冤鬼报仇。明仁和令周季侯审藉医谋杀，复娶其妾张清凤①；宋包拯赵州桥为李后狸猫换太子事雪冤②等案，都与风吹落纱帽翅或风吹轿顶有关。此《风吹轿儿》，或说话人逞捏合惯技，以风为关目，丛汇民间故事传说，集为一事，亦未可知③。

33.《紫罗盖头》：钞本《述古堂书目》著录，注云：“错入魏王宫。”《也是园书目》著录，列入“宋人词话”类。

明钱希言《狯园》卷十二“二郎神庙”条云④：“宋朝有《紫罗盖头词话》，指此神也。”是此话本内容与二郎神有关。二郎神故事，宋元以来，民间盛传。惜“错入魏王宫”本事已无考。周煇《清波别志》云：“士大夫于马上披凉衫，妇女步通衢，以方幅紫罗障半身，俗谓之盖头。盖唐帷帽之制也。”紫罗盖头，盖当时风俗如此。

34.《女报冤》：《也是园书目》“宋人词话”类著录，本事不详。

35.《李焕生五阵雨记》：《也是园书目》卷十“宋人词话”类著录，无“记”字。本事出处不详。

36.《洛京王焕》：元刘一清《钱塘遗事》卷六“戏文诲淫”条云：

① 见俞樾：《茶香室二钞》引《耳新》。

② 见《三侠五义》第十五回。

③ 参看李啸仓：《宋元伎艺杂考·风吹轿儿》。

④ 见《松枢九山》。

湖山歌舞，沈酣百年。贾似道少时，佻㒓尤甚；贾自入相后，犹微服间行，或饮于伎家。至戊辰（1268），己巳（1269）间，王焕戏文盛行于都下，始自太学有黄可道者为之，一仓官诸妾见之，至于群奔，遂以言去。

据此，知太学生黄可道写此剧本，目的在借王焕的风流以讽刺贾似道的佻㒓。南宋末年，这个剧本已在舞台上搬演。《永乐大典》卷一三九七八有戏文《风流王焕贺怜怜》一本，《南词叙录》"宋元旧篇"著录，有《贺怜怜烟花怨》及《百花亭》二种，从题目看来，这三个剧本，当属同一题材。但是否有黄可道原作在内，却难断定。故事见《元曲选》无名氏《逞风流王焕百花亭》。《洛京王焕》话本可能也是咸淳年间作品。

37.《兰昌幽会》：本事出唐人《薛昭传》，《太平广记》卷六十九引传记题作"张云容"。《醉翁谈录》己集卷二《薛昭娶云容为妻》，即据《薛昭传》节略者。金院本《诸杂大小院本》有《兰昌宫》一本①，元庾天锡有《薛昭误入兰昌宫》杂剧，皆演此事。

38.《崔淑卿海棠亭记》：本事出处不详。元杨景言有《风月海棠亭》杂剧（一作《月夜海棠亭》），当是同题材，但杂剧亦已佚失。

39.《孙真人》：孙真人即孙思邈，《唐书》有传。《仙传拾遗》及《宣室志》并载其事。《太平广记》卷二十一引之。话本虽已佚失，所叙当不出此类事。元佚名有《孙真人南极登仙会》杂剧。叙孙思邈应召至京，不肯留，回山采药，海龙王因求治宿疾得愈，因宴之于龙宫，并赠上古仙方一部，以救度众生。迨思邈功行圆满，遂由南

① 见《辍耕录》卷二十五。

极星及福禄二仙度之到瑶池。或亦取材于此话本。

40.《贾岛破风诗》：贾岛字浪仙，范阳人，唐代著名诗人。《唐书》有传。此破风诗故事，史传不载，当系虚构。从今存元佚名《招凉亭贾岛破风诗》杂剧所写，尚可得其梗概。

41.《黄粱梦》

42.《陈季卿悟道竹叶舟传》

43.《斗刀楼记》：即《斗刀楼》。

以上三种已佚，详第八章第一节。

44.《墓道杨元素逢妖传》

45.《葫芦鬼》：即《西山一窟鬼》。详第八章第一节《葫芦儿》。

46.《桃花源记》：晋陶潜的《桃花源记》，富有小说意味，于传奇为近。此《桃花源记》，从名目看来，当系专就陶文敷衍桃源洞中情景，属神仙故事。与后世写陶渊明生平的戏剧不同。

47.《真宗慕道记》：谭正璧谓王明清《投辖录》有"蓬莱"一则，叙真宗于封禅后引宰执等游蓬莱三山，为话本所从出。

48.《刘阮仙记》：金院本《诸杂大小院本》有《入桃园》（园疑源之误）一本，元马致远有《刘阮误入桃源洞》杂剧，明人陈伯将、汪元亨、王子一亦各有同题材的作品。清人有《长生乐》传奇，亦演此事。宋皇都风月主人《绿窗新话》卷上有《刘阮遇天台仙女》，与《醉翁谈录》辛集卷一的《刘阮遇仙女于天台山》，文字相近，当为话本直接取用的题材。本事出《幽明录》、《神仙记》等书，亦见《太平广记》卷六十一《天台二女》。

49.《元宵编金盏》："编"字当为"骗"字之误。本事梗概见《宣和遗事》亨集，云：

是夜鳌山脚下人丛闹里，忽见一个妇人吃了御赐酒，将金杯藏在怀里，吃光禄寺人喝住："这金盏是御前宝玩，休得偷去！"当下被内前等子拿住这妇人，到端门下。有阁门舍人且将偷金杯的事，奏知徽宗皇帝。圣旨问取因依。妇人奏道："贱妾与夫婿同到鳌山下看灯，人闹里与夫相失。蒙皇帝赐酒，妾面带酒容，又不与夫同归，为恐公婆怪责，欲假皇帝金杯归家与公婆为照。臣妾有一词上奏天颜，这词名唤《鹧鸪天》（词略）"，徽宗览毕，就赐金杯与之。当有教坊大使曹元宠奏道："适来妇人之词，恐是伊夫宿构此词，骗陛下金盏。只当押妇人当面命题，令他撰词。做得之时，赐与金盏；做不得之时，明正典刑。"帝准奏，再令妇人做一词。妇人请命题。准圣旨，令将金盏为题，《念奴娇》为调。女子领了圣旨，口占一词道（词略）。徽宗见了此词，大悦，不许后人攀例，赐盏与之。

《宣和遗事》里的某些故事，本来就是从当时流行的话本里抄录下来的。此《元宵骗金盏》故事，当时必有话本流传而为《宣和遗事》编者所采取。

50.《吴郡王夏纳凉亭》：清初褚人获《坚瓠集》丁集卷四"侍婢续诗"条：

宋赵葵尝避暑水亭，作诗云："水亭四面朱栏绕，簇簇游鱼戏萍藻，六龙畏热不敢行，海水煎彻蓬莱岛。身眠七尺白虾须，头枕一枝红玛瑙。"诗未成，葵即睡去。侍婢续云："公子犹嫌扇力微，行人正在红尘道。"（清雷琳等编《渔矶漫钞》卷一"避暑诗"条同。）

不知褚氏所据何书。又《水浒全传》第十六回也提到吴七郡王这诗(文字小有异),当系据宋人旧话本插入的。但水亭纳凉题诗,实理宗时宰相赵葵的事,而话本却移作吴七郡王。按周密《齐东野语》卷十曾记吴七郡王在冷泉亭濯足事(原文已见第七章第四节"菩萨蛮"条引)可能与此话本有关系。吴七郡王名益,谥庄简,高宗吴皇后之弟。宋代说话人尝采取他的佚事作为说话题材,如《京本通俗小说》中的《菩萨蛮》,即其一例。

51.《烟粉灵怪》:明《文渊阁书目》注:"一部一册"。叶盛《箓竹堂书目》、《也是园书目》皆著录,题作《烟粉小说》,疑此书为元明人编纂的宋人烟粉灵怪类话本的总集。惜其详目已不可考。

52.《唐平黄巢》:《醉翁谈录》说话名目有《黄巢》一种,可能为此话本所从出。参看第八章第一节《黄巢》。

第四节 《也是园书目》著录的宋人话本名目

也是园是清初钱曾的藏书处。曾字遵王,自号也是翁,常熟人,家中藏书甚夥,《也是园书目》就是他的藏书簿录。在这个书目卷十"戏曲小说"部,著录了宋人词话十六种。计存九种,佚七种。目如下:

1.《灯花婆婆》:见上节。

2.《种瓜张老》:即《张古老种瓜娶文女》。详第七章第四节。

3.《紫罗盖头》

4.《女报冤》

5.《风吹轿儿》

以上三种已佚,见上节。

6.《错斩崔宁》

7.《小(山)亭儿》

8.《西湖三塔》

9.《冯玉梅团圆》

以上四种今有传本,详见第七章第四节。

10.《简帖和尚》:据今人考证为元初人作品,详第九章第四节《简帖和尚》。

11.《李焕生五阵雨》:见上节。

12.《小金钱》:详第七章第四节《志诚张主管》。

13.《宣和遗事》四卷:这是一部"小说"与"讲史"杂糅的书,是节抄多种书籍凑合而成。作者当为宋代的遗民,入元后才刊印的。书中改窜重订的痕迹相当明显。详第十七章第三节。

14.《烟粉小说》四卷:《文渊阁书目》作《烟粉灵怪》,当是一本。见上节。

15.《奇闻类记》十卷:内容不详。大约是笔记小说一类的书。

16.《湖海奇闻》二卷:《宝文堂书目》"子杂"类著录,大约是传奇一类。高儒《百川书志》卷六"小史"类著录作五卷,并注云:"馀杭周礼德恭著,聚人品、脂粉、禽兽、木石、器皿五类灵怪七十二事。"

第九章　元代的说书与话本

第一节　元代社会对说书的影响

元代是蒙古族的统治阶级统治中国的朝代。当时的农业生产和手工业生产都受到了严重的摧残，社会生产力遭受破坏，蒙古族的统治阶级大量地掳掠人民作奴隶，在农业、手工业劳动中大量使用奴隶劳动，实行极为残酷的剥削。在这血汗的基础上，畸形地繁荣了主要城市的工商业；在政治上，建立了军事组织和官僚制度相结合的黑暗统治，把各族人民分为贵贱四等：蒙古人、色目人、汉人、南人，并勾结和利用了汉族的地主恶霸，加强对广大人民的压迫。在民族压迫和阶级压迫的双重桎梏之下，人民的政治权利被剥夺殆尽。在文化上，蒙古族的统治阶级对各族人民的思想控制却并不得力，封建道德伦理的束缚削弱了。后来蒙古统治者虽然逐渐接受了封建制，并加强了封建思想统治，但并不能改变由于尖锐的民族矛盾与阶级矛盾所引起的混乱与反抗。

这一切，都直接间接地影响了说书事业。

首先，民怨沸腾，在“似箭穿着雁口，没有个人敢咳嗽”的情况下，就必然要求文学艺术对此有所反映。说书艺人是站在人民一边进行了民族意识的宣传的。当时的社会黑暗混乱到何种程度，元陶宗仪《辍耕录》卷二十三有一首无名氏〔醉太平〕曲这样写着：

> 堂堂大元，奸佞专权。开河变钞祸根源。惹黄巾万千，官法滥、刑法重、黎民怨。人吃人、钞买钞、何曾见。贼做官、官做贼、混愚贤。哀哉可怜！

它痛快淋漓地暴露了元代统治阶级的罪恶，指出了农民起义的社会根源。不难想见，广大人民处于水深火热之中，是如何的苦痛，是如何地渴望着反抗。但是，现存的元代说书的话本中，尤其在“小说”话本中，人民性强烈的作品，民族意识强烈的作品，并不多见。这是不是说明当时的说书艺人态度消极，逃避现实，脱离了人民的要求呢？显然不是的。元代的说书艺人们在人民中间，进行着民族意识的宣传。《元典章》四十一“刑部”三“谋反乱言平民作歹”条，就记录元武宗至大三年有人诬告某汉人，指他曾说过：“汉儿皇帝出世也，赵官家来也”的话。而后来查明，这些话倒是诬告者“幼小听得妄传词话”，是从“词话”中听来，嫁祸于某汉人身上的。至大三年，元统治中国已三十多年，这正可说明汉族的说书艺人在元代的残酷民族压迫下还是经常在讲唱富有民族反抗精神的故事，甚至利用词话作政治变革的预言。在元代末期，甚至有人还用说书作掩护，团结群众，密谋起义（详见下节）。至于元代说书的富有民主性的话本流传很少，这不仅是艺术本身的问题，主要是基于深刻的社会原因。

其次，蒙古统治阶级对说书艺人采取迫害的政策。《元史·刑法志三》载：

诸妄撰词曲,诬人以犯上恶言者处死。

又《刑法志四》载:

诸乱制词曲为讥议者流。

《元典章》卷五十七“刑部”十九“杂禁”云:

农民、市户、良家子弟,若有不务本业,学习散乐,搬说词话人等,并行禁约。

在都唱琵琶词货郎儿人等,聚集人众,充塞街市,男女相混,不唯引惹斗讼,又恐别生事端;蒙都堂议得,拟合禁断。

蒙古统治阶级的这种态度,正是当时说书艺术的群众性的反证。说书艺人最能联系群众,在农村及街市最能“聚集人众”,容易引起“事端”。尤其是“小说”——中篇短篇的说书,自宋以来,就最能“随意据事演说”,“顷刻间提破”,反映当前的社会生活。所以对这些人,统治者订了“死”、“流”的酷法严刑。如果说在南宋,说唱《中兴名将传》,还能和统治阶级的政策有部分的一致性,那么,在元代,要讲唱代表人民意志的当代题材,就是统治阶级无法容忍的了。

同时,在民族矛盾和阶级矛盾极为尖锐的元代,民族矛盾上升到第一位,这就影响到以历史故事为主要内容的长篇说书,使其中一部分略有民族意识或反暴政内容的“讲史”得以发展,成为广泛流行的“平话”。蒙古统治阶级不能容许对现实生活不满和反抗,但说历史故事就无法禁阻。人民群众则在历史故事中，曲折地寄托了他们的政治愿望和爱憎，拥刘反曹的《三国志平话》，反对虐政的《武王伐纣平话》之所以特别流行、发达，较之其他平话发展得更丰富，决不是偶然的。因而平话在元代普遍流行，《永乐大典》所载元代平话目录有二十六种之多，可以想见。至于像《宣和遗事》和有关水浒英雄的"小说"合流，又和元代的"水浒戏"结合，终于发展成为长篇小说《水浒传》，更可以看出，民族斗争、阶级斗争和人民的政治倾向是怎样地决定着说话艺术的发展。

总之，元代社会情况对说书的影响是复杂的。民族斗争和阶级斗争的现实，促进了平话的发展；统治阶级的钳制和其他原因，削弱了"小说"的地位。但是，一种为人民所喜闻乐见的艺术是任何人无法加以扼杀的，而人民所热爱的现实斗争故事更有生命力。水浒英雄进入了水浒戏，进入了长篇说书，逐渐地形成了他们的反抗压迫的光辉形象；而"小说"艺术，虽相对衰落，仍代代相承，并未中断，直至冯梦龙把大量的短篇话本加工整理成为《三言》，直至明末清初说书艺术的再一次发展、提高。

第二节　元代的说书和说书艺人

元代的民间说书的流行情况，因缺少文献资料，很难作系统的论述。除上节所述者外，有以下三例可见元代说书的名称和艺术成就。

其一，《太平乐府》卷八无名氏的《阅世》〔粉蝶儿〕套曲〔剔银灯〕：

> 折末道谜、绩麻①、合笙、折末道字、说书、打令、诸般乐艺都曾领。

可见元代称说话伎艺为说书，说书人也兼习各种伎艺。

其二，《孤本元明杂剧》无名氏《陶渊明东篱赏菊》第二折白：

> (净云)老先儿。我也不曾读书，我则听的那打谈的说武王立天下，寻访着孟津老姜。人所皆知，不知老先儿知也不知哩？

按金院本《冲撞引首》有《打淡的》一本。《梦粱录》载宋代说话人有谭淡子。这里所说的“打谈的”，可能就是说书人的另一名称。说武王立天下云云，可能是平话《武王伐纣》中的一个节目。

“打谈”或作“打谭”。《武林旧事》卷六“书会”项下有李大官人谭词，不知与打谭有无关系。然元人所谓“打谈的”确是指说书人。这还可从明人记载中得到证明。如刘元卿《贤弈编》卷二有“听打谈者说杨文广围困柳州城中”之事，《金瓶梅词话》第十五回也提到了“打谈”(均见第二章第二节)。可见明代仍沿用了元代的旧称。

其三，元胡祗遹《紫山大全集》卷八《黄氏诗卷序》讲到一个女艺人说唱应当具备九个条件：

① 中华书局1958年排印本校语云“绩”当作“续”。——校者注

一、姿质浓粹，光彩动人。

二、举止闲雅，无尘俗态。

三、心思聪慧，洞达事物之情况。

四、言语辨利，字真句明。

五、歌喉清和圆转，累累如贯珠。

六、分付顾盼，使人解悟。

七、一唱一语，轻重疾徐，中节合度，虽记诵娴熟，非如老僧之诵经。

八、发明古人喜怒哀乐，忧悲愉快，言行功业，使观听者如在目前，谛听忘倦，惟恐不得闻。

九、温故知新，关键词藻，时出新奇，使人不能测度为之限量。

说唱伎艺，渊源有自，惜记载缺略，无从深究。然从唐宋迄元，五六百年来，伎艺人对说唱方面的技巧，积累了不少经验。胡氏这些话，把当时说唱艺人的技术具体地介绍给我们，可以说是研究元代及元代以前说唱伎艺的珍贵文献，也是一种重要的乐艺史料。

至于元代的说书伎艺人，其事迹可考者更是寥寥无几。兹略述如下。

一、时小童母女

《青楼集·时小童传》载：

善调话，即世所谓小说者。如丸走坂，如水建瓴。女童亦有舌辩，嫁末泥度丰年，不能尽母之技云。

“调话”大概和“调说”的意义相同。赵德麟《商调蝶恋花鼓子词》序云：“倡优女子，皆能‘调说’其大略。”调说，大概是指说唱艺人在表演时，能调度各种高低快慢等腔调歌唱的意思，正如胡祇遹所谓的“一唱一语，轻重疾徐，中节合度，虽记诵娴熟，非如老僧之诵经”一样。文中以“如丸走坂，如水建瓴”，形容时小童说书的流利及养女的“舌辩”，与《梦粱录》所载“谈论古今，如水之流”，“说话者谓之舌辩”的话相符，足证调话和说话的性质是相仿佛的。调话可能是宋元时代说唱伎艺的另一种术语。时小童善于调话，当然是一位有相当水平的说书女艺人。

二、胡仲彬兄妹

《辍耕录》卷二十七“胡仲彬聚众”条云：

胡仲彬乃杭州勾栏中演说野史者，其妹亦能之。时登省官之门，因得夤缘注授巡检。至正十四年七月内，招募游食无籍之徒，文其背曰：“赤心护国，誓杀红巾”，八字为号，将逐作乱。为乃叔首告，搜其书名簿，得三册。才以一册到官，馀火之，亦诛三百六十馀人。

这里仅知道胡仲彬是杭州勾栏中的讲史伎艺人，他的妹妹的职业相同。他的伎艺成就，并无其他记载，但能“时登省官之门”，也可见他有较高的伎艺。

三、朱桂英

朱桂英是元末的讲史艺人。杨维祯《东维子文集》卷六《送朱女士桂英演史序》中对她的身世作了介绍：

> 至正丙午春二月，予荡舟娱春，过濯渡，一姝淡装素服，貌娴雅，呼长年舣棹，敛衽而前，称朱氏名桂英，家在钱塘，世为衣冠旧族，善记稗官小说，演史于三国五季。因延致舟中，为予说道君艮岳及秦太师事，座客倾耳耸（听）；知其腹笥有文史，无烟花脂粉。予奇之曰：使英遇思陵太平之朝，如张、宋、陈、陆、史辈，谈通典故，入登禁壶，岂久居瓦市间耶？曰忠曰孝，贯穿经史于稠人广座中，亦可以敦厉薄俗，才如吾徒号儒丈夫者，为不如已！古称卢文进女为女学士，予于桂英亦云。

朱桂英的伎艺是以讲说三国五代见长，并且还能讲说宋代宣和年间的遗事，是和她家庭教养有关系的，因为她的家世是钱塘衣冠旧族，“腹笥有文史”。

第三节　元代的剧作家兼话本作者

元代的杂剧作者和词话作者，有不少是书会才人。贾仲明《书录鬼簿后》云：“丑斋继先钟君所编《录鬼簿》，载其前辈玉京书会，燕赵才人、四方名公士夫。编撰当代时行传奇、乐章、隐语。”这些书会才人与当时的伎艺人(包括戏剧演员和说话艺人)在业务上往往有密切的关系。如《录鬼簿》于孔文卿《东窗事犯》下注云:“二本,杨驹儿按。”曹楝亭本《录鬼簿》于金仁杰《周公旦抱子设朝》下注云:“喜春来按”,尤贞起本则作“喜春来度”,复小字注云:“度一作按”。“按”作“按行”解,与“度”字作“度曲”解实相通。杨驹儿亦实有其人,夏伯和《青楼集》曾有倡女杨买奴,为杨驹儿之女的记载,是杨驹儿确为当时的伶工。孔文卿的《东窗事犯》,看来是专为演员杨驹儿编撰的。准此推之,当时的剧作家,又兼话本作者,并为说话人编撰话本,颇不乏人。与钟嗣成同时之剧作家钱子云,词话极多(据天一阁本《录鬼簿》),即是一证。惜其所撰词话,皆已失传。其确有名目可考者仅得二人。

一、陆显之

《录鬼簿》卷上“陆显之”条云:

> 陆显之,汴梁人,有《好儿赵正话》(曹楝亭本于“话”字下多“本”字)。

贾仲明在他的吊词里说:

> 河南独步汴城,隐语词源阐姓名,编《好儿赵正》钻空,应使多人敬。宋上皇有《醉冬凌》,滑稽性,敏捷情,再出世的精灵。

按钟嗣成把陆显之列于“前辈才人篇”，在赵明道、刘唐卿、赵公辅等人之后，李文蔚之前。贾仲明于赵明道吊词有“元贞年里，升平乐章歌汝曹”之句，赵公辅吊词有“公辅先生天水郎，元贞大德乾元象”之句。刘唐卿曾在王彦博左丞席上，赋《博山铜细袅香风》。王彦博即王约，为至元大德间人。李文蔚为白仁甫友，仁甫元初人，《天籁集》卷上有《夺锦标》词，题为“得友人王仲常李文蔚书”。由此可见陆显之为元剧极盛时期元贞大德(1295—1307)间的人物。此时他至少已有三十馀岁，由此上推，当生于宋理宗开景间。南宋亡时，他大约已有十七八岁。那时讲说赵正故事已很流行。他的《好儿赵正话》，当是根据当时说话人的口头讲说写成的。

显之所编的《好儿赵正话》，大概就是《醉翁谈录·小说开辟》所载说话人口头讲说的“赵正激恼京师”故事。此话本《宝文堂书目》著录，作《赵正侯兴》，冯梦龙编入《古今小说》第三十六卷，改题为《宋四公大闹禁魂张》。显之为人，据贾仲明吊词是“钻空”、“滑稽”、“敏捷”、“精灵”，恰与今所见《禁魂张》话本的精神面貌相合。可见《禁魂张》话本是根据《好儿赵正话》改写的。尽管官制地名都是北宋的，篇末有“直待包龙图相公做了府尹，这一班贼盗，方才惧怕，各散去讫”一段宋人语气，但文字风格极似元人。显之原作特标“好儿”二字，“好儿”正是元人习语。《东堂老》剧李实屡称扬州奴为“好儿”；天一阁钞本《录鬼簿》记《梁山泊》剧的题目正名为“马好儿不遇吕洞宾”可证。《禁魂张》话本的原作者为陆显之，当无可疑。显之作品，除《好儿赵正话》之外，只有《醉冬凌》一剧。明朱权《太和正音谱》“群英所编杂剧”条，亦著录他的《宋上皇醉冬凌》。显之的事迹无可考，仅知他是汴梁人，《好儿赵正话》的故事背景，正是北宋的都城汴京。今《禁魂张》话本中所叙述的市镇街坊和地方风俗，正是显之所熟悉的家乡情况，所以写来历历如绘。又吊词中说："编《好儿赵正》钻空，应使乡人敬。"这个话本编成后，其脍炙人口的情形，也可想见。

二、金仁杰

曹楝亭本《录鬼簿》"金仁杰"条下云：

> 仁杰，字志甫，杭州人。余自幼时闻公之名，未得与之见也。公小试钱谷，给由江、浙，遂一见，如平生欢，交往二十年，如一日。天历元年戊辰(1328)冬，授建康崇宁务官。明年己巳正月叙别。三月，其二子护柩来杭，知公气中而卒。呜呼惜哉！所述虽不骈丽，而其大概多有可取焉。

钟嗣成自己说"自幼时闻公之名，未得与之见也"。此时约当至元二十七年左右，嗣成大约十馀岁，在杭州正从邓文原、曹鉴受学①。而仁杰当时已经成名，其年龄至少当在五十岁左右。由此上推，仁杰当生于宋理宗景定年间(1260—1264)，南宋亡时，大约年未及冠。

明郎瑛《七修类稿》卷二十三"东窗事犯"条云："予尝见元之平阳孔文仲有《东窗事犯》乐府，杭之金仁杰有《东窗事犯》小说。"按《录鬼簿》卷下"金志甫"下有《东窗事犯》杂剧，注云"次本"，并无小说。《太和正音谱》注作"二本"，亦未提到小说。"次本"二

① 参看《古剧说汇》104页注。

字，始见于《酉阳杂俎续集》卷六“翊善坊保寿寺”条，是复本、摹本的意思。“二本”义同“次本”。孔文仲既有《东窗事犯》一剧在先，金作自为次本。钟嗣成撰《录鬼簿》，于各家著述，有闻必录，并不限于杂剧。如王伯成下注“有《天宝遗事诸宫调》行于世”，陆显之下注“有《好儿赵正话》”，施君承下注“所著有古今砌话，亦成一集”，例子甚多，而仁杰的小说，独付阙如。或疑郎氏误忆，我以为郎氏既亲自寓目，决不会连剧本、话本都分辨不清，毋宁说是钟氏失载为是。元末杨维祯曾提到讲史女艺人朱桂英尝为他讲说秦太师事，疑桂英所讲的即为金氏之本。明冯梦龙编的《古今小说》卷三十二《游酆都胡母迪吟诗》的头回，即叙东窗事，可能就是金仁杰《东窗事犯》小说的底本。

第四节　元代的话本

元人编写的话本，今知者殊少，保存于明人编刊的小说总集或其他集子中的，估计有下列各篇。

一、流传者

见于《清平山堂话本》者六种：

1.《柳耆卿诗酒玩江楼记》

《宝文堂书目》著录，作《柳耆卿记》。万历刊本《万锦情林》卷一及余公仁本《燕居笔记》卷七均有《玩江楼记》。明刊本《绣谷春容》及何大抡本《燕居笔记》卷十均有《柳耆卿玩江楼记》，疑即此篇。叙柳耆卿守馀杭，与召歌妓周月仙欢洽事。

话本开头有“当时是宋神宗朝间”云云，篇末又有“到今风月江湖上，万古渔樵作话文”，可见此话本的写定是较晚的。按《录鬼簿》载戴善夫有《玩江楼》杂剧，贾仲明题词有“玩江楼周月仙，风光好一夜姻缘”。正与话本所叙之事相合。谭正璧谓：“话本中的《浪里来》词，即根据善夫遗曲《浪里来煞》改作而成。”其故事当亦从善夫剧本出。善夫元初人，话本的写作时期自在其后。但明绿天馆主人《古今小说》序谓南宋说话人话本，“其传布民间者，什不一二耳。然如《玩江楼》、《双鱼坠记》等类，又皆鄙俚浅薄，齿牙馨焉。”则又似为南宋人作品。按《双鱼坠记》乃写明弘治年间临安孔淑芳故事，田汝成以为是“近世拟作”①，分明是明人作。《玩江楼记》的写作时代可能较早，它的文字古朴质直，风格雅近宋人，其中又有不少宋元间人习语，如“上厅行首”、“打暖”、“顶老”等等。今暂列入元代。

柳永轶事，宋金以来民间盛传。《永乐大典》卷一三九八〇戏文十六有《柳耆卿诗酒玩江楼》；《南词叙录》“宋元旧篇”著录作《柳耆卿花柳玩江楼》。金院本有《变柳七爨》一本②，戏文别有《花花柳柳清明祭柳七记》一本，杂剧有元关汉卿《谢天香》一本，戴善夫、杨暹皆有《玩江楼》杂剧③，邹式金有《春风吊柳七》一本④，传奇有明王元寿《领春风》一本⑤，皆搬演柳七故事，情节与本篇当不甚

① 《西湖游览志馀》卷二十。
② 《辍耕录》卷二十五。
③ 关剧有《元曲选》本，戴剧见《录鬼簿》，杨剧见《录鬼簿续编》。
④ 见《远山堂明剧品》。
⑤ 见《远山堂明曲品》。

相远。《古今小说》第十二卷《众名姬春风吊柳七》，则是从本篇改写而成。

2.《简帖和尚》

《宝文堂书目》、《也是园书目》、《今乐考证》并著录。《也是园书目》列入"宋人词话"类。《古今小说》卷三十五作《简帖僧巧骗皇甫妻》。

本篇头回《错封书》本于《醉翁谈录》乙集卷二《王氏诗回吴上舍》，明彭大翼《山堂肆考》亦载之，以吴仁叔（上舍）为元人，知头回是一个元代的故事。益可证明本篇为元人所写定。《王氏诗回吴上舍》略云：

> 吴仁叔在太学，附家书归，误封一幅白纸，妻启缄见之，微笑，即写一诗复之曰："碧纱窗下启缄封，一纸从头彻底空；料想仙郎怀别恨，忆人全在不言中。"

但梦见妻写诗，系另一故事，出《云斋广录》卷五《丽情新说》上《丁生佳梦》，略云：

> 丁渥赴太学参告，别妻崔氏，一日，遇上巳，及夕，忽梦其家，见崔于灯下方披笺搦管，为书以寄生。又于别幅见诗一绝，其词曰："泪湿香罗袖，临风不肯干。但凭西去雁，寄与薄情看。"崔方缄题次，生倏然而醒，已忘其书，惟记其诗，质明，乃录其诗于纸，以示同舍。后经旬日，生得崔氏书，及展别幅，有诗一绝，乃梦中所记之诗，无少差焉。生愕然大惊，以示诸友，莫不为叹息。并读其书日月，乃上巳之夕也。

正文叙述皇甫松与妻破镜重圆故事，当是根据传说改编的。洪迈《夷坚支志》丙集“王武功妻”条的内容与此相类，亦见《泾林杂记》，《情史》卷十四“金山僧惠明”条，《古今闺媛逸事》卷五“淫僧狡计”条均引。《龙图公案》卷二《偷鞋》一则，事亦相近。

话本标题下原注：“亦名《胡姑姑》，又名《错下书》。”宋官本杂剧段数有《简帖薄媚》，金院本有《错寄书》，宋戏文有《洪和尚错下书》，大约都是搬演这个故事。

篇中说：“东京汴州开封府枣槊巷里，有个官人，复姓皇甫，单名松。本身是左班殿直。”按枣槊巷可能即枣冢子巷，见《东京梦华录》卷二“潘楼东街巷”条。《西湖老人繁胜录》载二十四班中有殿前左班、殿前右班和内殿直班。篇中所叙官衔、地名等都是宋代的。篇中提到开封钱大尹，当是指钱明逸，明逸，仁宗时知开封府。可证这个故事产生于北宋。篇末又有“书会先生”及“话本说彻，权作散场”等语。语言风格，又极质直朴素，因此，文学史家都断它为宋代话本。但许政扬《话本征时》①从作者的表白：这四个人“是本地方所由，如今叫做连手，又叫做巡军”。这一断面上，发现了它隐藏着的年轮。并据《元史·兵志》考得巡军的设置为元代新创，因而认为本篇应该归入元人作品的行列。并推断它的诞生离开宋亡还不会十分久远，因为篇中尚保留一些宋元间的制度和习俗。

3.《快嘴李翠莲记》

《宝文堂书目》著录，无“记”字。

本篇叙述一个心直口快的女子李翠莲，因心直口快为公婆所

① 见《南开大学学报》四卷一期。

不容，终于被逼出家的故事。按李翠莲故事，流行民间相当久远。地方戏及各种曲艺里都有，秦腔剧中有《李翠莲上吊》，一名《十万金》，即演此故事。

本篇开头有"昔日东京有一员外"，颇似南宋人口气。郑振铎谓："全篇皆以韵语说唱的为主外，其他散文的叙事与对话，似皆仅为联络这些爽脆中听的唱说为作用者，大约前身或是一篇唱本。"①我疑心它就是宋代"陶真"一类的唱本，经过说话人改造，类似说诨话话本。其中涉及结婚礼节，如先生念诗赋及撒帐等，和《东京梦华录》及《梦粱录》所载均合，其"撒帐词"颇似元人的"上梁文"，语言风格，亦朴质可喜，当为元代的作品。

叶德均以本篇两见明人戴的网巾，因而认为是明人所作。按明人郎瑛《七修类稿》卷十四云："太祖一日微行，至神乐观，有道士于灯下结网巾，问曰：此何物也？对曰：网巾。用以裹头，则万发俱齐。明日，有旨召道士，命为道官。取巾十三顶颁于天下，使人无贵贱皆裹之也。"观郎氏所记，网巾正式颁布，始自明初，道士结巾，在颁行之前，显然民间早已流行。元人《东堂老》杂剧第一折白有"哥的网儿"语，网儿即指网巾。可见网巾元代已有，非明人所创制。

4.《曹伯明错勘赃记》(《雨窗集》)

本篇叙开客店的曹伯明娶了一个妓女谢小桃，谢却通同奸夫倘都军设计谋杀曹，后经蒲左丞将案情审明，刺配了倘都军，而罚谢小桃入官为奴。

《永乐大典》卷一三九七四戏文一著录有《曹伯明错勘赃》一

① 《文学论集·明清二代的平话集》。

本;《录鬼簿》卷上武汉臣、纪君祥、郑廷玉三人也都有此剧(郑作题《复勘赃》);《永乐大典》卷二〇七五四杂剧一八亦收《曹伯明错勘赃》一本,但均不传。郑剧的"正名"是"蒲丞相大断案",足证与话本为同一题材。这个故事,元代盛传,话本说是至正(1341—1368)年间事。按《录鬼簿》作于至顺元年(1330)以前,其时武汉臣等已在"前辈已死名公才人"之列,杂剧当作于元仁宗皇庆、延祐(1312—1320)间,这个故事的产生当更早一些,话本中的至正年号,一定是弄错了。

5.《错认尸》(《雨窗集》)

本篇叙杭州丝商乔俊客居在外,家中妾、女与雇工董小二通奸,事泄,乔之大妇逼春香共杀董,沉尸河中。案发,妇妾及女皆瘐死狱中。乔归,已家破人亡,亦投河自尽。赵景深《警世通言之来源和影响》一文中谓本篇虽未明书回目,然可分为十回,每回都有起结诗,冯氏收入《通言》,为统一体例起见,大都删去四句起诗或结诗,只留二句;有时也另换二句。本篇恶人王酒酒不曾得到恶报,冯氏则在"深可惜哉"句下加了一段文字,让乔俊把王酒酒活捉了去。

《永乐大典》卷一三九九〇有《何推官错认尸》一本;《南词叙录》"宋元旧篇"作《错勘尸》,皆已失传。从钱南扬辑得的佚曲四支看来,情节颇像元王仲文《救孝子贤母不认尸》杂剧,而与此话本不类①。本篇与《警世通言》卷三十三《乔彦杰一妾破家》为同一故事。

话本开头有"大宋仁宗皇帝明道元年"云云,显为宋人语。但

① 见《宋元戏文辑佚》,第58页。

下文又有“这浙江路宁海军，即今杭州是也”云云，则似元人口吻。篇中提到“明道二年春间，乔俊在东京卖丝已了，买了胡桃、枣子等货，船到南京上新河泊”。不称建康而称南京，这些时代混乱的错误，可能因为作者不是宋人。篇中又有“武林门”一名，武林门明初始有，显然为明人窜入的。惟话本的文字风格，质直简朴，去宋人当不相远。

6.《阴骘积善》

《宝文堂书目》著录。话本叙述唐德宗朝林善夫往京师太学读书，路过蔡州，在旅店中拾得商人张客遗失的一包珠子，最后归还原主的故事。本事见《夷坚甲志》卷十二《林积阴德》。本篇曾为凌闬初编入《初刻拍案惊奇》，作为卷二十一《袁尚宝相术动名卿，郑舍人阴功叨世爵》的头回，字句十九相同。

话本中描述当时茶坊情形是：“花瓶高缚，吊挂纸窗，壁间名画，皆则唐朝吴道子丹青；瓯内新茶，尽点山居玉川子佳茗。”此正是宋元时代市井间茶坊布置的情形，与《梦粱录》所载“插四时花，挂名人画”的情形相合。而文字风格，亦极简朴，凌氏在采用这个话本作为头回时，特地交代道：“此本话文，叫做《积善阴德》，乃是京师老郎传留至今。”知此故事很早就被“说话人”讲说，写定则较晚，似在元明之际。今姑列入元代以俟考。

见于《古今小说》者四种：

7.《新桥市韩五卖春情》(第三卷)

本篇叙富户吴山，狎韩金奴事。

篇中有“话说宋朝临安府去城十里，地名湖墅，出城五里，地名新桥。那市上有个富户吴防御……”从这些地名、官职看来，都是宋代的。所叙临安市上的“铺席”情形，也与《志诚张主管》相似。但说“宋朝”而不说“大宋”、“我宋”，又似为元代人作品。

篇首引用了一首胡曾《咏史诗》，宋元说话人往往如此。其他如花哄（胡调）、八老（孛老）、阐闼（挣扎）、太保（轿夫）等都是宋元时代的习语；又如“鸭黄儿”是宋时浙江骂人之词，见庄季裕《鸡肋编》；又水月寺为宋代寺名，毁于元末[①]。据此，本篇最迟当作于元代末年。篇中叙及吴山病中三次梦见水月寺僧，《宝文堂书目》著录的《三梦僧记》，可能即为本篇的原名。《金瓶梅词话》（第九十八、九十九两回）中写陈经济遇见韩爱姐的一段，就是从本篇模仿来的。

8.《宋四公大闹禁魂张》（第三十六卷）

《宝文堂书目》著录，题作《赵正侯兴》。

头回叙石崇与绿珠事，见《世说新语》卷六《汰侈》，及《晋书·石崇传》（附《石苞传》后）。正文叙偷儿赵正在东京惩治地主豪商和专门欺压群众的公差衙役，官府对他莫可奈何，与《醉翁谈录》载的《说赵正激恼京师》的话正合。可见此故事南宋时已经在瓦子勾栏中普遍地讲说了。但元钟嗣成《录鬼簿》载：“陆显之汴梁人，有《好儿赵正话》。”据此，这个故事，南宋时只是流传在老郎们的口头，而话本的写定，则在元代，这是无庸置疑的。

9.《任孝子烈性为神》（第三十八卷）

《宝文堂书目》著录，题作《任珪五颗头》。元佚名有《任贵五颗头》杂剧，一名《孝任贵救父闹法场》。明朱权《太和正音谱》所录无名氏杂剧中，有《任贵五颗头》一本，题材当与本篇相同。叙任

---

① 《西湖游览志》卷六。

珪妻梁氏行为不检,反诬任珪之父调戏,梁氏的父母也袒护其女欺骗任珪。事觉,任珪杀梁氏和她的父母、使女和奸夫周得五人事。

本篇开头说:"话说南宋光宗朝绍熙元年。""南宋"二字原是元人口气,后面又有"其庙(任珪)至今尚存,后人有诗题于庙壁",可能是元人的作品。

10.《汪信之一死救全家》(第三十九卷)

本篇入话叙宋五嫂鱼羹事,《枫窗小牍》卷下、《武林旧事》卷三、卷七及《西湖游览志馀》卷三均载之。又俞国宝题词事,《武林旧事》卷三"西湖游幸"条亦载之,略云:

> 小舟时有宣唤赐予,如宋五嫂鱼羹,尝经御赏,人所共趋,遂成富媪。……一日,御舟经断桥,桥旁有小酒肆,颇雅洁,中饰素屏,书〔风入松〕一词于上。光尧驻目称赏久之,宣问何人所作,乃太学生俞国宝醉笔也。(词略)上笑曰:"此词甚好,但末句(明日重携残酒)未免儒酸。"因为改定云:"明日重扶残醉",则迥不同矣。即日命解褐云。

正文叙南宋时人汪信之白手经营冶铁业起家事,后因被人诬告谋反,为官府追捕,最后汪自投到案,与原告对质,证明被诬,但因汪曾反抗官府,仍判死。本事出岳珂《桯史》卷六《汪革谣谶》。

本篇开头有"大宋乾道淳熙年间,孝宗皇帝登极"云云,似为南宋人口气,但后面又有"那时南宋承平之际",则又系元人口吻。大概元初人习惯称宋代为大宋,篇中又提到典史掌印一事,按汪汲《事物原会》卷五引《续通考》:"元于丞簿尉外置典史。"是典史之官元代始有之,故本篇当为元代的作品。

见于《醒世恒言》者四种：

11.《小水湾天狐诒书》(第六卷)

本篇头回叙杨宝救黄雀事,见《搜神记》卷二十,亦见《续齐谐记·华阴黄雀》。

正文叙唐天宝年间,王臣避乱杭州小水湾,因闻京师光复,北上理旧业,道经樊川,弹击二野狐,遂得其蝌蚪文书。不料狐变化多端,弄得王臣家产荡然。值王臣返杭,野狐乃变成王臣的弟弟王宰,终于赚回文书而去。本事出唐张鹰《灵怪录》。《太平广记》卷四百五十三《王生》及《岁时广记》卷十九《获狐书》均有类似记载。

本篇开头四句诗之后,就是一个"得胜头回",篇中说话人的口气相当浓厚,似是瓦子勾栏中用的底本。篇末"入籍杭州"云云,不称临安而称杭州,当为元人作品。

12.《勘皮靴单证二郎神》(第十三卷)

《宝文堂书目》著录,题作《勘靴儿》。

故事叙述宋徽宗时有人藉着妖法诱骗在杨戬家中养病的宫内人韩夫人。后来被杨戬知道,请真人作法,击落了一只皮靴,从这只皮靴查勘的结果,才知道是二郎庙孙神通所为。把他提来一剐了事。

话本里说:"靴上写着宣和三年三月五日铺户任一郎造。"又说:"任一郎接着靴,仔细看了一看,告观察:'这靴儿委是男女做的。却有一个缘故,我家开下铺时,或是官员府中定制的,或是使客往来带出去的,家里都有一本坐簿,上面明写着某年某月某府中差某干办来定制做造。'"这里提到的情况,都合宋人习惯。话本里又说:"此间北极佑圣真君,与那清源妙道二郎神,极是灵应。"篇中所提到的二郎神，正是宋代普祀之神[①]。篇末又有："原系京师老郎传流，至今编入野史。"这也说明此故事是前辈说话人口头传下来的。因此，有些学者说它是宋人话本是有根据的。但是否真的出于宋人，却有二点可疑之处：

第一，话本开头引了一首词后，接着说："这首词调寄〔柳梢青〕，乃故宋时一个学士所作。单表北宋太祖开基，传至第八代天子，庙号徽宗，便是神霄玉府虚净宣和羽士道君皇帝。这朝天子，乃江南李氏后主转生。""故宋"两字，显然是元人的称呼。从称徽宗为李氏后主转生及暴露庙祝孙神通诱奸徽宗宫人事看来，似乎不是宋人所敢说的。

第二，从文字风格来看，却少宋人那种浑朴的气味。尤其是人物心理的描写，宋人话本中是极少有的。篇中又有"老郎传流"的话，可见先前只是口头传说，到后来才写定的。写定的时间，可能是在元代。

从以上两点看来，把这话本列入元代是比较妥当的。

13.《张孝基陈留认舅》（第十七卷）

本篇叙汉末许昌张孝基入赘得过翁之遗产，及访其舅过迁，在陈留相遇，察其能悔改往日游荡行为，张因还其家业，携妻归宗。本事见《厚德录》卷一。剧本《金不换》，即本此敷衍增饰而成。

话本开头有"尝闻得老郎们传说，当初有个贵人，官拜尚书"，又"老尚书呵呵大笑，叠着两指，说出一篇长话来……老尚书这篇话，至今流传人间，人多服其高论。"所谓"老郎"、"话"，都是宋元人的习语。篇中又有"郎不郎时秀不秀"语。按宋元民间，人名下

① 宋曾敏行《独醒杂志》、洪迈《夷坚志》等书均有记载。

面都有带着秀字或郎字以表示他们的身份地位的，此风直到明代犹然。王应奎《柳南随笔》卷五云："江阳汤廷尉《公余日录》云：明初闾里称呼有二等，一曰秀，一曰郎。秀则故家右族，颖出之人，郎则微裔末流，群小之辈。称秀则曰某几秀，称郎则曰某几郎，人自分定，不相逾越。"此外如"生受"、"奢嗻"、"铜斗家计"、"鏖糟"等都是宋元间人常用的语词。而风格也近宋元。它可能是宋代口头流传到元代写定的话本。

14.《金海陵纵欲亡身》（第二十三卷）

原收入《京本通俗小说》，题为《金主亮荒淫》，共两卷。缪荃孙重刊《京本通俗小说》时，因"过于秽亵，未敢传摹"，而弃去。这个话本是根据《金史》编写的，其中写贵哥说风情一段，上承《西山一窟鬼》，下开《金瓶梅》，为《金史》所无，当为说话人的渲染。按《元史》卷一三八元顺帝至正"三年（1343）诏修辽、金、宋三史，命脱脱为都总裁官"。至正四年（1344）十一月，阿鲁图进金史表，是《金史》修竣于至正四年。话本的写定，必然在《金史》修竣及刊刻之后无疑。时代当在元顺帝至正十年至二十七年之间。郑振铎则以为与《金瓶梅》或许竟是同时代的作品①。今仍列入元代以俟详考。又篇中提到爪哇国，爪哇古名阇婆，封其酋长为爪哇国王盖始于元代，则此篇可能为元末明初作品。

《情史》有《金废帝海陵》，其事迹即采自《金史》卷六十三《海陵诸嬖传》。《海陵诸嬖传》则又采自《海陵实录》。

见于《万锦情林》者一种：

① 《〈金史后妃传〉与〈金主亮荒淫〉》，载《世界文库》第二期。

15.《裴秀娘夜游西湖记》:参看第十章附录《裴秀娘夜游西湖记》。

见于《燕居笔记》者一种:

16.《绿珠坠楼记》:参看第十章附录《绿珠坠楼记》。

以上可认为是元人话本的计十六种。由于佐证不足,姑假定如此。

二、残存和失传者

见于《永乐大典》者一种:

1.《西游记》

《永乐大典》第一三一三九卷"送"韵的"梦"字条下,载有《魏徵梦斩泾河龙》一篇,引书标题作《西游记》。这是古本《西游记》的残文,内容与明吴承恩《西游记》所描写的情节相似:

> 《梦斩泾河龙》(《西游记》)长安城西南上,有一条河,唤作泾河。贞观十三年,河边有两个渔翁,一个唤张梢,一个唤李定。张梢与李定道:"长安西门里,有个卦铺,唤神言山人。我每日与那先生鲤鱼一尾。他便指教下网方位。依随着百下百着。"李定曰:"我来日也问先生则个。"这二人正说之间,怎想水里有个巡水夜叉,听得二人所言。"我报与龙王去。"龙王正唤做泾河龙。此时正在水晶宫正面而坐。忽然夜叉来到言曰:"岸边有二人都是渔翁。说西门里有一卖卦先生,能知河中之事。若依着他算,打尽河中水族。"龙王闻之大怒。扮作

白衣秀士，入城中。见一道布额，写道："神相袁守成于斯讲命。"老龙见之就对先生坐了。乃作百端磨问，难道先生，问何日下雨。先生曰："来日辰时布云，午时升雷，未时下雨，申时雨足。"老龙问下多少。先生曰："下三尺三寸四十八点。"龙笑道："未必都由你说。"先生曰："来日不下雨，㪷了时，甘罚五十两银。"龙道："好，如此来日却得厮见。"辞退。直回到水晶宫。须臾，一个黄巾力士言曰："玉帝圣旨道：'你是八河都总泾河龙。教来日辰时布云，午时升雷，未时下雨，申时雨足。'"力士随去。老龙言不想都应着先生谬说。㪷了时辰，少下些雨，便是向先生要了罚钱。次日，申时布云，酉时降雨二尺。第三日，老龙又变为秀士，入长安卦铺。问先生道："你卦不灵。快把五十两银来。"先生曰："我本算术无差。却被你改了天条，错下了雨也。你本非人，自是夜来降雨的龙。瞒得众人瞒不得我。"老龙当时大怒，对先生变出真相。霎时间，黄河摧两岸，华岳振三峰，威雄惊万里，风雨喷长空。那时走尽众人，唯有袁守成巍然不动。老龙欲向前伤先生。先生曰："我不惧死。你违了天条，刻减了甘雨，你命在须臾。剐龙台上难免一刀。"龙乃大惊悔过。复变为秀士，跪下告先生曰："果如此呵，希望先生明说与我因由。"守成曰："来日你死，乃是当今唐丞相魏徵来日午时斩你。"龙曰："先生救咱！"守成曰："你若要不死，除非是见得唐王，与魏徵丞相行说。劝救时节或可免灾。"老龙感谢，拜辞先生回也。玉帝差魏徵斩龙。天色已晚，唐王宫中睡思半酣，神魂出殿，步月闲行。只见西南上有一片黑云落地，降下一个老龙，当前跪拜。唐王惊怖曰："为何？"龙曰："只因夜来错降甘雨，违了天条，臣该死也。我王是真龙，臣是假龙。真龙必可救假龙。”唐王曰:“吾怎救你?”龙曰:“臣罪正该丞相魏徵来日午时断罪。”唐王曰:“事若干魏徵,须教你无事。”龙拜谢去了。天子觉来,却是一梦。次日,设朝,宣尉迟敬德总管上殿曰:“夜来朕得一梦,梦见泾河龙来告寡人道:‘因错行了雨违了天条,该丞相魏徵断罪。’朕许救之。朕欲今日于后宫里宣丞相与朕下棋一日。须直到晚乃出。此龙必可免灾。”敬德曰:“所言是矣。”乃宣魏徵至。帝曰:“召卿无事,朕欲与卿下棋一日。”唐王故迟延下着。将近午,忽然魏相闭目笼睛,寂然不动。至未时,却醒。帝曰:“卿何为?”魏徵曰:“臣暗风疾发,陛下恕臣不敬之罪。”又对帝下棋。未至三着,听得长安市上百姓喧闹异常。帝问何为。近臣所奏:千步廊南,十字街头,云端吊下一只龙头来,因此百姓喧闹。帝问魏徵曰:“怎生来?”魏徵曰:“陛下不问,臣不敢言。泾河龙违天获罪,奉玉帝圣旨令臣斩之。臣若不从,臣罪与龙无异矣。臣适来合眼一霎,斩了此龙。”正唤作魏徵梦斩泾河龙。唐皇曰:“本欲救之,岂期有此!”遂罢棋。

这部古本《西游记》,郑振铎谓从这条残文看来,必定也是分则、分段的,而每则却各有一个六七个字的回目。文中插入《玉帝差魏徵斩龙》,显然是原来的一个回目。文末有“正唤作魏徵梦斩泾河龙”一语,也正是古代“说话人”每喜于一个重要节目处提醒听众的惯技①。

从这篇残文看来,文字古拙粗糙,与元刊《全相平话五种》相

① 《中国文学研究》第二卷《西游记的演化》。

类，可能是元人的作品，为吴承恩《西游记》的蓝本。这一节，吴承恩改写为《袁守诚妙算无私曲，老龙王拙计犯天条》的前一部分（世德堂刊本第九回）；《西游记正旨》放在第十回里，题作《老龙王拙计犯天条，魏丞相遗书记冥吏》。内容全同，文字却大有出入。

见于《朴通事谚解》者一种：

2.《唐三藏西游记》

《朴通事谚解》是一部朝鲜古代的汉语教科书，约刊于元代。我国在解放后曾有影印本。其中第八十八话有一段《车迟国斗圣》，是根据古本《唐三藏西游记》（简称《西游记》）原文改写而成，约有一千三百馀字。内容相当于吴承恩《西游记》的第四十六回《外道弄邪欺正法，心猿显圣灭诸邪》，文字较为简略。《朴通事谚解》所根据的《唐三藏西游记》，和《永乐大典》所引的《西游记》或许是一个本子。不过《朴通事谚解》所引的是经过朝鲜人改写的，因而文字风格就不一致。兹录《朴通事谚解》改写过的一段文字如下：

> 唐三藏引孙行者到车迟国，和伯眼大仙斗圣的，你知道吗？你说我听。唐僧往西天取经去时节，到一个城子，唤做车迟国。那国王好善，恭敬佛法。国中有一个先生，唤伯眼，外名叫烧金子道人。（注）《西游记》云：有一先生到车迟国，吹口气，以砖瓦皆化为金，惊动国王，拜为国师，号伯眼大仙。见国王敬佛法，便使黑心，要灭佛教，但见和尚，便拿着曳车解锯，起造三清大殿，如此定害三宝。一日，先生们做罗天大醮，唐僧师徒二人，正到城里智海禅寺投宿，听的道人们祭星。孙行

者师傅上说知，到罗天大醮坛场上藏身，夺吃了祭星茶果，却把伯眼打了一铁棒；小先生到前面教点灯，又打了一铁棒。伯眼道："这秃厮好没道理！"便焦躁起来，到国王面前告，未毕，唐僧也引徒弟去到王所。王请唐僧上殿，见大仙打罢问讯，先生也稽首回礼。先生对唐僧道："咱两个冤仇不小可里（哩）！"三藏道："贫僧是东土人，不曾认得你，有何冤仇？"大仙睁开双眼道："你教徒弟坏了我罗天大醮，更打了我两铁棒。这的不是大仇？咱两个对君王面前斗圣，那一个输了时，强的上拜为师傅。"唐僧道："那般着？"伯眼道："起头坐静，第二柜中猜物，第三滚油洗澡，第四割头再接。"说罢，打一声钟响，各上禅床坐定，分毫不动，但动的便算输。大仙徒弟名鹿皮，拔下一根头发，变做狗蚤，唐僧耳门后咬，要动掸。孙行者是个胡孙，见那狗蚤，便拿下来磕死了。他却拔下一根毛衣，变作假行者，靠师傅立的。他走到金水河里，和将一块青泥来，大仙鼻凹里放了，变做青母蝎，脊背上咬一口。大仙叫一声，跳下床来了。王道："唐僧得胜了。"又叫两个宫娥，抬过一个红漆柜子来，前面放下，着两个猜里面有甚么。皇后暗使一个宫娥，说与先生柜中有一颗桃。孙行者变做个焦苗虫儿，飞入柜中，把桃肉都吃了，只留下桃核，出来说与师傅。王说："今番着唐僧先猜。"三藏说："是个桃核。"皇后大笑："猜不着了。"大仙说："是一颗桃。"着将军开柜看，却是桃核。先生又输了。鹿皮对大仙说："咱如今烧起油锅，入去洗澡。"鹿皮先脱下衣服，入锅里。王喝倸（采）的其间，孙行者念一声唵字，山神土地神鬼都来了。行者教千里眼、顺风耳等两个鬼，油锅两边看着。先生待要出来，拿着肩膀彫在里面。鹿皮热当不的，脚踏锅边待要出来,被鬼们当住出不来,就油里死了。王见多时不出时,"莫不死了么?"教将军看。将军使金钩子,搭出个烂骨头的先生。孙行者说:"我如今入去洗澡。"脱了衣裳,打一个跟阧(觔斗),跳入油中。才待洗澡,却早不见了。王说:"将军,你搭去。行者敢死了也?"将军用钩子搭去,行者变五寸来大的胡孙,左边搭右边趓(躲),右边搭左边去,百般搭不着。将军奏道:"行者油煎的肉都没了。"唐僧见了啼哭。行者听了跳出来,叫:"大王有肥枣(皂)么?与我洗头。"众人喝保(采),"佛家赢了也!"孙行者把他的头先割下来,血沥沥的腔子,立地头落在地上。行者用手把头提起,接在脖项上依旧了。伯眼大仙也割下头来,待要接,行者念金头揭地、银头揭地、波罗僧揭地之后,(注)《西游记》云:释迦牟尼佛在灵雷音寺演说三乘教法,傍有侍奉、阿难、迦舍、诸菩萨、圣僧、罗汉、八金刚、四揭地(谛)、十代明王、天仙地仙(下略)变做大黑狗,把先生的头拖将去。先生变做老虎赶,行者直拖的王前面彫了,不见了狗,也不见了虎,只落下一个虎头,元来是一个虎精。"不是师傅,怎生拿出他本像!"说罢,越敬佛门,赐唐僧金钱三百贯、金钵盂一个,赐行者金钱三百贯打发了。这行者正(真)是了的(得),那伯眼大仙,那里想胡孙手里死了。古人道:"杀人一万,自损三千。"

《朴通事谚解》里还有八条有关的注,值得注意的是其中叙述唐僧经过灾难一节,它把这个古本《西游记》取经部分的轮廓都写出来了。原文是:

今按法师往西天时，初到师陀国界遇猛虎毒蛇之害；次遇黑熊精、黄风怪、地涌夫人、蜘蛛精、狮子怪、多目怪、红孩儿怪，几死仅免；又遇棘钓洞、火炎山、薄屎洞、女人国，及诸恶山险水怪害，患若不知其几，此所谓刁蹶也。详见《西游记》。

吴承恩《西游记》中的重要情节，在这里大体上都有。《永乐大典》所载的《梦斩泾河龙》一段并非重要情节，当然不被《朴通事谚解》的编者所采取。作为《西游记》骨干的闹天宫故事，这里也有一段简单的注释：

《西游记》云：西域有花果山，山下有水帘洞，洞前有铁板桥，桥下有万丈渊，渊边有万个小洞，洞里多猴。有老猴精，号齐天大圣，神通广大，入天宫仙桃园偷蟠桃，又偷老君灵丹药，又去王母宫偷王母绣衣一套来，设庆仙衣会。老君王母具奏于玉帝，传宣李天王引领天兵十万及诸神将，至花果山与大圣相战，失利。巡山大力鬼上告天王，举灌州灌江口神曰小圣二郎，可使拿获。天王遣太子木叉与大力鬼，往请二郎神领神兵围花果山，众猴出战皆败，大圣被执，当死。观音上请玉帝，免死。令巨灵神押大圣，前往下方去，乃于花果山石缝内纳身下截，画如来押字封着，使山神土地神镇守。饥食铁丸，渴饮铜汁。“待我东土寻取经之人，经过此山，观大圣肯随往西天，则此时可放。”其后唐太宗敕玄奘法师往西天取经，路过此山，见此猴精压在石缝，去其佛押出之，以为徒弟，赐法名吾（悟）空，改号为孙行者，与沙和尚及黑猪精朱八戒偕往。在路降妖去怪，救师脱难，皆是孙行者神通之力也。法师到西天，受经三藏东还，法师证果栴檀佛如来，孙行者证果大力王菩萨，朱八戒证果香华会上净坛使者。

从这一段注释中，可以推想，闹天宫故事，在古本《西游记》里，情节也相当丰富，叙写次序，也和吴承恩的《西游记》差不多，并且已发展成为独立的故事，它和取经故事有机地联系起来，成为古本《西游记》的一个重要组成部分了①。

如果《朴通事谚解》刊于元代的话可信，那么，这部古本《西游记》的写作时代，当在元初吴昌龄《唐三藏西天取经》之后，元末明初杨讷《西游记》杂剧之前。因为杂剧中的某些情节是沿袭古本《西游记》的。又与宋元刻的西夏藏经同在宁夏发现的《销释真空宝卷》，据赵景深考定是元末明初作品，其中也有一节唐僧取经故事，是沿袭古本《西游记》的，因为情节相同者达八处之多，这也证明古本《西游记》是元末明初以前的产物。

见于《七修类稿》者一种：

3.《东窗事犯》小说

元金仁杰撰，演秦太师事，与《东窗事犯》杂剧为同一题材（参看本章第三节）。按秦桧与妻王氏于东窗下密谋杀岳飞，《朝野遗记》、《西湖游览志馀》卷四及《坚瓠甲集》卷四均有记载。今所见《古今小说》卷三十二《游酆都胡母迪吟诗》的头回，即叙东窗事，它可能就是金仁杰《东窗事犯》小说的底本，或至少有渊源关系。

① 参看赵景深：《谈〈西游记平话〉残文》，载《文汇报》1961 年 7 月 8 日。

见于《山带阁集》者一种：

4.《大圣降水母》小说

明朱曰藩《山带阁集》卷三十三《跋姚氏所藏大圣降水母图》云：

> 丙申（嘉靖十五年）夏，客金陵，于友人几上，见元人《大圣降水母》小说，甚奇，为读一过。乃今葵谷赞府视此图，云李龙眠所作变相种种，较之小说益奇矣。

大圣降水母故事，既有北宋著名画家李龙眠为之图，又有元人小说，这故事自宋以来必流布甚广。《大圣降水母》小说，已佚，朱曰藩所记极简略，我们未能知其内容。按元高文秀有《锲水母》一剧，天一阁本《录鬼簿》所记的题目正名是：

> 木叉行者降妖怪　　泗州大圣降水母

《录鬼簿续编》又有须子寿《洊水母》一本。元陶宗仪《辍耕录》卷二十九“淮涡神”条云：

> 泗州塔下，相传泗州大圣锁水母处，缪也。按地志云：水神在临淮县龟山之下，形若猕猴，缩鼻高额，青躯白首，金目雪牙，颈伸百尺，力逾九象。禹获之，锁其颈于龟山之足，淮水乃安流注海。迩来渔者知锁所在。

可证小说所叙的是淮泗水怪巫支祁。大概本于唐人小说《古岳渎经》而加以夸饰，与《西游记》的齐天大圣颇有渊源关系。《宝文堂书目》著录《泗州大圣降水母》杂剧一本，当为同题材。吴承恩《西游记》第六十六回这样写着：

> 在南赡部州盱眙山蠙城，即今泗州是也。那里有个大圣国师王菩萨，神通广大，他手下有一个徒弟，名唤小张太子①，还有四大神将，昔年曾降伏水母娘娘。

这里也可以窥见水母传说的片断。

以上元代话本残文两种，失传者两种，共计四种。

① 人民文学出版社本“名唤”作“唤名”。——校者注

第十章　宋元话本小说的思想性与艺术性

本篇所论的话本小说，主要指短篇话本小说，即说话四家数中“小说”一家的话本。因为长篇话本，从讲史发展为演义、长篇小说，题材和“小说”差别甚大，内容又天广地阔，其中影响较大者，即为《水浒》前半部、《三国演义》、《西游记》，其思想性艺术性的评价非本书所能包括，所以只在书末作简要的论述。

宋元话本小说大部分以当时城市现实生活为题材。《冯玉梅团圆》的头回中说话人谈到靖康之乱时有这样一段话：

> 兵火之际，东逃西躲，不知拆散了几多骨肉！往往父子夫妻，终身不复相见。其中又有几个散而复合的，民间把作新闻传说。

当时的现实生活变成民间的新闻传说，是话本小说内容的基本来源。尽管其中一部分话本取材于《太平广记》、《夷坚志》等书，写的是历史故事或传奇灵怪故事，但由“说话人”创造的成分还是居多，所反映的仍然是宋元社会的现实情况，在某些作品中仍然渗透了市民的思想意识，具有鲜明的时代特征。

市民阶层成分复杂。其中，大商人、大高利贷者、作坊主，是上层市民，剥削阶级分子。手工业工人、苦力、店员、小贩，是被剥削的劳动群众，主要的下层市民；小商人、独立手工业者，则往往有轻微的剥削而本身又受封建统治阶级和上层市民的压迫和榨取，基本上也属于劳动人民、下层市民。此外，还有士兵、隶卒、小吏等受封建统治阶级奴役而又欺压平民的分子，还有娼妓、乞丐及僧道徒众等人。

下层市民，占市民群众的绝大多数，他们是城市手工业生产和商品流通活动的主力，是城市财富的创造者，是市民阶层的主体。他们和广大农民群众有千丝万缕的联系。他们饱受封建统治阶级的剥削压迫和封建制度的毒害，同封建统治阶级的矛盾相当尖锐；他们和上层市民之间也有一定的矛盾。他们主要要求有独立的经济，能够比较自由地经营。在宋代，他们争取到了比较广泛的自由市场，商品的个体生产者和小商人大量增加，封建统治阶级对民间工商业的管制较前代有所削弱。这使广大的市民经济带有更多的个体独立经营的性质，下层市民的力量壮大了。但封建统治阶级的经济剥削、行会的封建控制仍较严重，压迫与反压迫的斗争一直在进行着，这就使市民群众反对民族压迫和要求自由的意识更趋强烈。下层市民的这种经济要求和政治倾向，是市民思想意识中的主流，和封建思想意识相比，是进步的，有生命力的。

上层市民则不同。他们虽和封建统治阶级在原料、商品、劳动力、赋税等方面有利害冲突，在政治权利和社会地位方面也有矛盾，同时，却又在各方面相互勾结，共同剥削广大农民和下层市民。他们对封建统治阶级的依赖性很大。到了宋代，他们爬到封建统治阶级中去的可能性也稍有增加。有的大商人，本身又是大地主。因而，上层市民的剥削意识、发财升官思想以及奢侈淫靡的生活方式，和封建统治阶级是一致的。在封建伦理观念和等级观念方面，虽不如封建统治者那样森严，却也极为顽固。他们还有自己的特殊的倾向：冷酷狡诈，趣味低级庸俗，连虚伪的“礼义廉耻”的面纱也可以不要。

在封建社会中，当农民大起义尚未席卷社会的时候，封建思想毕竟是统治全社会的思想。因而，虽然下层的广大市民在思想意识上有其进步的一方面，但封建思想和上层市民的意识也在不同程度上影响着各种类型的市民。下层市民中的很大一部分是独立的个体生产者，他们的私有观念很强，自私、保命、一心向上爬，所以也很容易接受封建思想和剥削意识的影响。

从北宋末年起，经南宋直至整个元代，民族矛盾上升为主要矛盾。市民群众对于民族压迫的态度也是市民思想意识中的一个重要方面。他们有的倾家荡产、骨肉离散，有的更沦为奴隶，因而不论上下层，都对民族压迫有不同程度的不满。这和南宋封建统治阶级中的投降派（主和派）的政治态度迥然不同。下层市民，则还有一定的民族反抗性。

随着市民力量的壮大，他们的思想意识就更多地反映到话本小说中来。市民思想意识中各种矛盾的复杂性，决定了话本小说在思想和艺术上的矛盾的复杂性。以致话本小说中精华与糟粕杂糅，我们今天必须努力用历史唯物主义的观点细致地加以分析批判。

宋元话本作为一种市民的文学，它的最大特点和优点，是市民阶层中的劳动人民在说话艺术中破天荒第一次占有重要的地位，社会新兴势力的一部分，下层市民中劳动的“小人物”，在话本中作为被肯定的主人公出现。这在我国的说话艺术中以至小说史上是一个新事物，是一个意义重大的进步。唐代的说话艺术中，虽有些以妓女李亚仙等人物作主角的，却还不是劳动人民。虽也有张义潮等民族英雄形象，但也并非劳动人民。宋元话本第一次冲破了帝王将相、才子佳人统治说话艺术的局面，为我国的小说创作打开了劳动群众和被压迫人民登堂入室的大门。宋元话本中的下层市民，有不少人在不同程度上是封建制度的叛逆者。他们有的坚持下层市民的社会要求和生活愿望，有的成为封建制度的牺牲品。他们的命运，客观上成为对封建制度的控诉。在比较好的话本中，作者为我们提供了一系列的下层市民的形象，尽管这些形象都不够光辉，都带着程度不同的弱点，但他们毕竟是劳动人民，或被侮辱与损害者。如《碾玉观音》里裱褙匠的女儿璩秀秀、碾玉工人崔宁，《志诚张主管》里绒线铺主管张胜，铺主的小夫人，《错斩崔宁》里褚家堂卖丝的村民崔宁，陈卖糕的女儿陈二姐，小商人刘贵，《简帖和尚》里皇甫松的妻子杨氏，《快嘴李翠莲记》里李员外的女儿李翠莲，《宋四公大闹禁魂张》里的赵正、侯兴、宋四公、王秀，《乐小舍拼生觅偶》里杂货铺主的儿子乐和，《金明池吴清逢爱爱》里酒店主的女儿爱爱，《万秀娘仇报山亭儿》里茶坊主的女儿万秀娘等等都是。他们在封建社会里被剥削、被压迫、被毒害，他们和封建统治阶级的矛盾相当尖锐。这批地位低下的"小人物"在小说中被描写、被同情、被赞扬，正是宋元话本小说光辉的一面。它在一定程度反映了时代的新的特征——市民力量的壮大，市民民主思想的萌芽。在说话艺术本身，更是一个新的发展，它已更多地面向市民群众，市民群众已直接参与了城市说话艺术的创造，使说话这一门伎艺不再仅仅为封建统治阶级效劳，而开始用市民自己的形象来为广大市民群众以及农民群众服务了。

必须着重指出:现存的话本小说,以及从上述话本小说中提出的人物形象,很可能还不是宋元话本中最能体现阶级斗争的部分。有两种重要的话本,往往只存名目而原本迄未发现,这就是"铁骑儿"和"朴刀"、"杆棒"、"公案"的大部分。从本书第八章第一、第二两节所载的名目中,就已颇可窥见这两种话本中的某些政治倾向。《贝州王则》、《黄巢》、《唐平黄巢》这三个农民起义的话本就没有能够传下来。从《水浒》、《说岳全传》、《杨家将》等长篇话本小说成书的历史来看,很可能在南宋时代的说话中就已有了某些反封建反压迫的英雄人物的雏形,否则就难以解释只经历短短九十多年的元代便能塑造出《水浒》中这么多的英雄形象。可以想见,宋元话本中最有反封建反压迫意义的部分,一方面必然为反动统治者所限制和禁阻,另一方面也为封建文人和书商所不敢搜集、整理、加工、刊印。所以我们在讨论当时市民群众的思想意识时,在评价宋元话本的思想性和艺术性时,当然不能忽视这方面的事实。

诚然,市民群众由于被封建统治者掠夺、屠杀不及广大农民之甚,所以他们的反抗性也逊于反封建反压迫的主力军——广大贫苦农民。同时封建统治阶级又不允许他们揭露并控诉阶级斗争的残酷现实,所以宋元话本中反封建反压迫的斗争性又不可能很强;封建正统思想的影响还会通过文人整理而有所增加。但是,从阶级斗争和民族斗争的历史高度来看,反映农民起义和反抗民族压迫的作品,其意义较婚姻恋爱和一般公案要高得多。毛泽东主席说:"在中国封建社会里,只有这种农民的阶级斗争、农民的起义和农民的战争,才是历史发展的真正动力。"我们必须给予这方面的话本以极大的重视。可惜目前无本可据，不可能具体评论。

现存的宋元话本小说，以爱情、公案两类作品为最多，也最有成就。

婚姻恋爱的题材，特别是争取恋爱婚姻自由的题材，在封建社会的文艺中是一个重要的部分。因为它不仅是男女之间的家庭生活问题，而且是封建法权与个人自由之间尖锐矛盾的社会问题，是人民群众反封建斗争的一部分。毛泽东主席说："这四种权力——政权、族权、神权、夫权，代表了全部封建宗法的思想和制度，是束缚中国人民特别是农民的四条极大的绳索。"封建家庭是封建社会生产和生活的基本单位，封建家庭关系是封建统治的基石。有巩固的族权、夫权，才可能有巩固的封建政权。所以争取婚姻自主的斗争，总是直接冲击着夫权和族权，有时还干犯到封建政权和神权（《碾玉观音》中的秀秀和崔宁的叛逃就冲击了郡王的人身占有权）。封建统治的根本利益决定他要用封建宗法扼杀青年男女的恋爱婚姻自由。宋代由于封建统治很不巩固，统治者就乞灵于"理学"，对"忠孝节义"等"道德"要求更严。因而，一切争取自由的言行，都有破坏封建制度的作用，都是整个反封建斗争的一部分。我们在评价这种主题的文艺作品时，就不能因为争取恋爱婚姻自由的人们主观上必然只是为着狭隘的个人幸福而低估或无视它的反封建的意义。这和在今天社会主义时代必须批判"爱情至上"是矛盾性质根本不同的两回事。我们一方面要彻底批判"爱情至上"等的资产阶级个人主义在今天的反动实质和严重危害；另一方面，则要肯定争取恋爱婚姻自由在封建社会中的进步意义。

争取恋爱婚姻自主的斗争，必然和争取怎样的社会地位和家庭生活等有密切联系。我们必须把封建统治阶级少爷小姐借婚姻问题进行政治上的勾结，从而达到在婚后升官发财的目的，和市民出于纯洁的爱情争取在婚后经营独立个体生产的自由区别开来。（独立劳动的个体生产在封建社会是反对封建剥削和压迫的，是有一定的反封建意义的。）更要把剥削阶级的淫乱和青年男女争取婚姻自由严格地加以区别。

以爱情为主题的作品，《碾玉观音》最有市民文学的代表性。

它是一篇比较典型的下层市民的恋爱婚姻的故事，描写了一对被奴役的青年男女为爱情而斗争的全部历程。女主角璩秀秀是一个小手工业者裱褙匠的女儿，她工于刺绣，是成长在市井的劳动女子。因父母"家寒，那讨钱来嫁人！"注定了她"只是献与官员府第"的命运，结果被咸安郡王买作"养娘"。进了郡王府后，她爱上了碾玉匠崔宁，趁王府失火的机会，主动怂恿崔宁一起逃到潭州，挂起"行在崔待诏碾玉生活"的招牌，"好做长久夫妻"。不料被郡王府里的郭排军撞见，在郡王前搬嘴弄舌，将两人抓回，秀秀被打死在后花园中。她的鬼魂又和崔宁在建康同居，在被郭排军第二次发现，郡王第二次想抓回来时，她让仇人郭排军挨了军棍，戏弄了郡王。最后，和崔宁到另一个理想世界去做鬼夫妻。

这故事鲜明地反映了下层市民的社会愿望和生活要求：经济独立，婚姻自主，婚后过独立劳动的生活，有比较明显的民主精神。这和李亚仙、郑元和的恋爱故事作一对照，就更可以看出它在这一类作品中的历史性的重大意义——下层市民的恋爱婚姻、家庭生活以及它同封建统治的直接冲突写进了话本小说，并受到肯定。这在当时是中国文学史上从来没有过的新事物。尽管对《碾玉观音》可以指出几十条大小缺点，就此一条主要的优点，便值得我们重视和赞扬。

这小说又塑造了两个比较成功的下层市民的正面形象：

璩秀秀，敢于触犯郡王的尊严，破坏封建的人身占有制度，和崔宁双双远走高飞，摆脱阶级压迫，这行为本身就具有反封建的意义。在封建军阀的淫威之下，和农民斗争毫无联系因而没有任何政治觉悟的小小养娘，除了追求自己的恋爱自由和家庭幸福之外，还能有什么更高的愿望呢？若说郡王一时高兴，已答应过“期满”之后可以成婚，秀秀不过是急于成夫妇，那么，秀秀的一句“比似只管等待”就已经道出了她对封建人身占有的“期限”的不满，以及对封建统治者的不信任。如果责备她“爱情至上”，那么，难道驯顺地“只管等待”封建统治者的“恩准”，倒是思想正确吗？那的确不是“爱情至上”，但却是“封建制度至上”。秀秀也就不是封建制度的叛逆而是封建奴才了。冒着生命危险去作“逃奴”，对一个养娘说来不能不算是难能可贵的。

崔宁，虽然比较懦弱，却比秀秀更有下层市民的见识。他比秀秀更多地代表了当时的下层市民的社会愿望。“今夜就走开去”（摆脱封建的人身占有）以及后来的挂起“崔待诏碾玉生活”的招牌，独立勤劳，搞手工业生产，都是崔宁发挥了主导作用。

这两个人物，一个大胆泼辣，没有一点封建道德的负担，一个谨慎细心，在关键时刻显示了他对封建隶属关系的反抗，并且毫无玩弄女性的剥削阶级心理：都反映了下层市民思想意识，具有鲜明的阶级特征和时代特征，在艺术上也富有个性化的优点。试看他们的一段对话：

秀秀道：“你记得当时在月台上赏月，把我许你，你兀自拜谢。你记得也不记得？”崔宁叉着手只应得喏。秀秀道：“当日众人都替你喝采好对夫妻，你怎地到忘了？”崔宁又则应得喏。秀秀道：“比似只管等待，何不今夜我和你先做夫妻。不知你意下如何？”崔宁道：“岂敢！”秀秀道：“你如道不敢，我叫将起来，教坏了你。你却如何将我到家中？我明日府里去说。”崔宁道：“告小娘子：要和崔宁做夫妻不妨；只一件，这里住不得了。要好趁这个遗漏，人乱时，今夜就走开去，方才使得。”秀秀道：“我既和你做夫妻，凭你行。”

很明显，他们不是忸忸怩怩的只能寄生于封建阶级的少爷小姐，而是有独立生产能力的下层市民，他们在根本上是反封建的。

此外，这篇小说还暴露了封建统治的黑暗和残酷。在南宋，帝王、贵族、官僚、武将以及大地主都占有男女百工，制造各种物品，供自己玩赏和牟利。这些工匠，完全隶属于占有者个人。统治阶级依靠这种封建的人身隶属关系，榨取和掠夺工匠们的劳动果实。赵抃曾指出陕西的禁军中多有“匠民、乐工、组绣、书画、机巧百端名目”五七百人或千馀人，被各级武将占有[1]。有些兼并大地主也往往从事这类活动：“尝见[illegible]家十二三女，请五十馀分（口粮），而所养女日夜纺绩，与其家作婢耳！”[2]《碾玉观音》正是在某种程度上暴露了封建势力对工匠工奴的残酷迫害，暴露了统治阶级穷奢极欲的本质，从侧面反映了南宋这一历史阶段的阶级斗争，具有一定的积极意义，在今天也还有研究价值。

但是，市民思想意识的落后面以及封建思想的影响，使这篇小

---

① 《赵清献公文集》卷十三《论陕西官员占留禁军有妨教阅》。

② 《直讲李先生文集》卷二十八《寄上孙安抚书》。

说有很多缺点。主要的是:一,人物的反抗性弱。秀秀被郡王活活打死,没有怨言,连鬼魂的报复,也不敢触及郡王。崔宁则更是软弱,除逃走一举还有反抗意义外,就一味告饶求命,表现出“自我保存”的小市民性格。二,把残害的责任主要推给郭排军的“闲磕牙”,对郡王只批评了“烈火性”,承认打死“逃奴”是合法的,减轻了封建统治者的罪恶,根本没有触及封建制度本身,尖锐的阶级斗争就轻易地一笔勾销了。三,大肆渲染鬼魂报复,宣扬了封建迷信。总地说来,下半部糟粕较多,思想性极少可取之处。

说话人和话本整理者的世界观和主观意图是使上述缺点更为严重的一个原因。从《碾玉观音》这个标题看来,作者的意图是模糊的,但一经冯梦龙的改题——《崔待诏生死冤家》——作者的意图就比较清楚了。生死冤家,有同情崔宁而指责秀秀之意,言崔宁不幸而遇此生死冤家,生时受累,又遭枉死。作者从邻人口中,批评秀秀不该跟人逃走,作者写逃走事,是秀秀所迫,且用讹诈威吓崔宁要与他成夫妇,似亦隐含批判,最后秀秀鬼魂捉去崔宁,有些阴森可怕,则秀秀之可责者更为明显。倘秀秀不逼崔宁同逃,等待期满,郡王明言使她与崔宁成婚,岂非可免除一切祸害,是一切祸害皆缘秀秀之故。这就是所谓生死冤家。作者对璩秀秀又爱又怕,又同情又非议。这大概就是作者的主观意图和思想倾向,而这种意图本身,正好说明士大夫的思想意识远较市民落后,对封建人身占有关系,既有不满,却又承认封建法权,不主张反抗。于是一个人物变鬼魂来报复,达到个人原有目的,也要受到谴责;一个人物只好“认命”,听任命运摆布,倒博得了较多的同情。在南宋时代,下层市民已有一些萌芽的民主思想的觉醒,但是封建正统思想和宿命论观点的影响还十分强大,市民还无力冲破封建思想的牢笼。《碾玉观音》就是当时这种思想矛盾和社会冲突的一个比较准确的缩影，因而它的意义也就超过了一般的恋爱故事的范围。

《闹樊楼多情周胜仙》是写周胜仙与范二郎的爱情故事，是一出爱情为封建制度所扼杀的悲剧。周胜仙是贩海商人周大郎的女儿。她在金明池畔茶坊里遇见了开酒店的范二郎，两人“四目相视，俱各有情”，她故意和卖水人吵架，流露自己的身世，向范二郎暗示爱慕。后由母亲做主，央媒和范家定了亲。可是周大郎经商回来，坚决反对，周胜仙一气身亡。小偷朱真盗墓，把她救活藏匿在家。周胜仙还是念念不忘范二郎，乘机逃走，在樊楼找到了范二郎，范以为她是鬼，把她打死。她做了鬼仍和范梦中团圆，并设法出范于狱。从整个故事看来，女主角周胜仙的追求爱情自由和周大郎的拜金主义发生猛烈的冲突，是作品的主要矛盾。周大郎是贩海富商，是上层市民，他嫌范二郎不是大户人家，“高杀也只是个开酒店的”，周大郎这样的大商人，和封建统治者关系密切，封建思想严重，不但看着金钱，也看着门第，他很想通过自己的财富和女儿嫁给“大户人家”钻进封建统治阶级的行列。女儿破坏了他这种根本利益，他就蛮横地利用封建家长特权，破坏了女儿和范二郎的婚事，把自己的女儿活活逼死，甚至阻挡其妻的营救，说出“辱门败户的小贱人，死便教他死，救他则甚?”的话。作者形象地描绘出封建家庭关系的冷酷、封建家长自私自利的丑恶面貌。对周胜仙的反抗和追求爱情的热烈、坚决，表示同情，这是积极的一面。有助于我们认识封建社会上层市民思想意识方面的矛盾。但作品存在着更多的缺点。第一，周胜仙和范二郎的爱情是“一见倾心”式的，其实质就是为彼此的美貌丰姿所倾倒，基本上是剥削阶级的享乐的意识。和秀秀、崔宁那样彼此有着一定了解，同为手工业劳动者，把婚姻建立在独立劳动的基础之上，两相比较，就显出上层市民的剥削阶级特征。第二，周胜仙家境富裕，有贴身侍婢使唤，一见钟情以后，“几日只在床上不起”，显然也是一个小姐。她的寄生性决定了她的软弱性，她的反抗，也只能是消极的（气死）。第三，作品有关盗墓等等的情节，猥亵怪诞，充满着小市民的低级趣味。第四，鬼魂“恋爱”的情节，宣扬迷信，又没有丝毫的斗争精神。这是作品消极的一面。

总之，这篇小说，比之《碾玉观音》，思想性要低得多。

《志诚张主管》一篇，则和前面两篇又自不同，叙的是一个小夫人私下爱慕张主管的故事。篇首，作者对小夫人的身世和悲惨的遭遇作了简单的交代：

> 是王招宣府里出来的小夫人，王招宣初娶时，十分宠幸；后来只为一句话破绽些，失了主人之心，情愿白白里把与人。

于是她受了媒婆的欺骗，偷了珍珠嫁给一个“须眉皓白”的胭脂绒线铺老板张员外。当小夫人知道张员外年纪已经六十开外时，“扑簌簌两行泪下”，埋怨媒婆：“将我误了！”作品写小夫人的心理活动，虽只寥寥几笔，已把小夫人精神苦痛曲曲写出。她爱惜自己的青春，对封建买卖婚姻不满，主动去追求店里的青年伙计张胜，一再私赠张胜财物。后来因偷珍珠的事件败露，被逼自杀，小夫人做了鬼还是找着张胜，企图实现生前不遂的愿望。可是张胜却“心坚似铁，只以主母相待”。小夫人的鬼魂在张胜家里，终因其丈夫张士廉的来临而突然失踪，故事也就告结束。小夫人的悲剧，客观上反映了封建社会里妾的处境，她与王昭宣不是夫妻关系，而是“主人”与婢妾的关系。她所受的“宠幸”，只不过是“主人”的玩弄，因此一句错话就会引起被遗弃的厄运。同时也揭露了买卖婚姻和“媒妁之言”的罪恶。但作者的主观意图却并不在此，作者写小夫人性格的软弱，无论是人是鬼，都是一致的。小夫人鬼魂的失踪，意味着对封建夫权势力的屈服，表现了作者封建主义观点。基于这一观点，作者对小夫人的同情是极为有限的，小夫人的痛苦，被说成是合理的，死后只要“追荐”一下，矛盾就解决了。作者对张胜则着力歌颂：“亏杀张胜立心至诚，到底不曾有染，所以不受其祸，超然无累，如今财色迷人者纷纷皆是，如张胜者，万中无一。”张胜果真像作者所歌颂的那样正直无私吗？显然不是。当小夫人私送给张胜财物时，他一面接受，一面却又托病回避；小夫人要求张胜收留在家，张胜初则拒绝，后见成串珠宝，即时依允，最后发现小夫人是鬼，却也像崔宁一样，哀求饶命，充分表现出胆小怕事，爱财惜命的小市民性格。这一性格特点，也是当时社会的产物，他的“举家衣食，皆出员外所赐”的依赖性，正是小市民的致命弱点。这样一个具有奴隶性又善于自我保存的人物，有什么值得歌颂的呢？把张胜说成一个“鬼祸人非两不侵”的志诚君子，显然是在替统治阶级进行封建说教。而因果报应思想成为作品的主要部分，也是对读者有很大的危害性的。这篇小说，其基本倾向也是反动的。

《杨思温燕山逢故人》是以歌颂一个为金人掳去义不受辱的女子郑意娘为主题，但也略为反映一些人民的爱国思想。作者在郑意娘故事开展之前，写了一个流落金邦的旅人杨思温在燕山（今北京）过着元宵佳节，追忆东京繁华，不胜感慨，甚至遇见了一个“未改宣和妆束”的东京女子，遇见东京白樊楼的过卖，东京大相国寺的和尚，听到了乡音，都会勾起怀念祖国的无限情绪，写来极为凄楚动人。这个话本产生于宋金和议告成之后,这种怀念,表达了当时沦陷区广大人民的意愿,有一定的激励作用。郑意娘的坚贞,她的鬼魂念念不忘故国与故人,也很值得同情。作品并通过郑意娘之口说出“太平之世,人鬼相分;今日之世,人鬼相杂”,对异族统治作了深刻的讽刺。如果能更好地运用题材,这篇小说,本来可以有更高的成就。可惜写到后来,未能把郑意娘忠贞的爱情和对祖国的感情很好地结合起来,却片面地强调郑意娘的贞节,把民族矛盾撇在一边。并且还穿插韩思厚与女道士刘金坛相恋的一段情节,迁就小市民的趣味,这就大大地削弱了本篇的积极意义。

前面列举的几篇爱情故事的话本,题材各有不同,却有着一个共同的缺点,那就是每篇都安排下超现实的鬼魂情节。鬼魂的出场,在一定的历史条件下,有它的社会根源。像璩秀秀、小夫人那样的阶级地位,在当时现实斗争中,几乎不可能取得胜利;周胜仙和郑意娘,也在不同程度上受到封建伦理的压制和伤害而无可如何。作者不敢向强大的封建势力冲击,才不得不借鬼魂来解决矛盾。所以鬼魂的出场,本身就是消极因素,客观上排斥了现实斗争的必要性。把鬼写得活灵活现,像璩秀秀、郑意娘那样的鬼,竟与活人无异,这已经不是浪漫主义的幻想,而是进一步承认有鬼,承认鬼能起人所不能起的作用,有声有色地去描绘她们,这不仅给读者留下“肯定”鬼的存在的消极影响,还会阻碍人民的觉醒和斗争,把希望寄托在虚无缥缈之中,其毒害是很深的。在腐朽黑暗的封建社会里,人们的鬼神观念,根深柢固,很难抹掉它的阴影。古代文学作品,充斥着鬼神迷信故事,也是可以理解的。今天,是革命英雄大量涌现的时代,迷信思想应该彻底根除,鬼应该与文学绝缘。我们对古典文学中有鬼的部分,应从实际出发,进行严肃的分析和批判。

上述的四篇小说,代表了宋元话本中,争取恋爱婚姻自由的作品的四种不同的类型。(纯属淫乱的东西不在此列。)以类似题材为内容的作品,在宋元话本中占很大的比重,其原因和社会意义,在前面我们已作了分析。这里补充一点,就是这一类作品,大多数都是以悲剧性的结局告终,这正是历史的必然现象,符合当时社会的客观现实。市民群众虽然有所壮大,民主思想虽然有些萌芽,但比起当时还很强大的封建统治势力和封建思想来,毕竟还很脆弱。看到这许多悲剧,就能使我们更清楚地认识封建社会的罪恶。反过来,也就能使我们更强烈感到社会主义社会的幸福。

公案类的作品比较多,反映了宋元两代各种社会矛盾尖锐,无数人被剥削、被压迫、受欺凌、受冤屈。有的作品直接表达了人民群众对贪酷的封建官僚的不满,实质上也就是对封建司法制度抗议。通过这一类的作品,我们可以看到封建社会许多触目惊心的黑暗现象,增强我们对封建制度的认识和憎恨。

在公案类的作品中,《错斩崔宁》是较好的一篇。它叙述一个读书不遂、经商不济的小市民刘贵,因穷困向丈人借得十五贯钱,驮回家里,被人杀死,小娘子陈二姐和陌生人崔宁无辜受罪的故事。小说反映了南宋时代昏庸官吏轻率断狱以致屈杀好人的实际情况,客观上对封建司法制度作了比较大胆的揭露和批判。说话人评论道:

> 这段冤枉,仔细可以推详出来。谁想问官糊涂,只图了事,不想捶楚之下,何求不得。……所以做官的切不可率意断狱,任情用刑,也要求个公平明允。道不得个死者不可复生,

断者不可复续。

这正是对封建官僚以及封建司法制度("捶楚"是它的一部分)的愤怒谴责。在封建社会中,官吏断狱,完全根据封建统治阶级的私利办事,一是保护地主阶级利益,镇压农民及其他人民群众;二是受贿营私,庇护贿赂多或势力大的坏人;三是对无油水可榨取的地位卑微的人民"率意断狱,任情用刑","巴不得了结公案",往往草菅人命,造成冤狱。《错斩崔宁》的冤狱就属于第三类。小说通过"错判"、"错斩",揭露了封建官僚和反对刑狱的罪恶,令人发指;对受冤受害的陈二姐和崔宁表示了深切的同情。这是本篇的一点民主性的精华,值得我们重视。此外,小说还反映了封建社会中妇女的悲惨命运。刘贵固然"戏言",但这"戏言"之所以能为陈二姐当真,正是因为当时确实存在着典当与买卖妇女的野蛮制度[①],妻妾像奴隶牲畜一样可以任意出典,而且被典者毫无挣扎馀地。陈二姐的遭遇,不但说明夫权统治对于家庭生活的危害,更重要的是反映了反动的社会制度对被压迫妇女的摧残和虐杀。封建司法制度是造成这一冤狱的主要原因,封建宗法制度也是造成这一冤狱的重要原因。这都涉及封建社会的本质性矛盾——封建制度和人民大众的矛盾。小说所反映的这些矛盾,都有深刻的社会意义。但是,这个话本的作者的见解和意图却不是这样。他们缺乏反对封建制度的政治觉悟,因而把冤狱的原因首先归于"戏言",谨小慎微地得出"颦笑之间最宜谨慎"的错误结论。这明显地反映了小市

① 典雇妻妾之风,大约始于宋代,元世祖至元二十九年,浙东海右道廉访副使王朝请禁南方人民典雇妻子的"请牒"可证。见《元典章》五十七刑部十九。

民胆小怕事的特点。即使是对“错判”、“错斩”的控诉，也只针对“糊涂”的“问官”，认为主要是某些官僚的个人错误，而见不到整个封建司法制度的罪恶。这些，都说明在宋元时代，市民阶层的政治眼光是极为短浅的。在政治上，当时的市民阶层还远不是一种独立的力量。

《简帖和尚》写的是左班殿直皇甫松中奸僧之计，怀疑妻子杨氏不贞，不容辩白，决然送官勒休。问官颟顸、徇情，单凭皇甫松一面之词，准他把妻子休了，这无异“助纣为虐”，迫得这个蒙冤受屈、无家可归的妇女想跳河自尽。奸僧的阴谋诡计和皇甫松的凶暴无情，固然可恨，而官吏的威吓逼供，尤其令人切齿。这种罪恶事件的出现，是阶级斗争曲折的反映，它的产生是有社会原因的。南宋统治阶级提倡佛教，大批鬻卖度牒僧侣人数激增①。于是在唐五代高级僧侣早已成为残暴的封建统治阶级、僧侣阵营早已大批地藏垢纳秽的原有基础上，混入了更多的社会渣滓——游民、恶棍、盗贼以至杀人犯②，他们以丛林为逋逃薮，度牒作护身符，明目张胆地作奸犯科，宿娼、蓄妾以及诱骗良家妇女的丑闻秽事层出不穷③。元代的和尚更在政治上成为当权派的一部分，气焰熏灼，他们不仅

① 天禧三年一次便度了26万人（包括道士），见《宋朝事实》卷七。

② 《宋朝事实》卷七，天圣三年，马亮上言：“天下僧以数十万计，间或为盗，而民颇患之。”司马光《涑水纪闻》卷七载有杀人犯自披剃为僧。

③ 陶穀《清异录》：“京师大相国寺僧有妻曰‘梵嫂’。”（中华书局排印本卷上“梵嫂”条作“相国寺星辰院比丘尼澄晖以艳倡为妻。”——校者注）王明清《挥麈三录》卷三：“梁仲宽者，越人也。晚得一婢，其怜宠之。一旦辞去，遂为天章寺长老德范者所有，纳之于方丈。”田汝成《西湖游览志馀》卷二十五谓宋时临安九里松一街，人家妇女，皆僧外宅。至于僧人诱骗妇女之事，《西湖游览志馀》及赵葵《行营杂录》所记尤多。

霸占美貌女人[①],而且政府还特地设立了变相的妓院"明因站"供他们淫乐[②]。当时有一首诗:

> 近寺人家不重僧,　　远来和尚好看经。
> 莫道出家便受戒,　　那个猫儿不吃腥![③]

这确是对元代和尚的一大讽刺。至于元代妇女的地位,则更是卑下,父兄死了,庶母和婶嫂都可以像财物一样由子弟收继[④],元代人不只说"妻子如衣服",而且更进一步说:"媳妇儿是墙上泥皮。"《简帖和尚》故事,就是在僧侣的罪恶、妇女的从属地位和官僚政治的黑暗、腐败这三条黑线的交叉点上产生的。

中国历史上,封建官僚政治的剥削阶级本质,使它从来是和人民大众相对立的,以致使封建制度成为生产力发展的桎梏,封建统治阶级的腐化堕落深入骨髓。宋元时代贪官污吏之多,更为惊人。宋代无统计材料,元代仅就统治阶级自己供认的材料来看,在大德七年的一次统计中,当时的贪官污吏,就有一万八千多人,冤狱有五千多件[⑤]。封建统治阶级招供的材料实际上只是全豹的一斑,宋

① 陶宗仪《辍耕录》卷二十八"白县尹诗"条:"嘉兴白县尹得代,过姚庄,访僧胜福林。闲游市井间,见妇人女子皆浓妆艳饰。因问从行者,或答云:'风俗使然,少艾者,僧之宠;下此则皆道人所有。'"

② 见周密:《志雅堂杂钞》卷下。又《癸辛杂识》云:"临平明因寺,尼刹也。往来僧官,每至,必呼尼之少艾者供寝,寺中苦之。于是专作一寮,贮尼之违滥者,以供不时之需,名曰'尼站'。"

③ 张国宾:《合汗衫》第三折。

④ 《元史》卷三十四《文宗本纪》三,卷四十四《顺帝本纪》七。

⑤ 范文澜《中国通史》。

元话本小说所反映的更只是太仓一粟而已。

宋元公案小说有一个特点，就是往往着重在通过诉讼当事人之间的矛盾冲突来展开故事，着重对官吏的抨击和刻划。《错斩崔宁》、《错下书》（即《简帖和尚》）如此，《错认尸》、《错勘赃》也是如此，这正是因为当时的市民群众，包括下层市民，反封建的政治觉悟还很差。小说中对贪官、昏官有时也作了批判和谴责，但主要地也只是针对某些官僚个人，不可能触及封建制度本身。而同时所谓“清官”的形象，在宋元话本中也开始出现（如《合同文字记》、《三现身包龙图断狱》）。这些都说明，宋元时代市民群众基本上还是被囚禁在封建思想的牢笼之中的。但是，阶级斗争不断促进人民群众的觉醒，宋元公案话本小说中“错”字颇多，就说明市民群众已敢于对贪官、昏官以及肉刑的残酷，公开提出非议，这是民主思想的萌芽之一。到了明代，这种斗争便更加尖锐广泛和深刻了。

在宋元话本中，除了爱情、公案两类作品外，还有一篇从侧面反映了政治斗争和思想斗争的小说，值得注意，那就是《拗相公》。这篇话本，其基本倾向是反动的。作者站在大地主阶级立场，借人民之名，行权贵之实，用保守观点和封建迷信，恶毒地诅咒王安石的新法。

我们知道，王安石在北宋[①]通过青苗法、免役法、方田均税法、均输法、市易法等，抑制大地主豪强的兼并土地、隐瞒田产、逃避税役、高利剥削、操纵市场，来增加封建王朝的收入，发展中小地主以及自耕农的生产。这些变法措施，在短期内，曾对社会经济的发展起了一定的作用。

---

① 原版作“北宋后期”，疑误。——校者注

和当时的经济斗争、政治斗争密切结合，王安石在思想方面也有他的“新学”，同反动的保守的儒学进行斗争，特别是对当时占统治地位的二程等的理学唯心主义进行斗争。王安石在政治上、经济上绝没有触动封建统治的根本，但在思想上却对唯心主义和形而上学的思想有一定的冲击作用。王安石的名言“天变不足畏，祖宗不足法，人言不足恤。”明白地表现他的主张改革的思想。他还针对理学家的所谓“仁民而爱物”、“民吾同胞”等高谈仁义的伪善，指出“食不足以厌其腹，衣不足以周其身”，则空谈治国安民是没有用的，这在一定程度上暴露了理学家空谈仁义的虚伪性。王安石的言论文字，对后世主张改革的人们常有所启迪。所以列宁曾指出：“王安石是中国十一世纪时的改革家。”（《列宁全集》第10卷152页注2）

可惜由于封建统治机构的腐朽，某些从理论上说来对自耕农的目前利益可以有裨益的法令，通过各级封建政权机构的执行，也常是面目全非，贪官污吏反而借此加强掠夺，及至后来王安石变法失败，以新政为标榜的大官僚如章惇、蔡京等，贪暴更甚，完全抛弃了王安石的改良政策，更使所谓新政在广大农民的身上同样是暴政、是欺骗。一般无耻文人甚至借因果迷信造谣诽谤。

早在北宋时，刘延世的《孙公谈圃》中即伪造出王安石之子王雱在阴间受苦的怪事。“孙公”者，孙升也，正是一个反对王安石新政的顽固派。《拗相公》这篇话本所用的故事，其实是套用卢多逊南贬的记事，并非新创（见第七章第四节《拗相公》）。用意在于针对王安石的“三不足”，极写“天道”之可畏，“人言”之当恤，归根结柢，则是祖宗之法不可变。

这篇话本是保守派企图清除王安石新学在政治上、经济上的影响而玩弄的卑劣手法。话本在政治思想上是反动的，在艺术上也是低劣的，但是从这篇话本，我们可以看到当时地主阶级内部矛盾的一个侧面，看到当时思想上改革与保守斗争的一个侧面，从而了解当时保守派如何利用民间文学进行反扑的情况，这是我们研究这个话本所能得到的一个好处。

此外，还有一些歌颂反抗强暴的作品，也值得注意。

《宋四公大闹禁魂张》宋四公、赵正、侯兴、王秀等"激恼京师"，惩罚了贪吝刻薄、为富不仁的当铺主张富，使他坐牢破产而死。他们还偷走了钱大王的玉带，剪掉了马观察的一半衫褋，割去了滕大尹的腰带挞尾，在帝辇之下大显身手，闹得满城风雨，"没人奈何得他"。他们打击的对象，正是这些昏聩无能、残害人民的达官豪绅，他们对达官豪绅的蔑视和戏弄，那样地从容不迫，机智武勇，多少反映了人民仇恨统治阶级的情绪，显示出封建压迫和反压迫斗争的一个侧面。但作品的积极意义，仅止于此。宋四公、赵正、侯兴等人，大致出身于封建社会的游民，他们之所以不畏官府，戏弄官吏，其真正目的，不是为了反对剥削、反对压迫，而是炫耀自己的本领，"恣情淫乐，戏谑人生"，是这类游民所具有的基本特点。当然由于他们大都出身贫穷，受过剥削，目前社会地位低下，所以他们还有憎恨富人，蔑视官僚的一面。他们虽有某种正义性，但也有一定程度的破坏性。在统治阶级收买笼络之下，他们又可能转入反动阵营成为鹰犬。他们和农民起义中真正的英雄人物是根本不同的。他们基本上是一种落后的社会势力，这是应该指出和批判的。

《万秀娘仇报山亭儿》是以反强暴为主题的作品。写自幼在茶坊佣工的陶铁僧，只因拿了主人万员外五十钱，竟被赶走。他为生计所迫，铤而走险，跟着强徒苗忠、焦吉一伙，抢劫了万员外的女儿万秀娘。万秀娘自杀，被偷儿尹宗撞见，毅然把她救了出来，并当作亲姊妹，送她回襄阳府。不幸途中又遇见苗忠、焦吉，仗义救人的尹宗终于牺牲了生命，万秀娘重新落入强徒之手。后来万秀娘乘邻人合哥批买“山亭儿”（泥制风景建筑物等小玩具的总称）的机会，托他通风报信，捉住强徒正法。小说肯定了万秀娘的机智报仇和尹宗的舍己救人行为，也批判了万员外的“刻深招祸”。但是，由于当时的市民群众还缺乏反剥削的阶级观点，代表市民阶层的说话人在社会现象中迷乱了，他们认识不到这个故事的主要矛盾应该是万员外和陶铁僧之间剥削与反剥削的矛盾，从而应该把陶铁僧塑造为正面人物。他们却主要把同情给予曲折辗转地遭受损害的万秀娘身上，这就大大地降低了作品的思想性。但是，作品中的某些情节，还是能够使我们体会到，是封建剥削使一个茶坊伙计沦为强盗，而对地主阶级的贪婪的本性，也有尖锐的揭露。因此，这篇话本小说，对于我们认识剥削制度才是一切罪恶的根源有一定的帮助。宋元话本小说直接写到剥削的并不多见，这是这篇小说主要的优点。

从总的数量来看，宋元话本中具有民主精神和社会进步意义的作品虽然不多。但是，它们代表着历史（包括小说的历史）发展前进的方向，它们虽然或多或少都带有封建思想的影响和不健康的成分，但本质上是当时的人民大众的文学。它们歌颂或肯定了反抗封建制度、追求自由幸福生活的“市井细民”，使“小人物”第一次成为小说的主人公，同时，又无情地揭露和谴责了官僚、地主、富商的反动丑恶行为，爱憎相当分明。

但是，宋元话本又毕竟是封建社会的产物，占统治地位的封建思想对它有严重的影响，上层市民的发财享乐等自私观念和低级趣味也对它有广泛的影响，话本的作者们和听众的社会成分又非常复杂，封建统治阶级还时常加以利用和控制，这就使一些作品，以封建思想和上层市民的低级趣味为主导思想。这些作品，即使在封建社会中，也是落后的糟粕。它们阻碍群众的觉醒，腐蚀人民的灵魂。有些作品，再加对社会生活的现实描写也很不足，因而连借以了解封建社会面貌的认识意义也谈不上。

《菩萨蛮》、《五戒禅师私红莲记》、《花灯轿莲女成佛记》、《张古老种瓜娶文女》等篇，都在不同程度上宣扬“前生欠宿债，今世转来还”的因果报应思想和佛教戒律，轻易为统治阶级开脱罪行，这些都是糟粕。宋代民间灵怪小说的盛行是有它的社会原因的，但与当时帝王的爱好，也不无关系[①]。《西山一窟鬼》、《西湖三塔记》、《定州三怪》等篇，都在着力描述精灵鬼怪，散布恐怖气氛，以恐吓人民，显然也是糟粕。《金主亮荒淫》、《刎颈鸳鸯会》、《新桥市韩五卖春情》等篇，则在不同程度上表现出庸俗色情的欣赏，充分反映了封建统治者的荒淫糜烂生活以及小市民的低级趣味，这部分也是糟粕。其他如《柳耆卿诗酒玩江楼记》，作者赞赏了柳耆卿这个无赖文人对妓女的恶毒糟蹋。《冯玉梅团圆》，不但美化地主阶级小姐的“爱情”，还歌颂了农民起义军中的叛徒。尽管其中某些话道出了封建社会“官逼民反”的根源，但基本立场是反动的。《汪信之一死救全家》，作者意图在宣扬一死救全家的封建伦理；就形象意义看，是写统治阶级的内部矛盾，这种矛盾对人民没有好处，劳动人民也不愿参与。它虽然在一定程度上揭露南宋统治集

① 张端义《贵耳集》卷上：“宪圣在南内，爱神怪幻诞等书。”

团的昏庸无能与徇私舞弊的丑恶面貌，但抵不过它宣传封建伦理的毒害。它虽写汪革请缨杀敌，但爱国思想，没有具体表现，形象苍白无力。而宣扬封建伦理这点却非常突出，应加以批判。总之，宋元话本中的消极落后成分，往往具有普遍性，不是某一篇小说所特有，并且也揉合在一些较好的作品中，如《错斩崔宁》加上一个宣传宗教迷信的尾巴，就是市民群众深受封建思想影响的反映，也是话本作者们思想中反动落后面的反映。

宋元话本是瓦子勾栏中“说话人”所用的底本，作了一定的加工整理而成为读物的，因而，它除了说话艺术所形成的特殊的艺术结构（体制）而外，主要的在艺术性上有它自己的显著特点。

第一，人物描写的细致和真实。

在短小的篇幅中，装进了比较丰富的生活，通过具体的细节描写（包括人物的对话、行动、心理活动和外貌特征，以及环境的描绘）对人物性格作了真实而细致的刻划。这样，宋元话本中，就出现了一些栩栩如生的人物形象或某些描写人物的精彩的片断。这种现实主义的艺术方法，是我国文学特别是说话艺术作品所固有的，到了宋元时代，吸取了前代说话艺术和其他文学作品的长处，在市民生活的丰富的基础上，便表现得较为成熟了。

对于反面人物，比较优秀的话本小说，善于用夸张的具体描写，揭露他们的某些本质性的东西，来表达反对和憎恨。像《碾玉观音》里的延安郡王，倚仗权势，强占民女，平白地将善良无辜的璩秀秀打死。且看他那副杀人的凶相：

郡王升厅，众人声喏，即将这两个人押来跪下。郡王好生焦躁，左手在壁牙上取下小青，右手一掣，掣刀在手，睁起杀番人的眼儿,咬得牙齿剥剥地响。

至于地主阶级贪婪刻薄,爱钱如命的特点,则集中地体现在两个员外身上。《宋四公大闹禁魂张》里开当铺的张员外,“是个一文不使的真苦人”,当他从布帘后望见他的主管施舍了两文钱给一个乞丐时,话本这样地写他:

“好也!主管!你做甚么把两文撒与他?一日两文,千日两贯!”①大步向前,赶上提笊篱的(乞丐),打一夺把它一笊篱钱倾在钱堆里,却教众当直打他一顿。

为了两文钱,连乞丐一笊篱钱都抢过去,地主阶级凶狠的面目在这里暴露无遗!无独有偶的是《万秀娘仇报山亭儿》里的茶坊老板万员外,为了茶博士陶铁僧拿了他五十文钱,便跟陶铁僧算了这样一笔“细”账:

万员外……叫这陶铁僧来问道:“你在我家里几年?”陶铁僧道:“从小里……罪过员外收留,养得大,却也有十四五年。”万员外道:“你一日只做偷我五十钱,十日五百,一个月一贯五百,一年十八贯,十五年来,你偷了我二百七十贯钱。”

的确,“是个财主算法,不漏水滴!”②此外,话本里对于享受种种封

① 人民文学出版社校注本“日”字后多“便”字。——校者注

② 见明刊本《古今小说》眉批。

建特权过着寄生生活的僧侣,也有深刻的揭露。如《简帖和尚》里的那个奸僧,虽然着墨不多,性格却很突出。作品一开头就对他作了粗线条的外貌勾勒:

浓眉毛,大眼睛,蹶鼻子,略绰口。头上裹一顶高样大桶子头巾,著一领大宽袖斜襟褶子,下面衬贴衣裳,甜鞋净袜。

写出了这种富有特征性的乔装之后,紧接着写他在茶坊里鬼鬼祟祟的行动。作者还巧妙地刻画出卖馉饳的僧儿送简与小娘子遇到皇甫松时的可疑动作,以及僧儿五次重复了"不教把来与你"这句话的憨态,突出显示了僧儿的质朴天真,但在僧儿背后,却使我们隐约看到那个奸僧的阴影。"由于把奸僧的行藏写得倏隐忽现,扑朔迷离,艺术上便产生了一种直接效果,见得这一人物躲在阴暗之处,含沙射影,幢幢往来,如鬼如蜮"①。话本五次突出了简帖和尚的相貌,一个狡狯毒辣,工于心计的奸僧形象,赫然呈现在读者面前。这个披着宗教外衣的强盗,集中地反映了作为统治阶级麻醉人民的有力工具的宗教的反动性和欺骗性的本质。

在某些话本中,人物描写已达到生活环境的描写和人物心理的刻画紧密结合的程度。而且刻画人物的心理又是把对话、行动和内心活动三者结合起来,使听众和读者如临其境,如见其人。请看《志诚张主管》里写张胜元夜观灯,失散了游伴,信步走到旧主人张员外家门前时的情况:

① 引自许政扬:《话本征时》,载《南开学报》第四卷第一期。

迤逦信步行到张员外门前，张胜吃惊。只见张员外家门便关着，十字两条竹竿缚着，皮革底钉住一碗泡灯，照着门上一张手榜贴在。张胜看了，吓得目睁口呆，罔知所措。张胜去这灯光之下，看这手榜上写着道："开封府左军巡院勘到百姓张士廉不合……"方才读到"不合"二个字，兀自不知道因甚罪，则见灯笼底下一人喝声道："你好大胆！来这里看甚的？"张主管吃了一惊，拽开脚步便走。那喝的人大踏步赶将来，叫道："是甚么人？直恁大胆！夜晚间看这榜做甚么？"吓得张胜便走，渐次间行到巷口，待要转弯归里，相次二更，见一轮明月，正照着当空。

通过这段细节描写，张胜这个胆小怕事的小市民的心理活动，被刻画得相当逼真。"见一轮明月，正照着当空"十个字，不仅渲染了画面的气氛，也确实烘托出张胜当时惊魂甫定的那种轻松而又茫然的心情。

通过对话、行动和内心活动相结合来描写人物。《错斩崔宁》里的刘贵，驮了钱带醉回家，和陈二姐的一段对话，以及刘贵睡着以后陈二姐的心情动作，写得也很精彩：

那刘官人一来有了几分酒；二来怪他开门迟了；且戏言吓他一吓。便道："说出来，又恐你见怪；不说时，又须通你得知。只是我一时无奈，没计可施，只得把你典与一个客人。又因舍不得你，只典得十五贯钱。若是我有些好处，加利赎你回来；若是照前这般不顺溜，只索罢了！"那小娘子听了，欲待不信，又见十五贯钱堆在面前；欲待信来，他平日与我没半句言语，大娘子又过得好，怎么便下得这等狠心辣手？狐疑不决①，只得再问道："虽然如此，也须通知我爹娘一声。"刘官人道："若是通知你爹娘，此事断然不成。你明日且到了人家，我慢慢央人与你爹娘说通，他也须怪我不得。"小娘子又问："官人今日在何处吃酒来？"刘官人道："便是把你典与人，写了文书，吃了他的酒才来的。"小娘子又问："大姐姐如何不来？"刘官人道："他因不忍见你分离，待得你明日出了门才来，这也是我没计奈何，一言为定。"说罢，暗地忍不住笑；不脱衣裳，睡在床上，不觉睡去了。那小娘子好生摆脱不下："不知他卖我与甚色样人家？我须先去爹娘家里说知。就是他明日有人来要我，寻到我家，也须有个下落。"沉吟了一会儿，却把这十五贯钱，一垛儿堆在刘官人脚后边。趁他酒醉，轻轻的收拾了随身衣服，款款的开了门出去，拽上了门，却去左边一个相熟的邻舍叫做朱三老儿家里，与朱三妈借宿了一夜。说道："丈夫今日无端卖我，我须先去爹娘说知。烦你明日对他说一声，既有了主顾，可同我丈夫到爹娘家中来讨个分晓，也须有个下落。"那邻舍道："小娘子说得有理。你只顾自去，我便与刘官人说知就里。"过了一宵，小娘子作别去了不题。

这段对话，不但鲜明地表现了人物的思想性格，并且富有生活气息。这种精湛的说话艺术，是从丰富的生活经验中提炼出来的。它为后来的短篇白话小说提供了一个范例。

第二，故事情节的丰富和曲折。

① 文学古籍刊行社本"狐疑"作"疑狐"。——校者注

“说话”是一种表演艺术,它必须在现场“抓住”观众,这就决定了话本小说的又一个艺术特色,就是除了细致真实的描绘之外,还必须有引人入胜的故事情节。它不能平铺直叙,而要善于组织矛盾冲突,构成丰富曲折的情节,并且铺垫呼应,层次清楚,结构周密,时有奇峰异澜,而又颇合情理。以《碾玉观音》为例,这个话本最能表现说话艺术的特点:作品的全部情节是以郭排军和玉观音这一人一物作为故事发展的线索,而由两次出走,两次同居,两次抓捕构成的。可是人们不但丝毫不感到重复,并且使人们的心理与情节一起波澜起伏。在秀秀和崔宁第一次同居时,人们虽然有宽慰的感觉,可是还有些担心,担心他们是否能得到长久的幸福;当郭排军在潭州尾随着崔宁,人们正在替崔宁、秀秀捏一把汗时,说话人却故布疑阵,忽然打住,不说下去了。继续讲说之后,把崔宁、秀秀第一次抓回来时,人们感到一阵紧张,等到他们第二次同居时,人们在一阵紧张以后,又平静下来;可是,郭排军第二次见到秀秀,郡王第二次要抓他们时,人们感到了第二次紧张,并感到十分惊奇。等到人们发现秀秀原来是鬼时,紧张的心理没有了,却为秀秀的报复称快。作者最后写秀秀拉崔宁到阴间去同居,使人们又是一阵惊奇,这种心理直到看完作品,还不能立刻消除。这里每一次主要人物的出场,都加紧了矛盾的发展,急剧地推进了情节,人物也就在尖锐化了的斗争中活现出来。不仅秀秀对郡王的反抗和郡王对秀秀的迫害的基本情节被写得变化多端、曲折离奇,就是在不少细节的处理上,也显示出作者是一个说故事的能手。秀秀第二次与崔宁同居时已是鬼了,可是作者却并不点明,只写她乘轿追赶崔宁,到建康重新团聚,这就使郭排军后来的白日见鬼,形成紧张的气氛。当郭排军感到意外,连呼“作怪!作怪!”时,我们也会对郭排军感到“作怪”而作怪！这时满脑子都是疑问，一定要继续看下去（或听下去）；秀秀的父母在崔家时已是鬼了，可是一直要到后来，崔宁听到妻子是鬼，回来问他们时，他们才跳下湖去，由作者补叙出他们怎样早已成了鬼，这样的处理，使人们知道秀秀是鬼时，感到第一次惊奇，在轿番们抬了秀秀到王府，揭开帘不见了秀秀，感到第二次惊奇以后，接着又有第三次惊奇。说话人善于故布疑阵，利用关键性的情节来操纵人们的感情。不仅如此，说话人为了使故事说得明白，对事件的交代做到了有头有尾。为了说明郭排军在潭州遇见秀秀，特地说了一个刘两府的小故事（这小故事虽与大故事没联系）；为了说明郭排军第二次见到秀秀，说了皇帝玩弄玉观音不小心损坏了这个玉器的事件作为插曲；为了说明秀秀的父母也是鬼，特地交代了他们去世的源委。故事安排得一清二楚。说话人就是这样来达到预期的艺术效果的。话本小说这种故事情节丰富曲折的特色，为后来的白话小说的创作提供了又一个范例。

第三，群众语言的生动和通俗。

说话艺术每天面向广大的听众，主要是市民听众，这就决定了它的语言必须基本上是白话，是群众的口头语言，才能为听众所接受。“说话”和话本小说的语言，其精华的部分是从群众语言中提炼出来的白话形式的文学语言，是在和脱离群众口语的封建文人的书面语言相斗争中发展起来的（当然，它也吸收了其他文学作品的优美语言）。它的特点是精炼、形象、生动、朴素，而又通俗易懂，生活气息相当浓厚，最富表达力。在宋元话本中，它是第一次以纯粹的白话散文服务于文学形象的创造，取得了很大的成功。前面所举的秀秀与崔宁的对话，陈二姐与刘贵的对话，都是很好的例子。今再举《西山一窟鬼》中王婆向吴洪说媒的一段：

> 当日正在学堂里教书，只听得青布帘儿上铃声响，走将一个人入来。吴教授看那入来的人，不是别人，却是十年前搬去的邻舍王婆——原来那婆子是个撮合山，专靠做媒为生。吴教授相揖罢，道："多时不见，而今婆婆在那里住？"婆子道："只道教授忘了老媳妇。如今老媳妇在钱塘门里沿城住。"教授问："婆婆高寿？"婆子道："老媳妇犬马之年七十有五。教授青春多少？"教授道："小子二十有二。"婆子道："教授方才二十有二，却像三十以上人。想教授每日价费多少心神。据我媳妇愚见，也少不得一个小娘子相伴。"教授道："我这里也几次问人来，却没这般好头脑。"婆子道："这个不是冤家不聚会，好教官人得知，却有一头好亲在这里：一千贯钱房卧，带一个从嫁；又好人材，却有一床乐器都会，又写得算得，又是咩嚜大官府第出身。只要嫁个读书官人。教授却是要也不？"教授听得说罢，喜从天降，笑逐颜开，道："若还真有这人时，可知好哩！只是这个小娘子如今在哪里？"

《西山一窟鬼》的思想性是反动落后的。但这一段对话却不但生动而且个性化，给我们留下一个善于逢迎、口齿十分伶俐的媒婆的印象。其他如《史弘肇龙虎君臣会》里写王婆替郭威做媒，活画出一个胁肩谄笑的媒婆的嘴脸。《志诚张主管》里两个媒婆的丑相，刻画得逼肖。这种人物语言的性格化，为后世小说提供了又一个范例。

宋元话本还大量地运用了概括力极强的俗语和比喻，给人以深刻而鲜明的印象。例如:说金钱万能是:“火到猪头烂,钱到公事办。”说求人的难处是:“将身投虎易,开口告人难。”说弱肉强食时是:“皂雕追紫燕,猛虎啖羊羔。”说人面临险境时是:“猪羊走入屠宰家,一脚脚来寻死路。”说人脱离困境时是:“鳌鱼脱却金钩去,摆尾摇头不再回。”说人受屈含冤是:“哑子漫尝黄檗味,难将苦口对人言。”形容人的吝啬是:“虱子背上抽筋,鹭鸶腿上割股,古佛脸上剥金,黑豆皮上刮漆,痰唾留着点灯,捋松将来炒菜。”刻画人的爱钱如命是:“把来磨做镜儿,捍做磬儿,掐做锯儿,叫声我儿,做个咀儿,放入箧儿。”讥笑年老风流是:“偏你这几根白胡须是沙糖拌的。”这些带有特别规定性涵义的谚语,用起来有一针见血的力量。说话人最能充分使用这种从人民生活经验结晶而成的精炼语言,一方面大大地节省了许多不必要的话;一方面提示出一个明确的概念,使人们得到深刻的印象,这和小说的短小精悍的体裁,紧张曲折的情节是完全相适应的。

不容讳言,宋元话本小说在艺术上也存在着一些显著的缺点:它在描绘景物和人物外貌时,常常用俗套,流于一般化,甚至庸俗化;它有时过于追求情节的曲折离奇,造成结构混乱,不合生活逻辑,缺乏真实感,有时简直不可置信;它常常插入有闲的封建文人的陈词滥调或靡丽诗词,和话本的通俗语言很不协调。这些缺点,即使在较优秀的小说中,也在所不免。其原因一方面是小市民的趣味观点和一部分“上层”听众的所谓“文雅”的要求往往支配着说话艺人的意志;另一方面则是说话艺人和话本加工者本身思想水平和艺术水平的限制。

但是,尽管有种种缺点,宋元话本在广泛的“说话”活动的推进之下,初步地奠定了我国白话小说的基础。它的艺术特色,对后来我国的小说创作,产生了深远影响。和它的进步的思想性结合在一起,话本小说在我国小说史上占有一个不可磨灭的重要地位。

附录 宋元话本钩沉

一、《王魁》

载明万历末年《小说传奇》合刊本。《醉翁谈录》"传奇"类有《王魁负心》说话名目,又辛集卷二"负约"类有《王魁负约桂英死报》,当即此故事。

本篇叙述王魁下第后游妓家,遇敫桂英,两相爱悦,共誓于海神庙,愿偕白首,桂英后遭遗弃,怨恨自杀,鬼魂向王魁索命的故事。这个故事,不知始于何时。较早的记载见于张师正的《括异志》卷三"王廷评"条:

> 王廷评俊民,莱州人。嘉祐六年(1061)进士状元登第,释褐廷尉评签书徐州节度判官。明年,充南京考试官。未试间忽谓监试官曰:"门外举人喧噪诟我,何为不约束?"令人视之无有也。如是者三四,少时,又曰:"有人持檄逮我",色若恐惧,乃取案上小刀自刺,左右救之,不甚伤,即归本任医治。逾旬,创愈,但精神恍惚,如失心者。家人闻嵩山道士梁宗朴善制鬼,迎至,乃符召为厉者,梦一女子至,自言为王所害,已诉于天,俾我取偿,俟与签判同去尔。道士知述无所施,遂去。旬馀,王亦卒。或闻王未第时,家有井灶婢,惷戾不顺使令,积

怒，乘间排坠井中。又云：王向在乡闬与一倡妓切密，私约俟登第娶焉。既登第为状元，遂就媾他族，妓闻之，忿恚自杀，故为女厉所困，夭阏而终。

按张师正乃仁宗时人，差不多与王俊民同时，所记虽简略，故事的轮廓却已具备了。李献民《云斋广录》卷六《丽情新说》有《王魁歌》，其引云："贤良夏噩尝传其事。"曾慥《类说》卷三十四引《摭遗》的《王魁传》，可能就是周密《齐东野语》，所谓"妄人托夏噩姓名"所作，或以为元人柳贯作，实误①。曾慥南宋初年人，怎么会在他的集子里收载元人的作品呢？明梅禹金《青泥莲花记》卷五"桂英"条系引《异闻集》、《摭遗》二书，《情史》卷十六亦详载之。周密《齐东野语》辨云："世俗所为王魁之事殊不经，且不见于传记杂说，疑无此事。《异闻集》虽有之，然集乃唐末陈翰所编，魁乃宋朝人，是必后人勦入耳。"周密虽为王魁作传，意在辨诬，故所记殊简略。张邦幾《侍儿小名录拾遗》所载亦简，盖据《摭遗》而加以删节者。罗烨《醉翁谈录》的《王魁负约桂英死报》一篇，诗较多，其中桂英自杀后得海神之助向王魁索命一段，情节独详。大概就是当时说话人讲说《王魁负心》故事的蓝本。本篇中写到道士马守善在坛上"神游而去"，到了海神庙，遇见判官，马守善替王魁求情，判官回答的一段情节，是说话人站在劳动人民立场的演述，为其他各本所无。

王魁故事，宋元间盛传。基本情节，《青泥莲花记》等书所载大

① 柳贯：《王魁传》，见《古今图书集成·闺媛典》卷三六二，实即曾慥《类说》中的《王魁传》，文字小有出入。《柳待制文集》未载，可证非柳贯作。

致相同，当系同出一源。

按王魁不名魁[①]。宋时大抵以状元连姓相称曰某魁，如马涓称马魁是[②]。据周密《王魁传》，王魁名俊民，字康侯，莱州掖县人。生于景祐丙子（1036），弟定民与苏轼兄弟游，有名于世。俊民为嘉祐辛丑（1061）进士第一，签徐州判官，嗣充南京发解官，狂疾，自刎不殊，还徐州卒。时为嘉祐癸卯（1063）年五月十二日，年二十七[③]。传中不及负桂英事，桂英的姓氏，也有歧说，以姓谢之说较多[④]。各书记王俊民事皆不及桂英，可见王俊民未必就是负桂英之王魁，但在宋代民间却已把王俊民附会上去。周密虽替王俊民辩白，却并不能动摇民间的传说。这个故事各书皆未明言时代，胡应麟谓当在宋初[⑤]，大概是一个流传较为久远的民间故事。

《王魁》话本，有从万历末年《小说传奇》合刊本流传，也极罕见。看它的情节，与《醉翁谈录》所记大致相近，文字古朴简洁，可能是宋人作品。

话说宋朝山东济宁府，有秀才姓王，名魁，字俊民。因上京应试，下第回来，至莱阳县，遇一相知友人，邀至北市鸣埘巷妓家小饮。这妓女姓敫，小字桂英。果是姿容艳丽，态度轻盈，王生一见，两下目成心许。饮酒中间，桂英满斟一杯，对王

① 《醉翁谈录》辛集卷二云：“王魁者，魁非其名也。”

② 何薳：《春渚纪闻》。

③ 周密：《齐东野语》卷六。

④ 桂英姓氏，《青泥莲花记》“桂英”条下注“元人词作姓谢”，《类说》不言姓氏，《醉翁谈录》言姓王，《王魁》话本则言姓敫，但均引有“谢氏筵中闻雅唱”的诗句。

⑤ 《少室山房笔丛》卷四十一。

魁笑道:“妾名桂英,酒乃天之美禄,足下得桂英而饮天禄,明年必登高第之兆。”即将罗帕一方,求魁题咏,魁即援笔题云:

谢氏筵中闻雅唱,　　何人戛玉在帘帏。
一声透过秋空碧,　　几片行云不敢飞。

王魁写毕,付与桂英收置,桂英满心欢喜道:“自今之后,君但勤学,四时饮食衣服,我当备办。”王魁感谢,自此朝出夜归,住了一年,又将应试,一切资妆行李之具,皆是桂英置办。临行,两下不忍分手,桂英垂泪道:“我与你偶尔相逢,情爱所牵,一时难舍,若此一别,妾身如断梗飞蓬,虚舟飘瓦,不知你功名成否何如?又不知你心中何如?此处有个海神庙,其神最灵,何不同到庙中,焚香设誓,各不负心,生同衾、死同穴,终始无二,不知你意如何?”王魁欣然同至庙中,焚香拜毕,王魁跪在神案前设誓道:“魁与桂英,誓不相负,若生离异,神当殛之。”桂英也立誓道:“念桂英今与王魁结为夫妇,死生患难,誓不改节,若渝此盟,永沉苦海。”两人誓毕,再拜而出,桂英又送一程而回。

却说王魁自别桂英之后,在路免不得饥餐渴饮,夜住晓行,不止一日,到得京都,寻了寓所安下。即寄诗一绝与敫氏云:

琢月磨云输我辈,　　都花占柳是男儿。
前春我若功名去,　　好养鸳鸯作一池。

是科放榜,状元及第,竟是王魁,报到桂英家,即寄诗贺魁云:

人来报喜敲门急,　　贱妾初闻喜可知。
天马果然先骤跃,　　神龙不肯后蛟螭。
海中空却云鳌窟,　　月里都无丹桂枝。

汉殿独呈司马赋，　　晋廷惟许宋君诗。
身登龙首云雷疾，　　名落人间霹雳驰。
一榜神仙随驭出，　　九衢卿相尽行迟。
烟霞路稳休回首，　　舜禹朝清正得时。
夫贵妇荣千古事，　　与郎才貌各相宜。

诗寄至京，魁见之竟不在念，桂英复寄一诗云：

上国笙歌锦绣乡，　　仙郎得意正疏狂。
谁知憔悴幽闺质，　　日觉春衣丝带长。

又诗云：

上都梳洗逐时宜，　　料得良人见即思。
早晚归来幽阁里，　　须教张敞画新眉。

魁见连次寄书至，竟生厌常之心，自忖道，我今身既贵显，岂可将烟花下贱为妻，料想五花官诰，他也没法受用，倘亲友闻知，岂不玷辱，我今只绝他便了。竟不答回书。

那王魁父母在家，已聘崔相国之女，只等王魁衣锦还乡，即便洞房花烛。及至在京候选，除授徐州佥判，桂英闻知，大喜道："此去徐州不远，想他到任之后，必差人来接我矣。"以后又打听得他到任已久，竟不差人来接，桂英心中忧愤，又修书一封，差一的当家人，特地送至徐州任所。那人来至徐州，正值王魁坐厅理事，把门皂隶进禀道："老爷有管家在门外，说特送家书到此，不敢擅进，候老爷钧旨。"王魁只道家中父亲差来的人，连忙道，着他进来，及至那人走至阶前，方认得是桂英家人，大怒，喝令左右即时逐出，书竟不容投递。其人只得空回，将书付还桂英，说其不容相见光景。桂英听说，气得捶胸跌足，呕血大哭道："王魁负我如此，我必死以报之。"当夜自刎而死。

可怜如玉娇花貌，　　化作南柯梦里魂。

当时惊动了鸨儿龟子，举家来救，已无及矣。欲待告官涉讼，无奈官官相护，又无把柄可告，终是门户人家，又不是亲生父母，那一个肯出头露面去伸冤，只得叹口气，买棺盛殓，忍气吞声的埋了。

却说王魁当厅逐去那寄书人，自后杳无信息，心上以为得计。差人接取父母，并崔小姐到任完亲，又闻得桂英自刎而亡，看官，桂英是娼妓，王魁是邻邦官府，这信谁人敢传。原来就是始初同王魁到桂英家里去的那莱阳朋友特地写书报他的。王魁一闻此信，暗喜道："这妇人到也达时务，恐我去摆布他，故先自尽了，也好也好，如今拔去眼中钉了。"自思自想了一会儿，走到书院中，只觉得没情没绪介无聊，正是：

日间不作亏心事，　　半夜敲门不吃惊。

只听得壁间如猫捕鼠的一响，王魁回眸一看，烛光之下，早已站着一个桂英在面前。王魁一见，吓得手足无所措，只得迎问道："呀！你从那里来？原来你不曾死？"桂英道："我岂不曾死，若不死怎来看得你这负心贼！"王魁道："你既死了，又来见我怎的？"桂英骂道："你轻恩薄义，负誓渝盟，使我至此，怎肯与你干休！"王魁那时慌了手脚，连忙道："是我得罪了，但你今既死，无可救疗你，只得斋僧礼忏，多化些纸钱超度你罢。"桂英怒道："别的都是闲说，我只索你命便了。"说罢，只见在袖中取出当初求王魁题诗在上这幅罗帕，将王魁没头没脸只一兜，王魁大叫一声，闷倒在地。正是：

青龙共白虎同行，　　吉凶事全然未判。

当时父母闻得呼声，疾亡同丫鬟点灯出来看时，只见王魁口吐流涎，倒在地上。父母问道："我儿为甚如此？"王魁道："有冤鬼在此逼迫我死，奈何没法驱遣他？"父母乃请道士结坛，修醮保禳。这主醮坛的道士，姓马，名守素。善能书符召将，逐鬼驱邪。是日众道士齐集在坛前，吹的吹，打的打，好不热闹。那马道士头戴星冠，身穿法服，手执剑，足步罡，念罢净坛咒，噀水一口，随即俯伏在坛，瞑目闭气，神游而去。直至莱阳地方，只见一所庙宇，庄严灿烂，山门上匾额，大书"海神庙"三字。守素走进庙中，步至东廊下，却有两个人将头发互相结着，有几个奇形怪状的人看守在那里，分明是解审犯人一般。又听得两个结发的在那里千负心万薄幸的诉说骂詈，乃是妇人声音，守素正欲问时，殿上走出一个圆眼胡髯，绿袍银带的官儿，向守素施礼道："法师，可曾见那两个么？这就是你今日为他设醮的斋主王魁，与敫氏桂英。他两个仇恨深阔，非道力可解的，法师休管他罢。"守素道："虽然如此，求判长在大王前方便一声，也须看他是状元及第，阳世为官的情面。"那判官呼呼的笑道："咳！可惜你是个有名的法官，原来只晓得阳间的势利套子，富贵人只顾把贫贱的欺凌摆布，不死不休，堆积这一生的冤孽帐，到俺这里来。俺又不与他算个明白，则怕他利上加利，日后索冤债的多了，他纵官居极品，富比陶朱，也偿不清哩！况俺大王心如镜，耳如铁，只论人功过，那管人情面，只论人善恶，那顾人贵贱。料王魁今日这负义忘恩的罪，自然要结了，你也不必替他修醮了，请回罢！"说毕，舒开右手，将马守素劈心一推，守素只叫得一声"阿呀"！早已翻斤斗跌入大水之中，忙在水中捻着避水诀，口念避水神咒，怎奈略开口，水就骨都都灌入喉咙，只觉得气闷难熬，一字也念不出，只得随波逐浪的滚将过去，滚得个不耐烦，方才把两手一舒，两脚一伸，开眼看时，呸！原来就在王佥判公署后堂醮台里毡单子上睡着。守素爬起来，对众道士将神游所见之事，一一细述，说犹未了，只听得里面若男若女，号天哭地，大恸起来，可惜一个状元大人，呜呼哀哉死了也！众道士正要收拾坛场，却喜得老封翁到有三分主意，疾忙唤家人出来分付道："今日醮事，且不消收，换了文疏，竟作老爷入殓功德便了。"众道士听说：只得重写疏仪，改换祝文，从新做起入殓醮事。王魁父母妻儿好不凄惨，寮友闻知，都来探丧吊奠。过了二七之期，方始收拾回归济宁安葬。正是：玉堂学士归山后，马迹车轮绝影无。至今相传负义王魁，骂名不朽。有诗为证：

忍负贫穷衣食时，　　山盟海誓鬼神知；
东廊结发何时解，　　世世生生永唱随。

王魁故事在南宋末年，说话人已在说唱，《醉翁谈录》说话名目有《王魁负心》可证。同时也已搬上舞台表演。有关王魁的剧本，今所知者宋官本杂剧有《王魁三乡题》一本，见《武林旧事》，戏文有宋光宗时的《王魁》，见《草木子》及《南词叙录》[①]，《南词叙录·宋元旧篇》中并题有《王魁负桂英》一本，注云："王魁名俊民，以状元及第，亦里俗妄作也。"又宋元无名氏《王俊民休书记》，见《永乐大典》卷一三九七三及《南词叙录》。杂剧有元尚仲贤《王魁负桂

① 《草木子》云："俳优戏文，始于王魁，永嘉人作之。"《南词叙录》云："南戏始于宋光宗朝，永嘉人所作，《赵贞女》、《王魁》二种实首之。"

英》，见《录鬼簿》及《永乐大典》卷二〇七五四；明杨文奎《王魁不负心》，见《录鬼簿续编》及《太和正音谱》。传奇有明王玉峰《焚香记》，《六十种曲》本。

二、《钱塘梦》

《醉翁谈录》"烟粉"类有《钱塘佳梦》名目，当即此故事。本事出宋李献民《云斋广录》卷七《奇异新说·钱塘异梦》，亦见何薳《春渚纪闻》卷七。明梅禹金《青泥莲花记》卷九及田汝成《西湖游览志馀》卷十六并转引之。《云斋广录》略云：

司马槱，陕州夏台人也。好学博艺，为世巨儒，而飘逸之材，尤为过人。一日，在私第昼寝，梦一美人颜色艳丽，徘徊阁下，谓君曰：妾幼以姿色名冠天下，而身无所依，常以为恨，久欲托附君子，辄有小词寄〔蝶恋花〕，为君讴焉，唱讫，飘然而去，君乃欻然而觉，嗟异久之，因省其词，唯记其半。词曰：

妾本钱塘江上住，花落花开，不管流年度。燕子衔将春色去，纱窗几阵黄梅雨。

君爱其词，乃续其后云：

斜插犀梳云半吐，檀板朱唇，唱彻黄金缕。望断行云无觅处，梦回明月生春浦。

君后常以此梦为念。及君得馀杭幕客，挈舟东下，过钱塘，因忆曩昔梦中美人，为词以思之，词寄〔河传〕：

银河漾漾，正桐飞露井，寒生斗帐。芳草梦惊，人忆高唐惆怅。感离愁甚情况。春风二月桃花浪，扁舟征棹，又过吴江上。人去雁回，千里风云相望。倚江楼，倍凄怆。是夕，复梦向之美人谓君曰：自别之后，睽阔千里，春风秋月，徒积悲伤。然感君不以微贱见疏，以新词见忆，足认君之于妾，亦以厚矣，则妾之于君，奉箕帚，荐枕席，安可辞也。乃相将就寝，及晓，留诗为别。自是每夕必来，君遂与僚属言。众谓之曰：君公署后有苏小小墓，得非是乎？君后置一画舫，每与僚属游于江上。常令舟卒守之，一日昏后，见一少年携一美人同赴画舫，卒遽往止之，则舫中火发，不可向迩，顷之，画舫已没。卒急以报，比至公署，则君已暴亡矣。

任二北《曲海扬波》卷四云："李卓吾批点《西厢记》，书分上下两卷，各十出，标题《佛殿奇逢》、《僧房假寓》等等。后附刊《钱塘梦》平话一篇。"按明弘治戊午刊本《新刊大字魁本全相参增奇妙注释西厢记》及明刘龙田刊《题评音释西厢记》均附刊这个话本，题作《钱塘梦》。叙秀才司马猷在钱塘卜筑，掘得骸骨一付，因葬于南阜去处，后梦一女子来求爱，唱〔蝶恋花〕一曲而醒。故事情节与《云斋广录》等书所记稍有出入。话本见者不多，今从《西厢记》附刊转录全文如下：

试问水归何处，无明彻夜东流，滔滔不管古今愁；浪花如喷雪，新月似银钩。

暗想当年富贵，挂锦帆直至扬州，风流人去几千秋。两行金线柳，依旧缆扁舟。

青山无数，绿水无数，更看那白云无数。坝陵桥上望西川，动不动八千里路。去时节春暮，来时节秋暮，急回头又早冬暮。想人生会少离多,叹光阴能有几度。

诗曰:

春风一壶酒,　　夜月琴三弄。

今古罕曾闻,　　试听钱塘梦。

话说宋朝有一秀才,复姓司马,名猷,本贯汴梁人也。年方弱冠,早赴科场,腹中背记五车书,胸内包藏千古史。那秀才往钱塘江上,观光上国,遂携琴剑书箱,取路径往杭州。在路非止一日,饥餐渴饮,夜住晓行,不觉早到杭州。怎见得杭州好景?欧阳公有诗为证。诗曰:

山外青山楼外楼,　　西湖歌舞几时休。

暖风熏得游人醉,　　只把杭州作汴州。

说不尽杭州好景,有东菜、西水、南柴、北米。自古建都之地,名贤隐迹之乡。四时有不谢之花,八节有长春之景。东西酒肆会佳宾,南北歌楼烟月市。有三十六条花柳巷,七十二座管弦楼。更有一答闲田地,不是栽花蹴气球。那秀才探亲已毕,因同几个诗人宴赏于西湖之上,怎见得西湖好景?有苏东坡诗为证。诗曰:

湖光潋滟晴方好,　　山色空濛雨亦奇。

若把西湖比西子,　　淡妆浓抹也相宜。

说不尽西湖好景,又有诗为证。诗曰:

依依柳向湖边绿,　　灼灼桃花映水红。

隐隐山藏三百寺,　　重重云锁一高峰。

端的是山藏美玉,地产灵芝,湖光堂上胜蓬莱,四圣观中欺阆苑。湖光潋滟,兰桡画桨数千船,山景融和,玉砌金堆千万户。九井玉龙喷紫雾,三潭明月浸玻璃,柳阴白鹤飞还往,船畔金鳞戏水游,青青柳岸渔人坞,点点花香樵子村。断桥深处,有泛桃花,流红叶,浴鸳鸯,浮鸥鹭,暖溶溶三千顷波漾琉璃。水帘洞前,有琐苍崖,悬两脚,堆螺髻,列画屏,青郁郁三百里山横翡翠。春风郊野,绿杨影里听莺啼,夏日园林,沽酒楼前堪系马。秋光将暮,看东篱菊蕊包金,腊雪才消,向暖处江梅破玉。山中景致不同,四季游人快乐。柳州亭下,画船举棹唤游人,丰乐楼前,酒旗摇风招过客。九里青松烟淡淡,六桥金柳翠依依。晓霞遥映三天竺,暮云深锁二高峰。风起处,呼猿洞口雨飞来,龙井山头,冷泉亭下,有清冷冷、碧澄澄,流皓月、浸寒星,千千丈瀑布挂飞龙。灵隐寺前,有炎腾腾火烁烁,瑞气冲天,花落有万万朵,祥云笼佛殿。步苏堤东坡杨柳院,访孤山和靖老梅轩。又有诗为证。诗曰:

画阁映山山映阁,　　碧天连水水连天。
金勒马嘶芳草地,　　玉楼人醉杏花天。

那秀才观之不足,看之有馀,至暮而归,遂往钱塘江上。江头景致,与城中大异。西望七里滩严陵旧迹,东观会稽山谢安幽居,泉香酒美,波深鱼肥,日落山腰,风生渡口。怎见得日落山腰,捧金盘,悬玉镜,曜三光,明六合,浓霭霭万里海云堆月上;风生渡口,走银山,崩太华,喊千军,奔万马,骨鲁鲁一江春水送潮来。江头是好景致,有回文诗为证。诗曰:

潮随暗浪雪山倾,　　远浦渔舟钓月明。
桥对寺门松径小,　　槛当泉眼石波清。
迢迢绿水江天晓,　　霭霭红霞晚日晴。
遥望四边云接水,　　碧波千点数鸥轻。

那秀才喜不自胜,于是卜筑为居,垒土为丘,栽花为苑,编篱为户，引水为池，取土掘深三尺，忽见骸骨一付俨然。家僮来报秀才，秀才言曰："甚人遗体，不可弃之。"于是用石匣装盛，葬于高阜之处。不觉的天色已晚，金乌渐渐坠西山，玉兔看看上翠栏，深院佳人，频报道月移花影又更残。是夜晚间，金风飒飒，玉露泠泠，银河耿耿，皓月澄澄。那秀才取一壶酒，仗一口剑，操一曲琴，吟一首诗，诗曰：

瑶琴尘暗鸳鸯锦，　　梨花梦绕珊瑚枕。
晚风时送异香来，　　一曲高歌邀月饮。

那秀才歌罢，蓦然起一阵狂风，那风是大不大，有诗为证。诗曰：

无形无影透人怀，　　四季能吹万物开。
就地撮将黄叶去，　　入山推出白云来。

这风不大，有第二阵风，那风非干虎啸，岂是龙吟。卒律律寒风扑面，清泠泠冷气侵人。急不能开花谢柳，暗藏着水怪山妖。那风真个是吹折地狱门前树，卷起酆都顶上尘。更有那第三阵风，入纱窗、灭银缸、穿画阁，透罗裳，舞飘飘吹花摆柳，昏惨惨走石飏砂。俄然过处频敲竹，蓦地飘来不见花。只听得环珮铿锵，麝兰缥缈，异香袭人，风清月郎。那秀才正疑思之间，忽闻窗外有人言，那秀才开门忙觑，乃是一女子，髻挽乌云，眉弯新月，肌凝瑞雪，脸衬朝霞。有沉鱼落雁之容，闭目羞花之貌。秋波滴沥，云髻轻盈，淡扫蛾眉，薄施朱粉。舒玉指露春笋纤长，下香阶显金莲步稳。端的是仪容娇媚，体态轻盈。绮罗队里生来，却厌繁华气象；珠翠丛中长大，那堪雅淡梳妆。开遍海棠，也不问夜来多少，飘残柳絮，竟不知春去如何？要知他半点真情，除非是穿琐窗皓月；能施他一回娇眼，却便似翻绣幌清风。比花花解语,比玉玉生香。临溪双洛浦,对月两嫦娥。那女子轻移莲步,有蕊珠宫仙子之风;缓蹙湘裙,似水月观音之态。环低素手,启一点朱唇,露两行皓齿:"早蒙葬骨之恩,未敢有忘,今夜特来拜谢。愿陪枕席之欢,共效于飞之乐。若不相弃,贱妾万幸。"那秀才听罢,正色而怒,带酒而言:"非前生半面之交,却怎生取一宵之乐。又不曾好句有情联夜月,落花无语怨东风。眉尖眼角传心事,月下星前说誓盟。你是何方鬼怪,甚处精灵,为甚黌夜前来,迷惑俺读书君子?"那女子听罢,忙陪笑脸,低首无言,手执白牙象板,高歌一曲,曲名〔蝶恋花〕:

妾本钱塘江上住,花落花开,不计流年度。燕子衔将春色去,纱窗几阵黄梅雨。

那秀才听罢,恰便似林莺呖呖,山溜泠泠。歌喉宛转,馀韵悠扬。向前欲问其由,那女子化清风而不见,霎然惊觉,乃是南柯一梦。那秀才欠身而起,披衣出户,见满地花阴,半窗明月,三唱鸡声,东方渐白,悔之不及。于是忙呼左右,急唤家僮,取将文房四宝,磨得墨浓,蘸得笔饱,亦作〔蝶恋花〕半篇,其词曰:

斜插犀梳云半吐,檀板轻敲,唱彻黄金缕。歌罢彩云无觅处,梦回明月生南浦。

话本中有"那秀才往钱塘江上观光上国"云云,似为宋人口气,从全篇看来,文字艳丽,其描模女子体态之处,每用六朝赋体,且多为其他话本小说所仿效,可能是较早的宋人话本。

元白仁甫有《钱唐梦》杂剧,其题目正名是《司马槱诗酒蝶恋花，苏小小月夜钱塘梦》，明沈冰有《芳情院》传奇，见《曲海总目提要拾遗》，与话本皆为同一题材。

三、《裴秀娘夜游西湖记》

《醉翁谈录》“传奇”类著录有《夜游湖》一目，当即此故事。此本见收于明万历余象斗编纂的《万锦情林》第二卷中，目录题作《秀娘游湖》，正文标题为《裴秀娘夜游西湖记》。叙宋理宗时太尉裴朗携家游西湖，裴女秀娘见一美少年，心生爱慕，既归，相思成疾，裴得其情，访知少年乃刘员外次子刘澄，因托媒至刘家议亲，事谐，秀娘病即霍然，后择吉成婚，终成美眷。

孙楷第《日本东京所见小说书目》云：“《万锦情林》六卷，上层选元以来之文言传奇，下层则为明人诗词散文相间之通行小说。其上层之《秀娘游湖》一篇为平话，铺陈艳冶，结构亦平平；而属辞比事，雅近宋元，似其时代甚早，至少亦从宋元本出。存此一篇，亦弥足珍贵矣。”孙氏推断此篇出自宋元旧本，甚是。其文字风格，确有宋元人气味，惟收场诗六句，后四句系袭自赵仲穆（雍）《郑元和行乞图》题句[①]，似又可归入元明人作品。明人编刊通俗类书，如《燕居笔记》、《国色天香》之类，往往任意增删。本篇收场，原来似只两句，后面的四句，语既不切，韵亦失粘，增补的痕迹显然可见。可能为元人作品。

① 赵雍是赵孟頫的儿子，生于元世祖至元二十六年，卒年不详。其题《郑元和行乞图》诗云：“郑子曾夸盖世才，风尘一堕甚张乖。歌残世上莲花落，误却天边桂子开。霜雪有情飘瓦罐，雨云无梦到阳台。试看身上千千结，尽是恩情博得来。”见褚人获《坚瓠首集》卷三。

《万锦情林》，我国未有传本，今藏日本东京帝大研究所。本篇承日本京都大学吉川幸次郎教授以照片二十九叶见寄，至可感谢。兹录原文如下：

话说南宋理宗皇帝宝庆二年春三月初，去这行在临安府万松岭上①，有个太尉，姓裴名朗，字士明，年五十岁，为人淳善，博览群书，琴棋音乐，靡不精通，夫人高氏，年四十岁，无子，止生一女，年方十五，小字秀娘，生得端严美貌，倾城国色，好似西施重再活，犹如仙子降人间，聪明伶俐，琴棋书画，诗词歌赋，女工针指，无所不通。太尉夫人惜似心头之气，爱如掌上之珠，有个侍女名阿香，年十二岁，日则同行同伴，夜则小姐床前打铺，寸步不离。这小姐性格温和，礼上爱下，凡府中侍婢妳娘，无有不敬，不在话下。

却说涌金门外西湖之上，里有六条小桥，外有六条大桥，那水港通南北二山，山水灌溉，下培田禾，这西湖第一桥名曰映波桥，第二桥名曰锁澜桥，第三桥名曰望仙桥，第四桥名曰压堤桥，第五桥名曰东浦桥，第六桥名曰跨虹桥。这每条大桥上，高宗天子常夜游于西湖之上，至晚不回宫，就在六条桥亭子内宿，至晓回宫，那六条桥上各造一座亭子，朱红栏杆，绿油飞槛、雕檐各立牌额一面，因此称为夜游湖，不问官员士庶，俱许游赏，与民同乐。这临安府城内开铺店坊之人，日间无工夫去游西湖，每遇佳节之日，未牌时分，打点酒樽食品，俱出涌金门外，雇倩画舫或小划船，呼朋唤友，携子提孙，公子王孙，佳

① 大众文艺出版社本无“去这行”三字。——校者注

人才子，俱去夜游，有多少密约偷期之事，各人游至三更已后，去那六条桥亭子上歇宿，时人称为“西湖里点灯东湖里明”，说不尽西湖美景，有篇〔折桂令〕词，单道西湖好处，其词云：

苏公堤上，今古堪夸，春夏秋冬，四季奢华，潋滟湖光，溟濛山色，掩映朝霞。紫陌上垂杨系马，断桥边流水人家。画舫撑棹，翠袖罗裳，韵悠悠笙歌嘹亮，醉醺醺笑语喧哗。

却说裴太尉一日见街坊上王孙公子，雕鞍骏马，佳人才子，香车暖轿，来来往往，纷纷嚷嚷，俱出郊外踏青，太尉回府，夫人出来迎接，至后堂坐下，夫人问太尉：“今日是三月十五日，来日是清明令节之辰，我欲同太尉往外闲走一遭，游赏西湖则个，不知太尉心下如何?”太尉道：“我今日特地在内推事早回，要明日早告假往北山玉泉寺前拜扫先茔化纸，夫人可分付厨下侍婢打点殽馔，及女孩同往一游可乎?”夫人大喜，随即分付毕，次早，太尉入内告假回来，与夫人小姐同出涌金门外下船，望西湖第三桥泊岸。太尉夫人小姐上了轿，同往玉泉寺中佛殿上烧香已毕，又同至玉泉池边看金鱼，往来出没，其日游玩，佳人才子，不计其数，惟秀娘小姐猛见人丛中有一少年，生得眉清目秀，齿白唇红，如潘安重出世，似宋玉再还魂，年约二十，青春丰采。这小姐目不转睛，细视那少年书生，即心中忖道：世上有如此美貌书生，使奴异日偕得如此少年，平生愿足。欲向前问其居址姓氏，争奈双亲在傍，心虽爱慕，恨不能一语，正心中怏悒之间，却说那少年乃在城褚家塘刘员外的儿子，名唤刘澄，字清之，其日外祖家上坟，请生闲玩同往，当日见小姐目不转睛，乃四目相射，徘徊不舍。

却说裴太尉与夫人小姐上了轿，回至船边下轿，坐在船中，倚栏观看，端的好个西湖，胜似蓬莱三岛，古人有篇词道羡：

西湖到处矜夸，聒耳笙歌，满目繁华，十里湖光，六桥风月，三竺烟霞。观才子流觞泛斝，看游人荷插纷华。叠竹分茶，问柳寻花。描不成九曲高峰，画不尽千万名家。

话分两头，且说这刘澄因在玉泉寺见了那小姐，遂乃潜踪，远远跟至湖边，见一号船开往湖中游玩，远诈（疑有脱误）身已不快，乃告外祖曰："儿欲先回。"外祖曰："既同来何故自回？"生曰："奈身染微恙，欲募划船先回。"外祖众人挽留不住，生乃别离了大船，雇一只小船，分付船家，可远远跟着那只太尉的画舫而行。

却说裴太尉船中鼓乐喧天，笙歌聒耳，太尉夫人小姐三位三棹，宴饮之间，遥见南北峰西湖景致，心中大喜，太尉开怀畅饮，至申牌时分，酩酊大醉，卧于船中，分付夫人，今日天晚，如若入城不得，就在船上宿了，待我酒醒，今夜月光，我与夫人夜游湖，夫人领诺，不在话下。

这刘生跟着画舫，迤逦而行，见大船泊在雷峰塔下，乃访问舟人，太尉姓甚名谁。舟人曰："乃殿下都太尉裴相公与夫人小姐也。今太尉酒醉，分付待太尉酒醒，要乘夜月游船。"刘生乃恳告小船上人曰："我有银子一两与你，你可上岸买些酒馔果品下船，我和你跟太尉大船夜游湖则个。"舟人大喜，即上岸买办下船，与刘生共饮之间，见一轮明月当空，已是一更时分，正值十六日夜，天气清高，月明如昼，山光湖水，一派清奇，却说裴小姐正在大船之中，举目遥望，碧天似镜，皓月如银，六桥亭上，灯火荧煌，四顾湖中，大船小船，有数千艇，见一小船，止离大船丈馀水面，船上坐着个少年，莫非玉泉观鱼者乎？细视良久，果是那生也。小姐无计奈何，乃口缀一词，名〔诉衷情〕：

怎逢两下想留心，妾意尚沉吟。游赏劝（疑是“勤”之误），心废（费）尽，划地两离分。亲间阻，怎许情？今宵望，重相见，除非是梦中。

词罢，欲歌之，使此生知奴意有在也，恐母亲详之；乃以手击栏杆，歌古诗一绝，诗曰：

湖光潋滟情（晴）便好，　　山色空濛雨亦奇。
若把西湖比西子，　　淡妆浓抹两相宜。

歌其诗而声清韵美，这刘生听得，不觉手舞足蹈而言曰：“天生如此美女，人才奇绝，既歌此诗，必有情意，若得为夫妇，实出望外。”遂命移舟相近画舫边，折（听）其歌词，这小姐见生移舟傍船，其心益深，不能一诉衷曲，乃取桃核一枚，以袖中白绫汗巾裹之，问天买卦曰：“妾若得此生为夫，此为投之于生怀，若不得谐和，此双桃投之于水中。”遂乃掷之，果入生怀中，生拱手称谢，已而开视，则双桃也。生遂取袖中香罗锦帕包核桃一枚复投之于小姐大船上来，小姐急拾锦帕，揣入怀中，心甚喜悦曰：“彼我有情，故相随至此，月光之下，有如蚌吸月之势，两下相望，牢（疑有误）自有心，安能一会。”正犹犹豫豫相看之时，太尉命舟人移动画舫，复往清波门而去。刘生亦随而行，比天明登岸，其刘生自乃上岸，心中难舍，第事不由己，怅快而回，不在话下。

却说裴太尉夫人小姐回府，小姐入于香闺之内，坐了半晌，心下郁郁不乐，缘此日则忘飡，夜则废寝，思思想想，心心念念，尽都为着那生。

时值七月七夕，太尉与夫人小姐在后花园中穿针乞巧，饮宴之间，小姐想那牛郎织女之事，忽然情兴，乃回房中，取那生香罗锦帕见之，将文房四宝至香案上，乃作诗一首以解闷怀，诗曰：

忆昔清明事偶然，　　投桃报桃两情牵。
重逢七夕添新恨，　　独对孤星犯旧垣。
织女有心求月老，　　牛郎无路遘天缘。
几时共夸河桥会，　　不负当初到玉泉。

诗罢，掷笔于地，涕泣哽咽，和衣而卧，比天明至午牌不起，阿香禀知夫人，夫人见说女儿有病不起，便至床前问道："我儿，昨晚乞巧未完回房，不想我儿身体不安。"道罢出房去了，当晚太尉回府中，夫人备说女儿有病之事，不知因何自清明游湖回家，情思不乐，针指懒拈，没情没绪，面容憔悴，不知有何缘故？太尉次日请太医院医官看治，胗其脉息，太医谓太尉曰："令爱小姐贵恙乃七情伤感，以致如此，某以药治之，自然平稳。"不想小姐卧病不起，一月有馀，服药无效，饮食少进，问佛无灵，夫人甚慌，每日在房中看视，不在话下。

这小姐思慕那生，日夕不安，恹恹害倒，自思曰："枉服药剂，若要痊安，除非遂奴心上之人。"勉强起来，将笔砚至床前，调词二首，名寄〔西江月〕：

强对妆台开鉴，容颜瘦比黄花。玉泉观景转回家，整日不茶不饭(疑是"不饭不茶"之误)。　　不为闲花野草，休耽浪酒闲茶，西湖夜遇少年□，放这冤家不下。

写着,将词摺就四方,压在砚池底下,依前上床睡了。又过了两日,太尉因见女儿病症沉重,自与夫人同至房中看视,夫人问曰:“你如今或要什么,可对父母说知,可行即行,以遂我儿之心,你若含糊不肯明言,恐丧性命,悔之不及。”小姐只是微哂而已。太尉坐在房中,无甚事,猛然将砚匣一推,忽见四方摺纸在下,把来展开观看,却是小姐写那篇词;太尉看毕,即对夫人曰:“是我为父的不是,早知,不教孩儿去游湖也。好夫人,你看他写下这般言语。”夫人亦看了,乃对小姐言曰:“我儿,你可宽心,我便对爹爹说,交人去访问那少年是何人家,在于何处居住,就使人求亲,我儿放心将息,父母止有我儿,不可执迷,殒了身躯。”道罢,同太尉出房,至后堂商议,叫过府里掌事王虞候至面前,备细说小姐之事,你可去问湖上小船舟人,说三月十六日夜游湖在雷峰塔下,小船上少年书生,姓甚名谁,那里居住,问得明白,速来回话。王虞候领了台旨,迤逦行到涌金门外,寻那当日载裴太尉画船舟人,寻得姓钱名大,其人说那日载少年的是胡小二的船,虞候乃同钱大去寻胡小二,问他三月十六日夜雇你小船夜游湖那少年是何人家之子。胡小二思量了半晌,乃言我听他说是褚家塘织缎子机房刘员外之子,你要知仔细,可去褚家塘打听,便知详细。王虞候别了二人,自去褚家塘,到处问刘员外机房,诈称织缎子为名,直寻到他家,见了刘员外,叙礼毕,假织缎匹些银两定下,待茶毕,少间,忽见一少年出,年可十六七岁,美貌清奇,乃问刘员外:“此少年何人也?”员外曰:“此我第二子刘澄也。”王虞候又问曰:“令郎曾有婚配否?”员外曰:“媒说颇多,未得其谐。”道罢,王虞候遂告别回至裴太尉府中伺候,太尉回府,少顷,坐下，便问王虞候："你去打听其事若何？"王虞候将前事一一告复太尉道："这刘员外次子刘澄，年一十六岁，未有婚配，端的生得眉清目秀，丰标出格，若赘此子为婿，十分相称。"太尉听了，分付王虞候，不可对别人说，待我商量，王虞候自退，裴太尉入后堂对夫人细说此事，夫人乃言，既是刘员外之次子，他家织机大户，可以相对，乃曰："太尉，你今心下若何？"太尉道："依孩儿之心，成了此事，若不依孩儿心性，倘有不测，如之奈何！"夫人曰："太尉既肯成就，即便使官媒去他家议亲。"太尉出厅，叫王虞候去寻两个官媒婆至府中，少刻，媒婆至，夫人命入后堂，太尉说："我夫人止有一个小姐，年方一十五岁，你今与我到褚家塘刘员外家说要赘他次子刘澄为婿。"赏了官媒三杯酒，便令前去，来日傍速回话，两个官媒相谢去刘家。见了员外妈妈，待茶毕，二媒婆说："太尉老爷多多拜上员外，欲求令嗣二官人为婿，未知员外妈妈意下如何？"刘员外道："二位婆婆光临，又蒙太尉夫人厚意，怎敢违命，但不知小姐青春多少，共有公子几位？"媒婆道："裴太尉止有此位小姐，年方一十五岁，美貌非凡，且谙书史，相公夫人甚是钟爱，今者特令老妇作伐，如若员外妈妈应允，便请出个团圆吉帖。"刘员外交备酒席相待二位婆婆已毕，员外取出一张销金鸳鸯笺帖，写了二官人生庚年月日时，封了付与媒婆，又取过白银二两，少酬贵步劳顿，教多多拜上太尉夫人，此事刘某不敢相攀，多蒙厚意，夫人（此二字疑是衍文）此事儿敢不奉命。二人相别而回，天色已晚。过了一夜，至次日，媒婆径到裴太尉府中，直入后堂见夫人并太尉说了备细，呈上吉帖。太尉大喜，便取红罗鲛绡绫笺回个吉帖，送与刘员外去了。

却说阿香听得明白，密去房中禀知小姐道："与小姐贺万千之喜，今日官媒将到刘员外次子吉帖送来，亲事已成了也，俺小姐在玉泉寺见的少年便是他也。"小姐听说，心中大喜，少间，夫人走入香闺，对小姐道："儿，你爹爹交王虞候去挨问船家，访得那少年乃是褚家塘刘员外次子刘澄，字清之，年一十六岁，今已姻缘成就，孩儿放心，将息好了。交你爹爹择日赘过府中为婿，我儿慢慢将息起来。"道罢，夫人自去。

却说这小姐欢来不似今日，喜来不似今朝，听说成了亲事，便觉身体清健，将息不一月，还原复旧，起来梳妆打扮，这夫人与太尉见女孩无恙，况且女子有家，父母之愿，心中多少欢喜，即二人商议交人择日成亲。太尉交人选得十二月初一日甲子良辰，便使二官媒去与刘员外说知；十一月十五日下财聘礼，十二月初一日过门成亲，两个媒婆大喜，来往两边说了。那小姐喜上眉峰，已谐所愿，花容玉貌，更加娇媚，恨不得挥太阳于咸池，走日晷如掷梭，届桃夭之期，效于飞之美，不觉时光似箭，转眼又是十一月十五日矣。是日，刘员外备办金花表里，羊酒礼担，送聘裴府已毕，至十二月初一日，裴太尉府中大排筵会，鼓乐笙箫，相请诸亲朋友戚属陪宴，歌《关雎》，咏螽斯，堂上屏开金孔雀，绣房褥隐翠芙蓉，至晚筵罢，诸亲属相谢去了，不在话下。

却说裴秀娘与刘澄官人，同携素手，共入兰房，进销金罗帐，成了夫妇。佳人才子，一样青春，云雨之际，如鸾凤颠倒，如鱼水相欢。刘官人曰："不想那日游湖之时，隔船不能一语，今日却成夫妇，诚人间之好事，夙世之良缘也。"秀娘曰："奴本深闺之女，自从游湖之夜，一面官人，归即恹恹患病，寝食俱废，颜容瘦怯，自分不得与官人相见，岂图今日结连理枝也。虽（疑是“岂”字）人谋哉，良由天作之合耳。”于是二人各出当时所遗表记，生以白绫汗巾裹核桃一枚以示小姐，小姐以香罗锦帕裹核桃一枚以示生，正是美女才郎，情色相当，小姐乃口占一律（绝），诗曰：

妾本生长守深闺，　　游湖却会才人归。
越鸟南枝天一处，　　于今始效比翼飞。

刘官人亦口占一律（绝），诗曰：

白璧明珠一种奇，　　佳人才子两相宜。
今宵洞房花烛艳，　　再添金榜挂名时。

后来刘澄励志学业，文日益进，年馀，补弟子员，三年之后，联登科甲，升授江西广信府通判之职，将带裴小姐前去上任，三年官满回朝，升山东兖州府府尹，三年告致仕回乡养病。裴秀娘得封淑惠夫人，生二子一女，俱为显官、夫人。这刘府尹寿年七十而终，裴夫人享年八十而逝。郡中人士，无不称为双美云。正是：

有缘千里能相会，　　无缘对面不相逢。
风月有情随瓦罐，　　雨云无梦到阳台。
看伊遍体鹑衣结，　　总是恩情换得来。

四、《绿珠坠楼记》

本篇载明何大抡本《燕居笔记》卷十。明余公仁本《燕居笔记》卷八亦载之。《宝文堂书目》著录，题作《绿珠记》。本篇内容与乐史的《绿珠传》不同，与冯梦龙《情史》卷一所载亦异。本篇文字风格甚拙朴，似为宋元旧本，后来被《宋四公大闹禁魂张》的作者采作头回，文字小有出入。石崇出身渔家之说，前人未见记载，大概当时民间传说如此。关汉卿有《金谷园绿珠坠楼》杂剧，已佚，不知与此话本孰为后先。明毕万侯有《竹叶舟》传奇，亦演此故事。写崇海边捕鱼，网得金鲤，纵去，乃海龙王子也，引崇谒王。王赠珍宝无算，崇因以起家。或即据此话本敷演。今录何大抡本《燕居笔记》卷十所载《绿珠坠楼记》原文如下：

静里书窗看古今，　　发扬壮气显英灵。
曾题流水高山句，　　时赋阳春白雪吟。
世上是非难入耳，　　人间名利不关心。
编成一段真奇事，　　说与知音仔细听。

话说晋朝有一人，姓石名崇，字季伦。当初贫时专一在大江中驾一小舟，只用弓弩射鱼为生。忽至三冬时候，有一人扣船言曰："石季伦，汝救我则个！"石崇听得，随即推开船篷，探头望时，只见月色满天，水面上立着一个老年之人。石崇问老人曰."有何事故？夜间相恳。"老人又言："相救则个。"石崇当时就令老人上船，问有何缘故。老人答曰："吾非人也，昔乃江上老龙王，年老力衰，今被下江小龙王欺我年老，与我斗敌，累输与他，老拙今无安身之地；又约我明日大战，若战之时，又输与他。吾今特来央季伦明日午时弯弓在江面之上，江中有两个大鱼相战，前走者是我，后赶者乃是小龙，望君借一臂之力，可将后赶者大鱼一箭坏了小龙王性命，老拙自当厚报重恩。"石崇听得此言，谨领候之。老人相别而回，涌身跳入水中而去。石崇至明日午时，备下弓箭，果然将傍午之时，只见大江水面上有二大鱼追赶将来。石崇扣上弓弦,望着后面大鱼,观得较清,飕地一箭,正中那后赶大鱼腹上,但见满江红水,其大鱼死于江上。此时波浪俱息,并无他事,夜至三更,又见老人扣船来谢石崇道:"蒙君大恩,今将安静,来日午时你可将船泊于蒋山脚下南岸第七株杨柳树下相候,当有重报。"言罢而去。石崇至明日依其所言,将船去蒋山脚下杨柳树边等。只见水面上有鬼使三人出,把船推将去。不多时,船回,满载金宝珠玉等物。又见老人出水面与石崇曰:"如君再要珍珠宝贝,可将空船来此相候。"相别而去。

这石崇每每将船于杨柳树下等,便是一船珍宝,因致敌国之富。遂买一所大宅于城中,宅后造起金谷园,园中亭台楼馆。用六斛大明珠,买得一妾,名曰绿珠。又置偏房姨妳侍婢,朝欢暮乐,极其富贵,结识国戚朝臣。宅中有十里锦帐,天上人间,无比奢华。

忽一日,设宴单请国舅王恺,这人的姐姐是个皇后。石崇与王恺饮酒半酣,石崇唤绿珠出来劝酒,端的十分美貌。王恺一见绿珠,喜不自胜,便有奸淫之心。石崇相待宴罢,王恺谢了自回,心中思慕绿珠之色,不能够得会,王恺常与石崇斗宝,王恺每斗宝物,不及石崇,因此每怀毒心,要害石崇,每每受石崇厚待,无因为之。

忽一日,国后宣王恺入内御宴,王恺见了姐姐,就泪下告言:"城中有一财主,家资巨万,宝贝奇珍,言不可尽。每每请弟设宴斗宝,百不及他一二,姐姐可怜与弟弟争一口气,于内库中借件奇珍,赛他则个。"王后见弟如此说,遂降旨于内库中借了镇库之宝,乃是一株大珊瑚树,长三尺八寸,不曾启奏天子，令人扛抬往王恺之宅。王恺谢了姐姐回府中，就用蜀锦袱重重罩了，翌日广设珍馐美馔，使人送去石崇宅门，相请会宴。先令扛抬珊瑚树去，石崇空开阁子里安下，王恺与石崇饮酒至半酣，王恺笑而言曰："我有一宝，乃是天子内库内镇国之宝，可借一观，勿笑为幸。"石崇见说，教去了锦袱，石崇看了微笑一声，用杖一击，打的粉碎。王恺大惊，叫苦连天道："此是内库镇国之宝，你打碎了如何是好！"石崇请王恺到后花园中看珊瑚树，大小共有三十馀株，内有一株，一般三尺八寸以上，遂赔王恺镇库，又取一株大珊瑚送与王恺，王恺羞惭而退。自思国中之宝，敌不得他过，遂乃心生嫉妒。

一日，王恺朝于天子，奏道："城中有一富豪之家，姓石名崇，家中敌国之富，奢华受用，虽我王不能及他快乐，若不早除，恐生不测之患。"天子准奏，口传圣旨，便差驾下将士即去捉拿石崇，拿得石崇枷入狱中，将石崇应有家财，尽皆入官。王恺心中只要图谋绿珠为妾，使兵围绕其宅，欲强夺之。绿珠自思道，丈夫被他诬害性命，不知存亡。如何今日强要夺我，怎肯随他，虽死不受其辱。言讫，遂于金谷园中坠楼而死，深可悯哉！王恺闻之大怒，将石崇戮于市曹。石崇临刑时而叹曰："汝辈利吾家财耳！"刽子曰："你知为死，何不早散耳！"石崇无言可答，受刑。

后人论之曰，石崇今日之富被斩，因乃受老龙之嘱，射死小龙王而得敌国之富，亦果有此报，堪叹绿珠如此贞烈，宁死于非命而不受辱，清名标于万古矣。

胡曾先生有诗曰：

一自佳人坠玉楼，　　晋家宫阙古今愁。

唯有金谷满园树，　　已向斜阳叹白头。

五、《苏小卿》(传奇文)

双渐苏卿故事，宋元民间极为流行。元人戏剧和散曲采用此故事者尤夥。曾巩《元丰类稿》卷四十五《双君夫人邢氏墓志铭》云："子渐[1]，为尚书屯田员外郎，通判吉州军州事。"又卷六有《送双渐至汉阳》一诗，可见双渐是实有其人，且为曾巩的朋友。按隆庆《庐州志》："双渐，庆历二年壬午进士，无为军人，博学能文，为职方郎，知同州。"是双渐为北宋中叶时人。其本事见《青泥莲花记》卷七：

> 苏小卿，庐州娼也，与书生双渐交昵，情好甚笃。渐出外，久之，不还。小卿守志待之，不与他狎。其母私与江右茶商冯魁定计，卖与之。小卿在茶船，月夜弹琵琶甚怨。过金山寺题诗于壁以示渐云："忆昔当年折凤皇，至今消息两茫茫。盖棺不作黄金妇，入地当寻折桂郎。彭泽晓烟迷宿梦，潇湘夜雨断愁肠，新诗写记金山寺，高挂云帆入豫章。"渐后成名，经官论之，复还为夫妇。

赵景深曾从许多残曲中勾勒出这个故事的轮廓：

> 苏卿又名小卿，金斗郡人氏，美容仪，善织锦，通文墨。卜居帝都。其母苏妈妈三婆命其为娼，识双渐解元，两情缱绻。

① 中华书局标点本作"子男三人，曰渐"。——校者注

> 双渐字通叔，能琴，所谓风流才子也。讵知好事多磨，有茶商冯魁（或云江洪）者，为苏卿美色所惑，以重金聘之；虽姨夫黄肇冒充苏卿之夫，亦无效。小卿嫁后，渴念双生，每于月明之下，坐茶船中俯首叹息，似闻双生琴声，登舟相会，又恐惊醒冯魁，醒时方知是梦。后茶船泊金山，冯魁偕苏卿入寺进香。冯魁先归，苏卿忆念双生不已，题诗于壁。双渐既为苏卿所弃，落拓不得意，益放荡，赴临川县任，及双生见题壁诗，乃急往豫章，得与苏卿重晤焉。[①]

今《永乐大典》卷二四〇五"苏"字韵载有《苏小卿》一篇，系《醉翁谈录》"烟花奇遇"类的佚文，情节比较完整，独无金山寺题诗一事，茶商冯魁之姓名文中亦未提及，必有脱误处。谭正璧有《双渐苏卿本事新证》[②]，可作参考。兹录《永乐大典》所载原文如下：

> 《醉翁谈录》烟花奇遇：苏寺丞为闾江知县，有女字小卿，性格妖娆，仪容俨雅，莹玉肌香，宫腰难比。因游赏于花园之间，星眸四顾，见一人卧于花阴之下，女叱问曰："何人敢至于此？"对曰："姓双名渐，本郡吏也，少览经书，长工词赋，期效禹门之三浪，待攀仙桂之一枝。奈家贫无从进身，暂为本县之厅吏。"女子悦其颜貌，默念曰："荆山之玉，自带纤瑕，世之常理。今生精神端丽，诚为佳士，但未知其才学。"遂指厅壁山水赋诗，渐乃借意挑之曰："涧边芳草连天碧，山下锦涛无丈尺。莺

① 赵景深：《小说戏曲新考·双渐和苏卿》。

② 见《戏剧报》1962 年第四期。

稀燕少蝶未知,密意寻芳与谁惜?我有春情方似织,万绪千头难求觅。富贵荣华不早来,眼前光景空抛掷!"女子见诗,心加爱慕。乃曰:"昔相如有援琴之挑,文君潜附毂相逐;韩寿孤吟于窗下,贾氏窃之香囊。"此乃怜其才貌。娇羞微笑曰:"尔能学否?"生曰:"一介末吏,非匹耦不敢当此。"女惭曰:"妾一言已出,反不见从,迩来诗涉淫辞,汝得何罪?"生不得已而诺之,乱红深处,花为屏障,尤云殢雨,一霎欢情。生曰:"今日别后,再会何时?"女曰:"如今别后,可解职归家,深心励学,不忘劳苦,以俟搜贤取士,待折高枝。然后复令良媒,求亲可矣。我乃它托不嫁,等待亲音,更无忘也。"生方欲言,见侍婢数人走至园中,生乃遁去。遂游远郡,访其先觉。苦志二载,功业一成。归询本县,公吏云:"寺丞不禄,县君絜家以往扬州,投于外祖。"生乃往扬州,问其亲音,有人云:"小卿母又告亡,落于娼道。"生乃大恸。忽契友皇甫善刘仲脩相访云:"吾兄有不乐之意。"生以它托告之。刘曰:"一杯与君解闷。"遂三人同往妓陌之所,但见彩楼与翠阁相连,绣幕共珠帘对卷。刘引其青衣出,请献茶,应声而趍,但见女子立于帘下,眉如柳叶,脸如桃花,玉削肌肤,百端娇美。女子揖众入于小阁中,坐茶了。众方欲起,刘遂命酒开樽,四人共饮。酒妓行,女与众人曰:"妾有少恳,仰干清听。近蓄一歌妓,世间罕有,愿求新词,收为家宝,得不见阻深幸。"众皆唯唯。再行之后,用青纱罩罩,一女子执板筵前佐樽,各满引杯,令女子歌。女子再起曰:"众中如有诗词,愿示片言。"渐乃先成其词,众不敢措手,众宾大服。双生词曰:"碧纱低映秦娥面,咫尺暗香浓。瑶池秋晚,长天共恨,烟锁芙蓉。夭桃再赏,流莺声巧,不待春工。樽前潜想,樱桃破处,得似香红。”女乃深谢。酒再行,且再劝之。渐于樽前顾盼,见女子容貌若小卿也,心悸魂飞,但忘所惜。其女子见渐面,默念之,依稀似双郎也,心目皆眩,情魂俱失。数杯之后,女子不免问渐曰:“然平生未识高丰,敢问仙乡姓氏。”渐暗喜曰:“乃闾江县人也,渐姓双,因访亲得至于斯。”女子亦曰:“妾先人前任闾江县苏寺丞也。因染疾不禄,妾随母至扬州,母又厌世,不能自养。遂落于娼流,终不为乐。”语毕,唏嘘流涕,悲不自胜。是日,筵散,各归所邸。渐独坐自念曰:“我当日共伊花间叙别,指山为誓,永不别嫁。今已为娼。”正叹之,忽有人弹户,渐开户,见一青衣曰:“适来筵娘子别具小酌,专候官人。”渐与青衣同去。小卿再拭铅粉,别搔簪珥,出帘相引就坐,各叙间别。于小阁中具小酌,三杯之后,小卿与渐曰:“自别之后,父母继亡,失身娼道,每自思君,空劳梦寝。今得自就合欢之志,我所愿也。”是夜姻缘,再逢娇态。次早,生辞。小卿曰:“是何言也? 相别三载,今方得见,安可遽去。”生曰:“闻伊与司理院薛官人为亲,安可久住也?”女曰:“我宅中有一小室,尔且安止,逐日俟司理回宅,却共妾偕行,遣兴吟诗,与郎继和。”闲时促席饮乐,荏苒二春。美任归京,官吏送至邮亭,饯别前至大江沿流而上,渐观江景寂寞,郁郁不乐。船因至锺陵浦,夜泊豫章城下。是夜万里无云,月色如昼,凝情如醉,乱思如痴。一派江声,促成愁思;数点渔灯,烧断离情,浩饮长歌,不能自遣。忽闻楼橹呀咿,有一画舸将近,亦系垂杨之下,篷窗相对,渐出视之,但见彼舟中马门里一佳人,年约二十馀,对坐一人,必是其夫,约五十余岁。形貌古怪,明烛举酒,左右二青衣女子,佳人抱一琵琶,品弄仙音,渐熟视之,即小卿也。渐因见佳人,遂成心感,不敢传言,遂自歌而挑之。歌云:"乐天当日浔阳渚,舟中曾遇商人妇。座间因感琵琶声,与托微言写深诉。因念佳人难再得,故言何必曾相适。今日相逢相识人,青衫拭泪应无极。我因从官临川去,豫章城下风帆住。续有翩翩画舸来,斜阳共系垂阳树。绿窗相近未多时,红帘半动闻私语。认得舟中是谁氏,长自庐江佳丽地。苏小从来字小卿,桃叶桃根皆姊妹。十岁清歌已遏云,十一朱颜如桃李。十二难描新月眉,十三解绾乌云髻。乱花深处偶相逢,一托深心许为婿。翠鬟曾剪系平生,暗断平生与盟誓。无何官难两相忘,因病流落来天际。扬州一梦今何处,风月情深向谁诉。算来争信不相逢,空感当年无限事。昔日风光曾作主,今日风光如陌路。肠断江头夜不眠,风帆明日东西去。"女子品弄之次,忽听歌咏,熟认其音,乃双郎也。女放琵琶而出视,见双渐立于马门之外,四目相交,各有馀情,皆眷眷而不敢奉认。女入舟中,再抱琵琶品弄,其声悲噎,人不忍闻。遂乃歌以答之,歌曰:"小卿在舟中答双生:'妾家本住庐江曲,私处兰闺娇不足。金翘未绾翠云低,罗裙已束尖腰玉。回眸双派秋水清,低眉两点春山绿。妾之名兮世所闻,钱塘苏小真仙属。二三月兮春迟迟,邻姬行乐相追随。小竹青丝赏何处,笑言相指乱花溪。折花举酒未成宴,倏然有客花前转。青骢马系绿杨阴,低鬟便与迎相见。眼期心约情缭乱,与君一使柔肠断。纵有西清松柏间,同心许结连理愿。'幸得伊救我,妾身愿以死,以报君之德也。"渐曰:"此不可久住,恐被舟中人见。"令得力者押行李后进,二人易衣驰骑,先往京师,参选注,授显擢历任,得偕老焉。

《醉翁谈录》是记录南宋末年说话人情况的书,其中所收虽多传奇文,然往往为说话人采作底本。如辛集卷一"神仙嘉会"类的《裴航遇云英于蓝桥》即《清平山堂话本》中的《蓝桥记》。卷二"负约"类《王魁负心桂英死报》与《王魁》话本情节全同。癸集卷一"不负心"类的《李亚仙不负郑元和》,节抄《李娃传》,而话本《李亚仙记》亦全从《李娃传》生发而来。本篇虽非话本,可能是从当时说话人口头说唱记录下来的。因附录于此,以供参考。

双渐与苏卿故事,产生于北宋,其情节实受白居易《琵琶行》的影响。而马致远的《青衫泪》,其关目又似脱胎于双苏故事。《石点头》卷二《卢梦仙江上寻妻》一篇,叙卢与其妻李妙惠的悲欢离合,与双渐、苏卿的情节也很近似,连金山寺题壁诗也是袭用的(文字小有出入)。或许《石点头》的作者天然痴叟有意模拟此故事,也很难说(篇中也提到冯商还妾故事)。此故事北宋末年已在说唱,《水浒传》第五十回白秀英说唱的《豫章城双渐赶苏卿》,是最早的说唱表演。此后编为说唱和戏剧的甚多。南宋时有张五牛的唱赚,宋末元初,又有商政叔改编的诸宫调《双渐小卿》,宋元戏文有佚名的《苏小卿月夜贩茶船》。金有《调双渐》院本,元杂剧有王实甫的《苏小卿月夜贩茶船》,庾吉甫的《苏小卿诗酒丽春园》,纪君祥的《信安王断复贩茶船》,杨景贤的《豫章城人月两团圆》。元人小令有王晔和朱凯合写的《黄肇退状》(又名《双渐小卿问答》),见《乐府群玉》卷二及《录鬼簿》卷下。明清传奇有马守正的《三生记》,佚名的《茶舡记》,李玉的《千里舟》。